滇人善聯早馳名，
更有詩詞毓性靈。
玉潤珠圓金石振，
清辭麗句自天成。

賀全滇詞付梓

戊戌之春
九十二翁 张文勋

全滇詞

廖澤勤 編著

上册

黄山書社

圖書在版編目(CIP)數據

全滇詞 / 廖澤勤編著. —合肥:黃山書社,2018.4

ISBN 978-7-5461-7438-9

Ⅰ. ①全… Ⅱ. ①廖… Ⅲ. ①詞(文學)-作品集-中國 Ⅳ. ①I222.8

中國版本圖書館 CIP 數據核字(2018)第 072551 號

出品人　王曉光
選題策劃　侯　雷　劉　春
責任編輯　劉　春
責任印製　戚　帥　李　磊
裝幀設計　熙宇文化
出版發行　時代出版傳媒股份有限公司(http://www.press-mart.com)
　　　　　黃山書社(http://www.hspress.cn)
地址郵編　安徽省合肥市蜀山區翡翠路 1118 號出版傳媒廣場 7 層(230071)
印　　刷　安徽新華印刷股份有限公司
版　　次　2018 年 9 月第 1 版
印　　次　2018 年 9 月第 1 版印刷
開　　本　880mm×1230mm　1/32
字　　數　850 千字
印　　張　48.375
書　　號　ISBN 978-7-5461-7438-9
定　　價　180.00 圓(全二册)

服務熱綫　0551-63533706
銷售熱綫　0551-63533761
官方直營書店(https://hsss.tmall.com)

序

雲南漢文學文獻的結集整理，總體上説并没有像内地那樣受到重視，但就詩文來説，畢竟還有清嘉慶年間保山袁氏兄弟編纂的《滇南詩略》《滇南文略》總集的刊刻，其後又有《滇詩嗣音集》《滇詩重光集》《滇詩拾遺》《滇詩拾遺補》等總集的先後出版，民國時期又完成了《滇詩叢録》《滇文叢録》兩種大型總集的編纂，這樣，民國以前的雲南主要詩文作品已經基本收録，使人們看到了雲南漢文文學特别是明清時期文學的洋洋大觀，某種程度上改變了很多人認爲雲南没有什麽漢文學的錯誤觀念。除了詩和文，雲南詞的發展和結集的情况如何呢？趙藩曾經説過：『吾滇僻處天南，風尚樸質，作詞者尠，即作，亦不喜標榜市名，多未刊行。歲月寖久，稿率散佚。加以咸同兵燹，綿歷廿年，而殘編斷帙，尤澌滅幾盡矣。』因此，雖然趙藩有志於編纂一部雲南詞的總集，『四十年中，隨時搜輯』，多方尋求，集腋成裘，終於在一九二一年出版雲南歷史上第一部詞的總集《滇詞叢録》，但所收録的詞人祇有五十一人，詞作祇有三百八十五首。之後，又有無名氏補輯的《滇詞叢録二集》、方樹梅補輯的《續滇詞叢録》，但皆爲稿本，并未刊行，深藏於圖書館中，很少爲人知曉，而且收録詞作數量有限，《滇詞叢録二集》《續滇詞叢録》加上《滇詞叢録》，三者累加，收録詞作總數不過七百餘闋，仍非雲南詞的全貌，仍然遺漏不少滇人詞作。且自方樹梅編纂成《續滇詞叢録》手稿以來，七八十年過去，一直没有人在趙藩、方樹梅等前賢成果的基礎上，編纂一部收録更全的滇詞總集。這項基本工作的長期停滯不前，使人們無從瞭解雲南詞作的基本概貌和成就，也影響了學術界對滇詞的關注、研究和評價。最近幾年，雲南地方文獻的整理研究越來越得到人們的重視，相關的學者和學生及文學愛好者都迫切希望整理出版一部新的、包羅更全的雲南詞作總集。

爲此，數年前我曾經和香港大學饒宗頤學術館學術部主任鄭煒明研究員商議，想合作編纂一部雲南歷代詞作的總集。鄭煒明研究員又是雲南大學客座教授，曾受業於詞學大家羅忼烈、饒宗頤兩先生，對詞學特别是對近代著名詞人况周頤深有研究，成果突出，想在發掘雲南詞學資源方面做出成就。我雖對詞學談不上有多少研究，但因爲唐宋詞教學的關係，加上深愛雲南地方文學，也想做點相關的事情。但由於雜務繁忙等原因，遲遲未能動手，七八年過去，竟依然是一句空話，回頭一看，覺得非常遺憾。現在，這個工作却由我們的學生廖澤勤完成了，我深感欣慰。鄭煒明教授是廖澤勤的碩士研究生階段的指導老師，我則曾爲廖澤勤所在的古代文學專業的碩士研究生班級授過課。老師未能做到的事情，廖澤勤却獨立完成了，不僅了却了老師們的心願，也實實在在填補了雲南文學文獻整理的一個空白，真是『後生可畏』，『青出於藍而勝於藍』。現在，廖澤勤編纂的《全滇詞》皇皇巨帙行將正式出版，我感到非常振奮，由衷高興。

廖澤勤編纂的《全滇詞》主要收録民國以前滇籍人士所作之詞，也兼採外省詞人所作的涉滇之詞，分爲内編與外編，全書收録詞人四百五十多位，詞作凡四千七百多闋，已接近《滇詞叢録》《滇詞叢録二集》《續滇詞叢録》三書所收詞作總數之七倍，展現了民國及以前雲南詞作的總體概貌，稱之爲《全滇詞》實在是名副其實。《全滇詞》不僅收録了大家熟知的陸應穀、趙藩、陳榮昌等名家的全部詞作，也發掘了鮮爲雲南人知曉的像魏定一、月溪法師（八指頭陀）等名家；又對一些詞人的作品作了大量增補，比如，在《滇詞叢録》中，明代何邦漸録詞两首，清代謝瓊録詞三十首，嚴廷中録詞三十一首，而《全滇詞》分别增録到二十二首、一百三十六首和一百二十五首；還展示了民國時期李思純、廖行超、石聲漢、劉堯民等名家的衆多詞作，難能可貴的是還收録了錢瑗等一批女性詞人的作品。這些工作，不僅從廣度上展開了整個滇詞的全景，同時也能使人們較爲清晰地瞭解到雲南詞人的成就和所達到的高度。《全滇詞》徵引輯録的著述多達二百七十種，涉及各種總集、别集、選集、地方史志、類書、筆記、雜記、家譜、碑刻、同人作品彙編、資料彙編等，有刻本、抄本、稿本、石印本、排印本、油印本、打印本等，五花八門，不一而足，徵引的範圍非常廣泛，搜尋非常細緻深入。這些文獻中，很多書籍一般很難見到，往往深藏於省一級或大學的圖書館，不准外借，廖澤勤都是利用有限時間，一本一本查閲，一首一首抄録和點校，再一字一字校對，晚上再進一步根據詞譜重新點校、復核、比對校勘。在輯録和校勘中，盡可能採用善本、足本爲底本，盡可能以多種版本比勘。斷句標點則主要以《欽定詞譜》《詞律》爲標準，力求準確允當。還爲每個詞人撰寫小傳，此雖屬編纂總集、選集的通例，但雲南歷代詞人大多史志未載，或載之語焉不詳，短短數十字却是要多方查尋、大費周折的，這也可見廖澤勤所下的功夫之大。

《全滇詞》的編纂成功并出版是可喜可賀的，不僅能讓人們瞭解雲南歷代詞作的基本風貌，爲詞的愛好者和詞學研究者的閲讀和研究提供便利，促進雲南地方文學研究的發展，增强雲南人的文化自信心，也對瞭解和研究一九四九年以前雲南的人文、歷史、地理以及民族風貌有相當的參考價值。

《全滇詞》這樣的編纂工作，我們都以爲要由大學教師或研究院所的研究人員纔能完成，誰能想到竟會出自一個業餘青年人之手呢？廖澤勤在雲南大學攻讀古代文學專業研究生時，就下決心研究滇詞，編纂一部滇詞方面的著作。二〇一四年畢業獲得碩士學位後，考取昆明市公務員，平時工作繁忙，但廖澤勤不改其志，盯准目標，勠力詞學，奮發著書，一有時間，就跑圖書館，埋頭在古籍之中，不停翻閲，不住抄寫，『爬羅剔抉，刮垢磨光』，『鈎章棘句』，所有的周末和節假日，所有的休息時間，都投入到了《全滇詞》材料的搜尋、輯録之中，經過數年艱苦勞作，終於完成了《全滇詞》的編纂。廖澤勤的堅毅執著、一往無前的精神，令人嘆服。俗話説『有志者，事竟成』，『世上無難事，祗怕有心人』，信然！

段炳昌

二〇一八年四月七日於昆明龍泉路住宅

凡例

一、詞之總集，全國性的斷代總集有《全唐五代詞》《全宋詞》《全金元詞》《全明詞》等。本編屬於雲南詞之通代總集，編名爲《全滇詞》。

二、本編主要收集滇人詞作，兼採外省人士所作涉滇之詞。所收詞作截止到民國，對於生活時代跨民國及中華人民共和國的詞人，則衹收録其中華人民共和國成立以前的詞作。

三、本編分爲内編與外編。内編所收詞人包括生長於滇者、祖籍爲滇而非生於滇者、祖籍非滇而生於滇者以及原非滇籍而後落籍於滇者。内編詞人所作之詞，不計工拙，皆録而存之。外編收録外省詞人所作的涉滇之詞。外編主要是選録，主要包括作於滇之詞，非作於滇但是涉及滇人、滇事、滇物之詞，詞人長期生活於雲南且詞作幾乎全在雲南所作則全收，如楊慎之詞；詞集名中含滇或雲南的也予以收録，如《滇游詞》等。

四、本編收録的詞人按生年先後排序，没有確切生年者，則參考其卒年、科第、入仕、交游等信息酌情排序，没有明確綫索的，則編排於後。女性詞人之詞單獨列出。無名氏之詞，附於編末。

五、本編爲詞人撰有小傳，簡要介紹其字號、年里、仕宦經歷、著述等，生卒年以公元紀年的形式列出。

六、除了一般的總集、别集之外，本編還收録了日記、方志、家譜、碑刻、詩話等所收之詞。本編所收的詞許多來自於稿本、抄本。無論足本之詞還是輯佚之詞，皆注明其來源。引用書目編列於編末。

七、本編收録之詞，一般照底本録入，詞的先後順序不變。對於輯佚之詞，則附於足本之後。少數詞牌有誤之詞，加案語説明。有的詞作與詞牌不符且難以辨别出其所屬詞調，仍按原本輯録。詞之殘篇零句，録以保存。校記、編者觀點等皆以案語出之。所據底本中空缺的字，如有其他版本，則據其他版本補入，并加案語，如没有他本可補，暫付闕如。如有明顯錯訛之字，則徑改。中華人民共和國成立後出版的簡體字本，則一律轉化爲標準繁體字。

八、對於詞集中的散曲，本編仍按原本收録。詞人收入詞集中的竹枝詞、楊柳枝詞，本編據以收録，非詞集中的竹枝詞、楊柳枝詞則不録。明清以來，小説、戲曲中往往存詞，另外民國时期的一些鸞書，如《洞冥寶記》、《蟠桃宴記》等，其中也存有不少詞作，本編皆不輯録。詞集的序跋、師友或後人對詞的評語，本編原則上不予輯録。

九、對某一詞人所作之同一詞牌且連續排列之詞，本編從第二闋起把詞牌名换爲『前調』，如係同一詞意之聯章，則從第二闋起依次加標『其二』『其三』，如前後兩闋詞之詞題相同，則第二闋之詞題用『前題』替换。

十、本編所收詞之正文依《欽定詞譜》《詞律》標點斷句。對於詞調未見於《欽定詞譜》《詞律》或格律有异之詞，則按其詞意斷句。對於詞的斷句，叶韻處用句號，句用逗號，讀用頓號。對於現當代出版的標點過的詩詞集，爲了統一，皆依此例。

目録

戴絅孫……二七四

畢希德

魯　元……九五〇

外編

内編

趙　順

趙順，名由坦，字順甫，以字行。宋燕懿王之後。隨宗人翰林學士與票赴元丞相伯顏軍前講解，被留。宋亡後，爲雲南副都元帥府副使，遂定居劍川。著有《白古通紀淺述》。

滿江紅 至雲南，于役東西，感成此闋

憑眺江山，勉抛謝、勞生行李。問往事、西番東爨，蠹殘野史。望祭碧鷄人已去，來賓白馬吾寧比。且經營、草昧彩雲鄉，存宗祀。　漢丞相，崇祠峙。唐節度，豐碑圮。剩奥區幽宅，拓開田里。銅鼓淵淵良夜月，金沙浩浩朝宗水。看深潭、黝黑蟄龍蟠，乘雷起。以上録自《滇詞叢録》

楊天甫

楊天甫，大理國段氏臣。元順帝至元元年（一二六四），梁王侵大理，段光自督兵戰於昆彌山，大敗之，凱旋。天甫作曲上光，光大喜，設宴謝之。

長壽仙曲

蒙氏鍾王氣，駕馭萬乘唐。南龍光對北金鎖，東洱水朝西點蒼。四面固金湯。江緑春楊柳，

岸清古雪霜。屏障龍吟梅破王。竹林鶴立菊舒黄。四季景如妝。此生誠慶幸，有眼睹明王。以上録自《滇詞叢録二集》

張景雲

張景雲，字天祥，中慶人，元至正中授臨安府經歷。

减蘭 謝人貽茉莉一株，植之盆中

華鬘如雪。十二樓寒深見月。翠袖香籠。細雨疏簾滿院風。　高情親許。一掬香泥分種與。今日花前。恰好飛瓊下九天。以上録自《滇詞叢録》

郭　文

郭文，字仲炳，號舟屋，昆明人。明永樂年間在世。著有《舟屋集》。

竹　枝

金馬何曾半步行。碧鷄那解五更鳴。儂家夫婿久離别，恰似兩山空得名。以上録自《古今詞統》

蘭茂

蘭茂（一三九七—一四七六），字廷秀，號止庵，楊林人，隱士。著有《滇南本草》《韵略易通》《聲律發蒙》《性天風月通玄記》《玄壺詩》等。

行香子 四時詞

其一 春

紅杏芳菲。庭草葳蕤。滿乾坤、生意熙熙。山明水秀，魚躍鳶飛。更雨輕輕，風淡淡，日遲遲。　我老無爲。對景忘機。笑欣欣、童冠相隨。酒瓢詩卷，到處提携。向鳥聲中，花影下，夕陽暉。

其二 夏

雨霽梅黄。化日舒長。白蓮開、嫩緑池塘。婆娑散影，檐蔔吹香。更有薰風，無熱惱，自清凉。　濯足滄浪。静坐禪床。任蜂衙、蟻陣奔忙。身心不動，物我相忘。看水連天，雲出岫，月流光。

其三 秋

識破浮漚。總是何樓。放閒身、物外悠游。黄花淡景，竹簡清謳。儘任天然，收累遺，把心修。月淡雲收。雨過泉流。更風蟬、老樹吟秋。自然瀟灑，無限清幽。勝訪蓬萊，尋閬苑，覓瀛洲。

其四冬

山碧藏雲。水落無痕。歲將闌、萬物歸根。蓬窗雪霽，紙帳春温。好看梅花，習静坐，掩柴門。　養氣調神。寡欲離嗔。樂陶陶、清世閒人。壺中日月，静裏乾坤。勝廣參禪，勤問道，遠尋真。

鷓鴣天　餞嵩明太守龍公　案：詞題據民國《嵩明縣志》補。

五馬騣騣謁帝京。揮鞭不顧雪山輕。閒將麥秀歌回首，留下棠陰緑滿城。　新雨露，舊簪纓。五雲天上賀昇平。從今大展經綸手，砥柱岩廊在老成。

滿庭芳　賀龍太守朝京金旗帳

皓首壺槳，黄童竹馬，餞公萬里朝天。滿城冠蓋，簇擁似登仙。共羡風流太守，詩書富、德厚才全。承恩命，分符作郡，治教過前賢。　六年。賢父母，甘棠遺愛，悠久留傳。羡兹時報政，案：時，民國《嵩明縣志》作「辰」。行色欣然。指日名魁上考，天顔喜、更有高遷。來春看，重迎五馬，花映錦袍鮮。以上録自《滇詞叢録》

楊一清

楊一清（一四五四—一五三〇），字應寧，號邃庵，别號石淙，祖籍雲南安寧，後隨父徙湖南巴陵。十四歲舉鄉試，十八歲中明成化八年（一四七二）壬辰科進士。歷任都察院副都御史、户部尚書兼武英殿大學士、太子太傅、兵部尚書兼左都御史、内閣首輔等職，死後追謚『文襄』。其在陝西爲官時，創辦正學書院，明代著名文人李夢陽、狀元康海等皆曾就讀於此。著有《石淙詩稿》《關中奏議》《西征日録》《制府雜録》等。

減字木蘭花 荷池　池種荷花，開時紅白間錯，若雲錦然

春光歸去。滿目繁華無覓處。池上芙蕖。濯濯紅香秋雨餘。　爛然雲錦。如此天機誰管領。把筆微吟。吾識花中君子心。

菩薩蠻 樂府

繁華盡向春光了。署中獨愛庭葵好。傾心苦爲誰。老天應自知。　夜深清露滴。曉起金杯側。忽扮道家妝。瑶池飛羽觴。以上録自《石淙詩稿》

楊士雲

楊士雲(一四七七—一五五四),字從龍,號弘山,別號九龍真逸。白族,太和人。明弘治辛酉(一五〇一)鄉試第一,正德十二年(一五一七)丁丑科進士,改翰林院庶吉士,官户科給事中。著有《楊弘山先生存稿》,附詞。

歸朝歡 送姜時川東歸

蘭省仙郎清廟器。幾年暫借臨邊寄。鐵冠寒映柏臺霜,玉帳牙旗風細細。折衝樽俎裏。坐清六詔塵氛息。想胸中,甲兵數萬,范老真堪比。　況有文章兼節義。曾伏青蒲流血涕。天弧今見倍光芒,南斗也應相退避。政成行奏最。準擬天曹書第一。奈雲山,無端入夢,閒却經綸計。

金菊對芙蓉 雪後望蒼山

玉削芙蓉,冰凝菡萏,寒光摇蕩晴空。見銀濤萬叠,珠樹千重。霓裳鶴氅堪披去,駕白龍、直向雲中。昔年金母,也曾相會,醉嗛山紅。　於今獨伴寒釭。把一杯濁酒,當作元功。想瑶臺仙子,瀟灑誰同。自從别後無消息,但飛瓊、夢裏相逢。倚闌凝睇,梅花香信,又報東風。

謁金門 賀丁酉魁選

花生筆。五色光連奎壁。四十名中標第一。丹桂飄仙籍。　畫鼓紅旗風細。緑酒金花如醉。試看南宫還得意。臚句傳楓陛。

喜遷鶯 送蔡龜崖邦伯入覲

新秋清暑。正爽薦金風，晴開玉宇。五馬朝天，雙旌拂曙，腰下漢符半虎。棠樹見思，幾處飛鵲，相留滿路。盡總道，是當年杜母，而今召父。　此去。留不住。三載政成，赫赫英聲翥。獻最天曹，奏功丹陛，不負明時昇數。賜燕南宫優渥，還賜襲衣朱緑。召對後，看立登臺省，羽儀朝著。

謁金門 贈諸貢士會試

諸仙侶。月殿雲階舉舉。頭上焰光高幾許。柳色袍新緑。　雕鶚秋天刷羽。雷電蛟龍得雨。著意狀頭須占取。他人休讓與。

前調 贈游湖諸君子

鯤鵬翼。背負青天雲氣。直上扶摇九萬里。六月天池息。斥鷃蓬蒿飛起。自信搶榆控地。應無地風兼擊水。逍遥溟海内。以上録自《楊弘山先生存稿》

張含

張含(一四七九—一五六五),字愈光,號禺山,永昌人,志淳子。正德丁卯科(一五〇七)舉人。著有《張禺山先生詩文選》。

生查子 寄升庵

相思望海雲,日夜愁心切。不見海中花,衹見天邊月。遥憐蓋代才,放逐聲光烈。歲久節旄寒,凛凛輝冰雪。

其二

悵望碧鷄關,迴在青山裏。滇海在關前,月色盈池水。離魂海月遥,别夢山雲起。相望不相逢,歲歲常如此。

其三

闕下阻風雲，徼外多烟霧。尚想碧泉游，同醉花深處。頻年不見花，想殺曾游路。對月愴離懷，雁札隨雲去。

其四

山遥别恨長，信斷離情苦。獨雁鳴孤樓，幾點芭蕉雨。愁深不忍聽，嘿嘿牽千縷。雨歇鳥初鳴，策杖尋江浦。

其五

欲將酒破愁，自覺霜堆鬢。江闊雁鴻遲，簾静芙蓉影。高林秋氣深，小屋猨聲近。無計奈愁何，目極連然郡。

其六

秋風樹杪來，曉夢驚胡蝶。起看草堂前，滿地梧桐葉。碧鷄關路長，迢遰音書隔。何日到螳川，彦會攻愁寂。以上録自《張禺山先生詩文選》

木　公

木公，（一四九四—一五五三），字恕卿，號雪山，又號萬松，麗江人，納西族，世襲土知府。與楊慎、張志淳等文士有交誼，楊慎爲其編《雪山詩選》。著有《雪山始音》《隱園春興》《雪山庚子稿》《萬松吟卷》《玉湖游録》《仙樓瓊華》等，并輯有《木氏宦譜》。

西江月

帥領雄兵百萬，威威如虎加翎。搏霄哮吼若雷霆。誰敢縱横慢令。北虜西戎豺犬，逆天逆地逆神靈。今朝掃盡此膻腥。永享太平餘慶。案：此詞刻於麗江玉龍縣石鼓鎮的石鼓上，詞之後還有一首散曲《醉太平》，署『皇明嘉靖廿七年，龍集戊申，仲春吉日，鎮西大將紫金主人彈劍歌。』

鍾世賢

鍾世賢，雲南臨安衛人。嘉靖三十二年（一五五三）任湘潭教諭，曾參與修《湘潭縣志》。

浪淘沙　瀟湘夜雨

日暮大江横。水闊雲平。誰知雲水總無情。驀地釀成秋夜雨，滴盡殘更。點點打窗聲。紙帳寒生。芭蕉葉上最凄清。多少離人眠不得，坐到天明。

前調　洞庭秋月

霜落洞庭秋。四宇雲收。影摇孤月夜光浮。何處仙人吹玉笛，黄鶴樓頭。不洗古今愁。祇管清幽。琉璃盤内水晶球。照徹君山千萬尺，便是瀛洲。

前調 遠浦歸帆

遠水接天浮。渺渺扁舟。去時花雨送君愁。今日歸來黃葉落，又是深秋。聚散兩悠悠。白盡人頭。片帆孤影下中流。載得古今多少恨，付與沙鷗。

前調 平沙落雁

無處著烟霞。漠漠平沙。幾行雁陣晚風斜。寫破一天秋意思，飛過漁家。切莫近蒹葭。莫近蘆花。好來此地作生涯。祇恐夜深邊塞上，驚起胡笳。

前調 烟寺晚鐘

烟鎖梵王宮。隱隱疏鐘。一聲遥在月明中。惱殺歸鴻留不住，付與西風。過耳總成空。何事匆匆。少年催作白頭翁。今古相推敲不盡，此恨無窮。

前調 漁村夕照

薄暮大江寒。流水潺潺。漁翁家住蓼花灣。到老不知城市路，無事相關。日落半銜山。倦鳥知還。半輪斜影畫圖閒。收拾綸竿沽一醉，暫且偷閒。

前調 山市晴嵐

山市近山城。微雨初晴。曉來嵐氣撲天清。道是似烟烟又重，似霧還輕。莫怪不分明。望眼花生。碧紗籠裏有人行。說與畫家難著筆，空寂無聲。

前調 江天暮雪

雲暗楚天遥。萬木蕭蕭。朔風翦就素花飄。畫角數聲吹不散，一片瓊瑤。壓損臘梅梢。凍倒漁樵。月明無影玉生苗。衹恐飛來雙鬢上，白了難消。以上録自《（光緒）湖南通志》卷三十二《地理志》三十二。

何可及

何可及，字允升，號若谿，劍川人。萬曆己未（一六一九）科進士，任涉縣知縣，調臨漳，俱有惠政。爲御史、巡漕，有能聲，擢太僕寺卿，仍巡浙鹺。卒年七十四。

南歌子 贈浙中羽士

苒苒中秋過，蕭蕭兩鬢華。寓身化世一塵砂。笑看潮來潮去、了生涯。　方士三出路，漁人一葉家。早知身世兩聱牙。好伴騎鯨公子、賦雄詩。

其二

海上乘槎侶，仙人緑萼華。飛昇元不用丹砂。住在潮頭來處、渺天涯。　雷輥夫差國，雲翻海若家。坐中安得弄琴牙。寫取餘聲歸向、水仙詩。以上録自《（康熙）劍川州志》

何邦漸

何邦漸，字文槐。一字北渠，浪穹人，白族。萬曆間選貢，歷官無爲州知州、邳州知州。著有《初知稿》。

滿庭芳　賀順州守苾埜李公攝浪擢永昌郡丞

斗柄初南，緑荷呈蓋，章縫夾路開樽。臺星西耀，海日正東升。多少黄童白叟，思召杜、遮擁前旌。望征軒，行行且止，猶念舊蒼生。　新命喜峥嶸，羔羊譽美，鴻雁聲清。循良傳，直從兩漢登名。此去宣感萬里，崇德化、戍壘銷兵。羨登仙，徵書旦晚，翹首又天京。

帝臺春　賀邑大夫立雲李父母考取榮封

燕臺春早，瑞日擁朱輪。碧梧丹鳳，銜綸命、飛下入滇雲。道神君、治聲踔絶，傳天語、特重褒旌。喜庭幃，龍章首被，鶴髮初新。　懸知軼足超群。顯揚事業琤琤。冀旦晚、乘驄揮白簡，從此日、瀏鵲先徵。謾説道、栽花製錦，還須是、司衮調羹。記河陽發軔，看盡省垂勛。

滿江紅 吊岳

攄吊古意　武穆事，余嘗慨『高宗若不聞』之語，及覽文衡山詞，有『當時自怕中原復』之句，因漫成一章，

覽遍遺編，傷岳事、橫溢眸珠。憶康王、流離自保，南渡一身孤。鑒苗劉、威嫌震主，酣五位、汴洛西湖。紹興來、非無迎復議，念頭疏。　不聞矯詔何居。豈應大事矇糊。精忠字褒嘉，轉是危途。壞長城、君甘相忍，傾大厦、誰與撐扶。百千秋、人心同積恨，向天呼。

巫山一段雲 此趙松雪原題十二峰之調名也。榆郡朱杰侯仿而作十九峰詞，余亦效顰，少爲山川壯色，群

峰自南徂北

其一　斜陽峰

千仞雄南嶂，橫江跨玉虹。祥鐘龍尾盛文風。天上幾雲從。　海涯當泰岱，憲里接崆峒。常吞夕照倒披紅。霞暎水晶宮。

其二　天馬峰

炎黃勤遠祀，此地即蒲梢。行空叠磅儼連鑣。仰秣八騋高。　市骨金臺邈，鳴鹽駟轍消。

還應一識九方皋。結靷獻當朝。

其三佛頂峰

太始開方岳，瞿曇蚤鑄形。盤螺擁髻入蒼旻。白馬度鐘聲。浮圖軒輊玉，衹樹暑寒春。須彌巔上聽鷄鳴。一唱海輪升。

其四聖通峰

誰問西來意，山靈自釋迦。五華飛像上谽谺。肇啓梵王家。樟臺攢古幹，玉藻散天花。感乎异應不須嘩。玄了一袈裟。

其五豹隱峰

翠巘參雲出，幽林幾轉深。籠烟戴霧隔紛塵。太液遠涵清。少微酣寄曜，錦獸託潛文。終南遁迹古如今。何代不徵君。

其六玉局峰

昆岳移來久，名垂琬琰嘉。千年往迹一春花。縹緲白虹斜。光仍潛處現，彩更璞中華。楚賢如得到天涯。三獻此爲家。

其七龍泉峰

升潛神物异，絶頂混洪流。建瓴飛瀑幾經丘。涴演赴滄洲。刺山傳漢將，淬劍紀吴鈎。

源源東匯去悠悠。永載濟川舟。

其八靈鷲峰

歷覽群山會，巉巘此最高。分明天竺樹蓮標。萬壘若争朝。仰眸金界渺，舉足紺宫遥。翩翩直擬御清飆。扶以上丹霄。

其九觀音峰

慈相凝青黛，還需雪注容。雲裳珠佩立空濛。振樾繞天風。濟世恒沙水，環竿紫籜龍。寶輪法座跨喬嵩。慧眼下方通。

其十應樂峰

華胥難得到，似是此山間。地靈隱隱入音宣。湘瑟兩奇傳。聖代鳴珂里，堯封擊壤年。融融化境奏鈞天。弦管太平仙。

其十一雪人峰

六飛攢碧巘，點綴玉圍身。岩嶢累素插空冥。蝗入喜深深。白首非緣老，堅寒未是貧。儘餘三尺兆豐亨。轉與濟蒼生。

其十二蘭峰

大造貽清品，高陵富國香。紫莖緑葉四時芳。九畹列層岡。漢唐封建改，蒙段宇祠荒。

登游紉佩遞炎凉。回想讌平章。

其十三三陽峰

重巒高叠翠，都蚤被朝曦。能教草木并承輝。更趁曉鶯啼。葖䓘聯傾赤，鵑華滿映緋。

嵯峨古樹蔽招提。誰傍一枝栖。

其十四鶴雲峰

瑞靄停孤岫，仙翎唳九皋。雙清景物萃山椒。車蓋隱霜毛。乘鸞應出世，吹笛此凌霄。

時來巽響震空飄。坐看卷松濤。

其十五白雲峰

衡陽開霽後，來作此山衣。輕翻漫布繞成幃。微朗讓東暉。最憐蒼狗變，不伴彩霞栖。

欝葱佳氣運風奇。時展玉龍飛。

其十六蓮花峰

若耶溪上卉，幻入點蒼高。嶙峋列瓣卷霞綃。仿佛碧池嬌。翠蓋松篁滿，清芬薜荔饒。

朱華一自出江皋。君子在重霄。

其十七五台峰

東封階十級，截半此分奇。扶笻不碍徑多迷。宛轉陟丹梯。個中無俗障，正合了塵思。

陶然一笑對斜暉。真解有誰知。

其十八滄浪峰

何方歌孺子，崇嶺俯清江。憑虚睇望儼瀟湘。曦影煥文章。身依雲漢迥，目極海天長。蓬山瑶水樂無疆。世不減羲皇。

其十九雲弄峰

一片陰濃起，霏霏散復收。高唐迷夢已千秋。安用此綢繆。而今呈瑞兆，五色應龍樓。倩將騰上碧霄頭。山海是瀛洲。以上録自《初知稿》

木增

木增（一五八七—一六四六），字長卿，號華岳，又號生白，麗江人。納西族。土知府，加左布政銜。著有《芝山雲薖集》《雲薖淡墨》《嘯月函集》《空翠居集》等。

浪淘沙

遁隱雪山深。一操瑶琴。山猿野鹿識無心。藤榻高眠殊自得，抱膝長吟。午憩柳溪陰。道侣相尋。黄庭一卷伴幽林。樗散無拘心活潑，一醉開襟。

前調

遁隱雪山幽。罕接賓儔。披吟杜句却生愁。不信吾身都是客，寄影蜉蝣。　白髮喜馴鷗。坐對江樓。夕陽遠浦數漁舟。細柳新蒲無限感，宫殿江頭。

十隱詞 殆自度曲也，録二首

清樾千章，就此誅茅架屋。半揞床、半揞書匱，一囊琴、畫圖萬軸。　有客來時，便煮葫蘆苜蓿。凉生袍服，影摇棋局。最可人、翠濤滿目。

其二

迤邐芝林，峻似孤雲兩角。最高寒、斜通雪嶽，檻前筠、森森玉槊。　鶴夢初恬，那管山僧剥啄。寥寥數堍，蘧蘧一覺。勝人寰、喧囂齷齪。以上録自《滇詞叢録》。案：木增之詞，除以上四闋之外，《芝山雲薖集》目録裏還記載有：《水龍吟》春、夏、秋、冬四闋，《滿庭芳》一闋，《浪淘沙》四闋，《醉蓬萊》夜宴一闋，《鷓鴣天》漁、樵、耕、牧四闋，《行香子》山居二闋，《清江引》五闋。

朱奕文

朱奕文，字俊儀，號仲賁，賓川人。明崇禎己卯（一六三九）科舉人。

江城子 仲春望日，陪州守張公賓居仁慈廟致祭即事

靈岩异洞出淵泉。時混混，日涓涓。恁教嘆溢、無憂澤不偏。灌溉千疇成萬寶，登國賦，足民天。　龍宫絳闕貌森嚴。近者悦，遠者虔。陳牲薦璧、歌吹樂喧填。蒙庥錫慶常安阜，崇厥報，億斯年。

其二

二月風和景物妍。椿拂日，柳拖烟。境勝會啓、笙鼓敞華筵。冠裳胥慶同偕樂，人似玉，酒如泉。　優伶巫覡劇神仙。喉宛轉，羽翩躚。更有奇珍、寶玩物階前。綺麗瓓珊春晝錦，祥藹藹，蝦綿綿。以上録自《(雍正)賓川州志》

趙炳龍

趙炳龍(一六一七—一六九七)，字文成，號雲升，晚號楸園老人，劍川人。明崇禎壬午(一六四二)科舉人，永曆時官户部員外郎。著有《居易軒集》《寶岩居詞》。

虞美人 丙申秋雨夜懷舊

不關羈旅悲長夜。别有凄凉者。銀屏一曲枕前山。還向舊經行處、細尋看。　分明記得

端溪路。總把芳期誤。爲誰回首最沉吟。已被雨聲滴破、隔年心。

玉連環 戊戌雪夜次韵

墨池今夜冰初結。朔風凛冽。推窗却看小庭中，雪片疏疏密密。不住聲傳檐鐵。孤燈明滅。商量一夜不成眠，恐怕梅花壓折。

傳言玉女 蠟梅，次錢開少韵

松竹多情，重訂歲寒良友。凌霜傲雪，滿樹黄如豆。湘簾半卷，花氣隨風微逗。美人清暇，倚闌消受。孤立亭亭，冰玉姿、偏穠茂。縣遍金鈴，似蠟輕鎔就。紫暈檀心，天與幽貞清瘦。謝他山谷，嘉名初授。

清平樂 秋意

露晞清曉。茉莉涵香小。簾幕中間人悄悄。不奈秋寒料峭。　瞢騰倦眼慵開。愁心縈繞天涯。惆悵幾枝金粟，西風吹下庭階。

如夢令離思

點點遠山雲護。寂寂離亭烟鎖。約略是伊家，倩個夢兒尋去。何處。何處。驃國瘴烟吹雨。

秋波媚春暮

海燕雙雙立畫闌。相對語春殘。韶光空去，飛花如卷，落絮成團。　綺窗無恙東風隔，芳信誤青鸞。不堪回首，斜陽絲雨，依舊江山。

南鄉子雨窗

細雨入寒窗，覺道春衣件件單。悄向碧闌干外望，花殘。一片傷心景怕看。　何事可追歡。詩又無成酒又乾。欲向甜鄉尋好夢，緣慳。總有相思夢也難。

思帝鄉秋閨

秋日晴。纖體怯羅輕。漸覺曉妝樓外，早寒生。樓下玉簪初放，露香清。折取簪雲鬢、獨含情。

望江南秋夜

秋宵永，銀燭憺生光。寶篆静迴香縷細，花瓷清泛雪濤凉。幽韵沁詩腸。

滿江紅庚子立秋前三日

乍雨還晴，早帶着、三分秋意。閒撿歷、看看殘暑，炎威無幾。蕉葉倚風羅袖薄，荷花出水明妝洗。細看他、桐葉碧陰陰，含憔悴。　訴不了，離情思。説不出，愁滋味。望美人南國，斷魂千里。入夜燭煤清泪瀉，隔簾釵影瓊華碎。問銅駝、何處伊家，鑾烟裏。

點絳唇秋夜

蕉露桐風，今宵都是秋聲了。雲疏月小。依舊和愁照。　迢遞凄音，何處砧初搗。關山杳。夢魂難到。人向天涯老。

醉春風辛丑送春感作

嬌鳥枝頭語。報春春且住。畢竟春光不肯留，去。去。去。那用年年，將儂斷送，落花飛絮。　春在斜陽渡。人歸芳草路。幾度紅樓望遠江，誤。誤。誤。烟水迷離，雲山杳渺，知他何處。

浣溪沙 壬寅春盡感作

正是春光欲老時。生憎鶯嘴咒花枝。斷腸誰與續游絲。　剗地東風欺夢短，連天芳草費相思。此情祇好落紅知。以上録自《滇詞叢録》

包其偉

包其偉，字平脩，明末建水人。

漁家傲 晌町月節

正月晌町春已透。瓊樓碧樹烟光湊。宫樣衣裳風滿袖。香橘柚。椒杯占斷江南秀。　士女嬉游夜轉晝。笙歌雜亂蓮花漏。月下鞦韆疏柳扣。燈節後。佳期約在花朝又。

其二

二月晌町花氣曉。緑窗沉静啼春鳥。楚管秦箏彈未了。思浩淼。碧桃紅杏迎芳沼。　袖拂鸞箋情興杳。尋春漸覺春腰裊。侶燕儔鶯如意少。歌窈窕。紫騮嘶入梨花杪。

其三

三月晌町無積雪。南郊北社青相接。露井新烟炊不歇。烹玉屑。墳頭祭掃清明節。　插

柳佳人光比月。紅裙皺損榴花折。芹藻蒲瓜香未絶。杯言綴。東風吹亂啼鵑舌。

其四

四月晌町迎佛會。蘭膏一沐千金費。隨喜法筵無賤貴。松雨吠。通宵鼓鈸風翻貝。　齋

罷佛婆花底背。蒲團趺坐談三昧。往有美人清婉倍。貪拾翠。行行帶落丁香佩。

其五

五月晌町無惡夏。水邊林子開精舍。往往仙人來稅駕。碧雲誇。至今留餐冰壺話。　魚

戀縠花儂下壩。雕盤雪藕來花下。長日圍棋清興乍。詩酒罷。荷風早放炎蒸假。

其六

六月晌町幸小築。薰風亭館無煩燠。竹簟方床人倦讀。開畫軸。新詩寫得毫端禿。　溽

暑雨疏梅正熟。松明火遍田家穀。擊缶吹豳下平麓。祈田叔。焕文山下烟霞矗。

其七

七月晌町秋乍穎。花香月暖如春景。乞巧穿針池上炯。看焕嶺。嵐翻翠叠千層影。　令

到梧桐渾未省。焄蒿漸入中元境。月下聽砧相對永。銀漢耿。邊城想自今宵冷。

其八

八月晌町秋婉孌。長渠淺碧芙蓉倩。狎鷺親鷗情未倦。明月玩。平分秋色來家宴。桂子娑婆和露薦。冰壺濯魄雲成片。一曲霓裳鶯和燕。醒酒面。香風剪剪生團扇。

其九

九月晌町秋意久。菊花開遍瀘江口。村市揚幡朝北斗。祈壽者。茱萸先浸重陽酒。明月蘆花同白首。登高誰讓誰先手。醉吟落木寒生肘。霜降否。一聲雁鴻來衰柳。

其十

十月晌町泉水凍。浮梁又往看岩洞。花爆燈毬烘石空。春酒瓮。游人似作游仙夢。南北聲喧齊拍弄。神魚躍得凡心動。別有乾坤看翥鳳。偕伯仲。仙舟省失桃源衆。

其十一

十一月温泉如甑釜。櫻桃未謝海棠吐。北寺南山新卉譜。游人虎。簾間暖氣蒸鸚鵡。嵩祝既成歸祭祖。和羹剪韭享童羖。個養微陽非小補。逢九數。空中鸛鶴飛寒羽。

其十二

十二月晌町風解籜。海棠初醒胭脂弱。鳳曆新頒春又作。相踴躍。鬧廳鼓打年歡樂。開遍

茶花紅灼灼。村妝野艷緣城薄。土鼓迎牛争綉錯。分歲酌。千家爆竹驚寥廓。以上録自《(雍正)建水州志》

熊師周

熊師周，大理人，明庠生。

西江月

石龍倒挂逞雄。玉滴懸岩圓通。天窗仙床兩凌空。明珠照樓西東。　營寨三庵□□。□□復賴聖功。天道默運太古風。奇緣慶幸諸公。以上録自《大理叢書·金石篇》

何蔚文

何蔚文(一六二五—一六九九)，字稚玄，白族，浪穹人。南明永曆丁酉(一六五七)科舉人。著有《浪槎集》《年譜詩話》《緬瓦十四片》。

好事近

聽説選蛾眉，對鏡把菱花抹。墮馬學妝宫樣，舊衫兒輕脱。　金錢偷卜問佳期，喜鵲何偏聒。道好事分明近，望梅愈添渴。是科解首爲王肇興，蔚文亞之。臨軒覆試，蔚文列十三，共取二十人。將考選爲翰林中書，命候試而清兵入滇，遂不果行。此詞蔚文候試時作也。蔚文後歸隱以終。以上録自《滇詞叢録》

李思揆

李思揆，字鶴胎，南寧人。布衣，明遺民。能詩文，善草書。流寇陷曲靖，大駡不屈，斷左右手，絶而復甦，後以筆縛肘，鈔書六十餘萬言，人呼爲『斷臂翁』。著有《閒雲軒集》。

行香子 和朱卓月三首

人情春夢，世事浮漚。不須到、勒馬停舟。和盤打算，齒硬舌柔。到也無煩，也無惱，也無愁。　蛆攢蟻聚，蝸角蠅頭。總不如、淡泊優游。花翻玉牒，錦簇金甌。却也有秦，也有漢，也有周。

其二

天倫樂事，儘足徘徊。也不須、着意安排。徼天之幸，無害無灾。有香一爐，書一卷，酒一杯。　粗衣澹飦，一日兩回。使不着、弄巧争乖。曾無冰炭，不惹塵埃。到也不驚，也不怕，也不猜。

其三

敗絮敝襦，無慚丈夫。皇家事、讓彼大儒。醉鄉無税，酒國無租。也儘瀟灑，儘快樂，儘安舒。　役役逐逐，欲何爲乎。算不定、富貴榮枯。饒君定得，他會乘除。切莫顛倒，莫孟浪，莫糊塗。以上録自《滇詞叢録》

葛慎修

葛慎修，號謹庵，明末河西人。

清商怨 贈人

柔荑手。瓊漿酒。微風吹月移疏柳。漏聲惡。寄情薄。萬種相思，幾宵離索。錯。錯。錯。　羅紈舊。春姿瘦。韓郎搴得香魂透。燈花落。書情閣。黄槐伊爾，青樓難託。莫。莫。莫。以上録自《滇詞叢録二集》

高奣映

高奣映（一六四七—一七〇七），字雪君，别號問米居士。清軍入關後，其襲任姚安府土同知世職。據民國《姚安縣志》記載，高奣映一生著述八十多種，今尚存有《鷄足山志》《太極明辨》《滇鑒》《金剛慧解》

《迪孫》《備翰》《等音聲位合彙》《增訂來氏易注》《妙香國草》等。

蝶戀花 蝴蝶樹　限韵

株質刮鐵，其黑理多霉黵痕，痕點圓若楮實。其葉翠陽而緑陰，狀類蒲葵，大則僅及一菱芡錢。孟夏初入，卷如兔目。数日後，又似鼠耳。更旬，始規圓。又更旬，葉巔乃鋭。四月則花，其色近鵝乳雛，漸開漸白，盈樹皆蝶矣。方以類聚，而蝴蝶亦联翩五色畢集，花蝶繽紛，觀者遽然莫辯。樹動蝶驚，纔知飛者爲蝶耳。惜無香爲一恨。

刻玉雕香難做處。明月叢中，剩鷓鴣幾樹。栩栩夢邊飛無數。蘧蘧不記來時路。　多是耽花情未了，變朵花，仍與蝴蝶肖似，雨過紫城天若妒。晴嵐又鎖蒼山去。

天仙子 龍女花　用升庵先生韵

樹喬然類老碧梧，葉甚猗娜，手弄之，覺其肉澤可愛也。長徑一掌，闊似裁襪之緗波。問之則云：花可敵雪，而香競旃檀，惜不獲遇於開時。附會者，以僧無極所獻，謂爲此花。然余嘗考之，洪武十六年，無極率徒入覲，所獻之花，殆山茶與白駒耳。嗣是誠有同無極之志，則龍女實可克方貢之异矣。謂無極已獻者，實非。花胡以龍女得名？屢諮歷覽，未詳其故。或以媚儗乎？抑龍女寶珠可獻，或獻此花。特聽黄面老人拈耳，未免會破顏微笑。

宮闕水晶苔綉瓮。龍女慣將瓊樹種。撚枝夭嬌獻金仙，和露弄。嫌霞重。國是妙香風遍送。微笑拈時誰與共。華首門前霜葉凍。碧梧占斷感通秋，花似霧，人如夢。何日朝陽栖彩鳳。

看花回 唐梅

李廣文寶箴拈余得七陽

松貞柏茂，其花茸茸，開於翠葉叢中，色似枯蠟。不可以意味求，更不可妍麗視也。故得含天地貞素之氣，而壽考焉。梅不特艷其花，且香可襲人，但以艷不至妖。香復清逸，亦能含章而可貞宜矣。推夫是，則不失天地冲幽澹遠之真，又可想也。故高人韵士，往往託意流連，匪偶然矣。靈會寺之梅，生自唐時，夫唐時之松柏，今或老於深山多矣，儔爲之辯别哉？乃獨區區乎梅，曰此梅爲唐時之梅也。是梅之壽，以人傳，蓋由夫觴韵之力多也。梅身枯拙過甚，其欹然挺立，腹則洞如矣。望之若湖山石，竅之大小，愈似石穴，而渾不似樹也。惟孫枝嫩緑，年或一抽，故作花皆在抽條上。其花口磬，質厚，粉膩含脂。開早於他梅，得氣候之先者。花開時，香風飄雪，撲鼻沾衣。然條不數萼，若自爲之矜貴者。此時詩者觴者遝至，則樹底如市。余嘻曰：梅固聖之清者也。今袒裼裸裎於其側，聖之和。梅又兼而有之，梅之閲人益多矣，不能不以和處之。

老狎風姿靚暗香。人世何常。游觴雅語拚經過，黄昏無數思量。天公真有意，古雪同芳。　刮鐵堆冰越宋唐。多少年光。嫩枝不着温裁玉，殘僧冷月鐘霜。笛聲誰夢醒，歷盡炎凉。

解佩令 明蘭　限二十二禡

蘭之九畹，蕙之百晦，拔茅連茹。冀君子之群養其芳。友人李楙桐，爲吾言楊弘山先生手植有蘭，歷今二百年而愈茂。以年深根鬱，故皆盤旋崛起，浮結於土上。若磥磊多節之木，高已四尺許。其方茁之芽，反若生之樹巔者。雖謂年深所致，然蓄韞於土者少，枯露在外者多，蘭之能茂何哉？弘山之德日益新，故其靈之滋手澤，久而彌盛歟。余思往訪之，乃山陰興盡掃矣。

樹真摇玉，香愈越麝。感當時、話長今夜。燕子飛來，幸得依王謝。且凝眸、看誰□□。　紉休爲佩，襲思託藉，幽真寧向冰霜怕。年深莫訝。花開甚事心難罷。醉將蝴蝶游蜂罵。以上録自《妙香國草》

劉　坊

劉坊（一六五八—一七一三），原名琅，字季英，號鼇石。福建上杭人。生於雲南永昌，十九歲始離滇出游，後卒於寧化。坊之祖父曾爲永昌通判，其父官至明户部主事。清兵攻陷雲南，其家八十餘口殉明難，故其一生未仕，也終身未娶。著有《天潮閣集》。

西江月 南嶽上封諸景

予以丁巳春游南嶽，次上封寺。主僧天曙大師賞予獨深，留予寓者三月。既而别去，隨軍入粤東，其年十月，復自粤歸，淹留逾月，乃爲衡州之行。明年三月，再至上封避暑，遂栖遲年半。己未秋，乃别天公歸閩南。計往來上封三年，凡其寺之左右諸勝，予無不盤桓而搜索焉。因作長短句十二章記之。十餘年來，遂遺其半。今天公過化，而予潦倒風塵，未有底止。回思祝融，有負山靈之約，不勝中夜魂赧。爰録六詞，以志當時於几案間耳。

其一 望月臺

山勢高連銀漢，蟾光清映平川。今宵月色正愁人，多恐征人怕見。　四野蟲聲泣露，千峰夜色争寒。人生能得幾回看。莫惜殷勤待旦。

其二 觀音岩

漱漱清泉韵冷，亭亭老幹風孤。礀砑石壁懶雲徐。夜静月明無語。　苔篆蛀殘鳥迹，竹陰掃亂龍書。先生去後碧山虚。惆悵暮雲春樹。岩上有羅念庵手植松一株，今已枯爲幹而蚪然仰首獨立。岩門有石如鏡，石刻三大字曰：『圓明洞』，爲洪武間禪僧楚石琦公手迹。歲久爲風雨雪凍所蝕，今僅存其字意矣。

其三 會仙橋

臺畔石橋欹仄，橋旁緑籜陰饒。野禽驚夢落松毛。盡日塵飛不到。風月千秋如故，山川幾度榮凋。仙人易化况凡囂。萬事都歸一笑。

其四 羅漢洞

洞口風吟落木，岩前鳥語幽花。人生踪迹有何涯。苦放此心不下。歲月偷閒蘿薜，興衰啼亂昏鴉。白雲芳草古繁華。究竟誰爲真者。

其五 湘江

落日半銜芳草，歸鴻斜剪秋雲。遥天一綫楚中分。南北空成八陣。紅蓼香催客棹，白蘋清畏鷗鷺。江流都亦似多情。夜夜濤聲泠噴。

其六 雲海

淼淼中原鼎沸，茫茫大海翻波。蟄龍驚浪攪天河。任詩鯨鯢踏破。雪島千尋出没，冰山萬叠嵯峨。汪洋大地一浮柯。獨棹扁舟來過。

滿庭芳 南嶽夏日

宿雨收晴，輕風送午，陰陰夏日初長。竹窗人静，密葉倒方塘。舞倦梁間乳燕，又新蜩、撰出滄浪。漫沉吟，浮萍踪迹，高問羲皇。畫屏七十二，蒼涯叠翠，練瀑飛觴。傾塵寰、俗慮痛寫瀟湘。把盞澆空自酌，銷鎔千古興亡。酒醒後，碧雲萬里，芳草隱斜陽。

踏莎行 登石鐘觀音閣

喬木牽雲，修蘿引屋。四山落照沉新緑。倦來小閣坐松濤，倚欄試窮千里目。古道秋深，野田禾熟。兒童拍手遮黄犢。蕭蕭烟火欲栖鴉，行人唱徹南征曲。以上録自《天潮閣集》

張錦蘊

張錦蘊，字允懷，蒙化人。歲貢，官景東訓導。康熙時在世。著有《鏡譚》一卷。

玉樓春 春興

烟霞一窟恣盤據。心安隨適堪游豫。小村已在萬花中，吾家更在花深處。秋菊可餐芝可茹。任教風至浮雲去。閒從枕上晤羲皇，覺來驀聽雙鳩語。

南鄉子 秋興

細雨濕疏村。引惹烟嵐分外新。漫著藤蘿輕附石，匀匀。淺淡依稀露翠痕。　日影逼西曛。松徑遥聞牧笛聲。不奏如簧鳥夢穩，沉沉。半掩荆扉月又升。以上録自《滇詞叢録二集》

倪　蜕

倪蜕（一六六八—？），自號蜕翁，原名羽，字振九。原籍江蘇松江，後僑居昆明。康乾時在世。著有《蜕翁草堂詩文集》《滇雲歷年傳》《滇小記》等。

玉漏遲 睡醒問雁

鼓敲殘夢醒，猛然聽得，數聲哀雁。斷續隨風，來到小屏山畔。想象排空數字，寫年年、清秋無限。函愁遠。寄將何處，許多繾綣。　起來推了窗看，但天淡雲閒，影兒不見。有甚淒涼，特地來傳清怨。漫道剛腸似鐵，也覺銷鎔一半。誰是伴。剔起孤燈又暗。

八聲甘州 書感

有昂藏壯士未遭逢，踪迹困漁蓑。在闔閭城畔，春申浦口，飽盡風波。背上劍光萬丈，夜半嘯聲多。問蒼天生我，畢竟如何。　筆底風流霏屑，儘三杯薄醉，短唱長歌。怕群鷗不耐，飛去入烟蘿。儘從他、游泳自樂，讓扶搖鴻鵠，奮盡雲羅。君信否、蟻行雀起，尚未蹉跎。

望湘人 聞笛

正花籠街影，月動簾痕，愁人閒倚蘭窄。清響隨風，暮雲吹斷，何處小樓寒笛。韻促梅殘，關山秋冷，柳條無色。便柯亭、剩得孤音，此夜略嗚悲抑。　聽到幾聲餘抽，想朱櫻淺破，柔荑尖側。奈縷縷哀傳，惹却無窮凄惻。回首處，早撫今懷昔。記起嬌慵無力。曾相對、曲倚紅桃，泪向凉州欲滴。

踏莎行 春寒

凍損桃腮，寒僵鶯舌。西風吹瘦丁香結。東皇無力沛陽和，春殘未見飛蝴蝶。　翠掩裾羅，紅銷袖纈。韶光眼見輕相撇。簾垂燕子不歸來，梨花門掩空庭雪。

青玉案 春思

蘼蕪遮斷香車路。都不是、春歸處。鶯語凄凄疑有訴。飛花如翦，殘雲似蠹。零落天將暮。　無端閒恨從前誤。翠袖銀瓶都付與。底事推愁愁不去。月寒西弄，潮回南浦。

夢影漫天絮。

點降唇 雨後

宿雨初收，新條綠潤庭前樹。花落無主。點點埋塵土。　山色烟籠，遮斷伊來路。天將暮。亂雲西度。似到傷心處。

滿江紅 吴題仙屬譜《秦樓夢》劇，既成半本，興致便闌，乃填此詞并寄謝之

無可如何，把往事、教填新曲。儘閒情、筆飛墨舞，長歌當哭。不放東風欺客夢，要尋紅袖遮銀燭。倩當場、拍板與門搥，收痴福。　思過半，偏難續。畫不就，何須足。算月殘酒醒，哀箏柱促。我有愁腸揉已斷，那堪更入相思局。報風流、要好便多磨，天原酷。

金縷曲 初秋夜

夜色涼如洗。暗迷離、姮娥單影，碎雲籠住。不到清秋庭院悄，怎便凄涼如許。又禁得、幾絲殘雨。一曲玉簫聲漸杳，倩輕風、送到傷心處。憑檻望，愁無數。　離魂吹斷愁無據。儘思量、綉簾香篆，凭肩温語。天上疏星銀漢淡，月浸半階花露。忍忘却、舊時情緒。一樣黄河東去水，奈郎踪、妾夢三千路。那盼得，西流去。

踏莎美人秋思

晚葉吹金，疏花錯綉。西風剗地簾衣皺。排雲雁字去遲遲。誰譜一行秋雨、斷腸詩。水漲平沙，烟横遠岫。天涯心緒凄凉候。憑高無限起鄉思。又是雙雙歸燕、舞差池。

賀新凉書懷

眼見都無濟。儘商量、流行坎止，難求生計。衹看年來馳逐處，兩字因循而已。嘗得盡、客途滋味。便道男兒原骯髒，也暗中、消折如虹氣。渾不似，當初矣。　年今三十身如寄。笑悠悠、學書學劍，總歸荒廢。賣藥垂簾皆退步，此事堪留意。又何必、風塵游戲。世路艱難非一日，况撫心、自愧無長技。應早覓，歸休地。

望梅冬月京師廟市梅花

花還知否。算江南江北，迢迢長路。是誰人、帶得春來，都不管，摧殘玉容娟楚。緑鬢紅顔，怎消受、一番寒苦。任爐烘紙護，艷粉半銷，冷落無主。　仙姿黯無片語。料芳心脉脉，何減羈旅。趁天涯、霜月黄昏，付半縷離魂，却教歸去。惆悵多情，大抵是、飄零如許。漫婆娑、感嘆重下，青衫泪雨。

滿庭芳 寒夜

急鼓摧鷄。昏燈竄鼠，夜寒爐火難支。鰥鰥雙眼，人遠夢來遲。冷浸一階霜月，梅花影、滿地相思。歸心苦，西風吹老，幾縷鬢邊絲。　誰知。漂泊久，吴頭楚尾，烏鵲無枝。把籠霄豪氣，減盡當時。祇看頭顱如許，真堪笑、持此安之。天明矣，陰晴未定，點點曉雲痴。

摸魚兒 歲杪有感，題楚署壁

又匆匆、年華逝水，一身依舊羈旅。俯仰不禁雙泪下，拔劍尊前起舞。君試覷。祇可惜、溪山如畫春無主。消磨爾許。笑公瑾風流，正平豪快，都到腸斷處。　千秋恨，數了從頭又數。乾坤常把人誤。幾個英雄能竟用，何況區區詞賦。休浪語。儘不及、他家茅屋團欒住。鶯花舊路。重倚最高樓，孤城落照，愁聽唱金縷。

賀新涼 乙未秋，從富平楊慎脩明府得汪體齋畫梅橫幅，還閩，用顏練嶼製詞書之

祇有梅花好。與先生、一般冷淡，略無粉藻。不是上林奇樹列，不是仙山瑶草。也不是、平泉魚鳥。不是村莊桃共李，也分明、不是春枝鬧。移得自，雲來島。　原來天賦清幽調。伴先生、十年高曠，半生吟嘯。我愛梅花花愛我，消受温柔多少。案：此處應缺一句。不管有無

青子結，但從今、便與花同老。清興在，金樽倒。

金縷曲 劍川段恭節祠堂

灑遍巴山血。逆奢酋、牛奔狶突，狂鋒難遏。演武場中乾凈地，一霎妖蟆掩月。撐不起、中丞節鉞。有令掀髯矛戟裏，嚼齦穿、怒向凶蠻説。身可殺，印難奪。一門八口忠心決。總人人、如飴視死，繯香水潔。守土殉身臣子分，衹恨賊氛未滅。魂魄毅、鬼雄嗚咽。令子髫年雙足繭，請兵威、家國讎都泄。一紙疏，奏丹闕。

其二

廷議酹忠烈。儘般般、贈官蔭子，豐碑綽楔。千古綱常非細事，到此光昭日月。須不是、區區小節。光禄祠堂松柏古，有靈旂、風雨時飄瞥。聽遺老，時傳説。芳流弓冶能聯接。著案：著原作『晋』，據《著雍六編》改崇庸、起家司隸，建旄擁鉞。耳目腹心傳帝語，事事俱循先轍。陽九厄、朱明焰滅。石寶山中禪弟子，痛老臣、自守萇弘血。心皎皎，明如雪。

南柯子 感懷二首

駿骨知誰買，龍文久自埋。不堪壯氣付蒿萊。空見月明無恙、照長淮。芳草年年別，閒花處處開。幾時歸去舊亭臺。辦取一蓑烟雨、釣江隈。

其二

天醉應難問，窮途且放歌。雲泥消息眼前多。無奈英雄回首、不如他。　春佩搴蘭茝，秋衣擘薜蘿。小山招隱可蹉跎。莫待幾絲青鬢、欲皤皤。

賀新涼虎邱懷古

此恨憑誰訴。最無端、有情花月，難教留住。一片溪山圖畫裏，消得痴魂如許。看不盡、白雲紅樹。樓閣烟圍秋欲老，更何人、曲按淒涼譜。雙泪滴，青衫雨。　闔閭石槨真娘墓。算從來、英雄粉黛，都歸黄土。風壑雲泉空在眼，舊劍終埋何處。休感慨、興衰今古。知己祇須三二客，待朝朝、爛醉山塘路。今不樂，漸遲暮。

解佩令望小姑山

花光如錦，波光如鏡。翠烟迷、春風鬟影。雙袖雲藍，但凝睇、暮江青冥。憺相思、蘅皋香冷。　離情無那，詩魂乍醒。酹芳尊、山容娟艷。何處蘭橈，鼓瑤瑟、泠泠堪聽。似相憐、客愁同病。

踏莎行 宿莽莊

野店燒燈，山窗閉雨。就中都是銷魂處。從來不解客中愁，而今信得愁如許。人瘦於花，魂輕似絮。東風白放春光去。鏡中眉眼夢中身，離情留向歸時語。

洞庭春色 題天津店壁

大不相干，毫無頭緒，胡爲乎來。到天南地北，十年流落，馬通騾矢，七尺塵埃。仰面看人非好況，便借得光輝亦可哀。誰能把，這一腔豪氣，抵死沉埋。而今蹇驢再跨，還尋取舊日金臺。待草屏晤語，追踪羊趙，平臺授簡，比迹鄒枚。眼底升沉原不定，算天豈、私貧於我哉。沽美酒，且高歌一曲，轟飲千杯。

金縷曲 登樂豐鎮城望銅雀臺遺址

一片銷魂處。古今來、茫茫此恨，阿瞞知否。眼底江山都是夢，痴絶奸雄如許。推不了、舊時臺土。試向孤城憑遠眺，笑春深、銅雀今誰主。楊柳亂，絲千縷。濁漳河水東流去。最難忘、一般羞殺，分香賣履。身後西陵誰更望，散盡如花宮女。空見説、群疑塋墓。剩得冷烟籠斷岸，有寒鴉、飛上深深樹。無限意，東風暮。

驀山溪　尋華清宫故址

驪山依舊，秀色明如畫。何處問華清，無復有、斷礡殘瓦。興亡常事，都不爲風流，星河夜。梨花謝。一半情原假。　夕陽西下。泉水潺潺瀉。無數隔林鴉，烟暝處、雙栖啞啞。錦韉灰盡，宛轉惜三郎，歌舞罷。韶華卸。留付漁樵話。

百字令　題蘭州旅壁次韵

游何汗漫，向迢迢關塞，消磨鬢髮。萬里功名真笑絶，□有東塗西抹。柳陌餘香，花蹊留艷，到處難輕别。皋蘭春好，滿船酒泛紅雪。　自憐薄負才情，飄零委頓，劍影霜花折。極目鳳林關外路，古戰場迷秦月。河水東流，夕陽西下，都是愁時節。暮雲來也，角聲吹老城闕。

鷓鴣天　夢後

歸路江山隔萬重。虚幃愁對一燈紅。殘更柝啞官街雪，破竹樓鳴子夜風。　難寄問，且書空。高堂雙鬢惜龍鐘。男兒苦被飢寒迫，半老承歡客夢中。

滿江紅 登黄鶴樓次韵

臚下蠅聲，原不是、本來面目。舒長嘯、振衣直上，綺樓雲矗。畫裏春山螺子黛，杯中江水鸚歌緑。聽笛聲、閒落洞庭風，窺靈躅。　吹未破，湘坡竹。期有待，蓬瀛鶴。倩紅雲約住，痴魂一束。若使亡情山亦苦，但能乘興詩須續。拍闌干、高唱忽驚人，鈞天曲。

沁園春 有懷仲兄客保靖

忽忽當時，細雨寒濤，江上風烟。記情長話短，兩行別泪，兄南弟北，一個離船。馳逐如斯，分携至此，屈指春來已四年。知何事，向蠻烟瘴雨，着意流連。　休教萬語千言。但肯憶、家山自惘然。就不須垂念，鴒原天末，也應回首，鶴髮堂前。草緑波明，湘迴帆轉，片舸東歸亦甚便。争忍得，危樓倚遍，望眼將穿。

大江東去 赤壁

劫燼飛灰，衹剩下、赤壁攔江一截。可惜老瞞燒不死，留此奸雄餘孽。烏鵲驚枝，飆風卷焰，江水騰騰血。片言决策，周郎真是豪杰。　平生懷古情深，輕舟過處，陡覺心頭熱。幾點霜紅祠外樹，掩映些些殘雪。社鼓神鴉，村童巫嫗，此景都凄絶。夕陽坡下，角聲吹老霜月。

念奴嬌 題六合縣店壁

客何爲者，打熬了、二十三年羈旅。踏遍齊州烟九點，贏得素衣塵土。投筆賓筵，顛毛種種，寧肯爲馮婦。一囊賣藥，銅鞮賡和諸估。　秋江水泛寒烟，蓼花紅遍了，殘陽瓜步。六代精靈呼欲出，事業銷歸何處。祇有靈岩，凄凉山寺，依舊禪堂鼓。鱸鄉亭近，先生明日歸去。

滿江紅 初出題常新店壁

秃袖輕衫，也扮做、風塵人物。催征騎、迴旋棨策，豪情勃發。劍脊秋涵三尺水，馬蹄曉踏千山月。笑天涯、萬里祇依人，爲生活。　磨不鈍，嵯峨骨。冷不盡，渟泓血。算十年奔走，北燕南越。曾見灞橋楊柳暗，幾聽秦塞河流咽。到重來、依舊此頭顱，堪悲切。

前調 登丹水河傍山有感題石

拂袖登高，雲深處、一聲長嘯。問天公、英雄窮達，古今多少。如此河山都是夢，不知夢到何時了。獨回頭、無限事關心，傷懷抱。　怎值得，天涯老。但難負，年華少。把龍淵拂拭，電光縈繞。萬一功成身便隱，鴟夷豈滯秋風棹。怕天台道士説終南，千秋笑。

江神子 夜雨宿陽旅店

倦支孤枕小山屏。淡熒熒。一短檠。最是客愁、今夜不分明。無限關山遮破夢，遮不住，故園情。　河陽花落鎖重城。乍風聲。又雨聲。坐卧無聊、挨到二三更。萬里征途行未盡，經幾度，聽淋鈴。

南浦 入潼關

尋來舊夢，算而今、無地不銷魂。祇看重關百二，樓閣鎖孤雲。河畔花光零盡，有當時、鶯嘴説殘春。痛酒闌蓉幕，香消蘭畹，柳絮證前身。　不道淒凉至此，便重經、書劍尚依人。到底英雄未遇，薄命已長淪。剩得一雙清泪，向月明風細吊孤墳。問多情知否，幾回西望獨傷神。

賀新凉 永壽縣阻雨再題壁

去也如何去。便遲留、荒山破驛，住如何住。岩邑幾家窮聚落，薪米看看難措。消受殺、冷風酸雨。添盡征衣寒更峭，怯坡高、泥滑邠州路。行不得，公無渡。　回頭自惜行藏誤。怎年年、因人嚬笑，天涯羈旅。多謝檐流千萬滴，滴滴碎人心處。挨過了、寒燈一炷。尒許凄凉天不管，拂塵昏、破壁還題句。腸欲斷，愁仍據。

金縷曲 甲戌除夕書感

風雪催寒暮。最堪憐、短衣孤劍，年年羈旅。三十無成豪氣折，驚見鬢絲飛素。況回首、行藏多誤。事過早成今日悔，便鎔金、難鑄當時錯。空俯仰，傷千古。　故園梅柳知何許。問何由、屠蘇共把，翦燈寒語。淮北江南飄斷梗，令序幾經辜負。待清寫、一行年譜。泪攬墨痕填不了，算從來、都是銷魂處。無限意，將誰訴。

前調 歸舟阻風得勝港

生受天公矣。儘消磨、一生憔悴，措身無地。琴劍依人空碌碌，歸計如斯而已。爭忍得、還加調戲。襆被南征憑短棹，望家園、去路無多里。浪烟起，渺無際。　一舟泊向荒村裏。羡誰家、竹窗茅屋，團圞如意。爲底人生輕遠別，夢逐蒼茫江水。低掩暎、殘燈如鬼。有限情魂消易盡，被雨聲、滴得心都碎。聊倚伏，孤篷睡。

虞美人 夜泊

江波摇碎天邊月。隔岸千山叠。故園回首亂烟迷。無那一舡斜繫、荻洲西。　年年底事天涯路。總把春光誤。黄茅店外緑楊橋。應自有人夢影、逐蘭橈。

南浦 題大粱店壁

龍淵電掣，乍游踪、携過大粱門。那見翩翩公子，塵土逼朝昏。試問當時豪客，有幾人、解報信陵恩。祇抱關衰老，鼓刀屠儈，生氣至今存。　寂寞吹臺何處，便相如、有賦向誰論。好把一腔感慨，都付與清尊。醉後重尋花石，更蒿萊、滿眼足消魂。笑書生多事，興亡餘恨下啼痕。

水龍吟 曉起見梅花多帶趺而殞者，傷之

如何天與仙姿，摧殘一任花無主。弱質能禁，幾番冰雪，幾番風雨。瑶圃飄香，蕊淵泊夢，般般難據。又無端回首，美人南國，都送到、傷心處。　曾記春前春後，最相憐、天涯羈旅。巡檐索笑，微雲淡月，柔情爾許。門掩荒庭，簾垂斷影，倩誰留住。值得消受，今生更無歸着，痴魂相絮。

沁園春 自壽

自壽一杯，物不我貴，時不我來。看霜鐔氣振，風雲噴薄，汗溝血走，蹴踏塵埃。顧影中原，

游心六合，五嶽三塗盡草萊。相逢處，衹脂韋便僻，滿眼輿儓。古今何地無才。問幾個、人倫冰鑒開。算黥徒餓隸，一般坎壈，胥靡庸保，都是沉埋。賤不殊人，貴方邁衆，俯仰真令壯士哀。還堪笑，笑年將三十，姓氏寒灰。

滿庭芳 次韵清風店壁間女郎季輕波書感詞

彈鋏吹竽，殘羮冷炙，誰憐如是生涯。遠山無數，拖逗白雲斜。分付一鞭瘦馬，東風外、踏碎晴沙。微吟去，輕烟殘日，帽影罩飛花。　長嗟。行萬里，孤蓬飄絮，十載無家。悵萊衣温鏡，都被塵遮。不道年今三十，回頭處、負盡韶華。流落一般憔悴，才貌總休誇。

踏莎行 訪人不遇

劃破江雲，吹殘泥絮。幾回誤認尋春路。東風燕子入誰家，櫻桃花下扃朱户。　銀粉融箋，青鸞留語。香塵遮斷相逢處。碧波如鏡小舟横，斜陽芳草人歸去。

前調 有憶

花月留誰，關山隔你。情魂没個安排地。當初常向眼光前，而今衹在心窩裏。　聲咽歌頭，泪鉗紙尾。零愁碎夢無生計。好憑雙燕逐東風，楚雲淮水三千里。

其二

倩夢尋伊，偷忙憶儞。分明未定相逢地。此愁若使老天知，和天也入愁兒裏。檢點身心，商量頭尾。一般都是無聊計。不如歸去畫橈輕，鶯花結綺吴趨里。

惜分釵 吊落梅

吹將去。留難住。舊時顔色知何許。月兒前。夢兒邊。分明此日，斷送今年。天。天。

餘香在。輕魂待。春風負了相思債。暮雲沉。遠山深。還從橋畔，更向溪陰。尋。尋。

金縷曲 留别董玉揚

不道而今又。向天涯、一番聚散，難於回首。與子青雲交可信，三載相知忠厚。原不是、徒銜杯酒。但使此心始終在，便高風、足繼陳雷後。更何必，惜分手。

十年謀食兼謀友。算平生、情深骨肉，幾人能彀。况是貴游矜意氣，那得真忘華胄。翩翩者、如君難覯。多少臨歧相慰藉，顧他時、再見疏狂舊。感君意，爲君剖。

前調 辛卯立秋，客襄陵趙曲李氏園，簡園主李牧庵通守

花落青棠樹。黯無言、踟蹰搔首，徘徊延伫。庾信平生最蕭瑟，剩有暮年詞賦。痛廿載、驅馳何補。究竟不關經濟事，把鷄豚、菽水全辜負。總擢髮，罪難數。　斷弦絶軫琴休鼓。猛回頭、穎師一曲，怨恩爾汝。我念梅花花念我，慚愧當時輕許。剛落此番羈旅。馬鬣待封心更切，又梧飄、一葉秋來遽。誤不得，儂歸路。

瀘江月 憶寄

記瓊筵開處，簾輕鏤月，爐暖炊烟。氍毹乍惜流蘇影，春無限、一朵紅鮮。麟帶雙環，蟬紗半臂，行來絳雪迴旋。雛鶯隔葉，字字出清圓。恁傾心、意態翩躚。蘭膏餘艷簇，但微波裊裊，格外相憐。碧落仙宗，朱提小字，曾經珠玉語親傳。誰禁得、越人揄袂，周史成篇。　縱然萍葉微緣。歌殘子夜，奈爾許纏綿。酒懷爲我沾餘困，頻移送、淺淺金船。緩拍佯催，藏鈎掩勝，深情總諱人前。典籌分燭，宛轉向儂邊。能幾度、相對遷延。天涯回首路，悵舟停鄂渚，鶴去雲間。香令飄零，粉郎依舊，錦帆涇裏萬花妍。東歸也，相逢一笑，重說當年。

綺羅香 瓶中桃花

微暈輕霞，新潮嫩粉，逗出當時人面。惆悵閒雲，遮得武陵山斷。助餘嬌、御苑春歸，寫幽思、朱扉静掩。記多情、懷袖親携，盈盈小倚千秋院。　玄都觀裏別後，零落空階草，殘紅千點。杜宇無聊，飛上寂寥庭館。佳期誤、影弄斜陽，良會杳、魂銷遺鈿。到今日、重對東風，芳華羞再見。

惜秋華 題畫楊柳岸曉風殘月

如此江山，怎禁他、一片迷離朝霧。野岸平沙，微蟬動摇高樹。蘭舟獨檥清江曲，拂面千絲烟縷。秋風曉，長條吹斷，栖鴉無據。　臺畔清如許。問灞陵橋外，蠻腰何處。曉夢漸隨流水，霜葭寒渚。憑誰剗盡愁絲，剛博來、斷腸詞句。凄楚。展畫圖、當時情緒。

沁園春 丁丑秋日客燕題畫

立而望之，翩珊來遲，是耶非耶。記宫黄約罷，月窺眉柳，天香行處，蝶趁裙花。簾影流蘇，窗輝交鎖，纖手霜籠蟬翼紗。真堪愛，是殘棋算劫，小碾評茶。　誰知夢後生涯。正燕代南來日已斜。悵峰頭玉女，更無消息，冢邊青草，長掩琵琶。薄命如斯，銷魂至此，摹出芳姿已半差。何時也，把生香喚起，雲鬢堆鴉。

倦尋芳　爲瞿安士題扇頭孤蝶

露滋綉翼，花染春鬚，冶逸各許。一拍輕迴，試問吹來何處。國色真香縈麗影，王孫芳草迷歸路。記雙雙，向嫣紅姹紫，儘教留住。　怎信道、蘼蕪夢醒，好景良辰，都付烟雨。宮鬢堆鴉，回首妖鬟存否。求媚漫分瓊玉佩，薄妝休繫紅絲縷。倩丹青，葑東風，此情傳與。

醉蓬萊　題畫蘭

看湘蘭沅芷，墨淡香穠，東風吹冷。回首蘅皋，笑芳期無定。一縷孤根，飄花剩葉，付空山幽徑。欲寄相思，同心雙綰，春紅難醒。　半卷離騷，數聲琴韵，分付深林，此情誰省。莫遣當門，共艾蕭同罄。翠袖迴芳，檀心浥露，月落寒宵永。采佩無人，不如消受，畫中清影。

减字木蘭花　梅月

去年梅雪。偷照分明簾底月。今日重開。梅雪依然月不來。　春愁無際。我亦凄凉渾似你。此恨誰知。却與天涯見一枝。

其二

肌膚冰雪。依約冷香偏耐月。誰與吹開。夜靜天空伴我來。　痴情何際。却把相思都付你。不許春知。亂放驕人桃李枝。

其三

一堆香雪。陪着玉闌干外月。不是真開。是有人兒夢裏來。　笛聲天際。祇怕東風吹着你。世外相知。倚遍南枝又北枝。

其四

飄零如雪。此後知誰閒倚月。休放簾開。腸斷飛英片片來。　更無窮際。一段情愁空憶你。粉蝶何知。尋到羅山第幾枝。

點絳唇

草花四種，曰淡竹花、鳳尾花、晚妝花、馬蘭花，昔賢未加品題，今人亦不賞重，余各譜一詞贈之。

雙袖雲藍，香車曾到淇園路。青青如許。蝶冒花田露。　翠鈿眉心，艷影教留住。春無主。朝朝暮暮。難趁巫山雨。案：淡竹花，俗呼淡竹葉，即鴨跖草。

其二

小立墻陰，晴光幾葉蕉心展。分明曾見。掌上如花面。　赤鳳歌殘，秋冷昭陽殿。飛來燕。唾珠紅泫。的的裙衫茜。閩呼觀音蘭，吴曰美人蕉，滇稱鳳尾花，亦稱燕尾蘭。

其三

一縷同心，晚來曾與多情約。紅芳翠弱。恰好新梳掠。　浴罷嬌慵，小倚雕闌角。輕拈却。胭脂灼灼。含笑歸妝閣。閩呼晚妝，吴稱紫茉莉，秦謂草茉莉，滇曰草丁香，有紫、黄、白、瑪瑙諸色。

其四

金犢車輕，如何能把春愁載。踏青挑菜。小駐東風外。　秋老靡蕪，剩有花堪戴。知誰采。紉蘭為佩。湘水前期在。《本草》：馬蘭，南人呼馬蘭菜，北人呼紫菊。王磐《野菜譜》曰馬蘭頭。案：以上四闋從《著雍六編》録入，《滇詞叢録》本之詞題有誤且詞後案語簡略。

金縷曲 自嘲

已作秋蟬蜕。曳殘聲、別枝新寄，臨風嘒嘒。久辦一瓢終賣藥，竊取壺天餘意。都不問、人間何世。恰值羊公能好鶴，向九皋、欲覓如輪翅。相控引，凌雲氣。　鸒鳩自適枋榆地。納樊中、飛鳴應節，恐非能事。豈有文章齊孔翠，飲啄苟同澤雉。怎當得、仙人驥。顧影回頭成獨笑，笑持將、何物酹光被。總未若，安初志。

前調 題扇頭梅花寄人

不是江南矣。倩疏梅、枝頭留取，些些春意。月色淡籠雙翠羽，嘗盡峭寒滋味。那盼得、柔鄉知己。端爲羅浮仙夢醒，遍人間、剩此消魂地。回首處，愁無際。　而今莫問花開未。怕東風、摧殘無賴，護花無計。多少心情難説與，空見雪深門閉。芳信杳、紅鵑聲裏。除却舊時妝額粉，儘繁華、不過閒桃李。忍再把，痴懷寄。

沁園春 元旦日戲題壁間

天地之間，群物芸芸，忽復有無。便不知不覺，六旬年紀，無緣無故，萬里程途。銅柱西頭，彩雲南畔，偶闢閒山一段蕪。向者裏，種桃梅李杏，千百十株。　非僧非道非儒。是石鼻、村中老剩夫。也帶頑帶耍，養些盆景，過年過節，搨個碑摩。我欲乘風，飄然歸去，不用神仙縮地符。問莊叟，借大鵬一隻，振翼須臾。

前調 答嘲呈卞芝亭太史

狂勝於痴，富不如貧，天與安排。恁諸公衮衮，如斯而已，靡波沸沸，抑獨何哉。盆盎山河，蜉蝣人物，着我其間最可哀。無聊賴，倩毛錐舒寫，鬱結胸懷。　窮寧真爲詩來。便如卿言亦復佳。待擇鄰而處，早尋知己，買山而隱，小葺茅齋。笠澤鱸肥，淞江蓴滑，濁酒時傾三兩杯。氛埃外，看因人嚬笑，磈礧棚開。

喜遷鶯 送春

韶光去了。看一片迷離，斜陽靡草。烟護長亭，雨霏南陌，無數落紅未掃。牢落天涯羈旅，忍便離多會少。轉盼處，早鶯雛啼斷，蝶魂夢杳。　懊惱。算舊年事，幾許相思，纔見春光到。綉閣留香，綺樓餘艷，都則腸斷詞藻。總則相逢明歲，祇恐鬢絲添老。君且住，又無情鵑語，不如歸好。

念奴嬌 咏秋海棠

秋光多麗。出落得、一種輕盈標致。不似春光逞穠艷，祇是妖紅淫紫。嫩蕊嬌風，纖絲暈雨，垂首如縈思。斷腸花也，斷腸人也如是。　猶憶。小立窗前，動人情處，直欲風流死。紅粉光迴翩翠袖，帶倦曲欄斜倚。裊裊婷婷，娟娟楚楚，媚影輕烟膩。斷腸人也，斷腸花也如此。

賣花聲秋夜

庭前露珠凉。葉葉秋光。斷雲籠月夜昏黄。依約輕風扶不住，縷縷蘭香。　前事總堪傷。蹙破愁腸。無聊和影細商量。避却銷魂燈一盞，踏碎迴廊。

浪淘沙舟中咏柳

翠影亂前溪。細葉初齊。條條金柳拂人衣。正是花飛鶯囀候，空付鴉栖。　回首灞橋西。負盡心期。小腰瘦盡不如伊。無限風光都擲與，烟雨凄迷。

沁園春立春

試問春光，畢竟年年，爲着誰來。倩柳拖金縷，送人别路，桃匀嬌靨，誤客天台。草怨王孫，蘭思公子，泪影和花下緑苔。閒庭院，更飛飛雙燕，不見簾開。　於今萍梗生涯。又多謝、東君引悶懷。看上都風物，釵垂新勝，六街士女，車走輕雷。如許芳時，無窮艷藻，辜負韶華第幾回。憑高望，望江南烟樹，都是情媒。

瑶花慢 自淮還楚，忽見梅開一朵

豈無情物，賺了當時，着誰家疼熱。羅浮歸後，應剩下、一縷輕魂貼月。君還知否，生戀着、艷香紅雪。經幾回、花落花開，暗裏消磨豪杰。　怎堪江北江南，縈萬曲柔腸，人在瑶闕。東風深意，都不許、驛使無端攀折。林逋歸矣，清夢杳、翠禽啁哳。最憐一朵餘嬌，重見粉痕雙頰。

金縷曲 憶梅

誰是知心者。最相關、一枝梅影，温柔夭冶。記得年時初見日，深怕笛聲吹謝。長願與、因依聊且。流水空山歸去後，更何管領春風社。對明月，負良夜。　傷心又是花開也。似猶憐、舊愁無着，餘情難捨。如此銷魂寧不許，好夢羅浮重借。還秖待、金樽同瀉。小暈凝酥空在眼，怎雪殘、獨倚荒臺榭。無限意，爲君寫。

滿江紅 己卯除夕題武昌儲使署壁

如此乾坤，已誤了、昂藏七尺。真可笑、文章小道，江山孤客。一歲光陰餘半日，滿城風雨愁今夕。倚闌干、歸思起千端，天涯隔。　心尚在，難抛擲。家更遠，無消息。便屠蘇共把，愁腸如織。吴苑霜添堂上鬢，蠻鄉雁阻雲邊駟。是誰家、金鼓鬧春聲，饒歡適。

望江南 泉州江山清麗，殊似江南，氣候暄和，頗同滇國。因譜十詞志勝

泉州好，村墅碧雲涵。海日紅浮漸入浦，山烟緑散月生嵐。風景似江南。

其二

泉州好，風卷市聲酣。一巷鯉鰉魚上舶，滿街藥玉酒摇簾。闤闠似江南。

其三

泉州好，錦字静湘簾。油碧小輿春婉轉，粉青細馬曉蹁跹。艷冶似江南。

其四

泉州好，溪渚碧潭潭。百尺牙檣飛彩鷁，兩枝畫槳倚青簾。水步似江南。

其五

泉州好，無日不暄恬。霜雪未曾經古樹，春和到處惠窮檐。天氣似雲南。

其六

泉州好，造化釀春酣。桃李無言花爛熳，鶯花不隔雨簾纖。韶景似雲南。

其七

泉州好，士女態穠纖。一縷同心花匼鬢，千鞭分血茜流衫。裝裹似雲南。

其八

泉州好，華屋錦雲參。鴛化幾行瓴瓦瘦，鴟呼數尺吻牙尖。第宅似雲南。

其九

泉州好，嘉實有餘甘。蔗壓虎頭盈盎碧，薯翻鴉嘴入匙黏。果蓏似雲南。

沁園春 丁酉除夕日自題小影

影爾前來，勸爾一杯，問爾因由。爾豈無父母，恩勤鞠育，豈無兄弟，友愛綢繆。尺固非長，寸寧是短，何事甘爲物外游。嗟爾影，怎不儒不釋，瓢笠飄流。　影言一概都休。但提起、能令萬古愁。自戊申汝降，窮根牢植，庚寅汝返，慘境紛投。卿且悲卿，我還作我，欲報春暉寸草羞。相視笑，任明年戊戌，五十過頭。

驀山溪 九日客徐

蕭條舍館，没個登高處。扶醉倚危樓，但滿目、亂山寒樹。臺空戲馬，河水自東流，黄葉渡。

丹楓路。辜負秋如許。　鷄冠留住。不放風吹去。懶更插茱萸，恐惹起、客愁無數。孤琴雙劍，惆悵滯天涯，傷時序。悲遲暮。歸計多成誤。

虞美人 即事　案：詞牌應作《惜分飛》。

弱絮輕盈飛貼地。又被春風喚起。今夜情如此。燈前銀葉調笙字。　數遍花枝都不是。紅豆一雙誰寄。月色凉如水。雪山幾點鷄聲裏。

南鄉子 十二夜對月

難見月兒圓。初八纔交始上弦。但肯常圓圓亦得，雖然。真個常圓豈足憐。　何處最嬋娟。十二三時態更妍。未必有人知此意，霜天。移過梅花瘦影前。

青玉案 順德城外買芍藥一枝

鈿車翠袖人何處。盼不到、章臺路。一朵將離花楚楚。道傍枝葉，馬頭塵土。珍重摇鞭去。　天涯芳草年年誤。蝶粉蜂黄春欲暮。除却温柔無可住。殘紅剩緑，斷雲零絮。點點催花雨。

南鄉子 昔游臨安，過通海，留二詞于寺樓，今幾三十年，忘之矣。仲兄見而和韵寄示，不覺慨然，仍用前韵成此

都不記前游。猶有題詞在寺樓。三十年來成一夢，勾留。杯水坳堂託芥舟。　提起又添愁。鏡裏霜華積滿頭。長笛關山今夜月，戎州。騎馬銜烟箐姓侯。

其二

此日阿兄游。弟手寧誇五鳳樓。多謝木蘭花苑裏，僧留。前度寰瀛舊葉舟。　秋不管人愁。更有愁言壁上頭。還喜篾簹相叶處，南州。雁足頻傳好時候。

念奴嬌 夜雨

荒山野店，伴愁人、一盞燈而已。和影商量渾不定，坐卧都無情趣。風透荆扉，塵迷土銼，没個安排處。有情蟋蟀，許多慰藉言語。　不道歷盡凄凉，銷魂却在，數點秋宵雨。待展孤衾尋短夢，夢也將人欺侮。雲閣煎香，花房待月，怎便輕離去。明朝封鏡，鬢絲添了千縷。

沁園春 丁未除夜小醉，重題舊影

前丁酉夕所題詞，未免凄惋過甚，今且六旬矣。丁巳更何若，且作今宵一時之興云。

影影哥哥，曾與斟杯，今又十年。也無能無耐，缺長少短，不伶不俐，討吃求穿。草活三秋，

花周一甲，白髮蕭蕭被兩肩。争如你，總一飄一笠，青鬢依然。你今萬事隨緣。儘畫裏、形骸紙上禪。但清晨早起，三杯酒美，晴天宴坐，幾朵花鮮。過了今生，由他來世，儒佛仙終着那邊。影笑道，你老頭多事，又落言詮。

雙頭蓮

田荒藍玉，情冷于灰。洞萎緋桃，魂輕似紙。紅臨窺宋，徒存花葉葳蕤；芳照尋崔，空見鉛華零落。從碎長卿之緑綺，不理鳳弦；折弄玉之紫簫，休調鳳吹。奈何一百五十日，蓮心鬱苦；二千四百里，槐夢追歡。小婦隨行，張正言得之睡裏；添丁有喜，盧玉川不是醒時。豈其月缺晦弦，終可盼清光於望夕；抑或事同蕉鹿，故特示泡幻於昨宵。雖云是，想是因甚覺可悲可涕。擘采箋而譜曲，調得雙頭；剔華燭以揚光，人仍單影。安得真真可喚，閒從畫上呼來，字字含凄，還向夢中寄去。

非假非真，見霧縠烟綃，静籠雙美。紅棠午醉。恰一樣、軟倚東風嬌睡。早是蝶影翩翩，入叢叢花裏。閒游戲。飲艷餐香，此情可堪重記。回望龍浦龍村，關山迢遞。痴魂不繫。向清夜、付與兩家深意。況又櫻子垂檐，正鶯花如綺。惆悵也，好夢驚回，月明似水。

滿江紅 梅仙山祈夢記

建寧城南三里許有梅仙山，相傳漢南昌尉梅先生福曾於此栖隱，丹竈存焉。舊有祠宇，前閣倚山腰。郡中烟火萬家，登覽在目。每年立秋至白露，郡人輒携酒果，就祠祈夢，云有奇驗。癸巳夏，寓建者幾兩月，中元日，天陰不雨，乃同楊友青傅及其子希大，渡水而南，憩於祠下，剪黄紙作疏，陳告神前。卧座前，至夜分，夢吴門朱芳殷席地坐，有人向之索金華火腿，朱曰：『已爲唐去非取去，苟不信，繫繩猶在也。』又曰：『倪某曰老鴨子儘吃得。』其人即回問於余，應之曰：『然。』既而伯兄云：『此米向虧五六合，後須補。』余立處乃有木棉環列，前置兩筐米，極精好。掌中擎白金四鋌，一大三小，光彩奪目，鏦錚有聲。顧二侄大韶曰：『渠已補矣。』大韶欣然從余掌中取去一小鋌，適有人開祠門，遂醒。而楊友父子并無所夢，余雖有兆，而意亦不甚解，因譜此詞題壁以記之。朱名蘭，吴縣人，善丹青，去年七月十三卒。唐名疇，上海人，寫墨牡丹有名，年八十一而卒，已三十年矣。

再拜先生，香一瓣、傾心相奉。已深知、踏空非路，鑽籬無縫。祇爲平生都缺陷，而今痛定還思痛。願提開，熾炭火爐邊，埋入瓮。　繩尚在，蹄難送。老不礙，鳧堪供。着朱唐兩家畫手，清閒受用。儲米伯兄升合計，分金小阮聲光動。是康熙、五十二年秋，海山夢。以上録

自《滇詞叢録》

踏莎行 題扇頭畫柳再送田書升還武林

烏石山前，昆明池畔。千絲萬縷春先綻。十年回首可憐生，陽關一曲人俱借。案：借字疑應作散。　絮滚萍翻，花殘鶯唤。馬頭塵起斜陽淡。錢王祠下雨潺潺，離愁却與誰同看。

賀新郎 送周渭生孝廉赴京謁選

萬里行方始。看東郊、依依柳色，樹猶如此。五載春風文膽壯，塵土横侵眸子。今不覺、當年强士。堂上白頭需禄養，自銓曹、檄到心生喜。好舊迅，扶摇翅。　僕本羈人滇水裔。六年來、長鑱短钁，寤歌永矢。賴爾一田犁硯北，栽出許多桃李。尚剩有、方苞研美。别後不知誰秀出，恐家丞、秋實成閒事。惘惘者，如斯耳。

行香子 送陸允孚還嘗熟

去是當年。來是前年。又翛然、歸是今年。行藏落落，興致翩翩。也不禪和，不道學，不神仙。　金馬山前。金汁河邊。看方將、萬里山川。丹顏玉髮，笑撫吟鞭。正夕陽山，楓葉路，菊花天。

其二

君賦歸歟。我唱驪駒。便從今、老景堪娱。門生酒盞，兒子籃輿。好訪山翁，尋釣叟，狎農夫。　而我何如。長此蘧廬。却臨岐、一笑天孤。游方之外，與古爲徒。但弄青琴，吹鐵笛，讀丹書。

前調 慰陳執齋下第

國色天香。知是誰行。儘由他、時下新妝。圓搓頸素，清暈顔光。也一般紅，一般白，一般黄。　對鏡思量。莫怨參商。却原來、翠袖郎當。從今以後，竿木登場。要唱皇荂，歌立部，舞西凉。

前調 題馮武裘小照

桐老霞拖。桂馥香搓。儘飄然、初服娑娑。人間何世，上水無波。但鷳班清，皋禽矯，響泉和。　行也哥哥。興也婆婆。了無關、一味憑他。不知許事，莫問誰何。且自怡顔，彈一曲，太平歌。

賀新涼 題高寶摩小影

不見高生久。展丹青、廿年前事，可堪回首。我與尊公居接宇，忝竊齊名文友。君齒尚、十三左右。僕本不才叨父執，記君循、庭訓安卑幼。此古道，誰能彀。　　飄零萬事俱成負。便君家、情深骨肉，常疏握手。兩髩吴霜飛點點，我故早衰蒲柳。君亦已、鬚眉改舊。窮正無妨吾輩事，好承親、莫厭青氈守。題此曲，圖之後。

望江南

泉州好，彩筆半江淹。麗竪黮椽新史燦，艷姬度曲上聲纖。文物似江南。

金縷曲 送别查天來

烏石山前月。曾照見、古今多少，征人離别。不斷榕陰連海岸，又聽陽關三疊。追叙起、落花時節。偶向雙門前遇子，是舊時、王謝新枝葉。記乃祖，人之杰。　　咸陽古道音塵絶。幸相看、典型猶在，蘭蓀玉茁。慚愧以吾一日長，事事俱從忝竊。恰半載、相知剴切。今日臨岐無别語，但因風、莫忘鱗鴻札。若惘惘，何爲達。

前調 送何次武游秦

即事非今古。羨君家、嶔崎歷落，飛譚卷霧。瓊海雙旌摧折久，勝氣初無銷沮。儘廿載、冰霜遲暮。且食蛤蜊知許事，便蕭然、老向三山住。都不問，春何處。　平生我亦甘羈旅。快相逢、片言投契，姻連兒女。寧有冰清當玉潤，竟把明珠交付。脱略盡、時人家數。正喜風流成二老，又驪駒、一曲西行遽。聊述此，紀佳遇。

前調 送潘子登下第北上

要把龍頭截。早先到、鼇魚背上，飽些霜雪。一卷奇文留宇内，親受鮫人傳説。洗得盡、秀才酸業。幾度秋蟾香夢醒，又工師、手失當門楔。合不着，趨時轍。　珊瑚百尺猩猩血。看誰家、網羅籠海，到頭非鐵。聞道北溟鯤易化，鵬運蒼天空闊。揮手向、妻孥相别。遠道輪蹄經岱嶽，任朔風、吹得儒冠裂。歌此曲，溪聲咽。

前調 送章漫亭

曉色催征騎。是誰人、三神山下，玉龍喚起。吹發梅花香數點，觸動聖湖鄉思。雲蔚處、兩峰凝紫。百歲堂前欣拜母，恰長春、花照丹霞綺。斑衣者，老萊子。　人生聚散原常事。

趁東風、明年我亦，携家萬里。五色雲中懷舊友，情比瀟湖江水。休更問、相逢何地。芥子須彌非浪語，望齊州、九點烟而已。神交者，固如此。以上録自《著雍六編》

徐崇岳

徐崇岳，字石公，保山人。康熙癸卯（一六六三）科舉人。著有《造適軒集》。

念奴嬌 和蘇長公赤壁懷古

無端秋水，又吹來、白露敲殘宿物。素月流天，剛驀過、牛斗徘徊赤壁。蕩漾金波，玲瓏玉塔，冷沁杯中雪。古人不見，吾儕高負英杰。還想多事東風，雀臺深鎖後，香分履發。折戟沉沙，磨洗來、值甚鷗飛鳧滅。吹徹玉笙，夢回鷄塞，底事催華髮。應輸我輩，一尊吞却江月。

菩薩蠻 蘆科賞蓮　回文

小船輕向花叢繞。繞叢花向輕船小。涼酒吸花香。香花吸酒涼。　濕紅連雨碧。碧雨連紅濕。橈轉更香飄。飄香更轉橈。以上録自《永昌府文徵》

陳祚隆

陳祚隆，字履吉，劍川人。康熙癸卯（一六六三）科舉人，官墊江知縣。

臨江仙 巴縣吊段恭節公

巴峽春寒花色冷，流鶯漸漸沉聲。惟餘蜀魄恨難平。隨風呼落日，伴月唤殘更。　霧隱雲霾天地閉，猿啼兩岸凄清。歸來仙鶴瞰空城。塗山憑吊處，觸物倍傷情。以上録自《滇詞叢録》。

太常引 旅館夜雨

昨宵溽暑氣盈盈。攢得密雲成。倏忽雨縱横。響滴空階添客情。　金波似竭，銀河如決，聲觸暗愁生。愁觸益聞聲。依枕未眠聽到明。

巫山一段雲 除夕

逆旅重逢歲，鄉思寄客杯。昨朝舊壘燕歸來。夙慮復盈懷。　夢怕愁時覺，春從醉後回。纔將柏葉送殘梅。桃李又復相催。

菩薩蠻 關帝祠

馨香廟祀千年故。四時烟篆霞雲護。赤兔馬停嘶。青龍刀未開。　黄金多似粟。蟬蓋圓如簇。俯視等輕塵。英雄自有真。以上録自《(康熙)劍川州志》

巫山一段雲 宿紫溪，曉觀山色

竹勁堪栖鳳，松蒼欲化龍。彩霞襯霧氣如虹。殿閣有無中。　巖滴檐飛雨，山鳴谷應風。遠觀東岫日撑紅。瑞色西方同。以上録自《(嘉慶)楚雄縣志》

孫申之

孫申之，字崧嶽，石屏人。康熙己酉(一六六九)科舉人，孝廉。著有《鏡舫詩鈔》。

金人捧露盤 湖上初晴

恨連朝，彌天雨，禁游踪。秋水溶溶。泥塗滑露，難將玉勒控青驄。杜門却步郊行事，十説九空。　喜而今，曦輪轉，陰霾掃，日當中。長湖浪静無風。龍湖三島，朗然現出梵王宫。寥天一望情無極，直到海東。

卜算子 九天觀訪詩僧隨緣

出郭雨初晴，衣履消塵静。野鶴空林一水清，遥見孤栖影。　呼渡便歡迎，香積烟猶冷。波浪無風不自生，卓錫從今穩。以上録自《（乾隆）石屏州志》

徐日新

徐日新，楚雄人。康熙壬子（一六七二）副榜貢生。著有《一拈草詩集》。

浪淘沙 秋夜

無語倚琅干。玉露生寒。蕭蕭落葉見紅殘。幸有黄花閒伴我，坐到更闌。　白眼付雲端。皓月團團。離情爲誰酸。斗轉星移人睡去，花也孤單。

醉太平 喜雨

三星在天。憂心欲燃。幾時緑滿平川。待家家有年。　雷轟電翻。潮回浪湍。一朝恨展眉端。傾金樽放顔。以上録自《（嘉慶）楚雄縣志》

段繹祖

段繹祖，字念庵，劍川人。康熙辛酉（一六八一）科舉人。曾任楚雄府教授、臨興縣知縣。

臨江仙 龍江春漲

榆莢新添優渥，龍川處處源逢。金沙派合共朝宗。浪迴芳草緑，流逐落花紅。　瀰湃平原無際，繞環百里難窮。或傳龍化碧波中。不須沉犀鎮，寧待刻鯨龔。

太常引 武侯祠

渡瀘五月入南中。荒服樹雄風。六出建勛庸。鼎足豈酬蓋世功。　伊吕并駕，蕭曹非亞，天事際終窮。漢祚尚朦朧。何事當年仍卧龍。以上録自《（康熙）楚雄府志》

梅花引 古梅

冰撑骨。萼萃緑。老幹百年妍似玉。秦樓妝。漢苑香。暗中影動，群花誰競芳。　離離其實皆同蒂。玉頰檀心昭異瑞。承霜華。發奇葩。冷清自別，休猜黎樹花。

巫山一段雲 秋月竹影

玉鏡流霄漢，銀河亘碧天。素娥弄影舞蹁躚。移上畫堂前。遍地娑婆態，橫窗濃淡間。呼童收拾不勝搴。擬有玉人緣。

臨江仙 賞荷

半畝方塘如鑒，亭亭净植兼香。仙姿摇曳水雲鄉。霞標開國色，紅錦妒宫妝。外直中通欲語，朱衣翠盖爲章。唐人何事擬張郎。試看水陸裏，誰得比清芳。以上録自《(康熙)劍川州志》

李載賡

李載賡，石屏人。康熙甲子(一六八四)科舉人，曾任楚雄教諭。

梅花引 琅井奇梅

冰撑骨。萼萃緑。老幹百年妍似玉。秦樓妝。漢苑香。暗中影動，群花誰競芳。離離垂實每同蒂。玉頰檀心昭異瑞。承霜華。發奇葩。冷清自别，休猜梨樹花。案：此闋在《(康熙)劍川州志》中列入段繹祖名下。

踏莎行 飛來神石

地骨天成，雲根烟覆。摩匒千載長依佑。雨暘禱賽應如神，憩仙擬是曾相遘。　文若峰巒，象如鳳鷟。五如三品階垂秀。古傳挂帶顯靈奇，欲遺聖瑞丹墀奏。以上録自《（乾隆）琅鹽井志》

李含和

李含和，字順中，雲南鶴慶人。康熙丁卯（一六八七）科舉人，官浙江嘉善知縣。著有《金沙集詩草》。

浣溪沙 感懷

碧桃帶露柳初烟。爆竹聲中損歲年。客懷何事轉凄然。　泪是暗流心獨苦，魂因夢斷恨難傳。窺窗斜月冷涓涓。

踏莎行 夏景

困人天氣，濃陰時候。小雨初晴凉欲透。誰家妝閣閉嬌娃，手撚花枝香滿袖。　寂寞誰憐，佳期難就。啼痕蹙損春山瘦。聊將麯蘗破愁城，醒來愁緒還應又。

南鄉子 憶内

相去日以遠，斗帳愁牽。皓月娟娟。記得花時常入夢，叨叨絮絮，離情不盡傳。細把丰姿想，頎頎猶似舊時姸。豈是年深羞向我，淒淒，滿院蕉聲滴枕邊。

臨江仙 夏游

偶過大橋橋上飲，主賓多少豪英。緑槐垂陰雨初晴。薰風拂池館，笑語不停聲。今古紅塵都是夢，歲華駛疾堪驚。惟將麴蘗寄閒情。心頭無一事，酒醒月三更。以上録自《金沙集詩草》

段　昕

段昕，字浴川，號皆山，安寧人。康熙庚辰（一七〇〇）科進士，官連城知縣，行取部曹，補户部湖廣司主事。著有《皆山堂詩草》，附詞。

法駕導引 贈玉冠子道士

玉冠子，玉冠子，縹緲夢游仙。控鶴雲階尋伴侣，支鐺斗閣煮山川。一覺幾千年。道士善睡，且夢仙人授以玉冠，故名。

其二

瑶池上，瑶池上，猶記倚欄干。風火半爐心是鼎，雲龍一夢玉爲冠。醒後海天寬。紀夢

其三

成連子，成連子，海上授冰弦。山水移情傳玉軫，松風入夢落瑶天。一炷水沉烟。善琴

其四

橘中叟，橘中叟，滄海幻桑田。黑白未分無一物，輸贏半日已千年。畢竟讓誰先。善弈

其五

歲寒友，歲寒友，何事漏春光。衹爲大丹藏不住，却教青帝放寒香。仔細問仙郎。善畫梅花

其六

寶珠茶，寶珠茶，如火爍殘霞。雪點紅爐丹已熟，春來瑶島鼓誰撾。富貴是仙家。善畫茶花

相見歡 春起

一簾黛草濛烟。恨纏綿。賣花聲過、費盡買春錢。　情欲醉。天明未。起來難。蛾眉未醒、羞影鏡臺前。

賀新郎半 春閨

有個人如玉。殢春愁、病是三分，腸回幾曲。顰眉不語情多少，悄把金錢卜。　憶君南浦春波緑。夢君昨夜今宵續。恨啼鵑、月下聲聲，心上鳴，耳邊入。

南柯子 春曉有懷

好夢留人睡，閒愁不肯醒。忽聞杜宇一聲聲。道是不如歸去、最分明。　困柳沾晴雪，飛花撲粉塵。芳草東風燕子輕。春爲多情易老、况於人。

一斛珠 春愁

依舊依舊。鏡波紅暈香羅透。雨絲風片黄昏候。想斷腸人，是處天涯有。　前春消瘦今還又。餘花片片飛紅溜。垂楊處處含顰皺。何事人歸，常在春歸後。

喜遷鶯 和晴川弟初夏聞杜鵑韵

東風不歇。恨杜宇無知，向人饒舌。雨瓚梅丸，絮飛蝶粉，猶憶清明時節。因甚如言似語，嘔盡個人心血。最堪憐，是芳草魂迷，寸心灰結。　愁絕。一句句，夢裏天涯，忘却歸期也。斷續鶯兒，呢喃燕子，半是罵伊不輒。無過惜春情性，恁的十分愁咽。縱春去，管還有春來，不須多説。

滿江紅 村館苦雨

夜雨燈青，天付與、一窗蕭瑟。況入耳、書聲幾句，怎生當得。三十頭顱衹如此，千秋事業知誰及。鄧仲華、又應笑迂儒，猶寂寂。　屋上雨，如愁織。心上淚，和雨滴。想半生匏繫，空山誰識。夢裏鞭揮過隙駒，醒來筆掃驅蛟檄。冷陰陰、傀儡没人澆，長太息。

鵲橋仙 秋思

非痴非醉，忽來忽去，積下閒愁幾許。西風一夜作秋聲，飛葉逐、相思而起。　寒潮似咽，青山如瘦，共伴月華無語。情多更是爲情愁，不放空、夢兒影裏。

瑣窗寒 戲贈友人納姬

二月花期，三星子夜，個人佳麗。背立銀燈，魂斷屏山影裏。看盈盈、十五吴儂，鬟雲未攏芙蓉膩。恨鮫綃如水，欺人無力，羞扶不起。　凝睇。妝臺畔，見粉面低垂，遠山添翠。秋波溜處，悄把老奴偷覷。較昨宵、一樣龐兒，難當幾句人恭喜。試回看、枕上殘霞，是阿誰紅泪。

臨江仙 壽朱九皋八十

幾葉梧風吹雨過，碧天一片空清。沾衣桂露滴無聲。香從歌裏度，色自酒中傾。　步履不驚鳩杖穩，笑看海屋雲生。月華如水潑簾明。鬚眉傳逸老，人世幻蓬瀛。

釵頭鳳 秋懷

西風吼。相思嘔。蕭蕭黃葉村中走。秋聲作。秋衫薄。山增消瘦，人增離索。錯。錯。錯。　愁還又。眉空皺。最難將息黃昏候。燈花落。寒蟲聒。天涯何處，夢魂驚覺。莫。莫。莫。

滿庭芳 雪中閨思

笮雨裁雲，雕冰剪水，平空造出瓊花。風姨相愛，吹送到寒家。素影欲飛還住，珠簾外、玉樹橫斜。熏爐冷，無心爇火，門外即天涯。　相思何處夢，瓊瑤滿路，月漾蟬紗。問東君醒未，微露根芽。試看隴頭凍蕊，三兩點、漏泄春華。憶離人，一年過也，又是雪交加。

巫山一片雲 春閨

不情芳草色，多恨落花聲。天涯何處雨初晴。相思驀地生。　春固太薄幸，鶯亦苦伶仃。一簾心事不分明。夢裏問卿卿。

海棠春 惜春

春歸可是來時路。最銷魂、雨中烟樹。情繫柳絲長，吹來又吹去。　小疊紅箋書恨字。倩燕子、寄將心事。燕子自雙雙，不解相思意。

阮郎歸 山館雨晴

春在否，樂何如。鶯花三月餘。北窗一覺夢模糊。古人笑讀書。　會心處，雨晴初。小草莫教鋤。自然生意上階除。東風知我無。

石州慢 碧玉泉和韵

混沌纔分，天工弄巧，鑿開靈竅。暖烟一望空濛，水火濟，陰陽玅。蒸雲煮雪，千年常是溫和，變人冷淡瘵人燥。神女戲拋珠，用鮫綃籠罩。　堪笑。華清蒙垢，何似斯泉，藏幽山奥。更愛冰壺月滿，玉人相照。風塵滌盡，振衣濯足隨高嘯。第一欲標題，有前人曾到。楊升庵先生題玉泉頌：『天下第一湯。』

滿江紅 感遇

儘著愁來，盡堆送、些兒心曲。天可知、鍾情與我，情是何物。彩筆難銷風月債，金甌僅爲虀鹽卜。笑等閒、那有足音來，真空谷。　干霄劍，猶埋獄。連城璧，猶藏璞。嘆些子溪山，怎容伸足。咄咄徒窺管裏天，便便自撫窗間腹。任盤算、究竟奈愁何，攤書讀。

瑶臺第一層 一漚庵看桂花　和韵

雲外天香，何處覓、秋色一簾開。天竺根芽，蟾宫枝葉，若個移來。是素娥工巧，雕金嵌粟、留贈仙才。休辜負，且風前度曲，月底銜杯。　徘徊。小山休賦，維摩花散雨花臺。看老翠欲流，新黄又吐，供我追陪。拈將成一笑，誰參得、空色塵埃。步芳階。有龍涎萬斛，袖裏携回。

齊天樂 秋夜對月

疏疏幾點黄昏雨，洗蕩碧空如水。萬籟無聲，纖塵不動，人坐冰壺影裏。多情自許。况天逼山青，葉翻風紫。對影成三，舉杯獨醉誰知此。相思無處可寄。望天涯脉脉，此情千里。醉讀離騷，高歌水調，澆去滿胸傀儡。將愁除起。算偌大乾坤，剩來餘幾。把酒問天，奈何天不語。

應天長 長至日壽戴筠岩廣文遇雪

綉添宫綫，梅浣寒香，天送半簾春色。恰是冷淡青氈，一片寒風月。酒力微，歌聲歇。倩奚奴、掃花燒葉。誰乘興，夜半扁舟，望江山如畫。試看滿城，烟火人家，盡變瓊瑶闕。仙客錯尋海屋，也坐諸生列。此日乾坤奇絶。更愛東風情熱。醉冰壺，無限清光，共呼紅浮白。

飛雪滿群山 咏雪獅子

雲氣陰森，風聲哮吼，片時百獸潛踪。星懸珠眼，髯飛冷艶，休言綉虎雕龍。是誰司造化，活現出、异樣神工。顧盼間，見張牙露爪，歡喜走兒童。渾疑是、西天蓮座下，掣開金鎖，跳出牢籠。分犀搏象，怒雷瞋電，曾震蕩畫圖中。看掙獰如許，却原來、全没心胸。一團冷淡，尚從泡影騁英雄。

浣溪沙 梅萼

珠玉心胸鬱未開。些兒春意暗傳來。含羞一笑倚妝臺。何郎東閣香千點，處士孤山雪幾堆。未如此處且銜杯。

其二

幾點寒香入酒杯。美人笑靨等閒開。一簾月影暫徘徊。鐵石心腸交汝去，珠璣懷抱寄予來。風流相賞願追陪。

滿庭芳 春晴偶感

天膩新霞，簾開積翠，霏霏雨織窗前。輕寒輕暖，零亂入春衫。早是花時過也，芳塵净、緑媚紅酣。香泥軟，阿誰年少，玉勒拂絲鞭。妝樓人欲醒，梨雲浴雪，草黛留烟。恨東風易老，心事誰傳。試看陌頭楊柳，顰欲皺、漸上眉尖。相思意，個人知否，夢裏卜金錢。

蝶戀花 園亭惜春

愛惜城南烟景媚。愁倚斜亭，一望相思地。妒煞青郊春十里。榆錢賤買東風醉。又是清明知也未。絲雨催花，幾點腥紅泪。殢酒不堪愁欲醒，遠山似我眉顰翠。

瑶臺第一層五月壽張太尊　純用張姓故實

天上星文光燭地，鵲印嗣凌烟。黄石書成，西都名重，孝友開筵。喜劍已成龍，錢堪入選，追美前賢。誰同調，有畫眉京兆，草聖顛仙。　堪傳。春姿濯濯，千金寶鑒照中天。看麥秀迎風，星槎泛月，珂里鳴鞭。水晶燈照處，野無枹鼓，白馬翩翩。祝芳年。似乖崖待召，青鳥高騫。

拜星月慢中秋對月

幾點疏星，半天秋水，蕩出清光一片。驀地相逢，恰尋常見慣。喜今夕，更覺多情顧我，羽曲霓裳留戀。欲説相思，又吞聲長嘆。　酒杯中、得近姮娥面。天知我、獨坐無人伴。爲問玉宇瓊樓，可許人游玩。想人生、最苦天涯遠。寒窗静、消受秋蟲怨。怎奈這、宛轉情思，隔溪山不斷。

少年游春怨

花霧紅迷，苔錢翠膩，新雨贐餘春。曉夢初驚，離魂未去，起起兩眉顰。　雙飛雙浴惹香塵，雙燕自相親。惟有奴奴，妝成不語，可是不如人。

東風第一枝 寒食郊游

昨夜東風，今朝寒食，人人俱道春瘦。思量寬放閒情，如何解除宿酒。青蕪郊外，且領受、香馳粉驟。趁芳時、到處尋歡，莫待拋殘紅豆。　看燕嘴、絮泥輕嗽。聽鶯語、舌簧微溜。更愛人面醺紅，笑問桃花似否。銷魂此際，誰共伴、狂歌搔首。儘眉間、一片愁心，送作柳梢顰皺。

滿江紅 黔中壁上和韵

一綫滇黔，屈指計、已過千里。看馬上、鳥道穿雲，螺峰送爾。路問紅頭仡佬苗，天懸黑漆盤江水。笑游人、何事哭窮途，名利耳。　挽鞭梢，茅店裏。對殘燈，中夜起。望壁上新詞，摩挲不已。濁酒頻澆傀儡腸，壯游惟向山川語。洗風塵、何日蚤歸來，重和此。

大江東去 晚渡黄河，和夏少師碑上韵

滎陽東望，晝天塹、猶是洪荒初物。星宿源從天上落，湧過龍門飛壁。沙磧斯冰，雷車鼓浪，十里翻晴雪。中原襟帶，萬千氣象雄杰。　解鞍廣武山邊，高檣短棹，好趁西風發。南北劈分天地界，對岸樹烟明滅。漫擬銀河，除將黑水，江漢皆如髮。幾聲欸乃，衝開半天烟月。

滿江紅 謁岳忠武王祠，和王碑上韵

古樹陰森，風過處、威靈未歇。驅鐵騎、迅雷奔電，精忠激烈。魂繞百年宗祖地，心傷二帝關山月。慟當時、奸相壞長城，堪悲切。　黄龍飲，言未雪。三字獄，全家滅。好金甌，誰令痴兒撞缺。畫壁雲翻天地氣，斷碑雨洗英雄血。嘆宋家、荆棘冷銅駝，殘宮闕。

揚州慢 揚州懷古

翠館烟花，畫船簫鼓，可憐佳麗揚州。儘海潮來去，不洗滿江愁。試尋問、蕪城舊迹，堤荒衰柳，月冷迷樓。祇無情邗水，年年還是東流。　平山檻外，金焦鐵瓮，空湧瓜洲。想小杜風流，史公血泪，一派沉浮。我亦夢中過此，閒步到、念四橋頭。問江都好否，半天風雨淹留。

過秦樓 維揚同友人作

曲巷深藏，綉簾半卷，度入翠兒庭院。鬢雲膩枕，睡眼含星，悄立暗匀嬌面。滿地月影相扶，走到人前，也羞人見。似海棠洗雨，倚風無力，畫屏微顫。　想昔日、薄幸樊川，吹簫樓上，一夢十年不散。我今萍水，爾亦楊花，休訴紅顔哀怨。且撥琵琶幾點，莫放城頭，漏催銀箭。笑邗溝夜浪，明日秋風河漢。

沁園春 渡楊子江遇大風

秋水長天，一葦航之，四顧徘徊。忽海門潮湧，金山沸雪，燕磯風起，鐵瓮奔雷。帆影亂飛，江聲浩蕩，撲面龍腥浪噴開。笑舟人，問予家何處，幾度曾來。予言萬里初回。比博望、槎頭氣壯哉。看簸梁掀宋，惟餘殘壘，淘庾洗鮑，滌盡凡才。鮫女弄珠，石城如畫，咫尺江雲入酒杯。顛狂甚，喜過龍蛇窟，游鳳凰臺。

望海潮 飲采石磯蛾眉亭有懷太白

酒客飛來，危峰欲墮，憑欄望斷江天。鮫女抱珠，神鯨鼓浪，飄飄捧出青蓮。高唱大鵬篇。看錦袍映水，彩筆凌烟。八極神游，却隨鷗鷺晚風前。沉香亭外欄干。儘花醺墨醉，灑向龍箋。妒煞當時，如花國色，曾聞捧硯君邊。此際便如仙。任金貂脱去，梁月空懸。千古相思，孤雲來往敬亭山。

念奴嬌 七夕乞巧

碧空塵净，月照見、天上風流雙美。細算相思想此際，倍甚人間兒女。香擁玉山，夢迷巫峽，風送喁喁語。三星影裏，一時多少歡喜。　笑我浪子天涯，歸期無定，徒望天如洗。欲乞些兒機上巧，未卜雙星可與。若説佳期，今年重閏，莫恨盈盈水。欲覓仙槎，望斷鵲橋千里。

玉女摇仙佩 代天孫答乞巧詞

金梭偶擲，忽聽仙鬟，説是人間七夕。輕語素娥，悄傳青女，怎的代儂收拾。不用菱花照，恐暈紅微喜，羞人滴滴。問天漢、游人静否，莫放星槎、覷人消息。默想此時情，不覺重思，舊年今日。　暗笑痴女呆兒，沉李浮瓜，誤想將人巧乞。怎不思量，相思隔歲，撚指纔逢七七。就祇説心事。也説不了，一年滋味。甚心情、花前月下，耽雲擱雨，與伊巧得。休嚶唧。有人應已愁如織。

水調歌頭 中秋

可愛半簾月，輾過碧雲天。不知天上佳麗，虚度幾青年。我欲乘風相訪，預製鈞天一曲，傳與小仙鬟。換取羽衣舞，同醉桂花間。　轉思省，長太息，不成眠。幾許幽恨，今夕何夕自相看。卿是多情仙子，我亦多情仙客，自應兩心憐。舉酒卿知否，相保共團圓。以上録自《皆山堂詩餘偶存稿》

左麟歌

左麟歌，蒙化人，土知府。

滿江紅 喜友至

日掩柴扉，向來身、類逃空谷。喜故人、足響相尋，輝增蓬屋。適性閒調梅嶼鶴，忘機莫問蕉隍鹿。話多年、拄笏得優游，升平福。　微雨過，苔痕緑。凉風起，茶香馥。共花下詩牌，橘中棋局。今夕莫辭蓮漏永，連床書勝芸窗讀。約西樓、菊放可還來，平原熟。以上録自《（康熙）蒙化府志》

徐松

徐松，字子茂，號遁耕，宜良人。康熙時人。諸生，官江川縣儒學訓導。有《遁耕草》。

長相思 東山叠翠

紅滿山。緑滿山。翠靄層層綉錯間。游人眼不閒。　結風鬟。結雲鬟。奇峰叠翠好躋扳。登高作賦還。

清平樂 西浦温泉

泉澄西浦。四面圍廊廡。活火恒煎誰作主。暖氣融和今古。　游人濯足褰裳。老龍吹沸蘭湯。滌垢何如滌慮，趨炎怎及趨凉。

西江月 鐵池夜月

猶憶鐵池古渡，曾無架海仙橋。沉潭邃密忽光昭。寶鏡當空朗照。　月白風清子夜，雲收雨散良宵。廣寒宫殿豈云遥。丹桂低看也好。

浣紗溪 古城晚霞

西望横拖一縷霞。古城烟樹噪寒鴉。斜光遥映碧窗紗。　借問當年誰築壘，空留遺迹在天涯。夕陽之下有人家。以上録自《宜良縣志》

趙　河

趙河（一六七六—一七三六），字燕鄰，通海人。康熙壬午（一七〇二）科舉人，官蘆山知縣。著有《待焚草》，附詞。

蝶戀花 次韵寄城

雙水東風今到了。遥憶京華，一樣啼春鳥。小阮音塵殊杳渺。竹林化作相思草。　廣受二疏千古好。父子同官，又得同歸老。爾我功名都潦倒。天南天北離多少。以上録自《待焚草》

唐聯芳

唐聯芳，禄豐縣人。康熙乙酉（一七〇五）科舉人，揀選知縣。

摸魚兒 西河烟柳

見長河、連綿迢遞，如龍游衍相近。二川交瀉清波水，星宿淵源須認。放艇順。又輾轉、瀠洄亂絮飛成陣。柔條青潤。將楚國纖腰，隋宫螺黛，莫寫晨妝靚。　沿堤上，朝暮烟拖月暈。依依夾岸飛盡。萬融香霧氲氲景，游罷依欄酣困。臨流問。惟衹見、緑雲摇曳朝來混。乘槎誰信。看蔽芾濃陰，青色不改，留作甘棠咏。

玲瓏四犯 石門天塹

緑臺作衣，蘚錢如畫，石竇中分半。嶙峋昭勁骨，愛近亭館。丞相天威不遠。瘴烟開、蠻焰斷。一統車書，四裔平坦，此日周行坦。巨靈鑿破開天險。功成七縱，南人不反。當年蛟蜃窟，今作禪燈伴。米顛欲寫渾難似，爲時近、天門輝燦。朝日纔升早，月華又晚。以上録自《（康熙）禄豐縣志》

趙　城

趙城（一六八五—一七五九），字亘輿，通海人。康熙乙未（一七一五）科進士，選庶常，授編修，曾官湖南布政使、廣平知府、甘肅按察使、河南布政使等。

蝶戀花

癸巳年，余偕窗友繆符星孝廉公車北上，比同下第，符星南旋，余獨旅金臺，計其抵家之期，當在新春，余既有感於客況，不能無故鄉之思，而欲彼之乘時惜陰也，因爲一詞寄之。

雙水秀山君到了。剛下征鞍，恰聽啼春鳥。載酒細將幽興討。故園何處不芳草。　記得海棠花最好。珍重花開，莫漫教花老。陣陣東風吹到曉。可憐枝上剩多少。以上録自《待焚草》

張　漢

張漢（一六八〇—一七五九），字月槎，號莪思，晚號蟄存，石屏人。康熙癸巳（一七一三）科進士，授檢討，出爲河南知府，解組歸，舉博學鴻詞，補試第二，復授檢討，遷山東道御史。著有《留硯堂詩集》。

金菊對芙蓉 九月八日醉菊臺

露井桐飄，秋畦菊綻，主人新墾花荒。更二難四美，輻輳東墻。舉杯還笑陶彭澤，空獨飲、誰共飛觴。試搴黄白，英餐一醉，擬到仙鄉。　佳節何必重陽。陋登高往事，祇屬尋常。架空臺榭，自古無雙。賭談邱壑横胸出，卧游處、志在高崗。少焉月出，素琴三弄，其樂洋洋。

雨中花 雨過醉菊臺，集駱賓王《冒雨尋菊序》字

竹響空庭争雨亂。步錦石、泥封野岸。更谷葉低松，砌花舒菊，滴瀝飄鴻雁。　遠岫參差雲不斷。挹户牖、蘭英交泛。愛流水琴臺，風濤曳露，直墜珠簾半。

賀新凉 歸里述懷和韵

倦羽驚前却。望遥天、翻雲覆雨，是今非昨。印佩何妨輕一芥，去比野僧行脚。渾不戀、纍纍若若。水石風流閒賞會，問古人、此意誰超卓。吾竊比，謝康樂。　青門祖道勤飛爵。酒三行、劃然長嘯，孤懷落落。損益何須觀易畫，開卷已占濳確。續司馬、名山著作。寄語西湖空入夢，夢遊西湖。且回舟、一謝塵牢縛。宜繪我，置邱壑。以上録自《（乾隆）石屏州志》

李禹鱗

李禹鱗，楚雄人。康熙丁酉（一七一七）科舉人。

踏莎行 南浦飛雲

勢若鋪綾，形如張蓋。南來飄渺飛輕靄。多情那爲水山留，高標迴出塵凡外。　聚散無常，迴環一帶。浮時莫更添長嘅。好看地下起長風，和他天上成佳會。以上録自《（康熙）黑鹽井志》

王允恭

王允恭，號克讓，康熙時楚雄黑鹽井人，貢生。吏部候選訓導。

水調歌頭

爲問今何昔，得共樂閒行。頻眺碧溪蕩漾，偏送一江聲。又見梅枝吐萼，更看桃條垂綫，壘壘散珠星。不顧凭欄久，自覺眼前醒。　敲棋子，吟詩句，到深更。劇飲春風滿座，慣盡歲寒情。最是徵歌選勝，挑逗金莖玉屑，落筆賽西京。從此相隨後，肯許耐閒聽。

鳳凰臺上憶吹簫 本意

花映珠簾，香焚金鼎，看來好自難支。想當年臺上，玉管頻吹。聲送天然節奏，挑逗出、無限情痴。同心侶，千般迭唱，喜色堆眉。　嘻嘻。幾成往事，這一段光景，欲會何期。縱花開錦綉，酒滿金卮。但覺乘鸞去遠，誰不想、清韵堪追。從今後，一番題起，萬種相思。

其二

環佩聲敲，金蓮移步，不妨緩出深宫。幸與郎携手，把酒臨風。生怕知音錯過，吹玉笛、响徹玲瓏。多情處，歡同鸞鳳，勝似賓鴻。　匆匆。韶華易度，那一段風流，盡記心中。奈鳳臺依舊，飛燕西東。想當時唱和，怎教我、都付虚空。這光景，自然又動，無限憂冲。

滿江紅 紅梅

静倚朱闌，盼幾許、枝頭春泄。無可奈、芳心挑動，一腔情熱。誤了佳期音阻滯，衹憐暖艷羞扳折。到不如、繞徑漫擎觴，吞梅雪。　花影上，何曾輟。抬頭望，垂嬌色。去霜華寂寞，猩唇如綴。觸景令儂增惆悵，感時使奴情悲咽。寄東風、吹送那人來，歡聲迭。

前調 望月

一個嫦娥，把霄漢、烟雲盡掣。猛可裏、冰輪高駕，江山都閲。皎皎生輝疑有意，輕輕度影如鋪雪。這清光、洗去世間塵，真堪潔。　　凴几望，何心切。思對語，無言説。恨霜侵鬢裏，廣寒遠絶。搗藥有年何處用，修枝無分難爲悦。繫蟾蜍、且住畫樓西，休離别。

前調 紅梅

一段丰神，無限參差映樓閣。又早是、冰魂漸改，絳唇新瀹。臨階旖旎半含嬌，觸目妖嬈還舒萼。看將來、妝鈿不侵眉，花灼灼。　　親美景，多歡樂。擎醁酒，無蕭索。恨年華已老，終耽丘壑。鳳户云遥無雁字，銀海空見枝頭雀。看他年、不賦標梅詩，來媒妁。以上録自《（康熙）黑鹽井志》

楊　璿

楊璿，號他山，康熙時黑鹽井人。貢生，吏部候選訓導。纂有《黑鹽井志》。

水調歌頭

爲愛溪流沸，一派怒濤行。平地驀然振響，似互荅歌聲。不是敲金戛玉，又非鼓琴吹竹，惹我鬢空星。忍却游情倦，頓使酒杯醒。　窗櫺外，江水上，歲月更。祇見迴環蕩滌，難寫許多情。不若談棋洗盞，儘教花開月上，落拓有誰京。無限幽人意，此際更須聽。

滿江紅 石門桃園看瀑布

石隙雲罅，斜拖下、銀河一綫。望桃花影裏，等閒難見。隱隱玉龍嘶不斷，滿空噴薄真珠濺。更風來、雨驟雯時間，陰晴變。　翻襯出，春風面。喬賣弄，紅如茜。想公孫劍器，走霆掣電。光采陸離難把捉，縠簾乍卷深深院。看不盡、沉醉月兒高，還留戀。

添字浣溪沙 王若梅以《浣溪沙》詞見寄，依韵奉酬

沽得鄰家酒一巵。相逢正好話相思。著意留君君不住，整鞭歸。　歸去畫堂還記憶。屋梁月色醒來遲。問後會銜杯抵掌，更何時。以上録自《（康熙）黑鹽井志》

熊載

熊載，滇海人，康熙時在世。

浪淘沙

叢桂吐香秋。月滿高樓。風吹何處篴聲幽。一闋關山清沓沓、惹起離愁。　涼夜露華浮。花影悠悠。枝枝低覆控簾鈎。深院無人苔砌冷、細草螢流。

賣花聲

山色半天浮。江水東流。絲絲垂柳繫扁舟。且向江□閒伫立、數數沙鷗。　幾處荻蘆洲。花影悠悠。春風吹不散離愁。何事金江隔不斷、衹在眉頭。以上録自《（康熙）元謀縣志》

趙淳

趙淳，字粹標，趙州人。雍正丁未（一七二七）科進士，歷官東川、鶴慶、順寧三府教授。卒年八十。著有《龍溪存稿》，纂有《趙州志》。

虞美人 星回節

佳節滇南矜此會。更有蒼洱最。今宵無月上西樓。萬火熒熒秉燭、待人游。　隱約江山光遠接。不比朝曦色。濃陰點點宿流螢。奔走兒童高下、亂移星。以上録自《(乾隆)趙州志》

小重山 寶應山烟

日日山光入座來。與吾如有舊、冷相陪。岧嶢連亘聳三台。蒼樹裏、時有碧雲堆。　風過曉烟開。迴旋處、又復巧徘徊。晴雨朝昏一樣裁。神女幻、客夢不須猜。

西江月 寶山曉月

昨夜月明東岫，今宵影挂層巒。盈盈樹杪晃金盤。應是嫦娥留戀。　我欲相留借問，曾否悔入廣寒。須臾東旭振飛翰。遂使蟾趨兔散。

天仙子 寶山古柏

孔林檜楷千秋格。諸葛祠前幹如鐵。何圖此地亦挺生，歷烟霜，老風雪。輪困離奇柯兩列。　碧同枯骨龍虎色。根入九重香氣徹。按：此處當闕一七字句。機不息，心常熱。安得移栽壯北闕。

巫山一段雲 瑯川喜雨

身匪趨炎客，來傍煬竈翁。那堪長夏更爞爞。良苗槁望中。　阿香隨律令，雲師從雨工。連宵瓶滴灑青驄。萬家喜色融。

阮郎歸 别三台山

遨游隨處是名邦。三台清夢長。筆峰點處瑞烟香。頻生草木光。　雲聚散，月蒼凉。歸思忽飛揚。群山相送寶泉鄉。吟節任徜徉。以上録自《（乾隆）瑯鹽井志》

尹文林

尹文林，清貢生，雍乾時在世，雲龍州人。

浪淘沙 蘇溪晚渡

垂柳鎖朝烟。春色逾妍。布帆穩載淺沙邊。忽去忽來雙槳疾，那有驚湍。　薄霧鎖晴川。鷗鷺閒閒。須臾遲日送輕寒。風景依稀如畫裏，祇少綸竿。以上録自《（雍正）雲龍州志》

羅元琦

羅元琦，字用璞，號崑圃，石屏人。乾隆戊午（一七三八）科舉人，官羅次縣教諭，遷隴西知縣。有《蘭陔堂詩文集》。

玉蝴蝶　四時讀書詞

最愛韶光明媚，下帷隱几，静對芸編。侵階草色，無邊生意窗前。展湘帙、襟宇冲融，景物麗、擺脱塵緣。絶糾纏。枕經葄史，仔細鑽研。　　勉旃。芳辰不再，鄉嬛海録，隨意丹鉛。倦時抛卷，啜茗焚蕤戒孏眠。漫吟哦、風日晻靄，搦兔穎、落紙雲烟。會心處，鳥啼花放，頓悟真詮。

滿庭芳

序届朱明，風來几簟，攤書夏日初長。左圖右史，插架富縹緗。漫説炎敲正逼，閒諷咏、溽暑胥忘。初何俟，迎風漱露，身静意先凉。　　敏皇。好趁這，麥天槐日，料理墨莊。羡北窗把卷，高晤羲皇。移向緑陰深處，沉酣遍、宋艷班香。最喜是，拈詩待月，爽籟出幽篁。

百字令

梧軒葉脱，知洞庭始波，商飆乍起。朝來爽氣映書帷，兀坐蕭然隱几。曬書坦腹，泛菊漉巾，秋興彌佳耳。摇落深悲，盡日遺愁惟此。　正是魚龍夜景，素練横窗，碧天净如洗。境爽神清，此際焚膏繼晷。孤檠澹月，冷韵吟秋，香綻疏籬蕊。星斗横斜，依舊沉吟倚徙。

前　調

歲晏栗洌，正長吟抱膝，衷懷如結。一編挾纊若春温，静躡天根月窟。百王道徂，千秋業富，意境真超越。馳驟古今，擁爐燒遍榾柮。　遥睇彤雲羃野，驚風排户，伏案細繙閲。周情孔思見羹墻，渾忘窗前夜雪。廣布罽毹，周遮肉陣，對此真痴絶。墨窗呵凍，矻矻丹黄未歇。

以上録自《（民國）石屏縣志》

吕文俊

吕文俊，蒙化人。乾隆甲子（一七四四）科舉人，乾隆四十五年官丹棱知縣，時年五十二歲。

滿江紅 吊周太僕

嗚咽湘流，流都是、英雄泪雨。悲屈賈、龍舟渡後，酸風又起。擊楫誓當城下戰，墮晴已冒車頭矢。痛屠鯨、赤手未成功，傷何已。　君父憤，期長洗。臣子義，應如此。一笑回頭，忍後江門死。碧草紅濺嵇紹血，黑雲怒嚼睢陽齒。披絳幃、燈火颯寒宵，崇祠祀。以上録自《續修蒙化直隸廳志》

王以榮

王以榮，鎮雄人。乾隆乙亥（一七五五）科舉人。

少年游 題州境鳳嶺樵歌

霞天一抹雁飛遥。時愛伴山樵。路轉峰迴，前呼後應，真籟廢推敲。　逸韵上層宵。歌奏來儀，音諧金石，詢且下芻蕘。疑他巇巇助長謡。以上録自《鎮雄州志》

趙可隨

趙可隨，字惠我，號東山，騰衝人。乾隆丁丑（一七五七）歲貢。

西江月 生日自壽

萬里江流漲緑，三秋霜葉翻紅。年來身在吉祥中。自是桃源仙洞。愁處争如樂處，艾年還是英年。醇醪數斗喜開筵。不借丹砂修煉。以上録自《永昌府文徵》

彭翥

彭翥，字南池，一字竹泉，蒙化人。乾隆庚寅（一七七〇）科舉人，官至瓊州同知。著有《小鶴山樵詩》《海天吟集》，附詞。

雙調望江南 春暮

春欲暮，樓閣漸濃陰。芳草緑迷游子夢，落花紅悴美人心。一樣思難禁。回首憶，韶景費追尋。絳蠟五更排萬櫓，歌筵一醉擲千金。忽地雨淋淋。以上録自《續修蒙化直隸廳志》

魏定一

魏定一（一七五九—一八五一），字不坡，一字元伯，號也埜，恩安人。乾隆壬子（一七九二）科舉人，歷主昭通、威寧書院講席。卒年九十三，門人誄曰『文貞』。著有《松竹吟詩稿》《中庸衍義》《周易衍義》《別花詞稿》《南北曲稿》等，多毁於兵燹。案：據謝飲澗先生《記松竹草堂詩詞遺稿鈔》記載，魏定一先生詩詞稿係其從楊宅借録，遺稿兩份，詞稿一册，爲魏定一先生手稿本，係棉紙裝訂，計四十五頁又半幅，多殘缺，詩稿爲水紙本，計十三頁。

鶯啼序 別花小引

縱横渺茫海宇，有無窮艷异。任游覽、芳徑名園，閒披水陸圖□。□難悉、朝華夕秀，千紅萬紫争嬌麗。似人間頑秀，良枯迴難同器。 □士騷人，對景感物，動閒情遠志。著花譜、花史花經，花詩花傳花□。苦區分、香情色態，摛華掞藻成文字。愛詩餘，剪葉裁花，緑紅情趣。 唐開變調，宋製新腔，見風流别致。數千載、春風香徑，夜月紅□，錦綉珠璣，體稱全備。銅弦鐵板，曉風殘月，紅杏枝頭春意鬧，□來异曲同工緻。伊人可作，教渠寫盡名花，應成一種□思。 □□氣概，月露文章，也原非易事。□檢點、□□□□。□□□□，□□□□，任誰偏嗜。閒中摘得，劍南詩句，雖非□□□□，□□□、未許諧歌吹。惟宜坐向花間，仔細問花，如何恁地。乾隆庚戌年花朝不坡自書。

東風第一枝 梅花

雪冷溪橋，烟寒埜店，清奇衹見松竹。一番風信先來，誰覺暖回空谷。冰枝鐵幹，識天意、陽梢芬馥。任世間、推作花魁，猶是淡然幽獨。　吟翠羽、夢魂趁逐。眠皓鶴、畫圖離陸。水邊疏影横斜，月下暗香静穆。題詩索笑，儘憐惜、孤芳潛伏。待釀就、麗景韶陽，好看萬千紅緑。

江城子　梅花

瀟疏萬木老冰霜。望蒼蒼。正茫茫。白石清泉、落落見孤芳。淡□□烟濃着月，横玉骨，放幽香。　江城玉笛韵悠揚。過雲莊。到□□。□□銅瓶，帶雪貯清光。又見橋頭人一個，驢背上，有詩囊。

醉春風　紅梅　案：詞牌據《詞譜》補。

記得瓊仙面。霞光攢片片。不因時眼愛輕紅，變。變。變。半瘦□□，□醺神采，玉京清醼。　素也真爲絢。雪霜姿可見。詩家底事費思量，羡。羡。羡。擬杏猜桃，未知春色，鳳城雙炫。鳳城有紅梅二株。

一剪梅　緑萼梅

萼緑仙人下玉池。不醉酴醾。不點胭脂。莓苔影映瘦冰肌。翠羽爲儀。碧玉爲姿。　不是尋春去較遲。葉也離離。子也垂垂。慈恩□寺正開時。僧獻詩題。白也題詩。李白曾於慈恩寺咏緑萼梅。

陽關引 蠟梅花

不似梅花白。亦有清奇格。黄金萼綴，苔枝冷，欹泉石。笑壽陽□□，試學妝宫額。却不如、蜂憐個個暮衙窄。　積雪埋幽徑，風撼□。□香輕逗，疏簾裏，小窗隙。小小黄香嫩，一名小黄香。漫用塗新屐。夜月明、□將瘦影夢中索。

如夢令 山茶花

昨夜梅花風過。雪徑幽香猶那。冷淡建溪春，第二番風吹破。真個。真個。雪滿山中高卧。

驀山溪 玉蕊花

瓏璁玉樹，静倚圖書府。素□□皆□，□□□、□□□□。□□□□，撲上水晶簾，吹玉笛，弄瑶琴，□□梨花雨。　□□□□，□□□□吐。個個賞瓊花，有仙娥、鶴軒來取。飛輪直上，捧向玉皇前，□□□，緑雲鬟，對對霓裳舞。

木蘭花慢 玉蘭花

有冰姿雪貌，又名玉、又名蘭。當月上閒階，風迴曲檻，小院更闌。□攢。橫吹玉笛，見素娥綽約步蹣跚。宛轉霓裳片片，參差玉佩珊□。　無言。淡影壓欄干。静氣繞檀欒。看憐柳欲舒金，梅猶帶玉，與□盤桓。詳看。面容半瘦，是坡仙念在碧雲端。衹恐瓊樓玉宇，高空□耐清寒。

風入松 木蘭花

衝寒冒冷作新妝。半額暈嬌黄。紅腮日照胭脂嫩，又染些、茉莉□香。減字編成逸韵，偷聲譜入新腔。　蘇州置酒宴華堂。高致望□陽。詩人醉作驚人句，愛細看、慢舞霓裳。比似楊妃嬌麗，緣何却□明皇。

點絳唇 木筆花

不用揮毫，自饒新巧。蓮花小。嫩尖香裊。自向花間繞。　彩筆輕點，綴寫春多少。王維老。輞川圖好。一座辛夷島。

春從天上來　紫荆花

老圃生涯。看紫姹紅嫣，到處繁華。□翻燕剪，香□蝶□。□□□□而葩。有穠香遠近，帶紅影、撲上窗紗。趁春風，問花村貰酒，□□□茶。　盤塘一江灣處，對仙女香魂，一樹横斜。徑點蒼苔，墻圍□土，閒冷幾度烟霞。愛三田聚處，難兄弟、共致休嘉。老杈枒。爲一堂□氣，還吐奇花。

瑶臺第一層　紫薇花

畫省風流，推第一、名花照玉堂。鳳凰池上，絲綸閣下，艷麗文章。□回星有象，月一簾、照耀生光。又誰憶，有秦娥飛燕，儘倩紅妝。　思□。皮膚怕癢，麻姑指甲不須長。愛伊摇動，仙裾偏反，紫綬悠揚。□□紅白日，衹此花、百日紅芳。耐清凉。共黄槐凝瑞，丹桂飄香。

桃源憶故人　桃花

天台石畔仙初遇。艷態紅情天賦。帶得穠香無數。有笑無言語。　紅塵紫陌看千樹。不似武陵溪路。未肯亂飄紅雨。漫引漁舟去。

玉樓春杏花

晴霞一抹珊瑚樹。裊裊紅情風暗度。曾窺宋玉上雕墻，又妒文君欹綉户。　争春館外留春住。碎錦芳前看錦布。艷宜人醉玉樓春，□趁馬飛芳草路。

畫堂春李花

無言素艷弄春風。層層雪影凌空。莫嫌瀟湘□□□。□□□□。　輕白葦綃模樣，看來色淡香穠。連枝更有玉華宫。月照黄□。

沁園春梨花

月色溶溶，玉漏迢迢，小院清凉。看鞦韆影裏，冰姿皎潔，罘罳映□，雪態清揚。淡淡清風，瀟瀟細雨，斜倚欄杆近粉廊。春宵永，静悄□深閉，自抱幽香。　東皇去也匆忙。有大谷、人人争洗妝。憶香山□老，從新釀酒，芳郊埜客，仍舊携囊。瓣瓣籠烟，枝枝綴露，多少風流□静芳。横長笛，莫倚樓頭弄，留住春光。

迎春樂 櫻桃花

黃鶯一個啼春曉。疏檽外、清香裊。胭脂一點新妝巧。淡白嫩、□□小。尚記得、隔簾繚繞。深憐惜、朱顏易老。比似嬌歌樊素，一樣□多少。

燭影搖紅 杜鵑花

杜宇聲聲，啼紅半領花千樹。踏青人去問紅情，似入天台路。匝□含烟醉露。赭羅巾、翻風拂霧。更如重九，鶴林仙人，頓教花吐。有白香山，玉泉南澗尋春去。紅星滿地艷陽天，又似氍毹布。玉管朱弦□具。未相携、空游一度。賣來深院，好擲金錢，再休辜負。

蝶戀花 桐花

罨畫林塘春正好。草碧花紅，乳燕飛飛□。□□□□□□□。□□蕊綻韶光早。百尺無枝香不少。白毿華絲，倒挂雙么鳥。豈第□如蓂莢草。花開又是清明了。

水龍吟 楊花

春歸杜宇聲中，園林陣陣飛紅雨。悠揚弱綫，淡蕩隨風，搖成碧樹。芍藥階除，鞦韆院落，時飄輕絮。傍珠簾下上，飛飛點點，是香烟、□香霧。　寶鼎未添檀柱。硯池中、入香無數。看如雪霰，又如瓊瑶，清□淡素。不趁游絲，飄零曲沼，漫横輦路。笑誰家妃子，常思燕子，爲□將去。

蘇幕遮 柳花

眼纔開，眉漸展。解舞腰肢，春風初嫩軟。長笛一聲春又晚。不管□愁，落絮因風遠。　短長亭，垂點點。小池塘，水面浮萍滿。似下□堤飛漢苑。祇剩長條，冷落閒臺館。

瑞鶴仙 林檎花

東風吹露井。正節届清明，天開佳境。園林二三頃。有成陣文禽，翩翩摇影。遮桃閒杏。是奇花、輕偎翠屏。散垂垂、滿地清陰庭院，晝長春永。　沉静。游絲柔軟，麗日融和，儘堪憐幸。紅腮粉頸。蘇坡老，□新景。咏天然麗質，香肌豐靨，不似凡花淡冷。更看□、□□□□，□□晝省。

擷芳詞 柰花

和風扇。鶯聲倦。嬌花一樹開春院。瓊瑶蕊。勝紅紫。簪向盤雲，三吴女子。　給花面。疑同倩。風中又作梨雲片。如甘子。渴能止。多病文園，自應思爾。

齊天樂 榴花

茫茫萬里西天路，乘槎泛來中國。艷過千紅，穠勝萬紫，疑染西□丹艴。南方正色。趁長夏風光，點妝階側。照眼鮮明，又沾梅雨净□拭。薰風時度竹塢，爲芳叢蕩暑，還用牖植。似簇晴霞，如酣□□。斜倚薰籠無力。阿誰綉織。原來妒紅裹，粉脂妝飾。似石□□，□人尋未得。

卜算子 梔子花

知子是禪家，素質常清净。小徑深深一片雲，暑氣無能浸。檐□玉爲林，佛氏明心性。翠竹黄花也悟真，况又聞香噴。

减字木蘭花 楝花

酴醿尚醉。二十四番風又吹。信到園東。楝樹枝頭紫閒紅。殘霞晚照。香苦不教蜂蝶鬧。隔歲春來。静待先開嶺上梅。

行香子 梓花

小艇摇摇。艤在紅橋。螗蛄鳴、月挂林梢。聞香□□，□□□□。□在山頭，在山脚，在山腰。　雨又瀟瀟。風又飃飃。釀輕花、點點清□。低柯掩抑，上有維喬。常近南枝，近桐樹，近桑條。

惜分飛 木槿花

向曉風吹木槿樹。吐斬新花無數。鬧鬧蜂衙暮。翩翩蝴蝶過墻去。　莫謂榮華花上露。落又重開如故。不是飛紅雨。休將認作桃源路。

法駕導引 槐花

飛白雀，飛白雀，得得愛他黄。鬥艷三株香正遠，穠陰一枕夢方長。舉子不須忙。

桂枝香 桂花

天生使獨。十友號爲仙，不同群木。碧玉枝頭黄雪，釀成金粟。飄□月窟扶疏影，在人間、玉犀斜矗。有情疏雨，無聲冷露，□蒸寒馥。　愛一粒、清香萬斛。更染得晴霞，品超仙籙。自有丹心一點，早迎朝旭。西風掃盡狂蜂蝶，狀元紅、半醺醽醁。蕊宫仙子，梢頭點檢，一枝相屬。

瑞鷓鴣 扶桑花

仙枝自在海東涯。曉日相依作艷花。移到紅塵秋色好，猶疑春□野人家。　慈雲一片籠香蕊，瑞露千珠綴彩霞。覺□□相□□□，不須勾漏問丹砂。

醉紅妝 木芙蓉

娟娟静女小蓮花。裳是錦，佩如霞。錦官城上鬥芳華。紅妝好，艷而葩。　黄花一徑是陶家。重陽也，雨風斜。金甲對生紅粉色，曾未怨，晚開些。

小重山 夾竹桃花

嶺外移栽小院陰。春風偏用意、坼芳心。偎紅倚翠少塵侵。經長□、還艷到秋深。　桃源似可尋。却非舟過處。那紅林。花中竹葉又□森。如何少、嵇阮鼓瑤琴。

南鄉子 女貞花

稟得少陰精。葱翠凌風分位清。葉貫四時常不改，貞貞。處子作□慕美名。　梅雨淡妝成。洗盡鉛華太瘦生。不與凡花同鬥艷，明明。晚歲松筠共性情。

一痕沙 枇杷花

萬里蜀門冬杪。一個薛濤嬌小。家住小林中。有香風。　不是尋常花柳。好句親傳香口。贈果誤琵琶，笑他家。

思佳客 山礬花

玉貌分明似春仙。如兄如弟兩嬋娟。天公不使□□□，□□□□一水邊。　猜玉蕊，擬鷄冠。詩人往往□□看。麗華□□□□□，□女琵琶怎得彈。

長相思 棠棣花

紅玉枝。白玉枝。春風偏反繫相思。無言室遠而。　柎也奇。萼也奇。欣看韡韡一聯詩。兄宜弟又宜。

一叢花 合歡花

樹猶如此有深情。一名有情樹。向夜自歡生。相看艷態常蠲忿，一名蠲忿花。愛□月、景色雙清。嫩紫嬌紅，同心對面，歡合到天明。　忘憂銷恨衹□名。不似此貞誠。人間别恨知多少，儘憐惜、絶好名聲。綉枕貯□，□樽貯酒，得得用穠英。

菩薩蠻 綉毬花

芳心萬點春撩亂。調酥琢玉争璀燦。月下倚欄杆。玲瓏耐細看。　風來香滿樹。曾引三郎顧。疑是舞神仙。抛球落九天。

滿江紅 牡丹花

國色天香，隔紗幔、娉娉裊裊。凌風舞、鬱金裙薄，玉膚清矯。百寶欄杆中黄白嫩，四香閣上朱紅嬌。撫檀心、似怕響金鈴，蝶閒繞。　美□捻，脂痕小。學士唱，誰稱好。曾畀向梵宫，又飛蓬島。恰恰新妝西子態，明明帶醉楊妃貌。□□□、□□□□□，□□□。

金人捧露盤錦帶花

海棠梢。荼蘼架，牡丹芽。細點檢、盡讓花。拖烟簇錦，柔條縷縷綴□霞。金鈴自挂，带圍金、一樣風華。色偏嬌，形偏瘦，情長短，影横斜。不須香引興偏賒。高高下下，擬垂鞭、拂五雲車。吴鈎作配，嫌金玉、不似天葩。

春風嫋娜瑞香花

愛春光明媚，緑嫩紅稠。偏小院，足風流。一名風流樹。看丰姿、恰是蓬萊□子，一名蓬萊子。洛靈清麗，湘妃嬌柔。淡幕輕烟，穠酣晴日，影晃珠簾□玉鈎。花外鶯啼睡初覺，清香贏得滿衾稠。　瑞色來從何處，猶想像，廬山上、道士雲游。欹松樹，枕石頭。身心静寂，魂夢虚浮。□尋芳，蘧蘧蝴蝶，翠叢晻靄，鼻觀通幽。醒來拈得，爲移來人世，還置在，香徑紅樓。

畫堂春垂絲海棠花

春風用意染胭脂。花中第一仙姿。嬌嬈恰在欲開時。簇錦垂絲。　帶醉楊妃睡起，倩妝西子來遲。誰知坡老夜深時。燒燭吟詩。

海棠春 秋海棠

懷人不至空悲悄。淚滴斷腸真嬌好。微酒暈朱唇，仍似當年貌。　芳心一點憐嬌小。影倚西風□㠥㠥。睡起曉霜天，□□□□□。

天仙子 酴醾花

墻角鞦韆橫一架。暗送仙姬來月下。爲嫌丹粉俗花顔，脂盡卸。□□謝。玉骨輕盈倚月榭。　小雨霏霏寒食夜。恰似玉妃新浴罷。檀心留住鳳城春，香佩麝。枕可籍。取次和風慢拂亞。

鳳凰臺上憶吹簫 茉莉花

玉宇風清，香階月朗，縵華自在飄揚。疏窗篩淡影，静度幽芳。堪笑羅浮道士，曾虛夢、酒店輕妝。却不如，瓊瑶綴髻，翡翠裁裳。　凝望。□花小小，又半瘦冰肌，不減容光。蒼苔清露冷，氣藹蘭房。衹怕詩□惹去，深叢裹、栩栩飛狂。好護持，團圓滿架，静對松篁。

阮郎歸薔薇花

拂檐拖地對前墀。縱横鬥艶姿。春風特地醉西施。香飛翠錦披。　勝茉莉，笑酴醾。佳人索好枝。惹衣傷手盡從伊。金莖露滴時。

惜雙雙令玫瑰花

翡翠簾前嬌影顫。香暗度、清幽庭院。面貌團團艶。紅茸細繞珍珠釧。　錦佩輕披霞片片。嘗氣味、凡花都賤。一陣風微扇。嬌如下□雙飛燕。

采桑子素馨花

依然淡白梨花面，碧玉妝成。氣静神清。縞素□□□□□。　□□中避暑微扇，雪貌香生。别有閒情。莫嫌□□□□□。

江南春迎春花

纖小小。嫩夭夭。東皇初信到，先去待東郊。殷勤乞與金腰帶，紫緑青紅無比嬌。

思帝鄉 指甲花

及春游。聲聲喚起幽。小院誰家紅粉，態嬌柔。幾度婆娑舞去，暗香□。美人尖指甲、染紅不。

山花子 凌霄花

百尺高柯上碧霄。烟雲遮不住狂梢。偏有小花能附麗，挂長條。　滿地金英疑雨下，半天玉屑任風飄。空際碧桃紅杏樹，共夭喬。

鵲橋仙 木香花

催歸既静，黄鸝又老，香趁落紅横路。墻陰風送好花來，細細辨、□香無數。　薔薇比樣，酴醾比色，想像琪花珠樹。清和時節雨初晴，□嫩紫、心含芳露。

鳳凰閣 金雀花

聽金鶯繞樹，錦鷄報曉。呢喃燕燕弄聲巧。起視蒼苔砌上，黄雀□小。知他是花還是鳥。　枝枝柔嫩，一度香風又掉。載得閒愁知多少。世上千紅萬紫，恨風都掃。留金翅、休依碧草。

好事近 丁香花

杜老在江頭，獨惜幽姿清潔。枝墊小茅齋後，幾許愁仍結。窗□一樹緑芭蕉，共對誰能說。喜春風微扇，暗吐新鷄舌。

玉連環 月季花

薔薇姊妹同情態。四時嬌媚。深紅淺白號勝春，芳徑裏、春常在。兔魄時明時晦。緑凋紅碎。墻頭一帶玉連環，曾不解、經寒歲。

謁金門 葵花

天纔曉。羽客新妝奇巧。檀柱金盤風露早。芳心迎日小。昨日看花花好。今日看花花老。始信黄冠形亦槁。醉鄉休草草。

滿庭芳 蘭花

瑞露微湑，光風漫轉，送來九畹幽香。閒尋鶴伴，信步過回塘。一□三叢競秀，輕拈竟體清涼。憐奇卉，蒙茸衆草，獨自立蒼茫。　　思量。悲楚客，行吟澤畔，佩綴荷裳。又何殊，盆中綺石攢鑲。氣静滁州刺史，謝家植近書堂。猶難及，羅含野館，繞徑滿庭芳。

浪淘沙 蕙花

百畝轉光風。韵遺雲夢。新栽竹徑兩三叢。不覺清香來遠近，亦與蘭同。　　春色滿園中。嫩紫繁紅。丹莖不與草相蒙。誰與援琴彈□調，譜入絲桐。

金菊對芙蓉 菊花

陣陣金風，湛湛玉露，籬邊暗度幽香。看莓苔小徑，半倚松篁。憐渠瘦與人同樣，却不争、二月風光。芙蓉對處，秋容淡淡，正是重陽。　　祇有老圃疏狂。自然閒采采，詩滿奚囊。不教金匝地，貯入壺觴。餐英醉酒成佳話，都因是、性耐清涼。人嫌隱逸，未知正色，占斷秋光。

黄鐘樂 萱花

霍山朏朏芘湖儵。都道能消閒悶，安得與同游。鳳爪金萱摇玉□，靈如鬼草可忘憂。　　蝶翅翩翩香更幽。原是宜男名號，祇解玉閨愁。志士情多除不盡，看花翻使意悠悠。

西江月天竺花

當是西天大聖，原來南海觀音。本名觀音菊。枝枝嫩柳絶塵侵。枝似楊柳。花貌自然清浄。甘露滴時點點，慈雲護處陰陰。南無色相不關心。衹□空中香噴。

惜分釵含笑花

如觸忿。真銷恨。嬌姿帶酒霞微暈。誰卿卿。喜盈盈。不是無情，却又□聲，輕。輕。思相近，聽風韵。無言有笑誰能問。匪離憂。匪嬌羞。野□芳園，不省閒愁。油。油。

賀新郎芍藥花

漫擊催花鼓。仔細看、飛紅萬點，殿春隨吐。浩態狂香閒旖旎，自□瑶階慢舞。遲日静、穠陰亭午。嫩軟嬌姿西子醉，御衣黄、得得攢□五。真富貴，似仙府。閒時點檢群芳譜。幾百千、繁紅鬧紫，又誰□數。獨有廣陵金帶貴，不是根生下土。鍾宰相、祥看春圃。再睹重□新艷蕊，倚高情、嘯傲松筠塢。歌一曲，是金縷。

明月棹孤舟 棣棠花

樓外東風陣陣好。滿園花、競迎春早。睡覺晴窗，迴廊慢步，又見棣棠開了。　細蕊纖纖攢簇小。黄金砌、淡烟輕裊。自古詩人，都如□□，負却暗香多少。

虞美人 虞美人

名花國色同妖嬌。取得名兒好。知人抵掌舞迴風。帳下妖姬垂□、薄衫紅。　美人黄土知多少。不獨虞姬了。惟餘艷態似當年。真□春風千載、恨綿綿。

秦樓月 鳳仙花

清風扇。嫣然好女新妝艷。新妝艷。珍珠雜佩，小桃紅面。一名旱珍珠，一名小桃紅。　調弦指甲飛花片。人呼菊婢休輕賤。休輕賤。游蜂浪蝶，無緣夢見。

憶少年 麗春花

衣青帶紫，妝黄染絳，匀紅敷白。百般樣嬌艷，趁春風都□。　□□園林攢麗色。愛韶華、更增奇絶。莊周許多夢，滿園飛蝴蝶。一名蝴蝶園春。

釵頭鳳 玉簪花

疏窗曉。清風小。輕盈季女冰姿皎。一名季女花。簪橫戴。生姿態。鶴仙風致，一名白鶴仙。非常粉黛。愛。愛。愛。　烟雲表。無塵繞。芳心未展香多少。金釵隊。增妍媚。全勝俗尚。珍珠璫珥。對。對。對。

醉花陰 金錢花

半兩五銖輕閒重。不入幽人夢。潤筆又何須，半夜敲詩，月下紅□送。　苔錢不少榆錢衆。小徑何曾空。金榜又標名，又名金榜及第花。抛□□間，買得鞓紅弄。

喜團圓 金盞花

團圓模樣，曾名杏葉，又號長春。嫩柔若不勝風力，也爭艷芳辰。　清香一盞，輕輕細細，暗暗侵人。梨花未醉，酴醾半醺，儘謝殷勤。

南柯子 剪春羅

誰把風刀剪，裁成霧縠羅。造化着功多。春閨嫌細薄，怯春和。

碧窗夢 剪秋蘿

玉露穿瑶草，金風綻錦窠。漢宫舞袖自婆娑。一名漢宫秋。月明碧紗窗，奈秋何。

醉太平 滴滴金

花梢露明。花根露生。秋風夜月雙清。黄金點點成。飄來落葉抽數莖。紅妝曲，度香名。嬌嬌滴滴聲。

眼兒媚 四季花

春來秋去不相關。落落在人間。幾回月影，幾番風信，盡視如閒。牡丹最艷隨時盡，晚徑又凋殘。愁人萬點，祇餘琪樹，自在蓬山。

後庭花 鷄冠花

新妝艷質真傾國。後庭花發。一名後庭花。麗華笑臉同嬌色。慢旋輕折。芳林玉樹空明月。舞殘歌歇。唱來商女聲聲咽。教人愁絶。

相見歡山丹花

山丹別暈嬌紅。倚東風。記得沃丹容貌、與伊同。　烟霞遠，簾櫳□，小齋中。憐愛與他吟咏、有楊公。

楊柳枝石竹花

杜老詩中一句傳。麝香眠。誰取幽芳近綺筵。鬥輕圓。　染絳浮青天欲暮。摇清露。羅衣綉上更新鮮。美人憐。

臨江仙水仙花

立望湘娥臨北渚，凌波羅襪蹁躚。鉛華洗盡見飛仙。冰肌清淡□，玉骨冷疏烟。　江路梅花飛玉笛，看伊逸致飄然。□□□□□妍。紅塵空富麗，何處比嬋娟。

雙頭蓮令荷花

亭亭緑蓋碧波空。淡白映嬌紅。仙姝自在水晶宫。碧玉那能同。　清閒未解嫁東風。蓮藕又玲瓏。輕舟一棹月明中。吟咏讓坡公。

濕羅衣 菱花

玻璃水净曉風清。波中點點晶瑩。繡閣妝臺，借此嘉名。濕烟吹澈水晶。木蘭輕。江中稚女，亦貪珠聯，亦愛花明。

望江南 蘆花

長江岸，細雨亂斜風。瑟瑟秋摇蘆荻浦，如何雪舞小橋東。又上□船篷。疑瓊玉，點綴水晶宫。江上漁人愁思少，偏偏又向□明中。欲作白頭翁。

浪淘沙 蓼花

凉氣上高樓。更下汀洲。撥雲寓目古灘頭。深淺小葒紅映水，又是清秋。烟雨一天收。穗穗低柔。蘋風下上掠漁舟。睡穩不知溪□好，一對閒鷗。

醉鄉春 美人蕉花

緑扇是風翻碧。白蕊疑霞添赤。將紅粉，當美人，檻外斜倚泉石。笑與芙蓉同色。愁與丁香同結。芳心倦，絶悲閒，□□□□□□□。

酷相思 草

峭蒨青葱亭外路。看駿馬、嘶將去。連天色、醉烟還醉露。是落□、相思處。是王孫、相思處。　惹恨牽愁知數數。不獨是、春天樹。含生意、窗前香暗度。應咏得、池塘句。應咏得、風光句。

玉燭新 荔枝

果中誰最艷。是玉座金盤，閩溪珍獻。新蓮出水，都難比、顆顆胭脂光瑑。輕紅釃白，溟海上、珠林爛熳。真不异、十八嬌娘，香肌細骨如□。　楊妃自嗜瓊漿，千里驟紅塵，雲帆似箭。新聲曲變。名新曲、乍進長生宫殿。奇珍欲判。看玉手、纖纖堪羡。歌一曲、减字新腔，聲聲慢。

撼庭竹 竹

嶰谷風流舊有名。真萬古風清。梅花得月助高情。蘭花着露長新英。猶讓此堅貞，四序獨菁菁。　石畔青松舊有盟。無僅慕虚聲。渭川千畝意中生。睢園一徑眼前明。氣節信峥嶸，韵致更瑽琤。

風入松松

蒼鬚老叟倚青空。落落樹高風。冰霜歷盡生鱗甲，護烟雲、翠蓋重重。聲撼半天風雨，影摇百丈虬龍。　何欣入夢兆三公。不羡大夫封。山中宰相栽庭院，似淵明、一徑箐葱。謏真如元禮，蕭蕭亦似葛洪。

晝堂春傳奇

靈樞斡運古今天。今朝又是新年。紅塵不解覓神仙。利役名牽。　古樹蒼蒼帶雪，寒花淡淡含烟。何心獨自去飄然。萬里山川。

錦堂春前題

正好階前喜戲，翻教野外留連。椒花柏葉春堂酒，斟向別離筵。　你憐我情戀戀，我憐你意綿綿。一雙白髮俱眉壽，早夜好周全。

錦堂春慢前題

結髮從君，而今數載，香閨仍是空閒。憶新婚彌月，訪道名山。前□芹宫獨步，去年桂殿高扳。今更乘春走馬，渺渺塵寰，□□□□。男子淩雲志氣，縱天涯海角，未許辭難。祇椿萱漸□，□□□□。□自虛抛白日，教人老却紅顔。此去春風得意，亦念絲綸，亦念茅管。

鬲溪令 前題　案：《鬲溪梅令》乃姜夔自度曲，此詞的句式與姜詞同。

讀書豈爲作高官。羨羅紈。祇趁雙雙親在、步雲端。得承堂上歡。知君有泪自偷彈。怕親見。不是嬌痴兒女、但懷安。是真别離難。

少年游 前題

單人匹馬，山橋野店，誰與問飢寒。莫可追隨，祇將魂夢，想像逐征鞍。潘安才貌，文園藻翰，勿志贈琅玕。驛路鶯花，异鄉山水，儘□潤文瀾。

木蘭花慢 前題

見匆匆去也，神魂散、意心酸。他窄窄青衫，遲遲白馬，隱隱鳴鑾。步蹣跚。行行漸遠，過小亭幾度掉頭觀。帽影遥遥出没，疏林故故遮攔。詳看。上是碧雲巒。下是緑江干。他静伴瑶琴，閒欹寶劍，那處盤桓。眉攢。盈盈泪眼，望家園雙袖不曾乾。似我憑高縱目，雲烟四面漫漫。

樂游曲前題

江上駕艅艎。破峽翻空下瞿塘。繫攬芳洲還攬轡，茫茫。烟樹參差楚望長。　程已近樊襄。二月鶯花滿路香。幾度還□魂□□，□□。漫道他鄉勝故鄉。

憶江南前題

真文士，未許醉紅妝。酒興詩情憑義理，嬌歌妙舞見文章。不陷温柔鄉。　庸庸輩，飽暖失天良。白地真成蜂與蝶，青樓誤認鳳求凰。何處識綱常。

浪淘沙令前題

對對羅裳。個個争强。新聲㬈㬈佩鏘鏘。儘用深情波一轉，不是鴛鴦。　燕語雕梁。月暗西厢。酒闌香燼燭消光。白髮蒼顏山水遠，□奈思量。

好時光前題

寶帳雙雙紅燭，輝畫戟、耀雕弓。金甲卸開妝粉黛，羞人嫩臉紅。　疆場時耀武，看將士、盡庸庸。嫁得高才婿，纔見有英雄。

華清引前題

端凝態度語從容。不露機鋒。如教運籌帷幄，應同訪赤松。　書生不是懼兵戎。誠懷一點丹衷。烟塵從此净，彝鼎自銘功。

綉帶兒前題

今日喜相逢。心意與君同。莫道曾經行陣，祇是將家風。　我父□龍鍾。折此日、又有姑翁。未知何日，登山涉水，共覓□踪。

月中行前題

碧霄清澈一天秋。小院貯瓊樓。花陰次第暗香浮。人在月宫游。　嫦娥自解憐年少，丹桂蕊、一樹相酹。如何學士獨風流。不插女兒頭。

西江月前題

明月璫垂兩耳，鳳頭鞋瘦雙鈎。紅腮翠鬢膩酥油。見有鬟眉、未免自含羞。　掩却胸中錦綉，難分閫内薰蕕。妝臺若亦應旁求。賜醮瓊林、早擬占鼇頭。

江月晃重山 前題

蟾影飛來綉户，雁聲叫過河洲。佳人獨自坐紅樓。知誰恨，時□□眉頭。　女士情宜惓惓，才人意更悠悠。琴詩見出兩綢繆。無猜□，□處不知愁。

臨江仙 前題

古調獨彈新夜月，天風送近瀛洲。田連渺渺一隻舟。青空天色遠，碧海水聲幽。　繽嶺雲笙湘浦瑟，聽來一樣懷愁。天吴踴躍泣□侯。離鸞思已極，别鶴怨難收。

鳳池吟 前題

第一文章，第一風度，他名應貯金甌。更過人至性，朝朝暮暮，白髮懷幽。莫笑香閨，祇能文字不能謀。姑嫜何事，關山雖遠，□□□□。　無猜分是桃葉，祇妝嬌作媚，不事榛脩。願香車寶馬，□□□□，共獻珍羞。相國難離，也知女大不中留。君依我，莫沉吟、且醉高□。

花上月令前題

緑苔亭閣信深幽。花梢月，晃簾鈎。蟲聲細繞欄杆曲，聽啾啾。銀壺水，送更籌。金鴨烟殘人怯冷，風和露，釀清秋。玉人半醉和衣卧，不抬頭。攙扶起，上西樓。

雙雙燕前題

南園茉莉，又見吐新花，午衙蜂閙。薰風幾陣，閒悶不曾吹掃。簾外萱花影耀。怪小草、宜男無效。相將住在南樓，祇念人人英妙。　□到。泥金捷報。喜作貴人妻，恰纔心恔。剩衾單枕，守得紫鸞封誥。事衷情又拗。見書上、啼痕微照。管將寡鵠單鳧，寫作琴中一操。

雙鸂鶒前題

第一品行人好。第一文章才好。第一丰姿容好。第一性情心好。

惜花慢前題

匹馬長征。正岸邊嫩柳，妝點江城。萬千山水，送歸帝里，誰知節序，已近清明。杏花十里紅香遠，困長日、驚聽秋聲。盡繫情。朱顔易老，快返雲程。燕關易水孤行。悵亂雲雁叫，殘葉蟬鳴。樹欹長道，□覓迷陸海，舟車備歷，纔住行旌。上堂快睹雙親面。□□□、生信至誠。自應謝我芳卿。

聲聲令 前題

梧桐露冷，橘柚烟霃。菊花庭院暗苔侵。西風漸緊，暮雲鎖，緑窗深。最可憐、閒枕剩衾。　花落紅林，春又老，怯登臨。鞦韆院落夢沉沉。流鶯叫醒，轉從頭，細追尋。爲遠人、不惜芳心。

眼兒媚 前題

蠅頭蝸角鬪紅塵。不解重吾身。躬耕樂道，家庭孝友，正有人倫。梁鴻德曜同家政。相對敬如賓。姬姜縱美，糟糠不棄，始見爲人。

訴衷情 前題

凌晨對鏡掃峨眉。濃淡點胭脂。垂翠袖，拂金裙，簾外步輕移。夜綉羅幃。費尋思。而今好去賀佳期。看丰姿。

内家嬌前題

飛雪亂罘罳，寒風峭，又向小樓吹。嘆容似玉梅，命如紅葉，砌邊池畔，空有疏枝。下簾幕，紅爐添獸炭，獨自坐幽閨。回憶昨宵，萬般煩惱，萬般幽恨，還有誰知。鳳凰團香枕，鴛鴦舞綉被，盡助人悲。空向静無人處，紅泪交垂。又聽紅幕外，鏘鳴玉佩，錦屏影裏，行自遲遲。藏下泪浸羅帕，看是阿誰。

慶宫春前題

十載寒窗，三元及第，未容遽詡通儒。歷覽山川，縱觀景物，□□□底微殊。山林廊廟，有真境、須誰認途。飄然歸也，五畝園林，不任荒蕪。春風恰又吹欹。烟繞柴門，日暖紗櫥。點檢花心，推敲草脚，纔知夢醒愁蘇。好行苔徑，賢聖酒、隨携半壺。名花如許，坐向花間，細認今吾。

洞仙歌前題

人人心裏，自有神仙路。却用慈航普難渡。嘆紅塵、混混未見真源，僧與道，誕妄還誇覺悟。人生如大夢，此語荒唐，未曉真誠夢□誤。夢文王、夢周公，夢亦爲真，况品類、明明天賦。認得夢、人人是神仙，莫疑此真言、夢中人語。

一叢花 前題

揚州景物信繁華。雲樹望中賒。佳人拾翠春相問，聘將去、利比鏌鋣。興越敗吴，山川錦綉，不許霧烟遮。　畫橋風細酒旗斜。聲鬧□蜂衙。眼看春色如流水，待何日、纔斬長蛇。惟願麗人，雙雙對對，真個比嬌花。

踏莎行 山村

繞徑閒花，壓檐茂樹。柴門半掩雲深處。一溪春水響淙淙，鳥聲□影流將去。　石翠沾衣，苔痕澁步。山幽香細無人語。相逢□□□橋頭，問君可是桃源路。

西江月 釣魚

短笛風中裊裊，輕帆雨際悠悠。緑蓑青笠好相酧。花放鱖肥時候。　飛去一行浴鷺，浮來幾個閒鷗。羊裘老子釣竿留。祇在烟波雲岫。

六州歌頭夏夜喜雨

草堂人静，不寢聽鷄鳴。疏窗外，芭蕉上，瀟瀟聲。響分明。正是黄梅節，花村落，池塘畔，驅黄犢，叱烏犍，望深耕。喜得甘霖。恰趁清宵裏，雷動風行。到東方欲曙，猶自打殘更。衆緑芸芸。盡資生。想春歸後，尚和暖，筠含粉，荷舒英。補巢燕，防陰雨，趁天晴。正經營。終夜□河朗，夾衣重，團扇輕。祈礎潤，商羊舞，空謁誠。誰料瀟瀟淅淅，松□外，暗水頻傾。笑茅屋雖漏，萬姓有秋成。何用關情。

瑶臺第一層趙吏員酒舍

紫陌紅塵，空滚滚、何曾點小堂。鳳嶺爲屏，龍泉作鑿，如許清凉。一樽賢聖酒，數卷書、閱盡當場。任來往，共我同人輩，時引壺觴。非狂。結廬人境，静中自不見奔忙。必居朝市，必居山澤，反覺倉皇。祇須心自遠，地自偏、花鳥相忘。未相忘。認桃源仙路，果在何方。

玉瓏璁重陽日偶題

風初度。雨纔住。提壺問取山頭路。薄雲表。看飛鳥。□□□□□□笑。黄花閒泛，金樽頻倒。好。好。好。　登高賦。知無數。幾人□□□□霧。愛坡老。南柯調。醉中莫許翻新巧。兩行詞句，一篇詩稿。草。草。草。

雨中花簡刊上錢春沙　案：詞牌應作《浪淘沙》。

日在此山中。瘴雨溟蒙。晴天暑氣又如烘。不似家園松樹底，浣□清風。　笑我瀆童蒙。病與君同。漁樵曲徑喜相逢。好是雲深烟淡處，抗論英雄。

風入松新秋即事，寄錢春沙

涼飈陣陣上危樓。次第報新秋。疏窗睡起添情思，望遠山、雲影□稠。幽徑蟬嘶衰柳，燕飛還過橋頭。　飛烟落葉兩悠悠。誰與話□愁。伊人衹在山腰住，隔小溪、徒見水流。惟有高齋新咏，不時風雨相投。

臨江仙小詞代札戲寄蕭司馬

杜集携來無幾日，如何不與少留。知君眼似月當樓。清光隨鐏入，得韵復清幽。　昨對華筵觀妙舞，曾無錦與纏頭。青錢假得買歌喉。已教歸趙璧，未曉可完不。

謁金門代挽耿秀才

江天渺渺。野浦新荷小。共道清和時節好。華堂人未老。　幾處黄鸝聲巧。杜宇啼殘花杪。不信乘雲歸去了。憂心空悄悄。

瑞鶴仙代挽

邊城塵不繞。何必問桃源，扁舟深棹。園林小池沼。却勝似，雲間□邱瑤島。詩書味道。蒲扇葛巾適素抱。於今七十有餘年，祥稱壽考。　天造。蘭英共秀，桂蕊齊香，一庭香裊。蒼蒼有報。真個是，善爲寶。莫咨嗟，此日鳳銜丹詔。异日鶴歸華表。精英自是常留，無須火棗。

南鄉子初夏夜雨

日麗緑陰嬌。遠樹鳩鳴燕補巢。一夜茅齋風雨好，瀟瀟。聽上花梢上竹梢。　點點滴芭蕉。暗水潺湲過小橋。欲曙聲還偕玉漏，迢迢。綉隴應歌好麥苗。

賀新郎 賀楊合翁長君新婚

碧浦荷花小。映洲上、兩個文禽，鳴聲繚繞。此日華堂鐘鼓樂，錦瑟瑶琴静好。簾影細、香閨深窈。燭影紅摇青玉案，筆生花、試向蛾眉掃。詞賦客，用心巧。　重闈慶獻如瓜棗。喜笑看、彩鳳聯輝，祥麟先兆。衾暖無忘花浪暖，博議文章就草。勤佐讀、鷩鷄啼曉。一樹紅香飄月殿，數佳期、自是嫦娥道。扳桂蕊，正須早。

行香子 春雪

幾度春風。吹得雲同。亂飄飄、雪滿長空。山城海國，巧愛天工。見有銀橋，有瑶島，有瓊宮。　野老園中。别樣玲瓏。竹如松、□□□□。□斟濁酒，笑語兒童。看甚花黄，甚花紫，甚花紅。

惜分飛 代挽張處士

幾日温風，幾日濛濛雨。停雲礙眼，别況愁無語。誰禁又聽人歸去。　碧水青山無覓處。可復斑荆道故。衹有斜陽樹。依違似隔桃源路。

桃源憶故人代挽

壁間蟋蟀吟風露。谷裏猿啼朝暮。歷亂輕烟濃霧。別恨添無數。　邙山纍纍荒墳墓。冷落梨花竹樹。不朽誰知其故。姓字常留住。

南鄉子前題

日落數峰西。暮靄蒼烟望轉迷。獨坐空山誰是伴，淒淒。聽罷猿□鳥又啼。　何處是丹梯。白髮思從不可躋。荔酒一酬生芻奠，栖栖。夜月春風憶舊蹊。

六州歌頭代挽龍秀才太母

梧桐露冷，一葉報新秋。猿啼夜，蟬嘶晝，聽堪愁。又啾啾。正是悲涼景，逢丹詔，來蓬島，魚軒駕，翩翩鶴，去難留。鳳管鸞笙奏罷，輕陰散、月缺秦樓。慨香魂杳杳，獨自與雲游。白日西傾，水東流。　在人間世，如金玉，堅貞德，信徽柔。冰霜閣，瓊瑶樹，鹿呦呦。欲鳴秋林下，□□好，葭莩質，倚松楸。時常祝，千年藕，佐清修。不道三□□□，□□路、□認丹邱。徒看雙鶴吊，欲白少年頭。此恨悠悠。

風入松 九日有懷

亭皋幾陣雨和風。雲又斂長空。提壺步到黄花徑，插茱萸、此意忡忡。爲是伊人長往，不來同飲園東。　幾年今日憶家中。此日思無窮。東坡破帽頭留戀，倩誰整、六七蒙童。一歲登高一度，何如常作山翁。

踏莎行 海子鋪　在霑益州

礌砢山椒，輕烟薄霧。茅檐一帶臨溪住。人家至此是何年，幾柯□蹇虬龍樹。　刺刺斜風，吹殘宿雨。潺湲淺水偏迷渡。載鞭瘦馬過平橋，牧童笑指前村路。

南鄉子 郎岱廳冒雪

撲面北風寒。銀海生花注視難。擁得重裘無耐冷，端端。自向征途跨綉鞍。　石磴任蹣跚。踏碎瓊瑶又復攢。溪徑梅花三兩樹，看看。祇當尋春過别灣。

臨江仙 玉屏縣舟中除夕

爆竹聲喧燈火燦，山城恰在江頭。旅人獨卧一隻舟。清波衝石壁，漁笛響花洲。　半夜鐘聲何處寺，偏教攪動離愁。黔山楚水路悠悠。□□蝸角戰，不似海邊鷗。

浪淘沙 江□夜行

江上暮烟籠。萬頃溟濛。櫓聲摇曳水聲中。欹枕不知程遠近，借問漁翁。　燈火點波紅。玉鏡騰空。人家見住小橋東。那管扁舟愁思客，嘯月吟風。

前調 鳳縣中秋

地迥路悠悠。萬里遨游。行經燕冀過雍州。歲月不知人碌碌，又到中秋。　此夜雨雲稠。悶上心頭。遣興難登吸月樓。吸月亭在縣治。遥念雙親思遠道，萬緒千愁。

驀山溪 馬道阻雨　在褒城縣北九十里

秦關漢塞，路窄天光小。雲棧度岩巒，繞羊腸、行經馬道。山溪□□，野渡少舟航，青橋驛，黑龍江，擬是蓬瀛島。　蕭條旅館，信宿心憂悄。壯志愛山川，嘯烟雲、豈愁懷抱。爲思萬里，白髮雙親老，程歲日，倚門閭，日盼游人到。

臨江仙 舊綿州九日

秀起金山縈紫翠，涪江滾滾東流。蘆花淺處一隻舟。釣翁歆碧樹，童子騎青牛。一樣重陽風物好，居人自不知愁。多情偏是遠方游。少陵詩思遠，獨上越王樓。

鶯啼序 代挽余參軍

葭灰□飛玉琯，正陽生一數。歲將晚、風雪催寒，海天□□□□。□中嘆、峰巒失影，溪橋凍折梅花樹。痛耆英騎鶴，驂鸞杳然雲路。　慨相□平，氣概磊落，見超群稟賦。曲陽鎮、鐵馬金戈，幾年從役□□。□□窩、烽烟静熄，日南道、往觀銅柱。看年來，颯爽英姿，總還□□。　承家有子，繞膝多孫，儘穿楊百步。觀次第、泮宫游學，藝苑揚鑣，荷戟戎行，特高門户。紅鑪暖閣，蒼顏含笑，封侯未比春醪熟，樂親朋、話舊娱朝暮。長歌抒懷，人稱矍鑠哉翁，七十六壽初度。　喬松不老，古柏常青，蔦蘿相依附。竊自嘆、頭生華髮，荏苒流光，野□塵埃，竟成虚負。端期君壽，爲朝人瑞，龍書鳳誥榮閭里，又誰知、□月聞哀訃。傷心隨序歸藏，帳望愁雲，遍山縷縷。

風入松 夏日感懷

黃梅小雨過池塘。松徑送微凉。珠簾半卷雲烟裊，放溪山、齊到□□。風翠浮空如染，水田鷗鷺輕颺。自來身世任疏狂。栖迹愛□□。□□陟岵無瞻仰，望蒼天、祗益悲傷。穠樹陰中蝴蝶，可能消遣□□。

巫山一段雲

□□千章樹，山頭一段雲。愁心常自恨離群。那日幸同醺。未□□清宴，無能遠俗氛。炎天嶺壑亦烟熅。引領望南熏。

前調 寄楊見庵

□□聽流水，松間慕遠風。幽栖日在小山東。偶爾到城中。醉□□□□，□詩勝咏紅。歸來此意又冲冲。望與寄郵筒。

梁州令

□□□雲畔。一夜西風撩亂。亭皋落葉故飛飛，山光水影，斗覺從頭換。寒蟬唧唧臨孤館。

似助人長嘆。靈椿植在何所，憑高送目空腸斷。　日日憂難按。連宵夢裏魂牽絆。難禁冷氣透疏窗，陰蟲野鳥，又叫成分散。幽齋耿耿銀釭燦。泪落空無算。愁鄉竟是愁海，又誰指我回頭岸。

漁家傲　獨立

獨立橋頭望碧天。微雲綻處月嬋娟。桂影高欹瓊玉殿。猶時見。□傳上古空瞪盼。　顧影徘徊思百千。風寒露冷水潺潺。擬問嫦娥怎會面。嫦娥唁。夢鄉最好時相見。

青玉案　述夢

□宵對月□椿樹。思向夢中乞一晤。真在夢中忻一遇。蒼顔白髮，青樽緑酒，教子尋章句。　無端却被鷄聲誤。醒眼依然空四顧。□外瀟瀟風又雨。心焉百結，腸焉寸斷，此恨何由訴。

鶯啼序　蔚若楊老太親翁挽詞

悲哉冷風淅瀝，更凋殘碧樹。聽空際、鴻雁哀鳴，蟲聲唧唧□□。□人萎、靈魂渺渺，乘烟駕鶴升雲路。老人星光隱，南天儘堪思慕。　八十春秋，積累厚德，愧無能盡訴。衹窺得、全性歸真，稚川洪景□□。見超然、蒼顔白髮，林泉偃仰親鷗鷺。歲時間，親接光儀，頓開□□。天乎杳渺，命也幽元，報施無定數。爲想像、課孫教子，竟阻功名，半世周人，老偏貧苦。祥鸞早逝，長君無禄。幾回坎坷身經歷，近年來、疾病還相遇。高秋九月，無情一夜西風，驚聞昨日哀訃。前□不幸，陟岵興悲，纔知傷大故。謂弟妹、無父瞻仰，我罪伊何，爾尚□欣，有祖持護。誰知此日，斜陽西下，龍山鳳嶺同蕭瑟，祇高風、□□長留住。教人泪落闌干，敬獻靈前，沉香一柱。

巫山一段雲 題黔中王以端山水

緑樹撐青靄，紅橋枕碧流。嵐光波影一壺收。放眼坐漁舟。淡墨王摩詰，滄□□□□。山高水遠思悠悠。夢與白雲游。

浪淘沙 自題□□

□□□□。□□□□。涼颸一陣入林陬。乍見亭皋飛木葉，又是□□。□□□□□。浪影悠悠。閒看蜃氣幻層樓。淺水洲邊□□□，□□□□。

踏莎行 自題□□

五畝松花，千竿竹樹。柴門窄窄臨溪住。清幽便已遠塵囂，□□□覓雲深處。　蒔藥栽茶，敲詩作賦。漁竿自在親鷗鷺。偶因沽酒過紅橋，聽人道是桃源路。

烏夜啼 闇夜

砌下陰蟲唧唧，樓頭檐馬丁丁。空階風雨多情意，着意做秋聲。　浩氣誰充海宇，輕寒自滿山城。青燈作伴相輝映，白髮長千莖。

飛雪滿群山 友人爲母刊碑，阻雪未賀，爲寄小詞

此時風景，瑶池高宴，瑶瑰灑落人間。高低萬樹，琪花開滿，樓臺□式琅玕。佳城何處是，似蓬島、閬風引還。一碑清潔，纖塵不染，□老蒼山。　高尚士、烟雲供嘯傲，愛他精白，耐得嚴寒。殷勤訪□，□興尋梅，溪橋幾度蹣跚。蹇驢誰借與，卧茅屋、却慚袁安。望空懷□，歌詩庶見素衣冠。

百尺樓 題先高祖作《霖公八石圖》

曾閲六州山，寫石知多少。不似前人筆有神，淡墨特蒼老。　河上二華峰，海上三□□。□上岩巒恰肖形，更想天公巧。

滿江紅 自題《秋江烟雨圖》

萬里江天，風和雨、釀成秋肅。閒揮灑、濃濃淡淡，烟雲滿目。幾點□峰青欲碧，半林老樹紅參緑。有人家、住在水之湄，山之麓。　□□徑，有青竹。映疏籬，有黄菊。向蒼蒼石畔，别開茅屋。五畝□□□□界，千年事業縈心曲。喜相逢、白髮漁樵，斟醽醁。

西江月 彦叔林太親翁像讚

逸興常傾竹葉，□□□種梅花。溪山静處老烟霞。角里東園齊架。　金石垂聲不朽，丹青寫意無差。兒孫莫祇看風華。好好常存□下。

踏莎行 慈淑林太親母像贊

度玉儀蘭，方蛾比婺。清風淡蕩林深處。年將八十老形神，瑶池□皎森瓊樹。　恰貌真容，隨登仙路。堂前禮拜堪思慕。常將不朽□兒孫，綿綿百世如朝暮。

浪淘沙 題《閬苑圖》

天外渺溟濛。閬苑空空。瑶臺玉洞特玲瓏。萬古琪花香不斷，碧樹菁葱。此境在□□。□念能通。無須遥望海之東。寫出人心真世界，好認仙風。

踏莎行 自寫《松竹圖》

五畝青松，千□□□。青松翠竹籠書屋。流泉一道小橋東，清聲遠到山之麓。野外烟蒼，墻中樹緑。詩情畫意真芬馥。閒來即景□揮毫，秋光萬頃開心目。

浪淘沙 雪中過阜安村，祝楊岳母尹太夫人壽

金母宴瑶京。灑□□□。人間玉樹盡峥嶸。萊婦重重添鶴髮，映□冰清。踏雪□□□。□景生情。因風柳絮倩誰賡。祇願年來□白雪，百歲晶瑩。

前調 壬申長至日，雪集松竹草堂，時劉生索畫，爲即景寫此，遂題

三徑水雲涯。竹繞松遮。一陽初到景添些。有客林中吹玉笛，處士梅花。果似仲先

家。遠去紛華。命工圖畫恐争差。祇許倪迂親着筆，淡染烟霞。

江南春《卧雪圖》

彤雲重，朔風寒。洛陽飛大雪，僵卧老袁安。竹籬茅屋真千古，好與閒人作畫看。

十六字令寫扇贈春塘少府

呀。島外飛來八月楂。閒圖畫，不任滯天涯。

臨江仙題固坪同年《太翁遺經圖》及固坪《吾鑑吾圖》

卅載同袍□□□，相觀信慰生平。忘形始得見交□。□我慚説，□□□冰清。　我鑒君

君先自鑒，真真寫□分明。遺經快□□生澄。心觀有像，息氣聽無聲。

十六字令題扇

呀。人物□□□□華。□風□□□，□□□。

其二

天。一個□□□霧烟。雲林筆信好，見飛仙。

西江月 鍾馗像贊　案：詞牌原缺，據《詞譜》補。

不再陳書北闕，惟真隱迹南山。神奸勿許混人間。芟盡□憑霜劍。　十世猶堪想像，千秋莫與躋攀。誰歟妙手寫□顔。更覺精英常見。

臨江仙 壽范表姑母吴孺人八十

玉洞風和春晝永，筵陳碧藕冰桃。人間恰喜進香醪。□籌添寶笈，聽韵叶雲璈。　少伯延陵同姓氏，松□□節清高。由兹百歲更周遭。萊衣常戲彩，彤管待揮毫。

點絳唇 乾隆乙卯，路經桃源，八載於兹矣。偶仿米家筆意，題《點絳唇》一闋，然未似也

淡寫成圖，想曾經處。桃源路。玉洞空虚。得見花千樹。

浪淘沙 甲子冬杪，寫松竹草堂，隨題《浪淘沙》一闋

天地釀□巒。□□□□。長松百尺竹千竿。短短疏籬茅屋裏，□個袁安。　□□□圖觀。點染良難。聊將逸興寄毫端。平地□□千萬里，海□□□。以上録自《魏定一詩詞鈔》

段時恒

段時恒（一七七一—一八〇〇），字立方，號七峰，晋寧人。乾隆己酉（一七八九）拔貢。著有《鳴鳳堂詩稿》。

夢江口

春江暮，塔影照波明。鎮皖樓頭憑眺處，奔濤怒起倦鴉横。野戍動笳聲。

前　調

江天晚，素月湧層霄。上小孤山憑眺處，汀洲隱約水迢迢。客舫夜吹簫。

望江怨

船初泊。布置嘉肴待饞嚼。柔情聊寄託。惠泉新釀從容酌。且歡樂。采得并頭蓮，照人花灼灼。

前　調

閶門檝。戀别無言手相捻。珠痕沾翠靨。愛深休换舟如葉。忍抛妾。怨煞薄情郎，挂帆去已捷。

憶故人

畫裏江山，憶昔年，捉月處、精靈在。宮袍披坐棹如飛，詩渴思吞海。千古風光不改。恨來遲、長鯨莫待。浪平天净，采石磯邊，漁歌欸乃。

憶江南

空尋訪，寂寞館娃宮。步屧無人愁夜月，采香有徑悵春風。猶似夢魂中。休孤負，燭影畫筵紅。蘭氣膩銷花旖旎，潮痕香顫玉玲瓏。離别古今同。

前　調

秋夜永，玉漏點初殘。露透玫瑰鴛枕暈，風開茉莉翠幃寒。作態倚欄干。餘酲醒，皓月照窗團。紈扇莫嫌香氣薄，羅衫剛覺酒痕乾。無語對相看。

望江南

陽羨風流猶記得。事過輒忘，偶然追憶。橋通皂莢水環城。彩船閒向鏡中行。天光掩映波如拭。一陣輕飆，先喜炎歊息。收帆泊靠緑楊堤。烟開斜見遠峰低。

前　調

佳景歡場非易得。且借歌弦，遣排胸臆。玉郎莫漫惹離思。忍教流泪到瓊巵。相逢豈必深相識。試望江樓，皆媚人春色。我今海水爾飄萍。楊枝休妒眼垂青。

前　調

難止狂奴豪興極。拇戰直前，酒徒奔北。銜杯聊復寫新詞。懷人深意更誰知。周侯劍氣空雄特。又況陳生，文筆今安識。千秋事業有名山。少年情景去無還。

最高樓

吴山後，杰閣峙遥空。精絶小簾櫳。萬家烟火全城景，參差收到一樓中。玉人兒，清雅甚，寄芳踪。　却恁地、端莊憐瘦怯。却恁地、温柔知款洽。膚雪膩、髩雲鬆。深情脉脉難爲主，巫雲吹散怨東風。望藍橋，如可至，落花紅。

夢揚州

夢揚州。是晚來波定邗溝。畫舸近排，對對琉璃燈毬。粉香脂氣風吹散，映月影、魚妒花曾到河心岸頭。逢那個人兒，倦剪雙眸。進果獻羞。虹橋外，藍輿穩，夜歸何處朱樓。酒痕新涴蕉衫透，展翠衾、輕下雲幬。還悄問，檀郎醉否，無限温柔。

揚州慢

觴，咽住玲瓏歌喉。三國英雄，六朝哀艷，盡教雪浪淘完。祇金焦兩點，尚鎖住狂瀾。海門下、蛟宫叠現，蜃樓層湧，無限高寒。向瓜洲、東指依稀燈火儂。緑楊似舊，問當年、隋帝餘歡。恐殿脚香魂，雷塘恨魄，紅泪難乾。却算醉翁脱洒，平山上、獨建騷壇。望蕪城螢苑，千秋同一憑欄。

長相思

漏永長街，春深小屋，清樽話别綢繆。檀槽緩撥，珠串低吟，聲聲吞吐離愁。欲語還羞。看海棠紅膩，泪雨横流。密締鳳鸞儔。感多情、鐵石心柔。奈禮法糾纏，程期迫促，東風送入皇州。途遥人靡定，寄相思、難覓書郵。望斷星眸。怨薄幸、應嗟暗投。却須來、夢中細説緣由。

前　調

兒女腸柔，英雄氣壯，無端割愛長行。吴中簫鼓，趙北筝琶，一派都是離情。歲序頻更。况記月下談心，花間携手，憐儂京華熱惱，旅館凄清。顧影嘆孤惸。有陪隨、紙帳書檠。賺煞了、嬌痴後生。更緣何、夢魂那過卿卿。於今違萬里，別三秋、責重身輕。鷄肋功名。夜夜相并。

憶舊游

喜山川契熟，歷覽緣深，又遂清游。恰養花天氣，釀寒暄適好，共泛仙舟。布帆挂來風滿，環坐引瓊甌。正四月鰣魚，酥蒸玉肪，飽噉吟喉。凝眸。向前去，是燕子危磯，砥柱中流。振策臨高頂，見金陵疏樹，烟冷雲浮。太息六朝興廢，今古等荒邱。祇送別秋江，才人尚有佳話留。

向湖邊

事勢頻移，風烟無改，點綴也憑人意。碧瓦紅欄，煞勞心安置。想昔年、蘇子修除，白公開導，豈便似兹完備。玉輅親臨，自山川獻媚。句踐封疆，得失都如戲。錢氏守此土，曾勛威光被。共等塵埃，祇餘滄桑地。算詩翁和靖存高致。還留下、梅鶴清名千古累。五柳居中，且博今朝醉。

西湖月

晚來暝色初收，看霽宇無塵，冰輪高揭。六橋波氣，三潭塔影，四圍瑩潔。漁船齊下網，看點點燈光、明又滅。試緩步、垂柳堤邊，風到頓清煩熱。　是誰鐵笛横吹，似落盡梅花，怨聲幽咽。少年情事，他鄉景物，令人凄絶。嗟雲鬟玉臂，幾度酌量、陰晴圓缺。却恁教、地遠天遥，恨離傷别。

夢横塘 虎阜舟中即席贈人

夢中情事，眼底江山，爲何振觸羈客。虎阜横塘，委的是、紅塵香陌。歌舫長排，畫樓遥接，水藍雲碧。問從前古迹，劍冷蓮池，空留下、生公石。　樽前象管鸞簫，奈離愁莫訴，别恨難釋。却怨多情，撩撥動、醉魂吟魄。念萍踪、天涯偶合，泥飲休辭酒腸窄。試看真娘，美人黄土，更誰來憐惜。

如夢令 紀夢

小苑月華初上。綉閣燈光猶亮。凝睇倚鴛幃，仍是别時愁様。惆悵。惆悵。又聽瑣窗鷄唱。

春光好江行

瓜蔓水，蘋花洲。木蘭舟。咿啞歌聲和未休。動離愁。　相喚相呼鴛侶，同飛同宿鶯儔。春色撩人閒不住，望江樓。

鎖陽臺題帳中美人

葵扇低摇，金釵斜彈，天然一種風情。偎紅倚翠，曾記見分明。敢是蘭湯浴罷，羅衫薄、潮暈猶赬。闌干外，鴉鬟半躲，體態更輕盈。　銷魂何處是，陽臺巫峽，雨殢雲行。奈客心，孤另好夢難成。携伴梅花紙帳，時消受、茉莉香清。可能當，珊瑚枕畔，軟語喚卿卿。

浪淘沙題馮華川先生《六橋烟柳賦》後

一片曉烟遮。柳影欹斜。橋排雁齒渡輕槎。斗酒雙柑須帶也，休負年華。　望十里桑麻。三竺雲霞。緑陰深處盡人家。記得游時如畫裏，今隔天涯。

西　湖

姑舍是。情牽越國山水。武林一架畫屏峰，鏡匳照起。淡妝濃抹總離塵，天然猶見西子。　選佳客，携妙妓。安排謝傅游履。匏樽竹管木蘭舟，片帆十里。斷橋柳暗沼荷香，招凉誰復加此。　去年勝事莫再矣。泛秋月、風軟雲委。麗景清標如彼。别來曾未幾。流光彈指。何日浮白酬知己。

兩同心

飛蓬誰理，經歲經年。特寄爾、簪如琴好，應知我、心似金堅。待歸來，爲畫柳眉，代貼花鈿。　也記得在家前。夜撫冰弦。掃緑塵、輕舒素手，放烏几、斜靠香肩。到而今，旅館孤彈，憶舊凄然。以上録自《鳴鳳堂詩稿》

李誠經

李誠經，字明六，號西樓，蒙自人。乾隆間諸生，檀萃弟子。著有《待焚草》。

自度曲

今日之東，明日之西。青山疊疊，緑水漸漸。忙甚的走不盡、蜀道秦關，巴不到、龍門龜兹。力兮項羽，奸兮曹操，烏江赤壁一樣悲。但請君、暫坐片時，把寸心、前想後思。得安處，且安逸，明日奔波未爲遲。　那條路直，這條路繞。白晝茫茫，光陰渺渺。尷怎的帶不去、碧玉黄金，留不住、青春年少。富若石崇，貴若汾陽，緑珠紅綃不了了。且爲我、破幾文鈔，沽半壺、權澆煩惱。與君杯酒話今宵，莫愁明日陽關道。以上録自《續滇詞叢録》

劉澍

劉澍，字雨芳，號春田，蒙自人。乾隆乙卯（一七九五）科舉人，官湖南龍陽縣知縣。

滿庭芳 勵友

如是聰明，若斯才調，令人跂望高踪。清標雅操，何事怨天公。壹意坐花醉月，魂顛倒、寤寐情通。逢場戲，空中樓閣，豈合寄淵衷。　隆隆。春雷動，三級桃浪，燒尾化龍。看扶摇萬里，横絶太空。憶否當年共硯，曾許我、山石錯攻。今應恕，良藥苦口，休當馬牛風。

前調 有感

玉貌逼真，柔情宛肖，觸動無限幽衷。佳人難再，也許夢魂通。記否高唐舊事，雲縹緲、十二巫峰。祇贏得、情牽意惹，花月戀春風。　殷紅。鬥香艷，翻階芍藥，映水芙蓉。况湘靈錦瑟，神女綺桐。多謝漢皋解佩，却自笑、措大酸窮。柔腸碎，法源寺裏，長夜一聲鐘。以上録自《續滇詞叢録》

尹　相

尹相，字右衡，師宗人。清乾隆時進士。

鷓鴣天 十四夜與陳、竇二公宿文廟

會少離多隔路遥。黌宫小聚樂陶陶。風清畫閣人三個，月照窗櫺酒一瓢。　芝蘭契，金石交。滿腔別恨暫時消。同床共話聯知己，料得今宵免寂寥。以上録自《師宗歷代詩詞選》

嚴　烺

嚴烺（一七六四—一八一九），字存吾，號匡山，宜良人。嘉慶丙辰（一七九六）科進士，改庶吉士，官至甘肅布政使。著有《紅茗山房詩存》。

鳳凰臺上憶吹簫 題戴紫垣師《藕花妓船圖》

白傅多情，藕塘十里，畫船雙載娉婷。羨風懷雅稱，仙骨天成。坐擁碧天香海，抵多少、人月雙清。簫鳴處，幾聲檀板，一陣歌鶯。　分明。這番着想，渾不是琵琶，江岸初停。笑後堂絲竹，空自縱横。争似緑楊小艇，消溽暑、烟水方生。天風起，花枝照人，何异蓬瀛。

摸魚兒 漢陽曉渡，和李雲裳同年韵

幾年前、滔滔江水，而今重唤公渡。浮生嘆煞紅蓮葉，泛泛衹隨波去。天涯路。有八月仙槎，且許征人附。時同入學使初頤園先生幕。相逢似故。縱地隔東南，一般羈旅，同向白雲住。輕舟過，摇曳晴川烟樹。曉風殘月誰賦。正秋期蟹肥蓴脆，相稱持螯心緒。江天暮。又冷節重陽，懊惱題糕句。舊愁欲訴。便望見家山，傳來錦字，也覺少年誤。

百字令 重九夜和雲裳韵

東籬歸後，正黄昏倚着，湖山晴色。中酒低昂人未醒，裊裊篘簾香息。墻角疏蛩，江邊斷雁，寫入佳人瑟。人如花瘦，燈前微見花白。銷魂萬里天涯，風前帽落，猶有龍山客。玉笛幾聲黄鶴月，果否神仙難覓。水國秋殘，山鄉夢遠，欲問移家術。瓊樓何處，宵深無限天碧。

齊天樂 過漢川和雲裳韵

漢川千里烟波濕，城邊緑楊秋雨。蟹舍虹殘，漁莊雁落，小艇空濛行去。離情縷縷。問解佩何緣，惱人心緒。翠羽明璫，臨風不見料難住。茫茫楚江欲訴。暮山青未了，雙槳空渡。讀罷離騷，聽來湘瑟，怨到蕪蘅深處。微雲漢上，望帶水盈盈，莫通魚素。十日征帆，嫩寒歸夢阻。

探春冬至日春行見杏花甚開有作

遠水層巒，荒村古徑，尋詩人逐幽鳥。郭外陽回，山中雲暖，何事生春偏早。消息訊林梅，感遲暮、美人孤孑。等閒吟過橋頭，不道杏花開了。　九九正寒消，一片片、許誰臨稿。彩毫濃處，瀛洲艷，引逗春光，烟低鬢濕，俊煞看花人少。野路香風繚繞。猶未到年時，紅妝鮮緑齊芳草。

風入松寄萬二芝軒，時芝軒尊人罷官，將歸滇南

晚江烟水暫停橈。送歲雪飄蕭。相逢恰是生春處，剛回首、幾個花朝。人事祇看枯樹，鄉心争度寒潮。　武昌官柳太無聊。摇落短長條。繁華往事渾如夢，歸來好、山水清標。祇恐扁舟西去，碧鷄金馬迢遥。

金縷曲題吴春圃廣文《雅奏圖》

滿紙英雄氣。借生綃、種花移柳，案：種，《雲南叢書》本作『裏』。添些妍媚。跋扈詞場誰不識，案：識，《滇詞叢録》本作『詑』。一任朔饑髡醉。直數載、長安游戲。羽箭雕弓聊自適，有幾人、投

筆封侯至。案：至，《雲南叢書》本作『玉』，《滇詞叢録》本作『去』。琴檥解，聽歌吹。雪兒門唱相思字。趁春風、聲聲偎傍，豆紅蕉翠。料得江東重訂譜，鐵板銅琶親試。早有個、黄鸝會意。回首旗亭腸斷處，甚樽前、記曲呼娘子。游倦也，驊騮繫。

金菊對芙蓉 題巴益齋方伯《引杯看劍圖》

生面誰開，一濃一淡，圖濃淡各一。畫堂小飲清豪。看佳人婉嬺，雙劍招摇。衛公直是多情者，倩吴鈎、試舞招腰。指揮如意，重重花笑，陣陣霜飄。　閒情一斗松醪。儘淺斟細酌，美景良宵。任詩題紅杏，絳燭雙燒。何如此手空空妙，繞氍毹、百種嬈妖。樽前回首，有人望月，何處吹簫。以上録自《紅茗山房詩餘》

萬本齡

萬本齡（一七六五—一八二二），字松如，一字香海，昆明人。乾、嘉間在世。好古博學，工書善詩。一試不售，循例爲中書科中書，改布政司理問，復改縣丞。與師範、謝瓊等人友善。著有《香海詩鈔》。

賣花聲 簪花圖

好事一春中。李白桃紅。含苞花顫鬢蟬鬆。每到春來多悵望，繞遍花叢。　花也愛嬌容。香到酥胸。縷金寶袜綉芙蓉。多少雨雲多少態，生受東風。

小秦王題優童女裝小照

含桃名本是櫻桃。多謝鶯兒一字褒。從此不聽喉轉妙，泥人口内貯香醪。

其二

鄰家女伴妒輕盈。看戲秋千比燕輕。欲解羅裙還住手，怕分明處最分明。

其三

芳蘭原自勝宜男。更有好風來自南。怪底餘桃偏反目，桃瓤乞我也心甘。

其四

女嬌破舌果然真。誰説男歡不敝輪。雲鬢珠環金約腕，手今猶艷畫中人。

南鄉子題畫

春困不勝釵。掠鬢簪花玉腕抬。未到鬢邊先囑付，花猜。須到更深枕上開。又惱又徘

徊。郎意看儂是幼孩。金屋祇藏春一個，相偎。却有弓鞋印翠苔。

定風波

卸却金鈿戴翠鈿。晚妝時候最堪憐。添上好花三兩朵。低彈。鏡中有個更嬋娟。　綉領平分胸玉膩。香氣。羅襦消受顫酥圓。斜溜眼波嬌似醉。貪睡。爲郎久立玉階前。以上録自《香海詩鈔》

王以光

王以光，字觀國，鎮雄人，州庠生。

巫山一段雲 梅坳流雲

雲結佳人幕，山開姑射宫。欠將茅屋著高峰。霞帔襲香風。　玉笛江樓隱，冰蟾睡夢通。蚴蟉鐵幹欲拏空。相與慶從龍。以上録自《鎮雄州志》

張輔受

張輔受，字斗垣，一字止齋，劍川人。諸生。著有《金華詩鈔》。

玉樓春 薙髮自嘲

老來事事都無狀。頭上雪花飄蕩漾。蕭疏剩髮幾根根，辮縷青絲接不上。　不如薙却休留養。挂礙全消返快暢。有時露頂王公前，任嘲酒肉風和尚。以上録自《滇詞叢録》

王正憲

王正憲，字崇度，石屏人。

倦尋芳 送孫玉章廣文告歸曲靖

曲陽鴻儒，屏郡學師，歷舜清晝。共羨胡公，大啓兩齋文綉。陡思歸，辭榮罷慶，晴覷破官場透。我等倫，動驪歌，正是春風時候。　此行去、瀟湘可樂，髦耋同胞暢飲，應嘆蝸名蠅利，俗情空鬥。有子趋庭堪繼後。九經及第仍還舊。倘遇人，話龍湖島，形常瘦。以上録自《滇詞叢録二集》

倪　琇

倪琇，字尚瑩，號竹泉，昆明人。嘉慶庚申（一八〇〇）科舉人，辛酉（一八〇一）科進士，選庶常，授編修。

曾官刑部給事中，典試廣西，後授福建興泉永道。有《使車吟餘草》。

滿江紅 題《路南楊光禄公忠節録》

兵燹前朝，話往事、增光日月。覽青史、全家赴難，軀捐畢節。密書五紙餘紅泪，誓捍孤城埋碧血。嘆英雄、案：雄，《明贈光禄寺卿路南楊公忠節録》作『光』。誰比十三人，錚錚鐵。　魯公恨，何時滅。睢陽志，空幽咽。緬忠愍遺風，後先同轍。千載如生都是膽，寸心不死猶存舌。拜殊恩、俎豆百年新，昭忠烈。以上録自《滇詞叢録》

謝　瓊

謝瓊，字石瞿，昆明人。嘉慶戊辰（一八〇八）科舉人，官禄勸縣教諭。著有《彩虹山房詩鈔》《彩虹山房詩餘》。

長相思 元夜

花籠烟。月籠烟。如此良宵最可憐。春心醉管弦。　愁綿綿。悵綿綿。中酒情懷減去年。昏昏一醉眠。

小梅花 元夜訪李占亭，小飲

燈兒下。千金夜。揮錢欲買春無價。過君家。問梅花。頻頻索酒，醉到月輪斜。 美人處處偷春眼。十二珠簾剛半卷。頭將皤。苦情多。新詞填罷，須付雪兒歌。

如夢令 春游

竹榻茶烟相對。又被春風吹睡。睡起步溪橋，携得雙柑酒美。沉醉。沉醉。拋却緑愁紅泪。

憶少年 本意

一庭春色，二分明月，三升清酒。良宵都過了，總不堪回首。 蒜髮漸添人漸瘦。笑情懷、依然如舊。看花揩老眼，又早梅時候。

憶江南 春游

新雨過，獨立小橋東。飛遍柳花三月渡，送來鶯語一堤風。春思十分濃。

如夢令有贈

三月匆匆如夢。此夕離情已動。載酒到長亭，一曲驪歌相送。珍重。珍重。好養緑毛么鳳。

滿江紅别意

杏子將花，包藏着、二分春色。最苦是、暮春無主，隨風零落。掌上休矜飛燕舞，枝頭枉弄鶯兒舌。向人前、不解訴春愁，歌聲咽。　樽前酒，聊共酌。心上事，憑誰説。恐卿卿薄命，難消塵劫。飄泊已同吴苑柳，凄凉空倚秦樓月。便三生、莫問再來緣，從今别。

雙紅豆

鶯聲嬌。燕聲嬌。鶯燕年年恨不消。春心付柳條。　花飄飄。絮飄飄。説到分離魂便消。難將濁酒澆。

念奴嬌春恨

楊花成陣，被東風吹作，一江春雪。南浦西園多少恨，都在賞花時節。銀燭燒來，青尊洗罷，着意尋春色。銷魂幾日，又愁經歲離別。　最苦細雨廉纖，黄昏獨坐，小院餘寒怯。玉笛樓頭人正倚，畢竟吹開明月。蓮漏聽殘，蘭釭撥盡，好夢思相接。斷腸何處，曉鶯啼破蝴蝶。

卜算子 春恨

無計促郎歸，有夢尋郎去。却被流鶯喚醒來，未得多時住。　最怕倚高樓，望遠空凝佇。花外斜陽柳外烟，總是生愁處。

欄干萬里心 閨怨

殘紅飛盡又黄昏。春困懨懨半掩門。静夜焚香語不聞。最銷魂。冷冷清清月一痕。

賀新郎 賀潘公子項卿新婚

喜氣添東閣。正新承、九重恩命，使星西向。公子花驄迎綉幰，一片彩雲隨往。秦樓外、華燈飄颺。清潤潘郎原似玉，對玉人、顧影無多讓。明月度，鳳簫響。　芙蓉萬朵圍羅帳。喜今宵、彩鸞初駕，明珠入掌。賦得催妝詩幾首，五色筆花齊放。待領取、畫眉新樣。自古神仙夫婦少，祗人間、何必輸天上。這鴛牒，在蓬閬。

如夢令 即事書懷

望斷美人何處。不耐傷春情緒。當路好花多，擬折一枝歸去。風起。風起。吹作一團飛絮。

驀山溪 寒食次錢素庵韵

東皇底事，歲歲來還去。借問餞春人，想多在、亂紅深處。酒旗風裊，恰畫出清明，水雲渡，斜陽塢。不斷愁來路。　鶯啼草長，衹恁添愁緒。獨立易黄昏，望烟樹、迷濛西浦。年年作客，怎不動離情，飛花片，垂楊縷。驀地留人住。

浪淘沙 寒食掃墓感懷

寒食路漫漫。上冢初還。悲來聊放酒杯寬。斗地驚風吹白日，竟下西山。　烟樹冪東關。月下林端。墓門回首覺心酸。一自慈幃長别後，入夢都難。

綺羅香 清明

曉日紅酣，新烟緑醉，畫得清明如許。做作春陰，却又斜風細雨。且停騎、楊柳陰中，頻問酒、杏花深處。趁今朝、拜掃紛紛，銷魂最是踏青路。山頭斜日將没，遥望綺羅成隊，亂穿芳樹。月送人歸，照遍千門萬户。争高下、花裏秋千，鬥嬉笑、燈前兒女。拚明日、再費金錢，買將春色去。

一絡索 別恨

記得長亭分手。情懷如酒。青驄小，去如飛，繫不住、絲絲柳。望遠頻頻低首。泪沾羅袖。廉纖暮雨在樓頭。怕過這、黄昏候。

甘州子 別恨

柳花飛遍楚江頭。牽舊恨，惹新愁。濃妝獨自上西樓。渾不見歸舟。情默默、依舊下簾鈎。

醜奴兒 別恨

別來衹是昏昏睡，强打精神。挨過殘春。不耐花飛又惱人。去年記得同歡會，月滿金尊。笑語香生。不道而今揾泪痕。

憶江南 郊游

三月暮，芳草正芊芊。春水緑摇楊柳岸，暖風黄入菜花天。到處醉人眠。

上西樓 閨怨

黄昏放下簾兒。歛雙眉。又向燈前獨坐、數歸期。　偷揾泪。不成睡。這相思。除却窗前明月、没人知。

浣溪紗 閨意

浴罷羅衣試晚凉。鄰家相約上西塘。紅蓮開處緑波香。　戲向花間争蛺蝶，笑看葉底睡鴛鴦。含情無語立斜陽。

菩薩蠻 秋思

清霜初被長堤草。西風正滿黄塵道。横笛倚高樓。吹殘楓葉秋。　斜陽山半下。新月林梢挂。蟋蟀草根吟。動人千里心。

西江月 中秋

大醉頻呼明月，狂歌欲問青天。謫仙去後又坡仙。此樂於今不見。　天上陰晴有定，人間憂喜難全。但逢人月一般圓。莫負今宵佳宴。

一剪梅 閨怨

細雨簾纖入夜遥。怕滴芭蕉。偏滴芭蕉。蘭缸獨自帶愁挑。郎是春宵。妾是秋宵。　記得當時折柳條。期在花朝。已過花朝。而今鴻雁轉寥寥。眠也無聊。坐也無聊。

滿江紅 星回節吊慈善夫人

節到星回，誰憑吊、當年慈善。記蒙氏、垂涎五詔，早思吞噬。祭祖共聯兄弟好，牽衣不聽夫人諫。霎時間、被酒一身焚，將誰怨。　檢夫骨，惟鐵釧。從夫死，餘白練。想松明樓下，悲風猶煽。當日城旌三里在，至今火舉千家遍。共千秋、吐嚕阿奴歌，哀賢媛。

唐多令 別意

惜別太匆匆。音書無幾封。立閒階、正數征鴻。誰向風前横玉笛，又吹落、緑窗中。　記得送花驄。飄來楊柳風。長亭外、李艶桃濃。轉眼春光何處去，秋江上、冷芙蓉。

鵲橋仙 七夕本意

鵲填橋罷，驚風驟雨，歡會匆匆如許。神仙不作怨情儂，便散了、經年還聚。

焚香載拜，羞學穿針兒女。今生得巧不如痴，願莫把、他生巧與。試陳瓜果，

步蟾宫 重陽後十日作

題糕佳節匆匆過。爲被酒、頹然酣卧。不關狂興愛登臨，衹恐怕、青山笑我。秋光老去

游還可。須料理、芒鞋則個。無端挨到小重陽，甚風雨、依然做作。

望湘人 咏水仙花

記星精墮後，月魄分時，化作花身如許。淺碧裁衣，輕黄點額，别是一番丰度。水佩雲裳，是

何仙子，翩來學步。似玉清、偷下銀河，猶帶滿身風露。清影徘徊江渚。早春風吹到，

得將梅伍。笑浪蕊浮花，畢竟塵根羞汝。玉女窗前，水精簾下，夢逐冷香飛去。要三生、道

藴重來，鏤出雪中佳句。

好事近 柳絮

雪滚楊花，飄蕩不知南北。祇要沾泥不着，入春風樓閣。　謝家蝴蝶沈家錢，一樣逐伊落。莫點舞衫歌扇，又塵根難脱。

滿庭芳 李子卿宅賞牡丹

色壓群芳，香專一國，問誰敢與争春。艷當三月，出落倍精神。浪説姚黄魏紫，幾曾見、百本紛綸。除非是，玉山瑶島，霞蔚又雲蒸。　層層。花簇處，樓臺多少，彈指落紅塵。想沉香亭北，此種難分。自愧才非供奉，把詩骨、要借君身。還須到，平泉莊上，清酒助三升。

生查子 咏萍

護得一池魚，根蒂何嫌薄。君欲問前踪，請看楊花落。　纔因細雨離，又被微風合。離合總隨波，果似天涯客。

錦帳春 綉毬花

金帶圍來，春羅剪後。問青帝、更將誰綉。小梅花，攢一蒂，和影兒團就。月華微逗。

翠幕青摇，錦坊紅閂。簇春色、不教花瘦。折來時，簪更數。問郎抛得否。笑開香口。

賣花聲 茉莉

密葉巧安排。素瓣新裁。墻根齊逗暖風開。帶露穿成花一綫，賣向妝臺。　雪意髻雲堆。一段偏佳。引將么鳳上金釵。未到人前心已醉，頭上香來。

點絳唇 海棠

倚醉臨風，酒痕吹上花多少。柳烟輕罩。翠袖翻來好。　借得春陰，睡過花朝了。須知道。嫩紅將老。剪燭頻頻照。

賀新凉 殘荷

萬葉田田處。記花時、一片歌聲，飄來南浦。斗地西風吹裊裊，剩得殘葩無數。又不耐、清宵冷露。粉褪香消青蓋缺，便枯莖、留得聽秋雨。渾不見，越溪女。　風裳水佩南塘路。憶當年、張郎舊面，潘妃纖步。明月扁舟尋舊港，載取餘香歸去。祇贏得、蓬蓬如許。剥取心中多少子，請君嘗、風味依然苦。秋水上，偏憐汝。

翠樓吟 鸚鵡

紅嘴嬌花，翠衿欺柳，生作可憐模樣。聰明天付與，便鶯語總將伊讓。言言清朗。任喚茗吟詩，巧將人仿。憑誰養。蘭閨嬌女，愛他相傍。　惆悵。春去秋來，見辭巢燕子，隴山神往。主人調弄慣，倘憐汝開籠還放。平生多口，祇誦得心經，便消灾障。情難忘。逢人輒問，上皇無恙。

瑞鶴仙 咏蟬

未秋先在樹。怎不待秋來，便將秋訴。斜陽下前渡。正烟條風葉，初過涼雨。誰憐弱羽。向秋柳、輕身便住。把春風、讓與流鶯，獨吸九秋清露。　知汝。嘵嘵如此，想記前身，怨含齊女。銅盤蜕處。飛清響，异前度。奈聲聲凄咽，離人怕聽，多在河橋驛路。祇怪他、秋使之鳴，問秋不語。

臺城路 蟋蟀

歐公正寫秋聲賦。秋聲忽來相助。月上桐階，露零苔砌，多在草根深處。攪人離緒。想織罷迴文，怨添蘇女。短夢殘時，凄凄祇在枕邊訴。　金籠當日誰護，問平章安在，相吊惟汝。燕説興亡，蟬吟斷續，怎似這般淒苦。他鄉羈旅。恁唧唧中宵，教人難度。獨對寒燈，更兼深夜雨。

前調琵琶

瑶琴錦瑟秦筝外，此聲更多幽怨。塞上風酸，江頭月冷，彈出秋心一片。輕攏漫撚。似鶯語間關，水鳴幽澗。撥動如雷，一聲忽向四弦變。　明妃曾别漢殿。抱伊情戀戀，泪下如霰。紅粉飄零，青衫淪落，千古傷心何限。葡萄誰勸。更欲飲頻催，裹瘡將戰。聽到凉州，健兒魂已斷。

昭君怨本意

昨日春風永巷。今日秋風氈帳。掩泪撥琵琶。别天家。　不恨畫工相誤。却恨君王難顧。憔悴漢宫花。葬邊沙。

漢宫春題《美人撫琴圖》

惱殺東風，弄佳人翠袖，陡地生寒。宫妝纔罷，渾若鏡舞雙鸞。桐花影裏，撫瑶琴、細爇香檀。可能把、瀟湘哀怨，今宵流到人間。　欲得君王一顧，又燕嬌鶯懶，粉泪偷彈。譜將雲情雨意，夢到巫山。清愁不斷，呼侍兒、舊曲新翻。除却那、天邊明月，知音真個難難。

沁園春 美人對鏡

借問娉婷，我見猶憐，個中甚人。想金心曾識，六宮容貌，土花猶帶，千載埃塵。背面盤龍，當頭舞鳳，祇有佳人影最真。別離恨，記樂昌公主，合處曾分。　射來秋水澄澄。是萬古、光明月一輪。正浣溪紗碧，寫將西子，遠山眉翠，畫出文君。雲鬢纔梳，櫻唇初點，尚是紅顏未了春。還須待，比肩人共照，分外精神。

前調 美人挑燈

恁地熒熒，燒人殘夢，直將五更。想背他垂泪，孤光猶耿，留伊解帶，半焰偏擎。籠向春風，挑來夜月，紅把花枝一一薰。記當日，趁千金良夜，買更多情。　龕中倍覺光明。把小字、蠅頭寫佛經。正蘭膏焚處，度將五夜，蓮花開後，照破三生。與穗俱垂，將心是續，祇似相思一點凝。可能彀，結今宵花蕊，喜報卿卿。

前調 美人燒香

幾縷悠颺，爇向深閨，相思頓長。甚燈前裊裊，如吹蘭氣，琴邊冉冉，似沁梅香。夜月燒來，春風度處，心事今宵訴不妨。深深拜，任露侵衣袂，尚在西厢。三生禮遍空王。願煩惱、消除達上方。正輕烟細籠，忽穿幽幌，疏星微墮，未爁迴廊。悄立含情，潛歸掩泪，入夢猶薰一段腸。儘由你，把重重雲篆，結作慈祥。

前調 美人醉酒

幾遍思量，消得春愁，除非醉鄉。想玉環扶出，一枝濃艷，徐妃酣起，半面新妝。臉暈桃花，眉顰柳葉，星眼微開問海棠。何須到，羅襟乍解，尚嗅餘香。沉沉欲眤檀郎。共月底、花前興也狂。便長卿逢處，當壚更好，步兵醺後，卧側何妨。金谷初開，绿珠曾送，不許佳賓不盡觴。相思泪，怕時時能化，少入柔腸。

金縷曲 咏七

聽盡三宵雨。把心頭、三年離緒，一時留住。愛殺二分春色好，恐被五更風妒。開三徑、四香誰護。畫得修眉如月樣，怎容他、一點愁常據。夢將到，八千路。花飛十里三春去。問歸期、虛傳九九，兩番皆誤。泪眼雙雙垂五夜，怕到六花飛處。又添了、相思一縷。十二珠簾慵不卷，指生寒、莫把弦彈五。待良夕，拜牛女。

玉京謡 咏八

日過花磚地，鏡裏雙眉，畫出相思字。向夕穿針，一綫纔添纖指。恰依著、秦國排行，又分了、莫愁年紀。將誰比。月華三五，娟娟如此。　裙拖六幅臨秋水，小鴨兒笑，雙雙兜起。不似哥兒，言語解人深意。莫多倚、九曲欄邊，且重到、四香閣裏。拂箋紙。七律新詩初試。

醉蓬萊 咏九

正二分春色，倦倚闌干，一枝堪摘。雙指拈來，恰向寶釵簪得。江表二喬，楊家五隊，兩兩游香國。一寺猶藏，六峰瞥見，過三生石。　却苦山前，十三層塔，再四難攀，問誰能立。一點愁消，儘十分綿力。品望蓮臺，杖扶松節，上了三三級。十八阿羅，數來剛半，笑顔纔及。

如此江山 咏十

湖頭一路香車駕。雙囊儘飄蘭麝。三竺雲松，六橋烟柳，著個美人如畫。記眉譜修成，欲愁還怕。三變詞工，花間好把七郎嫁。　五更又聞鐘打。恁雙雙慧眼，八行都下。六出花飛，三眠絮起，清咏一時推謝。愛儂風雅。便到九分時，一分還借。七夕星明，把三生誓罷。

長亭怨慢 題《翠袖倚修竹圖》

正幽夢、曉雅催起。悄悄疏窗，美人斜倚。亂綰雲鬟，雙眸澄澈剪秋水。新妝纔罷，出落精神如許。盡日祇攤書，果然是、掃眉才子。纖指。把泪彈修竹，惹起相思無數。蕭郎別也，須記得、謝娘分付。便迎了、桃葉歸來，怕他日、白頭還賦。算祇有新詩，付與秋鴻將去。

百字令 題李湘浦《屺雲陟望圖》

西山日薄，問天涯游子，幾人歸養。八載南游依幕府，且喜高堂無恙。一片鄉心，幾重雲影，馬上魂先斷。當年回首，倚閭猶有人望。豈意萬里歸來，尚思萊舞，痛慈烏何往。寸草春暉猶未報，空泣堂前遺杖。樹已驚風，心猶愛日，滿目餘悲愴。白頭安在，舊圖不忍多看。

南樓令 中秋遇雨

正待月當頭。風吹雨不休。放些晴、依舊雲浮。誰把廣寒宫闕閉，又孤負、一年秋。天外憶狂游。人間祇坐愁。且開懷、滿泛金甌。弦管從然吹散後，誰復上、庾公樓。

賀新凉　贈曹瑶圃，時寓居圓通寺

健筆誰能擬。算君家、雄才八斗，又歸吾子。兩到雙丁齊競爽，驥足共期千里。不撞破、烟樓不止。幾度騷壇争壁壘，儘輸君、五字長城矣。嘆諸葛，真名士。　去年曾灑荆山泪。恁摧磨、匣中孤劍，還騰虎氣。破硯生涯磨不了，下榻又來蕭寺。是當日、選詩之地。被酒酣歌明月下，想髯翁、醉魄呼應起。好憑吊，蒼烟裏。

前調　題李占亭《吟餘偶篇》後

不是才如海。問誰能、探幽索渺，筆飛光怪。疑鬼疑神多少事，漫道文人狡獪。總不出、有情天外。風雨空堂燈變緑，知腕中、真有精靈在。莫輕示，俗人駭。　名流來往多佳話。令吾輩、讀之稱快。厚地縱饒他、子虚烏有，都堪附會。絶世文章兼笑罵，中有無端感慨。高天無限恨，倩流傳、齊向才人拜。留仙志，共千載。

臨江仙　東王匏生

丱角交情同骨肉，當年風月平分。而今懶性果然真。無愁翻羡我，多病始憐君。　見説名心都淡了，居然富貴浮雲。須知些子事猶縈。候門無稚子，扶杖有衰親。

西江月 口占示友

雲意油油一片，風聲颯颯中宵。窗前無奈有芭蕉。又把閒愁吹到。世上風波何限，胸中塊壘難澆。匏尊有酒共君消。且自逢人歡笑。

風入松 東楊嶰谷

去年言別向天涯。依舊未離家。梅邊翻送君歸去，今相見、桂子將花。頭上微添白雪，壺中須覓丹砂。遥知才力較前加。有夢采瑶華。門臨十九峰前住，得奇句、好向人誇。試唱還山詞罷，仙心飛入烟霞。

大江東去 覺善寺醉後題壁

碧鷄飛處，恰奇峰突出，勢盤孤鳳。未到琳宫開畫境，門外重重翠擁。幽谷禽鳴，蒼松鼠竄，百尺飛樓聳。海天遥望，帆檣點點風送。當日誰闢靈山，幾經塵劫，尚把謡神奉。我抱名心來此宿，昨夜了無佳夢。萬頃澆胸，群山繞座，有酒還須縱。憑欄雨到，亂雲渾似濤湧。

前調 大觀樓醉後題壁

乾坤許大，怎天教此水，西流如漢。百尺飛樓雲際倚，三面青山相向。鷗鷺沉浮，魚龍出没，日夜掀風浪。歸帆隐隐，晚霞紅處漁唱。　遥想武帝當年，鑿池通道，枉習樓船戰。刼盡灰殘人不見，惟有湖山無恙。酒罷憑欄，詩成題壁，衹把髯翁讓。臨風吹笛，海門明月飛上。

百字令 送静樂上人之成都

中年行脚，要窮探五嶽，遍登三竺。携得一瓶兼一鉢，到處總堪游矚。杯渡江中，錫飛天外，訪勝來西蜀。峨眉在望，回頭却憶鷄足。　少日猶憶從游，錦城風景，歷歷懸心目。亦擬打包行萬里，奈有周妻何肉。明月隨師，閒雲笑我，尚在紅塵逐。名山游罷，歸來精舍堪築。

賀新凉 感懷寄友

往事空回首。甚歸來、毛錐未脱，阮囊依舊。太息文章聲價賤，此日甘居人後。却不耐、嗸嗸八口。馮鋏三年彈已遍，便買絲、那有平原綉。何物是，驅愁帚。　狂奴故態時時有。且陶陶、選妓徵歌，當筵縱酒。衹恐光陰鹽米誤，拚向天涯狂走。又戀戀、白頭衰母。安得帆風吹送我，待他年、捧檄爲親壽。知我者，二三友。

浪淘沙 即席送劉寄庵二丈歸里

烟樹四圍環。放出青山。道宮深處倚欄杆。剪剪春風吹滿座，酒到須乾。倚醉唱陽關。聲徹雲端。聽來折柳最心酸。送了斜陽迎素月，興已闌珊。

祝英臺近 題李仰程《璇璣圖》後

美人心，才子手。解把文章綉。宛轉迴環，巧自天孫授。挑來百韵初成，誰知機軸。又翻出、二千餘首。　情難剖。不惜風雨經營，一點靈犀透。迢迢寄去，要使郎憐舊。頓教悔殺連波，見圖驚絶，争得不、仍諧嘉耦。

大江東去 題李華峰《秋江垂釣圖》

天開水國，把君家釣具，時時料理。老去名心銷欲盡，莫被一竿鈎起。骨相清臞，情懷冷落，豈有逢時技。江頭照影，一身渾是秋氣。　居然漁父爲鄰，鷗來鷺往，上下相游戲。占得烟波三百頃，便作浮家之計。荻港烹魚，花村買酒，醉卧空天地。起看明月，一輪飛出雲際。

百字令 題李仰程《楊妃醉酒圖》

君恩濃處，正温泉浴罷，更教沉醉。柳軟花嬌支不住，恐是海棠將睡。夢雨氤氲，春風婀娜，越覺生妍媚。侍兒扶起，不知宿酒醒未。　當年醉舞霓裳，博三郎一笑，態尤矜貴。斗地漁陽鼙鼓動，到此翻爲情累。烽火連天，花枝委地，剩得傷心泪。回思舊寵，酒痕猶在衣袂。

賀新郎 寄懷錢素庵明府

一紙魚書到。知故人、一行作吏，冰心常抱。美錦西川何待製，已把牛刀奏了。且須我、芻蕘相告。百里長才休騁步，怕騏驎、小蹶貽人笑。想分寸，君知道。　歸田有願何須早。試回看、幾人銷滅，幾人潦倒。顧我泠官堆苜蓿，詩酒亦堪娱老。恨當日、讀書猶少。月地花天同嘯咏，到而今、千里相思渺。望雲樹，夢中繞。

前調 吊陳圓圓

一怒全軍退。得蛾眉、年年歌舞，年年沉醉。老濞白頭猶背叛，滴盡美人紅泪。怕不到、香消玉碎。幸有蒲團容一席，算回頭、懺却風流罪。問蘭若，何曾毁。　吴山夢斷來滇水。閲繁華、抽身偏早，三生願遂。鸞影商山剛一現，兀自疑仙疑鬼。到今日、精靈未晦。古刹猶餘衣鉢在，恨當年、桃花一片迷香壘。覓殘碣，有誰誄。

南浦 泛昆池

湖平如鏡，趁斜陽、一葉剪波來。映出春風人面，點點水花開。無數鴛朋鷗友，見慣不驚猜。又依依楊柳，低頭迎我，青眼巧安排。　蕩到大觀樓下，且停舟、倚檻一徘徊。記得那年題壁，磨滅已如灰。尚羨髯翁聯句在，布衣中原有奇才。算湖山風景，幾人收拾入吟懷。

百字令 都門感懷

天涯落魄，問蒼蒼、可有安排我處。雪虐風饕行萬里，空歷兩番辛苦。鶴病聲酸，馬疲形瘦，自顧身無主。年逾强仕，頭顱依舊如許。　便欲料理歸裝，阮囊羞澀，要去何能去。燕子重來泥又落，更傍誰家門户。孤館看花，空階對月，獨坐愁無語。秋聲怕聽，寒蟬又在高樹。

陌上花 清明

客中春色年年，怕見落花飛絮。到了清明，又是淡烟疏雨。無端惹起愁多少，怎得東風吹去。便佳辰易過，懶游香陌，祇添離緒。　隔墻春意鬧，秋千院落，游戲幾多兒女。紅燭燒來，照入海棠深處。花前中酒瞢騰坐，試寫斷腸詩句。笑潘郎、已是蕭騷兩鬢，情懷如許。

減字木蘭花爲杜浣花儀部題美人障子

緑窗風滿。午夢初回人意懶。梅子黄時。戲向階前折一枝。　憑欄欲笑。憨態可憐年最少。病亦無多。奈此酸心一點何。

鵲橋仙爲戴雲帆題美人障子

臉霞紅暎，眉山翠掃，寫出生香真色。胭脂北地見應羞，怎得比、佳人南國。　緑陰成了，尚含紅蕚，惱亂天涯狂客。姍姍疑是帳中人，算衹有、安仁消得。時雲帆悼亡。

鳳凰臺上憶吹簫爲雲帆題《悼蕙圖》

老蚌珠沉，孤鸞鏡掩，那堪人在天涯。把柔腸一縷，斷盡琅琊。羨殺神仙夫婦，最難得、兩兩年華。又誰料，五更風惡，吹墜瓊花。　差差。當年輕別，便博得官來，何以爲家。這八年甘苦，怎忍孤他。見説生生世世，長願作、徐淑秦嘉。除非是，心頭常念，四卷楞伽。

歸國遥下第出都口占

歸去好。兩字功名頭白了。回頭怕説長安道。　盧溝曉月橋頭照。離情繞。年年送我應相笑。

南浦月 柳絮

陌上橋頭，花時漸覺韶光老。烟中裊裊。點在人衣好。　性愛春風，却被春風惱。紅塵道。飛來偏早。惹得愁多少。

百字令 出都，別嚴秋查

歸鴻萬里，感離群、回首一聲凄咽。游子天涯無限恨，况與可憐人別。泪濕青衫，心牽白髮，念我情何切。手持團扇，幾回腸斷新闋。　莫問舊日風流，舞衫歌扇，事事如烟滅。白日西飛留不住，踏遍關山明月。思逐雲横，情將柳繫，尚有來時節。不知相見，又添多少華髮。

大江東去 易水懷古

酒酣燕市，問悲歌今日，幾人如古。莫笑荆卿疏劍術，成敗從來有數。車脱張鎚，殿逃高筑，那得頻頻誤。可知天意，斷蛇留待高祖。　却笑當日燕丹，枉思生劫，豈足還疆土。匕首西行知不返，一片心堪報主。白日幽州，寒風易水，壯士衝冠處。波濤滚滚，至今猶有餘怒。

浪淘沙醉後夜渡滹沱

入夜雨偏多。漲起洪河。旁人勸我莫輕過。大醉沉沉鞭怒馬，渡了滹沱。　忠信果如何。姑試風波。古來豪杰氣難磨。天幸猶然徼世祖，何況其他。

臺城路趙州道中感懷

驅車過了金臺路。燕南又多風雨。水潑征裳，泥拖瘦馬，要住何能便住。茫茫四顧。嘆世少平原，有誰爲主。濁酒呼來，舉杯澆遍趙州土。　毛生請從囊處。算翩翩公子，今日知汝。游士心歸，美人頭擲，豪舉亦堪千古。人生得意。便老却朱顔，何辭辛苦。且走邯鄲，與君尋夢去。

前調欒城雨夜寄嚴幼卿

輪蹄日夜催歸疾。迢迢已過千里。疏柳斜陽，西風古道，人在亂蟬聲裏。欲行還止。奈雨阻烟程，小留寒邸。憶事懷人，遥從天上寄雙鯉。　就中知我惟子。記零星苦語，憐惜何似。路泣楊朱，囊空阮籍，剛剩半肩行李。時過定州遇盗。千山萬水。便無恙歸來，也應憔悴。回首天涯，臨風多少泪。

增字漁家傲 邯鄲夜行

天遠碧鷄何日到。野店停驂，索酒頻頻倒。忽聽枝頭來小鳥。調舌巧。撩人鄉思知多少。　繞座花枝憑戲笑。倚醉匆匆，夜過邯鄲道。烟樹迷離殘月照。春夢好。今宵輪與諸君了。

如夢令 過盧生祠

一枕功名也久。儘着盧生消受。我亦嘆沉淪，此夢還能來否。來否。來否。未到飯香時候。

滿庭芳 過邯鄲有感，友人以妓來觴，題此謝之

月店聽鷄，風簾問酒，醉中又到邯鄲。兩番淪落，疲馬正南還。衹恐先生相笑，驅車過、羞入祠看。過盧生祠。嘆人世，重重夢幻，最是醒來難。　記當年過此，徵歌選妓，幾日貪歡。算而今猛省，綺業都删。分付徐娘歸去，空相對、觸撥愁端。卿知否，琵琶有泪，休向恨人彈。

謁金門　磁州道中

連日雨。釀得泥痕尺許。馬曳車兒行復住。荷花開滿路。　愛走泠香飛處。忘却天涯辛苦。料得歸期今已誤。閨中休細數。

百字令　藺相如故里

當年完璧，想藺生奇氣，令人驚絶。玩弄秦王如孺子，一怒目眥皆裂。勇犯龍鱗，危探虎穴，畢竟全臣節。歸來一笑，負荆尚把廉屈。　往古多少奇才，不經盤錯，利器焉能别。他日房陵終作虜，謀國已無人杰。故里猶存，斜陽憑吊，滏水空嗚咽。魯連先後，千秋共仰風烈。

金縷曲　鄴城道中

據得中原地。笑阿瞞、一生奸僞，欺人至死。炎鼎潛移人盡見，尚以文王自比。知有子、何憂後事。衹少二喬娱老景，算回頭、未滿平生意。想權術，俱盡矣。　分香賣履痴如此。怎這般、零星苦語，丁寧兒女。蠅吊狐眠悲寂寞，臺上空陳歌妓。灰盡了、奸雄之氣。漳水滔滔漂碎瓦，把千年、遺臭爲君洗。問疑冢，何處是。

滿江紅 過湯陰謁忠武王廟

老樹號風，疑當日、軍聲猶在。論唾手、燕雲可得，令人稱快。帳下貔貅皆踴躍，中原父老應羅拜。痛金牌、一到忽班師，前功廢。　兩宫魄，栖窮塞。三字獄，成賊檜。恨言惟婦用，這般機械。猛虎竟教丞相縛，長城原是高宗壞。讀遺詞、一闋滿江紅，悲千載。

秦樓月 客懷

珠簾揭。舉頭怕見關山月。關山月。照人殘夢，到家時節。　起行階下羅衣怯。飛來一片梧桐葉。梧桐葉。欲題詩句，不禁愁絶。

望月婆羅門 過衛輝感舊

千金一刻，坐中眠我是才人。飄零訴落風塵。唤起小鬟燒燭，落筆便如神。對壁間長嘆，泪落紅巾。　浮萍此身。自别後、迹俱陳。回首匆匆相會，疑假疑真。楊花何處，今日重來不見春。空想像、夢裏前因。

春從天上來 過黄河

一勺昆侖。合紛紛竹箭，飛下龍門。流從西北，折向東南。剛分一半中原。怎盈盈河漢，一到地、終古常渾。更何人，學乘槎博望，再見天孫。　滄桑幾經變换，問神禹當年，故道無存。淘盡英雄，澆殘劫火，千秋往事難論。記驅車過此，風沙起、蕩了人魂。算今番、片帆安穩渡，笑舉青樽。

浪淘沙 渡黄河阻風雪，宿於野店

獵獵朔風寒。馬到河干。驚沙不定起波瀾。急唤渡船争解纜，依舊吹還。　一夜雪漫漫。野店燈殘。人生行路古來難。酒罷酣眠眠未穩，夢到家山。

水龍吟 南陽道中吊諸葛武侯

炎劉一綫猶延，卧龍不出非天意。隆中早料，三分殘局，一隅而已。盡瘁中原，祇求無負，託孤心事。讀出師遺表，丹誠所結，字字是、英雄泪。　五丈秋風頓起。痛明星、前軍隕矣。空教人羡，千秋三顧，君臣魚水。遥望高岡，蒼松蟠屈，尚拏雲氣。想天威所及，吾鄉尸祝，先生不死。

憶江南 客途雨夜

風雨夜，游子泪雙懸。野店孤燈惟影共，征衣一綫阿誰憐。夢到北堂前。

渡江雲 抵瓦店，舟行書懷

濛濛連日雨，泥中車馬，馱我一天愁。更南陽水漲，招招舟子，送到楚江頭。風前蘆荻，烟中柳、畫出清秋。不堪是、暮雲天際，回首望并州。　凝眸。重重汀樹，閃閃漁燈，向前村問酒。當此際、便無佳釀，也散沉憂。昏昏醉卧孤篷底，憑柔櫓、摇向中流。驚短夢、夜來風雨颼颼。

巫山一段雲 舟行即事

石罅車輪破，泥拖馬力窮。水行依舊遇南風。三日倚征篷。　別緒雲横北，歸心水向東。江頭妒殺打魚翁。家在浪花中。

雲仙引 新野道中

赤日燒空，火雲蒸野，歸途又是炎天。當此際，心欲燃。不知避何處，衹合山中抱石眠。不則臨流，呼船載酒，蕩入湖烟。　道旁茅舍雲連。羨野老、科頭坐户前。課婦編茅，弄孫分餌，笑語松間。倚樹停驂，臨風啜茗，片刻清凉我亦仙。却顧斜陽，迢迢前路，又策吟鞭。

減字木蘭花 抵襄陽

風風雨雨。帶水拖泥纔入楚。瞥見晴光。幾叠青山畫夕陽。　膏車秣馬。屈指行程剛過夏。烟樹微茫。又挂秋帆水一方。

金縷曲 過興平馬嵬懷古

泪盡梨花雨。怎當年、六軍不發，三郎無主。便把紅顔輕一擲，難退漁陽鼙鼓。枉驚破、霓裳妙舞。花落鳥啼登劍閣，馬嵬坡、一步幾回顧。抱此恨，亦千古。　長生殿上私相語。願生生世世，誓同牛女。比翼鴛鴦中道折，怕聽鈴聲如訴。知相見、人間無路。鈿合金釵珍重寄，問仙山、渺渺居何處。空憑吊，一抔土。

燭影摇紅 長安元夜感懷

雪霽長安，燒燈時候風光好。香車寶馬亂紛紛，鬧殺紅塵道。看遍蟲魚花鳥。又飛來、燭龍繚繞。試呼明月，醉白樓頭，酒杯頻倒。　夜半歸來，興酣落筆開懷抱。漢南回首憶三年，撇却愁多少。祇念北堂人老。怎今宵、不承歡笑。泪懸游子，萬里家山，夢中飛到。

瑶臺第一層 華嶽晴望

氣滿關中，結聚作、名山第一重。關前勒馬，凍雲開處，矗立三峰。憑誰能畫出，仙掌上、萬朵芙蓉。凌絶頂，想門穿一綫，直與天通。匆匆。征車暫駐，道傍瞻拜嶽神宫。漢槐周柏，老枝猶在，怒吼天風。山靈應笑我，撲不盡、滚滚塵紅。再來日，向圖南眠處，試訪仙踪。

霜天曉角 棧中雪夜

征車催發。棧道重重越。一片凍雲横處，又飄下、滿山雪。　日暮行初歇。寒燈明復滅。夜半開門相對，微漏出、岩前月。

大江東去 潼關

雪消天霽，在關前酒罷，登樓憑眺。三輔雄圖天下險，果是九州衝要。華嶽西來，黄河北走，形勢重重抱。千秋戰壘，祇今惟見殘照。　搔首兩鬢將蒼，輪蹄銷盡，又過長安道。屈指黄金臺尚遠，未審甚時纔到。羸馬嘶風，老魚跳浪，畢竟輸年少。茫茫身世，天邊遥羡飛鳥。

前調 仲秋登五雲樓，歸飲嚴晴江少尹署中

江天如畫，倚危樓百尺，幾回搔首。記得去年曾此醉，又到小春時候。漢水東流，蜀山西繞，景物都依舊。風聲浩浩，凍雲飛入衣袖。　世上蝸角微名，有何難取，恁地狂奔走。客裏依人無限苦，漸覺沈腰清瘦。我息三年，君羈一尉，老馬悲天厩。胸中塊壘，澆來還待尊酒。

鳳孤飛 次晴江韵

昨夜相思撩亂，起來染燈前翰。怕聽秋聲樹滿。又攬過、三更半。　凍雨霏霏雲淡淡。黄花老、舊游人怨。容易天涯寒共暖。把星霜催换。

鳳凰臺上憶吹簫 代晴江悼亡

老蚌餘珠，孤鸞匿影，一官猶滯天涯。但隨人手板，冷落槐衙。誰個禁寒惜暖，十餘載、何以爲家。已不似，少年心性，再泛星楂。　差差。當年記得，共牛衣涕泣，伉儷堪誇。到今朝紆綬，未免孤他。怕聽夜窗風雨，衹贏得、老却秦嘉。除非夢中幽會，見得卿耶。

點絳唇 客中感懷

夜月窺床，照人多少傷心事。相思如醉。夢繞三千里。　慈母書來，分付言須記。愁無際。怕看衣袂。吹老西風泪。

瑶臺聚八仙 晴江壽日見寄，依韵奉答

潘髩星星，漢江上、恁般度了深秋。不知春夢，幾時流到杭州。六代詩成佳麗地，千金酒换鷫鷞裘。待相逢，美人名士，儘著低頭。　憐君宦冷風清，便年過半百，正迓鴻庥。明珠在抱，老魚猶可吞鈎。手板隨人之後，衹輸我，無官這一籌。怎能彀，結三生香火，作入山儔。

留客住 寄晴江

漢江曉。望雲山、重重叠叠，我家何在，一紙雁書難到。朱顔鏡中偷换，萬里依人頭白了。阮囊羞澀，奈胠篋偏多，無端𡡉惱。　寒燈照。雪夜思君，愁添多少。孤客窮官，想著不禁狂笑。記得金尊倒處，玉笛横時，譜將花月調。來年把背，拚春風一醉，小梅開早。

法曲獻仙音 自壽兼寄晴江

客路三千，年華半百，也算平頭而過。南國蓬飄，北堂花老，游子泪能無墮。喜夢裏、頻頻見，慈顔且寬我。　緣深香火。尊前敢當君賀。恁頭腦、想着尚愁寒餓。富貴何難，要三生、種將因果。便上青雲，還怕一官難做。

大江東去 别晴江

天涯游子，在洋川三載，與君相得。月地花天酬唱遍，能使江山生色。泪落青衫，愁生紅豆，小按霓裳拍。酒酣狂叫，不知誰主誰客。　又到離恨重重，燕臺此去，瘦馬猶堪策。羞向長江頻照影，蒜髮星星將白。新柳微抽，小梅初綻，爲我橋頭折。相逢何日，一官難定南北。

賀新郎 客夜感懷

酒罷離懷惡。正今宵、風敲珪葉，月穿珠箔。坐擁孤衾悲往事，一夢怳然纔覺。乍飛到、幾聲寒柝。萬里相思雲外繞，夜懨懨、恁病無人葯。對風景，渾如昨。　夢蘭心事難拋却。待明年、佩將萱草，迎來紅萼。知道漢江游女好，想把驪珠探著。又恐怕、雛巢還落。賴有左家嬌女在，也不須、頻悔當時錯。再休被，春蠶縛。

大江東去 荆江懷古

東南重鎮，論中原形勢，獨雄三楚。索借紛紛成笑柄，忘却漢家疆土。今日歸吴，他年入洛，畢竟誰爲主。臨江百戰，當時氣作龍虎。　遥憶赤壁磯邊，老瞞横槊，亂火飛檣櫓。多少英雄淘洗盡，惟見長江東注。沙鳥低飛，蒲帆高挂，一葉隨風渡。斜陽江上，把杯憑吊千古。

湘春夜月 泛舟書懷

正新秋，荆南又放扁舟。好趁一夜西風，挂席不須收。幾點漁燈上下，向垂楊深處，亂我吟眸。念楚江旅宿，風餐雨泊，誰共綢繆。　匏樽有酒，臨風酌罷，醉坐船頭。幾疊雲開，剛放出、一彎新月，摇蕩中流。碧鷄天遠，計水程、纔近辰州。這次第，算四千餘里，憑風吹去，一半離愁。

臨江仙 江行憶嚴幼卿

一葉風帆江上送，看山最愛斜陽。烟波四顧浩茫茫。鄰船吹玉笛，秋思滿瀟湘。　晚泊孤舟楊柳岸，新詞忽憶嚴郎。天涯酒醒斷人腸。試吟團扇句，微月正昏黄。

前調 舟行望月有懷

萬頃烟波秋浩渺，黄昏醉倚征篷。月輪飛出海雲東。江頭歌水調，天上憶坡翁。水驛山程都過了，漸消離恨重重。計程何日到南中。我家滇水曲，西近美人峰。

解連環 本意感懷

聽歌紅豆，惹情絲一縷，繫心風月。又蚌老無珠，記慈闈分付，迎來桃葉。最小年華，花尚嫩、不禁風蝶。奈辭家千里，戀母聲酸，朝朝啼血。心頭猛然凄絶。便抛擲多金，和伊分別。想石上、一笑無緣，趁未入桃源，早迴漁楫。惆悵樊川，正夢醒、楊州時節。算今朝、游絲吹斷，連環解結。

長相思 黔中旅懷

風程多。雨程多。雲態時時作水波。放些晴意麼。今日坡。明日坡。萬里征人掩泪過。天長奈路何。

齊天樂 題張蔭南《行樂圖》

風流楊柳傾心早。焉知畫眉人老。泛泛如鷗，昂昂似鶴，阿堵傳來一笑。頻將酒倒。任頂灑松風，何妨脱帽。分付奚奴，更尋詩句入山好。　看他手携一卷，甚卮言讕語，誰個知道。吸罷流霞，呼來明月，又向石邊眠了。唤回黄鳥。問大醉沉沉，愁消多少。眼望青天，雲開山色曉。

金縷曲 題翟雨峰《詩酒生涯圖》

幾載天涯走。想君家、桃花潭上，風光依舊。却貌鬚眉圖畫裏，清福共誰消受。恰好是、神仙夫婦。唤到朝雲花下侍，卷珠簾、試把香風透。勾吟思，置尊酒。　囊中空剩詩千首。怎不教、壁間孤劍，時時嗚吼。咏雪吟風陪道藴，那管沈郎腰瘦。拚一醉、還開笑口。海内名流傾倒遍，算三生、慧業從天授。恨相見，我猶後。

離別難 寄戴雲帆水部

萬里金臺，嘆吾儕、欲上無梯。憶故人、寄我雙魚，又經年、莫恨報書遲。却不道、捧檄歸來，霜凄露慘，背我先慈。從今後、奉佛一生心事，不待鬢如絲。　雲渺渺，柳依依。記都門、對榻相期。趁少年祖鞭先着，便風塵作吏也休辭。須記取、退步爲高，還尋舊約，社結蓮池。愁何處、寄與中天明月，兩地照相思。

滿江紅 哭萬香海中翰

老困風塵，拚得了、一官何補。又誰料、歸來梓里，便成千古。窮宦誰將囊橐潤，奇才枉被鹽誤。算今朝、撒手謝人間，歸何處。一二三友，聊共語。萬千恨，總難吐。想生前骯髒，焉知死苦。歷劫他生猶未了，關情此際何能顧。祇酸心、少子未成人，倩誰輔。

臨江仙 柬錢壽萱

半世奔波成底事，何年打破愁端。心頭些子事相關。疾消魚腹易，老得蚌珠難。醉月眠雲君共我，無錢可買青山。有才何必定求官。吹簫來白下，賣賦上長安。

滿江紅 題錢丕堂先生遺照

天付聰明，嘔盡了、心頭熱血。更何待、一行作吏，精神先竭。手握千家春夜雨，心懸一片秋空月。嘆平生、未了付佳兒，悲風咽。廣陵散，從今絶。豐城劍，憑誰掘。睹穗帷遺像，眉端愁結。一事垂成身已病，百年易盡名難滅。算孤寒、灑泪説君恩，死猶烈。

如此江山題壽萱所藏山水障，是芷汀先生遺筆

先生豈是丹青手。披圖令人回首。小試卑官，曲全流户，經濟胸中原有。挂冠歸後。祇寫幅青山，賣來糊口。傲骨崚嶒，交游惟共二三友。　論詩愛將公就。便茶棚酒肆，皆作談藪。風月依然，人琴安在，惟有墨痕如舊。問誰能守。是邁種文孫，曾經手授。想見鬚眉，渾如山骨瘦。

百字令答壽萱原韵

中原才藪，笑吾輩、渾似夜郎誇大。身世窮愁都撇盡，惟有名心未化。月地花天，歌樓舞榭，放筆争高下。略施脂粉，還愁老女難嫁。　當世豈有龍門，便投懷刺，枉自低聲價。馳騁詞場惟共子，一日何曾稍罷。置酒論心，揮毫吊古，銷此千金夜。吾家零落，風流怕説諸謝。

齊天樂寄嚴秋查别駕

才人怎作風塵吏。何時出人頭地。潘鬢嗟衰，沈腰驚瘦，舊日風流餘幾。公餘何事。對鶴子梅妻，破愁而已。幾度登臨，鄉關遥隔八千里。　我官一寒至是。想天公位置，吾輩如此。白雪徵歌，紅妝勸酒，回首渾如夢裏。青春過矣。算得意詩篇，勤加料理。老去情懷，

聊將風月寄。

瑞鶴仙　六十自壽

六旬彈指到。恁白髮無情，上頭遍早。功名競年少。想風鬢雪虐，空撐頭腦。寒氈坐破，這風味、嘗來已飽。想人生、逢着平頭，争得不舒懷抱。　問到。梅花開了，試語山妻，閉門也好。頻呼美酒，與君共相傾倒。流水光陰，浮雲世事，回首都堪一笑。祇須蘭夢徵來，纔堪娱老。

賀新凉　寄戴雲帆水部

萬里燕雲地。喜故人情重，魚書遥寄。至性觥觥人不及。於我關心之至。便官冷、尚憂後嗣。赤脚買來期得子。算生平、缺陷斯彌矣。娱老景，應須此。　風流水部官如水。退朝時、臨風覓句，看花索醉。故國良朋零落半，南望能無揮泪。又恐怕、遺詩失墜。料理虚名傳後世。笑吾儕、結習多如是。望頻寫，相思字。

喜遷鶯　賀李子卿遷居

葛仙移宅。愛清咏何郎，能追謝客。鄴架圖書，平泉花木，布置又生新色。老友時過舊墅，且喜重城不隔。往來處，娱親課子，依然樂國。難得。來此地，恰傍宫墻，文光射着。市隱神仙，巷通車馬，門外俗塵麾却。爲歌罷，喜遷鶯曲，且須浮白。

滿江紅 咏雁

萬里秋高，紫臺外、陡驚寒色。更何待、風饕雪虐，纔辭塞北。冷夜霏霏霜在背。晴空渺渺雲翻翮。趁斜陽、早占水雲隈，争先落。瀟湘岸，蘆葦白。衡陽路，峰巒黑。怕道途猶阻，莫多栖泊。放眼已知過楚水。回頭猶自思沙漠。向遥天、一點寫相思，離情託。

鵲橋仙 咏《散花圖》

香摇風佩。痕沾雲袂。無數瓊葩亂墜。琉璃世界道場開，恰好是、人天一會。塵心爲累。着身難退。結習問誰猶在。祇應化作妙蓮花，纔證到、菩薩地位。

三姝媚 題《瀟湘撫琴圖》

瀟湘秋漸老。正疏竹聲多，寒花枝少。鷓鴣喃喃，向玉人低問，怎消懷抱。緑綺閒抛，何不撫、相思别調。舊曲新翻，幽怨傳來，阿誰知道。門外芳踪悄悄。恰石倚三生，玉郎剛到。驀地人來，是庵中女冠，相逢一笑。側耳同聽，又見月華殘了。祇恐泪珠沾袖，寫成愁照。

大江東去 題馬子雲西洋刀

虹光閃爍，想當年、飲血不知多少。劍戟戈矛銛不及，聞説西洋所造。合贈英豪，須歸名士，乃足爲奇寶。何時出匣，夜深猶自吟嘯。　遥憶馬革功名，君家先世，矍鑠何曾老。却困壺頭泉水涸，佩此應須拜禱。擬截蛟龍，思搏虎豹，便覺精神飽。持游四海，歸來頭白應早。

以上録自《彩虹山房詩餘》

金縷曲

請出鶯花主。把千秋、情天恨海，一齊填補。入地難償風月債，重點鴛鴦舊譜。收拾了、愁雲泪雨。瑣骨現身來説法，把三生、唤醒痴兒女。休銜怨，在黄土。　蛾眉老去憑誰顧。驀相逢、翩翩公子，琵琶重訴。得上珠宫登蕊榜，畢竟姻緣不誤。這艷福、幾人能具。疑鬼疑仙才子筆，唤紅兒、花下低聲度。又觸起，傷春緒。以上録自《秋聲譜三種》

李於陽

李於陽（一七八四—一八二六），原名鰲，字占亭，號即園，昆明人，白族。嘉慶己卯（一八一九）副貢。著有《即園詩鈔》。

賀新凉 題《吟餘偶編》

偌大乾坤裏。裝不盡、千般奇幻，千般譎詭。何者爲無何者有，宇宙生情如此。我亦太倉着稊米。卅載見聞孤陋甚，問開天盤古誰人子。六合外，□論矣。　寓言畢竟荒唐耳。擁寒氈、滿懷孤憤，聊書數紙。難學莊周文字慧，微物都該至理。歲月消磨愁欲死。夢醒酒酣披卷處，會心時、破涕成歡喜。笑與駡，儘由彼。以上録自《滇詞叢録二集》

楊載彤

楊載彤（一七八七—？），字管生，號嶰谷，太和人，白族。嘉慶丁卯（一八〇七）副貢，歷官馬龍他郎學正。著有《嶰谷詩鈔》六卷，詩餘一卷。

解連環 曉過湖心亭

嫩寒春曉。正扶桑捧日，初升樹杪。閃灼灼、紅透波心，恍臺照金銀，光摇瑪瑙。杰閣凌虚，飄不斷、香雲縹緲。指東窗高處，老衲猶眠，落花未掃。　韶華此間最好。看柳牽絲細，舟横葉小。把滿腹、舊恨新愁，都散與飛烟，傳從啼鳥。是甚因緣，等閒到、蓬壺三島。似夜中、那場詩夢，一池芳草。

醉紅妝 春夜看海棠

嚴城柝擊夜初三。月朦朦，醉眼眈。高燒銀燭照花曇。嬌無力，羞半含。　濃胭淡粉翠眉尖。支不住，睡沉酣。衹恐宵深看未得，歸卧去，夢中拈。

一斛珠 偕李即園郊游拾珠戲作

春光爛熳。美人何處愁腸斷。羅襦撼動遺珠串。滴溜兒圓，點點凝香汗。　偶逢玉女天花散。相思紅豆聯成貫。寂寞幽齋長爲伴。一事最難，怕向燈前看。

喜團圓 前題

百八牟尼，高擎掌上，婉轉流香。分明一路團圓象，曲曲引柔腸。　連城何讓，沾他紅袖，貯我青囊。三更醉後，朦朧解看，夢繞雲鄉。

千秋歲 清明郊游

花朝纔過，又是清明節。桃着雨，梨飛雪。客驚新歲老，人憶前年别。愁春暮，杜鵑聲裏柔腸折。旅思無端引，幽恨憑誰説。琴書倦，步城北。試望王孫草，盡染萇弘血。抔土内，英雄那有冲冠髮。

珍珠簾 湖心亭晚眺

斜陽影過桃花渡。循堤畔、游向湖心小步。一抹晚霞紅，染遍橋邊路。柳外簾收春色暮，莫再問、酒家何處。且住。看浦南芳草，生成别賦。休誤。陌上鈿車，遇風飄簾卷，湘裙半露。渺渺望凌波，漸入蓬萊霧。貝闕珠宫迷舊景，剩宿鳥、依林繞樹。最趣。明月出東山，送人歸去。

長相思 前題

釣絲垂。柳絲垂。倒影樓臺半落暉。烟波鎖四圍。春未歸。人未歸。浪迹江湖兩不違。相忘日暮悲。

春雲怨 二月廿八日家嚴壽辰有感

文章誤我。悔半生誦讀，三更燈火。祇爲功名兩字，淹滯异鄉歸未果。綺閣青春，高堂白髮，定省晨昏責誰荷。桃李芳晨，桑榆暮景，論值千金可。今朝弧記懸門左。念雁羽分飛，壽眉雙鎖。眼底童孫尚垂髾。勉洗瓊卮，共進華筵，終嫌倚跛。壯志成空，天涯何事，恨逐愁雲萬朵。

玲瓏四犯 送友人歸里，席中賦贈

離恨天宫，偏是在、飄零異鄉消受。恰喜相逢，又值君行時候。贏餘萬種情懷，那曾向、今宵說透。對銀釭、喁喁絮語，直到五更鐘後。　傳梅折柳渾閒事，最怕見、花開紅豆。再至豈無良會日，未否人依舊。真個臨岐難别，欲不别、怎生能彀。舉杯觴、且自澆愁，莫把驪歌輕奏。

湘春夜月 大觀樓即景

木蘭舟，輕如葉様漂浮。好把往日塵懷，豁向大觀樓。試看湖山滿眼，共天光一色，點綴新秋。見晴沙露處，兩行征雁，幾個閒鷗。　烟波四面，紛紛畫舫，嚦嚦歌喉。欄杆倚遍，想不盡、狂吟爛醉，前輩風流。濤翻浪滚，瞥目間、人又白頭。這境界、衹孫髯領取，長聯題柱，勝迹傳留。

換巢鸞鳳 星回節

勝會誰傳。正雲迷昆水，月黯華山。沿街燃火樹，遍地湧金蓮。普天星又降塵間。偏是我、離鄉年復年。這佳日，久未向、故園開宴。堪嘆。人無算。從古到今，若個丹心貫。屈子端陽，介推寒食，更有阿南慈善。一夕能捐柏節軀，千秋猶照桃花面。笑褒妃，戲諸侯、烽不再煽。

憶王孫 庚辰立秋

歸雲帶雨過山村。久客思鄉欲斷魂。從展家書仔細温。那堪聞。桐葉驚風亂打門。

憶江南 即園夜話

心頭事，怕向雨中言。隔着窗兒聲不住，懷人况是早秋天。生惹泪涓涓。

搗練子 秋思

情脉脉，夜悠悠。纔送春歸又到秋。料得今宵留不住，一輪月過樹梢頭。

調笑令 秋閨

秋色。秋色。偏是惹人凄惻。立閒庭晝冥冥。卷起疏簾放螢。螢火。螢火。爾若知情伴我。

相見歡 秋宫

羊車歷過蘭叢。去匆匆。怪妾蛾眉不整、性疏慵。　人聲寂。蟲聲急。漏丁冬。辜負一天秋月、到簾櫳。

憶少年 本意

當初錯了，憑誰説，鬚眉堪自表。吟餘未拈得，人向鏡中老。　秋月春風何處好。美韶華、輸他年小。尋思復長笑，花落知多少。

憶王孫 芙蓉

池塘水滿出芙蓉。驟裹纖腰颭晚風。裊裊凌波羡殺儂。惱天公。人面何曾這樣濃。

瑞鶴仙 七夕在睽山與李即園同作

亂山殘月小。正銀河問渡，玉樓乞巧。憑虛意綿邈。嘆王侯棋局，古今多少。天荒地老。是誰能、豪華永保。御飄風、羽扇綸巾，閲遍十洲三島。秋早。蟬鳴深樹，鴉噪寒林，螢流腐草。吹笙最好。呼野鶴，上雲表。看青宫似昔，金門依舊，虎鬥龍争未了。趁人間、短夢初醒，音留裊裊。

宴清都 青瑣

青鳥飛來處。雕甍裏，雲帔星冠漸露。陽瓜紫奈，交梨火棗，紛紛無數。何來撲鼻香風，頓惹起、味回前度。都祇爲、繫戀君王，久迷却瑶池路。幾番繞遍長廊，立殘斜月，籌躕莫措。窗紗恁薄，櫺眼恁疏，偏能窘步。愚誠上達金母，一笑嫣然回首顧。説吾桃、已被三偷，此兒真趣。

意難忘 犢鼻褌

莫問衣箱。祇四圍蓬壁，一綫螢囊。南鄰文綉麗，北舍綺羅香。窺雨色、逗晴光。倚坐笑他忙。猛掉頭、徘徊顧影，却惹思量。縕袍欲解無雙。負當空日皦，滿院風凉。人争誇艷服，我亦愛清狂。看犢鼻、稱牛郎。高挂也何妨。總爲伊、交深貧賤，志短情長。

合歡帶　長生殿

一聲聲、蓮漏丁東。御院静、禁門封。笑啓君王詢底事，怎今宵、燭影偏紅。簾開殿閣，庭陳瓜果，記與前同。嘆韶華易過，春光轉眼、又是秋風。承恩携手，羅拜從容，銀河朗挂長空。遥望鵲橋歡會處，祝仙侣、漫叙離悰。齊眉夫婦，人間天上，俱此情濃。願他生、共卧牛衣，唱隨何羡深宫。

花心動　麻姑

看罷雙星，把珠簾半卷，綉屏遥敞。灼灼麗人，裊裊天姿，偶落紅塵十丈。祥烟瑞靄中庭繞，聽不斷、佩環聲響。掠裙摺，斜憑瑶席，笑談鼓掌。畢竟飛仙得養。幾個指頭尖，是何年長。瘦似春葱，嫩比初篁，勾起俗塵懷想。舒將鳥爪搔膚雪，難撓處、背連心癢。若非妄，那識神鞭銖兩。

百字令　乞巧文

銀河耿耿，嘆平生、經過幾番明滅。把筆登樓横放膽，欲與天孫訴説。才誇倚馬，技擅雕龍，巧事翻成拙。書荒劍冷，贏餘兩鬢華髮。羡殺痴女騃兒，穿針矜得意，大家歡悦。瓜果庭中紛笑語，那管愁人凄絶。杯酒暗澆，雙星休誤，我靈機早撤。江花無夢，紙窗斛卧秋月。

前調秋夜懷家善淵兄

小樓徹夜，雨淋淋、頻攪愁眠敲瓦。倦枕寒燈思舊夢，不住心頭亂打。家隔千山，人懷萬里，客泪常盈把。弟兄飄泊，塤篪何日諧雅。記得前歲龍關，臨岐分手，腸斷孤征馬。别後經年無一字，盼到鱗鴻來也。蓬轉隨風，萍浮逐水，書寄誰之野。天涯莽蕩，更添多少愁惹。

意難忘題《出浴圖》

脱盡鉛華。剩膚脂似雪，容貌如花。全身窺白璧，透體映紅紗。釵卸鳳、髻堆鴉。嫩藕發蓮芽。倚温泉、徘徊顧影，也自深誇。君王寵幸非差。賜蘭湯澡漑，玉潤無瑕。肌豐凝水膩，力怯受風斜。含情處、斂緋遮。羞露破餘瓜。倩寫生、傳神住世，認取兒家。

一剪梅春日過呈貢

城内喧填城外嘩。眼裏鈿車。耳裏牛車。田合龜紋一徑斜。豆子青芽。麥子黄芽。陌頭冪歷若籠紗。道上塵遮。山上雲遮。村鷄啼處有人家。紅了桃花。白了梨花。

風入松 道中贈人

去年曾記駐雙橋。歸轡理花朝。劉郎前度來如昨，欣相見、又是元宵。烟户萬家燈火，樓臺一片笙簫。　故人還似舊時嬌。重會亦魂銷。羽觴飛遍金樽盡，看薄醉、更露桃夭。忽聽鷄聲喔喔，催開驛路迢迢。

滿庭芳 壽浙寧楊愛堂母節壽

桂子留馨，菊花宜壽，芳晨恰閏重陽。天涯羈客，歡捧介眉觴。何必封侯佩印，娱慈母、紫誥金章。難逢者，一家三世，萬里慶萱堂。　安康。年七十，顔如滿月，髩未侵霜。比筠懷晚節，筍茁新篁。次第孫枝擢秀，紛傳演老萊衣裳。言歸去，山陰道上，斑彩耀江鄉。

雲仙引 還山

玉管輕投，金泥自檢，芸香深護殘編。縹緗事，苦糾纏。收來案頭存稿，搧起眉毛仔細觀。爲甚因由，嘔將心血，紙上堆攢。　休提鏤腎雕肝。畢竟是、書生性命堅。虎觀談餘，鷄窗舞罷，兩鬢添斑。研露花晨，焚膏月夕，負却韶光卅五年。長嘯一聲，歸山去也，魂夢俱安。

慶清朝 前題

穩繫琴囊，斜肩詩擔，陽關無那離愁。遥遥故人來也，肥馬輕裘。且莫班荆話舊，男兒急早覓封侯。須珍重，會逢堯舜，休問巢由。行則個、藏則個，嘆身世滄海，一粟漂浮。憑他快颿風滿，總是虚舟。多少膏粱文綉，昏沉夢裏度春秋。登廊廟，立功建業，纔許回頭。

晝夜樂 前題

橋霜店月朝朝换。與故國、青山見。玲瓏十九峰頭，點綴出芙蓉瓣。小立茶亭閒顧盼。有幾處、雪藏天半。莫誤好春□，被梅花先占。六街三市豪華遍。覓幽衢、返庭院。倘來父老相詢，衹説江東無面。侍寢門夫耕婦織，更課些、女兒針綫。待瓮裏虀黄，也開場家宴。

瑶臺第一層 前題

三十年華非老也，歸田計亦差。野鷗飛去，栖遲無所，自得平沙。天空由我住，領略盡、物外烟霞。林深處，有青山緑水，便是吾家。堪嗟。功名富貴，幾人窺破眼前花。酒塲歌館，忻忻適願，簫鼓箏琶。隙駒容易過，莽郊原、啼遍寒鴉。覓生涯。且先培芝草，後種胡麻。

滿江紅 甲辰秋闈揭曉自嘲

陰雨連朝，分明是、英雄淚血。忙碌碌、半生辛苦，熱腸頓滅。紙上功名難入手，詎聞文字空饒舌。矮屋中、況味似兒時，頭如雪。　三條燭，光焰烈。一枝筆，鋒摧鐵。請長纓，欲繫海夷殲厥。力拔山兮騅不逝，背城決戰霜蹄折。冷官銜、整理舊青氈，陪風月。

前調 吴和甫先生枉和前作，依韵奉答

一扇生烟，當頭棒喝驚回首。無畏説、聞之腦裂，共欽獅吼。童子止啼迷落葉，達人棄敝猶如帚。請自今、不着驥先鞭，爲牛後。　山雪霽，延白叟。籬菊放，呼紅友。更清風朗月，肯教孤負。三十年中鹽與醬，八千里外詩和酒。笑拈鬚、得貌似髯蘇，師歐九。

前調 江左何雲伯先生枉和，依韵奉答

櫪下駑駘，怎能匹、驊騮汗血。長坂外、遠懷千里，壯心未滅。治策空貽宣室淚，騷經不抵張儀舍。浣熱腸、賴有故鄉思，蒼山雪。　酬先志，篤前烈。徒勞力，難屈鐵。廣文官，莫負小臣艱厥。恩荷九重顔已赭，禄叨五斗腰應折。悔當初、誤却美團圓，中秋月。

滿庭芳 吴和甫先生招同人會飲藕香閣，和謝石臞韵

佳客工詩，主人能賦，不輸王粲登樓。剩有殘荷疏柳，凉颸動、點綴深秋。烟波外，夕陽明滅，睡佛倚天浮。　憑高望遠，香稻未全收。何修。皇叔度，涵容我輩，共話金甌。破霜柑侑酒，雅集名流。飲到夜闌燈灺，都沉醉、忘數更籌。歸卧後，耽吟枕畔，魂夢尚勾留。

道情 仿鄭板橋曲自嘲　案：鄭板桥有《道情》十首，楊嶰谷仿作，『道情』係編者所加。

老教官，一末寮。職卑微，却清高。紫衣金蟒烏紗帽。上司前面容開口，下拜鞠躬免折腰。門墻濟濟皆文貌。冷署中、逍遥自在，把詩書、付與兒曹。

其二

佳日多，在春秋。豕鬣剛，羊毛柔。一元大武肥牛後。省牲省鑊人咸畏，或剥或烹我自由。餕餘燔肉分門斗。喜家家、飽餐大嚼，笑彈□、枉事王侯。

其三

考歲科，美運來。先試童，後秀才。韡文管武紛紛拜。五更蜂擁争三等，十亂鷹揚作一牌。新生更比諸生愛。非喜他、刀墩弓馬，又不關、者也焉哉。

其四

聖人氓，來遠方。遇催租，偶下鄉。黄童白叟相推讓。牛衣草舍朝眠穩，鷄黍田家午飯香。杏花村店沽新釀。驀然間、樵歸牧返，聽山歌、醉卧斜陽。

浪淘沙 他郎十二景

其一 連珠疊翠

行盡路崎嶇。水劣山粗。天開勝境壯輿圖。九疊岡巒圓似顆，一串聯珠。草色蔚藍鋪。霜雪全無。遥拖翠綫到城隅。笑指山公裝飾好，了髻新梳。

其二 筆架排青

遠岫入窗櫺。雨洗初晴。分排左右兩峰青。中有一峰尖是塔，筆架天成。玉案净無塵。墨瀋流清。風吹林葉動蠶聲。咄咄書空人不識，雁字縱横。

其三 坤湧布金

南海住觀音。紫竹成林。白衣曾現説心經。浙水閔公所得《燕巢心經》云是觀音爲哀牢國王所説。萬朵蓮花坤地湧，是處皆金。國土大山深。安樂爲名。哀牢誰改太無情。客子貪嗔多自甃，識應沙丁。廠民呼小工爲沙丁。

其四 球香漱玉

幽澗滿琳琅。樹蘊球香。飛泉百道響琤瑽。萬壑松風吹不去，鳴玉聲長。石齒漱瓊漿。口角生涼。引供瓢鉢入山房。落日平臺思啜茗，注向茶鐺。

其五 龍潭塔影

文筆聳高山。下有深潭。浮圖倒影蘸波藍。驚起老龍眠不穩，牙爪輕探。多寶落人間。佛座同龕。《法華經》：多寶佛現塔内，招釋迦佛同座。獻珠神女躍南天。龍女獻珠，向南方立地成佛而去。悟徹心空歸及第，萬象虚涵。

其六 鳳嶺嵐光

曙色引春歸。碧草添肥。南山彩鳳舞晴暉。惹起嵐光紛繞護，四面烟圍。林壑挂雲微。花蘊芳菲。樵夫牧竪辨依稀。忽見剪刀裁破處，燕子雙飛。

其七 山村跳月

雲徑有人家。不理桑麻。刀耕火種是生涯。打豆南山歸去晚，月上籬笆。兒女共喧嘩。也學稱爺。廠民自稱阿爺，近日郎邑兒童多效之。竹竿紛舞作釘耙。蘆笛亂吹横槊唱，驚起飛鴉。

其八水閣連雲

雙水滿清溪。灌入長堤。绿楊芳草映玻璃。更有桃花翻錦浪，流過橋西。天半架虹霓。飛閣參差。珠簾畫棟望中迷。想是蜃樓收未盡，一片雲痴。

其九竹谿晴浣

野徑绿雲屯。溪水微温。茅檐三五自爲村。每趁晴天來濯錦，踏破苔痕。玉筍又生孫。倒插漣淪。澣衣人避浣花人。一路聲喧過竹外，曬向柴門。

其十花塢春耕

绿水漲溪橋。風雨瀟瀟。春光初度又花朝。恰好一犁深透處，膩勝脂膏。綉壤起波濤。濕到牛腰。如霜白足插青苗。隴上亂紅飛盡也，羞落夭桃。

其十一東壁夜燈

長夜雨晴初。漏起金壺。青燈幾點映燸疏。净几明窗聲郎徹，味似知書。東壁應星圖。遠接天衢。熒熒光射斗牛墟。更有燭龍能破暗，海上銜珠。

其十二南城曉市

佳氣繞城隈。曉市場開。山肴野蔌各攜來。手理絮絲沿路紡，背負乾柴。夫婿共徘迴。不着芒鞋。虀鹽買就覓新醅。一日街頭沽一盞，醉了方回。

前調 清明

寸草憶春暉。未報涓埃。清明時節每銜哀。客裏羡人忙拜掃，紙化錢灰。無緒坐書齋。萬種情懷。祇有鄉思撥不開。昨日東風吹去了，今又吹來。以上録自《滇詞叢録二集》

羅翰文

羅翰文，號西園，呈貢人。嘉慶丙子（一八一六）科舉人，官廣西直隸州訓導。著有《西園詩草》。

調嘯詞

明月。明月。今古幾回圓缺。天風吹上雲端。瓊樓玉宇露寒。露寒。寒露。搗藥誰憐顧兔。

其二

緑綺。緑綺。寫得高山流水。海天烟霧漫漫。明月松風夜寒。夜寒。寒夜。鶴舞銀河初下。

其三

精衛。精衛。滄海填來幾歲。飛來飛去翩翩。但見洪波碧烟。碧烟。烟碧。愁殺孤飛短翼。

其四

泥滑。泥滑。道上間關車轄。凄凄切切低飛。正是行人遠歸。遠歸。歸遠。祇恐山頭日晚。以上録自《西園詩草》

方檢

方檢，字慎修，號月舫，晋甯人。嘉慶間歲貢。著有《斂齋詩稿》。

西江月　甲申元旦

甲申焚香發筆。萬事更新如意。高堂福禘慶康寧，闔宅歡呼大吉。卌載飛光何急。且莫預期名利。祥兆梅花報弄璋，含飴喜過繼志。以上録自《續滇詞叢録》

李子馥

李子馥，字月樓，雲南太和人。官福建仙游縣縣丞。咸豐三年（一八五三）卒。

踏莎行

幾陣飛花，數聲杜宇，催將春去催人去。陌頭柳綫萬千條，可能綰得游驄住。　別恨頻添，歡期易阻，况兼一夜沉沉雨。惱他芳草太無情，朝來緑遍天涯路。以上録自《全清詞鈔》

嚴廷中

嚴廷中（一七九五—一八六四），號秋槎，宜良人。嚴烺仲子。初以諸生補山東萊陽丞，屢攝縣令，擢兩淮鹽官。著有《紅蕉吟館詩存》《紅蕉吟館詩餘》《岩泉山人詞稿》《藥欄詩話》《紅豆箱剩曲》《秋聲譜》《懷人小草》等。

瘦紅集

滿江紅 爲沅香女史題照

楊柳千絲，剛綰住、二分春暮。可笑他、隨風漂泊，自家飛絮。啼鳥問春春不語。落花有數愁無數。怯生生、最怕是黄昏，新人故。　望明月，銷魂路。憶紅葉，相思句。剩柔魂一縷，隨風吹去。鬥草工夫因病懶，釀花天氣含愁度。嘆六橋、春色又今年，心酸處。

如夢令 月夜步蔬香館

偶向芳園閒步。小立滿身花露。明月帶愁來，多謝東風吹去。延佇。延佇。春在垂楊深處。

減　蘭

傷春無味。花氣撩人和影睡。泪濕紅綃。有限柔魂漸漸銷。　鶯兒打起。小夢依稀江上水。妾夢天涯。君夢天涯不夢家。

望江南 病中

春如此，病裏度年華。一點痴情隨燕子，十分消瘦到梨花。殘夢繞天涯。

雙調望江南

人病也，倚枕費沉吟。挨過三更剛合眼，梅花和月上簾旌。香夢帶愁醒。　多少事，回首泪沾巾。絮果蘭因都是累，心香一炷拜觀音。消瘦到而今。

綺羅香 丙子除夕感懷

翦燭銜杯，圍爐分韵，都是舊年情緒。月地花天，怎被東風收去。猛回頭、千里關山，大半是、春愁圍住。怕詩魂、帶月相尋，蘼蕪多處誤歸路。　今夜寒梅影裏，思想繁華地，都無憑據。樂事賞心，偏是才人難遇。問梨花、怎樣相思，問芳草、銷魂何處。可憐宵、一個人兒，吟斷腸幾句。

春光好

春睡起，鬢雲鬆。眼朦朧。無言小立畫闌東。數殘紅。　女伴踏青鬥草，約他同去園中。說道春寒人病酒，怕東風。

鳳凰臺上憶吹簫

扶病陪花，將宵作晝，有人數遍更籌。記茶烟香裏，輕試歌喉。門外曉風殘月，被子規、喚老離愁。銷魂否，一聲珍重，不忍回頭。　綢繆。韋郎去也，三兩句丁寧，欲說還羞。怕如花顏色，似水難留。多少參辰卯酉，大半是、織女牽牛。難消受，今年柳色，莫上西樓。

花發沁園春 柬謝石臞

青草池塘，梨花院落，年年辜負芳事。碧桃開後，燕子飛來，過了清明天氣。一片韶華，被柳外、鶯聲啼碎。怯生生、瘦損年光，消得痴魂幾次。十二闌干倦倚。正雨膩雲憨，故人來未。傷春景況，作客心情，又是幾分憔悴。嫩寒未減，莫立在、落紅深裏。願郎君、才子風流，杏花香送歸騎。時應春闈。

相見歡 本意和萬香海

猧兒睡穩庭花。莫驚他。聽得簾鈎響處、眼微斜。銀燈滅，明月白，下窗紗。笑説玉郎且坐、聽琵琶。

綺羅香 芍藥

香霧迷人，嫩寒鎖夢，曉起一庭飛絮。乍雨乍晴，病裏年華怎度。甚春光、帶得愁來，偏等到、愁時回去。卷紅紗、笑語花枝，紅橋春好且留住。人在東風香裏，正翻階傍砌，眠雲醉露。兩字將離，誰把小名呼誤。好韶華、日永天長，問將離、離將何處。且消受、第一風流，拚痴魂付與。

一翦梅

啼鳥聲中雨乍晴。梅子酸心。杏子酸心。亂紅零落草成茵。春送行人。儂送殘春。雨意雲情大半生。去是銷魂。來又銷魂。别時言語最温存。記得三分。忘了三分。

沁園春 嗽

曉夢初回，困眼迷離，慵理殘糚。愛朱唇半啓，胭脂乍露，香腮微動，皓齒難藏。翠袖遮來，羅巾拭後，一點殘津出口香。思量起，怕春來病肺，瘦損容光。個中嬌韵鏗鏘。是珠玉、穿成斷續腔。念清歌倦後，應聞喘息，唾壺傾罷，定勝瓊漿。纔漱香茶，又拈豆蔻，一點紅絨唾綉窗。凝眸盼，向檀郎薄怒，昨夜風凉。

前調 睡

鴛帳低垂，倚枕瞢騰，喘息應聞。怪無端含笑，眉朱欲動，有時微嘆，眉黛輕顰。簾漾湘波，被翻暖浪，一半朦朧一半醒。無聊甚，怎今年春夢，總不分明。由他鬢亂釵横。問如此、春光負幾分。正遼西夢醒，一聲鶯語，金猊烟細，半晌回身。笑束羅裙，低拈綉帶，含睇無言祇欠伸。回頭處，有小姑笑問，夢見誰人。

浪淘沙題《桃花扇》

風月太關情。玉軟香温。緑楊門户夜調箏。扇上桃花衣上血，濃透郎心。烽火且消停。莫報南京。官家醉聽牡丹亭。一片秦淮樓上月，冷送江聲。

滿庭芳

燕子樓空，西泠草滿，恁般因果無憑。香雲散後，何處唤卿卿。記得酒闌人散，銀河外、低拜雙星。真僥幸，粉香脂暖，細語到三更。惺惺。便留得，秦樓薄幸，也自甘心。怎草草良宵，了却風情。可惜殘紅滿地，莽天涯、難覓金鈴。試問取，揚州牡牧，舊夢幾時醒。

百字令殘荷

潘妃步後，誰留下一朵，斷腸顔色。昨夜輕雷今夜雨，無復舊時明月。粉臉翻紅，新衣褪緑，憔悴真難必。芳魂何處，歸來應感疇昔。徘徊池上闌干，愛花心事，心事花應識。顔太嬌紅都薄命，誰爲紅顔憐惜。如此韶華，也能結子，苦味偏堆積。埋香人去，澹烟一縷凝碧。

人月圓

黄鶯一任枝頭喚，好夢也無憑。可能飛到，天涯夢裏，喚醒征人。　侍兒報道，鄰家姊妹，約去尋春。恁般心緒，恁般時節，有甚閒情。

三字令

紅初瘦，緑初肥。燕初歸。人睡起，費相思。美人心，游子夢，月明時。　空惆悵，數歸期。泪偷垂。心上事，自家知。幾分風，幾分雨，幾分痴。

滿江紅 鸚鵡

如此聰明，怎受得、雕籠閉住。休回首、隴山隴水，故鄉何處。從此不須矜慧巧，今生已被能言誤。誦心經、誦出可憐聲，難成句。　心上事，憑誰訴。西來意，偏難遇。問連宵惡夢，怎生超度。祇有深恩忘不得，馬嵬坡畔傷心墓。擬銜將、鈿盒與金釵，皈依去。

採碎花箋 言懷

玉環歌，飛燕舞。加上禰衡鼓。太白拈毫，吟就清平句。明妃馬上琵琶，潘妃蓮步，十八拍、胡笳蔡女。案：據《詞譜》，此處缺三句共十四字。相約同來，輕按霓裳譜。齊向西子湖頭，虎邱山路。吊蘇小、貞娘墓土。

一翦梅

小立閒庭月影斜。纔放窗紗。又卷窗紗。心頭各自有天涯。馬上霜花。閨裏燈花。記得年時共煮茶。舊日韶華。今日韶華。隔墻笑語弄琵琶。春在鄰家。秋在兒家。

柳枝 本意

灞橋上，柳枝。陽關外，柳枝。腸斷魂銷各自知。送行時。柳枝。畫樓東，柳枝。畫樓西，柳枝。倚遍闌干獨自痴。伴相思。柳枝。

南鄉子 初見

風揭綉簾輕。蘭麝飄香緩緩行。行到郎前低歛袂，深深。帶笑佯羞喚一聲。未語已多情。無限風騷畫不成。斜轉秋波燈影裏，盈盈。笑説郎君面尚生。

望江南 冬夜與馬肖岩話都門事

京華憶，最憶是知音。風雪滿天新釀熟，圍爐燈火話三更。無事不關心。

其二

京華憶，最憶是梨園。脂粉染成留客路，笙歌鬧醒困人天。春色滿幽燕。

其三

京華憶，最憶是閒游。十里燈光千里月，西風吹上酒家樓。典慣五陵裘。

其四

京華憶，最憶是吾廬。門外桃花墻外柳，春風消息近何如。無語各踟躕。

賀新涼 題常芝仙《新秋臨池圖》

莫問秋來處。碧紗外、幾竿修竹，幾株烟樹。寶鼎香消人睡醒，卷起一簾殘雨。早添上、傷秋情緒。有甚工夫臨舊本，是拈毫、吟就相思句。真薄幸，怨遲暮。　玉簪遮穩相逢路。問卿卿、美眷如花，流年怎度。一樣秋心成瘦損，偏是含情不露。斜倚定、梧桐回顧。衹有洛神堪寫贈，是簪花妙楷卿收去。誰與我，伴秋住。

大江東去題《江樓顧曲圖》，爲張蘭坡作

大江千古，有幾人流覽，幾人憑吊。一片斜陽秋色裏，愁煞青衫年少。結伴徵歌，登樓作賦，此際誰同調。笛聲雲外，吹冷一江烟草。　回首往日心情，展君圖畫，觸起愁多少。一樣紅樓垂柳外，一樣紅糚窈窕。月缺花殘，春來秋去，此後無人到。急須行樂，江流日夜人老。

金縷衣送顧秋碧回白門兼詢張寶齡姊妹　案：白門，《滇詞叢録》作『金陵』；齡，《滇詞叢録》作『林』。

金粉南朝地。記當日、征帆偶住，評芳譜翠。一片流鶯寒食路，險把春愁啼碎。誰曾料、買春容易。家近莫愁春最熟，况桃根、桃葉都柔媚。離別久，自彈泪。　秋風祖帳長安市。算歸期、重陽前後，菊花天氣。記取紅樓垂柳外，有個人兒憔悴。煩寄語、近時心事。説道相思成瘦損，病相如、不似前風致。魚與雁，望頻寄。

賀新凉蔣伯生明府構園亭於濟南城南李清照故宅，園有泉，相傳即漱玉泉也。其姬人董申林書漱玉泉勒石，予爲詞以紀之

唱罷銷魂集。一聲聲、斷腸紅泪，生花妙舌。香冷金猊人去後，瘦了舊時明月。更憔悴、黄

花時節。斷井頹垣垂柳外，問西風、何處尋遺迹。徘徊久，空相憶。江南名士天涯客。向城西、探幽選勝，園林新葺。竹外鳴泉如碎玉，道是當年故宅。合付與、雙成書石。費煞深閨心一片，向紅紗、寫就簪花格。憐才意，自親切。

浪淘沙 題陳雲峰《秋江送別圖》

落葉下空林。如此旗亭。大江烟重布帆輕。祇有白門橋畔柳，慣了秋心。回首恰關情。鴻爪曾經。好山不斷六朝青。七十二泉今夜月，遠夢沉沉。

百字令 壬午元夕，同人作蝴蝶會於抱山堂席上，懷伯生

良宵有幾，莫忽忽誤了，上元時節。東院笙歌西院舞，忙煞一輪明月。漱玉泉邊，抱山堂上，日後留佳迹。誰教飛去，一雙無賴蝴蝶。時二客大醉逸去。記取山左題襟，酒人名士，此會風流絶。但願年年常聚首，點綴天涯春色。香爐酒闌，曲終人散，遥憶燕雲北。有人今夜，一樽獨對風雪。

賀新凉 留別時丈香雪張子銘一

一片深秋月。問今夜、幾人歡聚，幾人離別。舊雨不來今雨散，唱遍陽關三疊。到處是、旗

亭黄葉。明日五更風露冷，亂山中、有個人愁絶。意黯黯，情脉脉。與君同作天涯客。是三生、因緣香火，萍踪偶集。茶熟香濃人静後，坐冷一庭秋色。料今後、相思共切。更有柔魂銷不盡，女郎墳、衰草連天碧。是日别田姬慧香墓。回首處，總悲咽。

沁園春 初度日懷慧香

無可奈何，艷福難消，思量黯然。記銀燈影畔，笑擎玉盞，口脂香裏，低祝延年。花顫輕雲，釵摇軟玉，襝衽還隨大婦肩。思量起，嘆當時座上，今夜樽前。秋風瘦了嬋娟。想病裏、韶華太可憐。問小鬟何處，酸心白傅，朝雲死去，憔悴坡仙。青鬢空搔，畫樓猶在，人與梅花夢晚烟。無聊賴，是幾分情緒，如此因緣。

浪淘沙 梅

殘雪滿前村。鶴在柴門。無情無緒對芳尊。人夢梅花花夢月，各自銷魂。錦被倩誰温。心字香熏。爲花憔悴到三分。一桁珠簾常不卷，閒了黄昏。

南鄉子

所事上眉尖。昨夜漁陽夢乍甜。杜宇唤殘深夜雨，廉纖。如此春光意未忺。懶去啓妝奩。手折花枝出畫檐。笑問小鬟香燼未，休添。燕子歸來再下簾。

賀新郎 賀俞雨亭納妾

春滿郎官署。最好是、拈來小字，幽蘭一樹。艷福幾人修得到，消受鬟雲鬢霧。得多少、温柔情緒。怪底眼波凝遠水，記吴儂、生小秦淮住。桃葉楫，隔江渡。　花枝樓上休相妒。料生就、大家模範，南朝風度。竟體芳香君記取，絶勝梅花遲暮。笑當日、逋仙寒素。雨亭有尋梅小照。不似兒家夫婿好，趁香風、緩緩朝天去。時卓薦將入都。鶯燕句，爲君賦。

花發沁園春 臨清遇王曼雲

落落襟期，翩翩裘馬，當年同是公子。疏狂情性，跌宕才華，睥睨等閒青紫。十載年光，幾曾料、飄流至此。乍相逢、各有閒愁，往事不堪屈指。　滚滚紅塵似水。且片刻清談，清源闤裏。蕉心卷雨，絮影團風，解得此時心事。休嗟遲暮，各珍重、天涯身體。問年來、酒興如何，衛河深淺相似。

念奴嬌 又

新詞再譜，料知音王粲，不嫌重疊。一片豪華彈指過，記否長安時節。市上歌聲，燈前笑語，醉踏天街月。舊時風景，隔花鶯燕記得。笑煞蝸角功名，風塵堆裏，同作無聊客。認取潘安青鬢改，不似當初顏色。昌水西流，余官萊陽。汶河東注，君官河工。未比情懷切。詞成付與，小蠻樊素歌妾。

金縷曲 題方錫之《舊游圖》，即送之武昌

多謝丹青稿。千萬里、山川無恙，卧游重到。西指桂林青一片，東望岱宗飄渺。更南拜、湘靈祠廟。不待向平婚嫁畢，莽年光、彈指江湖老。三十載，感懷抱。逢君此日平陵道。正涼秋、蟖肥菊瘦，東籬醉倒。深感多情頻問訊，猶記青衫年少。錫之曾識予於武昌。衹無奈、分離草草。七十二泉留不住，趁春風、又買湘江棹。相憶處，雁書杳。

鵲踏枝 落梅和黄仲則

一片飄來輕墮水。瞞著東風，飛過斜陽裏。多少春光從此起。不須猜作飄零味。玉笛樓頭誰共倚。冷冷清清，怕到曾游地。且喜膽瓶香未死。餘春一綫還留此。

其二

人在簾櫳枝在水。花在輕塵，魂在疏烟裏。粉蝶抱香飛不起。雙雙也解相思味。十二欄干愁獨倚。子細思量，没個埋香地。舊日心情辜負死。成陰時候纔來此。

浪淘沙 邗上遇王青溪，題其《問紅軒詞稿》

城郭緑楊中。水轉橋紅。流鶯啼過畫樓東。天氣困人晴又雨，如此簾櫳。鴻爪笑怱怱。此地相逢。曉風殘月柳郎工。同是天涯同是客，閒煞春風。

賀新凉 爲安青居題《騎虎圖》，青居自號鐵笛生

陰雨沉高閣。鬱蒼蒼、黑雲一片，飛來屋角。燈下展君圖畫看，不覺對之而怍。正此夜、風聲大作。倘見山君真面目，弱書生、未免神先却。君聞此，大嗢噱。虎腰虎背身堪託。任此君、磨牙摇尾，吾力能縛。猛獸毒蟲皆可伴，祇此無心酬酢。我笑問、先生何樂。不及腰纏十萬貫，鐵笛生、騎穩揚州鶴。君無語，應曰諾。

摸魚兒 贈青溪

正天涯、緑肥紅瘦，殘春初夏時節。江山無恙詞人老，况是琴書飄泊。重作客。嘆舊日、揚州祇剩荒凉月。青衫泪濕。記一片繁華，當時情况，燕子尚能説。相逢晚，草草江湖落魄。與君一樣今昔。卅年裘馬功名夢，夢也暫時銷歇。誰記得。祇橋上、簫聲代譜凄凉闋。年光自惜。似商婦舟中，明妃塞外，不是舊顔色。

浪淘沙　題符南樵《寄鷗館集》

風雨六朝寒。粉剩金殘。夕陽紅過白門灣。如此青衫如此客，如此江山。　邗水繞城還。誰倚欄干。紅橋西去是陽關。我亦天涯憔悴客，怕唱雙鬟。以上録自《紅蕉吟館詩餘》

醜奴兒令　題張白華《胥江送別圖》

去年倚棹胥江上，鳥妒歌喉。月妒簾鈎。眉影山光共一樓。　今年重打吴門槳，綺怨羅愁。雲散風流。客夢江聲共一舟。

菩薩蠻

邯鄲兒女城東住。門前便是天涯路。怕上短長亭。年年楊柳青。　留歡歡不語。走馬襄陽去。歡説愛襄陽。風情勝故鄉。

望江南

揚州好，憑吊可勝悲。螢火亂飛煬平帝家，梅花自落史公祠。興廢有人知。

其二

揚州好，池館鬧春分。蝶影衣香團作陣，湖光花氣釀成雲。畫槳蕩斜曛。

其三

揚州好，春事畫橋東。粉麪煎酥紅藥片，鰣魚吹嫩牡丹風。食品鬥精工。

其四

揚州好，妓館路迂斜。楊柳青迷蘇小宅，桃花紅入泰娘家。簫管在天涯。

其五

揚州好，妝束競新鮮。鬏勒隨簪鬆到枕，弓鞋昵夜軟於棉。茉莉顫釵尖。

其六

揚州好，午擔喚聲高。細火煨香豌豆粥，東風吹軟茯苓糕。深巷一條條。

其七

揚州好，茶店下街忙。早肆開籠分餃餌，飯餘携客試旗槍。軒檻納湖光。

其八

揚州好，骨董列精粗。鹾賈高譚評古玩，酸丁低首檢殘書。賞鑒各糊塗。

其九

揚州好，街是埂子長。龍腦摶成如意餅，麝臍捏就蕩心香。鼻觀耐芬芳。

其十

揚州好，隨處破閒愁。名士商量邀合醵，高僧揮霍到纏頭。無事不風流。

其十一

揚州好，未覺旅情孤。小婢能賒春店酒，良朋互買夜盤蔬。風雪聚寒爐。

其十二

揚州好，處處賽神忙。土佛乘輿朝大士，社公肅柬迓城隍。人鬼兩荒唐。

其十三

揚州好，葉子鬥輸贏。阿嫂偷傳燈畔眼，小姑笑數手中星。金釧響輕輕。

其十四

揚州好，花朵簇銀針。晚艷朝香夫婿眼，分紅選紫女郎心。珠翠不須簪。

其十五

揚州好，午倦教場行。三尺布棚譚命理，四圍洋鏡覷春情。籠鳥賽新聲。

其十六

揚州好，負販往來頻。蔬果按籌爭早市，魚蝦高價長朱門。捨命問河豚。

其十七

揚州好，節序晚秋交。南貨店中秤醉蟹，八鮮行裏買蟳螯。早店熟羊羔。

其十八

揚州好，佳釀入行高。濃可膠牙玫瑰露，凉能解暑薄荷燒。陳紹揀壜挑。

其十九

揚州好，閨閣禮空王。彩綫緊拴泥偶臂，栴檀濃和美人香。儘彀佛思量。

其二十

揚州好，宴會聚紅妝。飛轎青拖連理穗，夜街紅亂太平香。粉面隱紗窗。

其二十一

揚州好，時點寫紅條。糟窖饅頭螃蟹麪，葱油爐餅灌湯包。盤盌出新窑。

其二十二

揚州好，戲具滿堤排。摶土嬰兒呼婢買，夜燈兒女待娘回。入手笑盈腮。

其二十三

揚州好，京式説池塘。白玉池中呼熱水，螺絲結裏試新湯。邋遢洗匆忙。

其二十四

揚州好，對岸列金焦。客舫遠歸京口月，大江横截海門潮。落日送南朝。

其二十五

揚州好，贈玉小樓紅。閣部祠尋秋日桂，天寧寺打夜深鐘。一載客歸鴻。余僑居天甯寺，傍有樓名進玉，余易名贈玉，至今揚州遂以贈玉呼之。

摸魚兒

謝樸庵倚聲成《落葉》《秋草》二闋，依調和之，時余有悼亡之戚，不自知其言之悲也

其一

卷黄昏、湘簾一桁，月明忽上窗紙。霜林徹夜渾無賴，做盡蕭疏如此。傷往事。嘆庭院、濃陰冷落曾游地。歸鴻聲裏。有砌草哀蟲，山城寒杵，相和訴幽思。　空階下，隨着凉烟輕墮。西風多事吹起。當年水驛山城夜，曾與秋聲同記。休擲弃。怕點滴、霜痕上有愁人泪。悲秋成例。問仰樹添薪，掃階呼婢，誰會舊時意。落葉

其二

不多時，平蕪盡處，荒凉衹剩殘照。遠山遠水天涯路，一夜寒霜齊到。思遠道。悵舊日、王孫漸漸天涯老。江南秋早。正廢苑螢飛，故宮蝶去，月下暗蛩叫。南園地，結伴踏青人杳。履痕猶在庭沼。淡烟疏雨西村外，一片荒堆寒峭。君豈料。早破帚、西風人向孤墳掃。余情綿渺。問逝水年華，空山身世，塵劫幾時了。秋草

前調爲家比玉太守題詞《隱園圖》

好園亭、蘿烟桂月，匆匆輕易抛去。十年塵土繁華夢，負了故山風雨。春幾許。便檀板銀箏，衹唱天涯句。此情誰語。羡窈窕蘭閨，比肩人韵，字字倚聲註。雲藍夫八工詞。歸來好，我亦關河倦旅。邯鄲忘却前路。溪山一角烟村外，新結蘋洲伴侣。漁笛譜。也有個、紅兒花外低聲度。君來記取。有幾樹紅蕉，數竿修竹，日與碧雲暮。

如夢令席上有贈

舊日徐娘漸老。歌舞場中未了。雙泪對琵琶，門外已生秋草。同調。同調。前度五陵年少。

一翦梅

人生祇合住揚州。花也風流。蝶也風流。春光纔上蔻梢頭。风也温柔。月也温柔。江湖載酒記前游。雨聽僧樓。簫聽倡樓。舊居應是鎖春愁。冷了香篝。閒了簾鈎。

浪淘沙 塞上曲

徹夜北風號。班馬蕭蕭。黄河千里陣雲高。一片寒光明積雪，營外槍刀。秋水劍横腰。霜髩飄飄。玉關人老一枝簫。十萬征夫齊下泪，歸雁聲遥。

邁陂塘 留别盛香谷，時香谷權宜良尹

九千里、江圍山繞，碧雲回望遲暮。門前便是天涯路，那待旗亭西去。情幾許。祇秋柳、絲絲繫得人心住。一般萍絮。想驛館孤燈，官衙殘漏，各憶人前度。三月耳，酒社詩場無數。歡娱忘却離緒。一鞭冷雨秋村外，纔覺陽關聲苦。臨别語。道錦字傳書，莫寫銷魂句。君休眷注。算早晚風霜，程途餐飯，樊素解調護。鏡波同去。

金縷曲湘江舟中寄香谷

自別昆明柳。二千里、雨郫烟市，霜宵雪晝。馬背殘星篷背月，那許容顔依舊。早不覺、沈郎消瘦。買得湘江舟一葉，到長河、已落歸鴻後。波渺渺，洞庭口。　嚴冬漸漸寒消九。正故園、盟香艇畔，梅花時候。爲問風流賢令尹，誰是探春新友。更誰共、紙窗杯酒。更有鏡姬煩寄語，道夫人、近日平安否。中再拜，使君右。

摸魚兒題程槎山守梅仙館詞卷

譜新聲、酥融麝膩，艷香飛上檀板。芙蓉城裏前生住，天付風愁月怨。珠一串。擬收入鈿箱，交與紅兒管。態濃意遠。倩十五嬌娃，曼聲低度，字字和鶯燕。　天涯恨，豪竹哀絲消遣。三春好處誰見。錦屏聲價依然否，還怕香銷翠減。君莫嘆。便劫火餘灰，也逐歌塵散。曾經京口壬寅之警。歸期早晚。問往日園亭，梅花誰守，老鶴自相伴。

醜奴兒令

今生悔被聰明誤，道是聰明。特不聰明。祇爲聰明費了心。　無端染就聰明病，宛轉相尋。宛轉難禁。宛到柔腸轉到心。

雙紅豆

是風聲。是雨聲。松竹芭蕉一片聲。寒鷄三兩聲。　是天明。是月明。一盌殘燈滅更明。紗窗紙漸明。

摸魚兒 咸豐辛亥十一月接湯雨生都督秣陵書

十六年、鴻南雁北，髩絲白了多少。碧雲水榭荒凉後，幾度西風殘照。君再到。應惆悵、天涯緑遍王孫草。相思渺渺。二千里關河，故人安否，目斷雁書杳。　山村外，寄到纏綿信稿。錦箋十幅難了。望思臺畔孤燈裏，又譜離鸞琴調。君已老。那禁得、年年花月傷懷抱。夜窗人悄。把潘岳心情，嘉賓身世，細與鏡姬道。以悼亡哭子詩寄鏡波。碧雲水榭，余客秦淮舊居也。

金縷曲 爲周文泉題《十二齡奉詔從戎圖》

猺雨獞烟路。是當初、終軍年少，請纓之處。慘緑征袍三尺短，了髻冠旁猶露。已聽慣、邊城笳鼓。滿地烟塵戈戟裏，衹隨身、一個蒼頭護。童子耳，膽如許。　五千餘里家山阻。恨連年、妖氛未靖，歸期無據。定有倚閭書一紙，記念風霜朝暮。忍泪聽、孀親囑付。馬革裹尸師未捷，看先臣、夙志兒能補。期一戰，斬豺虎。

其二

大帥朝傳箭。早傳進、故人兒子，短衣相見。束髪齊眉顔似玉，長揖軍門傲岸。慷慨上、平蠻籌算。座上征南諸父執，把小名、猶自呼來慣。真乳虎，共嗟嘆。周郎已遂英年願。感君恩、酬功進秩，栽花潘縣。到處春山烟雨外，買犢賣刀俗變。先典却、斬蛟長劍。此日三山新管領，海濤聲、怒卷天風亂。猶似聽，昔年戰。時尹掖縣。

沁園春 嚏

針綫初停，斜倚妝臺，嬌嚏聲聲。愛櫻桃半啓，波含眼角，楊梅一點，酸到眉心。粉項垂時，玉纖揉處，僥幸何人窗外聽。心兒省，悔昨宵風露，月下私情。侍兒持送紅巾。染香唾、柔津膩更匀。是墻東輕薄，偷譚閒事，是鄰家姊妹，提着芳名。欲斷還連，將收旋續，鸚鵡檐前學未成。簾開處，有小姑笑説，明日天晴。

賀新凉 咸豐癸丑中秋，題楊子英《醉月圖》，時余城居

滿地桐陰潤。望長空、冰輪乍湧，飛來天鏡。把酒笑呼明月問，曾見幾人醉醒。又曾與、誰人盟證。往日霓裳人散後，祇嫦娥、自抱高寒影。何處是，廣寒境。先生獨坐應孤另。喜天涯、携琴寄鶴，故人宅近。霜蟹纔肥新釀熟，踏月訪君三徑。趁佳節、花前對飲。更欲

招邀仙伴侶，奈青蓮已去東坡病。風露下，碧雲冷。

攤破浣溪沙

綉幕層層護好春。錦屏曲曲貯行雲。不似去年堂上見，不分明。　香篆纔銷灰一寸，眼波漸送愛三分。生怕侍兒花外立，囑低聲。

金縷曲 秋柳

不似春光好。漸長堤、沙平水淺，露遲霜早。十里紅樓簾不卷，孤負三分斜照。更誰唱、陽關詞調。舊日蠻娘歌舞散，説秋心、生怕秋知道。殘粉黛，剩多少。　山村野店愁重到。悵空林、寒蟬自曳，亂蛩低叫。一樣渭城朝雨霽，换了冷烟衰草。又畫出、灞陵秋曉。馬上霜風樓上月，儘佳人憔悴征人老。風月恨，幾時了。

薄幸 寄題紉香女士《春宵聽雨圖》

風風雨雨，便淅淅零零到晚。消得個、黄昏獨自，獨自凄凄慘慘。昏沉沉、一盞殘燈，静悄悄三間孤館。把寸寸柔腸，懨懨春病，付與低低長嘆。　挨過黄昏去睡，意懸懸、怎生合眼。幾回聽遠漏，聲聲點點，更模模糊糊不辨。燈花休翦。恁清清冷冷，長宵留作長宵伴。春愁恰似，春水深深淺淺。

金縷曲 春日接李仲衡詞却寄，時仲衡避兵，居濟南東鄉。

一陣清明雨。又天涯、流鶯聲裏，落花飛絮。中酒懷人年年例，慣了傷春情緒。何處問、鷗分萍聚。錦字親緘封寄我，展花箋、細讀多情句。知何日，夜窗語。　聞君避地深山住。料此時、琴樽無恙，桑麻如故。多謝山靈愛詞客，分付烟霞保護。悄不聽、軍中金鼓。未必無情忘用世，有心人、莫被桃源誤。春尚好，出山去。

高陽臺 寒柳和牛仲遠

冷雨欺枝，凍雲壓樹，纏綿未斷柔情。舞榭荒凉，誰憐舊日新人。天寒袖薄蠻娘病，耐凄凉、將息腰身。最殷勤，一片斜陽，儘會温存。　曉風殘月關山路，看棉衣絮帽，遠入霜痕。却憶高樓，有人獨自黄昏。玉關雨雪孤燈夜，把歸期、算到明春。莫銷魂，漏泄春光，已是三分。

百字令 題《李子獨立圖》

拉開眼孔，看九州四海，誰堪共語。太白不生長吉往，祇合獨來獨去。前無古人，後無來者，餘子何須數。悠悠天地，不禁涕下如雨。　何日一杖空山，片雲孤鶴，遺世飄飄舉。又覺長生餘事耳，懶謁神仙官府。東坡詩：『獨立萬物表，長生乃餘事。』寂寞塵寰，蒼茫身世，此意吾能悟。花間月下，舉杯對影而舞。

買陂塘題《柴門臨水圖》

稻花村、沿堤楊柳，柴門關住山影。舍南舍北皆新水，四面溪光綠凈。波似鏡。借烟水空濛，隔斷紅塵信。幽居日永。便葦界蒲鄉，鷺鄰鷗里，住久識情性。　撐船去，我欲訪君三徑。昏昏水氣清冷。三間老屋蒹葭裏，祇待敲門人應。人不應。把一葉輕舟，繫在垂楊等。與君偕隱。且快飲村醪，橫吹漁笛，不用說名姓。

百字令戊午中秋

光陰草草，又因循過了，中秋佳節。病酒傷秋前度客，依舊青衫白髮。紫笛吹殘，朱闌拍遍，醉問長空月。五千年裏，不知多少圓缺。　遥想玉宇瓊樓，昔年天上，聽霓裳清越。偷得仙音三兩句，塵世已驚奇絶。玉兔長生，桂花不老，碧海青天闊。嫦娥別後，廣寒何處宮闕。

壺中天 雪意和莊眉生

斜陽淡了，看暮鴉村裏，昏昏風色。冷霧濃烟吹不斷，低却遥山一尺。濕泛松柴，潤回茶竈，餘火星星滅。長天如水，寒雲輕重堆積。　料得和靖孤山，衝寒欲放，三兩枝花白。未到黄昏窗紙暗，松徑沉沉送黑。葦岸眠鷗，蘆汀睡鷺，夢續朦朧月。紅泥爐小，新醅緩緩偎熱。

祝英臺近

夢初醒，簾不卷。針黹近來懶。幾個黄昏，逐漸帶圍緩。吴娘自入朱門，空房小膽。偏住在、深深深院。　倚闌遍。多日門掩梨花，芳徑緑苔滿。鏡裏衾邊，瘦也没人見。呢喃燕子歸來，匆匆又去，剛訴了、春愁前半。

金縷曲 陰雨兼旬，春寒未減，意有所觸，和悶倚聲，寄李伯揚

已是清明近。却沉沉、一天陰雨，雲遲風緊。偶露夕陽紅一綫，依舊晴明不准。祇醖釀、朝寒夜冷。前度踏青人去後，步蒼苔、履迹猶端正。知道是，幾時印。　闌東閒煞秋千影。最蕭條、舊年池館，此時三徑。猶喜碧桃花未放，勒住春寒一寸。幸未到、香銷艷損。一桁疏簾垂柳外，簾中人、聞説傷春病。雙燕杳，倩誰問。

摸魚兒 吴江葉元禮舍人，漁洋山人弟子，丰姿秀逸，有衛玠之目。過平望，有女子見而悦之，感病死，漁洋記其事，繫以七絶一首。宫子行得漁洋殘稿，以葉事繪圖裝册，即以稿冠首寄萊陽索題，爲倚此解

翦吴江、晴波三里，驚鴻照影曾渡。紅樓舊日温存月，半被春愁圍住。春也去。祇門外桃花，記得郎前度。垂虹暮雨。恨鴛槳摇春，鶯簾織夢，忘了去時路。　懨懨病，一霎離魂倩女。斷腸鴦牒難注。宛君去後江楓落，誰寄返生詞譜。埋玉處。剩一片斜陽，冷到相思土。漁洋斷句，有平望春山，明湖秋柳，略解此情緒。吴江沈宛君、葉工部閣有《返生香詞》行世，見《廣輿志》。以上録自《岩泉山人詞稿》

一萼紅 岳陽樓

千古事，被波濤流去，兒女共英雄。吊古沾巾，凭闌縱目，江湖廊廟情同。休回首、滄桑頓改，望高城、一片夕陽中。天外悲歌，酒邊起舞，劍氣横空。　如此江山如夢，莽乾坤事業，大半匆匆。前無古人，後無來者，怎開萬古心胸。算祇有、純陽一飲，能領略、醉裏鴻濛。我欲乘風同去，騎穩蛟龍。

綺羅香 聽琵琶

簾漾桐陰，窗摇竹影，病酒懷人天氣。無賴琵琶，彈出天涯秋意。一聲聲、青冢黄沙，一字字、紅心香泪。四弦收、相對無言，空庭木葉帶烟墮。　如在潯陽江裏。聽荻花楓葉，孤篷獨倚。指上傳情，一曲一番憔悴。若配上、塞外胡笳，怕不把、秋心攪碎。好良宵、月白風清，斷柔腸幾次。

鳳凰臺上憶吹簫 爲章琯薌題《醉眠芍藥圖》，圖寓人小影

樹卷痴雲，花翻膩雨，等閒步出湘簾。趁酒闌人散，且去酣眠。醉是三分假醉，有春愁、一半相兼。無人見，在太湖石畔，墮落釵鈿。　堪憐。羅裙遮好，怕鳳頭鞋子，露出微尖。問芳卿好夢，可也新鮮。分付花神子，細把香風，護穩嬋娟。春如綫，是幾分情緒，如此流年。

沁園春 送蔣伯生之軍臺

宇宙茫茫，得一知音，吾復何求。記探奇龍洞，疲驢墮雨，買舟北渚，短笛横秋。説鬼譚天，狂歌擊劍，衹解歡娱不解愁。關心否，任陽關三疊，唱遍難留。　休休。别泪長流。望不見、燕雲十六州。念前途鞍馬，凄凉旅夢，他鄉風雪，珍重輕裘。樊素多情，朝雲怨别，如此

西風懶上樓。凝眸處，算一般柳色，不是封侯。

其二

樽酒臨歧，忍泪陳辭，爲君賦之。嘆是何因果，竟難久聚，恁般時候，却是分離。我似桐灰，君憐馬骨，名士英雄各自知。無憑准，算人生福命，各有參差。休悲。事尚堪爲。有循吏、聲名達帝畿。向風前屈指，環音早卜，花間望遠，鴻信休遲。此別原難，兹游却壯，努力加餐會有時。丁寧語，記西湖雖好，莫更吟詩。伯生以刊刻詩句遣戍。

賀新郎 題孫雨邨三十歲時所繪小照

一幅丹青稿。是當日、老薑手筆，張老薑手寫。孫郎容貌。秋月春花彈指過，那許詞人不老。更無奈、功名草草。絮影萍心渾不定，拍紅牙、低唱傷心調。金縷曲，寄懷抱。自譜《金縷曲》書於幀尾。

歸田人倚金陵棹。正江南、落花時節，相逢一笑。燈下披圖增感慨，觸我舊情多少。同一樣、雲烟縹緲。二十年前裘馬客，曳青衫、年比君還少。誰更記，雪鴻爪。

買陂塘 題湯壽民《人日琴樽圖》

是當初、五陵公子，翩翩裘馬時候。囊琴佩劍天涯住，曾與梅花同瘦。君記否。早彈指匆匆，二十三年後。草堂舊友。剩幾個晨星，海天餘話，能説入春酒。逢君日，枝上青梅消永晝。聽花下、郎如豆。秦淮緑遍溪柳。將軍好客開三徑，約向名園携手。尊甫雨生都督。君閒取焦桐奏。華堂春久。願棣蕚平安，樽罍無恙，同介老人壽。

摸魚兒 昆明晤秦梅生，出其尊翁雪舫郎中《蘭江歸棹圖》屬題

離思苦。早一片、蘼蕪緑遍春山路。此情誰訴。祇有個吴娘，剪燈温酒，款款夜深語。江南好，觸我閒情無數。携家一載曾住。名流祖道河千日，惆悵秦嘉何處。桃葉渡。算我似浮萍，君似風中絮。碧雲日暮。嘆白下遺歡，蘭江墜緒，同是人前度。丁酉春，與雪舫訂交白門，是年冬，買舟歸，同人祖道秦淮，時雪舫于役袁江，未能話別。

新 柳

昔年灞水人猶東風纔到便精神。露葉烟條尚未匀。野岸斜拖三日雨，短墻低漏一枝春。少，昨夜揚州夢可真。家住畫橋鶯燕裏，不知何處有紅塵。

其二

壓綫衣新初待耐過嚴寒九九辰。碧山含笑水生紋。渭城朝日紅三里，南浦春波緑一分。嫁，畫眉人去却逢君。不須重唱黄河曲，舊事關心那忍聞。

其三

傷春無計可消除。商略留春一紙書。眉月玲瓏初二後，鬟娘年紀十三餘。舊藏舞扇調金寫，新沐雲鬟照水梳。猶剩枝頭梅數朵，送香送影上窗疏。

其四

陌頭消息報黃鸝。新染青袍剪未齊。綠水向陽冰泮早，畫檐學舞燕飛低。纔篘臘酒開春店，漸有香車上大堤。取次游人歸路晚，夕陽送過小橋西。

其五

踏春兒女惜春陽。留住春陽却斷腸。小病腰鬆金縷帶，薄棉衣檢碧油箱。離情長短書難寄，閨夢纏綿醒半忘。多謝窗前三兩樹，和烟和雨伴韶光。

其六

一番風雨一番新。少待桃花共結鄰。解凍乍窺初日影，消寒未散舊年人。遥山染黛工偷樣，春水迴眸代寫真。同住繁華煙月地，衹教張緒獨傷神。

其七

輕盈態度儘人憐。欲把春愁作綫牽。未畫樓臺先畫水，多情風月有情天。誰供螺子調新黛，擬傍蠶娘學早眠。莫向永豐坊外過，香山老去已逃禪。

其八

閨中陌上各相思。未忍風前便折枝。送别可憐新嫁女，封侯偏是少年時。閒教侍婢歌金縷，莫遣潘郎感鬢絲。我是湘潭舊游子，十年消瘦到腰肢。

其九

緑衣裁就剪刀温。初月纖纖上粉垣。青眼漸抛知解舞，春心纔動便銷魂。琉璃瓦破南朝寺，金碧灰飛白下門。也爲傷今也傷昔，金陵酒店幾家存。

續新柳

馬背船唇别思遥。天涯游子各魂銷。春寒昨夜生湘水，殘雪初晴過灞橋。慘緑征袍憐脱綫，柔荑素手記攀條。憑誰低唱隨堤曲，細雨疏烟夢六朝。

其二

碧天雨過净纖塵。高下樓臺望未真。微月簾櫳新織影，游絲庭院軟摇春。未經烘染先臨稿，剛到纏綿却送人。好爲楊枝重寫照，輕臙薄粉一傳神。

其三

輕暖輕寒强自支。東風剪剪雨絲絲。春江桃葉遲雙槳，淡月梨花見一枝。紫燕不來誰作伴，翠樓纔上已相思。秋娘别有關懷處，衣染鶯黄未嫁時。

其四

何處湖山不斷腸。流鶯聲裏度韶光。雪消汴水波寒绿，人去章臺月淡黄。漢上記曾居有宅，春分可奈客思鄉。王恭漸老風情減，自曳青衫步夕陽。

其五

迴廊西畔小樓東。十二闌干曲折紅。春意牽從疏處密，眉痕畫到淺時工。二分流水三分月，九日輕陰一日風。莫遣池塘飛絮早，有人萍影正匆匆。以上録自《岩泉山人詞補遺》

戴絅孫

戴絅孫（一七九六—一八五七），字襲孟，一字筠帆，昆明人。道光己丑（一八二九）科進士，官工部給事中、浙江道監察御史等。著有《味雪齋詩文鈔》《金碧山農待焚草》，纂輯《昆明縣志》。

桂枝香昌平陳紫瀾宫詹浩寄輓吴湛山中丞士功聯語三十二言，爲紅生舍人題

素車白馬，問生死交情，幾人張范。况説楹聯寄輓，肯勤鉛槧。延陵老友陳詹事，式昌平、古賢風範。鶴樓重九，閏秋時節，舊游雲黯。　祇此是、徐君墓劍。算季子當年，纔同肝膽。鄂渚蘭言，昨夢芳洲偕擥。即論書已髯蘇配，看淋漓大筆濡染。勒均貞石，禮儕宗器，百年悲感。

摸魚兒消寒二集王開甫席上咏石花魚

算消寒會今凡幾，朝來食指先動。登盤快得琴高鯉，愛此晚筵清供。誰伯仲。便乳乞西施，且待融春凍。佳名汝共。正舉網來時，揚帆采處，好并石花誦。　黄河岸，見説河掀石壅。河聲千里雷鬨。青錢取價無多子，那討魚苗深種。南浦送。竟别後、鱗鱥萬兩金珍重。歸雲欲縱。想膾斫銀絲，泉烹金綫，我亦觸鄉夢。吾鄉金綫魚産昆湖畔金綫泉中。

桂枝香食黄頰魚有感

青錢百廿，佐晚飯寒炊，買來盈十。若比鲇竿初上，短鬚雙接。歌聞麗罶曾宵雅，注鰭揚、古稱黄頰。群游記往，藜汀蒲溆，櫓聲疑澀。　問湖水、枯餘暗泣。笑如君等等，力儘驍捷。

何不飛隨鵬徙，退似龍蟄。飢涎狂殉貪夫餌，便偷生、幾重顏甲。藉他醒酒，淺愁深醉，且休彈鋏。詩注：鱨，黃頰魚也，好群游，其聲軋軋，魚中之饒有力者，身尾似鮎，黃腹，二鬚。

月華清 洛藍雀花

睟翦輕黃，翎梳深翠，竊脂名訪桑扈。幻出花身，衹欠簾前交語。問瑶光、散豈榆曬，撣彩筆、戲應蘭渚。凝佇。怕仙裙縑襞，隨風歸去。　好更腰纖善舞。正鳥囀歌來，巧偷笙譜。倦欲依人，爲訊娉婷誰主。布芳筵、試款嘉賓，張畫蹬、好吟嬌女。容與。待舫迴青雀，載將儂汝。

水調歌頭 齋中讀書

孤憤向誰語，獨立自悲秋。古今多少成敗，忠佞不相謀。憔悴靈均屈子，痛哭長沙賈傅，同抱杞天憂。直道任三黜，未肯曲如鈎。　岩野築，渭濱釣，感殷周。一般夢裏良弼，偏應哲王求。但莫幃充糞壤，自有田芳蘭蕙，味衹別薰蕕。懷古一長喟，重和畔穿愁。

東風齊著力 夏夜苦熱不寐

肯受愁魔，非牽別緒，永夜無眠。炎蒸溽暑，最苦熱梅天。挂出銀潢匹布，隨風剪不斷蛟涎。

微晴後，元冰一七，那贈飛仙。紈素未曾捐。攝不了、汗拋顆顆珠圓。飛來豹脚，枉倚帳凝烟。便説寒風八尺，桃花誰夢春妍。南來路，相思更劇，竹篠娟娟。

六么令 蜀葵

欄邊籬下，隨地開如綉。當時贊承光禄，岷絡早鍾秀。曾記移根西道，賺得王筠又。汝花長壽。丹華翠萼，密葉疏痕巧相湊。主人門應久杜，愛此娱青晝。好是幢列旌分，醉舞凌風袖。白較梅裳浣雪，紅更榴裾鬥。一卮誰侑。娉婷顧我，琴畔文君肯儂就。顔延年有《蜀葵贊》，王筠有《蜀葵賦》，『岷絡升靈』即贊中語也。徐夤詩：『文君愁婉娩。』

醉蓬萊 鳳仙花

甚名花倒影，灑遍金膏，舊勞揮麈。仙客長裾，向侍兒低語。道是珠宫，遣將雛鳳，暫謫丹山羽。秋露方晞，朝陽初上，朱闌延佇。懊惱芳時，等閒蜂蝶，冶葉倡條，一般塵土。玉指調弦，笑世間兒女。便了花身，原呼羽客，祇今素樓古。鬢壓蟬青，釵欹燕白，別愁休訴。

哨遍 雨夜思歸

廩積萬鍾，輿擁八騶，富貴人争慕。論吾生，畢竟有真吾。證心原本無言喻。舊讀書。南華自師莊叟，鼠肝蟲臂形皆寓。甚翼有垂天，趨惟畫地，散木何人尋斧。算惠施知我我知魚。平等是相忘在江湖。天静雲行，潭空月印，此心無住。吁。胡不歸歟。故園三徑知何處。猶記城西里，層嵐外瞰烟浦。待步屧尋幽，携笻訪勝，扁舟更翦木蘭艫。有石屋龍淙，樓高聽瀑，松篁留伴僧語。嘆元龍湖海氣全降，祇張翰秋風憶蓴鱸。莽天涯、自憐羈旅。閒中偌許懷抱，祇是將愁貯。倩誰爲我西窗翦燭，却話巴山夜雨。柴桑五畝愛吾廬。夢羲皇、彭澤應妒。

望江南 二十四首　鄉園雜憶

家山念，游冶愛春時。芳草路平輕試馬，雜花林暖快聽鸝。晴雨兩相宜。春

其二

家山念，清絶此炎天。衣謝含風裁白苧，篷看翳日采紅蓮。大好北窗眠。夏

其三

家山念，山色太華秋。紅藕聽香池畔寺，黄花倚醉水邊樓。月滿釣漁舟。秋

其四

家山念，風雪百無憂。爐火不勞煨石炭，硯冰何待暖香篝。卒歲衹羊裘。冬

其五

家山念，舊約信漁樵。蘚石收罾和露曬，松柴束捆帶烟挑。歸去酒盈瓢。

其六

家山念，樸野讓田家。見客兒童忘禮數，隔鄰燈火訊桑麻。春酒餉梨花。

其七

家山念，挈榼好行行。天半鐵峰敲日静，嵐開玉案展雲平。琴筑碎泉聲。

其八

家山念，人在水雲鄉。閣倚雄川天下上，舟移華浦月低昂。風送芰荷香。

其九

家山念，韶景入新年。桃萼含苞紅竟吐，松毛結毯緑堪眠。餈餌飣春筵。春正

其十

家山念，觴咏洽幽情。亭浣玉泉依九曲，寺瞻銅瓦拓三楹。脩禊記吾曾。上巳

其十一

家山念，潑火雨初來。綆汲新泉淘井遍，碑芟宿草上墳迴。閒試蹋青鞋。清明

其十二

家山念，佛日梵王家。灌頂泉香分五色，安心法竟衍三車。勝會有龍華。浴佛日

其十三

家山念，重五粽黏蒲。朱索早牽長命縷，赤靈争戴辟兵符。戲説水嬉無。端午

其十四

家山念，接祖事中元。子剥紅榴香泛斝，秧抽翠麥穎登盤。冥楮送衣寒。中元

其十五

家山念，月正滿秋中。菰米充庖輸藕碧，觥籌賭子戰瓜紅。説餅鬥詩筒。中秋

其十六

家山念，九日賦登高。近指螺蜂青匼帀，遥躋陟嶺翠周遭。有客正題糕。重九

其十七

家山念，冬至大如年。律轉葭灰知歲暖，信傳梅蕊報春先。古觀叩龍泉。冬至

其十八

家山念，除夕話灯前。分到嬰孩錢壓歲，獻將神佛飯迎年。兒女樂團圓。除夕

其十九

家山念，丱角侍親庭。愁見阿娘勞十指，苦從先子課群經。屋老夜燈青。

其二十

家山念，予季竟如何。曾共幼年孤苦慣，那堪貧境病愁多。別久怨關河。

其廿一

家山念，感逝舊成吟。匳到重開迷故鏡，膠從久續悵遺琴。誰見此時心。

其廿二

家山念，回首竹林游。凋謝故人無幾在，荒唐去日總難留。鄰笛不勝愁。

其廿三

家山念，風雨閉柴荆。門外不喧車馬客，杯中自爵古今情。廿載負鷗盟。

其廿四

家山念，五十漸平頭。菊圃琴書天總吝，槐柯富貴世原浮。何日駛歸舟。

鶯啼序 醉讀屈騷感賦

濁醪是誰造汝，怪愁城許下。舉觴望、昂首青天，醉鄉風月無價。論今古、嬴顛芊蹶，隍蕉夢鹿誰真假。但相逢、紅友知心，共君濃話。　爲底三閭，九死不悔，怨靈修數化。儘求索、無女高邱，玉鸞空爲予駕。佩芳脩、畦蘭畝蕙，感秋節、風飄霜打。群醉難醒，幾知予者。　君看揲易，象取隨時，妙龍蠖一也。況説是、濁賢清聖，孔百堯千，儀狄雖疏，杜康休駡。浮生幻影，松貞何壽，破除猶仗杯中物，算椒蘭、未始非陶寫。他時典午，天生頌酒劉伶，死聽荷鍤埋罷。　回風隕蕙，我吊湘流，傳合悲屈賈。試歷數、長安卿相，那便無才，痛哭陳書，泪堪盈把。思量此志，靈均吾偶，山中人遠芳杜若，處幽篁、路險招魂怕。傷心江水東流，便挽迴瀾，洗將觥斝。

前調 題黄矩卿太僕《粵秀山望海圖》

鋒車昔年此駐，尚蒼龍在西。歲陽紀、强圉丁躔，粵東時正秋九。證元覽、神呼海若，珊瑚網結都無漏。莽星霜、八見賓鴻，未堪回首。　記俯高城，遠水鏡展，有山臨粵秀。笑當日、韓子南來，幾曾崖訪雲竇。吊昏王、昌華苑左，感循吏、沉香浦右。翠迎眸，千里濤飛，拍天風驟。　君還四載，往事都非，竟鬼車担走。問熟是、漢家楊僕，秦代任囂，食肉將軍，腹真全負。戈船罷戰，金繒議撫，重圍那管閭閻憒，任掀騰、海水狂鯨鬥。石填精衛，堪憐去國孤臣，泪血枉使心嘔。謂林少穆師。　西風幾度，又早驚秋，向畫圖感舊。算此地、珠崖垂棄，銅柱粗完，肯信鮫宮，替人蒙垢。菖蒲澗碧，安期如返，蓬萊清淺非昔見，好神山、牢把浮邱袖。來朝君再驂鸞，我自凡夫，不如飯酒。

前調　自題《寒齋味雪圖》

幽居有誰伴我，祇殘書數架。更閒裏、歡伯頻招，一杯持對燈灺。計佳日、春秋不少，逍遥六館尋芳榭。總堪娱、人健松凉，已銷長夏。　試問疏頑，斗米飯飽，足園官菜把。儘人笑、藜藿腸充，雀綿曾裹寒鲊。縱歸田、二頃猶慳，已謀食、三餐多暇。怪齋名，味雪何爲，老饕休詐。　掀髯一嘆，是豈余知，爲君述舊話。記十載、弱齡孤子，飽盡酸辛，梗泛吾廬，草荒親舍。無言可説，寒灰心死，黄虀盈瓮嘗應慣，煮深愁、那許東風借。朱顔漸老，從來熱不因人，素衣肯逐塵化。　幽蘭儷潔，枉授陽春，半曲悲和寡。待博得、衫抛白紵，餅啖紅綾，頓阻蓬萊，自憐姑射。寒香沁肺，吟梅官閣，南華詎悔當日誤，聽人間、腐鼠鵷雛嚇。君看驢背他年，倘負詩盟，有如此畫。

水調歌頭 病中雜感

何處訪句漏，欲共稚川游。乞將大藥盈七，療盡古今愁。衹慮丹元神守，總戀滑甘美疢，石際水空投。苦口不相入，沉痼竟誰瘳。　芝菌蠢，桂蜷曲，總須收。自來醫者，意也泥古苦相求。附會丹經龍虎，倚託青囊草木，故紙費冥搜。盧扁世難再，何以瀞幽憂。

前調 撿得家蓮槎仲兄舊作，泫然讀之，感賦

一別遂千古，七度聽秋蟬。國門重憶分手，已是十經年。撿點瑶緘書字，留取錦囊詩句，老泪灑燈前。不見故人久，吾髮亦華顛。　惜惸獨，傷潦倒，病同憐。一官如匏繫，何日賦歸田。大好伯淮兄弟，又有文章阿士，黄矩卿，太僕君甥也。聊以慰重泉。感舊詩成集，亟付梓人鎸。時與矩卿議搜君詩付梓。

蝶戀花 王瓜

天畔何人呼赤雹。驚起匏瓜，遺墜東園角。怕是花時風雨惡。黄金盞泛君姑酌。　翠蔓嫌他花帚掠。莫引愁絲，絆倒籬根弱。要得纏鬟繩一絡。慎防鴉觜斜陽啄。

金縷曲 牽牛花

碧補疏籬罅。裊絲長、脩篁半繞，曲欄低亞。怪得占星名字好，盼久銀河鵲駕。螺黛掩、山眉誰畫。莫是花心同怨别，愛黄姑、擬媵天孫嫁。臨月鏡，曉妝罷。苔階露冷芳魂怕。更怕是、珠輪捧出，日華紅射。倩影姍姍嬌怯甚，白紵單衫欲卸。便紫玉、愁將烟化。惱我朝眠都未穩，待通明、乞與輕陰借。一瓢酒，坐花下。

望湘人 聞蟬

正清風一枕，紅日半庭，竹陰花影淩亂。鶴厭吟孤，蝶嫌夢懶。衹許鳴蟬相伴。那少芳林，碧雲催送，憑高聲遠。怕有人、黏取櫻花，使我難成蕭散。仙侣猶誇賜扇。奈驚寒太早，珥貂非願。衹遺蜕泥沙，便抵北溟程萬。從他鬢薄，鏡奩秋展。又早垂鬟人倦。快莫把、墜露蘭皋，譜入湘江幽怨。

臺城路 蟋蟀

吟秋早入賢臣頌，王孫奈何歸暮。薜砌凉生，蘭池暑退，飽盡長宵風露。佳時不駐。縱姜叟工詞，庾郎能賦。菊徑悲來，夢中猶記老坡句。平章軍國底事，但經成促織，秋壑真誤。

帶束金裝，蓑披錦色，豈是都忘出處。知幾自許。看七月吹豳，葺將堂宇。好樂無荒，有人應笑汝。

菩薩蠻 驚秋

秋聲四起驚寒簟。沿街祇賣青林樂。結社飲仙蟲。秋心誰與同。　樂從今夕買。愁是何人賣。白露冷沾衣。秋風人夢歸。

沁園春 憎蝨

客從何來，且歌且行，長喙細身。怪枇杷樹裂，生猶有母，櫻桃顆重，飽自依人。聚即雷成，飛難霧散，嗜肉從來多黍民。堪嫌甚，儘中庭游戲，入不從門。　誰云丹鳥能吞。看白鳥營營市正昏。更蜕來孑孑，族生洿水，朋呼瞀芮，子號浮塵。喋血穿膚，我孤爾衆，見説高郵祠露筋。防他處，有荷鬚葉裹，艾葉香熏。

前調 咏蝨

如此芸芸，墨守繩依，孰非處褌。聽辨從坡叟，出諸垢膩，學成飛衛，大即車輪。回臭翻多，跖香轉絶，未必人生肯愛貧。無雙士，祇王家景略，對客能捫。　濡需莫笑屠門。解第擢司空兆李蠙。記篔簹谷裏，濯猶供饌，琵琶塞外，見已銷魂。忍化衣緇，慚隨髩素，老伴盧同下土臣。阿房賦，且勸君休誦，敗絮全身。

念奴嬌 晚晴

夕陽何意，取濕雲遍展，絲絲烘透。織就輕綃剛一幅，紫翠頻皴烟岫。鵶背黄深，魚鱗碧淺，碎叠波紋皺。簾鉤猶在，屋西斜映疏柳。　安得净業湖濱，芙蓉舟泛，脆雪佳人藕。勝約曾教風雨妬，可惜蓮花時候。鶴夢驚秋，蟬聲怨晚，老覺行年驟。落霞催暝，竹梢凉月微漏。

前調 游仙

吉雲珠露，問蹌蹌鶴駕，誰分杯盞。但禱仙班頑福在，不少淮南鷄犬。白玉樓高，青琳宇邃，奎壁光非遠。潮陽人去，夢中吞幾丹篆。　聽説紫府清虚，神官左右，群雅勞推薦。桃李公門花四照，小子何容狂簡。我自迷津，人空喻筏，枉把漁舟唤。舉杯邀月，一卮遥酹嵇阮。

天香 鷄樅

釘脚穿沙，繖頭障日，滇陬舊説珎菌。鼈卸裙雙，鵝添掌四，那抵玉芝盈寸。酥莖脆滑，校别種、嫫姑應遜。曾伴天花貴品，靈山五臺誰認。　歸畊幾時夢穩。繞芳籬、種儕蔬筍。配得芥藍秋爽，韭黄春嫩。饌列仙厨早欠。豈露劚松岡也無分。且賦連珠，園開庾信。

念奴嬌 芋

芋魁遭際，竟三城炭爇，香纒龍腦。領取十年真宰相，又作去聲長源佳兆。貴忒名鶤，僵猶字雀，等是飢腸飽。山閨閣皂，寺僧知築墻早。　　贏得博士聲華，名高君子，園野從吾好。羹吟糝玉，此間風味誰曉。欲取蹲鴟書贈客，恐誤人呼惡鳥。夜火煨紅，晚霜收紫，時趁星中昴。

玲瓏四犯 題葉小鸞疏香閣影

閣訪疏香，早二百年前，月掩秋鏡。畫出天人，何處得摹芳影。曾説瘦哂梅花，較雅韵、海棠羞聘。有北堂、一傳千秋，人記謹嚴莊靚。　　舊傳笙鶴瑶天迥。馭歸雲、廣寒仙境。禪宗况已參無漏，誰比圓明心性。聞道茂柏深松，緑滿春風苔徑。祇幼年詩讖，紅葉亂，江楓冷。

碧牡丹 題玉汝女史《秋燈綉佛圖》

綫説唐宫舊。唐代人存否。續命絲長，伴得金仙時久。一寸心香，持作空王壽。蕙幃分付纖手。　　月窺牖。聽竹聲玉漱。琤瑽響隨清漏。坐徹秋宵，幾度燈花紅瘦。嘆殺針神，空解鴛鴦綉。蓮因誰訪無垢。

減字木蘭花 爲段錦谷題畫

丹岩翠壁。竹樹人家秋向夕。杖策雲輕。飽聽飛泉漱玉聲。　漁舟晚渡。可是武陵溪畔路。袂挹陶公。我欲移家此畫中。

一斛珠 題畫

高樓倚遍。有人佇立欄干畔。晴沙漾暖垂楊岸。望裏歸舟，夕照江天晚。　回首雲皴青玉巘。飛泉百尺垂秋練。游踪嘆我年來倦。蹋壁間看，抵識匡君面。

鵲橋仙 題汪鑒齋水部鄉園秋思卷子，即送南歸

紅疏碧淺，筍籬苔砌，夢繞故園烟月。秋花衹向畫中尋，算輸與、雙飛黄蝶。　蓮涇一曲，蓴湖千里，竟理江東歸楫。鄉愁我更較君濃，總長負、菊花時節。

柳梢青 題潘玉泉扇湖訪秋卷子

秋思誰家。故園三徑，夢遠天涯。練瀆佳招，扇湖幽賞，總痼烟霞。　一般水木清華。倚

殘照、垂楊暮鴉。衹少輕橈，載將緑酒，滿酹黄花。

百字令 題張石舟烟雨歸耕卷子

披圖一嘆，問歸田平子，田今何處。唤作農夫原識字，破硯何常離汝。故我猶非，今吾豈是，老受儒冠誤。緑蓑青笠，荷鋤聊且歸去。　見説何點同心，雲慵出岫，衹憶東湖路。剷得芝田瑶草慣，胡不蓬萊安步。比似粗疏，真成濩落，日况桑榆暮。買山真個，畫中留我偕住。

念奴嬌 戊申消寒第一集倪海查寓中賦并蒂菊

霜枝雪朵，早梅妝肖得，玉樓同凭。香國豈憐陶令寂，故遣瑶姬双媵。柔握駢開，頹肩削比，賦有閒情證。宵中月上，嬋娟猶鬥清影。　况説偕隱人賢，神仙中婦，不妒青荷鏡。桃葉桃根佳姊妹，换取柴桑名姓。對約珠鈿，相攜縞袂，好伴孤松徑。飛飛蝴蝶，籬東曾共幽冷。

虞美人

春愁如繭抽難斷。苦被情絲絆。一輪寶月鏡晴波。便是掬來在手、待如何。　雲華自捧甌香碧。境過翻成惜。夜深獨自禱蓮幢。爲甚桃花洞口、夢劉郎。

减字木蘭花 雲泉夢影題詞

步虛風送。偶向雲泉通一夢。籬落横枝。又得逋仙五字詩。　詩魂底處。回首大羅天上去。何色非空。一樹梅花一放翁。以上録自《滇詞叢録》

陸應穀

陸應穀（一八〇四—一八五七），字嘉樹，一字稼堂。蒙自人。道光壬辰（一八三二）科進士，改庶吉士，歷官江西、河南巡撫、河道總督、順天府尹、直隸按察使、户部侍郎。著《抱真書屋詩鈔》，附詩餘。

漁家傲

一棹孤舟烟共雨。載將游子和愁去。兩岸鷓鴣啼最苦。紅日暮。五溪深處花如霧。　滿眼關山經幾度。匆匆總被浮名誤。回首貪看雲際樹。千里路。離魂却被江闌住。

清平樂 和題壁韵

碧雲紅樹。望斷天涯路。荏苒年華容易度。又是九秋將暮。　夜來小雨初晴。侵晨月色猶明。不解蟲聲何事，凄凄遠送人行。

惜黄花

露華高潔。蟀聲幽咽。尚依稀，是家園、九秋時節。幾陣雁行斜，千里魚書絶。獨對着、一簾花發。　金英重綴。玉杯空設。怨西風，苦無端、送人離別。懷舊恨偏長，觸緒心猶熱。衹是我、有情難説。

滿庭芳 寒衾

綉闥凝冰，瓊肌生粟，擬倩誰個温存。半床文錦，懶把异香薰。獨自長宵一裏，眠難穩、蝶夢無因。屧窗外，風聲小颭，還怕雪紛紛。　銷魂。曾幾日，鴛鴦戲暖，紅浪翻春。有多少纏綿，别樣氤氳。酒醒人兒不見，瑶枕畔、空剩啼痕。愁無奈，羅幃乍掩，容易又黄昏。

燭影摇紅 寒燈

半菽青熒，廿年殢我幽窗下。一庭凉月滿簾霜，又是初寒夜。辛苦東明未嫁。伴琴尊、芳心自惹。獸鐶虚掩，玉漏無聲，銀釭微灺。　記得前番，個人斜背紅妝卸。高樓回首便天涯，泪落珠盈把。無限離愁漫寫。衹三更、孤檠共話。算來今夕，花蕊成雙，相思都罷。

綺羅香 澹園賞菊

碾玉含葩，團金弄色，一段疏香持贈。無限幽情，都被霜華催冷。門嬌嬈、不是芳時，寫冲澹、還參詩境。算天心、著意安排，殘枝留伴夕陽暝。休教孤負晚節，好趁西風峭勁，重尋三徑。寄傲籬邊，添我一番清興。漫説到、人瘦如花，卷湘簾、花羞人影。更何時、門掩柴桑，秋光閒管領。

花發沁園春 花朝小集

柳眼青垂，杏腮朱點，幾番好景牢記。微雲淡雨，薄暖輕寒，正是養花天氣。搴裙把袂。同趁取、東風游戲。乍凝睇、細草含烟，惱人無限春意。歲歲燕南一騎。任踏遍香塵，覓紫尋翠。芳園賭酒，月夜敲詩，剩得清狂風味。鶯歌蝶睡。悵觸起、少年情事。到今日、幻夢初醒，還教重覓殘醉。

前調 崇效寺看牡丹

柳颭絲風，草沾酥雨，薄寒輕暖天氣。單衣乍試，曲徑重尋，來問小園芳事。仙姿漫記，曾譜出、姚黄魏紫。喜艷質、别樣風流，新妝第一穠麗。叉手闌干獨倚。怪花嬌無言，似懶如醉。露朝惹粉，月夜探香，勾引酒闌情味。深期密意。乍回首、都成夢寐。算惟有、不老春光，年年禪榻相對。

南鄉子 新秋

落葉乍驚秋。新雁携奴過遠洲。瞥眼穠華虛度了，悠悠。斷送清尊易白頭。　隻手費綢繆。一局殘棋若個收。半夜西風邊塞冷，颼颼。送到笳聲不住愁。

綺羅香 秋海棠

裊裊含羞，盈盈解語，一段幽情誰訴。無限嬌嬈，苦欲將秋留住。恁秋容、今歲淒涼，怎能耐、滿園霜露。恨天公、不解多情，美人相對已遲暮。　依稀春日意緒。擬待東風嫁與，春歸何處。門掩斜陽，難覓燕鶯儔侶。倚闌干、斷盡柔腸，散不盡、香魂如縷。是真妃、月下歸來，夢回深院雨。

祝英臺近 中秋

正秋光，三五夜，皓魄凌清晝。兒女團圞，歡洽共杯酒。不知羈客天涯，高樓獨倚，怎挨過、黃昏時候。　漫搔首。今年明月窺人，人似去年否。檢點腰圍，長恐因秋瘦。天公若是多情，年年今夕，願月色、照人依舊。

喜遷鶯

迢遥程路。把百二隙光，匆匆虚度。乳燕巢空，流鶯嚦老，總是絆春難住。一面畫樓人遠，千里荒村烟暮。甚情緒，問青青芳草，天涯何處。去去。看眼底，紅慘緑愁，都被東君悮。流水無情，落花多恨，衹剩一分塵土。夢醒故鄉蝴蝶，腸斷遥山雲樹。悄無語，怕杜鵑聲裏，連朝風雨。

祝英臺近 眼波

髻雲鬆，眉暈淺，春意乍撩亂。一轉横波，逗着畫簾半。翦來秋水盈盈，郎邊輕溜，更誰管、臨風腸斷。羅幃畔。漸覺臉漲紅潮，迴身又偷看。蕩漾心花，喜共燭花綻。知他暗裏傳情，殢人今夕，休再恁、泪珠輕濺。

金人捧露盤 病愈作

怎連朝，愁心織，病魔侵。苦呻吟，似愛惜、花老春深。問春不管，落紅滿地杳難尋。天涯極目恁惆悵，緑葉成陰。幸今宵，同歡會，千里外，有知音。正三更、月挂疏林。挑燈對語喃喃，舊事總關心。綠醽買得拚同醉，纖手頻斟。

前調 重安感舊

記當初，纔相見，便情濃。正上元、燈火摇紅。眼波眉意，殢人魂斷綉簾中。解衣沽酒莫辭醉，同坐春風。到如今，重訪舊，嗟前事，竟成空。玉人信杳，相思擬倩夢魂通。夢魂遥隔暮天遠，無路重逢。

滿江紅 登黄鶴樓

無限關山，幾千載、英雄陳迹。有高城百雉，古樓千尺。漢樹多情枝自老，蜀江無語波空激。問仙人、底事不歸來。誰吹笛。芳草緑，垂楊碧。帆影亂，殘陽黑。嘆登臨倦眼，天涯羈客。故國鶯花如夢寐，異鄉風物增凄惻。看烟波、浩淼接長天，愁難釋。

倦尋芳 春夢

澄波貯月，空色拈花，此情誰證。一晌離迷，又入風流佳境。蝴蝶東園尋舊路，鴛鴦南浦留新影。儘纏綿，恁燈昏語細，漏長更永。仿佛在、畫簾深處，滿酌芳醪，重鬥新茗。分手何時，惆悵翠帷香冷。宛轉絲長憐藕斷，別離緒苦悲蓬梗。恨鷄聲，又催人，泪落孤檠。

虞美人影 秋閨

湘簾半卷西風顫。滿地黄花開遍。梁上雙栖嬌燕。欲去還留戀。　玉肌消瘦誰人見。鬆了一雙金釧。剪就寒衣人倦。睡起重拈綫。

蝶戀花

送却春歸風雨暴。無限飛花，零落誰人掃。滿院殘紅斜日照。隔墻惟有蜂兒鬧。　前度劉郎今又到。著意尋芳，漫把金尊倒。拾得青梅回首笑。生憎百舌枝頭叫。

浣溪沙 閨思

窗外微風冷浸紗。簾前月影一鈎斜。有人揾泪對燈花。　典罷玉釵占喜鵲，拋來金彈打嘑鴉。個儂底事不還家。

長相思 别意

山一程。水一程。緑水青山相送迎。離懷到處生。　燈微明。酒微醒。落葉敲窗作雨聲。愁人一個聽。

如夢令秋閨

容易一朝分手。幾日忽因秋瘦。臨去説歸期，祇在月圓前後。來否。來否。已是重陽時候。

蝶戀花曉行

一點朝光紅遠樹。冷上征鞍，霜滿前村路。多少離愁無着處。隨他落葉分飛去。往事回思真個誤。百歲匆匆，好景成虛度。怕聽天邊賓雁語。聲聲報到秋將暮。

臨江仙嶍縣道中

斜彈吟鞭沙磧裏，遥山數點依稀。亂鴉故故傍人飛。夕陽高樹杪，殘雪小橋西。蓬梗年來無定處，紅塵染盡征衣。霜鴻來路我歸時。郵籤輪十指，愁意減雙眉。

前　調

見了鴛鴦頻拭泪，妒他花下雙栖。無情山水把人欺。眼波隨日遠，眉黛隔天低。擬待將書長寄與，見書又恐增悲。不如忍耐到歸時。愁悰挨枕説，歡意倩燈知。

一剪梅

歲歲天涯作客忙。行是他鄉。住是他鄉。黄昏獨自倚迴廊。醒也凄凉。睡也凄凉。　一度思家一斷腸。酒濕衣裳。泪濕衣裳。不如燕子傍雕梁。來日成雙。去日成雙。

綺羅香 咏雪

岫罨雲封，村連霧結，又是嚴寒時候。玉屑紛飛，滿徑苔痕沾透。籠淡月、門掩棠梨，舞迴風、絮吹楊柳。算一天、好景誰知，吟成驢背客肩瘦。　獨自憑高望遠，遥見萬峰聚處，瓊林依舊。鐵笛孤吹，冷境不堪回首。倩寶馬、踏碎琉璃，呼美人、頻斟羔酒。更何時、携手東園，余家别業。梅花香滿袖。

蘇幕遮

凍雲收，殘霧掃。香逗瓊肌，露出梅枝小。天際斜陽樓外照。傅粉徐娘，半面胭脂好。　古城邊，高樹杪。無奈遥山，做弄烟鬟峭。一夜東風春又曉。滿院棠梨，見説花開了。

滿江紅 落葉

一霎西風，斷送了、穠華消息。空帳望、緑嬌黄嫩，已成疇昔。幾樹霜繁歸鳥亂，五更夢醒寒螿泣。聽夜來、帶雨打秋窗，聲聲急。　空山外，人無迹。御溝畔，詩誰拾。但紅隨波逝，碧如烟濕。遠浦無心黏宿草，疏林有影悲斜日。待明年、鶯燕送春來，重相識。

天仙子 左雲道中

殘雪滿林消不盡。一片平蕪斜日映。亂山深處有人家，雲一陣。烟一陣。墻外梅花閒弄影。　破帽衝風偏耐冷。遥望玉林知已近。來宵明月照團圞，春有信。人有信。手把金樽須痛飲。

一絡索 即景

春色不留人住。更催人去。陌頭楊柳自多情，倩白雪、先飛絮。　回首玉林烟樹。亂山日暮。一灣流水繞城西，長記得、曾游處。

柳梢青

睡鴨香温。個人相約，立盡黄昏。秋雨芙蓉，春風楊柳，各自消魂。　十年帶解釵分。漫回首、花時閉門。泪滴珍珠，杯傾醽醁，透了衫痕。

風蝶令

雪白先飄絮，花紅欲上枝。送春才罷已春歸。報道多情燕子、一雙飛。　歡意青舒眼，愁痕翠斂眉。日斜休上小樓西。怕見陌頭楊柳、又依依。

浪淘沙 春閨

細雨濕簾櫳。一陣東風。閒階滿地襯殘紅。欲藉蒼苔頻伫立，怕印鞋弓。　坐對鏡鸞中。比較花容。海棠無語亦愁儂。祇妒遠山新黛色，翠過眉峰。

鷓鴣天 鄉思

幾樹紅梅映絳紗。别來開遍幾枝花。春宵偶作還鄉夢，行到東園路不差。　空悵望，莫咨嗟。天涯到處便爲家。不如快飲黄羊血，卧聽城頭吹暮笳。

蘇幕遮 朔州道中

日添紅，峰吐翠。轉過溪灣，漸漸行平地。卓午東風生暖氣。小草幽花，多是催春意。　馬蹄忙，鴻爪記。翹首關門，烟月成前事。昨歲歸人今又至。燕子雙飛，借問相逢未。

蝶戀花 踏青

著意尋春春且住。芳草多情，緑遍江南路。贏得眉山新碧聚。踏青有約明朝去。　不怕疏疏連夜雨。一徑香泥，斜印凌波步。濕透鞋幫儂不顧。要郎知道儂行處。

臨江仙 納凉

一陣輕雷微雨過，池塘楊柳青青。翠陰滿地簟紋平。鴛鴦偷眼看，不信恁多情。　欲摘青梅消酒渴，露珠怕甋鞋跟。闌干倚遍悄無人。好風如解事，故卷緑羅裙。

青玉案 拜月

清輝滿院秋生樹。恁緩緩、階陰步。羅襪冷沾花下露。寶鬟烟繞，綉裙風漾，夜夜心香炷。　情懷欲向天公訴。恨桂殿、難傳語。好夢團圞知幾度。秋光如練，月華千里，莫照孤眠處。小園月色黄昏。暗香吹送無痕。早識東風有信，教儂一夜消魂。

清平樂 探梅

雪光風意。醖釀寒天氣。一縷春心何處寄。枝上梅花開未。

綺羅香

小立棠陰，閒行杏塢，留取苔痕弓印。無限嫣紅，輸與娉婷嬌影。芳草外、綉裙圍新，曲闌畔、玉簪敲損。是何時、門掩斜陽，桃花人面兩相映。知他春睡乍醒。恰有鶯嬌燕姹，歡呼聲應。隨意看花，領略園林清興。尋舊約、小院無人，惜餘香、春心猶困。鎮相憐、滿地飛英，東風連夜冷。

春風裊娜

正清明過了，總替花愁。朝日暖，暮烟收。聽幽窗、昨夜幾番風雨，落英鋪地，和水空流。翠館脂零，青樓香剩，到眼繁華都罷休。往事凄涼成夢幻，新愁撩亂上眉頭。曾記芳郊載酒，聽鶯撲蝶，有多少、笑語風流。駒光去，苦難留。飛塵舞絮，誰更凝眸。滿架酴醾，嫩黄全散，四圍芳草，淺緑偏稠。高樓休上，怕殘陽紅影，還從柳外，斜挂簾鈎。

綺羅香 夏雨

薄霧催暝，濃雲送暑，濺玉跳珠無數。悔種芭蕉，窗外平添愁緒。一聲聲、梅子黄時，一陣陣、藕花紅處。是何人、門掩香銷，泪痕不斷落千縷。　傷心離別最苦。盼斷冷烟衰草，天涯人去。潮落潮生，依舊去年南浦。空剩得、階篆蝸紋，怎禁受、池催蛙鼓。恨黄昏、江上孤舟，打篷長不住。

沁園春 榴花

瀉蠟凝珠，唾絨成片，萬朵繽紛。正炎官當午，齊開絳帳，雨師催晚，低覆紅雲。倚檻裝濃，臨風逞艷，妒煞佳人茜色裙。凝眸處，漸霞光映臉，酒意微醺。　胭脂亂染櫻唇。又豈似、天然朱點勻。况冰盤初薦，房中有子，桃笙乍設，頰畔餘薰。火齊千枝，珊瑚七尺，石氏繁華難比論。頻翹首，記玉堂花發，天上留春。

添字漁家傲

攲枕瞢騰聽細雨。唤曉幽禽，送盡行人去。馬足無情催日暮。來時路。回頭却在雲深處。好夢溪山闌不住。旅館燈昏，寂寞同誰語。欲把柳絲縈別緒。絲間露。和人泪點留千縷。

蝶戀花

悔煞天台空返棹。前度劉郎，依舊重來到。滿樹桃花開遍了。春風苦恨人將老。七載光陰真草草。好夢難尋，薄幸添煩惱。泪濕青衫愁不少。知他何處琵琶抱。

殢人嬌 夢中

綽約丰神，輕盈態度。蝴蝶兒、前身認取。酒邊花際，柔情軟語。端的是、巫山雨雲神女。乍覺分離，還同歡聚。切莫令、鄰鷄催去。是真還假，非烟疑霧。這一霎、離踪爲誰留住。

七娘子 鏡中

青銅净拭秋光冷。中間一個人兒俊。現罷全身，留將空影。花枝臨水紅低映。一分歡笑三分恨。是他是我還無定。有意憐卿，回頭相認。去年私語曾同聽。

驀山溪

亂紅無數。飛滿章臺路。舊夢住花間，曾記得、鶯嬌燕語。一番幽會，邂逅兩同心，窗外樹。枕邊雨。歡意知何許。　臨歧分手，無計留伊住。廿載又重來，空惆悵、紅樓歌舞。楊枝無力，祇解絆東風，春將去。人何處。芳草斜陽暮。

摸魚兒 蟬

更能經、幾天霜露。秋心先已傳與。前身合是吟秋客，殘夢驚回無數。聲不住。聽落葉蕭蕭，一曲頻誰顧。西風暗度。算祇有窗前，催寒蟋蟀，斷續共私語。　甚愁緒。似把齊宮舊事，從頭低向人訴。螳螂何事頻隨後，珍重藏身休誤。情最苦。高柳外、疏疏幾陣黄昏雨。別枝漫去。恁帽側遥村，鞭催占道，總是惜伊處。

南浦 蝶

栩栩最多情，是何時，纔見依花黏草。結伴共尋春，闌干外、海棠一樹紅小。墻陰上下，佳人瞥見應歡笑。小婢休將紈扇撲，留取雙雙飛好。　半生自是風流，甚韶華、容易匆匆過了。婁尾正開時，前村路、猶記那回曾到。餘情不少。秋來還把零香抱。夢裏南園歸去穩，休被晚風吹老。

卜算子慢 聞歌

蟬聲過雨，鴉影帶烟，正是晚凉天氣。倦客悲秋，滿眼不堪蕉萃。聽歌聲、斷續西風裏。對妙手、檀槽乍撥，輪番舊恨勾起。　撩亂情難已。况永夜如年，故鄉千里。老去文園夢繞，眼波眉翠。恁今宵、作盡凄凉味。爲喚起、明蟾一點，照孤衾人睡。

念奴嬌 樓桑村昭烈祠

樓桑何在，想當年先主，潛龍遺迹。西去鑾輿終不返，空剩荒村岑寂。野老持香，行人駐馬，古廟重來覓。斜陽低照，四圍黄土墻壁。　漫説漢鼎潛移，相推正統，别著春秋筆。魚水君臣同骨肉，奕禩傳來誰及。争奈天心，三分已定，管樂終何益。千秋含恨，西山無語凝碧。

鳳凰臺上憶吹簫 初秋天甯寺看花

卸了征衫，來尋古刹，幾回駐馬城西。正西山翠繞，款步花蹊。花似新秋較好，奈清露、早濕人衣。闌干外，露黄幾簇，到眼凄迷。　追思。十年舊事，記小約尋芳，巷陌依稀。空悵斷、朱顔老去，夢逐雲飛。篆裊爐烟未散，頻呼酒、酌滿琉璃。疏簾卷，莫教冷落霜枝。

聲聲慢　秋月

瓊霄瀉影，銀漢流波，人間夜色澄清。瘦盡山眉，照來奩鏡分明。霜娥清怨自苦，趁西風、吹動詩情。夢回處，記霓裳一曲，猶帶餘聲。　幾度搔頭凝望，有高樓思婦，孤館離人。桂露抛珠，泪痕一樣盈盈。秦時玉關仍舊，照相思、今古平分。凄凉甚，比春宵、容易斷魂。

倦尋芳　秋風

雁聲帶雨，梧葉驚霜，塵夢吹醒。送暖迎寒，攪起一番愁病。隔院新聞刀尺響，空江遥度檣帆影。最凄清，有蕭蕭落木，打窗聲冷。　漸催放、黄花盈把，節近重陽，賭酒餘興。倦客悲秋，晚笛不堪重聽。紈扇已知成弃擲，羅衣漸覺頻寬褪。看門前，柳蕭疏，亂摇無定。

滿庭芳　秋山

墻缺屏開，林疏笏拄，一排青逗遥山。爲秋瘦了，還是帶秋寒。連日疏鐘幾杵，催江上、十二霜鬟。展圖畫，欣逢九日，携酒問仙關。　遥看衰草外，松龕石徑，落日紅殷。記幾度，高樓曾對眉彎。百尺羅雲穩挂，遮不住、楓葉流丹。徘徊處，雁聲遠送，好在兩峰間。

泛清波摘遍秋水

西風卷浪，素月隨潮，秋色十分溪上早。帶烟和雨，流出空山亂紅少。江南道。飛鴻影裏，落木聲中，蓴菜正肥鱸鱠飽。蓼岸花疏，伴個樵青釣人好。春光渺。回首舍南緑波，愁緒已成衰草。明鏡還蘸曉霜，照人將老。恁煩惱。桃葉舊約已虛，芙蓉萬枝開了。且聽菱歌緩唱，小舟輕棹。

永遇樂秋蝶

惹草閒情，穿花餘興，栩栩猶是。露重遲飛，風清愁舞，秋色凉如水。東墻陰下，南園僻處，一二依稀堪指。恨春光、忙中過了，怎教抱香心死。　殘金褪暈，剩裙拖褶，舊侶暗憐憔悴。紅葉敲窗，黄花滿地，獨自斜陽裏。繁華如夢，翩然將覺，悟徹半生游戲。更何時、曲欄芳徑，覓紅探紫。

西平樂秋燕

又是匆匆作客，宛轉添情緒。入夜西風乍緊，故國烏衣更遠，先與商量去住。簾前暗睇，滿目凄霜冷霧。向何處。　衰草地，黄葉樹。回首捎花翦柳，多少紅亭翠館，吹剩絲絲香縷。算一瞬、韶華易度。高樓寂静，舊巢零落，携倦侶，覓歸路。珍重來期暗數。海棠綻後，重傍雕梁細語。

霜花腴 秋菊

百花放後，有晚花，幾枝獨殿群芳。霜重痕皴，月明容淡，秋心做盡凄凉。故園未荒。儘伴人、同老柴桑。記年時、舊約登高，折來插髩笑清狂。　夢卸繁華，妝羞濃艷，籬邊冷抱餘香。半竿夕陽。簾外峭風吹緊，剩棱棱傲骨，自譜清商。引瘦魂、斜上疏窗。算黄荃、畫筆偏工，也難摹露黄。

疏影 秋柳

疏枝漏月。有暮鴉點點，芳意消歇。斷岸孤村，斜照横橋，蕭條一天秋色。腰肢貫向東風舞，甚幾夜、露濃霜白。剩瘦痕、萬縷飄蕭，獨對畫樓凄惻。　猶記嬌春院宇，個人卷翠袖，纖手親折。倚遍闌干，唱到陽關，冷了聲聲羌笛。思量翠黛重描畫，早怨煞、五更啼鴂。要等他、雙燕歸來，又是禁烟時節。

御街行 聽歌

朱唇半啓櫻桃破。一曲誰能和。玉簫吹徹落梅多，天外流雲飛墮。良宵難得，新歡乍遇，酒意些些可。　杯翻不怕春衫涴。撩亂多情我。暗通眉語費思量，怎許消魂真個。幽蘭香滿，時盆蘭盛開。華燈影亂，且耐須臾坐。

洞仙歌 郭隗故里

燕南一騎，對晚風斜照。指點荆山在滿城縣翠螺小。故宫蕪、試問今古賢人，人不見，幾度秋花自老。　霸圖空俯仰，華表蕭然，化鶴歸來任憑吊。何處覓金臺、剔盡殘碑，苔紋澀、斷趺埋草。嘆幻夢、千秋總茫茫，但日對芳尊、玉山頻倒。

剔銀燈 四闋　松影

幾樹交柯積翠。石上瑶釵敲碎。蓋影團圞，鱗皴瑣細，風定龍蛇獨睡。雨餘雲漬。分明認、水光鋪地。　片片空山摇曳。青眼何人斜睨。眠穩嵇琴，鋪横偃畫，别有一番秋氣。徑荒猶記。問雙鶴、巢成還未。

其二菊影

纔向簾波微漏。又試窗棱輕逗。澹似籠烟，疏還挹露，三徑隔年仍舊。冷魂銷否。猶認作、那人清瘦。秋色眼前描就。帶得夕陽紅皺。傍晚偏佳，當風不定，籬角黄昏時候。莫教孤負。應相伴、重陽杯酒。

其三竹影

遮住檀欒一徑。攤破琉璃碎影。流水無聲，幽禽有夢，想像淇園清景。畫圖遥證。認樓角、夕陽紅暝。曾記中庭月冷。荇藻交加相映。濃帶簾青，寒憐袖翠，半霎午陰猶剩。野人餘興。枕瘦石、同參禪定。

其四梅影

誰把千枝冷玉。齊化雲陰繞屋。耐雪纔眠，迎風欲笑，點綴小窗横幅。夜寒香馥。誤勾引、翠禽來宿。短笛休吹殘曲。無數凍雲攢簇。覓取佳人，參横月落，好夢羅浮重續。微波摇緑。鎮無語、自憐修竹。

蝶戀花

半月歡情濃勝酒。小别匆匆，已是成孤負。孤館一燈紅似豆。雨聲况是黄昏後。昨夜凄凉卿憶否。要不相思，除是重携手。明月團圓人話舊。囑伊爲我休消瘦。

憶漢月 閨怨

簾外晚花開了。镇日因秋煩惱。愁心宛轉有誰知，除是滿階衰草。　不堪些個事，提起向、寸中縈繞。黄昏倚遍玉闌干，翻怕月兒明早。

瑣窗寒 風門和陶鳧鄉前輩作

屈膝仍連，長繩自繫，半窗明處。銅鋪未鎖，已把阿甄深貯。滿檐牙、西風勁吹，六花不見連天舞。似畫屏倚壁，綉簾垂地，峭寒遮住。　低護。斜陽暮。正沈水爐燒，玉壺酒煮。纔開一罅，便放梅香纖縷。問何人、黄昏約成，小樓穩閉同細語。更休疑、數紙銀光，隔斷來時路。

綺羅香 貂褡和陶鳧鄉前輩作

玉貌添嬌，花圍減冷，兩額鵝黄遮住。巧樣輕攏，較勝翠翹金縷。預裁量、釵燕摇時，宜襯貼、髻蛇盤處。是何人、雙珥蒙茸，相看對面也防誤。　溶溶春色上臉，衹怕寒閨女伴，簪花猶妒。酒後燈前，認取鬢邊蟬附。更雙條、翠帶分飄，早一抹、紫雲濃護。喜妝成、鬧掃風流，整冠應憶汝。

高陽臺殘雪

草脚銷烟，林梢褪粉，天邊細裊晴絲。暖意微烘，檐間不斷冰澌。瓊花久逐同雲散，剩斜陽、挂在窗西。乍凝眸，一角遥山，青鬢依稀。　成團已自多時。奈輕盈太甚，早被風欺。玉碎誰憐，飄零祇有春知。三分忍見歸塵土，怕樓東、瘦盡梅枝。費思量，落絮關心，多少沾泥。以上録自《抱真書屋詩餘》

張　璧

張璧，镇雄人。諸生。

釣魚船鳳嶺樵歌

夾岸聽歌饒，逸韵上層霄。莫不是來儀聲調，覓知音却少。　一腔短笛隱簫韶，字字豐年兆。縱使不諳宫商，也覺舒懷抱。

過龍門 烏峰聳翠

半壁峭雄州。瑞靄峰頭。蒼松翠柏古今秋。送緑拖藍堆谷口，雅趣長留。無事强登樓。霧散烟收。平雲遠眺黛光浮。拾翠歸來侵蠟屐，潤滴如油。以上録自《鎮雄州志》

趙殿颺

趙殿颺，路南人。諸生。

新水令 吊楊忠節公

案：詞題據《滇詞叢録二集》補。

畢節城，血泪灑征袍。恨崇明，土酋逆苗。專心明經史，立志達天朝。受爵榮封，端不負忠合孝。

駐馬聽 前題

烽火迢迢。烽火迢迢。投宿休將門户敲。惟望蠟書，暗渡重橋。救援走荒郊。阿弟不憚路迢遥。計泄又被賊驚曉。散納溪魄散魂消。孤城中，碧血濺，滿門年少。

收江南 前題

又祇見烏鴉陣陣起松梢。聽數聲鼙鼓斷魚樵。忠肝義膽空寂寥。想巴盤夢杳。想巴盤夢杳。安知聖朝崇廟貌。以上録自《明贈光禄寺卿路南楊公忠節録》

佘　政

佘政，號友竹，昆明人。貢生。

鳳凰臺上憶吹簫 真慶觀看花憶卧廬亡友

國色揚芬，輕風襲暖，陡然逗起新愁。憶去年今日，此地同游。回想高歌遺韵，忍重見、爛漫盈眸。最悲處，花增艷冶，人卧荒邱。　悠悠。從今去也，更何時相見，狂語争酬。正人間天上，萬歲千秋。聞説瑶池閬苑，更饒有、錦簇香稠。憑誰問，騎鯨李白，今倚誰樓。以上録自《滇詞叢録二集》

喻懷仁

喻懷仁（一八一三—一八四五），字近之，一字綏民，號少瀛，南寧人。道光丙申（一八三六）科進士，官羅源知縣。有《聽秋書屋稿》。

金縷曲 次和芳余弟見寄韵

自嘆身多咎。出玉關、羈栖遠道，雪霜偏受。回首家山空有夢，何日塤篪迭奏。每悵望、天高雲逗。君抱仙才詩是伴，問頻年、幾咏梅花瘦。思玉體，乞神祐。　悲笳戍鼓聽春晝。按不住、時時驚惕，前車之覆。三載限期銷罪案，我已愁眉展皺。又誰料、原還章綬。遥指秦關登仕路，荷君恩、重整朝衫舊。風再起，欲揚袖。以上録自《喻芳余詩稿》

楊柄銼

楊柄銼，字春樵，鄧川人。道光丁酉（一八三七）科舉人，戊戌（一八三八）科進士，由刑部主事出爲犍爲縣知縣，後改官至甘凉道。歸滇後主講西雲書院，年八十餘卒於成都。著有《怡雲山館詩存》八卷，編修《鄧川州志》。

百字令 案：似是五言詩。

頤老無靈藥，加餐第一籌。安眠安百慮，飽食敵千愁。蘭桂恩承露，椿萱福輯疇。詩書經世寶，孝友切身修。樂自家庭得，神常天際游。出塵清類鶴，知命拙藏鳩。胞與慚吾願，

忠誠負友謀。影衾防愧怍，吐茹恊剛柔。變幻憑蒼狗，浮沉笑白鷗。邯鄲休借枕，富貴逐虛舟。以上録自《滇詞叢録二集》

何頤齡

何頤齡，師宗縣人。道光庚子（一八四〇）恩科舉人。

千秋歲

這尊活像。係誰何品望。眉壽考，身雄壯。似羅漢臨塵，端嚴綺座上。留神盼，是郡侯模樣。　踵前修醞釀。涖瀘陽保障。剛二載，恩浩蕩。多士蒙膏澤，群黎稱挾纊。德難報，酌水獻香花供養。以上録自《瀘西棠蔭》

方承恩

方承恩，清道光在世，瀘西人。

萬年歡

曉步天街。見彩雲南現，繚繞州廨。士民歡呼，迤邐無遠弗届。生祠瞻相交拜。向郡伯稱快。昔太守、澤羨陳高，繼又德歌張戴。　　四公而外。更何人、留形遺範，與之比賽。詎料及今，復得太邱一派。洪慈兼并先代。塑儀容、以伸忠愛。顧鳳毛續美千秋，效金剛如來不壞。以上録自《瀘西棠蔭》

何彤雲

何彤雲，字賡卿，號子縵，晋寧人。道光甲辰（一八四四）科進士，由翰林院編修累遷侍讀學士。咸豐初，遷國子監祭酒，進擢户部右侍郎。咸豐九年（一八五九）卒。著有《賡縵堂集》。

金縷曲 爲碧漪閣主題《秋窗檢藥圖》

病骨衰於柳。更誰禁、薄寒憭慄，這般時候。六幅茜紗遮不斷，衹覺愁來依舊。儘鎮日、簾垂庭晝。却被西風偷卷起，驀黄花、繞徑争開叉。怪何事，也消瘦。　　悶來經卷慵拋久。算多情、半爐榾柮，與人厮守。小裹筠籠常慣檢，没個珠絲封就。笑善藥、何曾離手。剛道近來差强飯，料還須、鹿脯些兒侑。魯公帖，曾摹否。以上録自《續滇詞叢録》

趙瀚

趙瀚，字代霖，昆明人。道光甲辰（一八四四）科舉人。著有《牧鷗亦舫詩鈔》，附詩餘。

十六字令和武星樓美人十咏，録四

人。月艷花光定一身。誰能畫，得半已銷魂。

其二

腰。花樣娉婷柳樣嬌。風前立，不舞也魂銷。

其三

心。移到郎心試怎禁。憑郎説，懊惱到如今。

其四

容。團雪拈花不及儂。開妝鏡，一對玉芙蓉。

唐多令爲友人題畫

欲界設仙都。桃源畫不如。算清涼、要到芙蕖。試向水邊樓上倚，有幾樹、柳扶疏。　消夏漫踟躕。冰絲更玉壺。任濠梁、樂也輸魚。且把峰巒濃翠汁，染湘管、作斯圖。

雙調南歌子 咏美人半面

綉幕因風起，珠簾帶霧搴。桃花却解放門前。人比桃花靦腆、扇當先。　眼溜波三折，眉低月一弦。姮娥容易向人圓。却訝廣寒宫殿、未開全。

沁園春 辛丑二月十四日，秦淮水榭即席有贈

此夕何年，坐接飛瓊，艷滿迷樓。便六朝才子，金濃粉淡，百花生日，緑最紅尤。比似容華，寫將情韵，才也無能花見羞。又誰望，儂書痴故態，得到青眸。　偏生雅意綢繆。先學得、朱衣暗點頭。却芳心自定，將通諸鳳，旁觀共悟，争説盟鷗。香閣私携，綺筵巧避，真個銷魂是夢不。是良夜，正千金一刻，月膩雲柔。

浪淘沙 無題

雲鬢緑婆娑。不醉顔酡。盈盈秋水展情波。坐近不知身世感，花放心窠。　低盡雪兒歌。殘綺抛羅。體嫻儀静態還多。偏替人愁心裏事，偷蹙雙蛾。

掃花游本意，爲詹馨齋題畫

拚燒絳蠟，恨睡著花枝，似將人惱。別遲會早。便來朝任我，薄嘲輕笑。忽地臞仙，夜半乘風去了。那人到。縱饒帚掃愁，愁也難掃。　鞋鬆還鬢擾。怪多事丹青，筆能偷俏。寫成小照。把天游舊夢，一番新造。玉作梅花，真個銷魂處好。莫看飽。怕銷魂、再難臨藁。

安公子丁未重陽，值三十初度，感懷

無奈羲娥狡。干卿底事催人老。自會長生，容易把、光陰草草。三十之年，梭樣飛來了。秋美滿、都爲重陽造。訝菊籬香遠，記我蓬弧志早。　九九期原好。輒生翻恨詩才少。不敢題糕，況又被、催租來攪。煮字撑腸，難得侏儒飽。因甚來、辛苦留鴻爪。喜秀山登處，避債高同瑶島。

前調前題，因以寄内

閒煞雙栖燕。博山盤字香如綫。天付離愁，都衹爲、難抛鐵硯。擔擱韶華，五萬風塵倦。予自庚子年作江南冀北之游，暨今兩上公車，往返計程五萬餘里。年幾許、齊署鴛鴦券。便合并花甲，當也團圞月殿。　巧作牽牛眷。年年一度羞郎面。無藥醫貧，偏又被、飢來驅遣。想把重陽，畫

作相思卷。看菊花、瘦與花難辨。且懺將離恨，好待春風相見。

浪淘沙 月夜寄懷，丁未九月十五夜也

離恨一條條。無奈今宵。圓蟾巧作隔簾嬌。簾内那堪儂獨坐，月也魂銷。前度月輪高。心字香燒。雙烟宛轉酒同澆。自向紅閨商略醉，且不吹簫。

前調 有憶

羅綺鬥江南。偏會嬌憨。自家風味要人參。一段雲情渾不著，淡似浮嵐。冷趣到儂酣。蔗境空貪。緑窗私語故喃喃。等到經年清恙好，早動征驂。

其二

邂逅散花仙。休負情天。維摩病裏捧嬋娟。秀色宜餐心子細，贏了周旋。虚擬定情篇。羅扇團圓。柳枝深鏁大堤烟。憑仗杏花消息到，重問前緣。

漁家傲 爲季翰霞題《漁婦曉妝圖》

篷底鴛孤慣懶眠。汲湘燃竹作朝烟。開鏡自窺羞暈面。添嬌艷。畫眉底怪漁郎愿。好夢沉思比月圓。看妝人到喜忘筌。滴粉調脂渾不倦。教伊見。水萍一葉家堪戀。

一斛珠　紀恨

鴛鴦并命。玉牌鐫篆相思印。幾年胸雪温存定。解贈情多，一片冰心映。仗他約束風流性。情天收付虚空境。衹今剩有傷心病。愁憶江南，紫玉烟消净。

一翦梅　閒情

驀地偷閒立玉階。爲問花開。爲等儂來。一雙絳蠟索安排。青眼齊揩。青鬟相挨。細數花枝小費才。携酒重猜。携手同回。花王料也羡卿乖。春染香腮。春漾柔懷。

虞美人　秋宵獨坐

湘簾波小涼颸起。人在清秋裏。蟲聲切切勸愁來。隨月隨風、一例上空階。而今旅興蕭疏慣。衹取青燈伴。幾篇殘稿作商量。紙醉金迷、棖觸舊歡腸。

殢人嬌　秋陰寄懷

天孕新霜，雲吞宿雨。又畫出、客愁無數。菊籬黄繞，蕉窗緑護。渾不及、錦屏木樨香度。　便算風清，還宜月素。問明河、昨宵何處。清涼時候，温柔伴侣。想未别、那知一分秋趣。

醉公子 美人醉

海棠嬌多睡。郎自貪人醉。扶起費殷勤。悭松一朵雲。剛得星眸盼。便把杯兒算。借酒試春懷。何曾放蕩來。

如夢令 别情

冠挂玉釵剛會。甜到名花風味。款語費春宵，愁壓紫金纏臂。如醉。如醉。爲底來朝分袂。

其二

生就行雲流水。錯領温柔滋味。紅燭媚良宵，也爲飢驅空費。難睡。難睡。還是香薰鴛被。

其三

斟酌輕裝都會。幾夜紅閨心碎。客路帶温柔，揣著眠餐情味。痴慧。痴慧。解送檀郎征轡。

滿江紅 述懷

才不如情，情多處、愛拋心力。春來也、對花愁俗，舉杯私惜。綉榻清談疑夢錯，畫簾團坐防嬌逼。算閒情、消受得絲絲，甘如蜜。　襟上泪，眉尖筆。痕似染，鋒長碧。把歡腸輕換，别懷難滌。慷慨何甘人事左，風流祇怪天生癖。問何時、瀟灑老温柔，相思畢。

前調

才不如情，情痴處、移山努力。壯行色、題橋私信，著鞭誰惜。路挂黔天雲勢讓，舟盤楚水山光逼。路八千、嚼蠟盼浮名，甜於蜜。　空挾策，真投筆。忘皂白，回金碧。便還丹重煉，軟紅先滌。杜老鳳饑權混俗，馮家虎鬭難消癖。到甚時、名利偶然成，奔波畢。

青玉案 贈孫鞠君同年即慰其失耦

今年賺了長安路。笑碌碌、成虛度。冷淡杏林無好句。將春收起，把雲留住。恨不邀君去。　知君近况孤同鶩。竟續潘郎悼亡賦。無數才華無著處。天心安在，人生何故。依樣欺孫楚。

鷓鴣天 無題

無數名花煉玉容。身輕態穩様玲瓏。推邀步月私依影，替怯凌波便御風。　情要遠，迹須融。安排妝鏡貼簾櫳。關防仗得蝦鬚薄，對面雲鬟子細鬆。

蝶戀花 養痾

開瘦心花成病矣。予時患心氣痛。酒劫詩魔，漸漸挑愁起。頓把書生狂態洗。羅幃消受花枝倚。　細意温存酬熨體。藥味經嘗，效與還丹抵。勸帶微嗔嬌旖旎。積愁生病誰憐你。

醉春風 閨夜

寶鴨銜香篆。燈花開不斷。殷勤紅袖那遮書，伴。伴。伴。鴛譜閒翻，鳳鞋新製，等郎誇贊。　婢懶添膏慢。簾底雙聲喚。無多談笑已三更，慣。慣。慣。催下羅幃，又還延住，道除釵釧。

浪淘沙 孫竹雅索題斜倚薰籠畫軸

畫出暮寒尖。簫局香添。一龕鴛夢被愁淹。宛轉何曾掀蛤帳，空憶鶼鶼。　郎意比春黏。風峭情甜。襜褕貂錦任裝嚴。斜倚薰籠成假寐，休認郎肩。

水調歌頭 題江陵陳素子端玉《朝爽閣詩集》

難却彼蒼愛，造化獨鍾愁。剛生才子情種，恨早鑄心頭。底事悲歌慷慨，被我閒中識破，愁是釣詩鈎。遣悶得清課，仙骨自君修。荆江水，滇海月，兩閒鷗。陳琳才富，何如定遠覓封侯。拚得筆花日麗，老却心花春色，未必解離憂。早入時人眼，捷足上瀛洲。

祝英臺近 爲孫澹人題紅葉題詩畫軸

玉容閒，金屋滿，休道個儂懶。一段無聊，又上寫生管。想他宫漏丁冬，滴將秋老，羡紅葉、隨風宛轉。甚情款。葉兒認作花箋，拈毫欲魂斷。題句輕拋，偷從御溝泛。看來不是桃花，恁隨流水，底勾引、人間劉阮。

意難忘 歸燕

來伴韶華。正杏花天氣，楊柳人家。巢痕殊瑣瑣，旅夢有些些。春去也、事非邪。怕辜負天涯。要算來、烏衣約到，秋信無差。相看俏影欹斜。怪西風簾幕，無計能遮。雁邊衝小雨，鷺外掠輕霞。情一往、路三叉。恁别恨交加。却羡伊、前程自辨，冷笑栖鴉。

江城梅花引 戊申中秋陰雨

天生明月替消愁。甚中秋。况中秋。一年悶懷，都仗一宵酬。天意也遭風雨妒，敗清興，一聲聲、到小樓。　小樓。小樓。住風流。酒味稠。睡味投。夢也夢也，夢得到、月殿閒游。畢竟嫦娥，心性解温柔。自理霓裳歌與聽，瞻玉貌，却分明、一團羞。

譜是闋後，偶閲梁晋竹孝廉《兩般秋雨盦隨筆》，云詞中《江城梅花引》一調，最難措手。長句轉接處易俚，一病也；短句重疊處易滑，二病也；兩段結處易澀，三病也；措語類曲，四病也。康伯可『娟娟霜月』，千秋絶唱，罕有嗣音。頃得郭頻迦一闋云：『一重方空一重紗。采蓮花。采菱花。愛住吴船，生小號吴娃。墻内紅樓樓外水，有明月，照鴛鴦、宿那家。　那家。那家。在天涯。雨又斜。雲又遮。聽也聽也，聽不到、一曲琵琶。漸漸西風，秋柳不藏鴉。欲倩西風吹夢去，還只恐，夢魂中、太遠些。』音節和緩，情景迷離，真合作也。讀後方愧率爾操觚，自知形穢，使向即見之，必不肯以身爲東家施矣。因并檢康伯可原唱，亟録之，以志前賢門徑，其詞云：『娟娟霜月冷侵門。怕黄昏。又黄昏。手撚一枝，獨自對芳樽。酒又不禁花又惱，漏聲遠，一更更、總斷魂。　斷魂。斷魂。不堪聞。被半温。香半薰。睡也睡也，睡不穩、誰與温存。惟有床前，銀燭照啼痕。一夜爲花憔悴損，人瘦也，比梅花、瘦幾分。』代霖漫筆。

聲聲慢 無題

花情活潑，雪樣聰明，偏生看作矜嚴。下得鈿車，深深一拜嗚謙。娉婷故修禮貌，鎮相逢、情比膠黏。黏脱處，在羅幃呼坐，忘了猜嫌。　含笑傳言月姊，道渠儂、子細目注鞋尖。似恕還羞，憨生微露機緘。連宵九光燈下，選仙籌、何惜纖纖。祇此意，到痴懷、愁與病兼。

生查子 歲暮解館初歸

生長有情天，都説銷魂慣。鴛侶別多時，珍重胡麻飯。還我舊家風，天作新奇看。剛欲謝天公，又把行期算。

浣溪沙 春日將別

綉閣春歸客早歸。笑將身世寄鴛幃。費才閒畫遠山眉。色界多歡愁故攪，柔鄉小住願無虧。刀環先訂幾時回。

醉太平 無題

愁中病中。周旋玉容。香閨綉務重重。祇靈犀暗通。晨妝態慵。宵燈話濃。自嗟蜚語如風。道思量個儂。

其二

兜鞋悄逢。裁羅樣工。輕輕款款鬆鬆。見花裙内重。低鬟意慵。迴眸見儂。起來猶自從容。祇腮渦暈紅。

其三

憐卿愛卿。低呼小名。却推聽不分明。要重呼一聲。　香温畫屏。花開短檠。多方逗啓朱櫻。怕雙鬟暗聽。

其四

花香酒香。春忙恨忙。生愁別後凄凉。望寬舒綉腸。　才多趣長。情深會良。料應修到鴛鴦。老温柔是鄉。

南鄉子 鏡

生就月盈盈。消受嬋娟顧盼情。顰笑都關心裏事，聰明。一片清光到底清。　無語背銀屏。相見成雙眼自青。細想花容誰伯仲，卿卿。與我團圓過一生。

前調 燈

推去夕陽紅。梳裏將殘一笑逢。多事偷傳人影俏，屏風。回首方知寶髻鬆。　身世伴房櫳。想見紅妝睡態濃。心上奇花開有意，玲瓏。喜兆今宵并蒂蓉。

前調 帳

呼作散春愁。春困思將好夢留。偏説雙鬟驚覺也，休休。衹管殷勤上玉鈎。　良夜掩儂羞。個裏芙蓉總并頭。金屋深深藏妙處，温柔。四面烟羅淡欲流。

解佩令 惜玉詞　亡妾劉姬以玉名，作此悼之

神流倩影，心甘快性。抱衾來、風懷細領。與爾團圓，也許同、妝臺鸞鏡。鎮依依、鴛鴦交頸。　才多不幸，嬌多薄命。我無多、卿當僥幸。樂極悲來，生喚回、曇華靈境。剩教儂、今生愁病。

疏影 題《梅莊飼鶴圖》　圖爲戴筠帆侍御元配遺照

珠宫偶謫，到人間小住，還築香國。半畝虬枝，一所花龕，安道山陰仙宅。清高合是才人耦，肯浪羡、壽陽妝額。凭碧闌、鶴子相依，寫就藐姑風格。　準記寒香久坐，侍兒忒解事，調逗雲翮。準擬芝田，眷屬神仙，金母何心催迫。翩然遠駕瑶池去，賺不盡、黄門凄惻。算衹有、閬苑傳書，不怕人天懸隔。

摸魚兒題《竹徑烹泉圖》　雲帆師姬人小影

想清娱、昔年游侍，龍門携了魚朡。而今更有文章伯，消渴豈關愁病。珠未孕。蘭欲夢、中闈代理紅絲聘。温柔恰稱。有碧篠颺烟，銀鐺煮水，人待緑雲徑。　風生處，翠袖寒欹瘦影。佳人慣試佳茗。舌根早悟蓮花偈，快返色身清净。庭竹暝。長衹是、衰眸泪逐瓶笙冷。風篁怕聽。到茶熟香温，呼將妙子，商汲舊金井。

祝英臺近題畫石扇面

剪雲根，移碧岫，無計入懷袖。一見呼兄，傾到米顛叟。幾回描寫嶙峋，山青骨媚，總難得、許多蒼秀。　况奇瘦。削成面面玲瓏，遠天入苔竇。評説坡仙，古姿恰明透。看他對峙亭亭，磨磷不到，但相見、墨痕依舊。

安公子題王公亮《且醉圖》

塵味教人怕。浮名浮利難抛下。我愛王郎，豪邁似、無羈天馬。磊落襟期，書劍工夫暇。逃俗韵、何物投瀟灑。且玉壺閒買，莫使金樽空把。　才調非虚話。會逢燭撤金蓮夜。緑酒黄花，應算得、當前無價。一枕甜鄉，餘味饒風雅。傾玉山、分付丹青寫。我展圖開釀，想與斯人并駕。

沁園春 題重陽自壽圖小照，時年四十一歲

畫幅重陽，畫個他人，未必相宜。幸我生佳節，花黄老圃，每年今日，酒漲瓊卮。雪柳光陰，水萍身世，幾度看花對酒時。最難得，是東籬坐賞，喜動吟髭。　那堪鬢上添絲。便四十、年非已可知。算熊湘磨盾，筆頭還健，燕雲綰組，帶眼愁移。放膽題糕，覥顔餐餌，者個頑軀且護持。無多願，願霜螯菊釀，歲歲爲期。以上録自《牧鷗亦舫詩餘》

喻懷信

喻懷信（一八一七—？），字仲孚，號芳余，南寧人。道光丙午（一八四六）舉順天鄉試。歷官貴州黔西知州、貴定知縣、郎岱同知，擢知府，卒於黔。著有《漱芳詞稿》《敦雅堂詩文集》《人鑒》等。

喜遷鶯 九日

秋清崖藪。又節序逼人，驚心重九。菊燦如屏，雁横成陣，肯把勝游孤負。况值紅螯正熟，恰稱尊前清酒。趁此會，喜天親萬里，聯吟搔首。　知否。休話取，來歲者時，可復同携手。夢遠南雲，蓬飄北地，争及故園株守。第願生無離别，不慕印懸如斗。更堪聽，聽蕭蕭

落木，聲兼呼拇。

湘春夜月 静樂堂在阜城門外慈慧寺後二里許，皆葬宫人處，所謂宫人斜，查嗣瑮詩云：『蜘蛛塔繞虎皮墻，老樹山門盡白楊。夜半宫人斜上月，冷隨環佩禮空王。』即指此也。余秋日經行其間，彌覺衰草斜陽，黯然懷抱，爲賦此解

憩琳宫，揭來閒吊秋墳。記得塔倚蜘蛛，曾葬玉荒榛。擬向暮鴉痴問，聽暮鴉凄切，似訴沉淪。剩半灣冷月，千叢古木，相伴朝昏。　羊車望幸，鴛衾妒寵，恩怨誰真。一夢繁華，贏得這、一抔黄土，深掩香魂。環虚佩冷，盼翠華、何處逡巡。料艷魄，喜因依梵宇、紅顔悔煞，同懺能仁。

柳梢青 題畫美人便面

春困珠櫳。閒𡡉冰繭，痴態偏慵。絲共情牽，腸同縷結，忙煞春葱。　娉婷翠袖雙籠。眼鬒處、愁多恨重。鬢掠蟬輕，釵横鳳顫，倩影真工。

沁園春 題畫美人障子

曲苑清幽，芍藥齊芳，風景宜人。更嬋娟偶醉，貪凉獨卧，垂楊搓絮，覆體偏親。鬢緑雲鬆，

腮紅霞暈，澀眼迷離不耐春。斜陽下，奈花香酒氣，兀自氤氲。　横陳。夢醺如雲。且還喜、攲斜藉草茵。看苧羅衫掩，石根静倚，薄絲裙委，花影争皴。愁重眉低，情多力怯，無語堪憐嬌軟身。真真唤，有十洲筆妙，差與爲鄰。

滿宫花 閨情

雁信稀，鈿閣暮。太息韶華虚度。燈前聊自决歸期，卜慣金錢多誤。　斂蛾眉，添麝炷。稽首慈雲痴訴。願爲杜宇到郎邊，唤道不如歸去。

江城梅花引 秋日感懷

小窗落葉打蕭蕭。算秋交。又秋高。塞雁冷蛩，偏與耳相遭。萬里家山飛不到，夢難準，惹愁煩、獨倚寮。　倚寮。倚寮。鬢空凋。志漸消。心暗焦。寫也寫也，寫不出、千種無聊。何日揚聲，振平羽到雲霄。壯不如人空自慨，天暮也，衹寒檠、共寂寥。

陌上花 招王蘭谷從酉小飲，即席作

凉生積雨，寒蟬催處，暑隨聲耗。水木清華，折柬試邀同調。酒鎗茗碗安排定，秋約詩人齊到。喜萍蓬偶聚，譚天揮麈，坐殘斜照。　更吹來短笛，穿雲裂石，俗慮塵芬都掃。愛惜風光，如此勝游誰料。百年歲月愁分半，能得幾回歡笑。看杯盤錯雜，聲交猜拇，暮鴉驚噪。

望江南 嘲鳶

縰縰鳶，相對話雕櫳。縶足不傳鴛錦緑，栖梁空帶綉絲紅。負却主人翁。

木蘭花慢 秋宵獨坐，清寒特甚，因憶壽銘、少瀛二兄未别以前，唱和追隨，頗詡天倫樂事，今則分飛兩地，吊影獨留，鄉愁離恨棖觸於懷，聊借倚聲，稍抒煩悶

傍寒窗兀坐，衹燈影、對人紅。記刻燭鬥詩，催花賭酒，譚笑從容。匆匆。驟驚贈柳，算分飛轉眼又初冬。好倩紗囊枕遍，思量夢裏相逢。　閩中。一樣思儂。縮地渺壺公。想憶弟看雲，望親陟岵，泪滿瓊鐘。郵筒。思去縈片紙，寄將來珍重付西風。共把離愁萬斛，當天訴與飛鴻。

沁園春 咏滿妝美人

别具豐姿，綽約宜人，糨束堪誇。看雙了短髻，簪交燕尾，半裝高屧，玉湧蓮花。綉縠巾長，金蟲釦小，圍住蛸蠐一抹斜。珊珊步，揺羅衣窣地，錦襪全遮。　誰家。絶代容華。更無賴、婷娉倚茜紗。眄翠眉兩葉，濸侵寶靨，朱櫻一顆，濃暈朝霞。烟管携將，雪獅抱處，艷質

生香信莫加。休凝睇，是内人風派，元不争差。

滿江紅 廿七初度，時寓京邸

如此頭顱，轉成就、少年羈旅。枉縈念、它鄉兄弟，故園風土。對此茫茫空慨玠，笑人寂寂徒慚禹。試拔來、長劍倚青穹，低昂舞。　也不慕，餐霞伍。也不慕，逃禪侶。且百城常擁，抗懷千古。馮衍凌雲終遂志，王郎斫地何須數。自壽將、清酒兩三觥，消愁緒。

前調 自題小影

竹石蕭森，玩不盡、蒼寒景色。君試認、此中有我，呼之欲出。悟到浮漚今古幻，閟來枯坐乾坤窄。算人生、難朽是文章，何慵戚。　紅砑箋，青鏤筆。琉璃研，珊瑚格。且恣情拈弄，唾壺頻擊。此後窮通應有定，本來面目休教失。剩一腔、熱血貯胸中，時時溢。

南鄉子 詠昭君套

錦套襲金貂。雙尾披風綉帶飄。裝向美人頭上好，嬌嬈。捧出鬟雲一朵高。　別具小丰標。花樣翻新點翠翹。唤作昭君真不愧，堪描。恍似琵琶出塞遥。

浪淘沙 咏耳衣

雙鎖翠雲環。楚楚堪憐。香輪深護見應難。好與垂貂同掩映，禁得嚴寒。新樣月兒彎。麗𦋺花攢。彩虹一綫挂腮邊。細語喁喁艱聽取，隔著重關。

一葉落

一葉落。侵書幄。旅懷振觸感離索。雁聲入暮雲，思家凭高閣。凭高閣。枉負青山約。

調笑令 秋雨

秋雨。秋雨。灑上芭蕉千縷。夜深蘭燼挑殘。輾轉繩床睡難。難睡。難睡。滴得愁人心碎。

北齊天樂 題戴雲帆先生絅孫吟禪醉隱小照

文章無路覓知己，驚人莫逾軒冕。滚滚黄塵，滔滔濁世，何處堪投青眼。芳園翠滿。且權學逃禪，任吾蕭散。試問青天，有才如此近來尠。儒生同抱結習，衹名山事業，心鬲難遣。倚石觔書，含毫覓句，肯説情耽疏懶。呼童洗盞。趁璚瓮春濃，一澆煩懣。仰眎浮雲，古人今未遠。

鵲橋仙 閨思

春回弱柳，秋來新雁，瞥眼流年暗負。檀奴底事不歸來，嘆鏡裏、紅顔難駐。 翠衾愁壓，羅巾泪冰去，不識夢中歸路。教儂何處寄相思，枉孤却、朝朝暮暮。

如夢令 春閨

猛地數聲嬌鳥。驚看緑窗春曉。忽聽侍兒言，闌外碧桃開了。情攪。情攪。不禁黛蛾慵掃。

滿庭芳 同荀梅叔樹十刹海酒樓賞荷

小雨收塵，微風滌暑，瀞鋪一鑒溪光。鷗波涵碧，秋意到菰蔣。消受蓮華世界，凝眸處、愛煞紅香。何須羡，西湖打槳，菱唱艷吴娘。 凭樓聊遠眺，西山送爽，暮靄蒼茫。嘆它鄉風景，何似吾鄉。時談及吾滇會城九龍池之勝。且趁冰桃雪藕，拌一醉、劇飲淋浪。月牙上，修堤緩步，葵扇卸宵凉。

玉簟凉 不寐

燈暗人孤。奈竹簟乍凉，旅夢全無。心煩憎漏永，蚤枕冷紅䴵。當階蛩語正急，啓倦眼、月暈模糊。傾耳聽，聽柝聲凄楚，終夜傳呼。　愁余。誰能遣此，未免有情，空負七尺長軀。精神銷硯鐵，枉削槧操觚。功名傺傂特甚，嘆復嘆、我誤詩書。鐘動也，曙色開、明透紗厨。

菩薩蠻 月夜小園獨坐

寥空雨住雲無點。半天月色重門掩。袒腹坐胡床。泥人貪嫩凉。　寒鴉栖樹寂。螢火黏衣碧。清冷伴嫦娥。孏尋春夢婆。

十六字令 愁

愁。鎮日無言泪暗流。防人問、陽展小眉頭。

前調 思

思。紅錦緘鴛寄去時。情無那、默數舊佳期。

西江月　静夜聞蟲

槐閣乍收殘暑，蘭幃才受新凉。惱人凄切訴寒螿。不管閒愁天樣。　客夢憐余最短，秋心到爾偏長。幾番抛枕坐匡床。難寫無憀情况。

攤破浣溪紗　寄内　時聞患病

驀覺凉生綉户秋。天涯游子恁句留。見説年來消瘦甚，不勝憂。　八載苦縈妝閣夢，一燈常伴旅人愁。報道平安無盡意，託書郵。

鎖窗寒　龍爪槐

大好疏槐，何年蔭法，錫名龍樹。蜿蜒體勢，恍若籥雲排霧。擺柔條、蜚騰自如，半空似有劉累倫追切御。喜梵宮豁敞，松虬梧鳳，一同軒翥。　堪惧。迎眸處。宛鐵臂長撑，攫人五步。逡巡退避，笑我南柯纔寤。憶前宵、風雨怒號，恐他破壁拏空去。藉清陰、玩賞移時，不覺晴天暮。

解連環 七夕

碧空塵洗。正秋期又屆，鵲橋逶迤。彈翠袖、忙駕雲軿，把終歲相思，者番句去。月帳霞衾，蚤曾倩、星蛾料平理。問人間伉儷，地久天長，那得如你。紅樓美人共倚。競穿針乞巧，心痴莫比。締舊歡、一刻千金，肯抛雨停雲，阿誰能此。夢短愁長，宛鴛頸、金鷄催起。笑天仙也同世俗，絶情有幾。

卜算子 傷春

人總願春留，儂怕春光至。春至翻添一段情，頗識春滋味。來也任春來，逝也隨春逝。儂與陽春兩不關，肯把春心費。

閒中好

閒中好，香爇博山鑪。向晚無憀甚，挑燈看道書。

南鄉子 春閨怨

臨别話綢繆。相約春歸願不酬。想有人人爲繫足，丟丟。慢把痴心訴女牛。香夢覺來羞。底事春情不自由。驀地上心翻後悔，休休。楊柳青青錯上樓。

壽星明 壽徐母張太夫人八十有四 有引 代鄧子久太守作

伏以玉衡焕彩，天邊光寶婺之星；璇館騰輝，雲裏秘安妃之籙。菊花開處，井挹鴛漿；桂樹香時，歌傳蟾窟。自壽言之有作，亦體製之各殊，爰譜新聲，用諧雅奏。木公奉斝，浮瑞炁於東瀛；金母懸圖，燭榮光於西極。列八仙而介祉，體貫連珠；成十闋以侑觴，詞名《漱玉》。從此籌添海屋，同開延壽之尊；韵叶雲璈，願比長生之曲。

其一

張宿降精，世衍簪裾，族望淛東。溯祥徵玉勝，銘椒夙解，書傳紫石，咏絮偏工。德懋珩璜，職優筐筥，婉娩何須姆教從。幽蘭佩，更親歡螽得，孝性沖融。　笄年繼配封翁。又淑慎、九宜昭管彤。羡酒漿修潔，豈勞師氏，褂縭典則，不待公宫。色養姑嫜，情聯娣姒，式禮無僭爲女宗。誰堪并，信少君再見，德耀重逢。東王公

其二

瓜瓞綿延，支分派别，猶子比兒。念煢煢幼弱，嗟無怙恃，依依寒苦，詎免號啼。教誨心勞，勤劬恩篤，一體何殊阿母慈。期成立，又經營婚嫁，不异初時。　而今五世雍熙。總積德、鍾祥定不移。緬榮興邵氏，六宗偕爨，大同陸子，四從同居。巷號鳴珂，里稱光德，以古

方今無等差。令人羡，羡麻聲遠毖，兩澍東西。西王母

其三

試問誰家，禮法嚴明，媲爔郝鍾。值秋霜春露，奉先思孝，蘋香藻潔，助祭彌恭。手自調羹，躬親眂俎，享祀休矜備物豐。教兒婦，必竭誠盡敬，繼此芳踪。何來俗祀重重。便閨閣、無知易信崇。縱香焚柏子，祥真駢集，經繙貝葉，福豈來同。嚴絶虔祈，恪遵内則，淑慎閨儀善積躬。何須詫，説補陀竹紫，佛座蓮紅。鍾離權

其四

易得經師，難得人師，青望出藍。囑爲模爲範，嚴君事等，肯堂肯構，令子情耽。脩脯豐盈，盤飧精潔，重道尊師賴指南。前程遠，願箕裘丕振，典籍沉酣。封翁即世凄含。嘆幼穉、裁成仗母嚴。肯鄉隅自囿，至儕俗子，桑孤遂志，方號奇男。千里擔囊，四方就傅，取友親賢慶盍簪。今而後，喜聯翩科甲，福慧都兼。藍采和

其五

在昔閨媛，繼室而還，軫域易分。乃藐孤小子，撫摩心瘁，嬌痴弱女，劬育恩勤。勞甚慈烏，教深蜾蠃，今古相衡有幾人。爲閨範，仰均平秉德，超軼群倫。訢逢聖世覃恩。諭諸子、須將母訓遵。喜澤及外家，金花誥燦，序分長幼，素志情敦。閔氏先封，吾宗後逮，兩姓

均邀寵命新。稽彤史，祇穆姜懿範，名實相賓。呂洞賓

其六

稽古名賢，得力繇來，母教多功。念一經傳子，韋家足法，三遷垂訓，仉母堪風。長誨詩書，幼敦禮讓，涵育薰陶德行充。無多遜，有廬陵畫荻，仲郢丸熊。　一行作吏匆匆。更庭誥、遥頒勵靖共。羡載石封鮭，遺規不遠，反金恤獄，懿行爲宗。勉汝循良，成余賢淑，不負君民是效忠。時時念，念栽培祖德，總貴持中。李元中

其七

侈靡無端，儉德宜崇，久薄金張。慨綺羅綷縩，同爲蔽體，珍饈醲脃，不過充腸。布好爲衣，藜堪供食，寒素家風不可忘。箴兒輩，但警心暴忝，福澤難量。　庸庸婢獲堪傷。馭下是、從寬二字良。想人身難得，鞭笞豈忍，騃情可閔，訓誘無方。總使得宜，不令失所，掩覆愆尤惠澤長。咸知感，盡仰如慈母，共祝安康。張果

其八

釁兆蒼鵝，海氛報警，誰爲范韓。正遥傳風鶴，人驚豕突，倏罹兵燹，烽湧狼烟。蕩析增悲，仳離興嘆，遠避偏遭劫掠還。閨中彦，竟運籌帷幄，相度機先。　先人世業難捐。但固守、方能望保全。况身爲命婦，禮儀夙講，家稱望族，忠義須堅。略并田單，宗全智果，不出

閨門捍大患。資明哲，儘田園無恙，廬井依然。韓湘

其九

如此方稱，百順爲福，徽音懋昭。慶起居八座，禧凝褕翟，穆雍五世，瑞集華貂。昆仲皝皝，曾元緝緝，五竇三張慢自豪。蕙花茂，頌壽徵無量，直并松喬。龍綸遠賁螭坳。盛事好，欣傳千載遥。睹天書焕爛，黄金牓麗，君恩稠叠，白玉堂高。九陛延齡，百僚上壽，殷地華鐘錫鳳韶。驂鸞鶴，算人間天上，惟有仙曹。曹國舅

其十

月届中秋，辰在壽星，設帨時和。看崔邠側帽，朱輪導引，大家扶杖，黄髮婆娑。繞膝稱觴，桊韝奉斝，郄母當筵喜氣多。千秋歲，祝年年此日，酒泛金波。箕疇五福今過。好祝嘏，同賡百歲歌。聽蓮花驍激，壺投月姊，璇宫晝静，瑟鼓星娥。脯擘麻姑，桃呈王母，朱鳥窗前鳴佩珂。觴詞侑，願兒觥引滿，其樂如何。何仙姑

滿江紅唐撍之孝廉紳語余曰：『君年卅餘耳，而性情恬淡，學問淹雅，未知少年時即如此否？』拈長短句畣之

君問生平，請少坐、聽吾自狀。憶前此、少時行徑，俊懷難量。屈指年纔十六歲，凌雲氣吐三千丈。笑當初、神采太飛揚，矜豪放。友古人，定趨向。閱世故，空塵障。頓才華收斂，

性情平曠。閉户惟將吾學講，呈材甘與時賢讓。祇而今、人視等何流，迂儒樣。

菩薩蠻 落花

惜花無計思春住。留春不住隨春去。春去有何憑。落花飛翠㠆。　燕鶯偏唧嚁。不管花枝瘦。無奈囑蛛絲。將花留片時。

醉花蔭

斜掠紅巾閒綉鳳。漫把瑶琴弄。起坐總無聊，倚枕思量，昨夜鴛鴦夢。　今生自悔情根種。便有情何用。切莫上高樓，衰柳絲絲，愁緒和烟重。

一剪梅 舟泊仙桃镇，聽雙鬟彈琵琶甚美，戲賦此解

小雨停橈問酒家。樓下帆遮。樓上簾遮。雙鬟度曲撥琵琶。袖掩紅紗。人隔輕紗。　鳳輕盈彈鬟鴉。身又欹斜。眼又乜斜。青衫未濕已咨嗟。卿嘆江涯。我嘆天涯。

大江東去 武昌感事，和東坡韵

大江東去，號天塹、主宰非無神物。百丈洪流，驚淺縮、遂使城無堅壁。巨筏垂虹，妖氛障

日，者恨何時雪。城空人盡，可憐無數英杰。　　聞道年值甲寅，殺人同刈草，萑苻潛發。百八年乘陽九戹，此會重遭屠滅。往事堪傷，新愁莫訴，鏡裏添華髮。憑虛昂首，照常惟剩江月。

西江月 泛洪湖

雲霧影開雨霽，菰蒲葉戰風凉。榜歌聲發韵悠揚。才信船如天上。　　畏暑時思揮扇，微吟且自傾觴。驚濤拍棹勢汪洋。已具洞庭小樣。

憶王孫 怨情寄汝才

個中幽怨向誰論。獨背紗窗揩泪痕。悔煞紅顔誤妾身。又黄昏。冷月清清偏照人。

鷓鴣天

綉閣心情百不宜。懨懨瘦損小腰肢。人非蟋蟀偏多感，病類鴛鴦不肯離。　　傷薄命，强支持。相思羞聽説相思。悄拈紈扇簾前立，訴與秋風知未知。

沁園春 思歸

歸去來兮，孤身萬里，云胡不歸。况風聲鶴唳，驚心動魄，狼奔豕突，觸目生悲。卒伍蟲沙，士夫猨鶴，自壞長城是阿誰。妖氛惡，問挂弓何日，上慰皇闈。　吾今萬念都灰。尚奔走、山巔又水湄。指大江東去，殺機日熾，彩雲南望，樂土神飛。息影邱園，怡情翰墨，何苦牢騷歌五噫。私心幸，幸春風報罷，不蹈憂危。

浣溪沙

長晝炎炎與睡宜。醒來吮筆寫新詞。滿襟幽思倩誰知。　漫取錦箋描蛺蝶，戲拈金彈打鷓鴣。推篷匿笑太嬌痴。

念奴嬌 途中言懷

關山如夢，竟蹉跎、又屆中秋佳節。躲盡危機，時自慰、無奈思歸情切。羽檄遥傳，潢池竊弄，指顧將殲滅。時聞東川府回匪犯順，官兵進剿，不日蕩平。故園無恙，去年何苦輕別。　連日困頓籃輿，途長心短，怕見團圓月。雨宿風餐，辛苦甚、夢繞家山千疊。白雁飛雲，青楓媚露，此景緣誰設。鏡中驚看，鬢邊添了華髮。

水調歌頭中秋日抵家作

千里暮雲卷，送月出遥天。銜杯試問，怎將離别照年年。人喜蟾輝珠箔，我嘆鷄聲茅店，欣戚境空懸。問月月無語，清極不生寒。　敞紗窗，斟桂酒，坐團圞。今夕何夕，却欣人與月俱圓。此後窮通難定，明日陰晴無準，萬事眼前看。簾外素娥笑，流目送娟娟。

卜算子言愁

撞入愁城住。硬把愁人做。檢點愁從那答藏，心是藏愁具。　不識愁來處。但解愁中趣。已分去愁身傀儡同，静聽愁分付。

一斛珠

今宵喜絶。喜看砌下歸鞍歇。鏡匳拂拭花黄貼。著熱知疼，欹枕話離闊。　怨情欲共檀郎説。恐郎聽後心縈結。翠眉鎖住愁千叠。私語叮嚀，莫要恁輕别。

减字木蘭花

天涯尺咫。風景無端兜恨起。莫漫凝眸。落葉寒蟬相與秋。　痴情繚繞。也想忘情忘不了。小立銀屏。羞看牽牛織女星。

掃花游 映壁亭賞荷，時花事已闌，悵然賦此

小亭佇立，見水佩風裳，亂欹池沼。倚闌看飽。祇殘紅剩粉，閒將疏蓼。脉脉無言，太息西施易老。寸腸攪。恨花事已闌，花怎知道。　深悔歸未早。竟誤煞凌波，美人嬌小。者番罷了。約明年共賞，定花光好。載酒池旁，日日都拌醉倒。莫煩惱。訂盟言、兩三鷗鳥。

金縷曲 寄綬民　案：《滇詞叢録》作『寄壽銘兄』。

命也還誰咎。竟荷戈、迢遥萬里，苦寒難受。雁磧龍沙邊月冷，凄絶清笳晚奏。切莫便、鄉心拖逗。君體清臞原善病，肯無端、又爲悲秋瘦。眠食健，祝天祐。　烽烟鄂渚迷清晝。嘆一旦、池魚殃及，室家傾覆。失馬塞翁真是福，令我雙眉展皺。更何戀、銅章青綬。生入玉門終有日，好聯床、風雨詩賡舊。情不盡，泪盈袖。

清平樂

黛蛾淺畫。綉被薰蘭麝。聞説蕭郎今返駕。私把冤家暗駡。　滿擬魚水和諧。何期音信全乖。轉是春風有準，一年一度歸來。

搗練子 清明

天氣暖，袷衣勝。滿眼楊花飛碧汀。客裏不知佳節到，猛聽山鳥喚清明。清明鳥，滇黔多有之，其聲云：『清明酒醉』，最分明可聽。

如夢令

拾翠偶臨苔砌。粉蝶雙雙交戲。無賴是東風，吹得梨花滿地。休睇。休睇。好個悶人天氣。

生查子

彼此不嫌猜，嬉戲忘朝夜。親極轉參商，故效鸚哥駡。　休休我能休，罷罷卿難罷。不意絶情詞，又説多情話。

賀新郎 海棠花下作

散步嬉春晝。見小闌、海棠睡醒，逞妍争秀。端似阿環初殢酒，玉貌紅香暗透。羞煞那、脂肥粉瘦。燕子也憐嬌艶態，掠花枝、屢把花光嗅。凭畫檻，儘消受。　緑章不事通明奏。

恰正好、輕陰漠漠，霧籠烟皺。私祝東君爲護惜，記取韶華不又。切莫使、風僝雨僽。銀燭高燒貪夜賞，倒金尊、不負花時候。盈望眼，爕堆綉。

憶舊游 家園八憶　有序

客寓省垣，晝長人静，追憶舊游，有如隔世。因標題名勝，成長短句八闋，寫置案頭，時一吟咏，恍然神游於山水林亭間也。時咸豐四年甲寅六月朔六日，且園居士坐講樹軒書。

其一 翠峰庵觀日

憶芒鞋犯露，竹杖挑雲，襆被禪關。久聽山僧詑，説平明日出，大是奇觀。小樓壓峰高聳，千里望中看。好静坐深更，天鷄甫唱，同傍危闌。　無端。眼凝處，第霧縠濛濛，雲海漫漫。忽地光明現，似金蛇千道，奔竄蜿蜒。晌息赤霞猋怒，當面湧銅盤。信豁我塵胸，何須日觀方破顔。

其二 梯月亭玩月

憶柳邊按笛，閣外籠燈，待月清歌。半璧芳池好，更孤亭杰出，掩映烟莎。晚風暗襲羅袂，水檻夜凉多。儘脱帽昂頭，憑虚指點，看煞姮娥。　金波。泥人處，是乍轉岑樓，亭後即桂香樓。斜挂高柯。水氣宵來静，愛冰輪涵影，雙鏡相磨。興酣起舞長嘯，狂態炤婆娑。頓判却牢愁，更深倒盡金叵羅。

其三 金粟庵瀹茗

憶排當竹竈，檢點銅鉼，小憩庵中。石竇清泉涌，羡光凝玉乳，汲到玲瓏。好將活火烹取，魚眼沸匆匆。試静倚禪床，繁聲恍似，雨過簾櫳。從容。稱心有，有新瓷色秘，舊裹香濃。漫羡中泠水，也昔年嘗過，與此差同。一經陸羽題品，千古妄推崇。儘七碗休辭，披襟況對天外峰。

其四 映壁亭賞荷

憶臨池把釣，凭檻招凉，緑瘦紅腴。水面開欹鏡，顧亭亭靚影，旖旎波餘。倚風漫爾含笑，妖冶妒名姝。更水鳥迴翔，錦鱗出没，鎮日相於。踟躕。最憐是，是露蕊凝霞，雨蓋跳珠。卓午驕陽候，更濃香芬馥，清襲羅襦。賞心幾度沉醉，歸每倩童扶。羡太守風流，荷爲鄧子久太守爾恒植。終須點染成畫圖。

其五 白衣閣桐陰 大百圍，長數尋，數百年物也

憶孤桐障日，梵閣凌虚，小院青蒼。不用龍門羡，看排雲隱霧，百尺修長。翠陰罨靄如畫，老幹枕東廂。愛麗蔌輕花，迷離細乳，盡入詩囊。相羊。最難得，是倚樹聽風，覓蔭乘凉。

地下苔痕古，儘科頭箕踞，拌却藤床。頓令酷熱消釋，天半翠雲張。試一弄瑶徽，高枝忽下雙鳳皇。

其六瀟湘江柳色

憶携朋載酒，著屐尋春，屢憩江橋。柳色黄金嫩，更臨流弄影，蕩漾千條。背人暗偷青眼，冶態不能描。恁弱縷拖烟，輕綿滚雪，暮暮朝朝。　消遥。絆人更，有鵉點横波，鶯話層霄。隔岸招提近，對河即報恩寺。聽鐘聲依約，飛度烟梢。遠將客舍官道，端不解魂銷。每日暮忘歸，猶然倚樹吹洞簫。

其七何家屯桃花

憶芳尋緑野，築綻緋桃，春色偏賒。信足追游去，看高低遠近，十里紅霞。興來獨往何處，林裏有人家。恁絳雪繽紛，緑雲羃䍥，占斷韶華。　堪誇。蕩情處，是蝶嗅餘香，燕蹴飛花。錦綉圍成陣，好瓊筵鋪設，清趣無涯。醉折小枝拈弄，狂插帽檐斜。儘賞到黄昏，山公背上看月牙。

其八玉泉寺山花

憶棕鞋踏雪，箬笠衝風，古寺探幽。一樹紅茶麗，正争妍鬥艷，掩映僧樓。淡烟薄罥花萼，端似罩紗幬。嘆拙政都荒，西園久圮，沐黔寧别墅。勝迹空留。　凝眸。檻憑處，愛鶴頂丹妍，馬腦紅稠。艷絶吾滇種，信超奇天下，凡卉都羞。好花美酒兼并，相對泛金甌。到日影銜山，裴徊賞咏休未休。

虞美人 寄家書感懷，漫題紙尾，示從子嘉績

燈前久寫平安字。没個人郵寄。却緣幾次换籤題。惹起滿腔愁思、感分離。它鄉休較途長短。總是難消遣。出門一步即天涯。比似雲山萬里、不争差。

夢江南

閨中好，妝罷倚窗紗。剩得胭脂無著處，和將殘粉畫桃花。作事太憨些。

點絳唇 見落葉

室静身閒，乍驚落葉飄苔甃。令去人眉皺。頓覺群芳瘦。似水流年，華髮難禁受。從今後。怨新情舊。又是悲秋候。

浪淘沙 畢節旅店遣伎

莫唱艷情歌。卿奈情何。紅顔未老已婆娑。撥盡琵琶彈盡泪，生死情窩。我久煉情

魔。不起情波。金尊檀板聽由他。七個蒲團曾坐破，拍手呵呵。

浣溪紗 劍門

杰閣淩雲蜀道難。干霄古柏晝生寒。萬點山峰攢鋸齒，一灣澗水響刀鐶。冷風吹度劍門關。

菩薩蠻 午睡

碧紗窗外花光動。碧紗窗内春愁重。愁重困難支、朦朧睡片時。午鶯啼樹急。欲起嬌無力。教婢卷簾看。春陰生晝寒。

飛雪滿群山 丁巳季冬廿一日立春前宵，大雪盈尺，春收可卜，書以志喜

暖閣寒侵，盆池水凍，耳邊不聽鴉啼。雪花如手，雲容作墨，玉龍飛舞瑶墀。豐年今兆矣，大兵後、稍蘇庶黎　案：原書闕。以上録自《漱芳詞稿》

晝堂春 消夏六咏　藤枕

竹床冰簟夢難成。都緣熱腦懵騰。何人爲製剡溪藤。枕上凉生。風細絲絲入耳，函

空故故關情。高樓月上酒初醒。卧聽松聲。

前調 葛衫

淡黃衫子換輕絺。頓教汗斂豐肌。含風却不受風欺。這妙誰知。白紵紫蕉遜此，野人居士偏宜。尋涼覓極撚吟髭。綯影漣漪。

前調 蕉扇

齊紈塵俗聚頭妖。最難涼友心招。雅人深致翦芭蕉。逸韻偏饒。搖處雨聲瑟瑟，拂來風氣漻漻。緑天高卧滌煩熇。熱客魂銷。

前調 椒珠

紅椒攢簇寶珠圓。初聞製出西川。珊瑚雜飾飾條穿。拈弄輕便。芬苾香留鼻觀，侵滛汗辟胸間。臨風頻嗅熱氛捐。遠勝沈檀。

前調 竹簟

風漪八尺簟紋長。忽驚波漾藤床。瑠璃滑笏色輕黃。到眼心涼。何物與君最稱，夫人竹氏相當。北窗攲枕傲羲皇。夢落瀟湘。

前調 席棚

炎威蒸爍日輪紅。竟教無地堪容。蘧蒢高覆勢穹窿。昆寇潛踪。常把歎壺泛灑，霎時赤脚輕鬆。晚來揭起露青空。生受凉風。

巫山一段雲 咏竹夫人

唧溜通身滑，玲瓏滿眼愁。熱時親愛冷時丟。生小怕逢秋。　弃置終無幾，招來不自由。炎凉態已見衾裯。心性欠温柔。

南柯子 無題

雲鬌鴉雖黑，羅衫杏子黄。小名應是喚當當。愛向池欄嬉戲、打鴛鴦。　學畫慵拈筆，羞人故避郎。嬌痴成性惱娘行。旋炙銀笙吹弄、效鶯簧。

月中行 題艷

寶釵低插鬌雲籠。的爍口脂紅。鶯嬌燕姹隱簾櫳。三五畫圖中。　遮遮掩掩防人見，

偷眼覷、波溜光融。靈犀一點暗相通。隔斷小屏風。以上録自《滇詞叢録二集》

沁園春戊午中秋後一日，河内君四十初度，詞以壽之

歲月如流，屈指結縭，廿載於兹。燦兩行兒女，都憐嬌小，半生伉儷，常苦分離。紙閣蘆簾，釵荆裙布，儒素家風與性宜。邀天幸，喜無灾無害，境困心怡。　中秋第一佳時。正四十、平頭設帨期。余與君同生乙卯。怪露凝籬菊，試啼賤子，余生日在九月初十日，唐人小重陽也。月圓蟾桂，載誕賢妻。祝嘏千秋，壽卿一曲，爲我開顔罄玉卮。今而後，願輝生翟茀，白首齊眉。

金縷曲咸豐十年正月初四日，壽銘自葉爾羌旋里，余先期逆於白水驛，相見之餘，悲喜交集，燈下再叠前韵

獲福因愆咎。却怎堪、八年塞外，險艱生受。功立殊方非异事，况説鐃歌競奏。誰逆料、軍機偏逗。帷幄運籌妖孽掃，策奇勛、恰值梅花瘦。彰孔翠，以軍功加知州銜，賞戴花翎。聖恩祐。　到家正好當春晝。一萬里、驅馳困頓，仰叨天覆。風雨聯床今夕幸，莫把雙眉復皺。漫争羡、花迎紅綬。千種離愁無説處，算歸來、面目還依舊。堪起舞，抖袍袖。

滿江紅小寓巴郡，索處無聊，追思往事，幽憤填膺，漫成四闋，非云紀實，亦短歌代哭之意云爾

天道茫茫，恁顛倒、英雄豪杰。幽悶處、悲歌慷慨，唾壺敲缺。猛上心頭前事觸，頓教目眥登

時裂。但獨持樽酒默無言，和誰説。　前籌借，群情協。靖城堡，清妖孽。恨是何蟲豸，行同草竊。萬里長城今竟壞，一腔憤血空教熱。嘆從前、辛苦化爲灰，愁眉結。孤憤

其二

試問蒼穹，因甚使、豺狼當道。凶焰播、貪殘吞噬，衣冠强盜。官吏翦屠威自擅，縉紳荼苦冤無告。嘆年來、到處泣孤魂，空號叫。　厮養卒，無依靠。驟得志，恣凶暴。問太阿倒授，禍端誰造。詡詡今猶鳴得意，冥冥詎可逃陰報。儘痛定思痛更牢騷，傷懷抱。感事

其三

咄咄逼人，血濺處、中丞殞命。怪官吏、形骸土木，敢容梟獍。鬼魅攫人清晝出，玄黄易色妖風勁。問衙齋、何故寂無聲，皆從令。　聞惡耗，心難定。修夙怨，虞凶横。好潛踪斂迹，暫離機穽。大索無人非智捷，此身不死徼天幸。效鴻飛、今已入冥冥，雲霄净。避地

其四

偌大乾坤，竟無處、堪容肢體。羅綱設、妖狐窺伺，射工朋比叶。蹐地跼天難自適，驚心動魄依胡底。遂幡然、决計去家鄉，離鈎餌。　黔氛惡，連邊鄙。道路梗，多奸宄。慨閈闗荒僻，一肩行李。盡室而行非易事，孤身遠颺無難理。問是何、虎口得餘生，難提起。遠游

減字木蘭花

秋深蘭檻。小雨凄凄簾幕暗。鏡妬蛾眉。一寸相思一寸灰。　夢魂顛倒。苦説登樓消遣好。極目含情。愁接層陰萬里生。

賀新凉 對酒時聞，閏八月初三日，何有保爲其下人所殺

對酒狂歌起。猛傳聞、凶人授首，客心私喜。我妄殺人人殺我，天道循環爾爾。終宰割、如刲羊豕。往日淫威何處去，竟夫妻、夢斷羅幃裏。舊愁雪，積冤洗。　默思往事情難已。頗不解、么魔鼠輩，横行如此。全局傾翻功盡弃，涉想令人切齒。又無那、空教身死。狐黨誅屠王法在，劉紹武、戴一堂、史榮、董國宣等俱奏請正法梟示。定冤魂、含笑重泉底。彈短鋏，變清徵。

沁園春 自題觀我圖小照

居士何爲，脱帽凝思，趺坐碧苔。好返觀内照，是空是我，將無作有，何去何來。憂患餘生，干戈大地，嘗盡艱難歛盡才。真堪幸，喜頭顱無恙，每豁襟懷。　而今習慣心齋。笑十地、群魔安在哉。儘眼前風景，松聲雲氣，人間富貴，夢影塵埃。養我光明，觀生進退，叉手低眉自忖裁。除煩惱，悟定中境界，目閉還開。

風流子 初度感懷，時泊漢口

重陽昨又過，憐生日、偏是在深秋。奈身類轉蓬，命臨磨蝎，漫斟芳酒，酒爲儂愁。漢皋晚、喧嘩烟裏市，突兀岸邊樓。江水有情，布帆無恙，齒加今夕，人寄孤舟。　故園知安否，居人共旅客，兩地耽憂。常嘆雁程迢遞，魚泛沉浮。算年華易逝，壯心未遂，鬢毛漸白，因甚羈游。情緒鬱伊何託，聊託東流。以上録自《滇詞叢録》

王象韶

王象韶，白鹽井人，道光丙午（一八四六）貢生。

憶秦娥 咏節井席孝義

井邊哭。驚神泣鬼泪盈掬。泪盈掬。誰憐兄妹，搥胸頓足。　地下追尋無路入。願將孝意酬恩育。酬恩育。幽魂聚處，一堆香骨。以上録自《滇詞叢録二集》

歐聲振

歐聲振，字虛舫，易門人。道光間拔貢生，官豐潤知縣。纂有《續修易門縣志》。

江城子 題□山《風雪探梅圖》

詩魂怗夢恁迷離。久爲詩痴爲情痴，無那情多、來了更尋詩。石丈梅兄膝下子，柔情備，沁詩脾。　膩他梅雪更争奇。好山姿。好花姿。凍老詩魂、不怕雪侵肌。漫學襄陽狂孟米，形似友，拜如師。以上録自《續滇詞叢録》

陳慶生

陳慶生，字厚庵，雲南定遠人。咸豐辛亥（一八五一）科舉人，官福建閩清知縣。

高陽臺 黄蓼花產内閣典籍廳，和潘紱庭侍讀

菰葉摇青，蘋花漾白，月華篩上霜痕。别有疏枝，鳳池香護雲根。淡妝不爲秋容瘦，是如來、金粟前身。倚黄昏。輕醮鵝兒，宫額初匀。　園林舊日題詩處，記水荭花外，覓遍吟魂。冷落天涯，西風吹老江蓴。萍踪許傍閒庭院，侍宫壺、餘潤平分。算芳辰。一點葵心，傾向陽春。以上録自《清詞綜補》

張璈

張璈，字雲雅，镇雄人。咸豐壬子（一八五二）科舉人，官四川涪州鶴游坪州同。著有《詞譜本意》《滇雲集詩詞》。

一剪梅　正定城西劉氏宅

城隅卜築路幽深。不是山林。却似山林。豆棚瓜架繞門庭。瓜綠沉沉。豆綠沉沉。　蟬聲卓午樹閒吟。地有清陰。屋有清音。片時小憩愜幽尋。可滌煩襟。可息塵心。

如夢令　贈劉老

不識繁華禮數。却少支離言語。世上盡如翁，虞夏黄農可睹。老父。老父。翠柏蒼松貌古。

過秦樓　正定梁氏故園遺址　明尚書夢龍、本朝相國清標第

數畝荒畦，幾堆怪石，欹倒縱橫三五。閒依砌畔，細問鋤人，昔是誰家庭户。君不見長街前，斑剥金題，剩尚書府。嘆清明顯宦，榮華兩世，竟成塵土。　人尚説、燠館鎔金，凉臺砌玉，爾日安排齊楚。宜冬宜夏，宜月宜雲，携手佳人容與。載誦登樓一詞，碧樹朱欄，周圍何

處。想石兄必記，石臥斜陽不語。

河滿子 咏鳳仙花　俗呼指甲花，北方最佳

楊柳依稀嫩葉，薔薇仿佛嬌容。性急情長殊不礙，能開夏月秋風。深夜金盆搗合，佳人指甲春融。　聽喚鳳仙兩字，芳名艷動情濃。品論群芳儕婢子，生教掩碧埋紅。我欲緑章奏取，升卿娘子班中。

浪淘沙 思婦

夫婿去天涯。誤我年華。朝朝梳洗對菱花。緑鬢漸凋紅頰減，不是兒家。　强欲不思他。烟柳依斜。觸人愁恨滿窗紗。揾泪小姑偏暗見，來問根芽。

南鄉子 夏日美人

帷展簟波平。午睡金釵枕畔横。芍藥籠烟荷冒水，卿卿。難倩良工寫艷情。　香夢轉簾旌。玉鏡銀盆粉黛匀。更整瓶花重拂几，婷婷。細爇檀爐玩篆紋。

如夢令春閨

深院落紅點徑。掩幔怕看流景。惓綉倚花裀，忽夢玉郎相近。可恨。可恨。燕子驚人又醒。

前調秋閨

昨夜雨風亂擾。愁損黄花多少。呼婢卷湘簾，整理東籬清曉。可惱。可惱。葉滿蒼苔未掃。

調笑令夏閨

凉室。凉室。卓午爐烟未息。卷簾坐對芳塘。瀹茗閒消日長。長日。長日。蝴蝶一雙落地。

前調冬閨

寶匣。寶匣。帳影梅花相亞。薰籠倚待檀郎。漏滴渾忘夜長。長夜。長夜。冷月窺人窗罅。

點絳唇 春暮閨感

欲唤春歸，流鶯枝上啼聲迅。烟光轉瞬。緑遍蘼蕪徑。　却恨年年，三月懨懨病。無人問。柔腸一寸。付與菱花鏡。

甘草子 閨情

亭午。散步芳園，穩繫黄金縷。乳燕倦芹泥，醉蝶迷香塢。　欲遣閒情無遣處。唤玉架鸚哥共語。背後金釵郎暗取。早被鸞哥睹。

行香子 書所見

菡萏池斜。楊柳門遮。掩湘簾、笑語無嘩。婷婷裊裊，時顧菱花。惜鬢如雲，膚如雪，臉如霞。　路静庭莎。塵净窗紗。布妝臺、點綴清嘉。不携紫玉，不拍紅牙。愛爐焚香，床支筆，鼎烹茶。

鵲橋仙 旅懷

浮名誤我，十年一瞬。趙北燕南歷盡。匆匆春夢馬蹄忙，又籬畔、黄花報信。　飄零書劍，凄凉衾枕。聊借蘭缸破悶。何堪風雨鬧重陽，聽夜半、栖鴉亂陣。

唐多令 聞雁

嘹唳斷人腸。遥天字一行。寫西風、意興悠揚。結伴年年關塞轉，不似我、滯他鄉。問我住何方。滇雲萬里長。嘆年來、歸夢茫茫。欲寄一緘隨汝去，道從不、過衡陽。

清平樂 咏菊

晚香晚節。點綴深秋色。非故傲霜矜有力。本性生來高潔。幽情逸韵誰知。蕭疏冷淡東籬。一任群花鬥艷，西風自有開時。

解佩令 食蟹

江鄉風味，清嘉無偶。飽西風、正時臨重九。滿腹丹黄，都付與、詩人消受。恐負他、風流菊酒。美同鱸膾，香殊瑶柱，耐咀含、雙螯細剖。無有監州，直欲快、錢昆饞口。得此邦、豪吾左手。

滿江紅 叙州赴省途中感賦

大路勞勞，問何事、東來西去。祇爲是、蝸居無地，蠅營有禄。廿載燕山曾止息，十年錦水頻馳逐。未幾時、白了黑頭顱，情難述。　一身業，轅駒促。千古事，泥鴻付。任榮華，也是無奇碌碌。宦境誰知艱苦味，庭闈且博歡忻趣。嘆今生、孽債幾多般，前生注。

前調 一路見鄉居人户修潔，竹樹迷離，欣感又賦

緑野青山，山野畔、誰家庭屋。立户外、幾株翠柏，數叢修竹。池水澄清如鏡朗，田塍繚繞同弓曲。祇忙忙、春夏課耕耘，呼僮僕。　東作際，犁鋤付。西成後，倉箱足。趁有餘，早得完糧納賦。無事籬邊閒睡犬，有時隴上來牽犢。謝是非、穩自卧吾廬，神仙福。以上録自《滇雲集詩詞》

更漏子

滴銅壺，催銀箭。花底五更聽遍。孤雁唳，早烏啼。月明長短堤。　霜氣重。嚴城弄。驚起鵲巢佳夢。難遺意，每移情。擁衾獨坐聽。

人月圓

一年十五團圞夜，每晚被雲遮。偶然雲卷，明如滿鏡，遷客離家。今幸相逢，人間天上，同照菱花。香焚寶鼎，鈎搴綉幕，細話天涯。以上録自《滇詞叢録》

陳徽言

陳徽言，字炯齋，劍川人。諸生，以軍功保舉通判，咸豐丁巳（一八五七）戰殁江西東鄉，贈道員，祀昭忠祠。著有《南越游記》《武昌紀事》《湖海詩存》。

水龍吟 木棉

見此邦炎帝山河，萬千火熾擎輝赫。錦天綉地，雲烘霞爛，真繁華國。壓倒群芳，顔羞桃李，色空紺碧。儘嶺南草木，紛紛獻媚果，誰與争雄特。　我想花身奕奕。是千年、英雄魂魄。丹心碧血，化爲芳樹，孤撑百尺。拏破凝烟，燒燃疏雨，翩翩的的。嘆天生絶艷，荒凉海嶠，有誰珍惜。以上録自《滇詞叢録》

百字令 倪君雲癯屬題《珠江夜泛圖》

花圍翠繞，愛此邦佳麗，衆香成國。一水盈盈斜抱遠，多少游船似織。綃帳春濃，銅琶宵撥，勝景今猶昔。一丸江月，照來分外清澈。　慢説珠履三千，金釵十二，容易成消歇。不過人生行樂耳，豈戀傾城顔色。信國孤忠，希文偉烈，曾作風流客。君應努力，追踪前代賢哲。

意難忘 珠江兵後，風景頓殊，倚此寄慨

得月臺邊。甚塵揚滄海，銜石難填。潮聲攙角，烽火遍樓船。思往事、感華年。正泊近花田。夜將闌、香温茶熟，人月同圓。　繁華一霎成烟。憶蘭燈星燦，桂櫂雲連。扇摇環鳳顫，釵墮髻鴉偏。花似錦、酒如泉。頓驚散瓊筵。怕從今、江流依舊，風景非前。以上録自《清詞綜補》

孫爾熾

孫爾熾，字雲樓，南甯人。咸豐辛酉（一八六一）拔貢，官陝西宜川知縣。著有《愛雪堂詩》十卷。

風光好本意

春草芳。春花香。萬物春來迴异常。莫郎當。　輕塵滿地看清净。微雨潤。旋喜雲開漏夕陽。更蟾光。

月上海棠前題

高持銀燭花間燒。爲嫦娥、懶慢遲來照。怕去酣眠，更檀板金樽熱鬧。望舒御，幾曲凉州催到。　回廊宛轉堪吟眺。喜卿卿、相伴無雙妙。綫綫絲絲，恐影落花磚人蹈。錦茵布，一任睡醒鷄叫。

海棠春前題

東風着力催花草。却祇有、海棠開早。試看滿庭芳，誰勝化嬌裊。　穠纖淡雅多蘭藻。把一切、春光占了。爲語看花人，要祝花難老。以上録自《滇詞叢録二集》

趙惠元

趙惠元，字春亭，劍川人。諸生。未冠病瘵卒。著有《蕙溪詞》。

魚水同歡雨窗卧病

細雨纔來窗外灑。又是西風，亂攪檐前馬。梧葉欲飄蓮欲卸。般般做出秋情也。倚枕高眠無曉夜。病裏情思，種種相縈惹。爐火已銷燈已灺。寒更祗是沉沉打。

更漏子即事

夢中身，心頭語。空向孤燈絮絮。回首路，隔年情。芳草舊來青。紫檀槽，紅絡臂。玉泠一雙別泪。河滿子，奈何歌。争得斷腸多。

南鄉子夜寒

風雪掩雙門。爐火初殘燈又昏。今夜峭寒誰耐得，窗外梅花窗裏身。愁緒苦相尋。手足支撑也累人。剛有孤衾能愛我，留結浮生未了因。以上録自《滇詞叢録》

謝　坤

謝坤，字方亭，楚雄人。諸生。

天香

小閣更闌，幽窗夜雨，驚看落花詩句。卅首吟成，千秋響絶，今古騷壇雅步。風流張緒。有多少、别離情愫。惜玉憐香，愁紅怨緑，朝朝暮暮。　等閒裀襦未遇。悵年年、飄零客寓。何似畫眉京兆，鏡臺歡聚。不管春來春去。任紛紛、蜂蝶競相妒。借問東君，可能留住。以上録自《滇詞叢録》

高珍

高珍，永北人，咸同時在世。

釵頭鳳 傷亂詞

天何晦。神何匱。任憑賊擾乾坤碎。城焦屋。鄉堆骨。燐飛日暗，鬼從陰哭。屈。屈。屈。　眼中泪。心中畏。天涯海角人如醉。烽烟突。官軍逐。作楊雄賦，問君平卜。不。不。不。以上録自《光緒續修永北直隸廳志》

羅瑞圖

羅瑞圖，字星垣，河陽人。同治庚午（一八七〇）科舉人，光緒丁丑（一八七七）科進士，改翰林院庶吉士，分省補用知府。

沁園春題陳圓圓宫妝道服兩像

風冷煤山，破碎京華，擁據名姝。便怒激英雄，揮軍返旆，君親罔念，帶甲西驅。壯士長吁，梅村奏曲，此老多情有是夫。非無故，爲紅顔再睹，合浦還珠。　采香豈羡蘼蕪。拚一笑、吴宫粉黛無。縱觀音八面，猶輸麗質，回頭一悟，竟入浮屠。邪有曇花，吴無寸土，畢竟蛾眉勝武夫。尋遺迹，問商山翠海，風景何如。以上録自《滇詞叢録》

闞　峻

闞峻，字吉齋，號海臣，元江人。同治癸酉（一八七三）科帶補辛酉科舉人，官至鎮沅教授，主講澧江書院，卒年八十。有《漱芳齋詩草》六卷。

滿庭芳緑葡萄　案：與《滿庭芳》詞調不符。

纍纍萬貫珠。握瑾又懷瑜。將浮緑蟻换青蚨。堆馬乳，拂龍鬚。美味勝醍醐。

其二

挹來着口嘗。恰似飲瓊漿。渴煩解去沁心凉。邀嘉客，醉壺觴。一曲荔枝香。

其三

張騫西域回。奇種帶將來。長藤滿架傍園栽。涵异味，撥新醅。好有夜光杯。

其四

華清七寶馨。學士借談經。水晶掩映聚群星。呈玉質，護金鈴。燭蕊叠紅零。以上録自《滇詞叢録二集》

李開仁

李開仁（一八二九—一八九四），字樂山，昭通人。同治癸酉（一八七三）科舉人，官至四川叙永廳同知。著有《白雲山房詩鈔》。

鷓鴣天

客裏芳菲老病身。年時猶作未歸人。愁看柳絮隨風遠，思逐鶯聲攪夢頻。　桃帶笑，柳含顰。天涯同是一般春。故園五百梨花樹，開遍溪山爛似銀。

滿庭芳

宋柏，在龍泉觀内，相傳爲宋時植，大數十圍，蔭垂一畝

冰雪無情，流光似箭，匆匆已過千秋。相傳趙宋，古柏至今留。送盡空山歲月，伴梅花，案：

此處應缺一句。龍蛇舞，虬枝拳曲，鸞鶴此中游。悠悠。人世事，荒烟蔓草，漁唱樵謳。嘆汴京喬木，掃地都休。玉斧英雄何在，市朝换、説甚金甌。漫贏得，參天黛色，猶任棟梁求。

浪淘沙 金陵懷古

日落大江横。潮打空城。漁燈隔岸兩三星。曾是昔年歌舞地，如此飄零。烟外數峰青。水净沙明。六朝閒話醉中聽。一枕凄凉眠不得，夜半鐘聲。

八聲甘州

渺千秋屈指論英雄，愁殺古長安。念真王崛起，萬國衣冠。一霎烏飛兔走，滿目祇含烟。不盡登臨感，如此江山。案：缺下片。以上録自《昭通文史資料選輯》

楊高德

楊高德（一八三三—一九〇四），字植德，號竹溪，太和人，白族。同治庚午（一八七〇）帶補戊午己未科解元。一生無意仕宦，曾選授寧州學正又升知縣，皆不受。曾任龍山書院山長。著有《竹溪賸稿》。

菉竹山莊詞案：失調名。

閒疑是蓬萊小洞天。幾畝山田。幾户人烟。自耕自讀自栽園。不惹人嫌。不賺人錢。時携兒履陌阡。興來飲酒醉來眠。不是神仙。也似神仙。以上録自《峨山名人遺著》

程光祖

程光祖，字紹伊，舉人。清同治時在世。初選雲龍學正，升永昌教授，致仕歸，壽八十二歲。子二，長履貞，選拔考授湖南知縣，次履祺，食餼。

西江月蕉窗十則　一戒淫行　案：皆衹有半闋。

色障幾人勘破，風流最易牽情。須知敗節與隳名。胡不回頭猛省。

其二二戒意惡

屋漏須防有愧，焚香午夜盟心。不欺暗室鬼神欽。何事機關用盡。

其三三戒口過

燕語何關建白，高談巧肆雌黄。招尤起釁最難防。試看金人勿放。

其四四戒曠功

朝夕宜深乾惕，功夫切忌疏慵。古人勤學在三冬。忍把流光斷送。

其五五戒廢字

文字無忘創造，蟲書鳥迹非輕。開天一畫啓愚氓。人世云胡弗敬。

其六六敦人倫

達道通於天下，君親大德同昭。塤篪迭奏琴瑟調。并效分金管鮑。

其七七净心地

方寸時時打掃，返觀塵垢俱空。冰壺一片擬淵衷。詎使非幾冒貢。

其八八立人品

佳士持身不苟，渾如良玉精金。耻隨流俗共浮沉。舉足休爭捷徑。

其九九慎交游

講習端資麗澤，切磋借助他山。同方同術誼相關。聲氣應求皆泛。

其十十廣教化

舉世咸深錮蔽，迷而不悟堪憐。發聾警聵鐸頻宣。習俗由斯丕變。以上録自《民國陸良縣志稿》

陳德齡

陳德齡，晉寧人，清同治前在世。著有《樂天居龗吹見合選》。

一剪梅 漁樵耕讀四樂詞　案：詞牌據《詞譜》補。

其一

一蒿春水一溪烟。物外清閒。世外神仙。緑楊深處繫家船。月釣秋天。雪釣冬天。

其二

肩挑紅葉半山坡。朝也樵歌。暮也樵歌。亂松聲裏聽鷓哥。采罷岩阿。睡足雲窩。

其三

山田十畝兩黄牛。春有春收。秋有秋收。官租輸後便無憂。鄰舍輪流。斗酒優游。

其四

清高畢是讀書堂。野寺山莊。浄几明窗。滴來花露寫文章。筆亦生香。字亦生香。

西江月元宵

頓啓星橋鐵鎖，旋開火樹銀花。一家一炬萬千家。應接教人不暇。玉管金樽錯雜，花香月影交加。千金宜買不宜賒。莫待來宵減價。

黄鶯兒隱居

深山處士家。半畝桑、半畝麻。幾椽茅屋石頭架。有閒栽花。無事煎茶。流泉直通厨竈下。樂烟霞。自耕自稼。教兒學種瓜。

雙叠黄鶯兒秋飲漁村

蓮渚泛輕舟。停蘭橈、登蓼洲。酒家一過橋來有。水東西流。竹左右修。門前幾樹垂楊柳。境清幽。風光朗秀。絶妙買春樓。把楔上樓頭。卷疏簾、眺江秋。一番極目□杯酒。雲共波浮。雨雜蘆稠。斜陽漸入黄昏候。發清謳。船歸渡口。漁樵樂唱酬。

行香子觀蓮海心亭

萬朵紅蓮。一碧澄鮮。上飛亭、獨坐悠然。晴雲浸影，翠柳含烟。愛水汪汪，風細細，葉田田。瀲灧湖天。四顧遥連。化機呈、活潑當前。波心躍鯉，空際飛鳶。悟聖尼時，莊叟樂，子思賢。

前調 箴言

宦海浮沉。萬孽隨身。甚功名、富易違仁。風雲際會，雷雨經綸。實上欺君，中負己，下殃民。

枉用爲臣。不若恒人。樂雍雍、各盡天倫。詩書教子，菽水怡親。尚務農桑，知禮儀，表鄉鄰。以上録自《樂天居亹吹見合選》

王宇春

王宇春，字熙臺，永北人。光緒乙亥（一八七五）科舉人。

虞美人 次樾村韵

熏籠坐擁紅窗掩。日上寒初減。鴛幃昨夜五更秋。夢見征人相對、話離愁。

朝來哥筆供消遣。小韵尖叉檢。詩成欲誦又遲留。有個鸚鵡嘵舌、在前頭。以上録自《滇詞叢録》

張保岐

張保岐，字鳴瑞，號平之，元江人。同治癸酉（一八七三）拔貢，光緒乙亥（一八七五）科舉人。歷任大理府訓導、鎮沅直隸廳教授。卒年八十五。著有《紅杏山房詩鈔》。

一剪梅 晴雪三友詞

層巒秀處雪迴風。没有花紅。卻失青葱。春晴昨夜報來東。似玉玲瓏。是松玲瓏。

其二

賢人隱處愛幽林。勁節虚心。不怕寒侵。今朝天氣卻冬陰。雪也堪吟。竹更堪吟。

其三

山巔水涘暗香奢。六出交加。一色倍嘉。踏來尋賞興何賒。幾樹雪花。都襯梅花。以上録自《紅杏山房詩鈔》。

張申巽

張申巽，字簡之，號印山，蒙自人。光緒乙亥（一八七五）科舉人，特授楚雄府南安州學正。著有《双桂花館詩鈔》，附詞。

眼兒媚 題二喬觀書

誰家夫婿最英雄。姊妹話吴宫。曉妝罷理，兵機共究，内助心同。　孟德新書若個讀，銅雀鎖成空。過江佳麗，依然千古，多謝東風。

前調 題張廠畫眉

深閨情事畫難描。京兆太風騷。春山兩角，春心一點，都到筆稍。　菱花照處肩相并，迴眸一笑嬌。腮邊脂粉，手中墨黛，休染羅袍。

醉春風 題韓書五枕琴窩

醉裏乾坤小。高眠亦草草。是誰爲子作行窩，好。好。好。况有枕邊，瑶琴三尺，家藏至寶。　醒譜霓裳稿。卧尋巫峽道。曠達於今有幾人，少。少。少。待得鸞膠，風弦續就，夢同窈窕。

多麗 題韓書五枕琴窩

是幾時，音流雅操丁東。應許我、扣扃直入，携樽聽理絲桐。安樂久懷先哲遠，歡娱今在此窩中。醒弄瓊黴，醉眠珠柱，緑陰深處夢魂慵。任宇内、紛争棋局，且一枕從容。我方憶、綸巾一鼓，立退群雄。何日蕩、蠻烟瘴雨，樓頭穩卧元龍。又豈料、弦歌藴藉，偏難靖、戎馬折衝。身嘆萍飄，情深蘭臭，共飲時得契芳踪。算當年、雪巢土窟，都成達士風。更誰知、此間榮替，得曲肱功。

賀新凉 賀楊鱸江新遷

佳節中秋過。正新凉、子雲亭啓，高朋滿座。依舊芳留書史第，恰稱珠傾玉唾。何須念、故園花朵。更喜萱堂開畫錦，倚闌時、看班衣個個。金紫燦，輪唤播。我生何處容高卧。望家山、白餘灰燼，赤連烽火。眼底桑田滄海變，整頓乾坤誰荷。鷄卵大、天鑽不破。鴻爪雪泥權寄迹，幸結鄰、吐鳳樓邊坐。歌一曲，爲君賀。

眼兒媚 題《倦綉圖》

綉窗風景畫難真。蕉影護香塵。纖纖妙手，綿綿芳思，無奈青春。殷勤刺出鴛鴦譜，停針倦倚頻。知他夢裏，鍾情何處，持贈誰人。

綺羅香 東林寺看牡丹不遇

慈雲深護，法雨潛滋，正是花開時候。富貴牡丹，也許僧家消受。曾聞得、七寶袈裟，掩映著、一團錦綉。方擬春晴試一游，誰知已落游蜂後。　嬌容何處歸也，看雲房深鎖，幾回搔首。色即是空，此意而今參透。但教净土信皈依，留得福根應不朽。待來年、賞識東皇，還後他人否。

百字令 題郭積山餘亭

畫堂深處，更逶迤行入，一亭特峻。分取三弓房後地，生面別開佳境。綉闥雕甍，鈎心鬥角，是誰匠心運。嘉名肇錫，往來真有餘韵。　多少潦倒勞人，飄零詞客，桑梓都成燼。剩水殘山留半壁，幾得閒情澤潤。刺羡車盈，笏看床滿，富貴風流甚。石耕餘暇，且來消遣清興。

祝英臺近 題張氏國手小園

石一拳，水一勺，莫謂園亭小。金谷繁華，花落烏啼早。但有個橘井泉香，杏林雲暖，也算得、人間蓬島。　短垣好。讓出對院危樓，天半遥峰喬。鴛茂梓榮，招來客多少。聽説是鋤藥歸閒，焚香訂約，虛四壁、儘留詩草。

西江月丙寅中秋

曾記去秋陰雨，最憐此夜新晴。家山迢遞望中明。遥想雙開桂影。□左書屋名雙桂花館，十載兵燹，聞雙桂花猶存，天留此先人手澤，知故土終□也。　要得愁銷痛飲，不知老至狂歌。醉搔蓬鬢問嫦娥。誰誤少年似我。

綺羅香題趙母刲股救姑

幼悲怙恃，早事翁姑，恰正嬌痴時候。病入萱闈，痛煞靈丹難救。焚寶篆、泪濕香奩，引霜刀、血飛碧袖。願捨冰肌一臠，甘垂危，延得慈親壽。　孝婦今何處也，聽兒曹索句，令人眉皺。蕙質苦心，應把前賢參究。晋國股肱可療肌，趙家骨肉保依舊。嘆人生、忠孝愚衷，半屬閨中秀。

長相思宿花口

花一程。柳一程。驢背敲詩緩緩征。青雲蹄下生。　山有情。水有情。暫宿茅亭夢亦清。記將新月明。

祝英臺近題傳安小園，安爲岩溪中丞公裔

壺公壺，橘叟橘，世界何曾小。地闢三弓，城市山林好。但種些、陶令菊疏，故侯瓜滿，也不損、鹽梅風調。　三徑悄、管甚瓦釜黄鐘，隨老天顛倒。争似蘭成，屈體傷不了。博得個、酌酒賦詩，烹茶留客，把那壁、南山看飽。

風中柳荆門感懷

羈旅荆門，端的惹人煩惱。瞥芳容、腰肢裊裊。恰如俺那，亡過人來到。對金樽、神魂顛倒。　萍合蓬飄，怎比當年歡笑。又聽他、异腔别調。相思愁緒，更無從訴告。棖觸起、舊情多少。以上録自《双桂花館詩鈔》

滿江紅避亂

劍氣沖霄，登樓處、一輪皓月。驀回首、故鄉庭院，灰飛烟滅。長鋏空勞齊客彈，洞簫羞向吴門咽。念人生、窮達竟何常，休悲切。　丙辰歲，壬辰節。時與日，庚辰叠。看白虹貫日，伊誰作孽。虎咥狼恣暴戾，長蛇封豕任奔突。夜難眠、拔劍舞寒空，心情熱。

多麗書五齋中聽琴　案：闕下片。

送凉飆，韵流續斷絲桐。引良朋、排扉直入，携樽來聽丁冬。慕前賢、窩名安樂，性天時露七弦中。醒按金徽，醉眠緑綺，槐陰深處夢魂慵。任宇内、紛争棋局，且一枕從容。知何日、綸巾静鼓，立退奸雄。以上録自《續滇詞叢録》

張再洛

張再洛，字阜生，劍川人。光緒丙子（一八七六）科舉人。

滿江紅謁隆中諸葛公故廬

氣象佳哉，儘如許、葱葱鬱鬱。看一帶、樹林幽折，岡陵起伏。源水瀠洄隨徑碧，綉塍參錯當門緑。想當年、抱膝此躬耕，神仙福。　三顧禮，隆推轂。三分勢，開巴蜀。更南征北伐，敵摧蠻服。盡瘁一身酬主遇，孤忠萬古惟君獨。謝田夫、指引吊遺踪，抒衷曲。以上録自《滇詞叢録》

張再謹

張再謹（一八四一—一八八九），字慤誠，一字定生，劍川人。再洛之弟，光緒乙亥（一八七五）科舉人。

著有《四香齋詩》，附詞。

念奴嬌 秋聲和月村作

麗譙初動，正黄昏過後，畫屏人悄。蕭槭漸催風力緊，閃爍一燈紅小。月淡横波，階凉積水，添個寒蛩惱。疏窗齊入，故教和作愁攪。　偏是客館宵深，家山萬里，别緒方盈抱。撼碎秋心敲碎漏，欺我夢魂顛倒。長夜如年，布衾如鐵，欲睡何曾好。鷄聲何處，耳邊聽到霜曉。

虞美人 和槭村韵

流蘇搴處朱簾掩。睡起情懷減。晨妝鏡裏不勝秋。照見黄花偎鬢、伴儂愁。　紅箋記約今朝遣。短扎須私檢。還防好事有勾留。暗把虔香一瓣、祝心頭。以上録自《滇詞叢録》

趙　藩

趙藩（一八五一——一九二七），字樾村，號蝯仙，晚號石禪老人。劍川人，白族。清光緒元年（一八七五）乙亥科舉人。歷任四川酉陽知州、四川鹽茶道使等職，入民國後任廣州軍政府交通部長。著有《向湖村舍詩集》《小鷗波館詞鈔》《桐華館夢緣集》等，輯有《滇詞叢録》。

謚簫詞一

巫山一段雲

竹檻烟横篆，桐軒月吐華。雙描人影上窗紗。雪乳戲分茶。　臂弱憐搴藕，心虚怯鎮瓜。今宵拼褪守宫砂。凉意有些些。

釵頭鳳

房櫳小。流蘇繞。屏山西角吹燈早。停筝柱。吹蘭語。孱病怯，最難調護。去。去。去。　蓮鈎棹。湘裾裊。回廊轉過空庭悄。秋波覷。氍延伫。滿階凉月，一天風露。住。住。住。

減蘭 邯鄲早發

愁和路永。晚飯黄梁村店冷。哀怨誰彈。欲問才人錦瑟殘。　征驂駕早。又聽荒鷄啼月曉。短夢郎當。不及盧生一覺長。

清平樂

長安春瘦。花事清明後。妒煞一枝紅濕透。付與磁瓶消受。　垂楊鎖住妝樓。曉寒料峭如秋。記得喚回香夢，水晶簾下梳頭。

四字令 楊仲寅同年蔚文扇頭山水

遥山黛迷。幽篁翠迷。一川烟樹高低。是瀼東瀼西。　午鷄啼罷。園花不飛。問奇客到前溪。有胡盧并提。

滿江紅 張定生再謹爲王熙臺宇春作巧庭瓜果摺箑，索賦倚聲

整整斜斜，看老圃、秋客成片。有瑣屑、瓜藤豆莢，紫茄紅莧。蘆菔生兒膚自嫩，石榴結子花偏艷。最稱心、消渴老文園，驪珠串。　邀蛾月，初昏院。啓蛛盒，深閨媛。正菊花香裏，玉盤齊薦。執手離情經歲别，憑肩密語長生願。合紅塵碧落幾情痴，依稀見。

其二

閣筆沉吟，猛根觸、舊愁新漲。憶兩度、佳期虛負，隔河相向。藕孔懷人紛别緒，葫蘆畫我成依樣。問幾時、雙影拜雙星，弛愁擔。　徐黄筆，窮形狀。蘇辛拍，慚豪宕。但鍾情吾輩，

一般惆悵。藏篋須君加愛惜，招涼對客休輕放。待携回、倚袖撲流螢，閒階上。

浣溪紗

十六輕盈伴浣紗。苧蘿江上住西家。可人顏色似朝霞。六曲簾櫳私拜月，五更風雨暗愁花。黄金不換錦年華。

前調

比目魚兒比翼鶼。修成福慧住情天。柳枝身段荔枝年。寒夜看書分半臂，曉窗窺鏡擁雙肩。個儂消得個人憐。

前調

一别仙山阻絳河。傷心回首懊儂歌。泪潮應是漾横波。天上蟾光圓處少，世間鷄肋賺人多。情痴端的奈情何。

前調

滿地殘紅蝶倦銜。晚風妝閣燕呢喃。輕寒猶怯碧羅衫。寶鏡慵開眉已蹙，錦書空寄泪難緘。江樓斜日見歸帆。

一萼紅夏日招同李樹久德、王熙臺兩同年至龍樹寺，坐蒹葭簃，食瓜消暑，觀二君手談，留連竟日

避喧嘩。指宣南亭館，小隊駐輕車。種菜籬灣，垂楊門閉，描來畫裏人家。稱心是、藤床竹簟，向玲瓏高閣俯蒹葭。一點紅塵，風吹不到，緑上窗紗。　不負清談小集，有南皮風味，雪藕浮瓜。草緑傷春，槐黄過夏，閒中聊且拋他。勝負未完棋一局，又西山、紅過夕陽斜。休遣半生清福，全讓僧伽。

南鄉子

笙韵静銅瓶。簾押低垂緑綺停。眉月初升纖又淡，冥冥。秋味凉生一點螢。　梧葉滿空庭。凄切陰虫不耐聽。閒向牽牛花下立，亭亭。驀地抬頭見二星。

調笑令

春半。春半。記得海棠庭畔。雙飛紫燕翩躚。常傍花蔭卷簾。簾卷。簾卷。愁被東風偷剪。

前　調

傷別。傷別。一度圓過璧月。無端聚散浮萍。容易西風夢驚。驚夢。驚梦。妒煞釵頭雙鳳。

前　調

孤負。孤負。錦瑟年華廿五。貪他肘印黄金。那得封侯稱心。心稱。心稱。一抹横波風定。

浪淘沙

新月上娟娟。風裊茶烟。碧紗窗子嫩凉天。忽憶晚妝初卸去，密語憑肩。　人月不團圓。渺渺山川。隔年書斷衍波箋。那更寂寥今夜坐，夜也如年。

水龍吟 秋聲和定生作

打窗蕭地蕭騷，空庭月冷吹凉雨。和衣側聽，聽殘笳拍，聽殘譙鼓。葉墜還飛，燈欲滅，絮和虫語。甚家山咫尺，驚回夢也，迷離在、難尋處。　能幾柔魂半縷。慣禁當、蕩摇如許。

清砧擣碎，唾壺擊缺，助他淒楚。紅豆才人，青衫游子，這般情緒。伏僧樓曉課，塵根鏟净，一聲霜杵。

黄金縷 菊枕

餐英插帽酹佳節。一枕留香，又伴蘆衾貼。羞澀床頭君漫説。山家别有黄金穴。　細檢繁枝葉。纖手拈針，影事秋飄瞥。今夜夢爲雙蛺蝶。也應舞傍東籬月。幾回

江神子 瓶中殘菊

蕭齋十笏净無塵。醉初醒。夢初醒。一味幽香、微向鼻尖迎。風雨重陽秋去也，剛約住，小銅瓶。　三分愁病認前身。瘦如人。淡如人。恰是西風、簾卷蝶相尋。人瘦似花花似蝶，厮襯得，不分明。

虞美人 病中遣興

斜陽一角門孤掩。鏡裏朱顔減。西風吹葉弄殘秋。鎮對半甌凉雪、伴煎愁。　沉疴能療愁難遣。小劑當歸檢。誰云苦到舌根留。已覺一齊酸澀、沁心頭。

前調 無題次前韵

風漪八尺晶波掩。薄暑蘭閨減。羅衣嫩曳一分秋。著個盧家嬌小、不知愁。　真珠密意纔消遣。紅豆誰催檢。無言欲去又勾留。似有些些濃暈、上眉頭。

解佩令 丁丑出都書保定店壁

籠頭破帽，隨身長鋏，又前年、風雪來時路。游倦相如，百金空賣長門賦。典鷫裘、且圖歸去。　故山三徑，天涯重九，莽離愁、夕陽高樹。野店銜杯，儘零落、墜歡塵土。且開懷、醉鄉深處。

望江南

鷗波館，餘事憶風華。謝氏詩才工咏絮，衛家書格擅簪花。慧業有人誇。

前　調

娱清晝，小閣下簾鈎。綉倦荷囊停綫脚，撿餘茗碗瀹釵頭。消盡篆烟浮。

前　調

離亭柳，惜别又秋深。失喜誤占乾鵲語，多愁添攪濕蛩吟。無限倚樓心。

前　調

緘錦字，都是斷腸詞。一縷情旋螺宛轉，雙飛影失燕差池。争得不相思。

臨江仙 署函尾寄内

腸斷年年緘錦字，典衣初辦歸裝。白雲親舍夢蒼茫。貧家蔬水奉，辛苦累勾當。應怪遠人鄰舍至，心期偏誤重陽。蘆簾紙閣夜圍霜。孤燈偎影坐，愁聽漏初長。

阮郎歸 上巳日禄豐道中

匆匆重九又重三。關山滯客驂。桃花春水漲溪潭。東風錦浪酣。抛紅豆，滿江南。相思味慣諳。何時燈蕊撥瑶簪。與伊子細譚。

其二

一屏香夢醒荼蘼。流鶯不住啼。傷春人瘦落花肥。東風故故吹。慵照鏡，懶熏衣。遠行歸未歸。鬱金堂北杏梁西。妒他雙燕棲。

金縷曲 留别王劍庵内兄

對榻瀟瀟雨。擁寒缸、凄然欲絶，惟吾與汝。千載飢驅成底事，顛倒英雄如許。畫不盡、關山行旅。襆被青衫紅葉路。怕明朝、觸忤離人緒。且拔劍，夜深舞。　羨君潔饍依慈母。嘆狂生、東西南北，不遑將父。捧檄由來知己在，富貴吾儕何取。方寸意、燈花能語。窮達無心難自必，算藏山、經世隨人處。須努力，争千古。

喝火令 花貢道中見白桃花

息國嬌含泪，唐宫澹掃眉。不争空谷見仙姿。那更花間玉翦，雙燕話相思。　曉色明衣桁，餘香卷被池。學梳新髻出簾遲。記得嫣然，露浣隔簾枝。記得一枝和露，親摘替簪時。

青玉案 豐樂鎮店壁次和維揚梅玉仙校書韵

荒村凉月疏林杪。照個可憐人杳。薄幸生憎拋撇了。枕鴛尋夢，雪鴻留爪。自惜紅顔老。　新詞我亦挑燈和。信假疑真都覺好。落葉心情悲弱草。嚼梅滋味，惜花煩惱。不索伊知道。

滿江紅

晚次長葛縣，見店壁題《金縷曲》云：『誰禦天家侮。忍長教、滿地干戈，焦勞聖主。男兒欲展平生志，拔戟須成一旅。閲歷些、沙場辛苦。試看汾陽功再造，炳麟麟、青史垂千古。算隻手，天能補。

夜深起作聞鷄舞。拂青萍、秋水光寒，長虹氣吐。此去樓蘭應授首，碾碎當車螳臂。那更有、關山間阻。從新整頓旧河山，永不許、再操漁陽鼓。酧素願，黄龍府。』後署：『己未秋日，袁筱塢走筆。』知爲少司馬保恒袁公書。想出從午橋先生剿捻時作也。篝燈濡墨，和一闋於後，且囑逆旅主人加愛護焉。

壞壁微塵，看題句、中原豪杰。思曩日、聞鷄起舞，悲歌嗚咽。一劍横腰明似水，孤身報國輕於葉。囑郵亭、珍重爲籠紗，休磨滅。　名父子，君齊烈。英雄恨，吾能説。提筆把伊凉高調，和他三闋。露布書殘軍幕紙，沙場夢冷征衣鐵。待何時、海上逐横戈，饕鯨血。

淬劍詞二

生查子

小桃幾樹花，吹作胭脂雨。楊柳萬垂絲，不繫郎船住。　斜陽湖上山，碧草湖頭路。莫漫倚闌干，是個愁來處。

一痕沙翠海酒樓

乍暖乍寒時節。一片柳棉吹雪。柳外酒簾飄。小紅橋。　樓倚湖光山翠。消得冷閒醉。醉起角巾偏。對鷗眠。

風蝶令春暮招黄質庵大令啓鳳薄游翠海，填此代柬

細雨鶯移樹，微風蝶上階。棗花簾子曉初開。恰是游絲輕絮、共飛來。　寄遠難尋夢，傷春枉費才。日長無語坐空齋。誰與十千沽酒、换金釵。

其二

倦客愁無那，閒人約肯來。且將幽事寄詩懷。昨日鄰家新借、笋皮鞋。　小院門敲竹，遥山翠潑苔。一湖春水鏡奩揩。莫負湖心無數、小樓臺。

摸魚兒紗窗

轉迴廊、綺疏幅幅，妙香風裊金鼎。湘簾蘄簟貪凉卧，半篆海沉消盡。清睡醒。漸一片濃雲，緑上芭蕉暈。閒庭晝永。怪蟬翼蛛絲，隔住飛花，不隔春愁影。　模糊事，記得停針

話茗。綉餘鬟髻慵整。殘絨笑向檀郎唾，鏡裏吟肩雙憑。添別恨。便銀漢紅墻，人隔天河迴。蘭房易暝。想沉碧如烟，昏黄待月，摇夢一燈冷。

齊天樂 竹簟

乍驚身到篔簹谷，濛濛緑陰鋪滿。八尺含風，雙紋漾水，暢好桃笙初展。晝長人倦。試石鼎香温，月團茶釅。栩栩游仙，蝶魂颺去瀟湘遠。檀床倏虚一半。夢琉璃净滑，鷗波亭館。看奕簾前，墜釵枕上，凉負是鄉雲軟。韶光偷换。怕落葉敲秋，齊紈同卷。印取想思，斑斑紅泫。

虞美人

碧紗窗下停機杼。繞砌凉蛩語。緘題烏鰂誤還家。多事青燈剔了、又開花。　闌干飛上銀蟾小。肅拜空庭悄。水沉親炷博山香。願得爐烟縷縷、篆成雙。

臺城路 己卯秋試前十日，陳曉堂茂才虞景昆季移具廣園，招同人文讌竟日，酒酣耳热，擊唾壺而歌之

元方兄弟邀佳客，移樽共來芳隖。黄落槐花，香飄桂子，忙裏暫偷閒處。湖山客與。借水榭雲闌，聊娱羈旅。一味新凉，簾櫳吹散半天雨。　人生行樂而已，甚文章報國，矮屋辛苦。

斬馬雄譚，持螯大嚼，滿座酒龍詩虎。藏鈎戲賭。知筆掃千軍，誰搴旗鼓。椽燭高燒，且揮長劍舞。

沁園春南歸有日，柬劉謙山孝廉有光

咄咄相逢，歌罷酒闌，慨當以慷。怪淮南敗鼎，舐都仙去，籠東破帽，舞太郎當。錦瑟閒愁，銅琶暗泪，甚處歡場不斷腸。從人笑，笑平原公子，前度劉郎。　丈夫失意何妨。曷歸卧、潭西舊草堂。且幕天席地，安排伶鍤，裁雲鏤月，料理奚囊。彩戲娛親，篝燈課子，樂事庭幃未渠央。我先去，向鷗波亭畔，散髮滄浪。

金縷曲謝秀山比部文翹賦《買陂塘》三闋贈行，倚此奉答

日暮登高阜。鳳城邊、一聲羌笛，數枝殘柳。誰唱陽關三疊曲，顆顆驪珠脱手。是絶代才人謝九。呼吸清商聲拉雜。解征鞍、更賭旗亭酒。君擊筑，我拊缶。　荆山璞獻升沉剖。惜惺惺、低徊慰藉，君情忒厚。成佛升天游戲耳，達者何分先後。但車笠盟心須久。未免有情西向笑。待雨窗、來剪春初韭。臨去也，重回首。

醜奴兒航海南旋，小泊揚子江中，觸目書成二首

乘風破浪尋常事，鰲背朝陽。雁背斜陽。不信東溟一葦杭。堅昆未定仙槎杳，海上籌防。江上籌防。猶見輪舟過武昌。

其二

英雄割據空陳迹，左對金山。右對焦山。北顧南徐指顧間。烹茶且試中泠水，天外雲閒。方外僧閒。乞個蒲團願閉關。

徵招書旅舍壁

人生數十寒暑爾，功名大都難必。莽莽好江山，踏遍雙芒屐。緇塵喧又寂。算幾個、名山壇席。白酒空澆，黃金易盡，可勝歌泣。　歸路況蕭條，斜陽外、指點平林將夕。旅店夜燈青，甚處人吹笛。新詞聊掃壁。也不想、細紗籠碧。縱教他、唱澈旗亭，於我究何益。

金縷曲板橋旅次代柬寄質庵

判袂平安否。算年來、離愁別緒，雙魚難剖。奉母閒居多樂事，慈竹陰濃春晝。覆堂北、萱花長壽。兄弟無猶妻子翕，釀一家、和氣如春酒。羨此福，能消受。　江山萬里空奔走。

望蓬瀛、巫雲樓閣，於吾何有。故態狂奴非昨日，敢掉談天辯口。是筆硯、都焚之後。剩有隨身書萬卷，待明朝、來借看書牖。藩再拜，貽黄九。

减字木蘭花

衾寒似水。一痕春皺風吹起。似水寒衾。香透薰籠暖意生。　鞋諧玦絶。玉簫聲怨南樓月。玦絶鞋諧。争奈蓬山有夢來。

十六字令

痴。曲巷櫻桃驀見時。雙紅豆，入骨種相思。

前　調

情。鶴背天風譜玉笙。游仙梦，銀燭照分明。

前　調

離。門外天涯路也迷。重來約，禪絮怕沾泥。

前調

愁。月正圓時獨倚廔。關山闊，傷別又傷秋。

法駕導引 王采臣貢士人文告停朝殿試，歸里親迎，倚此賀之

聞喜宴，聞喜宴，喜事亦何多。秋進士聯春進士，大登科後小登科。佳句好重哦。明陳泰來十八舉於鄉，十九釋褐歸娶，平湖令以此聯贈之。

其二

脩福慧，脩福慧，仙耦是天生。緱嶺吹笙王子晋，瑶池擫笛董雙成。君配董氏。鴛牒注分明。

其三

徵吉夢，徵吉梦，縹渺話前因。北地果珍霞艷艷，西風槎泛水盈盈。肇錫寓佳名。君生時，太夫人夢食蘋婆果，故小名蘋生。淑儷小字銀河，則生於七夕故也。

其四

親迎日，親迎日，綉幰推珠纆。鹿角莊前銀作路，鴛鴦浦上玉爲梁。閭巷有輝光。鹿角莊、鴛鴦浦皆在太和縣境。

其五

花燭夜，花燭夜，金屋早凉天。七月十一日。露挹波羅宜洗手，星窺河鼓妒齊肩。人月共團圓。

鷄冠花，一名波羅花，宋汴京中元節前兒童唱賣之曰洗手花。

其六

陳棗栗，陳棗栗，官閣拜尊章。如此佳兒得佳婦，由來仙女儷仙郎。彩戲樂高堂。

其七

明歲去，明歲去，臚唱聽宣麻。朝罷畫眉籠史筆，妝成簪鬢賜宫花。天上許携家。

其八

賡却扇，賡却扇，吉語祝他時。玉印倒鈐好嬉子，錦綳香裹寧馨兒。瓊樹茁連枝。

賣花聲

新緑滿汀洲。飛盡閒鷗。風摇簾影一登樓。如此河山横夕照，酒不澆愁。含笑看吴鈎。繞指能柔。等閒兒女話恩仇。惟有猿公知我意，十九峰頭。

浣溪紗

鏡妥菱花月一匳。鞋兜菱角玉雙尖。菱枝裊裊手摻摻。　子夜歌如殘夢短，申江水爲舊愁添。誰家小院隔重簾。

好事近

記泛莫愁湖，湖上藕花時節。掩掩遮遮團扇，似團圞明月。　月明花落易黄昏，艇子又催别。各有一分心事，奈匆匆難説。

菩薩蠻

殘妝半面猶傾國。雙渦淺暈融黎頰。城北個人家。從來美屬他。　愛河風順好。風順帆收早。不是惜黄金。憐卿知此心。

鷓鴣天

南海輕盈十八娘。海風一棹過重洋。羅襦微解紅雲濕，玉體横陳白雪凉。　中酒候，按歌場。索郎親手剥儂嘗。便令忍俊争禁得，三日難留色味香。

醉太平

長堤白沙。文窗碧紗。粉墻曲曲周遮。露墻頭杏花。　鵾弦琵琶。春風髻鴉。春人不識誰家。恰盈盈下車。

前　調

青蓑釣翁。紅衣榜童。安排茗碗詩筒。載斜陽一篷。　江山畫中。笙歌梦中。消磨六代英雄。衹江流日東。

滿江紅 岳陽廔

黄鶴飛灰，剩江上、此樓高絶。凭欄看、洞庭如鏡，君山如髮。百雉差差排暮靄，萬鷗點點飜晴雪。喜年時、鼓角静廔船，烽烟歇。　湘妃去，無羅襪。仙客去，無横鐵。問何人管領，春風秋月。廊廟江湖憂樂并，東南吴楚乾坤坼。衹前賢、一記一篇詩，難磨滅。

行香子 七夕洞庭舟中

碧杜紅蘭，碧漢紅墻。恰收帆、雨霽瀟湘。船唇領略，一味秋凉。正夜迢迢，星淡淡，露瀼瀼。 屢外垂楊。樓上燒香。誓他生、兒女心腸。畫屏此夕，綺夢難忘。是卸金釵，兜錦襪，解明璫。

水調歌頭 書吴刑其同年式釗游仙詩後

縹緲虚無際，聞説有神仙。仙男仙女恩愛，長住大羅天。獨恨瓊廔十二，忙煞吴剛玉斧，倏月總難圓。婆娑桂之樹，瘦影伴嬋娟。 已三見，滄海水，變桑田。淮南無數鷄犬，都上白雲顛。争怪珠魂雪魄，幻作幽光靈響，語語怨纏綿。展卷不能讀，泪濕衍波箋。

眼兒媚 山居

林果多收當種田。老屋鎖寒烟。淺黄柚子，深黄橘子，顆顆匀圓。 園翁三五團圞坐，苦茗一甌煎。豆棚凉雨，泥他閒話，山鬼狐仙。

前調 溪居

樹裏人家樹杪廔。樓影倒溪流。迴欄曲曲，疏簾隐隐，落日簾鈎。 柴門兩版青苔閉，門外繫漁舟。釣魚人去，衹漁蓑在，飛上閒鷗。

柳梢青段大令承霖贈盈尺端硯，製古質堅，蒼潤發墨，硯背鏤環，中刻篆書『瓊宋』二字，環顛行書，竹垞題識十一字，盖曝書亭物也。既銘其匣，復賦此詞

一片璠璵。流傳天水，迹未糢糊。文字緣深，滄海劫換，伴小長蘆。替人今代誰歟。祇可惜、亭荒曝書。攻玉他山，還珠合浦，瓊此菑畬。

采桑子

迴廊屧響無人處，鸚鵡輕呼。月影花扶。不似前番乍見初。冰紈半掩挨肩坐，飲罷荷珠。教憩紗幮。低問今宵醉也無。

前　調

轆轤心事琵琶語，似訴凄涼。似惜韶光。十六剛剛十五强。五湖一舸鴟夷去，明鏡偏旁。洗硯添香。可要青裙學淡妝。

前　調

量珠一斛渾閒事，儂亦情痴。祇悔來遲。落盡殷紅緑滿枝。青溪姊妹無多在，録事都

知。解語當時。也向尊前惜髩絲。

河傳

病起。梳洗。一層紗。窗下春寒峭些。檀奴泥人攏鬢鴉。瞞他。園娃催送花。　略掃雙蛾嬌喘更。還拋鏡。伏枕懨懨凭。藥烟濃。蠟燈紅。冥濛。一春簾幕中。

味茗詞三

憶秦娥

初三夜。金爐鵲尾燒香罷。燒香罷。似曾相約，桂堂閒話。　迴廊六曲闌干亞。曚朧淡月梨花下。梨花下。生來膽小，獨行還怕。

前調

銅盤冷。緑蠟烟消眠未肯。眠未肯。月篩窗竹，姗姗人影。　流蘇垂下和衣等。生憎絡緯吟凄緊。吟凄緊。便尋殘梦，奈他催醒。

卜算子 題水閣夢緣卷子

楊柳白門烏，桃葉青溪艇。灧灧春江曲曲流，流盡珠簾影。　沈水博山香，斗帳雙栖穩。試覓南朝舊夢痕，夢到何年醒。

水調歌頭 題黄笛廔太守文炳堃《西洱寄漁圖》

飛渡二千頃，蛟窟掃蒼烟。披圖風景依舊，山水倍清妍。十九峰巒如黛，十八溪流如雪，百里水如天。蕭瑟荻花冷，吹上釣漁船。　殘霞斂，疏雨霽，月娟娟。船唇醉依長笛，唤起老龍眠。不是升庵遺謫，不是中溪歸隱，有客聳吟肩。萍根浪游迹，鷗鷺半生緣。

其二

珊瑚出南海，曾拂釣竿斜。胸中吞幾雲夢，投紱去長沙。擊節牂牁江上，結網昆明池畔，更泛洱海槎。豈是愛漂泊，處處水爲家。　浮生事，吾與汝，總堪嗟。劍湖亦有村舍，漁婢能煮茶。人道平津揖客，自號滄浪漁父，夢衹念蒹葭。蓑笠從君借，歸采白蘋花。

揚州慢 爲金仲鶴鹺尹樞畫梅自題

玉笛風凄，金尊雪釅，微吟共破清眠。記貉褕茸帽，小閣嫩寒天。自花下、匆匆别去，花枝瘦了，芳訊難傳。剩羅浮影事，依稀似夢如烟。鵝溪横展，寫一枝、鶉亞蛸肩。恁鶴背雲頮，蛾眉月淺，不似伊妍。誰信心腸鐵石，黄昏候、幽怨能蠲。妒耻春亭主，長時美眷團圓。

菩薩蠻 題潘蔭庭祖恩花卉畫册

其一 杏花

春明枉是春如海。先生歸去朱顔改。那不憶江南。青簾野店酣。酒醒樓外雨。低共春人語。雨霽月還明。鄰家吹笛聲。

其二 桃花

去年人面紅相暎。今年門巷無從問。飯客盡胡麻。天台第幾家。春風留不駐。剛到神仙誤。我愛鱖魚肥。花飛滿釣磯。

其三 紫丁香

丁簾隔着丁娘坐。舌尖香膩紅絨唾。燕子欲歸來。春愁結不開。東風何緩緩。乞放蕉心展。曉露點胭脂。親書十索詞。

其四 牡丹

沉香傳詔濡毫等。東風薄醉人呼醒。妃子不勝嬌。君王意也消。區區文字役。供奉初何必。御史乞除臣。頭銜署惜春。

其五芍藥

虹橋別酒斟婪尾。揚州夢覺三年矣。見慣亦尋常。帶圍金樣黄。將離離不得。紅裩春衫色。禪褟鬢絲絲。茶烟繚繞之。

其六荼蘼

番風吹過寒猶重。枕函欲住游仙夢。梦裏説相思。行人知不知。搴花籠素手。爲怕鈎羅袖。春困鎮厭厭。濃香如酒甜。

其七金銀花

春深夏淺殘紅謝。緑陰陰地開成架。瘦煞鷺絲藤。冬寒忍恰能。文窗天欲曙。薄采蒸珠露。吟吻潤生花。冰甌細點茶。

其八茉莉

玉肌無汗偏宜暑。冰瓷雪白稀疏貯。不是午妝遲。穿針自綰絲。枕邊吴語軟。反側隨郎軟。恰有睡工夫。鬢邊花不枯。

其九蕉花

夢圓午院天光緑。一枝窗外抽寒玉。玉立獨亭亭。施朱笑美人。仙姿容易謝。雪裏應添寫。莫摘小房珠。還留引鳳雛。

其十 白蓮花

蘭橈去後菱謳歇。琉璃世界雙明月。月白水如天。香來自那邊。情絲牽縷縷。結子心彌苦。願懺色成空。回生凈域中。

其十一 玉簪

凉蟾兀自多情甚。黄昏低照三三徑。露下搯春纖。弓鞋濕肯嫌。蜻蜓飛不動。怯上雲鬟重。膽樣小瓶兒。寒泉浸一枝。

其十二 茨菇花

門前燕尾溪流淺。西風葉葉并刀剪。惆悵别西灣。花開人未還。争他菱芡美。晚飯吴篷底。纖手費厨娘。親調盐豉香。

其十三 黄葵

偏他看得鉛華賤。矜持不入宜春院。愛學道家妝。宫羅染柘黄。秋風簾幕底。小極人初起。一抹夕陽山。眉痕淺淡間。

其十四 木樨

青天碧海秋無際。廣寒留得栽花地。餐粟飽仙方。姮娥唾亦香。小山應易主。欲别翻延佇。簪鬢記年時。年時鬢已絲。

其十五秋海棠

清清冷冷墻陰地。近來憔悴都難睡。不睡待如何。被池紅泪多。
凉於水。莫唱斷腸詞。防他蝴蝶知。强扶清病起。風露

其十六菊花

短籬曲曲柴桑宅。十年負汝常爲客。風雨又重陽。山中漉酒香。
秋屏影。一棹徑須歸。南湖紫蟹肥。卷簾人瘦損。燈暈

其十七梅花

縞衣竹外輕寒逗。春愁略解人先瘦。值得賦催妝。羅浮是婿鄉。
花妍否。歲晏倍相思。横參月落時。別來花下久。人是

其十八水仙

天風吹下凌波步。人間小立愁風露。十二畫屏山。窗紗面面關。
商量汝。馨弟與梅兄。和誰過一生。東君容作主。款語

其十九蠟梅

清修合住金塗地。門楣許附神仙尉。疏影弄枝枝。黄昏月上時。
密犀慵不戴。結束

游方外。嚼蠟視橫陳。同參最上乘。

其二十紅白山茶

紅紅白白千株亂。眼中花事滇南冠。風雪亦精神。輪囷太古春。小紅蛾黛蹙。已解吹橫竹。法曲唱玲瓏。吾師玉茗翁。

其二十一藤花

華鬘瓔絡垂垂綰。碧闌干外東風軟。唱徹紫雲迴。銖衣重不飛。鞦韆珠落索。蛾月窺簾幕。醉卧一千春。重來花下人。

其二十二海棠

垂絲婀娜縈香露。綠章乞得輕陰護。十里碧雞坊。風來總是香。平生看不足。側卧燒紅燭。修到詫神仙。仙人無此妍。

其二十三木瓜海棠

無香不直劉郎恨。承筐窃附風人咏。莫認小桃紅。華清睡思濃。園官珍并蒂。待飽經霜味。佳寔偶名花。仙緣合一家。

其二十四梨花

淺寒猶勒清明節。東闌一樹明如雪。新月畫蛾眉。誰偷玉笛吹。還防風雨猛。詩夢和雲醒。瓮底潑醅香。沽春趁洗妝。

其二十五虞美人

英雄兒女俱黄土。花枝想象當年舞。嗚咽帳中歌。春風知奈何。鉛華羞自媚。爲漬胭脂泪。一樣泣重瞳。斑斑竹上紅。

其二十六薔薇

小家姊妹迴嬌面。少年買笑黄金賤。争説舞衣裳。經年浣露香。眼看春事去。寶相應非故。莫漫折柔枝。終饒刺手時。

其二十七綉球花

雲斤巧琢團圞玉。等閒衹許東皇蹴。絶技授三郎。春風闢廣場。抛來誰第一。減盡回翔迹。薄倦倚闌干。玲瓏海月寒。

其二十八紫薇花

紅雲三殿氤氲地。麻姑長爪輕搔背。自是福難消。芳蕤謫絳霄。黄昏華省月。坐對真清絶。博得幾人詩。微之與牧之。

其二十九牽牛花

柔枝密葉西風颭。曝衣樓下閒庭院。曉雨洗車塵。猗那笑向人。若爲離又合。比似花開落。脉脉悵星河。夜涼衣露多。

其三十蝴蝶花

羅浮影事仙衣化。芳魂倏現花枝亞。紈扇莫輕揮。須防瞥又飛。南園惆悵處。碧草迴纖步。何福綴釵梁。消他寶髻香。

其三十一萱花

風琴雅管知名早。幽閨亦愛宜男草。崖蜜襲衣香。淡黄宫樣妝。憂端人世滿。自有忘憂館。樹背倚深慈。循陔馨膳時。

其三十二荷色牡丹

綉鞶不許春風啓。詞頭封送東皇喜。可是縷金囊。劉邠譜未詳。春寒烟漠漠。洧外伊相謔。繫上阮郎衣。倦游當早歸。

其三十三石榴

燭龍銜燭天門曙。海潮湧出珊瑚樹。火齊載盈車。豪華是石家。星幡何用護。禁得封姨妒。絶艷炫明妝。依然子滿房。

其三十四玉蘭

層樓百尺歌聲起。琼花玉樹枝連理。綽約藐姑仙。南湖水接天。冰紈經障面。駐馬唐昌觀。送上木蘭艭。酧君白璧雙。

其三十五木芙蓉

仙裳淡浣朝霞色。紉蘭作佩宜騷客。不敢怨開遲。秋江顧影時。錦城霜訊冷。鏡約都無準。木末折瓊枝。緘書寄所思。

其三十六鳳仙

玉簫吹下秦樓月。彩雲留駐雙飛翼。倒挂亦輕盈。釵頭惜不鳴。殘英收拾好。細和丹砂搗。顧曲隔晶簾。猩紅露指尖。

眠琴詞四

菩薩蠻質庵爲徐仲苓兆松畫扇，偶題芙蓉棃杏

西風容易東風懶。春花留伴秋花賞。及第兆芙蓉。霞蒸寶鏡紅。上林多少樹。簪帽明年去。更駕六萌車。青旗問酒家。

賣花聲題《仕女圖》

花暗露盈盈。籠燭閒行。女三爲粲忒娉婷。久立玉苔羅襪冷，寶鏡初升。何處步虛

聲。吹下瑶京。姮娥孤景亦凄清。縱許閒情和月訴，訴不分明。

百字令 包鴻卿大令家吉三峽歸舟册子

朝辭白帝，儘一船書畫，載儂歸去。七百里中峰十二，嵐翠撲衣如雨。崖斷灘横，林寒澗肅，月曉猿啼苦。都教收拾，錦囊滿貯佳句。　今日燃燭披圖，停杯感舊，款語春申浦。涉世倚心舟倚舵，愛聽過來人語。萍梗浮生，風波平地，總是擔驚處。魚肥酒熟，何處釣罷而舞。

臺城路 梅花

東風吹遍長安陌，山中暮寒猶峭。古幹皴苔，横枝亞竹，已覺未開都好。况當開了。做薄霽輕陰，閒庭幽窈。驀地驚逢，藐姑綽約正宜笑。　林家結屋何處，記西泠橋外，風雪曾到。鶴夢驚寒，鯨鏗破暝，低抹一林殘照。是鄉堪老。怎笛裏瓊英，便飄芳草。剩與啁啾，翠禽啼月曉。

浪淘沙

檐樹定栖鴉。暝入窗紗。小團龍餅試滇茶。石銚泥壚松葉火，也似山家。　寒月被雲遮。剛下檐牙。茗烟孤裊畫欄斜。如此闌干如此月，祇少梅花。

御街行都中送别蝶仙世銘之官桂林

送春愁絶蕭蕭雨。更送行人去。年時小别已消魂，此别重逢何處。國門垂柳，絮飛花盡，兀自縈離緒。往還燕越經吴楚。初聽應官鼓。看山桂管勝驂鸞，大好婿鄉長住。晝閒衙散，茶烟吹鬢，寫入烏闌句。

浪淘沙戊申冬夜，資州行館寄河陽君　案：詞題據《桐華館夢緣集》補。

情思渺無端。依約家山。玉梅花下咏春寒。翠羽啁啾清梦破，月曉星殘。還是夜漫漫。枕冷衾單。不成欲睡不成閒。何事貍奴偏卧稳，六曲迴闌。

減　蘭

雙湖漾緑。油碧歸來人似玉。小頓奩妝。春在鷗波舊草堂。年華暗换。心事終孤偕隱伴。月笛烟槎。輸取漁家與釣家。

蝶戀花寄王芳伯采臣

襟上酒痕澌不去。回首歡場，冷落高陽侶。判柳批花誰是主。垂簾長日瀟瀟雨。猶記班騅臨別處。春草春波，淒斷江郎賦。樓上望君朝又暮。蒼烟猶隔郵亭樹。

風入松

問他何物是西風。吹處便愁儂。暮山一帶傷心樹，偏留戀、夕照頳紅。別浦迢迢去雁，高樓隱隱疏鐘。　江山猶是畫圖中。作意爲誰容。道人笠屐多時辦，知何處、地絕天通。勝有懷湘哀怨，無聊譜入焦桐。

虞美人

東風吹得花枝笑。不信春能老。軟紅簾底過花朝。又是素商淒戚、響芭蕉。　香泥付與營巢燕。人意尋芳倦。閒愁濃暈小眉山。山外柳拖殘照、是陽關。

醉太平 題顧横波画蘭

風光露光。花香墨香。宛如坐對瀟湘。接翠羽明璫。　朝陽夕陽。歡長恨長。可知紉佩凝妝。斷尚書俠腸。

清平樂 用樊榭韵

離襟泪浣。臨别寒猶淺。月鏡開奩剛一半。倏見玉輪光滿。　小亭葉悴苔荒。嚴冬景色蒼凉。歸日開尊款話，煩卿斗酒先藏。

前調 寄王豹君次龔詞韵

登高能賦。眼底才堪數。仗策而來横劍去。人道惟吾與汝。　粥魚響定松關。茗烟緑裊頹鬟。省記两家舊約，驂鸞同到蒼山。

虞美人 次龔詞韵，以下皆是

窗紗照得蕉同緑。窗内摇紅燭。冶春節序暮寒邊。忽地念他衣薄、要裝棉。　雕梁巢燕嗔泥墮。莫妒人孤坐。緗桃能笑柳能顰。争似梨花明月、两無痕。

臨江仙 梅花

小院蠡窗寒夜月，數枝扶上冰紋。玉奴終不負東昏。口脂香入夢，心纈凍回春。　亦有羅浮三百樹，虬枝高下難分。化工着手巧無痕。東風來幾日，吹白一溪雲。

清平樂 寄豹君

緇塵滿面。償了重來願。火馬游神心怕見。共抱壺冰一片。　析津晚雨催秋。無言相對悠悠。省識酒醒難別，宵闌先上輪舟。

好事近 梅花

佳儷滿人天，衹有林家高格。何必子生調鼎。算無歧名寔。　孤山對立雪晴初，不足可憐色。今夜銀蟾匿影。願暫時將息。

鵲踏枝

驀忽移家三海住。隔斷行人，那覓尋春路。舊燕新鶯歌且舞。滿城風柳顛狂絮。　莫是東君争自主。因果蒼茫，天或東莞許。豪奪有時輸巧取。頭顱衹惜終遲暮。

唐多令 次龔韵　案：詞題據《桐華館夢緣集》補。

花外小紅亭。春山隔水青。又黄昏、淡月疏星。風卷珠簾吹細語，猜不定、意中人。　釵鈿誓他生。今生酒易醒。衹低徊、憐我憐卿。誰道彈琴看鬢影，消得也、倦游身。

減蘭 次龔韵　案：詞題據《桐華館夢緣集》補。

了無憑據。醉鄉高枕柔鄉住。綺夢如烟。跌宕名場四十年。　笠蓑歸里。孤篷聽雨雙湖裹。莫便輸他。杜老林塘是浣花。

洞仙歌 次龔韵　案：詞題據《桐華館夢緣集》補。

雲屏幾摺，睹新妝半面。恰好金壺滴銀箭。又茨姑葉爛，梔子花開。驚別後，光景奔如流電。　瑶琴能寫意，纔拂絲桐，誰道玫瑰濕琴薦。烟水隔清湘、碧杜紅蘭，空縹緲、娭光隱見。算絶代佳人得重逢，也叨絮、難明模糊恩怨。

卜算子 書扇寄河陽君，用龔韵　案：詞題據《桐華館夢緣集》補。

面月半奩開，弱管湘筠瘦。不分承恩熱惱捐，出入君王懷袖。　細字寫靈飛，家在靈山否。幾日思歸心渺然，覺有新凉透。

人月圓 癸丑中秋，省寓初歸，即事有作，次龔定庵集中原韵

招魂不信吾猶在，明月送還家。團圞情話，餅香酒釅，桂樹初花。　自今以始，描京兆筆，

睹易安茶。無心再問，烽烟南徼，冠盖東華。

滿江紅 次岳武穆原韵

漢業重光，終不憒、魏興便歇。恨醜類、阿承莽操，歌功頌烈。殘客醉心燕市酒，遺風泪眼秦淮月。聽夜深、中澤泣哀鴻，聲凄切。　神州污，須湔雪。匹夫志，難磨滅。煉女媧奇石，補將天缺。斫尔鏡中楊廣頸，慰他地下萇弘血。看英雄、卷土有重來，清宫闕。

前調 次岳武穆韵，滇軍軍歌

劍佩雄冠，男兒志、昂藏不歇。憑半壁、滌腥湔垢，浩然義烈。金馬騰空開宿霧，碧鷄叫夢醒明月。又两番、推倒段和袁，抒誠切。　老松幹，耐朔雪。堅金質，難磨滅。葦蒼山巨石，補完天缺。尺組終拴默啜頸，寸丹不化萇弘血。大中華、璀璨彩雲籠，開宫闕。

洛陽春 用歐陽公韵寄桐村

瓶花能笑燈能語。裊微烟檀炷。垂簾悄讀故人書，簾外瀟瀟雨。　風踪浪迹飄絮。似頻年情緒。旗亭睹唱斷腸詞，肯緘付、雙鬟否。

高陽臺

白疊骸邱，紅淹血泊，湖湘浩劫堪憐。巨鎮名城，行來總斷人烟。南强北勝争蝸角，衹同根、箕豆相煎。攫金錢，彈雨槍林，各飽腰纏。　　倏和倏戰頻貽誤，是滿懷機詐，莽操心傳。木屐兒來，便愁席卷山川。一年容易中秋節，月朦朧、碧海青天。最凄然，世上流離，天上團圓。

蘇幕遮

鑿銅山，開鐵路。險失邊關，曉夜飛車度。四百萬人瞑未寤。贖恨無貲，欲養兵爲護。　　虎争時，龍蟄處。醞釀危機，複雜尤無數。傳舍浮華貪草露。前後畺臣，大錯同心鑄。

瑣寒窗 題《秣陵秋眺圖》

滿目蒼凉，六朝都會，敗垣頹瓦。往劫休談，近事欲題先啞。自張家、辮子兵來，小兒衾底唬猶怕。聽秦淮水咽，水次枯楊，暮烟微惹。　　苦也。嘆多少，騃女痴男，緑凋紅謝。烏衣何巷，衹馬糞堆成卡。剩鍾山、蠟屐登高，酒邊觵菊香盈把。莽愁來、寂寞空城，月黑寒潮打。

齊天樂 寄湘弟馬關

經句共聽西堂雨，與君都是游倦。返自魚通，小留翠海，又領馬關新縣。萑苻警遍。要結束行邊，短衣長劍。急檄難辭，世人無識尚稱羡。　頻年南北宣戰。嘆老扣囊中，敢操英算。轂走輥雷，舶衝狂飈，無奈知交殷勸。感深天眷。喜新育雙孫，乳餐俱健。事畢湍歸，醉杉華小院。

羅敷艷歌 題蔡寒瓊撿泪倚聲研

中郎家世多哀怨，棖觸風騷。竹爨桐焦。絶妙新詞譜六幺。　銅仙清泪如鉛水，流到天東。灧灧溶溶。化作飛花萬點紅。

炙硯詞五

滿江紅 南華寺七夕和哲夫至中尔疋

如此良宵，鵲橋畔、洗車遇雨。看下界、蘭芝悄立，匏瓜獨處。綺語多生磨石骨，曹溪一滴飜茶乳。阿那家、花入曝衣廋，方延佇。原不羡，銀州府。猶不廢，金荃譜。便合盤蛛綢，巧將何補。富貴幾人兼壽考，英雄一例憐兒女。願維摩、法喜共禪参，皈初祖。

南柯子 曹谿蕩水石

連軫青瑶嶂，揩奩碧玉流。曹谿溪上溯原頭。詫見伏犀横激、雪花浮。笠背蒸如炙，襟懷颯已秋。南華勝處此無儔。五羊歸興且勾留。

意難忘 立秋夜坐有懷

秋做新凉。是南華古刹，素月流光。杪欏庭樹影，都荔玉鑪香。移薙簟、倚筠廊，閒話瀹旗槍。意悄然、回頭已是，一載離鄉。螺峰翠海之旁。有閒園小榭，竹秀蘭芳。齊紈兜扇潔，唐鏡畫眉長。思此際、蕩迴腸，似碧漢紅墻。祇夢到、廣寒幻境，地白如霜。

城頭月 曹溪歸日，至琶江，舟下清遠，游峽山寺三首

清游半月將歸矣。蚤餔先鴉起。廿首詩詞，數通金石，篋衍親料理。龕燈欲滅香沉几。籬落秋花綺。蒲褐因緣，空桑愛戀，更酌曹溪水。

其二

青山門外青於洗。山中雲初起。徑轉田塍，溪橫略約，畫入丹青裏。勞生旋磨團團蟻。取譬魚千里。雷電訇訇，峰巒迎送，又轉芭江涘。

其三

飛來禺峽芒鞋底。淙碧亭堪倚。月白呼雲，天青放鶴，領悟超然理。謝公探險吾寧比。自癖佳山水。景惜侵頹，具游濟勝，肯老鷄窠裏。

應天長 閏七夕用韋端己韵

又傳烏鵲橋邊語。花蔟軿軒來卓午。鳳梭停，鸞帔舞。忙煞萬家熏麝炷。月明時，雲破處。無奈再來還去。賺得泪珠傾雨。問天錢貸否。

滿庭芳 寒瓊至中閏七夕疊賦新詞，倚此和之

鵲駕津橋，牛牽河渚，兩度歡締蘭盟。殷勤通處，眉目語先成。十萬天錢貸得，裁鴛錦、鋪出瑶京。吴剛斧，芟榆研桂，誰料忒無情。將行。行不得，雲團恨影，雨灑離聲。總盈盈脉脉，風浪堪驚。揣擬支機别贈，拚伊怨、薄幸成名。無聊甚，針樓花掩，枯坐撥秦筝。

憶蘿月 庚申七夕雨

銀河漲雨。脉脉怎生渡。想得雙星猶悵望，説甚人間兒女。　紅墻碧落迢遥。佳期两載虛抛。淅瀝芭蕉葉上，不眠聽徹清宵。

雙調望江南

多少憶，翠海與雙湖。綉幰曉風迎菡萏，箬篷晚雨傍菰蒲。銷得逸情無。　多少恨，垂老別家行。紅到木棉黃到橘，两年看飽越王城。無那鷓鴣聲。

前調

多少泪，彈入海天流。灧灧溶溶天不管，更堪風湧上潮頭。阻住木蘭舟。　多少夢，梦醒最凄凉。笛簟半虛差覺冷，瓶花剛謝不聞香。殘月自窺窗。

攤破浣溪沙 河東君小象

猜是楊枝是柳枝。風流放蕩想當時。争怪絳雲慶上叟，費禁持。　山下蘼蕪曾入夢，江南紅豆最相思。消得鴛鴦湖一會，定情詩。

朝中措 月夜啜茗感事

碧梧陰裏見栖鴉。雲破月開華。猶倚藤床竹簟，閒看童子煎茶。　羅浮奧境，無端唳鶴，響入悲笳。想得此荒箐，幾人瑣尾離家。

滿江紅 自書《抱厀龕圖》

名士虛聲，武鄉出、始明真相。與前哲、渭濱莘野，比肩相望。八百株桑田十頃，贏餘肯爲兒孫餉。最生平、淡泊是襟期，何超曠。　誡子語，端趨向。出師表，抒忠亮。竟重扶漢鼎，功難於創。世亂吾期全性命，運移人爲生悲愴。願相從、抱膝草廬中，徵微尚。

八聲甘州 用耆卿韵

問藹園舊日種秋花，花開幾番秋。記叢篁篩月，脩梧洗雨，規建高樓。忽地岷峨劫警，將作一時休。急與移家去，航轉東流。　最憶霜中黄橘，奈着棋客散，殘局誰收。剩皋橋春廡，十載借傭留。想延緣、玻璃江水，要好風、吹上木蘭舟。烽烟起、錦官城郭，又入邊愁。

憶王孫

冶秋簾幕曉凉天。倚枕尋思夢不圓。略記迴身寶髻偏。小游仙。花外廔臺是那邊。

羅敷媚

羅衫粉汗親紈扇，想得秋風。已是秋風。梧葉吹來滿院中。　小山叢桂小房櫳，說不抛空。怎便抛空。忍拍紅牙唱惱公。

鳳栖梧

歡不同銷愁恰共。綉佛清齋，日把金經誦。天上妙蓮清凈種。剥到蓮心心亦痛。　小院梧桐春露重。落過桐花，栖冷桐花鳳。一角屏山衾獨擁。唾壺紅泪和冰凍。

惜紅衣 用石帚韵

小院籠烟，疏林漏日。上廔無力。暫倚迴廊，梧陰映衫碧。温尋夢影，還夢見、羅浮羈客。岑寂。同病可憐，祇催儂將息。　香車紫陌。鈿約虛抛，紅英落狼藉。浮雲泪眼悵望，自南北。那便拂衣歸去，對酒與談游歷。願月匳開鏡，雙照舊時顔色。

滿路花 題《仙姝別意圖》，用清真韵

苔融玉澗冰，花落瑶池雪。璇宫清净地、纖埃絶。蟠桃熟未，鶴守防偷折。露臺平視闊，一朵飛雲，忽飄下、彩鸞節。　迦陵璈韵，那有鵑啼血。雙成諸姊妹、紛延接。喁喁款語，鄭重修心切。離意含難説，怪仙侣空世緣，猶是傷別。

臨江仙

炮火轟天笳殷地，惠潮帀月鏖兵。迴戈内向太無名。供人鷹犬役，傷類兔狐情。　冀偉燃灰仍割據，孫恩詭計環生。故鄉魚肉忍刀砧。樵柯休待爛，急爲斂棋枰。

前調 紀夢

清絶今宵南海月，竹陰移上窗紗。照人吹笛照煎茶。青青梧已落，白白桂初華。　倦卧又醒醒又坐，記曾夢到山家。記題雪壁字槎枒。息心參梵唄，入骨戀烟霞。

前調 題定香水榭壁

曲録闌干凹凸屋，鏡中倒影三椽。新荷驟雨晚凉天。鯈游牽藻細，鴨唼破萍圓。　雨過

夕陽紅上樹，水芝花更生姸。我來跂脚對鷗眠。時危聊作達，香定不妨禪。

浣溪沙 題趙子惠山水小册

六葉吴箋水墨山。停雲皴法外家傳。洞庭秋影到眉彎。名父琴書何所託，道人身世倍培憐。一庵湘竹泪痕斑。

減蘭

春風似酒。釅醉桃花眉暈柳。可是春風。衹在吴娘水閣東。星疏月曉。響屧廊空鸚語悄。裊娜輕飔。柳老花殘又此時。

滿江紅 中秋夕，觴客已，步月至六榕寺，與錢師坐東坡精舍，感念時事，言愁欲愁，遂填此解

人月團圓，誰不愛、中秋佳節。衹是我、一家幾處，三年久別。和局猶聞丹素訌，殺機又染玄黄血。百無聊、蕭寺且登樓，還看月。菩提院，蛩幽咽。舍利塔，燈明滅。儘心腸鐵石，也傷塵劫。周處斬蛟刀或利，昌黎驅鱷文難説。更休題、法曲咏霓裳，唐宫闕。

煮石詞六

清平樂 次毛熙震韵

園林薄暮。畫閣開窗户。蝶懶蜂慵花不舞。漠漠一天微雨。　疏燈紅上蘭幃。金猊香燼烟微。且莫珠簾放下，待他燕子歸飛。

前調 次晏殊韵

湘紈柄細。琥珀猫兒墜。撲蝶行來疑薄醉。掩抑柳倚花睡。　海棠幾日開殘。苔文緑上闌干。爲底含情久立，不曾知道春寒。

拋毬樂 次馮延巳韵

咏絮風流記謝庭。爾時剛道是閒情。篆香心事灰難認，匳鏡眉痕畫不成。怎怪槎難渡，銀漢秋潮日夜生。

蝴蝶兒次張泌韵

蝴蝶兒。夢嬉時。夢回難覓綉羅衣。浪猜我是伊。　午院遲遲日，花開栩栩飛。何人施粉又施脂。玉娥雙袖垂。

天仙子次皇甫松韵

白鷺一雙鷗一隻。飛來點破江天碧。停舟把酒喚匡君，山對席。翠如滴。聽斷晚鐘聲寂歷。

巫山一段雲次毛文錫韵

毛雨常開霽，鱗雲不障天。數峰如斷又如連。恰在酒尊前。　虎迹防朝屐，猿聲愴夜船。章華故苑阿誰邊。浪説夢游仙。

减字木蘭花次秦觀韵

何曾有恨。却是檀儂叨絮問。閔默心腸。綉佛龕前自炷香。　月來雲歛。二十四番花信轉。花裹朱樓。廔上真教貯莫愁。

散餘霞 次毛滂韵

籠鸚猶怯春寒噤。坐畫廊夜静。廊外微裊茶烟，蕩春風不定。前番曲闌并凭。記黛眉雙暈。何事旖旎風光，祇工愁善病。

一絡索 次辛棄疾韵

燕子遇風前却。驀然斜掠。玳梁香壘念將雛，料也是、情懷惡。一桁隔花簾箔。儘伊栖託。玉人小困倚熏籠，應自惜、羅衫薄。

采桑子 次李後主韵

海南看過魚龍戲，海港徘徊。雨淡烟微。眸子酸風亦懶開。剩留耿尚朱藩第，一炬成灰。那不傷懷。西閣支床兩歲來。

謁金門 次周密韵

風乍定。送上小窗花影。曉夜雷雷車馬趁。片時聲息静。病眼看燈猶暈。掩却錦屏明鏡。不分送春秋又盡。燕梁栖尚穩。

清商怨 憶珩女，次周邦彦韵

謝公憐惜最小。已結褵歸了。阿母恩勤，寶匳留小照。　三川兵亂信杳。濯錦江、飛夢時到。無那寒霄，眠遲醒又早。

浣溪沙 贈沈小峰，次孫光憲韵

秋□新凉謝玉魚。仙人借我好廛居。久留猶是乍來初。　瓶几微風花馣馤，簾幃良月樹扶疏。隔窗時聽課兒書。

好事近 供水仙一盆於河陽君影堂，花且謝矣，感作

净海見花身，除是瑶妃許折。供養雪窗冰案，伴詩人愁絶。　比梅輸韵蕙輸清，説甚閒花葉。難挽凌波歸去，對一天寒月。

滿江紅

拂袖而行，又鼓枻、滄溟萬頃。嘆滿目、蛟螭嘘氣，烏蟾匿影。智詎不如葵衛足，怒猶難遏榕生廮。負故山、猿鶴責前盟，歌招隱。　誰義俠，軹深井。誰夢幻，邯鄲枕。算何似糟邱，

壘麴雲門。噉餅洞壑自應文，養豹於陵，安用操充蚓。視瓦全玉碎總堪悲，完吾鼎。琴自理，酒徐斟。

思佳客 用夢窗韵題陸處存《曦蘭室填詞圖》

簾押低垂爇水沉。温馨清妙此時心。已憐春院飛花盡，最愴秋階落葉深。偷聲減字幾沉吟。登樓悵觸靈均恨，萬里長天黯夕陰。

江神子

迴廊疏竹月明中。影玲瓏。響丁東。六幅湘裙、款步蹙微風。此際姮娥應妒煞，肩比并，兩心同。倏成仙夢夢緣空。渺驚鴻。絮秋虫。試問凄凉、可似廣寒宫。撞破人天無限恨，清露下，一聲鐘。

江南好 鄉思沓來，秋衾無寐，倚之作雙湖好十二首

雙湖好，湖上有吾廬。南郭炊烟連北郭，東湖流水入西湖。一幅劍川圖。

其二

雙湖好，春麗復秋妍。菜子鵲鳴都勸酒，穀花魚上正烹鮮。留客小盤筵。

其三

雙湖好，銷夏最宜之。一舸鬧紅荷卅畝，沿門摇碧柳千絲。韵煞接羅兒。

其四

雙湖好，葭露白如霜。月舫夜停人擫笛，菱舟曉過女鳴榔。詩夢墜蒼茫。

其五

雙湖好，雨過净無塵。樹裏樓臺南北垞，陌頭筐筥往來人。野色入眸新。

其六

雙湖好，埼岸釣魚竿。指路碑看苔没字，通湖橋倚石扶闌。得趣是荒寒。

其七

雙湖好，旨蓄擅鰕糟。舊詡東山劚菜菔，近知西隴采蔞蒿。馨膳佐醽醪。

其八

雙湖好，故迹尚堪尋。駐蹕小亭傳世祖，浮邱圓笠號觀音。登眺幾沉吟。

其九

雙湖好，寒族聚於斯。遺老文章開學社，故家禮法守宗祠。述德彙歌詩。

其十

雙湖好，輕别笑流萍。載酒還邀花嶼客，移文先拜草堂靈。歸卧息勞形。

其十一

雙湖好，玉女共蘭橈。乞我櫂歌摹竹垞，待他粉本寫蓮巢。思舊黯魂銷。

其十二

雙湖好，今日補爲圖。鶴唳月明天浩蕩，鴉栖村暝雨模糊。身在畫中無。

減蘭 次定庵韵

飄揚無據。問誰邊去誰邊住。抱月挼烟。空際邅迴不計年。　驀時千里。往來祇在悲歡裏。天若憐他。禁斷諸天莫散花。

鳳栖梧 次定庵韵

修篁圍住湘君宅。穿過篁陰，又是花層叠。花外疏星還淡月。流螢數點時明滅。　佩響依微如可覓。風引船迴，夢斷成追憶。坐暖蒲團非道力。博山香裊孤烟直。以上録自《小鷗波館詞鈔》，據《桐華館夢緣集》校補。

趙福綏

趙福綏，字葛庵，號來五，大理人。光緒丙子（一八七六）科副榜。著有《葛庵詩文集》。

漁陽傲 繞三靈竹枝詞

三塔寺前新夢杳。一夜鐘聲，敲到天初曉。真好心情哥也嫂。三靈約着同來繞。人海人山争大道。十里塘前，還讓人家早。四月清和天氣好。一場興趣知多少。

其二

曲唱民家隨口道。竹杖斜拖，歪挂葫蘆小。一路打通真不老。霸王鞭向長街掃。野外催耕啼野鳥。一路笙歌，要到何時了。皮褂綢衫顛又倒。兩旁笑煞男妝巧。

其三

游女妖嬌兼窈窕。帶緑穿紅，時樣妝來好。十九峰前何裊裊。輕風擺柳腰兒小。一口梹楠春色飽。异樣當頭，帽結河南草。轉面美人悲忽老。汗多洗得胭脂少。

其四

熱甚纔知清雪好。賣雪榆人，冷坐亭前草。日落蒼山飛倦鳥。誰憐舉步金蓮小。河涘城中天黑早。興盡歸來，不覺精神擾。簫鼓歇時人影少。一場熱鬧原荒渺。以上録自《喜洲趙

氏族譜》

宋廷樑

宋廷樑（一八五二—一九〇八），字梓材，晋寧人。清光緒丁丑（一八七七）科進士，官江西候補知府權臨川府知府。著有《賦梅書屋詩集》。

金縷曲 送樾村轉赴易門，時余先擬赴京，不果行

留别新詩就。悵芳時、浦迷芳草，雲停遠岫。唱罷驪歌君辱和，下筆風馳雨驟。肯吝惜、心鈎角鬥。請看河梁千古句，爇心香、蘇李才名舊。十九首，情文茂。　贈行幸得君佳構。笑先鞭、翻輸君着，陽關叠奏。泥雪飛鴻留指爪，待兔不甘株守。算意氣、縱横宇宙。小别匆匆剛幾日，折柳枝、祓禊蘭亭候。遲後會，清明後。以上録自《晋寧詩文徵》

李光

李光，原名芳春，字和春，鶴慶人。清光緒己卯（一八七九）舉人。

虞美人 菊山

風光不是陶彭澤。兀自成高格。登臨便插滿頭歸。勝做太華重九、雨霏霏。　一年一

度秋容澹。十仞須千擔。重重叠叠聚籬東。却笑賞花人瘦、兩般同。以上録自《滇詞叢録二集》

萬允廉

萬允廉，字素吾，一字喻泉，保山人。清光緒己卯（一八七九）科舉人。著有《虚白室詩集》。

蝶戀花

壬午春，樂之二兄家牡丹競秀，爲擬古調四則。案：『家』字據《永昌府文徵》補。

紫萬

幾度愛花人起早。報到而今，真個都開了。一味嬌情香繚繞。賞心客欲忘昏曉。

紅千齊壓倒。況復靈根，飛至從瓊島。斜倚玉欄姿更好。惜教青帝先知道。

踏莎行

翠幕雲

菊放已遲，梅開尚早。此花占得春光好。臨風一笑噴天香，者般窈窕世間少。

團，玉臺霞繞。個中恍聽鶯聲巧。今年顔色更鮮研，怕嫌相愛人已老。

行香子

纔見萌芽。忽放英華。片時間、香透窗紗。者般窈窕，怎樣陪他。要廿番風，一輪月，半林霞。　玉葉交加。媚影倚斜。賞心人、撥動琵琶。紛紛蜂蝶，不過鄰家。勝和靖梅，淵明菊，邵平瓜。

浪淘沙

紅紫鬥芬芳。幾度稱觴。偷閒輒醉個中央。何況而今有國色，又是天香。　倒影入池塘。滿目文章。寄情奚必讀書堂。安得東君留住令，不老花王。

前調　壬午花朝送李南臣赴都

紅紫鬥花朝。蝶戀鶯嬌。寄身詩酒偏饒。忽報一聲君去也，真個魂消。　送客北津橋。綠水迢迢。烟中折盡柳千條。何況葭莩曾忝列，又是神交。

蝶戀花

幾度聞君去最早。報到而今，真榮行了。二月杏花喜正好。驊騮捷足長安道。　前路莫愁

同氣少。天下奇才，何人不知曉。占得鼇頭光四表。念予須寄狀元稿。以上録自《虛白室詩集》

謝文翹

謝文翹，字秀山，恩安人。清光緒庚辰（一八八〇）科進士。官刑部郎中，補授貴州鎮遠府知府。卒年七十四。著有《紅藥山房詩鈔》。

邁陂塘 趙越村下第歸滇，賦此贈行

怪無端、西風嚴緊，霎時鴻影吹散。記得春明始聯襼，相聚黄金臺畔。春方半。但把酒狂歌，那惜貂裘换。紅牙低按。更誰計歡游，雲烟過眼，離别便增嘆。憶前歲，落魄金華同返。郵亭遍灑詞翰。文章自古原憎命，幾個騰身霄漢。焦桐爨。甚騏驥、長途駿足難羈絆。牢愁無算。恨歸去今年，疲驢踏破，又是録前案。

其二

論斯人、槃槃才大，數奇不至如是。與君識面昆華日，正值桂花香裏。六年矣。諒唾手功名，一第尋常耳。天飛無意。有名山事業，富貴浮雲，安見愈於此。况身外，得失何關乎己。抽刀莫斷江水。人生離合渾無定，聽説又辭燕市。愁欲死。更東海、乘風破浪今番駛。歸帆南指。剩賤子長安，緇塵滿目，徒嘆肉生髀。

其三

莽乾坤、閒忙苦樂，如余亦復消阻。中年讀律拋儒術，相隔升沉多許。終何補。又前路茫茫，未必馮唐遇。不如歸去。把一身出處，當世安危，都不入吾慮。果如此，便省年年覊旅。臨岐淚無數。知君況是秦嘉婿，想見喁喁低語。神仙侶。算海内、知交幾個能同趣。君歸吾住。到明月當頭，家山萬里，忍聽擣衣杵。以上録自《小鷗波館詞鈔》

李玉田

李玉田，字寶岑，浪穹人。清光緒壬午（一八八二）科舉人。

滿江紅 檝村倡捐修二忠墓，撰碑附題其後

地藏庵傍，傳説是、雙忠同穴。驀地裏、四郊多壘，禍貽忠烈。鑿空雖非拋骨計，撈金竟釀椎棺劫。任東陵、肆虐到衣冠，無人閱。　蓬蒿亂，碑文滅。狐狸竄，行人絶。有平原公子，重封心切。捐俸聊酬平日志，同心更得當時杰。奮湘豪、黟墨闡幽光，親書碣。

前題 書《小鷗波館詞鈔》後

一卷新詞，莫當作、偶然游戲。試請看、聲情跌宕，心精團聚。細譜喁喁兒女語，豪歌落落英

雄氣。儘温柔激壯兩能兼，才真巨。　新都至，曾開例。六子後，無人繼。慨吾滇詞學，從前皆廢。嚼徵含宮源樂府，偷聲減字輕餘技。便思量、假館小鷗波，紉蘭佩。以上録自《滇詞叢録》

吴世欽

吴世欽，字紹春，保山人。清光緒己丑（一八八九）科舉人，官浙江葭沚同知，升用知府。著有《袖嶽廬詩文》，附詞。

滿庭芳 題陳圓圓僧俗二像

溺志聲歌，艷情兒女，終非命世英雄。蛾眉掩袖，談笑戲王公。詎料華筵綺語，冲冠髮、爲此興戎。應看破，紅顔易老，紈扇怕秋風。　知幾真貴早，參空即色，色即爲空。一個蒲團地，遁却芳踪。荒冢商山難覓，香魂渺、猶吊詞宗。今贏得，兜羅變相，寫入畫圖中。

天仙子 黄叔儀藏女冠韵香與范今雨九扎墨迹册

展卷果然應叫絶。疑是麻姑傳手扎。琳琅尺幅耐人思，清净説。廣長舌。無數天花飛玉屑。　細楷端嚴誰比得。格擬簪花香滿帙。兜羅棉手手親書，龍女訣。菩提偈。無怪才人心盡折。

壺中天 趙蝯仙《劍湖漁隱圖》

浮家泛宅，有志和高致，君非其侶。渭水嚴灘休艷説，但把釣鼇竿舉。準備長綸，安排香餌，放櫂滄溟去。海天縱目，除君身更誰與。思量便有湖山，終難偃息，烽燧憑吾圉。零落英雄鄉國恨，這外侮、疇能禦。好作陶朱，功成身案：身，《永昌府文徵》作『自』退，富貴知無取。扁舟載美，那時重泛烟渚。以上録自《滇詞叢録》

滿江紅 讀鄧武橋詩傳感懷

是真將軍，爲勝國、英雄第一。論邊將、無人堪及，武功文筆。馳露布、三緬讋服，播威聲、百蠻震慄。姚關偉績至今傳，名洋溢。經百戰，人莫敵。散千金，無靳惜。古今來，衹有馬援足匹。堪嘆殊勛留遠塞，偏嗟薏苡遭讒嫉。獨興懷、瘴雨與蠻烟，鳶飛疾。以上録自《永昌府文徵》

吴　煦

吴煦，字子和，號蠖庵，雲南保山人。清光緒庚寅（一八九〇）科進士。歷任山東道監察御史、貴州道監察御史、順天鄉試同考官、京畿道監察御史、廣東惠嘉潮道。卒於燕京，年近八十。

洞仙歌 題汪鵝龕《柳岸曉風填詞圖》，即步元韵

鵝黄纔吐，倏飛花迎候。岸幘行吟幾回首。看朝曦未上，凉月將殘，有人與、苦竹黄蘆同瘦。

拈毫情緒惡，潦草時光，要撇風懷又何彀。遮短塢，蹺長條，寫出愁痕，綰不住、霖烟盈袖。我亦是、傷心庾蘭成，任萬絮香團，一池波皺。以上録自《詞綜補遺》

劉鎮藩

劉鎮藩，字鋭卿，昆明人。清光緒癸巳（一八九三）科舉人。著有《師竹齋遺集》。

浪淘沙 昆盧寺觀瀑

瀑湧叠河邊。欲斷仍連。昆盧寺外練長懸。怒卷千山山示吼，晝夜潺湲。　况是雨餘天。怪石曾穿。我來登眺倍陶然。清嘯一聲何處響，應答飛泉。

菩薩蠻 菊英

庭前讀罷離騷句。東籬竟夕餐英去。去去菊花開。白衣來不來。　秋花如我瘦。莫使

晚風透。相對讀陶詩。幽情衹自知。以上録自《師竹齋遺集》

熊廷權

熊廷權，字種青，晚號佚叟，昆明人。清光緒癸巳（一八九三）科舉人，戊戌（一八九八）科進士。以即用知縣分發四川，初補高縣，後調補營山縣、富順縣，歷署彭縣、慶符縣，卓著政聲，保知府。民國元年（一九一二），回滇任麗江知府。五年，署川邊財政廳長，兼川邊道尹。八年，署騰越道尹。著有《唾玉堂詩鈔》《唾玉堂文存》《綺香閣詞存》等。

吴山青　春怒

妒桃花。罵桃花。花落花開水一涯。流不到仙家。　憶江南。望江南。望到春歸三月三。碧沉千尺潭。

一痕沙　秋怨

漠漠秋陰不雨。切切秋蛩苦語。多少斷腸聲。月三更。　夢熟曉鐘催起。日上不聞鵲喜。簾卷玉釵斜。恨黄花。

醉花陰 雜咏

枕簟凉生宵雨小。疏竹驚秋早。孤卧不成眠，斷角殘鐘，相次催天曉。　鏡顔消瘦風懷老。禁得愁多少。記否緑窗人，軟語聲聲，道是歸來好。

誤佳期

老圃黄花開了。秋水長天人渺。幾回夢不到香閨，一任魂顛倒。　欲起寫相思，又被烏啼惱。衾寒燈燼綺窗虚，月入儂懷抱。

驀山溪

斜陽疏樹，正黄昏時候。早夢度天涯，是何人、悄拈紅豆。脱妝初罷，獨自倚闌干，容消瘦。嫩寒透。怯聽芙蓉漏。　去年今日，有約重携手。辜負好花開，是個儂、無緣消受。繫人心處，卿别有情絲，長結紐。相思久。泪血知誰有。

感皇恩

一犬吠仙源，劉郎又到。流水無言人悄悄。神仙消息，祇有桃花知道。奈桃花不語，東風惱。　惱煞東風，吹生芳草。天外夕陽無限好。來個漁人，細數溪山多少。道天台有路，雲迷了。

孤雁兒 對燭

一條寒玉明於水。聽戍鼓、何能睡。自家對影自家憐，四壁邊聲又起。剪殘壯志，照穿離恨，不見花連理。　關山月暗人千里。誰報說、明朝喜。相思灰盡夜三更，儘抵三年滋味。休休歸也，啼紅無數，半是風流泪。

滿江紅

一點孤城，白茫茫、四邊皆雪。記昨夜、極天關塞，夢魂飛越。李廣數奇連弩折，終軍氣壯長纓絶。是誰教、夫婿覓封侯，匆匆别。　釃濁酒，腸先熱。看孤劍，皆横裂。正敗寺無燈，鐘停鼓歇。無量河邊雄鬼鬧，大荒臺上飢鷹立。莽書生、勒馬萬山巔，人踪滅。以上録自《續滇詞叢録》

大聖樂

無賴桐花，有緣么鳳，款留許久。儘書生老去多情，一紙風懷，除是福人消受。綺夢入春親題壁，又安用、枯禪詞弁首。不愁煞，那明月梨花，露桃烟柳。温柔有鄉没有。問劉阮、還家追悔否。願天台重到，雙雙兒女，至今携手。便做片時神仙婿，勝庸享八千年世壽。要成佛，也偕着、同心鴛偶。以上録自《桐華館夢緣集》

吴式釗

吴式釗，字小谷，號刓其，一號完奇，小字楚生，雲南保山人。清光緒甲午（一八九四）科進士，改庶吉士，授翰林院檢討，官分省補用道。著有《彊静齋詩録》《切音導原》。

沁園春 詩冢

更千百年，糞壤芝英，那暇計哉。算鏤金錯采，錦同雲麗，排山倒峽，筆挽瀾回。吐焰何時，埋憂終古，幾輩騷魂哭夜臺。知誰更，向零烟碎雨，以酹深杯。待他歷劫人來。會重把、天荒椎鑿開。學西州漆簡，亂離在握，南朝井史，聚訟成堆。血碧流虹，腸黄化水，可有瓜犀蔗李梅。應銷得，有名花供養，名士低徊。以上録自《全清詞鈔》

羅森

羅森，字寶書，河陽人。清光緒甲午（一八九四）科舉人，官琅井訓導。

金明池 樾丈招泛滇池，分韵得里字

金碧晴嵐，滇池曉色，絢出秋光似綺。歡折柬、招陪雅集，逐裙屐翩來畫裏。看蘭橈、蕩入蒹葭，鷺隊隊、渚鳥汀鳧拍水。更笛倚高樓，觴飛錦席，一覽水天無際。　賓主咸推東南美。縱詞賦梁園，難方高會。行酒令、紅牙迭奏，拈詩韵、緑箋紛墜。儘流連、緩棹歸橈，已魚鑰留關，六街燈起。要即景描圖，紀游傳盛，合倩君家千里。以上録自《滇詞叢録》

吴維馨

吴維馨，字挹珊，華亭人。清光緒甲午（一八九四）科舉人。

沁園春

謙山先生公祖大人見示原唱七律四章，明教勸之術，有純一之德。政以禮成，化行里邑，孚以誠意，風以詩書，志動於中而形於言，則夫誦美有章，非苟尚辭而已。此邦之人，懷而慕思，見乎文墨，記之丹青。走雖不敏，揮翰奮藻，㝢㞾厥旨，謹再譜《沁園春》詞闋，用垂頌聲。案：劉有光，字謙山，一字筱莊，雲南寧州人，同治癸酉（一八七三）科拔貢，光緒丙子（一八七六）带補甲子科舉人，丙戌科（一八八六）進士，江蘇即用知縣，花翎三品銜，候補直隸州，特授常州府江陰縣，調署松江府華亭縣事。

有使君兮，後映前輝，賓兹令名。幸三吴移牧，碑題谷水，萬家廉讓，波渥昆明。江上青天，袖中詩本，樂歲中含雅頌聲。還應記，是劉寬蒲葦，寯母嘗羹。年年考録陽城。況第一、河南上治平。看揚州方域，道經溝洫，周官師旅，農盡知兵。義粟成倉，發棠施令，辛苦窮閻乞羅盟。須知道，合儒林循吏，霖雨蒼生。以上録自《峰泖去思集》

周宗麟

周宗麟（一八六〇—一九二九），字香石，號瑞章，晚號疢存山人，清末民初大理人。原籍贛，金谿望族，其遠祖明初宦滇，因愛葉榆山水，遂家焉。曾任陸良州學正。著有《疢存齋集》，纂有《大理縣志稿》。

江南好 丁卯生日自題小像

疢存老，壘塊滿胸中。攫利徒傷争骨狗，捧官無奈磕頭蟲。相習竟成風。國家事，件件使人恫。外患獅熊時進迫，内憂蠻觸更交攻。難作去聲信天翁。

滿江紅 人民日困於汙吏土豪之貪殘，故託言蠅蚊之爲害而思除之

赫赫炎炎，者天氣、困人至極。況蠅蚊、晝夜交攻，無恒安息。逐臭殊爲天下患，噆膚廣播人

間疫。嘆麼麼、猖獗竟如斯，誰堪敵。　塵拂尾，紗爲冪。驅復返，逃仍匿。當盡厥根株，毋容孳殖。捕生不吝金錢賞，滅種自須石油力。更講求、清潔無點塵，勤收拾。

前調　時患目病，聞山東日人迭逞暴行，痛更加劇，寫此聊以抒憤

咄爾倭奴，真個似、長蛇猛蠍。對我國、自明迄今，侵擾不絕。同種同文僞親善，予求予取真敚劫。尚狺狺、爭甚特殊權，殊胡說。　臺澎割，高琉滅。廿一款，迭相脅。今齊魯遼瀋，禍來更烈。到處視吾刀俎肉，何時飲汝侏儒血。信華人、教訓不十年，耻當雪。

金縷曲　聞北平收復，賦此志喜

革命垂成矣。我中華、泱泱大國，萬流仰止。爭奈積年頹不振，受盡外强壓制。并受盡、内憂陵替。奮發有爲須努力。良導師、就是中山子。北伐去，起起起。　兩年即爾平燕薊。自今玆、神州一統，諸凡待理。三民五權新建設，可以定吾國是。亦可以、雪吾國耻。但願同胞四百兆，對影衾、個個將心洗。弗自立，毋寧死。

菩薩蠻　人民受貪虐之害極矣，特作此以規之

貪官苛政猛於虎。土豪吃人碩似鼠。閭里肆相殘。狼狽每爲奸。　焉知凡作惡。終無

好下落。請君鑒前車。後悔空咨嗟。

憶秦娥 十八年六月份，兒假滿赴港留學，臨别泣下，不勝悲感。蓋以余衰病殘年，一經遠别，相見恐無日也。作此示之

泪闌干。料知此别相見難。相見難。諄諄誨爾，莫等閒看。家事國事一肩擔。前程遠大敢懷安。敢懷安。學成足用，古語有『三冬文史足用』。上博親歡。

浪淘沙 北京收復，賦以志喜

北伐孰功多。師克在和。珠江長江至黄河。縱使倭奴兵再出，其如予何。特麾魯陽戈。殄厥幺魔。内憂從此漸銷磨。三民五權新建設，無任蹉跎。以上録自《疚存齋集》

陳榮昌

陳榮昌（一八六〇—一九三五），字筱圃，號虚齋，又號困叟、桐村。昆明人。光緒壬午（一八八二）領鄉薦第一名，癸未（一八八三）聯捷進士，改翰林院庶吉士。歷任山東學政、貴州學政、貴州提學使、山東提學使等職。編纂《昆明縣志》，著有《虚齋詩稿》《虚齋文集》《桐村駢文》《乙巳東游日記》《困叟净土集》《虚齋詞》等。

如夢令

一片亂烟深樹。飛過昏鴉無數。杜宇最多情，勸我不如歸去。何處。何處。尋個桃花源路。當日即作如是想，滄桑變後，益求桃源不得。

前調 憂深而語奇險

入世但看人醉。出世還憂天墜。渾沌本無情，鑿破是何年歲。酣睡。酣睡。領略黑甜鄉味。虚齋善睡，故以睡爲消愁妙用，近來睡不着，奈何。

滿庭芳 吊伍員

越不成墟，吴終爲沼，九原遺恨難消。昔年鞭弭，都爲父兄勞。祇道親仇得報，感君遇、斷首奚逃。傷心處，天留敵禍，種蠡盡人豪。　君王何不悟，中宫粉黛，外府瓊瑶。凑成了，朝廷臣佞君驕。一霎西風振蕩，蘇臺畔、滿地黄蒿。令千古，英雄灑泪，空吊海門濤。過變處筆意不平。

望海潮 吴江懷古

楓橋斜日，瓜洲殘雨，漂摇萬里孤蓬。沙上鷺鶿，樓邊燕子，消磨幾度春風。金粉總成空。問故宫花月，何處玲瓏。無限閒愁，碧山摇破暮天鐘。憑他鬥虎争龍。有石城萬丈，鐵鎖千重。西楚霸王，東吴大帝，南朝多少英雄。都付浪花中。剩亂烟深處，幾個漁翁。衹好銅琶鐵板，高唱大江東。他人作詞，患氣不足，虚齋自不患此。看尾遍，一氣趕下，此等筆力，與蘇子瞻、辛稼軒相近。

憶王孫

夜來忽夢斬樓蘭。奪得頭顱飛入關。内使傳呼賜玉盤。柝聲酸。龍劍依然伴枕寒。雄快似武穆《滿江紅》氣概。

一翦梅

撫髀悲歌不自聊。如叫如號。如笑如嘲。願翻河漢洗牢騷。生亦鴻毛。死亦鴻毛。鍾鼎山林一例拋。何禹何臯。何許何巢。但尋酒國醉酕醄。鵬也逍遥。鷃也逍遥。楊次典以『鴻毛』二句爲極沉痛，蓋經滄桑變後讀之，尤感懷耳。

帝鄉子 此兩闋那能再讀

龍龍。上天雲爾從。別有怪蛟奇鱷，盡同宗。贏蜂不堪吞噬，結群爭長雄。掀爾水晶宮殿，倒波中。二闋純用比體，亦似古歌謡，讀之泣下。

其二

龍龍。上天雲爾從。祝爾萬齡千禩，與天通。三歲爪牙猶嫩，失淵逢此凶。將爾頷珠捶碎，付飄風。

念奴嬌

憂心如醉，忍開眸、看此風花塵界。昨日人奴今節鉞，笑買江南佳麗。艷女琵琶，妖童觱栗，消盡英雄氣。鵝池聲亂，恐驚楊柳春睡。豈不託鉢沿門，一銖半兩，如刮毛龜背。百萬金錢隨手擲，又與泥沙無异。紫電車輕，翠雲裘暖，主將真驕貴。野營風緊，有人如蠟垂泪。詞之過變處有三法：一承接法，二轉折法，三挺起法。張玉田《樂府指迷》云：『過變處不要斷了曲意。此祇説得承接法，殊未備也。』

南歌子

聖帝遭洪水，明王苦旱乾。孰是太平年。問天天不語，奈何天。

前　調

跖蹻流芳譽，曾思被毀言。孰是國人賢。問天天不語，奈何天。

前　調

黄土有彭老，碧山無偓佺。若個是神仙。問天天不語，奈何天。

前　調

絶塞紅顏弃，深宫白髮憐。若個是嬋娟。問天天不語，奈何天。八闋似古歌謡，體兼比興。

前　調

引類鷹招鶻，同盟蜃倚蛩。黨見幾時融。問虫虫不解，可憐虫。

前　調

立國同蠻觸，稱王判螘蜂。界限幾時通。問虫虫不解，可憐虫。

前　調

蛙腹饞吞月，蛇心酷愛風。好惡那能同。問虫虫不解，可憐虫。

前　調

貍化能成豹，虵飛亦作龍。變幻那能窮。問虫虫不解，可憐虫。

阮郎歸 贈楊次典

去年分手嘆匆匆。幾時萍水逢。今年却在亂離中。比鄰長過從。鬢似草，鬢如蓬。索然成老翁。江郎賦別且從容。關山多伏戎。廿三字寫盡身世之感。

前調 贈張愚若

美人相望隔雲端。贈予雙玉盤。南來一笑破愁顏。逢君黄浦灘。天蕩蕩，地漫漫。莫歌行路難。茅團結在碧鷄山。偕歸鑒歲寒。

柳梢青

何處沙場。江南江北，鼓角悲凉。寶馬雙飛，玉人并坐，偏在游鄉。河山一片殘陽。大堤上、衣香酒香。眠柳鶯酣，迷花蝶醉，那管興亡。哀感極矣。

凄凉犯爲友人被錮者作

豐城晝晦。銅龍伏、冤霜六月飛未。孰麟孰鳳，孰梟孰獍，并蒙塵穢。圜墻月墜。厠中鼠窺人熟睡。夢回時、南冠擲地，垂盡楚囚泪。　多少關心處，鬢白親衰，口黄兒穉。漢書未畢，悵生離、固兄班妹。欲辨飛誣，百書札、何如牘背。嘆人生、到此始識，獄吏貴。

百字令爲避地滬上者作

淞濱何有，有商墨旅館，舞樓歌榭。花月妖精游蕩窟，十倍燕臺聲價。鄧氏銅山，郭家金穴，豪富相驚詫。列成人表，石崇猶屬賓亞。　亦有布被公孫，綈袍范叔，并舊家王謝。避亂桃源無過此，賃宅來論門架。戰馬雲屯，敝貂霜冷，誰把東風假。首陽山色，落來黄歇灘下。

前遍用『有』字，後遍亦用『有』字，遂使兩段聯絡，亦承接一法也。

木蘭花慢爲女軍人作

有鬚眉志氣，此巾幗、自堪褒。慕梁氏夫人，李家小妹，素習戎韜。夭夭。武裝世界，見桃花馬上女英豪。仿佛吴宫教戰，美人齊佩弓刀。　戎曹。汝把董嬌嬈。扮作霍嫖姚。也覓封侯去，小郎圍解，娘子功高。刁刁。朔風正緊，怕紅顔蕉萃不勝勞。寄語從軍健婦，還來井臼躬操。有關世道之文。

玉團兒雪樹

天憐老樹撑窮骨。賜瓊葩、枝枝亂發。昨暮銅柯，今朝玉樹，開門驚煞。　晨曦漸上微風拂。似梨花、春宵攞月。粉蝶群飛，銀虯并卧，園林清絶。

荷葉杯二闋

歲歲飽啊青草。空老。駒汝四蹄輕。出門成就丈夫名。行麽行。行麽行。

其二

夜夜啼殘紅血。凄絶。鵑汝遠方飛。聲聲爲向那人催。歸麽歸。歸麽歸。

明月逐人來

心憐明月。如儂清潔。無人夜、兩情相悦。海雲遮處，不見圓和缺。恰似銷魂離別。　天上人間，一樣情懷深結。嫦娥好、惟嫌孤絶。廣寒寂處，春思從誰説。兩鬢愁生華髮。

春光好

鶯遷樹，燕窺梁。儘飛忙。反是羈人閒煞了，卧匡床。　憐渠帽影衣香。一對對新妝舊妝。攜手同行何處去，向横塘。語短而韵長。

荷葉杯

寒雁春來何適。歸北。付汝一封書。傳言紫燕别將雛。舊主已無家。叶音姑。　舊主家門雖敗。人在。問我近如何。江湖四面起風波。無處着漁蓑。

漁歌子 憶昆明湖

緑楊絲，白蓮朵。小舟圍在長堤左。盤鉅石，釣清波，不管殘陽西墮。　笠與蓑，隨身裏。群鷗見慣休藏躲。春酒熟，午炊香，隔岸漁翁唤我。一『裏』字，一『我』字，天然穩當，妙，妙。意亦悠悠不盡。

茶瓶兒 普洱茶

龍井春芽新拜惠。泛花乳、冰甌親試。舌本香真异。雨前尖嫩，略帶輕浮氣。　兩漢文章醕厚貴。自標舉、爲吾茶例。舊匧休抛弃。苦甘嘗遍，愛是家鄉味。

酷相思 題《桃花扇》侯生重訪香君

誰鎖香娥春殿裏。似銀浦、隔秋水。剩樓外、荒鵑啼落蕊。一滴血、桃花紫。兩滴血，桃花紫。　勸酒無人人自醉。默不語、斜陽墜。破岑寂、微風摇竹翠。一滴露、相思泪。兩滴露、相思泪。此虚齋言情最至者，亦决不涉於媟褻。

漁歌子 思大明湖

傍着湖居似在家。垂楊怪我忍離他。風不定，日初斜。水禽珍重白蓮花。時山東取消獨立，學界中人頗受摧折。

人月圓

江頭憑吊前朝事，愁上兩眉端。殘天無補，何瞿馬阮，分甚賢奸。　誰能遣此，童歌黍麥，女怨蘭蓀。千秋哀艷，殷箕楚屈，都是情人。忠臣孝子、義夫節婦皆有情人也。無情將無天地。

前　調

春宵明月徘徊照，滿地見干戈。生愁天上，蟾號兔泣，老却嫦娥。憑高四望，流離靡定，怨曠良多。人間真苦，牛郎織女，休恨天河。

琴調相思引 懷王仲瑜

悔不相將卧薜蘿。思君不見奈君何。君歸安否，道上虎狼多。比屋塞翁全失馬，沉舟漁婦祇顰蛾。儂栖江上，落日悵烟波。

醉春風 紅梅

夜醉東君醞。添來雙靨暈。緑華仙子變朱顔，認。認。認。絳雪天姿，紫雲風格，游他香韵。　遺得林逋悶。翻笑群花鈍。竟教老幹占春先，問。問。問。何事來遲，韓家紅藥，宋家紅杏。

少年游 柚子

子真遲熟得天憐。調護最周全。一重棉裹，一重皮裹，那怕歲寒天。　憑君風味分優劣，江南後、粤東前。更憶湘南，有安江産，位置合中間。

臨江仙 水仙花

金心璧色天仙子，結交礬石相偎。清泉爲汝潤瓊胎。一生那識有紅埃。　如此清無塵土氣，突然超過寒梅。寒梅兀傲倚窗來。問君能否雪中開。寒梅一問，出人意表，所謂妙手偶得之者。

粉蝶兒 本意

定是枯僧，蒼天有意憐汝。把前身、寂寥清苦。着春心，償艷福，變爲花主。遂翩翩，飛來死生香土。　春風暖處，迷離杏烟桃雨。伴林間、落紅低舞。告流鶯，當愛惜，莫輕捎去。看遺芳，滕王畫圖千古。首遍奇想奇氣，八句當作一句讀。

臨江仙 懷丁伯厚

聞說海濱多怪物，龍虵自合藏身。乾坤莽莽總烟塵。羅浮天遠，何日更尋君。　將母十年林下卧，陳情衹爲私恩。今朝貸粟向何門。空山薇蕨，怎奉白頭人。近讀伯厚寄潤漪詩，義正而志堅，令人心折。

十二時 寄少庚

報君書，道予身在，親見乾顛坤倒。始亦欲、捐軀如呆。謂顔杲卿。奈彼爲民非盜。狄籠收才，齊鈎釋怨，况奉君王詔。不得已、挂我衣冠，若雉在梁，三嗅高飛宜早。跧海濱，驚心動魄，閱有衆塗肝腦。幸遇上天，從民視聽，也説共和好。迨九重制下，君權萬古銷了。嘆此生，稽經考史，這案全無成稿。本是天民，携家歸去，從子田園老。又有人約我，瀛帆遍覽洲島。時岑西林約出洋游歷。

滿江紅

不及黄泉，除魂夢、莫由相見。恨鸞皇飛去，將雛恩斷。心裏難忘教字荻，身邊尚帶縫衣綫。竟荒山、日夜攪酸風，松楸亂。靈椿折，兒身短。兒長大，萱花晚。更霜饕雪虐，全摧香瓣。烏鳥聲嘶殘月落，白雲叫斷蒼天遠。正携家、湖海避兵戈，無人管。起筆斗絶，通體發於至性，悱惻動人。

醉花陰 王小齋招飲

戎馬驚心鄉國遠。那識春深淺。忽遇雪晴天，玉樹風來，吹作楊花卷。烟寒日瘦鶯聲懶。幽思誰能遣。傳到故人箋，桃瓮新開，催共玻璃盞。

傳言玉女 内子屢勸置妾，賦贈

意氣男兒，出自卓文君口。白頭吟罷，令相如斂手。誰不娼嫉，大婦思延中婦。卿真樛木，我慚衰柳。雉感朝飛，記前人、老不偶。幸爲牛女，得天長地久。銀河鵲橋，更引小星參昴。人言奚恤，問天嗔否。

鵲踏枝 雪梅

夜半梅妻寒縮頸。玉女生憐，爲向天翁請。天賜銀棉衣一領。瞞人覆在梅花頂。鶴子驚飛梅亦醒。招鶴歸來，忍受冰霜警。厚饗生灾私自省。棉衣翻比蘆衣冷。虚齋兩次提學，皆遭大變，去官毁家，故有厚饗生灾之慨。

減字木蘭花

垂楊綠處。招個黃鸝枝上住。欲夢遼西。又打黃鸝不許啼。　黃鸝無那。捨汝飛從鄰隝過。杜宇迎來。開口聲聲祇喚歸。四層四折，可謂善轉。

夢江南 二闋 送席上珍赴江寧

何處至，至自翠湖邊。湖外垂楊多少樹，飛鸎飛燕使人憐。撩亂夕陽天。寫盡時事。

其二

何處去，去向大江濱。莫愁湖上多愁客，元武湖邊半武人。且看杏花春。

女冠子

歲在辛亥。說是昊天真墜。杞人悲。一片媧皇石，飛爲五色絲。　麻姑感東海。王母降西池。萬靈方擾擾，鬼群嬉。短章鉅製，與唱小曲者自別。

望江梅

牽牛好，后羿不如他。有約渡河來織女，無情奔月去姮娥。秋思果誰多。　寧飢死，莫産帝王家。偕隱山中薇蕨賦，相煎宫裏豆萁歌。持較又如何。虚齋因世變而填詞，關係者大，故小令諸詞亦無小家氣習。

生查子 蜜蜂

蜂亦可憐蟲，釀就房中蜜。不得自充飢，衹奉他人食。　出入百花叢，儘作偷香賊。抱桑爲誰忙，恐惹花魂泣。

春草碧 憶松樵

紫荆枝斷空垂露。露似泪成珠、苔痕污。尋遍雁塞鴒原，知汝吹篪在何處。徙倚怨西風、摧瓊樹。　豈是數比人奇，才爲鬼妒。乃赴玉樓招、趨天路。流落鸞鷟文章，稽琴絶調誰能顧。回首幾銷魂、山下墓。虚齋詩中多憶弟之作，此詞亦哀感人心。

醉落魄 懷亡友張鼎立

醉魂飄忽。斯人憔悴青衫哭。千金誰返燕臺骨。宰樹悲風，空對長安月。　妻兒北望無消息。故人招汝湘江側。死纔歸去生長别。夜雨春鵑，滴盡胭脂血。起勢亦飄忽，通篇哀惋，死生句尤痛。

望遠行 送詒孫赴日本

一片雲帆一片愁。縹緲至瀛洲。三年三度送行舟。心逐水東流。天板蕩，日沉淪。海波今復揚塵。老夫休矣，看群鶯飛處，望爾愛青春。吾國正多難，努力眼中人。身世之感，期望之意，文生於情。

昭君怨

顔好何如錢好。休怪畫工顛倒。幽恨滿胡沙。訴琵琶。北去龍庭雛小。南望雁門人老。青草識芳魂。漢宫春。『識』字妙，識者衹有青草，此昭君所以怨也。

十六字令 憶亡女儒真

風。吹得園花朵朵紅。萎一朵，朵朵怨春風。除複字衹十一字耳，語少而怨多，故妙。

前調 憶亡兒福元、亡孫大年

雲。護得篠簜個個新。枯兩個，個個怨秋雲。

瀟湘神二闋　贈友人還湘

春夜長。秋夜長。勸君歸莫過瀟湘。帝子精靈銷不得，苦聞山鬼泣幽篁。

其二

春月斜。秋月斜。瀟湘浦上客還家。從此更無宣室召，令人翻羡賈長沙。沉痛不忍讀。

花犯爲軍人狎妓作

料諸君，非同戰國，粱公子無忌。鬱懷慷慨。亦日飲亡何，惟婦人愛。寶刀玉劒偎珠翠。妖姬争獻媚。怎得個、從軍娘子，鴛鴦排作隊。剛腸幾許，莫將他香與粉，脂澤消磨雄氣。身手好，沙場老、是男兒事。長堤上、柳烟杏雨，也學着、王孫來繫轡。怕帳下、李陵長嘆，鼓聲空擊碎。兩遍起語，皆得機得勢，以下放筆歸去，自佳。

揚州慢懷管石青、卞仲勛

璧月銷沉，瓊花散亂，維揚滿地戈鋋。看瓜洲渡口，與鐵瓮城邊。大都是、官人眷屬，翠拋珠墜，争上逋船。料隋堤楊柳，摧殘無限風烟。邗溝一水，有兩家、茅舍多椽。想皂帽歸來，連城獻罷，松菊依然。祇恐昨宵烽火，驚鷗鷺、不得安眠。盼波心紅鯉，銜書遥訊江天。

南浦寄朱燮臣，予去魯時，燮臣假資斧乃成行

文通作賦，説春波、南浦黯銷魂。我與君家同里，都在大江濆。予原籍上元縣。憶昨片帆東去，入明湖、又共作停雲。恨朔風吹散，僅留鴻爪，印遍雪泥痕。鮑叔汝知我者，共艱難、除汝尚何人。譬彼欲翔無羽，分翼助高騫。一舉真同黄鵠，奈茫茫、烟壒滿乾坤。問别來無恙，致書郵斷泪沾巾。過變用挺起法，此三語是通篇最注意處，好在自然流出。

太常引懷曲阜孔林

去年親詣聖人林。喬木自森森。劫火漫相侵。怕蕩地、消殘碧陰。先師植檜，先賢植楷，手澤更關心。鳴樹盡佳禽。願野雀、毋淆好音。

江城子題《采蓮圖》

照影波心一色同。是花紅。是顏紅。姊妹雙雙、圍在藕香中。貌似蓮花花似貌，教人何處，看芙蓉。情致不淺，然虚齋言情，亦衹如此，無過媟褻處，致蹈詞家流弊。

調笑令 二闋　一作《古調笑》

蒼兕。蒼兕。出柙逢人齧死。長纓短綆難羈。惟有郊移遂移。移遂。移遂。遠在盧龍塞外。現苦兵多，計惟塞外屯墾，是安置之一法。

其二

黄鳥。黄鳥。啄盡虫蚳不飽。飛來食我倉敖。家狗家鷄叫號。號叫。號叫。鬼瞰高明含笑。清已亡矣。兵再亂則外患乘之，可慮也。二詞字字老到。

唐多令 題温飛卿集

麗句掞天葩。才名艷八叉。玉谿生、綺靡争誇。一樣高文都折福，休自悔、讀南華。　落魄女兄嗟。廳前忽大嘩。誓牽衣、哭死仇家。庭筠爲姚勖笞辱，故不中第。姊趙顓妻也，勖至顓家，姊出，執其袖，大哭，勖驚訝，病卒。憔悴靈均嬃詈汝，屈氏姊、不如他。高文折福，古今同慨。

河傳

試望。湖上。蝶來蜂往。總戀芳華。蜘蛛吐網。千縷萬縷横斜。還思罥落花。　香車寶鈿游春好。君須早。柳外鶯聲漸老。看前宵風雨，墮紅紫、盈此蹊。蹋成泥。須得古人惜陰之意，若作勸人冶游看，則失之遠矣。

高山流水 張振卿師以臺長致仕。師於同治末召入弘德殿，因耻與王某爲伍，謝病歸，光緒紀元乃出。今宣統退位，公即投老歸田，蓋出處不苟如此

大羅天上咏霓裳。出詞曹、主宰文章。馬迹遍中州，兼寒谷與炎方。西南徼、萬里邊疆。曾持節，收取驪珠一串，入貢岩廊。愧牛溲并蓄，却許士無雙。堂堂。圖君卌餘載，逢幾輩、鬼蜮心腸。垂老長烏臺，凛凛白簡如霜。忽人間、奇變滄桑。思歸去，偕彼雲龍霧豹，大壑潛藏。又誰能，强學年少、鬥新妝。

酒泉子 振卿師老而豪飲

天許長鯨，吸盡盞中明月，但從春瓮問桃花。老何嗟。歸來茅舍竹籬芭。日日杖頭錢挂，東家飲罷興猶賒。過西家。

其二 棨昌按：振卿與曹竹銘前輩皆老而能酒，皆今之正人，豈真嗜飲耶？蓋亦有託而逃也

一笑掀髯，無量乾坤無量酒，劉伶李白爾何人。且沽春。鷄虫世界枉紛紛。獨把酡顔消歲月，莫將醒眼看風塵。怕傷神。

其三

苦慕長生，春未闌時花已散，問花奴。何鳥語，是提壺。百年拚作醉鄉主。長醉無愁苦。漁人歌罷揚舲去。笑三閭。

羅敷媚 一作《采桑子》，又作《醜奴兒》

西家夜宿東家食，兩處依依。側媚誰窺。口角甘飴似宓妃。江南漢北多游騎，心醉妖姬。翠柳如眉。占得章台第一枝。

蘇武慢

汾水雲寒，茂陵風慘，弓劍難攀先帝。羝羊不乳，野鼠無踪，旄節尚留荒裔。等是人臣，獨憐眠雪餐氈，飄零沙際。問少卿奇士，有何肝膽，共盟天地。是不徒、胤付胡雛，慟深烏鳥，墮盡羈臣清泪。緘書寄雁，審象圖麟，兼吐壯夫奇氣。一事尤奇，論詩還替詞壇，開疆拓界。看河梁、五字吟成，風騷別派。從詩派上歸結，詳人所略，亦自別致。

離亭燕 讀衛莊姜《燕燕》篇感作

燕燕爾隨春到。尋遍主人無耗。上下頡頏何處宿，簾外百花都老。祇破壘空梁，剩有夕陽來吊。　宮裏有人長嘯。同汝一般懷抱。巢毀卵殘鴞正惡，且住不如歸好。莫向别家飛，空惹鸜啼鳩笑。

浪淘沙慢 江河水灾未平

嘆人世，兵戈未息，又有洪水。俄頃金堤破碎。龍虵以陸作海。縱鈍鼈爬沙來入市。更鯨鱷、占盡田里。令蒼赤呼號葬魚腹，沉淪白波底。　悲矣。魯齊宋衛燕薊。并蜀鄂長江，連淮泗，一片風浪起。噫帝舜無人，神禹安在。瓠防可塞。微武皇那得，洪流循軌。三策煌煌陳言耳，懷襄遍、百川孰理。尾閭口、奔濤來未已。怪周處、不斬長蛟大尾。掉星河，動蕩山陵圮。過變處，將南北行省一筆包掃，古文家大手筆也。詩家不多見，詞家更絶無僅有。

解連環 題陳圓圓尼裝小影

碧梧風起。深宵月上，阿香宫裏。竟獨自、趺坐團蒲，似情緒雪消，愛根灰死。一串牟尼，記多少、虚空禪理。怕朦朧睡去，又有夢魔，引入吴邸。　君王白頭舉事。正虞姬泣别，人共騅逝。任此後、招得魂歸，早銅雀臺荒，不見香履。舊井胭脂，盡付與、蓮花池水。僅圖中、紫袈素衲，謂伊宛在。虚齋人甚忠厚，文却狡獪，看他『竟』『似』『怕』『又』等字，總不認圓圓堪破紅塵，尾遍嘲笑三桂亦佳。

陽臺路 爲軍士赴關隴以西者作

著鞭去。縱孺人稚子，牽衣奚顧。聽長飆、卷起邊沙，遮斷玉門關路。名隸軍書，短後曼胡、豈辭征戍。雄心在，說大河前横，飛馬能渡。　幾輩高談方略，問子弟、誰能部署。警傳風鶴，莫愧負、武人靴袴。天山雪、長城明月，要比暖風先度。頭顱好，任蒼穹、抛從何處。

瀟瀟雨

宵深燈漸灺，正和衣、冷傍鐵衾眠。忽高檐下屋，雷聲若注，注到心田。萬里羈愁最苦，又響咽寒泉。教一腔幽恨，散滿江天。　起視雲昏月黑，念東南吴楚，西北秦燕。故人蒙霧露，新鬼泣烽烟。知何時、放牛歸馬，與遺黎、共享太平年。盼天雨、洗兵戎，勿使客魂顛。大氣磅礴。

憶漢月

十二銅仙何處。未忍長安辭去。聞人欲徙漢皇都，泣下兩行清露。　多情還有月，藏躲在、上林烟霧。秋風勾引白雲來，聊向大河飛渡。

江南春

桃葉渡，杏花村。久居雖不易，小別又銷魂。檀郎正作揚州夢，那管傾城是美人。

前　調

花月夜，雨雲身。莫愁湖最好，蓮子滿湖湑。儂心恰似蓮心苦，但把蓮心剖示人。

沁園春 愚園

羈客多愁，且遣愁去，來看好春。正沿堤草長，群鶯飛亂，當門樹活，燕子來頻。桃雨紅漂，梨雲白散，一一都隨肥馬塵。香車盛，覓幽廊曲檻，閒倚吟身。看他送客留髠。有瓮底、桃花香入唇。更翠裙珠衱，光涵碧沼，冰弦玉板，響入青雲。舞袖翻殘，歌筵宴罷，去矣雙駒拖四輪。重回首，問花魂柳夢，曾記何人。收筆最佳，喚醒夢之。

惜分飛 落花

此恨深於垂老別。花與春風并歇。散亂還奇絶。一天白雨攙紅雪。蝶怨蜂愁鵑更泣。點點看來是血。離思從誰説。深宵訴與枝頭月。語苦極，蓋時勢爲之。

浣溪紗 一作《山花子》

越鳥巢南夢亦安。南人奚怪戀江干。江花艷艷月團團。　哀似蘭成多涕泪，痴如叔寶少心肝。玉臺玉樹總摧殘。《攤破浣溪紗》易名《山花子》，非《浣溪紗》之又名也。

朝中措

亂鴉捎得夕陽還。閃閃過前灘。江上青山數點，醉餘容我閒看。　花朝節近，敝裘未脱，猶怯春寒。偶向斷橋長立，幾聞賓雁聲酸。

清平樂

曉雲陰重。風軟難吹送。簾外嘈嘈郡案：郡疑作『群』鳥哢。驚散一場春夢。　香林不辨西東。幽花三兩微紅。囑咐園丁着眼，鷄雛踏上芳叢。

洞仙歌

希夷幾載，向華胥酣睡。祇料蒼冥正西醉。忽長風振蕩、湧起層雲，將一片樓閣，空中吹碎。　驚心推枕起。九頓通明，欲叩媧皇問奇計。玉狗吠星閶、黄鶴飛迴，仍騎到、碧山深際。恨九轉、難成補天丹，便洞府歸來、白雲無味。兩遍一氣貫注，是辛劉家法。

天净沙 盼鄉書

江湖滿地戈矛。鴻飛不過沙洲。望斷洪喬作郵。石頭城外，蒼凉月照孤舟。

夢江口 懷鮑潤漪

風色惡，江浪打金焦。渤海有人歸未得，歸來祇恐燕無巢。華髮爲君凋。潤漪過滬相見，自言歸鎮江後，直謁父墓廬居住，去城四十里，與野老田夫爲伍，聞言心折，故志於此。

點絳唇 桃花

何樹無花，此花偏自招人妒。去年崔護。惆悵門前路。南國風人，早把夭夭賦。銷魂處。滿天紅雨。疑是相思樹。虛齋言情之作，大致如此，總以含蓄爲歸。

一叢花 憶家園海棠

美人誰似海棠妍。飛燕最堪憐。楊家姊妹如紅藥，却輸爾、妙舞翩翩。猶記別時，烟啼露泣，斜倚小闌邊。香風吹不到吴天。萬里夢魂牽。南來紫乙傳書去，把紅泪、寄與春鵑。休喚我歸，防花怪我，憔悴失朱顏。

桂枝香 寄懷敬甫

吾家季子。喜君作龍頭，我爲鰲脚。族兄弟行四者四人，君最長，予最幼。況復申同天命，卯同人爵。君生戊申，予生庚申。己卯君舉賢書，予貢成均，例稱同年。春秋伏臘成嘉會，更團欒、一家同樂。父兄傳語，三郎少勸，四郎多酌。族兄弟行三者皆不能酒，行四者皆能酒，長老有『逢三不飲，逢四多斟』之語。爲甚事、如風攪籜。竟東北乘軺，西南巡鐸。贏得關山魂夢，幾番離索。笳聲四起鴒原遠，兩難知誰免溝壑。幸今俱在，南枝三匝，夜飛烏鵲。笳聲三句最警策，佳在語簡而意賅，若笨伯爲之，恐五六句亦説不了。

謁金門 憶北京西山

巋然在。在那西華門外。鐵瓮金甌齊破壞。瞢騰山正睡。帝室宗祊無礙。差勝元顛明蹟。山裏橐駞皆腫背。見多應不怪。無窮感喟。

賣花聲

何處擷華柎。春滿芳衢。鮮花一朵一明珠。插到鬢邊真個好，人似花無。花亦艷魂蘇。泪滴珊瑚。美人香汗逼花枯。明日怕隨脂水弃，流入江湖。『花亦艷魂蘇』五字千金，得此一句，以下順勢歸去，便成佳作。

塞孤 懷少庚

恨天風，吹得雙鴻杳。夢入雲中尋找。逢着傳言三足鳥。將近况，從頭道。天乍變、雪霜高，人多難、鬢眉老。百無言、属我歸好。何日望故鄉，石九迴腸繞。怎似蒼鷹黄鷂。换子遷巢飛便到。空自苦無人曉。春夜裏、杜鵑號，春晝裏、鶯兒叫。告鶯鵑、愁斷魂了。過變處接法最有筆力。

錦堂春慢 再寄少庚

泪并顔枯，心如髮亂，陟岡千仞徘徊。恨春風無力，懶送人歸。燕燕雙栖不語，鶼鶼兩翼俱垂。惹得蝯嘲鶴誚，哺子鸎啼，唤婦鳩啼。　遥望眷令原上，見星光小處，昴去參來。又燕山五桂，半茁孫枝。蝴蝶三生夢覺，蝦蟆兩部官私。最憶人呼二陸，西屋名雲，東屋名機。

滿宫花

半池萍，漂不住。驚醒一雙眠鷺。東風拗斷白楊絲，帶着愁痕飛去。　花影黏人香滿路。

碾過鈿車無數。明年今日卧山中，又識春嬉何處。通體秀麗，東風二句尤佳。

蝶戀花

鳳母能生么鳳子。五色紛飛，各自扇香翅。麗質天然花亦媚。花閒任爾蹁躚戲。一味尋香終自累。素手輕羅，撲汝紛紛墜。蠅矢蜂芒人盡避。七分辛螫三分穢。有骯髒不平之氣。

西江月

枯樹回黄轉緑，影花儷白妃紅。朝煊暮染費天工。贈與閒人玩弄。明月千年不老，青山一變成童。悔予趕做白頭翁。萬縷霜絲没用。『明月』二句，亦渾成亦新穎。

如夢令

頭上一莖華髮。心上一絲紅血。織錦作迴文，一字一聲嗚咽。凄絶。凄絶。樓外月光如雪。前四句刻摯極矣，末句放開最得法。

荔枝香近 聞伯厚避地香港

八載相思良苦，無路説。南睨海上洪濤，掀起驚天裂。愁他烏止鵜栖，散亂枝頭月。夜夜、夜半荒山滴鵑血。　聞遠客，來自那、蛟鼉窟。　探得驚鴻，飛印港中泥雪。　日暮登樓，對着江天望消息。　唯見孤帆明滅。

玉女摇仙佩 唁王采臣喪偶

茫茫死所，我輩鬚眉，那及夫人多福。　試望平原，荒邱長卧，絶勝漂摇華屋。　况是從西蜀。歷秦山楚水，虵湫狼谷。　挈兒女、閒關出險，到此從容乃就空木。　陽九數雖奇，采臣三喪偶皆九年。　玉斂珠含，聊堪瞑目。　逝者稱心易足，特恐仙臺，回顧塵寰窮蹙。　陸兒水蛟，山魈窺笑，畢竟從何歸宿。　轉爲生人哭。　顧莊周達理、盆歌相續。　莫衹悼、蛾眉未展，須知南面，不如枯髑。　君三復。　麻姑正喜碧桃熟。唁慰處皆沉痛語，時爲之也。

醉蓬萊 憶日本游歷

怪予情痴甚，頗念群仙，尚居三島。　一片雲帆，遂飛來壺嶠。　簫史何人，玉妃何處，訪瀛洲瑶草。　獨立山巔，夕陽孤影，悠悠青鳥。　唯見其間，六韜三略，牧豎樵夫，半皆通曉。　富士峰高，有白虹環繞。　赤豹黄羆，盡銜干戚，向中原嬉笑。　解纜歸來，海濱回望，惄焉心擣。超然傑構。

八六子 憶曇華寺

前甚喧囂。耳勾心引，轔轔徹夜連朝。念花下鷄虫不競，山中雲我俱閒，翛然意消。番天假烟寮。支枕老僧床借，催詩小衲鐘敲。曾幾時回頭，已成陳迹，鳥留春住，燕隨秋往，空教處處塵驚馬逸，年年月近人遥。正無聊。仙禽更鳴九霄。此調隔三五句方押韵，非有筆力不可。是闋可與秦少游一詞比美。

摘紅英 題《櫻花圖》懷錢翊臣，錢死日本，今數年矣

雲炎朝啼血。暮啼血。鵑喉血盡天應泣。揮紅泪。成雲氣。飛滿林間，紅雲無際。熱。風悲咽。花猶無恙人長别。花如醉。人如睡。歡喜花心，寂寥人意。前半説花，便有感舊之意至，寥寥短章而大筆如椽，是虚齋擅長處。

買陂塘 一作《摸魚兒》

愛吾廬、不離城市。對門湖水凝碧。湖心一曲清如鏡，曾向白鷗分得。楊柳色。青未了、蓮花紅到眠琴石。魚頭戢戢。每屐響輕拖，竿痕斜映，驚起浪三尺。春申浦，亦有長鱸短鯽。蒓香隨手堪摘，登樓四望非吾土，翻使鬢霜欺客。金馬驛。天萬里、歸飛尚滯圖南翼。

雲乖水隔。似涸鮒思淵，寄書魴鱮，枉作過河泣。

憶少年

蒼蒼江色，蒼蒼山色，蒼蒼天色。蒼蒼默無語，任狂呼誰識。天地生人生不息。奈之何、我生今日。還身與天地，免漂零無着。大筆淋漓。

風中柳本意

翠到梢頭，畫出香閨眉樣。折蠻腰、謙柔不抗。高枝低讓。低枝高讓。好風姿，別來無恙。千絲雪白，又似老成人相。爲春風、輕狂自放。東吹西向。西吹東向。此先生、怎如元亮。

醉春風

夜理求凰曲。朝來歌別鵠。雲酸雨楚定何如，哭。哭。哭。薄幸無情，薄衣無暖，薄田無穀。　願作雙鸞鶩。白首同飛宿。眼看鳳子又將雛，祝。祝。祝。美事多成，美才多遇，美人多福。

聲聲慢

心隨鼓壯，血入笳飛，拚將幾許頭顱。報捷書來，殘骸早委荒蕪。祇教孺人腸斷，念相逢、唯有黄壚。呼天哭，覺陰風衰颯，吹上松梧。　更甚孤舟嫠婦。有國殤、魂魄和爾嗚嗚。冷月林邊，聲聲又嘯哀狐。將軍帳中歌舞，請停樽、來吊霜嫠。知尚有，杞梁妻、凄絶敝廬。佳作。

憶舊游

記雙張溘露，俊夫、紫琳。二吕沈泉，子恒、子坤。使我聲吞。更聽山陽笛，有盧仝桂清馬異繼賢，并瘞荒原。雨來縱有新舊，消盡碧苔痕。嘆鶴拓雲寒，烏蒙雪散，慘澹黄昏。　諸君。孰知爾、是佩實咀華，渺慮文園。或作從戎子，與射雕身手，飛試鞍韃。迄今書劍俱杳，鴞泣在梅門。怕魄喪精亡，巫陽一一招汝魂。過變處兩字呼起，用韵者最要穩當。此用『諸君』二字，承上起下，如生鐵鑄成。

金菊對芙蓉本意并贈内子吕夫人

斜倚籬根，性成孤冷，群花與我無緣。幸芙蓉爲伴，頓破愁顔。美人不用嗟遲暮，賦歸去、共隱南山。色佳心苦，兩情脉脉，總是忘言。　況復露老霜鮮。要大家着意，耐過寒天。把香房紅粉，拚與嬋媛。素娥青女同妝束，儘淡泊、始稱黄冠。一杯相屬，芳情晚節，各保餘年。

應天長

向禽三太息，嘆女嫁兒婚，幾時能畢。九子同巢，慚説鳳毛皆吉。群雛雖爛漫，尚多半、待吟梅實。如擔僕，指數郵程，暗愁斜日。　天下好邱壑，即富貴神仙，洞天瑶室。也許山臛，扶杖去聽鷓鶘。腰纏無十萬，又黄小、挽衣難出。休妄想，春在江南，且餐丹橘。過變處挺起，以此爲最佳。

前調

蒼天死去黄天立。天上神人争食邑。雄虹抛，雌蜺拾。不管天狼狂吠急。　嚇天孫，停紡緝。閒殺牛郎蓑笠。惟有衆星如粒。狼吞星亦泣。以天上喻人間，奇想奇詞，却是實情實事。

行香子

河水南流。海水西流。引涓涓、翠抱田疇。梅芬奪桂，茶艷欺榴。便趁春風，迎春女，送春牛。　龍卧潭頭。鳳曦岡頭。又松醪、載上湖樓。塵香薰馬，浪軟眠舟。看花中人，風中柳，水中鷗。

長相思

新相知。舊相知。知爾如何不爾思。春江月上時。　曉風吹。晚風吹。吹得楊花上客衣。牽衣去更遲。小令須有遠韵乃佳，此數闋尚合格。

前　調

南昆池。北昆池。兩地情懷一樣痴。高歌遠別離。　吴江湄。楚江湄。和泪成書寄阿誰。斜陽幾鷺鷥。

菩薩蠻

鶯肥鸞瘦休相誚。春花冷眼微含笑。幾日落花飛。鶯悲燕亦悲。　莫悲花落去。明歲花如故。祇苦看花人。顔凋不復春。此調筆與韵俱轉，自佳。

摸魚兒 送劉伯膏回滇

望鄉關、碧鷄山色，可能葱翠如故。紅河黑水兼蒼洱，盡是漢家邊戍。承華圃。烟水際、又爲吾輩長吟處。消魂幾度。念菰露凉邊，藕風香裏，眠過舊鷗鷺。哺。閒來飛繞群樹。鶯鳴鶴和皆良士，半屬昔年儔侶。重把晤。爲我告、諸君慎重崎嶇路。相將穩步。看南極箕張，西郊雲密，怕有別風雨。滇之大患，終在英法，末意指此。

河瀆神

雨氣逼羊裘。江干寒過高秋。莫言天地不知愁。似人春泪長流。　人去人來黄浦畔。都帶蘭荃香恨，連夜花風吹亂。剪刀能否裁斷。

漁家傲

罛姥夜呼舟尾簸。鯉魚風起休酣卧。撒網鳴榔乘月過。聊相賀，筠籃飽拾鸕鷀唾。　貰酒抵他錢幾個。還須留取輸官課。歲惡民飢官亦餓。真無奈，馮驩長鋏彈都破。

東風第一枝 題屈翁山先生集

烏烏恩情，紅鵑舌血，性情中有文字。友聲鸖鶒枝頭，閨思鳳凰曲裏。朱波蕩盡，無別說、黄冠歸矣。算一生、總是多情，賴此踐行天地。　前世局、若星定位。今世局、若雲變態。果然江上靈均，做到卜居没地。憐公家學，一句句、離騷真味。又何止、鵲鏡蛾眉，使我愴然垂泪。公詩：『母爲飛鵲鏡，子爲蛾眉妝。形影不相離，從今至千霜。』

天仙子

騷屑如瓊飛不止。低首翁山心醉矣。貺予蕉柚實離離，蕉似蜜。柚如飴。啖罷喉香唱楚詞。

前　調

天奪阿孌經五載。阿兒何憚嘔心死。生平酷慕鬼仙才，官不愛。錢不愛。愛借長歌消血泪。

燕歸梁

繫得香絲一縷紅。紅尚去年同。美人應在畫樓中。樓似舊、已成空。珉梁雖好，青春無主，未忍入簾櫳。雙栖且借亂花叢。愁落日、怨斜風。小令能一句一頓、一聲一咽，從屈翁山得來。此詞較東坡『燕子樓空』數句，殆青出於藍，彼僅包得古事，此則寓身世之感。

前調

一字離騷一泪珠。面目全枯。椒蘭那復識三閭。誰憐汝，袛漁夫。句吴亦復有靈胥，將肝胆、換青鏤。濤神夜夜入江湖。悵片月、照菰蒲。六字哀感極矣。

蘇幕遮因蘇亂，頗憂滇

虎邱雲，獅嶺月。三夜獰飆，雲月真愁絶。凋盡蘇臺楊柳色。羈客魂驚，夢入蒼山雪。碧鷄關，金馬驛。春鳥秋虫，長守先人宅。山果休教猿狖折。攬鏡霜來。白了三千髮。兩遍俱佳。

琵琶仙聞笛

吹落梅花，却將我、萬種閒愁吹起。如逐黄鶴高飛，飄飄在雲際。招鶴下、當騎汝去，遠游到、九重霄外。那管人間，鯤魚北化，鵬鳥南徙。　祇從那、何有鄉中，再邀個、秦樓舊簫史。和着洞賓長笛，作鈞天仙籟。將一切、西羌怨曲，付大江、盡與沙汰。也許環視齊州，問愁安在。起筆斗健得勢，以下縱筆一掃，兩遍直成一貫，詞家具此氣魄者甚鮮，的係東坡、幼安家法。

西湖月 憶前年袁樹五約西湖觀蓮，賦贈

芒鞋蹋上孤山，記卧雪人來，共尋梅鶴。不逢高士，偏逢艷女，似桃夭灼。凌波紅袖舞，與姑射神人、同綽約。直看到、蘇小墳邊，吸盡幾壺清酌。　無端天助靈胥，任澌水濤聲，直穿城郭。六橋烟柳，隨風蕩颺，樹難棲鵲。萍踪漂海上，念往事、蒼茫如夢昨。且歸去、偕隱昆湖，自成邱壑。

青玉案 斷竹

琅玕翠倚晴空半。結秋實、仙鸞豢。不比紅珊枝易斷。勁如青鐵，圓如蒼璧，憑爾風吹亂。　世間惡竹偏無算。幽鬼山阿忽興嘆。人不能芟天肯逭。斬虵劉李，斬蛟周處，雄劍真堪憚。

垂楊 花朝獨酌

狂何必酒。奈百花生日，感人情緒。易水風寒，好春難向金臺遇。鼠姑香艷夸齊魯。正含萼、那禁塵霧。更家山、萬里銷魂。是杜鵑紅處。　莫説盤難下箸。但司馬鷫鸘，貫來清醑。便倒瑶壺，舉杯花下祝花嘏。觴詞自唱花應許。待分付、柴門早杜。人來説、我酣眠，君且去。

侍香金童 唁鄰居陳梅生同年失偶

雨暗雲昏，似有嗚嗚泣。聽鴟笑鴉啼聲不息。破曉簾前鸚鵡説。嫠影娥光，夜穿鄰壁。　嘆使君與我，同爲離亂客。怎耐此、鶼飛摧一翼。好在兒孫齊侍側。哭不如歌，學莊爲得。收筆簡净。

山亭宴 鬻書不售，感作

妻孥怪我魂顛倒。正嚴寒、乃欹紗帽。又似打魚人，向山木、高施罛罩。豪家失勢富家貧，正飢雀、空倉争噪。任是右軍書，六角扇、何人要。　老髡忽作絶繩笑。自期許、十年深造。且莫論平原，便皇索、猶思一掃。非時麟鳳總堪悲，孰寶貴、豨真芝草。焚硯趣歸田，有手扶犂好。一怪一笑，無聊甚矣。前遍純是怪話，後遍純是笑話。牢騷情事，游戲文章，彼按譜填詞者，安得有此境界。

雨中花慢 杜鵑

百鳥鳴春，何如一鳥，鵑鵑汝最知名。縱催明聽鴂，警夢聞鶯。腔裏誰藏熱血，吭中衹吐虚聲。鸞鸞比翼，燕燕雙栖，亦少奇情。　汝爲恨鳥，僕本恨人，春來兩恨難平。衹覺那、鵲皆狂喜，鴉亦空驚。唤起愁雲萬叠，囑殘冷月三更。僕惟許汝，緑章奏帝，春以鵑鳴。過變語極警策。

訴衷情

詞家鼻祖是靈均。忠愛是天生。何物美人香草艷，衹是寫離情。　篇廿五，是哀鳴。匪和鳴。鴂鳩音濁，鸞鳳音清，盡是鵑聲。近覺杜鵑是個知己。

玉蝴蝶 本意

離石窟，就金閨。莫嫌么鳳微。賀汝得枝栖。佳人貼鬢來。　梅點額。桃生靨。花意兩依依。轉羡不能飛。飛將何處歸。收筆奇警，感慨係之。

釵頭鳳 鳳鳥

虞韶作。秦簫發。九苞翔舞生顔色。青鸞駕。仙人跨。翱翔千仞，德暉能迓。下。下。下。

天如墨。陰霾塞。素王衰鳳誰憐惜。人心詐。靈禽怕。羽毛摧落，膾同鴞炙。罷。罷。罷。

雨中花 本意

小雨妒花花意急。看朵朵、燕支紅濕，瓊碎將飛，珠圓將墜，啜盡驪姬泣。　燕語淒酸鶯語澀。又蜂蝶、偷香難入，翠鬟休簪，玉纖休采，漬汝香裙褶。

高陽臺 一作《慶春澤》

孝筍方萌，靈椿已謝，空傳馬服遺書。異縣招魂，哀哀五父荒衢。重泉掩盡平生志，枉艱難、七上公車。更誰從，楚水閩山，憑吊仙凫。　生兒望紹談彪業，喜翎毛是鳳，骨骼非豬。或藉文言，張皇隱德先廬。風塵未息身將老，怕犧尊、并委溝渠。念歐陽，自表瀧岡，唯有沾裾。爲人子，思親劬勞，不能貽親令名，罪上通於天矣。

錦纏一作《錦纏道》

但醉紅裙，恐惹退之謿誚。儘風流、不須妖姣。學詩能得風人竅。譜出榛苓，絶妙相思調。　論當筵侑觴，楚歌尤妙。讀離騷、美人齊到。願與君、沅澧搴蘭芷，一枝聊贈，當買蛾眉笑。虚齋言情之作，皆當作如是觀。

八寶妝望月

試問天翁，廣寒宫殿，是否棟梁撑拄。中有娑邏靈木在，若個長年培護。曾聞天造玉樓，孰作倕般，神工八萬將焉取。更識玉樓成後，付誰爲主。　奔月舊有姮娥，美人獨立，泪珠拚與蟾兎。任空際、五星并列，又群宿、環如棋布。與丹桂、天香异處。鏡中孤影愁誰訴。祇一片雲來凄凉，獨自呼雲語。與屈大夫《天問》同一牢愁。

虞美人影

虞姬歌罷戚姬舞。劉項兩人皆苦。太息英雄兒女。恨事成終古。　厠中人豕啼雌主。空説紫姑呼汝。不若魂歸花隖。歲歲香風煦。首遍末二句，意在側落，反嫌淺率，能改則成絶調。

鏡中人

昨如脂，今如臈。愁繞玉床三匝。誰使貌成枯衲。鏡裏人難答。　一現曇華露朝溘。較易朽株摧拉。瘦縱如僧猶未塔。且挈嬉春榼。末二句未經人道。

摸魚子 和婿家邀住蘇州，將歸，未能赴約

記前年、館娃宮畔，緑楊曾絆鞍馬。别來兩度秋鴻杳，今又燕歸榆社。思廣厦。依舊在、山塘景物春尤冶。烟塵遍野。幸花鳥雖驚，狂飆過去，檐角未飄瓦。　天緣假。判袂容人再把。行舟思繫亭下。偏聞杜宇聲聲唤，唤到紫吭都啞。歸去也。爲我謝、金萱厚意心藏寫。還傾一斝。祝笏嶺雲平，劍池水静，好養覺園檟。

明月棹孤舟

玉兔銀蟾長不老。無情甚、入春尤皦。那識江干，離人個個，照影自傷枯槁。　一葉扁舟何處棹。正愁絶、戰場未了。欲學嫦娥，奔來天上，若爲倚梯雲表。

攤破浣溪紗

少日題詩過御溝。溝中紅葉似霞流。老對東風思往事，怕回頭。 秋士情懷因月亂，春人魂夢替花愁。一片恨聲消不得，鳥啾啾。此又名《山花子》《浣溪紗》，原調不名《山花子》也，因破原調七字爲十字，故名攤破。

桃源憶故人

祖龍暴雨天流毒。路路家家俱哭。欲學野雲眠熟。去去藏山腹。 中原喬嶽無仙窟。況是武陵溪曲。獨有解人徐福。避到三神麓。

湘春夜月 懷吴巨年，時尚在京師

念君家，蓽門斜倚瀟湘。一自薄宦儀曹，如索米東方。每遇雁賓南嚮，想夢隨書去，屢到衡陽。矧殺機地發，群龍鬥野，血洒元黄。 天心莫問，山皆赭木，海已栽桑。豈不懷歸，衹怕爾、黑貂裘敝，難整行裝。湖乖嶽隔，路遥遥、安得飛翔。願老鶴，假修翎大翮、凌風一舉，來吊英皇。

五張機

五張機。煩君爲我製天衣。人間赤子寒生粟，雨絲烟縷，織成奇服，一被萬窮黎。奇情亦無聊極矣。

殿前歡

柳邊鶯。金衣公子舊知名。今年變盡去年聲。使我傷情。還鄉夢亦驚。山有豺狼競。水有鱷鯢横去聲。春天易老，客路難行。

風光好

日如輪。月如輪。天遣雙輪送一春。去如奔。龜年不似蛄年小。長生好。畢竟彭殤骨并塵。壽何人。

惜雙雙令

樓外枯枝新作蕊。閒弄影、金波飛起。獨向闌干倚。好花圓月如人美。美人知是誰家子。空悵望、鄉山千里。有夢歸難恃。前頭隔斷吴江水。

淡黄柳 寒食日作

垂楊一色。懸得千門碧。説是綿田旌介節。不但文君太息，千古猶招舊魂魄。我心惻。沉思又滋惑。汨羅芷、首陽蕨。爲乾坤、突兀撑忠骨，試問虵臣，爾何爲死，無乃牛毛一擲。

白苧 清明日作

又清明，是羈客，思鄉欲哭。年年此日，料理壺觴酒肉。更相呼、近支兄弟與宗族。追逐。出城闉，一處處邱園喬木。如龐德公，趨向墳前蒲伏。今奈何、海濱留滯悲陵谷。根觸。生當寄鯉，死合椎牛，死生俱憾，猶賴鄉風土俗。與古道相維，未全傾覆。天偏靳我，令盤飱斗醖，野蔬山菽。不奠松楸，隔萬山河，經數寒燠。我獨何辜，有泪那堪掬。起筆好，以下亦一氣貫注，後遍多短句而能運氣，尤見筆力。

拂霓裳 懷嚴範蓀，聞其决不出山

是嚴光。富春灘畔着漁航。星是客，懸來天上自煌煌。望真韓吏部，名豈蔡中郎。細評量。似黄花、籬下傲秋霜。嗟予短翮，宜息影，自潜藏。偏假翼，相期雲路四翱翔。烏飛乘月皎，鷁退畏風狂。報鸞凰。説蜩鳩控地、幸無傷。嚴爲袁之故人，袁爲總統，嚴不赴召，真高士也。

鎮　西

登高西望，見風凄雲鬱。和塵壒、亂封函谷。家家哭。説豪宗報怨，隴上驅羊，關中鋋鹿。人如鶴飛蝯伏。論秦俗。香閨柔女子，能歌暢轂。豈男兒、肯爲魚肉。孰當軸。願君思猛士，注意韓彭，推心頗牧。毋徒二陵收骨。

解佩令吊曹娥

天生女子。天生孝子。比緹縈、心更傷矣。彼救親心，此欲援親於死。恨何如、如江上水。　龍呀呀只。魚喁喁只。問魚龍、孰敢吞只。人格精誠，薦廟食、蘋花秀裏。聽年年、越歌唱起。姜白石作《越九歌》，有祀曹娥曲。

暮山谿

陽春有脚，去去無停息。小鳥不知愁，又唤過、清明寒食。百花無語，却似最多情，朝泣露，暮啼烟，惆悵羈栖客。　仰天長嘯，吾道將安適。載酒上高臺，嘆莽莽、荆榛四塞。寓公何限，個個寄人籬，輪四角，馬三蹄，無計施鞭策。

雙頭蓮題《燕子箋》

燕燕多情，將二美聯成，一家仙眷。天偏善幻。教好事、經過無窮憂亂。正似十五圓蟾，豈初三能盼。須碧漢。卷盡陰雲，纔逢玉娥真面。　怪底翠館朱門，有珠璣大小，紅絲牽絆。吟箋一片。與畫幅、兩軸都成婚券。衹苦訟獄兵戈，將鴛鴦驚散。誰料得，萬種春愁，消從患難。

殢人嬌再題《燕子箋》

鬍阮詞華，寫出都梁情緒。明宮裏、遂教歌舞。君王夢寐，有巫山雲雨。休同事、惟按後庭花譜。　夜月光圓，春燈焰吐。且板唱、莫憂鼙鼓。歡娱未歇，忽四奔如鼠。巢覆矣、從此燕歸無主。

齊天樂楊次典將《燕子箋》《桃花扇》故事比較，成詩十四首，興亡離合，杼柚予懷，爲填此詞

畫圖撲蝶箋銜燕，何如扇底紅血。兩個雲娘，花團月滿，偏令香君孤寂。情誰能割。任換骨成仙，那甘長別。地下相逢，侯郎應向霍郎泣。　興亡尤未易説，等蓮花幕裏，贊畫籌策。一樹奇勛，一丁厄運，成敗於焉懸絶。金甌尚裂。況薄命桃花，怎禁飄瞥。萬古離愁，媚香

樓外月。『情誰能割』三句，深摯而不媟褻，言情祇應如此。後遍説興亡，收筆兼顧離合，尤爲周到。

山漸青

草萋萋。黛痕齊。山似佳人一笑來。春風爲畫眉。深入時。淺入時。樓上新妝學翠微。舍鑾對夕暉。

醉紅妝 題姜白石集

垂虹亭外一山人。弄雙槳，載桃根。香詞飛上小紅唇。風雪裏，唱陽春。百年莫嘆布衣貧。老騷客，大名存。馬塍西畔剩孤墳。搴勺藥，與招魂。

南樓令

何處白雲鄉。寂寥天一方。覓蘭荃、親擷幽香。製我衣裳紉我佩，烟水際、且徜徉。碧海路茫茫。斫鼉難駕梁。抱孤懷、空自芬芳。落日江邊漁父去，形吊影，更蒼涼。吊屈原耶？躬自悼耶？且不必問，祇覺『烟波江上使人愁』耳。

惜黄花慢 寄懷施文宴

偌大乾坤。竟蒼茫獨立，無處容身。碧霄飛去，步虛路絶，黄泉没入，鑿空無門。亂山幽壑豺狼窟，避秦處、難覓桃源。祇自憐。賦成庾信，文吊靈均。先生井里沉淪。又迷陽却曲，跬步荆榛。鐵峰雲起，瘞殘古月，盤江雨過，换盡前塵。到頭世事多奇變，怕空谷、零落佳人。問金尊。幾時重與論文。

掃花游 送顧仰山入都，時予將旋滇

與君有約，説倦鳥知還，彩雲深處。那知世上，即區區進止，亦天爲主。驀地風來，卷起離亭柳絮。挂帆去。看鴻去燕來，南北分路。臨别何所語。願大塊喁于，蕩開塵霧。海波亂注。許仙踪縹緲，跨鰲飛渡。我又何爲，也學焦明遠翥。漫回顧。逐春歸、肯同春住。

巫山一段雲 聞鮑潤漪語感作

誰薦瑶姬枕，襖狐入夢鄉。巫山豈是冶游場。顛倒楚襄王。不見高飛鳥，無心樂鳳皇。羅敷自有合歡床。寧作野鴛鴦。寓意幽絶。

擣練子

一匹練，白如銀。裁作香裙稱妾身。搗罷玉砧私自語，壓殘金綫爲何人。

傷情怨

何須籬落左右。擷一枝紅豆。恐惹相思，情根天種就。　今年春燕似舊。怪阿儂、比燕還瘦。將酒澆愁，酒邊愁暗逗。節促韵長。

小桃紅

不見愁來處。日與愁相遇。相遇如何，在心之府，在眉之宇。又紛紜變幻、滿虚空，裊游絲一縷。　秋夜瀟瀟雨。春晝濛濛霧。斷絶無時，遁逃無路，恐成終古。問劉伶阮籍、醉鄉中，果消愁幾許。

醉花間　懷李覲峰，時李居重慶

花無語。月無語。深夜情誰訴。欹枕苦懷人，夢斷巴山雨。　前矛兼後櫓。拉雜萊衣舞。知君一片愁，不共猿啼住。昨得赴覲，峰丁外艱矣。老人安可經亂耶？

海棠春 讀伯厚寄潤漪詩感賦

羅浮山上梅花發。暈皦月、寒香清絶。翠羽自翾飛，不似驚蝴蝶。　海棠亦有胭脂色。儘夜夜、紅鵑泣血。落澗作流霞，澗水空凄咽。

紗窗恨

凉臺避暑無墻壁。不嫌空。茅庵雪裏窗多隙。怎禁風。　倚闌角、兩眉愁絶，正夜深、殘月朦朧。獨自悲離索，損春容。情景凄然。

探春令

繞山環水正尋春，聽黄鶯呼我。把瘦藤、扶向溪橋過。祇看得、閒花朵。　晚來歸路橋都墮。見漁翁方卧。向柳邊喚渡，扁舟似葉，還怯風濤簸。

柳含烟 思潤漪語，頗感懷，遂志之

臺城柳，眼青青。青眼含情向我，似愁飛絮化浮萍。又漂零。　烟外鷓鴣聲欲斷。苦喚迷途逾遠。西山夕照未全低。盍歸來。

楊柳枝 燕

故壘猶存未忍歸。是因誰。去年爲我繫紅絲。那人非。　別有謝家雙燕子。重來此。風前立斷緑楊枝。語多時。傷心語，出以綿邈。

瑞鷓鴣 思潤漪語，再志之

亂山喬木鷓鴣啼。前途滑滑是春泥。愁爾低飛，控地污毛羽，何似深林且暫栖。　鷦巢不過一枝耳，腸鳴下拾虫蚳。俄聞雲鶴長唳，遠舉高翔、以避罘罳。啄雪餐冰要忍飢。潤漪謂今爲吾輩當受苦楚之日，予深服其言。

紅娘子 將從岑公作海外游，感賦

身世何時了。魂夢都顛倒。負石懒申，懷沙愧屈，又思商皓。似長車失却、指南針，竟冥行迷道。　龍自波中躍。虎自山中嘯。絲曳長虹，鈎懸片月，六鰲誰釣。趁天風海上、作豪游，又發狂濃笑。

惜秋華

不用牢愁，竟魂離魄散，窮山乾死。赤縣四旁，蒼茫更環瀛，班生縱不登仙，也擬跨天吴戲水。堪喜。喜烟霞十洲，齊歸眼底。　兩翼戢還起。似圖南鵬鳥，聳負天孤背。方以外、不可到，且游方内。波中任有蛟龍，騁壯懷、藐之而已。行矣。望重洋、載歌杭葦。

露　華

仰天□嘆。嘆荏苒光陰，百感過半。料得此生，神血如冰旋泮。羡他不死成仙，畢竟赤松誰見。給人耳，文成馬肝，一霎魂變。　浮雲富貴尤幻。任北斗黄金，隨手俱散。指泰山爲誓，鐵券終爛。况説稱帝稱王，幾次主人更换。愁未了，抽刀孰能斬斷。

輪臺子 題辛稼軒詞後

但見英光偉氣，自肺腑、奔來紙上。人言祖述坡公，我道比坡豪放。那同玉樹嬌歌，付紅兒、學弄黄鸝吭。要關西大漢，鐵板銅琶高聲唱。　平生萬卷撑腸，又雄略、足稱健將。喜貂蟬、自兜鍪换得，穰苴何讓。刎愛士憐才，更徵雅量。看落魄劉生，萬緡重相貺。若而人、艱危足仗。最堪惜、種樹東郊，投老悲閒曠。祇起二語，便畫出辛詞氣象。首遍論文，尾遍論其人。

雙聲子 題納蘭詞後

不圖華族，有佳公子，能作當代詞豪。朱門粱肉，綺襦紈袴，愁苦似賦離騷。囊中鬼語，才美矣、命竟難牢。　天奚問，衹三兩吟朋，悲吊蘅皋。　到而今，知壽無足貴，緐華亦等風飄。文章千古，遺膏殘馥，珍同鳳羽麟毛。況清平調好，如太白、名動天曹。汾陽福澤，安能壓他，海上鯨鰲。一氣旋轉，俯仰夷猶。

過秦樓

夢境迷茫，如張雙翅，起從空際逍遥。遂俯看人世，見晦霧陰霾，跌蕩風飆。是孰把天瓢。挹銀河、注向層霄。便烟塵全洗，青天明月，輝我衡茅。　忽一聲喚過、銷魂鳥，覺南華蝶影，驚散難招。且卷簾憑檻，看雙雙紫燕，正睇新巢。纔戢翼檐牙，又翩然、掠過花梢。似江干客子，漂泊支離，何處停橈。前賢教人作詞，諄諄説過變處忌氣不貫。虚齋詞通體一氣，安有過變不貫氣者。

羽仙歌 昆明黑龍潭相傳爲三真九仙之地，心嚮之，故賦

是鴻都觀。有五峰屏列，一二水環流碧波軟。又古潭如鏡，説潭底潛龍靈且怪，時見吐雲天半。　仙踪寧盡幻。大壑深山，許有驂鸞下霄漢。願從今湔俗慮、拚弃人間，披鶴氅、來

覓浮邱伴。任滄海、紅塵復揚，想洞府笙簫、玉音難亂。以一『潭』字貫二句，岑嘉州詩長於此法，滇詩朱丹木亦然，此運筆妙法也。

風入松 憶松華垻先塋

宋家山上樹參天。先世卜牛眠。春秋拜掃携鷄酒，步松陰、無限流連。危坐遥吞晴翠，半醺款聽風泉。　墓門睽隔幾經年。芳草又芊綿。長林不怕牛羊踐，怕樵柯、尋到崖邊。斜日高邱延眺，亂雲愁到眉巔。辛幼安詞云：『不恨古人吾不見，恨古人不見吾狂耳。』此以『不怕』一呼，『怕』字一應，得幼安筆法。卷中慣用此法，故爲指出。

真珠簾 對酒感懷

平生將伯呼紅友。合昌黎、五鬼一齊驅走。消受太和春，仗幾卮名酒。嘆息劉伶墳上土，要倒盡、銀罍金斗。知否。爲予破愁城，是真功狗。　今日爾力何衰，儘顔酡耳熱，擊殘歌缶。祇覺百憂來，若亂絲牽藕。欲把牢騷全掃去，那取得、長星爲帚。回首。嘆燕市高陽，壯心空負。首尾兩遍，一氣承接，虚齋長技在此。

月照梨花 金陵兵變

月好。花好。江南春好。底事今年，鶯悲燕惱。花月隨處生愁。鬼啾啾。　啾啾鬼哭陰風起。青山色死。血涴秦淮水。夜深燐火飛逐人。凄愴銷魂向誰論。祇寫凄凉之象而兵變自見，得古歌謠遺法。

醉垂鞭 送席上珍北上

燕市劫灰飛。車輪湊。唯清晝。漸漸路人稀。西山沉夕暉。送君無限意。望幽薊。泪沾衣。去去吊金臺。中原思霸才。北京氣象愁慘，畢現紙上。

甘草子

游戲。莫在人間，空惹愁懷起。天上亦多愁，雨泣銀潢水。天上人間愁如此。問大塊、埋愁何地。盧扁徒能起人死。没瘵愁良劑。無聊之極。

湘靈鼓瑟

無俚甚，徑欲學飛仙渡海。那識靈鰲猶未駕，慍煞老妻稚子。念旅食他鄉，將成涸鮒，眼枯江水。爲唤蒼頭，送孥歸去，好收取、故園薪米。又思量、燕幕危巢，怕有顛風吹起。豈不爲天步艱難，致塵世全無樂地。陽武鄉人雖俊杰，處困有何奇計。任貴比王孫，荆逃棘竄，可哀也已。大造無心，豈私貧我，但自恨、命該如此。更從容、一叩靈氛，或者大疑能解。

二遍各有三轉，首遍以事之曲折爲詞之曲折，妙造自然，收筆亦莊亦騷。

玉連環影

春草。長遍瀛州島。一碧無情，天遠人難到。晚烟蒼，素琴張。不見寄聲青鳥見斜陽。含蓄有味。

相見歡

春宵夢散無痕。正銷魂。又見剩星殘月、冷窺人。　情脉脉。何終極。向誰言。祇恨女媧無石、補愁天。

酒泉子 內子將歸，予不及偕，感賦

欲伴君歸。却被柳絲牽住。夕陽樓，春水渡。立成痴。　東風勒限催人別。獨慚鞍馬歇。海中波，天上月，遠相隨。說鳥說月而情自見，是善言情者。

卜算子

昔日碧桃花，今日黃桑葉。欲識眉尖幾許愁，仿佛山千疊。　瑣瑣九牛毛，蹙蹙雙蚊睫。

安得乘風栩栩飛，夢想莊生蝶。　玉闌斜倚立多時，漸覺香裾冷。

好事近

蘋末起雌風，吹破半江雲影。仰見碧天明月，正夜深人靜。露下睡禽驚起，顫幾枝紅杏。層次井然，一氣貫注。

金人捧露盤

翠雲輕，紅霧重，百花鮮。正征人、料理歸鞭。家山客到，爲言交趾墮烏鳶。鷓鴣更喚春泥滑，馬不能前。　嘆人生，多違意，將解纜，又停船。負香閨、長卜金錢。窮途漫哭，但須沽酒送流年。此間且住爲佳耳，卧看江天。末四句强作硬語，無聊。

剪湘雲王采臣設餞，同席爲吴少春、劉謙山、高壽農諸君

棠睡偎紅，柳眉蹙翠。正旨酒當筵，未飲先醉。不料乱中成合并，俄頃還添别泪。看桃花、對面笑春風，那知人心事。　但叙廿載離悰，豈非嘉會。奈緑鬢朱顔、大半憔悴。况此時干戈靡定，處處猿啼鶴唳。問江波、萬里蕩行舟，更逢君何地。筆自曲折，氣自雄直，佳製也。

大酺 題錢南園《十八馬圖》

試取名駒，方名士，剛合登瀛人數。誰能爲此者，恐曹韓而後，畫師難遇。宋有龍眠，其人朽矣，遑問鷗波何處。天生南園子，是天閒上駟，克開先路。即豪來傳真，卓然奇骨，有如金鑄。　披圖一審顧。怕騏驥、終惹駭駸妒。世既少、方臯精鑒，又少王良，竟無人、範兹馳驅。幸未群空野，猶不至、孤鳴無助。且相伴、山中樹。圉人安在，爲問騰驤高步。執鞭孰能駕馭。首遍從圖着筆，尾遍從馬着筆，俯仰欷歔，收處尤不可一世。

憶桃源慢 寄少庚

聽罷鵑啼，幾思歸去，爲底還留滯。前宵春雨，夢斷鷓鴣聲裏。聒耳頻呼行不得，倦鳥欲還仍止。故鄉天末，登高一望，鴒原隔絶雙飛翅。念消愁、莫如沽酒，怎耐醒時似醉。　算來同氣連枝，比燕山五株丹桂。秋風摇落，今剩兩人而已。任是聯床長踐約，不免半寒姜被。一番書札，一翻魂夢，誰能遣此凄凉味。更休提、萬方多難，處處跼天蹐地。一往情深，酷似納蘭。

青衫濕遍 寄故鄉親友

烟塵萬里，親朋一字，豈不懷歸。帶甲縱横天地，祇鄉關、安穩柴扉。算秦人、避乱也須來。又誰能、立影斜陽裏，遠遥遥、海上徘徊。幾度商量返櫂，連宵補綻征衣。忽被天風吹轉，有人招手，約到蓬萊。説是紅埃擾攘，須靈藥、變换凡胎。嘆鲰生、俗骨那能裁。又思量、破浪乘風去，這周游、可謂豪哉。且莫還山駐錫，從教渡水浮杯。

風流子

雖非老而秃，青銅裏、鬢鬢已蕭然。記雲路翥鴻，木天飛鳳，玉河三百，争羡韶年。頗希望、蘇湖宏化澤，褒鄂繪凌烟。曾不幾時，若駒過隙，百無成就，徒嘆華顛。浮生真如夢，今休矣、悵悵白眼青天。説甚虎風龍雨，天假因緣。看驪山貯水，茂陵拱木，祇餘石馬，長卧邱園。空使夕陽憑吊，悲咽寒泉。

瀟湘雨

傷心誰第一，算來合在瀟湘浦。莫問屈靈均，英皇二女，别離尤古。天子南巡常典耳，竟相傳、野死成何語。初疑古籍荒唐，那知魏晋，都師舜禹。奇苦。重華長已矣，剩妃匹凄涼酸楚。倘有子象賢，先君雖喪，器當能主。錦綉河山依舊在，坐付人、母后真難處。憐他一慟沉泉，至今斑竹，嘯烟泣雨。二妃爲舜沉湘，似用情太過，故予作如是解，亦無聊之極思也。

憶秦娥 一作《秦樓月》

風雲鬱。奇才自古天爲僇。天爲僇。我無才者，奈何無福。　五窮難送貧難逐。揚韓空有文奇崛。文奇崛。神恫神怨，鬼聞宵哭。

眼兒媚

金猊烟裊一絲斜。飛去逐殘花。紅霞淡處，翠雲濃處，春老天涯。　南朝剩有青山在，戎馬尚紛拏。夕陽江上，白波無際，人未還家。節短者音宜長，篇幅雖狹，氣象宜闊。此與下《青衫濕》一闋，均得此法。

青衫濕

江州司馬今何在，依樣泣琵琶。誰非淪落，水迎山送，個個天涯。　古時明月，而今照我，今古同嗟。更知千載，泪痕衫影，落在誰家。

錦堂春

不夢吾衰甚矣，非秋氣亦悲哉。抗塵怎耐隨肥馬，獨自上高臺。　　福澤安排瑣士，窮愁付與宏才。虞卿若不拚金印，何日著書來。

雨淋鈴本意

元宗回輦，獨歸京國，寂寥南内。明眸皓齒何處，宫袍忍浣，馬嵬殘泪。小殿秋風冷雨，滴桐葉聲碎。晚霽後、圓月孤明，又向銀床照無寐。　　黄衣别有新君在。正貪天、那肯歸神器。任他李郭名將，誰管得、内廷密事。夜夜巫山，雲雨銷魂，怎不憔悴。料感舊、惟有紅鸚，問上皇安未。借題攄憤，須是扼住本題，意在言外，此與下篇俱是。

瑞鶴仙本意

鶴齡真個永。尚記得，堯年雪同今冷。吾將向君請。問幽囚，奇變爲誰蒙警。重瞳聖者，豈當時、還争寶鼎。竟欺他，老髦無能，驟把皂纓攣頸。　　悲哽。此中機括，鶴不能言，意傳要領。奸雄自逞。行大事，懼中梗。把陳編，私竄淫辭邪説，做個前形後影。看曹瞞自擬周文。幾人首肯。

東風齊著力

吹得花開，還吹花落，總是封姨。自矜神力，恩怨儘由伊。向道春婆好夢，驚不醒、醉蝶迷離。纔回首，漫天紫氣，霧散烟飛。世態衹如斯。天上月、無言冷眼相窺。笑渠痴想，富貴萬年枝。試看毛嬙鄭旦，鸞鏡裏、倏見霜絲。那堪説、埋香葬玉，風雨淒其。亦流麗，亦謹嚴，姜張之匹。

四犯令

容易紅橋漂柳絮。又把春光誤。卷地風來驚孤鶩。偏帶着、霞飛去。買得扁舟猶未渡。爲憚陽侯怒。無計能將心拴住。勞夢想、雲深處。

添字采桑子

最愁人處韶光老，花正飄飄。鳥又交交。啼到冷紅飛不起，倩魂銷。悄無言處離腸攪，風正刁刁。雨又瀟瀟。小玉隔簾偏學唱，月兒高。

尋芳草

芳草幾時歇，怎麼得、冷霜寒雪。幸根荄、未把生機滅。暖風來、又成碧。天地本無情，一任爾、轉枯爲活。怪離人、乍見偏愁絶。因似那、翠裙色。言情以含蓄爲上，此祇末句，一語便止，昔人所謂言盡意不盡者。

菊花新

人遠祇疑天反近。終日見天人不見。一笑問桃花，君知否、去年人面。可憐隔歲春風變。換香巢、幾家鶯燕。小立夕陽邊，心碎了、落紅千片。語語警策。

南歌子

白骨冤魂聚，青燐恨血飛。紫金山下雨凄凄。啄盡枯髏腐肉、餓鴟啼。戈逐成風氣，椎埋起劫灰。鷄奔犬竄虎狼隨。不是揚州跨鶴、那能歸。

秋 水

挽着青春長作伴，乍鬆手，春偷去。恨追尋無路。倚闌延望，正見那、柳綫濛濛如霧。恰寫出愁人情緒。枝上嬌鶯，又啼到、不成聲處。應怪天公多錯，不留春在，與人同住。且探他消息，滿山桃李，早隨意、散作晴空紅雨。任繫遍金鈴難護。客子憐花，祇添得、幾首銷魂詩句。一片神行，清靈中有警句，故佳。

秋千索

冲冠怒髮遭人妒。又何惜、剪刀裁去。明日搴雲作衲衣，便好往、伽藍住。東山花竹謂曇華寺西山樹謂華亭寺。是故里、禪林佳處。冷性生來稱老僧，早記熟、山中路。必不得已，則出於此。潤漪爲予言，閩省有某君已變服爲僧矣，予忘其名。

鷓鴣天

畫角聲中有所思。晚春天氣倚樓時。人將杏蕊挼情緒，天遣楊花織鬢絲。棲邸舍，伴妻兒。團圓何必嘆支離。那知話到家山路，立盡斜陽個個痴。

河傳

紅老。綠少。冷雲飄。風顫花梢寂寥。山耶水耶人影遥。魂銷。懶簪雙翠翹。破悶詩教鸚母誦。纔目動。瞥見屏間鳳。攬青銅。傷悴容。再逢。幾回春夢中。此調怨咽奇妙，在東坡變《瑶池燕》爲《閨怨》之上。小令中多促節，哀音當以此爲第一，東坡一曲次之。

御帶花

温公少日拌華服，簪過一枝花朵。暖風吹處，看液池桃萼，醉紅如火。粉署人閒，倚翠幄、香暈圍坐。朝天去、宫袍露濕，鶯語慣呼我。　豈是黄粱夢，忽夢斷一枕江頭，冷月低墮。午飯炊成，也衹用、緑荷自裹。縈懷甚、金鐶玉鑰，空記苑門鎖。

紅窗月

春將去矣，有飛花、攪亂柔情。怕歡筵易散，别曲難聽。央及流鶯軟語、爲留行。　芳心幾折如流水，九曲回縈。正翠眉蹙損，白髮愁生。那更隔窗鵾鴂、兩三聲。隱秀似納蘭。

踏莎美人 蠶

衣被功宏，絲牽命薄。原拌一死歸湯鑊。餘生换劫更多磨。還要銀缸撲火作飛蛾。　蛹被人吞，繭成自縛。蠶娘有泪紅珠落。訴冤嫘祖可如何。那及智虫擔角稳張羅。

更漏子

漏聲遲，清露泠。低盡玉繩無影。彈畫燭，倚熏籠。悄窺紅守宮。衾翠疊。乍交睫。簾外一聲鶻鳩。雲夢散，霧鬟鬆。逗殘雙黛峰。奇麗有層次。

玉樓春

翠蛾春晚不勝皺。春夜撩愁甚春晝。風懶天憐少女嬌，月殘人似嫦娥瘦。痴看畫棟燕双栖，冷擱香絨鴛半綉。寄與檀郎子細猜，玲瓏骰子安紅豆。用温飛卿句。

長命女 再題納蘭詞後

詞五卷。五卷融成愁一片。分析爲三恨。一恨燕樓人遠，納蘭詞云：『衹休隔、夢裏紅樓，望個人兒見。』他篇亦多惜别。二恨鬱金香散。納蘭妻盧氏先卒，故多悼亡之詞，即題非悼亡，亦多寓悼亡之意。三恨命如昌谷短。使我添哀怨。

春早

按：《白香詞譜箋》載寇萊公自撰詞，未載曲名，姑以詞首二字名之。編者案：詞牌應名《甘草子》。

春暮。暖香飄盡，紅雨無聲處。樓上人如故。樓外天黏樹。遥見行舟渡頭渡。記住日、王孫別路。點點離魂散成霧。并柳花飛去。足與原調頡頏。

夜度娘

吳淞江上香風起，桃花流作胭脂水。獨倚樓頭看夕陽，烟波一片人千里。亦有情致，不及萊公原詞之渾成矣。得失寸心知，良然。

御街行

長安寶馬紛填塞。數不盡、王侯宅。傳聞劫火燭天飛，消損六街春色。生愁花柳，竟成枯樹，都似秋蕭瑟。　衣冠幾許京華客。半列住、紅塵陌。小家鷄犬各東西，安問鴛鸞消息。重來梁燕，已更新主，誰道曾相識。

訴衷情人有謂予素講理學而填詞多言情者，拈此示之

鐵心端不碍風華。倚閣賦梅花。澶淵又號名相，芳草悵天涯。　珠泪滴，韓魏公詞云：『滴盡珍珠泪。』玉簾遮。夕陽斜。范文正詞云：『真珠簾卷玉樓空。』又云：『芳草無情，更在斜陽外。』皆言情之作。秦七黄九，一味多情，自是詞家。

錦堂春慢

瘦盡棃花，春人掃興，那堪携手河梁。久立踟蹰，林杪已是斜陽。頑僕豈知心事，苦説前路悠長。聽蹋歌聲起，趲把離愁，卷入行裝。　少焉自崖而返，覺沿街官柳，分外凄凉。隨月歸來茅舍，倦倚書床。頗念離人别泪，算照見、猶有孤光。還恐芙蓉鏡裏，一夕蒼髯，變作緐霜。

天仙子

正愛明月雲反妒。月被雲遮風掃去。合將雙掌謝飄風，宵易度。晴難遇。幾夜雨聲今始住。　日日懷愁朝至暮。得見靈娥思一訴。簾前低首拜靈娥，人静處。花無數。情許花知花不露。

碧牡丹

底事相思苦。半爲水深山阻。半爲春歸，恨煞落紅無主。小燕何知，正繞簾双舞。又喃喃，作私語。　采芳杜。聊過春江浦。終朝不盈筐筥。傍晚歸來，此情脉脉誰訴。門掩棃花，待夜深眠去。四更風，五更雨。首尾尤警策，無筆力者不能到。

師師令

瑶池一曲。見鴛鴦双宿。幾回振羽去還來，依舊在、碧波春浴。挾弩何人飛土逐。令梦殘難續。　百年未許歌綏福。問青天何酷。無心更伴野禽栖，風蕩漾、遠天黄鵠。便入山同避俗。訪友聲空谷。有興趣有筆力，其調自高。

剔銀燈

塵夢而今已矣。半山雲、半溪流水。雲際樵謳，水邊漁唱，勝似笙歌叢裏。心清似洗。更幽鳥、數聲啼起。　風日春秋最美。草青青、又多花蕊。墻下桑麻，畝中秔稻，同是一般生理。老懷歡喜，共嬉戲、松間童子。予當以此爲歸宿處，庶内足副少庚之望，外不負潤漪、伯厚兩良友。

鶴冲天本意

遼天一鶴。偶插紅塵脚。倏忽網中收，樊中託。嗽以明珠子，還栖在梅花閣。主人情不薄。自念肌清何忍高飛，返向白雲幽壑。　林昏月黑，偏有訓狐聲惡。況復虎狼窺，獮猴攫。骨瘦，争當此、狂咀嚼。華亭何處是。且約冥鴻，與爾共翔寥廓。

閨怨按：《白香詞譜箋》稱此調爲東坡變《瑤池燕》爲之者。案：此調韻律與蘇軾《瑤池燕》同。《詞譜》載蘇易簡詞名《越江吟》，賀鑄更名《宴瑤池》。蘇軾作《瑤池宴》，與蘇易簡詞同，惟前段起句攤破七字一句作四字一句、三字一句，又多押一韻。

一雙飛鳥。離腸攪。渺渺。碧天低亞芳草。春歸了。王孫信杳。空房悄。雨瀟瀟、殘蕊慵掃。玉樓曉。隔簾鶯燕都惱。人誰好。菱花自照。紅顔老。東坡書寄陳季常云：『此曲奇妙，勿妄與人謂其聲怨咽也。』予用篠巧韻填之，似較東坡用問願韻尤響亮。

賀新郎柳花

樓上人愁絶。寂無聲、微風蕩漾，晚春飛雪。輕點羅裾還颺起，黏得啼痕始歇。這也算、落花時節。彷彿個儂心緒亂，有柔情、萬縷難消滅。争耐得，遠離別。　任他變化爲萍迹。與荷錢、蘚衣相映。并成清潔。空翠半池都貼水，非復絲輕絮薄。究竟是、隨波漂泊。幾日更看溪沚上，嘆新生、嫩緑成殘碧。休更問，妾顔色。咏物之作，須即物即情，此詞甚爲合法。

千秋歲

月生圓暈。預報狂風信。湖海上，孤舟進。雲帆飛似鳥，灘石銛於刃。君遠矣，何人爲問平安訊。　説甚黄金印。説甚青精飯。侯有命，仙無分。男兒多妄想，女子多離恨。何必爾，餔糜白首平生願。

憶故人 一作《薄幸》

才人薄幸。早知是、佳人薄命。豈不見、艾封先泣，芻豢轉成高興。又不聞、金屋藏嬌，專房却被歌兒競。料錦字含凄，銅琶寫怨，天數安排早定。若但聽、求凰曲，都道是、多情荀倩。更歸荑賡衛，秉簡吟鄭，初時頗似笙和磬。兩聲相應。又胡爲一霎，離愁飛上青鸞鏡。秋風畫扇，空續班姬舊咏。

小梅花

黑雲壓。孤城塌。雲開月射金鱗甲。飛白沙。流赤霞。赤者是血，白者骨如麻。策臣書劍將軍馬。一齊埋没黄塵下。玉門關。幾人還。惟見夕陽，無語對江山。紅牙板。雜弦管。更歌一曲春風懶。明妃村。泣美人。紫台一去，青冢枉銷魂。環肥燕瘦如花好。轉眼落花伴枯草。翠眉開。山崔嵬。不若山中，飲酒抱琴來。末數語以山爲美人，是隱淪風味，運筆亦靈妙。

柳色黄此賀方回自度曲，追次其韵

惱煞春風，吹得柳花，飛入空闊。王孫又不歸來，剩有柳枝誰折。永豐坊外，更盼嫩色回黄，尚須鏖過今年雪。怎耐斷腸天，是清明時節。思發。花開花落，人舞人歌，獨儂傷别。一段離愁，正似殘紅凄絶。又如香篆，裊盡縷縷輕烟，化爲空際陰雲結。不信此情真，證青天明月。

河滿子

鄉路八千餘里，春光五十三年。不用悲涼吴市客，餳簫吹暖墟烟。更有一庭榆莢，阮囊漫説無錢。　雲散封姨亦懶，日遲羲御應眠。何事東君留不住，亭臺處處離筵。二十四番風過，楝花飛滿江天。

花心動追次謝無逸韵

爇炭煎冰冰寒甚，炭能引冰成熱。將酒合歡，歡伯不來，奚貴倅樽常設。杜鵑本帶傷春性，春欲老、自然啼血。繫心處，魚潛水底，網兒徒結。　碧柳牽愁怎撇。怪捉絮兒童，意偏怡悦。賦命是鶺，上下頡頏，兩翼若何堪折。眼看銀漢難尋路，枉惆悵，女星娥月。正懊惱，偏逢踏青令節。

鎖窗寒 春暮次周美成寒食詞韵

屋角花飛，朱簾未卷，燕窺窗户。搴簾燕入，帶得落紅如雨。正佳人、情懷未舒，玳梁却又聞交語。嘆藁砧萬里，私憐幽獨，更傷羈旅。春暮。踟躕處。見碧樹無情，宿鴉三五。斜陽送影，盡是還家徒侶。倚東風、清嘘散珠，遠人莫是相念否。待征鞍、早晚歸來，喜笑同樽俎。

解語花 滬上紀聞

朱唇巧弄，緑鬢新成，鴛錦誰纏束。聽殘芳曲。陽臺客、夢裏有人如玉。相思甚酷。换美女、明珠量斛。求價高、瑶笛仙音，未許歸金谷。憎煞鴆媒藴毒。竟横分鶼翼，慳比魚目。贮嬌無屋。魂飛去、從此柳花難捉。虹橋就木。曾否有、葉郎臨哭。悲古來、兒女情痴，幾輩韶華蹙。叙事清晰，末致慨嘆，得覘世之旨。

過秦樓

故主淒凉，新民擾攘，甚日鳳凰來賀。沉浮里閈，落拓江湖，一様虎狼邊卧。明月下獨登樓，四顧沾衣，竟成無奈。嘆乾坤萬古，偏生今日，國亡家破。　豈不以、苗鉏非種，豆泣同根，兩害邊成緣坐。龍無首吉，豕有牙凶，二卦又難兼課。如此江山，一拳捶碎，誰能一肩擔荷。怕鷸傷蚌毁，歡喜漁人幾個。卷中言時事，以此詞爲最完密，層層説到，蓋憂之深矣。

秋蕊香

小院日長風細。花底乱紅低墜。啄虫老燕將雛瘁。軟語商量瑣碎。　又逢陰雨重添累。黑衣漬。無言并坐愁巢濕。又見黄鶯一對。

烏夜啼

老烏天上高飛。不能追。長此小雛空向、舊巢歸。　枉生汝。慚反哺。小雛啼。又恐聲聞天上、老烏悲。字字酸楚，不忍卒讀。末句筆意尤不測。

瀟湘夜雨 月下作

問月何來，金波掀起，忽然湧上天庭。人言海底大風生。風一鼓、月輪突出，風再鼓、月鏡飛騰。黄昏後，當頭一月，属目群星。　亂雲無緒，乘風亦作，來共縱横。看雲流河漢，尚帶濤聲。雲重處、月如沉晦，雲薄處、月又微明。雲西走，弄將明月，顛倒向東行。起勢突兀，末三句未經人道過。

祝英臺近劉希陶謂人有傳予病殁者，感而賦此

大星沉，扶不起。諸尊亦長已。数未嘗終，曾相枉投水。大塊勞我以生，死纔能逸。却不解、怎生得死。　夢魂際。或有好事逢來，愁多不成寐。鎮日鍵門，仍難把愁避。避愁當赴玉樓，吾能作記。問天上、玉楼成未。收筆傲睨不群，是辛劉嫡派。

永遇樂用辛幼安寄邱宗卿詞韵，時論信教自由，不復尊孔，心憂之而作

砥柱乾坤，在洙河泗河夾流處。日月晶光，那許霧塞塵埋去。麟郊鳳薮，黿龍窟穴，人自擇居營住。聽嘵嘵、言龐語雜，市中豈但三虎。　時無后禹。將懷襄洪水，漂没生靈不顧。齊魯瀕河，大虵登陸，誰識尼山路。願邀天鑒，早生神聖，一振辟雍鼉鼓。又不識、途長日暮，尚能及否。詞體亦逼真幼安。

酹江月送張少槎還滇

江南春晚亂鶯飛、愁絶吴淞羈客。聞道君舟將解纜，心與雲帆齊發。柳絮黏人，棠絲絆馬，欲去今還息。寫憂何處，海波百轉千折。　遥念舊隱山中，猿鶴傒企，恐有移文責。留滞

周南寧得已，脉脉此情誰識。且欲乘風，假人檣艣，一覽瀛天碧。煩君歸去，寄聲湖上泉石。

南浦 再送少槎，用程正伯春暮詞韵

臨水送將歸，對晚風，無言却有情緒。倚遍小闌干，斜陽裏、惆悵浪花狂絮。黄鸝兩個，帶愁仍在枝頭語。一春已暮。知幽谷何時，引雛飛度。剛逢白鶴南來，正比翼雙翔，遥過江浦。又鶴子蹁躚，相追逐、都趁碧天無雨。揚翎刷翅，霎時當到巢雲處。孰無故宇。恨短翮參差，那能偕去。

瓊臺聚八仙 感史閣部沉江事作

有限青山。埋不了、人世無限寃魂。也應分半，交付大水雄川。帝子湘中留竹泪，曹娥江上剩碑文。再休言。年年娶婦，生葬河津。男兒意氣自許，更一腔熱血，誓洒黄泉。蹈海空談，猶説魯仲能賢。况申徒負石後，有多少黄熊入羽淵。公休矣，作鴟夷伍相，魚腹靈均。

綺羅香

雨軟風欺，花衰露淡，殘月猶遭雲妒。鷓鴣前頭，小鳥欲言還住。正飛洒、滿地榆錢，更漂起、漫天柳絮。料東君、無可如何，一聲啼鴂放春去。茫茫江上古渡。思趁早潮夕汐，

尋春歸路。隔岸青峰，蒙着幾層烟霧。細端相、不是春容，是翠眉、斂愁多處。却教人、觸起離魂，欲呼真宰訴。

雙雙燕

燕吾語汝，論百鳥鳴春，喜聽鶯語。齊名競爽，獨爾與鶯爲伍。加以雕梁穩住。且勝彼、營巢危樹。多情自解親人，慧性偏能擇主。　前度。秋風送客，約隔歲花開，密期休誤。那知重到，别有一天烟雨。君看烏衣舊路。已非復、王門龍虎。休向燕子樓中，更問佳人何處。

玉蝴蝶

舊日百花深處，一双蝴蝶，乍去還來。幾日春風，吹得翠舞紅飛。欲尋香、香成墜粉，將抱蕊、蕊化新泥。苦徘徊。夕陽坊陌，細雨樓臺。　哀哉。江南佳麗，昨朝車馬，今日塵埃。過眼繇華，翠禽朱雀總離披。并坐時、金衣不語，焚巢處、紫頷何歸。蝶休悲。南華一夢，好夢難回。

醉太平 一作《四字令》

淒然悄然。棼如絮然。舊時明月關山。有新愁往還。歌魂醉魂。都成斷魂。到頭黃土紅塵。甚英雄美人。小令以大筆掃之，語亦奇創，自是傑作。

喜遷鶯

將歸還滯。莫絮絮不休，問渠何事。大道亡羊，荒林喪馬，隨處棘梢藤刺。虎去谷風未息，鰲動江波還起。日方暮，路難行，得且住爲佳耳。休矣。如武陵，仙洞尚存，當訪桃花水。碧樹無言，白雲迷路，此亂怎生能避。韓愈峰頭痛哭，阮籍道旁流涕。且收泪，更蒙頭，作個希夷鼾睡。過變後筆情尤夭矯。

古香慢

倚門老樹，冬去春來，風暖烟燠。使爾枯杈斷蘖，一年一綠。還念九重泉下，多少青苔白骨。似荆卿去不復返，祇教送別人哭。更憑吊、江山陵谷。玉馬東來，宗社沉陸。古怪龍虵，畢竟楚顛秦覆。說甚五銖錢，了不聞、黃牛白腹。正凝愁，又回見、故墟草木。悲歌慷慨，章法亦極謹嚴。

玉漏遲 題李易安詞後

宋朝才女子。魏夫人外，居士而已。瘦倚西風，人在菊花香裏。當日詞成漱玉，漱不盡、春情秋思。心些子。問他貯得，幾多愁字。　　湖州，誰識墮城孤泪。考古屢經昭雪，有幾許、騷人羅拜。冤自洗。樓前一灣流水。衆雌競妒蛾眉，令鑒彩封塵，璧光蒙穢。落日

玉京謡 題吴夢窗詞後

南渡詞人老，七寶樓中，譜出鸞皇調。畫艇呼來，西陵閒訪蘇小。喜翠館、咫尺蓬萊，正御柳、鶯啼春曉。休煩惱。金尊酒盡，玉山人倒。　　江東不但西湖好，過垂虹，有雪鱸可釣。金粉前朝，從他鵑哭花笑。卧斷琴、千仞靈岩，寫不盡、古今懷抱。憑多少。猿鶴雨吟烟嘯。

十二郎 題陸放翁詞後

山青未了，映鶴髮、自傷憔悴。念白帝騎驢，黄陵飛席，多少行踪尚記。自别西川還東越，歲既宴、老冉冉此生休矣。嘆醉後呼盧，吟邊射虎，苦縈清寐。　　天意。教人挫盡，平生豪氣。祇大散關前，維揚江上，留得秋風涕泪。夢繞河山，志存君國，聊比少陵忠愛。消受處、幾樹梅花，一片鏡湖烟水。題集諸作，各極其妙，而尤以題朱竹垞詞一闋，爲最渾括老當。

國香慢 題樂笑翁詞後

暮雨瀟瀟。聽一聲楚調，人唱離騷。凄凉卅年羈旅，魂不勝銷。况是江山故國，帶金粉、流入寒潮。胸中幾行泪，爛醉狂歌，付與雲璈。飄飄天萬里，看西風緊處，一雁霜高。晚歸華表，幾處長遍黄蒿。訪得鷗朋鷺友，悄無言、惟有長謡。羅巾向誰贈，衹剩當年，舊曲梅嬌。此詞兩遍起語，均極高調，爲一篇之警策。

清平樂

他將作孽。那使人知得。鬖鬖自生還自賊。暗裏偷青换白。　糊塗萬事相安。聦明自取摧殘。龜爲陳凶告吉，渾身受盡千鑽。『鬖鬖』二語極奇。

滴滴金

養生有主唯窮谷。人不到、即平福。藴玉含珠是禍胎，累溪山穿腹。　伯鸞已逝伏龍續。醜婦不吟白頭曲。甄后西施并艷妻，貯他人金屋。是大易慢藏、冶容之戒。

小聖樂 題朱淑真詞後

天地無情，令好花飄溷，落葉填溝。雪邊吟絮，謝媛自名流。料得青鸞紫鳳，入叢棘、鳴聲啾啾。悄不語，爲生當飲恨，死或埋愁。梧桐感秋自落，幸蔡姬悲憤，猶有詩留。底事仙語，偏向厠中投。拾取零珠碎寶，又燕石、竟淆秦璆。别黑白，休教倩魂，哀嘯荒邱。起句籠罩全篇。

陌上花 得兄書促歸感作，用張仲舉韵

荆花幹老，時聞枝上、白頭啼晚。寄語春鶊，催向别亭離館。哀音惹起相思恨，夜夜旅魂凄斷。悵東風吹得，暮雲將合，又還吹散。看江干倦客，青衫濕處，酒暈泪痕參半。欲向棠華，遥訊燕巢寒暖。作書説到枯魚泣，翻恐遠天愁雁。更客中送客，乱紅漂盡，雨疏烟懶。

婆羅門引

江天浪白，鼍鼉占断水雲鄉。鞭笞蚌蠏巡防。云是雷池難越，鴛夢稳中央。有蛟宫鱗比，庇及鰷鱨。鱷魚尾長。一摇尾。一波揚。驚起眠鷗宿鷺，别浦旁皇。欲飛又止，怕湖海、桃漲勢尤狂。迷去路、烟雨蒼茫。末數語道盡寫公心事，身在亂中，故言之親切。

奪錦標

雨雨風風，山山水水，處處忙忙碌碌。却怪天生智巧，肇造舟車，助成馳逐。有雕戈寶劍，更礮霧、槍雲相續。頓教人、露宿星征，死別生離長哭。　君看龍蚶起陸。志士溝渠，鬼母鬼妻窮独。漫詡共工頭觸，高折乾樞，下翻坤軸。把乾坤作賭，這摴蒱、如何收局。怕神州、入海沉淪。枉説精禽銜木。起用叠字，自李易安得來，但彼乃言情，此論世變，氣象又自不同。

誤佳期

壯士黄沙骨壅。少婦翠樓情重。鵲來傳喜不傳憂，死別安知慟。　夫婿本豪雄，尚作封侯梦。梦回私幸是佳徵，笑向姑前誦。意新而語藴藉。

柳梢青 題朱竹垞詞後

人間何世。江山生感，古今同例。滄海中身，錦囊中語，玉壺中泪。　先生老去填詞。領略盡、秋風况味。幽恨三分，二分鬢鬢，一分文字。『幽恨』三句，胎息東坡，詞之精確，亦不多讓。

解佩令少庚書来云，歸後不能生活，亦不讓夷齊一餓，千古死生與共，手足相依，拱立以待，弟其圖之。榮昌讀之，泫然泣下，賦此志之

腹中肝胆，腕邊血泪。付飛鴻、寄與漂零客。馬革牛毛，一例是、青山埋骨。又何悲、首陽薇蕨。

父師凋謝，友朋散處，舍難兄、誰爲箴石。掃地焚香，更環誦、中央周角。願從背、鐫心泐。是即虚齋誓詞，結果於此矣。

鵲橋仙自題詞集

一離一合，一興一廢。擾擾千奇百怪。青峰江上曲難終，聊寫向、殘箋断紙。

甚清甚濁，甚醒甚醉。拉雜狂言夢囈。吴歈楚調付歌唇，消不了、深愁淺泪。以上録自《虚齋詞》

滿江紅夜渡昆海

天壓西山，蒼烟起、夕陽初落。華浦外、片帆風送，背看城郭。遠岸漁燈星閃灼，寒空月上飛烏鵲。望翠微、縹緲有仙居，三清閣。

扁舟尾，孤蓬脚。偕水手，相磅礴。任梁王山下，白波交作。自分殘軀輕似擇，死生拚與蛟龍攫。喚獠奴、支枕小艙中，高眠着。

臨江仙 讀罷志感

夜掩楚騷卷，美人似霧，香草如烟。對娥月、行吟竹外梅邊。凄然。正天籟息，人聲定，宿鳥無言。銷凝處，想玉楼瓊閣，無限高寒。　飛仙。玉毀崑山。年年作蘇門嘯，唐衢哭，枉自聲酸。無窮恨，寄碧雲天上，流水人間。

瀟湘神 冬夜作

冬夜寒。冬夜寒。南雲凍冱北風酸。夢裏依稀身是雁，月中飛過太行山。

其二

冬夜長。冬夜長。去年夜夜夢雲鄉。今卧雲鄉中夜起，四山無語雪茫茫。

一萼紅 歲暮有感

倚危樓。見寒烟衰草，蕭瑟遍山邱。古木鴉聲，遠汀鴻影，明知於我何求。竟撩起、無窮意緒。蔓長空、飛作亂雲浮。何寺霜鐘，誰家風笛，又助閒愁。　向道歸來元亮，便人同菊瘦，歲與松遒。幾首清詩，一杯淡酒，也堪林下優游。那知是、身無仙骨，好桃源、空自繫漁舟。況復靈均澤畔，別有離憂。

紫萸香慢 書恨

記携家、飄零江上，感懷落日烟波。到而今三載，怪愁緒，不消磨。漫道先生休矣，比幽篁山鬼，抑鬱還多。任公松風石瀨，爲我蕩愁魔。甫下筆、又成怨歌。　蹉跎。老向槃阿。心不死、泪滂沱。每金烏破曉，銀蟾照夜，慚負義娥。古來聖賢豪杰，塞天地、壯山河。祇甁生、歲華虛度，夢聞鷄唤，長劍空自摩挲。無可奈何。

西河 即事

今日事。我唯課子而已。乾坤萬古幾滄桑，幾人遇此。不先不後與遭逢，除却嘗遁無計。　翠雲下，蒼嶂裏。一灣又有流水。結廬好傍舊山家，羼羊溷豕。瘦田數畝坐收租，豐年差裕生理。　老夫舊有任宦意。吸湖光、腸肚全洗。但有青箱須繼。喜嬌兒姹女，明窗净几，驚散林鴉書聲起。

鳳歸雲 本意

鳳何哀，九苞錯莫損奇光。歲晏日斜，天宇正蒼凉。夔石音沉，文圃路絶，四顧杳昆岡。但有亂山深處，荒烟叢裏，且偕幽鳥潛藏。　王孫金彈，壯士凋弓，騰丸激箭如雨風，頃刻鴞死鵲兒傷。梧不能栖，竹不能食，怎不遠翱翔。便欲約三青鳥，與兩黄鵠，一齊飛上雲鄉。

杏花天影見燕還巢而作

玳梁高處巢痕在。正春暖、縈紅倚翠。問君他往向誰家，燕燕不能言，以臆對。　公休怪、烏衣自愛。甚華屋、雲更雨替。夕陽門巷主人非，感慨便辭行，謹再拜。

畫堂春有招入城者，詞以謝之

野烟低處雨濛濛。亂峰叠叠重重。一庵如笠一燈紅。凉透秋風。　豈不高城回首，嘆移時、舊夢全空。那堪還拄下山筇。来訪塵踪。

青玉案詞主言情，當以思無邪之旨讀之，感而賦此

填詞莫説風流派。大都是、才人債。命裏多情天不怪。一身孤影，兩行清泪，説盡相思話。　多生綺語原當戒。紙上金釵壁間畫。未必来從花月界。榛苓風調，茝蘭騷語，令我低頭拜。

燕山亭 歲暮感懷

萬里長空，渾是白雲，不識京華何處。曾記昔年，巷舞衢歌，一片太平簫鼓。步月朝天，有多少、鞭鸞仙侶。延佇。見玉宇瓊樓，燦如元圃。　誰料一夢成空，似紫霧丹霞，逐風飛去。無可奈何，歸卧南山，徘徊亂烟古樹。露冷霜高，仗詩酒、殘年易度。回顧。休夢想、明光奏賦。

于飛樂 山中遣懷

嶺雲深，谿水曲，中有茅廬。似當年、盤谷幽居。牧青山，畊綠野，隨意樵漁。主人閉户，渾無事、唯弄琴書。　念中原，多壯士，委弃溝渠。又名流、落拓江湖。荷蒼天，位置我，歸作潛夫。百無可恨，恨生世、空老眉鬚。

夢揚州 西山覽古

卧山亭。正夕陽、紅上疏林。倦鳥乍還，歇向風枝猶驚。碧嶢精舍人安在，咽斷岩、寒到泉聲。靈修杳，風流盡，早知天地無情。　何况江山一枰。看劫急西南，國手難爭。玉斧不揮，運去仍然飄零。革囊破壞銅標折，又海濱、天女無城。空剩得，山間月白，湖上峰青。

惜黄花 本意

籬邊花好。鏡邊人好。是花耶，是人耶、一般嬌小。相别幾重陽，悔不歸來早。再見面、與秋俱老。紅蕖漂了。碧梧凋了。又誰能，對西風、不傷枯槁。三徑日蕭條，人共黄花笑。且耐着、冷烟殘照。

長相思 安甯懷楊文襄

萬里天邊，連然小邑，此老才氣無雙。同時若較相業，三南居士，壓倒東陽。十侍方張。笑陳蕃竇武，拔劍倉皇。何物貂璫。仗老謀、項掃豺狼。又奚論、兒時夙慧，雕龍倚馬，富有文章。平生將略，轢范凌韓，破膽西羌。予生恨晚，望石淙、空自傍徨。作寓公、來近枌社，漁樵話冷滄桑。

連理枝 秋暮

今日秋光好。明日秋光老。老到嫦娥，世間還有，何人妖姣。怕一枝濃艷、似楊妃，也黄花瘦了。渺渺長安道。蕭蕭新霜早。嗟我懷人，潘安鬢素，屈平容槁。把閒愁分付、與西風，奈西風力小。

風流子感舊

縱横一萬里，曾經過、無限好江山。記西入益州，東游溜水，北瞻恒嶽，南叩昭關。四方志、歌聲聞擊楫，髀肉感征鞍。金闕屹然，鐵城無恙，往來如電，行路何難。　幾年悲陵谷，藏舟向甚處，老泪汍瀾。回首黑貂裘敝，書劍摧殘。嘆游踪已矣，沉吟歸去，抗心綺里，追步王官。贏得夜依星斗，遥望長安。

訴衷情近有不信天者，書此曉之

繞床大叫，費盡呼盧氣力，那知百萬輸贏，還是碧翁做主。奚怪我家仙客，勘破機關，大睡長扃户。　天無語。日月星辰萬古。孰綱維是，竟不愆常度。寧非數。彼昏狡逞，康回武乙，定干天怒。吉士神呵護。

八聲甘州秋感

奈之何、青山復青山，層層見斜陽。樓頭獨立，西風正緊，暮靄又蒼茫。多少斷鴻孤鶩，落不成行。親舊半爲鬼，凄斷人腸。　别有豪宗貴客，并黄壚酒伴，白社詩狂。早碑殘碣斷，魂魄冷秋霜。剩老夫身在，亂雲堆裏，夜聽寒蛩。那堪見、五陵裘馬，朝暮歡場。

解紅 遺愁 二調

天窄窄，地荒荒。水聲激激山蒼蒼。斷岸橫橋幾衰柳，有人獨立對斜陽。

其二

天寂寂，地寥寥。月光炯炯風蕭蕭。古木寒山一茅宇，有人夜半讀離騷。

南鄉子 感事

鄰舍宴

香夢杳無痕。一架荼蘼散作塵。記得早春花爛漫，銷魂。那得殘春似早春。新婚。貴戚豪宗半在門。偏是舊人孤寂甚，傷神。未必新人勝舊人。

浪淘沙慢 歲寒有感

曉風緊，寒僵巷犬，凍墮林鵲。墻角梅花半着。門邊敗柳更弱。又屋外瘕雲眠野壑。惹離恨、一餉蕭索。歎燕趙歸來萬餘里，音塵盡牢落。　牢落。記曾絮語深託。自路遠天長，漂零後、瑣瑣都忘却。偏故劍縈情，如繭纏縛。夢鄉似昨。飛斷魂，尋找空中楼閣。　王母仙車翔寥廓。青禽杳、但餘嫩約。望瑶圃、騰身無妙藥。歲將暮、雪冷霜嚴，傍醉榻，銀罌舀盡鸕鷀勺。

醉公子 過荒冢，歌以吊之

乾坤無終極。神龜千歲，總喪精魄。壽比彭聃，過盡天年，那更留得。蓬島窄。葬仙人、不營封樹，疇撰銘勒。况曹瞞銅雀，秦政玉凫，遺臭墓門石。諸公盡爲泉臺客。聽宰木寒風、正蕭瑟。汗馬功名，吐鳳文章，終古陳迹。休更説。百年中、翠樽銀管，綉衣珍食。到頭處、磷火哀邱，冷蛩號夜月。

卜算子慢 咏物

蜩鳩笑否，鵬鳥正飛，聳起負天孤背。九萬扶摇，浪湧北溟南海。算塵寰、没個逍遥池。又怎不、昂頭放眼，凌空一振雙翅。緲尔鷦鷯輩。向枳棘深叢，小巢偷寄。賭勝争雄，蟻鬥穴中而已。辟寒鴟、不識鵷雛志。抱腐鼠、仰天一嚇，令莊周傷氣。

攤破醜奴兒 夜夢

寒山岑寂霜風緊，獨卧林泉。夜不能眠。明月窺人到枕邊。也，囉，真個是、有情天。一杯濁酒催成夢，夢入桃源。洞裏神仙。依舊殷勤似去年。也囉，真個是、有情天。

錦堂春慢 吊梁王

秋氣悲哉，西風颯沓，愁雲飛滿湖天。聽舟人指説，前代梁園。畫舫游春處處，離宫避暑年年。忽報東征軍士，盡化沙蟲，白石江邊。倉卒君王自計，怕揮戈喋血，繫組羞顔。付昆明池水，嗚咽終天。慘慘懷沙共賦，茫茫恨海難填。萬古碧鷄山下，春草生時，啼斷紅鵑。相傳梁王自山沉海，草隨之靡，至今新生草，無不倒垂者。

雙頭蓮 吊段功

通濟橋頭，人道是，平章怨魂飛處。英雄自誤。悔不聽阿禚，燈前私語。果似隕命施宗，被烟花圍住。悲故國、海上龍關，生還竟成無路。况是貝錦南箕，把紅巾戰迹，銷歸黄土。沉冤怎訴。枉記鬼殘雲詞句。尚喜婉孌閨中，有天生奇女。看手刘，綉虆飛揚，僧奴志苦。

燭影摇紅 吊沐天波

微矣朱波，幾人舍舊攀龍鳳。黔寧藩祚十三傳，辰極星常拱。任是乘輿失控。效馳驅、心堅鐵瓮。古誰無死，大節昭然，蒼華同重。臣本當忠，國亡何憚頭顱送。吴藩亦是故將軍，天斧翻偷弄。流寇尚知義勇。慕關張、羞曹愧董。隕身絶域，齊化精禽，使人長慟。相傳李定國死化爲鳥，遇華人過其地則鳴，其聲甚哀。

鼓笛慢吊阿禚，梁王女嫁段功者，昆明西寺，其盡節處也。舊有祠名曰阿姑，今蕪矣

阿奴不信烟花死，思昨夜、燈前話。果談言微中、金龜快婿，竟銷沉鞍馬。從一而終耳，尋夫去、九重泉下。是天生烈女，如何肯學，平陽主、重婚嫁。　錦被誰教誤我，訴彼蒼、欲言還啞。生非异室，死難同穴，恨松風瀟洒。剩有貞姜廟，而今又、壞垣飄瓦。顛魂來、勿苦河山易姓，隳幾家宗社。

好女兒吊段僧奴段平章女，臨嫁以綉旗遺弟，約報父仇

洱海波飜。蒼嶺雲屯。恨兒家、未了平生願，甚夭桃艷李，促人婚嫁，遠別閨門。　匣裏戎旗猶在，手親綉、半啼痕。駐香車、付弟爲盟約，會兩家戰士，噉鷄吞馬，慰父寃魂。

應天長自題《昆湖漁隱圖》

扁舟吾老矣，笑渭水淮陰，并非人杰。成則封侯，敗則鼎烹車裂。投竿思佐命，了不顧、子顛嬴蹶。竟讓那，夷皓薇芝，獨成奇節。　今古一邱貉。任鐵馬金戈，殺人流血。天地中身，也許自家安置。枌鄉山水好，五百里、浪花澄碧。從此去，青笠披雲，翠鈎緡月。

寶鼎現與二三子論學

大哉天道，性五倫五，人人皆備。嗟晚近、卮言歧出，毁蔑中庸崇怪异。視糞壤、作瓊臺瑶室。不管沉淪污穢。算到離經叛聖，鳥獸同群而已。　周末衰亂生諸子。逞淫邪、處士横議。舉法術、形名戰鬥，捭闔縱横齊鼓吹。遍七國、遂東流西决，陷溺幾同洪水。仗孟子、回瀾隻手，獨作干城捍衛。　曠覽中原，今視昔、差相同耳。正紛紛籍籍，相與争鋒樹幟。嘆國若狂人皆醉。孰與呼聾聵。願彼蒼、生個昌黎，免得斯文掃地。

河傳令題嚴子陵畫像

子陵狂客。笑雲臺列將，都非人杰。不僅漢皇，自有千秋遺迹。一名灘、一大澤。　古今無限興亡圖。俯仰乾坤，幾個撑窮骨。清泪數行，爲吊前賢高節。柳五株、瓜五色。右調《河傳令》，舊所填詞也。今見荔扉所畫子陵象，遂録而題之。戊子十一日陳困叟并記。以上録自《桐村詞》

婆羅門引語闢佛者

尼山有語，聖人曾説在西方。昌黎爲道堤防。重以程朱繼起，奮力破錡斨。誓掀翻寶塔，摧陷銅墻。　如何得傷。擊不碎、是金剛。可笑蚍蜉撼樹，不自思量。而今千載，梵王殿、依舊矗穹蒼。看佛面、更放金光。

惜黃花慢念佛

寶山珠樹。到雙目瞑時，誰能携去。翠黛紅顔，不爲梁燕栖樓，便是野鴛移浦。平生知己幾何人，一撒手、散如朝霧。絶交論，枉使孝標，揮秃豪素。人生到此何論，儘先自打量，無非愁苦。菩薩慈悲，爲言諸相皆空，總要一心爲主。蒲團坐定細參詳，勘得破、自饒佳趣。净宗好，念佛佛當來度。

大聖樂題石禪老人自書詞册，册爲悼亡姬作

鏤雪爲花，織霞成綺，怎生長久。畫中人、一現曇華，石火電光，能得幾時消受。百歲小年如流水，任天幸、佳期偕白首。終難免，似風卷碧桃，霜凋紅柳。先生貯胸萬有。看西子王嬙今在否。况廣寒宫裏，嫦娥奔去，誰能摻手。願與洗心同參佛，向西土、皈依無量壽。休重説，甚劉阮、神仙嘉偶。

中興樂爲施文宴失其幼子而作

先生生性愛根多。牽纏没可如何。老彭殤子，夭壽同科。南華仙語非訛。更摩挲。佛家經

急請君收取泪滂沱。鏡中兩髩皤皤。仰看天上，白日西矬。綸，誰非幻相，大地山河。應呼醒春婆。補蹉跎。有何妙法，牟尼一串，長念彌陀。

前調 再贈文宴

先生不與孟郊同。階前寶樹葱蘢。等身傳作，名壽何窮。固宜喚起盲聾。振儒風。我還饒舌，污君兩耳，爲説蓮宗。昌黎闢佛語多庸。後來屢被人攻。宋儒拘泥，尚躡前踪。豈知我佛尊崇。那天宫。玉皇大帝，猶來聽法，頂禮嚴恭。

前調 三贈文宴

十方皆上天下地獨稱尊。佛言匪妄惟真。法皆空相，無迹無痕。慈悲思度天人。轉其輪。恩爾，西方三聖，尤聖尤神。娑婆苦海盡沉淪。無非業障纏身。善爲恩愛，惡作仇冤。仇同一拘孿。有何分。不如早計，西歸净土，拔去塵根。

前調 四贈文宴

此中妙與君親故异尋常。每思一辔分嘗。剁兹三昧，確是良方。能將苦海茫茫。變歡場。龍樂，天翻地覆，了不摧傷。東來失却舊家鄉。回頭早看斜陽。及身猶在，料理歸裝。

舒净土文章。細參詳。并非難事，彌陀一句，即是慈航。

前調 五贈文宴

知君早信有輪迴。死生豈不危哉。阿瞞爲犬，庾信爲黿。固知化虎牛哀。未爲奇。縱生天上，星辰謫降，仍墮塗泥。　天人三界總堪悲。算來净土爲宜。壽真無量，樂亦無涯。佛言决不予欺。又奚疑。若公肯信，願言携手，同上蓮臺。

前調 六贈文宴

孔言大聖在西方。直超五帝三皇。後儒排佛，直是疏狂。豈非雙目無光。面於墻。讓他衲子，遨游樂境，得意洋洋。　我今强餂話盈筐。敢夸菩薩心腸。報恩酬德，幾費思量。倘將珍篋珠囊。自韜藏。問心不過，下慚后土，上愧穹蒼。

雙頭蓮 呈少庚兄

宿命何知，疑往劫前生，本爲兄弟。今皆老矣。又暗向天禱，相期來世。此願總覺蒼茫，正憂思無計。殊不意。有客來言，俄焉令人狂喜。　說是彼美西方，有彌陀老佛，别開天地。真言四字。任委巷兒女、人人能記。但得日誦千聲，使慈航來濟。能若此。樂國同歸，寧非快事。

前調 再呈少庚

我固痴人，君與我同痴，任他嘲誚。天方破曉。便起坐持執，彌陀名號。料想兩朵紅蓮，已萌芽金沼。奚嘆老。净業勤修，當然死生能了。　況是佛不欺人，但臨終十念，西方猶到。神光四照。豈我輩堅苦，翻無靈效。請看鐵杵磨針，以恒心爲要。功自造。莫管門前，鴉嗔鵲笑。

前調 少庚捨園易勝因寺爲十方叢林下院，予意將來就寺中開蓮社，亦一善願也

東晋以來，曾艷説三王，捨廬爲寺。謂晋王右軍、唐王右丞、宋王介甫。吾家踵美。亦割弃園宅，收回初地。大半敗瓦頹垣，嘆伽藍虚記。何妙計。寶殿珠宫，禪房一時扶起。　更約念佛人來，仿廬山慧遠，東林遺事。齋堂大啓。要萬口齊唱，飛聲天際。肯信潞國流風，便無人能繼。空擬議。偌大莊嚴，難憑責字。

金浮圖 贈虚雲上人

華亭路。昆池隔住。幸有高僧，一杯飛渡。展團蒲、坐穩雲深處。開闢叢林，接引十方緇

素。下院也應籌措。殷勤囑我，收拾殘瓔珞。謂勝因古寺。今無誤。旃檀幸護。和璧輸秦，汶田歸魯。盼神靈運木兼移樹。净業堂開，念佛聲如韶頀。我縱自傷遲暮。天留舌在，還誦彌陀句。

前調 自贈

休煩惱。機緣甚好。狗喪其家，馬歸其皂。正遭逢、舍利迦陵鳥。引我高飛，向着遠天殘照。更説彼都殊妙。瓊葩玉樹，勝過蓬萊島。掀髯笑。從君去了。夢裏王侯，鏡中花草。似春蠶被繭相圍繞。擺脱塵羈，頃刻佛天能到。從此静參三寶。不生不滅，誰共乾坤老。以上録自《困叟净土集》

楊文斌

楊文斌，字稚虹，號昆池釣徒。蒙自人。光緒十八年（一八九二）知鄞縣。輯有《海濱酬唱詞》《三李詞》。

金縷曲

别院茶烟歇。驀吹來、絲絲細雨，黄昏時節。閎裏忽傳詞絶妙，如聽霓裳仙闋。早攪醒、秋衾蝴蝶。昔日繁華今已矣，况人間、幾换紅羊劫。聽泣盡，杜鵑血。聰明真個如冰雪。

喜有笑先生、詩情太苦，爲題紅葉。萬斛閒愁深似海，空對秋風凄切。莫消盡、豪情烈烈。燈下語，答檐鐵。幺蟾頻轉照，可無勞、遍覓瑶臺月。

念奴嬌

湖山如畫，誰比將西子，才人仙眷。一角紅樓楊柳外，别有瓊枝争艷。錦瑟年華，珠簾麗質，怕看行雲倦。桃花依舊，東風吹去人面。　况是紅豆初生，緑珠未嫁，忍把韶光賤。幾度相逢成一笑，百種痴情依戀。碧海愁多，蓬山路渺，何處重相見。恨隨流水，千秋共此幽怨。

賀新凉

辛未中秋後五日，與馬湘艇、賀少樓、林味蓀飲於陸少葵之萍寄廬，明月將升，凉風欲至，主人把盞屬客曰：『是宜盡醉毋醒也。塵世可憐，浮生若夢，今我不樂，日月載馳，命酒澆愁，其能已乎？』爲填此解，用以侑觴

明月幾時有。海城中、龜蒙栗里，連天詩酒。賀鑄林逋詞筆健，都是騷壇領袖。更馬遠、丹青無偶。萬里才華虚譽耳，劍門詩、合讓騎驢叟。同一醉，鎮相守。　天涯我亦羈栖久。趁良宵、琴樽雅集，二三吟友。打破愁城天地闊，大笑浮雲蒼狗。更説甚、勛名不朽。磈磊填胸消未得，聽床頭、三尺青龍吼。滄海水，漸東走。

燭影揺紅

種遍南山，吴儂摘處霜天曉。短籬疏雨又斜陽，纍纍垂多少。瘦影十分纖巧。與案頭、銀燈鬥小。桐花墜乳，梅萼含苞，同兹風調。　帶醉拈來，色香更比蠶時好。勞他撥火幾回忙，雅稱冬烘號。細嚼餘芳透腦。伴伊人、翠樽傾倒。紅鹽滋味，碧玉精神，緑珠容貌。

大江東去 新秋雜感

畫屏秋冷，望碧天晴朗，銀河高潔。烟鎖簾櫳燈影澹，何處簫聲清越。翠竹驚寒，艳蓮墜粉，蟲語還凄咽。一年容易，秋風又振林樾。　回首昆海樓船，滇山雲樹，剩迹都消滅。故國迢迢千萬里，十載鄉書遥絶。緑綺琴心，青萍劍氣，壯志何曾歇。一天風景，疏桐斜挂涼月。

百字令 讀《石頭記傳奇》，次金華山樵韵

瑶思瓊想，仗銀毫寫得，纏綿如此。檢取春風蝴蝶夢，描出酸辛滿紙。摘艷薰香，延華駐彩，旖旎偏輸爾。痴兒怨女，一時都入摹擬。　漫説魔障難除，塵緣易惹，過眼雲烟耳。色即是空空即色，黛影釵光而已。警幻偏真，鍾情亦假，莫種相思子。掃除離恨，普天皆大歡喜。

其二

焚香讀罷，甚柔絲一縷，無端繞指。記得聯吟詩雋絶，才女宜稱博士。滴翠亭荒，凹晶月冷，一霎空羅綺。人間天上，痴心從此灰矣。　回憶青埂留緣，紅樓入夢，渺渺靈河水。斷盡柔腸還盡泪，衹有情根不死。鳳子愁烟，鵑兒泣雨，若個聽哀誄。恨天難補，我聞千古如是。

乳燕飛 咏白鳳仙

丰韵都無匹。繞朱欄、誰留一種，雪膚香質。洗盡鉛華無俗態，非復胭脂麗色。恰好似、梨花清白。屈煞呼爲黄菊婢，看素姿、迥與凡塵隔。明月下，粉墻側。　嬌娃染指應無迹。才稱得、名誇閬苑，有人珍惜。雅淡仙妝秋影瘦，最愛天然素飾。傍石砌、亭亭冰魄。玉樣精神珠樣艷，算風情、不減梅花額。蜂與蝶，難尋覓。

湘月

庚午仲冬，泛櫂吴門，偶過闕君寓齋，語次，出古琴一張，蛇腹斷紋，塵封蛛網，前明藩邸物也。背署一天秋，銘曰：『桐床冰絲，鸞鳴鶴舞，明月千秋，清風萬古。』内鐫：『萬曆二年，益國潢南道人得古杉桐製。』時余正學操縵，苦無佳琴，假歸撫弄，聲振林屋，使琴不遇余，幾爲爨下桐矣。因思世間奇物，沉淪於風塵中者，不知凡幾，豈獨一琴已哉？乃倩錢君繪圖并填《湘月》一闋而索諸同人和。

碧梧秋老，問何人遺此，焦桐三尺。明季賢王留雅製，閲遍興亡陳迹。玉軫塵封，冰絲網罥，浪與江山擲。傷心千古，中郎未遇堪惜。還記故國深宫，霓裳按譜，彈破爐烟碧。三百年來傳絶調，餘韵猶摧金石。滄海龍吟，青霄鶴唳，蝕盡銀蟾魄。一天秋意，瓊樓今夕何夕。

賀新郎

多少清秋意。向今宵、持螯把盞，對花拚醉。自古人生行樂耳，莫問功名滋味。況宋玉、十分憔悴。匣裏吴鈎苔鏽緑，枉銷磨、湖海英雄氣。驚歲月，一彈指。青衫濕盡江州泪。十年來、空山坐守，一官匏繫。莽莽天涯塵夢倦，如此清歡有幾。肯負了、蘭尊芳醴。酒氣如龍降不得，放吟懷、海闊天空際。聽隔院，柝聲起。

摸魚子 咏蟹

望空江、采香船少，盈盈新漲秋水。蘆灘月黑爬沙候，恰是隕霜天氣。波影碎。漾隔岸漁燈，驚破沙鷗睡。西風又起。正露白荒塘，烟青草舍，幾個趁潮至。横行慣，欲被寒蒲緊繫。腥涎齊吐聲沸。無腸也受煎熬苦，公子自多情味。斟緑螘。笑潑醋擂姜，同入糟邱壘。堆盤更美。愛一殼含膏，雙螯斫雪，拚對菊花醉。

風敲竹 次醉禪外史韵

萬里萍踪聚。喜相逢、海濱豪士，酒龍詩虎。幾輩才人常抑塞，叵耐儒冠多誤。聽斫地、悲歌激楚。爲惜華年消逝水，譜紅牙、細説秋風苦。淪落感，不堪訴。韶光我亦慚虚度。算一樣、家貧親老，飢驅如故。寂寂男兒良可耻，三十功名塵土。漫拔劍、中庭起舞。休悵蓬山烟霧隔，奮騰驤、穩騁青雲路。相慰藉，託毫素。

貂裘换酒 辛未孟冬十三日劇飲即事

酒緑燈紅夜。恰招來、二三知己，傳杯細話。盡吸西江斟北斗，狂興如潮而瀉。更拇戰、嘩然振瓦。獨有伏波豪氣湧，擲銀壺、飛舞從天下。驚孺子，魂兒怕。座中趙子年幼，驚避欲走。壯懷壓倒甘興霸。猛然間、朱顔改變，風雲叱吒。醉語模糊渾不辨，到底是真是假。可是學、灌夫嫚駡。縱酒無非行樂事，又何須、奮臂揮拳打。蝴蝶會，從今罷。每人出酒一壺，肴一碟，謂之蝴蝶會。

前調十四日夜，題花詞客大醉，戲用原韵調之

醉裏春無價。古人中、劉伶李白，并稱高雅。獨有雲間林仲子，酷愛醴泉傾瀉。直飲到、陶然醉也。一座玉山攙不住，似陌頭、楊柳隨風擺。如此態，堪描寫。幾乎嘔出心肝者。夢初醒、流蘇帳外，一燈紅灺。欲索茶湯難啓口，恐惹珠喉嬌吒。正蓮漏、丁東三下。要解相如消渴疾，任纖纖玉手輕輕打。鴛枕畔，呼郎罷。

仲固閩籍，故以閩語謔之。

金鏤曲

別亦尋常耳。奈今朝、驪駒乍唱，予魂銷矣。幾度霜天成雅集，杯酒流連無已。禁不住、離筵驟啓。怕讀陽關三叠曲，早數聲、風笛吹愁起。凝望眼，隔秋水。

紅塵不到深山裏。暢幽懷、竹籬蓬户，翠尊緑綺。柳外斜陽花外月，并作錦囊詩思。好領略、園林清氣。萬里鵬搏需异日，闞新居、飽養翀天翅。看努力，取青紫。

前調

何事驪歌起。算人生、萍踪聚散，無端悲喜。離別尋常隨處有，偏我魂銷無已。看

襟上、泪痕凝紫。祇道琴尊長聚首，望伊人、不隔蒹葭水。誰又想，袂分矣。索居兩地從今始。最難忘、燈挑紅豆，杯傾緑螘。指點孤村雲樹外，烟水迷離難視。憶良友、寸心千里。他日扁舟尋舊約，與逋仙、共醉梅花裏。浮大白，亂愁洗。

前　調

交誼真如水。數年來、推襟送抱，雅稱知己。和靖偏耽鄉僻住，携得梅妻鶴子。却離此、塵囂城市。别後閒愁知幾許，有新詞、寫入剡藤紙。傳尺素，剖雙鯉。歸橈擬訪平原里。奈連朝、長河冰凍，木蘭難艤。多謝故人情意重，竟負尊中緑螘。容細説、相思滋味。遥想圍爐吟罷後，更圖描、九九寒消矣。翹首望，北風起。

滿江紅

局促男兒，已卅載、韶光虚過。莽風塵、家貧親老，功名誤我。舞劍氣沖霄漢上，從戎願把書城破。問當年、若個靖烽烟，李曾左。　多少意，愁中裹。多少泪，尊前墮。論名山事業，如何是可。萬里悲秋才子筆，千年遺恨心頭鎖。笑書生、依舊握毛錐，寒氈坐。

其二

客裏悲秋，最容易、匆匆而過。卷簾看、黄花開了，瘦還同我。痛飲斟教金爵滿，酣歌撥得銅琶破。笑十年、作賦負光陰，吾慚左。　芭蕉葉，隨風裹。梧桐葉，驚秋墮。嘆物猶如此，奈何無可。何日忙回塵海轡，幾時擺脱樊籠鎖。掩碧窗、香裊悄無人，横琴坐。

摸魚子 九月十五夜，馬湘老以酒蟹移樽敝齋，在座者楚卿趙子、伯華胡子、味蓀林子及余兄弟三人，惟時月明如晝，不異中秋，相與持螯鬥酒，盡歡而散，爲填此解，以記其事

近重陽、滿城風雨，潘郎佳句無偶。今年九月天晴朗，恰似中秋時候。杯在手。聽説道、廣寒宅裏群仙守。月圓人壽。想玉宇瓊樓，霓裳合咏，我欲請尊酒。　徘徊久。湘老邀來紅友。無腸公子同走。去年癖蟹人何在，往事不堪回首。謂陸君少葵。開笑口。君莫問、浮雲富貴非吾有。酌三大斗。且醉掣青龍，爲公起舞，狂嘯海潮吼。

前調 叠前十五日雅集原韵贈馬湘老

聚荒城、泠吟閒醉，於今三個重九。羨君更擅徐熙技，筆底芬芳時有。真妙手。祇贏得、東西南北聊餬口。催成皓首。嘆老矣廉頗，精神矍鑠，健飯且能走。　傾心久。許訂忘年

小友。天涯同是株守。羈愁萬斛難排遣，恰到菊花時候。沽美酒。笑草草、杯盤爲上先生壽。狂斟玉斗。正海上潮來，天邊月湧，驚起瘦蛟吼。

桂枝香　送林望之端仁之官武林

秋江漲緑。正客去武林，天氣初肅。惆悵人生易散，不勝悲觸。渭城唱罷休辭醉，近離觴、爐銷紅燭。今宵酒醒，月殘柳岸，故人愁獨。　憶往歲、歸來冀北。嘆贈我瑶章，仙韵難續。百里高才，此去定邀青目。吴山越水難爲别，對西風、吹裂横竹。宦游伊始，勸君莫怨，風塵馳逐。

前調　中秋大雨，懷五弟彝卿，時已五月無信矣。疊前韵

疏桐墜緑。正海國晚凉，風雨清肅。最恨敲窗木葉，舊懷棖觸。芳樽悶飲渾無緒，冷秋光、畫屏銀燭。廣寒今夜，雲羅静掩，素娥幽獨。　念雁影、天南地北。悵往日聯床，詩夢難續。信閣征鴻，此際望穿雙目。高堂更切思兒意，奈平安、遲報庭竹。千山萬水，算來惟有，夢魂飛逐。以上録自《海濱酬唱詞》

邁陂塘 癸酉夏將有入都之役，同人設餞送行，馬君笈雲繪《乘風破浪圖》贈别，爰感其意，自題《買陂塘》詩餘一闋，録請大詞壇斧政并附諸同人題詞

論男兒、南船北馬，安能長事吟嘯。燕雲翹首三千里，六月軟塵遮道。凝遠眺。收拾起、曉風殘月閒詩料。江山看飽。更東指蓬壺，西凌星漢，一覽海天小。青青柳，别緒幾般縈繞。出門西向而笑。長安自古求名地，難得弟兄同到。時仲弟應京兆試，同行。貧也好。無奈是、高堂愛日慈顔老。春暉寸草。待桂子黄時，蓼花紅候，捧檄整歸棹。

沁園春 洋場咏物詞 地火

鑿地爲爐，積炭成山，輝耀四溟。愛玲瓏百竅，一齊吐焰，周圍三十里，大放光明。絳蠟羞燃，銀蟾匿彩，海上如開不夜城。登高望，似戰場磷火，點點凝青。休誇元夕春燈。有火樹銀花頃刻生。看青藜懸處，千枝列炬，黄昏剛到，萬顆繁星。雪月樓臺，琉璃世界，游女何須秉燭行。吾何恐，祝融一怒，烈焰飛騰。

前調 電綫

具大神通，經緯縱横，匪夷所思。慣傳消遞息，捷於影響，穿河貫漢，事更離奇。欲報平安，

何人費盡心機。縱萬里暗牽綫索，入手行間墨尚滋。從今後，任洪喬善誤，那怕愆期。巧奪天功，能通造化，盼到還雲關山信不遲。笑魚箋雁帛，無斯火速，簡書羽檄，枉説星飛。此中機械難猜。但水一霎時。機樞動，貫蛟宫蜃窟，直達波斯。

前調 馬車

寶勒難羈，得意揚鞭，電掣風馳，香車玉驄。看四蹄疾卷，驚塵洒面，雙輪怒激，碎石飛空。也不油幢高揭，可是潘安入市中。遨游處，任花天酒地，到處留踪。雕鞍綉轂匆匆。爲沙場汗馬功。問誰家年少，儼如衛玠，此中坐客，定是秦宫。覓艷尋香，徵歌選勝，隱隱雷聲語未通。歸來晚，指長街照徹，萬點燈紅。

前調 輪船

釜氣蓬蓬，不挂蒲帆，不藉蘭橈，何其快哉。聽圓輪轉鐵，翻江攪海，隔墻鼓鞴，掣電轟雷。濤頭滚滚，黑焰迷空吹不開。飛來也，早六鰲退避，大海瀾迴。但水火須從既濟推。笑馬當一夕，漫誇神助，長風萬里，休騁豪懷。穩渡滄瀛，飛行閩粤，琛貴年年滿載來。吾何願，願今朝駛去，直到蓬萊。

高陽臺 無題

綺閣春深，畫堂人静，門前緑水平橋。玉佩珊珊，雙成飛下雲霄。嫣然欲對桃花笑，暈微渦、兩頰紅潮。最難描，百樣娉婷，一種丰標。生成絶世風流態，便不曾真個，也要魂銷。十二闌干，幾回屈戌輕敲。蓬山此去無多路，倩何人、傳語嬌嬈。夢迢迢，碧海青天，暮暮朝朝。黄曾直好填艷詞，秀和尚每訶之，謂必墮犁泥地獄。然宣聖删詩，何以不去鄭衛。僕填此詞，頗犯綺語之戒，犁泥之墮，知不免矣。

滿江紅 喜聞官軍克復大理城 昨接滇中友人來書，云：『大理業經報捷，全省指日可望肅清。』喜填《滿江紅》一闋，以當凱歌云爾

萬里來書，聽説道、滇南大捷。十餘年、負嵎捕寇，一朝殲滅。小醜自知魚釜困，雄軍已報龍城拔。大理府城經楊鎮軍玉科圍之數重，又聞岑中丞親征，賊衆情急反噬，情願投順，逆首杜汶秀自知滅亡，全家服毒自盡，未死，爲賊衆縛獻軍前，於去年十一月廿六日伏誅。望蒼山、一片凝作去新紅，匈奴血。懷故國，腸如結。思往事，首還裂。問當年誰鑄，六州之鐵。聖主當陽消毒霧，天心厭亂收殘劫。喜昆池、從此芰安瀾，烽烟歇。以上録自《申報》

金縷曲 題《呼公夢傳奇》

泪墨和然叠。譜新腔、紅愁緑慘，聲情激越。自古美人傷命薄，大抵天留陷缺。憶往事、宣城奇節。郎愛樗薄拋錦瑟。一封書、永掩妝臺月。移不轉，心頭鐵。　玉釵敲斷柔腸結。恨沉沉、鴛鴦夢渺，鷓鴣香滅。碎嚼燕支噴滿紙，留得殘詩十絶。聽夜夜、秋墳嗚咽。卒有臨川才子筆，仗哀絲、宛轉幽烈。齊女怨，一朝泄。以上録自《續滇詞叢録》

減字木蘭花

清明過了。姹紫嫣紅争窈窕。無奈東風。吹得群芳一霎空。　鶯嬌燕懶。瘦損個人春不管。細雨黄昏。清悄房櫳早閉門。

憶秦娥

春愁積。梨花滿地飛晴雪。飛晴雪。匆匆又過，好春時節。　東風不解心頭結。情多偏易傷離别。傷離别。緑楊陰裏，幾聲啼鴂。

齊天樂

小樓日日輕陰護，今朝喜逢晴霽。綺陌風和，茜窗晝永，恰好湔裙天氣。花明柳媚。想此際春江，定多佳麗。寶馬香車，紛紛士女競游戲。荒城清興易減，嘆良辰負了，金谷難繼。鬥酒人遥，聽琴客散，直恁冷清清地。尋芳無計。挈半榼春醪，海棠花底。無數閒愁，逐春烟又起。以上録自《清詞綜補》

寸開泰

寸開泰（一八六三—一九二五），字曉亭，號心丹，騰越人。光緒乙未（一八九五）科進士，任刑部主事，改官貴州安平知州，充癸卯（一九〇三）科鄉試同考官。著有《八十一株梅花館詩稿》，纂修《騰越鄉土志》《龍陵廳志》等。

望江南

春去也，香夢半成空。楊柳扳來猶帶緑，桃花飛零尚留紅。無計挽東風。

其二

春去也，何處數歸程。夜雨三更揮別泪，孤燈一盞訴離情。愁坐到天明。

其三

春去也，重整舊時裝。滿目嗷嗚慚撫字，此身携鶴共翺翔。一夕九迴腸。

其四

春去也，心事正難言。袍贈猶然憐范叔，絲抽曾共綉平原。忍泪慰扳轅。

其五

春去也，漫憶舊交游。墮泪碑銘羊叔子，同心錦織武鄉侯。脉脉自含愁。

其六

春去也，倚遍玉欄杆。有恨人皆思舊友，無才民且頌清官。往事話長安。

其七

春去也，風雨更飄蕭。故國歸來金燕掠，新泥踏過玉驄驕。情緒太無聊。

其八

春去也，點點落花遲。棠舍陰深空寄愛，杜陵恨惹懶吟詩。無可奈何時。

其九

春去也，熱血自熬煎。老馬嘶風毛欲動，新鶯空谷報初傳。搔首問青天。

其十

春去也，好事正多磨。火烈鄭僑歌孰殺，文深趙禹政徒苛。癰養奈民何。

其十一

春去也，痾癢尚關懷。莠草弗除禾鮮植，葉枝有害本先乖。胡不竟投豺。

其十二

春去也，別賦自沉吟。紅豆相思愁裏泪，碧蓮滋味苦中心。無復理瑶琴。

其十三

春去也，笛鼓夕陽斜。漫道鳳鸞栖枳棘，且欣犵狫奉香花。杯酒餞天涯。

其十四

春去也，何日得重來。仙夢時猶縈玉署，賞音尚許筑金臺。無事費疑猜。

望江南

多少恨，富貴轉頭空。回憶昔時征戰處，龍争虎鬥幾英雄。都付笑談中。

前調

多少泪，點點背人流。芳草每增遷客感，落花偏惹故鄉愁。風雨嘆沉浮。以上録自《八十一株梅花館詩稿》

李龍元

李龍元（一八六四—一九二五），字雲卿，號少鴻，箇舊人。光緒八年壬午（一八八二）科舉人。光緒二十四年（一八九八），應大挑而得河工知縣，光緒二十八年（一九〇二）任温州府永嘉縣知縣。辛亥革命時擁護共和義舉，民國十年（一九二一）被推舉爲縣議事會議長。

箇中八景

蒼梧謡 潛溪印月

清。月印波心分外明。光初皎，水底更多情。

南歌子 高閣臨風

試到最高處，愁懷一旦消。快哉風急雨珠跳。與爾同僚，且自樂今朝。

漁歌子 華山帶玉

雲散參差透樓臺。山腰横玉帶低徊。光燦燦，影灰灰。物華天寶迫人來。

桂殿秋 寶水淘金

人急急，水悠悠。數間茅屋趁溪流。箇中寶氣無窮盡，淘得金沙不必憂。

江南好 凝霞古洞

古妙處，洞口樹梢頭。石磴崎嶇穿鳥道，水聲清澈繞林邱。霞彩凝兮不。

深院月 普陀靈岩

僧院静，靈岩空。玉磬聲聲總隨風。花雨繽紛天上落，渾然一貫理相通。

江南春 一塘荷語

嬌欲語，意將開。對花何不飲，花應費疑猜。一塵不染真君子，知己當浮千百杯。案：『杯』字據《箇舊縣修志材料》補。

一葉落 萬壑松濤

山間樂。身安託。深知世事臥雲壑。松濤月影流，好似來笙鶴。來笙鶴。欲赴三生約。

道曲 西湖景

湖山春社

好湖山，背錢塘。跨蘇堤，水一方。樓臺高矮都得當，春二三月鶯飛浪。少長咸集畫錦堂。重開詩社桃花放。漫學他、恭謙揖讓。又何妨、振履音商。

天竺香市

三天竺，引領堂。過西湖，繞緑楊。登高人兒如雲散。心香紙火僧家換。手拍金錢出女郎。春風卷市聲煩亂。到耳邊、鶯鶯燕燕。逐花飛、百鳥翔翔。

雲峰四照

有亭兮，孤峙巔。看雲峰，四照圓。登高一覽群山遠。螺鬟面面隨波轉。若似兒孫倚立前。揮之不去長相伴。開檻時、令人憐勉。笑愚公、尚欲移遷。

蘇堤春曉

步蘇堤，羨六橋。暮春天，柳折腰。游人來往知多少。鶯聲破浪春將曉。約伴踏青姊妹邀。生遲恨未知蘇小。暫下車、且親花鳥。料摩詰、金粉難描。

曲院風荷

六橋頭，曲院招。散和風，荷頂飄。留春不住春去了。舟人蕩槳忘憂沼。菡萏花開欲語嬌。清香异味都嘗飽。酒上時、隨波鷺鳥。月東升、那處逍遥。

雷峰夕照

透雲霄，塔影斜。號雷峰，建誰家。殘唐五代無稽察。問諸野老何能述。且自勾留歲月遐。黄昏返照南屏刹。月下僧、敲開金闕。聽鐘聲、散滿烟霞。

梅林歸鶴

這先生，何日高。老梅林，嗣羽毛。浮雲富貴都忘了。梅妻坐擁非蘇小。鶴子歸來當兒曹。此翁此志真莊老。掃落花、風光含惱。折新枝、乘興揮毫。

冷泉猿笑

在山泉，冷自源。歲三千，是老猿。泉流猿笑時繁紊。靈峰那有飛來印。水淺清宜洗六根。

亭中静坐心相問。似鼓琴、都無俗韵。聽音非鳥能言。

雙峰插雲

兩高峰，南北聯。靠西湖，遮半天。浮雲來去靈岩際。嵐光繞繞知初霽。冷罄聲聲破野烟。
山巔對插凌霄勢。頃刻間、霧開風細。似螺鬟、聳出雙肩。

三潭印月

亦蓬瀛，九曲橋。退省庵，彭氏標。三潭祇向迴欄繞。前經太傅同蘇老。今賜元公賽百僚。
皇恩浩蕩人知曉。月上時、天心光皎。緑萍開、印水波摇。

平湖秋月

點波心，似浣珠。晚平湖，意自婆娑。明鏡光初皎。花疏水國秋將老。月到天心分外殊。
憑欄把酒看山飽。對飲時、驚成三好。醉忘機、萬籟俱無。

斷橋殘雪

靠孤山，壓白堤。挂湖東，葛嶺西。斷橋風景留殘雪。登高早過重陽節。有傲霜枝菊伴溪。
梅花又向枝頭列。白遠明緑紅光滅。跨虹腰、樽酒自携。

柳浪聞鶯

暮三春，柳浪翻。聽鶯聲，不勝繁。千紅萬紫都成隊。濃陰深處流音碎。緑草萋萋蝶斷魂。

清風一起何休退。隔岸聞、簫笙奏對。油滑車、出自蘇門。

玉帶晴虹

卧寒烟，玉帶橋。喜新晴，虹舞腰。桃花楊柳白沙陌。烟波慣誤江湖客。好鳥含情語向邀。扁舟蕩過仙人宅。萍弄開、鷗翻波碧。水中央、隨波動摇。

花港觀魚

莊知樂，産含魚。古之人，心目舒。花港之設知無别。善哉萬物隨其悦。始見鳶飛悟道初。籲乎此是真丹訣。上知者、即成明哲。下愚的、學足三餘。

南屏曉鐘

聽南屏，報曉鐘。一聲聲，渡壑松。庸夫愚子都驚覺。無邊佛法分清濁。敲醒鯨鯢走卧龍。凌霄直上莫雌伏。五色雲、追風託足。振鱗甲、透過千重。以上録自《箇舊縣志》，據《箇舊縣修志材料》校補。

吴承鑫

吴承鑫，景東人，歲貢。

西江月 集稻香吟社，分得春燕

巷口烏衣相識，梁間紫頷初投。有情營壘在江樓。算是香叢小友。　絮語驚回午夢，雙飛翦碎春愁。穿花掠水愛清游。却怕西風時候。

清平樂 集稻香吟社，分得白燕

過春社了。細雨梁間悄。一樣瓊樓顔色好。覓個影兒都杳。　小院春色繁華。看他雪羽穿花。若向那人釵上，天然美玉無瑕。以上録自《民國景東縣志稿》

黄肇永

黄肇永，字問仙，景東人。

離亭怨 招集同人雅游郊外，爲送春之會，分韵得九字

纔覺陽回九九。花放妙香穿牖。衹道春韵渾不去，日日與他厮守。縱百歲光陰，纔抵神仙昏晝。　花事怎能依舊。多爲冶情消瘦。我便把春留住了，問那歸期何驟。此去幾時來，他説梅花開後。

好時光 集綰翠畫舸，分得凉棚

不羨蕉窗分緑，留客處、竹生凉。凴着幕天真自在，空庭隔晚陽。約燕鶯侣伴，遣鎮日、困人長。恍坐瓜棚下，月影偏疏黄。

離亭怨 將隨父遷任滕衝，留别景東同學

相會恰逢消夏。吟社玉杯同把。我輩論交何所樂，都在琴書詩畫。恨别是今朝，叔度汪洋難捨。分袂許多離話。垂楊暫停征馬。三疊陽關琴一曲，已是客中聽怕。君問再來期，想到梅花開也。以上録自《民國景東縣志稿》

李宗漢

李宗漢，民國時箇舊縣議會議員。

浪淘沙 和陳小圃師游明夷河畔有感

春色已蕭條。夏晝迢迢。此來舉目少心交。案：『少』字據《箇舊縣修志材料》補。掩耳懶聞天下事，案：『耳』字原鈔作『且』，據《箇舊縣修志材料》改。村裏逍遥。河水恁滔滔。無定風潮。笑

他過客爲誰勞。我自欲歌歌不得，恐驚龍蛟。

柳梢青 病中難寐

病裏銷魂。影兒瘦了，獨自温存。醒過殘更，孤燈如豆，相對無言。　　櫻桃花落重門。種多少、愁根病根。昨夜星辰，今宵明月，倦卧昏昏。

蝶戀花 暮春有憶

寂寞重簾庭院悄。門掩梨花，燕子歸來早。寒食清明都過了。撩人柳絮飛多少。　　極目荒烟迷古道。案：『目』字原鈔作『日』，據《箇舊縣修志材料》改。別恨悠悠，案：『根』字原鈔作『根』，據《箇舊縣修志材料》改。夢逐征鴻渺。盼得魚書偏草草。近來憔悴誰知曉。

暗香 端陽

悶居西閣。被翠蕉密葉，將愁牢縛。黍夢未醒，縱有蒲觴亦閒却。多少榴花焰眼，偏不解、及時行樂。問節候、是否天中，陰翳擁雲薄。　　歌哭。吊沉魄。漫賦作楚詞，較量清濁。泪珠暗落。江上風濤晚來惡。懸劍曾無用處，將鐵鑄、衹成大錯。空令我、悲往事，此心欲割。

摸魚兒 聞滇蜀軍開釁

憑高樓、一聲長嘯，案：『聲』字據《箇舊縣修志材料》補。爲誰心膽俱苦。平生怕見山河碎，今又怪風育雨。寧好武。衹羡煞、益州殷富稱天府。眈眈似虎。便執戟摻戈，因風縱火，大地盡烟霧。　憶前度。師出猶非莽鹵。而今名在何許。戰場冤鬼嗚嗚泣，惟有籲天哀訴。人自訴。天不管、蒼生墮入蟲沙數。提毫四顧。覺垂老新婚，無家等别，欲續少陵句。

念奴嬌 秋日聞歐戰起感賦

霜凝桐葉，獨玉桂展巧，百花藏拙。最愛浮香侵滿袖，人似置天闕。風勢蕭疏，客樓寂寞，閒把珠英折。傷儂去，誰憐寒馥仙骨。　因念塞外征夫，層雲逼戍，馬上淒絶。安使五洲同大治，早把甲兵消撤。免得金閨，佳人影瘦，恁綉衾虚設。夢裏貪見，玉郎醒後悲切。以上録自《箇舊縣志》，據《箇舊縣修志材料》校補。

陳　度

陳度（一八六五—一九四一），字古逸，號琴禪居士，以字行，雲南瀘西人。先世江西臨川，經商來滇，遂占籍瀘西。光緒甲午（一八九四）科舉人，光緒甲辰（一九〇四）科進士，任吏部主事。丁艱回滇，籌備滇越鐵路，民國時期任外交司副司長。著有《泡影集》十卷、《泡影續集》二卷。

浣溪紗 題畫

漠漠湘簾下玉鈎。楊花亂與濕雲流。春寒曉起懶梳頭。　也識歸期今不遠，生來心事慣多愁。愁人無奈又登樓。

奪錦標 海心亭夜坐

草淺蛙喧，枝低鳥宿，水外雨聲初歇。静坐西亭逭暑，琴弄枯桐，笛吹寒鐵。看蘆洲荻渚，半零落、漁燈明滅。喜荷香、静透�簾，沁我詩心清絶。　無際烟波浩闊，衹有鴛鴦，睡穩不知離别。觸起新愁多少，金縷歌殘，玉階蟲咽。凭迴闌倚着，又無奈、孤烟殘月。聽城頭、畫角聲哀，轉瞬初秋時節。

人月圓 秋閨

懷人香泪彈階前，化作海棠花。年年花發，年年泪濕，人在天涯。　盼將人至，花酣朝露，人醉流霞。不知今日，離愁别恨，又在誰家。

離亭燕夜宿板橋驛

芳草半枯生意。楓葉染紅清泪。殘角晚鐘荒驛冷，樹外夕陽西墜。野店買村醪，未飲便教心醉。明月慣將愁至。好夢不留人睡。挑盡銀釭聽斷漏，輾轉究因何事。冷透鐵衾單，省識別離滋味。

薄幸秋日晚眺

西風筠笛。又吹起、孤雲弄碧。碧雲外、書空新雁，雁外斜陽無色。憶暮春、堤畔垂楊，而今老去誰攀折。看野蓼紅邊，亂山青處，不比愁人心窄。花事了、香塵斷，都付與、鶯憐燕惜。祇平蕪一片，秋容寂寞，登樓望遠空沾臆。極天蕭瑟。蕩寒烟、憔悴蘆花，未老頭先白。光陰似水，華髮何人免得。

離亭燕別意

滿目零紅狂絮。簾卷一階新雨。草色波光天外緑，那處是春歸路。望斷塞雲飛，又礙遥峰遠樹。南浦孤帆飛度。人竟與春同去。情比鴛鴦情更密，却被流鶯相妒。故意喚愁來，不喚驪駒停住。

五福降中天 賀雷菊農新婚

情絲一縷牽紗幔。長橋喜排銀漢。玉佩敲風，輕紈却月，綉帶低頭頻撚。聯歡共盞。又頰暈生霞，背人羞赬。脉脉良宵，定情痴祝漏聲緩。　吟詩從此有伴。喜妝臺設鏡，仍疊書卷。睡鴨添香，彎蛾畫黛，韵事還交相倩。西江棹返。倘陳重歸來，孟鄰非遠。肯拔金釵，醉予愁量淺。

酷相思 客況

四望登樓斜照裏。恨作客、輕千里。盼天末、音書無雁寄。中酒也、懨懨醉。醒酒也、懨懨醉。　曉角吹將殘夢碎。冷意到、蘆花被。菊花枕、寒香縈別泪。夜長也、何曾睡。夜短也、何曾睡。

瑣窗寒 題《九九消寒圖》

麝墨流香，銀箋研雪，筆枯花瘦。婷婷裊裊，仿佛玉雕霞鏤。似佳人、斜凭畫闌，竹邊翠彈天寒袖。憶夜深池畔，枝横雲繞，影疏波皺。　圖就。春光逗。正弱綫頻添，茜窗倦綉。深閨静對，冷氣疏簾穿透。還憑他、侵曉罷妝，口脂日染須莫漏。待花英、點盡輕紅，又是愁時候。

晝夜樂除夕

粈盆香溢尊凝露。守歲歲、何曾住。一年一度良宵，竟向客中過去。卜鏡勞他私祝語。算歸期、幾時能赴。琴劍滯天涯，怕聽鵑啼樹。滇南賈島長流寓。扣奚囊、祇詩句。嗤他向暖燃薪，那比祭詩治具。望斷悠悠彭澤路。覓如願、怪無奇遇。不肯賣痴呆，爲聰明相誤。

探芳信芍藥

曉風起。看錯彩圍金，酣紅滴翠。憶畫橋春暖，濃香沁人醉。個儂妝罷褰珠箔，倩影争妍媚。問揚州、舊日繁華，想花能記。開口喚名字。恰春色將離，惱人心事。露蕊含珠，花也墮清泪。江東何苦經評論，派與花王侍。渾忘他、却有調羹俊味。

兩同心七夕

管弦初闋，香篆初焚。穿彩縷、聊傳心事，買珠綱、暗卜歸人。祝多情，常共奩圓，莫似釵分。一年一度銷魂。暫得温存。銀漢波、流殘離恨，玉階雨、洗盡啼痕。古人云，一刻千金，祇此黄昏。

金縷曲 自題《捧琴送酒圖》

低唱春光好。喜雙雙、如花眷屬，一齊嬌小。綠綺琴心紅友韵，况得佳人捧抱。即此是、風騷詩料。吾輩及時行樂耳，漫縈情、富貴浮雲渺。休放過，玉顔老。　生繒創就相思稿。便銷魂、如斯已足，勿須真個。貧病文園多艷福，金谷空歌得寶。願伴我、林泉長嘯。斗酒不時供雅趣，更徽弦、同鼓關雎調。餐秀色，亦堪飽。

賀新郎 閨情

往事應能記。立花陰、情幽意密，願同生死。吐繭春蠶還自縛，東鰈南鶼莫比。醒宿酒、紅閨眠起。故意無言情脉脉，惹檀郎、静對時愁喜。真兩小，戲而已。　別來枉織迴文字。怎似儂、迴腸百結，意深難寄。桃葉輕舟何處也，望斷連天野水。悔種遍、園中紅紫。繦忿忘憂渾不解，怪心田、常茁相思子。情所累，竟如此。

醉花陰 春寒

一縷曙光穿壁隙。并作凄凉色。天意不憐春，冷雨疏風，凍得梅花白。　連朝多少春寒積。祇有愁能敵。檢點舊棉衣，忍見沾裾，香泪前番濕。

沁園春 少年

玉蕊容光，柳絮才華，錦瑟芳齡。恰守宮小印，初銷香臂，秘辛鈔本，學試風情。錦幛宵深，紅閨春寂，惟有窺窗片月生。撩人處，是晚妝初卸，宿酒微醒。起來斜倚鴛屏。更纖甲、輕挑燈穗明。取花箋潑墨，閒填小令，蓮鈎點地，偷譜新聲。漏歇繁音，爐消餘燼，一任檀郎喚不譍。又含笑，向妝臺小坐，脉脉盈盈。

浣溪紗 有贈

一縷荷思繫綺情。眉峰常憶鏡中青。生來心事忒聰明。戲剪彩絲妝蛺蝶，閒拈玉笛學鶯聲。撩人故作太憨生。

喝火令 昵

星影雙珠活，波光一剪秋。背人花底溜清眸。生恐小郎轉看，却又急回頭。却扇微含笑，褰帷半帶羞。對他平視也風流。故意支頤，故意眼微偷。故意綺情遥逗，無語暗中鈎。

前調 偎

坐月常携手，簪花故髀肩。海棠斜倚竹枝寒。真是影形不離，情意太纏綿。　半懶偏成媚，微慵更可憐。背燈情話晚窗前。不羡鴛鴦，不羡頸交眠。不羡緑波秋晚，花茁并頭蓮。

前調 睡

曉雨眠楊柳，微風醉海棠。茜窗慵綉日初長。不是宿酲困人，去覓黑甜鄉。　囈語還呼婿，芳魂恐怨郎。落花輕颭壽陽妝。最怕鶯兒，最怕太輕狂。最怕雨雲驚散，好夢阻高唐。

前調 憨

小吻惟含笑，長眉不解顰。髻鬟偏髀黛痕匀。便是者般樣兒，無意也撩人。　倚檻調嬰武，臨池數錦鱗。更追么鳳撲榴裙。不是風流，不是太温存。不是故妝情態，爛熳任天真。

前調 韵

撚筆敲湘瑟，填詞串玉簫。一天風韵一團嬌。覺得弄花笑時，春逗綺愁銷。　聽雨沽佳釀，看山立小橋。落英閒數對紅潮。好是無言，好是愛風騷。好是雅人深致，不解弄妖嬈。

前調 憶

夢醒寒蛩泣，宵深畫角淒。一天凉雨釀相思。不識個人意中，可也想香閨。　恨少雙飛翼，愁來與願違。妒他梁燕尚雙栖。爲念邊城，爲念冷侵衣。爲念綉衾閒半，不是在家時。

前調 怨

窄歛眉峰翠，濃銷頰暈紅。忽捐團扇怨秋風。痴向月中素娥，細與訴幽衷。　薄怒情尤媚，承恩夢竟空。衹將顛倒惱天公。忍使孤眠，忍使倚熏籠。忍使帶圍寬減，誰復解憐儂。

前調 媚

齲齒撩人笑，低鬟墮馬妝。綉帷春暖浴蘭湯。曉也暗窺有人，故意解羅裳。　淺黛求親畫，深杯勸共嘗。更拈梅子打檀郎。試問卿卿，試問比鴛鴦。試問此中情趣，可羨白雲鄉。

金縷曲 述懷

酒亦無聊已。把匏尊、澆愁破恨，色然而喜。冷月西傾花又落，喚起青山共醉。不忍見、春光披靡。人静漏殘燈作伴，雨聲聲、故意敲窗紙。眠不得，曙光起。　窮邊况是人千里。

獨何心、鑽研故籍，蠹魚相似。筆墨累人名利絆，畢竟先生誤矣。拉不盡、英雄鉛泪。無分封侯飛食肉，擬青蓑、閒釣滇池沚。浮一舸，入烟水。

其二

我固豪情者。慕長安、朱家劇孟，此心藏寫。浩氣凌空驚白日，醉後吴鈎慣把。肯漫詡、風流儒雅。刺刺惺惺兒女態，可憐蟲、笑彼何痴也。真合受，灌夫駡。

其三

掣鞭絲、金鞍側坐，寶弓驄馬。歷亂秋雕盤碧落，白羽真能善射。更狼藉、兔狐獐麝。秋原莽莽開平野。獵火紅銷關塞黑，更狂歌、毳幕歸來夜。吹畫角，月低亞。

痴願應償否。羡馬遷、名山歷遍，福能消受。漢碣秦碑都訪遍，携取烟霞滿袖。幾兩屐、是吾良友。五岳濃青生足底，更捫參、歷井探星斗。山水癖，亦希有。

數征程、寰瀛海外，盡神州九。弱水蓬壺飛不到，任我探奇攬秀。覘造化、雕鎪神手。火輪航海飈車走。游倦歸來空谷卧，笑張騫、鑿空真非偶。應不讓，出其右。

行香子 無題

笛帶愁吹。琴共聲低。界烏闌、餘事填詞。者般風致，更不忘伊。是徐娘，是鮑妹，是文姬。　草不當歸。花放將離。別離來、夢想芳姿。個儂情性，煞費尋思。一分嬌，一分韵，一分痴。

金縷曲　題《五華星聚圖》

大陸人才藪。集同心、諸君與僕，料應非偶。三百年來無此變，積弱如斯已久。黄種禍、孰堪援手。天下興亡非氣數，論吾曹、責備都該有。憂樂意，孰先後。　乘車戴笠終身友。請從兹、江湖魏闕，各圖匡救。跨美凌歐光事業，努力千秋不朽。幸未到、飛霜盈首。晚歲相期偕大隱，讓兒曹、振翮神州九。山水福，且消受。

前調　題謝紹唐詩醇《醉月詞》

憔悴眉州叟。界烏闌、清詞麗句，儷踪黄九。月亞簾低春若夢，寫出驕花寵柳。且付與、小紅香口。檀板敲殘羈宦恨，喜吟身、退食閒消受。休放過，盞中酒。　岷江東下驚波走。傍瀼西、山青數點，故園依舊。手版足靴磨傲骨，博得霜華滿首。問小子、糟邱成否。長嘯歸來猿鶴喜，挂吟藤、着我林泉左。同玉局，映先後。

前調題由夔舉雲龍《碧嶢觴秋圖》

大陸龍蛇起。卷腥風、神州振蕩，剩山殘水。人海茫茫何處隱，亦復誰能遣此。泛一舸、湖波清泚。尋得桃源秦可避，築糟邱、我亦頽然矣。治與亂，付之醉。　窺簾皓月秋光媚。任吾曹、詩豪酒霸，奪旗摩壘。碧澥青天舒一嘯，漫學新亭隕涕。莫讓彼、髯蘇專美。韵事要傳千載後，把游踪、寫入生綃裏。狂態耳，亦堪喜。

剔銀燈春夜園居

天末雨聲消歇。樹外霞光明滅。蝶舞花翻，鶯歌石醉，最好晚春時節。韶華一瞥。且休放、春光逃逸。　杯底浮蛆酒烈。硯北金猊香爇。簾影澄波，漏聲滴露，夜色如斯清絶。梨花似雪。人静後、一鈎新月。

沁園春題生日全家攝影

甲子之年，夏五之中，是我壽辰。念飛光鼎鼎，已經周甲，前塵渺渺，久閱苦辛。射策明光，驅車歐美，又歷滄桑老健身。天留我，作鶴猿伴侣，泉石幽人。　人情淡薄如雲。算祇有、天倫骨肉親。幸調羹問字，喜他婦子，牽裾索果，更有諸孫。皞皞熙熙，融融泄泄，一笑充閭太古春。今何世，有華胥大國，懷葛天民。

眼兒媚 秋宵

絲絲涼雨釀黃昏。一半是愁痕。模糊花影，氤氳香氣，静掩重門。一聲聲滴梧桐響，入耳已消魂。那堪更有，烏鷩枝上，蟲語草根。

桃源憶故人 戲擬仲則幽會

錦函寄我同心結。盼斷青鸞情切。艷影驚鴻飄瞥。乍見心驚絶。流連已墮花梢月。情話喁喁難歇。驀地人來分別。眼角教休説。

鋸解令 無題

個儂居處隔紅墻，便覺得、天遥地迥。多應别後戀新歡，却不是、賴他薄幸。茜窗夜静。兀自相思成病。無情月子慣欺人，更照出、并頭菊影。

陽臺夢 憶舊

玉杯斟淺凝秋露。卷簾香氣飄蘭杜。笑聲筵上雜歌聲，更鶯簧燕絮。虚窗生冷月，添了新愁無數。酒痕襟上染啼痕，舊夢無尋處。

玉漏遲 西湖

艷名天下慕。東南占斷，湖山佳處。西子西湖，此話已傳千古。怪底輕顰淺笑，却是那、斜陽朝霧。君記取。微波萬叠，儼能通素。　老我馬足車塵，嘆白髮催人，半生辛苦。便對紅顔，尚復有何風趣。景物如斯秀媚，也引起、青年情緒。時一顧。繫得個人心住。

離亭燕 蘇州登北寺塔

艷説金閶華麗。簾卷畫樓歌吹。門巷桃花人半面，一派粉香脂膩。此處絶塵囂，放眼一空天地。　野水白連雲氣。平壤緑含生意。萬頃太湖濃似酒，釀出清醇滋味。七十二峰青，浸得沉沉如醉。

風中柳 登北固山

笠屐飄然，暫被白雲留住。倚危闌、徘徊四顧。雁聲南度。濤聲東去。問青天、勿須奇句。　英雄事業，銷歇剩將烟霧。是南朝、青山盡處。笛聲瓜步。笳聲荒戍。襯斜陽、一痕紅樹。

一剪梅 莫愁湖

裙褶波痕碧似油。柳外烟輕，蘋末風柔。游絲争繫木蘭舟。大好湖山，儘足勾留。一局棋争一畫樓。這樣君臣，一樣風流。香車油壁冶春游。堤上尋芳，眉上銷愁。

聲聲慢 揚州

山平水繞，紙醉金迷，人生合住揚州。一綫長河，當年曾泛龍舟。饒他六朝金粉，儘銷沉、艷迹猶留。隨到處、有花迷深巷，柳掩重樓。　太息紅羊劫後，剩流鶯寫怨，絮燕言愁。便是神仙，休誇騎鶴風流。憐他二分明月，照凄凉、廿四橋頭。情脉脉，悄無言、輕下荻洲。

鋸解令 送春

送春春去惜餘春，留不得、飛光鼎鼎。鶯啼燕絮怨東君，似一樣、説他薄幸。　海棠睡醒。泣露曉妝猶靚。東風故意斷游絲，綰不住、落紅倩影。

沁園春 題《愛景齋游藝叢編》

小技雕蟲，逸致塗鴉，壯士耻爲。論書生本色，蘭臺箸作，英雄事業，雁磧聲威。少不如人，老猶頑健，歲月銷磨意在兹。何曾想、比鷄林望重，藝圃名馳。生涯尚有何奇。算總較、官書簿牒宜。喜吉金樂石，神游秦漢，生香活色，心折荃熙。墨可磨人，筆非扛鼎，右手雖胝樂不疲。君莫笑，當烟雲過眼，爪印留泥。

金縷曲題《誦芬集》

佳氣東山起。望松楸、先人壟墓，此情難已。自恨無才傳先德，不了生平大事。生恐愧、爲人孫子。掃盡鋪張存事實，誦清芬、寫入貞珉裏。千點泪，一行字。　氈椎翠墨銀光紙。摹西京、藏鋒點畫，八分書體。日手一編時瀏覽，孺慕之思可寄。願後嗣、淳風無替。彤管汗青留有待，作家庭列傳揚休美。應仿佛，蔚宗史。

前調感事

天禍諸華族。好河山、紛紛割據，莫予能毒。武略攻心方爲上，一統安能力服。戰必勝、忽焉傾覆。十萬驕軍同時敗，不崇朝、竟失中原鹿。争一角，漢江曲。　兵家史迹閒披讀。論威棱、苻堅項羽，偶真無獨。淝水烏江千秋恨，同是英雄結局。願武力、從兹休黷。哀此小民溝中瘠，留生機一綫稍滋育。休再使，杜陵哭。

上西平 湖隄晚步

似江南，山隱隱，水迢迢。風景好、雨過烟銷。樹陰濃處，紅樓一角酒旗飄。誰家玉笛和秋空，一雁聲高。　　露蓮欹，風柳裊，争笑靨，鬥纖腰。更金勒、驄馬嘶驕。湖光戀我，獨迴曼睩慰無聊。瘦藤扶醉且尋詩，慢度溪橋。

剔銀燈 秋窗獨坐

竹簟冰紋澄碧。一枕大槐安國。睡起掀簾，支頤獨坐，花外幾聲殘笛。秋天易黑。似飛鳥、携來暝色。　　秋水美人遥隔。望遠愁心如織。懶剔銀燈，慵調雁柱，此恨那還抛得。伴予孤寂。新月上、一痕微白。

滿江紅 龍泉觀唐梅

佳種南中，自蒙詔、錫名羅鳳。與岱廟唐槐，高古儼同昆仲。黑水波澄疏影静，玉笙月冷幽香凍。伴此花、遼鶴壽千年，如賓從。　　天寶事，同殘夢。五華劫，堪悲痛。祇廣平佳作，不忘吟誦。島佛瑶管傳一字，吕仙玉笛聞三弄。好孫枝、高隱嫁林逋，孤山共。

前調 龍泉觀宋柏

獨立千年，深山裏、一空依傍。挺百尺虬枝，蒼古碧雲天上。岩壑幸爲斤斧赦，廟廊已絶雕樑望。黑水祠、偃蹇伴神龍，甘閒放。　揮玉斧，蠶叢喪。一塊肉，崖山葬。看元明終始，畫真依樣。起滅三朝枝不萎，遞更五德神猶王。比南枝、岳廟拒寒風，聲悲壯。

前調 太華寺茶花　故老相傳爲明建文帝手植

照眼花光，渾疑是、赤城霞赤。香國裏、不同凡艷，獨標高格。翠羽遥分滇水緑，紅綃界斷華峰碧。散丹砂、飛上樹梢頭，東風力。　金川啓，愁無敵。來燕子，春無色。悵南天遼遠，遜荒飛錫。結習久忘塵夢醒，拈花微笑禪心寂。問朱明、錦綉舊河山，空陳迹。

七娘子 無題

幽歡一霎真疑夢。倚香肩、并没些兒縫。粉膩微沾，脂香乍送。多情真似桐花鳳。　而今久别鴛衾空。便多情、情也無從用。萬里情天，相思還共。魚書互寄須珍重。

生查子 言情

情到海能枯，情至天能補。除却有情人，不解情中語。　我本是多情，偏遇多情汝。不是種情根，那有相思苦。

雨中花 秋夜

梧葉初飄金井。蛩語籬根清警。藉酒銷愁，愁濃酒淡，薄醉凄然醒。　獨步玉階風露静。真入畫中詩境。看一樣銷魂，孤花冷月，石背摇秋影。

剔銀燈 近華浦送客

横黛遠山初洗。一抹濃青奩裏。夕照凝脂，微烟鋪縠，掩映平林如薺。蘭橈有意，輕劃破、玻璃秋水。　不是尋芳蘭沚。脉脉此情難已。浦草傷離，堤花寫怨，眼底行人千里。孤帆去矣。偏載得、一船愁起。

百尺樓 夜雨初霽

雨是斷腸聲，天是愁區宇。小雨天邊暝色多，釀作相思苦。　夜是奈何天，月是凄凉侶。

雲破秋空片月生，照影嬌無語。

沁園春明家地雅集即事

甲子隆冬，小約同人，雅集水湄。嘆虎頭食肉，封侯有命，蠹魚鑽紙，列鼎難期。人本多情，天真如夢，惟有當歌對酒宜。諸君子，且投壺打馬，品竹彈絲。中年哀樂何爲。悵霧裏、看花老眼迷。想操舟湖上，自憐倩影，輟耕隴畔，猶弄嬌姿。時有村人漁婦扮演雜劇。問夜如何，疑天不夜，空際銀花似雨飛。期今夕，請公無竟渡，不醉休歸。

剔銀燈雪

萬里彤雲不皺。一夜狂風吹透。乍歇還飛，旋疏又密，白了天邊岩岫。離塵絶垢。另造出、清虛宇宙。翠葉嚴霜凋後。不忍花枝銷瘦。鏤玉雕銀，搓酥碾粉，萬樹瓊葩妝就。一尊清酎。且消此、晚來時候。

前調乙丑元日

爆竹催歸舊歲。簾卷朝暾明麗。啼鳥聲中，梅花香裏，釀出幾分春意。人無個事。便算得、華胥天地。天下不知誰是。海内未銷兵氣。蓽户鹽虀，朱門酒肉，得此尚分難易。人問何世。且付與、屠蘇一醉。

傾杯令春寒

月冷窗虛，香侵簾縫，一枕小游仙夢。天末梅花風動。檐馬聲聲吹送。闌干獨倚新寒重。待他來、歡情與共。秋波一轉春逗，恰似東風解凍。

卓牌子滇池春泛

滇池凝寒玉。春到了、波光自緑。風過蹙起魚鱗，襯着新草纔生，遠山初浴。孤帆閒雲逐。有艷侶、樵青非俗。位置酒盞茶鐺，櫂歌聲裏，花梢一抹朝旭。

一萼紅過陳圓圓妝臺遺址

試宮妝。似牡丹冷艷，含笑倚沉香。七寶床邊，水晶簾下，老濞親理鉛黄。鬟堆雅、花羞嬌靨，待妝成、臨鏡再端相。輦過塵輕，屧循廊響，妒煞夷光。回首繁華夢杳，祇魂驚塵劫，懺禮空王。月伴蒲團，香殘珠串，人世遑問滄桑。不見他、驚鴻倩影，莽榛蕪、斷瓦冷鴛鴦。剩有昏鴉數點，飛趁斜陽。

蝶戀花春閨

隱約鶗聲啼碧樹。人不歸來，且把春留住。陣陣落紅風送去。開簾盡是愁來處。　難得佳期今不誤。準擬重逢，一訴相思苦。憔悴羞郎無意緒。回頭却共鸚哥語。

釵頭鳳無題

春光好。人嬌小。一雙低唱迦陵鳥。香閨裏。香衾底。我我卿卿，願同生死。唯。唯。唯。　情絲裊。情緣巧。鏡中花影紅顔老。空凝睇。人千里。誓海盟山，再休提起。你。你。你。

憶仙姿本意

宵讌玉樓人醉。鳥語唤回殘睡。倩笑起微渦，越顯樣兒嬌媚。春意。春意。春在美人腮際。

前　調

落葉打窗聲細。一縷别情難寄。倚枕忽輕顰，桐雨滴將心碎。秋思。秋思。秋在美人眉際。

金縷曲 乘飛機

海宇塵氛起。莽神州、茫茫四顧，縱横蛇豕。身欲奮飛無六翮，斥鷃藩籬可耻。偶一效、神仙游戲。騎鶴揚州何足數，竟扶摇、直上春雲裏。天尺五，地千里。　凝眸俯視人間世。笑塵寰、長河似帶，衆山如礪。一勺滇池清淺甚，聚落楸枰着子。極快意、生平之事。法善梯雲無异術，費長房、縮地非虚擬。摩老眼，嘆觀止。

摸魚兒 初夏

甚南風、奪將春去。換來千樹濃緑。烘晴暖日輕寒褪，乳燕習飛初熟。生意足。看石畔、龍衣籜解湘妃竹。流光迅速。悵蝶粉零香，鶯簧歇韵，鳩婦幾聲哭。　筠簾卷，眉樣遥山乍浴。山頭紅抹朝旭。長天大日心無事，即便是神仙福。棋一局。忘却了、人間何世蠻同觸。離塵絶俗。儘白羽摇薰，碧醪邀月，醉倚曲闌曲。

念奴嬌 訴花

個儂心事，衹花魂彷佛，知之尤切。記得當年幽會處，立盡花陰殘月。花氣消愁，花光照夢，兩意無分別。歡情無已，正如花信時節。　回首往事成空，春來春去，多少繁華劫。一樣飛花含怨苦，人更相思如結。花是知心，花如解語，此意花能説。待他來也，倩花傳我幽鬱。

錦纏道 夏日即事

雨展蕉心，檻外碧天如幄。接遥山、一痕新緑。落紅飛盡花魂哭。點綴胭脂，却有流霞續。　聽枝頭鳥聲，慰人幽獨。卷湘簾、午眠初足。正困人天氣難消遣，老妻相告，瓮裏浮蛆熟。

念奴嬌 積翠園小住

小樓涵碧，是人間難得，湖山佳處。雲影天光濃淡裏，點綴蘆汀花漵。緑破烟痕，紅縈霞縷，葉葉蒲帆度。漫云歸去，畫中留得人住。　相對一片空濛，滄波萬叠，淘盡閒愁緒。世事浮漚隨起滅，彈指榮枯無數。最好身閒，休憂世亂，饒有桃源趣。行窩安樂，可知天不輕與。

東風第一枝 夜雨

夜色沉窗，風聲警枕，絲絲細雨初起。不憐殘卉啼紅，不管嫩篁颭翠。疏疏密密，便釀出、深宵愁味。怪點點、滴向心頭，可識個人難睡。　香漸裊、綉簾篆意。聲乍歇、畫樓歌吹。

任他朱户茅檐，一樣夜凉似水。尋芳有約，問野渡、潮痕添未。料緑野、叱犢春耕，景入畫中詩裏。

殢人嬌 滇池泛舟

葦地青皴，蘋天緑渺。更無聊、斷烟殘照。方纔着我，波間一棹。便覺得、添些畫情詩料。　載酒西泠，徵歌邗水，記年時、强尋歡笑。無邊風月，隨人游釣。把旖旎情懷、讓他年少。

玲瓏四犯 白髮

鬢染吴霜，怪此物無情，偷換年少。鑷盡還生，堪笑儼同春草。憐彼慘緑容華，一點綴、便非英妙。與有因厥惟煩惱。潘岳二毛何早。　美人遲暮將軍髦。悵無端、白頭真到。鴉鬟燕頷今非昔，臨鏡空悲悼。參悟是色是空，認幻影、都由心造。便百年也似，彈指頃，誰難老。

前調 杖

杖汝來前，論直道而行，誰出其右。晚歲論交，寥落孰堪携手。休問世路高低，便放胆、汝扶予走。料此身蹉跌希有。方信待予良厚。　獨行盤散霜盈首。嘆年來、頓增衰朽。舊時踔厲無前概，今已居人後。雖不寸步小心，攸往利、咸占無咎。請自茲以往，吾與汝，終身友。

蝶戀花 閨情

翠幕沉沉人語静。落日無言，不管紗窗暝。錦瑟聲喑香篆冷。花枝瘦損臨鸞鏡。　天際歸帆音信梗。望斷長空，没個征鴻影。獨立自言郎薄幸。回頭人已香肩并。

綉帶兒 湖濱小立

閒立水之涯。影瘦夕陽斜。道是尋詩來也，詩味覺添些。　天净玉無瑕。忽倒影、風散萍花。鏡中佳景，征鴻一字，界斷流霞。

鵲橋仙 言愁

啼鵑寫怨，鳴鳩傳恨，報道聲聲春去。韶光一度恁催人，免不得、年華遲暮。　眉峰碧鎖，眼波青漾，怪底相思無據。心頭除是種愁根，那得有、愁多如許。

金縷曲 姬人病，竟夕不寐有感

夜色凉如許。閃孤燈、寒光颭紫，冷風穿户。一縷青烟浮藥鼎，織入絲絲細雨。遣不去、無聊愁緒。戒旦晨鷄鳴未已，黯天光、不放紗窗曙。真聽斷，麗譙鼓。　家庭樂事斯言古。論因緣、無恩與怨，豈能相聚。眷屬神仙花比美，或者遭天所妒。祇一樣、釵荆裙布。丈室維摩弘願大，更何妨、示疾爲天女。悲一切，有情苦。

玲瓏四犯 訪野園遺址

别院離宫，是老濞藏嬌，當日香窟。碧瓦朱扉，塗盡小民膏血。還趁柳醉花酣，儘宴樂、舞偏歌聒。又豈知羅綺塵劫。亡也忽焉消滅。　井蛙神器猶窺竊。論稱兵、豈關藩撤。衡陽雁斷空塵夢，臺榭鼯鼪穴。休管幾度廢興，閒吊古、水流嗚咽。問有誰曾見，全盛日，天邊月。

離亭燕 立秋

竹韵風摇青戰。蓮影露零紅顫。睡起笛材凉意透，秋在碧雲天半。夕照遠山間，添了一行新雁。　簾卷梧桐庭院。獨自曲闌憑遍。聲斷秦箏香篆杳，料得玉樓人倦。燕去畫梁空，明歲歸來相見。

桂枝香 真率會成之十年，同人游西山雅集

千秋韵事。有野老數人，會同真率。彈指匆匆十載，匪伊朝夕。湖光山色浮杯酒，映鬚眉、都成寒碧。撫琴岩響，鎸詩石瘦，者般超逸。　六百度、輪爲主客。會例每來復雅集一次，十年約六百次矣。似竹林高蹈，渾忘形迹。莫問人間，何世較量今昔。干戈滿地烽烟外，算清凉、惟此筵席。願諸君子，天荒地老，勿忘今日。以上録自《泡影集》

金縷曲 奉題退山仁丈德配唐孺人《秋宵侍藥圖》

大節光彤史。女兒中、肫然純孝，乃能有此。系出名門知禮義，詞翰猶爲餘事。循婦職、潔脩奉瀡。萱草含霜慈竹病，對藥鑪、燈影泪如洗。愁難挽，日西逝。　籲天默祝通誠意。握霜鋒、奮劙香臂，血花暈紫。誓把微軀肉白骨，一服沉疴頓起。死者生、生者竟死。蜀道人歸空悼蕙，教招魂、宋玉悲難已。展遺畫，徵哀誄。以上録自《秋宵侍藥圖題辭》

羅鳳章

羅鳳章（一八六五—一九三五），字梧岡，羅平人。舉人，清光緒時在世。纂有《羅平州鄉土志》《羅

平縣志》。

浪淘沙 羅平十景

其一 鐵山玉帶

爽氣自西來。景勝蓬萊。何年錫命費疑猜。安得御風凌絶頂，眼界别開。嵐翠鬱崔巍。鐵岫春回。梵王宫在白雲隈。一帶横腰如匹練，雨後新栽。

其二 曲水金花

南澗泛朱霞。不啻瓊葩。夕暉激射露槎枒。試問鬢邊能插否，樂事誰家。紅日正西斜。暮靄交加。流觴曲水燦金花。疑是今年信風早，吹到天涯。

其三 三峽懸流

次第巧安排。素練瀠洄。流湍激濺霧難開。江水滔滔長去也，幾見春回。峽勢聳三台。瀑布懸崖。疑從天外忽飛來。溯湃中宵聲不斷，祇是陰霾。

其四 九龍挽渡

水國蓼花紅。又到秋風。渡頭恍記水晶宫。神物蜿蜒難見尾，澤潤無窮。天嬌勢如龍。九派遥通。導疏疑是禹王功。柳暗橋横三數處，跨若長虹。

其五金鷄獨立

巽象位乎東。獨立稱雄。界分南北鎮其中。安得一聲啼曉夜，天地皆空。姿勢异凡庸。秀毓靈鍾。苔紋渾似羽毛豐。金石堅貞原不倚，落落高聳。

其六石虎懸巘

世事本無常。幾變滄桑。崖前石虎久稱王。一怒咆哮群獸伏，狐兔皆降。靈异鎮邊疆。威猛誰當。何年刻畫在山岡。疑與雲龍曾會合，揭曉名揚。

其七太液澄波

一色鏡光清。湖水初平。錦鱗游泳浪痕輕。更喜沙鷗翔集處，柳暗花明。倒影鐵山橫。景象澄澄。詩情到此静機生。堤上天然簫管奏，燕語鶯聲。

其八石罋甘泉

泉水在山清。石罋晶瑩。葡萄美號久知名。更喜俗塵飛不到，静穆無聲。邀友兩三人。載鼎而行。味甘如醴有公評。風浴咏歸櫂駐足，煮茗同傾。

其九峭壁仙鋤

絶巘迹模糊。宛若仙鋤。梅花種得幾千株。試問當年誰到此，疑是麻姑。抑或酒中徒。命僕同途。劉伶故事憶當初。荷鍤相隨難負重，弃在山隅。

其十 温泉漱玉

熱度藴山邊。湧出清泉。噴珠疑是火龍涎。雲霧薰蒸渾不辨，温氣天然。澈底看澄鮮。碧玉籠烟。暮春正好着先鞭。浴罷咏歸真愉快，爽健如仙。以上録自《民國羅平縣志》

陳啓周

陳啓周（一八六五—一九四八），字西屏，思茅人。清光緒乙酉（一八八五）科拔貢，歷任鎮安府奉議州知州，墨江、禄豐、昭通、鎮雄等縣知事，鄧川、玉溪、昆明等縣縣長，雲南造幣廠廠長。

滿江紅 丙戌九日，蒓鷗監使邀集螺翠山莊，分韵得水字

螺翠莊高，憑欄處、遥瞻滇水。重陽節、衆賓臨此。品畫高朋存道貌，敲詩勝友分年齒。有主人、菊酒佐郇珍，都馨旨。　字有法，鍾王似。詩有律，劉曹比。看公清華品，適當强仕。海内名流同艷羡，天南故舊争誇美。盼衆賓、大雅共扶輪，同欣喜。以上録自《丙戌螺峰登高詩集》

李　坤

李坤（一八六六—一九一六），字厚安，號櫟生，一號雪道人，昆明人。清光緒癸巳（一八九三）科舉人，癸卯（一九〇三）科進士，改翰林院編修。著有《思亭詩文鈔》《滇詩拾遺補》。

鵲橋仙 七夕

瓜瓤擘玉，蓮房搓粉，閣近針箱綉譜。與郎搊臂説雙星，便巧到、天孫何補。　一年傷别，一宵歡會，一霎鵲飛銀浦。織成雲錦不裁衾，應妬煞、人間鴛侣。以上録自《滇詞叢録二集》

雷鳳鼎

雷鳳鼎（一八六六—一九二二），字儀臣，號菊農，臨川人，生長於雲南。官陸軍兵部員外郎。著有《拜鵑樓詩集》《臨川藝文志》等。

滿江紅

玉貌天生，豈有意、傾人家國。可憐似、楊花薄命，隨風南北。團扇到秋心已冷，袈裟未著頭先白。訣妝臺、去伴佛前燈，凄凉色。　桃花紙，薔薇墨。慈悲相，風流格。嘆情天易老，佳人難得。别館艷傳昆水上，斷碑痴問商山側。向畫圖、幾度喚真真，來魂魄。以上録自《陳圓

趙鶴清

趙鶴清（一八六六—一九五四），字松泉，别號瘦仙，姚安縣人。光緒二十三年丁酉（一八九七）科舉人。歷任他郎廳長官、瀾滄縣知事、白鹽井場知事等職。著有《滇南名勝圖》《松泉詞鈔》《松泉游草》等。

憶江南 金陵早春

春來也，風景又重新。生樹雜花紅似錦，滿堤芳草緑如茵。惆悵未歸人。

人月圓 春色

誰家院落鞦韆影，隔着海棠花。王孫歸去，萋萋芳草，咫尺天涯。遠山一角，夭桃千樹，彩絢雲霞。天台仙子，無端相送，劉阮還家。

阮郎歸 和王燦芝女弟春游麓山原韵

淡雲指净蔚藍天。春回碧嶂巔。人家幾處起炊烟。桃花屋角妍。山生翠，柳垂鮮。香飄蝴蝶邊。猶含豆蔻最堪憐。阿誰正少年。

滿江紅 和燦芝五月七日國耻有感原韵

大好神州乾净土，英雄流血化爲碧。看中江、烽火遠連天，心惻惻。　力已竭，慟亦極。當有賊，暗通日。且花天酒地，不諳眉急。輸去頭顱知幾許，資財亦損千千奕。願蒼天、速遣聖人生，化强敵。

踏莎行 春曉

夜雨初收，紗窗欲曉。莊生化蝶枝頭繞。雙雙燕子語梁間，呢喃不管鴛衾惱。　花影重重，日光皎皎。一枝紅杏開偏早。湘簾不卷怯春寒，案頭金鴨餘烟裊。

惜分飛 春暮

雨後輕寒侵翠幕。怕向花間覓句。何物添愁緒。落紅階下堆無數。　垂柳絲長春欲去。且對烏衣細訴。飛到春歸處。殷勤去把春留住。

眼兒媚 率諸女弟游後湖

花團錦簇執吟鞭。桃李并争妍。滿湖烟水，一溪荷葉，萬點青錢。　中流容與舟如蟻，遥指緑楊邊。有情蝴蝶，無情飛絮，都戀釵鈿。

長相思 西湖觀雨

風凄凄。雨凄凄。一抹輕烟罩白堤。人在斷橋西。　白雲低。墨雲低。點點吴山入望迷。何處鷓鴣啼。

點絳唇 壬申夏，女弟子胡允文、王燦芝、周咏秋、五蘅秋同客滬濱，攝影紀念

鬢影衣香，滿門桃李花枝繞。婷婷裊裊。共坐春風飽。　浪迹萍踪，聚散殊難保。須知道。離多會少。留個影兒好。

南歌子 西湖舟中觀諸女弟戲水

宿雨收絲後，凉風試剪初。瓜皮艇子掠青蒲。摘得新荷、掬水戲挑珠。　學槳勞纖手，添茶奪玉壺。争抛紅豆打輕凫。一餉貪頑、不顧濕羅襦。

風入松 别意

階前碧草刈還生。割不斷柔情。山長水遠勞魂夢，碧紗帳、便是愁城。暮暮朝朝困守，青燈

照得分明。　含烟遠樹對樓青。日日數歸程。闌干十二頻私倚，好樓臺、静寂無聲。祇有梁間燕子，喃喃慰我丁零。

畫堂春 春閨

春光濃浸柳絲長。簾櫳透入朝陽。畫屏開處曉風凉。乍整紅妝。　螺黛新攢寶髻，鵝黄初試羅裳。眉痕深淺問檀郎。櫻口流香。

臨江仙 金陵懷古

金粉南朝多勝迹，惟留一段臺城。斜陽芳草晚來青。後湖波縐，眼看得，最分明。　若許英雄都化碧，殘碑斷碣縱横。奔騰澎湃大江聲。四時流滚滚，似作不平鳴。

浪淘沙 閨情

風送野花香。麗日初長。未知春去在何方。燕銜花瓣過墻去，暗把春藏。　獨自理紅妝。無限思量。不看綉閣對芳塘。雛鬟未解人心事，教看鴛鴦。

意難忘 和燦芝女弟客紐約思親原韵

遠適他洲，思親腸欲斷，陟屺瞻雲。客中悲弱女，夢裏遇英魂。未識面、但聞名。浴血立亭亭。最可憐、一窗苦雨，風響清冷。　那堪意緒紛紜。嘆未辭襁褓，與母離分。一心承壯志，萬里苦丁零。滿腔恨、未能云。惟盼託精靈。使中原、同循軌道，迷夢都醒。

浪淘沙 送别

徹夜數殘更。直到天明。鴛衾軟語細叮嚀。待到明年青草緑，莫誤歸程。　一雨白波生。江上舟横。嗚嗚汽笛不堪聞。珍重一聲君去也，雲白峰青。

醜奴兒 洛陽道中所見

元宵過後春光嫩，風釀黄沙。麗日初斜。得得青驢送小娃。　弓鞋如指藏還露，鬢壓鮮花。面罩輕紗。竊喜今宵到婿家。

南歌子 曉妝

夢覺鴛鴦暖，屏開孔雀寒。東風料峭怯衣單。忽聽樓前唱賣、并頭蘭。　墨淡眉横黛，脂濃口渥丹。阿郎笑倚碧闌干。竊向菱花鏡裏、背人看。

誤佳期 遠歸

昨夜燈花又落。疑是歸期爽約。夢中無夜不相逢，祇是情蕭索。　今日乃歸來，面目應看確。幾回偷眼覷檀郎，生怕人知覺。

南歌子 寄遠

萬里勞魂夢，三年苦别離。温柔態度耐人思。未識雙雙相并、在何時。　道遠來書少，愁多下筆遲。却嫌鸚鵡太無知。猶誦當年所作、合歡詩。

憶王孫 春景

東風簾卷燕初飛。花氣因風撲翠幃。春到天涯草色肥。雨霏微。明日王孫歸不歸。

其二

無端騎蝶到遼西。塞外春寒草未齊。栩栩高翔路欲迷。小黄鸝。偏向枝頭不住啼。

洞仙歌 和女弟子鄧玄霜後湖泛月原韵

長空萬里，剩一輪明月。藍蔚茫茫正清澈。聽前村、誰弄玉笛新聲，聲斷續，一曲梅花幽絶。　開篷延月色。玉界瓊田，萬頃寒光瀉冰雪。舉盞問姮娥、夜如何其，夜未艾、但聞蟬咽。過夜半、簫鼓幾船歸，見燈火萬家、光芒明滅。

清平樂 春柳

陽和已布。不見春行路。要識春來在何處。總是與君同住。　將春引到樓頭。令人悔覓封侯。借問當年張緒。有無如此風流。

風入松 秦淮河懷古

披襟小坐意遲遲。紅豆惹相思。可憐金粉俱塵土，將春意、託與黄鸝。枉自勞他百囀，聽來總是迷離。　滿堤楊柳緑依依。種植是何時。豪華王謝今安在，到春來、衹見烏衣。欲問秦淮舊事，除非明月纔知。

臨江仙 夏夜泛舟秦淮

樹色籠烟殘暑退，涼風頻動簾旌。微雲淡處月華生。樓臺連十里，燈火似繁星。　桃葉渡頭人影亂，往來畫舸争行。嗽嘈簫鼓雜歌聲。憑欄紅粉近，團扇送餘馨。

好事近 畫桃花題句

日日盼春來，轉瞬春光又去。有術能留春色，不必嗟遲暮。　趁他還在小桃枝，描寫嬌嬈度。不惜胭脂亂灑，竟把他留住。

賀聖朝 北平逢鄧少田明府

黄昏無計消殘暑。把龍團先煮。卅年老友偶相逢，共道相思苦。　新愁舊恨，不知幾許。且從頭細數。問君何日返滇雲，重話巴山雨。

賣花聲 祝李伯英之母李太夫人八十壽

梅蕊正飄香。十二月十六日誕辰。寶婺騰光。彩雲堆裏好稱觴。我在江南歌一曲，遥祝無疆。　懿德震名邦。教子名揚。奇勛赫赫著沙場。萬里奔馳歸戲彩，瑞繞華堂。

阮郎歸 辛未秋，曾偕燦芝女弟至明孝陵賞菊，壬申重來，燦芝已嫁，因有感焉

西風瑟瑟已凉時。幽花正滿枝。去年今日共訪之。奚囊尚有詩。　雲漠漠，意遲遲。秋光又及期。看花人在水之湄。問花知不知。

虞美人 紅葉

御溝成就鴛鴦偶。佳話相傳久。今朝又見染胭脂。正是風流情侶、破瓜時。　知君原有身千萬。都要隨風散。散時好結美姻緣。務使痴男怨女、盡團圓。

前調 率諸女弟游燕子磯

韶華荏苒江流永。萬古留紅影。乾坤如幕覆群倫。化育夭桃仙李、一堂春。　文章六代繁華改。勝迹依稀在。古今多少大英雄。都付紅顔白髮、笑談中。

少年游 張鼎丞君出使尼泊爾授勛紀略題詞

卅年玉帛不相通。尼泊爾舊名廓爾喀，中國附庸也，光緒時尚未朝貢。今又闢蠶叢。喜馬峰頭，恒河沙上，壯氣吐長虹。　輶軒衣錦歸來日，滬瀆水流紅。袖裏支機，君家舊物，借撞警迷鐘。篇

中多警世語。以上録自《松泉詞鈔》

畫堂春 宿松鶴寺偶成

悠悠天地壽無量。春風夏雨秋陽。隆冬瑞雪壓高岡。任我徜徉。　惟有精神不死，相隨歲月綿長。生生世世往來忙。不壞金剛。

滿江紅 再到松鶴寺有感

藍蔚茫茫，雲浩渺、無終無極。看不盡、春風夏雨，秋雲冬日。四序循環周復始，寒來暑往無休息。曾幾何、備歷桑田青，滄海碧。　妙高憶，成陳迹。三生石，尚相識。看人民雖易，城郭猶昔。古硐黝深春意在，長松矗立原親植。願諸僧、相繼續明燈，勤護惜。以上録自《宣威松鶴寺文辭初編》

滿江紅 和王燦芝五月五日國恥感賦

酸楚哀鴻，聲遍野、破家亡室。翹首望、茫茫藍蔚，撫今追昔。大好家居誰撞壞，英雄流血化爲碧。看申江、烽火遠連天，心惻惻。　財已竭，民疲極。外侮至，亡無日。更同根萁豆，相煎太急。彌望神州都莽蕩，何人收拾殘枰奕。除蒼天、速遣聖人生，仁無敵。以上録自《續滇

楊文焜

楊文焜（一八七一—一九四一），字燿庵，鎮南縣人。光緒丁酉（一八九七）科舉人。

百字令 王母張太孺人記事詞　締婚

大千世界，嘆和諧、合聚都關緣分。畢竟情天形欲异，應以有無相問。按：《佛經》云：『《有情大三界，一爲有欲有形界，二爲無欲有形界，三爲無欲無形界。』人生倫理，王道始基，愛爲根之醖。女家男室，原肇禮制昌運。　本擬同命鴛鴦，栖飛影便合，斯成佳偶。那料覓侯夫婿事，又往漁陽戍守。陌柳悲春，良期多誤了，遑言我後。寒燈暮静，焚香卜賊殺否。

其二 驚耗

小姑嬌憨，方亭亭玉立，爲郎憔悴。愛水長流昆海去，幾度魚書欲寄。蘭因絮果，柳幕蓮幃，誰識相思字。凄紅慘緑，痴處情原無二。　他若馬革裹屍，阿儂心内事，國恩同報。回鶻稱兵鵑化血，倏忽愁眉錦倒。《清異録》云：王建軍中隱語，常呼旗爲愁眉錦。壯士結纓，忠魂仍破虜，捷書入告。便教青鳥，轉宣死綏噩耗。

其三 誓志

望夫石上，看殘痕剩泪，女兒心硬。殉骨還須乾抔土，早帶三分剛性。董姬封髮，曹女毁顔，此志烈尤勁。指天椎地，後死聊當報命。　抱得栗主銘旌，素堂交拜了，貞心入静。石爛海枯節不易，固似松筠翠穎。追待慈姑，承歡供子職，朝定夕省。井血操勞，治家有條井井。

其四 明禋

汪踦報魯，執干戈以衛，傷焉何負。憶昔鐵槍能殉國，留個芳名不朽。彦章有子，錫誥乏嗣，天心分薄厚。枯枝斷木，誰是明禋妙手。　看彼接果移花，生機垂一脉，幸延佳續。阿弟孝廉識大義，此念原來傾床。兒也寧馨，聰明天所賦，才超玉局。冰解雙鯉，臨沂盛稱孝篤。

其五 褒懿

世風日薄，嘅閨幃不行，誰崇綽楔。百尺高坊巍大陸，常表人間芳烈。八旬矍鑠，千載清徽，奇操凛霜雪。青蛾黄鵠，此曲餘音超絶。　今兹紫誥丹書，皇恩深似海，用彰淑德。愧煞鬚眉有多少，獨讓貞婦生色。巾幗丈夫，冰心勵鉄石，語非矯飾。豐碑軼躅，國人永其敬式。

以上録自《鹽豐王貞婦貞節詩彙刊》

侯應中

侯應中（一八七二—一九三三），字諫廷，號丙鑫，景東人。宣統元年己酉（一九〇九）科拔貢，後中進士，出任四川直隸州通判。編纂有《景東縣志稿》。

東風第一枝 景東進行并序

己未正月二十日開全縣運動會，文禄寺高小學校有此科目，大致集合全校學生，教員口令景東進行云云。學生則前者前，後者後，轉瞬間排成景東二字，還繞周圍，唱歌相和，步伐整齊，字迹顯然，不參不差。觀者莫不拍手贊好，因填一闋以志之。

運動初開，人才會萃，云何占得先着。平常費盡商量，豈必競争鴉鵲。組合科目。擊球環燕，二種皆特别科目。任那些、鈎心鬥角。孰如斯、本地風光，務去陳言束縛。聽口令、不須斟酌。諳步伐、漫矜穿鑿。祇因兩字安排，點畫縱横宛若。驚人奪目，道是這、列行恢廓。直描出、玉筆錦屏，氣度雅和寬綽。

過龍門 花笑 己未全縣運動會，縣立高等小學校特别科目

景物乍翻新。籍證前因。華年得意喜頻頻。聊擬倚闌風雨後，一曲探春。梅柳助精神。不染纖塵。鶯嬌燕語話良辰。渾似人生行樂耳，意寫情真。以上録自《民國景東縣志稿》

繆爾康

繆爾康（一八七二—一八九九），字衢亭，號履莊，宣威人。廩生。有《衢亭遺稿》二卷。

减字漁家傲

暇日游村落，見短籬間有月季一株，四季盛開，村人曰：『此月月紅也』。余爲按月製曲一章

嫩日烘冬晴雪霽。更無凡卉爭嬌麗。餘寒護苔砌。東風細。緩緩吹開香摇曳。

其二

一覺風流春枕夢。痴魂惱入桃源洞。醒來窺籬空。新紅綜。惹得燕鶯蜂蝶弄。

其三

梨花瘦盡東風懶。桃李飄零無人管。委巷春光晚。竹籬短。美人腮上胭脂滿。

其四

清風細雨流空谷。一抹仙花紅映肉。田家小麥熟。濃睡足。笑看俗卉綴新緑。

其五

水晶簾下侵清暑。先生懈讀群芳譜。名花煞耐苦。迎風吐。勝似霓裳羽衣舞。

其六

北窗開處兩三家。村村種得胭脂花。枝葉紛交加。夕陽斜。輕紅點綴上窗紗。

其七

梧桐葉底秋風瘦。一味新凉入短袖。携樽再三侑。祝君壽。使君常令紅裙皺。

其八

清風明月天氣秋。一年花事杳然收。赧赧含嬌羞。醉臉愁。紅妝苦爲主人留。

其九

簾卷西風草卷霜。無那花林夜未央。曉露浸花光。紅衣凉。却憐嫩菊鬥嬌黄。

其十

怪得窮巷朔風早。落葉滿階紅不掃。佳人却静好。披羅襖。斜倚枯籬醉傾倒。

其十一

幾片曉雲堆蒼莽。晚來大雪花如掌。淡紅剩疏朗。留清賞。無復梅花入夢想。

其十二

雲愁日瘦枯風號。謏謏勁松奔怒濤。爲我晚含嬌。耐寂寥。賽過吴宫大小喬。

臨江仙 咏秋雁

楚尾吴頭滇洱水，條條雲路三叉。稻粱足處便爲家。來尋玉關柳，去訪洞庭花。　年年刷羽秋風裹，人間涼月西斜。横江霜露點蒼葭。關山三萬里，何處問生涯。以上録自《衢亨遺稿》

袁嘉穀

袁嘉穀（一八七二——一九三七），字樹五，一字澍圃，晚號屏山居士，石屏人。光緒癸卯（一九〇三）舉經濟特科第一，官浙江布政使，後執教於東陸大學。著有《卧雪堂詩集》《卧雪堂文集》等，纂修《石屏縣志》。

應天長慢 由定庵招飲碧嶢升庵祠，用題《碧嶢觴秋圖》原韵

松涼月曉，泉漲井寒，依然古代顔色。讓我揞笻，杯底飲乾碧嶢碧。畫中主，詩裹客。把天地、化作空寂。夜深月，窺見吾曹，兀奡吟幘。　君是覽揆辰，四日遲生，一樣頭都白。莫問人間何世，放開酒腸窄。滄桑感，苔岑寂。得補入、一編滇繹。永紀念，泉石逍遥，今夕何夕。以上録自《高嶢志》

張肇興

張肇興（一八七三—一九一八），字景中，大理人。清光緒庚子（一九〇〇）、辛丑（一九〇一）并科鄉試解元。早年赴日本留學，加入同盟會。歷任富民縣知事、雲縣知事、維西縣長。著有《景中文集》《味膽凡畊詩草》《味膽凡畊雜著》等。

一斛珠 雲城啖家寄雪梨

鄉味憶中秋金刀玉切。剖梨恍對蒼山雪。密黄皮裹晶球潔。遠水龍珠，難得客中啜。賞月。洱東果酒参瓊屑。寒冰熨齒香凝舌。下咽逾時，腑肺犹清冽。

西江月 牡丹詞 粉牡丹開十一朵，同人編竹牽羅作八角翠亭培之，頗可賞玩

竹節編亭玉立，松茉莉炎鄉夏賞，牡丹寒地春留。撇開紅紫粉團稠。五六中和數有。羅蓋屋青流。方方花樣砌新修。清福憑君消受。

蒼梧謡 前題

春。儘讓階前桃李争。凡花谢，粉雪出精神。

醉花陰芍藥詞

香國春寒知幾許。又一番風雨。五色錦張亭，露重烟輕，嫩蒂殷維護。雲晴繭栗翻詞譜。蝶弄花枝午。看瑞玉妝成，婀娜爭妍，含笑都無語。

望海潮逍遥亭覽勝

地雄蠻猛，疆分孟祐，龍岡砥柱中流。左竪旗峰，右蹲象嶺，琴山逶阻沙洲。古寨大侯州。看白旂營壘，赤幟碉樓。五色雲邊，幾回烽火燒痕留。　瘴烟今洗荒陬。幸關河無恙，景物殊尤。南浦來薰，西園送爽，天光上下清幽。危檻翠環周。趁樓臺亭閣，幾處新修。憑取清風兩袖，月下酒消愁。

臨江仙題虛亭

古刹蒼凉塵俗外，茅亭藏在雲間。迴欄種竹補青烟。小園幽處闢，消受静中天。　山鳥時來窺案几，樹陰緑滿中邊。道人松下去飄然。問誰風月主，過客漫流連。

相見歡虛亭小憩

幾人和尚科頭。草亭幽。屏絶塵囂坐聽、水啾啾。　流不斷。客心亂。酒消愁。醉後禪林寂處、儘勾留。

水調歌頭游濟亭觀橋工偶題

河岸百回走，鐵練未曾牽。輿梁成十二月，何日濟人天。我已中途他去，功將半，余奉調從戎，去任。祇恐山虧撮土，貽怨在民間。拋却傷心事，回任後獨子夭亡，無心世事，特爲橋留。草亭又流連。　炙紅日，淋暑雨，厲寒烟。催工擾攘，輸力還望捨金錢。人既負擔辛苦，我亦經營慘淡，汗血大家捐。但願橋成後，宏濟萬千年。

滿江紅雨後登雲章樓

依舊河山，經雨後、翻然生色。新簇簇、螺鬟虹彩，暉凝翠滴。高阜樓臺氛穢洗，雲溪碧處飛泉白。看大侯、城外濟亭邊，人如織。　談穡事，青苗棘。憶雨節，黄梅濕。但水添詩料，山供畫筆。濡染園林秋似夏，裝潢景物今殊昔。快天晴、祇是障狂瀾，橋工亟。

比梅 吊姜貞女墓

幾度桑田滄海。一點貞心未改。髮白璧纔完，贏得青山雲外。魂在。香在。化作素馨花戴。

錦纏道 小紅糖

小皿凝糖，匀似金錢橘剖。兩分張、合仍一個。雙雙數賣商量可。隻餅難饒，恐把團圓破。　挑來紅碎雲，聯圈丹抹。聽聲聲、賣餳簫和。正鳥鳴、春暖晨雞唱，呼金戛戛叫，茶花兩朵。金戛戛，鳥名，類鷓鴣，毛羽彩色，暮春盛鳴。茶花兩朵，擺夷鳴聲，二者皆雲中特產。

柳梢青 前題

紅糖扇扇。兒時曾記，觀音市見。大理三月街有賣雲州小糖者。一扇一錢，小饒鉢，戲穿慈母綫。　糖街今在門前。千萬餅橘分圓片。欲寄還鄉，盤陳甘旨，反將誰面。以上録自《景中遺稿》

李　澡

李澡，號雪道人，大理人。

菩薩蠻 小紅糖

艷於琥珀甜於蜜。紅糖商品雲州出。兩扇小饒圓。大如當十錢。　茶商三月集。携帶從雲邑。冪面疊成雙。呼兒買餅糖。以上録自《景中遺稿》

趙式銘

趙式銘（一八七三—一九四二），字星海，號弢父，白族，劍川人。光緒甲午（一八九四）副貢，後任嵋峨縣知事、雲南通志館副館長等職。創辦《麗江白話報》，著有《希夷微室詩鈔》《睫巢隨筆》《方言考》等。

望江南 題石禪師《雙湖草堂圖》

雙湖好，客子憶柴門。湖上閒鷗看漸狎，湖邊釣石坐裁温。鄉夢了無痕。

其二

雙湖好，策蹇過溪橋。惜别青山渾欲語，送行垂柳自彎腰。離思黯然消。

其三

雙湖好，花港跨橋低。水調裁鶯聞別浦，秧歌忽聽起前溪。一槳蕩凄迷。

其四

雙湖好，春徑逐蓮門。桃蕚紅蒸山北郭，梨花白滲海東村。留客足鷄豚。

其五

雙湖好，人在蓼花州。晌午三杯調水角，敕厨一味滷猪頭。兒女不知愁。

其六

雙湖好，湖外市人歸。漆榼沽還坊酒冽，蔑筐撈得港鰕肥。童稚候荊扉。

其七

雙湖好，秋雨長菰蒲。鐵距野鳬紅可腊，麪腸泥鯽白多腴。飽吃復供租。

其八

雙湖好，香甑熟炊時。溪女得錢傾白小，野人帶土賣蹲鴟。尝稻滑流匙。

其九

雙湖好，秋曉鏡奩開。去舫朝磨雲樹過，歸橈暝戛晚嵐回。孤雁一聲哀。

其十

雙湖好，風雪斷人行。月黑村春霜外急，洲寒漁火夜深明。并入曉鐘聲。

其十一

雙湖好，天外客歸來。灧灧晴波雙玉鏡，盈盈秋水兩金杯。一見笑顏開。

其十二

雙湖好，幾日理歸裝。瘦石疏花何氏圃，斜陽古柳趙家莊。仗履任隨行。以上録自《續滇詞叢録》

鷓鴣天

史席千年孰主張。但憑數姓譜興亡。一枝絶好董狐筆，不寫人民寫帝王。　　美雨驟，歐風狂。年來兩眼閲滄桑。試將物競生存理，付與盲詞説短長。

引駕行 九龍春游　和寒瓊韵，寒瓊即南社詩人蔡哲夫守

故墟禾黍，新亭涕泪東風裏。棹輕舟、挈仙侣，間尋官家遺址。同指。剩帝子荒臺，王孫行殿隱歐寺。誰承望、桑田滄海，莽芳洲、有暈雉。遠峙。　　扁舟散髮，空谷蘊名情味。嘆闊別連年，一例生涯，筆端游戲。休歔。要平分山水，我耕子釣兩何耻。問浪迹、鴻飛蟬蜕，

在冥冥際。以上録自《趙星海先生詩稿》

夏甸昀

夏甸昀，字稷平，原名尚忠，字子培，昆明人。光緒丁酉（一八九七）科舉人，官靖邊縣行政委員。

水龍吟 己亥仲夏，挂帆北洋，隻身南旋，蓋羈京三載，愁縈恨飽，經是空闊，快可知也

憑兹萬里長風，舟輪如駛衝烟霧。湘靈瑟裂，馮夷鼓急，鯨鰲起舞。指點空濛，抗聲悲嘯，喝狂瀾住。喜滿腔熱泪，頻年羈恨，揮灑在、滄茫處。　端的片帆輕渡。有雲車、引將征路。天風欲壓，海濤如屋，不妨檣艣。放膽狂歌，開懷巹飲，登高四顧。甚銅琶鐵板，倚闌高唱，大江東去。以上録自《滇詞叢録二集》

嚴天驥

嚴天驥，字伯良，新興人。光緒庚子（一九〇〇）、辛丑（一九〇一）并科舉人，官江西鹽大使。有《玉屹山人吟草》。

惜餘春慢 送春

嫩緑含烟，娟紅啼雨，催得韶光忽老。飛觴醉月，刻竹成詩，慵問酴醿開了。翻笑春婆夢甜，案：婆原作娑，據《玉溪文徵》改。過眼年華，總添煩惱。似垂楊舞罷，風前愁緒，千條縈繞。千萬叠、錦綉雲山，案：雲山，《玉溪文徵》作『雲繞』。盼斷天涯，恨入萋萋芳草。新詞寫意，濁酒澆胸，佳事更餘多少。休念劉園勝游，去歲在漢鎮劉歆生花園偕陳辛湄、宦屏鳳、范梅君、陳雨蒼、朱用俯及余家兄弟作餞春之會，極一時之樂，有詩文以紀其盛，不轉瞬間，忽忽經年矣。江渚月空，琴臺人杳。琴臺修禊，詩酒唱酬，一十六人。極一時之盛事焉。案：此句據《玉溪文徵》補。更何時、漢上重來，再續題襟舊好。

鷓鴣天 春望

楊柳堤邊淡淡風。伯勞飛燕各西東。閒門静掩渾無事，撩亂春光迴不同。　梨雨淡，杏烟濃。落花芳草夕陽中。可憐兩岸桃花片，化作鵑啼血泪紅。

點絳唇

水碧烟青，雨聲亂濺春光碎。寂寥誰慰。濁酒撩人醉。　静掩書齋，細領閒中味。移燈睡。渾忘憔悴。祇道愁能避。

西江月題花四壁齋主人《兒女英雄圖》

不是英雄氣短，都緣兒女情長。風流忽現美人妝。這是才人本相。　難辨雌雄面目，渾忘鐵石心腸。卧龍司馬舊衣裳。翻恐娥眉不讓。

點絳唇前題

慷慨中原，雄心未了男兒願。神通善變。頓改書生面。　愧煞鬚眉，雌伏終堪羡。真身現。婆心一片。我見情猶戀。

其二

鏡裏新妝，畫中愛寵分明見。曇花一片。擬是神仙眷。　楊柳曉風，初日芙蓉艷。渾難辨。兒女真面。供養香花獻。

賣花聲題王省三《香墩賞荷圖》

湖水照清幽。亭峙芳流。龍圖風節足千秋。此地真無關節到，終古名流。　載酒喜長游。花滿香洲。輞川韵事豈凡儔。我欲題詞摹石上，醉後狂謳。

桂枝香 武昌感懷

憑高遠矚。正芳草晴川，天氣清肅。一帶江山如畫，浪花如簇。西風斜照征帆渡。盼琴臺、凌雲高矗。船桅林立，蒼烟霧起，畫情難録。　憶曩日、龍争鹿逐。悵夏口漢陽，悲感交續。千古英雄，試問終歸埋没。孫吴霸業隨流水，但寒烟衰草迷目。大江東去，而今猶唱，坡仙逸曲。以上録自《滇詞叢録二集》

楊振鴻

楊振鴻（一八七四—一九〇八），字秋帆，昆明人。遺稿收入《楊振鴻・張文光合刊》。

滿庭芳 吕合題壁

大陸沉淪，河山慘淡，英雄氣短心寒。西風夜緊，陣陣送狂瀾。追想舊時往事，滄桑後、漸漸凋殘。甚淒凉，天昏日暗，弗忍回首看。　世無乾净土，涉身此際，坐卧難安。雖抱滿腔熱血，又向誰彈。腸斷鵑聲啼破，傷心泪、灑遍西南。莫思量，舞刀直進，沙場死亦甘。以上録自《楊振鴻・張文光合刊》

馬太元

馬太元（一八七四—一九六一），字會三，號立嵒，新平人。光緒二十八年壬寅（一九〇二）科舉人。中華人民共和國成立後被聘爲雲南文史研究館館員。續修《新平縣志》，著有《立嵒叢稿》。

醉太平 悼王烈士瑞徵詞

志勇心精。投筆從軍。捐軀白沙戰争。樹援川奇勛。旦暮盼君。骸返榆枌。道中嵩里歌興。哀動地天驚。

竹枝詞 十二首

正月新平樂事首。城隍土主迎街走。宴客春盤家設有。黄昏後。龍燈獅子鬧聲吼。

其二

二月新平景物暢。牡丹芍藥齊開放。紅尾鮮魚賣市上。祭龍尚。樹陰深處炊烟宕。

其三

三月新平烟景昇。二龍五桂春山媚。士女旅行青草地。清明至。兒童柳馬沿街戲。

其四

四月新平天漸熱。楊梅色火紅如血。茶話新亭風爽洌。乞綿颭。香湯浴佛蟠桃竊。

其五

五月新平炎溽苦。土官箐裏泅塘舞。斷續蟬聲震耳鼓。過端午。竹包角黍艾懸户。

其六

六月新平多雨水。納溪小沼荷開蕊。哭墓星回人陟屺。昏夜裏。熒熒松炬遍村市。

其七

七月新平殘暑伏。針穿巧日鴛鴦綉。匾米清香薦祖右。游郊囿。吟蛩遺興金盆鬥。

其八

八月新平天色朗。黄雲壓隴風掀浪。朝佛盤龍梯直上。宵月晃。家家餅果中秋賞。

其九

九月新平秋已老。板橋人迹經霜早。朝斗玉清祈福禱。黄菊好。重陽醉酒玉山倒。

其十

十月新平天氣冷。楓林落葉塞山静。錢紙挂墳鴉鵲幸。晴早景。迷濛罩霧下城境。

其十一

冬月新平日可愛。朝曦入牖狐裘代。長至湯圓烹鼎鼐。雪霏碎。桂山寺裏梅花賽。

其十二

臘月新平天氣霽。橙黄橘緑果鮮麗。猪腿鹽醃年菜製。兒辭歲。賜錢鎮壓赤繩繫。以上録自《立嵒叢稿》

楊福增

楊福增，字慶堂，昆明人。諸生。工彈琴，隱於卜肆。著有《琴軒詩鈔》《松傲琴痴館集句詩》。

西江月

小住蝸居撫琴，停琴抱膝長吟。客聞琴調有知音。款户來聽清韵。　待我何時興到，爲君操縵重賡。松陰相對悟希聲。坐到斜陽移影。

搗練子

松下屋，月明時。自理瑶琴寫我思。目想飛鴻沉遠塞，耳驚潛鯉躍清池。以上録自《滇詞叢録》

袁嘉言

袁嘉言，字維彰，石屏人。太學生。

望江怨

泪如洗。江上懷人路迢遰。江頭時摘薺。悵望江心水無底。羅有鱧。持書託漁翁，放之波瀰瀰。

燕歸梁

去年春歸燕亦歸。遠在山湄。今年春入燕來飛。風漠漠、雨霏霏。雲中樓閣笙歌美，佳公子、是烏衣。翩翩對對落斜暉。銜花片、舊巢依。

憶秦娥

月影斜。秦娥春夢屬誰家。屬誰家。灞橋楊柳，夜夜飛花。秋風關塞起悲笳。長安市上散春華。散春華。朝雲暮雨，莫費咨嗟。以上録自《滇詞叢録》

鄭徽典

鄭徽典，字丙堂，太和人。光緒癸卯（一九〇三）科進士，官涉縣知縣。著有《小赤城霞仙館詩鈔》。

蝴蝶兒 山寺

一聲鐘。嶺千重。蒼烟缺處白雲封。人行黄葉中。　古碣垂殘蘚，禪房入亂蓬。何年金碧大琳宫。凄凉斜照紅。

點絳唇 憶家

一瞬三年，蓬飄又上珠江渡。滇雲燕樹。毷氉人如故。　怕見花開，偏向花前步。羊城路。飛鴻何處。目極江天暮。

踏莎行 春思

沉碧簾櫳，軟紅樓閣。緑陰低霞鞦韆索。困人天氣午妝慵，飛花時節春衫薄。　意緒無聊，心情又惡。坐行倚卧渾無着。一聲驚破夢中魂，畫檐前有風箏落。

風入松 春游

看花人入萬花叢。花滿玉樓中。碧欄干外春如海，紛紛是、紫蝶黄蜂。岸柳緑圍水榭，小桃紅入房櫳。　釵光鬢影水西東。陌上遍游驄。珠簾卷秋江波活，歌聲起、碧落雲空。倚檻不知已醒，歸來兩袖清風。

滿庭芳 譙鼓

風静嗚霜，夜闌叫月，樓頭蓮漏沉沉。孤衾乍擁，斷續似聞砧。幾處愁蟲怨蚓，空階上、唧唧微吟。卧聽已苦，那更是宵深。問雲山羈客，一燈如豆，多少凉侵。無聊倚枕，有夢也難尋。更不管人髪短，聲聲送、促節繁音。惱煞是，和風和雨，點點碎秋心。

酹江月 蘇城懷古

故侯何在，剩空江、雙槳隨潮返。昨夜花田微雨過，茉莉素馨開滿。霸氣銷沉，香魂隱約，一串歌聲遠。萍踪浪迹，一時游興都懶。日暮徙倚高樓，題詩人去，獨自登臨晚。遥望白雲山上寺，寺古山深雲斷。再到襄陽，重來灞水，不見兒時伴。亂蟬孤樹，可惜昔年池館。

滿江紅 惜别，用宋王清蕙題店壁韵

洗後胭脂，已不似、舊時顔色。記兩度、鸞笙鳳管，玉樓瓊闕。軟語桃窗花架下，銷魂檀板金尊側。忽驚心、玉漏急催人，聲聲歇。綺席散，銀釭滅。别離憾，都難説。將一江碧水，泪零成血。想像難忘簾底夢，凄凉又見天邊月。問嫦娥、底事太無情，圓還缺。

念奴嬌 寄内

憔悴青衫，問何年纔歇，浮萍踪迹。辜負香衾成底事，笑我年年爲客。積恨填膺，相思刻骨，月落空梁白。還家有夢，祇苦雲山隔。　却憶繫馬歧亭，牽衣時節，岸柳絲絲碧。兩度春歸人未返，料得金錢虚擲。鏡裏鸞文，樓頭鳳影，望斷虚堂夕。平安如昨，天涯近在咫尺。

望遠行 不寐

夜長更静，鄉思亂、欲睡如何能睡。樹影篩門，蟲聲到枕，并作一窗秋意。欲掃羈愁，又孤館殘燈，乍值秋凉天氣。聽蓮漏、沉沉多少愁思。　何况浮生，吴頭楚尾。經年是、懷人兩地。夢蝶功名，栖鸞心事，非復從前風致。試問碧落茫茫，客星逐我，幾日征衣方弃。莫高歌，易落燈前清泪。

鵲橋仙 七夕客蒙陽

殘燈虚館，寒衾冷枕，此夜相思難説。料應花下卷珠簾，獨自拜、盈盈新月，桐飄桂放，風凉雲静，正是穿針時節。神仙祇隔一條河，我却有、山重水叠。

念奴嬌 葉榆懷古

洱波北走，繞榆封立馬，銀蒼天小。六詔河山渾似昨，出没魚龍渺渺。天寶高墳，蒙家故土，一片原頭草。西風吹曉，平蕪飛下孤鳥。　細數割據雄才，興亡往事，落葉隨風掃。惟有芙蓉峰十九，依舊青青未了。玉帶横雲，金鷄叫月，韶景催人早。莫辜秋好，百年容易愁老。

滿江紅 題姚少敏賢《梁孟鹿車圖》

滿眼江山，衹餘得、殘陽一瞥。觸目是、迴風横卷，怒濤嗚咽。避地難尋新世界，渡江莫問真英杰。羨推車、竟去絶人群，腸空結。　五噫咏，聲聲裂。百年恨，向誰説。甚愛苗戀果，一齊都滅。人自逐獅君控鹿，冰天萬里偕同穴。衹傷心、大陸夢猶酣，憂難絶。

臺城路 新秋

小窗槐緑炎天永，萬木無聲風静。雨過苔階，雲生竹樹，釀出初秋新景。林開地迥。乍爽透紗櫺，凉歸襟領。獨步虚堂，玉甌細啜仙山茗。　商飆西來真急，便葉落閒庭，桐生金井。過客光陰，驚人歲月，一霎紈扇都屏。流年自警。笑白雪歌沉，黄花節冷。容易韶華，塵夢何時醒。

桂枝香 玉鈎斜

銅駝荆棘，看莽莽平沙，連天混碧。記得望仙樓上，笙歌終夕。鷲鸞舞燕歸何處，衹玉鈎、一條香迹。廢臺風緊，横岡月下，可來艷魄。　憶昔日、波開太液。儘朝朝暮暮，追歡無極。卅六行宫，多少琉璃雲隔。於今流水長楊外，但血花千古凝碧。獨來悵望，剩寒鴉幾點，啼荒驛。以上録自《滇詞叢録》

周鍾嶽

周鍾嶽（一八七六——一九五五），字生甫，劍川人。光緒癸卯（一九〇三）科解元。著有《惺庵詩文稿》。

望江南 題石禪師《雙湖草堂圖》

雙湖好，湖水遠連天。萬點雪晴飛白鷺，一犁雨足叱烏犍。相約早歸田。

其二

雙湖好，湖上是漁莊。放鴨幾家通荻港，栽魚百畝界荷塘。住老水雲鄉。

其三

雙湖好，晴日踏莎行。淺草平蕪春試馬，垂楊曲港曉聞鶯。棖觸少年情。

其四

雙湖好，歲首赴鄰餐。餌塊米花供午餉，韭黄蔞白薦春盤。得味佐清歡。

其五

雙湖好，秋夜泛扁舟。水漫金華山倒影，風飄玉笛月當頭。載酒憶前游。

其六

雙湖好，斜日下柴扉。野老已聞争席罷，行人間數趁墟歸。鷗鷺共忘機。

其七

雙湖好，雨後愛良宵。南垞烟收燈出屋，西湖秋漲水平橋。佳景倩誰描。

其八

雙湖好，夜色正模糊。瀰巷豹聲聞吠犬，遠汀螢火照撈魚。宛似輞川圖。

其九

雙湖好，中有向湖村。五柳尚存陶令宅，半山不亞謝公墩。通德合旌門。

其十

雙湖好，臨水矗崇祠。補葺楸園藏蠹簡，坐看松蓋長虯枝。喬木繫人思。

其十一

雙湖好，村舍互相親。時有隻鷄招近局，不教群鴨惱比鄰。猶見古風淳。

其十二

雙湖好，吾亦儗移居。好向鑑湖分一典，且從笠澤著叢書。此願得償無。

滿江紅 題指揮僉事李公鎮雄墓

衰草連天，問何處、王孫歸也。誓羈泄、相從淒斷，鷓鴣城下。鶉首賜奏天已醉，龍髯攀墮臣難拾。止空山、風雨聽鵑聲，泪盈把。　荒野蕨，墓門檟。亡國恨，長悲咤。幸兒孫繼起，堪稱健者。歐冶三年曾鑄劍，昆陽一戰驚飛瓦。看從容、收拾舊山河，恢中夏。

百字令 戊辰秋日，至吴門訪印泉，留寓闕園，倏經旬日，時李伯母闕太夫人已逝世周年矣，而印泉新病初痊，餘哀未已，撫今感舊，爰作斯詞

故人無恙，且欣然把臂，慰吾離索。假榻園亭臨葑上，雅愛石欄花藥。鄴架儲書，平泉種樹，

肯爲浮名縛。蕭齋話舊，夜闌清茗同瀹。　聞説彩服娱親，板輿迎養，長叙天倫樂。默祝萱堂垂遠蔭，忽慟瑶池馭鶴。詩補循陔，悲興陟屺，孺慕猶如昨。登堂拜母，悔辜鷄黍前約。

以上録自《續滇詞叢録》

瑣窗寒

戊辰殘臘，寓居闕園，積雪滿庭，寒宵不寐，讀陶芑孫先生《蜆江漁唱》，真一卷冰雪文也，因題此闋

白石高歌，紫雲雅調，風流誰續。蜆江江畔，舊是詞人遺躅。欲平分、片席花間，當時咳唾生珠玉。剩烏絲一卷清詞，喜有文孫重録。　結習，吾如故。儘綺語懺除，皈心天竺。風懷難減，猶記年時顧曲。况中年、哀樂無端，唾壺擊碎泪堪掬。更寒宵、風雨一編，盥薔薇細讀。以上録自《詞綜補遺》

由雲龍

由雲龍（一八七六—一九六一），字夔舉，號定庵，姚安人。光緒丁酉（一八九七）科舉人，曾就讀於京師大學堂，後留學日本。歷任永昌府知府、雲南鹽運使、雲南教育司司長、代理省長、雲南通志館編纂等職。著有《定庵詩話》《定庵詩話續編》《定庵詩存》《定庵詩續存》《護國史稿》等，輯有《越縵堂讀書記》，編纂《姚安縣志》《高嶢志》。

百字令 論書法　社會處書法競賽，主之者陳秀山，顧問童研樵

歐風漸也，嘆聲名文物，銷沉如此。十體六書俱不問，取記姓名而已。馮傳桃萊，尚書柳卯，早冷人問齒。甚吾衰矣，未能振興兹事。　幸得薇研居中，太邱倡首，矯正斯文體。運腕旋毫兼濡墨，逸鶴潛虬滿紙。三種人才，數行箋牘，足證前賢語。包康之後，佇看八法興起。

宜男草 姜亮夫室人陶秋英女士借予園暫住，遷後以詞見謝，時有弄璋之兆，填此闋覆之

舍北山峰舍南浪。好春光、棠梨相向。園中海棠、梨花盛開相對也。問小園、佳客誰過，惟有梁孟相携來往。　新詞妝點見微尚。比肩人、自饒清賞。栽合歡、更種宜男，從此庭砌芝蘭日長。

菩薩蠻

雲堆霧擁輕籠髮。紅裙襯出香羅襪。何物可憎才。海棠花半開。　蠑蛾原善狀。狀出嬌痴樣。相愛罄形容。但知情意濃。

前調

瀟瀟細雨檐間落。寒天無慮香衾薄。蠟穗見花開。融融春意回。深宵相對語。忘過銅龍午。睡久剩殘妝。妝殘心自長。

前調

有花堪折真須折。流光莫待花時節。綠暗又紅稀。枉歌金縷衣。番風芳訊逗。此福能消受。切莫照菱花。恐驚雙鬢華。

慶清朝 趙香宋有《慶清朝》一闋，和之兼以書懷

早歲當官，邯鄲夢醒，鑪邊未熟黄粱。回頭失笑，真如鮑老郎當。祇恨難鳴孤掌，未能救滿目瘡傷。誰知我，苦思焦慮，計短心長。　讀罷新詞一闋，嘆西川堯老，魯國靈光。東華舊事，猶記鳴鳳朝陽。終是家承清白，子孫繩繼書香。三千里，梁州禹域，原是同鄉。

水調歌頭 壽　爲内子壽五十

太乙仙壇啓，却問撫州山。麻姑東下，滄海麟脯當朝餐。或作舊迹溯當年。遠過蘭津渡口，小駐

春申江上，歸帶點蒼烟。何事足娱老，玉樹滿階前。　一麾出，雙旌引，八騶還。百年甫半，鬢髮霧皰未曾斑。身立蟲沙劫外，人有梁鴻作侣，錯認是劉樊。巵酒介眉壽，且莫問桑田。案：時余家甫遭敵難，相對鬱抑，姑作此解之。或訾余《菩薩蠻》詞殊涉邪暱者，然淮海、耆卿集中常有之，以詞與詩异，或别有寓意，非淫邪也。兹録三變詞《菊花新》一闋於左。

欲掩香幃論繾綣。先斂雙蛾愁夜短。催促少年郎，先去睡、鴛衾圖暖。　須臾放了殘針綫。脱羅衣、恣情無限。留着帳前燈，時時待、看伊嬌面。

一半兒

萬錢一箸鄙何曾。一席千金韓晋明。泥土錙銖古有云。愛國心。一半兒銷沉、一半兒冷。

其二

臨時夫婦最流行。禮教日談不中聽。一面交情本未深。便求婚。一半兒謙辭、一半兒肯。

其三

滇南氣候足優游。夏不羅紈冬不裘。影院餐廳任意留。佐綢繆。一半兒烟茶、一半兒酒。

其四

滇池滉漾賽西湖。休沐同游男女俱。傘蓋油衣先事携。看天時。一半兒晴明、一半兒雨。

其五

昆明大好寄妻孥。食用精良衣麗都。揮霍何須問有無。富存儲。一半兒行商、一半兒賈。

其六

不難平地起樓臺。幾度車兜西貢來。滾滾財源寶藏開。發横財。一半兒奸商、一半兒崽。

其七

四郊擇地起精廬。美器佳肴裝汽車。樂事重重巢幕烏。儘歡娱。一半兒文官、一半兒武。

其八

歸來留學各生徒。工廠公司才技舒。遍覓城鄉租屋閭。道相呼。一半兒京腔、一半兒土。

其九

南屏鬧市曉東街。燕子魚兒聯隊偕。皮夾高跟時樣鞋。問從來。一半兒湖湘、一半兒海。

其十

就中亦有説經儒。生活艱難寧改圖。時向街頭尋异書。别衣襦。一半兒時裝、一半兒古。

其十一

司機三萬半奸氓。擾亂閭閻驕且横。油盡汽車難再行。業將停。一半兒姑留、一半兒滚。

其十二

富滇新票漸收回。整頓金融理應該。價格原從法幣來。莫疑猜。一半兒依然、一半兒改。

沁園春 壽劍川尹倬人八旬重游泮水

耄耋不衰，趁八旬攬揆，共獻菊杯。讓龍争虎鬥，風雲噴薄，熊韜豹略，蹴踏塵埃。都付兒曹，丹心報國，里巷優游亦快哉。相將處、祇孫曾繞膝，野老開懷。記曾文苑呈才。有幾個、藍衫朋輩來。試從頭屈指，幾人猶在，芹香話舊，俊侶重偕。風景不殊，山河已异，徒使令威枉自猜。還堪笑，笑神州恢復，兕斝歡陪。

浪淘沙 題吴漁滄，别號滄溟漁叟，以《漁磯垂釣圖》索和，圖上自題《風中柳》詞

塵夢幾時醒。宦迹飄萍。年華荏苒鬢星星。一卧滄江驚歲晚，浩劫重經。拚却老漁汀。富貴浮雲。烟蓑雨笠棹詩舲。最是吟情酣暢處，鴨緑螺青。一作『蓼溆蘆灘誰是伴，祇有樵青』。

賀新凉 祝賓川李茂山八旬壽

八帙開新紀。况原來、蟬嫣華胄，烏衣門第。玉樹芝蘭盡騰茂，獨自潛身閭里。殊不信、定躋高位。隨處隨緣堪利濟，算天公、早已安排定。耆而艾，昌而熾。酌君大斗君須醉。

且由他、逐腥趨臭，蟻蟲傾擠。世態炎凉何足論，一笑置之而已。漫相道、悠悠流輩。富貴功名如草芥，有真我、自在閻浮裏。到百歲，再斟雉。

貂裘换酒 題三十五年十二月二十五日護國中學紀念特刊

國會重開了。奈南京、終無誠意，撤還代表。憲法全章先産出，海寓人心齊禱。况經濟、日趨枯槁。内室操戈長不靖，恐盟邦、别起他懷抱。内幕事，耐探討。

共和幸未中途夭。憶當年、興師護國，曾甘荼蓼。瘠壤不辭孤注擲，終令袁凶摧倒。祇今日、形單影吊。付與青年民國主，好家居、操券能長保。吾無用，衰且老。

南鄉子 某公數爲其如君捉刀唱和，詢其鄉人，如君識字無多，作此調之

兔褐本欺人。何况香閨更效嚬。偏道小妻能唱和，真真。試看吟詩筆有神。　待到問鄉親。識字無多太不倫。却賴風流張敞婿，頻頻。唾月堆烟作替身。

湘春夜月 題黄伶玉齡演霸王别姬　補録

正天涯，芳草春恨無聊。驀地妙舞清歌，垓下别英豪。無愧報恩知己，自玉容人去，説到今朝。祇眼前爨演，敲殘羯鼓，彈徹靈璈。　何堪更憶，春中浦上，凉月深宵。鬟影衣香，迴

溯到、前塵舊夢，一例魂銷。沈郎老矣，歷滄桑、觸處刁騷。算贏得，向梨園隊裏、快聆曲譜，重品檀槽。

醉太平

腰纖手纖。情憨態憨。黎渦一笑嫣然。祇春風隔簾。朝齏暮鹽。貧和病兼。爲人把嫁衣添。懶將針綫拈。

前調

櫻紅口脂。燈青穗垂。摩挲玉體如胰。問横陳屬誰。婷婷淑姿。雙雙鬢眉。驪歌一曲分離。黛芳心暗隨。

前調

衣新鬢新。腥紅玉唇。魂銷一片天真。恨鷄聲報晨。光陰促人。青年幾春。當時情事成塵。但相莊似賓。

醜奴兒

尋常看得韶光賤，裊裊婷婷。慣見何驚。一旦陽關唱四聲。桃花引進漁人櫂，落瓣繽紛。再到迷津。惱亂劉郎此際情。

西江月 民紀三十五年十月五日即事

草草數椽茅屋，匆匆卅載浮名。新霜舊雪鬢邊盈。臨鏡瞿然知警。昔日森驅頭踏，今朝突起心兵。槍聲炮火擾民生。一夢莊周纔醒。

減字木蘭花

宦成身退。花開四季名如意。萬事隨緣。莫把行藏復問天。敢希難老。杖國年齡非算少。平等冤親。焉有餘閒校世人。

憶少年 春意

春韶非短，春陰未幾，春風何急。番番送春雨，灑深宵如泣。起視庭前階砌濕。似黃鶯、挽留聲澀。繽紛落英滿，任詩人收拾。

浪淘沙

五月石榴花。艷若朝霞。年年開向碧窗紗。恰與窗中人掩映，兩鬢霜華。　僑住即爲家。書卷生涯。榮枯得失我何加。衹有名山存著述，此外無他。

哨遍

僡甚先生，卌載名場，飽飫炎凉味。恁蔽目，嶄絶太行山，總般紆迴遷避。公叔論交，廉頗謝客，如此娑婆世。使功著湊烟，恩深潤露，亦衹空言德意。到頭來得失是和非。算蚩蚩那有真知識去。黄卷丹鉛，緑窗錦蟫，終身足矣。　再休想冰淵，兢惕大節平生勵。自矜岑鶴，翻嗤未脱頭巾氣。畫棟雕甍，錦衣玉食，其間可有清廉吏。離朱瞀祝，黄鍾獨奏，誰辨碔砆真僞。把曹倉整理鄴截庋。直抵侯封萬户，擁書城，合珍奇、叢殘俱萃。永朝坐卧其中，尚友先賢哲士。倘他日虚聲傳播，富字賁來書幣。但教童稚啓緘藏，道先生、名山止此。

賀新凉甲申端午補録

又過端陽矣。悵年光、挽之不住，滔滔似水。六十餘番昌歜酒，逐隊追歡有幾。衹感覺、人生如寄。今日觀河顔面縐，去前年、尚未衰如此。分角黍，孫男女。　勞勞衹爲浮名耳。

寧不悟、唯心唯識，觀空原理。况地球龍蛇起陸，迄遠東都無寧宇。奈群衆、窮奢極侈。幕燕釜魚尋樂事，恁蚩蚩、征逐同蟲豕。我願播，佛門旨。

金縷曲 三月十五，詩社同人集秦淮邀笛步，祝先賢冒辟疆壽。堂中懸巢民遺像，瞻拜之餘，并祝賢裔冒鶴亭七六之壽。鶴亭有作，敬步元韵，鶴亭函示

觸撥吟情起。溯金陵、舊游落魄，光陰如水。試數後先詩社内，多少俊流佳士。恁桑海、番番存廢。總讓騷壇牛耳執，與先民、約略俱相似。徵君冒，何曾死。　吾儕豈爲虚聲計。爲名賢、達人昌後，振振公子。剩握一枝蕭繹筆，題遍南朝諸寺。抵孔氏祖庭廣記。我恨遐方高會阻，縱衰遲、寧久潛鄉里。炎暑退，戒行李。

附原詞：戊子三月十五日，同人醵飲停艇聽笛軒，拜先巢民徵君生日，兼祝余七十六歲初度，至者二十二人。黄君君璧循往年在夕照寺故事寫作圖，同人各附題咏，漫成此解，并寄趙堯夫蜀中、李拔可海上。

(冒疚齋)被酒高歌起。繞闌干、秦淮一道，西流春水。萬事秪憐頭上月，曾照美人名士。也曾照、前朝興廢。挂壁清高遺像在，説鬚眉、弈代能相似。樊樊山題徵君象詩有此句。南唐蟹，吾羞死。　諸君各有千秋計。爲江山、久無詩料，添他些子。驀憶廣安門外路，夕照聯鑣蕭寺。有一幅、冷紅畫記。今日山陽聽不得，剩白頭、趙嘏人千里。聊

寫寄，墨巢李。光緒辛亥在北平萬柳堂，同社諸公有此盛舉，林琴南製圖，復爲文記之，文刻《畏廬集》中，今三十八年，陳弢庵、石遺、鄭太夷、胡漱唐、曾剛甫、温毅夫、潘弱海、羅掞東大半下世，存者僅趙堯生、林山腴與僕三人，七十歲時流寓海上，復借李拔可同年家之墨巢舉行一次，兹爲第次三矣。

水調歌頭 壽李儀廷七十

誕降玉溪縣，居處金堂山。山川佳氣鍾毓，出作救時賢。初自東瀛講武，中更西岷建績，秉節治南滇。入佐北軍府，歸卧彩雲邊。　少游語，善人誠，馬文淵。黄花晚節香好，剛届古稀年。非有丹鉛導引，偏是朱霞天際，長伴紫陽仙。觥酒介眉壽，仍世閲桑田。李八百紫陽居金堂山。

踏莎行 丁亥初夏

梅子盈枝，槐陰滿徑。一年驚過春光迅。石榴開了照眸明，日長天氣人初困。　香篆烟消，空階蘚印。書帷寂寂誰相問。夜來風雨洗塵氛，登高且喜端陽近。江浙等省端陽節亦登高，滇同此俗。

阮郎歸夏景

石榴花樹綻紅英。日光烘眼明。突聞甘雨一聲聲。落花同送春。桃剩葉，柳成陰。源頭泉水生。子規啼罷又倉庚。老農差慰情。

雙紅豆己丑六月晦深夜，雷電交作，驟雨溙沛，如傾河注海，不能成寐

震雷聲。和雨聲。撼樹摇床大地驚。渾疑炸彈轟。夢難成。句難成。卧聽鼉更直到明。遍傳溝澮盈。

玉漏遲和鄧華溪《牟珠詞》元韵，時夏夜苦雨

二更宵籟静，猧兒睡了，玉蟾無影。驀地滂沱注瀉，海河相等。風與雷霆迸射，覺透體、衣裳皆冷。兵未止，秋農歉收，禍胎重孕。老來萬念都空，祇晝永繙書，夜閒烹茗。不速何人，泥潦遍迷三徑。獨自羅幃覓夢，奈霹靂、驚魂難定。眠未得，燈光照人長醒。

附原作：大城風柝静，流螢睡了，雨餘無影。有納凉蟾小扇，倚闌閒等。香氣無風四入，漸草際、羅衣吹冷。池色净，新荷露遲，又將秋孕。此時萬念清虚，愛小玉催詩，井華煎茗。好夢來遲，多半路迷花徑。日日愁心似水，賴一晌、潮痕初定。眠未肯，

疏星向人同醒。

鵲橋仙 己丑七夕

石榴剛謝，梧桐剛落，好是晶瑩院宇。漫將紈扇弃秋風，猶有中人殘暑。　填橋有鵲，帶書有雁，閒把一年細數。羡他牛女又團圓，恁過盡、尤雲殢雨。

霜天曉角 題《鴻光偕老圖》，張家恭與孫穗華在紐約結婚

西半圓球。看雙雙壯游。恰值學成名立，歌弋雁、咏雎鳩。　高堂花甲周。海天佳話留。寄語畫眉人道，飛一盞、爲添籌。以上録自《定庵詩續存》

滿庭芳 題畫　時中日交涉甫結，歐洲戰争方酣，譜《滿庭芳》一闋寄意，乙卯暮春

西土茫茫，龍跳虎躍，一時血濺玄黄。算來結果，誰弱又誰强。且趁國家閒暇，整頓我、内治精良。綢繆早，時乎不再，稍纵逝流光。　歸田何日遂，一庭松竹，半畝芳塘。更羅儲，今古萬卷縑緗。閒對清風皓月，芸篇展、仔細平章。浩歌聲起，聲逾金石，睥睨世炎凉。

碧窗夢 廳事壁間有《碧窗夢》一闋，倚而和之

地辟花偏媚，天空鳥任飛。楝花風過雨霏微。縱是此間可樂，莫忘歸。

附原作：雲影移山動，風聲掃慮空。登樓樹樹見烟籠。欲望明朝歸路，霧濛濛。以上録自《定庵詩存》

臨江仙 案：衹存半闋。

鸞鶴飄摇無處所，絳雲飛下層霄。玲瓏石畔紫薇嬌。便應携玉笛，吹過啓明橋。以上録自《定庵詩話》

應天長慢 歲甲子，七月既望，招古逸、樹五、愚若、鏡澄、種青、壽生諸君宴集碧嶢升庵祠，胡君應祥作圖紀之，題《應天長慢》一闋於其上

金風送爽，霏霧弄晴，長空遍滿秋色。俯瞰無邊湖水，沉沉浸寒碧。數椽屋，三五客。萬山裏、不嫌岑寂。縱談讌，盱古衡今，脱略巾幘。少壯幾何時。荏苒年華，俱是鬢毛白。衹此千秋懷抱，澄宏海天窄。髯蘇賦，莊介迹。毖我輩、泛舟尋繹。莫辭醉，同倒深杯，以永朝夕。以上録自《高嶢志》

丁石僧

丁石僧（一八七八—一九五六），原名懷瑾，字石生，號石僧，以字號行，大理賓川人。早年留學日本，加入同盟會。光緒三十四年（一九〇八），策動雲南河口起義，辛亥革命時，參加光復上海的戰役，後隨蔡鍔參加討袁運動，旋任富順縣知事。晚年信奉佛教，任雲南省佛教協會會長。

點絳脣 丙戌重九，螺翠山莊主人邀滇中耆舊登高，以李太白、王子安九日詩分韻得遠字

一碧螺峰，山中別有高人苑。茱萸插滿。共把菊花盞。　洛社耆英，扶杖登高嶔。清平樂。流連忘返。悵望京華遠。以上録自《丙戌螺峰登高詩集》

李根源

李根源（一八七九—一九六五），字印泉，一字雪生，別署高黎貢山人。雲南騰越人，祖籍山東益都。曾赴日留學，後加入同盟會。歷任雲南陸軍講武堂總辦、雲南軍政府軍政部總長、陝西省省長、北洋政府農商總長、國務總理等職。一生著述宏富，著有《曲石詩録》《曲石文録》《雪生年録》《鷄足山志補》《吳郡西山訪古記》《永昌府文徵》《滇南碑傳集補》《滇粹》《中華民國憲法史案》《騰衝縣志稿》《民國吳縣志》等。

木蘭花疊園　在騰越大盈江上，吾家明正統以來住宅也

華峰積雪全銷矣。緑漲新波春到水。先人留種老梅花，暗香浮動清入髓。吾家住此今何世。正統中來五百祀。疊圍茅屋總清寒，濮竹青青松柏翠。

菩薩蠻曲石　在龍川江上，先十世祖明季指揮僉事鍾英府君行遯處也。遺迹有孤月亭，府君題聯：『深山含雪冷，孤月照江明。』府君事迹，見《雲南碑傳集》《雲南明遺民録》《永昌府文徵》及省縣志

先人辟地何來此。力耕差幸田肥美。麥秀鐵橋間。梅香總府灣。總府灣、龍潭，皆府君所住居所墾種之地。舊屋基上，猶遺古梅四株，大可合抱，花時香聞數里。邊風吹白髮。菌鶴號孤月。孤月照江樓。江流汨也流。

前調九保　在騰衝縣城南，距城有八十里，根源生長之鄉也

盈江萬里朝宗去。東西山勢層層護。鼇背一何雄。蓴鄉在此中。家家衣食足。個個勤耕讀。回首喜難禁。奈遭鼠疫侵。九保近三四年中，先後死於鼠疫者三百餘人，慘矣！皆日寇散布毒菌之所致也。芒市等地尤甚。

鷓鴣天 鰲峰寺在騰衝和順鄉

蕭寺閒居有半年。困來高枕石頭眠。花開花落都休問，嘗盡江中蝦味鮮。　橋上坐，看流泉。彎彎曲曲去悠悠，深山深處無人到，古木蟬鳴噪緑天。

前調 龍山別業　在安寧温泉螳螂江上。戊寅秋，築土屋數間於此養病，居甚久。今己丑九月十三日，自騰衝來昆明，十九日仍返龍山住

小築蓬廬已十秋。温湯療病病全瘳。疏襟却寄茶花館，卧聽螳螂水倒流。　辭鳳里，返龍邱。江干楓樹映紅樓。長生不老羲皇世，杯酒能消萬古愁。根源詞稿。在騰衝、安寧。以上録自《續刊曲石詩録》

月溪法師

月溪法師（一八七九—一九六五），俗姓吴，諱心圓，法號月溪，昆明人，祖籍浙江錢塘。早年就讀於上海震旦大學，回昆後在禹門寺出家爲僧，因燃指受戒，自稱『八指頭陀』。後旅居香港，并興建萬佛寺，圓寂後肉身不腐。著作九十餘種，近千萬言，著有《大乘絶對論》《大乘佛法用功概論》《佛教人生觀》《金剛經疏》《禪宗史略》《月溪法師詩詞法書集》等。

浣溪紗 太白山檜松嶺茅蓬

塔瘦林寒月上遲。滿廔空翠濕僧衣。夜鐘聲裏獨支頤。　旋撥芋灰参舊案，細研松魄寫新詞。此情還恐白雲知。

前調 泰山碑亭

暝入空庭鶴夢凉。讀碑人去月微茫。絲絲僧髪帶新霜。　病葉辭柯歸茗竈，古藤分緑上禪床。且留一宿好商量。

前調 華山蒼龍嶺

竿杖隨身誇健頑。閒雲幽鳥共盤桓。偶從塵外拾清歡。　努眼泥神宜吃棒，白頭座主勸加餐。多情山月照僧還。

鷓鴣天 九華山天台頂

呼吸疑通帝座低。身臨萬仞一凝思。樹因風起冲冠怒，泉待雲歸掩面啼。　天未老，士胡悲。夕陽紅欲上人衣。千山萬水經行遍，歸去寒窗寫小詩。

西江月 終南山太乙峰老虎窩茅廬

富貴一棚藤蔓，乾坤半個葫蘆。把茅絶頂卜吾廬。祇許白雲同住。　猿抱子歸别嶂，鳥含花落前除。道人隱几祇蘧蘧。坐破蒲團無語。

玉樓春 班山楊升庵寫韵樓

濕雲繞座茶甌潤。坐久檀灰添半寸。清分僧供吸湖光，静入鐘魚消宿藴。　樓頭誰共評幽韵。曠劫瀑花飛未盡。撥開古雪認前生，一笑松巔山月隱。

虞美人 重駐錫五臺山南台

兵塵滿面鬢莖瘢。萬里人歸後。荒園暗竹閉重門。願得天牢從此、鎖詩魂。　攲傾茅閣松扶住。破衲閒來補。青谿一路不逢人。任我搬柴運水、入深雲。

浣溪紗 廬山五老峰瀑布

石火光中得此游。一龕雲表等虚舟。結趺坐聽萬松秋。　入檻流星輕可摘，懸空飛瀑誰能收。現成公案要人酬。

前調峨眉山金頂

兜率人天久目成。名山一卧萬緣輕。當年片石有深盟。　料理漏身留半偈，呴濡乾地要千燈。鞋錢費盡可憐生。

鷓鴣天壬申重九遇雨，鷄鳴寺壁有梁啓超書放翁句：『江山重複争供眼，風雨縱横亂入樓。』聯成此闋

携手臺城憶故游。壑蒙樓下夕陽收。六朝夢裏堂堂去，九日村前浩浩休。　新悵望，舊幽憂。倚窗疑泛蔣湖舟。江山重複争供眼，風雨縱横亂入樓。

鵲踏枝端午泛舟防江，謁海忠介、馬伏波祠

五日山城風景麗。欲采蘋花，小舫摇空翠。南北去來人倦矣。谿風落靨成何味。　如此情懷如此水。如此山川，誰作中流砥。耿耿湘靈呼欲起。夜潮半是孤臣泪。

浣溪紗勞山海印庵憶憨山大師

龍象佛魔共一龕。争從桶底舐芳甘。茫茫大夜睡方酣。　掃地焚香皆杰作，活埋生割未奇男。此公得力任痴憨。

前調 羅浮山飛雲頂

王後盧前盡可兒。同來絶頂看雲飛。披蘿攜月冷相隨。千萬個峰生脚底，兩三聲雁渡潭西。今年貧極已無錐。

前調 嵩山達摩祖師面壁處

獵隊栖遲十載餘。求茅問斧計全疏。無魔佛處且安居。折脚鐺邊魂夢穩，繫驢橛下風光殊。消磨白日賴群狙。

前調 武當山張三豐祖師面壁處

老樹荒池付苦吟。何時收拾破爐心。妙伽陀境月中尋。據座勝流多冷眼，隔窗禪課有知音。爐烟斷處認來今。

鷓鴣天 普陀山望海亭

策杖行吟又一時。盟鷗無恙好相依。數峰天外垂垂老，一鉢山中緩緩歸。千古事，寸心知。扁舟老我更何疑。眼前自有無生句，題上虚空識者稀。

鵲踏枝 長江舟行過安慶迎江寺

一箭柔波欺瘦艣。險夢驚迴，亂山青無數。塔影沉江人喚渡。初陽蒲末收清露。　亂樹殘鐘如囈語。折葦枯荷，誰領荒寒趣。萬劫化泥溟海注。佛燈冷照相思浦。

謁金門 長陵紀游

深殿静。塵暗曲欄幽井。松鼠竄階狐跳徑。朱明王氣冷。　寂寞蒼山翠嶺。過客争題名姓。多謝道傍翁仲迎。曉風吹夢醒。

浣溪紗 居庸關

破碎金甌付等閒。居庸關外暫流連。晚風笛語弄清圓。　莫上戍樓窺絶塞，且從雲底望中原。勞勞塵世鎮堪憐。

臨江仙 玄武湖　《建業志》：『宋元嘉中，蔣陵湖有黑龍見，改名玄武湖。』

老去神蛟何處也，倚欄明月初生。蔣侯千騎縱横。湖波澄不動，入望閃寒星。　墮粉零金隨水逝，繁華微帶膻腥。無端回首梵鐘聲。一燈紅似血，古寺倚高城。

好事近烏龍潭秋夜

古屋枕荒潭，凉入殘秋瓜架。坐久西窗燈燼，聽潛蛟吟夜。起來林下俏無聲，月魄正瀟洒。屈指西風過却，掬清露盈帕。

浣溪紗莫愁湖

愁展寒芳一様深。緑葉黄花滿徑陰。憐她瘦骨不勝簪。世事閒從枰上看，墜歡苦向曲中尋。經秋離思恐難禁。

浪淘沙甲戌春日游頤和園

堤柳鬱相望。待發嬌黄。排雲高殿忒張皇。話盡人間興廢事，踏遍斜陽。陳迹懶思量。壽與廊長。尊前拾得片時狂。莫誤高唐當日夢，不似高唐。

其二

水殿壓湖陰。日好花深。十年長是負人心。峻閣重臺危復險，携手登臨。聚散苦侵尋。有思難禁。笙歌叢裏夢沉沉。明日落花春去也，柳病鶯瘖。

其三

高閣倚晴空。略話幽衷。花開花謝古今同。南去北來人老也，勝會難重。　特地折鮮紅。持贈匆匆。天涯海角恐難逢。記取今時肩并倚，倚遍芳叢。

其四

一笑撥蘭橈。日麗風嬌。花鬟柳眼各無聊。臨水新桃三數點，尚帶嬌嬈。　攀以好枝條。密意頻叨。危亭飛磴不辭勞。花底水邊來復去，紫燕雙飄。

點絳唇 排雲殿

閬苑蓬壺，此身直向夢中變，絳桃千樹。盡是嬌嬈處。　百尺樓頭，擬共排雲去。壽無數。半天黃土。斷了仙源路。

漁家傲 昆明湖

燕子一雙湖面溜。風來水殿波微皺。九十韶光都在手。香滿袖。碧桃枝上斜陽瘦。　又是惱人春色候。荼蘼架上烟輕透。昔日如花今在否。休感舊。疏松隔水笙簧奏。

菩薩蠻 故都中山公園宴坐

園林欲去仍留戀。花枝人面閒相盼。光景似儂家。傍花一盞茶。　輕風吹鬢脚。疑是驚烏掠。相對澹忘歸。殘陽深樹微。

浣溪紗 白雲山白雲山館

如水銀燈照座寒。隔簾微雨聽潺潺。短青凉翠簇幽欄。　芳思漫隨三月暮，客懷分得半宵閒。此時無語看春山。

前調 登六和塔

塔影波光倚處危。薄雲疏雨有舟歸。無端悵觸恨依依。　半夜凉颸吹客鬢，一江秋水失花期。年華風物兩尋思。

前調 湖上重九　訪林和靖墓

柳暗荷枯夜已霜。那堪作客又重陽。新蕁溜箸怯初嘗。　帶雨南谿尋宋叟，蕩舟西堤謁錢王。暫時流轉莫思量。

前調 周園看丁香花

秋到人間菊蕊黄。筆床茶竈趁新凉。願君莫却手邊觴。但使有緣皆是鶴，事見《周記》。可能遠處更移香。庭前丁香係彊邨詞人自遠處移植於此。夜闌人散暗猜詳。

前調 汪莊看晋朝塔磚

翠幕温簾楚楚斜。聽秋庭院暮寒賒。緑窗幽静好烹茶。被酒客臨磚上字，殢香人認水中花。輸君應是在天涯。

采桑子 夜宿閶門鐵路飯店

冷香縈夢閶門宿，夢也非非。月透金扉。忽聽簫聲度瑣闈。人生更比征鴻苦，撲朔迷離。清露霏微。花影無端上錦幃。

清平樂 初抵西湖，凉雨兼夕，夜深憑欄，恍若夢裏

明珠細細。顆顆和風墜。銀燭似知留客住。隨分一番濃睡。西湖亦有花殘。栖栖獨倚闌。十載碧窗剩夢，依稀前夜微寒。

鶯聲繞紅樓閒步至末橋口占

雨後殘紅映落暉。烟郊外、雲薄風微。昨宵魂夢過橋西。芳草緑依依。莫道溪山好，春風點綴入芳菲。夕陽陌上燕歸遲。雙雙傍人低。

鷓鴣天拙政園

斷葦枯荷水已冰。前朝遺事尚分明。桃花人面歸何處，草色猶餘數點青。各有恨，似無情。人間歲月太峥嶸。垂楊衰柳參差似，一片迷離畫不成。

臨江仙訪智生大師

落日重門芳草静，簾鈎日暮低垂。憑欄無語獨徘徊。子規啼血苦，昨夜小樓西。還恐相逢都是夢，落花滿院凄迷。惱人故事莫重提。東風仍似舊，吹遍小桃枝。

前調宿本來寺

寂寞畫簾閒不卷，月華簾外窺人。輕羅窄袖净無塵。晚風沉醉甚，微雨洗花痕。錦瑟年華流水渡，幾回淺笑輕顰。小樓幽夢幻耶真。寒香猶在臂，天與可寧春。

前調 癸丑四月十八晚紀夢

昨夜夢中多少恨，覺來無限躊躇。哀弦急管滿樓西。纖廉春雨暗，嘲哲晚鶯啼。是霧是花渾不識，月明惟剩空枝。可憐夢有覺來時。覺來還似夢，夢裏更誰知。

卜算子 與葉伯皋清談

竹韵似冰弦，蛩響如私語。小院無人睡半醒，龍眼花如雨。今日藕絲長，明夜荷鬚故。一任零落化作泥，相遇知何處。

玉樓春 寄章太炎

雕鞍偶向城東駐。正值狂風吹落絮。待將春色説多情，衹恐情多無着處。人間離合誰能估。往事猶如花隱霧。一生酣夢幾番濃，小住玉樓應有數。

其二

豆花三月香英嫩。麗質豈勞脂與粉。錯知春意帶常寬，偶聽悲歌收不盡。流年急景何堪問。花飾歡顏根繫眼。人間有恨天不知，竹笑蘭言都莫信。

其三

小園惟有群芳住。日日香飄園外路。游絲有意鎮相牽，飛絮無情來復去。　寒窗相對吟新雨。雨歇雲消風滿户。倚樓無語退瞢騰，龍眼花時心最苦。

虞美人 芍藥

押簾銀蒜風初定。向曉紅窗静。十分真趣淡兼濃。坐對一枝無語、膽瓶中。　夜深悄向闌邊見。暗裏偎人顫。欲邀明月照嬌容。檀縷輕微無計、達天聰。

采桑子慢 寄李梅庵

細尋情迹，依舊闌干曲折。嘆物是人非，遺懷無計能温。翠幕湘屏，奈重來、總是烟雲。一鈎斜月，滿簾風絮，挨過黄昏。　忍記那回，茶爐聲細，翠被香熏。算剩有、殷勤銀炬，照着啼痕。冷落東風，問幾時再見桃根。海棠初睡，杜鵑啼血，送斷殘春。

憶舊游 寄宋芝田

六朝金粉地，伴殘秋，瘦損變天涯。行雁都飛盡，望關河冷落，暗樹啼鴉。多情易惹清怨，回首惜年華。縱春色依然，長條無恙，重折堪嗟。　如麻。懷舊事，想載酒船空，閒擱蘆花。日落畫簾冷，問堂前雙燕，飛向誰家。故人曾有深意，嘆落月雲遮。悵望醉臺城，西風落靨歸思賒。

滿江紅 夜登石頭城

獨立城上，莽蒼蒼、亂山巒叠。空悵望、九州生氣、雷沉風歇。四嶺暗雲豺虎睡，一江涼月魚龍寂。剩山僧、笑打幾聲鐘，隨烟滅。賞心事，何處説。高吟罷，思如織。奮毛遂，三寸吟風瀝血。十載雄心都化恨，萬方多難常爲客。捧新詩、聊奠舊江山，黯無色。

菩薩蠻 蘇州别章太炎

梨花滿地白如雪。一簾暗雨人傷别。空負好時光。書來説短長。閒吟渭北句。弦撥彈金縷。也欲老江南。春歸思不堪。

前調

瑶窗微聽東風過。花枝斜嚲朱門鎖。檐柳漸如絲。鬧紅懶不飛。金釵偎靨冷。月落珠簾静。何處寄芳心。深宵長短吟。

前調

紅樓話别霏霏雨。雲輕夢薄留難住。欲盡片時歡。回燈重細看。瑶階閒立久。露濕單衫透。翠被那來春。春蟲惱煞人。

前調 望月二闋

雲收雨過蟾輝悄。秋河不動長天曉。當户理冰弦。雙星眠未眠。凉肌微露透。漸覺腰圍瘦。兀坐懶關門。清光長侍君。

其二

桂花影落秋衾冷。玉壺銀箭怨難聽。雲際兩三星。那争蟾兔明。舉頭邀月至。白晝中庭地。零露滿階除。百蟲來和余。

浣溪沙 與李梅庵夜話

紫罩孤燈静掩扉。瑣窗寒重篆烟低。與君夜話當吟詩。已分重來花落後，那堪揮手月圓時。夢中伴我到天涯。

一萼紅 偕魏梅蓀游莫愁湖，用白石韵

小湖陰。已重陽過後，黄菊不勝簪。巷口斜陽，灣頭剩水，前朝魂夢消沉。紅橋路、幾年不到，試問取、沙上兩三禽。千古湖山，百年臺榭，且共登臨。　料是封侯無分，願青山長碧，謳鳥無心。鱷渡秋風，鳳臺時雨，好處任汝追尋。憶曾伴、故人同步，正桃花如面柳如金。莫待霜風惱人，恨與秋深。

百字令 夜聽楊居士調箏

霜雕庭樹，漸冉冉輕寒，著人欲醉。一縷秋魂難措置，付與銀燈摇曳。乍撥爐灰，旋排玳甲，安了沉檀几。揭開綉幔，滿庭明月如水。　多少孤鳳離鸞，立烟啼霞，不似人間世。雁足敲霜聲細細，散入暮天凄异。調急聲危，書多指顫，襟上却離思。青衫濕透，歸來一味無寐。

如夢令 客中得徒來書

何處思歸蘆管。吹入客心如剪。孤島夜沉沉，望盡月闌星散。漏轉。漏轉。人與海天俱遠。

其二

風冷庭鴉驚起。遥夜秋聲盈耳。殘燭剩青光，夢斷不成歸計。無寐。無寐。羅褥五更如水。

其三

涼意紗橱初透。窗外月光疑晝。扶杖上危樓，滿眼葉紅花瘦。知否。知否。又到深秋時候。

清平樂 遣興二闋

後庭花發。春思翻弦筈。素手輕裙飄麝屑。剩有燕泥沾闥。天涯病客文園。無端棖觸尊前。何處宫嬪笑語，落花滿地無言。

其二

竹黄地冷。狐兔竄深冥。玉輦不歸春晝永。惆悵舊時松影。東風燕子誰家。雕欄依舊欹斜。直恐蓬萊清淺，臨風歸思如麻。

虞美人 得徒書却寄

賀蘭山色湖梅月。此事憑誰説。十年離亂各西東。剩有萬端幽思、託孤鴻。腰間霜鍔何時試。空作長安旅。風塵滿面已無詩。漫道上清論謫、得歸遲。

如夢令 懷龍泉觀唐梅

遠黛山前梅樹。别後有誰分付。日暮素衾寒，無限雨嗔雲妒。歸去。歸去。回首河山無數。

其二

團露壓花微重。香冷寒衾初擁。明月照清溪，剩有閒情萬種。如夢。如夢。遥夜沉沉誰共。

其三

春到南園鶯叫。風暖映花如笑。金盞滴珠紅，轉眼夢沉歡悄。多少。多少。年去歲來人老。

攤破浣溪紗 大明湖

雨後楊枝翠地垂。緑窗午夢不多時。隔院東風吹户響，誤歸期。　花底低頭温舊典，池邊小立試新衣。最是惱人攀不得，刺梅枝。

南歌子 北海暮游

輦路縈春草，龍亭集暮鴉。木蘭雙槳送年華。載得桃根桃葉、到天涯。　且盡杯中茗，休驚道上蛇。連年貪看上林花。可似巡檐索笑、回那家。

清平樂 法源寺看丁香花，皆白色者

天香縷縷。葉上生嬌霧。幾樹圓陰催近午。風送鐘聲一杵。　他年閬苑重攀。陶然佇立花欄。細與澹妝人語，相逢何似人間。

浣溪紗 崇效寺看牡丹

典盡袈裟爲鼠姑。春來習冶未全除。閒尋古寺數花鬚。　那伴傾城尋佛果，且從人境覓吾廬。文殊殿下立斯須。

生查子 客中小病

情多難取償，病小易分付。爲省幾分瘦，合返故鄉去。　夢中繚亂雲，枕上廉纖雨。欲斷已無腸，纔覺相思誤。

定風波 故都中山公園看芍藥

翠袖娟娟傍晚凉。瘦腰新却舞衫長。借問詞人今在否。依舊。爲霜憔悴却憐霜。　秀面被欺雙靨冷。微醒。暫時相見莫思量。明日片帆歸棹處。無緒。黄蘆苦竹水雲鄉。

清平樂 偕章太炎游北海

湖邊小聚。乍霽新蒲雨。占取高槐陰緑處。同話异鄉樽俎。　年來依舊清狂。舊游散盡高陽。殘月敲凉蛙鼓，催她十里荷香。

浣溪紗 登八達嶺遇雨

吊古傷春瘦不辭。霏微細雨濕僧衣。無端雨灑五郎祠。　疏鬢强同邊草緑，北懷欲并塞雲飛。重來應是老垂垂。

前調 南口

戰後山河滿目荒。春風吹草見牛羊。幾時裹革卧沙場。廢壘陣雲空黯澹，山城簫鼓助悲凉。是日南口城演劇。爲誰無語立斜陽。

前調 夜宿南口

龍虎高臺朔雁邊。伊凉舊調動哀弦。琤琮琴峽助秋顔。四面危峰蒸毒霧，一聲曉角破蒼烟。夜來鬢白那能眠。

謁金門 前題

風颯颯。怕聽戍樓吹笛。蔓越高城遮不得。衣單寒惻惻。蜡炬待迎曙色。濺血土花凝碧。猿鶴沙蟲渾未測。寒雲今尚黑。

浣溪紗 平綏道中有感，寄王一亭

自古書生老蠹魚。幾人得與畫麟圖。夢回鷄塞一唏嘘。遠道尚餘梅可寄，郵亭猶有鳥堪呼。何當絶域繫單于。

臨江仙 前題

駿馬雕弓臨遠塞，男兒身手堪誇。連年啼笑在天涯。空憐燕市過，無語但看花。自古興亡都似夢，可憐喬木昏鴉。新詞琢就思如麻。何當行萬里，指顧定胡沙。

好事近 前題

静夜倚危樓，細雨織絲無力。訴盡古今幽恨，剪燭花盈尺。不堪回望南雲，長夢遠山黑。高樹幽禽驚起，傍寒窗偷立。

一剪梅 寄牛夢周二闋

三疊陽關寫恨頻。水滿溪津。詩滿縑巾。遠山横黛瑣黄昏。夢裏停雲。别後腰身。梅子青時苦送君。衣上征塵。陌上行人。天涯到處有桃根。重與温存。趕上殘春。

其二

杏臉初圓蝶粉匀。春水生鱗。春草如茵。風光流轉看成塵。幾片春雲。幾度黄昏。小字紅書有笑顰。紙上真真。心上温存。年年芳草怨王孫。夢也無痕。愁也無根。

石州慢 寄朱子橋

孤館黃昏，望裏雲山，秋空滿闊。暮波冷滯雙魚，鮫眼剩珠飄絶。琴心誰訴，試把幽恨箋天，河山破碎餘芳歇。采盡浦中珠，向行間鋪綴。　凄切。滄桑萬感，還未中年，寄懷渾別。多謝何戡，紙上哀絲爲撥。天涯倦旅，檢點鴻雪遺痕，荒村尚有啼鵑血。頭白悄歸來，對紅燈嗚噎。

浣溪沙 久未得徒音訊

陣陣東風吹綉幃。江郎才盡更相思。一燈如豆夢回時。　天畔已無鴻雁至，夜闌還有杜鵑啼。此情凄絶汝應知。

前調 蘇堤即事

未聽新聲先自暢。長紅小白滿迴廊。客中俯仰儘疏狂。　雙槳來時人似玉，一鞭歸去月如霜。緑楊堤上夜蒼蒼。

謁金門 贈李平泉先生　幼與余同學，能詞善畫

聰而慧。絶似太白姓李。立雪程門家萬里。談詩屋槐底。　拙陋如余堪愧。妙手似君能幾。莫厭菜根無氣味。荔枝行熟矣。

風入松 禪堂夜月

萬株楓樹映斜陽。渾不似秋光。群峰相對悄無語，問片雪、何處深藏。夜夜冰簟竹枕，朝朝風磬清香。　冷静柳絲黄。往事懶思量。墜鞭人去珠簾卷，想如今、總是荒凉。半袖微風竹徑，滿階明月禪堂。

阮郎歸 寄李梅庵

自從歸雁帶相思。寸心痴復痴。銀焰結喜花枝。令人疑復疑。　桃初發，燕歸遲。玉聰嘶又嘶。夢隨芳草到天涯。王孫知不知。

青玉案 寄魏梅蓀

桃根已老東君手。最先覺、眉梢皺。病骨珊珊盈握瘦。翠箋重讀情懷舊。漫把餘香嗅。　當

時傾蓋意何厚。愿金甌無缺長守。孤館夢縈清欲溜。夢醒還記，碧桃窗口。一樹花如綉。

蝶戀花 游五公祠

薄霧瀰空鳶墮水。流轉天涯，何事非兒戲。沙鼈海蛇争上市。五公祠下游人醉。回首烟波真夢寐。始信人生，到處皆如寄。身後虚名聊爾爾。多少袖中今古泪。

西江月 送徒旋里

别後未收歌板，離情先壓行裝。鄉音無改鬢微霜。看取黄光額上。歸思恰如逝水，隨歡待補亡羊。中秋應得共清光。人倚小樓虚幌。

前調 寄黄石蓀

好曲常如夢短，故鄉路比天長。鳳箋錦字積盈箱。檢點題痕字上。秋月春花易過，人間孤忿難忘。悲歡離合太尋常。除歲登樓北望。

臨江仙 寄葉伯皋

塞北江南都歷遍，龍泉篋裏生鉎。雄奇删盡化尋常。聞歌時悒悒，對月復茫茫。俗物苦多歡意少，銷磨還賴鏗鏘。夜闌香盡暗思量。殷勤憐青鳥，身世更淒涼。

浣溪紗 癸酉七月十六夜席上

檀板輕敲夜未央。透簾笑話雜絲簧。瓊漿玉液却新嘗。欲借冰壺澆宿忿，漫尋玉筍換新香。可憐難覓舊時腸。

蝶戀花 西湖

三月西湖青擺亞。寂寞林亭，鶯老薔薇謝。恬卧高樓人不下。落花亂打青驄馬。縞袂仙姝今嫁也。一夜東風，冷露猶盈把。倦客幽懷何處寫。雙鳧飛去垂楊榭。

浣溪沙 西湖心

蕩槳湖心攬暮霞。琉璃千頃是吾家。慣將素面比荷花。一自粉香和墨盡，萬般幽怨託楞伽。燕歸樓上日西斜。

前調 倦游

流轉娑婆暗自驚。妙蓮花裏聽分明。繽紛花雨灑縱橫。大乘新參如有會，小窗幽夢總無憑。漫漫塵障幾時清。

御街行 寄宋菊塢

人間散聚如春宴。纔霎眼、花飛亂。渭城荒遠舊交稀，珍重南書雁。天涯海角，蕉風椰雨，長是孤燈暗。　旋研松墨嫌箋短。情未盡、意先亂。樓頭新綠已團枝，遮盡故人心眼。青山一髮，巒峰萬仞，日近長安遠。

虞美人 秋燕

矮檐曲檻扶梯滑。夜雨涼吹頰。呢喃細語傍檐低。正是去年秋老、是伊時。　行行誤入小橋西。留我共岑寂。菰蒲鎮日冷秋池。鴛鴦凍煞一對、苦相依。

蝶戀花 留園

曲曲欄干依碧樹。剪剪輕寒，燕子歸來否。一縷爐烟關不住。畫簾盡日縈飛絮。　玉子敲棋知甚處。背柳偎花，依約逗人語。午夢覺來無意緒。凄凄芳草閒庭暮。

前調 山居

誰道山中春事悄。落落疏籬，灼灼花如繞。楊柳高樓臨古道。倚樓人在花枝杪。　脉脉初陽心上照。天上人間，相對堪微笑。笑語經年人漸老。低頭怕把嫣紅掃。

滿江紅 題晦思園

古柏參天，雲深處、玲瓏仙闕。翠巒上、山濤怒嘯，冷泉擊節。五畝池塘十里花，一嶺寒松千仞月。百鳥閒、弄舌柳枝頭，調嘲哳。　蘭競芬，桂飄粒。須彌燈，維摩偈。聲聲鐘，度過娑婆千劫。沙彌貪懶不添香，老僧解衲閒捫虱。金烏斜、映照落花飜，山寺寂。

荆州亭 月夜懷鄉

月冷娟娟人静。沁透寒梅疏影。荒院一聲鷄，倏把栖鴉驚醒。　金殿玉爐香永。漢家殘碣誰整。空谷有山僧，敲破木魚風磬。

生查子 梨花

粉面羞何郎，素袖迎風舞。消瘦不禁吹，寄語東君早。　玉影飜虛窗，幽意頻來訴。帶雨送春歸，思春望雲邈。草瑟瑟，血凝碧。

更漏子 南北韓戰場

虎旗矗，笳聲凄。羯鼓頻催攢蹄。關月黯，塞風寒。將軍去不還。
閬墻惹恨堪惜。馬空嘶，魂胡依。深閨夢裏迷。

感皇恩 弦月

鸞絹畫飛仙，對影生憐。嫦娥底事蹙眉尖。春波漾水，愿珍惜好華年。短恨憑誰説，訴花前。　冷照梁園，傷春人渺，鳥啼花落總凄然。寂寂秦淮，河水涓涓依舊，弄笙人去也，訊如烟。

醜奴兒 陌柳

雨餘風歇黄昏後，扶杖登臨。陌上青青。一絲一縷總生情。　人間離恨知多少，心自分明。暗自送迎。不是梅卿便雪卿。

前調 紀夢游月宫

倚枕倦尋蝴蝶夢，夢也飄飄。身在逍遥。雪作樓梯冰作橋。　曾見翠屏花鳥處，桂子輕佻。月者嬌嬈。風鬢霧鬟向人招。

好事近 送春

風雨帶春歸，寒透石家池閣。鬧紅滿院翻飛，罵東風輕薄。　莫向枝頭怨别離，來歲情如昨。燕子雙雙歸去，任杏花零落。

漁家傲 憶徒久未來書

籬菊經霜初吐秀。茱萸插遍重陽後。情多漸覺霜鬟瘦。弧燈下，把殘字零箋重讀透。　衡陽歸雁傳書去。萬里家園音渺久。天末凉風寒翠袖。問秋鴻，無限相思能寄否。以上録自《月溪法師詩詞法書集》

鄧和祥

鄧和祥，字吉庭，蒙自人。光緒丙午（一九〇六）優貢。著有《没人删詩草》。

滿江紅 丁未廷試報罷，書貢卷尾

蝸角功名，誤盡了、許多豪杰。曾記得、蓬窗對雨，程門立雪。蠹簡摩挲伏破硯，龍賓轣轆磨穿鐵。到而今、贏得兩鬢絲，腸空熱。　玉關怨，羌笛裂。華筵舞，唾壺缺。剩頭銜兩字，優而不劣。骨格嶙峋難混俗，文章蹭蹬空嘔血。且歸休、漫訊閉門車，出門轍。

南歌子 寒夜不寐

病怯重衾夢，寒添一夜詩。入冬蓮漏故遲遲。衹得通宵、挨到五更時。　隔舍鷄聲脆，幽窗曙色窺。依然兩眼似玻璃。怎不人兒、瘦損小腰圍。

蝶戀花 春病

芳草萋萋春欲盡。悶煞人兒，鎮日懨懨病。詩卷藥爐難解悶。凄凉小院無人問。　莽莽神州風正緊。多少英雄，憔悴雙蓬鬢。大將頭顱虛擲牝。銅人清泪同情揾。以上録自《續滇詞叢録》

全滇詞

廖澤勤 編著

下冊

黄山書社

侯來賓

侯來賓，字雁秋，蒙自人。光緒丙午（一九〇六）優貢，官貴州知縣。

惜分飛 重安江渡口有感

雙槳迎來桃葉渡。曾記劉郎前度。翠柳眉梢妒。思鶩起別情離緒。　芳草天涯今日暮。落魄王孫何處。泪眼盈盈注。楚山望斷吴山雨。以上録自《續滇詞叢録》

李光亭

李光亭，甲辰歲進士，有天華山八景詩及詞，存詞三闋。

西江月

石屋亦有天窗。玉滴微落瓊漿。樓列東西石鼓響。高人雲卧仙床。　岩洞妙境三庵。明珠夜來放光。諸葛營寨設高崗。石龍倒挂華山。

失調名

石屋三庵，雲卧仙床，營寨明珠夜有光。石樓在高崗，石龍挂華山，滴出些玉液瓊漿。

西江月

天窗生於石屋，雲卧仙床眠足。玉滴明珠順岩符。真是石龍挂處。三庵古洞仙境，東西石樓絶俗。武侯營列八陣圖。輔漢伐魏吞吴。以上録自《大理叢書·金石篇》

尹乃灝

尹乃灝，字梁若，晚清时騰越人。附貢生。著有《修竹山房稿》附詞。

一剪梅 擬四時讀書樂

春來我羨景融和。桃也盈科。李也盈科。沂水春風樂如何。冠者高歌。童子高歌。蕉窗緑滿影婆娑。朝也磋磨。夕也磋磨。陽和烟景莫蹉跎。文章包羅。萬象包羅。

其二

夏來静坐在書堂。竹引風凉。蕉引風凉。荷花開放滿池塘。花亦文章。水亦文章。雲多奇峰好時光。雲也蒼蒼。峰也蒼蒼。炎炎似歲日正長。其樂洋洋。其喜洋洋。

其三

秋來人道槐花黄。桂也芬芳。菊也芬芳。紛紛舉子赴科場。朝亦奔忙。夕亦奔忙。秋山愈瘦有奇光。觸景成章。玩物成章。長亭十里桂花香。折桂兒郎。便是朝郎。遭亂時，徒空言以鼓勵人心耳。

其四

冬來我愛嶺頭梅。梅也成堆。雪也成堆。吹葭祇管動飛灰。天時相催。人事相催。寒來温酒飲三杯。詩也爲媒。酒也爲媒。雪深三尺不知回。等待春雷。一聲春雷。

浪淘沙五月閏五月以來，大雨連綿，山河水漲，泥沙古木流出，損壞古永、盞西、干盞各處糧田民屋，即事。癸卯年

騰地久雨施。水漲咸知。古永盞西浪奔馳。山埋大樹都翻起，魚浮門楣。古永山谷水流泥沙，山崩樹行，十圍杉木流出，盞西江水淹田屋，去歲亦得杉木一株。乾田種及期。潮田愁思。海巴横走盞達區。滿岸砂石柴無數，天補如斯。海巴江打去盞田百畝，江邊居民每户撈柴十多挐。

鵲橋仙水打小河底橋，没居宅三户，閏五月十四日

盈江南去，小河東來，族人杠成石渡。族人尹相孔修建。厥孫考試箭陰騭，孫尹學文，武童，試箭已落，跳起，射中紅心。學院問伊祖有何功，德以橋對，大喜録取。便入得、武庠名數。鄉人好事，時德萃引兵取磺，得賞。軍門如夢，蔡標鎮騰，派卒來挖硫磺。兵尋硫磺火龍怒。歷代不開挖，恐累居民，龍神不安，小河之源乃硫磺塘。猛雨半夜無多時，却氾濫、一橋三户。

桃花水　邦老橋頭，石嶂東邊，有洞雙孔，相傳水出，必主米□。是年村人見出一孔，十年前雙出，大貴。兩次閲歷，兆信然也

層岩石嶂西河邊。邦老橋面前。雙孔出，單孔湲。流水非長年。　今古話奇緣。湧清泉。米價高昂信息傳。事果然。以上録自《修竹山房稿》

張鴻舉

張鴻舉，字振宇，昆明人。清國學生，官直隸靈壽縣典史。著有《藕香亭詩鈔》。

浪淘沙　春夜聞風偶成　案：詞牌原缺，據《詞譜》補。

春卧小樓東。忽聽番風。金鈎雙控吉丁冬。窗外蕭蕭疏竹響，入耳玲瓏。　吹斷五更鐘。燭映摇紅。阿姨何太費神功。碧盡桃花緑盡柳，夢也相同。

臨江仙　園林春　案：詞牌原作《浪淘沙》，誤，據《詞譜》改爲《臨江仙》。

幾日園林春色好，裝成香國花叢。玉腰奴舞過墻東。月中庭柳碧，露下井桃紅。　草自芊芊花灼灼，者番佳景難逢。最關心事是東風。教鶯啼綉幕，學燕話簾櫳。

南歌子 無題

艇子摇桃葉，腰妒隨堤柳，顔羞楚院花。阿儂生小似蘇家。儘教西泠游遍、碧油車。衫兒着杏華。動人情處在琵琶。況是青春恰好、正即瓜。以上録自《藕香亭詩鈔》

魏上暹

魏上暹，保山人。清末貢生。

浪淘沙 西山晚翠

夕照纈晴保岫勢嵯峨。萬笏環拖。碧雲深處鎖烟蘿。嫩緑嬌藍鋪似染，望眼婆娑。波。點點青螺。滿城翠映鏡新磨。無限清幽看不盡，衹聽樵歌。

前調 法明曉鐘

聒耳撞三太保梵王宫。翠崎丹峰。闍黎曉起扣疏鐘。無限相思俱打動，好夢成空。通。響徹西東。盈城驚醒睡朦朧。就是故鄉聽不得，況在客中。

前調 龍池夜月

滿目好烟霞。漠漠平沙。水晶盤内照菱花。浩浩金波清見底，碧玉無瑕。三五正堪誇。一派光華。風來翠浪影横斜。萬斛珠璣噴不盡，流到天涯。

前調 金鷄温泉

氤氲瑞氣浮。釀出泉流。湯池烟靄最温柔。洗盡風塵無點垢，厥疾皆瘳。天地一沙洲。凉燠相投。火龍負鼎煮春秋。浴罷披衣登彼岸，遍體颼颼。

前調 北津楊柳

一抹緑含烟。翠幕垂天。婆娑影裏聽啼鵑。誰識小蠻腰宛轉，舞袖翩翩。裊娜晚風前。逸韵悠然。疏疏密密可人憐。多少離情都繫住，過客停鞭。

前調 雲岩卧佛

何事愛高眠。懶結塵緣。雲環古硐石花鮮。非是性頑不可轉，大夢同憐。坦腹翠微巔。道味窮研。松花滿榻錦衾聯。暮鼓晨鐘敲不醒，睡到何年。

前調 哀牢金井

哀牢舊永昌。鎖鑰金湯。横江鐵索度瀾滄。無异洛陽三月景，四季如常。石竇石泉香。咫尺波光。一盂澗水最清凉。多少游人飲不盡，勝似瓊漿。

前調 蕉硐春光

旖旎翠烟飄。十里芭蕉。垂青摇緑鎖山腰。饒有硐天清净境，石屋崎嶢。風來似湧潮。雨灑喧濤。晴光罨畫映溪橋。過往征人多留戀，暫洗塵囂。以上録自《（光緒）永昌府志》

曹文翰

曹文翰，字曙初，蒙自人，清末附生。

誤佳期

贏得夢魂顛倒。祇爲離多會少。想他恨他又憐他，憔悴人將老。歷夏復經秋，底事音書杳。巫山遠隔似天涯，難把心情表。

浪淘沙 東風六順差次

歲月去多多。老態龍鍾。多情祇有舊東風。不問關山千萬里，暖送懷中。看柳緑桃紅。醉蝶酣蜂。普天春色總相同。寄語少年休錯過，轉眼成翁。

蝶戀花

窗外山頭光一片。日晚初生，祇有愁人見。十二闌干都倚遍。心安何處能安現。回憶當年新竹院。夜静挑燈，旁坐拈針綫。方笑古人别離慣。而今竟負齊眉願。

解佩令

有時迷惘，有時覺悟。有些時、想入非非處。細想前身，一定天仙爲伍。自通明、佛經玄悟。奈因名利，更因兒女。險些兒、生天無主。算到於今，已嘗遍、人間甘苦。要回頭、那容耽誤。

漁家傲

讀書聽香消永晝。墻頭數點青山秀。寂寂空庭聞蟻鬥。亭前後。風流萬縷依依柳。日午松

陰青欲溜。堂深蘭氣沾衣袖。真個澆愁端賴酒。相別久。思量正是歸時候。以上録自《續滇詞叢録》

代紫峰

代紫峰，羅平人，清舉人。

西江月 嘎玉潮聲

破陣千軍夜走，銜枚萬馬宵行。雷霆洶湧起潮聲。處處山鳴谷應。鷗鷺眠來不穩，魚龍睡去皆驚。農家耳内卜陰晴。旦暮犁鋤整頓。

前調 横山日影

黑夜燃燈普照，黄昏烈炬高懸。撥開雲霧見青天。日影人間出現。北去紅光獨艷，南來紫氣常鮮。無拘午後與昏前。閃閃横山一片。

前調 河灣玉帶

白浪盤旋蜿轉，清溪繚繞迴環。登高遠眺見河灣。玉帶飛來恰像。裊裊流成曲水，圓圓繞過團山。之玄萬丈似龍蟠。誰個腰圍可上。

前調 白石高屏

一座當庭晃晃，千秋隔水亭亭。端然擺列象牙屏。白石岩高萬仞。旦暮烟雲變幻，神靈斧斫無形。家家出户在當庭。不必懷私嫉恨。

前調 馬摘金鞍

嶺勢高如白馬，山形曲似金鞍。風吹雨打不凋殘。問是何處摘放。午夜星河隱隱，三冬雪壓漫漫。神呵鬼護萬靈看。水火無由敢犯。

前調 轎子穿山

勢昇車兒大小，形如轎子圓方。青苔翠爲緑衣裳。恰似鸚鵡一樣。若非肩輿去里，除非錦養還鄉。南來北往費評量。冉冉穿山在望。

前調 紅岩晚照

赭石猩猩似染，紅岩焰焰如燒。斜陽射影對山遥。彩焕横江晚照。樹色薰薰帶醉，村容艷艷含嬌。佳人住在赤城標。掩護霞光萬道。

前調野老彈冠

脱帽風中露冷，科頭野外風寒。如何把玩紫金冠。象是從無見慣。九聘三征枉待，千年萬載空談。王陽貢禹去漫漫。古謂而今不尚。

前調仙人等伴

十里程途朗朗，千秋歲月漫漫。相離咫尺路何難。等得星移物換。雨過悄然泪灑，風來不怯衣單。隻身萬仞獨桓盤。一水盈盈隔斷。

前調登高遠眺

在昔臺名避暑，而今架號登高。何須重九興方豪。日日臨江晚眺。白石岩高萬仞，清溪水漲三篙。平沙終古浪爭淘。付與斜陽一笑。

前調石盆貯水

久雨添流不溢，多人渴飲難乾。珍爲聚寶一盆觀。位置真然得當。勝似華池玉液，恰如吸露金盤。山魈木宕細心看。莫令塵埃偶濺。

前調 箐中擊鼓

岩生石鼓懸岩，地有金鐘撲地。星羅棋佈半空排。遠望累累欲墜。下湧奇峰對聳，高同絶壁相儕。兒童上擊走成街。驚起猿猴不睡。

前調 洞裏登樓

嶄嶭千尋峻嶺，崔嵬萬仞山雄。樓高難上接蒼穹。洞口星辰可弄。照耀雲霄紫氣，蒸騰日月光紅。丹岩赤壁半虛空。下視心驚魄動。

前調 法嶺占雲

久旱連旬不雨，長空四面占雲。東山黑黑氣氳氤。早起天陰一定。昨夜星河皎皎，今朝露靄冥冥。占來不爽半毫分。更比蓍龜有信。

前調 臘山禱雨

萬畝秧苗欲槁，千村耒犁高懸。飛傳禱雨大山前。主夷黄家祝奠。入洞神靈出洞，今年變化明年。椎牛酬酒衆心虔。頃刻甘霖濡面。

前調 愛得春耕

暖暖孤村雨過，紆紆隔里生烟。蒸藜炊黍餉春耕。一帶香聞遠近。樹下蓑衣露濕，山前竹笠風清。緑嶺遍楚一犁輕。叱犢聲聲響應。以上録自《曲靖歷代詩詞選》

吴相周

吴相周，字夢熊，羅平人，清末秀才。

西江月 郭公寶三像贊

正直一生心性，公平畢世行爲。得失窮通無詭隨。汾陽一脉相維。德偶宇容再續，多男諒可奪魁。後甜先苦等伊誰。那裏難尋答對。以上録自《曲靖歷代詩詞選》

周宗璐

周宗璐，易門人，官州判。

木蘭花慢長堤烟柳

看春堤翠柳，説不盡、此時情。正點絮飛花，青條碧縷，嵐鎖烟横。橋頭試回望眼，奈迷離遠景障青城。堪羨腰肢瘦小，便教眠起輕盈。　情知剪燕與梭鶯。葉間試啼聲。縱汁染新衣，輕彈鎧甲，知屬何人。回憶御溝緑裊，喜長條猶自弄春晴。休使秋風亂卷，爲他飄蕩長亭。以上録自《易門縣志》

施汝揆

施汝揆，字燮卿，昆明人。解元。文宴之子，陳太史虚齋弟子。著有《月卿詞鈔》。

攤破浣溪沙月夜

壯志頻銷又兩秋。流光拋去任沉浮。但把前情細回溯，不勝愁。　蠟炬滅時人未寢，簫聲殘處月依樓。無限傷懷無限恨，悔從頭。

訴衷情本意

寒風吹透晚時妝。深院獨彷徨。多因不把人負，新舊恨、這般長。　穿曲徑，繞迴廊。

細思量。緣慳相念，既見無言，種種凄凉。

瑶臺聚八仙 早雪

破曉風狂。人乍醒、深巷雪映紗窗。倚欄憑眺，樓外四顧茫茫。天半飛花漫漫，人烟滅盡鳥歸藏。興偏長。逞他逸致，酣自翱翔。天公微施技倆，把人間醜態，另易新裝。茅屋朱門，都化作白銀莊。野梅何處覓也，待披氅騎驢尋遍香。多番恐，失意人遇到，分外凄凉。

漁家傲 除夕

神志早爲痴意累。兩年潦倒誰人慰。爆竹聲聲辭舊歲。何處泄。一腔熱血千行泪。少壯光陰能有幾。柔腸寸斷今知悔。極目烽烟天外起。深自愧。平生懷抱多未遂。

天仙子 紀夢

解語芳花何處有。幾載愁懷深自疚。夢魂何事苦相縈，親玉手。餐奇秀。情話喁喁香滿袖。　簾外凄凄風雨驟。驀地醒來佳趣覆。夜深孤枕泪輕彈，寒欲透。遲玉漏。明日病容更瘦。

阮郎歸 春思

東君吹緑上花枝。庭前芳草滋。愁深終日鎖雙眉。悠悠春興遲。　風淅淅，雨凄凄。畫簾雙燕飛。黄昏無語憶庭幃。何時人始歸。

鳳凰臺上憶吹簫 清明

山色如烟，歸心似箭，黄昏獨立風前。看家家楊柳，處處飛鳶。終日勞形案牘，空自嘆、似水流年。心頭事，何時遂，我待問蒼天。　憪憪。壯年逝也，任腦滿腸肥，憂怨難言。况惱人春困，愁緒頻添。唯有樓頭雙燕，身矯健、妙舞翩翩。應憐我，清明節届，胡不云還。

虞美人 瀋陽事變有感

家愁國難嗟何已。薄暮殷憂起。瀋陽一夜北風寒。太息河山頓改、舊時觀。　新仇舊怨添無限。恨不將兵洗。滿洲劫後痛心餘。始悔錦州何不、立中區。

菩薩蠻 驚夢

高樓日湧春眠重。愁深兀自尋香夢。虀婢不知情。喚醒空自驚。　芳踪渾莫據。清泪流如注。惆悵問文君。檀郎何許人。

錦纏道 螺峰即景

照眼花明，好一派春光透。醉東風、千紅齊凑。海棠畢出群芳首。樹樹高枝，慵帶斜陽瘦。上孤亭騁懷，緑波微皺。晚山青、遠村如綉。有鷺鷀、飛過千畦地，曲城河畔，逗幾絲殘柳。

荆州亭 送春

麥秀筍尖梅小。蝶去蜂來人悄。細雨濕殘紅，柳暗鶯鳴春老。滿徑落花莫掃。伊自顧依芳草。睡足趁東風，明歲枝頭來早。

一剪梅 雙怨

獨上瓊樓悶煞人。纔落潮痕。又漲啼痕。等閒辜負百年身。誤了郎君。老了青春。女。時代推移宛似輪。兀的除陳。忽地更新。湘妃死去不能神。斬斷情根。留住靈根。男。

臨江仙 江濱旅夜

買酒澆愁愁未醒，如何夜已三更。殘燈挑盡月華生。浪花吞吐處，樓外一舟橫。　隱隱疏星摇碧落，犬聲吠入江聲。何心倚枕計前程。一番寒徹骨，幾度夢難成。

浣溪沙 蜀江一陪娘

一朵紅蓮翠蓋張。亭亭玉立水雲鄉。無邊智慧静中藏。　對影悲深憐顧盼，爲他人作嫁衣裳。何時鸞鳳自翱翔。

醉思凡 玉燕

花香草香。蜂忙蝶忙。烏衣趁住斜陽。任山長水長。　蕉黄麥黄。風狂雨狂。匆匆飛向何方。餘音空繞梁。

水調歌頭 影慰形

蠟泪欲流盡，午夜獨徘徊。問君憔悴如許，何故鎖雙眉。云道青箱啓處，驀見娟娟秀迹，客裏不勝悲。十載恨常别，心事歷年乖。　聽君語，憐君遇，獻吾詞。世間幾度曾見，花好月圓時。過眼雲烟倏杳，已逝青春不再，此理是耶非。但願勤追取，莫使意終違。

蝶戀花本意　玉影

望定翻疑奇遇巧。半晌裝呆，神態全非了。不是負心人不好。愛花應自憐花早。漸從林外杳。野曠天低，觸目驚秋鳥。暗裏聲聲鳴示道。勸君莫被多情惱。

長相思憶孟姝

長相思。短相思。路遠天低風雨滋。相思無盡時。花香微。燕兒飛。空對瓶梅三兩枝。怨君君不知。

一剪梅贈雁

春到人間又一程。樓外花橫。山外雲橫。分飛蓄意苦形成。浪廢人生。兒戲人生。滿眼辛酸泪不停。事也難明。人也難明。雙雙熱愛剩伶仃。埋我真情。毁我心靈。以上録自《續滇詞叢録》

蘇毓琛

蘇毓琛，字獻廷，號景陶，昆明人。諸生。著有《華胥國游記》六卷、《卧雲室沙餘草》三卷。

滿江紅 無題

牽惹情魔，似流水、無休無歇。拋却時，仍連難斷，將離又接。鏡裏容華已成幻，夢中情緒難爲別。没奈何、搔首向青天，問明月。　休憐惜，新泪血。最難忘，舊根節。想嫦娥此理，應難剖决。今日施將蛺蝶裙，何時重注鴛鴦牒。待來生、續得此因緣，方補闕。

浣溪沙 閨怨　社作

料峭寒風撲面斜。更深月影上窗紗。玉郎猶自未歸家。　香燼漏殘無限恨，衾寒枕冷不勝嗟。金釵剔碎玉燈花。

如夢令 寄張四迪臣　乙未

轉瞬西風凛冽。又是送君時節。搔首問青天，月圓因何復缺。凄切。凄切。兩地年年傷別。

浣溪沙 漁父詞　案：詞牌原缺，據《詞譜》補。

一笠一蓑一葉舟。西山岩畔好垂鈎。得魚沽酒醉船頭。　席地幕天容放浪，依山傍水任遨游。滿身明月宿蘆洲。

西江月 挽内兄吉庭

偉矣無雙國士，孝哉不間人言。一朝冠劍棄庭軒。竭力致身違願。　向秀山陽聞笛，西州馬策撾門。且澆濁酒與招魂。憒憒天公難問。以上録自《卧雲室沙餘草》

王繩武

浪淘沙

時局感桑滄。難救危亡。銅駝遺恨鎖斜陽。不冷堂前巢舊燕，故址淒凉。　殉國樹綱常。勁節流芳。成仁取義令名彰。常愧我餘生戎馬苦，策乏匡勷。以上録自《不冷堂遺集》

馬之駿

馬之駿，字適聲，號繼三，阿迷人。著有《紅蕖香榭詩》一卷，附詞。

卜算子 案：皆衹有半闋。

小立碧漪亭，爽目春明媚。衹笑魚兒慣素餐，鎮日呑香餌。

其二

樹上曉鶯啼，説是春將去。朵朵濕棉檻外飄，打落楊花雨。

其三

幾陣南風吹，緑盡湖邊樹。紫燕紛紛貼地飛，剛到柳陰住。

洞仙歌令 過蓮花池，見孫君幼良暨德配劉女士合冢，作此吊之

山明水秀，是誰長眠地。柳拂青松柏摇翠。這芳封、定必玉深埋。忙舉首、細讀鴛鴦墓志。　恨妖風乍起，并蒂花飛。枝上啼紅杜鵑泪。待夜漏聲殘，皓月將收，鶯傳道、畫樓人墜。便玉碎香沉不須悲，有恁些名流，表忠旌義。案：孫君乃滇軍營長，奉令剿宜良股匪，中彈身故，劉氏得耗，飲泣赴宜良，將孫君身後料理畢，即舉槍自擊，殉夫泉下，真烈婦也。

賀新郎 調友并贈妓，用李玉韵

篆裊沉金鼎。白森森、紗窗月朗，烏栖園静。樓外花梢連摇顫，疑有人兒穿徑。倚綉枕、單眠方醒。簾卷東風春已至，喜今宵、瘳了雙思病。眉再畫，髩重整。　新妝屢向菱花省。又低言、珠鈿未戴，轉將郎倩。粉頭圓搓温柔玉，流盼星眸不定。切莫誚、觀天於井。雖鐵石人經海客，也須顛倒在芙蓉影。俺况與，對鸞鏡。

離亭燕 登大莊集賢樓即景

無限碧山環抱，萬畝葱蘢香稻。霽色冷光相射處，幾縷炊烟飄緲。茅舍蘆藩村，多被疏林繚繞。　遠岫寒雲閒裊，空谷靈泉偏皎。望裏曲溪流不斷，點綴緑楊紅蓼。樂事讓漁人，烟雨一蓑垂釣。以上録自《滇詞叢録二集》

馬銘勳

馬銘勳，字仲侯，清末恩貢生，永平人。民國十四年（一九二五）曾任雲南省議會議員、十六年署劍川縣長，卒於任上。著有《觸景詩集》。

浪淘沙 銀江夜月

何處月光圓。晦夜昭然。銀江勝景有奇傳。忽訝姮娥呈水面，不印層天。滉朗現當前。金鏡倒懸。晶宮捧出照澄鮮。滾滾銀龍吞不去，寶氣常宣。

前調 金浪晴雲

雨後看人行。於此占晴。翹觀金浪叠雲横。不遽從龍昭有象，煉火蒸成。襯出奇峰嶸。日照光明。博南山上客長征。風不卷兮如現彩，圖畫堪呈。

前調 和邱聳翠

天外碧烟迷。高聳雲梯。一峰崛起萬峰低。鎮壓西南雄峙處，泰岱堪齊。四面翠微兮。卉木萋萋。昂頭遥看欲攀躋。一派蔚藍濃似染，畫景堪題。

前調 曲硐温泉

世態忽炎凉。此水何嘗。四時雅度最温良。取以澡身兼浴德，豈似探湯。四面草芬芳。曲硐村旁。火龍負鼎熱方塘。浴盡世人無點垢，潔白昭彰。

前調 霞輝天馬

東面一高岡。勢若龍驤。奔騰碧漢起霞光。五彩彰身迎曉日，分外輝煌。萬道彩茫茫。燦爛非常。霞生天馬□□陽。宛若驊騮披錦綉，勝用鞍妝。

前調 雪映漾川

衆嶺雪皚呈。和月光明。天開美景最關情。上下交輝成玉宇，孰不凝睛。一片似瓊城。分外昭瑩。點蒼雪映漾川榮。山寺江村如畫裏，妙景生成。

前調 潭影涵虛

山水有清音。雅韵如琴。旋看此水碧潭沉。雲影天光涵照裏，不隔層陰。對望空人心。旨趣偏深。山圍四面共淵臨。上下融成虛幻景，妙理堪尋。

前調 崖懸瀑布 謝縣長改作寶峰夏瀑

飛泉挂碧峰。日照玲瓏。阿誰瀑布在山中。試問何年收卷去，用作帡幪。白練更相同。挂處臨空。幾經暮雨并朝風。半點不污常皎潔，萬古昭融。

前調江頂春朝　杉陽江頂寺，春日可望滄江潮湧，情景怡人

嫩緑柳舒條。時際花朝。却登江頂盼江潮。兩岸漫漫翻似雪，卷地喧囂。平坡隔岸遥。水勢迢迢。春光鎖駐瀾滄橋。來往行人如畫裏，景趣偏超。

前調金屏晚霽　寶臺山金屏石經雨晚霽，景象可觀

寶臺山寺遥。暮景偏超。金屏石上好難描。斷虹不與落霞去，斜挂雲霄。山呈錦綉饒。雨霽烟銷。飛鴉投樹亂紛囂。更有老僧擊暮鼓，醒世寂寥。

前調白竹朝霞　龍街白竹山産白竹，崇朝霞光掩映，錦綉宛然

白竹挺高崗。美麗非常。清晨霞起映朝陽。試看干霄臨水處，氣象光昌。個個白如霜。玉筍成行。日光照處彩茫茫。紅白交輝成錦綉，滿目祥光。

前調太平冷市　新太平鋪鄰於幽谷，地方設街，人不趨赴，動上下見之，十分冷淡，因作《浪淘沙》詞以慨之

市廛設太平。徒負虚名。巨商大賈不來營。勿怪人情嫌冷淡，地本不成。到此難謀生。誰見非明。惟倡與者最多情。竭力爲之邀約往，那個從行。

前調 澞架飛虹　係漾澞雲龍橋

兩岸勢嵯峨。鐵鎖横拖。似虹飛跨碧山阿。勿怪不銷新雨霽，爲鎖洪波。商旅往來多。坦蕩而過。臨流不嘆奈河何。祈以輿梁成永固，利濟靡他。

前調

時新巧樣妝。窈窕嬌娘。輕移蓮步出蘭房。雲鬢花顔誰可比，擬議胥忘。隱几弄花香。媚態非常。阿誰如我自思量。故倩畫工圖畫好，贈於四方。

前調 題花園照壁　案：缺半闋。

養花竟若何。香不在多。怡顔莫若盼庭柯。臺砌不栽無用樹，影動婆娑。

前調 詠翠柏芭蕉　案：缺半闋。

翠柏間芭蕉。以避塵囂。夜來風雨聽瀟瀟。無怪有心情緒好，可破寂寥。以上録自《觸景詩集》

趙　鰲

趙鰲（一八八〇—一九三六），字液池，大理洱源人。畢業於雲南高等學堂，後赴日留學，并加入同盟會。歸國後曾任緬寧縣長、雲南省陸地測量局局長等職。

醉花陰

矍鑠是翁殊可喜。不遠來千里。芳草憶王孫，帽影鞭絲，吟興連雲起。　六朝多少興亡事。都被烽烟毁。屐迹遍江南，端賴先生，收入奚囊裹。以上録自《松泉游草》

陳祖基

陳祖基（一八八〇—一九五三），字嘯湖，宣威人。宣統元年己酉（一九〇九）科拔貢，朝考二等第一名，分發廣東候補知縣。辛亥革命後主辦雲南《民報》，後當選爲第一届國會衆議院議員。中華人民共和國成立後被聘爲中央文史館館員。著有《廬山游草》一卷、《秋江集》四卷、《殘夢集》四卷、《豫章集》一卷、《景文堂詞》一卷等。

鷓鴣天 雪翁先生出示安寧温泉過年詩，敬題小詞，即乞教正

赴隴徵書落枕前。蒲輪北上客長安。東山衹爲蒼生起，况是希夷大笑年。　祝珍重，好

加餐。山茶花館卧金仙。興來偶作康衢咏，擊壤成編和最難。以上録自《曲石詩録》

宴清都 瓶中芍藥

曉露香盈擔。花聲徹，一簾鈎起銀蒜。移芳汲井，烘苞就日，紫烟成段。翻階近客低唤。悵離緒、銅瓶驚斷。又薛濤、侍研高齋，朝雲校字書案。豐臺舊憶歲南，瓊田綉錯，婪尾春爛。天風小謫，黄塵九陌，目成巾岸。彤雲醉粉交燦。幾曾負、閒吟冷看。贈折枝、溱洧涣溱清，柔荑皓腕。以上録自《詞綜補遺》

吕志伊

吕志伊（一八八一—一九四〇），字天民，思茅人。光緒庚子（一九〇〇）、辛丑（一九〇一）并科舉人，南社社員。曾赴日留學，加入同盟會。後任南京臨時政府司法次長、廣東國民政府代内務部長、大理院院長等職。著有《滇粹》《偶得詩集》。

臨江仙 别意

記得江干春送别，暖風香度薔薇。臨行握手問歸期。柳纖裙帶緩，花簇帽檐攲。破浪乘風何處去，浮橋久立如痴。沙鷗驚起夕陽遲。海圓天欲合，船疾岸疑飛。

其二

記得長亭秋餞別，曉霜微醉楓林。將離欲語費沉吟。衆前頻接吻，髯戟慣能禁。汽笛一聲即去也，車輪碾碎儂心。相思泪濺薄羅襟。白巾招展處，殘月漸西沉。

一剪梅

兩小無猜住比鄰。朝出成群。暮入成群。君穿白袷妾青裙。歌韵相聞。舞影相親。飛艇雲中悄結婚。郎自消魂。儂自驚魂。一朝投筆去從軍。戰地輕塵。夢裏情人。

清平樂 閨情

佳人似玉。翠袖依修竹。怕見鴛鴦相對浴。夜夜鸞衾獨。宿紗窗月上黄昏。梨花静掩重門。拚却守宫紅褪，令郎真個消魂。

高陽臺

震澤波靖，靈岩草潤，緑窗有女如花。一曲清溪，白門楊柳栖鴉。娥眉秀挹春山翠，翦青絲、燕尾風斜。怎禁他，眼漾秋波，臉暈朝霞。相逢漫惹相思苦，愛緑珠丰韵，碧玉年華。路入天台，傳杯共飯胡麻。良緣萬里紅絲繫，想容輝、合配秦嘉。最堪誇，詩咏桃夭，之子宜

家。以上録自《偶得詩集》

梁運開

梁運開（一八八一—一九四八），字啓亭，師宗人。雲南省立第一中學畢業。署理雲南昭通鳌金總辦，任羅平縣督學。

鷓鴣天

豺虎心肝鬼蜮行。天胡降爾毒蒼生。黑烟塗面成妖孽，白帕蒙頭似怪精。　燒房屋，刃編氓。家財器物概搜清。太平有日如相見，食肉寢皮報不輕。以上録自《師宗歷代詩詞選》

王燦

王燦（一八八一—一九四九），字惕山，昆明人。曾留學日本，歷任雲南政法學校校長、雲南高等法院院長、省政府秘書長、雲南大學教授。著有《知希堂詩鈔》《知希堂文鈔》等。

大江東去 潞江鐵橋

雙橋鐵鎖，看江流瀾急，中撑飛柱。昔界華夷天所限，今入漢家疆土。雪浪喧天，銀濤卷地，遥想昔日開邊，不通舟楫，頗亦煩兵武。水似潛有蛟龍舞。飛鳶欲墮，行人不敢居處。關山成險峻，竟把高黎束住。狖鳥聲哀，蠻花色艷，毒瘴相吞吐。渡瀘荒渺，江頭莫更懷古。

齊天樂 書懷呈印老

丈夫未到疆場去，埋頭讀書何事。血飲匈奴，肉餐胡虜，此願何時能遂。請纓無路，看破碎山河，潸焉流涕。長望中原，迷茫萬里不多地。　殲夷非無善計。奈天高聽遠，如夢長醉。公具雄才，我懷孤憤，一樣於時鮮濟。如期老至。祗結伴幽居，商量文字。風月湖山，聊將心迹寄。

賀新凉 民國己卯冬，偕印公歸騰衝九保故里，住旬日，游覽山水，題一闋贈之，祈爲正拍

如此江山好。望沙坪、千疇緑綉，四圍青繞。昔是明皇栖止處，榕陰依然如葆。吊古迹、祗餘荒草。聞道當年争戰後，井里中、今尚人烟少。入圖畫，疑蓬島。　滇西邊鎮多荒徼。極天涯、驛路崎嶇，關河縹緲。地有雄奇葱鬱氣，産出堂堂人表。造時勢、虜胡推倒。曾領平章邦國事，已荒蕪、故里田園了。歸隱否，堪娱老。

百字令 吊江川唐淮源軍長、騰衝寸性奇師長戰死中條山

中條山下，與倭拚戰，千回百折。三載艱危同捍圉，俱共存亡志決。聚米籌深，量沙意苦，刁斗聲凄咽。長城堪倚，河東守土無缺。　敵忽三面圍攻，依山背水，力盡援還絶。斷臂穿胸猶奮鬥，同灑萇弘碧血。氣壯山河，光增金碧，青史名難滅。成仁歸去，軍神宜鑄雙杰。以上録自《永昌府文徵》

蕭維翰

蕭維翰（一八八一——一九五八），字玉堂，建水人。辛亥革命時爲同盟會員，曾參與北伐。存《容膝軒詩集》三卷。

滿江紅 抗戰有感

萬里神州，演變成、刀槍劍戟。漫説到、秦宫漢帳，瑶台銀闕。燕韓趙魏皆淪陷，齊魯吴越盡浩劫。祇剩得、西南蜀黔滇，無敵迹。　龍虎嘯，風雲泣。艱苦地，兒童節。嘆時機，不禁慨然太息。因悲倭寇終藏隙，但願軍民總合力。最關懷、以後青年們，更團結。以上録自《滇海求珠集》

丁中立

丁中立（一八八一—一九六六），號曉嵐，昆明人。光緒癸卯（一九〇三）科舉人，中華人民共和國成立後受聘爲雲南省文史研究館館員。著有《曉嵐詩草》。

蘇幕遮 花朝日填堆絮體

嫩寒天，問客館。辜負春光，辜負春光半。夢醒天涯魂欲斷。芳草斜陽，芳草斜陽岸。睡棠開，痴蝶亂。没個人兒，没個人兒看。記取踏青香海畔。往事風流，往事風流散。

綺羅香 桐雲閣感舊

載酒重來，尋芳何處，猛憶六年前事。膩友如花，多少旗亭佳話。定三生、花月因緣，欠一段、風流情債。到如今、彩鳳分飛，姮娥深鎖月中桂。　泥金錦對猶懸，尤物終歸叱利，讖言應悔。閣冷桐雲，此後盛筵難再。空剩有、司馬青衫，點點滴濕桃花泪。君須記、薄倖狂名，此生難濯洗。

雙調江城子 春恨

春光已到十分妍。恨綿綿。柳如烟。乳燕雙雙、膩語訴花前。道説海棠開過了，人不見，草芊芊。　嫣紅姹紫静無言。莫憑欄。怕啼鵑。舊事樂昌、鏡破也重圓。錦瑟年華無計度，腸斷矣，奈何天。

念奴嬌 春雨

天涯倦旅，算今宵、諳盡孤眠滋味。細雨斜風欺客夢，况是惱人天氣。被冷衾寬，酒闌燈灺，別有凄凉意。夜長似歲，數聲窗竹敲碎。　遥憶江北江南，將紅姹紫，春色撩人媚。重叠雲山飛不到，萬縷千絲綰繫。滴上愁心，釀成離恨，也自憐憔悴。明朝春去，小桃狼藉紅泪。

誤佳期 送春

滿地落花無主。恨煞枝頭杜宇。聲聲衹送不如歸，何不留春住。　方自怨來遲，却早匆匆去。問春此去幾時回，惆悵江南路。

南浦 寄懷石如

雲飛雨散，憶天涯、不覺也銷魂。芳草王孫何處，摇落在風塵。幾度弋鴻烹鯉，盼佳期、把酒話津門。又好風横阻，浪萍飛絮，相聚渺無垠。　記否遼天惜別，正江干、携手送歸人。八載滄桑空换，辜負少年春。剩有劍魂詩骨，睨王侯、未改舊崚嶒。算晋燕千里，故交肝膽

兩崑崙。以上録自《續滇詞叢録》

孫嗣煌

孫嗣煌（一八八二—一九六七），字蒓庵，呈貢人。光緒丁酉（一八九七）科舉人，歷任大竹等縣知縣。著有《樾碧樓詩集》。

解佩令

玉堂人物，清時循吏，莽風雲、往事都成幻。老去題詩，多半是、憂時傷亂。寄閒愁、畫闌憑遍。　頡頏元白，師承李杜，踞吟壇、長留詩卷。晚歲逃禪，更將此、生花湘管。爲心僧、製成佳傳。以上録自《若園詩文續集》

冷照明

冷照明（一八八三—一九四七），字著堂，號冰心，别號慕白居士，永勝人。曾就讀於雲南工礦學堂。著有《闕疑齋詩草》《文存志異》等。

卜算子 嘆淹留北角垻也

無聊坐小窗，觸緒愁懷勁。暑往寒來春復秋，何日還鄉井。　傲骨倩誰憐，知己惟形影。

安得酩然醉不醒，世態任炎冷。

菩薩蠻 深山何處鐘　與徐踐修擬題『深山何處鐘』，各作《菩薩蠻》一詞，時在宣統三年辛亥

凝眸惟見千重樹。山環水複疑無路。遺響咽流泉。難尋梵貝天。聲聲空谷應。林鳥栖不定。急欲問行踪。山僧不易逢。

浪淘沙 五日思親成詞　辛亥

蒲節是生辰。無限酸辛。劬勞未報母損身。俗向九泉奉角黍，有意無因。家道故含貧。還戀嚴親。高堂年邁過七旬。北望雲山家不風，泣下沾巾。

憶江南 和徐夢麟相逢詞五首

相逢處，蓮步襯緑莎。池畔鴛鴦浮水戲，干卿底事蹙雙蛾。生小便情多。

其二

相逢處，笑語亦生馨。人面桃花今去也，更無心緒訪漁舲。堤柳自青青。

其三

相逢處，底事暗窺臣。我自纏綿千種恨，卿翻嬌情露半神。一笑豈無因。

其四

相逢處，鶯老又花殘。流水行雲留不得，情天恨海路茫茫。寂寞倚欄杆。

其五

相逢處，錯認是莫愁。玉杵雲英無處覓，武陵溪水自空留。情恨兩悠悠。以上録自《永勝古體詩集》

吴紹璘

吴紹璘（一八八三—一九六八），字漁滄，昆明人，原籍四川遂寧。中華人民共和國成立後爲雲南文史研究館館員。著有《平居集詞》。

臨江仙 納溪夜泛

薄霧浮江寒月上，烟波一點輕舟。此心如瀉水東流。雲邊漁唱起，月下櫓聲柔。　寫照古今多少恨，總是羈旅吟嘔。欲翻水調喚歌頭。徒增游子泪，難寫去鄉愁。

湘江静瀘州泛月有懷

凉月寒宵江氣静。水雲鄉里孤帆影。忠山木落，雙流烟渺，正江陽風景。看皓澄波，聽柔櫓、這番清興。分明記得，山頭水湄，重來我更凄哽。望故鄉，郵筒梗。照相思、兩心遥印。妝臺别後，關河夜裏，發離人深省。隔岸數燈稀，漁歌乍歇雲横嶺。夜沉宵迴，篷窗底，有夢還鄉境。

踏莎行春游黑龍潭

梅訊方闌，茶紅未了。長春觀裏春長好。勝游却喜一年年，尋春怕放韶光老。碧水沉沉，忠魂渺渺。古今義烈能多少。我來憑吊意愴然，山花無語空啼鳥。

唐多令上巳修禊，時正日寇入侵

禊事幾回修。時光似水流。卌餘年、往迹空留。塵海飄蓬身漸老，曾幾日、雪盈頭。向遠怯登樓。腥膻滿地愁。好河山、破碎堪憂。縱强尋芳同買醉，争得似、勝時游。

其二

松鶴益遐齡。鴛鴦履舊盟。八十年、花燭重新。詞進合歡樽滿酒，重合巹、拜雙星。鐘鼓樂嘉賓。龍鸞聚一庭。看諸郎、鼎盛勛名。海内賢豪齊介壽，真國瑞、極家婚。

太常引 春日游筇竹寺感懷

峰迴路轉入山深。信步喜松陰。古寺指高岑。漸聽到、鐘音梵音。迹傳靈异，相傳有高僧遇犀牛，追尋入水拽之，牛忽化石，僧以筇杖拄地以志。後來筇竹已活，笛幕擋建寺。壁精雕塑，寺殿壁及兩廡塑羅漢像，極精，係清光緒中蜀人黎德生廣修先生所造，洵屬藝林珍玩。舊事説傳神。回溯泪難禁。慨夢幻、悠悠古今。先君與黎君友善，并與寺僧夢佛作方外交。曾捐資塑像，黎謂當於塑像中爲先君傳神，此像今尚可識，而先君見背已四十餘年矣，思之惘然。

碧牡丹 秋日謁升庵祠

雲木藏深徑。風過傳疏磬。如此溪山，正好登高尋勝。歷認游踪，總負吟秋興。泉聲似咽幽恨。試相問。我與泉孰冷。非高也甘肥遁。景仰前賢迹，天涯差近。獨倚危欄，正水天各鏡。西風吹落鴻影。

聲聲令 冬日大觀樓游眺感懷

嚴寒唳雁，短景催人。大觀樓好怯登臨。葭蒼葦白，看無際，水雲深。别有情、鷗泛浪輕。　冬日烘晴。梅有訊，破萼新。樹猶如此感吾生。年華似水，白駒過，莫追尋。又怎禁、雙鬢雪侵。

離亭燕 安寧温泉

勝地儘多佳趣。尤妙一泓鳴玉。濯垢滌塵兼祛病，最適衰翁游憩。濟勝汽車輕，更可如時來去。　遠訪曹溪泉异。近覽雲濤岩峙。歷歷古今多少事，都入前人題記。旅館對螳川，浴罷黑甜容寄。曹溪有冷泉及聖水。以上録自《續滇詞叢録》

吴秉禮

吴秉禮，字魯生，騰衝人。清光緒時在世。

滿江紅 游寶峰寺

踏破晴嵐，振衣上去天尺五。歷多劫、鬼神呵護，劈開梵宇。縹緲樓臺疑上清，婆娑世界皆塵土。勢嶙峋、萬笏接虚空，衆山俯。　懸巖峭，雲吞吐。閬苑静，花飛舞。憶明賢令我，感懷今古。林鳥歌音喧法曲，壑松戛韵度琴譜。咏歸時、鴉背夕陽紅，聞鐘鼓。以上録自《續滇詞叢録》

王選瑾

王選瑾，龍陵人，字季暉，别號太迂生。著有《塞垣詩集》。

唐多令

春水縠紋生。飛花滿石城。十年來、人事頻更。三更杜宇啼徹夜，聽不盡、斷腸聲。　心事總難平。繁華付燕鶯。問多愁、可是卿卿。悄悄無言堤外立，雖未語、也含情。以上録自《續滇詞叢録》

張自明

張自明，字智齋，别號渾庵，龍陵人。雲南講武堂畢業，曾任馬關縣長。編修《馬關縣志》。

綺羅香 大觀樓養病，月夜忽聞簫聲，感而有作

冷露浸塵，凉風拂袖，知是秋光已老。孤雁嘹天，久客頓增煩惱。看荒原、黄葉深深，正疏籬、霜枝裊裊。依闌干、獨自徘徊，東皋缺月穿林表。　簫聲何處繚繞。感觸騷人意緒，愁思煩擾。移步相尋，又覺餘音低小。望漁燈、點點歸來，忽驚起、枝頭宿鳥。最難堪、病骨支離，新愁添不少。

賀新涼 戊寅秋日，昆明湖上晚歸

一棹歸來晚。看東皋、斷霞千縷，冰輪初展。夜静風高飄落葉，疑是飛鴉數點。看蕩漾、湖波亂卷。夾岸蘆花偏解事，慣招邀、排闥篷窗掩。霜露冷，心情懶。　更深湖上誰消遣。最堪聽、漁樵閒話，祇園經典。行過垂楊叢雜處，窗小閣開雙扇。算已到、畫橋亭館。繫罷扁舟閒踏月。問沙鷗、睡穩何飛散。天漸曉，斗頻轉。

水龍吟 大觀樓放舟至碧鷄山下普賢寺

瞰平湖水静波明，小舟穿過蘆深處。清波蕩漾，翩然驚起，幾行鷗鷺。斜倚孤篷，遥瞻山寺，動人情愫。記去年寒食，二三知己，同載酒、西樓住。　似箭韶光暗度。鬢邊白髮添無數。東風著力，前村楊柳，又成緑樹。小鳥窺人，老僧揖客，班荆道故。待夜深月照東墻，好尋取，舊詩句。

望海潮 讀介石蔣公廬山訓話感言

黄河九曲，長江萬里，中原氣象何雄。聖聖相承，元元弗替，千秋一道同風。傳語扶桑東。爾如狼似虎，略滿侵蒙。不自揣量，要盟脅我强相從。　須知文種皆同。况相依唇齒，自應和衷。既已辜恩，復行擄奪，人神抑豈能容。天命降元戎。統貔貅百萬，掃蕩群凶。异日膻腥洗净，談笑飲黄龍。

沁園春 聞南京失陷

嗟我南都，横被侵凌，能無痛乎。看蔣山徑裏，青磷上下，秦淮河畔，碧血模糊。曉日無光，夜燈减色，卓午炊烟斷復疏。何堪聽，頹垣缺處，短嘆長吁。　國家竟聽淪胥，應急早、登高振臂呼。望同胞奮起，精誠團結，長期抗戰，拚此頭顱。事到而今，義無反顧，莫負堂堂七尺軀。復侵地，看衝鋒陷陣，誓掃倭奴。以上録自《永昌府文徵》

袁績禹

袁績禹，石屏人。

長相思 别情

南雁飛。北雁飛。飛過湘江兩不歸。楚山雲四垂。　促織啼。子規啼。啼斷人腸聲自稀。月明聞曉鷄。

眼兒媚 静夜思

夢魂不到翠湖西。攲枕擁和衣。幾回風過，一陣細雨，四壁蟲啼。　悠然去路青山隔。何日是歸期。花開花謝，月圓月缺，衹是悲凄。以上録自《（民國）石屏縣志》

丘廷和

丘廷和（一八八四—一九六三），原名丘以和，字鳳笙，别號悟莊道人。雲南臨滄縣人。祖籍江西臨川，後遷居雲南石屏寶秀，其遠祖從寶秀來緬寧講學，遂定居臨滄。纂修《緬寧縣志》，著有《悟莊詩存》。

菩薩蠻 寄懷

七尺身軀萬斛血。半是憂時泪凝結。泪洗乾坤愁。感懷最怕秋。　秋深人已老。不及春光好。拔劍砍地歌。王郎意如何。

前調 題土觀樓壁

豪情閒寄一杯酒。酒酣起負天地走。憤屠大海鯨。怒發作龍鳴。　鳴聲振天地。慷慨悲歌去。回首望中華。蒼茫何處家。

前調 題慈雲畫集

將軍才自兼文武。刀光璀璨墨花舞。瀟灑出風塵。吟餘百戰身。畫裏愁成拚。不寄心頭憤。山石泫雲林。何處覓知音。

前調 吟餘復填小詞

拈花微笑隔花語。蒲團悟徹無生理。金粟如來身。莫使墮刼塵。靈臺方寸地。此中有真意。色相本空空。從頭認鴻濛。

滿江紅 題王文堂先塋

水抱山環，此中有、蒼烟暮靄。猶自帶、江濤雪浪，四圍松柏。崛起一崗鳴鳳峙，凝結一穴蟠龍宅。對此間、風物豈無情，從頭說。　三槐胄，佐沐國。明威顯，王君先人從黔國公平滇，授明威將軍、景東指揮使。光史册。景滿留惠政，猛緬遺澤。君不見、家聲蜚累葉，驥子龍孫相繼起。到如今、耕讀衍清芳，貽燕冀。以上録自《悟莊詩存》

張維翰

張維翰(一八八四—一九七九),字蒓鷗,昭通大關人。先後就讀於雲南省立政法學堂與日本東京帝國大學。曾任鹽興縣知事、箇舊縣知事、四川督軍公署秘書長、雲南省民政廳長、國民政府内政部政務次長等職。著有《蒓鷗類稿》。

滿庭芳 方氏雙節

釵鳳紛飛,鏡鸞孤掩,韶華地老天荒。心貞昆玉,矢志同冰霜。更對煢煢弱息,勤鞠育、婚嫁成行。最難是,婦姑同系,兩代姓名香。　信蒼天有眼,苦心不負,厥後克昌。看後先輝映,旌典褒揚。此日芝蘭挺秀,建雙節、坊表煌煌。矜閭里,人倫著範,彤管永留芳。以上録自《(民國)羅平縣志》

何秉智

何秉智(一八八五—?),字筱泉,昆明人。北京大學專修科畢業。曾任雲南省政府秘書、國民政府内政部秘書,後受聘爲雲南省文史研究館館員。參與編纂《新纂雲南通志》,輯有《楊劉周三先生語録合鈔》。

浣溪沙 題趙松泉先生《宣威松鶴寺題咏》後

滇尚宗風古妙香。梵宮林立大師良。再生因果竟難忘。　富貴壽高躋九秩,畫書詩早擅

三長。百年佳話發輝光。以上録自《宣威松鶴寺文辭初編》

西江月 戊辰秋自滇來吴，謁雪生閣揆，款留闕園旬日，追憶往事，賦此志懷

萱室時勤滫瀡，林園遍植梅桃。紓溪退隱樂陶陶。自是高人襟抱。　忽訝星沉寶婺，瑤池促赴雲軺。西方極樂任逍遥。佛座拈花微笑。以上録自《永昌府文徵》

陸崇仁

陸崇仁（一八八七——一九五一），字子安，彝族，昭通巧家人。早年畢業於雲南政法學校。歷任尋甸縣知事，雲南省財政廳廳長、民政廳長，國民黨中央執行委員等職。

金縷曲

六詔風騷歇。是何人、鳴金戛玉，重調音節。小謫塵寰原是夢，望斷瓊樓瑤闕。合餐盡、風香露屑。妙粲蓮花生舌底，小游仙、共話滄桑劫。將詩句，换心血。　飛來鴻爪團香雪。譜新聲、歌飜白紵，詞傳紅葉。咏絮才華媲往古，語語尤能真切。翠湖上、風濤正烈。瑤池應詔同羽化，嘆人生、幾見當頭月。千古恨，笛吹鐵。以上録自《紅藕軒遺稿剩墨合刊》

趙宗瀚

趙宗瀚（一八八九—一九四四），字澄甫，劍川人，廉訪趙藩子。南社社員。一九〇七年入四川政法學堂。歷任四川川北縣知事、滇黔綏靖公署少將秘書長、昆明行營中將秘書長等職。著有《琴茗簃詞鈔》《石寶山小志》等。

菩薩蠻 冬日閨思

枕函斜溜釵頭鳳。擁衾熨貼惺忪夢。征路雪霏霏。問郎何日歸。　盤螭堆蠟泪。鑪鴨横烟翠。鄉思渺江陽。愁隨更漏長。

踏莎行 南湖茶社與堯弟茗話

荷露抛珠，茶烟凝綺。南湖草閣同凭几。最佳風景足勾留，有人雪藕調冰水。　泛海聯艫，入林把臂。從容領取游滋味。紀程更約譜新詞，寄家鄉代平安字。

三姝媚 南海崔百越徵題《花嶼禊游圖》，限填三姝媚次碧山韵

驂鸞旗難葆。向山陬尋春，消愁多少。异卉成叢，恐盛游能再，花嗤人老。暈碧裁紅，同春此、芳姿嬌小。况有沿溪，桃雨江霏，柳烟青裊。　南海素馨香早。記禊事時脩，影臨波

照。曲水流觴，溯永和餘韵，而今終了。一幀留題，别寄此、傷心懷抱。趾美蘭亭清集，汪倫序好。圖有汪景吾叙。

爲蘘沅内子題畫四闋

臨江仙 紫藤燕子

出霧標春攢綉幕，清香繁艷相生。雙雙燕子忒伶俜。差池新羽翼，婉轉好音聲。畫棟珠簾何足羨，天然翠幄紅亭。偶鋪東絹寫聰明。裁霞嬌欲舞，剪雨遠含情。

賣花聲 白蓮鴛鴦

翠蓋颭風低。月皓烟微。晚凉閒憑畫欄西。此是陂塘清净境，香裛羅衣。人面是耶非。仿佛依稀。亭亭相對玉肩齊。花底文禽同命鳥，雙宿雙飛。

踏莎行 紫薇芭蕉瓦雀

薇省聞鷄，蕉隍夢鹿。誰憐北紇千山雀。世間何地可埋憂，緑天紅雨愁如束。葉助鈔書，花吟刻燭。依人小鳥如相熟。爲花寫照託遐心，待編過眼烟雲録。

蝶戀花 玉蘭畫眉

木筆花開春信早。枝上畫眉，啼落花多少。玉宇瓊樓塵不到。携尊獨自尋芳草。　杜甫興嗟悲漸老。我亦同懷，詎敢吟花鳥。低按紅牙君莫笑。綺懷孰個真除了。

滿江紅 送張自真秘書從六十軍出征

投筆從戎，男兒志、今番已適。收拾好、龍紋腰劍，虎皮頭幘。艱苦追隨廉耻將，遠征蹩踴搏桑賊。大丈夫、事業争千秋，紆籌策。　碧鷄叫，塵夢覺。剩金馬，雄心躍。共三迤豪儁，各抒肾力。草檄能揮蹢匾字，工篆文。雪仇誓滅蝦夷迹。六十軍、高唱凱歌時，銘勛績。

一半兒 昆明秋景　仿竹垞集分咏

翠湖湖水碧於油。湖上荷花花下舟。清讌風光開早秋。飣甆甌。一半兒紅菱、一半兒藕。

菜海

其二

碧漪亭子水之湄。亭上觀魚悟化機。更喜幽坊小酌宜。便招携。一半兒閒吟、一半兒醉。

海心亭

其三

河邊洗馬夕陽明。垂柳蕭條烟靄輕。明月晶瑩宵露生。擣衣聲。一半兒稀疏、一半兒緊。

洗馬河

其四

映紅樓上門茶槍。少白樓中呼酒漿。何似珠江歌舞岡。炫新妝。一半兒風華、一半兒莽。

酒樓

其五

螺峰蓮社近諸天。柏翠松蒼秋可憐。重九把杯招列仙。菊萸筵。一半兒頹齡、一半兒丱。

圓通山

其六

五華樓閣峙巍峨。笳鼓喧闐朝暮多。金碧之間民氣和。聽衢歌。一半兒含餔、一半兒餓。

五華山

其七

轉塘西去大觀樓。葦地蘋天詩境遒。高踞胡床歌拍浮。滿湖秋。一半兒蒹葭、一半兒柳。

大觀樓

其八

升庵祠枕碧嶢山。騷客尋秋時款關。詩思江楓漁火間。辨孱顔。一半兒籠烟、一半兒顯。

碧嶢

其九

雲華山洞鬱羅臺。臺上呼鷹真快哉。滇海濤聲風送來。共徘徊。一半兒稱豪、一半兒駴。

西壁

其十

太和宫在半山中。秋雨銅墻苔蘚紅。烏栖支離如醉翁。夜問鐘。一半兒風迎、一半兒送。

金殿　以上録自《續滇詞叢録》

踏莎行 丙子重九螺峰登高分韵得用字

絳葉霜酣，金英露重。螺峰翠叠秋光擁。喜逢佳節正開樽，東籬願與陶潛共。　韵士聯翩，高人接踵。長篇短什争傳誦。無煩離席更尋詩，眼前意境供詩用。以上録自《丙子重九羸峰登高詩集》

段　居

段居（一八九二—一九三五），字守愚，號松溪居士，劍川人。曾任雲南省參議員、牟定縣長等職。著有《守愚稿初編》《松影山房詩初集》《松月樓雜作》等。

阮郎歸 贈三層山老人

松風萬壑吹黄昏。山翁緊閉門。有錢何必給兒孫。朝朝酒滿樽。　山犬吠，落鴉翻。門前車馬喧。烟花十里是松村。行人可繫轅。以上録自《松月樓雜作》

李思純

李思純（一八九三—一九六〇），字哲生，四川成都人，出生於昆明。早年留學法國，後任東南大學、四川大學等校教授。著有《李思純文集》。

紅情 紅梅　丁巳（一九一七年）作

池亭春早。看水邊屋角，脂痕都好。比似嗛山紅雪，隨風落多少。莫是蓉砂變景，銜絳躅、采從瑶島。更夕照、枝底盈盈，朱鳳故巢小。　清曉。正幽峭。拚寂伴茜裙，向孤山老。細禽催夢，夢醒西崦暗香裊。仿佛珊瑚零綴，憑認取、天工奇巧。且記取、人去後，芳時過了。

緑意緑梅

黄昏淡月。正弄影夕窗，詩思清絶。匀碧輕紗，熏染春痕，幾處黛烟濃抹。横枝竹外開垂盡，又早過、燒燈時節。便任君、飽玩明妝，莫遣麗華銷歇。照水幽芳半樹，伶俜自對鏡，倩影疑活。凍雀銜殘，空戀餘英，夢裏緑珠愁别。應怜袖薄天寒甚，盡耐得、瑶階香雪。更酒醒、眼底迷離，飛入翠禽無迹。

高陽臺花市

芳樹霏紅，微風拾翠，錦城細雨新寒。簾額輕陰，嫩苔初上闌干。嬌雲暖日青羊市，拾遺村、誰駐金鞍。數流光，眼底晴鄉，又到今年。聽鶯載酒平生興，儘珠歌買醉，玉貌爲歡。去歲花時，角聲無限江山。遥看水碧沙明處，對林漪、自賞余妍。鎮無聊，獨唱清詞，譜入湘弦。

惜紅衣春夜聽雨用白石韵

酒盡屏山，天寒社日。好春無力。滴碎詩心，銀缸漾微碧。秧田𤄷水，還説到、仙庵游客。

清寂。天末故人，告芳時將息。　烟紅滿陌。零落餘香，來朝便狼藉。神州夢斷，影暗畫闌北。聽盡五更鴛瓦，此夕亂愁都歷。算杏花誰賣，消受惱人春色。

木蘭花慢 海棠

玉人紅映肉，畫闌畔、鬥瓊英。正眉萼舒春，臉霞暈酒，誰醉華清。少陵句子，算朝來花重錦官城。消受胭脂天色，輸空一個黄鶯。　多情。小睡香生。紅燭照、粉奩澄。任山杏臨風，仙桃似火，怎比卿卿。新晴。自然艷絶，便牡丹相遇合爲兄。我亦放翁顛了，緑章夜奏瑶京。

南浦 春水

碧玉一灣明，認柳陰漲痕，昨夜新雨。風動縠紋斜，花潭畔、還愁不禁柔艣。翠眉窺鏡，苧蘿多少湔裙女。少陵當日天上坐，鳧鴨還膏雛羽。　芳時未穩陰晴，有燕翦陂塘，鷗盟洲渚。花底畫闌橋，垂虹影、浸出艷霞千縷。風波并世，幾人來問鴛鴦渡。寸心遥送江南緑，誰挽天河如許。

前調 和丹書韵

黄楊閏厄，算眼前、春事未分明。浪爲夭桃穠李，費盡十分情。長憶隱囊紗帽，坐填詞、細雨響寒更。和嫩紅花片，淡黄楊柳，并作惱人聲。　幾日佳晴不易，送年芳、如夢去無形。莫上殘英池閣，黛葉鎮青青。檢點剩脂塵土，似香埋稿葬怨西泠。唤杏花深巷，昨宵憔悴小樓聽。

八聲甘州 和問琴先生閏花朝韵

釀輕寒兩度過花朝，花情共春深。算黄楊閏厄，俊游天氣，未穩晴陰。一月好春多住，芳意尚堪尋。恁夾衣新試，風力猶禁。　惻惻瑶階獨步，染杏烟梨雪，小潤羅襟。數前番風信，屈指到而今。慶重添、百花年紀，有畫梁、雙燕説愁心。還奈買春無計，嫩柳垂金。

天香 牡丹

嬌殢天香，濃蒸麗日，瓊肌鬱鬱生汗。絳燭燃脂，石華凝唾，二月好春將半。重陰護緑，深鎖住、雕闌曲館。祇愁檀雲幾縷，朝來被風吹散。　玉窗膽瓶作伴。折垂枝、更煩金翦。一例小桃山杏，合輿臺看。因憶姚黄魏紫，儘消受、春風洛陽縣。賞盡良宵，麝薰猶暖。

浣溪紗 丁巳閏二月，危城索居，門外兵燹滿目，巷戰方烈。而墻角酴醿一叢，着花垂垂，落英布地。因掇拾殘片，玩其餘芳，遂賦此闋

淡白香紅委地時。一年花事到酴醿。殘英猶惹蜜蜂兒。　已負年光成短夢，又聞鼓角引中悲。認他門外即天涯。

眉嫵 春月

照妝樓鴛瓦，碧淡纖眉，如畫黛痕淺。妙語東坡婦，娟娟好，春宵還勝秋玩。翠樽共勸。轉玉階、花影低顫。籠輕霧，刬襪郎邊去，恰良夜春滿。　羅袂黄昏凄斷。憶柳梢幽約，前度偷見。還共梨雪白，雕闌角、迷濛烟景難辨。鳳廊夜暖。不似霜華五更看。又西苑清游，三月水浸宮殿。

慶春宮 寄懷辛聖傳

兵後山川，愁中音問，有人慘淡春城。新緑侵階，衰紅飄榭，眼前節候都更。人間何世，鎮孤客、南冠自驚。聖傳被困亂兵，幾死。峽山青處，斜照低時，無限牽縈。　平羌放棹空明。峨頂仙迹，雲屐身輕。來書將游嘉榮。誰誦新詞，哀弦凄管，萬千幽恨縱横。故鄉重到，合喚取、

新名更生。玉窗吟望，遺盡黄昏，一晌心情。

水調歌頭上堯生先生

天外大峨秀，佳氣鬱葱葱。有人萬松深處，神秀與天鍾。魏闕舊時鳴鳳，江海今時鸞鶴，百世下聞風。京國夢回首，心事十年中。　人間世，空吟望，泪珠濃。迸入雪堪詩卷，雲水蕩層胸。頭白横溪閣上，心逐烟篷漁艇，野鹿養香茸。縹緲列仙子，目斷妙高峰。

翠樓吟題康南海戊戌致徐勤書

大劫金輪，東華血史，銅仙舊滴清泪。横濱天一角，借英艦寸函飛寄。臧洪風義。儘託得慈親，支持天地。先朝事。廿年風雨，换將人世。　二月。黄浦飛花，正六旬初度，一樽重對。墨痕凝泪點，照禾黍離離如此。招魂柴市，嘆濺血朝衣，鈞天沉醉。須彌翠。金天西望，萬年千歲。

望湘人爲吴又陵贈歌者碧秀并和玉津老人

聽碧郎歌罷，畫閣疏簾，閒寫小名新録。珠語清圓，花情馨逸，眼底一時如玉。豪氣延陵，綺筵俊賞，裁紅刻燭。裊東風、婉孌楊枝，做盡迎人輕緑。　應憶生春巧笑，尽清真醲麗。

量珠千斛。更華髮仙翁，鳳管練裙題曲。才華幾許，瑶箋萬幅。問汝幾生修福。又陵合刻贈碧秀諸作爲《朝華詞》。須記取、淺唱旗亭，譜入新聲湘竹。

百字令 爲郭季吾題所藏匋齋故物寶華庵鑒賞章

紅羊劫換，憶歸元、開府尚餘貞石。插架寶華千萬册，一一染胭脂色。紺玉盤璃，朱文垂露，曾見滄桑易。摩挲長嘆，五年蜀道磷碧。　應念烽火山川，連營笳鼓，流轉兵間得。一例西行，多少恨、漢瓦秦磚抛擲。月冷鵑啼，風高鬼嘯，魂返青林黑。神州何世，題箋清泪重疊。

夜飛鵲 七夕夢窗韵

星河幾多闊，兒女深閨，篆烟乞巧爐薰。金風玉露又佳節，鮫珠秋泪紅巾。匆匆一年會，正香飄桂彩，月轉花痕。鴛機鳳渚，驀凝望、如縠輕雲。　應憶畫屏羅扇，螢影入珠簾，午夜當門。珍重憑肩小語，釵横鬌亂，空怨分蘋。茶瓜閒話，趁晚凉、商略清尊。想關山千里、針樓一角，消盡離魂。

虞美人上雨人先生

芙蓉城闕愁無主。急彈跳珠雨。風灾魔劫到今年。勝遣白頭詞客、桂湖邊。　　　　簪山極目天南遠。鄉夢聽秋雁。先生詞集名。雁聲吹度碧雲秋。爲報休庵歷劫、未曾休。

百字令題約園竹垞韵

三分水竹，浸秋光半畝，屋如舟泊。前代詞仙今日主，劫外吟情依託。就石疏泉，將花請客，小幅桃源樂。黄泥坂路，閨中應備桑落。　　我亦叢桂湖邊，微吟待月，五日香中酌。茗碗風簾歸卧處，慘慘破書圍幕。高士移居，廢園如畫，詩意生林壑。側身南望，大星應掃狼角。

渡江雲丙辰八月二十三日，堯生先生歸里，集江樓爲餞者三十九人，忽忽若前日事也。歲星一周，逝者已四，而榮州遠隔，自阻兵甲，音問遂稀。秋雨打窗，悵惘無既，賦此寄懷

重陽將近了，排檐秋雨，心上響颼颼。去年今日事，一葦寒江，尊酒話江樓。分明夢影，黯少年、情緒先秋。千萬劫、霜淒蛩咽，惘惘合成愁。　　休休。當時俊侶，雲散烟銷，更如今何有。渺天涯、丹楓黄葉，隨地荒丘。夕陽征雁回飛處，阻烽烟、久斷書郵。憑眺遠、青山隔

住榮州。

霜葉飛 和休廣子愚重九作并寄懷香宗先生，用夢窗韵

亂蛩凄緒。傳秋意，霜飆初動衰樹。小蟾歛影幕痴雲，做出連宵雨。嘆歲月、空飄快羽。登臨有恨横千古。更約看黄花，問可似、西風瘦損，玉奴腰素。　還對白髮烏紗，天寒重九，怨抑都寄吟賦。少年何事例悲秋，心上愁難語。聽畫角、遥空斷縷。軍聲吹送榮州去。待甚時、茱萸醉，翠壑丹岩，認傾杯處。

霜花腴 重九出游用夢窗韵

翠荒院宇，更着將幽人，散髮斜冠。霜味能腴，佳時虚過，今年作計應難。强懷自寬。有萬千、秋恨當前。尚慰情、短徑深叢，菊花相對鬥清寒。　凄切柳枯楓艷，向樓臺高處，猶咽哀蟬。欄檻青紅，愁心冥渺，登臨懶拂吴箋。甚時酒船。訪細腰、宫裏娟娟。又微吟、獨把茱萸，醉來還再看。

齊天樂 送别金坡次玉津老人韵

十年舊夢黔山翠，西風又吹孤旅。紅葉西溪，蒼葭南浦，惆悵送君行處。新詞按譜。正霜信

黄花，暮簾□户。未盡愁心，一繩秋雁寄將去。江山盡留畫本，想歌船象板，秦淮堪住。烟水千家，金焦兩點，容得詞人旗鼓。楓橋竹塢。問可憶花潭，酒邊儔侶。望眼天涯，卷篷聽暗雨。

永遇樂 雨人翁偕飲市樓有作

急吹侵窗，釃寒欺酒，玉尊傾處。剗地風烟，碾塵車馬，恨卷天涯去。杜鵑頭白，迸將泪點，依約夕暉留住。儘清吟、珊瑚擊碎，名士氣如龍虎。青衫半濕，酸情相引，明鏡華顏自顧。白髮濃愁，錦箋凄調，千里簪山路。劫餘耆舊，暗悲春换，况有驚心鼙鼓。更搔首、人間百感，問天醉否。

聲聲慢 爲約叟題所藏《秋山采藥圖》

遥岑深碧，野客荒寒，神游尺幅烟峰。劚土鴉鋤，靈苗翠壑叢叢。天台絳桃飛盡，阮郎歸猶認霜楓。圖有阮雲台題字。空嘆息，問仙山何地，洞口雲封。天付先生留得，看白頭詞客，能駐顏紅。戰血丹砂，塵寰憔悴狼烽。追思太平舊史，祇如今、醫國無從。愁閣筆，便携家、同住此中。

浣溪紗月夜 戊午年作

物外春聲沸夜長。銅街人靜月明廊。暗鐘沉響落愁鄉。兒女青紅花隱約，池臺金碧夢蒼凉。有人搔鬢立虛堂。

前調孝穀納姬戲贈

碧玉回身就抱初。美人東望隔蓬壺。小星替月潤如珠。憔悴文園新解渴，茜窗紅袖伴清娱。不知能似玉簫無。

高陽臺春感

晴意薰梅，葱痕染柳，東風畫盡無聊。怨角重城，可憐春比人嬌。輕衫莫問尋芳事，懶晴窗、素手金刀。繫游驄，玉勒絲韁，寂寞青郊。百年佳冶供人醉，嘆西園短夢，蝶鬧蜂驕。曾幾花時，卷簾烟翠齊銷。重來燕子矜飛俊，怕杏梁、終近危巢。更能消，幾度流光，絮落萍飄。

前調 落梅

輕粉空枝，寒香斷砌，依依涴地誰憐。鬥盡横斜，嬌人春意含酸。翠禽怨説西崦夢，駐餘芬、無計留看。嘆孤山，玉髓難調，香印殘瘢。　壽陽宫額天然巧，算芳情浪擲，空助人妍。雪樣零脂，魂銷素靨蒼鬟。重尋解佩蘭昌影，但凄凉、野水城灣。蕩回腸，玉笛高樓，愁倚危欄。

木蘭花慢 花市

洗紅粘杏雨，畫橋外、釀新晴。正鈿轂吹香，平波染麹，芳事初程。銷魂。翠衫眉樣，算年年花重錦官城。記得吴妝照水，有人瘦比黄鶯。　嬌凝。冶思還生。江柳碧、市簾青。甚短陌珠烟，麗譙金勒，空引閒情。旗亭。買春未許，鎮夕陽鶤鵊亂啼聲。收拾西泠萬緑，東風又近清明。

長亭怨 柳花　此詞堯老有改作

蕩花外、檐牙風急，吹送吴綿，戀人如霰。畫取春魂，翠烟深鎖不禁斷。夕陽無語，照芳草、天涯夢遠。黯黯離愁千萬縷，空垂銀蒜。　凄怨。又清明節過，撲向綉窗零亂。星星數點，認何處、謝娘庭院。甚飄零、莫化浮萍，更珍重、來生相見。待相見憑闌，莫説朱顔輕變。

高陽臺 詠燕和藴華

斜日紅襟，嬌春翠幕，雕梁凄認巢痕。掠影差池，烏衣門巷黄昏。晴烟暝雨關山路，颺東風、碾麴成塵。甚飄摇，空補芹泥，芳訊無因。　憑闌莫問栖香事，説秋來似客，畫閣依人。軟語呢喃，天涯倦羽辛勤。閒情便付雙雙剪，奈緑窗、心上愁根。待相逢，人面桃花，睇眼銷魂。

緑意 緑陰

碧雲萬疊。向晚春落盡，藷脂殘雪。烘染晴鄉，一抹青葱，誰向畫中濃潑。交柯不辨凉蟬路，和暗雨、數聲幽咽。更如烟、隱隱青紗，浸入曉窗愁絶。　回首怨湖鬥草，正波鏡倒映，裙腰深壓。淺樣春衫，石黛雙蛾，嬌襯冶條芳葉。如今緑斷東風影，怕隔住、紅樓天末。衹夜來、蘚徑低迷，翠煞一庭明月。

梅子黄時雨 初夏暗雨連夕，悵然有懷，用玉田韵

冰覃銅壺，和殘響斷蓬，身夢漁隱。照暗壁蕭蕭，短檠愁影。烟靄青溪新漲足，茂陵獨卧相

如病。江南景。畫裏翠流，平送歸艇。　誰引。清宵凄興。向紗櫥側帽，憔悴孤聽。想寸緑秧畦，鏡波千頃。明燭巴山思對話，故人心上天涯近。檐聲緊。一庭柳昏花暝。

渡江雲 柳　次堯老原韵

鵝黄千萬縷，垂烟裊翠，淺水碧汀沙。畫船相并繫，冶葉倡條，燕子掠風斜。離情怨笛，算玉關、門外天涯。閒却了、陌頭春色，一角美人家。　秋笳。蒼波灞岸，殘月江潭，夢桓郎躍馬。何處向、高樓送暝，極目翻鴉。銷魂鳳嶺思纖手，鎮攀條、多少風華。漂泊意、漫天晴雪吹花。

前調 次前韵

玉閨人健否，離悰千里，凉月白江沙。畫眉心緒懶，寶鏡香螺，鬟黛一分斜。宵深鳳脛，盼錦書、歸雁雲涯。珍重好、姮娥圓味，飛夢早還家。　金笳。青山戎幕，緑鬢蕭郎，慣輪蹄車馬。應更咏、裙鬆蟢子，顔怯寒鴉。相思紅豆憑誰寄，粉奩邊、病損鉛華。吟舊句、緑窗人倚看花。

荔枝香近 謝孝穀惠荔枝

小摘筠籃晶顆，戎州异。絳綃裹住冰肌，猶帶江灣翠。玉人對擘春纖，細領櫻唇味。嬌膩。一騎紅塵向誰寄。　哥瓷貯，柔没骨、豐如意。老去蘇髯，親試嶺南佳麗。内熱人間，勝比天家蔗漿賜。一掬清凉肝肺。

石湖仙 壽休庵老人

冰壺瓊島。有詞客霜顛，榴花紅照。天外玉簪山，向千春、長青未了。隨身吟卷，比竹屋、花間風調。歡笑。似葛仙、舉家忘老。　誰傳雅音秀句，半塘後、朱弦自抱。舊國山川，莫問銅駝荒草。大棗如瓜，壽星如月，杖藜人好。香篆裊。海蟾直上松杪。

浣溪紗 立秋

凉吹高梧動井闌。荔墻疏雨碧苔斑。蟬紗如霧逗清寒。　雁足孤檠憐夢短，龍鬚方褥卧宵殘。怕臨金鏡照孱顔。

其二

竹檻燈窗送淺凉。玉階幽籟怨啼蛩。寒花嬌瘦上釵忙。　絲雨畫檐烟淡淡，小風鈴閣月蒼蒼。南譙清漏引回腸。

燭影揺紅秋夕

碧暈燈窗，織愁三日檐聲苦。一分星月破纖雲，初洗連宵雨。幽咽寒蛩對語。數秋期、凉風白露。眼中何極，病葉霜零，斷橋烟浦。萬古悲心，夜闌突兀還軒舉。丁簾井褥卧凄清，裊裊芙蓉炷。銷盡沉薰向曙。認浮生、夢魂斷縷。不堪心上，歷歷青山，舊情今古。

法曲獻仙音聽老伶工周甫臣度昆曲感賦

白雪清音，紫霞仙調，勝遺梨園衰晚。月冷霓裳，泪零霜鬢，秋風錦城凄斷。聽頓老、琵琶語，人間市朝换。夢痕短。甚江南、又逢花落，無奈是、心上廣陵舊怨。擫笛傍宫墻，念承平、歌舞今遠。按罷梁州，嘆鈞天、寥落何限。祇華燈夜沸，十里巴人絲管。

桂枝香新秋晴午，桂香襲人，憶去年此日桂湖游事，令序再逢，舊懷多觸，憮然成咏

瓊蕤一色。照緑净桂湖，去年今日。夢裏前身金粟，翠陰行迹。烟亭水榭清如畫，沁秋心、藕絲蓮的。萬香如海，明漪一勺，此生消得。念滿眼、西風倦客。又簾外蜂黄，香到瑶席。送影斜陽，無奈舊情非昔。旃檀盡有諸天想，叩禪關、静中崖蜜。便從招隱，小山何處，

畫欄空碧。

玉漏遲中秋　夢窗韵

翠桐飄細雨，銀床落葉，歲華催晚。插鬢涼花，倦惜倚闌纖腕。是處疏簾淡月，和金井、吟蛩聲亂。香霧滿。人間幾日，又逢秋半。　最憐玉骨西風，聽一夕清商，做成淒怨。縠樣雲羅，依約姮娥輕幔。珠斗星河挂影，照逝水、流光千轉。空望眼、瓊樓夢中天遠。

風入松重九前一夕作

瓊窗燈火夜熒熒。簾隙峭寒生。黄昏吹雨闌干角，一分秋、一度飄零。曾得涼蛩幽意，墻陰數尺苔青。　重陽天遣酒人迎。霜味飽新晴。微吟楓落吴江句，引蒼波、千里詩情。送盡人間頭白，夢中梧葉秋聲。

萬年歡壽堯老　戊午年作

晚節黄花，高名青史，半生人耐秋寒。老坐萬松深處，天地蕭然。夢裏鑾坡舊事，驚七載、頭白山川。人間世，諫草流傳，未堪燈下重看。　葛洪舉家一醉，過重陽佳節，五秩華年。漫問南能北秀，苦動風幡。一曲石湖仙隱，耽吟健、花外花間。勞相望，錦里扁舟，甚時榮德山前。

金縷曲

病裏清秋味。過重陽、鏡中人似，菊花憔悴。斷酒寒天凄凄雨，江上晚楓紅醉。聽畫角、層城吹起。年少心情霜後葉，送荒寒、身世知何地。明燭短，照無睡。　故人各有天涯意。帶西風、蒼葭白雁，音書還至。竹屋紙窗多佳趣，歷歷夢中塵事。黯四海、久無春氣。留得書叢仙蠹活，莫飄蕭、九月青荷瘁。并萬感，數行字。

如此江山 堯老作山水畫一幅見貽，賦謝

寸心沌水樊山外，蕭然楚江空遠。鷺堠青迷，魚天翠活，一葉峭帆新剪。倪迂在眼。稱小幅吴裝，自携行卷。淡淡秋光，萬松深處夕陽晚。　詩人相望不見，望中重九過，遥寄飛雁。戍鼓征程，醉楓凉血，畫裏神州千轉。風窗細展。嘆剩水殘山，付誰收管。失喜挑燈，卧游憐病懶。

五福降中天 生日

望中蒲柳先秋瘁，青青歲華催暮。屋角游絲，庭陰暗影，二十五年今去。浮生太苦。儘雪卧

梅花萬枝照眼，染蜂黄似海，都費題岩栖，幾多風雨。玉貌恒河，是誰鏡面尚顔駐。强醉無歡，孤吟未忍，早嘆有生全誤。寒宵斷鼓。送臘盡春回，一絲參取。静掩文窗，剪燈無片語。

離亭燕暮春　己未作

一霎清明過了。花市一竿殘照。錦水空流三月恨，送盡年年懷抱。遠目向天涯，緑遍斷腸芳草。偷笑。葉底金鶯聲老。紅杏幾枝春鬧。絮影濛濛吹又少，盡日翠簾風峭。燕子故矜飛，付與小桃

滿庭芳問琴先生招同堯師休庵先生飯草堂僧舍

緑漲平堤，青畦背郭，草堂三月花深。晴花避客，潑墨畫春陰。蔬筍香中小酌，伊蒲味、静裏參尋。相逢處，先朝詩史，身世到如今。瑶琴。彈古調，依然九辨，宋玉秋心。便後來巖杜，難算知音。酒外何方送老，今生事、茅屋樻林。歸途遠，花潭後約，高會續題襟。

夏初臨堯老改作見花行小集

暗緑成山，落紅辭客，南風大麥平疇。細雨無時，梅黄酸到心頭。一年春又難留。凍桐花、

幾日如秋。羅裙空妒，啼鵑殘血，嬌染江榴。　玉釵長簟，金鏡閒窗，樹圓午日，人倦清游。栽荷插菊，生涯種菜同休。棋局神州。送流光、識字騎牛。更何求。銅瓶萱草，也號忘憂。

澡蘭香重五

蘭香翠幕，艾葉朱絲，午鏡槐陰倦浴。蟬紗薄霧，鷁首平波，眼底歲華相逐。後千秋、一卷離騷，凄涼晴窗自讀。醉墨光陰，涴了榴花裙幅。　是處山阿薜荔，若有人兮，仰天長哭。雲中獨步，澤畔微吟，恍忽楚江冤魄。算當門、九畹鋤根，應念天荒地局。但記取、葉葉龍文，菖蒲新緑。

菩薩蠻

黄昏月子纖雲角。空青入夜成幽緑。游艇滿平湖。星星燈火疏。　望中烟與樹。不辨愁來處。一晌坐凄清。愁生白髮生。

浣溪紗題辜雲若《秋砧圖》

白帝城高白露侵。寒衣刀尺怨沉沉。離人何處搗愁雲。　深院遥傳風斷續，蠣墻回照月晴陰。嚴霜玉手恐難禁。

前調 九日游北海　丙寅年作

瓊島堆拳紫翠新。鏡波三海絶纖塵。西山日落碧崚嶒。白塔倚天摩雁字，紅亭跨水見龍鱗。可憐秋冷更無春。

其二

雙槳微颸起翠瀾。晚霞如綺玉成灣。手拈紅葉放舟還。却憶去年今日事，水萍風絮隔人間。宫城如畫畫荒寒。

風入松 游清故宫，過珍妃井旁，有小屋，張黄幄爲位，顔曰『精衛通誠』。於時斜日滿檐，秋風蕭瑟，愴然有感，爲此詞紀之。丙寅年作

夕陽鴛井獨經過。宫闕尚巍峨。伶俜春殿如花貌，葬風流、三尺情波。啼徹子規冤魄，神州劫换銅駝。白頭阿監話婆娑。廿載老青蛾。銀瓶舊怨無消息，比胭脂、南國愁多。莫唱哀蟬落葉，人間有泪成河。

高陽臺馬畫師作《春色圖》十幅爲陸君題　丁卯年作

晴岫鴉青，雨柯螺翠，吴裝十幅蠻箋。畫裏神游，悠悠太古何年。眼中浩蕩來天地，涌烟雲、春色無邊。儘搜羅，碧嶂丹丘，讀向花前。　東川馬遠真能事，有毫端五色，壓倒荆關。寫贈先生，士龍洛下英賢。神州破碎悲秋氣，剩圖中、如此江山。付兒孫，世世瓊瑰，幾葉心傳。

翠樓吟庚午夏卜宅，新築樓居，劉培芝用白石詞『此地宜有詞仙』句爲榜書見貽，賦此謝之，即用白石道人原韵，庚午年作

剪筆神圓，垂珠勢雅，六字榜題新賜。舊文賡白石，想簾底、小紅歌吹。柳低花峙。看一徑縈朱，四窗環翠。風光麗。燕梁泥穩，鶴巢松細。　此地。宜有詞仙，摘片鱗殘錦，斷章游戲。危城同玉貌，鎮相望、君家臣里。中年何味。剩種菜閒情，登樓雄氣。回欄外。萬方如墨，佇看晴霽。

浣溪紗庚午年作

高柳低花對悄然。小廊深院早秋天。斷紅零碧各成妍。　玉砌蛩絲窗似墨，銀床髩影

枕如山。浮生情味到中年。

其二

暗雨驚窗亂碧蕉。金飆晚咽越江潮。翠衾幽夢伴無聊。　拜月簾櫳眉樣窄，見燈樓閣夜情嬌。鏡中華髮又明朝。

菩薩蠻 癸酉年作

江榴紅似仙裙色。飄烟碧柳宮眉窄。新雨過樓頭。宵凉一霎秋。　上弦微月淡。鄰笛隨風斷。偷换髮如綫。魂銷有鏡知。

一絲風 和芮敬予題畫扇見貽　甲戌年作

丹青小筆妙通神。紅樹爛如春。紙窗竹屋中坐，千卷擁、一閒身。　書劍舊，歲華新。岸綸巾。謝君傳語，未熟陰符，老了詞人。

附原作芮善敬予：　蕭蕭古樹兩三株。黄葉覆茅廬。推窗看遍秋色，支净几、自繙書。　閒滴露，漫研硃。意躊躇。爲君傳語，便讀離騷，莫讀陰符。

鷓鴣天 壬午夏戲題王治平君剪影

比似徐妃半面容。色身非我亦非空。憑誰剪取吴淞手，未點雙睛已化龍。　窺側嶺，認橫峰。廬山真貌不言中。凌烟圖畫知無分，留與恒河照异同。

摸魚兒 梓州琴泉寺和壁間沈清任韵同聖言作

剩唐年、蓮花貝葉，浮圖人説初倒。玉谿工部曾游處，今日嗣音偏少。雲樹好。看白石岩扉，一曲清江繞。霜天晚照。聽滴滴泉鳴，聲聲梵唱，魂送暮鐘杳。　摩崖路，躡屐冥搜遠討。終古雨昏烟緲。共攀夢徑聯吟步，敢擬瘦寒郊島。人暗老。便選勝登臨，歡意如衰草。冰蟾正小。趁碧落鴉歸，黄昏蝠起，苔座禮三寶。

虞美人 夜步賽因河岸

淡紅匀碧春星點。拂水珠燈遠。魚龍曼衍沸殘宵。無數清罏玉頰、度河橋。　重樓半角輕寒鎖。照影成孤我。鏡鸞釵鳳未全孤。打叠心情檢讀、近來書。

清平樂 春寒游盧森堡園

曉寒衣薄。睡起心情惡。芳樹當頭春意緑。輕放浮生過却。　雕闌碧砌飛泉。玉霏珠屑清圓。散作天涯萍梗，不知何處明年。

南鄉子 暮春獨步盧森堡園，風雨大至，避小亭中，偶憶夢窗『風雨春嬌』之句，信筆成此

風雨洗春嬌。心上春愁似亂潮。獨自翠微亭上立，蕭蕭。淡墨雲情午未銷。　萍絮一池飄。身在天西萬里遥。欲寄相思何處寄，無聊。歸問鄉園數葉蕉。

采桑子 向晚獨坐道傍小園，黯然成此

六街雷動鈿車過，華屋風清。珠箔燈明。羅帕仙裾引笑聲。　憑誰省解天涯味，碧樹無情。暗水疏星。寂寞花前獨坐聽。

浣溪紗 十一月廿五日爲聖加他節，巴黎女郎年届廿五歲者多彩衣戴花勝，踏歌市上，戲爲小詞紀之

霧縠迎風彩勝斜。踏歌聯臂逐鈿車。瑶箏錦瑟怨韶華。　二十五弦彈未了，年芳如水葬桃花。懊儂心事滿天涯。

減蘭癸未夏，於朱孟實扇頭見劉宏度所爲哀法蘭西小詞四闋，因用原調和作

山河寸錦。曾記朱顏心上影。玉臂籠紗。重整金甌滿座花。春酣廿載。又見輿圖顏色改。閱盡興亡。鉛泪銅仙大道旁。

其二

鷹旗褪色。飄映離宫芳草碧。豪帥名王。莽莽中歐古戰場。貞娥手奠。馬上桃花青史艷。興廢難論。白髮元戎泪暗吞。

其三

崇祠香火。中有丹心藏一顆。陵墓沉哀。絶島囚龍死霸才。愁聽玉樹。斜日凱旋門下路。鐵塔摩天。剩水殘山不忍看。

其四

虹腰櫛比。明鏡仙河清淺水。五色琉璃。雙頂凌虚聖母祠。輕妝巧笑。粉麝天街矜玉貌。轉眼成空。化作哀鴻一夢中。

滿庭芳 成都東郊大學寓廬西南一里餘，唐校書薛濤墓在焉。癸未秋，偶訪其址，晴日布地，霜松滿園，石碣半存，題字將滅，愴然賦此

竹翠迷空，蔬香生圃，綉漪曾照行裙。校書門巷，留艷錦江濱。想到憑肩燕語，枇杷里、傅粉詩人。妝臺静，鸞箋十幅，微浣井華春。　芳塵。三尺地，苔親玉步，柳拂鬟雲。憶碧鷄題字，貞石如新。底事黄冠入道，嬋娟老、冷月斜曛。銷魂處，小桃底，惆悵一孤墳。祖楨注：薛墳在西郊，彭藝生先生已有考證。予父當時尚未細考，此詞亦芳意感人，裙邊映水，不失爲生故之作。

高陽臺 雅州故道署園亭，池南有小屋數楹，緋窗朱户，云是清孝欽后生處也，感賦短闋

朱户窗欹，緑苔砌綉，舊朝猶剩池亭。雀糞蛛絲，高蟬碧樹凄清。劉家野雉唐宫鵡，艷雄姿、天産傾城。降英靈，玉褓珠襦，秀口啼聲。　垂簾兩度神州主，憶簪裾武帳，衮冕明廷。麥飯秦關，西巡愴感平生。銅駝劫换摸金冢，付陽秋、故史閒評。忍重聽，一代蛾眉，一樹冬青。

鵲橋仙 雅安旅中七夕

風燈照影，星河驚夢，中夜迢迢玉漏。人生無奈别離多，怕想到、團圓時候。　歡情易

逝，飄零都慣，負了温柔消受。不知何事引回腸，祇暗憶、鴛機人瘦。

祝英臺近 旅居無聊，風雨竟夕，孤檠對影，愴然成歌

翠衾孤，蘭焰黯，風雨閉苔苑。曉漲芳池，緑净乍平岸。斷腸一枕迷離，驚回殘夢，又身在、青衣江畔。　何處怨。廿載桐爨膏焚，浮萍已千轉。欲寄相思，雲碧暮天遠。夜來萬里秋聲，蕭蕭青鬢，怕早被、鏡中偷换。

鷓鴣天 東郊晚眺

近水幽花鏡裏姿。遥天翠嶂霧中眉。誰憐雨細風斜候，漸是霜紅露白時。　愁似繭，髮如絲。離心驛路雁飛遲。飄摇幾許中年意，祇有新秋碧樹知。

浣溪紗 在峨眉報國寺作

星點垂珠月滿衣。碧山凉意晚風微。蛙聲田水亂螢飛。　躑躅孤生驚半世，綢繆歡事恐全非。卷風萍絮未能歸。

八聲甘州 泛舟瘦西湖至平山堂

古城陰、一水玉迴環，西子瘦腰肢。送斜陽烟柳，風廊敗檻，苔石荒地。廿四橋邊照影，誰唱冶春詞。歌吹無聲處，胡馬曾嘶。　休認迷樓鏡殿，祇蜀岡翠疊，桑麥繁滋。憶江湖痴夢，重醒十年遲。小玲瓏、牙籤灰燼，況白頭、歐叟舊題詩。蘭橈晚、二分明月，還似當時。

高陽臺 秦淮利涉橋南小石壩街，民元十三年甲子，掘得媚香樓介石，則李香君故居也，一時歌咏甚衆，丙戌秋再至其地，因賦此闋

碧練長橋，蒼鱗敗瓦，劫灰埋盡風流。手帕香盟，佳人粉鏡妝樓。猩瘢獺髓污團扇，點桃花、傳艷千秋。付歌臺，玉管冰弦，曼拍吴謳。　南朝綺夢如雲逝，剩紅顔江左，俠概能留。入道黄冠，餘生影事誰搜。荒街石壩苔磚緑，戀斜陽、片土温柔。費沉吟，側帽經過，古渡殘舟。

滿庭芳 初春游靈隱湖上

泉冷春淙，松梳晴照，畫中諸佛禪天。虹橋烟寺，妝綴半湖船。消受鏡奩低映，層樓對、山外青山。西泠路，蓬根倦客，鷗鷺羡閒眠。　相憐。雲水曲，追歡金勒，墜夢絲鞭。送賞音

宫羽，清響誰傳。柳色凄凉似我，蘇堤岸、風雪無邊。孤行處，臨流弄影，歸思發花前。

風入松 夏瞿禪聞余將歸，以此調贈別，賦答爲謝

蓬根流轉聖湖邊。霜後玉梅前。紅簫吹處留清響，畫闌外、南宋山川。柳絲啼鶯待聽，亭孤倦鶴猶眠。千秋兩浙繼詞仙。傳唱水雲天。自憐不見芳菲節，被春風、引上歸船。還訂鷗鄉盟約，期君同醉花間。以上録自《李思純文集》

龔自知

龔自知（一八九四—一九六七），字仲鈞，昭通大關縣人。早年入讀北京大學，回滇後創辦刊物《尚志》。龍雲主政後任雲南省務委員會秘書長、教育廳長，省參議會議長等職。中華人民共和國成立後任西南軍政委員會委員，雲南省人民政府副主席、副省長。編纂有《文章學初編》。

滿庭芳

借箸談兵，鳴琴佐治，孅才并擅詞華。咳珠唾玉，春苑茁瓊葩。檢點瑶窗剩稿，晴空裏、冉冉流霞。追前古，香茗嗣響傳，誦遍天涯。　堪誇。摻八法，肌盈骨秀，妙格簪花。更墨飛屑瓦，筆走驚沙。漫道臨摹粉本，會心處、還自成家。遺音遠，聞風應拜，雲漢渺仙槎。以上録

自《紅藕軒遺稿剩墨合刊》

嚴繼光

嚴繼光（一八九四—一九七〇），字佐興，大理喜洲人。曾就讀於雲南高等學堂、清華學校，後赴美留學。民國時任實業部司長、上海大厦大學史地系主任、東陸大學教授，中華人民共和國成立後受聘爲雲南文史研究館館員。

望江南

年華短，俗慮苦相侵。暑盡寒來疑是夢，獨彈孤調未成聲。何處是知音。　豪華夢，舊事懶追尋。樹影陰濃遮月影，波心一片照花心。一様是情深。以上録自《續滇詞叢録》

楊鏗

楊鏗（一八九四—？），字志如，大理洱源人。民國十三年（一九二四）任綏陽縣知縣。

望江南

春正好，庭院日舒長。照眼名花紅似錦，介眉新酒緑生香。珠履客蹐堂。　登蕊榜，綺歲

姓名揚。此日鹿鳴重赴宴，稀齡鴛侶恰稱觴。佳話紀詞章。以上録自《紀慶録》

馬　潔

馬潔（一八九五—一九六七），名平章，號竹庵，以字行，蒙自人。曾任昆明行營少將參謀。著有《竹庵詞》《脩槑閣詩稿》。

沁園春 以余宣統庚戌流連滬濱，時將有扶桑之行，代高翠玉校書擬贈之作，偶憶得之

腸斷天涯，送君南浦，此恨誰知。憶紅燈緑酒，檀板低拍，翠袖殷勤，勉慰相思。昨日離筵，今朝祖帳，頃刻間真個分離。驀地見，遠遠孤征帆影，泪眼愁眉。　曉來懶得臨池。怕簾前、鸚鵡笑我痴。嘆青樓命薄，嘘寒問暖，未當君意，那堪栖遲。萬斛愁腸，無邊别緒，緊記取定情新詩。從今後，見緑衣使者，便問歸期。以上録自《脩槑閣詩稿》

百字令 張正宇爲余畫像，用竹垞韵題之

風塵落拓，剩鬚眉似戟，衆呼狂士。讀盡奇書無所用，叵奈雄壯心未已。負耒耕莘，垂綸釣渭，不遇原如此。乘時而駕，功名猶拾芥耳。　休羨韓信烏江，周瑜赤壁，更謝玄淝水。骨自嶙峋容自冷，羞向燕臺吴市。窮巷賣漿，夷門擊柝，何礙英雄事。陽秋皮裏，滔滔天下

皆是。

鳳凰臺上憶吹簫 感懷

凉氣侵衣，孤燈如豆，宵深玉漏遲遲。悵雨淋庭竹，更報鄰鷄。兀自拈髭酌句，嚴筆削、費盡勾稽。千秋業，朱門考獻，緑野探碑。　嗤嗤。山妻稚子，偏慣惱人腸，苦臉愁眉。道米珠薪桂，争可療飢。祇問明朝活計，從誰去、因熱乞醯。休誇汝，荷塘妙句，柳岸新詞。

百字令 己卯荷花生日，遥寄金陵壽蔡寒翁社長周甲，時神州淪陷，翁猶困賊中

莫愁湖上，正微波蕩漾，香風輕拂。萬點芙蕖剛吐艷，燦爛霞裳雲黻。不染污泥，獨標逸致，懷抱自高潔。東西南北，任他游戲魚鱉。　回首緑鬢朱顔，冶情消夏，烟水一天闊。蘭槳桂橈來往處，綺麗容光焕發。翡翠相憐，鴛鴦同夢，丹爲駐顔乞。年年此日，介君眉壽無極。

滿庭芳 冬月十九日壽劉叔雅周甲

光炳青藜，望尊天禄，著作曾重名山。傳經太學，腹笥自便便。文運當開金碧，漁陽鼓、趣駕南遷。客星聚，歌風肆雅，教澤溥蒙泉。　因緣。花信裏，魚磯投契，翠海分箋。值嶽降攝提，冬至陽旋。洗筆介君眉壽，祝强飯、執耳騷壇。斯文在，鷄鳴風雨，吾輩幸天全。

向湖邊 題方臞仙先生《龍池校書圖》

十畝芙蕖，四圍楊柳，記是昔年書院。今之圖書館爲清末經正書院。雅化弦歌，集南州碩彦。清社屋、軒啓石渠，秘搜金匱，督刻鄉邦文獻。潛德幽光，耀龍池舊館。　水閣窗虚，山色青盈案。手丹黄，勤校勘、殘篇墜簡。表襮前徽，更編滇碑傳。先生曾輯刊《滇南碑傳集》三十二卷。古稀齡、世仰巍峨魯殿。賦歸來、鋤學圃，磨蕉葉硯。萬本寒香，待續新詩卷。

踏莎行 華亭寺山茶　用白石韵

姹紫嬌慵，淺紅輕軟。春光駘蕩重相見。闌干外、按拍低徊，衣襟恍被紅雲染。　夜雨幾番，晨曦一綫。徙倚微吟心偏遠。匆匆晤、又整歸鞭，飄零知有誰管。

憶江南 高嶢春早

風光好，朝氣滿滇池。霧罨農家山遠近，波摇漁艇樹參差。人在水之湄。

如夢令 浴温泉

碧玉泉光清透。汩汩暖珠圓溜。水底湧空花，摩詰原來無垢。知否。知否。居士此身如舊。

沁園春 題嚴秋槎《秋聲譜》

公子翩翩，文采風流，秋槎先生幼侍尊人匡山先生楚北廉訪任，時十三歲，即以詩鳴。意氣自豪。記邗江唱和，詩傳春草，郢都歌嘯，詞艷紅蕉。蹭蹬科場，凄惶里衔，斜月遠風夜寂寥。譜秋聲新曲，排遣牢騷。　獨將檀板輕敲。但付與、寒蛩古樹梢。惜桃花命薄，芳容易萎，美人遲暮，濁酒難澆。富貴浮雲，恩情逝水，筆底炎凉逐夢消。開倦眼，看衣冠優孟，思極無聊。以上録自《續滇詞叢録》

廖行超

廖行超（一八九五—一九七二），字品卓，祖籍華寧縣，生於昆明。昆明初級師範學校畢業，後考入雲南陸軍講武堂，參加辛亥革命。因參與討伐陳炯明有功，被孫中山任命爲滇軍中將師長，後任滇軍第四混成旅旅長，龍雲爲滇黔綏靖公署主任時，任龍雲的總參謀長。著有《品卓詞憶》。

十六字令

冬。霧重烟低鎖碧空。樓閣外，山色有無中。

前調

愁。雨濕黄昏人倚樓。蒼烟裏，垂柳繫歸舟。

一半兒 畢節道中

涓涓溪水夾街流。仕女駢翩任遨游。風信十番景最幽。緑陰稠。一半兒荷花、一半兒柳。

江神子 簡陽黄昏

依稀碧落見月痕。怕黄昏。近黄昏。怕到黄昏、寂寞最消魂。刻意天公頻點綴，風淡淡，雨紛紛。　夕陽纔下鳥雀喧。掩柴門。酒微温。斷續漁歌、隱隱不堪聞。觸我思親情一縷，渾無語，對芳樽。

滿庭芳 送李樣之名古屋

雨速春殘，風催夏健，緑陰穠上窗紗。日長無事，珍重惜年華。正喜殷勤伴我，怎無奈、又别秦嘉。分携處，露臺北望，一片暮雲遮。　相逢纔幾日，記小樓聯榻，郊外同車。看田園松檟，上野櫻花。等是東方人類，問何事、苦樂相差。烽烟裏，不堪回首，到處且爲家。

滿江紅 濟南慘案　案：詞題據《續滇詞叢録》補。

莽莽神洲，原不是、荒林蔓草。怎容得、長蛇封豕，露牙伸爪。自絶相依車輔勢，交鄰如此寧長保。把盈虚消息細推敲，興亡兆。　孤臣耳，吴富沼。三户也，秦庭燎。看田横五百，汪踦年少。節義風高齊魯在，煌煌青史光生皎。願父携其子、弟呼兄，張天討。

浪淘沙 印度洋中

踪迹等浮鷗。暢好歐游。而今身已到非洲。突破驚濤三萬里，壯快無儔。　消息滯神洲。祇此堪愁。同袍尚念故人不。莫笑從軍班定遠，輕弃兜鍪。

念奴嬌 楓丹白露王宫，拿破崙拘羅馬教皇於此

曠園憑眺，正暮雲千里，蒼凉無極。瑟瑟楓林摇落半，露出瓊宫紺壁。瓦翠凝苔，紫紅戀樹，渲染秋容寂。絲絲殘照，回光散作金碧。　遥想玉宇當年，英雄姝麗，顧盼嫌天窄。不信繁華消易盡，祇有泉聲似昔。白馬庭中，鯉魚池畔，多少傷心迹。感懷身世，萬千愁緒交集。白馬庭，拿破崙戰敗别其近衛兵處，鯉魚池畔有中國博物館，所陳之物，皆由清宫擄來者。

金縷曲 贈五八軍將士

鐵鎖沉江口。看神洲、山河色變，羽書星驟。億萬蒼生歸劫火，百二雄關誰守。正武漢、戒嚴時候。風起雲飛思猛士，請長纓、早繫樓蘭首。同盡此，一杯酒。　諸君佼佼南中秀。十年來、卧薪嘗膽，忍辱含垢。好把殊勛追護靖，那肯甘居人後。應再顯、健兒身手。慣聽人人呼努力，願努力、莫待危巢覆。絶裾去，休遲逗。

前調 贈孫志舟

淵底潛蛟吼。正遭逢、者般時會，古今無偶。之子英英騂且角，欲舍山川能否。看騎馬、中原馳驟。此去秋高滄海闊，薄扶摇、一展撑天手。前程遠，九洲九。　乾坤已自骯髒久。問平生、肝膽冰雪，功名芻狗。讀史傷心莊烈語，世事而今依舊。應記取、青梅煮酒。華岳失靈江失險，有雙肩、慷慨同擔負。君行矣，我留守。

金索挂梧桐 風寒變瘧，憊不能興，呻吟床笫，十餘有日，今日降魔，蒙九、星槎諸兄過我，討論時事，怒焉如擣，夜不成寐，譜此新曲

春深病漸瘳。倖少飢難救。一卧經旬，攬鏡添消瘦。殘更冷似秋。看吴鈎。不信潘郎快白

頭。他巢堂燕雀安梁朽。我月暈風來報杞憂。君知否。正菊荒三徑，應歸休。再休提借著爲謀。萬里封侯。怕不在瘡痍後。

滿江紅 哀香港

午夜初來，遠看處、浮金萬斛。誰不道、東方樂土，珠攢錦簇。淺水灣前烟霧繞，石塘咀上香車逐。到而今、烽火彌天南，驚心目。瓊州陷，兆顛覆。九龍失，成僵局。嘆百粵精蘊，盡消一燭。假使冰山真可恃，劉齊石晉亡何速。但舉杯、高唱蕪城歌，歌當哭。

貂裘換酒 丙戌重九集螺翠山莊分韵得日字

菊酒題糕日。怎凄凄、冷風疏雨，頓增蕭瑟。准擬登高舒吟嘯，天意悠悠難必。算辜負、螺峰雅集。我是杜陵悲秋慣，對西風、怕聽山陽笛。拚痛飲，永今夕。十年回首空陳迹。恁匆匆、幾番落帽，幾添頭白。浩劫紅羊餘灰燼，一望戰雲猶羃。幸吾輩、康强似昔。戲馬商飆今在否，苦蟲沙、染遍神洲碧。升平夢，甚時得。

點絳唇 詹静小姐出題名録，以詞索題，依韵奉和

絮果蘭因，今生遇合前生定。蓬飛萍梗。聚首非僥幸。烽火連天，離亂身親證。何須

請。心心相印。細寫名和姓。

附原詞：東西南北，人間聚散原無定。者番萍梗。遇合誠多幸。舊雨春風，來去無憑證。深深請。惠留鴻印。署留尊名姓。

滿江紅 丁亥秋收阻雨

笑問天公，何事事、與人相左。一年來、風霜雪雹，動成摧挫。赤幟張空立夏日，青龍褩向秋分唾。聽夜深、瀝淅響空階，驚魂魄。全國也，兵聲播。四海也，飢聲和。更役糧捐税，重重枷鎖。天意如斯寧厭亂，人心何不先思過。算公私、回首念余年，從頭錯。

霜葉飛 喜晴，用玉田韵

燕歸鴻杳。沉陰暗，挑燈翻遍吟草。百無聊奈是秋宵，况杞人懷抱。更點滴、檐聲到曉。推窗高唱鄰鷄早。看遠霞紅映，更樹頂、雲開朝暾，如對歡笑。擾攘喚女呼男，腰鐮肩擔，欣欣争趁晴照。豳風今入畫圖中，慰心情多少。快收拾鹿車共老。桃源迷路知難到。但好在、農村裏，生意盎然，不須愁了。

踏莎行 題李母貞孝征詩册

志等金堅，心如玉潔。孤貞皎皎清秋月。愈趨愈下世風衰，閨中一振凌霄節。死死生生，情情切切。祇因綰就同心結。同心結子綰雙雙，天荒地老都難滅。

南鄉子 通海火節

客裏正無聊。怎把閒愁故故挑。憂患餘生何所似，蓬蒿。一任東西南北飄。俗累萬千條。安得并州快剪刀。愛葉情根齊剪斷，承蜩。不學之江八月潮。

醉太平 由浪廣至石崖哨

春風滿篷。春波萬重。扁舟來去何從。聽悠悠寺鐘。來時興濃。歸時興濃。江天暮色溟濛。在雲中霧中。

前調 寄内

相思信沉。魂銷夢尋。困人天氣難禁。聽嬌鶯囀林。春風漫侵。春愁正深。閨中休和蘭吟。怕卿卿費心。

菩薩蠻國芳二姊索詞，填小令寄贈并調雲鵬

研朱調粉紗窗静。尺縑寫出巫山影。淡遠又蕭疏。倪迂都不如。錦屏紅幕卷。羡煞同功繭。郎慕永禪師。儂臨秦相斯。

阮郎歸得景賢信

秋風颯颯雨絲絲。是久别我時。雲山修阻雁飛遲。悠然起夢思。勤尺素。免神馳。公門好惠施。新春休務返滇池。還來醉一卮。

霜葉飛悼易崇皋用夢窗韵

頓添悲緒。聞君逝，凄凄腸斷烟樹。華山蓮幕記談兵，驅散腥風雨。念鶴骨、凌霄倦羽。誰期分袂成千古。剩寸褚零箋，忍泪讀、登高雅句。迹留湘素。回想霽月風懷，胸襟灑落，峭直都自天賦。每從孽海悟前生，數反沙中語。是昔日心空萬縷。拈花微笑西方去。嘆此時、知音少，世黑唐年，避秦何處。

賀新郎 送亞西宰石屏

萬象呈衰淑。數頻年、紀綱凌替，是非翻覆。重疊兵荒誰屍咎，廿載政風流毒。渾不顧、神洲沉陸。痛惜江東佳子弟，竟何辜、斷送嚴冰窖。遺子命，忍敲撲。　半生飄泊民情熟。喜今朝、宰官身現，故人傾目。此地湖山色暗淡，要待仁風吹緑。最好把、婆心矜育。不望君登循吏傳，但相期、勉種心田福。師卓茂，重修睦。

摸魚兒 丙戌初冬留白魚口宿空谷園目贈晋侯

枕松茵、面臨霜鏡，珠泉長挽春住。名花异草搜羅遍，綉出輞川別墅。天盡處。見一帶、青山隱隱沉雲霧。清凉似許。甚蠻觸紛紜，鷄蟲得失，渺渺等飛絮。　囂塵外、好作流霞洞主。一生算不辜負。金樽每向花前醉，且與高陽爲伍。君試數膝上，江東幾個王文度。閒愁謾苦。念空谷原空，止園勞止，有酒滿杯注。

唐多令 送國芳二姐赴京

三度唱陽關。遥天雲路寒。駕長風、頃刻鍾山。此去六朝佳麗地，親益友、强加餐。　國事以心觀。前途殊渺漫。擘蠻箋、好助鵬摶。若有故人還念我，請爲我、問平安。

齊天樂 得英兒由安東來信感賦

男兒未遂乘槎願，青萍匣中長嘯。鴨緑投鞭，黄龍痛飲，是我當年懷抱。流光暗杳。衹抱瓮澆瓜，柳塘垂釣。打叠雄心，閒情聊寄宋詞稿。　遼天魚雁不斷，北征人去遠，消息常到。痛飲黄龍，投鞭鴨緑，世事居然恁巧。而翁更禱。願洗甲銀河，錦衣歸早。萬里關山，再休勞夢繞。

減字木蘭花 題方臞仙學山樓

平生筆硯。剩有藏書三萬卷。絳帳春温。桃李君家羡滿門。　湖山歸計。營得菟裘清静地。學圃學山。不放光陰一寸閒。

浣溪沙 步蕭詩人石齋韵

梧葉蕭蕭庾信哀。鬌生霜雪劍生苔。征衫遮滿塵埃。　一縷柔情深篆骨，幾行熱泪冷沾腮。秋風秋雨故相摧。

秦樓月 星期六晚

篝燈讀。圍爐撥火煎新緑。他説笑話，你打編物。　我呢口快難拘束。朝朝使你眉頭蹙。鐘聲敲斷，笑聲盈屋。

南鄉子 集梅村、竹垞句爲靖方悼亡

紅粉泪縱横。錦瑟新詞鳳閣成。薄幸蕭郎憔悴甚，凄清。不覺人前太息輕。　故國與浮名。無奈孤衾夢易驚。庾信哀時惟涕泪，難平。怒氣强於十萬兵。

菩薩蠻 集花間句爲靖方悼亡

别來半歲音書絶。牡丹花下鶯聲歇。恨極在天涯。緑窗人似花。　被頭多少泪。眉斂春山翠。思想尚依依。倚窗學畫伊。

金縷曲 内子赴京

倦枕難成寐。待朝來、春陰漠漠，悵然如醉。翹首長空人去遠，知受曉寒侵未。試領略、别離滋味。十載農村甘寂寞，使天才、埋没因家累。强而出，非本意。　嬌痴兒女關心最。

問爹爹、媽媽此刻，又經何地。指點輿圖詳細説，個個眉飛色喜。也曾慣、爺將娘替。保重卿身體念我，到新亭、漫灑神州泪。當省識，興亡泪。

壽樓春 秋深矣！小園桂花未落，紅梅先開。天香冷艷，競秀一時。且宿雨初晴，心焉快之，不能無詞

增荒園蕭條。是雲遮霧掩，微雨連宵。幾度西風吹過，緑萎紅凋。新霽爽、晴天高。看遠山、青來眉梢。正寒雁驚空，霜林落照，黄葉下蕭蕭。疏籬畔，回廊腰。有南交桂子，香未全消。更喜梅花初放，紫華含嬌。通鼻觀，舒心苗。似此身、仙乎飄飄。待尋得徐熙，雙雙倩他斑管描。

浣溪沙 讀堯生先生《香宋詞》，書後

律細格高性最真。含宫嚼徵吐芳芬。謾分餘緒作詞人。　典雅温柔吴共史，纏綿悱惻柳兼辛。馨香一瓣奉斯文。

水調歌頭 將有蜀中之行，贈星槎

君是我師友，總角到而今。回思三十年事，好夢最難尋。閲透人情千變，歷遍蟲沙萬劫，兩鬢已霜新。瑣瑣空餘子，何處覓知音。　差强處，身健在，有苔岑。勞碌半生無補，空負

濟時心。但願河清人壽，正好探親訪友，風雨滌煩襟。不戀蜀山美，鳥倦自歸林。

風入松

明知聚散太匆匆。祇有倩鱗鴻。非關性懶因多病，幸心情、似水融融。被暖方知冬盡，花繁始信春濃。功名於我馬牛風。枉自氣如虹。故人若虎得出穴，甚韜略、早蘊胸中。不見君家老濬，也曾功建蠶叢。

南樓令

新月已橫斜。微寒透碧紗。夢回時、譙鼓三撾。驀見瑤臺人似玉，携素手、問芳華。秋漾水晴沙。桃腮襯晚霞。乍相逢、僅解憐她。囑咐東風須愛惜，休吹去、落天涯。

臨江仙 江底

記得河濱同吊古，興高不減江州。聯吟秉燭夜偏幽。洪濤聲噴薄，疑是舞潛虯。寒氣漸侵詩漸澀，不如依舊歸休。滔滔難寫我心憂。其人雖已矣，其事足千秋。

前調

記得鹽津同犯險，扁舟直下危灘。江流曲折萬峰攢。壓篷掀惡浪，怪石阻奔湍。到此早拼孤注擲，何須面面相看。置身死地轉心寬。沙平舟漸穩，知已度安瀾。

采桑子 贈石蓀

而今祇恨逢君晚，自接風標。心醉醇醪。引起文思萬丈高。十年恨不讀書早，少喜兵韜。壯擁征袍。到得身閒感二毛。

南鄉子 赴波蘭女同學跳舞會

漫逐少年游。粉墨登場學孟優。顧影自憐還自笑，羞羞。幾點新霜已上頭。勉强話温柔。縱有情芽不敢抽。祇好任人呼薄幸，休休。滿眼風光滿腹愁。

賣花聲 留□□場度歲

風雨滴長廊。孤館衾單。醒來依舊客愁間。作意思歸歸無計，萬種辛酸。漏盡更鐘殘。無限情關。朝朝暮暮强爲歡。知否傷心人兩地，聚又無端。

鷓鴣天

赴戍窮荒憶舊時。及今無地不相思。咫尺尚有修鱗阻，每欲緘書一問之。　情切切，意痴痴。惟持肝膽與君期。明年若遂乘槎願，共作毛生脱穎錐。

滿江紅 長江

浩浩長江，滚茫茫、一瀉千里。經千古、龍騰虎躍，英雄憑吊。百萬甲兵淘已盡，千尋鐵鎖沉江底。到如今、此水仍滔滔，東流去。　看銅駝，荆棘裏。話興亡，斯而已。但撫今追昔，凄其無比。鬼哭磷飛成往事，頭顱换得今在否。惹我輩、憑吊且吹嘘，悲歌起。

浪淘沙 開回瀘州

此地再相逢。楓葉留紅。餳簫社鼓又春風。可奈匆匆將别去，惱煞吴儂。　春雨鎖長空。春色溟蒙。侵階芳草緑葱葱。濁酒一杯消舊恨，不患年同。

臨江仙

記得青眉同敗績，健兒因甚狼奔。徇私違衆怎能軍。滿腔愛國憤，心上往來頻。　由此內傷兼外感，凄然一病經旬。蒼蒼留此歲寒身。故教揩冷眼，看取眼中人。

前　調

記得古蘭同話舊，感君送抱推襟。風塵僕僕病相侵。爲求醫國手，親自理參苓。

平分忘内顧，古人風度堪欽。茫茫天壤少知音。陽關聲斷續，凄絶伯牙琴。　　鶴俸

金縷曲 送燦文回滇

潦倒君知否。笑年來、萍踪浪迹，白雲蒼狗。國事安危難間發，祇可相期吾友。况戎馬、倉皇時候。提到歷朝亡國恨，怪夜深、常作蛟龍吼。拔劍起，摩挲久。　無端閒煞撑天手。休道是、黄金印大，不堪懸肘。十萬横磨藏臆裏，峥嶸怒冲牛斗。算祇有、雄心依舊。重整金甌清宇内，是頂天立地平生負。歌一曲，爲君壽。

前調 移駐□□場贈□□

别後平安否。嘆月來、故人不見，泪珠盈袖。幸有虞初三兩帙，暇時差堪消受。揮不盡、離愁萬斗。眷寧情深難説處，待相逢、和泪消樽酒。知何日，重攜手。　年年金綫壓非久。數同僚、飛黄騰達，我還依舊。傲骨嶙峋堪自慰，眼底幾人能够。算身價、超然不負。骯髒

胸中多少事，看眉峰、寸餘都頻皺。君知我，聊相剖。

滿江紅 滎縣大佛寺，孫登嘯台也，停戰歸來，輒飲於此

槐雨荷風，作弄出、滿庭秋意。試聽取、蒼崖蟬噪，翠屏鶴唳。斷溜涓涓驚午夢，鐘聲點點添清趣。喜今朝、偷閒到此間，拼一醉。　分明是，忘機地。何須覓，消愁計。看茫茫天壤，重驚烽燧。四壁苔生佛殿窄，危岩倒樹虬龍據。問南皮、游興竟如何，堪長愾。

沁園春

慷慨情多，英雄本色，吾輩交推。看揮毫意氣，奴驅顔柳，向人肝膽，誼重陳雷。馳驟西南，披堅執鋭，曾自沙場談笑來。真堪幸，是膚留彈迹，想見身危。　如君心地難皆。彼泛泛交情安論哉。看風神豪爽，目空餘子，胸襟落磊，有我同懷。放步閒吟，合樽促坐，話到興亡五内哀。相期是，河山破碎，不整休回。

浪淘沙 資中重龍山，花蕊夫人離宮也，駐軍於此

征馬歇重龍。威聳城東。孤高不與衆峰同。四顧群山齊俯首，甘拜下風。　報曉五更鐘。點點愁儂。思量割據太匆匆。惟有珠江東流去，流盡英雄。

秦樓月

卷珠箔。西風入户燈花落。燈花落。月明似水，照人離索。　傷心往事風蕭索。天涯依舊萍飄泊。萍飄泊。去年今日，一般寂寞。

唐多令

烟雨暗秋容。蓮花寂静紅。遠湖邊、悵觸無窮。有限光陰無限泪，待灑去、化丹楓。　風義想臧洪。青編拒蔡邕。味平生、鳥道蠶叢。爲問心情何所似，與秋水、一般同。

踏莎行

纖柳歌慵，紅襟舞罷。閒來彳亍疏欄下。春愁不肯嫁東風，泪珠暗濕香羅帕。　孤館清砧，風檐鐵馬。多情總被無情駡。山盟珍重告卿卿，天荒地老情無那。

皂罗袍

重到烟花錦寨。听瀟瀟暮雨、乱打蒼苔。一味虛情且丟開。儂今識透人心壞。　司香老尉。憐才愛才。風流么鳳，當該不該。這回了却相思債。

浪淘沙 光復樓被焚

開府建高樓。歷史悠悠。松坡倡首繼唐侯。顧帥短租金暫住，胡李蜉蝣。一駐十八秋。苦矣志舟。雲長大意失荆州。正義好隨烈火去，免再蒙羞。

蝶戀花 失敗出滇，至晴隆途中

杜宇聲聲林外叫。叫得征人，萬縷離情繞。回首故鄉魂已杳。那堪風雨添寒峭。滿腹閒愁無處告。瘦馬長嘶，斷送年華老。國破家亡成一笑。揚鞭踏碎荒烟道。

賣花聲 地城念我，遠勞范式之車；南浦送君，信深文園之渴。隙駒杳杳，月已如鈎；聚首匆匆，思來似夢。又到釀花天氣，輕暖輕寒；依然舊日心情，獨行獨止；顧冰肌於枝上，蝶鬧蜂狂；窺素頰於墻東，紅稀緑暗。百感凄惻，黯然魂消，爰譜新聲，藉陳近况

鎮日苦愁侵。漠漠春陰。自從别後懶登臨。怕見河旁青草色，怕聽鳴禽。何况病相尋。憔悴難禁。一思往事動悲吟。擊碎唾壺敲斷楫，剩有雄心。

唐多令 寄弟

雲散碧天浮。春寒共雨收。好風光、獨自淹留。處處莉拉紅欲醉，勾引起、許多愁。池草夢偏悠。開窗費凝眸。問游情、似舊還不。熱海築波當日景，常歷歷、在心頭。

前調 懷遠道中

春色老平莎。春山翠似螺。莽天涯、無奈愁何。試向緑楊深處聽，仿佛在、喚哥哥。歲月暗消磨。征衫泪點多。把相思、寄上雙蛾。抖擻雄心天外去，磨寶劍、枕金戈。

如夢令 捉蚤

見你跳時休動。待你静時圍攏。讓你一些些，我是欲擒先縱。窄縫。窄縫。這回請君入瓮。

前調 赴羊街前夕，宿花園巷

昨夜衾寒孤館。人静燈昏月暗。數盡一更更，夢與心魂俱亂。不慣。不慣。没有胖兒作伴。

采桑子 過開遠

十年前是傷心地，後顧茫茫。一夜淒涼。怕到朝來便斷腸。　而今好事終須就，形影雙雙。兒女成行。縱不魂消也彷徨。

滿江紅 由上方鎮至斗姥閣

天亦多情，經行處、雲烟掃浄。看脚下、縈迴一水，千峰遠映。拂面已同春日暖，登高不感霜風勁。誰安排、青眼接星軺，斗姥命。　中山堂，居形勝。觀武亭，稱雄峻。看七山姊妹，淡粉冥倩。鼓角聲沉邊士苦，河山爲展芙蓉鏡。道連朝、陰霧此時開，真堪慶。

菩薩蠻 由斗姥閣過石關口渡紅河，宿卡里卡

石關口内寒雲布。石關口外晴光吐。一直到江邊。居然二月天。　山行六七里。揮汗真如雨。短短行程中。炎涼大不同。

蝶戀花 由卡里卡至王恩寨

白霧茫茫迷津渡。祇聽人聲，不見人行處。夾道陰森寒凝露。風來葉下瀟瀟雨。　山

經崎嶇征役苦。犖确高低，積潦難移步。地廣人稀誰眷顧。可憐沃壤成荒土。

一剪梅 由王恩寨至金平，純三旅長迎候於分水嶺，大雨不止

破曉朝行十里遥。轉過山坳。又轉山坳。泥深路滑馬蹄驕。風雨飄飄。木葉蕭蕭。疊疊梯田到嶺腰。山有多高。水有多高。撫邊兩事賴賢勞。慎選軍曹。厚撫苗瑶。

南鄉子 由金平至苗寨，横經花果山，穿深林密箐，登峻嶺，下視雲海茫茫，不異神仙境界

回首望金平。寥落孤城一水縈。薄霧漸消朝日上，新晴。千里關山到眼明。藤老長苔青。瑟瑟生寒帶雨腥。繞出碧天深處看，冥冥。人在雲烟以上行。

點絳唇 由苗寨望對山灰竹箐村落，夕暉斜照，一綫雲開，美如圖畫，記之以詞

江外風光，彝民多在山腰住。茅檐低户。短短横簫堵。一瞬雲開，疏落間紅樹。蛟唇吐。對山遥睹。仿佛神仙府。

江城子 昭通夜起

别情離緒又相聯。是愁牽。是病牽。昨夜無眠、今夜定依然。把我身心都繞遍，豈祗在，兩

眉間。　横窗梅影正娟娟。步庭前。恨頻添。爲問嫦娥、到底爲誰妍。月又不言風又冷，真個是，可憐天。

黄金縷 讀《孤鴻泪》

孤鴻一唳心如裂。真可憐兒，事事都陷缺。忽嘆忽驚忽痛切。曇花一瞬即飄瞥。　天公憒憒何須説。怨女痴男，所遇多磨蝎。讀罷夜深人影絶。枕邊珠泪凝成血。

南柯子 東景賢、晦光

秋氣添蕭瑟，心情勝去年。而今解甲賦歸田。真個無拘無礙、半登仙。　勤課畦邊韭，間臨在昔篇。鄉村風物盡熙然。爲問何時來醉、菊花天。

金縷曲 贈戴瑞堂

一點天真在。是葉榆、山川浩氣，鍾來一派。頭角崢嶸鬚眉戟，挺挺真松古檜。有壯語、令人心快。何必讀書還著述，看中和一卷融中外。君與我，稱沆瀣。　芒鞋曾走三邊塞。最難得、顛危造次，飢寒能耐。耐到神洲銷兵日，好了詩書舊債。努力作、故鄉模楷。肝膽冰霜人似鐵，祇恩仇、件件横胸在。鷄山約，當訪戴。

菩薩蠻回文　葵鄉夜雨

惡風東下摧花落。落花摧下東風惡。寒夜怯更殘。更殘怯夜寒。　夢破驚笛弄。弄笛驚破夢。凄雨小窗西。西窗小雨凄。

賣花聲甲寅述夢

孤鶯夜寂寥。離愁難消。夜深人静見風標。苗條芳軀櫻桃口，舞袖飄飄。　夢裏一非遥。醒時魂銷。朦朧故故把燈挑。尋遍霓裳人何處，四壁蕭蕭。

阮郎歸寄周立夫

夜寒惟伴一燈青。西風透短欞。更深疏雨任飄零。凄凉不忍聽。　鐘漏盡，我獨醒。丁東響檐鈴。且收孤影寄伶仃。天涯若爲情。

菩薩蠻到鎮雄寄周裕如

冷風透幕燈明滅。蟲吟斷續聲悲切。永夜倍思君。思君無限情。　形容迥非舊。遠比秋山瘦。説與故人知。凄凉是此時。

水調歌頭

露琳吾甚愛，非貌亦非才。她小小心田，純潔似瓊瑰。我是欲歸仍留，君是分飛重聚，造物巧安排。休恨相逢晚，相愛莫相猜。　從今後，提寶劍，控金騧。看君爲我努力，奪取錦標來。進有班生壯志，退有良田十畝，進退與君偕。士爲知己耳，此外何求哉。

南柯子　感時

故國邊氛急，天涯客思勞。新亭無奈可憐宵。况複迷離鄉夢、恨迢迢。　願唱從軍曲，羞吹吴市簫。殷勤磨礪舊金刀。更願降心推戴、霍嫖姚。一九三二年於法國地雄。

鳳凰臺上憶吹簫　游妙高寺

迤邐山根，之旋石徑，行行已到山頂，看朝霞回映，殘月横鈎。一路泉聲鳥語，心頓爽、萬慮都休。濃陰下，凉風拂面，颯颯如秋。　清幽。妙高在望，似菡萏初開，仙露中留。念故人待我，正倚高樓。到此人天迴判，應掬水、先洗塵眸。還休問，歡能幾日，怕動離愁。

阮郎歸

三華山勢聳岧嶢。山深藏妙高。幾年森禁絶塵囂。僧寮變獄牢。發宏願，洗腥臊。梵天未寂寥。憑欄俯瞰暮烟消。明燈萬點遥。

其二

舊時蒼翠鎖山腰。傷心盡斧樵。而今芳徑滿蓬蒿。荒凉助寂寥。人力偉，佛法高。重來丹堊描。危樓新建勢凌霄。湖山一望遥。

燭影摇紅

輕暖輕寒，杜鵑聲裏春光晚。人生如夢嘆匆匆，提起心頭亂。記得當初弱冠。倚才華、凌雲顧盼。撫今追昔，愁緒盈千，魂銷腸斷。海闊天空，何須常把雙眉綰。事業天付與將來，五十今方半。况際民生塗炭。願與君、交相勸勉。懷冰素志，赴火丹忱，澄清禹甸。

黄金縷

傷心村老轉溝瀆。際此凶年，斂甚金和玉。設使今春再不穀。家家都要食耕犢。一身藐藐真如粟。放步長歌，展盡眉峰蹙。是是非非翻又覆。勸君休作秦庭哭。

唐多令 送西園赴日本

國事正紛淆。殷勤撫佩刀。幸班生、氣可淩霄。一語囑君須記取，當展翅、薄扶摇。　風月漫相撩。低頭究六韜。莫辜負、萬里輕僑。珍重前途多努力，待携手、向神皋。

金縷曲 鵑啼

纔遇天中節。便無端、眉峰鎖住，許多層叠。不爲春光歸去早，不爲秋風將接。爲甚麽、者般愁絶。試向緑楊深處聽，一聲聲、在駡郎輕别。無限恨，怎能説。　且觀它、太虚白雲，太空明月。雲散月遮無憑處，怎肯把心操切。好收拾、肝腸似鐵。合當揉碎同心結。一到離别腸便斷，怕柔腸易斷情難滅。須記取、有圓缺。

滿江紅 用青子新詩句成詞

倦倚欄干，看庭院、緑陰春滿。真個是、涵雲新月，輕舒笑靨。脉脉兩情無由語，眉梢深鎖愁難斂。有衷曲、咫尺對伊人，天樣遠。　眉梢愁，心頭怨。嘆良辰，風雲變。把衫角撚破，欄干倚遍。青春不爲黄金留，縱有黄金也難换。似者般、暮暮復朝朝，情誰遣。

浪淘沙西山寄L L

秋意滿西山。雨細風寒。伏天兀自怯衣單。日日飛雲閣上望，烟靄茫茫。阻我陟層巒。游興闌珊。歸心似逐曉鴉還。復活而今譯已竣，要等君看。

千秋歲丙辰除夕

聲聲爆竹。此歲今宵除。韶華變，光陰速。雖然衣大布，抱負終非俗。毛羽健，長空萬里飛鴻鵠。吸盡千杯綠。拔劍歌郢曲。卜周易，謙爻六。前途猛著鞭，自遂平生欲。須記取，從今誓洗神洲辱。

賣花聲

遠道苦迢迢。難以招邀。一行書信泪千條。總是情深思不了，輾轉終宵。依舊黯魂銷。紅豆輕抛。愁多衹借酒相澆。夢裏欲尋同細語，水遠山遥。

臨江仙

記得平康同訪翠，個人生小玲瓏。與君一見話喁喁。不知緣底事，情態者般濃。欲懸金鈴超十萬，爲伊囑咐東風。那堪重往鳳樓空。明燈三兩點，都作可憐紅。

金縷曲 贈李景賢於碌雲館舍

豪氣誰能亞。幸平生、振衣千仞，置身非下。塵海昏霾難側足，衹好危坡駐馬。風雲至、超乘而駕。抱膝隆中爲底事，爲孫曹、不足王區夏。且修養，身心者。光風霽月方瀟灑。一任我、詞壇争敵，酒兵稱霸。大器誰云多晚就，不遇沽之待。最傷心、哀鴻遍野。説到廟堂無長策，每冲冠、一怒長虹挂。知有日，魚龍化。

減字木蘭花 偕香三伉儷游曹溪寺，時元梅正開

曹溪名寺。占得龍山清净地。連袂尋芳。撲面風來滿院香。枝柯低亞。樵斧不加天所赦。老幹槎丫。閲盡興亡是此花。

三姝媚 班莊村梅花之盛爲昆明第一，抗戰以來，砍伐始盡。偶於亂草頹垣間見白梅三株，老幹欹斜，枝柯零亂，心焉憫之，乃商之主人，以萬元購歸，記之以詞

荒村山外遠。是當年梅莊，海源河畔。快雪晴時，定有人驢背，賦詩歸晚。冷艷凝香，遠想像、千花争燦。點綴新春，騷客佳人，緑窗清玩。堪嘆同遭兵亂。便百歲癯仙，也供樵

爨。歷劫三株，剩幹枯根老，斧痕都滿。愛轉生憐，移伴我、梨園蕭館。日日檐前低祝，冰魂再返。

唐多令

秋月上疏櫺。秋宵百感生。好風光、偏在邊城。强起中庭纔小立，聽譙鼓、已三更。清越擣衣聲。飛鴻繞院鳴。一般般、最惹離情。説是思歸千里客，縱木石、也心驚。

菩薩蠻

流螢點點飛窗北。蟾宫皎素分秋色。天闊雁行稀。林深歸鳥迷。黄花開滿樹。桐葉蕭蕭下。何處搗砧聲。銷魂不忍聽。

賀新郎 步葉石蓀原韵

不恨纔相識。恨匆匆、便歌折柳，惹愁盈臆。此去伊人秋水外，脉脉兩情難抑。衹好把、柔腸細測。短袖常揩知己泪，算今番、又值深深憶。從别後，嘆孤寂。風懷君是隆中客。滿心胸、凌雲抱負，那應輕擲。試看頻年蠻觸鬥，才大怎生容得。時與勢、均還未急。似我從軍非不久，莽滿西南、空費拔山力。重提起，增凄切。

滿江紅 和曾覽之韵寄里昂葉石蓀

露白楓丹，是客歲、逢君時候。曾幾日、星移物换，西風吹又。攬轡驚添髀裏肉，開斂苦結眉間皺。祇盈胸、浩氣鬱葱葱，還依舊。　見慣了，翻覆手。聽慣了，摩登咒。問誰將正義，擔當宇宙。舉國已無乾净土，世風尤在咸同後。倚危欄、拔劍視穹蒼，虬龍吼。

金縷曲

無計相留住。嘆人生、一番睽别，一番遲暮。回憶兒時曾共讀，轉眼别風淮雨。到今日、方欣重聚。可奈匆匆才匝月，便一朝、勞燕分飛去。心已碎，向誰訴。　從今真個添愁緒。盼長亭、驪歌聲杳，情纏烟樹。來未郊迎行未餞，到底問心有負。但吾叔、瀟瀟風度。自笑襟懷常落落，任憑人、説我頑兼固。知我者，必相恕。

前調

不是鱗鴻斷。是朝朝、勞勞碌碌，難親辭翰。祇好心中鬱幾日，再把相思細算。幸建水、雲山非遠。若待寒營瑣務了，有長車、來去如奔電。期五日，可相見。　而今壁上權望變。是龍蛇、中原競逐，豈憂滋蔓。蓄鋭養精清宇内，期了生平素願。幾曾見、海清河宴。破浪乘風男兒事，況青年、怎把室家戀。今且住，歲云半。

滿江紅荔波道中

軟草平莎，春雨過、一番新緑。散行處、川明山媚，花攢柳簇。每每原田無限好，粼粼春水十分足。祇農夫、何事不歸耕，草盈掬。　草堂詩，君試讀。石壕歌，我還續。但傷心老幼，盡轉溝瀆。到眼忍看民疾苦，撫心惟有潸然哭。使人家、十室九成空，何面目。

西江月酒排

纔出藤峽天險，樓船直下潯州。征衫初解换輕裘。閒訪珠娘江口。　度曲嬌鶯乳燕，傳杯皓齒明眸。酒闌更盡賦歸休。贏得一聲慢走。

南柯子寄茂萱三舅，時宰高縣

鐵甲邊疆冷，鱗鴻萬里疏。昂藏惟恐負今吾。時於麟經篇帙、用工夫。　夢裏思親久，家音捧讀初。叮嚀字字等金珠。未識欃槍妖霧、掃清無。

賣花聲 思歸

心緒亂如麻。作客天涯。關山風雪想歸家。别却萱荆天樣遠，泪雨交加。　流水逝年華。空自嗟呀。憔悴生怕對菱花。幸得宣威千里外，愁減些些。

南柯子 深秋

鐵甲天邊冷，山林霧裏微。驛亭風緊雨霏霏。我是秋寒無婦、寄征衣。　凍足偎爐久，行書信手揮。老紅不定繞窗飛。默默銷魂停筆、下書幃。

滿庭芳 南方校閲，昆明早發

月落參横，霜寒料峭，晨星閃爍晴空。馬嘶人起，剛罷五更鐘。檢點征衫去也，似羈鳥、乍脱樊籠。登車後，欣然自得，列子御長風。　匆匆。田園一瞬，路轉回峰。看低嵐翠滴，遠水烟濛。對此山川高潔，藉景物、滌蕩心胸。知多少，深情故舊，正待話離衷。

醜奴兒 讀施莉俠近詞書感

回思十五年前事，痛在心頭。痛在心頭。把筆無端泪暗流。　生成慧業偏遭妒，天意悠悠。天意悠悠。一例才高應寡儔。

百字令 丙子重九螺翠山莊雅集，得世字韻

翠螺深處，有幽人結屋，攸然遺世。喜值京塵歸沐日，重整騷壇雅會。菊賞東籬，樽傾北海，多少文星萃。裁箋分韻，勾來滿腹愁思。　顧我一事無成，半生戎馬，非複當初意。祇有豪情消不得，化作長虹千里。鴨綠投鞭，黄龍痛飲，肯負澄清志。登高凝望，塞鴻猶繞天際。

南鄉子 仰山先生出所題吴繼蘭畫蘭立軸屬題

心事寄縹緗。寫出幽姿鳳尾長。疑我似君君似我，端詳。一現色香兩渺茫。　真個費思量。幾度低徊幾斷腸。翠袖時縈芳草夢，神傷。哀怨餘音尚繞梁。

滿江紅 贈安恩溥、純三昆玉

江外歸來，興安所、歲闌重覯。最好是、主賢賓美，一堂英秀。據案飽餐麋鹿肉，舉杯狂飲納郎酒。問人生、能得幾回歡，真難又。　同心語，芝蘭臭。晨夕共，情深厚。看迎郊就館，弟恭兄友。風度翩翩羊叔子，赤忱耿耿宗留守。願精誠、感召此三軍，垂不朽。

金縷曲 送詹迪民還鄉

去矣休回首。算今年、平頭六十，飢寒誰救。曾困名場三五度，曾在兵間奔走。祇博得、一官如豆。熱血滿腔無灑處，且還鄉、作個烟霞叟。粗茶飯，堪消受。論交念戴情深厚。記相逢、沱江道上，退軍時候。風雨同舟晨共夕，踏遍西南岩岫。最難忘、畇町杯酒。此去願君師郭太，對時人、莫漫傷麥秀。更少把，肝腸剖。

浣溪沙 題畫，秋海棠

沉醉闌珊卧碧蕪。相思離緒兩模糊。悲秋無那任慵疏。紅豆抛殘情未盡，丹楓纔染恨如初。倩君休繪斷腸圖。

踏莎行 乙酉除夕種梅

我似君癖，君同我瘦。荒村一見難分手。知音自解識焦桐，頻催健步移歸囿。稚子休嗤，山妻休咎。千金市駿前人有。祇須將息兩三春，會看緑葉成陰又。

水調歌頭 壽晦光六十

南極隨春轉，六十鬥梅清。富貴浮雲來去，曠達似淵明。拔劍曾忝蓮幕，足遍大江南北，歸卧一氈青。性不因人熟，風骨看嶙峋。　記當日，畇町寺，五羊城。難忘晨夕杯酒，抵掌説生平。我是成都嚴武，君是花溪杜甫，交誼證三生。歲歲尋芳候，携酒與君傾。

菩薩蠻

陰陰庭春寒峭。紗窗幾度嫣然笑。一縷篆烟微。落英繞砌飛。　紅襟休絮語。快快含將去。且莫到闌邊。花殘春可憐。

一葉落

泪眼注。送君去。蕭蕭落葉長亭暮。天涯自扶持，珍重風和雨。風和雨。不勞離人語。

喝火令 病中雜憶

燕婉鶯嬌候，紅嫣緑媚天。分明景物鬥春妍。偏是相如多病，依舊抱愁眠。　顧我難揮翰，懷君始展箋。不知離恨幾時捐。記得從軍，并轡大江邊。記得大江邊上，事事萃眉間。

賀新凉 和漁滄姻世叔《風中柳》詞

瘖瘵縈心久。愛滄溟、烟波浩渺，清凉無垢。一葉扁舟閒蕩漾，好與沙鷗爲友。省多少、世間孱愁。噓噏百川湔汝漢，問襟懷、似此誰能够。醉翁意，原非酒。　浮沉人海君知否。數頻年、風高浪湧，孤光自守。腐鼠何勞嗔且嚇，學得六鷁飛走。况又是、黄梅時候。檢點烟蓑兼雨笠，把擎天手作垂綸手。此中樂，康而壽。

水龍吟 贈匡侯

中年桃李盈千，情長無出君之右。賢哉回也，冲和根性，傲霜操守。木訥知仁，勞謙近智，臨財不苟。聽新平衆議，若斯人者，家家願、絹絲綉。　可惜治軍未久。撫兵心、儼然慈母。湘漢殺敵，滇黔講武，事功難朽。好學深思，循規蹈矩，當時無偶。更相期始終，置身千仞，作參天秀。

畫堂春 初春

小橋昨夜柳抽芽。今朝戲馬平沙。無邊芳草遍天涯。曉樹雲遮。　春水粼粼近遠，春山叠叠嵯岈。春風吹到碧桃花。花外簾斜。

叨叨令 送少懷還滬

昨宵纔得留君住。今朝腸斷江淹賦。明宵夢繞長亭樹。説甚麽、天涯芳草無歸路。行不得也么哥，留不得也么哥，算後會、萍踪浪迹知何處。

鷓鴣天 送林子藩

何事匆匆又遠離。蕭疏孤館倍神思。傷心怕誦江淹賦，况是天涯歲晚時。　風淡淡，雨絲絲。愧乏吴江絶妙詞。爲君寫就離愁句，更祝平安好護持。

一剪梅 涼風墺所見

□□好個雨餘天。水漫江邊。霧鎖峰嶺。群芳燦爛任留連。人比花妍。花妒人妍。　含森路冷斷人烟。草色新鮮。翠葉翩躚。游絲萬縷苦纏綿。繞過車前。又上眉間。

水龍吟 贈請方

當年交識情深，算來無出君之右。南滇同事，東迤聯鑣，時相携手。驟别岷江，電招榕里，歡然談舊。溯揖兄呼嫂，登堂拜母，轉瞬桐花風候。　日日傷春病酒。况數載、征衫濕透。

聲聲杜宇，無情飛燕，斷腸楊柳。□□吟鞭，悄然寡興，和天都瘦。到而今、一味多愁，往事怎堪回首。

沁園春

一九三二年冬，施莉俠女士來法國地雄城，與惠國碧共度圣誕節，圍爐促坐，共話興亡，時初聞東三省被日寇侵占，寫此相贈

爛漫天真，雅致嫣然，談吐詼諧。看琳琅縱筆，詞追朱李，向人肝膽，誼重陳雷。學萃東西，心憂國事，多少鬚眉愧此才。更堪羡，是情深似海，風韵如梅。人生遇合難猜。彼憒憒天公何苦來。任花容月貌，曲高和寡，孤芳自賞，使我同懷。負手行吟，圍爐促坐，話到興亡五内哀。相逢處，正河山破碎，大地陰霾。

阮郎歸 仙山樓觀圖

雲山莽莽色蒼蒼。秋深天氣凉。清溪婉轉瀉横塘。長亭緑樹芳。沿石磴，陟崇崗。層樓萬仞藏。天然妙筆擅倪王。秋山似故鄉。

玉樓春

扁舟蕩漾横塘曲。水面風微鋪縐縠。沿溪楊柳碧毵毵，殘照含山紅撲撲。漁燈點點

飄金粟。新月一鈎寒吐玉。襟懷灑落已如山，終不凌虛心也足。

其二

昨宵雨洗平蕪緑。竹簟秋深酣睡足。披衣曉起立庭中，隱隱輕帆出複没。嵐開一綫含朝旭。掩映山花紅撲撲。遥看五兩盡朝西，歸去不須費子縮。

金縷曲 讀蘇心穀悼亡詩

君算真情種。讀新詞、纏綿悱惻，篇篇沉痛。想見當年賢伉儷，相敬相親梁孟。更多少、悲歡與共。要是前生同命鳥，怎今生、先作離鸞鳳。鉛泪下，如泉湧。　鄭虔三絶難爲用。最堪欽、峥峥風骨，寧甘貧凍。萬里從軍歸來後，依舊牛衣對擁。一提起、令人增痛。往事勸君休回憶，念憂能損性、須珍重。人世間，原如夢。

高山流水 用夢窗韵

田園木葉掃秋風。祇明玕、寒翠青葱。窗外斷腸聲，長空叫徹征鴻。中原正戰血漂紅。烽烟近，爲道幽并鼓角，快接烏龍。謝多情念我，促膝話偏濃。　山中。簞瓢采葑菲，生活計、漫效承宫。含笑指吴鈎寶鍔，任鎖苔茸。補天心、狂費群工。十年事，應省隍中得失，早覺梵鐘。憑恩仇轉轉，凄惻夢都慵。

清平樂

杜鵑來了。桃李枝頭小。望斷故鄉天際杳。細數夢痕多少。　而今已是春歸。愁聞畫角聲吹。驚起兩三鴉點，夕陽影裏西飛。

金縷曲少懷由瀘州來□□場看我，醉後賦贈

真個相逢矣。怪別來、滿腔離緒，無從説起。不管閒愁千萬縷，并入酒杯之裏。但相逢、歡娱能幾。慷慨高談時局事，便滔滔天下皆披靡，甚俊杰，都堪鄙。　紅塵滾滾公侯地。問功臣、幾人無恙，徒傷薏苡。□□不堪重駐足，何處更尋知己。且共作、湖山歸計。□望昆湖東皖浙，□隊邊、采取蓴鱸耳。想我輩，□如此。

念奴嬌安邊□

長江滾滾，近深秋，□□□□□□。讀罷東坡赤壁賦，□□□□□□。縠紋平鋪，明河倒挂，静影天澄碧。茫茫千頃，蕩漾一江新月。　難得。一葉扁舟，數聲欸乃，星斗皆爲裂。薄霧朦朧風露冷，三兩蒲帆明滅。怪石生湍，狂風助浪，湧起千堆雪。擊楫長嘯，英英神思飛越。以上録自《品卓詞憶》

滿江紅 乙丑廣州感時

如此江山，銷磨盡、半生豪氣。算辜負、滿郊碧血，滿腔熱淚。四面風高頽厦危，巢堂燕雀還酣睡。把東南半壁付群公，同兒戲。　策不出，軍國計。但搜求，毫末利。使智勇俱困，民生凋敝。縱使揮戈能返日，也難喚醒鈞天醉。想披髮長嘯入山阿，深深避。

皂羅袍 廣島紅葉

總算乾坤奇造。把群龍戰血，灑上林梢。暮靄朝霞籠輕綃。春花也輸你三分俏。菊殘雁斷，風姿自高。霜寒露重，錦衣自豪。洪爐百煉出精神老。以上録自《續滇詞叢録》

金縷曲 丙戌九日，蒓鷗先生招飲螺翠山莊，作曲江之會。適以天寒路遠，未遂趨陪。承寄以李太白、王子安九日詩，分韵得日字

又到題糕日。怎凄凄、疏風冷雨，惹愁盈臆。準擬登高舒嘯傲，天意悠悠難必。算辜負、龍沙雅集。我是杜陵悲秋慣，透青衫、怕奏山陽笛。拚痛飲，酬佳節。　十年回首空陳迹。恁匆匆、幾番吹帽，幾增頭白。浩劫紅羊餘灰燼，四望戰雲猶幂。幸吾輩、康强似昔。戲馬商飆今在否，苦蟲沙、染遍神州碧。升平夢，何時得。以上録自《丙戌螺峰登高詩集》

徐嘉瑞

徐嘉瑞（一八九五—一九七七），字夢麟，白族，昆明人。早年就讀於省立師範學院，後執教於雲南大學，中華人民共和國成立後歷任雲南省教育廳廳長、省文聯主席等職。著有《金元戲曲方言考》《雲南農村戲曲史》《中古文學概論》《近古文學概論》《大理古代文化史》等。

吹參差集

滿江紅 痴情思　一九一三年

如此江山，况復是、月兒如鏡。全不怕、衣單袖薄，露寒風冷。共向橋頭良久坐，甫能按得心兒定。更無言、獨自依欄看，雙雙影。　儂一半，爲卿病。卿又是，爲誰病。猛思量前後，心頭似鯁。海縱能枯石可爛，痴郎未改痴情性。不信來、量取舊腰肢，全瘦損。

金縷曲 送友人　一九一三年

久別纔相聚。又匆匆、一肩行李，蕭然歸去。此後二分明月夜，寂寞江潭柳樹。更何緣、留伊小住。千里關河驛路遠，伴征衫、日日風和雨。説不盡，征塵苦。　窮途一樣文章誤。

倚青燈、矮窗白紙，共哦詩句。此景何年能再得，難禁離情萬縷。似斷梗、都無憑據。應是夢魂飛不到，到臨歧、凄切混無語。遠山横，淡烟暮。

如夢令 幽思　一九一三年

風細月明如畫。辜負迢迢良夜。試與殷勤説，説道韶光無價。無價。無價。争教等閒過也。

其二

昨夜雨潺風驟。點點階前檐溜。夢也不成眠，數盡一宵更漏。誰咎。誰咎。天使相逢邂逅。

其三

一望野花如綉。绿遍道傍官柳。與恨懼添長，縛得眉梢頻縐。難究。難究。知是爲誰消瘦。

其四

榻冷燈昏人瘦。剛又斷腸時候。昨歲記相逢，也祇今宵前後。生受。生受。一晌階前叉手。

念奴嬌 筇竹寺　一九一四年

摩空萬仞，自何年何所，飛來一寺。足下千峰來拱列，仿佛帝王之氣。壇上雨花，階前鳴玉，粉碎人間世。境幽物靜，松風萬壑忽起。　寂寥拄杖老僧，鶉衣百補，不記今名字。歷歷山中長歲月，汲水擔柴而已。雨後樵歌，風前漁唱，和入鐘聲裏。我來狂嘯，衝破一山烟靄。

前調 菊　一九一四年

依人籬下，更有何心緒，翻黄弄紫。露冷霜寒日更薄，種種無聊天氣。木葉已枯，河冰欲凍，點綴全賴爾。揮毫畫出，艷李夭桃羞死。　偏是不怕西風，朝朝暮暮，傲骨長如此。每到參軍落帽日，冷眼看人沉醉。屈子猖狂，陶潛冷淡，總不算知己。高踪有繼，又報梅花開矣。

前調 春日湖上　一九一四年

東風昨夜，把千紅萬紫，一番吹瘏。燕燕鶯鶯來去急，料理春城衙户。水接天長，波分柳緑，蕩滌閒鷗鷺。渚邊沙外，向人得意歌舞。　昔年錦纜牙檣，名花坐擁，老了英雄去。即此江山無恙日，問爾吴娘何處。世界茫茫，衆生蠢蠢，各自誇雄據。祇今臨眺，難禁泪落如雨。

鵲橋仙 牡丹　一九一四年

姚黄魏紫，天香國色，曾受帝王封號。美人微醉朱顏酡，越襯出豐神窈窕。遲遲春日，娟娟良夜，生受汝銷魂一笑。虚名到底終何益，莫辜負名花老了。

浣溪沙 碧桃　一九一四年

絳臉朱唇黄額兒。無愁無恨長豐肌。不似武陵初見時。天上舊因何處揭，露中香氣幾人知。若舞風前嫌太肥。

西江月 咏柳　一九一四年

雨過菱塘泠泠，風回杏院颼颼。明知已是不勝愁。故教小蠻腰瘦。旅客魂消驛外，佳人腸斷樓頭。如何祇是繫離憂。不繫征夫馬首。

蝶戀花 蓮　一九一四年

一寸芳心千萬疊。無語低頭，似抱情難説。願得生生開共節。不知人世有離別。雨後風前神焕越。采蕩碧波，暈臉燕支髮。神女芳踪來去熱。佩環夜夜響瓊玦。

滿江紅 題《紅樓夢》　一九一四年

百拜書前，矢千劫、不言情字。兀自把、鮫綃濕遍，卿胡爲爾。人世從來名怨窟，江山亘古鍾靈氣。恐海枯石爛亦難酬，吾過矣。懺不盡，浮生事。醫不可，心頭醉。儘痴痴痴絶，愁仇恨倚。夢去千盤心上曲，覺來一抹胸前泪。道年來、皓腕與朱顔，纔如此。

自度曲 題照　一九一四年

人淡如菊。眉宇銷塵俗。始識東坡是老宿。骨節珊珊鳴玉。凝然來坐，斯須春風去。雁疏疏寄與巴山舊雨。當年張緒何如。

虞美人 題鄭曼陀《晚妝圖》　一九一四年

一面相見已相昵。重見知何日。臉兒紅暈最難遮。笑説畫橋西去、是依家。窗前種得竹千個。獨自和衣卧。無情還有夜來風。吹斷春宵柔夢、了無踪。

其二

垂楊着雨鬖髿髮。眉兒似新月。斜簪一個玉搔頭。卸却鉛華脂粉、也風流。昏晨相對情無極。黯黯空相憶。咫尺對面路非遥。似隔雲山萬重、水千條。

其三

玉容月理天然妙。况是人年少。妝成倦倚錦幃前。還有眼波横處、更堪憐。朱唇薄啓心如醉。臉暈眉兒翠。應知裝罷有人看。不比小姑居處、本無郎。

其四

畫圖省識春風面。午夜思量遍。芙蓉笑臉兩邊開。絶似碧油窗裏、那人來。茫茫塵海伊何在。物候又三改。枉教當日苦相思。猶記雪天風夜、斷腸時。

其五

綉帷重繞春無縫。不怕簾鈎動。籠雲染黛更施朱。恰好黄昏庭院、上燈初。恍如有恨縈心曲。不語痴凝目。長是脉脉長是顰。長是春山淡淡、眼盈盈。

減字木蘭花 思念 一九一四年

無緣相見。朱顔深鎖小庭院。燈火瑩瑩。知在畫樓第幾層。空勞眷戀。哪能容易邀青眄。十萬黄金。難買相思一片心。

其二

凄凉月夜。耿耿素娥欲西下。衹是憐東。已抵巫山十萬重。伊人何處。今宵又教成虚度。露重衣單。獨倚溪流照影寒。

天仙子 無題 一九一四年

六幅鸞箋斜字迹。封來猶帶印泥濕。不知何故惱伊人，揉作摝。輕抛擲。獨倚薰籠夜夜泣。

望江南 相逢詞 一九一四年

相逢處，春草緑如莎。似笑似顰紅半臉，不言不語暈雙蛾。總是默時多。

其二

相逢處，蘭麝襲人薰。柳掩花遮行慢慢，隔溪偷看打魚舲。江上數峰青。

其三

相逢處，偏又值春殘。踪迹已隨花去也，人間天上兩茫茫。無限泪闌干。

其四

相逢處，容易肯窺臣。似比黄花還較瘦，翻從瘦裏寓精神。欲見更無因。

其五

相逢處，弱柳弄新愁。人面不知何處所，雙溪日夜向南流。湖水更悠悠。

金縷曲 吊女史王松霞　一九一四年

梧老西風緊。鬧檐前、丁冬鐵馬，有人卧病。蜀水蜀山千萬里，一片思親泪冷。更落落、孤高情性。一捻腰肢全消瘦，算東風、謬掌花權柄。月黯黯，燈炯炯。　炎凉世態休重問。儘飄零、鶯花無主，難歸旅櫬。荒草迷離埋香處，一望蒼苔滿徑。剩斷簡零篇殘沈。寄語芳魂莫怨慕，待來生、誓補今生恨。曲譜罷，心酸哽。

金明池 綫織梅花　一九一五年

樣出別裁，香生十指，密密金針暗度。一夜枝頭春已透，真堪笑、宋人玉楮。不是結網蜘蛛，是春蠶乙乙，抽絲吐緒。看疏影横斜，足賽蘇家，織錦回文詩句。幻余作孤山林逋。便水驛山坳，不須重樹。供奉在、銅瓶紙帳，絶不怕、風欺雪妒。當卿卿、寒峭化身，作薄怒微嘲，輕憐低語。試停筆問花，花亦知否，留作綺業憑據。

蝶戀花 月夜無眠　一九一五年

清夜如年人不寐。無奈心情，總替花憔悴。欲與嬋娟同夢寐。等閒不把窗兒閉。蛩語凄凉還細碎。帶露吟風，惱亂人清睡。漏箭銅壺更闌未。隔簾何處猧兒吠。

江南春 醒夢　一九一六年

淅淅蕭蕭，曙樓微雨，鐘鳴天曉時節。夢兒何處，儘喃喃、細語凄切。宛轉情如結。聽泪在、喉中嗚咽。試看爾、鬢邊清泪，臉上餘脂，宵來怎蓋痕迹。乍驚覺，倦無力。我正夢還家，雙親白髮，雁行弟妹。好痛數、當年離別。杯箸未安設。强被汝、輕輕喚歇。不念人、十年背井離鄉，有多少衷腸待說。

南鄉子 春水　一九一六年

春水漾波璃。細草初生似剪齊。付與詩人作畫本，千畦。緑上垂楊一望迷。　寂寞對斜暉。春鳥無名不住啼。舊約丁寧今又誤，依依。立冷遥天月半規。

眼兒媚 武陵溪　别意　一九一六年　案：詞牌係編者所加。

深閨昨夜肆離筵。經夜不成眠。起來奩傍，細匀睡臉，亂整花鈿。　青山隔岸無重數，芳樹遠連天。一聲去也，明朝北水，今日南船。

蝶戀花 畢陽　醉　一九一七年　案：詞牌係編者所加。

大地干戈平又起。氛霧迷天，氛霧迷天地。角鼓聲聲聲變徵。北來戎馬腥臊氣。　當哭狂歌却有泪。擊缺唾壺，醉也非關醉。如水年光去去矣。身窮國亂况如此。

其二

積雨纖連天若醉。晝也無聊，夜也難成寐。冷落書齋僧况味。狂來更灑憂時泪。　南北東西何能已。碌碌依人，一付銅符吏。幸未銷磨湖海氣。時時心在冰天裏。

傾杯樂 題畫　一九一七年

千里關河，一宵戲漏，夢魂兩度相即。不慣離別，倍覺枕冷，聽夜鐘凄側。深幃應有宵來夢，共笑言猶昔。無那夢中，將別後百苦、都忘説得。　瘦損天涯行客。無聊更展了，惱人顏色。怕容易銷磨，尋常不敢、把泪珠輕滴。問字燈前，識花月下，俯仰思難極。便欲向，圖畫裏、依依偕立。

昭君怨 别意　一九一八年七月十二日

山外疏星幾點。正是山中夜半。四千里歸程。月中行。　十里天明還未。五里天明還未。闃閣與兵戈。别夢多。

金縷曲 明君　一九一八年

卷地風沙烈。經多少、甌脱朝冷，穹廬夜黑。此是衛霍争戰處，牙影角聲都絶。任胡馬、嘶風蹄齧。老矣邊城諸將帥，把燕支、却虜計甘設。滴易盡，襟上血。　斷腸曾記匆匆别。最難忘、昆明池水，金波玉液。聞道漢家全盛日，笳鼓樓船森列。忍一令、名花摧折。三十六宫環佩響，照魂歸、應有凄凉月。可還是，舊顏色。

前調月夜　一九一八年

月上闌干矣。乍回眸、燈光紅射，矮窗白紙。如此燈光如此月，照人闌内獨倚。説不了、當前恨事。信使他年能作佛，要大千、微雨都成泪。都貯在，吾心裏。　人生况味纔如此。更不必、金經貝葉，再翻真諦。苦即是歡歡是苦，顛倒拉雜無據。最好是、寂寥獨自。一二閒人時往來，亦尋常、應酬虚文耳。燈似霞，月如水。

浣溪沙感賦　仲鈞以《漁家傲》相贈，感賦。一九四六年

孤館寂寥夢不成。疏枝斜月已三更。依稀還記月中行。　楊柳新橋牽别緒，故人詩句動離情。重來心上一聲聲。

其二

岸上青燈共寂寥。今年除夕太蕭條。無言相對度清宵。　爐火常温如舊友，重門深掩到明朝。明朝酒醒更無聊。

其三

却羨靈均賦遠游。猿啼清夜幾時休。九天無處寄深愁。　草木已空人覓食，星辰凋謝

蛩吟秋。大江和泪向東流。

其四

遠别良難歸亦難。百憂摇撼鬢添斑。雲間却羡鳥飛還。愁客經旬聽夜雨，重門二月掩春寒。離騷讀罷又新翻。

其五

一曲六么着竟催。嫦娥倩影下階來。依稀曾記碧鷄臺。哀樂夢隨流水去，管弦聲喚逝波回。舊游雲散衹堪哀。

前調 夜思　一九三四年

聞到薔薇見雪娘。嫦娥輝映玉生光。依稀還記月中行。一片暈紅迷睡臉，幾絲柔夢度芸窗。紅絨嚼罷唾檀郎。

其二

雨滴梧桐夢不成。愁人卧聽一更更。紅樓倩影夜燈明。無奈尊前齲齒笑，可堪陌上并肩行。娥眉深鎖定何因。

金縷曲別侃如、沅君感賦　一九四六年十月

其一　侃如、沅君自蜀東下金陵，邂逅於黄鶴樓。强飲三爵，舟人催發，别去感賦

鸚鵡洲邊路。正凝眸、翩翩上下，輕帆柔櫓。遥憶故人今何在，驚見登樓笑語。更細審、舊時風度。烽火連天六載别，是誰云、在此忻重聚。同一笑，興飛舞。　年來别恨從頭訴。早收將、三峽烟月，盡成詩句。歷遍血腥烽火赤，不減英豪氣宇。人道是、神仙伴侣。九萬里風吹鬢髮，下瞿塘、不嘆難行路。雙影静，緑波停。

其二　侃如、沅君暫見旋别，意有未盡，重譜前調

往事君重説。看中秋、异鄉蟾影，八年圓缺。昔日三巴今吴楚，南北東西跋涉。記同醉、昆湖秋月。一曲清歌猶未了，照紅河、烽火催離别。仇與恨，幾時歇。　一從别後音書絶。看長江、風帆片片，淡烟明滅。不道憑欄凝望處，喜見豐神俊發。應不是、夢中華髮。纔道重逢旋又去，望漢陽、烟樹增嗚咽。帆影暗，楚天闊。

其三　送侃如、沅君登舟，三譜前調

未盡心中意。嘆奔馳、天涯爾我，知音能幾。萬里人終來眼底，眼底人又萬里。更沽酒、留君無計。執手舟中相送罷，笑壺中、天地哀和喜。江岸闊，暮烟紫。　漢臯自古銷魂地。

此中有、碎琴伯牙，沉江屈子。天亦無言天難問，江水無言去矣。看塞上、烽烟銷未。木葉蕭蕭凝望眼，道人生、自古真如謎。彈熱泪，贈知己。

浣溪沙 又懷仲逵昆仲　一九四六年

望斷天邊一雁無。亂離珍重幾封書。近來親友更慵疏。　星辰晦匿今何世，溆浦儃徊迷所如。不堪風雪滿征途。

采桑子 憶昔　一九四六年

傷心難憶昔年事，人在心頭。恨鎖心頭。夢裏蛾眉眼底浮。　鶯飛三月天王寺，人面含羞。花也含羞。一抹紅霞萬種愁。以上録自《徐嘉瑞全集》

楊大純

楊大純（一八九六—一九五一），字粹樓，騰衝人。著有《楊粹樓旅行日志》。

西江月 粹樓登至山頂，遥觀匪劫數人，特以《西江月》記之

層層直上山頂，綿綿細雨若絲。深林窮谷幾度移。頃刻天開霧霽。　徑至博坡下道，持

刀匪勢堪虞。三包貨物被劫提。駭殺趙王老李。以上録自《楊粹樓旅行日志》

甘　芳

甘芳（一八九六—一九五一），字濟蒼，雲南鹽豐人。一九〇九年考入雲南講武堂生徒隊，後參加辛亥革命。一九一七年考入保定陸軍軍官學校，畢業後參加北伐戰争。歷任第九軍中將副軍長兼參謀長、貴州遵義行政督察專員兼保安司令、昆明行營參謀處中將處長兼滇黔綏靖公署參謀長。著有《緑蘿山房吟草》。

滿庭芳

落盡檳榔，燒殘更箭，郊原獵火如星。來朝遠戍，若個聽催耕。課盡餘田十畝，剩圍帶、瘦減三分。而今也，墻過亂吠，不耐飽藤茵。　一朝傳錦幅，黄花破笑，緑竹還生。看展軨效駕，争拜使君。怕令南雲衰草，留不得、歸思王孫。勞尊重，牛山登望，白社起棠陰。

意難忘

駭浪驚濤。看旌飄紫塞，翼蔽青宵。櫪間伏驥駿，池裏隱龍蛟。羞低首、耻折腰。壯氣莫沉銷。極目望、火燎蘇晋，血濺吉遼。　休傷白髮蕭蕭。看冠裳人物，意態矜嬌。無言任藻飾，王嬙自嬌嬈。持正義、固節操。前途正迢遥。且拈花含笑，静待來朝。

慶春澤

雪滿棠階，雲流蒼碗，依稀猶似青春。我自歸來，向東樓譜瑶笙。重游畫閣烟如織，更三番、喜報青禽。算如今。弧帨雙懸，甲子重掄。　緑天不見梅花信，似敲殘臘鼓，風送薇庭。幽鶴栖間，依然點漆精神。碧桃還認仙源路，恐明朝、酒困入蓬瀛。待黄昏。自有麻姑，同伴長庚。以上録自《滇海求珠集》

踏莎行 松鶴寺

鳥語啾啾，鐘聲杳杳。西平勛業今猶道。鴻濛闢處鶴歸來，放開望眼群峰好。　城郭依稀，雲烟縹渺。飛泉亂灑金錢小。山中長貯太和春，雨餘處處生芳草。以上録自《宣威松鶴寺文辭初編》

趙述完

趙述完（一八九六——一九七八），名家適，通海人。曾任東陸大學教授。

蝶戀花 步吴邦彦兄韵

枉駕高軒臨寄處。悵望長天，季子飄然去。如此江山空閉户。傷心白髮唐宫女。翻雲徒覆雨。昨歲今年，多少祥和語。北宋南明休指顧。新詩偶得驚人句。

政海

瑞鶴仙 寄邦彦兄

故人相問訊。愧夢筆生花，江郎才盡。新愁濕皤鬢。更敲詩不成，填詞不遜。恁般愚蠢。便有句、焉能工穩。起烽烟、塞外黄沙，停戰令難憑信。苦悶。藏山事業，投筆功名，坎坷遲頓。柔腸寸寸。誰慰藉，這悲忿。看蒼生多難，無邊魔劫，灾禍刀兵厄困。到何時、贏得和平，自由路近。以上録自《業餘存稿》

劉堯民

劉堯民（一八九八—一九六八），字治雍，筆名伯厚、林不肯，會澤人。曾執教於雲南大學，任中文系主任。著有《廢墟詩詞》《詞與音樂》《晚晴樓詞話》等。

眼兒媚

渡頭芳草綉平沙。柳岸石橋斜。荳花香裏，桔槔聲裏，春在田家。　微吟緩踏楊花路，離恨繞天涯。十分春事，十分心事，流水歸鴉。

金縷曲

十載鄉愁重。憶年時、匆匆一度，歸來如夢。最憶頤泉亭畔路，芳草蒙茸無縫。恁一片、幽情誰共。芍藥欄邊春睡足，聽溪聲、鈴語相迎送。又驚起，桐花鳳。　歡踪一散成悲痛。是何時、愁緣暗結，病因深種。一晌文園消渴甚，不爲麯塵波弄。更不爲、墻東窺宋。但願身輕占勿藥，返故園、長抱漢陰瓮。凌雲賦，終何用。

前　調

心事愁臨鏡。十年來、蹉跎人海，霜催潘鬢。瀟洒諸天飛紅雨，一室維摩卧病。且落得、人間清净。最恨庸醫來問疾，奈絲毫、不解儂心性。移我榻，莫相近。　故園劫後風波定。料而今、山温水暖，鷺恬鷗静。待得一帆歸去也，蔓海重來照影。便劃破、琉璃千頃。争似文場相角逐，蠅頭名、空把人消損。塵土夢，何時醒。

浣溪沙

玉簟輕寒睡起遲。朦朧往事儘尋思。一天梅雨困人時。　遣悶無妨頻射覆，嘔心何苦又填詞。不知辛苦笑人痴。

唐多令

池閣鎖清秋。碧雲滿地流。記萍踪、幾度曾游。百尺樓陰空佇立，送南雁、去悠悠。　斜日謝松楸。蒼茫萬古愁。到黄昏、雲散烟收。鐘磬聲銷流水遠，十三夜、月當頭。

高陽臺

葦岸尋鷗，楓林繫馬，山陽舊恨愔愔。悵望東原，個人宿草深深。紛紛落葉清溪路，記解鞍、小憩紅林。雁風尖，忍俊秋寒，細數秋心。　當年怎不憐張緒，恁紅心悱惻，碧夢温馨。小晏楊花，并肩苦苦低吟。湘衾昨夜分明見，白衣裳、悄立桐陰。起徘徊，縹緲蒹葭，捽斷瑶琴。

菩薩蠻

獨坐閒庭無意緒。曉來一霎東籬雨。雨過菊花新。秋天無片雲。　曝檐風日静。照汝清修影。可笑多病身。影還瘦過人。

賀新凉

風物秋瀟洒。映簾旌、分明記取，水天閒話。愁心皎奪明珠韵，寂照晶宫鱗樹。更摇漾、菱花幽夜。縠霧綾烟思渺渺，夢中帆、欲向誰邊卸。鮫人泪，盈盈瀉。　是仙是幻清如畫。一聲聲、哀蟬響絶，怨蛩吟罷。子夜沉沉清漏遠，碧玉光流萬瓦。又早見、銀蟾高挂。小胆空樓驚獨倚，貼層欄、步屧輕輕下。心碎了，教人怕。

江神子

斷紅一抹上東墻。立迴廊。背斜陽。清明過了、底事儘思量。贏得春來多少恨，鶯婉轉，蝶輕狂。　嫩寒向晚掩文窗。夜風香。花氣凉。薰籠正暖、換却薄羅裳。一桁湘簾花影澹，初九夜，月昏黄。

湘　月

秋聲縹緲，悵南天九月，不聞新雁。籬落西風吹斷續，已早菊華開遍。涼雨浸愁，冷雲濕夢，人在輕陰院。梧桐搖落，一秋心影零亂。　念我多病文園，綿綿消渴，藥裹長相伴。花月懨懨，慵過問、一任流年偷換。綺語銷魂，奇文憎命，夢裏深深懺。起巡三徑，閒愁又到眉畔。

踏莎行

暮靄凝柔，夕英落艷。屏山掩映重重念。梧桐露冷不添衣，秋燈夜煮濃濃怨。　水閣澄星，月簾過雁。人間誰與温温勸。庚郎賦裏可憐蟲，依稀似訴深深願。

前　調

洛浦尋緣，漢皋遺問。濺裙去後餘香剩。廉纖小雨亂銀塘，清波一勺雲天混。　夜紫沈魂，春紅銹恨。傾城消息來無準。今宵定又不歸來，重簾静鎖人間悶。

蝶戀花 十二

昨夜園林風雨驟。狼籍猩紅，春夢濃於酒。欲惜芳菲驚永晝。淒涼自摘餘香嗅。紅闌都熨透。萬疊愁雲，盡赴黄昏後。自製新詞憐小就。嘔心不辭東陽瘦。

臺城路 油燈

欲尋小杜三生夢，漫將短檠重理。雪暗欺螢，天寒立鷺，夏穗卿有句云：『一燈静如鷺。』多少吟情畫意。童年應記。傍慈母身邊，依依問字。燒盡春華，鬢窗心影明如繪。　而今東野憔悴。對憧憧冷焰，抱影無寐。麝鉢飛塵，藥鐺結霧，摇曳愁城滋味。一痕欲墜。恨電炬鐳光，照穿心髓。繾綣秋魂，夜深清不睡。

眼兒媚

頰雲紅縐睡痕多。梳洗望銀河。悄無人處，傍花陰立，遠遠聞歌。　那回軟舞珠叢裏，髮鬖漾微波。顫巍巍慣，笑迷迷慣，常露梨渦。

釵頭鳳

閒時坐。愁時卧。秋從病裏輕輕過。衫鬆袖。腰鬆釦。鏡裏朱顔，可憐非舊。瘦。瘦。瘦。
新橙破。新情惰。從頭鑄就深深錯。衣初授。凉初透。細雨黄昏，如何消受。够。够。够。

法曲獻仙音 追憶故園藤花小樓

白玉蘭邊，紫藤花下，瞥見舊時明月。無賴黄昏，無人清夜，又過幾番圓缺。思往事、成痴立，愁心萬千疊。
那能説。記當年、迎暉堂下，篩碎影、滿地梨花如雪。嘆惜舊園林，已凋殘、金碧顔色。冰手胸前，一絲絲、心汐騰熱。把玲瓏幽怨，試倩玉簫吹徹。

菩薩蠻

昨宵夢見游青侣。連鑣共上城東墓。時節近清明。春風二月鶯。
歸途松柏下。意懶慵鞭馬。緩緩踏斜陽。山花零亂香。

臨江仙

記得雙清前夜，重勞玉指鈎簾。姈娉月在碧桃尖。春宵千點露，争比泪珠圓。往日平常花草，一成追憶堪憐。瓊窗風雨自年年。相思紅葉路，歸夢緑楊烟。

浣溪沙

幾度人前不自由。矜持意態掩嬌羞。絲絲紅暈上眉頭。茉莉香温能養夢，鴛鴦衾暖不知秋。一痕月照小紅樓。

虞美人

晴窗閒展琳瑯畫。寶篆添香罷。紛紛桂雨灑苔庭。恰似玲瓏秋夜、滿天星。西風小院凉如水。午倦抛書睡。起尋殘夢倚斜曛。猛聽一聲哀雁、入寒雲。

鳳凰臺上憶吹簫 故園槑應花矣

玉筍鎈晨，香橙薦夜，冬來風物清華。念君山小愈，衛玠初瘥。打叠羅浮幽興，消魂影、竹外橫斜。閒意遠，銀屏冷夢，海角天涯。空嗟情天有限，禁得許、新愁舊恨交加。正霜樓睡穩，喚醒城笳。都爲千般在客，争抵似、一度還家。還家去，綺窗明月，應照梅花。

夜合花

美意延年，相思入骨，懵騰幾度青春。尋尋倦也，鶯邊收拾吟魂。傷往事，懺前因，一枝香、燒過黄昏。撲簾紅露，窺簾碧月，妒夢無痕。　明知是夢非真。片晌低眉淺笑，暖雨凉雲。一点春心，已拚永劫沉淪。愁裏病，病中身。苦難忘、毒怨深恩。天涯雙鯉，天寒半臂，百種温存。

行香子

醉意輕鬆。秋水玲瓏。顫心心、跳入光叢。琴波漾漾，夜影朧朧。正雪茄香，瓦斯緑，珈琲濃。　肉色天宫。鳶色穹窿。意騰騰、夢逐妖虹。甜愁萬種，美酖千鐘。在天之涯，海之角，夜之胸。

一斛珠

晚鶯啼歇。鄰墻飄過花如雪。東風蕩漾珠簾揭。簾裏窺人，一點櫻紅月。　繡閣蘭閨春慰帖。銀屏咫尺香初接。低鬟顫語痴魂裂。此際縈旋，已歷恒沙劫。

浣溪沙

夢觸佳人錦瑟僵。巧將獺髓繫迴腸。玉壺攕手進瓊漿。　荇葉牽風偏惹恨，楊花著雨不能狂。夜深燒罷返魂香。

倦尋芳

柳眼驚烟，櫻唇怯凍，翠憐紅惜。檐溜纖纖，偏向心頭点滴。隔院冷香花氣味，透簾細雨春呼吸。仰愁空，正游絲飛絮，東風無力。　仿佛記、桃花駿馬，杏子單衫，那年今日。芳草茸茸，踏遍鸞踪鳳迹。綉徑花翻鵑血艷，晴湖浪染鸚魂碧。看而今，藥爐詩卷，蕭蕭寒食。後半闋結尾係上三下四，《湖海樓詞》有此體，依之。

山花子

大宙無言帝不靈。諸天寂默梵音沉。起向魔王香座下，拜深深。　名理怡情消病緒，慢詞刻意寫冬心。寫到鵑啼猿鶴怨，髮森森。

江神子

人間何處乞瓊漿。療空腸。妒裴航。移人尤物、宋艷與班香。夢想魂思千百度，纔到手，又尋常。　近來心事益荒唐。倚新腔。不成章。可憐無補、空自費流光。起拾落梅花一瓣，憔悴也，暗神傷。

醉花陰

三九初頭寒意重。呵盡香酥凍。開篋暗消魂，馥郁衣香，喚起前春夢。　驀地階前簾影動。驚顫釵頭鳳。刻意定芳心，自撥殘灰，畫取連環弄。

江南憶

春去也，繚亂不勝情。心字簾中雙燕子，與人同夢泣紅英。夢影不分明。

蝶戀花

白璧明珠濺碧血。一瞬流光，容易悲殘缺。轉眼星星成玉屑。飄零况是人間物。　漫道鵑魂啼故國。偏是多情，更忍淒涼説。斷井誰家遺別業。斜陽悵望傷心絶。

前　調

又聽白烏啼大屋。破碎金甌，忍食寧馨肉。失隴飄流難望蜀。榆關雲起黃河濁。　哀郢幽情誰可續。慘笑悲歌，聊當西臺哭。苟且津沽眠未熟。血紅更染燕蕪緑。

前　調

憶昔石城留信宿。扇影衣香，款語人如玉。夜起鈎簾魂馥郁。南朝十萬春星緑。　剩水殘山供逐鹿。幾見龍蟠，幾見降幡矗。十里秦淮烟水鬱。依稀猶唱庭花曲。

前　調

曲曲瀛臺烟月熱。水榭風廊，人語荷花隔。萬户千門來暝色。夜烏啼繞觚棱黑。　故國神游清泪咽。白紵青衫，曾映燕臺月。滄海横流淒未歇。銅仙泪洒金盤裂。

浣溪沙

掩盡文窗月又西。桂花摇影一枝枝。闌干東角立多時。　玉露晶瑩生葉葉，青蟲次第網絲絲。銀屏今夜更眠遲。

前調

且坐秋庭剥荔枝。青城舊事怕重提。花前防與籠鸚知。軟夢覺來隨即睡，瑶箋吟就又還撕。不成惆悵不成痴。

揚州慢

悄碧凝冬，冷晴欲臘，蘋風吹散湖烟。仗孤筇約病，且小試吴綿。可曾記、柳陰曲路，雙行避睞，細語含嫣。嘆而今、張緒飄零，不似當年。香漪勝處，又新添、幾面紅闌。更綺樹臨波，疏檽媚日，水冷雲寒。驀地睡禽驚起，斜陽下、翠羽娑姍。愛人間暮色，餘情淡抹林端。

清平樂

瓊闌低護。夜影迷香霧。行過薔薇花下路。來到迴廊深處。眼前明月丹霞。依稀夢裏人家。祇隔珠簾一笑，天風吹墮瑶華。

八聲甘州

聽西風吹雨濕紅樓，無眠擁孤衾。恁移宫换羽，書空畫壁，過了秋深。日日言愁寫病，愁病我是天涯倦旅，記追魂日下，填恨波心。嘆鏤冰刻更侵尋。怎得恬恬夢，夢抵黃金。

纏綿甚、經旬腹疾，獨卧秋霖。月，何苦費呻吟。且歸來、幽簾静户，懺舊游、珊泪洗塵襟。

醜奴兒令

暖香飄過屏山背，檀粉初匀。聞唤湘君。驚起陽臺一段雲。重來檢点經游地，不見車塵。不見苔痕。不見流鶯不見人。

前　調

剛成午睡頻催起，眉眼零星。無那心情。門掩西山一角青。丹楓不妒山茶艷，日冷天晴。湖上風清。數着闌干緩緩行。

金縷曲

小憩依環堵。過匆匆、梅魂菊影，鶯儔燕侣。大好流光消病榻，且自尋聲按譜。偶學態、世間兒女。肯把文章驚海内，想栖栖一代終何補。丘與跖，皆塵土。

少年意氣追同甫。拓心胸、陽秋人物，盱衡今古。長憶鷄鳴風雨裏，慷慨蒼凉起舞。曾試挂、吴鈎雙股。中歲襟懷悲落寞，請縱譚風月休譚虎。君不見，夜三五。

柳梢青

春愁一剪。如烟似幕，綿綿難遣。流水青山，斜陽飛絮，意中人遠。　如何窈窕芳衷，總愛惜、銀臺半面。都將心事，輕輕訴與，紅襟燕燕。

浣溪沙

纖月婷婷下碧梧。一方庭院影扶疏。今宵贏得綉工夫。　吃吃帖窗偎臉笑，玻璃隔縐雪肌膚。者番還解吻儂無。

鷓鴣天

紫玉霏烟入太陰。青鸞消息竟沉沉。未堪風露中宵立，且傍湖山一角吟。　憐解佩，惜題襟。一聲凄斷海天琴。分明昨夜同心夢，秋水蒹葭何處尋。

太常引

芳箋六幅舊函封。字體記玲瓏。隱約泪猶紅。想當日、恩濃怨濃。　香憐花悴，温憐玉碎，往事已成空。無語立東風。墊伊在、心中夢中。

滿江紅

悄入南柯，迤邐過、鶯程柳驛。蘼蕪岸、一痕香露，沾衣猶濕。紅豆低吟明月下，銀屏細語春燈隙。正餘寒料峭夜冥冥，人天寂。　同心瓣，柔可摘。同情夢，飄無迹。印斑斑山枕，睡紋狼籍。欲笑還啼頻忍俊，疑雲乍雨難將息。又背人不語倚窗欄，愔愔泣。

慶春宮 除夕

碧曙渲春，銀燈燼歲，馨凉透過簾櫳。悄拾餘歡，潛尋墜緒，失眠人倚熏籠。依稀往事，應猶記、窗邊唾茸。流光似水，洗盡鉛華，褪盡猩紅。　起來自拂菱銅。憔悴江郎，更覺愁工。殢酒敲詩，凝嚬射覆，曉檣已送微風。舊年心影，又輕付、天涯雪鴻。疏幃揭處，一点星晴，留盼遥空。

一斛珠

移開珊枕。晚妝褪盡殘脂粉。夜香燒罷衣裳冷。春月溶溶，一院梨花影。　撩亂鬢雲慵不整。圍巾掩過芙蓉領。背人自蹙雙蛾緊。早是無聊，何苦催儂醒。

浣溪沙

百尺高樓月又西。滿身花影下雲梯。調箏纖手記曾携。　第一掌中工跳舞，無雙巾角試彈棋。相逢惜已過花期。

鷓鴣天

卷上湘簾十二重。游絲飛絮舞晴空。鴿鈴小試春聲膩，蝶粉初勻麗日融。　情繾綣，意疏慵。狸奴花底睡偏濃。低幃昵語憐多病，一角紅樓伴懊儂。

前　調

病起傷春惜歲華。瀕將羸質委塵沙。絲勻岸柳藏鶯葉，紅盡山桃戀蝶花。　芳草恨，遍天涯。銀墻一帶謝娘家。等閒消盡書生福，小坐歸來記潑茶。

高陽臺

燕剪藏星，鶯簧罷晚，林園漸染新愁。倦倚東窗，綺霞勾駐吟眸。粼粼湖畔烟如夢，漾微波、比夢還柔。一鈎鈎，月上黄昏，人下紅樓。　侵尋療可春前病，算零雲剩雨，不到眉頭。

第四番風，餘寒怯卸輕裘。芳心欲共殘英訴，妒眠鷗、訴又還休。任沉浮，十二闌干，花影如流。

滿庭芳

畫碟塵封，吟毫蛀腐，春來底事關情。日高慵起，不是戀溫馨。應恨迷離鶯燕，爭如在、夢裏分明。頻催醒，綺窗風絮，睡眼太零星。　空驚。彈指過，花開花謝，依約纔經。悵孤踪久閉，倦影深扃。一別翠湖西路，知多少、綠嫩紅輕。閒庭院，低垂羅幕，獨自倚銀屏。

拂霓裳

夢至一院，碧桃涵月，芳草滋春，璇户闃然，若其有人。醒乃念之，悵懷匪懈

啓朱扃。露華銀白夜深青。篩碎影，碧桃枝上月瓏玲。魂消何處笛，目斷那人庭。傍花行。避低枝、休把睡紅驚。　十年舊恨，芳草路、怕重經。小紅亭，倚闌誰共數春星。離情生悱惻，軟語記丁寧。悵飄零。繫絲絲幽夢、在蘭廳。

探春令

濃醉蘇香，輕顰融月，那年銀杏陰下。聽逼心聲，驚回眼色，提起而今還怕。繡轂相逢日，忍泪說、雲英初嫁。憑伊捎斷愁緣，青鸞贏得閒暇。　珍重絲蘿情誼，恁葉倦枝慵，怎堪縈

挂。流水無言，春風薄幸，一任鶯喉低駡。莫過消魂路，綺窗外、軟櫻紅亞。花底危欄，猶疑并影清話。

點絳唇

倦影如雲，曉風吹過深深院。玉鈎闌畔。玫瑰紅於染。一度歡踪，不道流年换。殷勤看。睡蓮花瓣。夢裏胭脂淡。

前　調

幾陣東風，柳綿吹盡無拘管。晝長人倦。一枕烏雲亂。藥鼎茶鐺，近日心情懶。交游散。緑沉庭院。獨自思量慣。

前　調

昨夜西樓，悄無一事芳心惰。伴伊枯坐。殘月林中墮。又是無眠，又是和衣卧。從前錯。夢般經過。做了休重做。

一萼紅

漾茶烟。正西樓人去，一霎入幽恬。瘦句敲春，痴情愛夜，依依病緒如年。枝柯定、鶯眠葉底，雲痕裂、月上杏花尖。泪顆疑聲，心旌欲影，腸斷誰邊。　往日明湖俊賞，想鴛波送軟，魚浪拋圓。幾度分飛，幾番風雨，那堪顧影流連。暗惆悵、玉簫聲遠，顫餘音、猶自繞林間。掩袂潛回吟榻，放下珠簾。

昭君怨 閏三月初七

簾外陰晴不定。二十四番風盡。細雨又如絲。寫新詞。　乍暖乍寒天氣。兀坐空添憔悴。燕子在樓陰。話春心。

菩薩蠻 有贈

春來雲物供憔悴。多情莫灑新亭泪。故國滿榛蕪。天南一雁孤。　孤舟千里客。飄泊江南北。醉後月茫茫。狂歌入大荒。

其二

玉樓人遠天涯近。日長睡起懨懨病。幽夢褪香紅。春光不屬儂。　心靈鑱刻甚。綺語堆盈寸。摧燒付東流。爲君解百憂。

高陽臺

懊惱嫣紅，纏綿姹紫，多情又送春還。綺語堆盈，料因病意闌珊。生香活色全銷盡，檢詞心、不似當年。一篇篇，冷澀秋鴻，暗託春鵑。　痴兒悔識人間字，結千重夢影，萬種愁緣。願逐沙鷗，一生消受天然。收回二六時中泪，祝東風、莫在汍瀾。步花壇，怕見花開，爲怕花殘。

踏莎行

剛展愁心，纔舒泪眼。晴光千里春塵釅。病身摇曳出西城，蘭橈送上銀波面。　倒影雲深，交痕浪淺。鏡中雙槳輕輕点。一家歡笑在湖船，半湖落日西山遠。

浣溪沙

强起腰支坐畫屏。綺宵碧月透簾旌。參差鸞影怨娉婷。　白紵痕留啼泪濕，玉簫聲裊夢魂輕。吹簫人在水西亭。

西江月

銀鬵簾邊心悸，紫丁香裏魂濃。輕掀夜幕一重重。走入人間幽夢。　夢斷忽離瑶榭，曉寒怯倚薰籠。水晶簾外雨蒙茸。織得春愁無縫。

蝶戀花

五月晴風吹别墅。木槿香中，迤邐東城路。行過門前垂柳渡。離情遍挂相思樹。　憶得年前留小住。艤棹銀塘，曾寫消魂句。十丈風荷誰與賦。微憐袖底沾紅露。

十月桃

今宵幽恨，在紅欄紫檻，緑地銀天。茉莉花風，漾得蝶夢輕圓。分明舊時顔色，宜淺笑、宜憎宜憐。勝常道罷，臉底緗霞，暈向儂邊。　悔當初亂擲華年。任碧杜芳蘅，憔悴人間。剩眼零眉，而今夢也緣慳。拚將泪痕收盡，窗外月、又照無眠。西樓此夜，春困如泥，愁軟於烟。

玲瓏四犯

愁絮撩人，漸芰製紅凋，蕙帶香腐。鸞鵠心情，刻意摧殘如許。零落十萬春華，欲摘贈、天涯俊侶。又怎知、縹緲芳踪，更隔千重雲雨。　凄凉悵望青城路。抱孤芳、低徊自語。岩扃歸去深深掩，静理十年幽素。綺夜細按心簧，聽取銷魂律呂。算殷勤明月，還挂我，吟邊樹。

瑞龍吟

閒愁遠。仿佛鬟影簾櫳，書聲庭院。鷓鴣啼送春歸，紅情悄謝，青陰暗换。　令人念。正值舊家寧帖，故山清晏。相携窈窕琴樓，玲瓏畫閣，馨醲無限。　猶憶斜陽闌角，餘紅收剩，櫻廊一綫。寂寞萬重人天，誰証深願。但聞鸚䳇，嚼嚙黄金鏈。當時事，而今夢裏，分明還見。衹我何曾慣。綺年心迹，恁般渲染。挹逗芳懷亂。追往緒，飄零晴湖西畔。柔腸一握，輕愁半剪。

臺城路

湖天微雨驚初霽，今宵可憐風月。薄噤知秋，輕喁警夜，花外衣裳如雪。心纖如髮。待玉漏頻催，芳衷深洽。淺笑支愁，倦客脉脉鎖弓睫。　十年人海作客。一番邀俊賞，消盡塵熱。疏柳窺鶯，銀荷瀉露，畫出林塘蕭瑟。鬟欹雲側。任細篠縈釵，幽廊響屧。歷遍情天，瞬間成永劫。

百字令

玉京人去，拂天衣拾得，明珠盈握。引領回房重檢點，滿座餘香依約。紗碧於烟，夜凉如水，月在闌干角。銷魂細語，一聲珍重前諾。　　別後孤負青禽，因循裁答，幽意成耽閣。心事悠悠隨逝水，苦憶當時情薄。冷語噙秋，叢愁網夜，無計憐蕭索。西風起矣，梧桐枝上搖落。

眼兒媚

一庭微雨洒芳塵。寒褪玉生温。倚闌無語，吹簫無緒，憶夢無痕。　　天涯更有愁多少，忍泪問青春。摘花人去，角門關也，又是黄昏。

蝶戀花

次第笙簫歸別院。月影珠光，簇擁鶯鴻現。幾度江樓成繾綣。妝臺指點江如練。　　躑躅塵埃還惦念。憔悴冬郎，怎地和伊見。玉慘花愁終一面。東飛伯勞西飛燕。

酷相思

又過西風黄葉路。更兼洒、簾纖雨。忍重把、柔腸尋斷處。人在也、休回顧。人去也、休回顧。　行隔儂家還幾許。有恨誰能語。擁寒夜、依然愁裏住。山影也、無重數。心影也、無重數。

鵲巢仙

西樓一角，緑陰如夢，夢裏依稀相見。自抽玉笛寫鸞心，且莫管、倚闌人怨。　分花拂柳，姗姗去也，遺下輕羅小扇。蠅書細字太玲瓏，末署着、雙文珍玩。

臺城路 蓮塘

羈魂忽到馨凉界，疏蓮水中紅舞。李後主文有『蓮舞疏紅』之句。裙污緑痕，花沾銀泪，此際翻成清苦。深情誰語。但翠蓋驚風，霓裳愁雨。伫立林塘，冷香脉脉沁塵土。　芳踪零落似許。褰汀洲杜若，難託幽緒。露冷房空，波平香遠，渺渺懷人何處。湘君在否。漫輕解蘭舟，低嗚柔艣。一片笙簫，花深深裏去。

百宜嬌 觀中夏夜夢電影

夜宇澄銀，幽林暈碧，群玉冰輪乍湧。槐國忽逢，黎丘蹔遇，惱亂人間情種。神仙眷侶，亦織入、顛鸞倒鳳。嘆人天、迷夢沉沉，夢中更自尋夢。　彈指際、晨光催動。歌舞漸闌珊，難留仙衆。月底珠飛，花外玉走，雲路星躔相送。懞憧怨偶，一笑起、深偎密擁。是耶非，今夕何夕，儘誰波弄。

金縷曲

一卧三年矣。儘懨懨、迷離日月，模糊生死。零落朝華還未拾，豈有生才如此。勉扶杖、翻然而起。冰雪精神重打疊，更陶鎔、剩水殘山裏。常蠟著，謝公屐。　邇來眠食知何似。澹從容、疏簾小飲，晴窗美睡。睡起梅酸留齒頰，別是一番滋味。不足以、奉陳知己。但願襟期形骸外，坐春宵、一刻千金抵。開口笑，在人世。

綺羅香

夢底春纖，鶯邊月細，輕啓心扉迎汝。一別銷魂，瘦減清肌如許。携素手、幾度温凉，惱横波、幾番晴雨。恁纏綿、虚閣籠燈，壁間吟我斷腸句。　苔茵重印履迹，試問從前幽怨，消凝何處。萬縷柔情，縈遍低簾靜户。垂翠帶、拂柳烟新，曳紅衣、護花雲古。苦難留、倩影姗姗，扶疏花裏去。

蝶戀花

青粉墻邊新月淡。小步輕歌，行過鞦韆院。梟梟湖風吹髮亂。相逢細語楊花岸。寫韵年華初爛熳。誰分釵鈿，一瞬成秋扇。夢裏修蛾驚見慣。心心夜夜深深懺。

菩薩蠻 擬南唐後主

雲屏夢雨匆匆別。芳踪珍重春鸎泄。忙裏動簾鈎。驚心泪欲流。廊陰窗四扇。道我何曾慣。微月杏花開。今宵來不來。

湘月

鞦韆庭院，悄無人、脉脉梨雲低壓。沈水温馨，梳洗罷、一点吹簫力乏。花冷浸肌，露香入語，凉膩薔薇頰。移燈清坐，軟風吹亂柔髮。送了桃葉征帆，燕慵鶯懶，一晌成痴絶。多少春燈，多少夜、消盡怨眉愁睫。月細風尖，花零蝶碎，準待和伊説。依依別路，柳陰飛絮如雪。

臺城路

當年履迹紅橋外，萋萋夕陽芳草。紫曲香銷，青衫痕褪，那更緑窗人杳。魚沉雁悄。記阿母身邊，韶華英妙。手揭晶簾，西山晴雪暎微笑。　怨禽銜石倦了。可憐江上月，消殘年少。翡翠衾寒，珊瑚夢冷，如許沉疴誰療。愔愔默禱，願花淡無愁，雲空入抱。小雨清塵，春涼鶯睡好。

金縷曲　讀《刺客列傳》

髮上衝冠直。氣驚天、客星侵座，白虹貫日。慷慨悲歌謝知己，一死甘甜于蜜。便十族、我何憐惜。赫赫争如王者怒，看今朝、千里無須赤。流血地，止三尺。　傷心烽火燕雲逼。好山川、東鄰構禍，南箕伺隙。易水瀟瀟今何似，還似當年風色。暎鬱鬱、血光凝碧。但使夷門屠狗在，令胡兒、眼泪雙雙泣。嗟寢外，屨空及。

眼兒媚

碧天風細夜雲輕。花影隔雙行。簾衣丁字，羅衣心字，記得分明。　芳叢珍重凌波步，鶯夢莫催醒。落紅苔上，啼紅巾上，一樣多情。

浣溪沙

劫後初回寸寸腸。春深别墅遣流光。桃花狼籍燕泥香。　却扇輕妝臨晚檻，清茶小几坐晴窗。一庭雲月又昏黄。

前　調

怨入芳叢不自持。錦屏心事怯人知。緗裙曳夢下樓遲。　帖地春聲雙燕燕，拂闌花影一枝枝。春愁濃似去年時。

湘月 有悼

倩魂歸也，更能吟、庭草無人句否。取次芳叢，尋舊夢、都在亂紅深處。搗麝成塵，書空作字，寂寞心相語。晚妝臨鏡，玉妃真面如許。　石火光裏分明，參差勞燕，争忍從頭數。歷遍鶯花，千萬劫、多少莊嚴慵睹。兒女悲歡，尋常烟月，臨了空回顧。夜台稍遠，華亭清唳難遇。

西江月

銀杏疏疏照影，幽蘭細細飄香。入簾弦月影微黄。簾外春雲淺絳。酒醒全無意緒，夢回半掩文窗。夜深清露點流光。人在梨花樓上。

朝中措

林塘風暖雪初銷。楊柳細於腰。記得小紅亭畔，有人獨立春宵。燈前索笑，鶯邊踏月，月底吹簫。是夢是仙是幻，當時衹覺魂消。

前調

玉簫金琯漾中流。碧海月沉鈎。輕舉鄂君綉被，愔愔同夢蘭舟。泠泠天國，詩清如鷺，人淡於秋。拾取月中泪粒，與儂挂上釵頭。

喜遷鶯

無一語，儘尋思。今夜又眠遲。宿禽彈碎杏花枝。明月滿春池。人初定。香初印。稔汝可憐心性。背人細寫小山詞。婉孌一心知。

蝶戀花

落盡番風前一夕。夢過蕉叢，月染衣裳碧。醉吻花心無氣力。蜂鬚微顫春呼吸。　悄向鶯廊尋履迹。往絮飛英，點點成矜惜。枕上春冰凝泪滴。湘衾暗卷猩紅粒。

東風第一枝

暗砌鑲螢，清漣鍍月，碧雲浮動鴛瓦。盈盈杏子單衫，料理晚妝初罷。閒階小佇，掩紈扇、輕愁縈挂。離眉角、又到心頭，鍥熨千般難捨。　篩碎影、晶簾入夏。斟玉盞、芳醇遣夜。歸來凉夢愔愔，行過薔薇陰下。湖山悶倚，香叢外、緑天如畫。顫花枝、彈碎柔魂，一任燕驚鶯詫。

臨江仙

起視星河夜半，露濃欲滴花梢。曲房一角月痕高。茶烟縈别語，脉脉坐通宵。　往日心蘭意蕙，情知此後無憀。一聲珍重各魂銷。相思千里夢，今夜渡河橋。

西江月

一隻王庭怪鳥，三年不動不鳴。不鳴則已鳴驚人。奮翅冲天無影。莫漫蒼皇北顧，齊來奔赴東溟。四千萬劍斬長鯨。試看神州獅醒。

好事近

妝罷晚晴天，慣倚小紅闌角。送得斜陽去盡，又悄寒如昨。水晶簾外不禁風，腮際暈紅薄。怪道春來瘦損，恁燕輕鶯弱。

前調

滿院碧梧陰，一片秋魂如洗。今日晴窗弄筆，寫來禽青李。銀瓶初泛桂花香，恍似昔年味。昨夜馨涼枕上，讀小山詞睡。

前調

日暮藕花風，吹散修廊餘熱。輕啓紅窗一扇，見初三眉月。露光花氣碧於烟，往事忍重說。說與應添惆悵，理羅巾輕叠。

蝶戀花

睡起心情如中酒。小步園林，微聽鶯魂舊。紅玉半庭春影瘦。鐫花刻草消長晝。　迢遰鄉關離別久。玉薤銀針，一一香塵透。料理温馨燃寶獸。露珠滴硯新詞就。

秦樓月

鳴禽歇。長廊一帶聞輕屧。聞輕屧。緑陰如夢，春風三月。　晶簾掩映山花色。杜鵑啼艷千枝血。千枝血。輕鬆過了，清明時節。以上録自《廢墟詩詞》

最高樓

殘暑褪，脉脉早秋天。凋碧樹，墮紅蓮。晚來漸覺衣裳薄，一窗凉雨潤琴弦。帶輕愁，來眼底，到眉尖。　曾記得、素馨香滿谷。曾記得、紫藤花覆屋。多少恨，化雲烟。錦衣泪共芭蕉雨，隔窗留與話纏綿。寫新詞，尋舊夢，夜如年。

鷓鴣天

綗户沉沉欲上簾。秋江一笛暖人天。玉露自從今夜白，銀蟾不似舊時圓。　燈影背，悄無言。當年紫玉已成烟。芳蘭忍作忘憂草，一掬深情太可憐。

喜遷鶯

新睡覺，坐晴窗。飛絮滿鶯廊。握蘭漱玉遣流光。微惜少年狂。　春風細，鶯聲膩。消得濃情如醉。紫藤花下日初長。飄蕩一簾香。

鷓鴣天

寫韵垂成倦眼迷。紅芙蓉壓鬢雲低。光風轉蕙香生袖，素手鈎簾月在衣。　腸已斷，更無疑。鍾山猶自妒娥眉。鴛波一棹歸何處，隔水人家舊姓西。

鶯啼序 爲朱運生表兄題《雙節撫孤圖》，運生幼孤，祖母盧母唐撫之成人

清芬赫踸隻卉，盡丹青絶技。細摹出、幽谷貞蕤，墮人無限鉛淚。最酸楚、冰霜兩代，展開葉葉凄凉史。振横流，歷劫松筠，永光聲帨。　多難家門，念載喪亂，剩零丁影對。念姑婦、呴濕分甘，宛歌黄鵠相誓。倚秋宵、哀蟬落葉，度長夜、鳴機恤緯。黯前塵，人世風光，總成憔悴。　聲嘶怨魄，淚盡鮫人，慰情尚有子。縱不幸、鞠凶天降，石爛淮絶，幸此明珠，掌中心裏。堪憐并影，長齋禮佛，刲心同祝寧馨壽，盼長延、一綫烏臺祀。綿綿永日，驚心手口

瘏，歷遍蘗情味。　塗雅己丱，舞象初程，漸□磚學禮。　憶昔日、荷裳蒜髮，戲彩牽衣，就鄭學書，依劉問字。　酸辛往迹，追懷如夢，皇穹不負冰雪願，享重重、官誥金羅紙。　孫曾繞膝勝常，麟趾盈門，鳳毛繼世。

解佩環 題施莉俠棠黎痩《友聲集》

紅梨一朵。厭玉清日月，稠疊深鎖。拂遍瓊樓，點遍瀛洲，憑仗天風吹墮。　桃根姊妹終相妒，更番風、無情顛簸。看姈娉、活色生香，忍向梁園梳裹。　辛苦天涯浪迹，向茫茫西海，片片飛過。夢湖邊翡冷，山中曾是，屐痕交錯。　十年异地飄萍慣，念故國、怎生停妥。待散花玉女歸來，多謝維摩證可。

浣溪沙

賣酒臨邛老相如。心情久與世間疏。被人罵道是狂奴。　桂子香飄人定後，闌干倚到月來初。西風吹亂一床書。

前調

紫府仙人號太真。來如幽夢去如雲。三年一握手猶温。　薜荔風蘇山鬼夢，桂華香孕美人魂。晚晴樓上又黄昏。

好事近

瀟灑秣陵秋，喜得莫愁無恙。勿報盧龍烽火，照榆關千丈。無情江水送南朝，滚滚石城浪。一覺新華春夢，畫葫蘆依様。

減字木蘭花

雄獅百萬。赤幟如雲江北岸。楚尾吴頭。渡過長江萬里流。石頭城上。帝鬼王魂齊掃蕩。怒吼中華。世界人民作一家。作字去聲。

金縷曲 南京解放

無語長江水。又流殘、紫金山下，蛇神牛鬼。二十年來帝王夢，試問而今醒來。看士氣、消沉如此。關外殘兵齊解甲，到徐淮、精鋭餘無幾。和與戰，都不是。紅旗滚滚江南指。駕長風、飆輪齊發，雲帆直駛。一片六朝金粉地，瞬息望風披靡。更掃蕩、華南殘壘。四萬萬人同解放，待從頭、痛把腥膻洗。寫中國，新民史。

蝶戀花

紅浪輕翻新睡覺。水冷香寒，杏子單衫薄。簾外春陰風力弱。落紅堆在闌干角。　瘦盡東陽腰一握。病過清明，負了鶯花約。零亂芳心無定着。杏梁燕語頻商略。以上録自《靉靆詞》

淩家瑗

淩家瑗（一八九九—一九三一），字淑玉，綏江人。其父爲同治癸酉（一八七三）科舉人，授劍川州學正。

憶秦娥

思鄉切。遠憶華峰山頭月。山頭月。懸思不已，何時返籍。　汶溪碧水皺漪紋，金江湧浪堆如雪。堆如雪。游子遠別，槳聲如泣。以上録自《綏江文史資料選輯》第九輯

李　良

李良（一八九九—一九六三），字次升，號黎山，雲南華寧縣人。著有《國難集》。

滿江紅 哀捷克

六月偏安，終不免、鯨吞蠶食。空製造、精良軍械，未聞聲息。摩那維耶輕易主，波西米亞同資敵。看降王、千里奉降書，民心惻。　休自詡，和平策。綏靖夢，亡人國。問憑何保障，割蘇臺德。舊約一朝存廢紙，新邦廿載成陳迹。怪諸公、鑄錯在當年，莫尼黑。

前調 歐戰將發

雨覆雲翻，到此日、藩籬都撤。還僥幸、世間民治，不曾磨滅。半壁河山圖自保，百年興廢憑誰說。但宣言、互助警强梁，徒虛設。　初并奥，重兼捷。和約耻，崇朝雪。正驅兵四出，雄心難遏。波撼英倫三島水，氣吞歐陸全天月。莫猖狂、好戰效威廉，空流血。

前調 歐戰爆發

戰禍横開，竟一發、莫能收拾。齊震駭、勢崩雷電，兵臨但澤。議會猶存孤立派，要衝已入全能國。且由他、掌握制空權，誇無敵。　雲色變，沙蟲泣。風浪惡，蛟龍得。尚趦趄不進，戎機長失。存敗興亡關士氣，倉皇勉强充軍實。豈邦家、生産幾多春，皆虛擲。

前調哀希特勒

席卷全歐，氣蓋世、莫之能折。挾勝算、回師東指，何曾輕忽。談笑直收希臘海，指揮横掃蘇聯雪。聽堂堂、戰鼓再而衰，三而竭。時不利，身當絶。臣戀主，君憐妾。與明星勃朗，如鰜如鰈。愛犬軍前先效死，美人帳下猶偷活。待英雄、傾國結同心，還同穴。

其二

叱咤風雲，如夢幻、十年興滅。直戰至、黨亡軍散，力窮財竭。嗚咽柏林城下水，凄凉國會街前月。任他人、宰割撥殘灰，尋遺骨。收失土，情何切。修武備，心何熱。欲經營天下，自矜功伐。奮鬥畢生成霸主，屈强到死稱豪杰。論千秋、褒貶本分明，吾能説。

前調哀墨索里尼

出立洋台，懸相印、黑衣如墨。倡黨治、進軍羅馬，獨裁當國。消弭内争歸一統，參加外戰曾三北。二十年、領導法西斯，何烜赫。攻守易，危亡急。朝政改，權威失。作山中俘虜，乘機逃逸。末路終輸邱吉爾，下風甘拜希特勒。被邦人、處死復笞屍，休深責。

前調 哀羅斯福

一代雄才，撥世亂、當機能決。人争聽、爐邊廣播，語無虚發。熟計安危供保證，深知疫癘難離絶。已旁觀、戰火欲燎原，空前烈。　連四任，謳歌協。除三害，兵工設。創租軍法案，恭行天罰。大難將平心早慰，全功未竟身先歿。舊金山、會議秉遺規，群情熱。

金縷曲 送金鑄九上將歸滇封墓并宣布中央德意

歡笑情如故。算年來、兩人踪迹，暫時相聚。萬福威名今廿載，華表瀧岡待樹。志切上、先人邱墓。東閣延予勤付託，望鄉關、一旦飄然去。封馬鬣，深餘慕。　招邀弱弟同歸路。更相携、神仙眷屬，成行兒女。他日重來心願了，好共商量出處。且莫問、離愁何許。最是國仇忘未得，料此行、布德非無補。天下事，公能語。

前調 懋生西行未果，以病中感作見貽，次韵和之

極目天涯路。最難堪、西風摇落，美人遲暮。故國江山秋意滿，百感填膺莫訴。聽木末、蕭蕭無語。不是文園多病客，奈飛鴻、欲去還羈住。思往事，愁如許。　丈夫未可差池誤。問而今、雲霓在望，誰爲霖雨。鐵騎縱横關塞冷，眼看神州錯鑄。尚依舊、中朝歌舞。馬上

書生能殺賊，遺閒情、何必花間句。身世恨，好同賦。以上録自《國難集》

趙鴻勳

趙鴻勳，字翼侯，白族，劍川人。黄埔軍校第十期畢業，抗日戰争中曾任西北軍十七師政訓處長，後任雲南大學上校軍訓主任等職。著有《夢樓詩詞集》。

沁園春 白族劍川

疊嶂奔馳，蒼莽起伏，萬嶺叢中。看明湖一片，緑疇千頃，村莊棋布，烟樹空濛。鷄犬相聞，民歌互應，邊遠山城古意濃。若世外，問是何朝代，有此高風。漁樵耕讀承宗。數百載、文明换新容。曾八進飛凰，南滇文獻，精工巧技，毓秀靈通。桃李春風，人才輩出，屢世相沿蔚成風。岩江畔，領江聲劍氣，韵味無窮。

浪淘沙 過越南

曠陸展南天。沃野無邊。鷄鳴犬吠陌連阡。四季無分糧稻熟，雨沛豐年。南服接邊緣。氣候蒸炎。人民積弱性鮮堅。備受列强施宰割，陷入深淵。

前調 渡太平洋

浩瀚海連天。渺渺無邊。浪湧波騰雁南遷。曠邈欲窮千里目，偉噫乾坤。　怒濤觸心弦。感慨繫焉。萬方多難此盤旋。負笈遠游經世路，意志彌堅。

沁園春 南京

虎踞龍蟠，長江如帶，鍾嶺巍然。想吴宫花草，六朝裙屐，烏衣巷口，朱雀橋邊。玄武春波，秦淮夜月，無限風光憶聯翩。看朝代，喜於今勝昔，覆地翻天。　那堪回首當年。憧憬着、鵬程萬里遷。會燕趙英豪，川湘俊彦，低昂奮袖，并聳吟肩。縱覽江山，笑談風月，伏案鑽研韜略篇。猶記憶，每聞鷄起舞，劍擊廳前。

前調 杭州西湖

萬頃碧波，環峰層叠，竹樹烟羅。攬西泠勝迹，靈隱疏鐘，蘇堤春曉，柳浪鶯歌。簫鼓歸舟，晚風漁唱，萬里烽烟那管多。悵天涯，慕湖山地擅，天造偏頗。　我從天外此過。夙嚮往、天然風月窩。想南宋靡風，李唐鳴盛，高人韵士，贊嘆吟哦。印迹留芳，低昂寄慨，興廢滄桑歷幾何。真幸運，得流連俛仰，賞此山河。

浪淘沙 廬山牯嶺

萬古聳峰巔。位置天然。恍如五老立雲間。識得廬山真面目，拔地參天。山市近穹邊。世外桃源。紅樓畫閣隱林烟。炎日松風灑細雨，滌盡塵緣。

鷓鴣天 初次由江南進川駐浮圖關

刁斗音沉夜迢迢。雄關聳峙氣森蕭。江南春色餘殘夢，蜀道艱難豈意銷。巴山雨，湧心潮。軍書旁午馬蹄驕。中華一統須團結，割踞分争笑爾曹。

沁園春 成都

蜀國風烟，子雲亭下，丞相祠邊。留茫茫古意，惹人遐思，九州豪杰，際會風雲。羽扇綸巾，指揮若定，隆中决策轉乾坤。嘆今古，問英雄霸業，幾度更遷。沃野千里相連。歌樂土、春雨杏花天。看竹樹陰濃，桑麻夾道，無憂水旱，大慶豐年。韵士高人，品題文字，陶醉風光賞瓊筵。何幸運，喜得天獨厚，造物偏全。

漁家傲 吊古戰場

日黯天寒飛鳥墜。人踪滅絶風光昇。秦漢以還多戰事。漠漠野。三軍覆没荒沙地。萬里浮雲游子意。斜陽古道蒼凉氣。烽烟關塞牽人緒。心神碎。古今一痛遠征泪。

鷓鴣天 軍次登白帝城

國事蜩螗未靖兵。南歸無計又西征。泝江直上西川道，又作瞿塘三峽行。登故壘，吊漢營。託孤霸業嘆浮沉。英雄景慕彌增慨，望斷秋風白帝城。

前調 九江感懷

淪落天涯發浩謳。琵琶古調在江州。扁舟夜聽潯陽雨，何處來尋昔酒樓。滿懷緒，溢浦秋。南征北戰儘先憂。馳驅疆場償素願，河山收拾補金甌。

浪淘沙 離九江走施南間道入川

風月不留人。不禁離情。又逢花雨别江城。良友殷殷江畔語，囑勿渝盟。間道萬山行。酷暑炎蒸。四千里路苦長征。曾是翼王西進道，險峻崗陵。

南鄉子 過二郎山

縱覽極遐方。東撫川滇西藏康。起伏華夷山不斷，泱泱。蒼茫萬嶺勢騰驤。巨石懸危崗。虎豹龍蛇此故鄉。刹那風雲多變异，炎凉。春夏秋冬一日嘗。

鷓鴣天 大渡河

萬嶺東奔不回首。大江迤邐中分剖。急流澎湃怵心驚，十里聞聲似雷吼。萬人攻，一夫守。凌空鐵索寒人肘。翼王覆敗慨當年，憑吊空悲昔人有。

浪淘沙 進康藏

萬里跨征騮。遠涉遐陬。爐關西望客思稠。水惡山陡惟鳥道，峽谷深幽。五月柳方抽。瀰漫寒流。春風不度雪山頭。羌笛悠悠增客思，借酒澆愁。

鷓鴣天 康定

亂石縱横峽谷中。三山環抱二江融。春風不度爐關外，四月巒崗尚雪封。冷徹骨，草枯形。常年不見柳花容。冰條垂檐形如柱，迷漫寒流四季冷。

前調 藏族

舞勢旋回疾似風。歌聲響入九宵中。長靴佩劍英姿爽，身護如來誦密宗。牦牛隊，鈴叮咚。商幫駝茶露天蓬。男女矯健騎飛馬，民性堅强氣勢雄。

浪淘沙 下三峽

峭壁聳雲巔。俯瞰千尋。急流峽谷暗嗚咽。水盡山窮疑無路，又現清淵。鳥道挂岩邊。葛付藤牽。猿啼聲裏雨如烟。動魄驚魂風景异，别有地天。

鷓鴣天 過荆州

華夏威名懾僞曹。過關誅將顯英豪。春秋大義矜風範，生死同盟亮節昭。殘陽冷，風蕭蕭。青霜紫電已烟消。赤兔英風今何在，衹留飲馬石空槽。

浪淘沙 泊鄱陽湖

割踞競争雄。占斷江東。周郎旌旆在寰中。千古英雄興廢業，衹問漁翁。萬頃水烟濛。浩渺長空。遠歌響徹夕陽風。來去千帆窮眼底，破浪匆匆。

前調 泛洞庭湖

千里碧波浮。日麗雲收。可人最是洞庭秋。點點風帆遥起伏，遠客歸舟。　岸幘縱青眸。曠渺忘憂。天光雲影莫邊疇。浪裏君山迎爽翠，挹住瀛洲。

憶秦娥 過古昭關

萬里還。凌晨來過古昭關。古昭關。殘月彎彎，岩石盤盤。　道是當年争戰地，衹今惟伴白雲閒。白雲閒。藤籮没徑，脚底峰環。

浪淘沙 游西湖

信步斷橋西。白傅長堤。蘇堤又去聽鶯啼。唐宋詞人多韵迹，景色離迷。　鶴子與梅妻。淡雅清奇。詩風詞味不勝題。岳王忠節蘇卿麗，義艷流輝。

長相思

樓外樓。山外樓。樓外青山野店秋。日暮客思愁。　湖悠悠。漾清流。夕照金波萬點浮。簫鼓幾歸舟。

浪淘沙 守保定

浩浩乎平原。地接幽燕。群雄争戰憶當年。匈奴未滅家何在，豈容息肩。防綫擴伸延。壁壘森嚴。長河落日漫烽烟。十萬雄師聽號角，撥動心弦。

前調 娘子關

峻嶺插雲霄。峰浪迢迢。綿亘燕晋界分曉。一將當關千夫困，天險多驕。日寇冒塵囂。攻勢如潮。三軍覆没似烟消。機谷二郎曾授首，屹比函崤。

鷓鴣天 守黄河

紫電青霜夜色寒。森嚴壁壘布江干。關山萬里烽烟漫，報國終懷一片丹。同敵愾，冒險艱。忘身臨陣自心閒。三軍平寇凱旋日，海晏河清萬姓歡。

滿江紅 抗戰中由北戰場調南京

滿目凄凉，瘡痍遍、傷痕戰迹。山河破、方張賊勢，長驅緊迫。華北烽烟關塞遠，江南兵火連天赤。滿征途、苦雨和凄風，難民泣。鯨吞恨，何時滅。亡國耻，須當雪。我皇皇華冑，英名誰匹。重整軍旅收失地，民心奮起同仇敵。痛揮戈、誓掃寇東鄰，毋遺厥。

水調歌頭 戰火中抵潼關

纔過風陵渡，又到古潼關。萬里馳驅抗戰，投筆效張班。置身槍林彈雨，猶是等閒自若，小酌且舒寒。今夜枕戈待，明日陣險艱。　風雲惡，情危殆，寇强頑。兵器犀利，連天烽火漫關山。衆志堅韌如鐵，截斷瘋狂猛撲，决意滅凶殘。固我金湯域，百姓盡開顏。

漁家傲 抗日戰爭中南京轉移

如畫河山佳景异。凄風苦雨愁人緒。旁午軍書飛羽急。淞滬陷。金陵岌岌風雲變。　百萬人民遭殺戮。妻離子散逃無計。哀呺慘叫驚天地。長江赤。千秋痛史前人泪。以上録自《夢樓詩詞集》

瑞堂主人

一剪梅 竹園春日晚眺　案：失調名，據《詞譜》補。

獨坐幽篁月相邀。銀燭光摇。珠幔香銷。花開花謝惹人憔。岸上風飄。谷口雲消。　那日彩霞鎖小橋。花傍蝶嬌。柳外鶯調。漫留歲月莫輕拋。他愛紅桃。我愛青蕉。

清平樂　竹園夏日納凉

納凉何裏。且問清如洗。惟有竹園空翠裏。塵垢也還不起。南風吹到茅檐。移些簀碧連天。若要西來爽氣，除非漫卷珠簾。

桃園憶故人　竹園秋日賞菊

誰知幽馥來紗悄。晚節黄花難老。説甚奇花芳草。怎没清華了。霜枝瘦影惟天保。荒徑不招煩惱。不是清秋歸早。那曉秋光好。

虞美人　竹園冬日咏雪

風吹緑竹聲無數。鎖碎來花路。寒雲幾陣滿天涯。不覺雪飛枝上、兩三花。小橋老樹鴉歸早。柳絮飛多少。竹樓人倚好吹簫。吹得雪堆滿處、樂深宵。以上録自《陳氏竹園記》

段麟定

段麟定，劍川人。

千秋歲

瑶天笙鶴，聽□雲璈曲。春酒香，蟠桃熟。齊眉登耄耋，偕隱娱松菊。佳期正，欣看極婺輝天竺。　早列科名樂，晚具神仙福。一室春，三株玉。西池綺席開，東閣瓊漿酌。傾大斗，萊衣舞彩封人祝。以上録自《紀慶録》

張文焕

醉花陰

名列賢書猶未冠。英發真堪羡。後學仰經師，化雨春風，遐邇沾濡遍。　年華六十如奔電。鳴鹿重開宴。耆舊嘆晨星，德望巋然，公是靈光殿。

錦纏道

柳媚花明，恰值艷陽時候。晝堂中、管弦交奏。錦箋吉語新書就。饗酒稱觥，來祝雙仙壽。　正和風滿庭，桂蘭香透。看見兒孫，承歡左右。更生辰、不與尋常等，仲春三日，適應文昌宿。以上録自《紀慶録》

高錫齡

高錫齡，民国时大理人。

臨江仙

丹桂攀香丁卯歲，於今丁卯重逢。鹿鳴兩度宴秋風。賓筵推領袖，矍鑠白頭翁。　七秩齊眉尤足羨，一堂黻佩雍容。稱觴舞彩樂融融。燭花雙現彩，恰襯榜花紅。以上録自《紀慶録》

趙家藩

趙家藩，字屏侯，大理人。民國時歷任瀘西、思茅、瀾滄等縣縣長。

一剪梅

鹿野歌詩記昔年。曾宴賓筵。又赴賓筵。笙簧疊奏笑開顔。主也欣然。客也欣然。　恰喜稱觴二月天。酒晋堂前。彩舞庭前。歡增眉案子孫賢。福備神仙。壽擬神仙。以上録自《紀慶録》

康心才

康心才，字別格，馬關縣人。教員。

浪淘沙 古洞寒香

約友步高岡。鬥草尋芳。游來古洞景非常。怪石參差呈异狀，無限寒香。岩水露瀼瀼。鐘鼓鏗鏘。天生佛像勝禪房。四壁雲封人罕至，如在仙鄉。以上録自《（民國）馬關縣志》

駱文安

駱文安，馬關縣人。附生。

浪淘沙 龍湫霖雨

何以解民憂。潭水清湫。年年祈禱不虚求。有龍則靈資利賴，擊壤而謳。草地趁春游。午日頻收。黑雲四面接天浮。頭上一聲雷過耳，雨隨車流。

前調 柳塘夜燈

倒影萬家燈。一水清澂。日間收盡夜相仍。池魚見慣渾閒事，驚散何曾。半雜浪千層。皓月初升。元宵佳節到今稱。火樹銀花星斗映，雲蔚霞蒸。

前調 菊山滴翠

山水素盤桓。無此奇觀。諸峰滴翠不知寒。識得菊山真面目，盡是層巒。　虎踞更龍蟠。妙景鄉般。四時變化似波瀾。幾度凝神思圖繪，着筆實難。

前調 天橋迴瀾

兩岸一肩挑。造物功超。每逢險峻便生橋。渡盡古今行路客，病涉潛消。　人力偉難邀。天眼昭昭。河流激石浙江潮。迴湧波瀾真絶景，筆不能描。以上録自《（民國）馬關縣志》

朱　鵬

朱鵬，民國石屏人。

金縷曲 贈曹艷秋女士

群玉峰頭現。甚天風、吹來鸞馭，美人妝倩。艷影香名傳海外，妙曲人人争羡。最出色、玉堂春片。婉轉歌喉增百媚，聽清音、臺底人忘倦。眉峰翠，眼波翦。　相逢我亦相留戀。

悵年來、人邇心遐，三生緣淺。從此驚鴻江海去，未卜何年重見。休漫説、沉魚落雁。金馬碧鷄昆海路，盼他時、芳躅重來踐。京兆筆，空相眷。以上録自《贈别曹艷秋詩文彙》

趙少鶴

趙少鶴，民國大理人。

錦堂春曹艷秋女士返蘇，以此贈之

眉似遠山横黛，腰如弱柳臨風。霓裳隊裏蹁躚舞，嬌小又玲瓏。　字字珠圓玉潤，聲聲協徵應宫。高唱黄河遠山句，餘音響碧空。

其二

相逢真個草草，相别太覺匆匆。滄海曾經巫雲杳，何處覓小紅。　江上霜清渚白，離人水複山重。嶺上梅開逢驛使，望將芳訊通。以上録自《贈别曹艷秋詩文彙》

劉名尊

劉名尊，宣威人。

憶王孫 恭紀與松師相遇事

東山山色最宜春。萬仞嵬峨氣象新。何幸山中邂逅君。面目真。師初至東山，名尊特往訪之，遇於山半，覺面貌甚熟，細思，則與畫像相同耳。方信相傳再世人。以上録自《宣威松鶴寺文辭初編》

竇奉曾

竇奉曾，羅平人。

憶少年

當今孝子，當時忠臣，當世人杰。南山尚相撼，衹腸鋼心鐵。濺滿軍門惟頸血。慘重來、僅留芳烈。新秋水時至，怪聲聲嗚咽。以上録自《羅平孫孝子紀烈詩》

蘇一麟

蘇一麟，字二南，晋寧人，東陸大學畢業。著有《南樓詩鈔》。

畫堂春 題矅仙舅氏學山樓

高樓掩卷臥藤床。炎天倚枕清凉。圖書四壁滿琳琅。衣帶盈香。　飲酒敲詩遣興，栽花種竹徜徉。闢心文獻闡幽光。纂著名揚。

鷓鴣天 懷矅仙舅氏

白髮銀髭老健身。綆修汲古作詩人。天禄石渠勤探討，詩境逾年晚更新。　想道貌，性情真。梅天雪裏見精神。秋風忽憶鱸魚美，欲棹扁舟去采蓴。

憶江南 懷矅仙母舅

秋日至，丹桂正飄香。禾稻盈田青遍野，穀花魚好喜新嘗。何日返家鄉。以上録自《續滇詞叢録》

姜亮夫

姜亮夫（一九〇二—一九九五），名寅清，以字行，雲南昭通人。曾就讀於清華大學國學研究院，師從王國維、梁啓超、陳寅恪、趙元任諸先生。歷任東北大學、雲南大學、杭州大學等校教授。著有《昭通方言疏證》《楚辭通故》《敦煌學概論》等。

水龍吟 步聖閒東大池原韵

此間自是桃園，香車不近塵埃路。酣酣日脚，濛濛遠樹，醉人欲妒。麥浪天低，銀塘山影，花似春女。待平分水色，駢肩把手，擁人緑西橋處。　莫道微波輕淺，有痴心、緑楊無數。展眉信脚，看鴛鴦，并共鸂鶒舞。笑問如今，登山臨水，踏青挑菜，情添些縷。且高歌陌上、年年衹應，伴君來去。以上録自《學林留聲録·姜亮夫畫傳》

梅紹農

梅紹農（一九〇三—一九九二），原名宗黄，號南村，中年後易名梅逸，字紹農，晚年自稱白沙老人，禄勸人。東陸大學畢業。著有《還我齋詩存》《醉紅樓詞存》。

金縷曲

依舊中秋節。堪惆悵、人間天上，幾番圓缺。此意有人知也未，欲問遥天新月。天懵懵、將言還咽。且向西窗思舊雨，對青燈、獨自凄凉絶。數載夢，空抛撇。　前塵暗逐流光滅。休回首、潤池花好，李園酒洌。民國十一二年間，李楚卿寄寓昆明翠湖北面之李園，園中小塘名潤池，朋輩過從甚樂。海闊天空漁火小，一棹烟波黄葉。人醉也、蘆花似雪。草草都成今日憶，天涯路、一任肝腸熱。也要把，柳絲折。

憶江南 時客遼東，苦憶昆明而作

昆明好，佳致翠湖多。裊裊柳絲摇月夜，田田荷葉弄清波。風送采蓮歌。

其二

昆明好，城北卧螺峰。四面晴嵐山色麗，萬家烟靄夕陽紅。摩碣吊英雄。

其三

昆明好，海上大觀樓。芳草綿芊鋪軟徑，波花安穩送輕舟。漁唱起沙鷗。

其四

昆明好，古寺數曇華。陌上踏青春似綉，花前浮白臉飛霞。餘興話桑麻。

其五

昆明好，有女貌如花。雪裏芙蓉嬌模樣，枝頭豆蔻好年華。珍重泛仙槎。

其六

昆明好，月色滿長街。幾年清歌連永夜，一天凉露濕春鞋。車去暗香來。

其七

昆明好，食品最堪誇。如指青葱加白醬，卷心嫩菜好黄芽。淡泊野人家。

菩薩蠻 滇池泛舟

寒烟漠漠蘆花白。扁舟載得青山色。回首大觀樓。高闌玉笛秋。風吹湖面樹。打槳驚鷗鷺。回顧何空明。月輪波上生。

其二

冰輪一片蒼山暮。漁燈隱約知何處。蕩到桃源村。山根犬吠門。夜色浮青嶂。足踏疏林上。長嘯高岩前。蒼茫萬里烟。

浣溪沙 雪後

萬里銀光照眼明。遠山披白露微青。冰檐滴漏一聲聲。曲室茶烟烹活火，小窗晴意逗雛鶯。客愁貫向静中生。

燭影搖紅

腐草殘花，却無一朵教人醉。問天何事苦多情，灑遍傷春泪。寂寞風風雨雨，幾曾經恁般滋味。月光到枕，槐影驚寒，難温鴛被。　過眼繁華，鶯儔燕侶多芳會。華山月照翠湖歌，舞罷香生襪。好夢從來易醒，盡凄凉、年年歲歲。白雲蒼狗，當日風流，而今憔悴。

浣溪沙　中元客居宣威

一路烟光映畫樓。中元節屆滿城秋。誰家嫠婦哭聲悠。　冥紙燒殘香淡淡，椒漿潑得夜颼颼。人間此恨幾時休。

駐馬聽　冬夜感懷

細雨黃昏。古樹群鴉栖欲定。寒風乍緊。滿空雪意滿重門。愁多忘不了舊時春。情深治不好相思病。莽紅塵。何時地縮天涯近。

前調　歸思

更鼓頻催。拔盡寒爐人未睡。如痴似醉。他鄉雖好總思歸。飄飄的夢境那堪追。紛紛的濁世終當毁。莫低徊。東籬采菊南山美。

長相思

山一家。水一家。細柳夭桃黄菜花。春光燦綺霞。　感物華。悲歲華。如此山川天一涯。思歸學種瓜。

鷓鴣天 寧蒗道中　癸未

客路迢迢歲月賒。春回芳草滯天涯。蠻疆懶對銷愁酒，地火時斟烤罐茶。　真寂寞，苦咨嗟。東風吹冷路旁花。荒凉小邑無人過，漠漠雲山何處家。

眼兒媚

昏昏斜月夜雲停。孤立數秋星。銀河影淡，玉簫聲歇，愁聽寒更。　客中漸覺流光變，回首負平生。十年往事，凄凉情緒，塵土功名。

浣溪沙 客宣威作　丙戌

玉漏沉沉夜半時。槐花落盡月遲遲。人間無地著相思。　回首十年猶有恨，驚心雙鬢已如絲。不成歡笑不成痴。

駐馬聽 有感

李廣封侯。生不逢辰何處有。功名怎就。多才宋玉尚悲秋。問黄鐘毁弃有誰收。笑巴人慣出當場丑。漫勾留。故園好種淵明柳。以上録自《梅紹農詩詞選》

浦光宗

浦光宗（一九〇三—二〇〇三），字漢英，昭通人。東陸大學畢業。曾任教於省立雲南大學，後任省交通廳副廳長、總工程師。著有《業餘存稿》。

念奴嬌 九一八後數載於雲南俱樂部桂香閣

坐亡關外，少司令、奉旨寫西游記。斷送熱河，麟主席、還好蹲居留地。倭犯長空，城崩萬里，血肉重新砌。國軍委座，廬山高枕無慮。　提起封建幽靈，殃民殃國，老子真撮氣。老友劉伯庸兄閲後笑曰：『此老子詞也。』順我者生違者死，安内算盤如意。攘外何年，時有先安内後攘外之説。人民早看破，獨夫心計。延安不起，一場亡國悲劇。以上録自《業餘存稿》

訴衷情

人間天上路縱橫。朝朝暮暮行。經險阻，冒風塵。條條路不平。中夜訴衷情。計前程。何日馬列武裝成。見光明。一九四七年夏於昆明。以上録自《滇海求珠集》

楊庚年

楊庚年（一九〇五—一九四〇），字西垣，永北人。著有《笑予詩稿》。

多麗 晚眺曲

晚風凉。烟波江上茫茫。望林塘影裏如畫，他鄉勝似家鄉。鳥催耕、鳩呼雨，一舍茅屋、百尺牙墻。客景堪悲，客愁如許，青山不老日偏長。問何事、天涯漂泊，秋水笑人忙。空留見，兩堤疏柳，幾樹垂楊。　聽田家、高歌一曲，人人共樂豐穰。稻花深、晴烟籠翠，菊信遠、玉露凝香。風雨知晴，倉箱待滿，今年不似往年荒。問前村、典衣换酒，山樓醉斜陽。江上風光誰領略，還問漁娘。

訴衷情 偶成

滿城風雨寄離踪。往事夢魂中。祇因游子千里，曾記得別時衷。　傷旅雁，送歸鴻。我何從。錦江花草，玉壘烟雲，過眼皆空。

點絳唇 無題

草色迷天，野花得意隨飛舞。武陵何處。欲覓重山阻。　朝看層雲，暮聽狂風雨。荒江渚。數聲杜宇。似道生平苦。以上録自《永勝古體詩集》

嚴中英

嚴中英（一九〇五—一九九三），字仲華，生於宜良。參加過北伐與抗日戰爭，中華人民共和國成立後任省政協委員，省人民政府參事。著有《觀海樓詩稿》。

滿江紅 日軍入寇

叢爾蝦夷，吞東北、前仇未復。蒿目處、盧溝橋畔，稱兵侵辱。江水流殘天塹語，笳聲驚破霓裳曲。慨病中、何日奠神州，歌當哭。　争城戰，飛機酷。争地戰，瓦斯毒。痛無辜士庶，慘遭誅戮。錦綉山河淪半壁，興亡愁恨盈千櫝。待揮軍、破浪下東瀛，寇仇復。

雙調夢江南 本意

江南好，一縷夢魂通。金粉樓臺烟雨外，春江花月管弦中。沉醉綺情濃。胡笳動，烽火接蒼穹。桃李不知亡國恨，依然巧笑媚東風。淺白門深紅。

其二

江南好，春夢夜漫漫。芳草有情憐蝶老，流鶯無語怨花殘。魂斷一憑欄。鷄籌盡，露重綉衾單。窗内青燈窗外雨，醒時容易睡時難。曉枕怯輕寒。

浣溪沙 閒居秋興

覓句東籬杖履幽。落英餐盡故園秋。卧雲有客在荒陬。抛卷鳥聲時入座，銜杯山色自當樓。藥爐底事苦煎愁。

憶秦娥

東墻右。誰家紅杏春光漏。春光漏。遠山如畫，翠顰添秀。弓鞋立露輕寒透。緑楊門掩鶯聲舊。鶯聲舊。芳陰深院，惜花人瘦。

其二

人如玉。十分春色藏金屋。藏金屋。倚欄聯咏，添香助讀。　清歌一曲凝絲竹。朱唇綻處櫻桃熟。櫻桃熟。隔花偷吻，却羞鴝鵒。

蝶戀花

芳草滿庭慵拾翠。枕畔香殘，寶鴨寒無睡。露漬蘭階花有泪。子規聲裏春心碎。　紅瘦緑肥烟景异。薄幸東君，又把人輕弃。密簡欲憑青鳥寄。却防愁重難相遞。

踏莎行 柳

翠袖寒輕，紅樓春早。東風拂夢鶯聲巧。陌頭容易又黄昏，游絲亂把離腸繞。　恨綰深閨，愁牽古道。舊梢月上懷人杳。懷人遮莫錦衣迴，却傷雲鬢先秋老。

臨江仙 跳舞

鼓樂聲中樽酒後，氍毹狐步盈盈。蓮花合拍落分明。温香薰醉夢，入抱楚腰輕。　鶼鰈雙雙春有主，眼前誰是雲英。幾番撒手覓新盟。徹宵燈四壁，照盡世間情。

如夢令 跳舞

粉腿不羈羅綺。輕逐踏歌聲起。帶困倚酥胸，媚眼著人如醴。休矣。休矣。又到彼儈懷裏。

南浦 乙酉年晚病中感懷

晨笳晚角，一聲聲、凄切不堪聞。落照江山如畫，極目遍妖氛。振筆千軍易掃，奈文園、消渴卧芳辰。况龍泉氣隱，孟勞鋒鈍，撫髀倍愁人。　歸燕似曾相識，卷珠簾、獨自倚黄昏。小院東風料峭，蝴蝶夢無温。此日真難將息，濺苔階、紅雨正銷魂。嘆傷時泪盡，年年怎令更傷春。

前調 感時

倭奴降了，看神州、昨夕落驕陽。全民堅持抗戰，四海慶重光。漫詡和平救國，這猴冠、草草算收場。溯艱經八載，仇深五族，血債終須償。　君試風前回首，聽哀鴻、遍地正啼霜。蒿目江河上下，劫後倍凄凉。四宇陰霾未斂，裂金甌、憂患伏蕭墻。剩西南半壁，望鄉游子日彷徨。以上録自《觀海賡詩稿》

繆秋沉

繆秋沉（一九〇七—一九四八），名紹和，字子周，雲南宣威人。主編《宣威叢書》。

沁園春 咏雪

頃讀《大公報》毛潤之、柳亞子《沁園春》聯咏，適雪飄南國，念天下之求定已久，而猶子祥烈，竟以此捐其一足，因摭辭步韵，聊以寫憂，憂弗自勝，非敢效顰也

黷發栗烈，人間何世，漫野雪飄。恨白山黑水，長年攘攘，龍門巫峽，萬古滔滔。黌舍怒濤，壁水血腥，槍聲難掩掌聲高。傷心甚，哭赤黎塗炭，青蛇妖嬈。怕聽黃鳥交交。引多少、倚閭盡削腰。傳薊北方收，詩書漫卷，慧孛復臨，中原紛騷。説甚天驕，四維都絶，書生難看口舌雕。且瘞筆，看匝地烽火，惆悵今朝。以上録自《學生報》

石聲漢

石聲漢（一九〇七—一九七一），筆名荔尾，湖南湘潭人，出生於昆明。曾任同濟大學、武漢大學等校教授。著有《荔尾詞存》。

蓬梗詞 辛酉迄丁卯

丁卯春，積稿逾皕，毁於兵燹。憶存者姑以記年。

昭君怨

一夜東風未了。吹碎荼蘼多少。苔砌總殘英。亂繽紛。　欲掃花翻起舞。玉質可憐黄土。花落葉還香。莫思量。

過龍門

隊隊暮鴉歸。繞樹紜回。小池清水鯽魚肥。半老秋菱紅勝火，下酒剛宜。　茅舍接山溪。好養鵝兒。板橋新整未沾泥。扁豆架邊黄草徑，紅蓼依依。

卜算子

已自著柔腸，更著愁千縷。若個人耶忒可憐，慣是相思苦。　不向晚風啼，不對朝暉訴。留得鮫人一斛珠，自伴孤燈數。

誤佳期

最是秋風蕭索。做斷敲窗冷落。晚來原自不禁寒，錯道衾兒薄。　清影對殘燈，臥聽城頭角。不將濁酒試新凉，怕負平生約。

相見歡

無言怯卷重簾。晚秋天。自是多情長日、病相牽。　相思淚。和箏墜。自堪憐。莫向金綃紅豆、數流年。

其二

無聊細數行雲。晚風輕。試問秋來何事、不銷魂。　漫漫路。家何處。倍傷情。天把相思盡付、可憐生。

鷓鴣天甲子受生之日

夢裏浮生淚作珠。茂陵秋雨病相如。三更自有窺簾月，四壁猶餘蠹剩書。　尊酒冷，破巾除。西風閒拂舊衣裾。悔教紅豆生南國，忍把流年換醉餘。

浣溪沙

欲了平生未了緣。水沉金鼎待重添。微凉風瘦一爐烟。　拜罷莊嚴難起立，怕尋前果證淒然。媧皇忘補奈何天。

玉樓春

嫩寒天氣相思惡。省識離情如酒薄。幾行歸雁掠雲過，又是流年辜負却。　花黄時候風蕭索。冷露凝珠侵舊幕。怪他新月學多情，也向晚凉消瘦著。

荷葉杯

別意似無還有。憶否。觖月映西樓。碧雲黄葉鎖清秋。愁摩愁。愁摩愁。　剩有離懷如病。秋盡。草色接天黄。羅衣沾露立殘陽。凉摩凉。凉摩凉。

虞美人

青衫濕透痕生暈。無那懨懨病。半簾紅雨潤莓苔。正是落花時節、燕歸來。　鞦韆架外紅成陣。容易芳菲盡。憐伊香骨也塵埃。掃得并愁和泪、一齊埋。

南歌子 乙丑自題小影

空自盈盈瘦，非關習習愁。人間何事苦凝眸。且看晚涼天净、月華收。　漂泊君休惜，淒涼我已甦。去來無礙雁鴻儔。自是優曇花過、落紅稠。

江城子

東風拂處日如烟。艷陽天。草綿芊。習習桃花、和着柳吹綿。飛上杏梁高處住，隨燕子，逐鞦韆。　孤鴻飄泊又經年。怨流連。恨相牽。不是多情、何事病懨懨。莫把泪珠和雨滴，留寄與，那人邊。

減字木蘭花 湘鄂道中寄呈老父

昏燈摇影。寒夜漏沉尊酒冷。話到阿兒。欲語停杯默憶時。　此時行旅。四野烟浮天未曙。回首鄉關。一抹孤雲幾障山。

玉樓春

小池碧漪紋清淺。桃李穠華春草翦。窺他燕子掠花輕，知是今朝風力軟。　闌干立遍鄉關遠。怯把相思重檢點。垂楊未解客愁新，葉葉枝枝縈望眼。

菩薩蠻 二首 迴文

苦思相見翻無語。簾卷晚晴天。白影横窗月。籬菊粉墻西。

其二

樹歸鴉噪環孤戍。鐘寺遠霞紅。病酒憐寒瘦。殘蕊共眉攢。

唐多令 寄印禪

浪迹與萍踪。天涯幾度逢。乍相逢、刹那又經風。風緒更能揚柳絮，憑漂散、各西東。豪氣邁元龍。阮囊取次空。典征袍、共試新紅。落拓不須辭一醉，攜手笑、酒顔同。

眼兒媚

乍看竹影掠東窗。冷月上空廊。寂寥小院，短墻苔砌，都浸銀光。蛩聲斷續添征雁，還聽柝聲長。可憐心事，不成回憶，惟認荒凉。

荔尾詞存

丁卯暮秋寄迹嶺南後，以此題所結集。嗣是歷歲積存，皆用荔尾爲名。

跭獲集 丁卯迄癸酉穗桂杭

唐多令

細雨織春寒。新芽柳眼頒。任飄零、欲住無端。燕子北歸儂嶺表，空有夢、到鄉關。强笑不成歡。狂歌泪欲闌。有相思、相見應難。待綰行雲縻別恨，明月冷、杏花殘。

如夢令

海上乍生圓月。舷底卷來霏雪。天半數秋星，驚起晚風幽咽。凄絶。凄絶。鄉夢未成還滅。

菩薩蠻

岳陽樓下湖光滿。洞庭水着秋雲綰。遠水接天浮。飄蓬一葉舟。無言成小立。脉脉誰相憶。憶也不多時。天涯何限思。

浣溪沙 戊辰受生之日　廣州

一度秋風酒一尊。檢來惟有舊時痕。不須惆悵者黄昏。　漫向晚凉傷逝水，先燒絳蠟看流雲。一般消息奈何春。

醉春風 桃花瓣

鬥粉微施茜。羞向柔枝顫。東風纔惡便歸休，片。片。片。飛上晴窗，翻驚絲罥，却隨征燕。　細貼垂楊綫。還點鞦韆院。韶光自去不留人，遠。遠。遠。待掃新紅，旋牽舊恨，可憐人面。

鶯啼序

斜陽尚凝舊隴，待長林共暝。晚烟起、飛罥空枝，逐風飄漾難定。正相念、天雲深處，征鴻又報秋歸訊。亂山前、霧色蒼茫，火霞初褪。　蔓草蕭疏，暮景淡晦，繞孤墳寂静。月初上、乍綻銀輝，寒光流瀉荒徑。漠空原、風鳴古柳，蘚泥罅、哀蛩凄緊。漱青苔，溪水涓涓，伴伊清冷。　當時少小，却解相憐，也萬端綺境。記并坐、溪頭閒話，共濯淪漪，素手扶肩，垂鬟拂頸。寒泉浸繚，雪趺霜踝，芳心綽礫腮生暈，道天邊、月也和儂病。相携涉水，還將憨笑央人，苔泥滑處扶穩。　秋還依舊，月更如昨，正那尋倩影。　最苦是、曉窗孤坐，舊夢都荒，客館凄清，泪眸長醒。　飄零湖海，難躅幽怨，温存誰寄相憶語，畫腮痕、羞向人前揾。泉台千遍呼君，但願相忘，漫牽舊恨。

謝秋娘 五首

歌舞散，惆悵惜餘春。　錦樣年華隨逝水，夢中情事逐芳塵。　寂寞想前因。

其二

庭院静，辜負舊芳春。　花鼎水消沉落絮，珠簾鈎彈浥輕塵。　寥落更無人。

其三

珠泪冷，還數别來春。　蘭氣已迷衣上褶，指螺猶印鏡邊塵。　長憶影中人。

其四

離恨重，何處覓殘春。　羅袂分明凝紺唾，寶奩蕭瑟絡陳塵。　誰是昔年人。

其五

情不盡，長憶可憐春。　舊夢已荒花上露，新愁難綰柳梢塵。　絮果泣蘭因。

踏莎美人

水剪雙眸，雲堆兩鬢。分明記得青鸞近。微赬暈向頰邊來。別後許多心事、費疑猜。　更漏將殘，闌釭半燼。相思有夢無憑準。覺來情思待安排。空向曉風殘月、步閒階。

沁園春

天壤茫茫，離恨重重，誤盡平生。嘆闌珊舊夢，倩誰爲遣，無端幽怨，待怎教平。一度相逢，匆匆便別，流水嗚咽隨客行。尊前事，憶星眸欲溜，雪靨流赬。　依稀記得盈盈。隔浩淼、烟波天際横。但冥鴻已杳，誤人消息，青衫再濕，累我深情。漫喚真真，誰憐寂寂，獨聽窗前□□鶯。還相問，但夢魂飄斷，泪眼分明。

醉春風

拚把流光賣。償得相思債。宵來歡會幾時重，再。再。再。更漏將殘，金尊未冷，彩雲猶在。　斜憑朱闌外。悵捻緗羅帶。迴廊盡處又招迴，待。待。待。萬般珍重，千樣丁寧，但教寧耐。

柳梢青

密雨繁陰。梨花欲褪，小巷春深。燕子歸遲，芳踪未整，蟬鬢先臨。休教負手低吟。盡此處、銷殘素心。驀地相逢，又成辜負，泪點衣襟。

琴調相思引

坐擁紅綿聽四更。絲絲凉雨響空庭。夜長人悄，殘柝兩三聲。夢到相思無定準，泪抛珊枕漫縱横。小窗幽寂，紅燭自微明。

蝶戀花

宿酒初醒無氣力。欲減春衣，却被輕寒勒。滿院春蕪依舊碧。落花狼藉春鶯寂。舊恨已教愁萬叠。積得新愁，又向眉峰結。中酒傷春休再説。憑闌坐待初生月。

柳梢青

漠漠春陰。重簾悄悄，庭院深深。中酒心情，妒花天氣，舊病重侵。倚欄何事沉吟。任柳絮、飄揚壯心。年去年來，爲誰憔悴，紅袖青襟。

江城子辛未七夕在金陵

去年今夜月初明。隔紈屏。晚凉生。并立閒階、點點數流螢。細説深盟携素手，銀漢外，看雙星。　乍聞傳語慶芳辰。驀心驚。憶真真。天上人間、今夕總離情。望極天涯人不見，芳草斷，嶺雲横。

鶯啼序辛未受生日在杭州

西風又催鬢改，悵年華漸暮。漫回首、光景都非，舊歡今在何許。露華漬、連天衰草，遥聞唳雁歸遐渚。夜寒生、村犬聲闌，砌蛩低訴。　山枕頻欹，漏永夢短，聽城頭畫鼓。正腸斷、凄絶無眠，空階還響疏雨。小窗幽、孤釭影淡，短床濕、薄衾寒冱。甚心情，如此流年，總教辜負。　銷魂去歲，一樣今宵，傍大堤絮語。薄醉解、市燈初上，爛影如水，風急潮生，逐波徐步。金蕉膩蜜，丹橙凝露，相携共説深深誓，願年年、此夜長圓聚。花陰翠滴，歸來冷落蕭齋，月華半面相覷。　多情怨别，海闊雲深，奈兩傷寄旅。算幾度、離懷和病，中酒翻添，僝僽閒愁，理來無緒。餘香浥臂，紅絲無恙，伊人千里空記省，任形骸、憔悴誰將護。春江流水長東，寄向君邊，舊愁萬縷。

金縷曲 壬申元日

節序驚偷换。甚無端、春光纔逗，春愁先長。殘雪半消青甃冷，風勁庭柯争響。似代訴、人間凄惘。濁酒待澆離别恨，病欺人、不放金尊仰。渾無語，但凝想。　歡情已逐飛雲漾。盡天涯、青袍自吊，深盟頻爽。凍砌遠鷄催客夢，殘漏曉星相向。孤影動、一燈微晃。迢遞水雲深阻隔，極相思、兩地成惆悵。清泪瀉，鬢霜釀。

惜餘春慢

緑綻圓荷，黄堆新杏，小院南風催暖。搴襟暈减，唾袖殷殘，惆悵去年人遠。曾是幽階畫闌，午陰初静，懶擎團扇。乍經年還到，木蘭香殢，翠蒲雲展。　空念想、南嶺飛雲，西湖停靄，光景一般零亂。傷春中酒，帶褪衣寬，憔悴更無人管。已自千端舊愁，添得相思，倍教腸斷。漫沉吟、羅袂凄清，又看泪痕紅泫。

西海集 甲戌秋迄丙子夏

金縷曲 記倫敦夜分所見

燈映層樓炯。下重簾、風凄霧濕，市喧初静。小巷忽傳歌斷續，酸楚四弦相應。幽咽語、浮沉不定。華髮一雙鶼鰈侣，正行歌、乞食街頭冷。風霧裏，肩厮并。　天涯我亦飄零剩。廿餘年、間關誤却，青袍青鬢。异域乍經漂流日，無限舊愁新恨。翻羡汝、鴛鴦同命。料得一燈愁對處，隔雲天、正有人如病。恰回首，泪偷迸。

臨江仙

錦樣年華隨逝水，征塵慣染衣緇。天涯底事又稽遲。年年芳草緑，草色動相思。　遠水遥岑無限處，此情應有誰知。休將舊恨譜新詞。小樓深院裏，更盡月斜時。

酒泉子 爲人寫柏林帝宗堤所遭

一樣飛輪，猶記舊時雙臉。鬢先低，眉欲斂。眼波凝。　帝宗堤上秋風冷。難尋翩燕影。暮鴉啼，天欲暝。黯銷魂。

鶯啼序

楊花漸飛漸遠，渡鞦韆院落。散還整、憑藉東風，一時飄寄高閣。甚春暝、瑣窗猶掩，篆烟不透低垂幕。畫梁寒、昨歲蕓泥，燕巢蕭索。　零亂殘紅，尚點綉幌，任游絲繫絡。屐痕泯階涴青苔，輕塵沉聚珠箔。漫追尋、芳踪已杳，悵人遠、水雲深闊。獨沉吟，經歲芳菲，盡成耽擱。　回思往事，苦憶當年，共古城暫泊。風乍軟、梨花微褪，燕趁鶯語，蝶翅纔舒，柳疏烟弱。闌干曲處，新裁芳草，膠輪輕碾銀沙路，嫩晴天、共把單車學。頳霞繚耳，一時掠亂雲鬟，相扶騎過籬角。　彩雲易散，綺夢難圓，總輕輕負却。怯記省、床頭梔子，夜永香濃，篋底春衫，袖長痕漠。潛銷青鬢，濯殘紅唾，相思嚼盡蓮薏味，到情深、還嘆深情惡。宵來鉛泪拋乾，坐待遲明，夢隨漏促。

山花子

拚道今生分已窮。正如零雨濕殘紅。却向天涯春老處，拾芳踪。　泪織月牙山下水，情隨龍隱洞邊風。莫據舊游温綺夢，總朦朧。

惜餘春慢 乙亥八月廿二日題自攝小影

夢裏温馨，尊前旖旎，一醒盡成虚話。荼蘼褪後，青杏圓時，春剩游絲縈挂。却羨多情柳花，還能趁撲，綉車驕馬。待重尋，年少心情，先怕自家驚詫。　恁惋惘、悄悄明窗，綿綿永晝，怯把簾鈎鬆下。懨懨枕榻，澹澹屏山，對影自傷愀侘。爲他輕暖柔寒，檢點乘除，閒愁細惹。甚年年、芳草天涯，春訊總難憑藉。

弄漚集 丙子冬迄戊寅秋　武功　長沙　八步

卜算子

燈在月朧明，漏斷人初静。共倚危欄話素心，泪與心相印。　寒食又東風，滿院梨雲損。海角天涯二十年，白了潘郎鬢。

風入松 丁丑元旦

熏爐殘燼幾星紅。餘暖罨房櫳。寒梅不報芳菲訊，但閒階、臘雪初融。墻外依稀簫鼓，窗前澹蕩山容。　來年春事莫倥傯。餘巧乞天工。韶光裁剪無偏頗，教江南塞下俱同。楊柳樓臺軟雨，綠莎庭院輕風。

鶯啼序

多情桂山桂水，尚淹留夢想。艷陽裏、風颭清灘，碎揉濃翠千嶂。斷岩罅、山花綻蕊，垂枝攬起粼粼浪。水東門、催送征人，片帆雙槳。暮靄初澄，細雨漸霽，正涼生畫幌。庭院悄、檐滴聲疏，穿窗蚊陣繁響。默低迴、衣紋鬢影，似還見、眼波澄朗。忽驚心，高柳哀蟬，喚回瞑惘。　蓮心自苦，藕緒徒牽，嘆夜闌夢曠。漏點促、月華披練，廢殿幽寂，金帶烟浮，宮池萍颺。雕欄憑遍，空階蹀躞，曉星明滅生天際，束輕裝、不待晨鷄唱。蘭舟未發，驚聞笑語低呼，夢中人在鄰舫。　情緣最幻，拚散翻逢，更旋圓乍宕。渾未了、蠻箋五色，互寄溫存，宛轉千行，細傳惆悵。長流各對，會心相印，秋期驀地風浪卷，病文園、羸弱招虛謗。十年誤盡韶華，粉褪香銷，鬢霜漸漲。

水調歌頭 戊寅春日長沙鄉居，寄張小柳、王望楚

回想去年事，一齣續黃粱。相逢但問研究，風格恁張揚。桌上紅藍墨水，架上英法日語，事事盡堂皇。天平顯微鏡，棋列極輝煌。　英文過，植物畢，國文忙。晚來猶有，專家會議兩三場。坐看主任員長，西裝紙烟手表，蹡蹡復蹌蹌。開發西北者，意氣總軒昂。

其二

烽火漫云急，道遠正無妨。須知抗日救國，正好做文章。胡桃國防樹也，蘿蔔國防菜也，慷慨説周詳。熱血儼如沸，講演聲琅琅。　飛機過，大炮響，始匆忙。太太細軟文件，偷向四川藏。練習話劇歌咏，組織宣傳大隊，出發赴窮鄉。救國募公債，遍解他人囊。

其三

日暮電燈黑，獨坐静思量。不才如我之物，何苦亦裝腔。欺人自欺而已，於我於人何補，愧汗濕如漿。附和事容易，難在泯天良。　人才事，百世計，許荒唐。廿年卅年以後，粉骨豈能償。人生餬口而外，尚有其它可貴，長嘆起旁皇。弭耳服轅久，風起憶窮荒。

踏莎行 戊寅重九在八步

敗葉驚風，枯枝泣露。荻花白遍秋江浦。零風重靄送殘陽，濕雲黏在連天樹。　漫説登臨，空傷歲序。河山破碎情如許。故園秋思任關情，天涯望斷無尋處。

病驥集 戊寅冬 滇蜀

沁園春 馱行病驥

蹄鐵敲穿，踏遍崎嶇，日漸昏黃。嘆木鞍堅重，背成生趼，麻繮粗硬，吻有陳傷。項下芻籠，虛無寸草，枉羨青畦菜麥香。沉吟處，聽鞭梢爆響，倦步催忙。　歸來縶向空廊。早弦月、盈盈上短墻。奈毛似垂旃，泥和汗結，頭如贅瓮，頸共肩僵。半束枯芻，一拳稃殼，便是辛劬竟日償。宵寒惡，任蜷蹲蛙坐，直恁更長。

鷓鴣天 己卯人日

怯暖愁寒日漸殊。艷陽新上小樓居。檐牙已噪争巢雀，閣底猶藏破網蛛。　從病後，酒杯疏。浮生浮世兩模糊。憑窗偶有尋春興，但見梨花點碧蕪。

醉太平

悠揚絮飛。呢喃燕迴。家家都浣春衣。覺韶華漸移。　長談夜歸。閒吟舊詞。明朝情緒難期。且商量酒杯。

木蘭花 嬌女

啁啾學語如雛雀。覆額青青蟬翼薄。一雙嬌臉教爺偎，兩點漆眸猶泪泊。　蹣跚細步無停躅。不慣拘牽長赤脚。最憐生小未知愁，也向天涯成落魄。

浣溪沙

又見荼蘼送歲華。依然乞食走天涯。曉鶯殘月夢交加。　七尺消磨餘駑骨，卅年慚愧作人滬。近來閒坐漸思家。

臨江仙 二首

午夜無眠經久慣，閒愁不怨更長。惟將瑣屑轉柔腸。家貧偏米貴，親老值年荒。　富貴早知非我事，近來都不思量。投荒弃遠正何妨。酒邊新白髮，衆裏舊清狂。

其二

不寐已甘聊蜷伏，短衾歷試温凉。静聽風緒繞迴廊。小窗鳴敗紙，飢鼠嚙空箱。　漏盡旋聞鷄唱起，輪聲喧過高墻。起來寒意澀如霜。曉星看泯滅，殘月惜微茫。

鷓鴣天壽細君

自嫁黔婁百事乖。春風紈綺盡蒿萊。歲朝羈旅傷憔悴，九月寒衣未剪裁。　兒女累，米鹽災。七年猶著嫁時鞋。鴛盟若許前生約，後世爲君作婦來。

前　調

凍餒驅人劇可哀。鷓鴣牽上鳳凰臺。恭簽誓約國民公約真無耻，不發牢騷假學乖。　渾是戲，更休猜。任人提綫不關懷。自從羞惡都望後，俯仰人叢當活埋。

清平樂讀《人間詞》，兩以蛾眉謡諑爲怨，而欲自媚於鏡裏朱顔。竊有所疑：自媚能得幾時？宮沙果有，何誼？不畫蛾眉，安傷謡諑？因爲另進一解

漫挑青鏡。自照如花影。鏡裏朱顔元一瞬。漸看吴霜點鬢。　宮沙何事低迴。幾人留得芳菲。休問人間謡諑，妝成莫畫蛾眉。

南歌子

白露零黄葦，殘陽斂翠烟。人間揺落自年年。秋水一泓澄澈、却依然。　雲破星争出，盱

睢據暮天。欺他遲月已過弦。不道廿餘宵後、尚能圓。

虞美人 有浴而非命死者，因爲清濁冷暖之辨數章　三首

丁寧底事勞湯沐。質潔何須濯。可憐纔浣世間塵。已教衆人含恨、悼芳魂。試看菱藕中如雪。不洗依然潔。再休珍重辨蒼黃。且向藻根繁處、自埋藏。

其二

寒潭止水如明鏡。慣照幽蘭影。出山溪澗漸漫漫。欲擢青蓮須莫、到人間。晶瑩争似冰凝雪。冷澈剛能潔。無端一夜軟東風。又見明朝波漲、緑溶溶。

其三

泠泠止合藏幽澗。莫許人相見。華清池水恁漣漪。纔到臨潼山下、已成緇。秋河汎溢泥牛馬。納濁方能大。急湍清淺不容濡。長鋏便教彈破、也無魚。

浣溪沙 嘉州自作日起居注　甲申夏末　六首

五鼓敲殘露薄曦。匆匆推枕起尋衣。漸聞啼鳥弄晴暉。汲罷井華僵指活，燒明冷灶倦眸睜。營門吹角報升旗。

其二

白足提籃上菜場。殘瓜晚豆費周章。信知菰筍最清腸。幼女迎門飢索餅，病妻揚米倦憑筐。鄰厨風送肉羹香。

其三

十號纔能幾日過。頻翻挂曆待如何。縱教發放也無多。寄賣行前低問訊，舊書攤畔再巡邏。近來交易有成麽。

其四

雙袖龍鍾上講臺。腰寬肩闊領如崖。舊時元是趁身裁。重綴白瘢藍綫襪，去年新補舊皮鞋。羨它終日口常開。

其五

課罷歸來喘未紓。褓雛蹀躞掃庭除。添薪落葉也都疏。脫粟飯成兒女樂，滌盤水竭病妻呼。一燈先課大兒書。

其六

驟雨驚傳屋下泉。短檠持向傘邊燃。明朝講稿待重編。室靜自聞腸轆轆，風搖時見影懸懸。半枝燒剩什邡烟。

鷓鴣天 甲申受生日寫《生命新觀》草稿甫竟

慣是同曹最少年。蕎驚華髮欲侵顛。百無一可猶能悔，萬有俱空總認緣。　温舊夢，砌陳言。春蠶作繭不須憐。閒雲野鶴西風緊，已算温馨自在天。

南歌子 過青衣垻

曇壓長楸噤，風飄墜葉嘩。荒村破屋兩三家。撑在夕陽山外、噏朱霞。　亂草憑岡怒，澄江任渚賒。失行孤雁認天涯。肯向寒林雜沓、羡歸鴉。

望江南 春蠶夢　十二首

歲暮檢書，案頭紙堆中，一束乃昔寫《生命新觀》時屬稿謄真，排付成葉，諸函幅上簇之，後悉歸捐弃者，自視亦復悵然。因就原函題記各作《望江南》章，連綴成篇，總目爲《春蠶夢》。别補《眠起》四首，庶夢境不中缺。

其一　道　素紙

無限意，淵默自堪傳。未著迹時皆妙諦，一成行處便陳言。春夢幾時圓。

其二 蟻　綱領

舒造化，生意謝天工。素觳晶瑩留舊夢，黑頭攢動醉春風。辛苦種無窮。

其三 桑　初稿

揉墨浪，闌格任欹邪。紙響低沉風颭柳，夢痕零亂蟹行沙。春蚓間秋蛇。

其四 眠起　四首

春漏促，淅瀝響空階。墨渲始知窗紙潤，燈昏疑是扁風來。倦眼澀還開。

其五

新雨過，午夜轉微凉。濃潑春茶消積困，臭燒烟卷伴蚊香。人静柝聲長。

其六

尋舊詁，摇落更支離。遍檢群編供獺祭，還憑獨斷靖狐疑。孟浪未須辭。

其七

嗚絡緯，忽忽又中宵。幾日蹉跎輪滯轍，一時奔放浪推潮。微笑筆乘飆。

其八 絲　積稿

抽不盡，一緒自家知。爛嚼酸辛腸漸碧，細紓幽夢枕頻移。到死漫餘絲。

其九 繭　謄真

情宛轉，洄復訴凄清。傾鬲漫夸忘冷暖，化身旋夢薄蒼旻。山上世緣生。

其十 錦　印幅

洴澼洸，椎練染成纁。霧縠冰綃非夙分，殘錦剩帛襲餘温。蝶翼夢離魂。

其十一 衣　成册

裁制可，依夢認穠纖。敢與綺紈争絢麗，欲從悲憫見莊嚴。壓綫爲人添。

其十二 蜕　原稿

春夢醒，夢醒惜春殘。身後早甘長覆瓿，蜕遺無意更藏山。翼粉任闌珊。

柳梢青 解嘲

繾綣餘春。簪花掠鬢，坐遣晨昏。臂上沙紅，眉間黛緑，都鎖長門。垂簾對鏡誰親。算鏡影相憐最真。人散樓空，花萎鏡黯，尚有温存。

哨遍 春鴻

臘雪初融，曾冰未銷，春訊渾如許。曇影裹，重覓舊菰蒲，衹殘笳敗梗堪數。歲漸徂。餘寒尚欺病翮，高騫欲振傷無侶。嗟八表同昏，停雲靄靄，遥岑平陸伊沮。夢龍沙瀚海早模糊。便濁淮清洛也荒蕪。獨立蒼茫，四顧寒江，徘徊凍渚。吁。食縱無魚。餐苔拾藻甘清露。勝�籠奉養，終供鼎鑊刀俎。看素鬐朱冠，乘軒睥睨，階前宛轉依人舞。算我武維揚，凌霄怒睞，登鞲須獻狐兔。借風流文采占高梧。報歡欣消息噪庭除。又何如、效人言語。賺他玉碗金粱，學畫簾鸚鵡。鴟原有樂、朝潛暝出，林薄搜求腐鼠。能將一嚇侮鵷雛。且臨流、自刷慵羽。

柳梢青丙戌秋作此封筆，用《解嘲》舊韵，并解《解嘲》

休問餘春。水流雲散，又到黄昏。洗盡鉛華，抛空翠黛，忘了長門。卷簾斜日相親。夢醒後、翻嫌夢真。霧鎖重樓，風飄落絮，何事温存。以上録自《荔尾詞存》

畢希德

畢希德（一九〇七—？），昆明人，彝族，畢業於東陸大學。

雙頭蓮李生長有秋節加冠，賦此爲賀

秋月如鏡，正花影蕭疏，停雲清序。紅裳翠袖，燕集擁蘭階，嘉賓欣語，最是動人情趣。便筵開觴舉。賡歌雙侶翩翩，海誓山盟終古。　綉窗几潔花妍，詩意如許，莫辜吟緒。況畫眉、名筆儘堪揮舞。篆香裊裊熏烟，但頻翻琴譜。待來年，榴實鶯縫，黄梅滿樹。

大江東去 聞海源寺水汛，觀之果然

跑突最是奇觀，波翻浪滚，陡起洄漚泏。平時淺涉纔没脛，而今濯纓堪潔。十里阡陌，八村零落，濟潤多關切。休待插牌，五月農忙時節。

水龍吟 課罷重登西華洞

曾記斜陽低去還，剩個天涯羈旅。獨行孤寄，岩隈石坳，儘情賞取。喜不必歡，哀更莫怨，幽懷如絮。值得消受，佳麗豈必名區，荒郊野墅。以上録自《雲南大學詩選》

魯　元

魯元（一九〇七—二〇〇〇），原名蔭宗，字子真，自號十無生，晚號實無老人，白族，劍川人。黄埔軍校第六期畢業，民國時期任五十八軍中將軍長兼武漢衛戍司令。著有《九天一草廬詩稿》，附《大地永春閣詞草》。

長相思 寄月梅，時元在金陵，月梅在漢皋　一九三二年

聚匆匆。離匆匆。一樣相思兩地同。夢裏訴懷衷。　山重重。水重重。遥將别緒付飛鴻。幾時親玉容。

醉落魄 軍駐浠水，月夜舞劍

凌霄浩志。玄穹阸我幾時遂。窗前皎月笑吾寐。昂首高歌，難抑憂時泪。　黯然四宇愁雲萃。倒杯拂袖揮天地。陸沉寄問誰匡濟。解劍起舞，且待風雲會。

憶仙姿 洛陽雪夜獲月梅自漢皋來函

密雪毵毵寒透。窗外玉梅消瘦。指冷拆芳箋，别恨離愁眉皺。眉皺。眉皺。最是漏深時候。

憶王孫 重九與月梅游北邙山　三五年

北邙千古自蒼蒼。送盡無涯興復亡。人世幾遭見菊黄。且傾觴。山外悠悠又夕陽。

搗練子　秋夜寄月梅　一九三六年

風颯颯，雨瀟瀟。冷被寒燈伴寂寥。相憶相思難入夢，一番更漏一番憔。

浪淘沙　鄂、湘、贛前綫奮殲日寇　一九四一年

報國總心豪。虎略龍韜。寧將定遠讓班超。大漢聲威久不振，酹酒重招。　檢點舊征袍。怒馬騰號。三千白髮上冲霄。寄問倭兒多少命，來試寶刀。

長相思　月梅逝世一周年紀痛　四三年

音渺然。顔渺然。死別而今痛一年。怕看明月圓。　思綿綿。恨綿綿。此恨此生何日填。傷心一問天。

憶仙姿　親友每話賢妻良母，輒舉月梅爲範，且咸以不可再得爲予慨惋，追思無涯，哭之以句

滿腹悲腸誰訴。怕與親儔相晤。愛道卿賢能，妻範母儀獨步。獨步。獨步。盡是斷肝腸處。

鶴冲天 披讀語孟浩然感賦

彰仁倡義，正氣昭天地。千古聖賢心，何其沛。揭示人生義，力闡良知諦，倫常至理備。揮斥當年，披靡一時王帝。遺篇展讀，猶激匡時腑肺。幼昔記庭趨，承嚴訓，大道丘軻極。潛私淑，深懷契。一生以自勵。汲汲孜孜，但冀步趨無愧。

破陣子 文藝不應吟風弄月，自我消遣，而應是發抒理想，反映現實，對人類社會，起有益之積極作用産品。今深有所慨，爰揮筆以申意　一九四四年

醒眼沉觀萬類，紛紜獨慨人間。複雜肝腸各肆性，矛盾情懷恣倒顛。唯私自我天。　社會愈臻前進，人心益陷狡奸。扶正挽頹仗教化，嚴法猶爲衆美先。請君細細研。

采桑子 勉國人奮學

慨人獨擅愈飢道，食即愈飢。食即愈飢。自古人人無不知。　偏憐多昧愈愚道，學斯愈愚。學斯愈愚。寄問卿卿知不知。

夢江南 慨筆

且數去，試檢偉人踪。今古有幾真磊落，現形都在色財中。誰果是英雄。

搗練子 鼠

燈甫熄，鼠縱横。咭咭吱吱鬪結盟。忽聽鄰猫窗外唤，頓時滿屋復清寧。

如夢令 抗戰征途，與戰友月下歡醉即筆　四四年秋

獨喜月妍花麗。况值雲輕風細。喜與素心人，抵掌雄談歡醉。歡醉。歡醉。同是獻身腑肺。

桂枝香 抗日戰争勝利，元奉中央令，任華中中將受降指導官，受降中述懷申慶　一九四五年九月十四日

一聲勝利。頓舉國騰歡，爆震天地。萬里江山似畫，倍增嫵媚。茫茫四顧五洲裏，喜金甌、光焰無際。巍然屹立，雄峙東亞，空前壯麗。　痛逞霸、驕狂日帝。突來肆侵略，卒頑械鋭。憤起全民，浴血争先相繼。八年鏖戰殲倭寇，笑降王枳道終繫。安排受降，高呼祖國，千秋萬歲。以上録自《九天一草廬詩稿》

喜春來 游青泉寺　民國二十一年冬

相迎四圍青山秀。三五扁舟浮渡頭。東郊犬吠應西疇。村居樂。水友復山儔。禪關遥對閒鷗鷺。山外漁樵時唱和。梅花無主落東坡。西溪路。祇見白雲過。

解佩令 三十歲生辰感懷

十年仗劍，九州結客，嘆沈腰、幾度損年歲。三十功名，幾曾見、文匡武濟。替天公、作點膀臂。　半生蹉跎，怎不惶愧。幸還有、滿腔浩氣。一點真誠，起擔當、人間大義。莫因循、浮生似寄。

浪淘沙 秋夜

金鐵上林梢。花影如潮。披衣起覷月輪高。宇净天清人寂寂，鳥夢摇巢。　仔細沈郎腰。昨日今宵。老天那管人悴憔。有限韶華無限恨，總是輕抛。

南浦月 秋曉

淅瀝西風，階前落葉知多少。兩三驚鳥。繞樹啼初曉。　郭外青郊，雁陣聲聲老。南關

道。露濕枯草。細月添秋好。以上録自《大地永春閣詞草》

普梅夫

普梅夫(一九〇八—一九八九),字建模,彝族,建水人。著有《磨劍集》。

長相思 寄照

朝也思。暮也思。夜夜思親月上時。三更入夢遲。　别有期。會無期。若是母親思念兒。衹看影合詞。這是學填詞的第一首,也是最沉痛不忘的一首,一九二六年肄業於昆明的美術專門學校,全校師生春游合影,題此詞寄回家,秋末母病逝,竟成讖語,録此永存紀念。

望江怨 雙調　在河口南溪橋上勉越南同志

碧空月。默默清光照滇越。江波浸石碣。輕氛薄靄濤聲咽。望京闕。熱血濺雄心,拂欄風凛冽。

其二

星明滅。兩岸瀟瀟落紅葉。無言萬山立。紅河潮湧越南血。恨欲絶。相訴兄弟情,國仇當誓雪。一九三〇年秋於河口中學。

遐方怨

一九三〇年五月四日，法帝國主義者駐昆明領事巴堵，非法於開遠逮捕越南革命青年四人，圖由鐵路秘密押送過境，余聞訊，發動河口市民學生包圍火車，并登車截救。數日後却被雲南反動政府將四人捕送法帝，派憲兵護押過境之次日即被殺害，强令河口中學對我解聘

山痕黛，草色冥。兩水交流，交流唇齒心。層巒深處吊英靈。夜闌人靜獨傷情。　腸中斷，泪點凝。愁雲橫處，恨隨明月升。同仇兄弟憤難平。揮拳怒共江濤鳴。『兩水交流』，指紅河與南溪河交匯於南溪橋下。一九三〇年秋於河口中學。

如此江山 四首

因工作赴滇西，耳聞目睹，越感反動統治在邊疆之暴政，民不聊生，痛心之際，歸填此詞（此詞牌又名『齊天樂』）

其一　歷史與現實

開疆拓土千年附。藩籬保江山固。萬國賓從，八荒茅貢，當年何曾嫌足。伐征無度。拋多少頭顱，竭傾財富。争戰頻頻，造成這龍蟠虎踞。　而今飄摇風雨。看山河錦綉，不堪泪語。各族離析，長城毁圮，敵騎任他來去。傷心處處。徒只説籌邊，空談朝暮。廟堂帷幄，問誰謀國誤。

其二 少數民族

祖宗萬代曾親附。中原賴邊庭固。都向化天朝，率民華夏，懷德畏威已足。辛勞無度。受多少征誅，輸納財富。争戰頻頻，外圍犟龍蟠虎踞。　當今泣風號雨。每桑麻叙話，那堪細語。自生自滅，離心離德，閒眼任他來去。哀鴻處處。尚無止摧殘，朝朝暮暮。團結云云，盡欺人自誤。

其三 邊吏

未謀收拾民心附。團結使邊疆固。若不是庸才，便是酷吏，禍國殃民已足。亂無法度。問存甚心思，斂征財富。仰體層峰，貪污有地堪憑踞。　何爲方針任務。大漢族主義，天怨人怒。德政荒唐，官聲狼藉，碌碌來來去去。腐惡處處。各民族寒心，恨徹朝暮。揭竿若起，溝渠屍暴露。

其四 資源物産

物華天寶層層附。崇山阻、深林固。嘆調查荒唐，傳言妄誕，談甚資源不足。託空咐度。仰他邦進口，竭民財富。拱手列强，作殖民地盤踞。　蠻荒地多瘴雨。談邊疆色變，神秘讕語。污吏貪官，偏敢闖來闖去。櫻花處處。獨裝點江山，毒人朝暮。開發云云，乃如斯而已。　一九四六年三月於白雲巷。以上録自《磨劍集》

于乃仁

于乃仁(一九一三—一九七五),字伯安,昆明人。早年畢業於雲南政法學校,一九四四年創辦私立五華文理學院并任院長。

西江月 丙戌九日,蒓公邀集螺翠山莊,距丙子之會十年矣,分韵得個字

十載韶華夢影,兩番雅聚烟蘿。登臨縱目興偏多。豈似淵明高卧。　主人賦詩作課,賓朋對酒當歌。思量前度集吟窩。今夕相逢幾個。以上録自《丙戌螺峰登高詩集》

沁園春 題曲石夫子《湖上閒吟》

眼底山河,胸際經綸,感興萬端。望昆明湖上,茫茫烟水,蓼花叢外,隱隱樓船。蕩海屠鯨,揮戈落日,壯歲雄心老未闌。待安石,奠蒼生袵席,此事何難。　雲天共仰仁賢。快示我、新詩兩百篇。是汝南月旦,所南心史,希音雅度,今世誰先。宿舊雕零,後生應起,小子趨承敢息肩。誦終卷,奉心香一瓣,霜鏡堂前。以上録自《曲石詩録》

于乃義

于乃義（一九一五—一九八〇），字仲直，號净明，别署飲光，昆明人。曾參編《雲南叢書》《滇詩叢録》《永昌府文徵》《騰衝縣志》，著有《于乃義詩詞選》。

浣溪沙 快心事

四顧蒼茫提吴鈎。星光雪亮斷江流。凌空直上白雲頭。　净土莊嚴真不遠，胸中難著半絲愁。飄飄飛下水心樓。

憶江南 本意

真個像，西子曉湖中。波兒一灣猶自戀，床前燈影已然紅。何處覓春風。

念奴嬌 長至日寄周志平君代簡

志兄無恙，自雅違芳矩，頓增離索。遥想高齋眠嘯處，清夜長吟爲樂。凉月如鈎，霜天似鏡，兩地宜相若。風操翹伫，頓教塵慮弘廓。　祇慚乏善堪陳，依然故我，苦被浮名縛。差幸魔軍雖擾擾，翠海風光猶昨。一綫初添，陽春又到，何日復同酌。心長詞短，弟于乃義興作。以上録自《建國學術》第三期

蔣　寅

蔣寅，字畏齋，蒙自人。著有《静廬吟草》。

十六字令 深夜聞笛

聽。何處傳來玉笛聲。凄清甚，深夜夢難成。

江南春 題自繪《桃柳燕圖》，贈湯亦陶先生　案：原失調名，據《詞譜》補。

桃灼灼，柳青青。嬌姿真旖旎，艷質自芳馨。多情最是呢喃燕，常在枝頭映畫屏。以上録自《續滇詞叢録》

廖　彬

廖彬，字雲翹，石屏人。

滿江紅 憶東北　照前部頒樂歌，教科書祇上半闋。

人事滄桑，興亡憾、置書太息。嘆遼吉、一朝淪陷，仇恨未雪。黑水白山無限好，英雄志士揮熱血。但願得、收復有後望，昭日月。以上録自《雲南大學詩選》

趙士鎔

趙士鎔，字國材，鄧川人。

醉花陰并序

乙丑予由省會回鄧川省親，時玀匪燧閭邑焚掠，滿野凄凉，愁焉傷之，爰填小詞以寄其哀。

自我去冬歸梓後。日日遭流寇。擄掠又焚燒，烽火連天，此苦難消受。　尸骸遍野豺狼鬥。除暴誰來救。何忍此蒼生，殞去膚軀，舍與銜人獸。以上録自《雲南大學詩選》

丁鳴球

丁鳴球，字午橋，石屏人。

菩薩蠻

寫聲斷續叢林緑。奇香馥馥人如玉。值此不消魂。除非原没魂。　心同秋水蕩。頰共桃花絳。弱柳拂纖腰。纖腰如柳嬌。

一斛珠

閒庭噪鵲。鐘敲十二眠初覺。玉峰微露紅綃薄。春筍斜支，粉臉輕輕擱。半晌起身懶久呵。纖腰擺動楊枝弱。圓宵六寸剛盈握。偶照菱花，頻把烏雲掠。

調笑令

何去。何去。窗外凄凄緑雨。看書無奈寒侵。睡又生愁冷衾。衾冷。衾冷。欲等無人可等。

點絳唇

銀漢横空，辟陰爾地疏林漏。月明如晝。寂寞秋時候。貧賤夫妻，常是夢中逅。凄涼透。那别離後。比我還消瘦。以上録自《雲南大學詩選》

陳鍾仁

陳鍾仁，民國時雲南大學學生。

長相思 翠湖春

風壓枝。雨打枝。翠滿湖堤倦步遲。華山倒影移。　鶯飛飛。燕飛飛。夢繞邊城好訊稀。飄摇風雨時。以上録自《雲南大學詩選》

何子榮

何子榮，昆明人。

憶江南 踏青

春來也，踏青滇海東。隱隱浮屠旁柳岸，層層翠浪嫁春風。野花香味濃。以上録自《雲南大學詩選》

張　灝

張灝，寧洱人。

雨霖鈴 答黄老師述懷詞

他鄉游客。忙懷難展，有眼皆白。參天半是荆棘，何處覓蠶桑布帛。不讀齊民要術，勸農總乏策。成熟實地重民生，但見催科促徭役。流離失所人千百。祇除了、鄭俠誰相惜。早知槃槃才富，素薄視、長槍大戟。墾殖滇邊，指顧功成，舞蹈歌拍。冀後日、鑄蠡金多，傳樂土初闢。以上録自《雲南大學詩選》

王存幹

王存幹，民國時雲南大學學生。

阮郎歸 秋閨

連天蕢草雁聲稀。荻花隨浪飛。蕭林殘月一雕嘶。緑窗腸斷時。衾懶近，蘢慵衣。託腮低翠眉。燈花殘泪共相摧。此情君不知。以上録自《雲南大學詩選》

趙炳金

趙炳金，字炳金，洱源人。

憶江南 翠湖

翠湖好，堤上柳毿毿。夜月初升千樹白，夕陽收盡一湖藍。閒步小橋南。

其二

翠湖好，風景勝揚州。水月軒前馳驥走，海心亭畔看魚游。一夜一來游。

其三

翠湖好，花草何蒙茸。百蝶穿堤追柳絮，雙鳧出水戲芙蓉。月下故人逢。以上録自《雲南大學詩選》

趙禮興

趙禮興，字起哉，廣南人。東陸大學畢業。

西江月 咏滇史

戰國莊蹻渺矣，六朝兩爨分王。王讀如字。烟波一片鬱蒼蒼。千古江山無恙。　六詔匆匆割據，元明始列藩疆。閒將人物細平章。超矣二三和尚。滇多高僧，如擔當、湛福、蒼雪、續亮、諸人思白皆浮屠之雋雄也。

一剪梅 陳圓圓梳妝臺，臺在滇昆明北城外里許，蓋亂冢荒烟，不可復識矣

一片荒凉晚照斜。當日香車，付與殘霞。興亡一半繫嬌娃。兩字圓圓，猶沁人牙。　月

冷滇山不見家。碧化莲花。相傳圓圓死蓮花池。血化寒鴉。早知紅粉屬黃沙。不教胡笳。吹遍中華。以上録自《建國學術》第二期

醜奴兒 雨意

深閨一夜瀟瀟雨，夢冷魂輕。無限邊情。濕透驃姚萬里營。風雷一震山河碎，急馬鞭兵。暗渡陰平。窗下有人側耳聽。

河傳 聽雨

昔年聽雨桂香樓，寒墮燈花蕭散。滄海半生，斷續琵琶羌管。楚魂輕，鄉夢短。相如酒肆王孫飯。劍影詩魂，引作傷心伴。豪興未消，消在蒲團深院。佛一聲，烟一篆。

南鄉子 秋初郊外紀實　贈青年男女抗戰五周年作

幽默暑凉天。水静山空又一年。兒女紛紛談戀愛，田邊。情到深時不避嫌。遍地起烽烟。收復河山在眼前。莫讓旁人先汝去，着鞭。老大傷悲已枉然。

如夢令悲秋

客邸寒飆初遠，蕭瑟雲山遠綴。美景易拋人，□□□□□驟。清瘦。清瘦。又是傷心時候。

滿江紅從軍別

黯淡風光，同携手、無言脉脉。從今後、幾回腸斷，陌頭柳色。杜宇聲中留不住，□歌江上遠行客。衹一聲珍重泪如絲，關山黑。　烽火緊，羽書迫。辭錦帳，趨窮北。爲國家，辜負深閨月白。幽夢不須千里外。將軍自有平戎策。待歸來、杯酒叙寒暄，調琴瑟。

以上録自《建國學術》第五期

水龍吟世間學以孔子爲極致，無古無今，未可移易者也。出世學以佛爲總稱，廣大精深，包羅一切者也。素研持論如此，今填詞以明斯義

君看大地奚如，我看大地微塵耳。古來多少，興衰成敗，匆匆如此。學術是非，紛紛争執，剎那人世。算惟有周孔，倡仁説義，千古高山仰止。　雖然美則美矣。曾未聞、佛教深旨。希天希聖，總難逃出，輪迴之理。假令當年，靈山會上，參入夫子。必喟然嘆曰，而今而後，知生知死。以上録自《雲南大學詩選》

沁園春《飛機歸省圖》爲向耕博士作

歸自金陵，愛日之堂，近海心亭。又鄭觀鄉校，陝携漢瓦，蜀問玄經，露白他鄉。月明今夜，一片雲開，萬里青自天降。好乘風展翼，飛渡南溟。名賢自古真誠。况純孝家風有典型。聞吾師宦浙，秋風陟屺，一朝命駕，馳騁臨屏。孺慕終身，古來有幾，瑞感交枝庭樹青。金樽壽，憶南洲道上，風露泠泠。以上録自《（民國）石屏縣志》

河傳呈吾師印公閣揆

吾師昔在天之南，一舉河山變色。滄海鬚眉，儀表中州上國，舊將軍、文章伯。師今歸自玉門驛。策勵群英，壯我炎黄魄。桃李花開，開遍大江南北。節孝忠、身作則。師任陝西省長時，督軍團稱亂，誓死不屈，節也；居母太夫人喪，廬墓三年，孝也；苦心謀國，老而不衰，忠也。生平大節足矜式焉。

滿江紅呈業師印泉先生

一卧滄江，聲名重、三吴百粤。憶當日、滇南舉義，關西抗節。剩有鬚眉河嶽氣，依然襟抱江天闊。更門前、桃李年年開，滿春色。出關塞，尊上客。王霸略，中興策。駕飛車，攬遍天山南北。大義完成忠與孝，神州未復誰之責。願吾師、聳起鐵肩頭，壯炎魄。《滿江紅》《河

傳》二闋調异而詞意同，蓋先後改作者。以上録自《永昌府文徵》

李寶鍹

李寶鍹，大理賓川人。早年畢業於東陸大學。與尹月娟合著《白霞詩詞鈔》，參與校注《鷄足山志》，晚年著有《白霞詩文選集》。

河　傳

新月。無意。上梧桐。冷露濕花嬌濃。茜紗窗摇燭影紅。惺忪。疏簾不禁風。惻惻夜寒侵翠袖。吟魂瘦。爐火消香獸。立秋階。自徘徊。疑猜。個儂來不來。

長相思

朝也憂。暮也憂。情似湘江碧水流。風侵蓬鬢秋。山悠悠。水悠悠。露冷風清月如鈎。前塵謝夢游。

釵頭鳳 某夜與竹影共話濁世，恨無桃源，時月昏闇，因有感焉

蟾宫兔。南柯寤。慢割愁芒雲深處。春去了。聞啼鳥。從來人事，離多會少。惱。惱。惱。

惱。 寒光素。夕陽渡。清溪悠悠桃源路。蜂聲噪。蝶紛鬧。漁樵江渚，輕烟籠罩。妙。妙。妙。

高陽臺 題外祖毅勇將軍遺相

鼓偃沙場，旌收塞外，遥想當年英風。鐵馬金戈，博得一世倥偬。百戰雄威輝寰宇，論勛名、不讓子龍。嘆今朝，聲沉柳營，泪灑江楓。 從來名將陣前死，幸南極星隕，壽比郭公。厥範堪思，猶存雁翎雕弓。豐功偉業俱塵土，好丹青、空傳音容。最可憐，富貴無常，成敗皆空。

憶江南

無限惱，悄把碧窗開。一行飛雁横空去，幾朵疏雲出岫來。人對月徘徊。

滿庭芳 咏菊

乍起西風，黄花吹地，佳節已近重陽。閒行三徑，籬畔擷秋芳。寂寞彭澤舊館，不憂貧、雅性疏狂。分離後，簾卷人瘦，幾度閱滄桑。 心盟。懷故友，淵明酒興，子美詩腸。月照清秋夜，兩鬢蒼蒼。醉寫寒英秀色，摛蘭藻、蘊藉奚囊。開偏晚，香莖素葉，勁節傲冰霜。

點絳唇 新婚贈竹影

寶鴨焚香，嬌藏金屋温如玉。霓裳一曲。裊裊聲斷續。　細語嬌嗔，共坐紗窗緑。含情目。柔媚絶俗。最是靚妝束。

虞美人 與竹影合影，題像

朱顔愁向鏡中老。留個影兒好。畫裏鶼鶼笑相傍。借問多情誰似、錦鴛鴦。　他年玉樹争相看。共羨齊眉案。最難福慧是雙修。博得愛天情海、話風流。

鷓鴣天

無那閒愁上眉梢。吟魂一縷不禁銷。非關雅興憎榮禄，五斗淵明豈折腰。　輕將相，老漁樵。古今誰似嚴陵高。浮生得失原虚幻，泡影曇花瞬息消。

芳草渡

珠簾卷，羅衣單。疏星隱，晚風寒。欄杆倚遍漏聲殘。思往事，添惆悵，泪偷彈。　别離後。腰肢瘦。減了湘裙幾皺。情繾綣，夢闌珊。春如舊。燕歸久。人未還。

河傳 秋江

風小。烟裊。秋江初曉。雲蕩輕寒。荻花楓葉點青山。遠看。碧空飛雁還。乘潮載酒孤帆送。風流夢。已近桃源洞。攀薜蘿。山之阿。牽落。芙蓉漾綠波。

巫山一段雲

山色横朝翠，湖波蕩漪紋。微風無意度行雲。岸蕪約秋萍。樵子循幽徑。野鷗識舊盟。瀟然世外不知貧。心月共清澄。

搗練子 題卧姿美人像

眼兒媚，臉兒嬌。綉幃香暖醉春宵。鴛枕索將玉臂代，更宜輕擁小纖腰。

阮郎歸

勞來送往屈平悲。拯時策良規。漁歌對月盡情吹。知音却是誰。蒓羹美，鱸魚肥。蘭槳擊浪歸。殘英三徑襯斜暉。鎮日掩柴扉。

憶江南十二月十五日聞首都失陷，調以志感

江南恨，風景异當年。玄武門前壘戰骨，雨花臺畔漫毒烟。國魂賴血湔。

其二

金陵好，忍唱大江東。彈雨飄颺烏衣巷，戰雲瀰漫紫金峰。何處是明宫。

一剪梅

余幼多疾，弱於步履，提携以行者，萃姊之力多焉。戊寅歸省，余將卅齡而萃姊則孀居廿餘年矣。慨逝者之如斯，欽柏舟之志節，爰調《一剪梅》，咏梅以贈。

玉質冰肌疏影妍。詩興未闌。雪意猶慳。瑰魂一縷性如檀。韵自娟娟。骨自姍姍。勁節霜姿擅吟壇。香艷宫鬟。魄艷孤山。前身合是羅浮仙。花籠輕烟。月籠輕寒。

連理枝

銀燭光兒皎。玉漏聲兒小。綺夢多情，偏入羅幕，那堪縈繞。方澄心酣卧、伴香衾，不覺鷄擢曉。　怕聽枝頭鳥。怕看相思草。流水人生，春花秋月，往事多少。嘆滄海幾度、化桑田，怎教人不老。

前調 咏賓居仁慈廟之連理木

枝葉争相并。雲影常相蔭。戲水情鴛，填海精衛，輸君風韵。共温清年年、傍野亭，料心盟早訂。朝雨洗緑净。夕月斜枝映。名士風流，詩羡連理，樂天曾咏。願天荒不逾、此情堅，與雙木同慶。

踏莎行 送楊團長出征

家國將殘，山河易表。焉支踏破金陵擾。餞君千里請長纓，祖生起舞聞鷄曉。征驥長嘶，龍淵怒嘯。平虜壯志猶堪紹。共揮鐵血洗神州，黄龍痛飲醉三島。

長相思 聞武漢失陷

金陵空。洞庭空。千里艨艟萬劫從。荆楚烟幕中。帶月鐘。報曉鐘。難惕倭酋蓬島東。血流满江紅。

前調 漁父

蘋葉風。藕花風。玉笛吹徹舞吟龍。江楓隔岸紅。是漁翁。是醉翁。淡月疏星照霜篷。浪花起伏中。

鵲橋仙

姮娥帶醉，霓裳起舞。飛舄凌空迴步。迎風娉婷月明中，白霞迷了雲漢路。　情天不老，良宵休負。願向人間永住。金屋换却蕊珠宫，效鴛侶、朝朝暮暮。

櫻桃露 即《南歌子》

寧取櫻桃露，不需玉乳精。芳液帶蘭馨。丁香憐半吐，笑含情。

瀟湘夜雨 咏竹

纖月留痕，輕紗繪影，小樓誰弄瓊簫。落霞飛度拂雲梢。傾玉斝、七賢共醉，灑血泪、二后聯標。魂斷處，瀟湘夜雨，曾舞吟蛟。　黄昏伫客倚窗，浥露庭院瀟瀟。裁簡分題候，尤擅推敲。吹不盡、幽香滿座，看將來、流翠凌霄。傳語那，畫師個個，着意補疏條。以上録自《白霞詩詞鈔》

鍾廷模

鍾廷模(一九二三—一九五一),綏江人。

清平樂 成癮轎夫自問語

烟館何處。可有新烟煮。我怕抓烟如怕虎。烟仍照抽不誤。　今天抬轎遠行。多加一盒備吞。倘若少吞一口,便如丟失魂靈。

菩薩蠻 烟農與團丁

烟花成實烟農泣。烟鰲强索團丁逼。其始亂扳槍。繼而呵欠連。　種烟非犯罪。也要行些賄。怎可謂吾凶。烟燈一盞紅。以上録自《綏江文史資料選輯》

肖星微

肖星微,綏江人。

鷓鴣天 案:此詞作於一九四四年。

十載飄零一卷書。幾番風雨上成都。一鞭清影三山路,萬斛愁心半客途。　嗟蜀道,念

鄉間。山亭柳翠草蕪蕪。子規靜斷斜陽外，不意人間有曠夫。以上録自《綏江文史資料選輯》

肖志麟

肖志麟，綏江人。

鷓鴣天 案：此詞作於一九四四年。

家計蕭條廢讀書。幾番落魄在成都。凄風苦雨千重路，隻影孤身萬里途。依手足，弃鄉間。枯樹殘花又蕪蕪。被履饗飧猶仰給，愧爲人父作人夫。以上録自《綏江文史資料選輯》

吴 穎

吴穎，綏江人。

鷓鴣天 天涯漂泊，於今十年，慈竹既摧，雁行亦折，觸目家園，渺然愁思

棠棣慈雲繼永違。就中酸楚有誰知。已傾十載思親泪，又聽三秋斷雁悲。情渺渺，意痴痴。鶺鴒急難待伊誰。尚餘口澤杯棬在，舊恨新愁未忍思。

其二

志氣縱橫萬里行。游踪旅迹遍江汀。十年漂泊天涯味，一片哀思孺慕情。悲寂寞，感伶仃。梨花細雨又清明。傷心不忍登丘壟，芳草年年不斷青。

其三

草映斜陽百慮侵。荒原莽莽獨登臨。徘徊新冢風盈袖，愁睹陳根涕滿襟。悲折翼，倍傷心。安寧何處覓知音。池塘春草饒佳句，抱恨平天幾許深。

其四

放眼河山風景殊。男兒期不負頭顱。寄身天地心猶壯，回首家園泪已枯。愁易結，恨難除。凄然觸景渺愁予。里閭蕭瑟頻增感，桑梓凋零又幾株。案：以上作於一九四四年十二月。

以上録自《綏江文史資料選輯》

高氏

高氏，平章段功妻。元朝人。

風卷殘雲自度曲，寄段平章

風卷殘雲，九霄冉冉逐。龍池無偶，水雲一片緑。寂寞倚屏幃，春雨紛紛促。蜀錦半開，鴛鴦獨宿。好語我將軍，衹恐樂極生悲，冤鬼哭。以上録自《滇詞叢録》

阿　蓋

阿蓋，元梁王女，適平章段功。

金指環

將星挺生扶寶闕。寶闕金枝接玉葉。靈暉徹南北東西，皓皓中天光映月。玉文金印大如斗。猶唐貴主結配偶。父王永壽同碧鷄，豪杰長作擎天手。以上録自《滇詞叢録二集》

劉存存

劉存存，建水州牧武功劉僖女。普沙之亂，城陷，闔門二十七口自縊死，存存年十六，亦及於難，舊志存詞一首。

西江月 有感沙事

潑眼楊花處處，出群沙燕紛紛。山南山北正氤氳。直待何時方定。一枕朝來風雨，幾篇昨暮詩文。猩紅鴨緑不須云。且對菱花自鏡。以上録自《續滇詞叢録》

趙爾秀

趙爾秀，劍川人。明户部員外郎炳龍孫女，諸生符女，許字李報甲，未嫁夫歿。

瀟湘神 即景

湖水流。湖水流。蓼花蘋葉總成秋。隔岸珠簾閒不卷，細風吹雨入窗樓。

點絳唇

剗地西風，亂吹落葉連階擁。天寒雲凍。殘菊秋如夢。曲曲迴廊，倚遍雕闌空。簫誰弄。幾聲哀送。臺無歸鳳。以上録自《滇詞叢録》

顧蘭湄

顧蘭湄，儒童王玉麟室。

麥秀兩岐

賢宰黎陽牧。襲召政成速。稻雲黄，桑雨緑。衣食民皆足。富而興教英才育。九峰書屋。　誰嗣輿情屬。奉詔修文促。男輟耕，女停柚。總爲賢侯哭。膠庠籲詞陳衷曲。祀侯多福。以上録自《遺愛吟》

錢　瑗

錢瑗，字玉爰，昆明人，寄籍宛平。錢符祚女，工部主事武進蘇壽鼎妻。清同治以前在世。著有《小玲瓏詞舫》。

虞美人　素心蘭

此花淡極天然瘦。香被風兒透。任他蝴蝶最情痴。幾度飛飛不敢、上新枝。　冰姿不媚時人眼。祇許姮娥看。素心一點不知愁。却與清風明月、兩忘憂。

前調 水仙　代妹氏作

湘靈解佩淩波去。那是留春住。替他歡喜替他愁。也并梅花一處、夢羅浮。　天生修潔天生冷。小坐明妝靚。十分香孕碧琉璃。除却窗兒外月、没人知。

前調 虔南榴花三月已開，因拈此解

清明纔過春方半。忽見榴花瓣。開遲開早總關心。最是嶺南天氣、易陰晴。　枝頭點點猩紅吐。景物疑端午。一樽且復醉花前。未卜明年花又、是誰憐。

清平樂 春日無聊偶拈此解

柳舒花展。着意東風軟。忽地飛來紅一片。天遠何如人遠。　乍寒乍暖無憑。一宵幾遍陰晴。猜着天公情性，算他真個聰明。

卜算子 餞春

春本不關心，偏要留春住。見説明朝春欲歸，輾轉無情緒。　相約送春行，畢竟歸何處。祇有花間蝶最痴，攔住春歸路。

水龍吟 秋萍

鏡波曉啓菱花，怪秋顔一般憔悴。浮踪應笑，天涯倦鳥，飄零何意。弱絮重生，無根獨活，欲飛難起。偶因風摇曳，圓浮點點，慣惹得、輕紅綴。　不改纏綿情性，到秋來、依然春似。夕陽影裏，我偏憐惜，櫓痕揉碎。生傍芙蓉，耐他清冷，芳心未死。最無聊、倚遍池闌，唤不醒、閒鷗睡。

虞美人 春日無聊，戲集卦名，偶成一闋

困人天氣春偏麗。寶鼎烟痕細。偶隨蝴蝶繞花行。又恐鞋尖蹙損、落紅英。　柳眠三起臨風軟。怎把離情綰。幾回無語復沉吟。戲剥瓜仁排個、字心心。

菩薩蠻 咏玫瑰花

此花衹合簪雙鬢。妝成更比春人韵。仙露正含胎。悄從頭上開。　摘來憐并蒂。着手須防刺。深紫一重重。轉嫌香太濃。

一斛珠 梅魂

銀蟾耿耿。瀉來滿地橫斜影。香風過處三更靜。倩女亭亭，衹在梅花頂。翠羽啁啾天欲暝。羅浮夢到春時醒。一雙仙蝶都無損。環佩珊珊，應爲來遲冷。

前調 柳意

怎生抛得。絲絲化作離愁色。含情偷向樓頭立。多少春烟，衹許閨人織。記畫雙蛾纔幾日。東風做了天涯客。小蠻睡起渾無力。漸近清明，又怕花飛雪。

前調 草痕

燒痕雨潤。離離碧愛池塘嫩。踏青人遠芳踪冷。粉蝶飛飛，不離鞋尖影。燕子銜將花片襯。重裀鋪出裙腰褪。香車過後春無損。欲剗愁苗，怎奈愁根穩。

前調 苔暈

微微碧逗。鋪來滿地渾如綉。衹愁步滑金釵溜。雨後晴初，鳳舃都冰透。三月春陰輕護覆。圓蟾也被風吹皺。看來略比烟痕厚。緑到墻根，上有蝸涎瘦。

虞美人題《鋤月種梅圖》

姮娥捧出山河秀。試看栽花手。東風吹起一枝開。全賴花神着意、護花胎。　香非在蕊獨猶非萼。案：此句疑衍字。骨裏香清澈。羡他仙蝶怎生修。修得生生世世、傍花游。

蘇幕遮詠蠶

亂紅飛，新緑透。乍暖還寒，剛值清明後。碎剪柔桑嫌葉瘦。三起三眠，恰似當風柳。　喚村姑，携少婦。爲飼新蠶，幾度停針綉。看爾絲絲皆入扣。生性纏綿，到死仍依舊。

蝶戀花影

伴我一生胡太苦。到處相隨，抵死終無語。忽地臨池偷自覷。又教明月輕扶住。　萬種閒情痴莫訴。每到天陰，便爾抛儂去。儂未生時卿在否。不知卿更居何處。

鳳凰臺上憶吹簫題黄韵珊孝廉樂府五種

修月簾櫳，織雲庭榭，最宜琴語纏綿。爲愛拈紅豆，瘦了三年。病酒傷春情緒，都付與、急管絲弦。消魂處，夕陽無限，衹在愁邊。　誰憐。拍中换拍，千萬折柔腸，欲斷還連。算一番花放，一度離天。唱到青青柳色，催夢去、夢也難圓。歌筵畔，拚將此身，化作啼鵑。

賣花聲葬花

花事盡殘春。春也憐人。飄茵墮溷總前因。直到爲泥猶有艷，留作愁根。埋玉喚真真。願化香雲。一杯澆泪奠芳魂。佳麗從來無壽相，莫怨花神。

前調題韵香女冠畫蘭，和璞含韵

濃淡總傳神。疑幻疑真。衹嫌花氣太撩人。春在指尖尖上透，一兩三分。切莫種蘭因。怕是愁根。空山聽雨耐黄昏。待寫同心終不肯，打破烏盆。

荔枝香近本意

踏破紅塵來也，飛一騎。任他蜀道登天，先把釵懸起。韓偓有『翠釵先取一枝懸』。佳名試問君謨，何樹成連理。堪笑、带着些兒舊酸味。香拂拂，惹小婢、窺簾底。便與分甘，擎出最憐纖指。吹脱紅綃，十八娘看玉肌膩。冷愛瓊漿冰齒。

一叢花題《玉蘭連理館圖》

輕陰漠漠養花時。花氣暖薰衣。幾多醞釀成連理，仗東君、着意扶持。兩小無猜，一生愛好，應不解相思。　娉婷兒女最情痴。偏惜玉交枝。鏡中照出人雙影，問比肩、可似瓊姿。生本同根，開還并蒂，此地駐春暉。

菩薩蠻題《送君南浦圖》

重重叠叠春江水。江波又送人千里。遥碧最傷心。暮雲深復深。　舵樓高不見。舵尾桃花片。兩槳縠紋生。衹嫌來去輕。

點絳唇舟次

懶畫雙蛾，雲鬟照水偏還整。緑楊倒映。波蕩人兒影。　細雨連宵，花意嫌春冷。非關病。離愁難醒。夢也渾無定。

解語花七夕

雲痕淡淡，月影微微，風在梧桐杪。倚欄人悄。把團扇、細撲流螢多少。臨波偷照。却又怕、瞑鴛鷺覺。看海棠、纔得秋來，又爲秋煩惱。靈鵲番番飛繞。向碧天萬里，仙橋駕好。雙星剛到。相逢處、應也宜悲宜笑。神仙不老。一任爾、凉宵易曉。衹素娥、拈着金針，懶乞天孫巧。

子夜歌 前題

人人都乞天孫巧。那知巧不如痴好。何苦要聰明。聰明愁易生。莫言離別久。別久情逾厚。微雨一絲絲。秋花可得知。

如夢令 秋熱如焚，夜不成寐，起而拈此，以滌煩襟

睡也何曾睡着。況值夢兒多惡。樹杪有微風，不肯翻人羅幕。衣薄。衣薄。汗雨如珠亂落。

其二

蟾影窺人簾罅。竹映紗窗如畫。膽小是天生，鳥語蟲聲都訝。燈炧。燈炧。慈母教儂休怕。

其三

聽到更更盡了。起視天星未曉。暑氣竟如焚，誰説秋宵最好。心禱。心禱。但願新涼早早。

虞美人 恭送三叔父大人北上，即以志別

斜風細雨清明近。柳色籠烟嫩。流螢也解替人愁。飛去飛來江上、屢回頭。　春山衹笑離人瘦。別味濃於酒。相看欲語泪先垂。珍重一聲從此、各天涯。

長相思 前題

聚匆匆。散匆匆。聚散無端西復東。離愁一樣同。　挂征篷。盼飛鴻。回首雲山千萬重。夢魂何處通。

鳳凰臺上憶吹簫 寄外

回憶當時，怕思今日，黛蛾偷畫窗前。算一春相聚，小住虔州剛剛一載。別了三年。多少離懷欲訴，腸萬折、欲斷還連。渾無語，閒情脉脉，小病懨懨。　堪憐。那知去後，魂繞遍關河，夢亦難圓。看隔簾明月，凄絶如烟。私向姮娥低問，金粟影、知落誰邊。凝眸望，泥金遠來，

雁足先傳。

玉交枝 聞外納姬，喜而拈此

意愔愔。柔絲一縷繫同心。繫同心。娥眉未識，爲爾沉吟。花枝顫處不勝簪。憐卿更比惜花深。惜花深。瑶琴慢撫，小立花陰。

清平樂 前題

名花解語。須倩東風護。着意承歡堂上處。卿可待儂稍補。雲痕山影重重。小樓明月玲瓏。江北江南兩地，新詞付與飛鴻。

滿庭芳 垂絲海棠

輕暖輕寒，微雲微月，彩旛低護重重。倚欄無語，蝴蝶上釵叢。綰就絲絲絡絡，亂愁攪、攙入東風。朦朧處，夜深睡去，暈得燭光融。　息息三二月，花如人瘦，人比花慵。看杜鵑，飛過都化啼紅。堪愛垂垂細影，綉簾外、別樣玲瓏。清明近，防他易損，春盡雨聲中。

離亭宴登高

獨自憑高瀟灑。遥望碧天如畫。四野籠烟烟擁樹，樹裏小橋横跨。風雨喜全無，且醉東籬花下。　何必臺登戲馬。人比遠山蘊藉。過了重陽秋易老，紅葉殘荷都謝。小婢折茱萸，猶插蘆簾茅舍。

虞美人題《盂蘭夢》院本

罡風吹落將圓月。秋冷珊瑚玦。上頭夫婿看分明。一死酬恩猶覺、此身輕。　清淮望斷波千折。怕過中元節。儻教天竟注長生。那得傷心泪雨、不成晴。

雙調南鄉子四月十五對月

月影上闌干。漫卷湘簾獨自看。隔樹玲瓏明似鏡，娟娟。照着離人分外圓。　春去在花先。天上人間兩渺然。無限悲歡無限事，年年。我不憐卿孰肯憐。

瑶華水仙

峭寒孕寂。每到花時，被春風先識。凌波去也，早減了、冷月三分顔色。羅幃對影，儘愁織、香芽寸許纔抽，漸出水亭亭，看已盈尺。今宵夢裏，應許我、細訴明明心迹。冰魂未醒，怎萼緑、偷傳消息。便肯教、仙子重來，簾痕淒碧。試問他、瓊蕊開殘，誰解隔年相憶。禁得幾番淪謫。

菩薩蠻晚夏即景

晚來幾點疏疏雨。通宵枕簟清如許。睡起摘珠蘭。緑雲堆一鬟。涼生新浴後。照水還憐瘦。風弄薄羅衣。轉嫌花影肥。

其二

槿花開後荷花老。梧桐又報秋來早。生小忒情多。却教人奈何。晴雲舒復展。隱隱雷聲碾。蟬噪緑陰中。夕陽天半紅。

其三

女兒情性天生就。將人心事常猜透。折福是聰明。有才先避名。旗敲深院静。茶瀹清泉冷。更剖緑沉瓜。卷簾招月華。

踏莎行冬夜與妹氏圍爐小酌，偶成一闋

雪意催寒，爐痕送暖。燭花圍處簾兒軟。尖風力薄未成冰，宵深莫炙雙鸜眼。　倦倚薰籠，濃添酒盞。胭脂紅暈梨渦淺。窺人月忽上窗來，來時自有梅花管。

雙調江城子立春

葭灰飛琯小庭中。酒融融。餞殘冬。笑問年華、底事恁匆匆。剪采釵頭還對鏡，春又到，盼東風。　梅花釀雪綻猩紅。影重重。隔簾櫳。新柳將舒、嫩色似眉峰。祇有高樓今夜月，千萬里，一般同。

百字令和外元韵

離情珍重，勸東風莫怨，歸期輕誤。若把心心同印證，相別渾如相聚。曲曲連環，絲絲香絡，贈有環盒等物。勾起愁千縷。樓高懶上，倚欄惟弄緗素。　堪羡文字因緣，名山華國，添了新詞賦。寄示成均課藝。屈指春衣重染緑，一紙紅箋飛度。月畫初三，花簪第一，低咏霓裳句。紫泥端正，愧儂偏愛荆布。

點絳唇舟行和璞含弟韵

嶺樹如簪，雲衣亂裹斜還整。山明水映。照見雙鬟影。　何處梅花，風過吹香冷。懨懨病。離人酒醒。摇夢波無定。

燭影摇紅并頭蓮恭和大人元韵

花也人耶，姮娥作意偷窺汝。前身應住有情天，情極心良苦。怕損雙雙眉嫵。顧新秋、暫停風雨。紅衣零亂，翠蓋離披，依然楚楚。　誰是同心，同心衹合花爲侣。一番歡喜一番愁，總待花償補。花下吟聲如訴。更休猜、喁喁私語。花開昨夜，花謝今朝，寸腸幾許。

淡黄柳敬和大人寫柳用石帚韵

纖痕悄織。摇曳芳春陌。待欲登樓情惻惻。隔斷簾兒瘦影，衹爲離懷怕依識。　片雲寂。陰晴做寒食。賣花賣到誰宅。鬥雙蛾、久已春無色。遠岸長堤，曉風殘月，一任絲絲弄碧。

子夜歌題嚴問樵太史《亡姬背面圖》

一生衹愛愁滋味。愁顔又恐傷郎意。莫更喚真真。有誰留住春。　回頭登彼岸。凡骨從今换。提起畫雙蛾。猶嫌色相多。

錦纏道題《斜倚薰籠坐到明圖》

細數更籌，寂寂晚風吹牖。把雙蛾、幾番吹縐。香篝輕倚憐腰瘦。瑞腦能温，那有些温透。　看纖纖月明，冷梅微逗。問同心、衹花爲友。怪夜長、争似三春，怕夢魂顛倒，且與花相守。

一剪梅前題

一斛真珠賜不來。縱使花開。莫把門開。薰籠獨倚自徘徊。觸起情懷。冷似冰懷。　春去何方唤不回。天也難猜。月也難猜。一更更鼓生挨。香也成灰。心也成灰。

踏莎行蓮卿女校書，無計挽留，詞以寵行，并下轉語

水月空圓，烟雲難聚。偷拈紅豆輕輕數。秋光從未識相思，相思衹在秋深處。　弱草含

情，名花解語。幽香忽被西風妒。荷衣零落太堪憐，而今纔識蓮心苦。落落辰星，蕭蕭冷露。愛花轉被因循誤。怪他空自藕絲長，幾曾牽得秋荷住。

其二

但有長離，從無久聚。此間不是栽花處。囑花切莫再生根，願花早化曇紅去。

法曲獻仙音題管夫人大士畫像，敬次大人元韵

着墨勾衣，吮毫添頰，腕應香留千古。竹裏行吟，月中窺影，愁心問伊知否。豎一指、談禪也，天花墮落如絮。恨難數。更誰憐、夢痕醒後，多少事、贏得幾聲才女。莫再種情根，願來生、重轉西土。滿眼青蓮，是鷗波、人共游處。悔身無雙翼，去傍聽經鸚鵡。

長亭怨慢代大人題《帝女花》院本

問何事、興亡重譜。爲惜瓊花，慘遭風雨。幾點殘山，待誰來畫舊眉嫵。杜鵑啼苦。家國恨、從頭數。缺陷總難償，合付與、傷心人補。三五。算華年草草，强向亂離中度。金經綉佛，夢不到、舊時宫樹。倩絮影替寫愁痕，又生怕、斜陽無主。祇一縷情絲，還被犀簾勾住。

減蘭題《茉麗釵圖》

晚涼風細。釵股平分簪茉麗。花影垂垂。替掠烟鬟未整絲。　輕綃雪色。扇手摇摇同一白。碎月篩廊。碧玉搔頭暗遞香。

重疊金元旦

報春巧鳥聲聲起。春光悄漏芳園裏。嫩柳一絲抽。黛痕誰與修。　梅花新釀酒。笑祝椿萱壽。弟妹喜隨肩。題詩儂獨先。

蝶戀花蓮卿纔適商人，忽被見棄，偶拈此解，聊以代言

身似浮萍無着處。纔傍溪邊，又被風吹去。輪謫幾番因媚嫵。樓高那得留春住。　紈扇承恩情萬縷。小字蓮花，心比蓮花苦。一卷金經私懺度。蒲團綉佛從今悟。

小庭花爲璞含弟題《美女簪花圖》

第一人簪第一花。花枝扶影上雙丫。年華端正愛韶華。　手綰緑雲開寶鏡，身圍紅杏艷宮紗。與郎分插帽檐斜。

蝶戀花冬夜寄書，復拈此闋

鎮日昏昏渾似夢。夜半修書，不管天寒凍。兜底閒情心上湧。寫來紙角都無縫。落盡梧桐梅又送。雁杳魚沉，此意憑誰懂。屢被鵲聲相侮弄。燈花也把人兒哄。

醉花陰題《春雨種花圖》

烘桃熨柳春方好。春好還愁老。時節近清明，雨雨風風，衹有花知道。一雙蝴蝶隨花繞。紅已枝頭鬧。行遍小庭中，待展花鋤，又報花開了。

百字令前題

萬花如海，問春光、畢竟來從何處。數到番風剛廿四，怪道鶯飛燕舞。戴笠巡行，携鋤小立，衣上濛濛霧。筠籃采采，一犁鬆到香土。又是乍暖還寒，陰陰天氣，正好將花護。見說上林紛似錦，中有千門萬户。不假清泉，還澆濁酒，宛欲招花語。晚陽晴未，卷簾人坐紅雨。

清平樂 夏日即景

炎風吹墮。花影穿簾過。滿院驕陽無計躲。且向桐陰小坐。　不知何處蟬聲。一天碧樹無情。忽把眉痕低蹙，應嫌人太聰明。

減字木蘭花 前題

羅衣瀟灑。寶髻慵梳纔欲罷。一陣風來。茉麗釵頭顫不休。　鳴鳩對語。道是朝還沒雨。偶譜新歌。瞥見晴雲喚奈何。以上録自《小玲瓏詞舫》

車碧鸞

車碧鸞，字夢鹿，昆明人，舉人張鴻博室。著有《倚竹軒詩草》。

浪淘沙 出塞

慘淡上飛車。懷抱琵琶。悲聲驚墮路旁花。西出陽關誰是故，泪灑江沙。　此際恨尤加。望斷烟霞。龍樓鳳閣帝王家。何事教儂涉遠塞，獨聽邊笳。

前調 吊項羽烏江

壯志尚沖沖。憤恨難終。一腔心血付東風。堪嘆虞姬能報主，自隕青銅。宵深玉帳空。野草花紅。旌旗遥蕩碧雲中。拔劍高歌還自笑，千古英雄。

前調 再吊項羽

簫聲動遠空。哀怨難終。八千子弟悔從戎。別却項王歸故國，血泪流紅。旌旗滿道中。愁殺英雄。烏江水冷起悲風。到此倩誰同禦敵，美妾花驄。

前調 吊楊妃

腸斷蕊珠宫。雲鬢蓬鬆。翠華難見信難通。回望馬嵬山下路，烟霧迷濛。愁付五更風。默憶聖聰。昭陽殿裏錦衾空。七夕盟言今負約，各在西東。以上録自《倚竹軒詩草》

王　湜

王湜，字沚清，昆明人。肄業於省立女子師範學校。民國十一年（一九二二）卒，年二十五。有《綺清詩文集》。

浣溪沙 清明

細柳烟輕雨乍晴。愁人天氣是清明。墓前宰木不勝情。　錢楮灰飛蝴蝶影，冬青叢剩杜鵑鳴。誰家少婦起哀聲。

虞美人 送素貞妹

與君相聚惜分手。情緒縈千縷。匆匆將到别離時。衹恐他年花月、繫人思。　無情最是東流水。相送人千里。陽關曲譜不堪聞。况復西風鴻雁、感離群。

西江月 秋興

落葉隨風亂舞，孤鴻天際翺翔。空庭寂寞助凄凉。着意添人惆悵。　窗下坐觀素月，開樽且醉他鄉。饒儂幽夢逐更長。夢繞黄花無恙。

前調 山中歲暮

葉落秃枝形慘，寒鴉幾點飛翔。空山寂静下斜陽。着意教人惆悵。　晚節群芳摧滅，長松林内修藏。東風添起客悲傷。怕是寒山凄狀。

憶江南四時幽居即景

山村好，楊柳乍舒青。桃花紅嬌依嫩葉，緑陰疏處聽啼鶯。游賞及時新。

其二

山村好，小閣數間寬。曲沼荷香清十里，夜窗竹影上千竿。新葛稱輕紈。

其三

山村好，秋氣入幽居。籬畔菊花香對酒，樓頭皓月坐觀書。風急雁來初。

其四

山村好，集霰景偏佳。松徑風寒堆白玉，紙窗夢冷綻梅花。掃雪煮新茶。以上録自《箇舊縣志》，據《箇舊縣修志材料》校補。

施韻琴

施韻琴，字蓮卿，雲南人。

賣花聲中秋

雲净碧天秋。玉宇清幽。一輪月色正當頭。記得昔年歡宴處，是那高樓。翠幕上銀

鈎。笑語相投。回思往事總如流。何處吹來花外笛，又動鄉愁。以上録自《花萼聯吟集》

尹月娟

尹月娟，雲南思茅人。曾任賓川縣立女子高小校長。與李寶鎧合著《白霞詩詞鈔》。

釵頭鳳 咏柳絮

花正好。春先老。游絲無力隨風裊。鶯休喚。蝶休怨。穿簾粘幕，任伊繾綣。看。看。看。
紫燕佼。青梅小。閒飄香雪度池沼。烟如霰。月如練。英殘謝閣，魂飛漢苑。散。散。散。

武陵春 清明感懷於大王廟

如錦韶華虚度過，佳節又清明。蔓草荒烟襯野雲。曲徑净無塵。
閒凭石欄觀絮柳，銀浪濺羅裙。當此風光獨斷魂。幾曾忘伊人。

風入松 瑞泉寺觀瀑懷古

赤松一去渺無踪。仙徑白雲封。衹今荒寺留靈迹，飛泉濺、月挂青峰。幾度滄桑塵劫，山僧猶話玄宗。　斷碑殘碣儘塵蒙。字迹有無中。古今多少興亡恨，嘆浮名、成敗皆空。驀然驚回迷梦，依稀暮鼓晨鐘。

點絳唇 咏新妝美人

玉骨冰肌，不施膏澤天然俏。淺顰微惱。多媚偏如笑。　杏臉生春，更宜雙渦小。纖腰裊。錦襪光皎。綽約新妝好。

長相思

烟濛濛。月濛濛。花氣因風到房櫳。憨睡興方濃。　情融融。意融融。相見依稀記梦中。魂斷五更鐘。

醉東風 秋情

秋意侵簾幕。秋情何淡薄。鴻驕雁妒信難託，莫。莫。莫。紅減雙渦，翠鎖眉黛，療愁無藥。　雅興不如昨。懶踐鄰娃約。幾回尋梦梦無着，惡。惡。惡。窗外芭蕉，故驚風雨，把人蕭索。

步蟾宫中秋夕與諸女弟慶節校中感賦

良宵悶對嬌桃李。雅叙飛觴無意緒。圓蟾不忍照愁人，竟躲向白雲影裏。　萍踪斷梗偶相聚。眼底空憐無限意。明年此夕月重圓，應向碧窗懷舊雨。

生查子中秋

湘簾卷暮烟，風景儼如舊。耐可懷良儔，難展顰眉皺。　年年悲遠游，佳節蒼凉又。借問月中人，亦解相思否。

迎春樂新春

新更桃符春無限。拂翠幕、風如剪。任他姹紫嫣紅淺。我祇門兒掩。　莫道應將蛾眉展。奈何良辰難消遣。早誓柔情灰燼，又作春蠶繭。

長相思

花含烟。柳含烟。簾卷東風奈何天。春光怕獨看。　情綿綿。恨綿綿。無那相思梦裏刪。昏昏盡日眠。

添字采桑子子夜不寐

蛙聲驚覺離人梦，無限思量。無限思量。起剔蘭釭、重撿舊詩囊。　多情明月知儂意，懶照紗窗。懶照紗窗。愁歛清光、逡巡過迴廊。

珍珠令新婚夕贈白霞

洞房寶鴨飄香靄。深深拜。此日喜結同心帶。不願郎封侯，願如鶼如鰜。　擬效鴻案齊眉黛。更相約、别離休再。斯愛。便地老天荒，誓須不懈。

浣溪紗春閨

淡蕩春風度疏櫺。花香人氣兩相凝。梦回鴛枕不勝情。　乳燕穿簾方效舞，梅萼將綻未成陰。薄羅衫子曉寒輕。

調笑令

深院。深院。静鎖春光一片。鳳簫聲斷雲屏。屏外風清月明。明月。明月。獨照梅花殘雪。

前　調

雙燕。雙燕。記得離梁曾見。黄昏帶月飛還。玉剪時拂柳烟。烟柳。烟柳。昔日青青在否。

點絳唇 咏芭蕉

緑映窗紗，清陰辟暑宜長夏。暮雨頻下。不管離人駡。　瀟颯傳聲，時共鳴蟲話。西風乍。翠葉低亞。半掩薔薇架。

清平樂 壽白霞

菡萏風暖。香送蓬萊苑。遥賦祝詞飛汗簡。聊佐瓊筵玉盞。　心香禱祝彼蒼。介君眉壽無疆。更願生生世世，永作同命鴛鴦。

惜分釵 霞誤歸，貽詩相慰，調此以答

悄庭院。風如霰。雕欄獨凭何曾慣。景幽幽。意悠悠。頻搦彩毫，欲賦悲秋。休。休。　歸來約。成虚諾。如此清霄又負却。掩珠簾。鎮無言。鸞箋詩句，怎解愁

顏。難。難。

搗練子 聞砧

更寂寂，夜迢迢。何處寒砧斷續敲。驚醒愁人眠不得，起看斜月轉花梢。

鷓鴣天 夢中咏梅

茅檐殘雪壓瓊枝。暗香浮動蝶先知。竹籬自饒林泉趣，何必雕欄嚴護持。　烟淡淡，月遲遲。橫窗疏影美參差。羅浮占盡三春色，贏得幽人絕妙詞。

浪淘沙 咏葡萄

绿蔓覆雕欄。淡月輕烟。西風拂架驪珠圓。俯聽清吟垂曉露，葉底花間。　雅會趁凝鮮。纍纍冰盤。餘香留齒尚含酸。碧空今夜凉如水，驚雁鳴蟬。

一剪梅

卧聽檐鈴帶恨敲。不管人焦。一味喧囂。最無聊賴是今宵。愁也難抛。梦也難招。　蘭穗將殘不禁挑。蓮漏迢迢。被冷香消。凄凉鏡影暗形銷。蹙損眉梢。瘦損纖腰。

唐多令爲白霞賦

池草緑參差。池荷艷凝脂。暗銷魂、兩地相思。風物不殊人事改，渾不似、舊年時。　明日届佳期。咫尺難見伊。拂鸞箋、錦字欲題。回首怕經聯咏處，心如醉、泪沾衣。

巫山一段雲别意

别路隨春遠，離愁似酒濃。畫眉人去綉幃空。泪涴羅衾紅。　欲將幽怨託征鴻。蓬島信難通。不憐情顛倒，却怪梦惺忪。

高陽臺題壁姊遺相

碧海珠沉，黄粱梦醒，堪悲玉質烟銷。縱有丹青，難傳阿姊芳標。回思當日驚鴻影，柳如眉、素臉生嬌。嘆於今，魂斷春幃，佩泠江皋。　紅顔自古招天妒，算千秋薄命，豈獨二喬。碎墨零香，珍藏未忍輕抛。鸞箋欲寄相思字，奈蓬萊、雲路迢迢。最傷情，每對遺容，泪濕鮫綃。

東風第一枝 咏紅蓮

玉骨凝香，冰魂帶醉，濛濛隔浦烟雨。宛如洛水神妃，嫣然越溪舊侶。淩波遥立，垂緑裾、盈盈欲語。看湖水、吹縐還平，驚起撲漉雙羽。　風裊娜、清香遠度。花娉婷、朱英半吐。櫂歌宛轉聞聲，翠衣蹁躚善舞。相逢臨渚，似脉脉、暗傳心素。卓然有、君子高風，不愧濂溪雅賦。以上録自《白霞詩詞鈔》

鄧華光

鄧華光，雲南鹽興人，趙鶴清之女弟子。

長相思 聞友人談松鶴寺事，寄松泉師

松聲清。鶴聲清。萬古空山相對鳴。應知再世情。　想登臨。未登臨。千里迢迢一片心。何如念佛禽。以上録自《宣威松鶴寺文辭初編》

施莉俠

施莉俠（一九一一—一九九三），原名琴仙，又名咏霞，會澤人。曾留學於日本、法國、英國，獲法國巴黎大學博士學位，爲雲南省第一位女博士。留學歸國後受聘於雲南大學，中華人民共和國成立後任雲南文史研究館館員。詩詞多散佚。

減字木蘭花 应和肖石君原韵

輕涼薄恨。夢向滇南驚自問。愁帶顰生。一點鄉思共月明。　幾宵歸夢。愁量離思分外重。飄泊如斯。心似秋空祇自知。时客巴黎。

憶江南 送令儀姊東歸

君去也，底事恁匆匆。故國天涯從此遠，離懷欲寄倩郵風。相憶夢魂中。时客巴黎。

南鄉一剪梅

忘賦海棠詩。滯翠飄紅惹恨思。病起春殘花事了，心雨絲絲。暮雨絲絲。　獨自笑情痴。不惜珍珠惜硯池。夢似雲霞詩寫夢，描畫心姿。常畫心姿。

青玉案 一九四九年晚夏，南京玄武湖紀游

鍾山倦卧荷香蕩。蕩香槳、聲柔漾漾。曾苦金潮憂米浪。從軍名士，福民賢相。今世非無

望。且把塵囂葬。湖幽不聽金元漲。追月舟中作詩匠。遮恨垂楊如翠障。穿波明月，繞人清唱。自注：『金潮』指宋子文内閣，『米浪』指張群内閣。

河滿子 四九年榴花時節回滇，寄居雲大晚翠園澄農館中，與妹莉華相處不樂。時雖初夏，猶感春寒，細雨輕凉，因感

晚翠園中懷友，澄農館裏疏親。作客故鄉今似昔，榴花時節常顰。細雨詩痕裊裊，輕寒詞意紛紛。萬古才華引夢，三生慧業銷魂。鐵馬金戈花月惱，蒼山洱海傷神。舉世私争欲鬥，詩幽能净乾坤。

清平樂 四九年榴花時節回昆，晚秋與南京女弟子趙叔筠同居唐園，囑填詞紀誼，寫此相贈

榴花染夢。暫歇飄零痛。昔被鍾山明月哄。今有滇池同共。飄零君我相同。浮沉一樣詩衷。此刻唐園秋老，并肩默對芙蓉。以上録自《滇海求珠集》

補調飛龍宴 接友人來信，謂昆明舞風甚熾，適傷遇感時，索成此調

名心淡似雲，滇南夢覺，海棠猶嫵。四月臺灣，但將華鬢頻睹。壯志雄心作古。感飄零、落紅情緒。夢多樂少，年年依舊，素怨成絲縷。難譜。聽宧場風雨。愧安平無術，哀鴻如許。打打談談，看他華夏誰主。心與蒼生共苦。嘆歲歲、絮詩萍譜。伴儂爲侶。天涯又

聽昆明舞。

柳梢青

欲別臺灣。何年重至，迷戀江山。小病逢情，閒怨遭愛，未記春殘。中原烽火忘歡。羨此處、桃園净寰。珠色催詩，珊瑚養夢，韵事斑斑。以上録自《地方自治》一九四七年第一期

戚　氏

憶東航。櫻花三島競春妝。不覺萍飄，月光花色滿心裝。思量。水雲鄉。詩魂應去捉流光。新詩乏韵頻寫，况年華十四他鄉。夢月多事，吟花胡説，吟霧軟閉幽香。羨流雲自在，飛鳥悠漫，香霧參商。　漂泊一枕黄粱。虚行數國，痛聽東北亡。新亭泪、數年空灑，恨訴清霜。情茫茫。壯志起舞亂狂。熱血沸滿剛腸。法京作帥，探智英倫，豪夢吞盡流光。　倦説風流美，貪書壯歲，飛翠情鄉。收拾琴裝別友，暗蒼茫此去渡汪洋。祇愁久後重逢，鬢容解舊，贏得紅顔慟。故國情、愁老英雄夢。歸來後、烽火疆場。慚蟄居、倭敵猖狂。暗嗚咽、獨自祇神傷。染霜青鬢，飛塵素臉，未着戎裝。

千秋歲 余每覺倫敦郊外風景清美，遠勝巴黎，偶憶舊游，索成此調

浮生難譜。豪氣成愁緒。壯志逝，雄圖阻。故鄉忘史賦，异國迷歌舞。牽情夢，英倫舊事盈

心府。　歌袖花薰嫵。吟鬢香侵蠹。戀翠色，親幽渚。望秋芳草嫩，逢夏清波煦。銀樹靜，一彎新月吹簫侶。四月十四日。

醉花間 夢亡弟

今宵夢。昨宵夢。宵夢添哀痛。難却託孤情，愧我無微俸。　花都無怨恐。故國多愁慟。萍飄若未歸，猶作珊瑚夢。四月十五日。

千秋歲引 用王安石體

又病多情，孤心素削。一陣傷春入眉角。梅情俏深冷性傲，松懷秀薄微名縛。眼波清，鬢雲綠，忍漂泊。　雖是有郊環翠郭。雖是有家垂錦幕。衹愛深思夢雲壑。當年法京綺夢美，而今壯志成虛略。有詩衷，少歌謔，花間酌。

醉花間

休相夢。莫相夢。相夢春愁重。桃柳艷陽天，暗祝流年凍。　幽花蝴蝶弄。雅句詩人誦。孤心惜鬢華，貪做英雄夢。四月十五日。

霜天曉角

非貪春睡。無處尋芳翠。多少飄零佳話，薔薇夢、今猶醉。　他鄉思故地。鄉居無蝶翅。日日冷清孤館，他鄉比、故鄉媚。四月十五日。以上録自《旅行雜志》

無名氏

浪淘沙

宣統二年之夏，奉示修井，因正直無私，得罪小人，致令有勞無功，無有薪水之外，且爲之賠累。竊憶困厄多年，得遇一清官，未能報命，自愧爲何如也。

瀰沙乎瀰沙。爲我心嗟。十年虛度少年華。誰憶蒼蒼秋色裏，井有鳴蛙。　幸白玉無瑕。偶爾雲遮。孤忠一片付烟霞。修到功成先過補，且賦蒹葭。以上録自《劍川縣志采訪資料》

外編

劉秉忠

劉秉忠（一二一六—一二七四），初名侃，字仲晦，因從釋氏，又名子聰，拜官後始更名爲秉忠，自號藏春散人，河北邢臺人。元憲宗三年（一二五三），隨忽必烈征大理，四年，征雲南。至元元年（一二六四），拜光禄大夫，位太保，參領中書省事。四年，奉命築中都，建宗廟宫室。八年，奏建國號曰大元，以中都爲大都。至元十一年，卒於上都，贈太傅，封趙國公，謚文貞。成宗時，贈太師，謚文正。仁宗時，被追封爲常山王。著有《藏春集》六卷。

木蘭花慢

笑平生活計，渺浮海、一虚舟。任紫塞風沙，烏蠻瘴霧，即處林丘。天地幾番朝暮，問夕陽無語水東流。白首王家年少，夢魂正繞揚州。　鳳城歌舞酒家樓。肯管世間愁。奈麋鹿疏情，烟霞痼疾，難與同游。桃花爲春憔悴，念劉郎雙鬢也成秋。舊事十年夜雨，不堪重到心頭。

臨江仙

同是天涯流落客，君還先到襄城。雲南關險夢猶驚。曾記明月底，高枕遠江聲。　年去年來人漸老，不堪苦思功名。傾開懷抱酒多情。幾時同一醉，揮手謝公卿。

小重山

漠北雲南路九千。舊年鞍馬上、又新年。玉梅寂寞老江邊。東風軟、楊柳得春先。斜月照吟鞭。可人難似月、缺還圓。桃花流水杏花天。歡娱地、誰鬥酒樽前。

南鄉子

游子繞天涯。纔離鑾烟烟塞沙。歲歲年年寒食裏，無家。尚惜飄零看落花。閒客卧烟霞。應笑勞生鬢早華。驚破石泉槐火夢，啼鴉。掃地焚香自煮茶。以上録自《藏春集》卷五

姚燧

姚燧（一二三八——一三一三），字端甫，號牧庵，祖籍營州柳城，後遷居洛陽。初爲秦王府文學，後歷官翰林學士承旨、集賢大學士等。著有《牧庵集》。

滿江紅 送李景山使交趾

六詔江山，十年厭、拏舟還轍。但祇有、日南遐域，未嘗持節。八月秋風來朔漠，燕然已没鞍

鞲雪。料此時、銅柱瘴雲收，無炎熱。　　御尺一，行宜決。煩重爲，雕題説。道望元戚德，萬方臣妾。直以越裳聲聞阻，千金裝渠渠誰屑。要降王、明日共輶軒，來金闕。以上録自《牧庵集》卷三十六

花　倫

花倫，杭州人，明洪武朝進士。相傳年十八及第，曾謫戍雲南。

水仙子　題《楊太真畫圖》　案：此詞載於楊慎《辭品》，楊慎云：『花有辭藻，其後謫戍雲南，有題《楊太真畫圖》《水仙子》一闋云……其風致不減元人小山、甜齋輩。滇人傳唱，多訛其字，余爲訂之云。』

海棠風，梧桐月，荔枝塵。霓裳舞，翠盤嬌，綉嶺春。錦棚嬉，金釵信。香囊恨。痴三郎，泥太真。馬嵬坡，血污游魂。楊柳眉、侵鬟黛損。芙蓉面、零脂落粉。牡丹芽、剪草除根。以上録自《辭品》

周　瑛

周瑛（一四三〇—一五一八），字梁石，號翠渠，福建莆田人。明成化五年己丑（一四六九）科進士。歷官廣德州知州、南京禮部郎中、撫州知府、鎮遠知府、四川參政、右布政使等。著有《翠渠摘稿》《詞學筌蹄》。

臨江仙 林見素赴雲南憲副過鎮遠，贈予《臨江仙》《浪淘沙》二詞，依韵答之

滇海雲深逢老象，時於沙底埋牙。知君歸興入春賒。鳳山烟雨裏，數盡舊時花。　聞道天家收放逐，玉堂新草黄麻。仙源好去問靈槎。未應同老我，風雨漫思家。以上録自《翠渠摘稿》卷六

黄仲昭

黄仲昭（一四三五—一五〇八），名潛，以字行，號未軒，福建莆田人。明成化丙戌（一四六六）科進士，改翰林院庶吉士，授編修，後任湘潭知縣、江西提學僉事等。著有《八閩通志》《未軒文集》等。

憶舊游 送憲副汪從仁之任雲南詞并引

恭惟憲副寅長汪先生，簪纓世族，詩禮名家。孕婺源川岳之靈，薰紫陽道德之懿。才華卓冠，鮮葩絢爛耀詞林；經史博通，駭浪奔騰揚學海。早登名龍虎之榜，遂篚羽鵷鷺之班。玉節賦皇華，胸次炯三秋之浩月；綉衣司憲紀，臺端凛六月之寒威。驄馬循行於隴右，霜蹄暫蹶於滇南。奸雄雖喜幸於一時，公論旋喧騰於衆口。連膺薦剡，信三原大老之公明；荐陟華階，端一省群僚之軌範。惠澤方溥施於列郡，姓名已簡在於九

重。賜衣仍綉豸之華，博金綰黄金之重。福星一點，清光又移照於滇南；膏雨十分，餘潤尚均施於宇内。某等製彩爲詞，言賀紀别，伏希不鄙幸甚。

喜清和時節，梅釀微酸，榴吐新葩。祖席酒三行，把離情攪動，亂似楊花。憶著英年分陜，美譽赤城霞。看白璧堅貞，青蠅雖點，本自無瑕。　憫起佐西江，臬門吏弊民情，一一梳爬。九重思俊杰，撫滇南赤子，帝曰汝嘉。舊日夷民識面，重見喜無涯。待邊境又寧，歸朝還擬殿邦家。

感皇恩送陳大參德修陞雲南右方伯

恭惟寅長大方伯陳先生，世族英才，明時偉器。早擢第於南畿，遂看花於上苑。天曹拜命，衣冠萬國。入銓衡憲部，明刑囹圄，一時無冤滯，暫司武選，綽著賢聲。出守浙東，列郡仰龔黄之治績；參藩江右，一方沾召杜之仁恩。某幸同寮寀，久仰範模。入覲九重，方馳情於西江之烟草；遷官萬里，徒極目於南徼之雲山。肅綴荒詞，庸旌别意，伏希台照爲幸。

金榜早蜚英譽，兩京揚歷。劇郡分符聲赫奕。超佐薇垣，茂著旬宣嘉績。黎元沾惠愛，咸歡懌。　入覲王庭，遂遷岳牧。萬里滇南烟樹碧。西江父老，空想甘棠行迹。還期霖雨，遍沛寰域。

前调 送同寅羅象州遷雲南憲副

恭惟寅長憲副羅先生，毓秀錦江，蜚聲金榜。才華卓犖，筆陣獨掃千軍；德性淵冲，陂量足容萬頃。炳若龍泉出匣，翩然驥足空群。棘寺發硎，任錯節盤根，迎刃而解；皋臺縱步，歷危途折坂，如砥斯平。冰雪凛而官吏畏威，陽和敷而黎元懷惠。星軺分憲，棠陰將遍於西江；銓部掄才，薦剡遂騰於北闕。帝心簡在，寵命斯隆。載賡江右之公車，爰副滇南之憲節。身章明綉豸，依然柏府舊風霜；腰帶重黄金，又是楓宸新雨露。輿論稱愜，僚采增輝。此時萬里雲霄，方展摶風之健翮；他日九重臺閣，還攀御極之飛龍。某等幸資麗澤，遽忍遠違。嘝慚不腆，詞愧無文，伏祈情炤。

南浦祖筵開，驪歌將闋。彩鷁乘風江上發。便道鄉關，山水應增秀色。兩地相思處，共明月。　金紫輝煌，青驄蹀躞。萬里風雲隨玉節。冰霜滿面，散作陽春德澤。他年金鼎，還資調燮。以上録自《未軒文集》卷十二

邵　寶

邵寶（一四六〇——一五二七），字國賢，自號二泉，無錫人。明成化甲辰（一四八四）科進士，授許州知州，官至南京禮部尚書。著有《容春堂集》。

水調歌頭 送呂憲副之雲南

晴色豁雙眸，玉節向南游。乍離天上宫闕，聲名已到遐陬。試看平生名節，好似迎風寒露，冰在玉壺秋。萬世朝廷法度，一一請從頭。笑談裏，使化外，慕中州。皇仁隨處宣布，車騎肯淹留。民有銜冤茹苦，吏有甘刑黷貨，憑我使君籌。天子有明見，不日召諮諏。以上録自《容春堂别集》卷三

張　羽

張羽（一四六七—一五三六），字鳳舉，號東田，江蘇泰興人。弘治丙辰（一四九六）科進士，歷官淳安知縣、江西道監察御史、雲南巡撫、河南左布政使等。著有《東田遺稿》。

金菊對芙蓉 壽沐國公詞

今年冬十月廿三日，玉岡先生逢其初度者適三十年，而予萬里來滇，得稱觴致詞爲壽，亦一勝會也。顧聚合不可常，而玉岡仁静宜老壽，後三十年，予東西南北未可期也。而年年生日，縱令一歌此詞，公庶幾憮然興懷，猶如東田之在座耳。

黄綴庭槐，碧收營柳，朝來畫戟霜凝。更烟霏瑞腦，日麗雕甍。華階鶴舞南飛曲，降阿母、青

鳥低鳴。又何須用，金貂換酒，銀甲彈箏。　相共祝取長生。記當年此日，光岳鍾靈。喜干戈將印，不負韮英。舊家燕子歸來慣，見滇海、萬里波澄。群仙道是，人間元老，天上長庚。以上録自張羽《東田遺稿》

朱　衮

朱衮，字子文，永州衛人。生卒年不詳。明弘治壬戌（一五〇二）科進士，選庶吉士，遷監察御史，後任南禮部郎中，出補雲南參議，轉按察副使進參政。著有《白房集》，附詞，趙尊岳輯其詞入《明詞彙刊》。

滿庭芳 餞贈林少伯奉表朝賀樂章

南國春光，昆明花滿，薇垣化日初暉。赤鳳瞥見，文采故應稀。共説三山穴好，向文明、一一雄飛。朝天去，安排律吕，容與款金扉。　爐香含綬紫，東風梅外，新樣班衣。笑吴兒騎竹，誤喜君歸。灩灩武夷春酒，落君手、誰復相違。時艱在，巨川舟楫，仍恐挽來非。

醉蓬萊 餞贈周少伯奉表朝賀樂章

向金門何處，天近蓬萊，雲多五色。露重金莖，是朝元佳節。便倒公裳，檢書舊笏，顧問應堪説。山母含春，木公傲歲，何妨喋喋。　片語回天，功收自牖，天顔有喜，寵加三接。晝綉

回車，堂上頭仍黑。此際承顔，阿公惱否，舊業元清白。預舞碧鷄，更裝金馬，共迎方伯。以上録自《白房詞》

夏　言

夏言（一四八二—一五四八），字公謹，號桂洲，江西貴溪人。明正德十二年丁丑（一五一七）科進士。曾官太子太傅、武英殿大學士、内閣首輔。著有《夏桂洲先生文集》。

减字木蘭花 送陶御史欽夔按滇南

行行且止。驄馬人看真御史。勁翮凌空。一鶚秋横萬里風。　昆明池上。春日旌旗同大將。太華峰頭。醉後曾將翰墨留。以上録自《夏桂洲先生文集》卷七

楊　慎

楊慎（一四八八—一五五九），字用修，號升庵，四川新都人。内閣首輔楊廷和之子。明正德六年辛未（一五一一）科狀元，授翰林院修撰，嘉靖三年（一五二四），因涉『大禮議』案，謫戍雲南永昌衛。著有《升庵文集》《升庵長短句》《辭品》《南中集》《歷代史略十段錦詞話》《丹鉛總録》《陶情樂府》《雲南山川志》等。

臨江仙

紅塵鞍馬紅亭路，天涯一望無窮。長安日下楚雲東。鳴鞭楊柳陌，分袂杏花叢。離拍易終人易散，佳人玉箸啼紅。今宵明月與君同。愁心聞唳鶴，倦寢聽歸鴻。

其二

池北池南新緑，樹頭樹底殘紅。多情休怨雨和風。東君元是客，歸去自匆匆。悵望鴛鴦别浦，蕭條翡翠芳叢。夢回香冷酒微中。杜鵑聲不斷，簾外月朦朧。

鷓鴣天

寶樹林中碧玉凉。西風又送木犀黄。開成金粟枝枝重，插上烏雲朵朵香。依綉閣，傍銀塘。廣寒宮裏白雲鄉。迴砧横笛聲初斷，墜露流風夜正長。

前調 夜落金錢

曲閣飄蕭一夜風。名花零落五銖紅。卜歡有信占今夕，買賦多情出後宫。朝暮朵，淺深叢。翠幃絲障錦簾櫳。漢江游女愁多露，春在昭陽日影中。

浣溪沙

燕子銜春入畫樓。猧兒撼曉動簾鈎。一場殘夢五更頭。　彩鳳琴中彈别調，錦麟書裏訴離愁。相思相憶幾時休。

南唐浣溪沙

灧灧波光緑似醅。茸茸草色嫩如苔。祇有輕寒渾不定，晚還來。　落梅村裏昏鴉遠，擺柳風前候雁回。明日新晴堪眺望，上春臺。

小秦王 立春

紅穗金花落絳臺。畫樓銀燭曉光催。釵梁彩燕雙雙顫，春自玉人頭上來。

朝中措

經霜原草未全黄。緑葉映紅芳。野客争誇稔歲，行人自笑炎方。　却思京國，狐裘貂帽，雪洞氈房。不識瓊樓高處，曝暄誰獻吾皇。

思佳客西莊

秋水澄清勝酒醅。野烟籠樹似樓臺。彈聲林鳥山和尚，寫字寒蟲水秀才。　乘興去，興闌回。夕陽影裏記徘徊。正思修禊明年約，無奈鳴騶得得催。

御街行柳花

城西楊柳千千樹。風起飛花絮。青樓珠箔鬥輕盈，還繞名園幽處。滿地香毬，滿天晴雪，卷却春歸去。　游人歌吹堤邊路。芳景須珍護。眠開青眼舞慵腰，無計使風流住。百囀殘鶯，一雙新燕，九十春光暮。

南鄉子荆州元夕

玉笛送殘梅。片片隨風入鏡臺。臺下新妝傳玩處，徘徊。臘尾春頭恨幾回。　絲雨濕香街。禁住花燈不放開。閎上紫姑香火會，遥猜。紅豆音書甚日來。

其二

官柳動新枝。萬縷黄金萬縷絲。折贈行人千里去，回期。莫待清霜葉落時。　細雨妒芳姿。禁住鶯翁與燕兒。待得晴明好天氣，遲遲。花絮飛殘水滿池。

其三

芳草被金堤。野燒紅餘綠正齊。拾翠踏青新雨後，萋萋。裙拂秋千彩架低。　杜渚與回蹊。楚霧秦烟望轉迷。相伴王孫千里去，東西。蝴蝶成團杜宇啼。

清平樂

扁舟解纜。春滿江南岸。燈火街頭正月半。客裏年華又换。　倚遍闌干影斜。行人回首天涯。沙市橋南草色，章臺寺裏梅花。

雨中花春寒

寒透水邊沙際。暖在花心葉底。掃雪樓臺，收燈庭院，向晚朱門閉。　綠額畫簾低拂地。舞袖弓鞋渾未試。指冷金刀，香温翠被，懶剪宜春字。

西江月

紫塞朝朝烽火，青樓夜夜弦歌。一天明月雁聲多。帶得邊愁無那。　雲闕九重閶闔，家山萬里岷峨。獨愁鄉思兩蹉跎。梁甫狂吟誰和。

轉應曲

雙燕。雙燕。金屋往來長見。珠簾半卷風斜。何處銜來落花。花落。花落。日暮長門寂寞。

其二

黄鳥。黄鳥。飛過花枝裊裊。緑陰青子初新。流水斜陽晚春。春晚。春晚。望斷東城上苑。

其三

促織。促織。聲近銀床轉急。熏殘百合衣香。消盡蘭膏夜長。長夜。長夜。露冷芙蓉花謝。

其四

青鳥。青鳥。來自十洲三島。樹頭梅蕊春催。枕上殘妝夢回。回夢。回夢。城角曉聞三弄。

風入松 途中遇雪

夢回燈燼旅衾單。鷄唱五更寒。一夜裏雪花飛遍，曉來時、千里漫漫。野色遥連玉樹，清光炯映銀鞍。　行人休道路歧難。酒盞自須寬。一種風流堪畫處，溪橋兩兩漁竿。樓上笛聲吹起，天涯梅蕊飄殘。

點絳唇

雪暗江郊，小燈孤館長宵半。真珠酒艷。凍作紅冰片。　曉夢驚回，畫角聲初斷。南枝畔。梅花開遍。誰見春風面。

小重山

番馬屏風睡燕梁。更籌何太促、酒杯長。花明月暗裊餘香。瞢騰裏、醉眼怯燈光。　相憶阻横塘。今宵憑伏夢、到伊行。玉山無賴隔巫陽。天又曉、蝴蝶爲誰狂。

西江月

寒食清明過了，牡丹芍藥開殘。春光畹晚興闌珊。寂寂重門獨掩。　秉燭誰同夜飲，添衣尚怯春寒。欲尋芳草向江干。榆莢楊花滿岸。

南鄉子

油壁香車。來自錢塘蘇小家。行雨行雲曾未慣，先誇。雙帶同心結不差。酒泛紅霞。銀蠟燒殘燕尾斜。小語低聲歸去也，啼鴉。風裊垂楊月隱花。

如夢令

屏底歌殘金縷。座上花催蠟炬。春枕酒醒時，又是緑波南浦。春去。春去。簾外潺潺微雨。

少年游

紅稠緑暗遍天涯。春色在誰家。花謝蝶稀，柳濃鶯懶，烟景屬蜂衙。日長睡起無情思，簾外夕陽斜。帶眼頻移，琴心慵理，多病負年華。

月中行

月華静夜思悠哉。夜静滅紛埃。窺人不待畫堂開。圓影隙中來。綢軒珠綴香塵滿，重門掩、露滴金苔。洞房未曉且徘徊。清漏不須催。

賣花聲 別金治卿

驟雨打新荷。綠漲清波。風蒲獵獵映金莎。池上玉尊移晚興，共倚林柯。莫惜醉顏酡。聽我離歌。長亭回首碧雲多。千里懷人思命駕，何日重過。

漁家傲

雲掩遥山山掩翠。雨聲急戰荷聲碎。綠錦離披紅錦墜。花葉背。波間驚起鴛鴦睡。瀲灩芳尊人共對。碧筒凉沁初消醉。濕烟香霧籠歸袂。聯玉轡。南風馬上聞蛙吹。

如夢令

雲影月華穿過。雨意鐘聲敲破。洞户卷簾時，飛透流螢一個。孤坐。孤坐。白雪金徽誰和。

菩薩蠻 西瓜

鉛華浮沁凉波濕。翠槃分處鸞瀅。座上水晶寒。天邊玉露團。瓊珠容易碎。紅子紛紛墜。屈指又西風。霜藤卧晚叢。

烏夜啼 梅雨

雨來江漲波渾。没沙痕。淹過竹橋莎徑、到柴門。　孤烟起。千樹裏。幾家村。牛背一聲長笛、報黄昏。

漁家傲

永日閒亭誰與共。吸殘寒露冰壺凍。倒影雲峰潭影空。湘箔動。荼蘼架底清香送。　篆縷熏殘衣霧重。黄梅潤透紅綃縫。枕上醒回池上夢。開雪洞。瑶琴一曲江南弄。

其二

水晶簾外炎敲永。紗厨斗帳神仙洞。酪粉蔗漿分碧瓮。瓊斝奉。玲瓏弦上傳囉嗊。　歌罷酒闌行雨送。銀盆浴水煎金鳳。懶髻鬟鬆雲亂擁。凉意動。暗驚團扇生秋夢。

清平樂

芙蓉秋水。一陣西風起。木落波澄如鏡裏。樓閣參差相倚。　粉痕零亂紅芳。闌干點綴清霜。掩却團團月扇，平湖昨夜新凉。

臨江仙

江國梅花千萬朶，白雲鄉裏温柔。笛聲幾度怨梁州。夢中雲滿樹，醒後月當樓。　正是

相思春信早，翠禽啼破香愁。一枝難寄隴西頭。燕姬釵上見，應是更風流。

其二

玉水堤旁千樹柳，仙宫還在人天。是誰驢背聳詩肩。不如來飲酒，傾倒醉吟邊。　鳥踏

畫檐時點綴，珠簾向晚風穿。依稀竹上儘嬋娟。黄昏圖畫出，雲盡月重圓。

望江南

梅蕊好，冰雪出烟塵。裊裊孤芳塵外色，盈盈一朶掌中春。祇少似花人。

其二

明月好，流影浸亭臺。金界三千隨望遠，雕闌十二逐人來。祇是欠傳杯。

其三

晴雪好，萬瓦玉鱗浮。照夜不隨青女去，羞明應爲素娥留。祇欠剡溪舟。

蝶戀花

雲雨楚臺容易散。斗轉星沉，玉漏迢迢斷。別語未終鷄已唤。珊瑚枕上鉛華淡。　剪剪秋波燈下見。淺笑輕顰，一似花枝顫。屈指歸期重疊算。多情翻作春閨怨。

清平樂

燈紅酒緑。山掩圍屏曲。何處蕭蕭風動竹。好夢驚回難續。　月華冷浸霜華。寒林驚起寒鴉。道是天明尚早，小窗横影梅花。

其二

金爐塵滿。綉被熏香懶。此恨破除須酒醆。争奈愁深酒淺。　多時弦斷瑶琴。空餘孤鳳悲吟。謾道鸞膠能續，續來不是前音。

長相思

十里亭。五里亭。長短亭邊暮雨零。離人不忍聽。　夢初醒。酒初醒。夜半清寒入綺櫺。凄凉掩畫屏。

荷葉杯

枕上一聲鷄唱。天亮。好夢忽驚殘。錦帳香消翠被單。寒麽寒。寒麽寒。

其二

遠寄音書一紙。千里。一字一徘徊。泪眼愁眉不忍開。來麽來。來麽來。

宫中調笑

銀燭。銀燭。錦帳羅幃影獨。離人無語消魂。細雨斜風掩門。門掩。門掩。數盡寒城漏點。

其二

香篆。香篆。碧縷青烟不斷。鴛鴦被底寒生。雲母窗前月明。明月。明月。千里音塵愁隔。

蝶戀花

玉貌合教金屋貯。天上仙姿，謫在人間住。九霞山下曾相遇。瓠犀笑破櫻桃注。別來青鳥知何處。豈有仙踪，好寄相思句。海月團團生碧樹。夢隨鷩鵲南飛去。

其二

好夢難成雲易散。玳瑁筵前，當日親曾見。金杯滿捧香醪勸。朱唇半吐櫻桃綻。別後佳期天樣遠。夜夜相思，寸寸柔腸斷。徙倚畫樓千萬遍。落梅庭院飄銀霰。

河滿子

通燕梅梁寒峭，藏鴉柳岸春陰。南國東風偏到早，香消晝漏沉沉。紅滿試燈庭院，青回鬥草園林。　入眼風光堪賞，困人天氣難禁。一枕柔情牽斷夢，覺來慵理琴心。白雪新詞易闋，碧雲舊約休尋。

昭君怨

樓外東風到早。染得柳條黄了。低拂玉闌干。怯春寒。　正是困人時候。午睡濃於中酒。好夢是誰驚。一聲鶯。

賣花聲

春夢似楊花。繞遍天涯。黄鶯啼過緑窗紗。驚散香雲飛不去，篆縷烟斜。　油壁小香車。水渺雲賒。青樓珠箔那人家。舊日羅巾今日泪，濕盡鉛華。

回文菩薩蠻

遠林平望明霞。曉晴野渡雲輕。夜凉新月挂。星點數流螢。

浪淘沙

靈鵲噪重檐。幾度虛占。錦江春水隔鶼鶼。怕見雕梁雙燕子，常下珠簾。離恨惱江淹。彩筆慵拈。碧雲離合暮山尖。伴我歸心和別夢，衹有銀蟾。

其二

去燕又來鴻。節序匆匆。秋聲半夜攪梧桐。驚起南窗千里夢，滿地西風。欹枕聽寒蛩。離思無窮。歸期又誤菊花叢。遥想玉人腸斷處，屈遍春葱。

其三

鴉晚又鷄晨。最惱離人。添花補柳爲誰春。飛鵲鏡中妝態減，窗鎖朱塵。璧月幾回新。慣照眉顰。青山隱隱水粼粼。萬水千山經歲別，遠似星津。

其四

歸思滿琴心。幽恨難禁。月兒樓下海棠陰。想見纖纖弦上手，羽咽商沉。青鳥寄歸音。一字千金。離鸞别鳳謾沉吟。花發月圓須記取，好在春深。

臨江仙 寄費子和張維信

碧水朱橋青柳岸，春風送别瀛州。關河回首路悠悠。塵埃如浪湧，亭傳似星流。忽見東園桃李樹，還思宛洛遨游。歸期好在桂花秋。鳳簫留一曲，新酒待先醻。

前調 將至家寄所歡

數了歸期還又數，今朝纔是歸期。獨眠孤館費相思。夢闌鷄叫早，心急馬行遲。寄語同心雙帶結，休教瘦損腰肢。花明月滿儘來時。先憑雙喜鵲，報與個儂知。

水調歌頭 靈寶縣賞牡丹

春宵微雨後，香徑牡丹時。雕闌十二，金刀誰剪兩三枝。六曲翠屏深掩，一架銀箏緩送，且醉碧霞巵。輕寒香霧重，酒暈上來遲。　席上歡，天涯恨，雨中姿。向人如訴，粉泪半低垂。九十春光堪惜，萬種心情難寫，欲將彩筆寄相思。曉看紅濕處，千里夢佳期。

何滿子

玄灞長松繫馬，青門高樹藏鴉。紅雨秋千香徑軟，樂游原上誰家。客裏心情繚亂，愁看風外楊花。

其二

夜夜遥鐘促漏，朝朝急管清笳。行見月圓還月缺，鄉關猶隔三巴。客裏形容憔悴，愁看匣裏菱花。

其三

欹枕夢回春晚，倚闌人在天涯。迢遞關山千萬里，佳期水渺雲賒。記得羅巾別泪，愁看帶雨梨花。

其四

鶗鴂催成緑雨，鷓鴣啼破紅霞。馬上韶華真似夢，惱人春思交加。記得曉妝臨鏡，愁看暎水桃花。

清平樂

梧桐蟋蟀。偏助秋蕭索。粉壁紅高燈燼落。月在闌干斜角。　千金一刻心期。楚雲湘夢來時。不見桃花人面，空吟桃葉新詞。

好女兒

柳似腰肢。月似蛾眉。看千嬌百媚堪憐處，有紅拂當筵，金蓮襯步，玉筍彈棋。　心事一春誰問，同心結、斷腸詞。嘆雙魚不見征鴻遠，蕉心緑展，櫻唇紅滿，梅子黄肥。

其二

錦帳鴛鴦。綉被鸞凰。一種風流千種態，看雪肌雙瑩，玉簫暗品，鸚舌偷嘗。　屏掩燈斜香冷，回嬌眼、盼檀郎。道千金一刻須憐惜，早漏催銀箭，星沉綱户，月轉回廊。

蝶戀花

名園雨過晨妝洗。冶葉倡條，何處鬧桃李。斜日簾櫳風滿地。紛紛又逐東流水。　摇蕩春心幾千里。欲綱韶光，唤取游絲起。燕懶鶯慵春有幾。丁香枝上含新紫。

青玉案

盈盈春水桃根渡。問芳信、來何暮。青翰舟上，錦鴛波底，總是關情處。　合歡新種中庭樹。相思欲寄南雲句。爲問佳期何日許。飛鴻洲渚，流螢院宇。銀漢雙星渡。

行香子

秋色蕭蕭。秋氣寥寥。漸江頭、露草萋萋，霜楓槭槭，風柳條條。望水茫茫，舟泛泛，櫓搖搖。　蟲語要要。蝶夢飄飄。問家山、鼉崖渺渺，魚波寂寂，雁陣嘹嘹。但月溶溶，烟漠漠，路迢迢。

臨江仙 戍雲南江陵別內

楚塞巴山橫渡口，行人莫上江樓。征驂去棹兩悠悠。相看臨遠水，獨自上孤舟。　却羨多情沙上鳥，雙飛雙宿河洲。今宵明月爲誰留。團團清影好，偏照別離愁。

踏莎行 貴州尾灑驛元夕

羅甸林中，新盤山下。村燈社鼓元宵夜。東風卷地瘴雲開，月明滿野寒星挂。　白雪歌聲，青錢酒價。當年樂事憑誰話。寂寥孤館坐愁人，小窗横影梅枝亞。

望江南

故園好，最憶世耕亭。樵斧丁丁驚鸛雀，釣絲裊裊立蜻蜓。百曲建長瓴。來往慣，蓬户不教扃。山屐過時穿嫩蘚，野航移處破浮萍。炬火晚熒熒。

其二

故園好，最憶力耕亭。徑路喜逢樵叟話，蹊田一任牧童經。渾不限畦町。螺澗底，鳴玉漱清泠。千里清風來曲几，一方明月挂疏欞。欹枕酒初醒。

其三

故園好，最憶約耕亭。曲水流觴穿竹細，奇峰側島泛花馨。喚作小滄溟。長夏日，獨往亦消停。仙醞一壺傾緑醑，蠻箋十樣寫黄庭。落魄儘忘形。

其四

故園好，最憶閲耕亭。流水兩池分麗澤，好山四面列圍屏。修竹繞青青。松檻外，鷺渚與鳧汀。茅屋不愁經夜雨，草堂還喜帶春星。歌咏滿林坰。

其五

故園好，最憶是恩波。月映漣漪天映水，霞翻菡萏露翻荷。風景占偏多。　茅屋小，斜枕碧山阿。蕙冷松寒聞夜鶴，藻香萍暖下天鵝。不羨懶雲窩。

其六

故園好，最憶是毗江。夾路青蘿藏古寺，半林紅葉照清淙。烟社枕雲杠。　霜景霽，何處遠鐘撞。扣月漁榔寒軋軋，祈年社鼓夜逢逢。幽夢起山窗。

其七

故園好，最憶是龍門。洞底漁舟藏夜壑，山頭佛刹挂朝暾。曖曖遠人村。　登陟處，蘿磴幾回捫。檐葡林中消永日，松篁影裏蔭芳尊。歸路已黄昏。

其八

故園好，最憶是中洲。宛在中央渾絶俗，登兹四望可銷憂。丘壑擅風流。　凉吹滿，六月早知秋。仙侣泛花曾共醉，野人刻竹記同游。何日問歸舟。

雨中花 龍寶寺紫荆

一搦纖腰清瘦。六幅輕紗紅皺。粉熟香生，態濃妝淺，正是愁時候。　蕭蕭風雨黄昏後。

雲濕仙衣寒透。簾悄窗閒，燈昏酒冷，聽盡蓮花漏。

鷓鴣天 乙酉九日

早歲辭家賦遠游。東西南北任萍浮。熟知津路無勞問，慣聽陽關不解愁。　臨遠水，望歸舟。流波落木又驚秋。多情黄菊休添泪，且向尊前泛玉甌。

驀山溪

送君南浦。繫馬垂楊樹。攀折贈行人，忍聽道、一聲别去。愁眉泪眼，一步一回頭，團山路。高橋渡。總是銷魂處。　清風明月，好景成虚度。重會在何時，算祇有、夢中相遇。衾寒枕冷，和夢也難成，思千縷。愁無數。亂似風中絮。

生查子

金匱失玄參，無約何時會。争道破楸枰，心爲佳期碎。　楊柳困三眠，終日常如醉。露泣纏枝花，滿眼嬌情泪。

其二

兩朵活蓮花，一對相思挂。裙底耍鴛鴦，巧筆難描畫。　春困步蒼苔，背立秋千下。心事倩誰傳，花落西厢夜。

江城子丙戌九日

客中愁見菊花黄。近重陽。倍凄凉。强欲登高、携酒望吾鄉。玉叠青城何處是，山似戟，割愁腸。　寒衣未寄早飛霜。落霞光。暮天長。戍角一聲、吹起水茫茫。關塞多愁人易老，身健在，且疏狂。

轉應曲

落葉。落葉。滿院西風時節。秋聲攪盡琅玕。秋雨催成早寒。寒早。寒早。城角驚霜奏曉。

其二

江水。江水。昨夜風驚浪起。眼看估客歸舟。腸斷征人泪流。流泪。流泪。離恨江沙共碎。

其三

歸路。歸路。遥隔鐵橋銅柱。樓頭秋霽無塵。陌上愁看去人。人去。人去。心斷千山碧樹。

其四

采菊。采菊。且醉尊前醽醁。百分觥棹船空。萬慮銷沉酒中。中酒。中酒。又度客邊重九。

臨江仙 寄劉建之

寄語東橋東畔柳，且教留住行人。與君相見即相親。忍看携手地，分作斷腸津。　莫唱闌干花霧曲，温泉剩有餘春。明朝關索嶺頭塵。相思千里外，回首一沾巾。

柳梢青 東橋送客登樓

朝雨輕陰。拖藍遠水，寸碧遥岑。南浦懷歸，東橋送别，并起鄉心。　高樓且共登臨。愁思滿、行杯謾斟。黄菊丹楓，白蘋紅蓼，何處家林。

前調 次遥岑樓韵答姜夢賓、楊從龍、張天翼

异國光陰。登龍憶孟，泛渼陪岑。一髪中原，孤踪萬里，折盡丹心。　雪殘亞歲將臨。一掬泪、離杯共斟。紅佛桑邊，刺桐花底，腸斷炎林。

慶春澤 安寧元夕

魚市笙歌，螳川燈火，又看滇海元宵。剪剪輕風，綺羅十里香飄。彩雲影罩冰壺地，人家在、月户星橋。恣經過、一刻千金，玉漏迢迢。　柳金梨雪催春早，嘆他鄉异節，回首魂銷。今夜相思、玉人何處吹簫。錦江烟水迷歸里，緑琴心、愁恨慵調。夢回時、酒醒燈昏，月轉梅梢。

滿江紅 梨花

露重風香，韶華淺、玉林無葉。誰剪碎瓊瑶，滿園蝴蝶。嬌泪一枝春帶雨，粉英千片光凝雪。伴秋千、影裏月明中，傷離别。　花在手，腸如結。人對酒，情難説。憶故園游賞，清明時節。今日相逢滇海上，驚看爛熳開正月。更收燈、庭院峭寒天，啼鵑歇。

江城子

滇南春似錦江春。水魚鱗。柳蛾顰。千樹梨花、花底草如茵。晴日暖風濃勝酒，熏媚眼，醉游人。　柔絲弱絮軟紅塵。惜芳辰。倦游身。啼鳥驚心、何事唤歸頻。不是不歸歸未得，愁望遠，泪沾巾。

浣溪沙

珠樹三花惜共攀。尊前又唱小陽關。雛鶯學語唤春還。　桃葉渡頭流恨水，緑楊亭上畫眉山。酒醒人在夢魂間。

蝶戀花

夭似花枝輕似霧。香燼燈昏，夢入瑶臺路。枕上眉山重碧聚。偎人若把離情訴。　乞巧樓中携手處。夜夜相思，今夕重相遇。最恨五更留不住。一帆風送高橋渡。

南歌子 和王海月

黄鶴蓬萊島，青鳧杜若洲。愁人寂夜夢仙游。不信一身流落、向南州。　萬里家山路，三更海月樓。離懷脉脉思悠悠。何日錦江春水、一扁舟。

巫山一段雲

背壁羞嬌影，迴燈脱薄妝。暗中惟覺綉鞋香。解佩玉丁當。　好夢雲將結，幽歡夜正長。遲遲懶上鬱金床。故意惱檀郎。

水龍吟 咏梅

漢宫嬌額塗黄，風流早露春消息。鉛華瑩雪，冰肌照水，盈盈無力。弄影輕顰，向人微笑，芳心誰識。對珠簾不掩，綺窗半露，嫣然一笑傾國。　最恨黄昏月黑。迷花叢、枝南枝北。壽陽妝減，羅浮夢斷，春宵一刻。皴玉誰温，凝脂自暖，空勞相憶。正香殘漏悄，燈昏酒冷，此情何極。

山花子 咏軟枝條同心山茶花

裊裊同心巧笑兮。粉霞紅綬藕絲裙。軟翠柔藍擎不定，曉妝匀。　醉露屏前雙朵朵，舞風庭下一群群。不肯嫣然回一顧，爲思君。

前調 咏紅邊分心小朵山茶

瑞雪晴林暮靄消。錦雲香塢彩霞飄。絶代佳人空谷裏，路迢迢。　鶴頂研砂添赤髓，猩唇滯酒暈紅潮。小朵分心堪采掇，當瓊瑶。

搗練子 集句傷亂

花亞朵，柳垂絲。樓上風和玉漏遲。春困苦多無處賣，日長惟與睡相宜。

其二

風料峭，月朧明。滴破春愁壓酒聲。猶有誇張年少處，醉聞花氣睡聞鶯。

其三

長寂寞，獨徘徊。抱病起登江上臺。萬户千門春色閉，誰家桃李亂中開。

其四

銷午夢，減春愁。上盡重城更上樓。日暮鄉關何處是，寒鴉飛去水悠悠。

其五

金碧岸，錦香叢。紅白花開烟雨中。今日亂離俱是夢，六街塵起鼓鼕鼕。

其六

愁對酒，懶看花。病入新年感物華。萬里寂寥音信斷，山樓粉堞隱悲笳。

漁家傲

千里有家歸未得。可憐長作滇南客。愁見陌頭楊柳色。傷遠別。當年故國曾攀折。望斷鄉山音信絶。那堪烽火連三月。夜夜相思頭欲白。心似結。五更夢破聞啼鴂。

無俗念 游仙二首

十年奔走，向紅塵、何處可尋蓬島。一枕青瓷，驚夢起、幻迹都如掃。七返還丹，千齡大藥，味者難精討。餐霞伴侣，飄然遥在天表。　長生須住仙村，誅茅賀厦，迥出層雲杪。翠水藍岑渾不夜，紫府丹丘常曉。玉豉金鹽，璚英珠液，種種供難老。乖龍莫懶，爲我先耕瑶草。

其二

匏瓜河上，問津時、半夜朝元歸晚。鶴倦鸞慵，行且住、誰遣昌容迎幰。朝采簾掀，夜光杯舉，留醉青霞苑。玉顔掩嫭，笑看泓水清淺。　謫來塵世何年，青精紫蒨，舊侣懷同搴。靈境壺天飆靄隔，座上玉書塵滿。赤鯉琴高，青鸞阿母，問訊行當返。五潢似鏡，白榆歷歷秋剪。

浣溪沙 咏蒙段時遺箋，僞公主桂所製，上有印記

南國何年桂女箋。蕊黄金粉鬥芳妍。風流應自錦江傳。　佛幌烟煤猶自馥，蠻方文物也堪憐。爲君重染古苔篇。

沁園春 己丑新正

甚矣吾衰，嘆天涯歲月，何苦頻催。奈霜毛種種，三千盈丈，丹心炯炯，一寸成灰。三徑秋荒，五湖天遠，儒術於吾何有哉。君知否，盼行雲不住，流水難回。　寂寥誰與徘徊。好事者、惟輸麴秀才。昏花老眼，底須窺牖，支離病脚，最怯登臺。思發花前，人歸雁後，百感中來强自裁。狂歌好，清風和我，明月休猜。

其二

自壽一杯，休行吟澤畔，兀坐山隈。笑窮兵獨舞，唐于頓撰順聖樂，行綴皆伏，一人獨舞於中央，幕官韋綬笑曰：何用窮兵獨舞。干戈載戢，却胡長嘯，鉛槧何才。歸去來兮，嗚呼老矣，生入玉門何日哉。　催花擊鼓如雷。新春好，且提壺沽酒，共賞花開。酒色似、蒲桃初發醅。任天河水瀉，流乾銀汁，月輪桂老，撑破珠胎。島上紅雲，洞中香雪，醉倒花娘錦被堆。與君約，醉鄉深處，不飲休來。

其三壽内

勸汝一杯，關山迢遞，我馬崔隤。想玉堂金馬，曾同富貴，竹籬茅舍，也共塵埃。事過眼前，老來頭上，卿不見吾白髮哉。故園好，彩衣稱壽，何日同回。　天涯勸我寬懷。欠酒債、拔卿金雀釵。笑孔肩薄首，夫人書法，嵇心羊體，仙子琴才。道韞家聲，黔婁夫婿，此怨休將造化埋。六如偈，打開夢幻，新拜如來。

其四醉書

愁汝休來，且天邊高寄，地下深埋。自戊申吾降，酒星正照，辛壬師授，酒誥蒙開。若下烏程，蘭生桑落，行輩都將兄弟排。二豪者，螟蛉蜾蠃，如我何哉。　酒中興豈無媒。要月户風亭白雪階。況鸞腔鳳調，浮丘按拍，霞漿金醴，王母添杯。洞裏春濃，壺中夜永，童子休將鶴駕催。玄真侶，煩諸君爲我，築醉仙臺。

瑞龍吟杏花

東風峭。誰倩水剪餘霞，日烘殘照。妝成窺宋東墻，傾城傾國，嫣然一笑。　輕籠罩。葉底烟開冉冉，枝頭春鬧。燕泥香裏斜陽，酒旗映水，天涯一棹。　消息繁華誰報，記曲江池上，長安古道。愁落愁開，雨横風暴。沉吟無語，時把朱闌靠。知誰伴、單衫露冷，醉紅簪帽。

倚醉狂歌浩。悠悠盡是傷離調。花艷爲誰好。春又晚，可惜華年空老。關山迢遞，故人難到。

搗練子

春夢淺，夜籌添。懶唱新翻阿鵲鹽。黛角歌眉顰翠減，綉尖絨舌唾紅甜。

款殘紅

花徑款殘紅，風沼縈新皺。有意惜餘春，無計消長晝。香醪瀉玉窪，瑞腦噴金獸。誰與共温存，寂寞黄昏後。

其二

頻移帶眼空，衹恁懨懨瘦。不見又思量，見了還依舊。爲問頻相見，何似長相守。天生并頭蓮，好結同心藕。

西江月

客裏家家美酒。人生處處揚州。嬌歌聒帳醒扶頭。年少風流還有。世事今成白首。歸心已付東流。替人憔悴替人愁。笑殺長亭古柳。

天仙子

憶共當年游冶樂。小小池塘深院落。相親相近不相離，花下約。柳下約。一曲當筵金落索。　回首歡娱成寂寞。驚散鴛鴦風浪惡。思量不合怨旁人，他也錯。我也錯。好段因緣生誤却。

人月圓 泛大理海子

好風兩日相迎送，渺渺碧波平。玉几雲憑，金梭烟織，寶刹霞明。　邀散神仙，尋閒洲島，上小蓬瀛。海流東逝，海天南望，海月西生。

誤佳期 壬辰元夕

今夜風光堪愛。可惜那人不在。臨行多是不曾留，故意將人怪。　雙木架秋千，兩下深深拜。條香燒盡紙成灰，莫把心兒壞。

浣溪沙 集句

洞裏仙人碧玉簫。一渠春水赤欄橋。緑窗虛度可憐宵。　沉麝不燒金鴨冷，障泥未解玉驄驕。長亭回首短亭遥。

天仙子 夢作

蓮葉爲舟絲作索。渡口梅風吹扇薄。一聲留得滿城春，金鑿落。銀鑿落。醉裏不知離緒惡。　別後那回華表鶴。一點芳心無處著。雲中誰寄錦書來，春寂寞。人寂寞。緑遍汀洲生杜若。

蝶戀花 足范文正公遺句

香頸垂雲眉倒暈。珠翠叢中，没個他風韵。浪蝶狂蜂遍有分。爲誰偷把紅綃印。　錦字花箋難問訊。一寸相思，衹與黄昏近。薄幸負人終不忿。何時枕上分明問。

滿庭芳 感通寺贈承道玄、楊伯清

環海烟霞，冠山樓閣，天涯萬里憑闌。瑶臺高處，携手躡飛鸞。病起帶圍寬盡，朱顔改、青鏡羞看。風情減，停歌罷笑，愁對酒杯寬。　清歡。聽牛背，一聲牧笛，雲散漫漫。問玄谷伯清別號冰壺道玄別號，禪伯仙官。庭下丁香樹子，花開後、又見花殘。從吾好，玉毫光裏，一粒現金丹。

浣溪沙 游感通寺贈冰壺

病起思鄉太劇愁。荒城無地可登樓。仙人要我感通游。綠水似環縈島嶼，白雲如帶繞林丘。涼風先借一分秋。

其二

柳綠槐黄放曉晴。天公知我欲山行。峰巒相顧亦多情。玉樹臨風無奈爽，冰壺見底有餘清。長生仙客話無生。

風入松

刺桐花裏咽新蟬。方響落寒泉。遠山凝黛修蛾斂，誰妝點、淡粉濃胭。嫩水靴文蹙浪，嬌雲卵色烘天。　碧池荷葉又田田。藕在阿誰邊。蓮子擘開須見意，香絲到底相牽。留取團團寶月，西樓共醉嬋娟。

柳梢青 李菊亭將軍席上

雨歇仙家。香塵隨馬，晚靄迎車。玉樹歌春，金屏笑夜，銀燭烘霞。　流年兩鬢霜華。且爛醉、東籬菊花。不學江州，青衫司馬，泪滿天涯。

滿江紅

覆雨翻雲，紛紛輕薄何須説。眼見兒曹富貴，灰消烟滅。百事有隆還有替，一毫無玷元無缺。把濁醪粗飯任吾年，看豪杰。　也莫羨，炎如熱。也莫笑，凉如雪。自掃雀羅門巷，世情都隔。借問東華塵與土，何如南浦風和月。報山濤、不用問嵇康，交情絶。

滿庭芳 效東坡作

歸去來兮，半生歧路，天涯南北西東。弋人何慕，造化任冥鴻。曾是先朝執戟，今衰矣、白首揚雄。休點檢，并游英俊，五相一漁翁。　丹衷。舉頭望，長安萬里，一朵雲紅。把致君堯舜，付與諸公。贏得老身强健，儘驅使、明月清風。浣溪畔，先生醉也，拍手笑兒童。

西江月

醞造一場煩惱，衹因些子恩情。陽臺春夢不曾成。枉度雨雲朝暝。　燕子那知我意，鶯兒似唤他名。消除衹有話無生。除却心頭重省。

其二

倚醉深關朱户，嬌羞怕捧金觥。背人彈泪繞花行。唱盡新詞懶聽。　總是爲郎調護，當初枉道無情。英雄摩勒肯重生。贖取佳人薄命。

其三

自有嫩枝柔葉，何須補柳添花。低聲昵語似雛鴉。腸斷東橋月下。香霧清輝何處，春風今夜誰家。五花驄馬七香車。趁取小喬未嫁。

其四

玉指管生弦澀，朱唇語顫聲羞。動人一味是温柔。爲甚兩眉長皺。不慣秋娘渡口，乍離阿母池頭。臨邛太守最風流。肯許鳳求皇否。

木蘭花

遥鐘促漏難成寢。殘月疏燈寒凛凛。鏡添華髮似愁潘，帶減腰肢如病沈。玉簫塵瑣無心品。故國經年書斷錦。欲尋石上一柯棋，共醉山中千日飲。

其二

枝頭百舌寒猶噤。病起心情無賴甚。乍看南浦月名娟，記得東園花姓沈。枕肱不枕鴛鴦枕。倚醉偎人偏越恁。如今憔悴背花眠，祇有餘香留燕寢。

其三

曉寒倦倚相思枕。絲雨織愁愁欲稔。綠楊橋畔覓誰家，油壁香車迎阿沈。　莫教錯送回文錦。密地重將青鳥審。流螢庭户嫩凉天，月許再圓花再品。

浣溪沙

楚峽雲嬌宋玉愁。汀花海藻繫蘭丹。暈燈熒泪五更頭。　桃葉桃根雙姊妹，江南江北兩風流。佳期好在月明樓。

天仙子

浪颭桃花風滚絮。春色可能留得住。四眸相顧兩埋冤，金齒路。金馬路。總是銷魂離別處。　紅雀蜻蜓難共樹。紫燕伯勞相背去。一番新恨又從頭，他也誤。我也誤。孤館亂山愁日暮。

菩薩蠻 大理普寧寺中秋

花宮露下秋如水。月明千里人千里。莫上最高樓。天際添別愁。　一時今夕會。且共尊前醉。踪迹似飄蓬。明年何處逢。

浣溪沙

何處春嬌晚暈多。分梢新月淺檀蛾。千金一斛帶青螺。　情泪亂抛紅瑟瑟，夢雲深鎖碧峨峨。細腰腸斷掌中歌。

玉蝴蝶 梁生鎮園亭有蘭名玉蝴蝶，即席賦一首

蝴蝶不隨春去，玉英瑶蕊，猶自娟娟。瀟灑水邊林下，洗净朱鉛。嫦娥來、梁園月下，青女降、楚畹霜前。更山陰、婆娑一老，觴咏群賢。　當年。紫莖緑葉，紉華雜佩，故事陳篇。何似今宵，長歌石磴瀉紅泉。醉歸去、香携滿袖，似相逢、解佩江仙。散塵緣。猗猗一曲，瓊軫冰弦。

踏莎行 甲午新春書感

异國光陰，暮年羈旅。鬢絲禪榻今如許。羞將白髮惱青銅，慵把流霞烘緑醑。　舊侶雕零，新歡間阻。東風楊柳縈愁緒。天寒獨立咏蒼茫，銷魂正在斜陽處。

其二

白雪墻頭，紅雲水面。匆匆花事看看半。去年花對斷腸人，今日有腸無處斷。　蕭寺雙

文，巫山一段。舊游回首空長嘆。曉屏燈燼峭寒天，夢爲遠别啼難唤。

沁園春 自壽兼謝鈍庵

初度今年，遥集句東，丹壺洞天。記京國俊游，築金臺上，鄉亭舊話，濯錦城邊。兩地萍蓬，十年烟月，欲往從之如絆然。今何夕，滿堂花醉，重對華筵。新楊窈窕春妍。正緑萼、梅花開最先。况鳳侣潘楊，兆呈瓊齒，龍媒秦晋，應在冰泉。畫裏蕭郎，瓮中畢叟，絳帳風流群桂仙。上雲樂，傾壺簫管，白髮重玄。

臨江仙

玉蕊娟娟花灼灼，銀釭背解明璫。淡雲輕雨拂高唐。不言惟有笑，多媚總無妝。却怪汝南鷄唱早，行踪不辨回廊。青苔幽徑落紅香。寶釵寒挂月，羅襪冷侵霜。

風入松

噴香瑞獸小妝臺。咫尺天台。芭蕉不展丁香結，閉春心、眉鎖難開。銀蠟燒燈過後，金釵鬥草歸來。

其二

徘徊花月可憐宵。天近人遥。有情芍藥含春泪，夢回時、一枕無聊。王母池臨翠水，雲英家住藍橋。

其三

月窗花院好風光。謝女檀郎。朝朝暮暮遥相望，殢人嬌、羅帶留香。青鳥解傳消息，銀河不隔紅墻。

其四

綉羅紅嫩抹酥胸。此夕重逢。妒雲恨雨腰肢裊，暈眉心、獺髓分紅。蠟燭寒籠翡翠，麝香暖度芙蓉。

南鄉子案：詞牌當作《南歌子》。

紅葉隨流水，青梅出短墻。雅意屬檀郎。可憐人二八，好風光。

其二

粉泪盈纖手，春愁占兩眉。細雨阻佳期。昨宵當此際，恰來時。

其三

窗面秋千月，墻頭蓓蕾風。春事轉頭空。酒醒人散後，拾殘紅。

其四

青鳥飛相逐，烏龍卧不驚。鏡約與釵盟。月沉星欲墮，奈何情。

其五

月是巫娥伴，花爲宋玉鄰。遠似隔星津。早知離恨苦，莫相親。

其六

燈下蠲紅紙，花間擘彩箋。腸斷寫新篇。畫梁雙燕子，倩他傳。

其七

絲品娟娟玉，釵粱灼灼花。妙語似雛鴉。有心來惱我，莫應他。

其八

片玉連城價，千金一刻宵。仙夢隔藍橋。意中人不見，爲誰嬌。

浣溪沙

小歲新陽好物華。句東春信到梅花。斷鐘殘角又天涯。酒面浮金添嫩蟻，釵頭屈玉艷雛鴉。暗香疏影認林家。

其二

滇海明珠照永昌。纖羅豆蔻減濃香。蟻穿紅綫帶盤囊。已信春金仍應玉，不愁轉紫復迴黃。星橫洞户月侵廊。

長相思

雨聲聲。夜更更。窗外蕭蕭滴到明。夢兒怎麽成。望盈盈。盼卿卿。鬼病懨懨太瘦生。見時他也驚。

殿前歡 感通寺贈承冰壺鍊師、董西羽徵君

問冰壺。洞天還似此中無。留春長在和春住。月冷山孤。願指瑶臺路。好把朱顏住。不續玄都賦。吾今忘我，我亦忘吾。

其二

枕西阿。仙洲玉几對金梭。蒼山九點空中墮。影蘸烟波。　避暑雲端卧。愛月天邊坐。沽酒墻頭過。狂歌誰和，誰和狂歌。

虞美人

檀槽鳳尾龍香撥。一串驪珠落。風流傅粉媚何郎。解唱春風一曲、杜韋娘。　溶溶陰鎖梨花院。宋玉愁空斷。虚無祇少對瀟湘。却似滿城風雨、近重陽。

浣溪沙

巫峽行雲洛浦風。秦樓西畔宋家東。滴春嬌泪雨濛濛。　龜甲歌屏朝掩翠，蛾眉妝鏡晚窺紅。寂寥門閉杏花叢。

木蘭花

弓鞋一搦凌波迴。冉冉盈盈羞顧影。擎茶步緩乳花凝，鬥草歸遲苔露冷。　雪皺雲鬆倩郎整。羅帳燈昏蓮瓣瞑。掌中無力搦瓊枝，渴思半消殘酒醒。

薄幸

碧鷄催曉。正話別、匆匆未了。又咫尺、銷魂橋上，南浦緑波芳草。記昨宵、醉褶羅襟，玉山拚爲金樽倒。愛皎皎當窗，盈盈隔水，那個人兒窈窕。自油壁香車去後，路遠西陵月悄。恨同心帶緩，露蘭啼歇，多情却被無情惱。最縈懷抱。把雙雙骰子，重重喝采占佳兆。桃花有意，前度劉郎未老。

滇春好 寄李南夫、錢節夫、毛東鎮

滇春好，韶景媚游人。拾翠東郊風裊裊，采芳南浦水鱗鱗。能不憶滇春。

其二

滇春好，百卉讓山茶。海上千株光照水，城西十里暖烘霞。能不憶滇花。

其三

滇春好，翠袖拂雲和。雅淡梳妝堪入畫，等閒言語勝聽歌。能不憶滇娥。

其四

滇春好，最憶海邊樓。漁火夜星明北渚，酒旗風影蕩東流。早晚復同游。

浣溪沙 歐園離席與劉珥江同賦

霧鬢風鬟晚雨收。石城艇子似新秋。彎彎月出挂城頭。　桃葉桃根牽别恨，垂楊垂柳綰離愁。麗詞都付雪兒謳。

鷓鴣天 杜鵑花

水蝶岩蜂總不知。艷紅凝露萬千枝。石家錦帳遮金谷，王母霞幢照羽旗。　香雨歇，彩雲移。暖風晴日醉胭脂。山深春晚無人賞，又是啼鵑叫落時。

前調 雨中留楊戣琴士飲

高閣遥岑送遠青。倚闌高咏有人聽。子弦乍咽新雙調，卯醉難消軟半瓶。　烟漠漠，雨泠泠。留君且住會心亭。謝公棋墅思同樂，漁父江潭笑獨醒。

前調

恰喜高秋爽氣新。却愁秋月解傷神。酒闌二十年前事，夢醒三千里外身。　楓葉岸，菊花津。且須勤買阿寧春。阿寧春，酒名。帳頭傀儡原來假，枕上邯鄲豈是真。

臨江仙

水上生塵羅襪，風前束素纖腰。陳王暫見已魂消。妒雲開翠幄，笑電閃紅綃。　此去且留今夕，重來定約何朝。西陵南浦路迢迢。徘徊花上月，空度可憐宵。

西江月

漫道革囊盛血，休言炭帚污人。禪機仙術兩成塵。輸與花門柳陣。　被欲生棱夜永，帶翻成結燈昏。東園桃李片時春。不是少年風韵。

巫山一段雲 紹途遇雪

梅柳春相近，關山雪正飛。寒光朔氣冷侵衣。玉塞隔金微。　久戍人將老，長征馬不肥。帛書欲寄雁聲稀。秃節幾時歸。

臨江仙 送劉珥江洎楊許二子

官柳野梅西郭路，毗橋直接豐橋。相思百里不辭遥。春山同載酒，月地共聯鑣。　南去北來人自老，憐予心旆摇摇。短亭暫別亦魂銷。生烟寒漠漠，飛靄晚瀟瀟。

千秋歲 壬寅新正二日壽内

瑶池阿母。本是神仙侣。謫向人間官府。住攝提，貞孟月，中子逢初度。琅霄宴，春回北斗斟雲醑。

麟筆春秋譜。彤管毛詩語。女洙泗，閨鄒魯。五福中天聚。百帙從今數。最難得，芝蘭庭下斑彩舞。

好事近 煮茶進和蔡松年韵

彩綫利如刀，解破團圓明月。蘭薪桂火筠爐，聽松風翻雪。　喚取眠雲跂石人，賽十洲三絶。焚香朗誦黄庭，把肺肝清徹。

霓裳中序第一 雨中劉珥江送鷄頭

青霞裁霧縠。正錦瀲瑶潘碧澳。水底鮫人織女。當翠房深處，新妝乍沐。塵消羅襪，冶步盈盈出鱗屋。向何許，滿身瓔珞，雲輸轉風轂。　皎鏡全澄獨漉。相掩映、荷裳芰服。昨夜龍宫失曉也，養天鷄，啓明傳旭。啄糧無半菽。算祇有、明珠滿腹。江妃把、金針穿玩，遞與素娥掬。

浣溪沙

步徹香塵倚畫闌。叢頭合鳳尾交鸞。金蓮并蒂月雙彎。宋玉東鄰芳草軟，江淹南浦落花乾。抱雲勾雪近燈看。

前調

解唱隋家昔昔鹽。離亭别宴柳毵毵。遠山顰映翠眉尖。霅上恰嫌苕子小，江都還笑寶兒憨。斷腸春色在江南。

前調

脚上鞋兒血色羅。掌上無力鬥彎訛。月牙新樣不争多。芍藥欄邊穿窈窕，柘枝筵下舞婆娑。芙蓉帳裏奈君何。

前調

遠道明朝萬壑冰。華堂今夕九枝燈。嬌歌姹管醉難勝。幻玉風流南北院，飛瓊仙夢短長亭。青樓回首十三層。

錦纏帶 集句

誰家紅袖倚江樓。手卷珠簾上玉鈎。眼波嬌溜滿眶秋。笑抬頭。頭上花枝顫未休。

六州歌頭 吊諸葛

伏龍高卧，三顧起隆中。割宇宙，分星宿，借江東。祝東風。端坐舌戰狙公。激公瑾，連子敬，呼翼德，揮白羽，楚江紅。烏鵲驚飛，虎踞蠶叢地，炎焰重融。吞吴遺恨在，受詔永安宫。目盡悴蒼穹。鑒孤忠。

念行營草出師表，心匪石，氣凌虹。歲去志，年馳意，早成翁。斷咸潼。出五丈，屯千井，旗正正，鼓鼕鼕。天亡漢，將星隕，卯金終。巾幗食槽，司馬生魂走、死壘遺弓。遺行人到此，千古氣填胸。多少英雄。

鷓鴣天 七月十八日，舟宿浸川驛江滸，雨夕蕭然，五鼓始寢，夢與劉善充賞海棠，賦詞一闋。醒而忘其半，爲足成之，意者春有歸期乎

錦地香霏織雨絲。蟠花膩葉樂春姿。薛濤紅粉臨妝怯，周昉丹青點筆遲。　同醉處，舊游時。卷中似欠海棠詞。酒徒雲散佳人遠，孤館殘燈惱夢思。

江月晃重山 四闋　壬寅立春

臘尾金杯灧灧，春頭彩勝翩翩。裁紅暈碧動嫣然。風日好，偷眼艶陽天。
月，幾弦錦瑟華年。故鄉迢遞水雲連。歸未得，思發在花前。

其二

金馬九重恩譴，碧鷄二十春風。江花江草每年同。君不見，憔悴已成翁。
笑，紫髯説劍猶雄。欲箋心事向天公。賒美酒，長醉玉壺中。

其三

屏翳烘雲靺鞨，羲和敲日玻璃。韶風麗景畫橋西。春色早，南國且黄鸝。
閣，繁華杏塢桃溪。多情楊柳露新荑。堪一醉，騎馬欲鷄栖。

其四

龍馬山前草長，螳螂川上花開。霜天曉角報春回。傳菜手，先進蕩寒杯。
柳，玉英片片熏梅。流光容易把人催。吾老矣，何日賦歸來。

一曲玉簫明
白髮戴花休
瀟灑蕙樓菌
金綫絲絲染

菩薩蠻 楚雄春歸

來來去去無千里。屏風萬叠青山裏。流水賽流霞。桃花夾杏花。　平蕪芳草短。一望春如剪。回磴是回程。鶯聲報一聲。

個儂

恨個儂無賴，嬌賣眼、春心偷擲。蒼苔落花，一雙先印下，月樣春迹。聞氣不知名，似仙樹御香，水邊韓國。羅襦襟解聞香澤，雌蝶雄蜂，東城南陌。何人輕憐痛惜。窺宋玉鄰墻，巫山寧隔。　尋尋覓覓。又暮雲凝碧。良夜千金，繁華一息。楚宮盼睞留客。愛長袖風流，鍾情何極。唱道是、鳳幃深處附素足，顫裊周旋惡。憐伊儘傾側。叫檀郎、莫枉春夕。恐佳期別後青天樣，何由再得。

瑞鷓鴣 咏柳

垂楊垂柳管芳年。飛絮飛花媚遠天。金繭抱春寒食後，玉蛾翻雪暖風前。　別離江上還河上，抛擲橋邊與路邊。游子魂銷青塞月，美人腸斷翠樓烟。楊柳有花有絮，詩古今例多謬稱，予之此篇始析體物。

柳梢青

酥雨纔收。猩紅謝館，蛾緑秦樓。忙殺東君，牡丹纏脚，芍藥梳頭。　藏鴉楊柳風流。正好繫、班騅紫騮。窈窕洲邊，温柔鄉裏，莫負歌喉。

巫山一段雲 暑夕

星的妝金靨，雲梳綰寶鬘。長蛾新月鬥彎環。風度佩珊珊。　小玉香煤燼，飛瓊扇影閒。鱗霞練靄錦班班。畫出晚來山。

鷓鴣天 棋姬

紅袖烏絲罷寫詩。翠娥銀燭笑談棋。雁行布陣穿花壘，虎穴臨衝拔綉旗。　烽火劫，羽書持。東山樽俎卷淮淝。紫囊兒輩原能辨，况有嬋娟出六奇。

前調

籬下黄花早已凋。鏡中華髮不相饒。清霜白露烟光晚，去雁來鴻客路遥。　香篆冷，燭花消。佳賓同醉可憐宵。都將璧月瓊枝句，付與樽前薛小桃。

前調 重游東岩寺，壁間見韓飛霞題字

仙梵潮音水月堂。曇花猶映墨花香。舊圃紅袖題詩處，曾指銀瓶索酒嘗。追幻夢，憶疏狂。春風宿草滿平岡。浮山夜壑藏舟夜，檻外長江自渺茫。

太平時 泝流納溪，舟宿玉林寺。憶昔劉參之與弟承之、梁騰實相送至此，參之、騰實墓已宿草，感愴賦此

回首徂征出塞前。甲申年。故人相送蜀江邊。共留連。廿載舊游非舊雨。銷魂處。晨星朝露各風烟。泪潸然。

灼灼花

誰把纖纖月。掩在湘裙褶。鳳翠花明，猩紅珠瑩，蟬紗雪疊。顫巍巍一對、玉弓兒，把芳心生拽。掌上呈嬌怯。痛惜還輕捻。戲蕊含蓮，齒痕斜印，凌波羅襪。踏青回露濕、怕春寒，倩檀郎温熱。

漁家傲 滇南月節

正月滇南春色早。山茶樹樹齊開了。艷李夭桃都壓倒。妝點好。園林處處紅雲島。彩

架秋千騎巷笊。冰絲寶料星毬小。誤馬隨車天欲曉。燈月皎。碧鷄三唱星回卯。

其二

二月滇南春嬿婉。美人來去春江暖。碧玉泉頭無近遠。香徑軟。游絲摇曳楊花轉。

酒寶釵銀釧滿。尋芳争占新亭館。棗下艷詞歌纂纂。春日短。温柔鄉裏歸來晚。

其三

三月滇南游賞競。牡丹芍藥晨妝靚。太華華亭芳草徑。花飣飣。羅天錦地歌聲應。

上柳昏花未暝。青樓十里燈相映。絮妥塵香風已定。沉醉醒。提壺又喚明朝興。

其四

四月滇南春迤邐。盈盈樓上新梳洗。八節常如三月裏。花似綺。釵頭無日無花蕊。

子單衫鴉色髻。共傾浴佛金盆水。拜願靈山催早起。争乞嗣。蛛絲先報釵梁喜。

其五

五月滇南烟景别。清凉國裏無煩熱。雙鶴橋邊人賣雪。冰碗啜。調梅點蜜和瓊屑。

里湖光晴泛艓。江魚海菜鸞刀切。船尾浪花風卷葉。凉意愜。游仙夢繞蓬萊闕。

其六

六月滇南波漾渚。水雲鄉裏無煩暑。東寺雲生西寺雨。奇峰吐。水椿斷處餘霞補。

沾 陌 杏 十 松

炬熒熒宵作午。星回令節傳今古。玉傘鶏蹤初薦俎。荷芰浦。蘭舟桂楫喧簫鼓。

其七

七月滇南秋已透。碧鶏金馬山新瘦。擺渡村西南垻口。船放溜。松花水發黄昏後。七
夕人家衣襮綉。巧雲新月佳期又。院院燒燈如白晝。風弄袖。刺桐花底仙裙皺。

其八

八月滇南秋可愛。紅芳碧樹花仍在。園圃全無摇落態。春莫賽。玫瑰彩縷金針繲。屈
指中秋餐沆瀣。遥岑遠目天澄派。七寶合成銀世界。添爽快。凉砧敲月勝竽籟。

其九

九月滇南籬菊秀。銀霜玉露香盈手。百種千名殊未有。摇落後。橙黄菊緑爲三友。摘
得金英來泛酒。西山爽氣當窗牖。鬢插茱萸歌獻壽。君醉否。水晶宫裏過重九。

其十

十月滇南栖暖屋。明窗巧釘迎東旭。速魯麻香春瓮熟。歌一曲。酥花乳綫浮杯緑。蜀
錦吴綾熏夜馥。洞房窈窕懸燈宿。掃雪烹茶人似玉。風動竹。霜天曉角肌生粟。

其十一

十一月滇南雲幕野。曹溪寺裏梅開也。緑萼黄鬚香趁馬。携翠斝。墻頭沽酒橋頭瀉。江上

明蟾初涷夜。漁蓑句好真堪畫。青女素娥紛欲下。銀霰灑。玉鱗皴遍鴛鴦瓦。

其十二

十二月滇南娱歲晏。家家玉餌雕盤薦。安息生香朱火焰。檳榔串。紅潮醉頰櫻桃綻。苔翠氍毹開夜宴。百夷枕粲文衾爛。醉寫宜春情興懶。妝閣畔。屠蘇已識春風面。

清平樂黄叔暘《花庵詞選》載李白《清平樂》二首，太白集不收，惟見此爾。其詞元是四首，其二叔暘以其語無清逸，疑非太白之筆，删之，今補其二

君王未起。玉漏穿花底。永巷脱簪妝黛洗。衣濕露華如水。六宫鸞鳳鴛鴦。九重羅綺笙簧。但願君恩似日，從教妾鬢如霜。

其二

傾城艷質。本自神仙匹。二八承恩初選入。身是三千第一。月明花落黄昏。人間天上銷魂。且共題詩團扇，笑他買賦長門。

於中好元宵後獨酌

千點寒梅晚角中。一番春信畫樓東。收燈庭院遲遲月，落索秋千剪剪風。魚雁杳，水

雲重。異鄉節序恨匆匆。當歌幸有金陵子，翠斝清樽莫放空。

塞垣瑞鷓鴣 檃括唐詩以補唐曲

秦時明月玉弓懸。漢塞黄河錦帶連。都護羽書飛瀚海，單于獵火照甘泉。　鶯閨燕閣年三五，馬邑龍堆路十千。誰起東山安石卧，爲君談笑静風烟。

浣溪沙

風裏桃花一陣紅。一年春色又成空。可憐光景閉門中。　絶塞不知登覽興，故鄉惟許夢魂通。倚樓病眼送歸鴻。

漁家傲 夏日曉起

鷄唱未圓天已旭。伯勞杜宇聲相續。殘月籠花風裊竹。眠未足。千金難買臨明宿。　葉上露華紛綴玉。青松雨後如膏沐。思爽神清來往獨。幽徑躅。休教踏破苔錢緑。

前調 寄李中溪仁夫

春色已隨銀樹去。點蒼千里行雲暮。四顆明珠行復聚。歌舞處。鵲橋便是秋娘渡。　青鏡紅顏容易去。老年芳景須珍護。服食求仙多錯誤。君記取。九州大錯休教鑄。

折桂令

望東寺、枕高岡、坐占鷗沙。看曉渡帆檣，晚市魚蝦。紅葉園林，黃花籬落，白水蒹葭。雙浮佛塔。指高嶢、一片人家。穩趁歸槎。低岸烏紗。滿酌村醪，閒話桑麻。

雙調翠樓吟代送大理蔡太守

月晃蒼山，風清黑水，花滿原鱗城雉。燧松明夜火，歌來暮似成都市。五華樓閣，看五馬迎恩，雙鴻送喜。遲遲晷。行春金碧，照春金紫。　此邦宜有循良，擁玉麟銅虎，旌旗旖旎。葉榆難借寇，望登仙香塵遥起。攀轅處、正紅頰窺簾，華顛卧軌。畫圖外。甘棠陰裏，心馳千里。

臨江仙寄簡西嵎

西嵎襟懷元灑落，近來踪迹何疏。高嶢一水不斯須。應同漁父飲，醒眼看三閭。　侍立小僮清似玉，少陵詩興何如。遥岑遠目幾踟躕。碧雲停杳靄，明月幾盈虚。

浣溪沙丙午十二月碧鷄關路旁梅

爲訪寒梅過野塘。一枝斜出宋家墻。團情團思媚韶光。　游女弄珠臨漢水，畫師綽絳學吴妝。新詞休咏舊昏黄。

前調簡西喦樓飲

瓊稷金盤六齒紅。玉人美酒賽新豐。憑陵大叫小樓中。　臨岸梅花驚照水，隔江桃葉唱迴風。明朝重醉宋家東。

西江月《唐宫守歲圖》

五柞宫中臘盡，萬年枝上霜清。沉香火底坐吹笙。玄圃樓臺不暝。　蕊女金釵剪燭，花奴玉導挑燈。紅兒酒渴嚼春冰。忽報景陽鐘應。

臨江仙丁未新正寄簡西喦

元日晴明人日接，韶光淑氣相仍。梅鈿柳帶似相矜。花游誰與共，綺語老猶能。　一水盈盈遥望處，團團寶月初升。山陰剡曲興須乘。十千沽緑酒，三五醉紅燈。

柳梢青 杏花

暈雪融霞。若烟非霧，何處人家。宋玉墻東，文君壚下，占斷韶華。　梅梢已罷橫斜。柳條猶未藏鴉。錦樹烘春，瓊枝裊月，留醉仙娃。

憶王孫 重宿渌品

落梅風裏玉鱗皴。牛背寒鴉過別村。樵笛聲中暮靄昏。掩重門。翠被香寒酒正温。

前調 大理九日

滿城開遍粉西施。節近重陽客未知。裊裊凉風攪鬢絲。倚樓時。長笛聲聲莫遣吹。

浣溪沙 高嶢雨中喜簡西崮至

短短軒窗小小齋。行吟坐嘯獨悠哉。愛閒能有幾人來。　佳客新從雲裏至，好花多向雨中開。隔籬呼取盡餘杯。

西江月 觀蜀史《檮杌》王宗衍事

舞影金波月浸，王宗衍詩：『月明如水浸宮殿。』元人傳奇仿之，作『月明如水浸樓臺』。歌聲玉葉雲留。『湛湛輝輝浮玉雲，』亦宗衍詩也。益州風物似揚州。卓女燒春綠酎。　瓊樹何如錦樹，繒樓却賽迷樓。露桃花下不知秋。正是酒悲時候。

賽天香

芙蓉屏外，倒金樽，滿座艷歌凝咽。半面新妝香透幌，環佩珊珊步怯。接黛垂鬟，低聲小語，問采香仙妾。柳裊花婷，鶯鶯燕燕標格。　媚眼射注檀郎，雙鴛全露，裙底凌波襪。萬斛胭脂傾在水，染就銀河一色。天作紅墻，山爲翠幕，生把伊儂隔。離魂牽，夢回南浦涼月。

沁園春 送卞蘇溪歸敘州

歸去來兮，羡公高致，粟里堪齊。記綉斧行邊，風生貴竹，青油開府，月朗雕題。黑髮功名，丹心事業，卿棘公槐行可躋。問何事，急流勇退，力挽難稽。　公言某豈栖栖。奔走紅塵早歲迷。况夜鶴帳中，滇雲直北，春鵑花底，蜀日平西。布襪青鞋，水邊林下，尋壑經丘一杖藜。喜吾鄉，散仙多侶，勝日招携。吾鄉綿州高瓦屋、富順謝右溪、成都許玉林、遂寧黄梓谷，皆未老力求歸。

錦鷓鴣『三更一笛一聯』，胡仲父落梅之句也。詞人所稱，予惜不見其全篇，遂爲足之

寒料峭，曉夢斷羅浮綽約叢。玉龍鱗甲綴簾櫳。自孤花底三更月，却怨樓頭一笛風。葱蘢。勸君莫放酒杯空。雪兒清唱山香舞，要把霜毛暈醉紅。

鷓鴣天魏南山將軍別墅蠟梅

桃杏妒，艾融蠟融梔褪粉光。暈眉暈臉學蛾妝。驚回花底三更夢，別是風前一種香。蘭防。幾番孤負月昏黃。枝頭要見青青子，且放銀燈伴海棠。葉桐岡批云：『蠟梅何以及海棠，蠟梅元是海棠姊妹也。』此翁戲語，惟予知之。

前調與葉桐岡東城醉歸口占

香掩冉，影窄窄紅渠艷襪羅。盈盈一笑滿梨渦。小槽春滴金華酒，纖月風林玉樹歌。婆娑。戴花歸路似東坡。相逢不盡疏狂興，其奈星星白髮何。

浣溪沙高嶢晚晴招簡西嵓

天碧遠粘千里草，霞紅低綴一雲露山尖水見沙。生烟漠漠樹横斜。晚來晴景屬詩家。

叢花。謫仙橋上望仙槎。

前調 楊雙泉寄畫扇

玉斧修成寶月團。月中仍有女乘鸞。釵橫鬢亂不勝寒。白兔樓頭風露迴，碧鷄祠下水雲寬。相思兩地共憑闌。

鷓鴣天 巧夕咏剪紅羅

玉露金風撼翠柯。園芳開到剪紅羅。燦如天女瓊花樹，麗奪仙郎瑞錦窠。秋已透，夜如何。穿針樓上巧雲多。七襄共愛天機好，其奈流年一擲梭。

前調 丁香花

一片紅雲簇帳天。翠綃雙卷出嬋娟。露凝狐塞燕支紫，日炙鴻門楚錦嫣。香馥鬱，影聯翩。金風璧月鬥明蠲。散花天女同心結，莫惱維摩丈室禪。

浣溪沙 高嶢滯雨

滿目風光户不關。李成驟雨郭熙山。吾盧宛在畫圖間。修竹墻頭過緑醑，丁香棚底醉紅顔。晚來一笑破天慳。

憶王孫 九月八日邀客賞菊

西風庭院咽玄蟬。薄霧濃雰采菊天。老去悲秋强自憐。假嬋娟。且向樽前醉管弦。

浣溪沙 落梅

徑轉梅橋燕尾分。疏枝冷蕊照江濆。玉龍鱗甲點波紋。謝女黄昏吟作雪，襄王清夜夢爲雲。餘香留與醉紅裙。

於中好 己酉新春試筆

早歲登龍氣吐虹。花磚紅采映青葱。西崑綸綍都經手，東壁圖書盡在胸。驚退鷁，悔雕蟲。烟波萬里一絲風。桃夭杏艷村醪嫩，方丈蓬萊是此中。

落燈風 正月十七日留簡西嵒

柳外落燈風乍起。杏靨梅鈿紛墮蕊。彩架閣秋千，紅繩緊、香塵滿地。春一分休矣。銀塘初暖湔裙水。催莫愁、蘭舟遥艤。沽酒趁梨花，聽雙歌、温柔鄉裏。且住爲佳耳。此詞予自度曲也。

滿庭芳 夢中作

疏林暮鴉，人歸古渡，雁落平沙。青山隱隱，夕陽下、遠水蒹葭。鴨頭緑、一江浪花。魚尾紅、幾縷殘霞。雲帆挂，星河客槎，萬里寄天涯。

憶王孫 落花集句

綉葩紅蒂墮殘芳。蝶醉蜂痴一簇香。盧家少婦鬱金堂。對斜陽。雲雨巫山枉斷腸。

滿江紅 檃括潛夫詞，憶李中溪種玉園梅

角寂鐘沉，清夢到、羅浮翠麓。種玉園中同醉處，暗香猶撲。月落參横增悵望，天寒日暮悲幽獨。訝隴頭、不寄一枝來，縈心曲。茅屋穩，辭金屋。藜燭焰，羞銀燭。嘆出塵風韵，背時妝束。争羨東鄰姬傅粉，豈知空谷人如玉。問揚州、何遜有新詩，誰堪續。

喜遷鶯 寄胡在軒且約高嶢之會

東風如剪。早見芍藥努牙，牡丹生卵。雕檻深籠，芳屏曲護，珍重春工猶淺。回首上林，何

處金蕊，玉房心懶。吟筆健，認香山白傅，徘徊華館。看花君具眼。擊鉢詩成，刻燭無妨短。目送孤鴻，手提雙鯉，一水盈盈未遠。何日棠舟蘭棹，飛下雲濤千轉。日暮也，望昆明天外，碧雲初卷。

菩薩蠻

裊裊腰肢渾似柳。碧花茗碗勞纖手。清晝小横陳。陽臺夢未真。一聲鶗鴂暮。兩槳催人去。新月曲如眉。黄昏悵望時。

前調

夢雲溶曳巫陽夜。蘭臺風起春寒乍。花鳥莫深愁。笙歌聊寫憂。蛾眉梳墮馬。象口熏殘麝。濃睡帶餘酲。翠窗啼曉鶯。

鶯啼序《高嶢海莊十二景圖》

碧鷄唱曉霞散綺，重關幀畫。環村步、幾簇生烟，空翠幻作仙界。茭草蕩灣環洲渚，輕風送幅蒲帆快。看舞鷗飛鷺，聯翩向犺寥外。晴兆須臾，雨信頃刻，問水樁山帶。樹羽颭風展青簾，駁雲銷晛日曬。浪花平、洛神襯襪，紅妝湧出青羅蓋。浮修眉，約略黛螺，映盤鵶髤。海花汀藻，文石錦沙，綸組迎船絓。漁火焰、漣漪倒影，歸棹穿方罫。蒲牢昏吼，栖鵶結陣，八村九寺鳴宵籟。提筠籃、金綫穿魚賣。松燈點點互月彩。卧玉塔浮瀾，素娥窈窕千態。翠岩深靄，禪室僧歸，杖錫微徑隘。月黑白林明處，香軟寒輕薏苡，缸中梨夢縈唄。南巒老松，遥看晴雪，似銀龍下斟玉瀣，洗塵襟、著得乾坤大。輞川何似吾廬，海變春醪，償風月債。

木蘭花慢 春日閒居寄簡西畧

重三今日是，寒食過、又清明。念故國關心，歸期難卜，望遠愁生。天留烟霞勝處，匯平湖列岫碧縱横。花裏筆床茶竈，松間漁影樵聲。可人咫尺喜逢迎。來往片雲輕。看柳垻長綃，交塘歸棹，雙塔高城。長安水邊不記，想緑珠碧玉事堪驚。笑弄豚兒犬子，飽餐燕麥魚羹。

滿江紅 咏菊效稼軒詞論體

唤醒靈均，爲問餐秋菊落英消息。秋英元不落，妙筌誰識。要悟靈均言外意，此花珍重殊難得。待英蕤、零落始供餐，休輕摘。九月律，當無射。黄落盡，無顔色。惟兹獨秀，冷露寒霜側。不肯悠悠隨宿莽，衹將凜凜争松柏。把九章橘頌，試同觀，方奇特。

醉蓬萊代壽黔國上公

看金波遥映，玉鏡高飛，昆明池沼。近天上中秋，人間蓬島。建節堂深，籌邊樓迥，正雨晴風裊。青鳥喉歌，紅鸞掌舞，仙音繚繞。白鶴南來，錦書爲報。雲動三山，星飛五老。漢節唐符，拜重華天表。玉麈談詩，金釵壓鬢，向瓊枝齊禱。願歲歲長春，年年此日，恩波難老。

西江月畫觀音壽意

金粟如來神影，青蓮居士新詞。普陀岩映八功池。宛與昆明相似。瑞靄錦雲團蓋，祥光寶月圓規。醍醐乳酒注軍持。聽取長生莂記。

唐多令中秋與二客泛舟

飛鏡露雲頭。金波水面浮。水晶宮、今夜中秋。喚取官奴吹玉笛，香霧濕、錦雲留。

二

客亦風流。螂川泛小舟。問何如、赤壁黄州。坡老有靈應撫掌，天地寄、一浮蝣。

一七令

舟中閱唐詩人王起、李紳、張籍、令狐楚於白樂天席上，各賦一字至七字詩，以題爲韵。遂效其體，爲花、風、月、雪四首

花。摛錦，鋪霞。邀蝶隊，聚蜂衙。金瓔漢女，寶髻吴娃。風前香掩冉，月下影交加。曲水名園幾簇，宜春下苑千家。北里金屏成坐笑，南朝瓊樹不須誇。

其二

風。偃草，飄蓬。過竹院，拂蘭叢。柳堤摇緑，花徑飛紅。紅缸殘焰滅，碧幌嫩凉通。漆園篇中竽籟，蘭臺賦裏雌雄。無影迴隨仙客馭，有情還與故人同。

其三

月。霜凝，冰潔。三五圓，二八缺。玉作乾坤，銀爲宫闕。如鏡復如鈎，似環仍似玦。蘭閨少婦添愁，榆塞征人怨别。漢家今夕影娥池，穆穆金波歌未闋。

其四

雪。凝明，澄澈。飛玉塵，布瓊屑。蒼雲暮同，嚴風曉别。深山樵徑封，遠水漁舟絶。南枝忽報梅開，北户俄驚竹折。萬樹有花春不紅，九天無月夜長白。

鷓鴣天 雨中凉甚獨酌

爲喜新涼入酒杯。自斟自勸自徘徊。暑纔溽處雲先合，詩欲成時雨早催。吟草閣，賦蘭臺。江山金碧畫圖開。天教一片滇南景，逐我多情萬里來。

前調 以茉莉沙坪茶送少岷

灌口沙坪摘小春。素馨茉莉薦香塵。要知貯月金波味，祇有餐霞玉洞人。雲葉嫩，乳花新。冰甌雪甌却杯巡。清風兩腋詩千首，舌有懸河筆有神。

河傳 咏隨堤

東楚。南浦。隋堤游處。龍腦飛霙，明珠濺雨。彩女殿脚三千。青娥吴絳仙。梅黄雨細楓香老。江都好。忘却長安道。不堪回首，芳魂已斷迷樓。怨揚州。

酒泉子 避暑江山平遠亭，招簡西巒不至

西巒不來。負却紅墻垂手。懶當歌，慵對酒。倦登臺。石城艇子又空回。鸂鶒一雙驚散。藕花汀，桃葉岸。獨徘徊。

西江月 瀘州發船，王雲巢携翠容相送

莫道留春無計，君來有計留春。翠容烟黛隔花顰。隱隱遥山遠映。　載酒春江畫舫，題詩紅泪羅巾。江頭離别一何頻。醉到柳昏花暝。

花犯念奴 有序

司空南垣劉公元瑞卜居湖州，寓滇帖云：吾友某公作高樓十餘楹。諸文房服餌庖湢，悉具樓上，數十年不下。子登甲傍，亦止於樓上叩頭。麟心慕之，而不能構。吾友文衡山爲圖一樓，俾神栖焉。射陂朱子作《清調曲》七解，所謂神樓一何峻也。并緘以示慎。慎謂尻輪神馬，正不須駕雲級霞隥，亦何用樓。乃檃括爲近調一闋，以白石譜《花犯念奴》按之，可歌也。

雲軿不輾地，仙居多麗譙。湖海廿年龍卧，錦漣清雪茗。甫里筆床茶竈，山陰楸枰方罫，香籀記昏朝。醉鄉無畔岸，北斗挹天瓢。　樓中人，誰是伴，有松喬。靈文緑帙，齊物與逍遥。肯念草玄寂寞，暫遣壺公縮地，風御驀琅霄。闌干憑到景，共和曉仙謡。

鷓鴣天戊申初度

宦海風波記昔年。天涯青鏡感華顛。過堂未悟鐘將釁，晲柱誰知璧偶全。　周卦氣，卜先天。日斜鼓缶月明前。笑看太白成三影，便是維摩不二禪。

前調壽張月塢

緑粉名園暑燕開。池紅水碧兩徘徊。竹西仙叟藏春塢，蓮北詩人半月臺。　三鳳兆，八龍才。不論燕桂與王槐。丹霞夾月華星出，長照金樽映寶罍。

滿江紅十一月六日魯泉董太守過宿高嶢

王子回船，還祇是、戴公無興。試思之、雪中林壑，瓊輝玉映。佳客衝寒來半夜，主人掃雪開三徑。便擁鑪、命酒炙車螯，纔相稱。　前古事，休重咏。翻舊案，行新令。喚官奴秉燭，肉屏圍定。畫角吹梅天未曉，金釵剪燭人初静。更新詞、一曲滿江紅，君須聽。

駐馬聽題《搗練圖》

香杵玫砧，閨怨佳人搗素音。廣除縣月，空宇流霜，風滿凉襟。雲鬟慵插辟寒金，綢絲團扇青鸞隱。坐見星沉，寒鴉帶日來長信。

四塊玉 高嶢水泛夜歸

遠水明如鏡。流螢點似星。喜吾廬地偏人静。趁漁燈歸來風露冷。聽農談四鄰相應。

鷓鴣天 落葉

裊裊西風錦樹新。一年芳意屬流塵。莫辭雨滴寒鳴夜，曾抱花枝暖過春。蒲柳岸，柙楓津。琅玕摧折感離人。天津休問題紅怨，香閣回文翠黛顰。韓退之詩：『空階一片下，琤若摧琅玕。』

晝夜樂 中秋董太守席上

螳螂川上清秋節。爽襟懷、消煩熱。香醪桂馥蘭薰，官妓舞瓊歌雪。五馬風流華筵設。金屏燕頎鶯頡。軟語勸飛觴，有如花蓮舌。座中豪興稱三絶。高陽并、斜川埒。且偕仙侶逍遥，肯嘆群兒圓缺。未害廣平心似鐵。看霜鬢、半成毿毵。倩横玉叫雲，把寥天吹徹。

漢宮春 菊席

采采黄花，向龍山高處，淺泛金卮。秋容老圃堪賞，插鬢參差。楊妃沉醉，苧羅更比西施。可笑群兒，凡目品題，汙却高姿。千古陶家清興，有何人提著，冷落東籬。炎皇曾書本草，壽域仙蕤。明堂月令，挺孤芳、四字標奇。歌一闋、悠然自適，無弦琴是心知。

鷓鴣天 蓮池

紅玉花開緑錦池。碧筒金醴瀉芳卮。十三雁足傳情遍，二八蛾眉度曲遲。雲散後，月明時。接䍦顛倒袂參差。良辰佳會應難續，風雨連宵惱别離。

對玉環 丁卯年作，追録於此

風暖鶯嬌，壓折海棠梢。雨散烟消，輕攀楊柳條。帳飲灞陵橋，送别長安道。酒盡金貂，去程千里遥。唱徹金蕉，銷魂誰爲招。

鷓鴣天 易門小飲

翠罼青樽旅思消。酒樓斜映緑楊橋。瓮頭霞色如妝面，簾脚風流似舞腰。同醉處，可憐宵。障泥未解玉驄驕。青衫不濕江州泪，已許狂歌託聖朝。

前調 月下水邊梅影

斷角殘鐘半掩門。誰招雪魄與冰魂。羅浮夢裏更三點，花信風前第一番。　溪緑净，月黄昏。留連檀板共金樽。襪塵波底香難賽，軫粟燈前玉易皴。

臨江仙 題《春夜宴桃李園圖》

桃李名園開夜宴，樽前燭影摇紅。璚枝璧月錦簾櫳。香寒心字篆，花暖肉屏風。　百歲光陰真過客，千金一刻難逢。高談幽賞興何窮。玉簫歌一曲，金谷酒千鍾。

鷓鴣天 壬子元夕前高嶢海莊與王雲岩、丘鴻夫、張子中、李繼培小飲

淼淼春波碧海邊。淹留佳客夜開筵。未臨元夕燈先試，雖是貧家月也圓。　歌宛轉，舞蹁躚。勸郎行樂駐華年。白頭未定西歸計，愁聽箜篌蜀國弦。

前調 北岩寺酒闌書感

戎旅今年四處家。故鄉咫尺是天涯。尋巢未定身如燕，覽鏡曾經鬢似鴉。　愁對酒，懶

看花。青衫老泪感琵琶。側身天地無劉表，徒倚闌干日又斜。

江城梅花引 夕宿江門

漏聲沉。雨聲沉。滴滴空階碎客心。擁單衾。擁單衾。病骨寒侵。争教不斷魂。靜聞櫪上嘶羸馬。巴童熟睡荒鷄啞。旅游難。旅游難。白首衰殘。何日歇征鞍。

一剪梅 戲簡西畧宿杏花樓

宋玉墻頭杏子花。香也堪誇。艷也堪誇。東風鳥外一枝斜。問是誰家。江上人家。肯信流年鬢有華。詩咏紅霞。酒泛流霞。低聲呢語似雛鵶。人在天涯。忘却天涯。

浣溪沙 永寧病起將歸

聽徹晨鷄又暮鵶。病來簾外即天涯。明朝纔得問歸槎。客路縱遥終會到，他鄉雖好不如家。江門春水照江花。

浪淘沙 富順縣羅漢洞諸公相送

良會阻天涯。水渺雲賒。歸途喜見臘梅花。又醉當時羅漢洞，一曲琵琶。浮客似浮槎。到處爲家。魯峰高興更南沙。有約肯來無宿諾，細酌流霞。魯峰，徐侍御世瞻；南沙，熊祠部叔仁也。

黄鶯兒 夕宿懷德鎮夢中作，寄陳節庵

呼酒濯離愁。別同心三十秋。飽諳世事慵開口。朱顏白頭。瑶臺古丘。英雄到此須回首。問歸舟。雲朋霞友。共結采真游。

天净沙 題畫

曉風香露樓臺。長紅小白齊開。笑整鮫綃雙帶。拈來慵戴。滿懷蜂蝶争來。惜花春起早

其二

良宵一刻千金。水晶宫裏沉沉。月姊休教妒影。離情别恨。人間天上同心。愛月夜眠遲

其三

桂花影裏金波。瑶池倒映銀河。玉臂清輝無那。纖纖攤破。分明掌上嫦娥。掬水月在手

其四

霜天曉角聲殘。霞綃雪縷衣單。依約宫黄畫淺。小梅開遍。咏花人倚闌干。弄花香滿衣

西江月 歐海蟾樓上

夜合庭前月照，夕佳樓上春宵。青燈的的夜迢迢。欹枕荒鷄未曉。　杜曲愁濃酒惱，沈園夢斷香消。倚門紅袖不須招。不見盧郎年少。

鷓鴣天 劉岷川母壽詞

王母西來青鳥迎。瑶池翠水淺還清。何如萱草庭前茂，又見猗蘭砌下生。　羅甸國，錦官城。望雲就日兩關情。錦江化作長春酒，笑對東風北斗傾。

瑞鷓鴣 集句咏巫山高

望中孤鳥入銷沉。宿處津亭楓樹林。江草江花豈終極，巫山巫峽氣蕭森。　爲雲爲雨襄王夢，愁水愁風商婦心。客去客來天地老，無朝無暮有猿吟。

水仙子 觀競渡 句用鳥獸字

雨凉翡翠藕花浮。風弄蜻蜓荇帶柔。雲收蝃蝀蘭漪溜。奪龍標競鷁舟。看猱兒争勝誰休。剛過眼鶯花夢，早驚心蟾桂秋。怎不教鶴髮蒙頭。

金衣公子 少岷翁送荔枝

香雨錦簾櫳。喜名園荔子紅。仙翁分贈丹霞洞。羅襦外封。冰肌内融。金盤玉碗纖纖奉。剥春葱。凉生暑送。高枕聽松風。據《楊升庵先生長短句》本補。以上録自《升庵長短句》

浣溪沙 雪中，蕭東渟自安寧至，二姬自滇來，小飲成醉

雪裏佳人特地來。紅裙翠袖小弓鞋。楊花飛處牡丹開。　佛氏解爲銀世界，仙家幻作玉樓臺。王猷訪戴棹休回。

鷓鴣天 高嶢岸梅，句用鳥獸字

魚尾紅霞海影摇。碧鷄臘信上梅梢。塗黄巧學蜂腰細，匀粉俄驚蝶翅飄。　龍竹瘦，鶴松翹。相和蘭麝綺香銷。鼉城春色添鄉夢，想見枝頭緑鳳么。

臨江仙 四會東晦

高宴諸侯張樂地，錦堂華燭蟠烟。當筵歌舞假嬋娟。病吟終少味，老醉不成顛。　高隱無言應念我，白頭奔走山川。熏梅染柳又催年。人歸落雁後，思發在花前。

定風波 霑益冬至

客中冬至夜偏長。寒爐坐擁待晨光。心似死灰飛不起。愁裏。路迷心折望吾鄉。　玉几由來天北極。曾直。五更三點入鵷行。何事白頭猶道路。誰訴。天高難問祇蒼蒼。

鷓鴣天 斗山坡遇雪

去歲渝州賞雪時。桂舟蘭楫泛清漪。握松舊令傳瓊腕，冠柳新詞侑錦卮。　香遍滿，夜何其。三更醉舞賽西施。豈知飢走荒山道，百結鶉衣履凍澌。

臨江仙 可渡橋喜晴

可渡新晴韶景媚，不愁寒透征衣。滇陽漸近雪霜微。舊游如夢寐，旅思欲紛霏。　時序驚心催候雁，嗈嗈鳴向朝暉。多情何事帛書稀。明年春色裏，領取一行歸。

其二

萬里雲南可渡，七旬老叟華顛。金羈翠旄杏花韉。還家劍鋒畫，出塞馬蹄穿。　舊店主人争羨，升翁真是神仙。東征西走幾多年。風霜知自保，窮達任皇天。

南鄉子

晴颱索春饒。垂柳長亭學舞腰。昨夜驚鴻還入夢，妖嬈。已隔揚州念四橋。　濯錦露花朝。曾泛蘭舟拾翠翹。雲散風流何處覓，難描。淺黛遥山雪半消。

闕調名 中秋夜小酌，即席示二弟小詞二首

江樹無烟。清輝寒影在中天。謝池家宴，休教辜負，今夜十分圓。　一樽相對静娟娟。分得金波漾酒船。更闌酒盡不成眠。一枝仙桂，好事説明年。

其二

月照三更。鵲繞南枝雁亦驚。庾樓高興，休教辜負，今夜十分明。　凄清何處管弦聲。仿佛燕臺紫陌行。便從今夕話離情。明年此景，又隔鳳凰城。

浣溪沙

遠道明朝萬壑冰。華堂今夕九枝燈。嬌歌姹管醉難勝。　幻玉風流南北院，飛瓊仙夢短長亭。青樓回首十三層。

一枝花 賞梅

羅浮山接渺茫，大庾嶺横邊嶠。凌風臺迷汗漫，含章殿阻岧嶢。興會情嘲。想得到行得到。一逢春一遇著，蕊參差比鳳翩躚，樹槎牙猶龍夭矯。

黑漆弩 次韵馮海粟二首　案：詞牌原缺，據《詞譜》補。

其一 謝曾少岷題扇

梁塵飛繞停教住。有哲匠坐上原父。指岷翁清談雜善謔。早梅時、新月彎弓，喜見遥天收雨。　尉遲杯、滿酌休辭，半臂急催忙去。時南沙寓江外翁洞林館，有内令促歸，諸公皆散。寫蒲葵、一字千金，付阿買、珍藏好處。

其二 謝熊南沙跋帖

月儀蠹簡留君住。索靖是右軍師父。笑藏真、酗酒狂僧，説甚龍蛇風雨。　戲魚堂、響榻重鎸，莫道影留形去。熊朋來、鼎韵鐘銘，鑒賞到、西臺妙處。衛瓘、索靖皆工草書，補西臺一妙。

蝶戀花

璧月瓊枝風韵在。皎皎盈盈，自拗梅花帶。一笑傾城迷下蔡。暗香疏影春難賽。　年紀無多情性快。翠袖金杯，滿勸深深拜。禪室散花元不礙。道人還了鴛鴦債。

其二

月白珠玄成一派。灼灼紅燈，光映猩猩菜。天女從來銀色界。肌膚冰雪牽人愛。護粉羞黃如有待。鏡約釵盟，祇恐旁人怪。弦上分明傳意態。何時許解香羅帶。

金字經二首　江上晚歸

璧月寒生暈，銀河凍欲冰。穩坐藍輿酒半醒。登漁舟，紅蓼汀。樵樓暝。鼕鼕初起更。

其二

窗紙風偏透，衾裯冷不勝。欹枕挑燈詩又成。聽更鼓，最無憑。同雲暝。檐花滴到明。

慶東原四首

其一　柳浪喜春

柳葉描青黛。梨花膩粉腮。鶯期雁約鴛鴦債。歌兒溜釵。舞姬脱鞋。沉醉歸來。燈炷剪華蟲，酒瓮䎱銀蟹。

其二 槐蔭消暑

紅鏡當空曬。清風喚不來。輕雷送雨添凉快。蟬嘶綠槐。蟲書紫苔。静掩高齋。鼓動草池蛙，爪寫蘭亭蟹。

其三 菊塢吟秋

興爲催租敗。歡因送酒來。酒酣詩興依然在。黄花又開。朱顔未衰。正好忘懷。問甚有監州，不可無螃蟹。

其四 梅窗聽雪

殘月金樞壞。流風玉樹開。素娥青女新妝賽。羊羔酒篩。鵝毛句裁。人在瑶臺。舞看鏡窺鸞，卧聽沙行蟹。

駐馬聽 四首

柳下長亭。記得當年此送行。羅襟抆泪，玉手牽衣，錦字題情。今年枝上又啼鶯。雕鞍駿馬無踪影。春色飄零。闌干十二和誰并。

其二

紅藕池臺。夏日懨懨眼倦開。慵看寶鏡，不卷珠簾，懶整金釵。熏風依舊自南來。扇兒搧我人何在。感嘆傷懷。腰肢瓚剩合歡帶。

其三

風透窗紗。坐對銀燈落細花。龍頭瀉酒，象口吹香，鳳髓烹茶。檀郎因甚不來家。看看月上蒲桃架。一曲琵琶。寒生玉筍珠簾下。

其四

凛凛霜威。寒氣先侵玉女扉。銅壺漏澀，銀燭光殘，瓊樹花飛。江空水凍雁聲稀。陽關書信憑誰寄。夢繞金微。鄰鷄唱罷芳心碎。

减字木蘭花

烏衣椎髻。龍女改妝歌薜荔。立近梅花。弄粉團香襯臉霞。真真喚醒。便出墨池登雪嶺。醉寫烏絲。齊唱東風第一枝。

折桂令《昭君出塞圖》

亂紛紛、玉蕊冰花。氣結愁雲，泪濕胭霞。高闕千尋，停驂一顧，漠漠黄沙。祇見三隊五隊，槊旌旗、舞風番馬。千點萬點，繞穹廬、成陣寒鴉。一曲琵琶。幾拍胡笳。目斷飛鴻，恨滿天涯。以上録自《楊升庵先生長短句》

西江月

天上烏飛兔走，人間古往今來。沉吟屈指數英才。多少是非成敗。富貴歌樓舞榭，凄涼廢塚荒臺。萬般回首化塵埃。祇有青山不改。

前　調

滚滚龍争虎鬥，匆匆兔走烏飛。席前花影坐間移。百歲光陰有幾。説古談今話本，圖王霸業兵機。要知成敗是和非。都在漁樵話裏。

南鄉子

携酒上吟亭。滿目江山列畫屏。賺得英雄頭似雪，功名。虎嘯龍吟幾戰争。一枕夢魂驚。落葉西風别换聲。誰弱誰强都罷手，傷情。打入漁樵話裏聽。

西江月

檢盡殘編斷簡，細評千古英雄。功名富貴笑談中。回首一場春夢。昨日香車寶馬，今朝禾黍秋風。誰强誰弱總成空。傀儡棚中搬弄。

臨江仙

滚滚長江東逝水，浪花淘盡英雄。是非成敗轉頭空。青山依舊在，幾度夕陽紅。白髮漁樵江渚上，慣看秋月春風。一壺濁酒喜相逢。古今多少事，都付笑談中。

西江月

落日西飛滚滚，大江東去滔滔。夜來今日又明朝。驀地青春過了。千古風流人物，一時多少英豪。龍争虎鬥漫劬勞。落得一場談笑。

前調

道德三皇五帝，功名夏后商周。英雄五霸鬧春秋。秦漢興亡過手。青史幾行名姓，北邙無數荒丘。前人田地後人收。説甚龍争虎鬥。

前調

豪杰千年往事，漁樵一曲高歌。烏飛兔走疾如梭。眨眼風驚雨過。妙算龍韜虎略，英雄鐵馬金戈。争名奪利竟如何。必有收因結果。

清平樂

閒行閒坐。不必争人我。百歲光陰彈指過。成得甚麽功果。　昨日羯鼓催花。今朝疏柳啼鴉。王謝堂前燕子，不知飛入誰家。

西江月

颯颯西風渭水，蕭蕭落葉長安。英雄回首北邙山。虎鬥龍争過眼。　閒看灞橋楊柳，凄涼露冷風寒。斷蟬聲裏凴闌干。不覺斜陽又晚。

點絳唇

暮鼓晨鐘，春花秋月何時了。七顛八倒。往事知多少。　昨日今朝，鏡裏容顔老。千年調。一場談笑。幾個人知道。

西江月

六代瓜分世界，五胡雲擾中原。縱横三百有餘年。幾度交鋒索戰。　馬過生靈虀粉，血流河洛腥膻。耳聞猶自不堪言。有眼休教看見。

臨江仙

一片殘山并剩水，年年虎鬥龍争。秦宫漢苑晋家營。川源流恨血，毛髮凛威靈。　白髮詩人閒駐馬，感時懷古傷情。戰場田地好寬平。前人將不去，留與後人耕。

西江月

追想千年往事，六朝踪迹茫然。隋唐相繼統中原。世態幾回雲變。　楊柳凄迷汴水，丹青慘淡凌烟。樂游原上草連天。飛起寒鴉一片。

定風波

雨汗淋漓赴選場。秀才落得甚乾忙。白髮漁樵諸事懶。蕭散。閒談今古論興亡。　虞夏商周秦楚漢，三分南北至隋唐。看到史官褒貶處。得趣。不摇紈扇自然凉。

西江月

千古傷心舊事，一場談笑春風。殘編斷簡記英雄。總爲功名引動。　個個轟轟烈烈，人人擾擾匆匆。榮華富貴轉頭空。恰似南柯一夢。

蝶戀花

檢盡殘編并斷簡。細數興亡，總是英雄漢。物有無常人有限。到頭落得空長嘆。富貴榮華春過眼。漢主長陵，霸主烏江岸。早悟夜筵終有散。當初賭甚英雄漢。

西江月

三百餘年宋史，遼金西夏縱横。争强賭勝弄刀兵。誰解倒懸民命。富貴草稍垂露，英雄水上浮萍。是非成敗總虚名。一枕南柯夢醒。

前調

山色消磨今古，水聲流盡年光。翻雲覆雨數興亡。回首一般模樣。清景好天良夜，賞心春暖花香。百年身世細思量。不及尊前席上。

前調

細想三皇五帝，一般錦綉江山。風調雨順萬民安。不見許多公案。後世依他樣子，齊家治國何難。流芳百世在人間。萬古稱揚讚嘆。以上録自《陳眉公正廿一史彈詞》

周復俊

周復俊（一四九六—一五七四），字子籲，號木涇，崑山人。嘉靖壬辰（一五三二）科進士。官至雲南左布政使，晋南京太僕寺卿。著有《六梅館集》《涇林詩集》《涇林文集》。

憶滇南

白傅有《憶江南》三首，予甚愛其辭，而予游滇南也久，俯仰今昔，不無白傅之思。漫效其體，亦賦三篇

滇南好，所憶憶澄潭。金馬樓船春載泛，碧鷄歌舞月方圓。能不憶滇南。

其二

滇南樂，常記在滇中。三春棃麥家家熟，十月桃花樹樹紅。何日更相逢。

其三

滇南憶，佳麗屬昆明。垂柳影邊飛棹影，賣花聲裏雜鶯聲。是處有吹笙。以上録自《涇林詞》

章士元

章士元，字伯熊，吴縣人。嘉靖甲辰（一五四四）科進士，曾任臨安知府。

百字令 過東林寺

東林蘭若，論雅致、頗稱郡中風物。十里紅塵，無避處、須着此間幽僻。白晝游絲，黄昏清梵，百慮應俱息。多情傲吏，故應來此成適。　自槐菊徑成荒，棠陰未滿，歲月虚抛擲。忙裏逢僧，聊一話、閒得浮生半日。山水之間，醉翁幽意，幾個人知得。凭欄一笑，寄與後來佳客。以上録自《雍正建水州志》

馬　朴

馬朴，字敦若，同州人。生卒年不詳。明萬曆四年丙子（一五七六）科舉人，官至雲南按察副使。著有《閬風館全集》凡六十二卷。趙尊岳輯録其詞爲《閬風館詩餘》一卷，收入《明詞彙刊》。

滿江紅 送楊使君中寰致仕歸滇

渭曲秋清，夕陽路、駪駪馬去。撩亂殺、白頭父老，無能借寇。鸚鵡洲中誰覽勝，鳳凰臺上曾吟句。夢中身、先到點蒼山，雲深處。　覓瓊島，尋句漏。貪六詔，辭三輔。携一琴一鶴，清風兩袖。桂嶺遥看蟾影遠，梅仙定在鹿門候。更何年、鳬舄送王喬，還相遇。

探春令 聞報徙滇憲二首

除書春暖下堯天，愧微才分憲。悵滇池、萬里雲幽遠。那裏有、横空翰。悠悠世路多攀援。誰肯憐近宦。縱横萍梗隨風浪，轉眼是、雲中電。

其二

三年承乏此褰帷，獨心勞神瘁。幸澄清、沔漢人和萃。對峴石、差無愧。政猶愷悌原無异。何幸徽清貴。君恩豈敢淮陽薄，且把酒、成醺醉。以上録自《閬風館詩餘》

吴偉業

吴偉業（一六〇九—一六七一），字駿公，號梅村。江蘇太倉人，祖籍河南洛陽。崇禎四年辛未（一六三一）科會試第一名，殿試一甲第二名。崇禎十三年任南京國子監司業，入清後官至國子監祭酒。著有《梅村集》四十卷、《春秋地理志》十六卷、《春秋氏族志》二十四卷、《綏寇紀略》十二卷、《樂府雜劇》三卷等。

木蘭花慢 壽嘉定趙侍御舊巡滇南

仰首看皓魄，切莫放、酒杯空。記六詔飛書，百蠻馳傳，萬里乘驄。天南碧鷄金馬，把枯棋殘局付兒童。鷄黍鹿門高隱，衣冠鶴髮衰翁。嘆干戈滿地飄蓬。落日數歸鴻。喜歇浦寒潮，練塘新霽，投老從容。菊花滿頭須插，向東籬狂笑醉顔紅。高館青尊紅燭，故園黄葉丹楓。以上録自《吴梅村詞》

陸世儀

陸世儀（一六一一—一六七二），字道威，號桴亭，太倉人。諸生。著有《桴亭集》。

滿江紅 滇南張道子先生隱居婁中，卜宅澹然堂，賦贈

六詔風烟，驚奮起、一時英杰。韜書卷、驅車策馬，霸功王業。魚復江邊千嶂雨，龍標城外三更月。十年中、辛苦借前籌，頭如雪。銅柱隕，朱崖缺。鐵索斷，滄瀾絶。看石樓王屋，翻增悲咽。梅尉西山身未遂，魯連東海心徒切。倚梅花、沉醉澹然堂，憑誰説。以上録自《桴亭詞》

宋琬

宋琬（一六一四—一六七三），字玉叔，號荔裳，山東萊陽人。清順治四年丁亥（一六四七）科進士，授户部主事，歷官浙江按察使、四川按察使等。著有《安雅堂詩》《安雅堂文集》《二鄉亭詞》等。

滿江紅 李方山歸自滇中，喜而有贈

西子湖頭，送君日、楊花飛雪。一萬里、蠻烟瘴雨，朱門空謁。雁字不傳滇海路，蘆花正映清溪月。向莫愁、村畔話離愁，真奇絶。　磨盾志，空悲咽。題柱願，難消歇。惜白頭成錯，六州之鐵。鄉里兒曹偏面冷，丈夫拓落因腸熱。取囊中、詩卷共青萍，燈前閲。

其二

抱琵歸來，嘆游子、飄零南國。君賀我、商瞿有子，狂歌浮白。大者纔能呼父執，黄鷄緑酒娱今夕。但無如、瓊樹倚階前，誇雙璧。　吹玉笛，長干陌。携蠟屐，江淹宅。曰身將隱矣，北山之北。遠害且尋麋鹿伴，那能老作諸侯客。况竹溪、六逸尚堪招，徂徠側。以上録自《二鄉亭詞》

呂師濂

呂師濂，字黍字，號守齋，浙江山陰人。明末清初時在世，曾游滇南。著有《何山草堂詩稿》《守齋詞》。

臨江仙 訪友留飲有贈

黯澹灘頭纔到，昆明池上初逢。羅雲縠霧帶香風。兩岐眉簇紫，三斗靨微紅。　遭亂最

憐王粲，嘗泉無遜盧仝。縹緗高擁百塵空。清思在物外，尋菊養瓶中。以上録自《守齋詞》

徐喈鳳

徐喈鳳（一六二二——一六八九），字鳴岐，又字竹逸，號荆南山人，江蘇宜興人。清順治十五年戊戌（一六五八）科進士，官雲南永昌府推官。著有《蔭緑軒詞》。

塞翁吟 客有勸余赴部補官者，詞以謝之

客聽吾言者，吾性本愛林泉。悔誤被，利名牽。一去幾多年。滇雲萬里歸來後，留戀草舍花田。十二載，嘯吟風月，放浪溪山。　閒閒。有松竹、禽魚作伴，臨古帖、鍾王褚顔。任世態、炎涼百出，遂初服、處困而亨，樂在中焉。周顒再仕，捷徑終南，吾豈其然。壬寅至甲寅，林居十二載矣。

瑞鶴仙 中秋後二日，壽高蘇州蒼岩

冰輪還滿也。共躋此黄堂，祝長生也。笙璈競吹也。合姑蘇九屬，歌臺萊也。何歡忭也。昔無襦、今五袴也。捧霞觴，拂拂香飄庭際，桂花開也。　仙也。南滇戈擾，古歙兵紛，早離脱也。來吴郡也。雖繁劇，太平也。况才優盤錯，從容游刃，三載成功奏也。願相招、

同訪丹丘，虎丘是也。以上録自《全清詞·順康卷》

陳維崧

陳維崧（一六二五—一六八二），字其年，號迦陵，江蘇宜興人。康熙十八年（一六七九）舉博學鴻詞，授翰林院檢討，參修《明史》。著有《陳迦陵文集》《迦陵詞全集》等。

杏花天 咏滇茶

穠春治葉朱門裏。弄東風、紅妝初試。殘鶯天氣香綿墜。怊悵最宜著此。　見多少、江南桃李。斜陽外、翩翩自喜。异鄉花卉傷心死。目斷昆明萬里。

喜遷鶯 咏滇茶

胭脂綉纈。正千里江南，曉鶯時節。絳質酣春，紅香寵午，惟許茜裙親折。小印枕痕零亂，淺暈酒潮明滅。春園裏，較琪花玉茗，嬌姿更別。　情切。想故國，萬里日南，渺渺音塵絶。灰冷昆明，塵生洱海，此恨擬和誰説。空對异鄉烟景，驀記舊家根節。春去也，想蠻花犵鳥，泪都成血。

六州歌頭 竹逸齋頭閱馮再來所著《滇攷》，賦此懷古

披圖長嘯，發響劃岩巒。日南路，真萬里，扼雄關。是苴蘭。憶昔繁華日，輂賨布，輸蒟醬，僰僮麗，賧錢重，雜花丹。靡莫牂牱，有幻師爨弄，善舞能彈。更五溪六詔，縈繞點蒼山。烏道孱顔。峭難攀。　嘆今古事，多割據，瀘水黑，甚時乾。眴町國，哀牢郡，笑征鞍。不曾閒。莊蹻開邊後，蒙氏廢，段家殘。離宫壞，金輿杳，没諸蠻。仿佛三郎去，淋鈴也，何日回鑾。祇昆明劫火，映戰血成斑。羅袖紅殷。以上録自《迦陵詞全集》

屈大均

屈大均（一六三〇—一六九六），初名紹隆，字翁山，又字介子，自號泠君、華夫，廣東番禺人。爲『嶺南三大家』之一。著有《翁山詩外》《翁山文外》《廣東新語》等。

戚氏 端州感舊

片帆開。又上西水向崧臺。想像當年，羽幢東駐作蓬萊。宫槐。接天街。紛紛銀燭早朝催。無端白面年少，出師書奏意酸哀。五嶺天險，無人分戍，控弦一夕潛來。爲蕭墻變起，鈎黨相角，朝士駑駘。　龍舸夜動喧豗。三兩扈從，報國少涓埃。三宫苦、築陽飄泊，桂管摧頽。

又苦遭正銜枚。爨僰一路遲回。六詔喜仗雄才。晉王再造，惠國重興，稍作屯難雲雷。凶逆，爲鷸羽翼，作禍胚胎。四引樓蘭鐵騎，渡金沙、血戰磨盤開。寄命緬甸凄凉，六軍潰裂，魚服辭滇海。念龍飢、誰與文君塊。空嘔血、諸葛時乖。又命屯、玉步難恢。恨凶渠、逼脅上雲堆。自重華逝，蒼梧痛哭，血泪成灰。以上録自《翁山詩外》

程　封

程封，字伯建，江夏人。順治間拔貢，官石屏州知州。著有《山雨堂詩集》，編修《石屏州志》。

萬年歡 夏日异龍湖

畫舫西風，喜湖光如練，疑帶殘雪。蓬島尊前，共對芙蕖時節，六詔消磨尺鐵。剩坪陽、峰巒横絶。休弃擲、廢館荒臺，凄凉一代人物。　鬢毛今已斑白，便唾壺頻敲，歌嘯莫閿。兩岸青山多少，英雄埋骨。儘取銅章金印，總無如、吟詩嘔血。甘署此、漫浪頭銜，船中消受明月。以上録自《（乾隆）石屏州志》

萬　樹

萬樹，字花農，一字紅友，自號三野先生，江蘇宜興人。國子監生。卒於康熙二十七年（一六八八）。著有《詞律》《香膽詞》等。

蘭陵王 雲南檳榔

海雲緑。瘴母雲蒸氣溽。南來客，長自怕他，青草黄茅暗相觸。文昌碩果熟。交薦扶留瓦屋。朝餐後，雙頰暈紅，如嚼丹砂嗽餘漉。　　鑌刀剖文玉。正鳳卵擎多，龍乳香足。哀牢一騎呈藤簏。把翠蒟圍襯，紫圓千束，辛温甘滑氣更郁。日醒醉相續。　　邊腹。愧劉穆。喜綺席金柈，堆處盈斛。詩脾已恣侯鯖福。却粤美纔饜，載饕滇馥。羈人何幸，既得隴，又望蜀。以上録自《全清詞·順康卷》

董　俞

董俞（一六三二——一六八八），字蒼水，號樗亭，一號蒓鄉釣客，江南華亭人。順治十七年庚子（一六六〇）科舉人。著有《玉鳧詞》二卷。

紅林檎近 送張忍齋先生之廣陵，和周美成

雲影輕蘋裊，雨絲殘桂香。鷗烟浮遠嶼，漁火亂横塘。江上青山如畫，最喜盡入篷窗。邗溝衰柳啼妝。何處弄絲簧。　　萬里滇南客，築室老蓴鄉。淋漓翰墨，風流不數齊梁。想蕪

城夕照，紫萸翠袖，登高傾盡菊花觴。以上録自《玉皛詞》

李良年

李良年（一六三五—一六九四），字武曾，號秋錦，浙江秀水人。著有《秋錦山房集》。

春風裊娜 送查秦望任晋寧州守

正千林初碧，鶯到山間。對楚尾，亂峰妍。忽朝來、見説使君西去，留春無策，又送征鞍。五馬青莎，雙旗赭嶺，帕首蠻童夾道看。隨意輕茵柳綿外，迎人空翠彩雲邊。風物滇南儘好，芳甘無數，绿波裏、葉葉嘉蓮。沙際市，郭門船。人家如畫，半入溪烟。拄笏西窗，應多爽氣，放衙東閣，定倚新篇。古來才子，有碧鷄作頌，冉駹馳檄，亦向南天。以上録自《秋錦山房集》卷十一

李　符

李符（一六三九—一六八九），初名符遠，字分虎，號耕客，浙江嘉興人。著有《耒邊詞》。

百字令 初度日自贈

月波樓外，有吴儂被褐，舊鄉慵住。督亢昆明游歷歷，更走東齊西楚。叠錦翻鴻，鍍環刻鳳，

笑擲當壚女。春場盤馬，朔蓬曾射驕兔。　誰料露枕風鞭，舊顔憔悴，容易傷遲暮。涉獵文詞終小技，一任硯塵書蠹。犬子呼兒，桃根作婦，願載扁舟去。五湖三泖，翠竿長釣烟浦。以上録自《末邊詞》

陸孝曾

陸孝曾，松江人。清康熙以前在世。案：以下六闋詞原附於倪蜕《滇雲歷年傳》中，曹樹翘輯《滇南雜志》亦附録。其在弁言中云：『倪序極言兩家子孫愚不能保，則雲間之無此本也。……且兩先生身未至滇而詩已先在，余在松不知兩先生名而於滇得其著作，斯尤奇也，爰復莊録一通。』據曹所言，陸孝曾之詩詞因倪蜕撰《滇雲歷年傳》得以保存，其輯《滇南雜志》亦録入，且世間可能無他本。陸孝曾雖未至滇且詞也與滇無涉，但感其與滇頗有淵源，故録其詞。

卜算子　歸鴉

隴首葉頻飛，浦口潮初上。殘雨蕭蕭欲暮天，何處堪登望。　風急度寒砧，烟起迷青障。歸鴉猶得一枝栖，夜夜啼相向。

菩薩蠻

隨陽半作天涯客。汀洲花老凝烟碧。絶塞不勝秋。長征萬里愁。　霜沾花羽濕。幾度求群急。嘹唳過窗前。孤飛獨可憐。

浪淘沙 對月

斜月轉闌干。香霧迷漫。半輪遥挂碧雲端。不見佳期三五夜，依舊團團。　宵静漏聲殘。樓上孤看。蘭燈頻剔夢難安。最是關山同一照，羅帳生寒。

聲聲令 落花

碧闌悄悄，庭院深深。梧桐橘柚共蕭森。狂飆如許，飄摇那復歸林。望斷斜陽泪滿襟。　影落聲沉。芳信改，曉霜侵。卷簾不見越傷心。煞時一夢，到如今。恨難禁。拋擲枯條傍水潯。

謁金門 燈花

三更近。燈上添成花韵。好事料無愁客分。明朝何用問。　伴盡霜華月暈。照出離腸隱隱。翡翠樓中應報信。香風吹不斷。

長相思 即景

烏亂啼。烏亂啼。啼盡凉天日復西。教人意轉迷。　憶空閨。恨空閨。雲母屏風障舊

栖。看看落月低。以上録自《滇南雜志》

楊春星

楊春星，字耐岩，河南睢州人。康熙九年庚戌（一六七〇）科進士，官至吏部郎中。著有《楚江吟》。

漢宮春 昆明女子

嬌小承恩。羡繁華仿佛，結綺臨春。誰知歌吹未歇，鼙鼓驚聞。蛾眉嫩質，住金屋、那慣風塵。驀地把、新妝换却，怯羞扶上征輪。　懊恨紅顔薄命，想珠宫何似，野店茅邨。怎禁霜沾翠袖，泥濺戎裙。昭陽夢斷，琵琶上、點點啼痕。盼不到、南來歸雁，吟成兀自銷魂。以上録自《全清詞　順康卷》

許嗣隆

許嗣隆，字山濤，號文穆，江蘇如皋人。康熙二十一年壬戌（一六八二）科進士，官至侍講學士。曾典試雲南。著有《孟晋堂集》《奉使滇南集》。

憶江南

中秋節，記得在滇南。風漾雨絲山映碧，雲涵月影水拖藍。桃李緑陰含。以上録自《全清詞·順康卷》

呂　琨

呂琨，字星石，文登人。康熙二十一年壬戌（一六八二）科進士。初任雲南南寧知縣，擢通政司右通政。著有《東山草》《滇遊草》等。

賀新郎 步韵 懷別

攻苦寒窗起。正何妨、宦况如冰，交情似水。争奈炎凉翻世態，頓結胸中塊壘。强嚬笑、令人羞死。且喜文章知己在，好唱酬、贈我魂銷矣。調寡和，觀幾止。　千秋義氣層雲裏。老風塵、暫歸蓮幕，頻登屐齒。倒瀉詞源珠萬斛，兩兩齊驅杜李。恰萍水相逢到此。春草春波兼送碧，聽驪歌、欲遣誰能爾。況復是，多情子。

其二

古道猶存否。嘆年來、鶩趨蠅逐，不堪株守。悔別青山掀白眼，故我覺非吾有。又何論、齊竽秦缶。海内遭逢無定局，問誰稱、耐老英雄手。先尚父，垂綸叟。　飛熊事業難爲後。勉相從、芸窗帖括，管窺二酉。博取微名來萬里，慚愧寒泉細溜。灌不滿南箕北斗。羡爾豪華詩酒客，看馬牛、下吏風塵走。可得勾，機緣偶。以上録自《滇遊草》

牛奂

牛奂，長治人，副榜。康熙二十一年（一六八二）任楚雄知府。

法曲獻仙音 峩㟨晚景

霧鎖空林，泉鳴虚谷，山半野烟初暝。幾點昏鴉，一行旅雁，妝成暮天秋景。看雨過、平橋外，漁舟卧蓑冷。　慢回省。看周遭、亂風如簇，隔斷離人孤影。寂寞步兵厨，對香醪、新减幽興。獨卷疏簾，忽飛來、明月如鏡。奈碧雲欲合，還是西風不定。

水調歌頭 雲峰寺觀雨

竹溜響空谷，開口失青山。山迴林木疏密，處處見蒸烟。鳥道崖穿泥擁，欲却躡、那堪徑絶，絢翠草森然。雪浪湧千頃，轉覺客衣寒。　黯湖光，陰樹色，聽潺湲。濕雲萬里，不知何處玉龍蟠。安得乘風飛渡，直向銀河歸去，又恐路行難。古寺晚鐘起，搔首憑闌。以上録自

《（康熙）楚雄府志》

納蘭常安

納蘭常安，葉赫納拉氏，字履坦，滿洲鑲紅旗人。清康熙三十二年癸酉（一六九三）科舉人。官廣西按察

使、雲南按察使、貴州布政使、江西巡撫、刑部左侍郎、浙江巡撫等。著有《受宜堂集》。

長相思 滇南道中

風又迎。雨又迎。幾度難拋折柳情。拋時夢又生。　近一程。遠一程。有夢何能萬里行。行行夢不明。

百字令 聞蟬

知了何聲，柳陰中、驀地遥聞凄切。萬里滇黔南徼地，罕此小蟲嗚咽。朝露殘陽，荒城古堠，整日無休歇。儼如入耳，鄉音偏覺親熱。　堪恨旅店黄昏，枝頭葉底，噪斷朦朧月。學弄秋聲千萬種，况是新離初别。親友凋零，兒童長大，人事非前轍。鏡中髩改，舊游空向誰説。以上録自《受宜堂集》

劉自唐

劉自唐，字堯封，陝西鳳翔人。康熙四十五年丙戌（一七〇六）科進士，官禄豐縣知縣。纂修《禄豐縣志》。

清平樂金寺晴霞

葱葱鬱鬱。瑞靄迎晨旭。日披輪困卿雲護。掩映琳宫簇簇。非關寳劍騰芒。應是太乙藜光。惟喜地靈人杰，熙朝誕毓思皇。

前調温泉曉霽

星河乍曉。暖氣飛玉島。沉痼瘡痍聞盡療。更喜塵氛一掃。沂水遺風可吟。華清游興堪賡。每景商王明訓，吾心日新又新。

前調西峰叠翠

高岩瀉緑。巍然森碧玉。烟鎖嵐斂峰巒出。古柏喬松無數。遥看路轉陽光。又見樹擁精藍。試向名圖摹擬，阿誰爲寫青山。

前調南嶺浮嵐

軒庭坐對。一派烟雲匯。依稀隱約見蒼巒。應是東山若睡。巫風深鎖高唐。孤岫遥横大江。爲問山靈何事，朝朝倦理晨妝。以上録自《（康熙）禄豐縣志》。

施用中

施用中，字時可，號養山，婺源人。康熙時在世。曾官雲南。著有《養山詞草》。

滿江紅 滇南懷古

渺渺浮生，却自笑、萍踪似雁。况此地、雁飛不到，我來還遠。冬不祁寒風日暖，夏無溽暑烟雲變。看山川、民物不尋常，真堪羡。　太華頂，閒游遍。昆池水，乘舟便。探蠻方舊迹，稱奇道險。金馬奔騰誰勒住，碧鷄飛舞何人見。想當年、祇好説神仙，痴情眷。

前調 滇中送胡蒼崖歸楚

萬里南天，忽逢個、三湘人杰。剛一見、形骸脱盡，襟懷似雪。文陣可於潘陸比，交情不與陳留別。嘆荆山、抱璞售無門，將何説。　習得慣，如�節。掉不慣，如簧舌。看浮雲變幻，幾般明滅。行矣休觀滇海水，歸歟莫負湘江月。最相憐、同調不同歸，腸如結。

滿庭芳 安寧雲濤寺碧玉泉坐湯

焕焕融融，騰騰沸沸，天然開此滄浪。冰壺徹底，湛潔本無雙。疑是媧皇煉石，留遺燼、炮灼成湯。涵濡久，俗塵湔濯，寒骨欲生香。　徜徉。初浣罷，氤氳遍體，興致飛揚。覺病魔全掃，壽算添長。説甚商盤周鼎，奚似此、丹井瓊漿。纔無負，奔馳萬里，一浴到仙鄉。

小重山初到滇南游五華山

策馬西南欲到天。崎嶇兼屈曲、費盤旋。昆明遥望目中鮮。徘徊處、風景妙難言。　花卉四時妍。不寒猶不暖、樂無邊。五華山下塔雙圓。憑高眺、鄉思隔雲烟。

憶江南滇南雜咏

己亥冬中，隨思齊毛大中丞之任滇南，淹留二載，天時地利，土俗民風，與我内地迥异。漫成三十三章，俟歸里日，以備父老親朋之顧問云耳。詞之鄙里，固不計也。

其一

滇南地，冬夏兩優悠。盛暑尚堪眠夾被，嚴寒不用衣重裘。快活似滄洲。

其二

滇南日，清爽樂無窮。四季止經秋有雨，一年多是刮南風。天高氣不同。

其三

滇南節，火把不堪聽。六月輝煌觀火樹，萬家喧嚷點松明。賽過上元燈。俗名火把節，又名星回節，乃六月二十五日也。初，南詔皮羅閣獨强，欲并六詔，乃置酒於松明樓，請五詔偕飲。內有一詔之妻，名慈善夫人，勸其夫勿往，夫訣欲去，慈善打一鐵圈束其夫臂。後俱赴飲。酒半，南詔乃焚樓，五詔皆死。慈善認鐵圈，尋其夫骨歸葬，復自焚死以盡節，乃六月二十五夜事也。蠻俗遂於是夜排户皆點松明大炬，爲吊慈善，且以爲吉祥。更深，火把均弃山上，其光燭天。

其四

滇南井，黑白兩般鹽。車載畫成牛馬面，等稱須用鑿刀添。濕潤不相粘。鹽大如石塊，將紅土畫成牛馬面目，其價甚昂，貧民不能多買，俱用等稱。滇中天氣干燥，置之几上，從不潮濕。

其五

滇南浴，連然第一湯。照見鬚眉如玉鏡，并無腥穢似硫黄。浴罷骨生香。安寧州號連然，有雲濤寺之温泉，其涓潔和藹不可名狀，亭臺溪徑，布置極佳，楊升庵題爲『天下第一湯』，洵不誣也。

其六

滇南郭，雉堞頗堪觀。西北竟能藏一海，東南一見露三山。人物半多蠻。滇省城郭堅壯可觀，城東有五華山、螺峰山、祖遍山，城西有菜海子。人問滇中人，省城有多大，答云可藏一海三山。聽者然。其實山皆小山，海亦不過一窒池也。記之以博一笑。

其七

滇南産，所出不尋常。寶有金銀銅鐵錫，石成赤白黑青黄。廠聚萬千商。滇中之廠甚多，所出之物亦不可勝數，除金銀銅鐵錫五寶之外，石則有寶石、瑪瑙石、龍腦石、翡翠石、青金石、緑松石、點蒼石，舉凡石青、石緑、石黄，無一不有，無美不備，天地精華疑結於此，真奇地也。

其八

滇南路，曲曲盡嵯峨。每見陂池皆喚海，偶逢高埠便名坡。奔走是玀玀。

其九

滇南話，鯁格不能言。聽去恰如喉有物，談來衹覺口難宣。我欲代伊傳。滇人官話都似金陵，惟有格格不吐之病，聽之不暢人意。

其十

滇南女，游玩是尋常。窄袖長衫無正樣，金蓮小襪喜輕妝。滿口嚼檳榔。

其十一

滇南屋，到處是風塵。瓪瓦覆檐俱有閣，土墻圍舍自成村。小犬吠柴門。滇南風大，屋皆瓪瓦，且有樓閣，雖不能比江浙，而視貴州之草房茅舍，已相去遠矣。

其十二

滇南會，臺閣鬧奔忙。省下佳人新結束，鄉間村婦儉梳妝。舉國盡如狂。

其十三

滇南廟，游女太偏多。雙塔寺前常作隊，五華山上又成窠。半悄案：疑當作『俏』半村婆。

其十四

滇南店，鬧熱是較場。南北東西財貨藪，蜀吴楚豫往來商。游妓塞待坊。

其十五

滇南館，遍地賣茶湯。一棹一壺無果碟，兩文兩口有檳榔。男女盡來嘗。滇人茶館并無果碟，呼一個錢爲一文錢，一文包檳榔爲一口，男婦皆入茶館，無所避也。

其十六

滇南卉，四季總嫣然。秋半梅蘭先吐彩，臈中桃李已争妍。如在武陵源。

其十七

滇南果，八節喜長生。蘋果花紅甜似蜜，冰桃雪藕碧於瓊。正月熟朱櫻。四時不絶之花，八節長生之果，惟滇中有之。

其十八

滇南樹，優曇與山茶。山茶九心十八瓣，優曇四月八開花。的的是奇葩。滇茶種類不一，樹高數丈，花之大過於牡丹，有九心十八瓣，鮮妍絢爛，真不愧絶艷之稱。優曇來自西域，佛誕日開花，潔白有似玉蘭，而幽香過之，只有十二瓣，遇閏則多一瓣，即滇中惟省城與麗江二株，他處罕有。

其十九

滇南猓，種類不相同。白布纏頭形齷齪，野皮遮體髮蓬鬆。孟獲舊蠻風。

其二十

滇南叟，幽事頗相宜。不必持齋藏槵子，何須念佛養菩提。把玩作珍奇。滇南之姚安、黑井等處，均産銅槵子草、菩提鳳眼、菩提念珠，名色不一。五十以上老人，每執一二挂，養至年久，紅活可愛。

其二十一

滇中市，夜夜走雲津。熟食和葱蠻子樂，焦包渾酒脚夫醺。燈火鬧黄昏。滇南八景内，有雲津夜市一景，皆蠻子村夫飲酒會食之處，晚間喧嚷，燈火每至三更，雲津橋一帶極其鬧熱。

其二十二

滇南客，江右實稱多。針綫通書滿窮谷，籃筐匾擔遍山窩。欺騙在玀玀。外江之人在滇者，惟江西最多，漢獛敞洞無處不有，所帶無非針綫、通書、籃筐、匾擔等物。滇中之人不曰江西，而曰江右，皆猓猓，受騙居多，甚至有一針易一鷄，一帶易一豚者。

其二十三

滇南俗，獛猓最難聽。婢子養兒無父姓，蠢妻偷漢問夫名。到底是蠻聲。獛猓之婢，老猶不嫁，有生五六子，有名而無姓者。又有偷漢問夫，代爲取名以便呼喚者。皆自各府諮詢利弊詳文。

其二十四

滇南菜，新早味肥濃。正月街頭賣蠶豆，初秋山上采鷄葼。白菜鬼名同。滇中白菜，自元旦至除夕無日不有，又鮮肥易爛，皆喜食之。每呼滇人爲白菜鬼，亦猶於魚獵鷄之誚云。

其二十五

滇南馬，骨相本生蠻。險道不辭登石棧，長途慣會上崇山。蠶豆夜來餐。

其二十六

滇南象，猛緬木邦求。百法愚迷降下役，千金購買貢皇州。咄咄服蛇油。猛緬木邦諸獛，乃産象之地。掘陷坑，用百計愚弄之，乃降。每隻值銀千兩。象奴貢象赴都，沿途索詐，每以象病要服蛇油爲辭，有司折銀代買，其實乃誑辭也。

其二十七

滇南犢，千百各成群。鞍架裝身駝布匹，圈鈴束項載銅觔。猓猓受艱辛。猓猓牧牛甚衆，均以圈鈴鞍架裝身，千百成群，出滇則馳銅斤，入滇則馳布疋。自滇中至鎮遠，從不投店，皆露處山中，食草達旦，猓猓置帳房守之。次早復行，苗子畏猓猓，不敢偷盜。

其二十八

滇南鳥，孔雀本稱奇。得意開屏神煥彩，有時起舞興如痴。羽翰最憐伊。滇中孔雀甚多，跳舞自由痴興，至開屏時，則精神煥發，若有自得之意。

其二十九

滇南品，間氣毓雙楊。前代文章稱太史，當年勛業數文襄。人物兩相當。楊太史即升庵先生，流寓滇南。文襄即楊三南先生，諱一清，出將入相，明朝功業第一。生於雲南，長於湖南，老於江南，故號三南。

其三十

滇南水，顛倒逆流長。北落金沙出西蜀，南流全粵入東洋。凶險瀾滄江。滇中之水皆逆流，故號滇也。迤東一條南流，由廣西入海；迤西一條北流，至四川出大江，并無東流之水。瀾滄一江，水勢更大，故專及之。

其三十一

滇南婦，怠惰總非常。晚點松明稱熟食，早聞摇鼓買生漿。花粉費錢忙。

其三十二

滇南轎，長樣矮矬矬。不可申腰惟就地，衹堪盤膝上高坡。夫子會吆呵。滇南風高而山坡又大，轎子不能高坐，均用長樣盤膝席板而坐，轎夫換肩歇息，自爲吆呵照應。

其三十三

滇南蟲，供養作神祇。向夜飛騰生鳥尾，常時銷鑠入人肌。惡俗問誰醫。滇人養蟲以爲家道興隆，其廳堂必灑掃潔浄，視若神祇，夜静飛騰，有紅尾如鳥雀之狀，雖種類不一，如蛙蛇者俱多。有司竟莫能禁，省會間有，沅江、開化更多。以上録自《全清詞·雍乾卷》

彭學曾

彭學曾，字孝頤，松江人，康熙時在世。寓元謀，與縣令莫舜鼐同修《元謀縣志》。

蘇幕遮 元陽七夕

晚風輕，秋露軟。良夜迢迢，漫道歡娱短。珍重幽期消恨淺。暮暮朝朝，贏得心如卷。　麗愁濃，佳會遠。銀漢多情，遲月輕輕轉。正怕漏深沉更湎。金風已促晨星見。

浪淘沙 元陽中秋

清籟静宵鐘。簾卷秋風。天光如水夜融融。簟冷玉樓人未睡，怕聽吟蛩。　蟾影鎖房櫳。桂露香濃。廣寒高處靄重重。不道傷秋霜怨苦，皎月横空。

賣花聲 過金沙江

江上淡斜曛。照入孤村。輕烟疏樹靄沉沉。馬上看花茅店酒，暫醉春雲。　萬里動鄉心。花落紛紛。繁紅稠紫綴芳林。別是一番春色也，真個消魂。

江城子 元馬樓春望

□鶯啼處曉烟輕。賣花聲。柳梢青。幾點春山、樓外□新晴。最是無端心上事，思鄉夢，別離情。　開簾且自看花明。吐輕盈。影斜横。獨倚朱闌、春色老山城。漫道天南真個遠，千江窅，萬山縈。

蝶戀花 一憩亭

元馬春來春又去。旅恨茫茫，無計留春住。一憩亭前花幾樹。欄干徙倚添愁緒。　水色半圍禽語細。兩兩黄鸝，祇在枝頭戲。若解得離人滋味。聲聲□泣春前雨。以上録自《（康熙）元謀縣志》

郎棣

郎棣，永昌府同知署黑井事，康熙時在世。

滿庭芳　登黑井積翠樓

黑漫雙眼，一帶色淒凉。風把千絲揉亂，落天衢、一一綫務吸乾坤，烟吞日月，濃雲食盡天光。擽長。看萬樹，顆顆細織，披滿緑衣裳。　樓高稱積翠，今朝對此，名不虛揚。儘當年，壑不比尋常。活脱米家山水，妝作就、大幅微茫。人獨自，貪看情景，杯酒坐樓窗。

虞美人　黑井星回節　一名火把節

不意滇南稱此會。獨有烟溪最。今宵無月上西樓。萬火待吾秉燭、照人游。　連落江山光遠接。不比朝聞色。濃陰點點宿流螢。狂客指揮高下、亂移星。以上録自《（康熙）楚雄府志》

滿庭芳　看劍

狂嘯聲長，座皆屏息，聽吾慷慨悲歌。劍橫雙膝，英氣斷天河。一擊青山生色，或再擊、流水回波。頻相問，將他三擊，還有不平麽。　如逢知我者，頭顱可贈，馬革隨他。若話到人情，恨嵌心窩。每把雄懷熱血，閒檢點、欲許誰呵。常自負，朱顔任改，俠骨怎消磨。

夢江口 烟溪好

烟溪好，山水不尋常。幾帶清流環鳳頂，一痕仄徑挂羊腸。登眺欲搴裳。

其二

烟溪好，暝色更難描。霧爲體輕浮水面，雲因力軟困山腰。把盞漫推敲。

其三

烟溪好，有雨也宜人。山幅青鳴千片玉，水紋緑縐萬絲銀。换出畫圖新。

其四

烟溪好，最喜晚來清。山大川虚風有力，樓高天近月添明。貪酒坐更深。

其五

烟溪好，登眺更貪看。一架飛橋連斷路，萬家烟火接高天。氣象眼中寬。

其六

烟溪好，朝夕不離他。山上松多風弄笛，門前水淺石吟歌。清况供人多。

其七

烟溪好，日日對花吟。風軟一年常似夏，香濃四季盡如春。莫道不消魂。

其八

烟溪好，宜是帶陰多。霧冷高幔山戴笠，寒烟低裏樹披蓑。此景問如何。

其九

烟溪好，家住在山頭。霧作重簾風自卷，雲爲輕幕月常鈎。天許我清幽。

其十

烟溪好，到也趁吾懷。雖少笙歌消酒去，却多山水送詩來。得句亦清哉。

臨江仙 德海寺與楊正辰年兄夜話

四壁青山明月上，階前樹影參差。疏狂談笑正宜時。情懷長落落，爾我共依依。　聚首莫嫌更漏久，人生歡會難期。殷勤數語囑君知。明年當此際，未審更何如。以上録自《（康熙）黑鹽井志》

滿江紅 謁太保山武侯祠

其猶龍乎，看隱顯、不慚形迹。思窮達、獨身兼善，名留金石。抱膝始安正大氣。鞠躬終得光明績。漢當時、存没繫其身，蒼生惜。　合上古，三代筆。稱今世，千秋集。自唐虞以下，完人第一。天意不回前後表，君心未遂伊周匹。不須論、富國與强兵，孫曹敵。以上録自《（光緒）永昌府志》

王孝標

王孝標，康熙時人，曾官楚雄。

水調歌頭 集頤椿軒，和壁間郎郡丞《水調歌頭》一闋，呈玉老年翁暨諸同人教政 小引

蓋聞：　達士之襟期，隨時可樂；　高人之品致，擇地偏宜。楊君玉英，風流材也。卜居笑傲，矢志澄懷。乘風破浪，不煩舟楫之勞；　觀海汪洋，自得鬚眉之爽。是知謝生不賦，愁絶青山；　屈子無歌，寂寞湘水。一觴一咏，雅集嘉賓；　可卧可游，勤修夙契。余以平原之約，頓興太白之嘆。睹壁間之詞調，韵叶宫商；　引腕下之聲歌，句追步武。第緣儉腹，有慚方朔之三冬；　罔顧瘦腰，竊擬休文之八咏。聊以志勝，寧目矜奇。若

云入七襄之室，盡是琅玕； 登群玉之峰，無非翡翠。視余亦詞人也，余則何敢。

有興能呼客，却傍水流行。知己賞心樂事，收盡沸騰聲。欲問當年浩瀚，同瞻此時綿邈，入眼濺殘星。引得詩脾熱，不許酒杯醒。　河山在，寒暑變，隙駒更。一自良朋灑落，儘可適閒情。好檢長題短韵，任使蒼蒼莽莽，曠達孰能京。富貴何須羨，留取半軒聽。

醉春風 和韵志謝

興味悠然在。沉吟無可奈。天涯忽睹舊風流，快。快。快。錦軸牙籤，終朝酬唱，竟成佳會。　菽苑君爲最。詞壇余敢退。珠璣萬斛共搜尋，賽。賽。賽。一帶溪山，許多烟景，永期相對。

水龍吟 連宵唱和，錦牘紛投，迅筆抒忱，因《水龍吟》一闋以歌謝

年來飄泊詞場，一雙白眼無青倎。乾坤儘大，文章風雅，何曾多遘。滇海王君，烟溪名宿，肺腸如綉。探囊中錦字，繽紛藻縟，直光艷、何馳驟。　自笑狂生迂謬。逞雕蟲、風雲月露。偏君錯愛，連朝唱和，殷勤携手。下里先投，陽春見報，瓊瑶何厚。向花間、樹底高歌一闋，异香盈袖。以上録自《（康熙）黑鹽井志》

陳金珏

陳金珏，蘇州人。康熙吏部候選州同。參與編纂《（康熙）蒙化府志》。

雨霖鈴 詠蒙署木芍藥　案：詞與調名不符。

一段幽魂裊裊，沉香亭北春意透，睡餘無力。誰來羯鼓一聲聲，相逼强扶起。瞢騰護风独立。雪剪瓊雕，錦裁香袠。生妒煞、玉奴衣襞。驚蜂却蝶，深憐浅惜。莫謾學馬嵬，等閒狼藉。

石州慢 秋日赴榆旅寓，用高季迪韵

四野空濛，吹徹酸風，征衫瀟灑。高城回首，詩魂愁魄，瘦鞭軟把。山花嫵媚，道旁絶少人憐，游蜂認得香□惹。歸雁倚長天，將凄凉排寫。閒冶。山憔水悴，盟石祠前，巃岼城下。一任靈旗風滿，斷碑雨打。小簾村店，獨坐百感茫茫，輕敲緩擊檐間馬。豆火緑烟農，漸夢兒來也。昔人謂滇中無雁，今則時或見之，故速及，亦紀异也。

殢人嬌 蒙署與劉兩齊夜飲　案：詞與調名不符，應作《雨霖鈴》。

嗚蛩蕭瑟。望吴天、曉暮雲凝碧。清尊能消次序，初抛婁尾，頓埋秋色。淼淼旗亭血泪，砌

馬蹄沙磧。總西風、吹透蕁鱸，裘困征塵歸未得。無端已痼文園疾。等閒間、老却長楊筆。宵來幾禁風雨，孤枕上、江南江北。怨重愁深，翻認蘭陵，美酒無力。謝歸雁、嘹嚦多情，重喚余將息。

摸魚兒 暮春陽瓜城南偶步

怪酴醿、輕寒惻惻，是處卷檐花霧。東風古道吹陳迹，算有子規辛苦。啼不住。忍禁得、聲聲滴滴流紅雨。傷心日暮。時候已清明，柳邊花外，是處銷魂路。淒涼也，漠漠城南韋杜。一杯誰酹青墓。鈿車綉轂踏青人，着眼幾抔黄土。須回顧。君不見、朝來紅紫飛無數。無情柳絮。和薄幸輕烟，天涯渺邈，抵死催春去。以上録自《（康熙）蒙化府志》

蔣　旭

蔣旭，江南人，拔貢。康熙時任蒙化同知。參與編纂《（康熙）蒙化府志》。

百字令 吊徐烈女

塵緣暝暝，小冰蠶、永夜愁絲自吐。錦水巍峰相慘澹，月冷鵑啼三鼓。剜鼻珠沉，毁容玉碎，彤管從頭數。乾坤正氣，陽瓜此日重譜。最是未傍荀香，獨珍和璧，京兆閒眉嫵。談笑從容歸地下，得似雲霄一羽。鶴市淒清，鳳臺寂寞，又向滇南睹。猗蘭大節，青編高照萬古。

以上録自《（康熙）蒙化府志》

陳祥裔

陳祥裔，本姓喬，好耦漁，自號宧隱子。生卒年不詳，順天人。清康熙中官成都府督捕通判。著有《蜀都碎事》六卷、《凝香集》四卷。

滿江紅 應張雪村徵命詩挽雲南烈女端姐，限韵

一幅紅綃，是當日、聘時帕子。斷送了、冰魂玉魄，滇雲萬里。鸞鏡未酬描黛筆，鴛情不作銷魂餌。把蝤蠐、好頸自投環，青春已。　巾幗事，脂粉耳。今日事，頹風起。笑白衣蒼狗，秦郎漢史。豪杰胸牽兒女累，半生失節千秋耻。怎如他、點點小孩提，從容死。女年十二，聞夫死，遂自縊焉。以上録自《凝香集》

徐長齡

徐長齡，字彭年，浙江錢塘人。諸生。著有《清懷詞草》《滇南福清洞天二十四咏》。

鷓鴣天 陳九範自滇之粤，歷江浙而還，賦贈

一别昆明萬里游。景逢佳處漫題留。梅開庾嶺邀青騎，月到西江艕畫舟。　眠細草，醉層樓。吴山頂上看潮頭。歸來樹樹啼黄鳥，香度春風興未休。

滇南福清洞天二十四咏

予未嘗游六詔，望之若五彩雲在天末也。己卯春，蘭谷上人來粤，以福清洞天二十四觀繪圖見示，并索詩詞，因擬里言二十四闋。僅於紙上摸索，究未悉其真奥，聊志卧游，以與蘭公拈花一笑耳。

楊柳枝 仙人枰

山深一片白雲迷。誰説仙家也賭棋。局罷枰空何處去，不留黑白教人移。

踏莎行 招隱峰

塵網堪嗟，名疆可慮。静觀今古都如許。青山有意不須招，也應尋到山深處。　剪芰爲

衣，編芒作履。徜徉自得無窮趣。有時松下抱琴眠，悠悠一任雲來去。

巫山一段雲 環玉亭

斷岫留雲補，虚亭耐客閒。凉生曲檻一溪灣。幽聲雜佩環。舉酒花爲勸，鳴琴鶴自軒。流霞横抹翠微間。徘徊看鳥還。

南鄉子 宛轉溪

香徑曉烟收。一水紆迴幾曲流。魚意亦知春色好，悠悠。尋到桃花浪裏游。清韵似篁篌。瀉出宫商薊北秋。窄岸不教舟楫至，休休。怕有漁人問渡頭。

浪淘沙 琴臺

一徑入雲林。瑶草春深。層臺更愛獨登臨。夜月沉沉風細細，松韵微吟。千古伯牙心。何處追尋。不知消息到如今。流水高山都在望，誰是知音。

錦堂春 釣磯

點點花飛柳岸，重重蘚護漁磯。錦鱗未識垂香餌，依舊戲漣漪。渭水烟波浩渺，嚴陵風景迷離。閒看出處都成夢，珍重綠蓑衣。

減字木蘭花 水雲窩

空亭小憩。無數溪山看不已。流水泠泠。百轉紆徐似有情。　輕風相送。冉冉和雲歸古洞。雲水蒼茫。繞到天涯去路長。

少年游 烟霞窟

碧玉崚嶒石磴斜。半是翠蘿遮。境別人間，情移物外，揮麈拂烟霞。　鶯啼燕語春風暖，處處放琪花。日映嵐光，峰回野色，前路去還賒。

卜算子 三生枰　三石品列，望之若仙

天半有青峰，矗矗憑虛碧。吸露餐霞等列仙，莫認江郎石。　未了舊時緣，現却空中色。返朴歸真太古風，不與時人匹。

武陵春 小龍湫

漠漠蒼烟凝翡翠，深鎖老林巒。雲根別闢近仙源。光映玉壺寒。　掬來清液香浮碧，一

飲可長年。幽深應有蜇龍蟠。靜夜聽談禪。

山花子 聽泉樓

千仞巉岩百尺樓。須知佳境冠南州。更愛四時花共放，不知秋。　檻外溪聲傳玉韵，簾前水色逐雲流。天下滔滔皆似此，幾時休。

朝中措 墨雨庵

禪扉靜掩晝初長。空色兩相忘。幾點松花自落，一聲石磬悠揚。　何來佛子，指揮如意，隨處西江。借得硯池春水散，爲大地文章。

青衫濕 呆厂

古來多少滄桑事，無恙是青山。一枝堪寄，憑依石畔，趣在天然。　流光轉瞬，不求知識，博個幽閒。同吾所好，羨他愚谷，美彼憨泉。

好事近 龍淙石屋

石室自天成，密邇不教穿鑿。幾曲藤蘿繞壁，任野花開落。　日長山靜老龍憨，鳥語怕驚覺。暗裏搬雲弄雨，潤蒼生枯涸。

浣溪沙 雲川

誰削芙蓉別有天。玲瓏虛敞更悠然。白衣蒼狗任流連。自在未隨孤鶴去，忘機常伴老僧閒。風來又引過前山。

菩薩蠻 瀑布

花明草暖鶯聲細。登臨不懨看山意。何處水晶簾。移來挂翠岩。淙淙聲不息。銀浪飛千尺。静洗碧雲天。幽人夢裏寒。

杏花天 一草亭

一亭幽敞無塵擾。堪容我、披襟長嘯。階前緑盡王孫草。收拾春光多少。抬望眼、山横水渺。空斷送、天涯人老。莫教世事縈懷抱。且看忘機鷗鳥。

羅敷媚 小巫峽

幽奇却似瞿塘峽，曉霧微濛。夜月輕籠。一道源流活水通。幽奇不是瞿塘峽，却是珠宫。莫認巫峰。不許行雲入夢中。

醉公子 顛丈

奇峰原足賞。愛爾稱爲丈。獨立自悠然。孤雲野鶴閒。風清開曙色。雨潤苔痕碧。知己有南宫。千秋佳話中。

清平樂 卧石

何年醉倒。鎮日眠荒草。無限春秋都過了。默默不知昏曉。自來頑鈍何靈。任他多術初平。但效希夷高卧，儘教舉世人醒。

眼兒媚 菩提泉 昔僧以念珠擲地，泉即湧出，故名。

曾聞卓錫可通源。又見擲珠泉。緑蕪深處，誰教偷出，一片青天。淺碧拖烟清映玉，顧影自生寒。笑他饒舌，菩提明鏡，都是空言。

虞美人 洗鉢潭

探奇不惜芒鞋破。隨步穿花過。悠悠曲徑碧雲深。更有一泓潭影、對禪心。春菰嫩粟歸香積。都是行人血。百千獅吼梵王宫。偏是不留餘粒、餌螭龍。佛家云：『一粒一飯，行人血汗。』

蝶戀花 花紅園

緑葉重陰輕霧鎖。纍纍枝頭，團玉如肌麽。浪把花稱還是果。清甘嘉與文林可。日日園中經幾過。好設金鈴，不許禽來破。摘得香珠千百顆。殷勤供上蓮花座。

唐多令 石香橋

片石小垂虹。靈洲路可通。暗香流、幾點輕紅。浴罷閒鷗無定意，看荇帶、自牽風。山寺遺雲封。疏林度晚鐘。乍歸來、老衲扶筇。冉冉影隨人共去，留不住、緑波中。以上録自《清懷詞草》

唐祖命

唐祖命（一六六三—一七一九），字薪禪，一字心傳，江蘇晋陵人。著有《殢花詞》。

沁園春 滇南送丁韜汝入都

疏柳長亭，置酒高歌，予懷黯然。正秋桐一葉，雁來人去，邊城萬里，我住君還。冷角吹風，山猿泣雨，瘴嶺縱横馬首前。斜陽外，見人輕似鳥，路遠於天。盤江流水潺湲。怪萬仞、危崖一綫連。看奔濤沸浪，萍踪兩渡，殘山剩壁，戰壘千年。僰域光陰，蠻姬風月，譜上滄霞十樣箋。蒼霞，韜汝自著詞名。邊番調，倩開元歌板，拍散爐烟。

其二

往事長安，更爲君歌，征車少留。記丹扉碧檻，故人東閣，銀箏翠袖，昔日南樓。俠客淪亡，燕姬老去，易水寒濤日夜流。羊曇泪，算當年踪迹，一半西州。江湖四載浮鷗。衹季子、於今已敝裘。況老來情緒，愁多似髮，無聊身世，心冷於秋。我自懷歸，人方得志，攬轡金臺玉腕騮。遲余處，正蹇驢箬笠，風雪蘆溝。以上録自《殢花詞》

劉邦瑞

劉邦瑞，漢軍鑲黄旗人，監生。雍正四年（一七二六）任白鹽井提舉司，在任二十餘年。纂修《白鹽井志》。

思帝鄉 白塔樵牧

人去來。石羊風景開。白塔團巒高拱，特奇哉。況是樵歌牧笛，遏塵埃。水落霞紅處、指天台。

謁金門 龍泉曉鐘

龍泉碧。山色印來無迹。曹洞源流何處覓。曉鐘催夢急。　春睡覺來無力。夜氣好存消息。世味淡鹹君須識。耳邊聲歷歷。

浪淘沙 香河夜月

天上晚妝殘。金鏡猶懸。雲昏風拭幾多般。一片清暉終不改，照徹香泉。　疑是水晶盤。挂向高山。寒光下射碧潺湲。休笑南樓人興淺，徙倚相看。

滿江紅 五馬夜市

汲滷煎鹹，代耕織、科頭跣足。憑漠漠、灶烟薰面，雪花浸骨。煮雨蒸雲方罷也，又看夜市摇紅燭。五馬橋、約伴且偷閒，浮新醁。　須滿酌，休辭復。蔬果美，豚羔熟。更笙歌嘹喨，醉沉紅玉。橋下河流相應响，市兒連袂群追逐。最喜是、明月入懷，清心曲。以上録自《（雍正）白鹽井志》

沈慰祖

沈慰祖，字學周，號礪齋，蘇州人。雍正八年庚戌（一七三〇）科進士。曾任雲南學正。

百字令 題節士張葆孺《松桂圖》

書生仗劍，笑從來浪説，驅馳戎馬。砥節衹須完太璞，一任名場飄瓦。僞檄星飛，膻群蟻集，若個錚錚者。無論腐鼠，被他多少鴟嚇。　當日六詔烟霾，張星匿影，羞把蛾眉嫁。砌滿珠蘭寧媚俗，且待扳輿花下。落落高松，森森古桂，標格争傳寫。頌荼新句，披來一卷冰麝。以上録自《（乾隆）石屏州志》

郭存莊

郭存莊，山東汶上人。乾隆元年丙辰（一七三六）科舉人，乾隆十五年知沾益州事，後轉任白鹽井提舉。

失調名 石谷春游

水月當頭皎潔，雲山對面清凉。來游秉燭亦何妨。勝似蓬萊岸上。以上録自《（民國）鹽豐縣志》

黄岐山

黄岐山，贵州廪生，清乾隆前在世。

過龍門　龍鳳鐘聲

龍鳳寺清幽。俗客難留。夜半鐘聲解悶愁。紅塵一夢何人醒，驚起來不。　而今正好修。莫錯念頭。月明聽罷韵悠悠。刮垢磨光毫不染，萬事皆休。

浪淘沙　奎閣靈芝

奎閣紫氣盈。瑞草頻生。一輪紅日透窗明。滿室祥光香遍處，虛白無聲。　金烏玉兔鳴。弄笛吹笙。堂前鐘鼓響錚錚。采得靈芝歸紫府，自步雲程。以上録自《鎮雄州志》

許　琰

許琰，山陰人，乾隆以前在世。

離亭燕　輓黄明經繼妻蔣氏夫殉節

相繼兩年比翼。亡後七朝殉節。青年視死竟如歸，巾幗鬚眉莫及。今日羡芳名，方信金堅玉潔。　勿謂慷慨易爲。不如從容難得。請看板蕩及蒙塵，衣冠幾人激烈。至性本天成，千古亭亭鶴立。以上録自《乾隆永北直隸廳志》

李延紳

李延紳，奉天人。官郎中，雍乾時在世。

滿江紅

前代英風，人提起、寸腸猶裂。想當日、一生事業，從頭細説。明經半刺黔陽路，積勞分駐來畢節。忽無端、夷虜薄孤城，奸謀譎。　五紙書，同灰滅。一家人，齊濺血。更憤激，虜營猶嚼舌。廟祀千秋光俎豆，經傳百代酣麯蘗。愧才疏、無以吊忠魂，當殘碣。以上録自《明贈光禄寺卿路南楊公忠節録》

戴文燈

戴文燈，字經農，號匏齋，浙江歸安人。乾隆二十二年丁丑（一七五七）科進士，官禮部員外郎。著有《静退齋集》八卷、《甜雪詞》二卷。

滿江紅送同年李載庵歸滇南，李尊人以事戍遼左，載庵徒步省親，欲上書代父，不果

廉吏難爲，問優孟、誰歌孫叔。嘆海上、蓬飄飆激，馬遲生角。儋耳未歸蘇玉局，遼天漸老公沙穆。幾年來、仗劍出關門，親朋哭。　書尺一，披心曲。殳丈二，甘身贖。但山川萬里，車腸歷碌。花發刺桐鄉夢近，人牽絲柳離愁續。願天憐、回首望長安，刀環卜。以上録自《甜雪詞》

張九鉞

張九鉞（一七二一—一八〇三），字度西，號紫峴，湘潭人。乾隆二十七年壬午（一七六二）科舉人，歷任南豐、峽江、南昌、始興、保昌、海陽等知縣。著有《紫峴山人全集》，其詞集包括《紫峴山人外集》中之《拾翠詞》《雪鴻綺語》，以及詩餘部分之《秋篷詞》。

柳梢青詠雲南棋子

玉子圓搓。長卿歸後，暢好摩挲。自展文楸，静凭棐几，莫放香猧。　思量急劫如何。占著處、應舒翠蛾。指印春葱，臉生紅暈，還不輸麽。以上録自《拾翠詞》

花發沁園春 余所居滇南署齋前覆牌樓，松高架，葱翠可愛，因種美人蕉數十本，日與彭正之、如之、李杞園吟咏其下

麂眼籬排，虎皮墻襯，檐牙穿就高架。蒙茸弱卉，冪歷濃陰，衹有清風知罅。甘蕉種罷。正穠萼、纖苞相亞。似腮粉、曉起齊勻，臉潮晚浴添姹。　簾在翠紅天挂。有蝙蝠文禽，日日飛下。竹書堆潤，松髓凝香，南中藉銷長夏。先生歸也。誰與染、黄筌新畫。衹留得、滿地烟痕，詩魂萬一來者。

水龍吟 咏鷄㙌菜，呈青原先生

海仙宴墮瑶釵，呼龍畊破蒼烟種。天風吹到，瓊英分得，華陽山洞。羽衣紺袖，冰肌玉骨，遐方珍重。問芝羹琅菜，浪誇仙品，占不上、青磁瓮。　一騎長安馳送。笑茄花、獨專恩寵。金盤犀箸，祝融洗穢，早停飛鞚。松陰雨霽，珍珠傘濕，遠傳箬籠。向優曇、鑾府餐香，也算作參軍俸。楊升庵鷄㙌詩：『仙翁住在華陽洞，分得瓊英一兩枝。』前明熹宗時馳貢，驛騎倒斃無數。獨賜客氏，張后不與焉。時比之楊妃荔枝。

前調 吴佡郎以《蘆雁圖》乞題，勸其歸吴門就婚

雁飛不到天南，用楊升庵黄夫人詞中語。瘴鄉作客都成誤。忽携圖幅，看余倚韵，休牽情緒。亂

水昆湖，寒烟笮箐，亂山無數。便幾叢紅蓼，一灣緑荻，都不是、栖身處。回首錦帆涇路。背歌筵、泪痕潛注。鴛鴦三六，近傳消息，休教辜負。豆蔻含香，桃花倚萼，春光妍嫮。卷鵝笙象管，春溪水漲，打歸帆去。

金縷曲

明宸濠妃婁氏墓，在章江門外新建、上饒二漕倉間，自來無識者。鉛山蔣苕生孝廉訪得之，請當事爲修墓立碣。余在滇南聞其事，義之，作此詞寄孝廉

勝國賢妃迹。算當年、水仙一去，月黄風黑。香玉何年埋江岸，塵鎖金蠶幾尺。冷落了、清明寒食。誰拂土花勤搜訪，把裙腰、草撥胭脂拭。碑一統，歌盈拍。年年長卷靈旗色。怪夜來、章江浪吼，神燈群積。何處青山埋漢鼎，血污魂歸不得。也難化、杜鵑哀魄。止剩琅玕冰雪字，向梅花林裏群悲惜。提舊恨，看新石。

蘭陵王

發滇城，彭正之兄弟餞於歸化寺山茶花下，是夕同宿板橋驛，晨起志别

鐵鸚鵡。催起今朝客去。滇池柳、冬日緑條，難綰青絲片時住。茶花對佛宇。朵朵赤龍釵吐。多應是、借向梁王，彩袖紅裙作歌舞。澆花各無語。嘆此别相看，不是前度。盤龍江結腸千縷。把水寺吟艇，海國游屐，茫茫誰記近華浦。盡回首雲樹。延佇。斜陽暮。且古驛挑燈，金盞重舉。碧鷄又促前來路。變萬疊愁鬆，一鞭酸雨。黔山東望，請莫

憶，憶更苦。

瑞鶴仙見玉茗花憶滇南舊游

嶺梅紅凍了。有瑶階擢艷，雕闌鬥巧。洗盡錦窠藻。似冰蠶作蜕，素霓盤縞。誰云態少。渾不學、楊妃醉卯。乍疑瑞雪，團團飛落，枝頭纔曉。滇嶠。五華城上，金馬關前，綉雲鋪早。萬盤瑪瑙。對日日，緑樽倒。自别來，藐姑射仙相對，又是一般窈窕。祇當年、傅粉何郎，花前將老。以上録自《秋篷詞》

王昶

王昶（一七二五—一八〇六），字德甫，號述庵，又號蘭泉，江蘇青浦（今屬上海市）人。乾隆十九年甲戌（一七五四）科進士，歷任江西、陝西按察使、雲南布政使等。晚年主婁東、敷文等書院講席。著有《琴畫樓詞》四卷，編有《明詞綜》《國朝詞綜》。

思遠人戊子冬日叢臺驛作，時往雲南

趙北燕南憑振策。已到叢臺驛。征鴻無定，疲驢已困，一飯少求息。彈絲擊筑今猶昔。襆被叨留客。恁官燭將殘，戍笳互響，夢歸正難得。

疏簾淡月 蠻暮南來，湖外白蓮數頃，内地所少。并無有采其花而食其實者，亦不知爲蓮也

荒灣遠水。訝濯雪凝冰，亭亭十里。本少紅妝采擷，畫船迤邐。蠻雲已盡寒江外，但相同、蘋花徙倚。誰能相認，纖鱗微度，閒鸛忽起。　正白羽、初分天際。甚翠蓋翻時，幽香如此。不管露凉，波浄脂消粉墜。西池迢遞知難到，祇盈盈、微點清泪。惟應月姊，宵分遥對，一奩秋意。

天香 香楠

一名畫楠，日久中有紋理，劈之如水墨畫然。出虎踞關外六七百里，濃陰直幹。四五月間，日色臨之，香氣鬱勃，聞者易以致病，番人云：此即香瘴也。其地距中華既遠，而金沙江又由景邁而東出南海，舟楫不能通。故行軍時詢之番人，云此楠蕃茂，南北四五百里，東西未能測其所止，地不愛寶如此。營卒樵采以歸爨，飯時香氣盎然，肉桂亦雜其中。蓋中華楠木皆來於越海外洋，而此則總限於异域耳。

蠻砦蒸雲，怒江絡石，南荒久餘珍幹。輪扁誰知，工師未采，一任异香零亂。陰陰翠蓋，但緑盡、八關東畔。說是驕陽凍雨，濃芬總盈鼻觀。　依稀瘴雲頻見。染征衣、病情難浣。聞道浮來瓊海，雕陳几案。驃骨於今萬里，縱欲溯金沙路何辨。祇供兵厨，晚來炊爨。

瀟瀟雨 銅壁關芭蕉顆

蕉高至三四丈，生谷中，上出層崖。葉長丈許，戍房漏者，則取而蓋之，壓石片，可以禦雨。花未開時，顆色微紅，大如匏瓜。蠻官觴客，盛以漆盤，用銀針飲之，漿升許，其甘如蜜。

群峰凝曉翠，更層崖、清蔭散遥汀。又長藤夭矯，高榕晻暍，苦竹峥嶸。猶是芳心半卷，難寫此時情。掩映征途外，紫旆紅旌。　聞説仙莖初長，有銀花欲展，玉液先盈。又何人愛客，相餉漆盤擎。看戍房、三重茅屋，但翦來、微壓護檐楹。應小坐、話巴山雨，聽到深更。

臺城路 雨中過洱海，望點蒼十九峰，不得往，書此記之

雪峰十九横天際，相逢似經青眼。叠翠排空，層螺接漢，多少松岩竹磵。客游汗漫。正擬駕飆車，名山當面。誰料雲師，曉來觸石度重巘。　扶筇欲試游衍。衝風兼凍雨，飛瀑頻濺。玉局嵐深，桃溪烟瞑，閒作畫屏清玩。勝情未倦。待回日新晴，歸途沙暖。重訪仙林，舊盟還可踐。

瑶花慢 出鷄足山，還至賓川官廨

名山回首。仙梵泠泠，尚遠來林藪。一重一掩，恨此去、偏覺肩輿人驟。山城如帶，取路出、驛亭前後。上小樓、點點青螺，寧忍匆匆分手。　瀑泉何處潺潺，知送客情深，直恁僝僽。齋厨粗飯，也未敢、遽試茅柴新酒。落紅滿地，又枝上、青梅如豆。更坐深、竹外香飆，喜聽鯨鐘徐吼。

水調歌頭 七夕同傅碧夢升之作

今夕此何夕，碧漢啓新秋。一丸花外凉月，先已照牽牛。料得黄姑妝罷，便試凌波微步，終是不勝愁。相見又將别，泪與露華流。　值佳節，逢俊侣，小勾留。細斟藥玉，羅衫同倚看山樓。最苦天涯萬里，况隔風塵兩載，無語聽蓮籌。料得京華夢，也不到鑾陬。

金縷曲 碧夢劚梅枝爲飲烟筒，屬賦

何事能消遣。掩戎旃、也無從覓，香鑪酒盞。差喜淡巴菰葉在，輕颺烟絲一翦。算偏少、碧筒堪玩。聽説蠻山冰雪裏，墮霜華、尚有寒梅幹。唤康結，康結番人稱梅之語。此稀見。　斫來未覺餘芬散。恁蒼皮溜雨，刮摩工擅。如玉一枝清更直，瑶草恰宜相伴。儘銷得、秋深夜

淺。烽火連天雲霧黑，點星星、忽憶春葱撚。噴珠唾，伴彤管。

減字木蘭花 再賦梅筒

靈犀一點。透出絲絲雲掩冉。瘦比琅玕。馬上微醺破曉寒。鑾烟瘴雨。香雪飄零誰見取。翦得南枝。梅信分明鼻觀知。

憶江南 中秋追憶舊事，仿樂天體十二首

中秋憶，最憶雪葭莊。凉沁春葱湖藕碧，香生雲鬢木樨黄。供月拜�廊。

其二

中秋憶，憶得在蘇臺。紅芰秋池珠露潤，緑蕉月砌夜燈回。話雨共銜杯。時同曉徵、鳳喈、來殷寓滄浪亭。

其三

中秋憶，水閣雨晴初。楊柳風姿聯袂坐，芙蓉詩格劈箋書。宛在小清虚。謂蘋花水閣。

其四

中秋憶，白下最銷魂。雁齒橋西蓮葉舫，蝦鬚簾底藕絲裙。檀版隔花聞。

其五

中秋憶，小住近明湖。柳絮名泉閒躡屐，鵲華秋嶂共提壺。銀鹿伴香廚。

其六

中秋憶，最憶住邗溝。十部名倡齊度曲，兩行狎客妙藏鉤。燈影月華浮。

其七

中秋憶，蒲褐小齋前。詩社人歸停酒盞，妝臺夜永換花鈿。人月鬥嬋娟。

其八

中秋憶，侍直在西清。絳蠟銷時仙漏緩，瓊樓高處峭寒生。吟對玉輪明。

其九

中秋憶，三度鎖闈中。煮茗分泉瓷碗翠，研朱滴露筆花紅。蓬島與仙同。

其十

中秋憶，從獮在金微。萬里星河隨出塞，十番簫鼓送行圍。詰旦侍龍旗。每年駕幸熱河，至七月二十五六日始演劇，及聖節將近，再演戲。過中秋，遂啓蹕入圍場行獮。

其十一

中秋憶，壁壘大江涯。兩岸蠻烟昏似墨，千重鬼磷撒如沙。何處望京華。

其十二

中秋憶，人尚客荒陬。鼓角軍聲仍北府，琴樽詩興侍南樓。家遠碧雲愁。

浪淘沙羅紅本京洛歌伶，飄流大理，博晰齋觀察以詞贈之，屬余爲和，未見其人也

羅幕篆燈紅。玉頰春融。京華回首萬山重。誰分酒旗歌扇底，摻袂相逢。　蒼雪照簾櫳。遠鬥眉峰。使君見慣尚惺忪。撩起羈人無限意，夢裏愁中。

應天長戊申四月，因驗騰越城工，復至大樹園，總戎劉君之仁留飲。時緬酋入貢，已抵近關

蠻江一綫，翠嶂千層，又來叱馭登陟。雉堞新成，更爲誅番壯邊色。懷前歲，剩舊迹。望銅壁、關山路直。榕陰地，下瀨傳烽，噩夢都息。　叢竹尚如初昔。雨依依，猶勞薦青碧。酒名。聞説金沙江上，獻琛已馳檄。慶中外，邀平格。正好是、凝香宴客。微酣後，難忘當時，佩刀籌筆。以上録自《琴畫樓詞》

檀　萃

檀萃(一七二五—一八〇一),字豈田,號默齋,安徽望江人。乾隆二十六年辛巳(一七六一)恩科進士,選授貴州清谿知縣,丁父憂歸,後補授雲南禄勸知縣。居滇數十年,主育材書院講席,滇人多師之。著有《滇海虞衡志》《滇南草堂詩話》《儷藻外集》等。

蝶戀花

五老麗霄原妥帖。墮落人間,玉碎珠摧爲粉蝶。板翅暉暉輕一葉。仍留細暈星重疊。　鑾蕊瘴苞攢捷獵。留戀花間,舞倦衣殘無燕接。試看翔鳶飛跕跕。難尋堂裏屏風貼。以上録自《滇南草堂詩話》卷一

蔣士銓

蔣士銓(一七二五—一七八五),字心餘,一字苕生,號清容,晚號定甫。出生於江西南昌。乾隆二十二年丁丑(一七五七)科進士,改庶吉士,授翰林院編修,先後任武英殿纂修官、順天鄉試同考官、《續文獻通考》館纂修官。後主揚州安定書院講席。與袁枚、趙翼并稱『江右三大家』。著有《忠雅堂文集》《忠雅堂詩集》《銅弦詞》《紅雪樓九種曲》等。

滿江紅 題《桑乾送遠圖》再送李載庵返滇南

春草蘆溝，又加寫、旗亭行色。比疊到、陽關二曲，曼聲凄惻。畫本重題言不盡，故人相送情難極。較桑乾、深淺意如何，惟君識。 驟車馬，鞭絲勒。摹主客，舦船側。埋怨到、緑楊絲短，繫君無力。聚首不如圖以内，懷人衹在天之北。咽離聲、流水最無情，何曾息。

其二

游子歸來，洗靴襪、征衫纔卸。浣不盡、燕雲塞雪，酒痕狼藉。蔡順倍添慈母惜，杜羔幸免山妻罵。看嬌兒、繞膝更思親，何年赦。 舊檠戟，青山亞。新棹楔，朝暉挂。儘經年、行田上冢，治家粗罷。毛義自應求仕宦，向平且漫謀婚嫁。捧安車、奉母渡桑乾，當重畫。以上録自《銅弦詞》

宋維籓

宋維籓，字瑞屏，浙江烏程人。乾隆三十年乙酉（一七六五）科拔貢生。著有《滇游詞》。

錦堂春慢 弋陽舟次

料峭寒風，吹來晚雨，絲絲裊動烟霏。却蒲帆幾幅，惹破低迷。轂水碧依苔岸，柳痕緑上蓑衣。前路人家何處，蘭槳清波，渡口船歸。　我亦元真舊侶，記桃花流水，鷺白魚肥。但鞭絲帽影，荒盡鋤犁。十載萍踪憔悴，春風閒煞雙栖。今夜鷗波亭畔，幾個黄鶯，啼過簾西。

菩薩蠻

蹴波風起寒生渚。微陰度盡絲絲雨。時節近餳簫。雛鶯別樣嬌。　不須煩一斗。睡更濃於酒。何處殷輕雷。回頭花亂開。

蝶戀花

客裏尋春真莫據。雨雨風風，暗把流年度。牛背夕陽紅欲暮。烟波横上垂楊渡。　沅芷湘蘅成懶賦。燕子飛來，又道春將去。省事天工渾不顧。草痕不没愁來路。

木蘭花慢 楚湘舟次寄陳農部絙橋京師

最難忘情處，是京落、舊游同。記乳燕低雲，玉桃消雪，塵路泥融。相從。畫輪試轉，看枝枝露柳緑陰濃。藉草一尊泥飲，紗巾欹落東風。　征鴻。南北寄浮踪。天末又飄蓬。恁寒風暖雨，不成朝暮，歲事匆匆。孤篷。幾山幾水，早花兒落盡樹頭紅。料得傷春望遠，把杯也話吴儂。

虞美人

旅懷無計從人説。總是難將息。輕寒輕暖不禁憐。百樣陰晴做弄、旅人天。高高下下何時盡。路與猿猱競。籃輿衹在嶺頭行。前面青山依舊、與雲平。

前　調

籃輿曲曲溪山外。倦眼醒還醉。刺桐花下小橋通。別有重門低亞、夕陽紅。蕭疏欅柳風前縷。前路炊烟起。問渠有底小腰支。消受年年孤館、夜寒時。

前調 謝送香

疏簾小簟清無暑。蟋蟀新摇羽。夢回欹枕一聲鷄。庭院槐陰剛與、翠眉低。水沉烟暖人何許。篆出心心字。生來小胆怯初寒。漸漸秋聲庭樹、葉聲乾。

探春慢

深院閒門，竹西小徑，春光長是先讶。水際風寒，墻腰月淡，別有横枝低亞。猶記年時事，是侵曉、曉妝纔罷。和風同倚闌干，忍寒消受清暇。　一自萍漂梗泛，問此日樹間，蓓蕾多寡。連枝雪暗，一痕紅細，還否添香燈下。祇有尋春夢，曾到了、當時廊榭。料得西窗，重簾静掩深夜。

八歸 東坡云：『歲云暮矣，風雪凄然。』時於此中得少佳趣。别家既一年，適吟白石道人自石湖回苕溪諸詩，悵然賦此

賓鴻嘹嚦，霜風凄緊，簾外暗雨漸歇。一尊擁鼻微吟後，猛又乍斷還連，打窗聲切。燭焰寒消紅一寸，報小苑梅根剛没。便乞去與、呵凍重吟，人境兩清絶。　長是會少離多，而今重省，又到年時時節。帷犀押處，水仙幾朵，香影傍人明滅。但迢遥萬里，翠被生寒夢相覓。漏聲轉、此間除是，墻角梅花，知余情味别。

疏影 齋前玉蝶梅一枝，遲久未花，詞以促之

盈盈欲語。甚峭寒節候，獨秀庭户。空谷亭亭，何處春風，深紅點破新縷。横斜瘦影憐渠在，更幾日、浮香能與。似乍來、林下相逢，却向人前迎拒。　不信蠻荒萬里，芳心看不改，春色如許。賴爾疏枝，伴我清幽，恁便情緣齟齬。天涯消息重相覓，算我是、孤山舊主。道個人、月下窗前，夜夜夜深延佇。

湘月 前庭蠟梅盛放

玉階小立，問何時墮下，仙女裙襭。落葉聲乾漸喚起，幾許芳懷欲説。菊已摧霜，梅還待臘，巧避花時節。徐妃妝淡，暗香幾陣纔泄。誰向真蠟移來，見宋人詩。小庭墻角，占亭亭清絶。瘦影剛横稱座上，一盞鵝黄初熱。暝入西山，昏黄月近，冷照檀心澈。差堪伴我，道裝別様幽潔。

探春慢 訪梅於城外之玉皇閣，苔梅初放，嫣然可愛，歸折一枝，率賦

落景催鴉，村烟做暝，歸來風滿平野。時從雲泉寺歸。紺宇籠雲，寒林出屋，中有尋春庭榭。小憩層檐底，看照我、夕陽西下。玉肌還倚天寒，亭亭修竹相亞。那便盈盈不語，似尚惜娉婷，還未曾嫁。恁地相逢，携將縞袂，肯放粉香盈把。待把重門掩，便細與、評量平清夜。無奈窺人，月華斜到窗罅。

沁園春 秦太守以詞寄陳農部，余亦憶去年暖室梅花之咏，作此寄之

今夕何年，遥情南地，碧天暮雲。想馬頭殘照，雕邊雪滿，歸從三殿，凍合雙輪。簾幕重遮，暗香浮動，衹隔寒光不隔春。紅燈畔，有清詞一曲，喚起冰魂。拈花重泛清尊。記茸

帽、年時入座頻。但倦游滋味，茶烟竹屋，歲寒伴侶，霜月黄昏。剩有吟情，未忘詞筆，索笑檐前日幾巡。何時更到，何郎官閣，詩興同論。

小重山

十五盈盈欲嫁年。踏青兒女伴、鬥便娟。柳絲斜約玉闌干。人何處、春在小眉彎。　老去不禁憐。舊時心事在、猛相關。持將裝束比從前。料平量平看、添得幾多妍。

鬲溪梅令戊子燈節前一日有寄

催花天氣暮寒滋。雨絲絲。正是東風着意、做春時。吹黄楊柳枝。　竹扉半掩畫簾垂。酒重持。記得年時燈月、影參差。黄昏雙槳遲。

其二

酒闌長是意難降。踏新腔。聽道鄰娃歸後、夜鐘撞。倚闌人影雙。　春星百里帶龍江。客宵長。借取村燈新焰、曳殘釭。月華剛上窗。

虞美人

閒窗正裊心心篆。不管清游倦。淡黄楊柳小紅樓。一樣東風剛爲、曉鶯留。　茶烟禪榻空相惱。鏡裏人今老。人間何路寄相思。芳草烟綿又是、一年遲。

澡蘭香 端陽風雨

無多節物，不盡征程，最是攪人情抱。彩絲纔理，榴火初燃，一樣荷風動早。甚流光、容易欺人，不管當筵人老。聽雨聽風，草草端陽過了。　已是別來幾度，縑繭聲寒，豆棚花小。琉璃八尺，樹影千章，蒲酒雙瓶初倒。笑空餘、蠻果飣盤，消得醉懷多少。又早是、醒酒微風，吹來翠篠。

望江南 舟中雜咏

春睡醒，倦眼倚篷看。新水倒沉山半面，晴雲濃護日三竿。鼓枻下前灘。

其二

峰影轉，清興一時增。兩岸笙歌留畫楫，滿湖烟月作春燈。孤艇夜寒凝。

其三

春正好，細雨漾絲絲。曲岸泥深芳草緑，賣魚人過立多時。風定片帆遲。

其四

帆脚轉，兩兩白鷗輕。帶雨雲歸溪路暗，蹙波風起峭寒生。篷底算歸程。

其五

江路净，新水已如烟。楊柳日斜春閉户，一鷗閒上渡頭船。微雨養花天。

其六

村落近，風急晚山青。白雨過時雙鷺下，烟波横上緑莎汀。春在竹間亭。

蝶戀花

客裏

永晝愔愔人意懶。到地韶光，緑破莎深淺。細雨一天春不管。東風吹上垂楊綫。吟髭時一撚。眼底春愁，漠漠岩巒遠。烟水半篙蘭棹轉。濛濛樹色瀟湘晚。

唐多令

清

霽色破朝寒。回流送木蘭。甚東風、天不遮攔。江面波光江岸柳，剛一夜、緑成烟。夢老江關。雲山識客顔。好春光、多在途間。今日特邀天幸在，歸櫂穩、與春還。

渡江雲花朝前一日

人家如畫裏，漁舟兩兩，楊柳弄春陰。輕舠風乍轉，六幅蒲帆，點破曙江深。烟中一髮，問遥山、何處青青。但贏得、波平天遠，迢遞送歸心。　侵尋。厭厭永晝，漠漠輕寒，嘆孤踪誰省。便引滿、芳尊待勸，誰伴清吟。江鄉又是花朝候，道花開、短髮難簪。歸去好，啼鶯正滿前林。

一萼紅舟中書所見

小重檐。有垂楊幾樹，新緑正鈎簾。曲港波通，平汀莎暖，初日一綫纔添。問雪爪泥鴻誰是，歸何處、流影漾春纖。碧水沙洲，鶯聲門巷，數到郵籤。　瞥見翠禽飛度，看遠山十里，剛露雙尖。別浦盈盈，朱櫻歷歷，明月已破雲匳。誰唤起、海棠朝睡，道露痕、微漬曉猶淹。惆悵風前落絮，緣薄泥粘。

邁陂塘題王述庵先生《三泖漁莊圖》

水雲重、澄空一碧，柴門開傍紅樹。三間小屋横如艇，占斷魚茵無數。閒唤渡。更穩載、笭箵乘興尋漁侶。泖㳽欹浦。儘搓霧挼烟，蓴香鱸脆，淺醉豆花雨。　綸竿在，別後幾番寒暑。生綃染出幽趣。軟紅十丈長安地，潑眼湖光如許。天也妒。恁吟藥、燒蓮還狎閒鷗鷺。遐心漫與。算千騎東方，金魚牙笏，那許便拋去。以上録自《滇游詞》

屠紳

屠紳（一七四四—一八〇一），字賢書，號笏巖，江蘇江陰人。乾隆二十七年壬午（一七六二）科舉人，乾隆二十八年癸未（一七六三）科進士，乾隆三十八年任雲南師宗縣知縣，五十二年任尋甸州知州，嘉慶元年任廣州通判，與洪亮吉、師範等人有交誼。著有《蟫史》《瑣蛣雜記》《鶚亭詩話》《笏巖詩鈔》。

減字木蘭花

此間快活。白眼青天塵境豁。不買溪山。乞取松蔭一笑間。　天涯游屐。獨鶴歸來應喚客。試問名場。若個披襟侍夕凉。以上録自《滇南草堂詩話》卷六

劉可培

劉可培（一七四五—一八一二），字元贊，號阮山，江蘇陽湖人。久客於滇。著有《石帆詞》《繡圖緣》。

燭影摇紅 滇南旅舍晤錢塘葉黼斯話舊有感

碧月當頭，憑誰乞個銜杯假。揚州鶴夢乍驚回，着處愁來也。慷慨與君夜話。多半是、岐羊

塞馬。祇今剩有，半壁琴囊，一肩詩債。　蝸角繩案：疑當作『蠅』頭，殘羹冷炙從斯謝。吹簫乞食走天涯，誰念飢軀者。百計不如歸罷。且料理、五湖桑柘。書城酒郡，他日移封，儘容瀟灑。

其二

君本情痴，因何冷眼花叢裏。自言滄海慣曾經，除却難爲水。況是縞綦風味。漸翠袖、暮寒天氣。林間挽鹿，雨夜牽蘿，怎堪忘此。　何用錢刀，白頭忍負文君誓。數椽茅屋枕南屏，且住爲佳耳。祇待陌頭春至。買青驄、緩緩歸矣。我聞太息，同病天涯，離愁頓起。

雨霖鈴 乙未臘日感懷

去年今夕。鯉書飛到，鱷夢驚絕。寒檠慘慘無焰，一堂弟妹，相看嗚咽。阮眼誰青，弃薄産、乏陶朱術。嘆叩户、昏暮求人，撲面西風滿襟雪。　天涯骨肉空相憶。到不如、庾信無家別。四方餬口非計，向何處、請纓投筆。縱有黄羊，司命無權，挽我窮轍。却旅舍、釜粥炊成，喚醒邯鄲客。

賀新郎 昆池旅舍爲如兒聘婦，喜簡内子

雅誼朱陳好。爲馨兒、絲牽翠幕，鏡聯温嶠。差愧璧人誇合璧，恰與珠娘諧老。堪步武、鹿

車風調。休説海棠梅許聘，莽牽牛、合伴天孫巧。銀漢渡，待青鳥。笑予兩鬢驚秋早。問何年、流連昏嫁，向平事了。萬里曉霜刀尺苦，耐汝十年懊惱。有佳婦、代司蘋藻。三日厨羹諳性易，嘆貧家、藜藿甘同飽。憑尺素，爲君道。

蘭陵王 送何鶴三出滇北上

客懷惡。更見蠻鄉味索。斜陽外，草色柳絲，争挽王孫住寥廓。相逢滇水曲。卓犖胸藏海岳。憑高閣，煮酒論文，月挂荼蘼畫闌角。　誰言此間樂。似瓮裏醢鷄，籠中瓦雀。稻粱辜負冲霄鶴。待彈三尺鋏，跨五花馬，燕臺雄盼萬樹萼。鑄金印非錯。　自度。等匏落。嘆蝸角終虚，管城已秃。飄零紫燕巢空幕。幸潘鬢未改，沈腰猶昨。偕君北上，題雁塔，莫負諾。

春風裊娜 余留滇七載，長女年十三矣，作留雲詞寄之

愛翩翩嬌女，掌上珠紺。賦茗歲，頌椒年。掩疏櫳、未暇簸錢鬥草，但拈針縷，學綉吴縑。問字呼姨，藏鬮試妹，巧意微教阿母探。解憶長安月纔五，堪憐蛾黛柳眠三。　從此牙梳半掠，緑添鬢影，流蘇漾、小婢休嫌。看慧女，勝痴男。蘭風交翦，蟾魄磨奩。髮漸簪齊，休如蠶懶，人同菊瘦，應減花憨。愧予天末，竟空囊羞澀，衹憑尺素，聊當釵鈿。以上録自《全清詞

吴錫麒

吴錫麒（一七四六—一八一八），字聖徵，號穀人，浙江錢塘人。乾隆四十年乙未（一七七五）科進士，改翰林院庶吉士，授編修，充會試同考官，後授國子監祭酒。著有《有正味齋詞集》《有正味齋賦稿》等。

齊天樂 送屠笏巖州牧紳還尋甸

東風又緑今番柳，一枝拚爲君折。燭醉前霄，雲吟萬里，帶去長安春色。光陰轉瞥。料細雨鑾天，跳歌聲歇。草長花飛，治情都仗舊鶯説。　奇書續成滿篋。早燈窗讀罷，腸更縈結。小店聽鷄，荒山説虎，定念故人新別。天涯短髮。怕冷絮相尋，一簪催雪。夢入蒼茫，竹王祠下月。以上録自《有正味齋詞集》卷三

趙懷玉

趙懷玉（一七四七—一八二三），字億孫，號味辛，江蘇武進人。乾隆四十五年庚子（一七八〇）科舉人，授内閣中書。後出爲山東青州府海防同知，署登州、兖州知府。著有《亦有生齋文集》《亦有生齋詩集》《秋籟吟》等。

沁園春 桂馥大令《戴花騎象圖》

非惠非夷，騎象戴花，仙乎使君。彼帶牛之子，應還耕鑿，捕蛇者説，其忍傳聞。堆鬟成霞，渡河蹴雪，那管哀牢遠插雲。風塵裏，笑是諸衆等，忽有畸人。升庵疑是前身。豈名士、由來致不群。看夕氛曉瘴，飛鳶站站，蠻童僰女，竹馬紛紛。秋氣西來，征車南去，四海交游幾輩親。歌驪後，待它年奏績，再與論文。

水調歌頭 爲尤二娱題《西湖看蓮圖》即送之官滇南

麴院納凉處，人倚夕陽天。郎家銷夏灣近，妾姓指荷錢。不怕雲翻雨覆，長願聞聲對影，好是正田田。值得一千字，珍重賦長篇。君有菡萏篇百韵。別匆匆，愁黯黯，又經年。東風忽催行色，歸夢逐春園。便去蒼山瀰海，同訪碧鷄金馬，可記總宜船。桃李遍栽後，再結看花緣。以上録自《秋籟吟》

胡夑臣

胡夑臣，雲間人。乾隆時在世。官徽州府學教授。

滿江紅

萬里昆明，彩雲現、南中疆域。還問道、金精神馬，天鷄縹碧。文藻長卿開玉案，受經張叔探金策。幾千年、磅礴産英豪，侔中國。　獻賦手，曾無敵。烹鮮理，頻剔歷。羡書屏姓氏，虎符態軾。神嶽不教雲霧蔽，澄江照徹空明色。奈驪駒、躑躅向河梁，誰攀得。

其二

江水傳清，論物産、土田磽瘠。良堪笑、垂涎饞眼，競窺金穴。一自仁君端化理，三年比户歌安宅。快茅檐、庬吠夜無聲，眠阡陌。　心似水，兒童識。奸比蜮，誰能測。任虚船飄瓦，去來無迹。首路還深明主戀，題詩莫把田園憶。聽輿人、萬口是豐碑，逾刊石。以上録自《攀轅吟》

龔國用

龔國用，字勖堂，號鐵簫，山東蘭陵人。清乾隆時人，乾隆癸卯（一七八三）任昭通府知事。著有《繭囊稿》。

傳言玉女 題墨梅帳顔

迅掃羅浮，知白偏須守黑。筆參造化，放春光頃刻。開纔數朶，那怕無情羌笛。黄昏浮動，飄飄御風，胡蝶飛來暗香融墨。碧宇低垂，敞雲窗、拂月席。淡籠疏影，伴幽人鐵石。拈花醒酒，日高東壁。誰客。

滿江紅 雨夜惜花

風雨蕭蕭，畫欄裏、香紅夜泣。春去也、天台雲滿，藍橋水溢。漫説愈妍恩澤被，聲連鶗鴂相催迫。待曉窗、多是不堪看，淒凉色。翠帷障，朱斗植。獺髓和，仙裙擘。却傷心都是，一場贏得。妄意片空媧石補，更教遍地靈香出。衹經年、離別便三生，無情碧。

桂枝香 題潛齋松陰書屋小照

龍眠小幅。儼月院、雪窗千尺寒緑。排架縑緗，四庫玉籤芸軸。麝煤鳳味青雲裏，卷犀簾、有人如玉。響流金石，碧空酬答，泛濤風穆。羨世胄、夔龍甌卜。知商確經綸，從古遺牘。培養根深，出作蒼生之福。他時廊廟須梁棟，向岩扉、敷蔭揚郁。會看圖上，凌烟班裏，史裁汗竹。

喜團圓 咏庭前紫荆花

靈通分合，性關孝友，植向官衙。附皮出萼都攢聚，似嫫母群娃。紅芳一樹，看同松茂，賞比常花。願教世上，鶯聲雁影，總似田家。

滿庭芳 題墨梅

花管春生，開將頃刻，癯仙綽約新妝。喻糜吐馥，蜂蝶漫爲忙。却更風霜不管，偏宜是、羌笛聲長。横斜勢，清輝掩映，時覺影紗窗。　無雙。自合教，輿臺桃李，夭艷穠芳。算佳人世外，鐵石心腸。庚嶺雲沉月曉，舊時夢、回首徬徨。還廿載，龍湫珠閣，箋素落寒香。

小梅花 春冷

將春老。準冬梢。積陰虚望黄綿襖。紅漸稀。緑漸肥。廉纖細雨，輕雪點崔嵬。朝昏挾纊翻如鐵。灰燼熏爐還用撥。濕霧開。微照來。山樓簾卷，岸幘一徘徊。　康成草。階前早。抽葉憐猶小。弄絲桐。送歸鴻。指僵眸倦，料峭最東風。寒燈常凝花仍結。冷局閒敲刼翻熱。列瓊艘。潑銀毫。一年佳處，放翁句：『一年佳處是春寒。』風韵亦應饒。

春光好 題《歲朝圖》丙申

寫清貴，見精神。一家春。得意風光并歲新。最宜人。　園綺九莖壽域，黄農百合仙津。好是平安香國裏，似松筠。

春風裊娜題墨蘭竹

滌澄泥春沼，竹影繽紛。宣石畔，素蘭聞。看滿院、清芬雅致，研磨松麝，須爲傳真。立起直追，連茗并韵，腕底宜教無滯痕。可得騰香似幽谷，更還博趣擬凌雲。君子佳人珍重，風晴雨露，萬千狀、不著纖塵。孤芳賞，兩空群。一拳醜怪，八面嶙峋。縱使無言，偏生有態，相依相襯，誰主誰賓。平安服媚，借當年佳話，低昂画裏，些少精神。

錦纏道春日登桃笑山

款段徐行，閒訪名山桃笑。看春郊、草縈花照。柳絲輕拂游人帽。古木陰森，早到玄天廟。　手摳衣漫登，躋攀雲嶠。最高峰、紅楼縹緲。到此間、須豁雙眸，俯視群山處，放一聲長嘯。

萬年歡祀灶後一日值耶溪金大初度，即席作

司命朝天，奏考祥視，履疇衍貞福度。索盤根多少，日暄雪浴。鬱壘神荼户曲。恰報道、九千初熟。瓊筵列、梅花獻壽，爲開一枝寒玉。　金蘭歡篤瑶觴，要勸斟仙酒，頻顧新曲。碧眼于鬈，我識雲房非俗。應許何人追逐。便他日、烟霞松竹。也尚有、挹袖拍肩，鐵簫野

客來祝。

傳言玉女春日無題分韵得媚字

簾幕東風，畹晚着人如醉。綉絲生倦，恁睡魔作祟。隨伴鬥草，花也不成風味。無聊情緒，蝶嬌鶯媚。脉脉遥牽，野桃紅、塞柳翠。画梁雙燕，説向他不對。衹教梦來，杜宇枉勞絮碎。懨懨不信，慣爲春累。

前調苦雨

道是雲痴，也會依岩栖谷。秋霖縱易，合碧霄暫沐。何便淅瀝，不管羈人心曲。連宵蕉葉，幾朝鶴雀。强展殘編，暗窗前、眼花簇。竹爐瀹茗，奈汲來水濁。頻將案移，草法漏痕看熟。占晴問易，卦重虔卜。

十六字令新晴襍咏

風。擁出從前曉日紅。穿簾細，香篆蜿猶龍。

其二

雲。變幻須臾黑白分。横山半，吞吐碧螺紋。

其三

巒。天際芙蓉面面看。晨光裏，黛色襲人寒。

其四

溪。新漲剛剛砂嘴齊。蠻娃渡，早是浸平臍。滇人男女皆呼娃。

其五

泉。汲得寒漿鳳嘴邊。鳳皇山嘴泉水最佳。雨前茗，雨後火微煎。

其六

橋。高跨長虹山半腰。飛甍覆，人迹曉霜消。

其七

舟。一木刳成一葉浮。隨波捷，轉瞬過灘頭。

其八

花。白過濃霜紅妒霞。村姑折，插鬢一枝斜。

其九

苔。圓似荷錢滿砌堆。門清静，仲蔚不教開。

其十

醪。村市家家壓小槽。頻斟酌，一樣醉酕醄。

其十一

琴。壁挂無弦何用音。宫商古，衹在解人心。

其十二

棋。一局敲殘午日移。輸贏趣，不許爛柯知。

其十三

書。引睡還連莊誦餘。瑯環住，脉望又何須。

其十四

簫。煉鐵宫商鳳噦調。流金石，風雨破瀟瀟。

其十五

詩。不瘦多因未苦思。聽真籟，何取費敲推。

其十六

詞。奉旨耆卿老面皮。新填句，恐惹小娘嗤。以上録自《繭囊稿》

菩薩蠻

虬枝屈鐵蒼龍立。濤聲萬叫清陰襲。樹底欲生寒。幽人倚石邊。　羨君頭未白。已辦登山屐。揮羽了無營。何來寵辱驚。以上録自《滇南草堂詩話》卷六

錢夢日

錢夢日，字補梅，錢塘人。乾隆時曾官富民知縣。

臨江仙

不羨廟堂衣紫客，一樽林下悠悠。攤書萬卷復何求。虛心共晨夕，結得好良儔。　花柳繁華容易歇，此君常占清幽。永嘉逸事最風流。避王應有意，何必覆金甌。以上録自《滇南草堂詩話》卷六

徐峻德

徐峻德，字克齋，乾隆時任師宗及嶍峨知縣。

滿江紅

十丈紅塵，算何物、差堪醫俗。分付與、琅玕千個，篔簹之谷。一抹緑天雲護影，半窗清韵風敲玉。問高吟、執卷爾何人，幽情獨。　疏籬内，茶初熟。佳客到，車停轂。但此君無恙，此生亦足。玉板好參禪悦味，籜龍祇聽平安祝。笑湖州、千畝渭川胸，還多欲。以上録自《滇南草堂詩話》卷六

呂心哲

呂心哲，山西汾陽人，鎮雄州牧，乾隆時人。

八景詞

金鳳鈎 烏山聳翠

梳新翠，看烟雨，雲淡蕩、西風吹午。黄穲䆉稻，朱懸林果，襯點嵐光如許。東門三里青山路。合便放、筇枝徐柱。一雙蠟屐，半壺秫釀，携謝眺驚人句。

菩薩蠻 月窟禪光

佛光蟾蜎都憑幻。趺軀漏雨苔紋遍。漫説色還空。無無公案重。法�香風裊。風裏林花好。靜影照寒山。水流雲在天。

百尺樓 二水懷珠

淵媚是珠藏，珠現波空緑。赤水崐崙象罔求，抱一猶龍獨。懷宵自多風，耀明應不足。碧落冰蟾印萬川，胎蚌寧煩卜。

漁父家風 羅闕漁唱

浮家向暮亦云還。罾網挂溪邊。漁弟漁兄群唱和，聲度蓼花灘。壓笛孔，扣舡舷。酒須乾。縱然散去，醉夢迷離，也在江天。

釣魟笛 桂機秋釣

把竹坐天香，流輩那能知爾。不是九龍焦石，便羊裘老子。銀河瀉影向澄溪，金浪鱗鱗起。縱使得還不賣，况本懷非此。

玉樓春 梅坳流雲

稚顔珠閣東風悄。千尺鮫綃烘染好。下方便覺暗香浮，半嶺争憐真色早。雲來雲去情縹緲。花密花疏春窈窕。山鐘蕭寺曉烟深，野鶴寒谿霜月小。

喜團圓 白人仙影

上瑞兆豐，影來震木，象出乾金。參差鳳翅雙尖翠，隨流水行雲。神龍首尾，何妨數見，面面鮮新。雨零星駕，休教孤負，彩仗行春。

應天長 一星拱斗

不應星緯塵埃有。南極一星朝北斗。聚連峰，遥孤阜。横亘六岡乾象否。傅岩人，天上久。更降東方射覆。微會元黄神化，眼前妙難剖。以上録自《鎮雄州志》

尤維熊

尤維熊（一七六二—一八〇九），字祖望，號二娱，江蘇長洲人。乾隆五十四年己酉（一七八九）科拔貢，授江蘇淮安訓導，後官雲南蒙自知縣。著有《二娱小廬詞鈔》二卷。

南柯子

南方有樹，無枝無蔓，亦無花葉，根際一片挺出，其端復出一片，片片相承，作深碧色。滇中尤盛，處處有之。土人名曰仙人掌，爲成一解

是葉非花樹，依墻傍壁生。銅盤瀉盡露珠明。誰吊曉風殘月、柳耆卿。　蕨似兒拳長，柑如佛手擎。巨靈仙迹更天成。還要麻姑鳥爪、試輕輕。

醉紅妝

船唇車脚共年年。似清娱，伴馬遷。南來萬里瘴雲天。飄泊處，損紅顔。　宵燈擁髻話蟬聯。似通德，伴伶元。空對遠山愁四壁，又損了，買花錢。

清平樂

蒙自病中九日

去年今日。兩度清平驛。今日炎荒人卧病。又是一番蕭瑟。　竭來吏散身閒。重門當午猶關。聊應他鄉節物，花糕看綴獅蠻。

瑞鶴仙

題汪飲泉《秋隱庵填詞圖》

秋聲林外動。有燕燕，秋龕白雲常滃。秋裏幾千種。倩冰壺、濯筆露珠愁凍。南唐北宋。

變新聲、懊儂囉嗊。算何如、潭碧桃紅，一曲踏歌相送。倥偬。瘴雲萬里，零雨三年，舊游如夢。僰歌爨弄。修月譜，有誰共。羡紅窗、着個紅兒相伴，夜夜燈前髻擁。放簫聲，度出清商，畫橋烟重。以上録自《二娱小廬詞鈔》

董桂洲

董桂洲，字香泉，婺源人。舉人。乾嘉間在世。著有《哀絲詞》。

賀新郎

相送還相迓。記垂楊、舊時折去，又旋生也。猶喜鬟絲青如昨，顔盼春風鞍馬。問父老、幾多情話。赤子投懷争笑語，官家今與民休暇。衣租稅，畢婚嫁。須臾一騎從天下。好封題、家書一紙，泥金帖寫。果是郎君芙蓉鏡，合置紫薇廳舍。信食報、天心非假。我本絳帷諸子弟，許彭宣、晋謁私堂者。徵盛事，肆宵雅。以上録自《花縣留甘》

沁園春 盆梅奉供，媵以小詞

官閣清寒，問到梅花，應開幾枝。尚江南信早，無人知道，竹西幽絶，費我相思。醉後吟詩，檐前索笑，緑玉盆中着艷姿。無多耳，儘琴堂清供，勝處寒籬。黄昏玉笛先吹。縱不下、簾櫳蝶未知。但紅情緑意，最宜高士，暗香疏影，雅似名姬。引客豪談，退衙高卧，一笑東風亦有私。今宵夢，夢孤山孤處，隻鶴來遲。以上録自《仙館唱酬》

賣花聲題詞

清絶小銀塘。翠滴羅裳。晚來西子正紅妝。竹外藕風欄外蕙，拉雜花香。　暝色起新涼。琴索休張。玉壺冰液付仙郎。人説使君能潤物，樹樹甘棠。

其二

涼露一窠無。滴水如酥。滿身花影倩人扶。儘把歌喉穿一串，個個真珠。　棋罷又茶初。隔牖相呼。可憐人似酒家胡。但得一生花裏住，勝住蓬壺。

賀新郎題詞

琴案清如此。趁公餘、含飴課讀，色然心喜。猶是弱齡初識字，頭角崢嶸而起。是清白、門庭之嗣。家世一經傳祖德，抱龍孫、細數前人美。簪與笏，床頭視。　乃公自譜無聲史。乍秋風、蘭芽吐馥，桂枝含蕊。撫字深恩勞教養，眼底誰非赤子。試看取、公門如水。黎首歡呼慈父母，報循良、一卷詩書耳。碑在口，歌樂只。

百字令題詞

寒生齋壁，似平原雲凍，遠天霜曉。槭槭蕭蕭枯樹裏，立斷驊騮腰裹。瘦骨嘶風，乾毛脱雪，老矣長城道。龍媒去盡，獨留今日殘照。　遥憶百戰沙場，成功顧盼，自覺花鬃好。猿臂將軍歸部伍，塞外青山如燒。有意騰驤，不施繮勒，識者原來少。誰家收養，明年還試春草。

其二

吾師佳興，乍經營慘淡，真龍能畫。骨在肉中誇獨妙，胸有先生曹霸。木末栖鴉，天邊放雁，一見都驚訝。王孫何在，請他來判真假。　知是静日琴堂，牧民寄意，故把寒姿寫。分别驪黄登上厩，臣本才居駑下。伏櫪懷恩，空群長價，孰有如公者。捫圖大噱，鹽車從此休駕。

摸魚兒題詞

闖師門、蕙心蘭質，彩毫端合揮寫。吾師自愛稱香祖，據坐碧梧陰下。花一架。把小箑、臨摹風韵欄杆亞。清姿無價。但麈尾延凉，琴絲撥雨，過了一年夏。　傳神處，粉黛誰真誰假。秋娘今日新嫁。菱花鏡裏寫雙眉，絶似遠山斜挂。消受者。有九畹幽芬，伴得騷人雅。聰明善畫。共舊日何郎，灌來蕙畝，都當作佳話。以上録自《琴餘清賞》

董邦超

董邦超，字亦吾，婺源人。乾嘉間在世。著有《露花詞》。

喜遷鶯 落花詞

東風吹盡。但緑葉峭寒，空留春憾。艷碎金臺，魂離畫楹，還喜玉容堪認。南浦飄零紅泪，二十四番花信。趣載酒，怕芳菲易老，風情難穩。　嬌困。君試聽，雨灑緑窗，净洗閒脂粉。枝上頻刪，根邊未掃，多恐落茵飄溷。可憐餐英蜂蝶，空逐香泥酥潤。繫情處，惱游絲挂住，人前難問。以上録自《落花詩刻》

張　琦

張琦（一七六四—一八三三），初名翊，字翰風，號宛鄰，江蘇武進人。張惠言之弟。嘉慶十八年癸酉（一八一三）科舉人。官山東鄒平、河北館陶等地知縣。著有《立山詞》，與兄合編《宛鄰詞選》。

永遇樂 和金近園送曾容之官雲南，時余將出都，故次章云云

斗酒十千，及時行樂，今夕何夕。有客悲秋，臨風清嘯，滿座添騷屑。京華游倦，烟痕夢影，揾盡羅巾泪濕。更者番、故人薄宦，忍將萬里輕別。　平生意氣，儘消磨未了，還剩唾壺

堪擊。溝水東西，分流到海，况有相逢日。何能更效，燈前兒女，坐向床頭嗚咽。從今但、平原痛飲，把愁澆徹。

其二

秋夜溟濛，横斜北斗，殘月西没。颯颯驚飆，披帷入户，庭樹聲蕭摵。頭顱已老，年華過盡，心事不堪重説。總輸他、畫梁栖燕，一般酣夢清適。當歌對酒，待尊前起舞，壯志幾經消歇。如此天涯，何須更戀，燕市鶯花窟。不如歸去，吟鞭遥指，趁著江南紅葉。這次第、素心念我，又添凄切。以上録自《立山詞》

齊彦槐

齊彦槐（一七七四—一八四一），字夢樹，號梅麓，婺源人。嘉慶十四年己巳（一八〇九）恩科進士，改翰林院庶吉士，後任金匱知縣。著有《梅麓詩鈔》等。

沁園春題詞

仙坡先生，神似坡仙，風流宰官。謂此君不俗，披襟對竹，善人宜友，著意培蘭。潘縣門生，謝家子弟，盡在庭階灌溉間。多情甚，把丹青寫就，不放他殘。可憐翠簇紅攢。更著個、人兒倚畫闌。道六郎顔色，蓮華頗似，王孫情性，蛺蝶偏諳。穎士奴耶，康成婢耳，笑語

騷人仔細看。當年召，衹甘棠一樹，未免孤寒。以上録自《琴餘清賞》

胡履春

胡履春，嘉慶時在世。

蝶戀花 題詞

碧砌紅簾烟欲皺。住個詩人，劇似伊蘭瘦。翠滴滿身秋意透。此間儘可消清晝。石上苔紋都似綉。爲着名花，慣把冰壺覆。細意栽培香惹袖。怪他花發多時候。

其二

一桁簾波含紫翠。護日移雲，都是憐芳意。更愛提壺人嫵媚。與公同向花間醉。紈扇輕摇香撲鼻。幾度關心，生怕芳菲墜。騷客多情爲位置。此中不似人間世。以上録自《琴餘清賞》

宋翔鳳

宋翔鳳（一七七七—一八六〇），字于庭，江蘇長洲人。嘉慶五年庚申（一八〇〇）科舉人，官知州。著有《浮溪精舍詞》《過庭録》。

憶舊游 南詔

四圍山色古，水滿山溪，樹接山城。在李唐時代，是西南六詔，蠻觸稱兵。爨歌尚有哀怨，洱海咽無聲。祇雪月風花，似傳舊恨，欲説邊情。　飄零。少年事，覓杜鵑紅處，匹馬山行。去飛來寺裏，悵碑殘字少，鍾絶燈明。虎狼微見踪迹，難到孰題名。有萬古清寒，空留積素縱復横。

前調 昆明

望風烟萬里，涉月經時，百折千迴。昆明池水黑，已雁飛不到，人去還來。茫茫吊古無盡，定有劫前灰。少組練雄獅，艨艟巨艦，憑眺高臺。　徘徊。故鄉遠，聽一遍城頭，畫角生哀。消息東風憶，是舊時清夢，冷落孤梅。月明共引羌篴，雲思託霞杯。度八百芳春，留將此日紅幾堆。以上録自《浮溪精舍詞》

鄒元亮

鄒元亮，莆田人，嘉慶前在世。

滿江紅 吊太史楊升庵

遠戍遐荒，參天氣、盈盈弗歇。睹蠻人、永頌聲名，南陽比烈。草賦曾留邊上曲，征衣常帶川中月。過山谿、讀罷采蘭篇，傷情切。　君恩報，臣心雪。官易去，才難滅。凛千秋梗概，綱常無缺。啼鳥時聞李白語，落霞猶染萇宏血。嘆當年、從諫有幾人，文何闕。以上録自《（嘉慶）楚雄縣志》

陸 葆

陸葆，字少逸，陽湖人。

消息《秋聲譜》題詞

渺渺烟波，茫茫塵海，埋香何許。絮果蘭因，託根無定，誰是同心侶。慧業三生，深情一往，休怨曉風暮雨。怨東君、花開花落，此恨遂成千古。　枕倚游仙，臺經靈夢，彈指聲中説與。篆冷香銷，庭空月上，欲住渾難住。萬疊霞箋，紅牙拍遍，可奈曉雲飛去。惆悵處、非空非色，懺摩綺語。以上録自《秋聲譜三种》

許士杰

許士杰，字耕南，雲間人。

滿江紅《秋聲譜》題詞

舞柘敲檀，任陶寫、曲牌詞派。翻樂府、蛾眉狐媚，別開色界。入地主張風月譜，補天懺悔烟花債。返香魂、六道轉金輪，乾坤大。　秋娘怨，花娘艾。福第一，緣難再。更仙郎仙子，霓裳齊會。舊恨琵琶月在舫，新恩簫鼓春如海。遣雙鬟、低度向旗亭，雲霄外。以上録自《秋聲譜二种》

任煥

任煥，號稚松，浙江嘉善人，道光前在世。著有《稚松詩鈔》，附詩餘。

滿江紅自題《游滇吟草》

如此嘔心，學不得、古來韓杜。祇小技、雕蟲篆刻，鑽研蟫蠹。夜月蘆笙蒙段俗，春風蒟醬西南路。莽天涯、極目恨悠悠，憑誰訴。　有坡老，銅琶句。有司馬，求凰賦。笑八年於外，鬢眉非故。投筆玉關人未返，携鑱蜀地公猶寓。把深杯、唱我畔牢愁，哀弦譜。以上録自《稚松

詩鈔》

葉申薌

葉申薌（一七八〇—一八四二），字維鬱，號小庚，福建閩縣人。嘉慶九年甲子（一八〇四）科舉人，十四年己巳（一八〇九）恩科進士，改翰林院庶吉士。曾在雲南爲官多年，歷任富民、昆明等縣知縣，東川府巧家同知，署曲靖府、廣南府知府，充雲南鄉試同考官。著有《小庚詞存》《天籟軒詞譜》《本事詞》等。

沁園春 辛未改官後乞假歸省，留別芷汀六兄，并題《洪江送別圖》

憶丁卯冬，買洪塘舟，與君共登。笑棘闈再試，初欣霓咏，蓬山一到，旋被風驚。五度星霜，三經離別，况此還爲萬里行。重披視，正人歸海嶠，心戀春明。　壯游若快平生。但怕聽、陽關第四聲。念觚棱曉日，瀛洲獨步，珊瑚夜月，洱海孤撑。珊瑚撑月乃滇中故實。好繼家聲，來持使節，慰我蕭然遠宦情。頻回首，想西堂詩夢，別後常縈。

滿江紅 壬申九日疊前韵

去歲今朝，記曾是、燕臺分別。萬餘里、飄然來看，九峰山色。紫蟹黄花風景杳，碧鷄金馬關山隔。嘆每逢、佳節倍相思，腸應折。　賓客少，無游迹。薄書簡，多餘隙。笑直須卧治，清閒已極。高會遠懷窑廠勝，荒居絶類湓江濕。問愁城、自昔酒兵降，今將北。

水調歌頭 癸酉送同年戴春溪舍人差旋

遠宦萬餘里，落拓寄南荒。故人持節遥至，相遇碧鷄坊。未作臨邛負弩，且學都官分校，玉尺共評量。君返鳳池去，重與奏明光。應念我，宦情減，旅愁長。山城斗大，漫説彭澤與河陽。京邑舊游相問，爲道狂奴故態，今也不成狂。回首望霄漢，分手悵河梁。

鳳凰臺上憶吹簫 菜花

粟影疑空，麥雲訝薄，凝眸一望千畦。儘臨風錦爛，映日金迷。爲愛淺深濃澹，平分出、近遠高低。春如許，黄花滿地，莫認秋籬。參差。麴塵吹動，正陌上人歸，色蘸春衣。記年年佳節，長説挑時。試問題詩張翰，風流句、端合因伊。還相笑，芳根咬處，此味誰知。

前调 白芍藥

素魄籠烟，豐膚膩雪，亭亭玉立春風。豈洛川微步，姑射仙踪。仿佛趙家姊妹，新妝竟、齊倚簾櫳。還應是，楊妃出浴，艷冠驪宫。形容。難摹丰韵，笑謝眺當年，衹咏翻紅。任廣陵嘉話，金帶奇逢。争似盤盂琢玉，坡仙語、比擬偏工。蓮香白，芳名記取，色相皆空。

木蘭花慢 袁季範《水晶簾下看梳頭圖》

袁絲今老矣，看故態、尚疏狂。愛畫閣春風，湘簾曉日，坐對吴娘。新妝。笑臨鏡檻，綰雙鬟斜掠鬢絲長。巧樣靈蛇學就，妖姿墮馬偷將。回廊。花影罨垂楊。風送緑雲香。倘芳卿我見，猶憐嫵媚，何況伊行。端相。天然丰韵，便虬髯卧看也無妨。眉憮任誇京兆，風流不讓王昌。

前调《秋湖送别圖》

人生行樂耳，得閒處、便宜偷。奈小别逡巡，柔腸繾綣，欲去還休。芳游。暗携翠袖，擬都將離恨載扁舟。鏡裏波添眉黛，酒邊風助歌喉。　情稠。千種意綢繆。一樣思夷猶。悵金烏影墜，碧鷄路近，雲散風流。新愁。頓生萬斛，倩琵琶彈出水天秋。緑鬢韋娘初嫁，青衫司馬難留。

沁園春 送秦馥堂司馬領運

辭雲中君，歌蜀道難，勸君莫嗟。看奏最三年，兼逢奉使，離官萬里，快且還家。白帝城高，黄牛灘陡，此去真乘八月槎。樓船壯，盼亭登至喜，穩下三巴。　亭亭玉樹堪嘉。愧如許、頭顱漫倚葭。羡禄養承歡，捧來毛檄，弱齡作宰，栽遍潘花。首薦新叨，頭綱獨領，試問歸期再及瓜。歸來日，是九重恩賁，五馬榮誇。

滿江紅 碩致堂别駕《黑龍潭看梅圖》

丰度翩翩，問驃騎、何如第五。况復是、士元驥足，早看展布。需次十年秦塞久，馳驅萬里滇池阻。剩閒來、游歷好山川，開襟處。潭百尺，龍深護。梅千載，花初吐。正微吟把卷，倏然天趣。羡爾閒身邱壑置，嗟余浪迹風塵苦。擬何時、同躡筍鞋青，眠花塢。

一萼紅 己卯四十初度

笑奔波。忽平頭四十，歷碌隙駒過。萬里携家，三年宰劇，虚將心緒消磨。邇來是、宦情都澹，争禁得、半載病爲魔。酒盞生疏，吟懷蕭索，興致如何。回首舊游天上，悵仙山縹緲，落漈風多。滇海塵勞，蜀江瘴癘，榮枯寵辱由他。憶香山、著緋司馬，也曾嘲、官職未蹉跎。白詩：『四十著緋軍司馬，男兒官職未蹉跎。』况我頭顱如許，且自婆娑。

鳳凰臺上憶吹簫 重游廣西州東湖

艇泛瓜皮，波揩菱面，重游也屬相宜。看蒲縈翠帶，蓮褪紅衣。蕩入緑雲深處，沿堤去、催唤漁師。嗚榔過，千絲細網，出水魚肥。　忘機。傍人鷗鷺，每篙影輕摇，還自驚飛。忽片雲頭上，急雨催詩。叢葦高荷送響，凉衫上、烟靄霏霏。歸來後，寺樓風定，鴉背光低。

木蘭花慢 紅山茶

譜滇南花卉，推第一、是山茶。愛枝偃虬形，苞含鶴頂，烘日蒸霞。椏杈。高張火傘，笑粵姬渾認木棉花。葉幄垂垂緑重，花房冉冉紅遮。　仙葩。種數寶珠佳。名并牡丹誇。憶吟成百咏，記稱十絶，題遍風華。生涯。天然爛漫，自臘前開放到春賒。風定絳雲不散，月明賴玉無瑕。

念奴嬌 謝王協戎惠巧色菊

重陽近也。學淵明、閒探黄花消息。恰好江州王刺史，送到幾株秋色。黄妒鵝翎，白欺蝶粉，紫艶分鴛翼。携尊相對，不妨長醉花側。　正待細把餐英，驚看朶朶，巧樣争偷得。誰料夜郎荒僻地，忽睹名花傾國。倩女雙魂，徐妃半面，鴉髻三丫擘。傲他五柳，昔年當未曾識。

滿江紅 丙戌初到大關作

斗大山城，居然是、滇東鎖鑰。千餘里、襟黔帶蜀，犬牙相錯。犵鳥蠻花風景异，僰僮爨女夷情樂。沐承平、雅化百年來，安耕鑿。　輿馬困，山程虐。舟楫險，溪灘惡。笑蠶叢鳥道，崎嶇猶昨。田疊樓梯窗際列，泉通竹梘厨中落。對邊關、斜日起新愁，聽笳角。

金縷曲

游宦成羈旅。問當時、誰人投筆，誰人誓墓。笑我頻年牛馬走，依舊頭顱如許。休更憶、金閨故步。萬里携家從薄禄，又那堪、千里抛家苦。離思積，向誰訴。　愁來難覓高陽侣。鎮無聊、編籬穿沼，移花栽樹。敢學魚湖同鹿柴，運甓漫消閒緒。但可惜、流年虚度。曾道銷魂緣賦别，恨而今、魂也無銷處。空悵望，碧雲暮。

前调《撫琴圖》

梧竹清陰繞。對庭軒、瑶琴獨撫，是何年少。濯濯丰姿憐張緒，蓮幕蜚聲偏早。託雅趣、絲桐深妙。莫奏高山流水曲，自鍾期去後知音少。但目送，孤鴻杳。　披圖細揣君懷抱。想當時、文君未遇，偷彈新調。欲寄琴心求凰意，盼得遠山眉好。况恰有、雙鬟來到。笑我忘情何所好。學淵明、祇愛無弦操。詞題罷，尊頻倒。

清平樂

濃雲翻墨。遮却青山色。萬變圖成真頃刻。草莽魚鱗誰識。　須臾雨散雲空。碧天千里光同。閒倚闌干四望，依然翠錦屏風。

點絳唇

繞屋青山，屏風十二周遭緑。峰重嶺複。拄笏閒延矚。　最是宜人，雨後山如沐。新妝束。嵐光翠撲。個個雲鬟矗。

臨江仙

陣陣輕雷催驟雨，曉窗快覺凉生。坐聽檐溜雜泉聲。小庭苔徑没，新沼鴨闌平。　階竹枝垂青到地，短籬瓜蔓輕盈。遥山隱隱近山明。浮雲馳倏忽，飛瀑落縱横。

蝶戀花　蟬

庭院陰濃消暑氣。忽帶蟬聲，便有山林意。雨後風前聽未已。纏綿最在斜陽裏。　飲露栖烟仙骨蜕。品格清高，曾伴金貂隊。獨有長吟無限思。秋來慣惹新愁起。

永遇樂 秋夜不寐

秋後關山，月斜衾枕，皆斷腸處。露井啼螿，霜霄過雁，更凑凄凉趣。銀釭珠穗，寒花半吐。起坐欲挑還住。漫思量、酒徒狂態，而今鬢影如許。　無端夢裏，悲歡聚散，又被鄰鷄驚去。薄宦飄零，壯懷消減，怕起中宵舞。關心何在，嶺梅開否，芳訊遠沉驛路。頻搔首、青綾寒擁，强吟悶句。

聲聲慢 秋聲

冷月催砧，尖風侵牖，滿庭都是秋聲。乍歇寒蜩，砌蛩斷續相迎。遥天數行新雁，引圓吭、肅肅宵征。無奈是、聽荒鷄膈膊，壯志還驚。　池上蕭蕭送響，想敗荷枯葦、衆籟齊生。金井梧桐葉疏，遠韵偏清。芭蕉未經雪壓，與松濤、特地争鳴。殘漏急、又單于吹徹，曉角高城。

齊天樂 喜内人挈兩女歸聘

宦游萬里携家累，關心更憐兒女。十口相依，雙珠未聘，耽閣芳齡誰訴。欣聞歸去。知幾費經營，幾般辛苦。多感山妻，將雛曲向鳳弦撫。　秋光應念倦旅。那堪經遠道，頻歷霜露。黔館寒蛩，湘江新雁，都是添人離緒。歸期漫數。盼橘緑橙黄，歲華將暮。輾轉春來，又催登驛路。

青玉案 九日登郡後山

秋來雅稱登臨意。况此日、重陽是。獨惜邊關無勝地。筍輿輕穩，幔亭高峙。賓從隨游戲。　風高落帽高人致。末座難逢孟嘉至。試問黄花開也未。蟹螯休憶，萸囊且佩。莫負登高會。

浪淘沙 山行

秋色滿天涯。旅興清佳。籃輿緩緩繞山斜。隔岸霜林紅不斷，深處人家。　心緊路偏賒。轉入幽遐。烟村錯落半雲遮。牧笛樵歌分隊去，暝色歸鴉。

祝英臺近 紅葉

茜霞明，桃浪妒。寒艷竟如許。滿眼秋光，春色莫相誤。争愁萬卉霜欺，誰知霜後，轉染就、嫣紅無數。　雁來否。更愛階下亭亭，疏影列珊樹。柏赤楓丹，催得歲華暮。因憐酒客衰顔，霜林一樣，日日醉、斜陽一度。

高陽臺

連得梁茝林籐使、林少穆鹺院手書，感賦，茝林書有『安得好風，吹近一方』語，故及之

拙甚於鳩，忙還似燕，年年來趁春風。舊壘難依，借栖終歲悤悤。滇雲縹緲三千里，學浮鷗、莫定西東。笑萍踪，漂泊依然，濩落難容。　故人念我疏慵甚，向千山萬水，遠致郵筒。珍重開緘，錦書芳意重重。多情爲盼風吹近，奈好風、不庇寒蓬。莫書空，且倩雙鱗，猶望南鴻。

漢宮春

茝林來書，以漢雙瓦硯拓本緣始索詩，賦此以代，硯爲紀文達公所貽

漢瓦名齋，笑高人佳致，冠絶千年。鴛鴦舊范，况是雙璧依然。師門貽硯，念吾鄉、故事聯編。曾記得、銘鐫夾漈，好將嘉話同傳。夾漈草堂硯在林硯樵明府處，云亦紀文達公贈其尊甫樾亭先生。　篆就長生無極，想武皇當日，志在求仙。祇今劫灰已冷，片瓦争憐。錦函檀櫝，費騷人、多少吟箋。應笑彼、香姜銅雀，浪誇斷甓零甎。

踏莎行

檐溜飄階，山雲穿户。重陽過後猶風雨。悲秋已自恨無聊，問誰能免添離緒。　新雁不

來，黃花無語。紙窗兀坐朝還暮。可堪窗外有芭蕉，聲聲似説新愁苦。

減字木蘭花

秋光冷澹。已過重陽花始綻。雨後離披。猶有霜枝護短籬。　花前對酒。争道黃花人比瘦。人隔天涯。憔悴西風鬢影斜。

風入松 喜晴

經旬寒雨鎮無休。人意不禁秋。朝來乾鵲聲頻噪，開窗望、爽氣迎眸。澹宕晴雲影叠，曈曨曉日光浮。　須臾暖透木棉裘。蔀屋喜偏周。家家新稻黃雲似，篝車滿、玉溢珠流。萬寶西成景象，千箱南畝歌謳。

南歌子 夜柝

雨裏音偏急，霜天韵更清。也隨寒漏换殘更。直伴窗鷄嘐旦、到天明。　遠與吟蛩和，高疑警鶴鳴。愁人耳畔最多情。每待曉笳吹徹、便無聲。

解語花 曉行

殘星帶雁，落月啼烏，畫角催天曙。鞭聲鈴語。輪蹄亂，迤邐客程分去。衝烟披霧。望初日、曈曨將吐。霜力濃，卯酒全消，瘦馬凌競步。試問爲何羈旅。被名繮利鎖，勾引如許。不辭辛苦。奔波狀，歷碌那論寒暑。宦游更誤。念孤負、香衾無數。算幾人、暖閣黄紬，高卧聽衙鼓。

綺羅香 東川道中

宿凍封條，新寒起粟，連日嚴陰催就。霧海瀰漫，望去欲迷昏晝。聞鷄聲、知有山居，瞥簾影、忽來邨口。傍郵亭、是處人家，帶烟都似乍炊後。西風頻聽夜吼。還恐朝來釀雪，客程廝勾。曉色熹微，誰料碧翁晴透。敵霜威、卯酒全消，怯風力、重裘依舊。想歡聲、暖遍茅檐，負暄多野叟。

滿江紅

萬里歸來，久吹斷、龍潭清夢。滇中黑龍潭古梅兩株，傳爲唐時物。多情是、賣花人把，一株春送。老幹經霜風格古，仙姿酣酒胭脂重。且欣然、分却典衣錢，携鋤種。瓦盆貯，山齋供。枝低亞，香浮動。念幾生修到，品高誰共。好向小窗邀月賞，莫教長笛臨風弄。更急須、招客對花開，傾春甕。

驀山溪 自題《庚午雅集新圖》

頭顱依舊。廿載重回首。著破此青衫，滯滇雲、浮湛最久。軟紅頻踏，故態尚疏狂，杯在手。笑開口。肯負尊中酒。　故人知否。天意憐憨叟。且許作詞顛，任學他、蘇辛周柳。閒來拄笏，莫問鬼揶揄，身宜守。顏休厚。留對圖中友。

金縷曲 戴壽伯明府《碧嶢耕讀圖》

萬里歸來久。乍披圖、碧鷄山色，岧嶢依舊。憶昔名賢南遷日，留此山居半畝。問誰仰、高風尚友。濁世翩翩佳公子，倩畫師、摹取林巒秀。耕與讀，樂兼有。　君今方綰銅青綬。騁驊騮、雲逵展步，天衢驤首。點檢硯田并書圃，付與山靈廝守。待他日、功成名就。乞得滇池三千頃，向大觀樓畔開新構。踐斯約，歸田後。

水調歌頭 中秋試院待月，用東坡先生韵

試溯中秋月，九度棘闈天。余四試鄉闈，宦滇後同考兩次，監試兩次，并茲而九。矮檐情景猶昔，辛苦隔

多年。屢學都官分校，輒步坡仙監試，萬里仰高寒。鳳味堂仍在，何幸厠其間。想三山，今夜裏，更誰眠。星懸萬點，東西雙塔射空圓。頻對鎖廳風月，追戀故鄉節物，此樂豈能全。漫和紫雲曲，那復睹嬋娟。

金縷曲 題趙蓉舫學使《嵩峰攬勝圖》，即以志別

歷覽寰區勝。數嵩高、巋然峻極，天中坐鎮。三十六峰雲不斷，羅列丹崖蒼嶺。問誰倩、圖將好景。緬昨星軺春過洛，愛探奇、躡屐尋幽興。當更訪，石淙泠。曩游猶憶昆華近。仰丰裁、靈鍾金馬，秀推玉筍。此後頻看持使節，今日親依樾蔭。况恰值、泥函催覲。欲致臨岐珍重意，爲留題、二室烟霞磴。歸去與，鳳池證。

思佳客 山茶，滇中定光寺紅茶最佳，樹大十圍，花開數千朵，相傳唐時物也

萬里歸來十載賒。最難忘是定光花。彤雲叆靆千枝艷，翠蓋團圞半畝遮。吟未已，夢猶誇。移從吴苑助風華。寒苞怯雪紅微露，凍葉經霜緑漸差。

菩薩蠻 野茉莉，滇中名爲野丁香，又名粉果花，以其花落結小黑果，其粉可傅也

斜陽墻角疑鋪錦。紅黄紫白交相映。也助晚妝忙。風來冉冉香。佳名偷末麗。野意

饒娟媚。留得果盈盈。還將粉細匀。

南樓令 藍菊，閩中名爲萬歲菊，滇中名爲五月菊，以其香同菊而開最先，且耐久也

花葉菊同香。初秋已吐揚。憶滇中、五月先芳。但遇菊開宜把酒，又奚必、待重陽。　紅紫白兼將。花中獨欠黄。想難同、真菊争强。倘得團臍和醉擘，挼嫩緑、也相當。

轉應曲 紫胡蝶，閩中名爲紫燕，滇中名爲扁竹蘭，且有開白花者，亦《花譜》所未收也

胡蝶。胡蝶。紫艷翠莖緑葉。翩翩對舞風輕。團扇撲來夢驚。驚夢。驚夢。一樣粉柔香重。以上録自《小庚詞存》

張聰咸

張聰咸（一七八三—一八一四），字阮林，號傅岩，桐城人。嘉慶十五年庚午（一八一〇）科舉人，官八旗教習。著有《經史質疑録》。

集賢賓 龍眠議集詞

南園恰在清和候，游客繞平泉。正值飛梟化舄，競迓神仙。祇見那青梅黄竹，都倚着芙

蓉亭院。也不數永嘉山水，凴雙屐幾曾游遍。人隨荀鳳集，宾列李龍眠。

逍遥樂

鼂飛薇帳，一任飄紅桑。雲松釀兆苑東墙。看迴欄、低護方塘。幾叢叢、萱草含芳。緑陰裹、山禽三兩，喜花醺、燕睡鷺翹鷗浴，簳粉蜂黄。

醉春風 案：祇存半闋。

醉翁亭席整。新昌里燭秉。葡萄櫻筍味俱陳，行。行。行。籃舉初乘，緑醽方罄，更闌人盡。以上録自《琴餘清賞》

姚崇之

姚崇之，石屏丁應鑾弟子。

高陽臺題詞

紫裩桃腮，青添秧馬，韶光已過三春。寂寞桐山，那堪辜負芳辰。河陽欣遇飛鳧令，趁清游、燕樂嘉賓。喜今朝，裙屐風流，蓬壁生新。　南郊踏遍香塵。看緑肥紅瘦，蝶戀蜂顰。瓊㪷交酬，緋衣盡賜紅雲。象牙鳳尾歌青竹，暢心情、陶寫詩人。醉將歸，幾樹斜陰，擱住黃昏。

鳳凰臺上憶吹簫

桃李春官，廟堂衣鉢，争傳玉笋清班。羡文如潮海，賦助江山。我愧效顰西子，争自試、也入吟壇。情無限，一叢花裏，咫尺雲閒。幽閒。風流瀟灑，是才子多情，繪出紅顔。便西園已往，勝事猶攀。多少同心臭味，直恁是、似玉如蘭。恩深處，莫教祇作，圖畫閒看。以上録自《琴餘清賞》

吴振棫

吴振棫（一七九二—一八七〇），字仲耘，號宜甫，浙江錢塘人。嘉慶十九年甲戌（一八一四）科進士，改翰林院庶吉士。道光二年（一八二二），授雲南府遺缺知府，補大理知府，咸豐二年（一八五二），擢雲南巡撫，累官至雲貴總督。著有《花宜館詩鈔》《無腔村笛》等。

尾犯 用柳體咏鶏㙺

峰陰雨洗。正筠籃新摘，暖風村市。短抽珧柱，圓承珂雪，苔香微綴。鼎娥細瀹，更不數、桑鶉美。趁山厨、未解清齋，漫誇千蹠豪侈。忽憶前朝催貢，看飛擎，一騎駛。空付他吟客，玉箸金盤，凄凉詩史。且侑杯中蟻。休待到、凍香浮起。又一種名凍菌，味稍次。憐軟玉、最稱殘牙，未輸蒓葉秋味。湘潭張九鉞《鷄㙡》詩：『翠籠飛擎驛騎遥，中貂分賜笑前朝。金盤玉箸成何事，衹與山廚伴寂寥。』自注：『明熹宗嗜此，滇中歲馳驛以獻。』

陌上花圓圓小影二幀，在昆明城西小庵，一内家妝，一比邱尼像

將軍萬騎歸來，愁煞玉顔難再。奪得春回，圓似十分蟾彩。盡抛舊院笙歌侣，自掃内家鉛黛。問妝樓、剩有畫螺眉樣，一峰青在。　是何時、换三衣皈佛，個裏傷心誰解。劫冷昆明，悟了色天空界。一般一樣嬋娟影，看作凄凉桑海。這丹青、合唤梅村魂返，清詞重灑。

東風第一枝黑龍潭唐梅，聞三十年前尚存，今枯根亦仆矣。甲寅上九命侣往游，惟野梅數十枝，爛若晴雪而已

老鶴招魂，仙虬蜕骨，一千年後餘恨。玉妃消息沉沉，怕向翠禽細問。瑶臺夢斷，算歷劫、情根纔盡。最惱人、多事東風，又弄另般圈暈。　看幾處、瘦描畫本。偏早有、墜香飄粉。嫩寒殘笛高樓，譜入漫聲未穩。酥融黛注，枉學作、唐妝風韵。便道是、環佩歸來，夜月唤誰重認。

惜紅衣 蓮笑樓在菜海東，花時往游，因賦此解

借樹藏樓，披蘆覓岸，野風消醉。歷歷疏紅，鷗邊畫秋意。仙裳縱好，偏慣向、天涯憔悴。休矣。最惱客心，是聲聲漁枻。　花真解笑，笑我何痴，偷閒老無計。魚雙雁隻，望斷故人字。幾度柳陰逃暑，玉藕香中猶記。問一甌今日，争似碧湖凉味。藕香居，吾杭湧金門外茶肆也，荷花開時，游人極盛。以上録自《無腔村笛》

徐蘭生

徐蘭生，字湘秋，江蘇上元人。著有《栽花吟館集詩詞鈔》。

水龍吟 題《紅蕉吟館詩存》

雲仙飛下蓬萊，月明廿四橋頭客。阿瓊相伴，畫橈容與，一聲長笛。流水今年，繁華昔日，撫今追昔。祇招來鷗鷺，河邊檻外，共吟咏、酬良覿。　多少河陽往事。寫柔腸、一枝健筆。滇南塞北，馳驅萬里，舊曾游歷。句句情真，言言語摯，性靈流出。算眼前、解組歸田，準備奪、香山席。以上録自《紅蕉吟館詩存》

符燦

符燦，字南樵，江都人。

金縷曲 題《紅蕉吟館詩存》

敢説奇才少。算眼前、如君跌宕，真爲獨造。絢爛筆花開五色，鋪上詞人新稿。况歷數、輪蹄所到。不僅宦游齊魯地，與濟南名士聯朋好。投轄處，盡傾倒。　挂冠忽放揚州棹。是樊川、十年一覺，青樓夢好。回首應官曾聽鼓，那及玉簫聲妙。更吟遍、王孫芳草。但惜天涯多別意，問翩翩、裘馬誰年少。余有恨，向君道。以上録自《紅蕉吟館詩存》

張用禧

張用禧，字莘田，安徽桐城人。道光辛巳（一八二一）科舉人，道光二十六年（一八四六）任福建同安縣知縣。

滿江紅 吊滇南李月樓二尹子馥殉難仙游

弱不勝衣，到馬上、公然殺賊。記平時、縱横詩社，沉酣酒國。幾度聞鷄同起舞，一官筮鳳聊栖息。忍教拚、孤注守危城，偏師北。　誰縱虎，憑侵逼。誰脱兔，紛逃匿。剩空拳獨奮，

陣雲如墨。未掃欃槍猶裂眥，回瞻雲樹應沾臆。待哭師、老父與招魂，歸滇僰。以上録自《全清詞鈔》

吴存義

吴存義（一八〇二—一八六八），字和甫，江蘇泰興人。道光戊戌（一八三八）科進士，改庶吉士，授編修，官至吏部侍郎。著有《榴實山莊詩鈔》《榴實山莊詞鈔》《榴實山莊文稿》。

賀新凉 題謝石癯《虹樓集》

倚酒狂呵壁。笑杯中、吸乾翠海，唾壺一擊。裂石崩雲秋響迸，不是人間箏笛。有多少、豪情鬱勃。六十功名詩卷裏。更高歌、拈得蘇辛筆。直飛起，點蒼雪。　蠻花犵鳥滇南驛。算我來、尋秋萬里，初申良覿。絲竹東山公老矣。袖底猶持寸鐵。問炎海、才人誰敵。踼遍天涯香草路，恰吟魂、夜寄紅樓月。我心醉，石癯集。

滿江紅 和楊嶰谷甲辰榜後自嘲原韵

卅載觀心，怎旣毦、無端搔首。况君是、妙香墮地，便聞獅吼。笑説道原存瓦甓，憑他佛竟呼笤帚。又何須、幾朵月中花，争先後。　觀平等，尋禪叟。餘結習，招詩友。休再教風雨，把秋孤負。我有一言君起舞，破除萬事無過酒。且提壺、踢碎五華山，酣重九。

浪淘沙青蠏湖在雲南縣青華洞左，湖上晚眺偶賦

山翠冷難收。瀉入湖流。斷雲零樹畫深秋。如此烟波三十里，没個漁舟。隔水喚沙鷗。與約重游。可能讓我住汀洲。前種芙蓉旁種芡，中起層樓。

金縷曲爲朱岩泉題《萬松圖》，圖爲梅瞿山畫，介施愚山先生六十壽。巖泉購藏，徵詩成册

滿幅秋雲濕。看蒼凉、烟痕濤影，陡生素壁。笑醉學餘堂上酒，聲壓南飛孤笛。想讀畫、幾人岸幘。當日螻齋詩話出，瀉松風、恰稱鴻詞筆。聽謖謖，浮新墨。百年吟夢琴尊歇。問巢痕、横盤老鶴，舊枝難覓。好繼宣城壇坫起，先潑一樓翠色。把煤尾蛛絲購得。十樣蠻箋遥索句，儘奇情、冰雪隨鐫刻。書畫舫，此標格。

菩薩蠻題畫梅

暮笳曉角山城閉。時滇省多故，城門晝閉。對花料理消寒計。吹徹玉參差。梅花閒不知。層雲生雪意。自起開窗扉。水墨寫横枝。纔交三九時。

清平樂 畫折枝芍藥贈尹儒同年入都

鶯争燕鬥。莫把吟鞭逗。雲外山花紅似綉。開到可離時候。　蠻烟瘴雨相思。算添萬里新詩。好約豐臺酒伴，軟塵重醉花期。

水調歌頭 武鄉侯祠有感

粉堞悲笳起，落日滿叢山。靈旗山半斜卷，冷翠滴松杉。當日戈船瀘水，一霎風雲戰壘，談笑静烏蠻。何處叩銅鼓，纏白舞花鬘。　蝸角裏，鳴箭鏑，響刀環。簡書萬里千里，猿鳥不能閒。可有綸巾羽扇，可有青霜紫電，懷古意漫漫。檻外滇池水，嗚咽亂峰間。

木蘭花慢 滇南對月

想霓裳舞倦，扶七寶、上雲車。正玉宇高寒，銀河迢遞，珠斗横斜。層霄俯窺碧海，問無眠吴質可思家。萬里風摇環佩，一庭露濕松花。　憑闌人静樹栖鴉。彈指數塵沙。記綿嶠鳴珂，滄江擫笛，古驛聽笳。細思半生踪迹，有冰輪伴我度年華。今夕醉歌水調，山河影裏天涯。以上録自《榴實山莊詞鈔》

黎兆勳

黎兆勳（一八〇四—一八六四），字伯庸，一字檬村，晚稱磵門居士，貴州遵義人。歷任石阡府學教授、鶴峰州州判、隨州州判。著有《侍雪堂詩鈔》《葑烟亭詞》等。

八聲甘州 秋闈報罷，送表兄張子聘旋里，余束裝將往雲南

碧寥寥斷響落雲天，風呼雁離群。悵君歸鄉里，我行徼外，愁倚斜曛。此去林山初晚，笠影入寒雲。有黄花紅葉，遥待歸人。　莫話南中程遠，梟吟鞭凄澀，秋語征魂。問江東羅隱，離恨與誰分。念山齋、風泉松月，又還教、清夢早隨君。離憂外、萬重山色，烟靄黄昏。

水調歌頭 五華山武侯祠下作

海月挂烟樹，瘴雨灑莓墻。英雄一去千古，碧草入祠堂。王業虚懷京洛，割據誰興禮樂，漢道果難昌。欲誦出師表，天海氣悲凉。　渡瀘水，收爨孟，服南荒。青羌移置，五部夜夢出陳倉。正恐平蠻路遠，更覺征曹時晚，流泪滿衣裳。天意真難識，悔不卧南陽。

滿江紅 滇池秋泛

漭漭洪流，浸南斗、溷茫無極。仿佛見、錢塘帆影，金陵山色。刳木遠馳鹽米利，浮腥大拓魚

龍宅。泛扁舟、何處訪瑶華，寒濤拍。　螳螂渡，川滆汃。卧納島，峰巋特。問南山鑿破，沼成何益。習戰無功君漫武，勸農有使民懷德。嘆元明、萬頃溉糧田，真奇策。

望海潮 大觀樓望海

雲垂飆豎，鯨翻鼇擲，怒濤滚滚而來。斜倚碧闌，愁觀天外，茫茫雪浪無涯。搔首動吟懷。慨漢唐戈馬，蒙段樓臺。當日雄豪，而今安在衹塵埃。　窮兵黷武休哀。縱山移海倒，瘴死烟埋。趙宋河山，元明郡邑，此邦大有人才。天海氣佳哉。愛雲沙明滅，浦樹低排。日暮魚龍起舞，烟際一帆開。

浣溪沙 馬上遣懷

欹枕無眠夜屢驚。刺桐關下曉鷄鳴。一鞭殘月踏沙行。　鄉夢已隨華髮短，離憂還逗遠山生。最銷魂是五更情。

江神子 呈貢旅館

海天回首故山遥。碧迢迢。影蕭蕭。獨倚層樓、天外月輪高。横笛一聲何處落，秋折盡，柳千條。　昆池蕩蕩晚風號。漲雲濤。拍烟霄。小驛孤城、有酒夜堪澆。莫待離愁如海湧，清夜裏，夢魂銷。

臺城路 閱水亭感賦

頹垣百丈環衰柳，荒涼處何堪寫。今古銷魂，美人黃土，誰是不關情者。涼陰澹灑。甚碧草香霏，清泉風瀉。一任雲寒，烟深猶見故宫瓦。　水流花落時節。嘆重來訪古，路似村野。墟鳥啼春，城狐吊月，猶怨當時戎馬。閒愁暗惹。悵閱水亭邊，夕陽西下。多少樓臺，劫風吹去也。

百字令 秋夜紀事

碧天如水，睠明河斜注，西風涼劇。花影離離人不寐，竹露中庭寒滴。作客驚秋，更驚秋夢，此事誰知得。南中多患，沈腰更异疇昔。　莫聽城上啼烏，聲凄寒月，正是愁消息。華髮而今梳漸短，不慣夢魂驚嚇。有甚閒愁，何堪自訴，情緒空悲惜。天邊魑魅，向來恩怨休説。

喝火令 嶍峨曉發

野火明荒戍，殘星散曉霜。雁聲和月墮微茫。别夢摇摇，騎馬蹋寒光。　風卷山城柝，雅呼故壘墻。曉山青送一鞍涼。剩得别時，離緒裊愁腸。爲報畫闌鸜鵒，明日瘴雲荒。

淡黄柳 高橋夜泊

夕陽翻浪。船泊高橋槳。一夜江風篷背響。漁火參差蕩漾。暗照寒潮自來往。　漫孤賞。悠悠結遐想。危檣静、菰蒲港。有離愁、萬頃争摇蕩。海氣沉山，雁聲在水，惟見空林月上。

祝英臺近 春盡日咏柳絮

午晴天，春將晚，新緑舊池館。怕卷湘簾，柳絮逐風散。自從雪片飛殘，如烟如夢，依舊學、輕鬆纖軟。　春情懶。一任墮地重飛，流鶯也忘管。去住何心，攪得别腸斷。當時拌了功夫，韶華偷算，萬不料、愁將春换。

明月引 寄友

仙人何處彩雲邊。思綿綿。恨綿綿。橄欖窗中，不見又經年。遥識猩猩啼暮雨，邛竹影，瑣窗寒、聞杜鵑。　半陰。半晴。杏花天。雲黯然。意凄然。别來情緒，不爲思君更可憐。鬢絲禪榻，簾静裊茶烟。若使相逢應太息，閒病酒，更傷春、人獨眠。

疏影 落葉

虛窗淅瀝。聽隔簾墮響，愁思紛集。缺月窺人，小驛啼烏，寒聲夜半尤急。西風不放晨星墜，尚冷照、空山行迹。任吟蛩、暗泣秋痕，更有斷魂難覓。　惆悵殘燈不寐，正深夜酒醒，遥憶江國。楚水吴山，木葉波寒，誰泊孤篷聽笛。夕陽帆影争零亂，半卷入、暮潮風色。有羈人、一片鄉愁，此際正難拋得。

氐州第一 歸雲

晚雨初晴，華月微吐，濕雲片片歸去。半作波濤，半沾岩壑，擁過平皋遠樹。落葉聲中，有多少、哀鴻難度。天影低秋，林陰化水，幾回迷誤。　豈是陽臺無去路。縱零亂、不依神女。却怪來時，飆飛水湧，今又歸何處。想湘簾、頻自卷，個儂又、愁生日暮。羅幕燈明，更難消、别來意緒。

霓裳中序第一 歸思

南中去意决。却對芳春愁話别。幾許離憂暗結。嘆出入蠻鄉，魂銷骨折。苦辛誰説。漫道謀歸計尤劣。君知未，故山泉石，儘可自怡悦。　清絶。寤歌岩穴。早待我畊烟釣雪。

正須鞭影一掣。莫怨當初，意計虚設。而今成瓦裂。縱許訴、誰能辨别。歸來也，雲山深處，正好自藏拙。

百字令 六里箐山行

梯雲棧壁，蹋長林炎莽，馬嘶奴哭。此是天邊魑魅地，路比鬼門關毒。漢月依人，蠻花笑客，恨入思歸曲。瘴氛遥卷，不堪東望凝目。　蒼茫一髮青山，故園安在，萬里心飛逐。擦耳懸崖如溜下，忽共腥風旋谷。塹壓槎欹，沙吹霧響，黑到輿夫足。客行愁絶，黄昏正難投宿。

臨江仙 大姚署中偕山陰許厚齋夜話感賦

獨客送春江海闊，一篷初泊虹橋。橋頭簾影不須招。斷紅流忽到，不敢怨寒潮。　此去看山須輟棹，爲誰南浦魂銷。離憂滯客太無聊。越山青似昔，千里暮雲飄。

八歸 郭讓泉少尉八年不見矣。頃自永昌軍中歸來，與余遇於迤西旅館，慨然話舊，并述軍事，即席賦贈

尊酒相逢，溧陽老尉，依舊苦吟愁句。去年月黑蠻溪瘴，聞道風乾鳴鏑，先催强虜。大樹論功期第一，竟博得將軍驕怒。笑射虎、李廣無功，且短衣歸去。　我亦雄心暗激，封侯奇夢，曲唱邯鄲兒女。董大琵琶，申胡觱篥，訴盡平生心緒。慨連營畫角，吹不散邊關風雨。

更何人、横戈草檄，怒髪蕭梢，五更趨戰鼓。

解連環 碧鷄關晚望

洪波掀雪。被危峰壓斷，海風南折。正滿眼、落日征帆，都付與，江天暮雲横截。千古雄關，幾曾見、鑾烟銷歇。衹魚龍拜浪，猨鳥呼風，十分淒絶。　舊游已凋華髪。悵東風馬首，一聲啼鴂。任南征、怨曲横吹，渾不似當時，關山明月。回首蒼茫，那更問、漢家城闕。又還待王褒，行到爲君細説。

解語花 昆明池上早春

馬頭雪擁，海上人歸，春夢瑶臺曉。明霞遥繞。鞭絲外、澹蕩東風太早。紅酣樹杪。甚幾日、寒雲盡掃。城郭静、人滯鈿車，陌上花驄少。　簇簇生香霏未了。認夕陽紅處，幾枝欹倒。横斜偏好。便休憶、去日冷烟黏草。重來自惱。算衹待、酒簾青裊。向小橋、扶醉遲歸，唤數聲啼鳥。

醜奴兒令 宿白水河

三間板屋懸崖宅，不是江鳴。却是山鳴。白水河西月尚明。

起來挑剔殘燈坐，要聽鷄

聲。却聽猿聲。客子真愁是五更。

八聲甘州 寄王子賚

最蕭疏是皂筴林邊，陰陰小茅堂。有秋聲栖樹，江聲嘯雨，月色凝霜。想見更闌酒醒，齏箇溢丹黄。城角星初落，燈火清凉。　猶憶殘春醉别，又一川烟草，緑過横塘。問故人門巷，花徑幾斜陽。悵南風、漸疏吟盞，正鷓鴣、啼恨攪離腸。懷君處、東林烟火，樓外山蒼。

賀新凉 送介亭弟之大姚

一綫雲南道。嘆今年、兄來弟去，行踪顛倒。老去兒曹愁遠别，去住如何是好。怕聽是、烏啼天曉。記得臨行娘面囑，望吾家、季子來歸早。行莫畏，梅炎藻。　人生最患圖温飽。是奇男、一燈篝火，遺編長抱。學道要從貧裏得，勿爲飢寒煩惱。又何況、田園足保。竊嘆平生姜被在，恐怡怡、敬長如君少。千萬恨，離憂擾。以上録自《葑烟亭詞》

嚴錫康

嚴錫康，浙江桐鄉人。監生，道光二十四年（一八四四）到滇，二十七年補賓寧縣知縣，調補貴州荔波縣知縣，後補授松江海防同知。著有《餐花室詩稿》，附詩餘。

金縷曲 己亥秋杪，將重之滇南，董壺山茂材餞於藤花館，填此志别

秋色清如此。鎮離筵、數聲風笛，兩行别泪。鷗鷺新盟容易散，催我征衫重理。怎極目、微茫烟水。荻港蘆灘今夜泊，溯伊人、遠隔葭蒼地。涼月落，倚篷底。　家山小住仍拋棄。儘飄零、琴囊劍匣，半肩行李。日暮酒闌聞畫角，一霎蒲帆千里。問何日、重尋歸計。此後梅邊逢驛使，把江南、花事煩提起。無忘却，寄雙鯉。

百字令 題謝石瞿廣文《彩虹山房詩集》

驪龍探到，羡明珠顆顆，光華朗潔。一代風騷推作手，慣就裁雲縫月。萬里相逢，三生志幸，合把心香爇。才高倚馬，玉堂少此人物。　聞道山邑傳經，馬融帳下，桃李成行列。别有青衫淪落感，無賴鬢絲如雪。苜蓿盤空，蓬萊路渺，此恨和誰説。誦來詩句，爲君宛轉凄絶。

臨江仙 登洱海浩然閣

畫閣沈沈人悄悄，暮烟一抹低横。點蒼山色落疏欞。最高峰頂，古雪幾時晴。　洱海波濤何滚滚，眼前觸起鄉情。片帆來處夕陽明。當年歸去，篷底望江城。以上録自《餐花室詩餘》

張凱嵩

張凱嵩（一八二〇—一八八六），字月卿，江夏人。道光二十五年乙巳（一八四五）恩科進士，同治六年（一八六七），擢雲貴總督，因病未赴，光緒六年（一八八〇），署順天府尹，授貴州巡撫，十年，調雲南巡撫。著有《撫滇奏議》。

賀新凉 丁亥滇巡撫署東遍有茶花一株，春已過半，忽然向茂含苞，因填此闋

苒苒春將暮。羨鄰家、妖桃艷李，靚妝如故。開到荼蘼花事了，忽又猩紅滿樹。問十載、韜踪何處。偃蹇名山能耐久，仗東風、永遠韶顔駐。榮枯事，安所遇。　結茅便合林間住。且安排、佳賓杯勺，才人豪素。記否牡丹放後，富貴匆匆一度。都付與、殘霞薄霧。眼前識得盈虚數。養幽姿、不待金鈴護。聽好鳥，天方曙。以上録自《滇南茶花小志》

黄鈞宰

黄鈞宰（一八二六—一八七六），原名黄振均，字子河，又字宰平，别號天河生、鉢池山農，江蘇山陽鉢池人。道光己酉拔貢，官奉賢訓導。有《比玉樓傳奇》《金壺七墨》《比玉樓遺稿》等傳世。

金縷曲 感懷寄昆池釣徒

萬卉都消歇。奈何人、凄凄冷冷，清清時節。當日輪蹄燕冀道，魂夢飛懸京闕。留不住、春

風蝴蝶。悔煞拈花成一笑，墮紅塵、永曆昆明劫。空啼盡，子規血。　年來詩味寒於雪。更沉沉、心如古井，身如秋葉。手製幺弦彈古調，苦訴中懷淒切。有誰聽、悲歌激烈。從此空山耕石老，遍人間、不見瑶臺月。誰錯鑄，六州鐵。

大江東去

蕭齋秋静，甚飛來、詞句豪端露潔。惜少紅牙低按拍，令我詩情飛越。和靖梅花，廉夫鐵笛，雅韵秋潮咽。伊人宛在，一尊遥對清樾。　回憶海國船唇，山城馬背，勝友浮雲滅。二十年來文字會，誰擅鄭虔三絶。綺歲驚才，停雲按譜，未許豪情歇。知音可作，千秋共此明月。

百字令

風塵老矣。問前身何處，龍門百尺。漫説明堂清廟器，一例萍踪浪迹。破錦韜真，流泉秘響，精氣長騰擲。紅塵泛泛，誰能禁此憐惜。　難得。六詔詞人，三吴仙吏，氣吐長空碧。要補情天千古恨，那覓媧皇剩石。碧海秋高，銀河浪静，唤起痴龍魄。緑陰且住，素心相與晨夕。

賀新郎 題花詞客招同人小集，繭緒外史爲作《霜天清讌圖》，各紀以詞，予以後至，補寫入圖，即用原調奉和

近海無奇味。值良朋、霜天清讌，高歌爛醉。自笑饞涎揩未了，攜得奚童尋至。早動了、幾回食指。爲倩寫生清妙手，向圖中、添個支離子。饕餮客，有如此。　生平懷抱春如綺。十年來、消磨挫折，頹然秋氣。公等青雲騰達去，留此鴻泥小記。預想到、後人藏皮。誰最牢騷誰曠逸。更誰人莊雅誰游戲。塵世夢，一而已。

前調 用前韵戲簡金華山樵

萬里滄溟氣。被秋風、吹來詩思，盤旋胸底。百斛閒愁消未得，魂夢無端悲喜。直欲把、古人喚起。身後浮名誰得失，看床頭、美酒能餘幾。粳稻熟，蟹肥矣。　團臍九日真腴美。任人間、江瑶海錯，無斯風味。輾轉不辭煎炙苦，枉説横行一世。問誰是、此生知己。獨有清狂蓮幕客。手雙螯、贊得香生齒。應值得，爲他死。

滿江紅 月夜感逝用丹陽賀漁隱對月韵

錦簇年華，悔一晌、匆匆放過。到今朝、春歸人遠，凄凉故我。方士無靈金鈿杳，天孫不管雲裳破。剩零星、花片向人紅，鍼樓左。　愁如織，春蠶裹。泪盈把，秋蟾墮。更誰人解得，

依依可可。簾外風輕聲太息，畫中山遠眉深鎖。向空房、依舊二三更，和燈坐。自傷。

其二

先我而生，諸作者、如風吹過。十餘年、蠹沙劫盡，居然存我。七碗新茶春雨活，三椽老屋秋風破。計班書、下酒恰終篇，尋盲左。影何在，和香裹。夢何往，隨風墮。羨道家無欲，僧家無可。飽飯且爭鷄鶩食，彈冠大似彌猴鎖。勸先生、莫漫發牢騷，平心坐。自慰。以上録自《海濱酬唱詞》。

張聯司

張聯司，曾任大姚鹽道。

蝶戀花 游普照寺

鐘送黄昏鷄報曉。昏曉相催，世事何時了。萬古千秋人自老。春來依舊生芳草。忙處人多閒處少。閒處花陰，幾個人知道。獨上小樓人杳杳。天涯一點青山小。以上録自《（道光）大姚縣志》

李慈銘

李慈銘(一八三〇—一八九四),初名模,字式侯,後更名慈銘,字愛伯,號蒓客,晚號越縵老人,浙江會稽人。同治九年庚午(一八七〇)科舉人,光緒六年庚辰(一八八〇)科進士,官山西道監察御史。著有《白華絳跗閣詩集》《越縵堂文集》《霞川花隱詞》《越縵堂日記》等。

長亭怨

雲門見眎新譜《蕙蘭芳引》,感滇南李叔寶庶常所眷也。綺情多觸,言哀已深。庶常予同年,曾識之蓮花寺,館選假歸,抵黔而殁,作此哀之,并調雲門

恁彈出、夜弦清怨,湘水巫雲,譜成凄絶。泪濕青衫,寄情空自費花葉。碧梧吟罷,還憐惜、芳蘭未歇。可憶紅樓,吹玉茗、東風如雪。雲門有《茗花春雨樓詞》。　愁説。昔年蕭寺見,風貌蓮花無别。蓬山路近,看纕佩、尊前親結。怎滇池、啼到紅鵑,便夢斷、竹王殘月。祇應羅袖黄昏,猶記舊時横笛。以上録自《霞川花隱詞》

楊葆光

楊葆光(一八三〇—一九一二),字古醖,號蘇盦,又號紅豆詞人,江蘇婁縣人。諸生,官浙江景寧縣知縣。著有《蘇盦集》。

買陂塘和楊穉虹自題《乘風破浪圖》韵

驀經過、蘇臺滬壘，海天容我長嘯。俊驢又踏長安路，滾滾軟紅馳道。高處眺。有太液蓬池，麗藻新添料。三杯軟飽。笑甲第門楣，丁年冠劍，眼界一何小。吾宗彦，豪氣筆端環繞。披圖聊佐談笑。炎天不惜征衣瘁，先後一鞭飛到。詞句好。知也有庭闈，白髮垂垂老。游踪草草。祝航海來歸，板輿迎奉，門外艤蘭櫂。以上録自《蘇盦詞録》

黄炳堃

黄炳堃（一八三二—一九〇四），字笛樓，廣東新會人。監生，歷官景東、騰越廳同知。著有《希古堂文存》《希古堂詩存》《希古堂詞存》等，纂修《雲南縣志》。

戊寅至辛巳

西子妝題畫梅

驢背霜嚴，蛾眉月窄，往日西湖春影。而今暗裏憶風姿，費描摹、揣他情性。斜斜整整。似瞥見、樓東人病。瘦冰肌，抱寒睡了，東風吹醒。冬心冷。脂艷鉛華，懺悔都清净。空留他不散香魂，裊毫尖、輕綃持贈。鶴樓小凭。記舊曲、伊人同聽。奈江城，笛遠何堪再省。

蝶戀花 題梅花

簾内香多簾外霰。一縷芳魂，吹入東風淺。盼到隴頭春路遠。懷人又動黄昏怨。月冷霜高冰未泮。驛使江南，消息天邊斷。酒醒孤村人不見。山禽啄落閒花片。

東風第一枝 題畫梅

就月分香，將烟護影，遥天春在瓊樹。一枝横壓溪橋，阻我尋詩去路。敧斜竹外，是昨日、騎驢來處。記昔年、官閣揚州，粉雪亂飄寒絮。　晴雲好、約花齊吐。飛霙好、伴花低舞。祇愁有韵園林，暗付悶天冷雨。簾櫳未曉，怕放却、冰魂歸去。把生綃、細與傳神，索笑夜深應許。

浪淘沙 題梅花

夢裏梨雲。曲裏桃根。也應輸與雪精神。縞袂是誰寒倚竹，瘦蘚留痕。　石畔香魂。闌畔黄昏。幾生修得玉無塵。似向九嶷山下見，萼緑仙人。

邁陂塘 前題

悄空山、衆芳齊斂，翠禽啼墮香屑。尋來詩思春何在，笛裏幾聲波折。枝正缺。待補上、梢頭眉子黄昏月。寒侵瘦骨。問霰落吟邊，雲歸宿後，老鶴可能説。　横斜影，記壓故園苔髮。巡檐曾印步屧。客途廿載東風换，長憶玉顔清絶。烟水闊。嘆人遠、羅浮夢阻湘江蝶。天涯絮雪。料墻角開時，冷魂寥寂，夜夜獨凄咽。

花心動 前題

護冷烟蒼，峭寒時、荒灣碧漪清淺。小雪漸銷，新月輕籠，暗遞一分晴暖。不愁瑶笛無吹處，怕吹笛、前番人遠。倩啼鳥，殷勤問訊，怎生清怨。　已是湖山歲晚。盼一點、芳心春情還短。弄粉易零，顧影增憐，繞屋拚將千轉。記從别却西湖後，裊夢絲無限。便今日、吟身似伊瘦損。

慶宫春 前題

分影弦詩，挹香渲畫，暮寒院宇清澈。低唱樽青，無言袖翠，隔簾無數明月。石湖仙去，問詞筆、誰同擊節。春風何處，緑意盈盈，可堪重説。　小紅初嫁年時，一路新聲，碧[illegible]吹裂。

垂虹亭下，烟波雙槳，載得扁舟濃雪。玉妃前事，衹凝想、珠堆瓊綴。相思難寄，冒冷人來，有誰偷折。

春從天上來 前題

天上飛瓊。是小劫何年，謫下瑶京。紫鸞別後，青鳥春前，山中雪鎖岩扃。便衣裳雲想，五銖薄、仙佩無聲。夜沉沉。正冰奩半展，冷夢初成。　人間歲華偷换，嘆月寂烟荒，自寫娉婷。素襪憐渠，明璫賺我，何人爲惜惺惺。趁嫩寒清曉，聊與結、竹外幽盟。倚孤亭。但溪橋野水，林屋疏星。

踏莎行 前題

院宇烟沉，年華雪改。瑶妃夜夜清寒耐。粉痕搓暖約詩魂，碧雲滿地遺鈿在。　銀燭宵尋，玉壺醉買。衫兜袖裹香難載。幾回邀鶴坐吹笙，冷蟾許我苔枝待。

好事近 前題

玉女厭濃妝，洗却冶春顔色。獨立碧苔烟冷，有衝寒吟屐。　莫教扶夢認梨雲，纔過小寒日。第一番風先占，怕東君相識。

疏簾淡月 前題

鮫珠悄聚。怪水暝烟昏，化人將去。幾日晴颸暗綴，嶺頭雲樹。園林不信年華暮。一分香、一分春緒。壓欄扶月，倚窗點雪，冷芳微度。　記曾約、秋琴指語。聽玉纖三弄，綺情千縷。脉脉冬心，閒却錦函新譜。誰重撥春弦趣。惹寒香、飄落瓊柱。沈郎漸老，抛殘翠管，把伊辜負。

徵招 前題

雲綃淡著仙衣薄，芳心暗通春早。絮雪正吹綿，不等東風到。何郎傷鬢影，有誰管、花多花少。酒灧冰膠，笛波烟闊，討他嬌惱。　空谷悵伊人，幽期遠、寂寂碧桐凄調。故國杳羅浮，想山中人老。年年寒恁峭，怎消得、冷香孤抱。但長是、月落横枝，自驚霜曉。

三姝媚 前題

闌干寒似水。正玉宇嫦娥，晝餘眉翠。小揭妝奩，把寶鈿輕溜，被風敲碎。屑玉零珠，防不到、霏來塵世。散遍園林，無數寒枝，粉光香膩。　曾記山窗晴倚。已暗露當時，一分花意。懶踏青鞋，想雪後開遍，渡頭村尾。喚酒山樓，憑問訊、芳魂餘幾。怕到春深，裊入湘筠孔裏。

賀新郎 前題　用竹屋韵

萬雪孤芳擁。問有誰、憐伊寂寞，一枝清凍。零落殘年春尚阻，肯把幽情暗縱。葭管奈、春心吹動。畢竟仙姿輸冶艷，笑酸寒、止博詩人寵。邀白鶴，盼青鳳。　深杯自向花前捧。怕打起、細腰臘鼓，歲華催送。冷入長亭烟驛路，回首江南舊壟。謾贏得、天涯吟弄。遥想山禽無恙在，嘆何時、再續師雄夢。香思遠，粉愁重。

綺羅香 前題

淡勝梨雲，清宜絮雪，長倚風亭烟野。一笑相逢，年景漸驚垂暮。盟素抱、水鑒心寒，照芳影、月描眉嫵。甚如今、門掩殘鐘，好春猶恨隴頭阻。　何人持贈離别。怪橋邊日日，銷魂如許。不怕關山零落，霧愁烟苦。還止怕、游蕩行人，恁等閒、負花情緒。待商量、留取幽香，夜深迎冷吐。

千秋歲 前題

銷除春艷，怎把春情惹。闌角外，墻腰下。月么寒有影，酒釅宵無價。扶醉看，一痕清入烟莓罅。　韵遠天能寫，香重人難畫。　魂未斷，心先怕。　東風容易换，過眼珠鈿卸。　還記得，錦城曾走當年馬。

玲瓏四犯 前題

瓊琢冰礱，費絮雪工夫，修到風度。　日暮天涯，無限歲寒情緒。　誰信第一清流，也耐勾、瘴烟蠻雨。　縱廣平鐵石心腸，相對黯然無語。　藐姑仙子前身悟。　勸東風、百花休妒。　瑶臺况是曾相識，何事芳心難訴。　憑問放鶴人來，可有年時新句。　且水邊籬落，聊自賞，風流處。

調笑令 前題

清絶。　清絶。　道是江南夜雪。　好憑萼緑仙人。　點綴尊邊小春。　春小。　春小。　香玉一枝寒曉。

大酺 前題

自别孤山，東風遠，多恐相思瘦却。　天涯逢歲晏，隴頭人不到，一枝誰託。　有韵園林，無情驛堠，腸斷袖羅翠薄。　春來無消息，問何時，小步水邊籬角。　記瑶雪飛綿，膽瓶伴我，與伊低酌。　　深宵寒漠漠。　料香夢、圓到閒庭鶴。　念往日、漣漪清淺，照影黄昏，淡無言、風姿綽約。便一年容易，應衹是、玉顔如昨。但愁夜、憑江閣。高弄横玉，濳把枝頭吹落。繫鈴穩纏彩索。

珍珠簾 梅花

幾生嫁得林和靖。好姻緣、一樣孤高情性。放鶴個人回，正雪深天迥。不耐東風紅紫艷，却耐得、羅衣冰冷。誰省。是仙骨修成，前身堪證。　當日見賞才人，有青邱妙句，白陽清影。醉裏倚新聲，喜小紅初贈。寒碧西湖工寫照，任彩筆、蘭煤斜整。花暝。待月底吹笙，與伊同聽。

陌上花 前題

東風一别時光，飄羽歲輪驚晚。欲渡春江，無限水遥雲遠。記曾醉倒山村酒，自覺少年疏散。便昏黄、月底一番重省，一番腸斷。　料今宵、瘦鶴和伊不睡，小結香邊清伴。老矣林逋，誰共夜寒偎暖。幾時雪後園林去，重與唱低斟淺。有相逢、驛使知他消息，寄聲千遍。

十月桃 前題

春風何處，驟黄花秋去，山意衝寒。月淡星疏，悄然流水人間。抽琴爲君三弄，彈一曲、更與重彈。回看老鶴，閒步階除，起舞斕斑。　念江南芳訊漫漫。定後到天涯，先到鄉關。暗憶窗前，未應花意闌珊。憐渠袖羅翠薄，長倚竹、日作平暮無言。霜天漸曉，香夢剛回，清角初殘。

渡江雲前題

故山流水淺，晚風正力，烟暝有歸鴉。記從鷗外見，短短疏籬，雪裏影橫斜。而今別後，裹寒香、應透窗紗。誰更憐、夢回清曉，春遠在天涯。　人遐。一作平枝寄與，百種相思，忍泪封羅帕。道近日、芳心歷亂，瘦骨槎枒。甚時歸向羅浮去，拚六時、千轉尋花。花莫哂、尋花人較肥些。

瑣窗寒前題

玉笛吹香，新詞俊賞，舊曾同醉。依然月色，可惜故人千里。正江頭、盈盈渡春，折枝遠把東風寄。冷花幾許，相思無數，一花一作平字。　猶記。前游事。趁雪滿清溪，暮雲似水。騎驢獨訪，小訂寒盟高致。想新晴、冰膠漸澌，暖風昨夜開遍未。待歸來、悄約仙禽，拚與伊無寐。

瑶花慢 歸自滇南，小住一月即赴都門。十一月十五日與家人夜坐，茶味鑪温，雪意寒釀，月色清涷，援筆而歌

籠寒幕穩，聚影燈寬，一室新眉色。移床就火，愛暖語、畫盡鑪灰猶説。團圓照我，小窗外、月輪斜白。漸夜深、涷上吟肩，早已一壺沽得。　翻思往日天涯，舊夢落江湖，孤冷誰識。茶邊握手，此景不堪重憶。梅花無恙，衹欠個、那人吹笛。時王、蘇二姬留住畢節縣。怕雪泥、不許留鴻，臘鼓撾催行客。

花底吹笙譜

瑞鶴仙 牽牛花

曉園初過雨。有別樣烟條，牽來芳緒。愔愔小庭宇。訝玲瓏苔石，半縈青縷。孤蟲自語。道墻角、輕陰翠護。記年年、乞巧時光，便又與伊情晤。　閒步。嫩凉池館，薄暝闌干，愛他風趣。畦邊悄覷。瓜棚外，更無數。怕霜華漸老，纖絲宛轉，難得西風約住。問籬根、幾日秋期，把花細數。

鵲橋仙 予嬰騎省之戚，青琴桐冷，黄土苔深。七夕獨步旅園豆籬間，凉風送凄，清露欲滴。倚燈歌此，覺四宇盡作商聲也

恨天長，情天斷，新愁滚滚如水。盼雙星，明河上一番歡意。神仙修到不老，那似人間世。誰料得，便做了神仙，别還容易。　畢竟一年一次。勝塵寰、此生休矣。何處不西風、雁書來未。烏絲縱寫闌紙。紙也無由寄。替人凉露。滴方諸清泪。

琵琶仙 客歲，稻香吟社孫載之賦琴弦甚工，偶一憶及，因以白石自度腔繼聲

如此纏綿，是曾費、幾許冰蠶抽就。柔性生愛枯桐，依依鎮相守。都不管、臨邛一曲，誤偷聽、斷腸人彀。繞便心隨，揮曾目送，休再挑逗。　笑彭澤、全不需他，問幽趣、真能會心否。今古有誰同調，步伊芳塵後。身世事、千頭萬緒，仗個人、巧弄纖手。却怕凉夜燈花，打來紅瘦。

紫玉簫 斑竹菸竿

孔雀翎稀，靈犀心小，琢來青管琅玕。螺紋細細，問脂香盈指，若個留斑。有人携去，樊素口、吐氣如蘭。荷筒碧，尚帶酒痕，一樣相看。　湘江往日瀟灑，都化作相思，翠篆迴環。

憑君領略，有蒼梧、哀怨舊淚難乾。慧心通徹，休認作、楚客漁竿。餘烟裊，寒玉一枝，玳瑁斑斕。

綺羅香 剪春羅

霧織文綃，霞分碎錦，小植幽芳叢裏。燕子來遲，可有工夫裁製。輕暖做、二月時光，餘寒褪、半晴天氣。全不防、挑菜歸時，衣香妒煞艷紅膩。　歌場前度曾見，仿佛那人舞袖，一般相似。記撲流螢，驚換東風花事。扶曲檻、薄質雲烘，嚲小架、纖枝烟墜。論芳名、合在美人，碧蕉衫衩底。

瑣窗寒 涼棚

破竹黄高，編松翠密，幕天秋聚。因人易熱，大好坐談揮麈。笑開元、長安富豪，可曾領取清涼趣。待菜根飯飽，移床閒話，水天兒女。　斜度。流螢處。有一縷輕颸，裊來院宇。瓜藤罥外，又是疏疏疏雨。更携將、甌茗扇蒲，一庭夜聽孤蟀語。慣年時、與汝周旋，直等過闌暑。

瑞鶴仙 先大夫藏古琴一張，名曰和龍吟，蓋白沙子遺物也。凉秋多暇，小集稻香吟社，孫載痴賦《瑞鶴仙》以寵异之，予因繼聲，筆椎而歌，其聲凄楚

刺船人不見。只大海，孤桐曾親巾岸。凄凉市朝换。認彈餘，游釣古臺蒼蘚。白沙釣臺至今尚存。趨庭夢斷。但楹書、和他數卷。便摩挲暗滴，鮫珠掩了，又還重掩。何限。舊時芳躅，往日清芬，并成凄惋。頻年客館。癯仙外，更誰伴。怕潛虬未醒，痴龍漸老，難寫心情一片。倩冰弦、試問成連，寄聲去雁。

如此江山 葉少青自騰越以竹實見惠，雜米作粥，調以蔗餹，風味亦殊不惡。倚此報之，并邀載痴同賦

因風遠寄丁東玉，深情有逾潭水。比豆紅消，方珠緑褪，都是相思清泪。歡嘗异味。舉菱角鷄頭，一齊羞避。溜向荷盤，雨餘鉛水略相似。天涯飢鳳倦矣。嘆頻年覓食，空老身世。細馬駝他，雙魚遺我，那羨沉雲菰米。天台舊事。怕劉阮胡麻，飯香難擬。折脚鐺邊，晚炊烟又起。

摸魚子 題《靈芬館詞》

笑詞人、畢生修譜，空遺身後吟吻。浮眉樓上閒風月，都是舊時幽恨。君細認。看此老聲

情，雅與蕢洲近。招魂試問。問蘅夢醒初，花陰醉裏，多少泪珠滚。書生福，那得黄金鑄印。歌場難道無分。偷聲減字從吾好，痛寫艷愁嬌憤。儂後進。有一瓣心香，拜倒騷壇峻。敲吟未穩。縱孌後音留，懺餘語綺，可奈雪侵鬢。

菩薩蠻 咏洋菊花

海霞濃結三秋色。露光細細珍珠滴。若個悄乘槎。移來寒艷花。淵明歸去了。孤嶼何時到。底事短籬東。一枝珊影紅。

其二

晚晴獨向蒼苔踏。一籬斜照松陰壓。夢醒枕函香。天風夜夜凉。有人剛送酒。未是逢重九。三徑就荒時。歸來可見伊。

齊天樂 咏團扇

白雲巧向天邊剪，携來一番秋意。素手摇香，同心賦艷，雅勝清談犀尾。輕羅袖底。想低撲流螢，那人情味。試問吴中，放翁風采可能繪。機中冰縷罷織。合歡剛製就，休便捐弃。柳惲詞工，王珉句好，却怕羞郎憔悴。題詩記起。是依舊疏簾，去年時事。璧月投懷，正他清睡裏。

好事近題《龍泉訪秋圖》

時節近中秋，憶着蒓絲浮碧。漸漸西風吹老，不見秋蹤迹。閒吟吟過板橋頭，驀地思量得。借問那邊紅葉，可是秋顏色。

桂枝香燒蜆

金堆瑣碎。是白足漁娃，筠籃提市。穿就零星寒玉，竹絲新翠。白鹽紅醬厨娘有，手初調、焙茶差似。芋留煨燼，筍分燒焰，酒人來未。念老屋、門臨淺水。縱斷港蝦多，晚潮蠔美。都讓劉郎，食品扁螺沙際。燔羊未負將軍腹，總輸他江國風味。赤泥鑪子，幾番候火，獨尋秋醉。

前調糟魚

清樽酌翠。有錦鱗細斫，微醺滋味。誰把銀鱸換取，瓮頭香膩。漆園糟粕原無用，費沉酣、一番新製。洞庭春色，松江秋興，被他勾起。記往日、殘年臘尾。正寒江收釣，司命餘醉。莫問如澠深淺，儘教游戲。酒泉故郡知渠樂，任侵尋頹卧身世。一般堪笑，無腸公子，宿酲醒未。

天香 鼻烟

蒼壁研塵，元霜搗屑，調成百末香碎。細碾龍涎，嫩霏蝶粉，慣貯小壺水裏。茶餘酒罷，就掌上、輕黏葱指。前度聞樨證悟，輸他別饒風味。　紅甆采將抹利。費春人、透薰花氣。比似海槎浮月，麝芬都異。却濞輕狂浪鼽，第一怕、回頭便嬌嚔。莫又嗔儂，人前道你。

掃花游 九日集稻香吟社，用草窗九日懷歸韵　案：原稿本影印本中，此闋多處闕字，據《希古堂詞存》補。

四山瘦了，看蓼怨霜汀，草愁烟渚。水天雁語。嘆時光易換，又聞寒杵。無限西風，何况江湖寄旅。座中十有八人，客游者十二。有人據。據庾信將壇，重和枯樹。　花事無意數。奈負却重陽，晚香輕去。綺情萬縷。借天台賦筆，試吟秋句。爲問孫登，謂孫載之。可也心心笑許。按杯佇。漸黄昏、冷蟲如雨。

賣花聲 八月八夜夢中作，醒而忘其前段，因足成之

畫意有無中。曉色朦朧。天涯行脚易西風。欲把秋心瞞過了，偏墮梧桐。　詔入大槐宮。超拜三公。夢回剛打五更鐘。揭起簾櫳清露滴，殘月如弓。

南浦 題蔣頫青《冰紅詞》，并送其還江陰

江湖載酒，有羈愁、零亂落芳樽。絶艷才華何用，空染帽邊塵。合把綺情幽恨，付檀槽、璧月醉三分。奈斷腸人聽，一聲河滿，字字是啼痕。　檢點竹山故帙，爇心香、薰到舊吟魂。此去帆迴秋海，高唱遏波雲。頫青有《秋海迴帆圖》。日暮大盈江上，惱天涯、訂譜與誰論。問甚時東去，采香花徑更尋君。

高陽臺 贈謝雙林

玉骨花修，珠喉月轉，畫梁繞墮香塵。漫道蓮花，六郎輸與三分。謝家小妹知何似，整新妝、合是前身。想年時，裊裊娉娉，傅粉初匀。　風姿漸已秋娘減，便而今起舞，一樣銷魂。當場怪擲纏頭錦，算巫山、第一春雲。怕停歌，酒罷燈闌，惱煞眼底群芳，也應無此丰神。司勛。

前調 贈趙春浦

旋掌珠輕，迴腰玉瘦，當筵無限思量。廣袖迎風，石華點點霏香。萬花如海紅無價，費纖纖、爲捧瑶觴。數芳名，三月良時，一水中央。　梨園莫是神仙劫，記前生曾見，慣舞霓裳。

天上人間，依然飛燕新妝。绿波駘蕩春爲酒，醉歌喉、更唱伊涼。怪相思，夢裏温存，醒後輕狂。

滿江紅 乙未初度

無價紈年，飆輪駛、已成華髮。堪笑煞、名輸屠狗，命遭磨蝎。一第榮艱船上水，千秋業付輪銷鐵。到眼前、萬念盡飛灰，心如雪。　凌雲志，都拋撇。行雲夢，都消歇。但一簾沉水，一樽明月。慧業文章甘俯首，干時伎倆無柔骨。願年年、今日早梅開，還來折。

摸魚子 秋荷

怨西風、一番吹到，横塘香影零碎。納涼猶憶花開處，回首醉紅粉墜。時去易。便幾日、輕蘋疏蓼争妍媚。涼生弄水。衹寫韵鴛鴦，趁閒鷗鷺，葉底自游戲。　吴娘老，不似年時梳洗。方諸偷滴宵泪。脂田粉碓都狼藉，莫問舊游情事。何况是。正水國、波深冷到秋憔悴。商歌又起。待魚浪吹香，停橈細酌，畫舸更同醉。

其二

畫西湖、一分憔悴，風光無限凄楚。采蓮唱罷横塘曲，回首舊游仙侣。烟水路。料冷到、秋房有個人心苦。紅衣褪處。漸洗盡鉛華，風裳翠減，香影怯清露。　張郎貌，往日嬌羞解語。芳容曾被伊妒。而今一樣秋娘老，半付粉泥脂淤。君看取。算衹有、前時無恙閒鷗鷺。凉添薄暮。待遠浦雲生，移舟葉底，來聽夜深雨。

其三

問征鴻、帶來商信，吴姬何事惆悵。納凉曾記調冰日，一舸漫游湖上。花十丈。怎漸有、金風換却秋模樣。重來俊賞。縱桂葉明蟬，蘭橈畫鷁，風致總殊曩。吴娃曲，變作漁娃晚唱。凌波人又何往。閒鷗寂寞鴛鴦老，衹有野塘新漲。無賴想。贏得是、朝來聽雨瀟瀟響。烟波浩蕩。問嫁後紅兒，摧殘碧玉，誰與訴凄愴。

轉調二郎神 梅花

嶺頭信渺，春漸近、故鄉天迥。記領鶴尋詩，商蟾喧笛，曾把瑶妃唤醒。一自東君無消息，忍負却、年芳風景。憑買夜，翠尊銜寒，柔屐獨行苔徑。誰省。一枝寄與，春意初贈。正客裏相逢，綺窗人瘦，長念冰綃袖冷。倚竹憐渠，對花證我，重認再來和靖。似往日、月上紅樓，睡起殢人香影。

探芳信大理郡城西雲書院，楊氏故宅也，有亭池竹石之勝。歲事將殘，客愁抑鬱，因偕徐鏡湖、簡少軒、孫眉卿爾壽三廣文、王采臣進士人文探梅其處，徘徊菱塘蘚甃間，愀然於懷。爰倚梅邊冷笛，譜此一解

歲輪驟。漸臘事將闌，春情微透。喜葭灰吹暖，清游訂詩友。昨宵悄與梅花約，忍把幽期負。怕遲來、鐵笛聲殘，玉人容瘦。　華屋問誰某。嘆故將園亭，夕陽依舊。斷腸闌干，曾倚翠羅袖。橫塘止水明如拭，但畫山眉皺。向枯苔、試覓遺鈿在否。

滿江紅大理風劇烈，中原所無也。夜不能寐，聞屋瓦震動聲，起填此解

蒙段何人，聞説有、拔山威力。難道是、當年跋扈，至今留得。雪壓蒼山連地卷，濤排洱海參天立。問中原、多少大王雄，焉能敵。　將軍樹，從中劈。丈人石，從空擲。似壁門宵閉，虜兵飛襲。怒馬驕驣沙莽起，悍龍苦戰雲無色。語飛廉、如此儘吹嘘，非恩德。

一枝春大理除夕

似矢流光，悵侵尋、打起迎年腰鼓。家園萬里，甚處嶺梅歸路。蒼山雪沍，怪腸斷、歲寒羈旅。况復是、投老天涯，一般水萍風絮。　傷情美人易暮。嘆痴呆、未賣紈齡飄羽。兒時有味，暗憶此燈如故。芳韶漸透，又催動惜春心緒。聊自把、九十花期，逐番細數。

瑞雲濃元旦書懷

區區志願，何嘗縈念纓組。默祝邊陲息鼙鼓。不求衣食，略飽暖、一家團聚。但月夜花朝，恁婆娑起舞。　名利勞勞，争不過、權門大賈。怎抵江頭友漁父。蓑衣着得，且任我、烟波來去。月上蘆漪，把杯勸鷺。

臺城路香雨太守以《落葉詞稿》見示，率題此闋

燕雲無限閒情緒，才人易成幽憤。月底吹笙，梅邊倚笛，都是鐫愁雕恨。敲填正穩。又禁漏頻移，諫書催進。舊事烟銷，筆花輕墮散凄暈。　紈年歌板慣拍，奈霜華載道，霏集秋鬢。雁路斜陽，鷗程曉月，枉把吟腰瘦損。芳心一寸。早艷語捐餘，綺懷芟盡。怕按新聲，滿襟鉛泪揾。

東風第一枝春雪，用史梅溪韵，時正月五日客居大理

悄滲蝦鄉，寒侵鷺渚，今年鴨未知暖。薄鋪苔徑難匀，略黏草芽帶淺。東風尚早，怎卷起、柳花輕軟。怕翠樓、曉揭簾櫳，撲上個人釵燕。　遮不住、點蒼石眼。平未拭、洱波鏡面。玉輝照徹邊城，粉光抹從畫苑。尋芳又阻，且摺叠、衣裳金綫。恐月纖、嬌蹴春綿，步步有人

偷見。

驀山溪 大理人日

邊風做暖，暗換年前凍。細柳迸新芽，又漸見、芳心萌動。人家剪燕，節物最傷情，湘波遠，點山聳，眼底滇雲壅。　脚根蓬轉，天也將人弄。八口嘆星萍，誰道是、文章有用。案：此處應缺兩句。春無限，愁無縫，壓人雙眉重。

摸魚兒 咏萍

記娉婷、漢皋神女，芳鈿初剪新翠。江頭一舸迎桃葉，怪打緑珠零碎。還道是。是倦織、鮫人點點傷春泪。人間浪子。算祇有楊花，東風無定，共爾感身世。　年年慣，領略浮家意味。誰憐踪迹如寄。生來不怕飄流苦，但怕别離心事。真個似。似一樣、天涯浪蕩無歸計。江湖夢裏。莫問舊池塘，斷腸正在，凄絶此烟水。

慶春宫 王豹君人文自都南旋，與予訂交於昆明池畔，揭來大理，趁霽評梅，忍寒留月，暇輒過從。豹君比將北去，傷歡游之易歇，悵良會之云遥。率填此解，殊黯然也

經國珊材，朝天瑶管，錦袍一路花撲。蝶戀車香，鴛貪衿暖，客途還共飛宿。白雲東去，正高

堂、春觥酒熟。官衙行樂，夜倚荷亭，并肩吹竹。　可堪海窟濤腥，京國登臨，易成淒矚。螳臂紛攘，蜃樓善變，都入樽邊愁局。後逢何處，怕輕換、華年慘緑。傷情老鶴，苔徑重來，月涼梅屋。

壽星明 桂香雨太守初度

杏苑高枝，因風吹送，艷滿南滇。羨元勛華胄，清芬世德，宮花早揀，諫草爭傳。十載儀曹，一麾名郡，愛日長澈倚背萱。君知否，是得天慧福，行地神仙。　華年。管領蒼山。喜耕鑿、民游仁宇寬。願乾坤細整，鐘彝深刻，千秋留筆，一棹回船。偕鶴能來，思鱸便去，老看兒曹勤補天。婆娑興，且尋烟密語，枕月清眠。

淮甸春 丙戌元旦立春客大理

一鞭春到，正滿城爆竹，千門轟沸。七百年來雲壑句，重譜柳梢殘闋。宋慶元間，吳琚有『《柳梢青》元日立春』詞一闋，載《雲壑集》。彩仗歡迎，緑醽拜賜，好事驚重叠。霜華飄鬢，半生斯度初閱。　猶記瑞獻椒花，寒吹葭琯，先後分層折。難得釵頭忙剪燕，又值湔裳佳節。纔插青旛，屠蘇送暖，酒面波紋熱。百年今日，點蒼憑認鴻雪。

掃花游 太和縣齋新柳

繫船漸穩，怎客裏東風，悄添新怨。黛眉畫懶。怪天涯倦旅，未逢青眼。陶令門前，恁把年華暗换。謾依黯。算顧影自憐，芳意將展。　心事春便管。奈學舞官衙，别家池館。翠樓又晚。盼斜陽盡處，故園天遠。莫倚闌干，幾日情絲撩亂。意難遣。近河橋、笛聲凄惋。

滇海狂歌

望江怨 題畫

西風惡。幾日前林漸疏落。秋心人易覺。有愁屢憑闌干角。片帆薄。已負荔枝時，莫負蒓菜約。

玉瓏璁 前題

山妝靚。山容静。隔江茅屋低如艇。西風作。晴雲薄。一番蕭瑟，半林摇落。惡。惡。惡。　長天迥。長江净。曳筇聊遣清游興。尋秋約。墜漚諾。不如歸去，儘教閒着。

樂。樂。樂。

歸國怨前題

秋漸晚。樹色蒼華山意倦。載酒江湖游遍。斷腸南去雁。　動我故園心眼。客愁無處遣。閒坐草亭東畔。夕陽天外遠。

暗香梅花，用白石道人韵

滿天雪色。掃竹邊石坐，香霏鄰笛。結子緑陰，小雨黄時手親摘。依舊横斜水淺，何人續、孤山仙筆。怕萬一、萼緑來時，誰與共吟席。　庭院，夜岑寂。正老鶴夢闌，冷苔冰積。舊情未竭。長是江南故人憶。思折寒香寄去，愁望處、荒烟凝碧。問往日、花底醉，可還記得。

疏影前題

飛瓊弄玉。自一雙小謫，雲卧花宿。化作寒英，衝雪潛來，亭亭悄聽横竹。仙人慣着銖衣薄，愛繞遍、枝南枝北。祇何遜、舊日揚州，算伴冷吟孤獨。　聞道羅浮俊賞，有人縱夜飲，傾倒尊緑。醉裏香多，縞袂翩然，一笑相逢山屋。明蟾未墜回幽夢，但滿眼、路迴溪曲。

聽翠禽、依樹啁啾，尚憶砑羅裙幅。

菩薩蠻題畫

平林疏處烟如幕。晚山尖被霜刀削。有客閉柴門。鑪烟冷不温。　玉龍剛戰畢。殘甲千岩白。破曉未聞鐘。雪深僧睡濃。

浪淘沙前題

老屋倚山邊。顛倒三椽。春來萬樹緑成天。憶著尋芳年少事，豈但如烟。　醒讀養生編。醉抱琴眠。自家行樂不須錢。修到閒人閒便好，肯讓神仙。

鳳栖梧感事

纔過花朝春未暮。眼底紛紛，滿地霏紅雨。記否種花心事苦。十分枉擲三分去。　縱有金鈴無計護。恨煞園丁，有意將他誤。敗色餘香能幾許。但求蜂蝶休來覷。

其二

多少啼鶯終日訴。訴與天公，也覺難爲主。力薄東風誰借助。惜芳人更添愁緒。　一任唐宫催羯鼓。可奈花神，醉裏無憑據。行遍天涯聞杜宇。獰風猛雨還相妒。

齊天樂 咏蛙

晚涼風軟波紋細，橫塘乍收殘雨。碧草痕邊，朱闌影外，長記曾聽伊處。官私兩部。正雛鴨無眠，小螢偷度。井底堪憐，子陽今又在何許。　衰年如意樂事，細傾村釀，頗愛樹根群鼓。放翁詩：『試説暮年如意事，細傾村釀聽私蛙。』又僧惟則詩：『樹根蛙鼓鳴殘雨。』砌蚓吟風，山蟬咽露，爭似而今凄楚。鴛鴦睡去。怕閣閣驚他，夢圓無據。昨夜平池，聒人愁思苦。

丁香結 咏夜來香

磨月修魂，煉霜呈質，輸此淡妝風致。問那人情事。訂密約、可是黄昏天氣。早知他性格，防形迹、午眠未起。斜陽庭院，便暗動了風流花意。　還記。似小玉芳名，一名晚香玉。似薛家兒小妹。絳蠟初燒，明蟾漸上，暖香剛膩。人道多露厭浥，悄地休回避。深宵長伴我，拌得和伊不睡。

暗香 臘八日梁樂山春圃昆仲、陳虎溪、侯建亭諸子邀集龍泉寺探梅，紅萼如椒，未堪攀折。酒闌，填此以寄芳心

舊年行樂。記市橋喚酒，花圍如幕。放暖弄晴，初褪仙衣五銖薄。上年游此，花已將殘。容易年

闌角。小紅蓴。問日暮華又晚，怎芳訊、風遥雲邈。第一怕、乘月歸來，空誤夜深鶴。袖羅，幾曾寒着。碧苔寂寞。無限春情有誰託。何日還携俊侣，重掃石、待花低酌。莫更怨、修竹外，野塘水落。

夢横塘 示長孫騰瑞

學追鄒魯，治佐唐虞，讀書憑仗功力。况在垂髫，大好是、藏修游息。無盡蟫編，無情烏影，忍辜邱索。怕紈年玩愒，老大徒傷，千秋業、嗟何及。名山歲月如流，休貽羞腹負，雅貴心得。運甓光陰，牢記取、一分堪惜。喜年少、春風得意，更值高堂未頭白。有味燈青，便當遲暮，把兒時猶憶。

癸卯詞稿

滿庭芳 哀金臺

北極高臨，西山近峙，梯航萬國朝宗。昆明灰劫，此恨普天同。多少椒房粉黛，漁陽鼓、生死西東。心傷處，繁華盛地，席卷已成空。鎬豐三百載，圖書典册，法物彝鐘。痛於今，付與眼碧毛紅。縱有旋乾妙手，難再見、金玉鰲蝀。春明遠，時依北斗，鑾徼泣秋風。

念奴嬌 賦梅 用東坡赤壁懷古韵

商飆過了，漸蕭條、輕换園林風物。照影姮娥，寒未睡、斜倚薜墻苔壁。三徑陰疏，一簾香細，裊入吹綿雪。群芳低首，萬花叢裏稱杰。　遥想故國天長，嶺頭春尚遠，南枝先發。萬里家山，誰寄與、客館孤燈明滅。翠鳥啁啾，蒼虬起舞，笑我星星髮。夜長無寐，繞闌還步殘月。

國香慢 賦梅

竹外籬邊。有瑶妃起舞，縞袂嬉春。丰神是誰，堪比絶俗無塵。聞道飛瓊偷嫁，謫人間、依約前身。相逢石湖叟，月底徵歌，特地翻新。　渡江誰解識，但迎來兩槳，桃葉桃根。死生知己，除是林姓伊人。縱恁風流自賞，到天寒、凄斷黄昏。回頭舊游處，夢繞湘皋，一段香雲。

一剪梅 前題

淺水籠寒玉琢魂。雪積前村。月上前村。巡檐不睡有詩人。夜冷三分。春暖三分。　霧縠冰綃白練裙。不是梨雲。却似梨雲。小紅舊曲記曾聞。香滿金樽。影壓金樽。

小重山　前題

誰付孤高一種情。春華紅紫爛、學難成。要聯松柏歲寒盟。前生是、天上少微星。夙昔玉棱棱。人間霜雪裏、見分明。不投時爲十分情。群芳妒、况壓牡丹名。

摸魚兒　秋日懷歸

語西風、別來珠海，年年蒓菜輕誤。烏篷載得秋多少，少個鶴儔鷗侶。霜後樹。有一段深黄，值得人憐處。凉生遠浦。看帆貼天低，艫摇烟軟，幾點蓼花雨。家山迥，已是江湖滯羽。天涯誰念羈旅。柴門開矣歸何日，盼斷舊盟汀鷺。菱角步。况老屋臨流，儘我撈蝦去。蓑衣漫補。待團蟹盈筐，肥魚入網，酒熱尚堪賭。

賣花聲　爲羅仙樵太守題畫

秋色老翻新。説甚機雲。江湖載酒抗緇塵。三十年來都覓遍，一笑逢君。山作鬼皮皴。筆豈通神。臣之壯也不如人。七寶修成天上月，認汝前身。

月華清 題《桐陰觴月圖》，爲岑桐階通守兆鳳賦

雲絮晴收，烟綃夜卷，素娥奩鏡初展。誰步花陰，繞遍畫堂西畔。篆未歇、香裊簾櫳，凉漸入、暑闌庭院。秋淺。聽梧桐碧外，又來新雁。　況是燈昏燭短。正樹影摇疏，酒波浮暖。少個雙鬟，并坐吹笙嬌勸。笑問君、玉斝孤斟，怎忘我、金樽共款。長願。清輝不落，深杯常滿。

滿庭芳 自題《倚燈聽雨圖》

蕉葉窗虚，梨花門掩，鬧蛾影裹光摇。巴山天遠，曾共故人挑。往日瀟湘舊夢，倚篷底、猶記吹簫。憑誰説，滇南客味，説着更無聊。　鄉園茅屋好，司空秀句，略似今宵。問歸期，何日珠海迢遥。料得前溪水漲，桃花浪、流出紅橋。銀釭剔，懸知曲巷，紅杏賣明朝。

六么令 自昆明還鹿城，寄黄麓泉、羅仙樵、李穎陳諸君子

天長人遠，閒却俊游屐。歸來夕陽門巷，幾日新黄積。不恨西風欺柳，但恨成秋色。狂歌何夕。應怪花前酒杯窄。　惆悵佳人不見，烟水滇池碧。無限沅芷江蘺，目斷幽芳隔。往事尊邊雅謔，一笑成今昔。蟲吟苔隙。獨行月底，繞遍闌干共誰拍。

高陽臺壬寅秋，紡侯司馬分守車里，同人繪《五華雲樹圖》以贈其行，麓泉書來，屬填此解

霞舉雙凫，飆馳五馬，西南控制全滇。百濮歡迎，羊皮長鼓淵淵。光山猛永應懷古，武鄉侯、故壘啼鵑。況神君，詩早驚人，吏亦稱仙。　時清不怕刀遲答，縱胡兒鈎鼻，鬼物駢肩。甌脱無塵，蘆笙吹破秋烟。九龍江水澄如鏡，蕩吟情、都付瑶篇。但愁人，魂斷邊雲，心逐遥天。

喜遷鶯李潁陳司馬綜榷平彝，賦此寄送

柳殘絲短。絆不住、玉驄鞭鞘摇晚。白水波長，白水爲平彝轄鏡。黄坡泥滑，黄坡在易龍道上。四十二亭天遠。依樣漢廷榷酤，難得分庭劉晏。看蠻女，擁蘆笙吹月，歌雲霄暖。　秋半。征衫褪，正是夜凉，三五銀輪滿。交水城邊，阿幢橋外，洞口桂花如霰。平彝有桂花洞。猶憶尋詩舊夢，小坐石虬亭畔。亭在滇南勝境，昔入滇時曾憩此。乞記取，待山茶開了，携樽同款。平彝有茶花菁，夢齡書來，有約游平彝之語，故及之。

憶舊游新儔故侣，在水一方，雲山間矚，愴怳於懷，重陽日填此寄之

自紅衣送客，翠縷牽人，又冷蠻霜。故侣傷雲散，悵前游渺渺，水國葭蒼。滿城雨風凄黯，時

節近重陽。但獨抱孤懷，憑誰共賞，老圃秋香。　難忘。殢人處，記酒喚西鄰，花借東墻。縱有談天口，看升沉人物，何似行觴。衹合品風評月，容我老猶狂。奈别後相思，無眠况聽啼露螿。

浪淘沙 秋暮懷人

莫上最高樓。秋在心頭。西風吹散舊盟鷗。我所思兮烟水闊，碧海雲流。　衰草滿汀洲。觸目生愁。老來快意是清游。曾見酒人當日事，新月如鈎。

喝火令 題《滇池泛月圖》

草海鷗波軟，蘋洲蟹火光。西山山影入篷窗。衹怕春來人瘦，深夜不勝凉。　鉢歇詩流韵，觴飛酒送香。大觀樓宛在中央。認得樓前，一帶碧垂楊。認得碧垂楊外，無際水如霜。

浪淘沙 早梅

春意一絲絲。春脚猶遲。百花如夢正迷離。行到羅浮人未見，翠鳥先知。　絮雪昨霏霏。香入重幃。夜寒有鶴費支持。恰是孤山人酒醒，月上南枝。以上録自《黄炳堃先生遺稿》

玉京秋 陳荻舫明府立達秋日招同人游寶峰寺，小飲山樓

窗四拓。西風漸吹緊，一天蕭索。敗葉黄深，晚山緑暗，斜陽紅薄。無限愁絲宛轉，俯邊城、秋思誰託。把蠻觸。等閒分作，淵花開落。　省識人生行樂。倚山樓、風詣月謔。鐵馬摇凉，齋魚敲暝，翠樽低酌。老尚天涯，怕衹怕、辜負年時猿鶴。待重九。還訂登高後約。

一萼紅 庚申辛酉間，余與陶琴子燮咸、蔡蘋南忠治同宦長沙，相與倚聲，互爲顧誤。嗣蘋南改官吾粵，湘中寓公，其以填詞競美者，余與琴子而已。迨己巳冬，琴子物化，未幾蘋南亦客死三水。朋輩落落，按拍何人，檀板玉笙，傷心蕭索。爲填此解，以志凄楚

倚樽邊。問曉風殘月，誰是柳屯田。骨冷湘雲，魂凄嶠月，空吊衰草寒烟。剩簫譜、何人共訂，更飄泊、滇海獨游船。減字宵慵，偷聲興索，不似當年。　回首新詞持贈，蘋南有《壽樓春》詞一闋見贈。有烏絲闌格，紫韵題箋。舊曲猶存，舊游難再，春來愁聽啼鵑。尚留得、泥金遺扇，琴子曾爲予書泥金扇。墨模糊、重展倍凄然。止有雁飛如昨，秋滿長天。琴子《菩薩蠻》詞有『雁飛秋滿天』之句。

玲瓏四犯 臘月十二日大雪初霽，佘瑞珍焕麟自鎮雄將還昆明，招集同人小飲消寒，并爲瑞珍餞别，醉後填此

簾卷殘陽，喜萬瓦冰澌，檐墮晴溜。嫩碧茶香，烟蹙白甌波皺。難得客邸消寒，訂雅約、暖逢三九。儘酒人送盞騰觚，休問玉山頹否。　況兼傷别愁時候。怕萍踪、預難猜就。天涯第一加餐飯，珍重相思人瘦。憑寄往日朋游，道我清狂如舊。止鬢絲都改，霜漸染，將盈首。

疏影 自來芒部，不見梅花。庚辰十二月朔日大雪，因念玉龍起舞，鱗甲皆飛，惜無姑射仙人共消清凍。適友人以蜀綾索畫，即寫玉樹交枝，寫竟覺暗香幽冷，不减孤山放鶴時也。爲填白石道人自度腔以綴之

羅浮夢覺。記那人、睡裏來赴幽約。紙帳香銷，今日天涯，誰念碎瓊飄泊。安排踏雪尋詩去，拚繞遍、水邊籬角。怕嶺頭、如此清寒，盼斷故山癯鶴。　争説樽前製曲，小紅正倚醉，笙譜商榷。老去情懷，不似年時，跌宕詞場行樂。輕描一幅春風影，更不管、筆花寒落。恐誤他和靖歸來，獨抱一枝瑶萼。

虞美人 臘八日大雪，寒甚，因憶去年箇舊冬暖無雪，探梅於寶華山時也

去年臘八邊寒薄。暖赴梅花約。今年臘八正嚴寒。滿院雪花如掌、撲闌干。　算來已近春消息。猶似天涯隔。碧窗深閉不開簾。人倚紅鑪尚怯、晚風尖。

摸魚兒 咏萍

記娉婷、漢皋神女，芳鈿初剪新翠。江頭一舸迎桃葉，怪打緑珠零碎。還道是。是倦織、鮫人點點傷春泪。人間浪子。算衹有楊花，東風無定，共爾感身世。年年慣，領略浮家意味。誰憐踪迹如寄。生來不怕飄流苦，但怕別離心事。真個似。似一樣、天涯浪蕩無歸計。江湖夢裏。莫問舊池塘，斷腸正在，凄絶此烟水。

賣花聲 題畫 史岳生以帳簾索題，上畫海棠、牡丹，海棠枝上畫白頭翁二

艷福本無邊。富貴神仙。有情人在有情天。但祝香叢雙宿穩，好夢長圓。往事易成烟。春色娟娟。海棠宵暖正酣眠。我欲白頭花裏住，此願何年。

摸魚子 題趙蝯仙劍湖漁隱畫册

蕩輕陰、漚波鏡拭，一篙烟水來去。雲臺上將羊裘叟，兩事并堪千古。天吝與。第一是、才名清福尤招妒。君能領取。向柳浪維舟，蘆漪喚酒，商略訂簫譜。年年慣，長是天涯逝羽。翠樓愁煞鴛侶。而今解識浮家樂，暗悔客篷聽雨。將網舉。喜滿尺、鱸魚加入秋蒓箸。停橈淺渚。待月浸船唇，風梢柁尾，漁釣傍肩語。

龍山會 戊子重九，邀同謝春階司馬兆垣、劉春生少尉溶、楊迴樓拔萃瓊、吴酉山承鑫、殷秀峰二茂才泛舟游昆明湖，酣醉之餘，叩舷而歌

便插茱萸去。塵海茫茫，那有登高處。年光忙裏誤。孤負了、多少雲山清趣。落葉正微波，喜重九、無風無雨。看連天，榮枯草色，幾番今古。　聚。九能工作賦。笑無用、不值眼前塵土。醉夢落江湖，軟紅外、青山無數。何時鴨嘴吴船，小泊蘆漪，日日鷗團鐵笛，晚鴉飛度。且高歌、一聲

浪淘沙 題黎壽昌明府肇元黑龍潭探梅小照

雪意煉精神。芳氣成雲。黑龍潭水凍生鱗。手折寒梅同照影，瘦似詩人。　小謫到紅塵。花亦如君。君身合是此花身。衹恐將花來較取，輸與三分。

買陂塘 題胡體軒培仁《昆池寄漁圖》

歎勞勞、絮萍踪迹，扁舟長理烟櫂。瀟湘夢遠滇池闊，體軒寄籍湘中。載得筆床茶竈。生計少。算水國、無糧差免催租擾。鱸魚賣了。恰草海帆收，轉塘柁捩，眉月上林表。　浮家慣，一樣江湖潦倒。誰憐西洱垂釣。予佐治大理時，嘗繪《西洱寄漁圖》。年年大有西風興，歸計動期秋

早。堪匿笑。笑老矣、飄流身世仍同調。烟波縱好。怕津鼓頻催，朝衫又著，空憶舊鷗鳥。

體軒將以縣令引對。

聲聲慢 龍泉寺梅花，昔年稱盛，自廢於兵，今存一樹。除日薄暮，肩輿往游，已殘香碎片，零落殆盡。爲填此解，用李秋堂問梅孤山韵

輕輿翠幕，短帽青鞋，龍潭游夢今續。丁亥歲暮，曾與岑堯偕公子胡仰山、趙樾村兩孝廉探梅於黑龍潭。蒼徑蓬烟，前路導人鴉熟。苔枝爲誰瘦損，似瓊妃、褪來冰縠。殘陽外，有荒烟野水，一泓照緑。欲問琳宫舊迹，怕藐姑腸斷，玉龍哀曲。劫火飛餘，可憶月明林屋。年光又催暗羽，減風姿、淡妝零玉。但日暮，悄無人、憔悴倚竹。

漁家傲 咏旅園梅花

鶴徑閒尋簾半卷。重來省識前年面。鐵石心腸緣未斷。情深淺。梢頭好月分明見。往日天涯香夢遠。受他多少黄昏怨。怨入東風人不管。天如願。舊時幽約春還踐。

醉蓬萊 自景東赴雲南驛，晚抵南澗，秋容賺我，棖觸於懷，率填此解，倚風歌之，不自知其聲之惻也

看斜陽淡處，鴉舅紅深，蝶兒黄淺。山外新眉，更一痕如綫。客裏秋容，争妍工媚，奈浪游人

倦。茅屋霜低，板橋月窄，此情嘗遍。追念鄉園，白雲山名秋好，自别琴樽，幾多凄惋。垂鬢驚華，易把青青换。去燕商量，來鷗親切，苦苦將人勸。勸我年年，鱸魚負了，爲誰留戀。

月華清 彌汁客舍中秋

羅薄雲收，綃輕烟斂，碧霄如水初澣。誰倩嫦娥，捧出寶匳光滿。短亭月、空照人孤，荒店酒、更無人勸。凄惋。盼明河天上，款�池館。景東郡齋旅園館名。不信瓊樓高遠。祇竹葉尊邊，桂花香畔。那似人間，愁動旅園心眼。漫安排、露宿風餐，但領略、土羹塵飯。誰管。坐黄茅檐底，一簾茶板。

買陂塘 景東轄境區以四河，曰者干、曰中川、曰猛統、曰保甸。因自號四河漁長，鎸之私印，填此一解，寄舊游諸子

笑平生、水雲踪迹，年年無定來去。當前便是漁兄弟，那管士農工賈。花落處。看吏散、空庭點點紅如雨。臨淵羨否。有蓑笠隨身，烟波滿眼，雄長四河侣。收帆好，宦海從流最苦。奚如鱸膾秋箸。浮家萬里歸何日，未學老樊爲圃。魷大舉。嘆獨醒、三間覓醉謀漁父。頭銜小署。縱紫塞封侯，黄金鑄印，何似一竿愈。以上録自《希古堂詞存》

傾杯樂《小鷗波館詞鈔》題詞

琢石研愁，含毫醮恨，天生情重。買春去、焚蘭細展，敲檀輕按，幾番低諷。芳心溜入�枝孔。選聲填就，料得萬花飛動。可堪泪眼，認取襟痕鉛永。記綺歲、紅簫慣弄。奈客裏青韶、流水送。有多少、綺語豪懷，都付江湖吹夢。漸鬢影、霜華種種。休再問、年時么鳳。想曲罷梅閣外，鷗波月涷。奉題樾村先生詞人《小鷗波館詞鈔》，即乞顧誤，丁亥仲春，老迂黃炳堃倚聲，時同客滇南節署。以上録自《小鷗波館詞鈔》

醉太平題畫梅

風天雪天。山前驛前。衝寒細雨輕烟。正香妍影妍。松緣竹緣。樽邊笛邊。黄昏月上少人憐。記今年去年。

長亭怨慢前題

恰微雪、初霏庭宇。甚日新移，玉真瓊樹。倚竹寒多，似曾相識舊游處。花前長憶，空乘笛邊詞譜。料白石清狂，向淡月、黄昏來去。無語。自西湖別後，夢不到尋詩路。冰綃繪影，恐難寫、縞衣風度。怕倩女、萬一離時，又吹斷、香魂千縷。待翠羽枝頭，珍重將他分付。

惜黄花慢 餐菊

晚凉如水。正蒓渚茁青，菘塍留翠。一徑疏枝，雨晴籬角，輕垂露浥，葉邊低墜。碧湘簾卷對西風，絶好是、楚騷滋味。插餘試。片片細搓，秋色揉碎。休嫌草草杯盤，儘鱸膾蟹螯，輸他風致。止應寒嚼梅花，瘦入冷腸相似。請分將酒艷香波，合領得、無言情意。沁清胃。化作滿腔幽思。以上録自《景東縣志稿》

沈　蓮

沈蓮（一八三二—?），字希庭，江蘇婁縣人。同治十年辛未（一八七一）科進士，官刑部主事。著有《桐花館詞》。

滿江紅《乘風破浪圖》題詞

指點虛無，何處是、瑶宫貝闕。恰正是、軒軒霞舉，鱟帆齊發。陣結魚龍奇且肆，氣吞牛斗蟠而鬱。羡君才、有筆大如椽，能超越。　思往事，難消遏。攄素抱，偏奇崛。笑蓬壺方嶠，往來飄忽。祖逖先鞭横短楫，張騫鑿空凌窮髮。看他年、投筆取封侯，搜鯨窟。以上録自《瀛寰瑣記》十四期

楊恩壽

楊恩壽(一八三五—一八九一),字鶴儔,號蓬海,長沙人。同治九年(一八七〇)舉人,湖北候補知府。著有《坦園文録》《坦園詩録》《坦園詞録》《坦園詞餘》《坦園賦録》《坦園偶録》《坦園日記》等。

滇池漁唱

海棠春 鄰舟歌飲達旦,感而拈此

輕風颭夢流雲膩。待挽住、月輪西墜。料得酒痕多,泥去入梅花吹。昔年曾作轟騰醉。儘領略、檀槽滋味。客裏逗鄉心,更比弦弦碎。

夢橫塘 舟泊武陵,舊游零落,程雨蒼秉鐸此間,同發長沙,先三日抵郡受篆,過訪留贈

斷塵消酒,墜夢黏茵,漫尋前度游迹。一舸嗚榔,早負了、武陵春色。愁并江濃,病和詩瘦,旅情寥寂。偏微飔颭雨,陣陣吹寒,先飄碎、篷窗笛。天涯又作摶沙,看征駒乍解,過雁旋集。燭蕊星星,重照到、故鄉良夕。望前路、蠻雲萬里,算與騾鈴訴飄泊。待寄相思,月明無恙,問梅花消息。

尾犯

淡月破黄昏，何處畫樓，遥弄長笛。萬頃鷗波，又蒼茫凉夕。驚雁外、霜踪漸晚，憶鶯邊、烟絲細織。翠匳猶展，可奈雙鸞，分照離人色。芳尊曾話别，襟上酒霧還濕。泪迸銀箏，認冰弦端的。問番信、封家準否，怕歸期、王孫未必。更憐憔悴，瘦到菊花秋一搦。

并蒂芙蓉

登芙蓉樓，新漲欲滿，舊侶已非，獨客重游，惘惘兮冰心一片也

一舸烟波，正半篙水漲，平明寒雨。潭影瀉芙蓉，信風景如故。樓頭昔年送客，雪壁猶留舊題句。蹋雲暫住。任闌干、倚遍斜陽無語。龍標漫嗟謫宦，看求詩絡繹，銀鬟蠻女。沅芷吊騷魂，擅文采今古。鴉鬟可還解唱，待向旗亭歌重賭。玉壺買與。酹村醪、瘴雲深處。樓下即少伯祠。

掃花游

沅州舟次，寄懷王壬秋成都，用清真韵

接天碧草，記餞送旗亭，别情凄楚。緑楊萬縷。任東風作去弄，欲停還舞。絳蠟飄烟，颺入巴山夜雨。蹋歌去。趁春暖錦城，絲管濃處。分鑾纔幾許。便蕩漾萍波，瘴雲前路。玉尊翠俎。問何年再展，酒邊箋素。隻雁寥天，唳出離聲最苦。正延佇。莽斜陽、又傳

津鼓。

臨江仙 楊林旅店和壁間韵

楊柳漸驚秋信早，離痕吹上絲絲。郵亭近接晚烟低。行行猶去路，草草負花期。　不信巒山能隔夢，如何歸夢都非。客程更逐瘦蟾西。燭邊添別泪，并入碎紅啼。

向湖邊 張伯琴同客昆明，詩酒正怡，忽作歸計，瀕行，出詞集屬題，倚此志別。計到家山，春光正好，真陌上花開，緩緩歸也

隴雪梅花，羌風楊柳，笛裏客心吹碎。萬里飄梭，又蒼茫滇海。趁酒邊、艷語欺花，狂杯飛雨，依舊昔年無賴。醉覰蒼山，甚烟雲變態。　歸興無端，忽動鱸魚鱠。芳草正碧色，襯斜陽天外。洱月窺窗，問何時圓再。遍芙蓉一任騷魂采。饒餘韵、摇入畫船新欸乃。點綴吟毫，鬥春三眉黛。

滿江紅

接葉交柯，費芹泥、香巢纔定。記幾番、迴燈送酒，餘酲猶剩。舞態攙將楊柳活，艷情寫入桃花暈。漸一枝、紅影上簾櫳，斜陽冷。　花廿四，迷芳信。鱗卅六，沈芳訊。料彩雲揾

斷，模糊難認。麗句鸜哥渾欲忘去，行踪燕子憑誰問。遍春城、吹暝入離痕，東風恁。

曲游春 寒食日偕同人款步菜海，醵飲少白樓，用草窗韵以志勝賞

菜海東風軟，趁柳烟低亙，游騎如織。試卷簾櫳，望紅樓一角，翠縈檐隙。鏡裏波光隔。送幾處、參差漁笛。泛鄉心、宛到瀟湘，勾起芷蘭離色。綺陌。苔茵凝碧。看檻曲紅嫣，春晚寒勒。彈指芳韶，怕梨寞雪冷，楝巢風冪。珍重酬寒食。破半晌、酒邊寥寂。漫信輸與王孫，欲歸未得。

江城子

柳絲亭館杏花風。卷簾櫳。月玲瓏。何處歌聲、飄蕩水西東。料得畫樓寒有韵，吹夢入，露華濃。　湖陰曾記泛烟篷。引杯筒。醉惺忪。綺麗風光、約略此宵同。一曲歌殘人萬里，空繾綣，暮雲中。

小重山

斷雁西風秋信遥。客窗殘醉醒、倍無聊。自偎清影伴蘭膏。相思味、耐得可憐宵。　別泪爲誰拋。新痕添上了、舊冰綃。無情疏雨更飄蕭。一點點、卷夢入芭蕉。

金明池

吴三桂踞滇時，築野園於菜海上，窮極亭館之盛，爲陳圓圓藏嬌處也。今已廢爲菜圃，有山茶花一樹，乃圓圓所手植，玉屧一雙，藏蓋忠僧寺。秋日往游，悵然倚此

游鹿空廊，殘螢廢苑，緑綉荒苔滿路。偏颯颯西風送暝，更飄到、廉纖細雨。剩瓜棚豆架縱横，辨不出、玉平輦香車游處。料蛩語青繁，鵑心紅濺，宛把興亡低訴。記得吴宫花有主。儘燕燕鶯鶯，教成歌舞。拚雙照、昆池月鏡，隔萬里、薊門烟樹。怎無端、坐熱蒲團，可慧性蓮胎，前因蘭悟。看鳳舄留香，鮫珠摇艷，問否春光留住。

多麗

陳圓圓玉屧

顫娉婷。當時却步盈盈。記翻成、鳳頭新様，舞從掌上還輕。聽弓弓、乍辭漢殿，偏款款、又按秦筝。蹀躞吴宫，蹁躚鑾地，紅羅幾蹋故山青。趁良夜、手提金縷，釵影膩銀屏。何堪是，嬌添尼子，吹下飛瓊。算馬嵬、佛堂羅襪，古今一例傷情。印芳踪、落花有泪，尋蕪苑、響屧無聲。六詔埋香，雙趺結夢，可憐蓮瓣謝西清。問曾否、銅臺春鎖，賣履憶深盟。空留得，彎彎月子，瘦影伫俜。

滿朝歡 柳屯田追憶昔游，自度此調，客窗展讀，頓觸離悰，率爾繼聲，并踵原韵

紅語憐鶯，翠痕飄燕，簾櫳夢逗春曉。一角斜陽送暝，瞥上林杪。韶光晼晚，又桃霞閉門，萍星縈沼。料得個人，天涯望斷，連雲芳草。　猶記懸燈喚酒，款月敲詩，博得花魂嫣笑。墜歡莫續，勝地何心重到。横玉淒涼，畫樓風冷，但覺闌干静悄。縱有錦字偷傳，難寫年來懷抱。

南歌子

酒醒孤燈灺，風淒四月秋。客窗不耐雨聲稠。况是三分病湊、七分愁。　偎夢憐紅蒻，勾香記翠篝。離情待寄水東流。無奈滇池倒向、海西頭。

淒涼犯 明季妙法庵女尼超乘聞國變，與其徒十七人舉火自焚，時甲申四月八日也。滇人哀之，更名曰火燒庵。庵在五華山側，秋日往游，用石帚翁韵，詞以吊之

夕陽巷陌。垂楊外、西風無限蕭索。破庵正對，縱横敗壘，斷笳荒角。客懷最惡。况蛩語烟蕪淡薄。剩龕燈、琉璃冷焰，梵語度塵漠。　猶記繙經處，指月通禪，呪花行樂。滄桑夢幻，莽罡風、天邊吹落。笑問如來，恁色平相空空漫著。會龍華，肯負四月八日約。

綉停針 菜海吊沐氏廢園　崇禎癸未沙定洲所毁

仗劍起，趁萬里風雲，信英雄也。帶礪河山，邊徼建牙，海上革囊應跨。運籌餘暇。更點綴、筠廊花榭。大功賜第中山，一時共增聲價。烽烟遍四野。恁沸起狂瀾，石鯨秋夜。夢幻侯王，何處故墟，付與夕陽西下。壞墻荒瓦。辨不出、菰洲蘆汊。漫嫌寂寞，棹歌尚叢漁舍。

虞美人 寄懷陳杏生

年年花事春如綉。衹有愁依舊。愁邊記否送君時。正是武昌楊柳、雨絲絲。行踪待約池萍定。不奈風吹恁。離愁漫道似春潮。但恐春潮雨後、有時消。

八六子 釁酒灩碧，猩葩濯紅，小集依園，盤桓竟日，振觸舊游，不覺酒波化泪也

趁東風。如烟芳草，平原齊試黃驄。正細雨初拭闌干，薄平日微烘畫幌，鶯邊乍捎亂紅。花魂漫隔簾櫳。俏影臨波欲顫，餘香沁酒猶濃。暗自計芳期，故鄉吟侶，夢痕如醉，幾度相逢。天涯外、縱寫纏綿露蕊，誰憐縹緲雲踪。問芙蓉。何時又描鏡中。

步月 綿恨生同客滇海，云有湖伎名滿者，甫至湘中，冷落殊甚，爲營金屋，始負艷名，外舍雙栖，誓同生死。一日往訪，則盡室行矣。繼乃知歸莫孝廉爲篷室。絮談往事，若不勝惋悃者。余諒其情而病其痴也，詞以廣之

寄迹湖雲，小名圓月，問年剛合鷄籌。蝶幃鴛毿，翠縷鎖妝樓。正花外、暗飛玉笛，更酒邊、偷寫銀鈎。猩簾下、紅霓欲墮，扶夢上枝頭。颼颼。楓葉暗，四弦恁掩抑，彈到鄰舟。破衫塵黯，珍重唾痕留。奈流水萍星易散，况客窗蕉雨先秋。愁無睡，盈盈剩與待牽牛。

秋宵吟 長春花瓣略似梅花，紅嫣可愛，一月一花，滇中遍地皆是，詞以賞之。是調乃石帚翁自度腔也，注曰越調。原詞『古簾空』至『箭壺催曉』與下『引凉颸』至『暮帆烟草』，句法既同，諸去聲字無一不合。萬紅友疑是雙拽頭，不爲無見，應分二段，下作一段爲三疊，且原詞叶韵皆上聲，亦宜遵守。戈順卿論之最詳，較萬氏之説尤確

海霞濃，瘴霧暝。陣陣東風催緊。黄昏候、又淡月朦朧，替描梅影。吭繁香，傅茜粉。綉出蠻天雲錦。閒庭院、算未老韶光，四時芳景。艷冶情懷，趁笑倚闌干晝永。喚鶯縈翠，倩蝶捎紅，俊味共誰領。番信經年準。漫許霜華，飄到畫省。任騷人、遍舞花鬟，春日秋日半醉醒。

滿庭芳 鷄樅菌

香蔫朱櫻，芽抽翠筍，醉邊春色闌珊。戲擘珠傘，新味更加餐。認取紅丁簇簇，蠻烟外、薄暈斑斕。看仙子，霓裳紺袖，影顫羽衣單。　園官持贈處，圓分玉粒，艷奪銀團。似匙滑，蓴絲羹脆梅丸。誰與齊芳六詔，撑虎掌、曉露初乾。何年又，紅塵飛騎，一笑進金盤。滇中虎掌菌味亦佳，明熹宗嗜鷄樅菌，每年馳驛以貢。

晝夜樂 蕉窗隱紅，萍溆縈翠，客愁潮湧，別痗雲連，用柳七韵以寫我憂。原作後闋第五句漏未叶韵，爰爲補之

相思翻悔曾相遇。忒匆匆、輕離聚。柳絲漫敵愁絲，輸與千端萬緒。緑遍池塘春又暮。更添了、一天晴絮。怪底小金鈴，任紅霙飛去。　雲情縹緲誰堪訴。算無端、芳期誤。落花竟放春歸，燕燕銜將留住。卷却芭蕉心上雨，悄闌干、更無人處。容易作去秋光，怕流螢偷度。

春光裊娜

大理段功以援昆明，功，梁王以女阿禚妻之，後有贊功者，王欲以孔雀膽酖功。阿禚願與同飲，遂不果，旋射殺於宫外。阿禚作歌曰：『吾家住在雁門深，一片閒雲到滇海。

心懸明月照青天，青天不語今三載。黃蒿歷亂蒼山秋，誤我一生踢裏彩。華言錦被也。雲片波潾不見人，押不蘆花顔色改。肉屏華言駱駝也獨坐細思量，西山鐵立華言松林也風瀟灑。』不食以殉，葬滇海上，詞以吊之。

又蘆花如雪，瘦到深秋。朝汐落，晚烟稠。墓門前、惻惻紙錢風起，歲時兒女，猶拜荒邱。鳳闉飄芬，鴛幃偎篆，恨瀉波潾和泪流。綠綉苔碑尚無恙，黃零槐國可還留。當日珠匳翠帳，銀鞍乍解，按簫譜、引上秦樓。踢裏彩，爇香篝。誰憐孔雀，雙宿綢繆。鐵立飛濤，冷吟鴉雨，肉屏馱夢，遠趁鷄籌。歌聲嗚咽，剩青天明月，年年一片，懸向墳頭。

倜儻 題楊升庵祠壁

《詞律》謂是調即是《六醜》。升庵以名不雅馴，取首句『恨倜儻無賴』，故換此名。按：《六醜》乃美成自度腔，升庵和韵既多脱誤，句法平仄尤極參差，《詞律》逐句辯論异同，可謂詳矣。然必指爲即是《六醜》，深詆《圖譜》另立一體之非是，則未免失之武斷。夫以升庵之才大心細，豈有和周韵而或訛脱者？且句法平仄互异至十七句之多，雖俗手亦不應鶻突至此，况天才卓絶如升庵乎？升庵精於音律，如《落燈風》《款殘紅》《誤佳期》諸調皆其自度腔，安知此調非犯《六醜》而成，其叶韵又多與美成相合耶？不然方三衢、吴夢窗俱有和美成之作，升庵竟未之訂正，何也？率仿升庵體并和原韵，與《六醜》無涉，知音者幸教我焉。

剩破庵斜日，疏柳外、寒鴉飛擲。池漪摇漾，錦袍曾照影，可漬吟迹。箐雨暗秋邊，望秦樹蜀山，夢遥鄉國。瓊林猶記新承澤。紅杏東風，春濃芳陌。奇才何人解惜。幾赦下金鷄，君門終隔。

行窩待覓。又亂烽騰碧。錦織閨房，浮沉信息。荷戈竟老詞客。奈嚴武難逢，纍臣愁極。祇博得、戴花騎象浪醉足。寫遍蠻姬裓。鴉鬟儘傾側。聽蘆笙、尚警深夕。奏迎神、大理新腔曲，魂兮得得。

六醜

余既審定《個儂》非《六醜》矣。《詞律》一書，人苦其嚴，輒加詆毁，而好爲高論者，又譏其不解宫調。不知自元以後，宫調要眇，久已淪亡。紅友遍考宋詞，凡四聲相合者，指爲詞中要領，人苟循而守之，自不與宫調大相剌謬，不得謂非，兩宋功臣也。余年十八即學倚聲，亡友方劍潭選曾、茶村程雨蒼、程輔熙、韓申甫、傅章燦暨余爲湘中六逸，《詞鈔》將付剞劂，咸豐乙卯始見《詞律》，深悔少作之誤，急索原稿毁之，自是漸就範圍，兢兢墨守，雖偶參臆説，不無异同，究未敢昧瓣香所在也。用清真韵，率題卷端，遥贈紅友，并寄昔年倡和諸子。

笑春蠶乍吐，漸悔把、絲牽梭擲。脆簫共吹，連翩翔鳳翼。自計陳迹。少小曾騎竹，浪吟狂醉，遍芷蘭騷國。流傳俊句搴香澤。六逸烏巾，三生綺陌。韶光酒邊堪惜。奈星源別脉，塵夢猶隔。新聲寥寂。任鴝函沁碧。樂府尋宫調，空太息。知音幸遇詞客。料紅簾訂譜，古歡何極。停尊處、露漬吟幘。誰人更、賭向旗亭畫壁，翠鬟欹側。荆溪外、遠溯蘇故切秋汐。似少陵、老去論詩細，金繩詑得。

應天長 簾月篩花，甃露濯酒，宛然八年前鬘花室景光。用清真韵以繪昔游，夜深忽夢少年事，正不僅商婦啼紅也

蟲吟絮暖，花韵弄寒，閒庭乍倚晴色。尚記俊游前度，櫻厨試新食。排絲管，頻泥去客。儘破了、醉邊寥寂。倩明月，翦碎簾波，緑蹂紅籍。無奈遍天涯，到眼風光，今夕又蓬壁。燕燕最憐飄泊，迷離認烟宅。憑歸夢，尋翠陌。可剩與、墜香蓮迹。問濃淡，畫裏春山，滋味應識。

探芳信 三月二十六日旗亭對酒，回憶己卯閏春將作滇游，二三故人亦於是日對花作餞，年光易逝，歸約難諧，用玉田韵，命渝童引蘆笙度之

又清晝。正燕外尋詩，鷗邊款酒。剩客情雲亂，飄零尚依舊。東風儘送荼蘼艷，不奈春心瘦。任芳時、碧暈闌干，翠迷庭甃。駒隙信馳驟。記檀板猩簾，筍籃猿岫。銀燭留烟，

還颺晚風否。波痕料比當年緑，南浦頻回首。遍離愁、攬碎絲絲細柳。

喜遷鶯 初夏和樊榭韵

錢荷新叠，待買住艷春，春波無盡。緑濺烟篷，紅翻雲縠，梅雨尚留餘潤。幾番冰紈輕試，茉莉風迴香鬢。瞥檻外，對雙鴛翠蓋，勾人離恨。　花信。憐廿四，年又一年，待掏荼蘼問。桐乳分茶，櫻唇灩酒，猶剩葱尖紋印。夢回澡蘭簾幕，閒倚屏山人近。怕輪指，又星期到了，秋風催緊。

薄幸 自謀歸計，秋以爲期，用吕聖求韵寄内

蟲聲催晚。又繞遍闌干夢懶。看雲外、盈盈横練，摇漾秋心何限。記當年、閒凭吟肩，屏山宛轉紅匳見。况笛裏敲詩，酒邊款月，韵寫海棠庭院。　忽忽地、三年也，孤負却、花濃香滿。幾番憑錦字，緘愁織艷，東風鄉信梅梢展。儘吹瓊管。恁相思譜出，離聲泪迸箏前雁。重陽過了，爲報歸期未遠。

浪淘沙 去滇有日，忽遇夏葆生大令，二十年前舊雨也。拈此見貽，次韵留别

蕉雨碎秋聲。冷到銀箏。舊游絮與砌蟲鳴。一片小桃源裏月，曾照前生。小桃源，君湘中舊居

也。　詞筆老蘭成。憔悴生平。滇山萬里暮烟横。驛路西風憑雁字，寫出離情。以上録自《坦園詞録》

馮秀瑩

馮秀瑩（一八三五—一八九七），字子哲，一字蕙襟，大興人。咸豐壬子（一八五二）科舉人，官恩安知縣。著有《蕙襟集》。

賀新郎 題鐵珊詞集

脆奪金鶯巧。管生香、瓊壺擊缺，瑶笙吹裊。洲葯江蘺無俗格，譜入冰弦更好。深怨付、飄花羈鳥。試向紅牙低處聽，想餘音、三日梁猶繞。君莫嘆，會心少。　霓裳我許賡同調。斷魂飛、荼蘼葉底，丁香枝杪。畫竹羅裙篸杏髻，作就凄零客抱。憑底與、春風知道。不恨一歌腸萬轉，恨情人、强半相思老。將此恨，入雲杳。紅牙低拍，愈唱愈高，煞尾數語，其先生入滇之識耶？

東風第一枝 題鐵珊詩集

藹思雕塵，蟬吟咽露，良工心苦鎔冶。碧鷄踪續仙盟，白鳳迹邀夢惹。君真作者，細譜出、珠嬌玉姹。早占斷、無價春風，羞却恁時蘭麝。才似庾、體兼二雅。愁似沈、瘦無一把。粉香題遍羅襟，蠟泪寫歸錦帕。腸今斷也，再拈起、相思還怕。問彩筆、何日聯歡，月照海棠妝卸。以上録自《蕙襟集》卷九

黄　膺

黄膺，字鹿泉，晚號蓼園，湘西人。同治十二年癸酉（一八七三）科舉人，光緒二十六年（一九〇〇）任緬寧通判，光緒三十年（一九〇四）遷廣西知州。著有《蓼園詩草》。

雨霖鈴　題詞　用柳屯田韵

塔鈴悲切。半天鷄足，暮鐘摇歇。凄凉往事如夢，燈孤榻冷，愴懷明發。編中有讀五龍山人集詩，述先德也。舉目河山灑涕泗，何限幽噎。痛故國、遥望京華，南斗無情洱波闊。　空門誓與人間别。笑曇花、强傲繁霜節。情根斬斷休憶，泡電影、緬雲燕月。未了塵緣，詩盔吟豪，畫屏色設。怎忍死、菩薩心腸，偈向華嚴説。印泉道兄裒集擔當遺老遺詩付梓，奉題此闋，即希正拍。宣統歲在庚戌之腊，湘西黄膺鹿泉氏稿。以上録自《擔公遺詩》

念奴嬌　和茗樵韵兼懷望江余壽平先生

命騷奴隸，記文場凌轢，目空餘子。一自靈和吟御柳，非復少年時事。石琢麟嗟，彩翩鳳嘆，

小試鉏花耳。海湖青翠，君居青湖，宦游翠海。宵深虹劍騰起。卅載蹋爛槐黄，春明醒夢，魂斷蘆溝水。知己生平惟右正，宋余忠襄不佞，九上春官，知己惟壽師一人。雲樹誰能堪此。珂里多英，童稚樵與徐君皆籍望江。瓅闡相苫，賓榻娱陳氏。前塵遺憾，珠沉生恐波底。

滿江紅 再和茗樵韵并懷望江檀斗生先生

茶鼎松颸，漫道是、曲高和寡。悵銷歇、風流文采，尚多健者。勝事争傳珠蕊榜，新詩更長青萍價。笑耽吟、人海自浮沉，年猶假。　科名譜，烟雲也。竹林誼，芙蓉把。數靈光魯殿，大雷金馬。斗公爲先少宰叔通家，又與走同年。遠想永嘉勞夢裏，晋檀道鸞以文學名，爲永嘉守。欣逢孝穆來吴下。憶頻年、春讌侍琴尊，斟三雅。甲戌癸酉，團拜叨陪。以上録自《鎖院吟秋唱龢集》

金　椿

金椿，字鶴籌，號半酣居士，曾官四川保寧府知府。著有《麗矚亭詞》。

沁園春 周星伯通守行滇南道上，兩見彩雲，五色糾縵，光艷奪目，屬紀之以詞

錦綉乾坤，藻耀高翔，可憐化工。看七襄鴛被，鋪來織女，五花鳳誥，捧下青童。彩筆凌雲，一揮無際，繪出升平黼黻功。再添個，重輪抱珥，掩映日華中。　南天佳氣如虹。數十

載、纔看瑞靄籠。是碧鷄金馬，奇光燭漢，銀阬銅穴，寶色摩空。堯舜垂簾，皋夔在位，八伯賡歌糾縵同。書雲物，有司天太史，進奏璇宫。

攤破浣溪沙 普洱茶

碧碗雲腴泛紫香。不和蒙頂鬥旗槍。焙出沙甌山店火，最芬芳。　碾翠方甎花樣古，淡黄團月箬籠藏。好是紗橱新睡起，浣詩腸。以上録自《麗矚亭詞》

李寅生

李寅生，甘泉人。

金縷曲《乘風破浪圖》題詞

豈是浮萍聚。記前宵、篷窗聽雨，剪燈情緒。滄海曾經槎慣月，穩把洪濤飛渡。願身在、蓬瀛常住。作楫此才非百里，更雙丁、伯仲詞華富。五色錦，邱遲付。　當年李郭同舟賦。嘆一様、風塵倦旅，衷懷誰訴。昨同舟航海入都。過眼繁華消逝水，傷絶美人遲暮。思往事、那堪細數。我亦三生狂杜牧，算功名、都被儒冠誤。和一曲，雙聲譜。以上録自《瀛寰瑣紀》第十四期

漱玉生

漱玉生，清末時人。

高陽臺和香海詞人《高陽臺》詞原韵

瘦影珊珊，柔情脉脉，斷腸人在虹橋。無那相思，夢魂咫尺層霄。相逢記得驚回步，甚匆匆、去似春潮。倩誰描，臨去回眸，者樣丰標。　滇池韵客多情種，向高陽臺上，黯黯魂銷。閒恨閒愁，闌干倚處頻敲。青禽無計傳消息，幾何時、不見嬌嬈。恁迢迢，海樣深閨，遥共芳朝。以上録自《申報》癸酉六月廿一日

不愁明月盡館主人

滿江紅《乘風破浪圖》題詞

逸興遄飛，輕萬里、片帆竞渡。想此日、聽風聽水，江山無數。自杖元龍湖海氣，争誇景倩神仙趣。問騷人、詩思近如何，朝天去。　扁舟夢，馬當助。金門謁，鴻毛遇。更難弟偕行，鹿鳴欣賦。放眼那知滄海闊，抬頭不管方蓬阻。籍丹青、繪出勝游圖，壯懷吐。以上録自《瀛寰瑣紀》第十四期

黄瘦竹

黄瘦竹，白門人。

滿江紅《乘風破浪圖》題詞

如許才華，怎肯向、蓬門終老。論經濟、目空餘子，暢舒懷抱。數載海濱曾寄迹，大江南北聞名早。看今番、一葉破滄溟，承明詔。　湖海闊，魚龍小。渺九點，窮三島。羡難兄難弟，談天舒藻。萬里乘風題柱客，同時走馬長安道。待重陽、日日盼賓鴻，泥金報。以上録自《瀛寰瑣紀》第十四期

彤芳閣主

高陽臺《乘風破浪圖》題詞

滚滚銀濤，遥遥貝闕，伊人宛在中央。投筆高懷，還教伯仲偕行。成連本是移情者，况泠然、山水蒼蒼。快翺翔。親歷蓬瀛，載見龍光。　如君正是青雲器，喜順風相送，安穩帆颺。從此高飛，可知含笑萱堂。故人十載相期許，偶披圖、也覺眉揚。盼歸航。楓葉流丹，菊蕊疑黄。以上録自《瀛寰瑣紀》第十四期

馬騮

馬騮，字湘艇，號藹緒外史，上元人。著有《藹緒詞》。案：以下幾闋皆是與楊文斌唱和之作。

賀新凉

長物吾何有。剩頻年、東塗西抹，寄情詩酒。到處名流成雅集，不弃龍鍾雙袖。算聚會、萍踪非偶。楊意林逋皆雋絶，更招邀、幾個支離叟。糟邱壘，各堅守。　豪情自覺闌珊久。憶當時、高歌痛飲，遍邀良友。回首前塵都似夢，遑論鬥鷄走狗。早已是、朱顏衰朽。才盡江淹無好句，野狐禪、不敵獅王吼。壇坫下，馬牛走。

燭影搖紅 昆池釣徒貽熏青豆，填此誌謝

水火抽添，煉成玉屑貽同調。匀圓真可愛，拈來更比青梅小。無論療飢易飽。先佐得、酒人歡笑。也堪記曲，輸與紅兒，丰姿略好。　味外酸鹹，焙烘幾度勞纖爪。滿畦黄葉又西風，采掇虧君早。但恐相思牽繞。引逗出、客愁多少。英哥飼後，懶婦驚時，一天秋老。

湘月

徽殘軫闕，剩滄桑身世，斷紋盈尺。換羽移宫多少恨，留得雪泥踪迹。目斷飛鴻，音沉唳鶴，

拚自輕拋擲。不逢楊意，凌雲千古同惜。　一旦賞識風塵，安弦操縵，奏徹雲回碧。淪落天涯終有遇，未許久依松石。靖節高風，中郎雅鑒，誰落窮途魄。冰心同抱，有人與共朝夕。

貂裘換酒

月白風清夜。鎮無聊、邀朋小集，藉圖情話。却喜白衣剛送酒，佳釀如泉傾瀉。鼓飲興、甘霖霤瓦。惱煞伯言狂太甚，目無人、出話輕天下。咆哮狀，令人怕。　糟邱獨踞期稱霸。累諸侯、觀兵壁上，任其叱咤。我是灌夫難忍耐，自有虎威不假。一任爾、劉家善罵。嘗試尊拳非异事，請安排、鷄肋容吾打。酒國失，兵纔罷。以上録自《海濱酬唱詞》

林端仁

林端仁，字味蓀，號醉禪外史，奉賢人。拔貢生，官浙江知縣。著有《蓮山詞》。

念奴嬌 西泠感舊

那堪回首，記西湖如鏡，小樓低俯。樓上盈盈紅袖倚，約略年華三五。百種嬌痴，十分窈窕，未解相思苦。人間天上，此生宜没尋處。　還聽夜静哦詩，晝長點曲，細細鶯聲吐。相見欲通消息去，憎煞簾前鸚鵡。半載依依，兩情叩叩，總隔巫山雨。年年幽恨，白雲同此千古。

前調 西泠感舊　步昆池釣徒原韵

寓樓閒倚，正西施湖畔，春光堪戀。對面嬌鬟年尚稚，未識誰家仙眷。額覆絲青，眉横黛绿，羞與花争艷。盈盈難買，绿珠聲價非賤。最恨流水年華，行雲身世，别後難相見。待覓温柔鄉裏夢，總是依稀人面。桃李春風，梧桐秋雨，想也神思倦。潘安老矣，十年空抱凄怨。

賀新凉

萬事都何有。剩青天、一輪明月，照人杯酒。醉倚柘枝筵上立，莫笑郎當舞袖。算此夜、相逢非偶。卅載塵勞如夢裏，説功名、輸與蟠溪叟。仍故我，敝廬守。　金華學士詩名久。更招得、詞壇耆宿，訂忘年友。白雪調高難屬和，貂尾何堪續狗。况不佞、樗材易朽。破屋寒燈如豆小，譜宫商、城上秋風吼。驚幾個，蠹魚走。

湘　月

故宫何處，莽天涯留得，枯桐三尺。玉軫金徽憑剥落，總是前朝遺迹。劫火摧燒，驚濤變滅，展轉輕抛擲。物猶如此，古今多少堪惜。　幸遇世上知音，摩挲舊物，細剔苔紋碧。試换鵾弦彈古調，頓裂硜硜頑石。緑綺戕珍，朱絲理曲，呵護憑精魄。銀蟾斜照，一天秋在今夕。

賀新郎 次昆池釣徒韵題《霜天清讌圖》

滿眼蕭疏意。問誰招、吟朋幾個，燒燈捉醉。持得雙螯催倒酒，別有霜天風味。那肯與、黄花同悴。詞筆豈惟痴叔健，仗諸公、整頓騷壇氣。光直上，斗牛指。　自憐身世同匏繫。對西風、清清冷冷，沉沉倦矣。辜負重陽時節好，萬斛閒愁欲起。已懶倒、尊中芳醴。羨煞丹青圖雅集，恍游身、紅樹青山際。如此會，定無幾。

桂枝香 乙亥八月，將之武林，承稚虹姑丈盛筵餞別，酒闌燈灺，黯然魂銷。因填是闋，以志離悰，即次其韵，并呈斧削

葡萄泛緑。感草草離筵，相對凄肅。難把新愁剗盡，舊愁還觸。重重別意誰憐惜，但尊前、泪垂紅燭。那堪明日，西風一舸，倚篷吟獨。　算歲歲、馳南走北。悵擊鉢聯吟，風雨難續。此去西湖，差喜騁懷游目。一官自笑同蟣虱，况樗材非等柯竹。先鞭輸爾，奈何猶自，望塵馳逐。以上録自《海濱酬唱詞》

賀新郎

具有凌雲抱。逞英年、飛黄騰達，蔚爲國寶。一朵紅雲雙闕近，快走幽燕古道。再莫説、功名草草。從此鯨魚跳渤澥，任昂頭、天外長吟嘯。宗慤志，有同調。　海濱酬唱情懷好。奈匆匆、離筵甫啓，便增煩惱。鷁首迅飛滄海闊，千幅蒲帆風飽。自不管、馮夷狂跳。轉瞬黄衢馳驥足，更談天、定有新詞藻。看小宋，占魁早。以上録自《瀛寰瑣紀》第十四期

賀啓堂

賀啓堂，字少樓，號問梅主人，丹陽人。諸生。著有《鶴溪漁隱詞》。

賀新凉

真假何曾有。嘆人生、稽遲客路，掃愁惟酒。幾輩青雲騰驥足，玉案香沾緑袖。更自詡、勛名無偶。誰識依人非始願，一年年、共笑龍鍾叟。指醉眼，簡編守。　萍踪浪迹由來久。最難防、翻雲覆雨，日疏良友。眼界放開今古論，細認功人功狗。何物是、堪垂不朽。祇樂高朋才思健，振頑聾、清夜蒲牢吼。看日月，亂螢走。以上録自《海濱酬唱詞》

金縷曲《乘風破浪圖》題詞

夢繞燕京路。記當年、鷄聲馬影，星霜月露。一自輪船來海上，萬里鵬程無阻。也省却、征鞍辛苦。世上紅塵飛不到，望蓬萊、穩把青雲步。游宦客，儘容與。功名得意紛難數。羨君家、難兄難弟，雁行高舉。天外帆篷真壯闊，蘇海韓潮堪賦。添多少、蘋洲笛譜。莫道詞章妨政績，正沉吟、滿縣花争舞。聽此曲，興宜助。以上録自《瀛寰瑣記》第十四期

林仲夔

林仲夔，號題花詞客。

賀新凉昆池釣徒集同人小飲，填詞屬和，余以未與斯會爲憾，勉次元韵奉和

一徑黄花有。問伊誰、倚籬小咏，邀朋傾酒。滇水詞人豪興足，酒氣常沾襟袖。更劍膽琴心無偶。綺歲早懷投筆志，者幾時、暫混烟波叟。且爛醉，莫株守。韶光我也蹉跎久。鎮銷磨、青燈黄卷，素娥紅友。富貴浮雲渾易散，肯學侯門走狗。但事業、非無不朽。烈烈轟轟君去作，看驚人手段如雷吼。倘附驥，則皆走。

湘月

中郎緑綺，落人間伴我，龍泉三尺。流水高山今已矣，空剩印泥鴻迹。故國已非，焦桐猶在，未共佳晨擲。江南江北，一時多少堪惜。　幸有香海詞仙，搜材爨下，珍重紗籠碧。不是知音誰解取，豈數昆明池石。秋老青林，詞高白雪，彈艷嫦娥魄。凉颸拂拂，個人細款芳夕。

賀新郎 辛未九秋，約同人持螯賞菊，藹緒老人畫《霜天清讌圖》以紀其事

轉瞬西風矣。喜疏花、秋光點綴，别饒風致。塵世勞人殊草草，詩酒尋歡而已。况美景、良辰有幾。左手而今閒不得，且歡呼、細味堆盤味。月一角，東籬起。　浮名自笑蠅鑽紙。幾多時、轅駒局促，銷磨豪氣。幸有名流聯勝賞，領取一天秋意。奈此後、一枝遐寄。多少閒情何可訴，倩先生、妙筆從頭記。甎引玉，慚無地。

貂裘换酒

卜晝還兼夜。聚酒徒、幾莖酸菜，一盤糟蟹。談笑詼諧狂未已，不論酒斟多寡。還説道、有傷儒雅。擊碎唾壺殊小事，更揮拳、不住喃喃駡。一哄散，歸來罷。　糟邱我亦知音者。到明朝、依然暢叙，酒闌燈灺。自引壺觴還自酌，不覺不知醉也。感扶我、歸從月下。一首

新詞侵曉遞，把醉人、情狀都描寫。一再讀，笑難解。

金鏤曲 孟冬下浣，余由城還鄉，同人設餞於香海閣，作此奉别諸友

熱惱紅塵地。鎮銷磨、聞鷄壯抱，元龍豪氣。借得一枝城市外，敢道耕莘釣渭。便領略、鄉村況味。閉户讀書多歲月，困蛟龍、暫蓄池中水。離别感，自兹起。　霜天小集前番記。幸相逢、素心佳友，連天歡醉。月夕花晨談笑處，一曲驪歌催矣。感飲餞、主人厚意。欲報璚瑶須記取，待他時、再會鱣堂裏。揮手去，情和已。

前調 再倚原調别昆池釣徒

黯黯魂消矣。悵分襟、山林城市，月明千里。衹爲蝸居難奮迹，覓得一枝遐寄。致良友、睽違兩地。聚首何知離别苦，破題兒、纔領相思味。無可奈，且浮螘。　青溪一見深相契。幸年年、春花秋月，詩懷酒意。彼此鵬程猶阻隔，何日揚眉吐氣。況人世、知心有幾。惜别新詞勞贈答，動離愁、使我心如醉。肯惠我，我心喜。

前調

予至新居整飾，獨居一室，填此遣悶。時鉢池山農、繭緒外史、問梅主人皆暫旋里，昆池釣徒亦緣事赴滬，約今日迂道望予，久盼不至，故詞中及之

濁酒三杯醉。住田家、吟身寂寞，澆愁而已。紡織聲聲鷄犬應，别有一般風味。更整理、新居非易。終日巡行聊復爾，悶沉沉、展卷疏檐底。近日況，祇如此。　回思雅集青城裏。練酒兵、詞壇詩國，各張旗幟。歡飲狂歌能幾日，半挂蒲帆歸矣。盼良友、村邊舟繫。青鳥不來雲樹暮，怒號風、敲碎寒窗紙。縈短夢，兩情駛。以上録自《海濱酬唱詞》

陸少葵

陸少葵，號金華山樵，蘭溪人。

賀新凉

四大皆何有。剩鬚眉、半生潦倒，破除惟酒。難得天涯人同健，忘却單寒翠袖。覺意氣、凌雲無偶。更有詩才推萬里，騁詞鋒、驚倒龍鍾叟。明月上，倚窗守。　高燒絳蠟傳杯久。亂觥籌、誰賓誰主，偎依紅友。擺脱樊籠情何限，嘆息功名屠狗。又秋井、青苔骨朽。衮衮公侯讓年少，莫辜他、挂壁蛟龍吼。浮大白，星辰走。

百字令 讀《石頭記傳奇》

迷離惝恍，是何人下筆，神奇如此。彩霧香雲留不住，留得靈光滿紙。萬艷同杯，千紅一窟，陶鑄真虧爾。拈花微笑，個中意態堪擬。　也知恨海茫茫，情天渺渺，妙手空空耳。不解傷懷緣底事，但覺纏綿無已。滴粉搓酥，雕瓊鏤玉，倩影傳些子。枉拋心力，惹人歌哭悲喜。

其二

不堪回首，甚蘭因絮果，匆匆彈指。假果非真真亦假，惆悵鍾情大士。金粉飄零，曇花隱見，可惜年如綺。一聲河滿，痴魂黯黯銷矣。　休説湘館風凄，茜窗月冷，短夢隨流水。幾點翠雲裘上泪，博得郎心灰死。我本無緣，卿何薄命，凄絶芙蓉誄。天留闕陷，古今大抵如是。

乳燕飛

蝶是卿卿匹。惜春風、早來三月，未逢仙質。墻角亭亭饒淡艷，不是紅塵顔色。越顯得、風清月白。瑶島飛來新跨鳳，試明妝、不覺愁心隔。花影動，帽檐側。　玉纖欲染渾無迹。漫贏得、閨中兒女，一般愛惜。露浣璚葩枝綴粉，天與斷腸妝飾。悦素面、宫門返魄。待入陶家爲婢去，傍東籬、笑被黄塗額。應悵我，夢魂覓。

湘月

江山如舊，嘆飄零故國，瑶琴三尺。比似吹簫吴市上，冷落英雄踪迹。流水聲銷，高山意遠，扼腕風塵擲。中郎再遇，撫弦倍覺珍惜。應念滄海遺珠，沉淪不少，空對秋天碧。爨下遭焚知幾許，補恨難尋媧石。明月千秋，清風萬古，此際完精魄。曲終奏雅，爐烟細裊幽夕。

貂裘换酒

同人食蒸鳧，林君壽臣以良醖相餉，酒半酣，客有擲壺賈勇者，衆驚散去。次日讀昆池釣徒《貂裘换酒》詞，依韵奉和

月照青村夜。喜相逢、客來不速，明燈閒話。一個家鳧蒸爛久，祇少如泉酒瀉。正接著、瓶傾老瓦。馬二先生狂興發，習投壺、禮數飛空下。那裏顧，小兒怕。坐中也覺苗生霸。痛澆愁、三浮大白，忽聞高吒。坦率自由粗鹵慣，游戲有何真假。忍不住、笑嬉怒駡。美酒從來難得遇，却如何、躲避瞋人打。如此量，不吃罷。

前調 次夕復聚於萍寄廬，以醉蟹冰齏供客，題花詞客頹然倚榻，因與昆池釣徒各盡數觥而别。枕上不寐，復成此闋，以寄餘興

又是燈窗夜。說隔宵、仙仙屢舞，已成古話。糟蟹兩盤蔬一器，照得銀蟾影瀉。莫嫌他、匏尊缶瓦。請伴無腸公子醉，眼瞢騰、不在羲皇下。休再道，旁觀怕。　酒壇誰敢稱雄霸。屈指數、三林鼎峙，使人驚咤。仲葵言酒量以味蓀爲最，次壽臣，渠又次之。慚愧餘生萍寄客，嗜飲虚名久假。那管得、尋常誚駡。詼戲大賢猶不免，但無勞、奮力認真打。不吃酒，說說罷。以上録自《海濱酬唱詞》

蔣其章

蔣其章（一八四二—一八九二），字子相，錢塘人。光緒三年丁丑（一八七七）科進士。《申報》第一任主筆，官敦煌知縣。

綺羅香 題《吹簫低唱圖》

畫舫聽烟，紋窗蕩月，慣挈雛鬟容與。酒熱香温，又理舊時簫譜。和啼鶯、笙炙唇寒，招彩鳳、箏通眉語。甚蒼凉、一片歌雲，漾如泉咽裊如縷。　休說江南羈旅。憑仗酒邊選夢，

花前徵舞。按徹參差，沁入愁心如許。逗新愁、六詔山川，縈舊憶、五湖烟雨。笑吟仙、深負豪情，更旗亭暗賭。以上録自《清詞綜補》

史念祖

史念祖（一八四三—一九一〇），字繩之，號弢園，江都人。曾任山西按察使、雲南按察使、雲南布政使、廣西巡撫等職。著有《俞俞齋詩稿初集》《俞俞齋詩餘》等。

虞美人 答滇友問近况

閉門日抱書爲命。夢蠹翻成病。老來遣悶愛高歌。歌到銅仙滴泪、泪偏多。　未來不及當前醉。况問從前事。愁如山叠幾多重。恰似亂雲隨處、蹙奇峰。以上録自《俞俞齋詩餘》

劉伯鏞

劉伯鏞（一八四五—？），字樂之，四川省隆昌縣人。一八六三年，以秀才優選庠生，後連考不中。因得罪豪紳，遂遠走綏江之副官講學，達三十餘年之久。

江南春 憫樵

風烈烈，雪飄飄。衣單孤客冷，歲盡富兒驕。心煎恍見飢兒泣，故待山柴售價高。

阮郎歸 苦旱

煦天春暮半陰晴。黍苗耀眼青。插秧好雨及時行。秋豐亮衆心。天下事，不由人。旱連兩月臨。不收顆粒賦無輕。可憐莊户人。

踏莎行 斥官

霧密人稀，輕寒客縮。昏昏欲滅孤燈爍。凌晨長巷遇强梁，抹以鍋灰真面躲。假裏藏真，官場伙。分時土匪衙與裏。貪污撈飽反升官，混水摸魚成正果。

前調 元宵實感

又舞龍燈，又玩獅子。焰光火色地天逝。街坊到處鬧元宵，嗩吶鑼鼓喧天起。看我窮鄉，多有苦仔。房罅人凍面膚紫。飢腸漉漉早眩暈，幾家嚎哭親人死。

減字木蘭花 催租

五黄六月。頂日栽秧農不歇。場上聲歡。人喜今年不鬧荒。催租處處。張村哀乞李村哭。鷄犬不安。又到縣衙催糧官。

少年游 衙門揭密

黨前幽雅，緑紅新發，笑口露金牙。門前車馬，書齋講價，還把人情拉。手換圈圈光找岔，私語暗窗紗。場上虛張非有假，嘻嘻笑、臉堆花。

漁家傲 農怨

三伏炎天如火烤。禾苗長灼半枯槁。四處嗟聲聞載道。非不早。上坡車水天未曉。最是貧家愁不了。天乾歲欠飢腸叫。紈扇摇風糧户笑。還鬼叫。秋租如數不能少。

西江月 搶親

遠處嚎聲破夢，行來難掩哀呻。刀光閃閃轎前行。猶説姻緣天定。往事潸然猶記，而今憤益難平。閨中姐妹最堪矜。敢謂聽天由命。

定風波 非禮

今見窮鄉禮儀隆。一場婚聚貸儲空。席不厭豐惟顧臉，不想，債臺高築各洶洶。其實媒人多慫恿。欺哄。兩邊搬嘴亂毬弄。但有新郎迎淑女，可取，何消賀客鬧哄哄。

浪淘沙 戀思

入夜雨瀟瀟。風動窗敲。心煩斷雨打芭蕉。最是更鑼驚𣻎夢，意緒難飄。　幼小事非遥。竹馬梅標。東鄰小女美垂髫。料應今朝成窈窕，擬共紅綃。

長相思 寄遠

山月明。水月明。兩地同輝不見人。相思兩泪零。　卿慮成。我慮成。固結同心報遠人。戀潮起又平。

破陣子 幻滅

昨日晨炊斷米，今朝告貸碰釘。稚子乖張偏使氣，荆妻怪怨有微嗔。能無愁悶生。　可笑幼時夢幻，書中謂有黄金。倘昨蟾宫攀桂手，便是來朝富貴人。今方迷霧清。

江城子 永决傷夢

嗚呼我兩頓分開。望孤雲，臆難排。卿影遽游、料是赴瑶臺。能否稍留猶話别，家務事，再安排。　頻頻夢汝泪盈腮。插篋釵。倚樓臺。情似疑猜、怨自嘀咕來。若有什麽遲慢處，原諒我，請開懷。

蘇幕遮 舊恨

煦陽天，新緑地。春雨催花，還借東風力。花自芬芳造物忌。遲暮紅飛，人共春花泣。　望鄉關，思旅迹。婚議少年，兩地同心結。好夢難成豪富逼。泪濕殘紅，花與人相泣。

如夢令 思父

晨起東天望曙。泪眼鄉關層霧。心海頓浮憂，惟憶高堂老父。堪顧。堪顧。今滿古稀又五。

酒泉子 憶師　案：詞譜作《憶餘杭》。并有案語：『見《湘山野録》。潘閬自度曲，因憶西湖諸勝，故名《憶餘杭》。《詞律》編入《酒泉子》者誤。』

花落紅稀，院樹叢中青杏小，草鮮絮杳燕巡飛。淺碧數兒嬉。　詩聲繼起書聲落。群童悠悠咏之樂。别來幾見夢中師。醒覺更遥思。

菩薩蠻閒憶

江山信美副官地。淳風美俗風光麗。閒泛水雲遥。逐流共飲豪。　憶遥悲世薄。百姓遭横剥。濟衆平誣冤。身家何日還。

玉樓春異鄉樂教

雙汶抱郭街村鬧。背倚青巒臨浩淼。敞懷西蜀利東游，紅日驅霞迎客早。　西來長住偕家小。得教英才心願了。异鄉桃李焕春光，素水甜心情亦好。

卜算子誚禮佛

旭日亮天，香客如雲集。佛號聲聲禱拜忙，不待磬音起。　萬拜不回聲，衹是傻然喜。若是天灾來，伊必毫無計。

江南春桂湖

花笑笑，絮飛飛。春芳揺意緒，漣漪怨堤低。人流絡繹欣欣向，料去仙都昨日回。

離亭燕 井底歸途

行岸蕭疏荒瘠。欣見寒霞天際。路接曉天行怨遠，況是懸岩陡壁。險水急湍流，轉使詩翁興起。

落日向西墜急。撒布滿天昏罷。慨嘆人生駒過隙，恰是四時輪替。茅店旅商稀，孤醉迷糊夢去。

木蘭花 咸豐端午節之慘禍

端陽竞渡多年盛。群兒逐奔觀戰陣。緑紅嬌幼吶鶯聲，灘口搏拼三力奮。梁渦漩起人未省。飛轉渦心舟滅頂。圍觀萬衆哭聲聲，勇逼官衙頒禁令。

南鄉子 金江涸流

坍阻在何方，遍訪遠人不得由。慨嘆世間奇怪事，神謀。今見大江變細流。男婦涉淺走。多處銀銅滯壁溝。發迹良機人恐後，堪憂。驟水翻空白命休。

望江南 庚申大水

秋已老，暴雨古難來。小雪初寒漸逼，草枯水冷半陰霾。清澗化黃埃。天不測，冬令水漫街。連降數天瓢潑雨，恰似銀河倒下來。一漲鬧千災。

臨江仙 同志軍過副

鐵路風潮静復緊，成都殺了爾豐。洶洶信息到邊城。一呼千百應，風起同志軍。若輩民軍良莠别，一支遥抵副村。抓拿無計更西行。鑾司焚一火，豪者遁嘉岷。以上録自《綏江文史資料選輯》第一二辑

張慎儀

張慎儀（一八四六—一九二一），字淑威，號芋圃，成都人。著有《今悔盦詞》《續方言新校補》《蜀方言》等。

青玉案 讀陳沅傳

香輿粲粲迎簫鼓。薄命例、成風絮。錯嫁將軍如腐鼠。蓮花池裏，曇花庵側，都是堪傷處。文人好事撏滇故。曾訪五華爲沅叙。稗史已殘無可補。前圓圓曲，後圓圓曲，乃付銀箏度。以上録自《今悔盦詞》

蔣玉棱

蔣玉棱（一八四八—一九〇七），字公頫，號頫青，又號冰紅詞人，江陰人。蔣春霖從子。曾官雲南，遠歷緬甸及新加坡等地。著有《冰紅集》。

八聲甘州 辛卯秋，乞假東歸，八月十日出麗正門，越五日次雲益州，醉後題壁，示李仁宇太史

强邀人、翦燭看吴鈎，西風鬢毛斑。對荒城古戍，零鉦斷角，景物闌殘。不惜貂裘换酒，健骨敵秋寒。塞下凄凉曲，醉譜烏闌。　笑拂蠻靴茸帽，任浮鷗身世，瘦馬津關。賦壯游萬里，又唱大刀環。未輸他、五陵年少，有一枝、瘦筆寫空山。新霜裏、聞鷄聲起，更上征鞍。

珍珠簾 中秋夜雨，宿白水驛，懷歸傷别，蕩氣迴腸，譜此寄飏園、芝雲兩孝廉，并示同幕諸子

亂山不似江南路。近黄昏、幾陣疏疏寒雨。踪迹趁蘆花，任斷風飄去。日落蕭關歸夢遠，况未識、柳作平陰庭户。凝佇。甚野店青簾，强留人住。　休念萬里孤征，有文通彩筆，登高能賦。衹悔别匆匆，負賞秋尊俎。今夜常儀難耐冷，悄匿向、微雲深處。無緒。對簾角霜飆，剪殘心素。

聲聲慢 憶滇南節署見心冰屋古梅，用高賓王體

瞞春寫艷，背雪研香，娟娟素萼偷拆。膩粉斜飄，一作平翦絲烟猶濕。天心未嫌泄露，任矜持、玉妃風格。曉霧裏，訝莓苔枝上，半痕霜白。滇梅十月盛開，白者尤早。　伴我疏簾棐几。泥深宵、偎近謝娘嬌額。别後相思，吟冷舊時月色。而今更無翠羽，寄瑶情、空熨湘帛。倚薄醉，對黄昏、清泪暗裛。

雙瑞蓮 癸巳元日，癸巳

驚雷翻脆竹。蕩萬户春聲，東風婀娜。晴曦未上，早有鳴珂人過。似訝寒窗深閉，尚剩得、祭詩燈火。鄉夢妥。彩旛影裏，醒來還卧。　爲念去歲今晨，看稚子嬉游，山妻梳裹。争持翠舉，一笑玉梅梢墮。却怨韶華容易，又悄把、舊情挑播。襟泪涴。别恨恁時纔可。

夜合花 陔園孝廉話去年海上艷游，因補紀之

珠絡籠晴，瑛盤照夜，四圍花影如潮。簾陰翠幕，東風烘暖鷹巢。紅雪亂，絳雲飄。弄輕盈、悄鬬春嬌。何郎年少，潘郎鬢短，一例魂銷。　口作平脂暗度香醪。偏向屏邊鏡角，素手招邀。回燈背面，泥人替整鸞翹。烹玉茗，熨瓊簫。證芳心、澹月墻腰。鷄籌同數，鴛衾虚

擁，愁在眉梢。

燭影摇紅 賦節署八樹軒海棠

寒逼罘罳，護春鈴索風揉碎。紅兒嬌小不知愁，偃蹇慈雲裏。月午闌干浸水。殢餘酲、枕作平霞半委。錦屏偎暖，銀燭團光，供他酣睡。倚惰成嬌，等閒遮蝶須迴避。緑章何必奏通明，自有輕陰蔽。十二瑶宫夜啓。憶負深盟、野梅應悔。碧鷄坊外，花信匆匆，杜鵑啼起。

齊天樂 花陰

畫檐淺約春風影，愔愔翠光低羃。挹露無聲，飛塵不到，别有幽香深遠。廊腰路轉。誤驚醒交禽，粉雲梢亂。片霎迷濛，回頭暖靄又吹滿。虚窗疑灑暗雨，却蕭疏淡月，良夜清婉。似霧非烟，將離乍合，濕了闌干一半。芳條漸展。怕新緑參差，夢痕侵斷。後日思量，欲尋還處懶。

高陽臺 小病乍却，春事已闌，有懷雙清閣

石潤苔腴，波摇萍皺，虚庭斜日闌干。柳自無愁，背風偷結連環。東君不管春狼藉，任翠雲、欹上桃鬟。又今番，曲巷幽坊，花事都殘。文園病骨輕於葉，尚暗憐蝶粉，細驗蜂瘢。

韵思柔情，憑誰説與么鸞。吟香小琯歌回雪，餞飛英、替唱陽關。怕江南，鷫鷞簾櫳，衹是輕寒。

齊天樂 息廬書來索題梅邊士女卷子，并寄悼亡姬詞徵和，爲譜此解

花宫夜奏清商怨，蕭騷并禽驚起。玉冷烟昏，燈回雪聚，釀得春愁如此。羅浮夢裏。又淡月横參，緑雲拖地。酒醒香殘，碧天蕩蕩静於水。　苔陰尋遍舊迹。甚縞作平衣去遠，猶貯遺佩。墜馥沾襟，貽芳盈掬，衹是供人憔悴。方回倦矣。到梅子黄時，老懷酸未。寄與瑶華，墨痕凄鳳髓。

探春 細雨

浮毿翻烟，搓酥泥曉，將息踏青游屐去聲。淺漱梅心，密侵柳眼，略逗傷春滋味。鷗夢團圞處，暗添了、一繩凉翠。許多罨畫樓臺，衣篝都窨沉水。　江上估舟千里。溯碧靄空濛，帆重難艤。縷縷閒愁，纏綿不斷，蕩入竹邊莎際。挑菜歸來後，佳約在、試燈風裏。靴鳳休湔，有人思近芳膩。

徵招 哀周井南吴中

石琴霜激商弦破，滄江夜虹鶩墜。萬木鼓天風，召惛惛山鬼。古今同逝水。儘耐盡、夕陽官味。白社盟荒，黄壚泪絶，玉鈎拗碎。狂共嘯翁游，汀洲外、蕢花可憐蕉萃。井南瓣香弁陽嘯翁有《蕢花新樹詞稿》。隽語挾飛仙，笑浮游天地。知音曾有幾。也應念、故人千里。楚歌闋、待覓騷魂，又野陰摇起。

揚州慢 新月

腰瘦欺弓，影疏怯作平鏡，素娥自小嬋嫣。露東風半面，認碧玉芳年。問天上、光陰幾許，秀姿柔靨，常此娗娟。但窺人、屏角含情，羞説團圓。　　步虚未穩，又春彎、飄落尊前。對曲曲眉痕，纖纖指印，拚損清眠。可奈個儂狡獪，黄昏後、匿向誰邊。誤瓊窗遥夜，相思如夢如烟。

無悶

曲作平巷吹香，門掩峭寒，人在東風綉户。任糁盡殘英，緑窗無語。容易清明過了，漸聽徹、疏疏催花雨。休賦。漢南樹。問誰把并刀，替裁烟踏青嫩約，多應誤却、鏡蛾愁聚。

縷。甚不願爲萍、忍教飛絮。幾度呼春未醒，且自向、金籠調鸚鵡。又冷翠、摇碎簾波，悄帶夢雲颺去。

聲聲慢

紅粘蝶翅，翠濕鶯魂，游絲懶繫韶華。輕暖輕寒，緑波作平添了些些。葳蕤未緘恨鑰，任粉雲、吹滿天涯。冥濛處，是春愁小影，不是楊花。　回首生香別苑，有一痕怨碧，浸上文紗。夢觸屏空，開簾雨細風斜。微曛漸辭芳樹，傍珠樓、飛過昏鴉。幽興遠，甚西陵、閒却鈿車。

瑶花 楊花

堤陰塵軟，送盡征人，却尚餘殘泪。愁根未化，芳草外、略辨零星幽翠。禪心初定，更悄被、倦鶯呼起。待這回、墜夢醒時，緑了一池春水。　年年古怨消沉，怪罨畫江山，埋恨無地。東君意懶，總不念、狂客飄摇身世。風懷漸減，判領受、凄凉滋味。甚隔鄰、飛過紅綿，又惹暗蜂猜忌。

齊天樂 海棠謝矣，詞以慰之

翠裀不暖春駒夢，泠泠暗驚涼吹。苑樹銷聲，池波皺影，人醉虹蜺屏裏。花風第幾。甚纔過頭番，便含秋意。料峭難禁，倦紅偷倩緑陰替。黄昏窗户漸黯，問誰移絳蠟，還照殘淚。蒂老絲牽，香消恨在，忍付斷烟流水。清愁未已。算獨費安排，墜枝嬌蕊。怨煞金鈴，訴情呼燕子。

薄幸 次吕聖求韵

又逢春晚。碧陰裏、鵑啼更懶。試問取、春肥春瘦，誰與主作平持春限。甚厭厭、桃李無言，疏魂隔竹參差見。任宛轉留花，殷勤勸柳，争奈青蕪盈院。怕夢到、憑闌處，一例莎痕鋪滿。蒼烟换舊迹，小作平園客去，病眸慵向痴雲展。可憐斑管。儘教人、作賦登樓，歲歲看歸雁。新來瘦損，偏對東風恨遠。

鳳凰臺上憶吹簫 春水 用吴元可體

燕尾挼藍，魚鱗漾紫，斷橋不礙晴澌。幾日斜風細雨，春影參差。休驗愁痕濃澹，愁縱淺、睡鴨先知。斷腸色，有誰管領，偷與楊枝。搴芳那回艷事，臭素襟香氣，猶剩絲絲。拚再采烟江杜若，已誤年時。見説流紅簸蕩，渾疑是、泪染胭脂。滄波遠，亂帆載盡相思。

御街行 送伯成觀察還鎮遠

河橋日午黄塵黯。語未了、風吹斷。登山臨水送將歸，天際飛紅如霰。春愁萬里，遥峰千疊，芳草和人遠。　長亭濁酒重教款。渾不覺冰腸軟。蕭蕭班馬動離聲，襟應埜雲飄滿。滄波一晌，林巒依舊，客作平去昏鴉亂。

慶清朝 牡丹

鏡妒胭霞，珠瑩腕雪，環妃俏束紅巾。明妝乍試寶奩，宫粉輕勻。一片瑞光暗擁，招腰争舞鬱金裙。東風恨，爲誰解釋，都化嬌雲。　消遣緑房嫩曉，但睡容酣足，玉體横陳。尋香醉蝶，悄東枕作平畔偎春。知否絳叢翠罅，餘寒偷減口脂痕。瓊枝輭，宿酲未醒，莫作平便黄昏。

雪獅兒 綉毬

寶兒憨劇，豐肌乍露，團酥盈掬。點綴新妝，費盡珍珠百斛。穠姿馥鬱。悄聚得、春妍一作平簇。星毬暖、夜酣香裹，煬帝帳名。粉窩嬌足。　散雪誰歌舊曲。自瓊花謝後、漸銷華縟。

螢亂雷塘，回首可憐殘玉。嫣魂再續。又苦被、東皇拘束。幽恨觸。懶近美人釵角。

尉遲杯 得雙清閣書有懷江南春事

催耕罷。更細雨、著意偎桑柘。家家濕翠門庭，皺染荆關圖畫。愁邊病裏，渾不記、匆匆過春社。待江南、寄到蘼蕪，暗驚花事凋謝。因底海曲淹留，辜絳樹芳辰，綠醑清夜。越李吴桃都拋却，休更憶水作平田䆉稏。今年又、新詞製就，拚付與、蠻娃綉裙衩。奈玉人、泥問游踪，甚時征轡歸也。

四犯翦梅花 題家書後寄内子

別泪猶濕，倚東風、怕道倦游人瘦。小病單愁，漸消除詩酒。樓陰□守。記笑指、珍叢豆蔻。乳燕光陰，餞鶯時節，那堪還又。而今向、關山夢裏，把璇機恨句，遍題襟袖。瑣碎思量，對一作平燈如豆。歸期誤久。漫望到、海棠開後。説與天涯，但餘烟草，近來無柳。

倦尋芳 閨怨 用潘元質體次王元澤韵

霧巢翠擁，晴絮飛來，摇曳芳晝。向午停針，拋擲半床鴛綉。斷泪却憑風約住，嫩懷生怕春烘透。甚年年，總教人耐盡，燕辰鶯候。畫闌角、殘紅成陣，欲作平弄柔香，恐作平污去聲纖手。碎錦零絲，漸被暗塵吹皺。愁釃終嫌清釀薄，病新翻厭韶光舊。問東君，更何如，那回消瘦。

江南好

女墳湖在虎邱之西，即吴王葬女處，春秋游事極盛，去年此日，正畫船簫鼓，持觴吊古時也。因補紀之，用夢窗體

排倦偎舷，荇纖翻槳，櫂歌聲裏句吴。冶春芳思，吹滿女墳湖。領略船娘妙製，調箏手、還解當厨。船菜最佳，皆吴姬自製。傳杯罷，陌作平桑一曲，看煞羅敷。　晴波都化酒，消磨艷事，分付狂奴。對晚作平霞殘照，催唤提壺。醉向滄洲晞髮，有眉月、來替瓊梳。梧宫怨，伊誰省識，隔作平水問鴛雛。

暗香

絮雲無著。被冷飋蕩漾，斜侵鈴索。小院暮陰，疏雨飄燈掩珠箔。人去籠鸚自語，道花外、玉尊寂作平寞。剩數點、蛛網殘英，春影颭檐角。　簾幕。晚寒惡。任岫蕚翠凋，鏡蔫紅削。好音又錯。蟢子還來罥釵脚。休問鉏香舊徑，題怨處、墨痕猶閣。待寄與、巾上泪，彩鴻過却。

蝶戀花甲午

絮亂絲縣天不管。偏有閒情，約束閒鶯燕。一角朱門烟鎖斷。背人無語思量遍。　棼尾開殘春漸遠。遮莫今年，又負看花眼。小扇單衫風作剪。回頭衹覺層陰滿。

踏莎行秋泛昆明池

研麝吹塵，呼龍耕石。瑶芳散盡春蕪碧。相思種出倩誰收，一痕界斷天南北。　墜緒風纖，離心雨澀。筝船腰鼓浮秋柏。萬山招我過前谿，滿襟凉露茸茸濕。

高陽臺轂青約賦方銅烟盤

鏡格磨青，燈痕溜碧，方池冷漾波紋。徑尺槃薖，可憐老却幽人。何季移自金仙掌，總消除、漢殿苔塵。藉桃笙，四角中央，限住春魂。　周遭縱有回文界，甚衾綢界斷，不界朝昏。玉管瓊簫，伴他竟日横陳。銅臺那是烟霞窟，恨芙蓉、種出愁根。最難禁，燭灺香殘，燕惱鶯嗔。

齊天樂 題黄笛樓太守持竿小影　乙未

竿絲醉拂珊瑚碎，滄江夜虹驚倒。雲水湔心，風烟晞髪，消受魚天春曉。華顛漸老。對六合蒼茫，倚舷孤嘯。笑語詩孫，巨鼇他日汝堪釣。旁侍者爲文孫騰瑞。　頭銜漫矜還却，君自署大盈江漁長。問君修得到，清福多少。不信烏艭，能容黄九，穩著蓑衣箬帽。塵緣未了。但許弄扁舟，早遲都好。翠墨題殘，指痕污畫稿。

祝英臺近 題黄笛樓探梅小影

凍魂穌，烟態活，花嶼野雲契。老去詩情，飛墮妙香窟。羡君隔水探芳，臨風索笑，又入手、一枝清絶。　意騷屑。我亦夢繞銅阬，凌虚弄瑶雪。酒醒天寒，零落未堪折。縱勞寄語東皇，留春小住，終不比、舊時明月。

高陽臺 贈歌者珊郎并調笛老

倦柳舒顰，泪芙彫影，妝成依舊娵娟。嚼徵含商，隔岸鶯語間關。柘枝舞罷珠翹墜，又歌雲、扶上桃鬟。最堪憐，一寸横波，蕩得春圓。　衆中不惜傾城顧，更神光離合，化作秋烟。老尚多情，何論裙屐當年。謝娘趙女同聲價，但輸他、黄九詩篇。謝、趙二伶，笛老皆寵以詩，獨遺珊郎，是不可不争也。恨難言，眼底心頭，燈下尊前。

浣溪沙 重九獨游金鼇玉蝀

獵獵西風太液波。雲廊水殿得秋多。芙蓉未老奈愁何。游迹乍從天外落，今春方自緬甸歸。重陽又向客中過。乙酉客金陵，丙戌客武昌，丁亥至庚寅客昆明，辛卯客鎮遠，壬辰至甲午再客昆明，乙未客騰越，今年客京華矣。劉郎才氣漸銷磨。

凄凉犯 乙未秋，卸騰越榷務，取道蠻募，航海南歸。冬月至阿瓦，游緬酋故宫，曾賦長古，歲久稿佚。偶與友人話西南夷事，輒復補紀

蕊宫貝闕。蒼龍偃、驚風畫楯吹折。玉溝半涸，銅鋪悄掩，亂鴉團雪。螺梯峭絶。宫門右建層臺一，形若旋螺，高可三百餘級，登其顛，則全境在目，蓋緬酋平居瞭望處也。况歲晚懷歸時節。望中原、青天一髮，萬里陣雲熱。時東事猶未大定。蠻觸當年事，小劫楸枰，可憐倉卒。陸沉舊恨，到而今、野老作平猶説。光緒乙酉冬，英人稱兵，時阿瓦城堅械利，士有鬥心。緬酋信叛臣耿温莽已代礁氏之言，略不設備，十一月二十八日英人入緬都，即阿瓦，代礁氏劫酋以獻，是日國亡。代礁氏近猶獨居故宫左掖門外，英人保護之，土人至今深恨焉。按緬語，緬人謂官爲莽已，耿温莽已者，如中朝之宰相云。莫話滄桑，笑終古、興亡一轍。亂邊愁、觱篥動地，卷敗葉。英人時猶駐兵於内。

三部樂 懷黄笛樓太守騰越

海角浮鷗，泛萬里翠波，墜空如葉。舊盟塵冷，還夢清涼詩窟。又剛見、紅雨辭枝，憶那時帳飲，上馬初别。素心寄與，手把一規明月。新詞共敲象背，和水音梵鐸，静飄林樾。乙未秋，笛樓約同張菶森軍門、陳笛舫司馬、彭友蘭刺史、假南甸刀土司馴象騎游山南之水音古刹，歌嘯竟日，敲吕樂也。記曾拍肩笑我，狂花簪髮。楊升庵先生編管永昌，有簪花騎象行卷子。余亦索笛樓遺《簪花騎象填詞圖》。恨匆匆、又歌散雪。蕩離思、湘雲亂叠。良會易歇，東風外、啼瘦春鴂。

金縷曲 春事漸闌，日以杯勺相料理，弁陽翁所謂薄醉孤吟者也。時下榻適園之采蘭室

雨過蔫痕亂。任翻空、冷紅撲簌，信風吹懶。蛛網殷勤留春住，剛被楊絲觸斷。又瘦損、今年人面。嫩緑枝邊重回首，漸涼陰、鋪到鴉巢畔。幽恨遠，倩誰逭。簪花秀句傳烏爨。楊新都編管金齒日，曾醉中簪花騎象，考金齒，今永昌府屬地。予甲午、乙未間，筦榷騰越，西逾永昌，且二百餘里，每與朋儕騎象游山，壯浪自喜，有《簪花騎象填詞圖》。綉弓衣、當時費盡，小蠻針綫。老去艷懷成消歇，無奈韶華在眼。忍更放、金尊檀板。一曲清歌陶然醉，煮蒓羹、軟嚼雕菰飯。吾倦也，不須勸。以上録自《冰紅集》

孫詒讓

孫詒讓（一八四八—一九〇八），字仲容，號籀廎，浙江瑞安人。清同治丁卯（一八六七）科舉人，官刑部主事。著有《周禮正義》《墨子閒詁》《經微室詞存》等。

蘇武慢 光緒辛卯，蒙自杨穉虹大令得岳忠武王玉印於武林，屬爲題咏，時大令正移攝鄞篆，并以送别

小截鵝肪，深含猩暈，手澤摩挲猶馥。中原傳檄，北伐哦詩，印遍剡藤千幅。玉楮文孫，金陀祠宅，珍庋幾時零落。共紹興瑶璽，沉埋桑海，不曾刓角。　天付與、朗映仙凫，飛來靈鵲，健羡賢侯清福。劇治滎移，琴鶴同携，想見斗牛光燭。何日重逢，錦綬紆花，定喜新符剖竹。更細撫璚扁，譜續吾邱，商量著録。以上録自《全清詞鈔》卷二十六

朱　樟

朱樟，字慧齋，奉賢人。清同治丁卯（一八六七）優貢，官浙江杭州知縣。著有《野人吟稿》。

齊天樂 題《海濱酬唱圖》，即步稚虹司馬原韵

荒城一角才人聚，凉秋正堪小住。鏤雪成章，吐花作句，錦屋翩翩仙侣。買春賞雨。羡海上年來，風流如許。勝會無常，柳絲牢繫幾千縷。　詞壇各争龍虎，愧阿儂此事，真同傖

父。拍桉狂呼，仰天大笑，腸斷江南賀鑄。果然豪舉。算塵世光陰，那當閒處。傳語東君，盛筵須再補。以上録自《清詞綜補》

桂　霖

桂霖，字香雨，清正黄旗人。同治十二年癸酉（一八七三）科順天鄉試舉人，十三年甲戌科進士。曾任河南布政使、雲南府知府、大理府知府等職。著有《觀自在齋夢痕草》《青雰霊管落葉詞稿》。

慶春澤 乙酉　上元感事

蟾魄磨空，蚖膏煎夜，荒衙已動鼉更。局促空廬，蕭然宦味如僧。人家那有繁簫鼓，但因風、寒柝聲聲。黯銷凝，節序蕭條，春冷如冰。　故鄉樂事長相憶，憶年年此際，月滿重城。鳳輦鰲山，萬家燈火銀箏。清游俊賞知何限，遍天街、香粉雲騰。嘆今霄，月冷燈昏，吊影伶俜。

滿庭芳 乙酉四月朔日　暮春書懷

薄暖畸寒，淡雲微雨，起來慵自梳頭。簾前小立，風味恁輕柔。滿地飛花舞絮，暗思忖、九十春休。凝眸處，黄鶯紫燕，相對話閒愁。　憑闌增悵望，年華逝水，身世浮漚。嘆沈腰漸減，潘鬢將稠。多少清游勝賞，空回首、全付東流。漫贏得，天涯絮迹，心事冷如秋。

最高樓 乙酉四月一日　春盡

春去也，何處是歸程。纔細雨，又嬌晴。暖風遲日蘼蕪老，空林蕭館鷓鴣鳴。怎厭厭，長晝靜，綠蕪平。　孤負了、韶光三二月。僅贏得、閒愁千萬疊。揮不去，剪還生。落花有恨埋芳草，斜陽無語下荒城。易黄昏，更漏促，夢難成。

春從天上來 丙戌元日　立春

臘鼓纔終。看萬户千門，齊颭東風。菜盤堆綠，椒盞浮紅。又是剪彩成叢。聽一聲青鳥，恰飛下、三素雲中。喜今朝，正銀播風細，粉荔香濃。　遥思鳳池仙侣，有醽酒霜縑，拜賜重重。萬里蓬飄，一官匏繫，自嘆好景虚逢。算東坡解事，僅道是、省事天公。恁匆匆。也簪花戴勝，笑倒兒童。

賀新涼 丙戌九日作　《西洱寄漁圖》爲黄笛樓司馬題

玉几山前路。碧粼粼、琉璃萬頃，水雲吞吐。有客扁舟横玉笛，惆悵天涯日暮。且料理、秋風漁具。回首故鄉何處所，聽關河、鴻雁凄涼語。湖海志，總休訴。　半生飽領江湖趣。

想當年、烽烟傒馬，樓船金鼓。盾鼻功名空俯仰，往事不堪重數。又争奈、游踪吹絮。萬里滇池成倦旅，倚烏篷、愁聽瀟瀟雨。聊一醉。唱漁父。

高陽臺 題張寅旭大令《點蒼秋眺圖》　丁亥四月望日

樹抹輕霜，山銜落日，亂峰高插青冥。幾點凉烟，微茫淡暈重城。碧天無際黄雲晚，浸滄波、一片空明。漫凝眸，蒼靄撑空，秋雨雲平。　故園勝事頻回首，想五茸三泖，蠟屐曾經。雁老西風，闗山幾滯歸程。鄉心滂擘吴綾寫，遍天涯、又是秋聲。算如今，華髮蕭蕭，可奈山青。

减字木蘭花 胡惕軒屬題畫扇　丁亥六月十日

西風瑟瑟。雲影天光相暎碧。染出霜紈。平遠湖山咫尺間。　抱琴無語。欲覓素心何處所。無限秋容。都付蒼烟落照中。

吴山青 送春　丁亥七月

花并頭。水盡頭。水面飛花凝不流。春光一半休。　風聲柔。雨聲柔。雨雨風風并是愁。無言獨倚樓。

鷓鴣天 感舊　八夕

金鴨香殘氣尚温。怕黄昏又近黄昏。幽情苦緒憑誰訴，雨打芭蕉深閉門。　思往事，暗銷魂。一場好夢化輕雲。夜窗不改紅燈影，襟袖空餘清泪痕。

秋波媚 秋日登望海樓

碧天無際玉屏空。秋色淡濃中。長雲縷縷，新霜樹樹，斜照峰峰。　蒼茫萬里滇池路，何處問歸鴻。江湖浩蕩，關山濇沱，人老西風。

壺中天 四十初度　戊子

年華似水，悵平頭、纔是壯志烟消。鏡裏朱顔容易改，驚心潘鬢先凋。世運升沉，英雄成敗，此券問誰操。浮生何似，絮飛花落蓬飄。　争道蝸角功名，蠅頭利禄，塵事不勝勞。誰解扁舟歸去也，安排漁笛詩瓢。夜雨張燈，秋風理櫂，天外任逍遥。放懷雲水，一場春夢全拋。

菩薩蠻 璧月樓前有玉蘭兩株、櫻桃一樹，花時月上，偕儷笙夜坐。庚寅二月十九日

玉蘭花放閒庭晚。紅燈半吐珠簾卷。缺月挂遥峰。瑶階香影重。　良宵空輾轉。人比

東風軟。環佩度珊珊。天風冷玉顔。

其二

翠簾踠地東風弱。小桃初破胭脂萼。夜静燕雙栖。春深夢亦迷。銀缸紅錯落。淡月籠珠箔。人倚碧欄干。清輝玉臂寒。

惜餘春慢 庚寅二月二十六日　春晚漫興

絮影飄風，花枝殢雨，孤館晝長人悄。蜂凄蝶慘，燕懶鶯痴，門掩一庭芳草。青瑣窗前，驀將幽夢驚回，數聲啼鳥。正亂紅鋪地，緑陰旁午，暗中春老。　憶舊時、曲徑修廊，小樓連苑，處處香塵縈繞。銀瓶索酒，碧玉吹簫，都是俊游懷抱。荏苒天涯，不堪瓊恨金愁，填胸擾擾。剩低徊、偎遍欄干，心酸似擣。

菩薩蠻 庚寅二月二十三日

鳴鳩乳燕聲聲慢。緑娟紅瘦春强半。小雨灑簾旌。閒花落地輕。　瑣窗人語悄。門掩青青草。何處最難忘。夕陽紅半墻。

其二

簾鈎戛玉東風細。花枝低暎湘紋膩。裊裊復娉娉。荼蘼香滿庭。　雨鬣烟又軟。空際游絲卷。小立帶斜暉。殘紅一片飛。

卷珠簾二月二十七日作

百尺游絲偎碧樹。緑暗紅稀，彈指春歸去。邃閣幽房天又暮。閉門一霎廉纖雨。　遍地落花兼舞絮。客裏情懷，擬共流鶯語。見説榆錢飛滿路。可能爲買殘春駐。

其二

十萬金鈴飄玉柱。燕子飛來，小小呢喃語。一樹垂棠嬌半吐。猩紅拂地霞千縷。　花韵浮欄天欲午。人倚晶簾，默把東風數。似水韶光能幾許。緑楊吹盡枝頭絮。

明月生南浦滇游七載，宦興久闌，庚寅春，一再陳情，始獲如願，感而作此

七載無端毛檄捧。榮願苓通，何似於陵仲。荆棘未除桑未種。人前怕聽甘棠頌。　祇合邱園常抱瓮。歸去來兮，喜有萊妻共。散髮扁舟隨意弄。道人早醒槐安夢。

其二

四角車輪三足馬。萬里羈棲，熱泪時盈把。枝上鷓鴣啼欲啞。問君蹙蹙胡爲者。　早識不如歸去也。風裏狂花，又被游絲惹。那有新裝歸陸賈。輕鞍穩卸瓜棚下。以上録自《青雰зг管落葉詞稿》

張自新

張自新，字銘齋，丹江人，官訓導。清同治時在世。

喜遷鶯

山城如斗，看萬水千山，層層包裹。萬畝良田，千村烟火，繚繞烟雲凝鎖。自古衣冠文物，個個英姿婀娜。問誰是，此邦生佛，相如廉頗。　真可。盡道是，司馬精明，一戰群凶破。首重農桑，次崇學校，捐鶴俸、論文月課。忽聽驪歌聲急，一片離情縈我。却不道，留別詩歌，曲高難和。以上録自《紫泉唱和詩鈔》

葛其龍

葛其龍，字隱耕，別署龍湫舊隱，上海人。光緒五年（一八七九）舉人。著有《寄庵詩鈔》。

百字令 楊稚虹得前明益藩古琴，次韵奉和

石獸埋烟，銅駝咽露，酒闌燈灺，驀高山飛下，寒泉千尺。秋冷冰絲誰撫弄，勝國猶留遺迹。從此月下風前，鸞鳴鶴舞，響遏雲天碧。寥一樣同抛擲。焦桐爨下，携歸獨自珍惜。藩邸餘音，深宫舊譜，唤起沉淪魄。美人何處，相思聊寄落塵寰知己感，幽契無如松石。遥夕。

摸魚兒 送楊稚虹航海入覲，并其弟應京兆試，即次留别詞韵

趁長風、懸帆去也，海天有客狂嘯。鵬程轉瞬青雲近，漫説長安遠道。横槊眺。遥指點、鮫宫貝闕皆吟料。經綸腹飽。待獻賦龍門，題詩雁塔，壓倒衆山小。難遣是，湖海别離情繞。記曾尊酒歡笑。功名驥尾如堪附，願共蓬瀛飛到。時正好。休一任、英年顔色成衰老。勞人草草。看檢點詩囊，寫成圖畫，江上送征棹。以上録自《清詞綜補》

孫崇緯

孫崇緯，字星樓，江蘇泰興縣人。光緒九年癸未科（一八八三）進士，曾官雲南。

滿江紅 庚戌元旦試筆寄夢隱茗樵，用茗樵韵

庚子年來，籌歲幣、憂貧患寡。問今歲、庚星重見，又胡爲者。十載虛嘗勾踐膽，千金但贖文姬價。笑頻看、優孟莽登場，蔫敖假。　鵑啼血，花愁也。龍去鼎，木盈把。悵元豐紹聖，相無司馬。梟雉難爲孤注擲，夢隱詩『鑄鐵似嫌孤注少』。枯魚含涕刀砧下。算三年、不改苦瓜期，歌宵雅。

念奴嬌 用茗樵韵

去年除夕，既難驅窮鬼，又歌思子。客夏仲子即世。滇海沉浮歡意少，食蜊焉知佗事。帖寫宜春，鏡聽吉語，戲我前言耳。杜門辭客，先生日午慵起。　忽驚寂默雷聲，詩筒寄到，佳句乘春水。莘老涪翁原世好，集蓼從何來此。元白聯吟，蕭曹接袂，願署無名氏。江南夢北，汪汪襟度無底。以上録自《鎖院吟秋唱酥集》

關　棠

關棠，字季華，漢陽人。光緒十一年乙酉（一八八五）科舉人，官浙江知縣。著有《師二宗齋遺集》。

清平樂題稚虹司馬《海濱酬唱詞》後

海濱小住。領略閒中趣。白社三三聊覓句。今雨何殊舊雨。　羡君獨擅家風。唱酬餐菊軒中。且喜高堂無恙，吟成共付詩筒。太夫人詩稿《餐菊軒》，故云。以上録自《清詞綜補》

陳緯元

陳緯元（一八五〇—一九二〇），字經漁，别號辛楣，四川綿陽人。光緒十四年戊子（一八八八）科舉人，二十四年戊戌（一八九八）科進士，分發浙江任孝豐知縣，改調湖北署黄安知縣。著有《潺亭詩鈔》《窳廬詞》等。

滿江紅挽丁辰五。辰五名績凝，滇南人。庚子率健兒勤王，未達行在，以巡檢分鄂，鬱鬱而死

烈烈轟轟，滇徼外、挺生人杰。仗義旅、鼓行西上，飆馳電掣。棧雪呵將魚齒凍，燕雲望斷烏頭白。慨諸公、江上擁旌旄，楚囚泣。　囊中智，六州鐵。城下盟，侍中血。且歸來嘯傲，一蓑一笠。鴿板詔書三寸管，鶴樓仙襯雙飛舄。料泉臺、奇氣茁芝植，萇弘碧。以上録自《近代詞鈔》

蔡爾康

蔡爾康（一八五一—一九二一），字紫黻，別署鑄鐵庵主，上海人。廪生。任《字林滬報》主筆。著有《縷馨詞》。

高陽臺 次香海詞人韵

蝶引游踪，鶯句愁思，垂楊深處紅橋。橋外人家，門前竹鎖青宵。玉兒小住珠簾底，盼檀郎、來去春潮。手親描，拜月心情，泣露丰標。　蛾眉淡掃渾無緒，鎮懨懨成病，紅瘦香銷。雨雨風風，芭蕉窗外頻敲。深藏金屋知何日，倚花陰、自惜嬌嬈。恨迢迢，數遍銅龍，又是明朝。

壺中天 題稚虹司馬《海濱酬唱圖》

倡予和女，問何修得此、濃才清福。萬里家山千日酒，底悵萍飄浪逐。勝友雲連，騷壇星聚，共譜陽春曲。蛟龍竊聽，海天飜亂紅旭。　生恐鴻爪難留，虎頭易去，爲倩描成幅。卷裏鬚眉渾莫辨，詩韵琴聲相續。絮果蘭因，瑶思瓊想，都入詞人腹。慚予株守，孤吟難振林屋。

以上録自《清詞綜補》

范金鏞

范金鏞（一八五三—一九一四），字福廷，號藕舫，江西新建人。光緒六年庚辰（一八八〇）科進士，官曲靖府南寧縣知縣。著有《心香室詩鈔》《心香室詩餘》。

念奴嬌

鼕鼕畫鼓，把黄昏打破，重門深閉。韵白嬌紅呼不出，唧唧亂蛩吟砌。瘴雨傾杯，蠻烟合藥，都是新來計。扁舟何日，匏瓜空嘆羈滯。　回憶澎湃汪洋，飛花滚雪，秋水雙眸底。今夜鱗鱗空際影，依樣月明風細。碧海音沉，青天路杳，樓上山如髻。倩魂來否，一簾同卷秋霽。

菩薩蠻

冷金窗暗消香炷。來魂又逐殘蟾去。一搦病嬋娟。客中年復年。　别來多少事。到夢偏忘記。索性不思量。數殘更點長。

水龍吟 泪

風刀剪斷冰絲，珍珠亂撒難收拾。摧花雨緊，幾番病裏，隔窗同滴。月舊愁新，酒甜心苦，别離消息。但而今化作，萬千情緒，都付與、啼蟲織。　屈指。五年踪迹，一江南、一依燕北。半年楚水，半年黔嶺，兩年蠻邑。夢過無痕，衹應衫上、數行紅濕。宛時時親見，靈芸嬌樣，甚時抛得。以上録自《心香室詩餘》

鄧　濳

鄧濳（一八五五—一九二八），原名維琪，字華溪，貴州貴築人。清光緒十五年己丑（一八八九）科進士，選庶吉士，後出爲四川富順知縣，遷邛州知州。著有《牟珠詞》。

瑞鶴仙　孫白谷遺硯，爲趙劍川觀察題

寒圭烟露泫。是補天剩塊，丹心如見。邊才數公健。奈秦雲似墨，催軍傳箭。潼關血戰。怕鸜暈、流枯泪眼。吐星虹、夜檄宵飛，大好雪聲堂伴。流轉。偷生田海，賣卜橋亭，倚樓人怨。紅絲在案。磨不盡，赤眉傳。占蒼山一角，雁門秋色，魂去尚書未遠。配君家故物，東方紫雲一片。

百字令　桂未谷楊文憲公畫像

桂湖一曲。拜先生遺像，森森修竹。絹素如林瞻墨妙，又薦寒泉秋菊。桂如林，南宋人。月殿名高，天門力撼，隻手龍鱗觸。簪花擁妓，老顛聊寓歌哭。當日聚訟盈廷，誰翻濮案，青史平心讀。鑾儆弓衣争織句，奪盡點蒼山緑。金馬魂歸，金鷄夢斷，臣醉金難贖。鷗波圖仿，黄夫人貌同幅。

買陂塘 感事

換芙蓉、幾番春色，餘生差幸無恙。護籬陰借鄰家竹，新筍薛滕争長。潮暗漲。怎梅雨過時，紅沸桃花浪。江樓遠望。衹緑黯平蕪，白迷飛絮，雙眼亂雲障。庚申事，六十年前相仿。債臺今更催上。破蕉層剥秋心瘦，還警打窗聲響。誰共諒。怕着手調羹，依舊葫蘆樣。太平夢想。正别賦無家，蜀弦凄咽，滇海又聽唱。以上録自《牟珠詞》

曾廉

曾廉（一八五六—一九二八），字伯隅，湖南邵陽人。光緒二十年甲午（一八九四）科舉人，曾任國子監助教。參編《大清會典》。著有《元書》《元史考定》《瓠庵集》《瓠庵續集》等。

臨江仙 聞周采臣觀察滇南遺迹

記得東華同下馬，紅墻三道門開。而今橋上起蒼苔。當年簪筆處，此際少人來。聞道滇南旌旆去，回頭天上樓臺。觚棱曉日紫烟佳。韋丹觀察使，遺愛在天涯。以上録自《瓠庵續集》卷四

朱孝臧

朱孝臧（一八五七—一九三一），一名祖謀，字藿生，一字古微，號彊邨，浙江歸安人。光緒八年壬午（一八八二）科舉人，九年癸未科進士，改翰林院庶吉士，散館，授編修。曾官禮部侍郎、廣東學政等。著有《彊邨語業》《彊邨叢書》《彊邨遺書》《湖州詞徵》《宋詞三百首》等。

惜紅衣 晦鳴、病山別五年矣。荒江卧病，音書寂寥。病山郵示新篇，兼道晦鳴天南宦迹，漂零舊侶，離憂如何。用白石韵寄晦鳴靖州，遂報病山，不勝歲寒之思矣。案：晦鳴乃秦樹聲之別號，其字宥横，河南固始人。光緒十二年進士，曾官工部員外郎，後出任曲靖知府。

萬感逃虛，孤吟費日。老來心力。雁外封書，蠻雲去天碧。離群歲晚，愁萬里、閒關遷客。音寂。燈枕倦醒，咽滄波風息。千班紫陌。鳴殿春雷，青蒲舊聲藉。觚棱夢墮下國。斗垂北。手握楚蘭何事，不許九關攀歷。料爨書繙罷，瀝酒碧鷄秋色。以上録自《彊邨語業》卷二

童益泰

童益泰，字稚樵，安徽望江人。清宣統年間曾任元謀及禄勸知縣。

念奴嬌 憶游也

問天無語，祇忙閒二字，較量些子。人世一般難自在，争説中原多事。燕北鴻南，萍飄蓬轉，

都想當然耳。平生未了，報道秋風四起。泰嘗爲東三省日報主筆。直視長城贏慷慨，敢告雲山始此。丁未自遼東歸，始考知縣，發雲南。宦海沉浮，蠻荒落拓，何處留名氏。回頭陳迹，可堪尋鹿蕉底。

滿江紅 招隱也

莽莽塵中，誰能算、賞音多寡。算衹有、高陽酒徒，潯陽漁者。往事烟雲閒與話，夢隱詞兼懷同邑余壽平、童斗生兩前輩。西江風月天無價。夢隱自謂西江詩祖第二十五代孫。細思量、便印佩黄金，疇真假。曾幾日，春歸也。有幾個，臂堪把。怕衹爲浮榮，南船北馬。大隱不妨朝市裏，逸情遠在林泉下。喜重來、是前度詩豪，譚風雅。戊申夢隱與予同講法校文學，今復任司法管理，予則教授校中，三閱歲矣。以上録自《鎖院吟秋唱龢集》

況周頤

況周頤（一八六一——一九二六），原名周儀，字夔笙，别號蕙風詞隱、玉梅詞人，廣西臨桂人。光緒五年己卯（一八七九）舉人。著有《第一生修梅花館詞》《蕙風詞話》等。

百字令 印泉先生卜居吴門，拓地築園，奉母闞太夫人，名曰闞園。爲賦此解，録呈教拍

平泉新築，罨葑溪奩翠，蔚然深秀。曾是鐵翁觴咏地，新造橋衖，王鐵夫故居，見《蘇州府志》。今遺址在闞園路

北。近種梅花楊柳。息影摶鵬，雄姿射虎，未肯韶華負。遥山西爽，送青來照尊酒。　佳話韋曲難方，外家騰美，緒衍齊卿舊。闞氏，齊卿闞止之後。况復高堂承樂志，得似魏公眉壽。張魏公作眉壽堂，奉母卓太夫人。玉茁庭階，花迎杖履，彩服娱春晝。書聲琴韵，幔亭無此璈奏。以上録自《娱親雅言》

吴昌綬

吴昌綬（一八六七—一九二四），字伯宛，號甘遯，晚號松鄰，浙江仁和人。清光緒三年丁丑（一八七七）科舉人，官内閣中書。著有《吴郡通典備稿》《龔定庵年譜》《松鄰遺集》《仁和吴氏雙照樓景刊宋元本詞》等。

陌上花　和花宜館題圓圓小象　原注：象二幀，在昆明城西小庵，一内家裝，一比丘尼象。

功成唾手，侯王那比，傾城難再。千騎迎來，依舊十分華彩。嬋娟身繫興亡局，一霎笑顰雙黛。恁匆匆、又見昆明劫火，剩妝樓在。　記當年、有春風圖畫，珠佩江皋初解。轉眼黄紽，勘破華鬘色界。分明高鳥良弓志，絶勝冤禽填海。展生綃、還誦吴郎舊曲，泪珠同灑。以上録自《松鄰遺集》卷九

熊　賓

熊賓（一八六七—一九二四），字晋閣，號雩婁，河南商城人。光緒十九年癸巳（一八九三）科舉人，二十

年甲午恩科進士，歷任利川、東湖、天門、黄岡等縣知縣，并署黄州知府。著有《滇南壯遊集》。

浪淘沙 停雲　陶淵明作四言停雲詩，自序云：『思親友也。』余在鄂十餘年，此次奉調來滇，親友送者甚多，因仿其意，作《浪淘沙》詞

雲影布崇朝。輕若鮫綃。良朋遠隔路迢迢。記得江干分手處，别後魂銷。　微雨濕芭蕉。危坐無聊。多情舊友恨難邀。回憶湖山風景好，有筆難描。

黄鶯兒 七月十五在滇戲成

一雨便成秋。看兒童到處游。盂蘭勝會明如晝。羅雲乍收。河燈乍流。螢光閃閃來窗牖。聽樓頭。銅壺滴漏。歸去快吟謳。

虞美人 七月望後，秋雨初晴。秦右衡廉訪邀集葉學使伯臯、曾粮道敬貽、王審廳耕木、汪觀察幼庵、孫中翰少元及余同飲於九龍池之圖畫館，時荷花齊開，芙蓉并放，映帶左右，令人心曠神怡，歸作此詞

荷花開放清香遠。返照斜陽晚。者番水面動秋風。吹倒幾枝摇曳、映池紅。　同人小坐闌干上。四處徘徊望。芙蓉掩映繞波光。却勝牡丹春意、鬥芬芳。

浪淘沙 飲畢同觀圖書室銅匱金經

昨夜雨初晴。秋色澄清。九龍池畔水青青。飲畢遍觀圖畫室，放眼縱橫。　海底現光明。留得金經。收藏珍重勝碑銘。金馬碧鷄呵護力，山水鍾靈。

蝶戀花 詠白蓮花

一抹菡萏初過雨。粉膩流芳，撲鼻香如許。勝似長橋飛柳絮。多情默默無言語。　卸却濃妝池畔舞。别具丰神，俗態全銷去。露冷蓮房清澈底。蜻蜓點水來尋處。

菩薩蠻 消夏八吟

其一 飲冰

鑿開冰窖如霜雪。銀盤暢飲除煩熱。銷夏沁詩腸。齒牙餘味凉。　夏蟲難與語。懷抱朗如許。留得玉壺清。勝於餐菊英。

其二 漱石

獨操貞介硜硜性。臨流盥漱歸清净。含得補天功。氣吞雲夢中。　齒牙堅莫挫。珠玉口中唾。同是枕流思。此情誰得知。

其三衣葛

葛覃莫莫盈中谷。製成絺綌新爲服。連袂引薰風。披裘人不同。短衫嫌體薄。掩映芙蓉幕。新襯綉羅衣。誦詩言告歸。

其四分瓜

夏初烈日纔當午。剖瓜共食稍案：稍似應作『消』炎暑。排列水晶盤。蔗漿同此寒。鎮心煩熱絶。玉骨冰肌澈。人世盡炎涼。盍將滋味嘗。

其五荷裳

團圞翠蓋遮池面。荷衣製就無針綫。雲錦織難成。藕絲穿去輕。采蓮歌楚楚。兩袖清如許。零露偶沾身。緑珠流處勻。

其六竹簟

新凉一味來床褥。斑斕織得湘妃竹。歸卧漏方殘。錦衾驚曉寒。波紋如水漾。低映綉羅帳。冷意透冰肌。暑消人不知。

其七電扇

金光閃閃臨窗牖。披開電扇新凉透。旋轉自生風。奉揚瞻化工。氣機停不住。虛室掃雲霧。銅鏡放光明。座中塵不生。

其八　風箱

凌虛静室聞天籟。奔騰澎湃來箱外。空氣盡收中。抽時消息通。羽毛旋轉處。蘋末自飛舞。眼孔具乾坤。蒲蕉奚足論。

清平樂　辛丑冬在利川縣，豺犬入城傷人，禱於城隍，其踪遂滅，因作《清平樂》二闋以答神庥

豺狼當路。向晚難行步。來往城垣人畏懼。怪物冥頑不悟。欲開四面圍場。獵人不敢槍傷。俗傳凡槍射擊豺犬後，再打他物不能命中，故獵人不肯害。爲害閭閻匪淺，皆由政治無良。

其二

惟神明哲。能掃除妖孽。曾幾何時皆殄滅。靈應人人稱説。漫云天理虛空。精誠可以潛通。祭罷鱷魚騰去，奇文載誦韓公。

南鄉子　癸丑六月，在東湖任内，大旱，民心震動。南鄉四十五里有龍王洞，禱而求之，三日大雨，遂得秋收

天旱旱禾枯。久望雲霓好雨無。聽説龍王仙洞在，迂儒。祈禱虔誠禁宰屠。雷電起須臾。大雨傾盆漲滿湖。試看良苗興也勃，農夫。齊唱山歌笑語呼。

望江南 癸卯，傅軍門、余堯衢觀察、陳雲仲太守七月同游龍王洞，時余宰東湖作主人，就洞中設筵飲之

尋古迹，龍洞共來游。山嶺深藏雲霧裏，到門遥見數間樓。崖岸在高頭。泉湧出，無底水清流。飲入喉中凉澈骨，余觀察飲泉水兩茶杯，余强飲半杯，其寒澈骨。頓教炎暑霎時收。池畔且勾留。

其二

香正爇，奔走道人忙。拜佛客來知多少，案前燈燭語輝煌。山嶽發奇光。將進酒，佳味郁芬芬。賓主交酬相對飲，芭蕉風動送新凉。歸去趁斜陽。

鷓鴣天 在雲南欲歸隱而作

半世奔波未得閒。翻飛倦鳥應知還。田園别有真風味，富貴浮雲漠不關。鬢漸白，髮先斑。高吟低咏强開顔。名繮利鎖無牽挂，煩惱頻教一筆删。以上録自《滇南壯遊集詩稿》

趙　熙

趙熙（一八六七—一九四八），字堯生，别號香宋，四川容縣人。光緒十八年壬辰（一八九二）科進士，授翰林院編修，轉官監察御史。著有《香宋詩》及《香宋詞》。

鶯啼序　聞成都川滇軍警，用夢窗韵紀痛

何辜錦江萬户，漲滔天禍水。戰塵起、腥色斑斑，濺血紅綻花蕊。遍郭外、哀楊挂肉，驚風亂颭城烏墜。嘆無邊空際冤雲，盡叠秋思。　三月春濃，正好載酒，泛花潭艇子。二更後、芒角天狼，萬千珠彈齊至。自皇城、鱗鱗破屋，火龍挾、金蛇東指。放修羅，刀雨横飛，問天何意。　奇哉去日，被甲川南，共枕戈不寐。應記取、納溪力戰，誓死前往，唳鶴聲中，路人揮泪。妖烽蕩净，刀瘢合縫，回頭啼鴂千山響，唤同袍、互酌軍容悴。如何自伐，中宵畫角頻吹，亂尸武擔山裏。　西南大局，化作蕪城，剩鬼燈照翠。問此世、花卿知否，豆煮萁燃，海外鯨牙，怒濤方起。迂辛更苦，今應無恙，崍山遥數春樹影，忍雙親、懷遠門閭倚。千秋認此殘灰，大劫昆明，萬魂在紙。案：一九一七年三月，川軍第二師劉存厚與督軍滇軍羅佩金，在成都巷戰，半月後，羅敗走川南。迂辛，謂辛聖傳，時在邛崍。

還京樂

得王豹君督部詩函，用美成韵紀感。豹君名人文，大理人，清光緒癸未進士，治蜀非久，其德量則不知嚴武、韋臯孰先後也。今春川滇之難，當軸徵公察辦，至渝而川黔又哄。公遂檢五年詩見寄，誓隱補陀山，訂它日相從，以峨眉爲死所。嗚呼！哀矣。

竟無計。作個鄉農、荷笠歸大理。嘆彩雲春散，愛晴一草，潘安才費。耿使星天際。渝州四月千花委。爲杜宇、穿了望眼，銅仙鉛泪。甚巴雲底。又扁舟東下，蒲團面壁，從今消盡世味。生生誓撇殘書，補陀山、自挑行李。問何年、仍挂衲峨眉，淘灘灌水。自失潛庵約，南天何限心悴。湯蟄老約兩年一聚，今薨矣。詩曰：『人之云亡，邦國殄瘁。』噫！以上録自《香宋詞》

梁正麟

梁正麟（一八六九—一九五一），字叔子，號瑞芝，四川長寧縣人。光緒二十三年丁酉科（一八九七）拔貢，歷任雲南姚州知府、雲南建水知府、四川鹽運使、四川第五行政區督察專員兼保安司令等職。纂修《長寧縣志》，著有《二知堂聯語偶存》。

氐州第一 庚子北變有感

搔首青天，高遠莫測，我從何處問起。乘興登樓，蒼茫四顧，大地蕭寒如此。望帝鄉迢遞，已被暮雲遮矣。悵想秋風，銅駝荊棘，泪鉛成水。　五載舊游頻記憶。都下繁華名市。衣冠第宅，一炬秦灰裏。誰令弈棋靡定，竟掉下、這個不是。長劍孤鳴，任萬丈、寒光天倚。以上録自《定庵詩話續編》

嚴　儼

嚴儼，字晴初，貴陽人。清光緒二十九年癸卯（一九〇三）科舉人，民國時任呈貢知縣。著有《泊廬詩鈔》。

千秋歲

葡萄酒熟。好奏雲璈曲。敞綺筵，爐烟馥。南陽位業隆，北海遐齡祝。慶懸弧，萬家鼓舞歌生佛。　兕爵斟金谷。鶴算添海屋。鴻範衍，綿五福。六詔藕花陳，三迤冠裳肅。集群仙，趨蹌願貢長生籙。

其二

名家閥閱。花喜開旌節。應運生，人中杰。奇姿秉日虹，异質同冰雪。在髫齡，心儀武穆爲圭臬。　幃訓根前哲。大母承歡悦。近益友，深交結。用筆仿歐顔，作文希軾轍。不凡才，宗師令尹咸心折。

其三

東瀛海闊。破浪傳宗慤。入士官，研軍學。專精歲月深，游歷心胸豁。趣歸裝，含宏已裕籌邊略。　棋局争先著。不負重陽約。士氣奮，歌偕作。攬轡定澄清，決策參帷幄。立功名，雍容坐鎮資褒鄂。

其四

牂牁直搗。馬上軍書草。運卓籌，攄懷抱。營門棨戟嚴，旬日烟氛掃。撫黎元，同登衽席安邊徼。　苟羡華年少。移鎮崑崙島。開畫錦，敷政教。天地經緯才，文武馳張道。領封圻，河山帶礪祥雲繞。

其五

本初僭號。詭譎風雲擾。振義聲，專征討。僉壬又代興，柄政尤違道。統六師，項城滅後合肥倒。　護法功非小。氣象新嶺表。綰戎部，參機要。東粵奏平成，南國游熙皡。壽無疆，升恒日月歌天保。

其六

畢陽制勝。越歲蓉城定。功已成，川爲政。三秦賦澤袍，六合欽威令。聽鐃歌，旋師驛路經重慶。　洗甲天河净。返旆巴山静。溯瀘叙，東昭近。疾苦切諏諮，桑梓同恭敬。卸征鞍，華山歸馬全功竟。

其七

蒼生忭舞。處處沾霖雨。民氣舒，咸和煦。躅租厚澤敷，減等深仁溥。更裁兵，宜民善政難枚舉。　叛將偏爲虜。高位憑豪取。避凶焰，拋華組。富貴等浮雲，桂柳安園圃。挽狂瀾，天心仍眷中流柱。

其八

舊恩感戀。愛戴民情見。時雨濡，彩雲絢。還轅治化新，建節謳歌遍。捧霞觴，躋堂共慶千秋醮。

善頌匡時彦。善禱干城選。合萬姓，同歡忭。金碧喜交輝，蒼洱咸稱羨。禍長春，鯫生拜手陳詞翰。以上録自《會澤四秩榮慶録》

吴德澍

吴德澍，字雨生，四川平昌縣人。舉人，刑部郎中補廣西司，派辦山西司兼直隸司事。

生查子 雲泉夢影題詞

不見畫梅人，但見梅花影。夢裏梅花孤自香，月落空廊冷。

幻境恐非真，此意山僧領。要識三生未了因，索向梅花問。以上録自《（民國）宜良縣志》

章成渠

章成渠，字和甫，江陰人。清末時人。

一萼紅 送别寧州劉謙山

倚江城。聽梅花三弄，吹動别離聲。共説賢侯，真如慈母，吾民那忍忘情。况曩歲、阿咸弱植，荷使君、睞眄勗成名。幾許時光，陰森棠舍，局易楸枰。吹起寥天秋色，指飛鴻數點，伴送征程。馬鐙交持，烏靴競换，詩歌更遍衿纓。恨此去、攀留莫遂，恁匆匆、何日返蜺旌。會看兒童竹馬，道左争迎。以上録自《暨陽輿頌》

徐　旭

徐旭，字茗樵，安徽望江人。清末舉人，即用知縣，遞任雲南蒙自、阿迷等缺，曾充皖學監督。著有《青湖詩鈔》。

滿江紅 和老農

江左名流，咸同後、傳焉者寡。問誰是、吾鄉老健，繼前賢者。青草十年虚我夢，旭有《青湖駢文詩草》，謬荷擊賞。赤城百丈增公價。喜今番、一笑幸相逢，緣天假。風雲事，春蠶也。絲到此，不盈把。算座多伯樂，定空凡馬。芍藥將離更鼓□，珊瑚競翦并刀下。最堪誇、走亦厠詩壇，揚騷雅。

念奴嬌 和夢隱兼會老農

衆仙同日，問知音誰是，競推吾子。滄海豐臺談讌裏，説甚干卿何事。夢隱有『問渠杞國干卿甚』句。曼倩衣冠，長孺頭角，聊當唏噓耳。銅琶頻借，要將正始呼起。　我慚墨瀋虚抛，竽吹濫竊，身世同流水。十載涪翁曾下拜，一笑相逢如此。落葉篇殘，看花燭爐，好個東陽氏。六更痴漏，虧他猶話端底。夢隱謂我金粉家世，玉堂後身，其實東轍西馳，但傷流水耳。以上録自《鎖院吟秋唱龢集》

王萃仁

王萃仁，字蕉聲，别號緑天居士，上海人。附貢生。光緒三十三年（一九〇七）卒。

踏莎行《吹簫低唱圖》爲楊稚虹題

奏管諧宫，携姬放櫂。名花名士俱年少。追踪白石儘風流，裁雲手段人傾倒。　鳳吹悠揚，鶯聲嬌小。紅牙低按翻新調。問君真個可銷魂，纏頭一曲餘音裊。以上録自《清詞綜補》

陸　政

陸政，字少葵，蘭溪人。諸生。著有《迎暉樓詞》。

百字令 楊稚虹大令得明藩古琴於吴門，賦詞索和，即次其韵

江山如舊，嘆飄零故國，瑶琴三尺。比似吹簫吴市上，冷落英雄蹤迹。流水聲銷，高山意遠，扼腕風塵擲。中郎再遇，撫弦倍覺珍惜。　應念滄海遺珠，沉淪不少，空對秋天碧。爨下遭焚知幾許，補恨難尋媧石。明月千秋，清風萬古，琴銘句。呵護憑靈魄。曲終奏雅，爐烟細裊幽夕。以上録自《清詞綜補》

李鴻綸

李鴻綸，字玉樵，上海人。著有《漱紅詞》。

減字木蘭花《低唱圖》爲香海詞人作

珠圓玉軟。嚦嚦鶯喉花外囀。詞客風流。低按紅牙譜石州。　簫聲清綺。滿地凉雲飛不起。廿四橋邊。絶似當年白石仙。

百字令 次韵奉和稚虹大令明季古琴

筝琶聒耳。試春衫、贏得俗塵盈尺。鑒古輪君真巨眼，能識先朝遺迹。鳥篆鎸銘，鶗弦播

怨，忍聽塵沙擲。洊經羊劫，携來怎不珍惜。　莫道湖海沉淪，知音有幾，搔首雲天碧。仙吏緣深非偶遇，載鶴還同載石。三弄濤奔，再彈峰峙，太古招吟魄。一般風月，可人偏是今夕。以上録自《清詞綜補》

黄世隆

黄世隆，字幼清，山陽人。諸生。

水龍吟《乘風破浪圖》題詞

舉頭東望滄溟，極天波浪浮洲島。今番快意，仙槎如駛，浮雲净掃。歷歷中原，回頭吴楚，當頭燕趙。笑長風萬里，古人虚語，誰似此、飛行妙。　遥指五雲深處，正千官、拜揚恩詔。御爐香染，江南仙吏，滇南年少。莫戀長安，君家自有，河陽花好。慰三農霖雨，心期待，一片慈雲到。以上録自《瀛寰瑣記》第十四期

黄超曾

黄超曾，字吟梅，崇明人。輯有《同文集》，著有《東瀛吟草》。

錦纏道《吹簫低唱册》爲楊稚虹明府題

廿四橋頭，柳色春深低護。載如花、盈盈十五。青溪幾尺雙枝櫓。鬢影衣香，人隔桃花語。　聽樹底鶯聲，歌聲疑誤。賺周郎、回眸留顧。佇雲開、彩鳳飛來漫，瓊簫吹徹，響遏行雲住。以上録自《清詞綜補》

胡廷榮

胡廷榮，字伯華，山陰人。著有《漱紅詞》。

百字令書《海濱酬唱詞》後

海天闊處，喜相逢、多少騷人墨客。各據詞壇齊樹幟，酬唱幾無虚日。逸興遄飛，豪情跌宕，歷歷詞中述。我來恨晚，風流無復如昔。　聞道昨歲秋時，持螯把酒，彼此情無極。踪迹飄零原不定，瞬各東西南北。别恨離愁，一編相對，惆悵江天隔。何時重聚，相思還復相憶。以上録自《清詞綜補》

林端仁

林端仁，字味蓀，奉賢人。拔貢生，官浙江長興知縣。著有《蓮山詞》。

百字令 楊稚虹丈得明季古琴，賦詞索和，謹次原韵

故宫何處，莽天涯、留得枯桐三尺。玉軫金徽憑剥落，總是前朝遺迹。劫火摧燒，驚濤變滅，輾轉輕抛擲。物猶如此，古今多少堪惜。　幸遇世上知音，摩挲舊物，細剔苔紋碧。試唤鵾弦彈古調，頓裂硜硜頑石。緑綺彸珍，朱絲理曲，呵護憑精魄。銀蟾斜照，一天秋在今夕。以上録自《清詞綜補》

胡道文

胡道文，四川蓬溪人。民國六年（一九一七）任瀘西縣知事。著有《郁園未定艸》。

高陽臺 己酉秋日作於成都，時年二十一

萍梗悲秋，蘭言怨別，銷魂各應天涯。時將赴滇。乍嚲雲鬟，人前如醉如痴。鬱金堂北清尊罷，理羅衣、出拜遲遲。怕從今，鳳泊鸞飄，此恨誰知。　旗亭風雨勞相送，儘冰綃濕泪，菱鏡分攜。寄語殷勤，畏儂瘦損腰肢。傷心精衛難填海，衹夢魂、五夜凄其。更憐他，腸斷

無聊，骨刻相思。

鵲橋仙

留春不駐，尋春已晚，孤負移山心力。雲萍身世感飄蕭，嘆過眼空花一瞥。初逢也悔，重逢何日，再見鬱金裙褶。玳梁燕子誓雙栖，當時此景最難得。

菩薩蠻

鬱金堂外窗紗緑。晚妝初竟燃銀燭。久坐忘衣單。春深夜不寒。多情懷翠袖。人比秋花瘦。簾外月黄昏。亭亭倩女魂。

滿江紅用龔定庵代家大人題《出塞圖》韵

善病工愁，凉月窗外輕寒陡。曾記取、脉脉春情，纖纖素手。針綫停時殘蠟盡，鴛鴦咏罷銷魂久。甚心情、贈我枕頭衣，綉楊柳。十年事，悲懷舊。三生約，同心守。也爲花請命，花神知否。祇恐人天終未定，空花墜落罡風驟。願媧皇、早補有情天，偎紅袖。

浣溪沙

紅泪盈盈未敢垂。羅衣濕透怕人知。幾番腸斷送儂時。　驛樹秋山客去遠，青天碧海夢相思。百無聊賴獨歸遲。

長相思

閒愁多。綺恨多。久別啼多怨也多。華年去幾多。　夜難磨。歲難磨。心内成灰恨未磨。文章氣漸磨。

减字木蘭花 辛亥　以此詞謝之，此後不復爲，是人有詞矣

一春夢雨。客裏柔腸回幾許。不是情多。疑是六根未净魔。　齋心焚影。閱歷天花仍入定。寄語莫愁。合把他生福慧修。

洞仙歌 庚申重九游慈雲洞

伽藍閒訪，愛冷烟疏柳。已是書空雁来後。憶茱萸遍插、𠢕燕分飛，千里外，佳節又逢重九。　華年容易過，落拓微官，猶問空王却知否。還蠟屐尋山、挈榼携琴，清福讓

儂全消受。欲懺盡、閒情澹塵緣，甚名動江關、碑留峴首。彈指

臨江仙 謁升庵祠

明社而今何處是，一龕异地長留。清宵風雨醉高樓。空濛漾寒碧，燈火認漁舟。華年容易過，朝朝看鏡應羞。烟波舊約負盟鷗。蓴羹思正切，遥憶故園秋。

百字令 楊上校貫之率軍駐防婆兮，時余擊賊逐北至此，留宿營中，情誼懇摯，別後正深思之，忽聞死矣。調寄《百字令》以哭之

停驂落日，感濃情如許，遮留客住。營外斜陽烟外柳，畫角聲中聯步。杯酒談禪，孤燈説劍，凄雨横風怒。通宵急雨如注。隻身九死，傷心頻向儂訴。猶羨裹革餘生，佩蘭高節，未肯嗟遲暮。君於護國之役戰四川納溪，受炮彈傷。話到齊仇懷更苦，掩泪聽呼河渡。萍梗悲秋，茱萸怨別，君死於重陽。天忽奇才妒。招魂爲汝，素車白馬難赴。

浪淘沙 重過瀘西，諸耆舊招讌桃笑山，即席索詞

緑野小停車。柳外烟斜。仙源寂寞問桃花。纔送春歸秋又去，三月因公至此，九月杪又因公至。逝水年華。 極目正思家。迢遰三巴。茫茫浩刧幾虫沙。不見綺窗消息久，夢冷天涯。

前　調

閣外抹斜陽。玉柳絲長。暮天秋雁唳新霜。往事如烟亦似夢，重到仙鄉。　緑螚正盈觴。古意蒼茫。座中有客擅詞場。彈指華年容易過，腸斷蕭郎。

清平樂

姜鼎龢總參謀能詩，有書名。秋日還鄉，乍聚即别，調寄《清平樂》以餞之

重陽風雨。正喜名流聚。有客駐蓮花幕府。屈宋才華足數。　茶香茗碗初逢。怨君歸去匆匆。落筆心傾倚馬，秋空目送飛鴻。以上録自《郁園未定艸》

高陽臺

丙戌九日集螺翠山莊，主人以李青蓮、王子安九日詩分韵得還字

湖柳含烟，螺峰凝翠，東籬菊正斕斑。蘆白天高，書空雁字安閒。季鷹情緒風流甚，憶蒓鱸、不戀清班。羡遥從，縹緲雲中，持節新還。　頻年于役邊城老，徒枕戈擐甲，禁暴詰奸。時承乏兼辦思、普沿邊戒嚴事宜。功過相乘，丸泥竟塞函關。敵出泰越，屢窺思、普，未逞。玉門生人真僥幸，祇鏡中、不駐朱顔。又重來，觴飛鳳嶺，帽落龍山。以上録自《丙戌螺峰登高詩集》

周岸登

周岸登(一八七二—一九四二),字道援,號癸叔,別號二窗詞客,四川威遠人。清光緒舉人,官陽朔縣知事及全州知州。民國時,歷任厦門大學、安徽大學、重慶大學、四川大學教授。著有《蜀雅》。

望海潮 星回節,邛海觀炬,題孤雲閣

疆分邛笮,天開蒙巂,千秋兒女風雲。身殉故衣,骸歸鐵釧,珊瑚骨化飛磷。攢火海城濱。映水天一碧,鼇駕嬉春。爐冷松明,事遺彤管怨蠻熏。　年年六詔佳辰。吊阿南蹈義,慈善能軍。霜柏段祠,猗蘆薀主,香銷莫返貞魂。千炬舞波臣。共萬星珠迸,迎送潮神。換了紅桑幾樹,朝日上暾暾。星回節者,漢元封間,楪榆有曼阿娜,爲漢裨將郭世宗所害,并欲得其妻阿南。阿南約以三事:一、設幕祭故夫;二、焚故夫衣,易新衣;三、令國人遍知郭以禮娶。郭皆如其言,於六月二十五日聚國人,張松幕,置火其下。阿南祭夫畢,俟火熾,焚故夫衣,遂躍入死焉。國人哀之,每歲於是日燃炬火,謂之吊阿南。其後,唐開元間有鄧賧詔者,六詔之一也。南詔欲并五詔,因星回節構松明樓,召五詔酋會飲。鄧賧酋妻慈善懼難,尼弗行,不可,乃以鐵釧約臂而別,比至,南詔火其樓,諸酋燼焉。骸不可辨,獨慈善以鐵釧爲識,得骸以歸。南詔异其慧,以幣聘之,辭以未葬,葬則嬰城固守,圍之三月,食盡,慈善盛服端坐餓死,臣民從死者數千人。南詔旌其城曰德源。今自建昌以南,滇省全境均以六月二十四、五日爲星回節,家家斫松明,燃燎火,蓋舊俗也。

陽春 山陰傅逸塵求題其先人《蘭泉夢琴樓》圖。倚逃禪舊譜，作此兩曲。逸塵述其先人官滇時，夜宿五華山寺，夢羽士抱琴貽之，并授以指法，視龍池下有篆曰『施平斫理』。次日農人以古琴求售，則山下掘地所得也。惟髹漆剥蝕太甚，篆文隱約可辨而已，理弦試鼓不成聲，追憶羽士所授，一彈再鼓，音乃絶倫。及尉丘北，此琴君弦忽斷，遂奉諱歸里，築夢琴樓以居。一日君弦又斷，亟召家人敕後事，語終坐化。蘭泉名訓，嘗聚五知齋、自遠堂、天聞閣各家琴譜，加以校正，爲《夢琴樓琴譜》十二卷，將爲刊行云

五華高，滇池遠，山水韵調哀玉。瀟灑古仙人，羹墻夢、宛接幽褭既瓊匱。篆銘堪讀。施氏斫、嗣踪雷蜀。應是自惜沉霾久，知音夢中相屬。　會心在、成連移情後，凝望渺、驂鸞駕鹿。朝來金徽到手，契蘭言、響應空谷。調弦更授古曲。似海上、蒼茫雲木。漫遺恨、兩度君弦斷，仙期待續。以上録自《蜀雅》

金天羽

金天羽（一八七三——一九四七），初名懋基，又名天翮，字松岑，號鶴望、鶴舫，江蘇吴江人。與章太炎、李根源、陳衍等創辦中國國學會。著有《天放樓詩集》《天放樓詩續集》等。

御街行 昆明翠湖海心寺碧漪亭觀魚

風簾幻作龍蛇影。晴日虚堂迥。游魚吹浪漲痕高，萬顆流珠細迸。一龕香火，四無人迹，不

打花前磬。　風標公子來何迅。杜牧《晚晴賦》稱白鷺。寂處生虛警。翳行枉渚覓魚嗛，却把眠鷗驚醒。弩機陰發，雲崩海坼，浪説心無競。以上録自《天放樓詩文集》

姚　華

姚華（一八七六—一九三〇），原字重光，號茫父，貴陽人。清光緒丁酉（一八九七）科舉人，甲辰（一九〇四）科進士，授工部虞衡司主事。著有《弗堂類藁》三十一卷。

解蹀躞 題錢南園畫馬，和清真韵

瘦盡鞭絲春影，猶向西風舞。夜槽空齧、酸嘶警愁旅。臨老怯上征途，暇來偶繫殘樁，管枯思苦。　意無緒。應念前塵游俊，披圖嘆遭遇。盛時英物、輕蹏躪花雨。黯淡金勒無人，有誰飛鞚青郊，共尋春去。以上録自《弗堂詞》

王時潤

王時潤（一八七九—？），字啓湘，湖南善化人。著有《聞鷄軒雜劇》。

金縷曲 爲曲石先生題松海

走食奔衣成底事，不克丘園厮守。漸丙舍，松楸枯朽。回望白雲瞻屺岵，爲折腰，深愧騰衝叟。春暉逝，真辜負。吴中吉壤埋賢母。待何時，生芻致敬，墓門親攸。廿萬株松濤如海，勝地廣傳人口。仰懿行，無慚歐柳。瑟瑟亭亭相摩戛，盡胝胼，植自先生手。孝思永，堪貽後。以上録自《松海集》

賤子飄零久。憶當年，三齡喪母，那堪回首。

葉恭綽

葉恭綽（一八八一—一九六八），字裕甫，號遐庵，廣東番禺人。京師大學堂畢業。曾任北京政府交通部次長、廣東政府財政部長，中華人民共和國成立後任中央文史研究館副館長。著有《遐庵彙稿》《全清詞鈔》《廣篋中詞》等。

浣溪紗 爲徐一帆題《霜厓歸魂圖》，圖爲追悼吴瞿庵作

凄瑟雲車黯大姚。瞿庵歿於滇之大姚，吴縣亦有大姚，即米虎兒妹所嫁地。騷魂萬里若爲招。可堪吴雨正瀟瀟。恨血秋墳添鬼唱，新聲樂府斷仙韶。劇憐人事儘蕭條。以上録自《遐庵彙稿》

章士釗

章士釗，（一八八一—一九七三），字行嚴，號孤桐，又號秋桐，湖南長沙縣人。北洋政府時期擔任過司法總長、教育總長等職，中華人民共和國成立後任中央文史研究館館長。著有《邏輯指要》《章士釗詩詞集》等。

鷓鴣天 印泉入山見訪未遇，尋以詩來，拈此奉答

混迹山園懶出門。出門有客恰相存。歸來疑是徐方牧，却枉來篇説見聞。　彌歲代，見情親。才兼文武氣如雲。短衣匹馬君知我，天末涼風我憶君。

前調 奉題印泉入川雜咏

早蒞中原唱大風。晚擎退筆過巴東。勝流入蜀無今古，儒雅須推李衛公。　胸似月，氣如虹。天留一士壯騰衝。英雄老却渾閒事，囊有貞詩不算窮。以上録自《曲石詩録》

壽　森

壽森（一八八二—一九五一），字幼卿，號逸庵，别號竹西散人，清正藍旗人。清末歷官禮部東陵員外郎、步軍統領衙門員外郎。著有《竹西語業》《庚辰集》《望江南詞》等。

望江南

前朝憶，大雅署齋名。畫手欣來女供奉，宫人争説繆先生。廿載荷恩榮。大雅齋，慈禧太后自署齋名。繆素筠女史嘉惠，雲南昆明人，工花卉，每於齋中作畫，太后并作指示，二十餘年眷遇不衰，宫中人均稱之爲繆先生。以上録自《文史資料選編》第十六輯

吴　梅

吴梅（一八八四—一九三九），字瞿安，晚號霜厓，祖籍江蘇長洲，生於江蘇蘇州，卒於雲南大姚。曾任北京大學、東南大學、中央大學等校教授。著有《霜厓詩録》《霜厓詞録》《詞學通論》《中國戲曲概論》等。

相見歡

金子松岑屬徐君澐秋作《滌園圖》以贈惺庵先生，貽書求題小詞，遂成此解，即希教正。癸酉孟冬

南游載得詩還。壯征鞍。苦憶名園賓主、隔江關。　華山白。昆池碧。再來難。留取故家一角、畫中看。以上録自《滌園圖卷題詞彙録》

俞　鍔

俞鍔（一八八七—一九三六），字劍華，號一粟，江蘇太倉人。南社社員，曾任福建圖書館館長。著有《翩鴻記傳奇》。

滿江紅 明指揮僉事李公鎮雄墓

鑾觸紛紛，更誰著、千秋臣節。烽烟驀、漫天驚起，將軍夜獵。落日春擎戈在手，中宵忽聽鵑啼血。黯歸來、擊石坐南山，歌聲裂。　被襏襫，鉏明月。仕宦戒，子孫不。不似誤，或用決字。誓復仇九世，歷年三百。精衛填平滄海恨，碧鷄唱起胡塵滅。想重泉、此日定欣然，朝京闕。以上録自《永昌府文徵》

劉永濟

劉永濟（一八八七—一九六六），字弘度，别號誦帚，晚號知秋翁，湖南新寧人。曾任東北大學、武漢大學等校教授。著有《誦帚詞集》《雲巢詩存》《微睇室説詞》等。

蝶戀花 將隨浙江大學遷于滇邊之建水，感賦兩闋，簡寅恪、雨僧昆明

瘴嶺荒雲無雁度。身在天涯，還向天涯去。花絮未堪漂泊苦。殘春那更風兼雨。　海約雲期終恐誤。夢裏家山，絶似蕪城賦。等是虚空無著處。人生何必江南住。

其二

狨狖啼前魑嘯後。颯颯驚風，短翼差池久。苦信秦庭烏白首。用寅恪寄詩句。茫茫嬴得投荒

走。　未見圍棋揮麈手。有限江山，無限狂歌酒。望眼漫傷依北斗。湖山傳似臨安舊。

建水有湖山之勝，依稀杭州，故相傳有臨安之稱。以上録自《誦帚詞集　雲巢詩存》

胡小石

胡小石，（一八八八—一九六二）名光煒，號倩尹，又號夏盧，晚年號沙公。原籍浙江嘉興，生長於南京。歷任西北大學、東南大學、中央大學、金陵大學、雲南大學、南京大學等校教授。後人輯有《胡小石論文集》，附詩詞。

點絳唇 用夢窗韵

莽莽雲山，雁飛不到巴滇路。短笻去處。霜葉吹紅雨。　何事浮生，長向天涯住。年光誤。憑闌人去。又是高樓暮。

浣溪沙 題三清閣

翠壁蒼濤展海圖。飛樓霞起鏡天虛。滇池佳麗九洲無。　縱壑揚帆人附芥，攀高入隧蟻穿珠。登臨何事説西湖。

玉樓春 飲高嶢別以中鴻壽舜年

人生情味風翻葉。萬里相逢如電抹。未成歸計苦思歸，待得歸時還恨別。清滇照酒波生纈。作鱠銀刀嬌發發。酡顏莫惜比花紅，明日巴山千萬叠。

浣溪沙 鴻壽每遇警報，輒堅卧不出，詞以咏之

處處驚龍破壁飛。奇肱真自日邊來。何人倚柱不聞雷。粉碎霆空成坐嘯，風波忠信與忘機。今番鐵鳥是空回。

前　調

夏淺春殘懶起時。東陽帶孔又新移。藥爐烟颺日遲遲。生色青紅明壁畫，分香窈窕換瓶枝。暮寒竹影過墻垂。

玉樓春 昆明除夕酬季偉，時季偉將還西川省親

高城燈火聽笳客。飲罷屠蘇長太息。天涯東望我無家，君縱有家歸未得。倚閭鳩杖頭如雪。笑弄諸孫歡繞膝。來朝買馬向彭州，百歲斑衣休更出。

點絳唇 海心亭茗作同鴻壽用沅君韵

倦旅傷高，斜陽紅到湔裙水。亂山無際。一髮中原是。　梟窕湖亭，静聽瓶笙沸。茶堪醉。與君隨喜。珍重銅仙泪。

前調 飲彝齋湖莊

暮色留人，登樓一片江南水。望鄉何處。烟柳非耶是。　斫鱠燒燈，尊畔情如沸。休辭醉。悲來能喜。傾盡珍珠泪。

阮郎歸

海心亭外好波光。秋蕖平畫堂。棹謳十五自成行。水嬉珠翠香。　人影亂，晚山長。餘霞丹渡黄。歸來楓葉又鳴廊。挑燈思故鄉。以上録自《顧夏廬詞鈔》

王　謇

王謇（一八八八—一九六八），原名鼎，字佩諍，號瓠廬，江蘇吴縣人。曾任震旦大學、東吴大學等校教授。著有《續補藏書紀事詩》《民國吴縣志校補》等。

減字木蘭花題希白先生《羅生山館遺集》

姑胥隱遁。髀肉重生應腥風瘴雨。踏遍溪蠻叢笑處。小隊銀刀。結束精嚴意氣豪。有恨。飄泊支離。剩有遺文雜事詩。以上録自《永昌府文徵》

白小松

白小松（一八九三——一九五九），字之翰，别號耘齋。出生於貴陽，祖籍山西介休。早年畢業於貴州優級師範學校，曾在雲南大學任教，民國時任龍雲的昆明行營中將秘書長，中華人民共和國成立後任西南軍政委員會委員、雲南省監察委員會主任、省政協副主席等職。

壺中天題《粵園圖》

粵園圖就，比冐家水繪，風光誰勝。一卷牛腰題咏遍，幅幅母珠堆錦。號合羽陔，坊名佛護，慧業前身定。英雄活計，祖鞭換了清磬。佳日野服綸巾，尋芳行散，烟靄碧嶢近。别墅升庵吟嘯地，來去春航秋艇。隔巷濂溪，對門卧雪，得句飛箋問。買鄰百萬，侶儔無此高儁。

其二

江山如此，問桃源何處，堪容漁隱。城裏盧同原有宅，妝點便成仙境。屋就梅邊，亭因竹葉，心事王姚證。樓名更好，翠痕涵却千頃。　一自揖別公卿，結盟鷗鷺，久矣音書冷。惟有多情湖上水，長照東坡瘦影。幾度看春，十年面壁，怕向危欄凭。重簾深壓，任伊鶯叱燕恨。

其三

覺來一夢，記當年幕府，曾陪硯几。檄愈頭風書辟瘧，大筆群推韓李。孺子尸名，阿瞞自取，傳貴洛陽紙。有才如此，荒山竟老無已。　聞道管領騷壇，兩開南雅，蓮社風流繼。石鼓龍文越縵稿，兹事須公料理。瀛海乘槎，殊方問俗，百首新詩美。晨鈔暝纂，此中無限佳趣。

其四

爲春憔悴，幸抽身尚早，縭褷不死。藊蝶生涯成底事，贏得絲成窠毀。四十無聞，一丘遂卧，回首心還悖。天憐病廢，白頭蟫蠹何悔。　況有老學庵翁，造門許借，眼福矜鴻秘。竊喜褰裳清可涉，衹隔蒼葭一水。聞見三朝，丰神兩晉，麈掃青松蕊。清談每接，中懷多少幽契。以上録自《定庵詩話續編》

吴湖帆

吴湖帆（一八九四—一九六八），初名翼燕，又名倩，號倩庵，江蘇吴縣人。有《佞宋詞痕》《吴湖帆畫集》等。

滿江紅 集宋劉潛夫句題印泉先生《吴郡西山訪古記》

使李將軍，掀髯處、穰苴兵法。笑談間、風霆驚座，面無慚色。肘後黄金腰下印，高冠長劍都閒物。君試看、置酒且登山，凄金石。　封侯事，平戎策。聊一奏，慵收拾。向陳編冷笑，身如行客。問訊先生無恙否，憂晴憂雨頭先白。到而今、一盞勘書鐙，餘翰墨。以上録自《永昌府文徵》

吴　宓

吴宓（一八九四—一九七八），字雨僧，陝西涇陽人。一九一一年入清華學堂，後赴美留學。歷任東南大學、清華大學、西南聯大、燕京大學、武漢大學等校教授。著有《吴宓詩集》《吴宓詩話》《吴宓日記》等。

鷓鴣天 本意 十二月六日晨作

咫尺銀漢界紅墻。三千弱水少津梁。浴日威鳳天邊舞，銜珠玉龍海底藏。　傷往事，自思量。今生無分比王昌。涅槃一卷學空寂，滅火抽薪待死方。

聲聲慢 題茅於美《靈珊詞》，其後印出時改名《夜珠詞》

釀事成醇，織情作錦，靈心寫就新詞。曲曲連環圖様，玉樹瓊枝。託意美人香草，憑象徵隱秀出奇。精絶處、此是純粹之詩。　眼底黄茅白葦，喜春蘭獨茂，桂蕊方滋。仙樂似聞遠奏，雪萊濟慈。萬古精魂不滅，論文章、惟賴真知。生涯苦，衹清歌可遣愁思。茅於美，字靈珊，鎮江人。工程學家茅以昇君之女公子，國立浙江大學外文系畢業，學詞於繆鉞教授彦威。一九四三年秋，考取西南聯大外文系研究所，宓時爲其導師云。以上録自《吴宓詩集》

彭醇士

彭醇士（一八九六—一九七六），原名康祺，江西高安人。曾任國民黨廣東省政府秘書、江西省政府參事。一九四六年獲國際詩人大會『桂冠詩人』獎。著有《照影集》一卷。

桃園憶故人 丙子九日，蕁鷗先生在滇池約集其螺翠山莊，時余亦歸豫章，代拈嘆匀，爲成此闋

萸囊菊盞臨高宴。華蓋晴飛飆館。倚檻秀鬟繚亂。染岫烟低幔。　題糕樂會金閨彦。麗筆采箋交擅。不似荻花秋岸。夕唱含愁嘆。以上録自《丙子重九贏峰登高詩集》

張伯駒

張伯駒（一八九八—一九八二），原名家騏，號叢碧，别署春游主人，河南項城人。『民國四公子』之一。著有《叢碧詞》《春游詞》《叢碧詞話》等。

揚州慢 昆明黑龍潭觀唐梅

金馬峰高，碧鷄關聳，大州舊郡雲南。作西川鎖鑰，蔽上國屏藩。更滇海、波濤百里，湯池塹限，津塞泥丸。自諸葛七縱，千年蠻漢相安。　九華殿闕，是吴家、賺了圓圓。笑返旆三軍，衝冠一怒，却爲紅顔。成敗盡如春夢，問今日、幾换江山。祇唐梅無恙，依然開落空潭。

以上録自《叢碧詞》

王朝陽

王朝陽，生平不詳。

青山濕遍 爲印泉先生題永曆帝壐

西臺痛哭，前朝帝室，劫夢收場。血泪青山濕遍，嘆中華民族興亡。最堪憐、塵世易滄桑。想追隨鑾駕，孤臣伴喪。精忠不廢綱常。保守殘山剩水，禮存故國冠裳。　誰料叛徒蜂起，江湖群盜，割地分疆。阻礙少康復辟，各自稱王。痛賢人義士凋零盡，吊蠻荒。慘斷肝腸。留得當年玉璽，還同日月争光。以上録自《永昌府文徵》

龐中行

龐中行，字復庭，江蘇人。

望江南 四闋　題闕園娱親别墅

鮃溪好，城郭柳絲斜。隔水疏鐘聲斷續，拏雲雙塔影槎枒。南畝富桑麻。

其二

春暉好，介壽酒杯寬。羅紙金花添笑語，牙籤玉軸博親歡。慈竹報平安。

其三

園林好，衡泌碩人薖。碧蘚軟茵供小坐，紅爐暖酒醉高歌。梅雪舞虬柯。

其四

江南好，韋白盡知名。北海尊罍看介雅，東山絲竹寄遥情。霖雨望蒼生。

滿江紅送印公之新疆

漠漠寒空，人去也、天西萬里。遥指點、鐵鷹飛處，白雲堆裏。慘事胡兒情太酷，暮年烈士心難已。聽江頭、夜夜咽悲聲，東流水。　愁鬱結，都門徙。空悵望，金焦美。竟流膻餘臭，長蛇封豕。上國鼓鼙懷將士，春風滇粤思桃李。但相期、協力衛神州，君行矣。以上録自《永昌府文徵》

王兆祥

王兆祥，字述曾，湖北黄安人。一九四二年逝世於昆明安寧。遺著有《述曾詩稿》。

一剪梅題印公安寧龍山別業

雲窩小住故侯身。山最宜人。水最宜人。四時和熙萬花新。冬日如春。夏日如春。　東翔西翥見天真。東有鳳山，西有龍山。龍也精神。鳳也精神。滇南萬里避胡塵。昔接芳鄰。今接芳鄰。

望海潮 奉題印公普平村霜鏡堂

緑披湖面，青輸峰頂，一庭山水清光。金馬朝雲，碧鶏夜月，大觀樓閣相望。幾度我登堂。記聯題俚句，詩和佳章。前鼓千帆，後攢萬笏映垂楊。　此間信足倘佯。衹難忘寇虐，兵火滄桑。察吏安民，徵文考獻，衙齋兼作書房。秋夏計尤良。更秧針漾緑，稻穗鋪黄。願值主人常笑，一笑進千觴。以上録自《永昌府文徵》

劉德明

謁金門 讀印泉師《曲石詩録》

留國脉。天佑斯人無厄。孤檠朗朗照髮白。用待月篇『朗朗照髮白』句。蹣跚隨月出。師去蘇州，有『蹣跚踏月出金門』語，讀之雪涕。　忍看山陵更色。虧煞老成憂國。梅雪相依堅似鐵。東風無氣力。陳子高句。以上録自《永昌府文徵》

趙廷玉

趙廷玉，字雙修，吴縣人。

水龍吟 松海

淩空萬丈洪濤，蒼烟密處乾坤小。長風一起，四山飛動，群龍夭矯。雷雨彌空，笙鏞酣谷，怒號萬竅。擁危亭俯瞰，太湖萬頃，清凉境、塵難到。　岸幘有人吟嘯。望神州、壯懷難了。南陽栖隱，東山高卧，一般襟抱。袖手看雲，聽泉倚樹，閒情多少。恐風雲起蟄，未容卧龍，向空山老。以上録自《松海集》

余登瀛

余登瀛，字蓬仙，民國五年（一九一六）任金堂縣知事。

歸國謡 丙子九日，蓴鷗招集螺翠山莊，分韵得節字。翌晨，蓴鷗遂離滇還京，藉以志别

又譜渭城三叠。聚難偏易别。潭影荻花楓葉。送君烟水闊。　秋盞冽。故舊相從情話悦。共醉重陽佳節。數依金谷罰。以上録自《丙子重九嬴峰登高詩集》

張明池

點絳唇 丙子重九，螺峰登高分韵，蕁叔拈寄泪字

氣爽山清，故園秋色堪陶醉。逸情高致。酒灑螺峰翠。　萬里雲邊，迢遞音書至。牽愁思。萍踪猶寄。零落天涯泪。以上録自《丙子重九嬴峰登高詩集》

劉健

劉健，字天行，天津人。

慶春澤 雨生兄邀游大觀樓，同游者毛子水先生、雪梅女史、百衲女史，歸後賦呈裁正

高柳摇晴，蒼鷹掠影，小橋穩度游船。槳碎平波，詩痕蕩入輕圓。遠帆挂日春愁重，倚風林、指點荒烟。更凄然。紅染夭桃，緑上遥山。　游人競説滇池好，憶山温水軟，西子湖邊。回首飄零，可堪辜負華年。燕雲久冷銅駝夢，任痴情、啼老殘鵑。賞名聯。吟繞長堤，悵望南天。

沁園春題雨生兄《吴宓詩集》及近作詩

美雨歐風，震鑠乾坤，騷壇式微。看陶今鑄古，舊瓶新酒，融真入幻，摧朽抒奇。葛德一生多戀，以成就其偉大文學。襟懷，擺倫豪氣，耶教人文一貫之。中興事，繼亭林壯志，偉業遺詩。　堪悲。和寡多疑。更謗毁乖張酬厚期。剩忠貞幽恨，存恩嘆逝，無家怨别，都付玄思。孤館敲春，雲天寫夢，理智懺情相忘時。君知否，數千秋麗制，舍此安歸。

以上録自《吴宓詩集》

羅　庸

羅庸（一九〇〇—一九五〇），字膺中，號習坎，祖籍江蘇江都，出生於北京。北京大學畢業，先後任中山大學、北京大學、西南聯大、昆明師範學院等校教授。著有《鴨池十講》《中國文學史導論》《佛學概論》等。

思越人奉題黄綺兄詞稿，丙戌五月

瘦石寒松帶水雲。每從枯澹見清新。分明半幅倪迂畫，未許穠芳筆下春。　神散朗，骨嶙峋。冰弦移柱倍酸辛。人間豈有埋憂地，試與馮夷問海濱。以上録自《歸國謡》

滿江紅案：此爲西南聯大校歌歌詞，一説爲馮友蘭所作。

萬里長征，辭却了、五朝宫闕。暫駐足、衡山湘水，又成離別。絶徼移栽楨幹質，九州遍灑黎元血。儘笳吹、弦誦在山城，情彌切。　千秋耻，終當雪。中興業，須人杰。便一城三户，壯懷難折。多難殷憂新國運，動心忍性希前哲。待驅逐仇寇復神京，還燕碣。

夏承燾

夏承燾（一九〇〇—一九八六），字瞿禪，晚號瞿髯，浙江永嘉人。著有《唐宋詞人年譜》《唐宋詞論叢》《天風閣學詞日記》《姜白石詞編年箋校》《詞學論札》《天風閣詩集》《天風閣詞集前編》《天風閣詞集後編》等。

水龍吟題霜崖翁遺札，翁以己卯三月十八日謝世雲南大姚村，後八日方聞其訃，後半月接其三月十日書，作此志痛

要離冢畔青山，五噫歌罷愁風雨。滇雲南望，峰高雁斷，此行良苦。楚畹都空，吴歈縱好，何懷故宇。誦遠游一喟，昆侖閶闔，驂鸞到、鞭龍去。　昨夜天風一紙，伴清簫、夢中親付。開天舊事，人間誰記，霓裳宫羽。風洞山頭，杜鵑聲裏，神游前度。料逢迎、猶有村姑野老，

唱霜花譜。以上録自《夏承燾集》

詹安泰

詹安泰(一九〇二—一九六七),字祝南,號无盦,廣東饒平人。中山大學教授。著有《鷦鷯巢詩集》《无盦詞》《滇南挂瓢集》等。

虞美人 旅食澂江,生意垂盡,中懷凄鬱,難已於言。己卯端午前三日

芳洲不蘸娉婷影。花月成凄冷。鏡棱山黛未須描。舊見氤氳心字、已全消。　往教無寐。忍費憑高淚。十年腸斷爲紅簫。依是粉香飄夢、短長潮。

其二

多情真與天同老。别淚紅難掃。不堪香夢熨金堤。長伴百蟲凄澈、五更鷄。　珠簾畫閣年時路。賺得柔魂住。簪花坐賞已難憑。漫向滿城風絮、惜餘春。

八聲甘州 訪澂江古城,因游東龍潭、層青閣。同行者鄭國基、王慶菽等凡八人。時汕頭淪陷十日矣

悵晴空四面擁峨鬟,千妝亂吟眸。正風荷招展,雛秧翠濕,叢柏烟浮。挂樹雲岩自界,老氣總横秋。層閣青誰賞,潭影悠悠。　又是一池萍碎,問哀鵑響澈,何意南樓。便紅酣緑

醉，烽火奈神州。忍伶俜、天涯今慣，最可憐、零夢落荒陬。休重訊、舊登臨處，玉慘花愁。

齊天樂

羅元一香林教授兄索題手册，走筆成此。遭世亂離，寸情天遠，不覺其言言凄异矣

玉簫吹斷南州雁，清盟俊游何地。海國濤翻，山城緑繞，夢醒月明千里。吟懷似水。又一片邊聲，怨紅啼翠。絶徼相看，醉魂孤劍向誰是。　長安西笑尚隔，古香零亂處，門巷空記。點勘叢殘，激凉琴筑，元一精考古，余學詩詞。別有風雲生指。雄心未死。肯泪漬青袍，恨題宫紙。預約荒鷄，浩歌中夜起。

壺中天慢

兵火連天，鄉音沉滯，分寄渝滬諸友

連年烽火，共飄零萬里，鄉心綿邈。廢社叢祠青白叠，與守春魂一角。鯽墨慵鎸，痴雲自笑，情事城烏覺。瀑梁飛濺，釀愁如海誰捉。　肯信十載詞場，聽歌呼酒，轉眼都無着。甚日收京靈氣迸，歸管故山猿鶴。咽月凉簫，倚天長劍，去住真難確。時友人約余赴渝。前途珍重，壯懷未許消削。

菩薩蠻

二首

銅床綉被蕭寥夜。嬌嗔昵笑妝初卸。不解略嫌猜。闢窗引月來。　三星長百拜。肯把

青春買。等待幾多時。拂塵明鏡知。

其二

桐陰石凳聽蛩永。中天漏月迷雙影。纖指託香腮。綠雲兩道開。含羞還却顧。脉脉眉能語。苦憶少年狂。痴期留薄妝。

卜算子

雲水臉邊明，柳鳥風前語。乍覺傷情楚楚花，又浥疏疏雨。搖落向誰憐，立盡斜陽路。塞北江南渾是愁，那更山深處。

慶清朝慢 撫仙湖

瀉水天低，暈愁海闊，山根齧斷還連。空濛撥濯，遨游何處飛仙。比似練湖西子，鳴潮未許簇花鈿。朝暾起，露風點蕩，玉宇青烟。聞晨起望湖中，有樓閣矗立數十丈，殆海市蜃樓類也。誰種幾行稚柳，悵舞裙零落，做弄春妍。亭臺小築，何時容我閒眠。浴水鴛鴦乍并，笑桃人覓酒家船。銷凝久，眼昏雁外，興到鷗邊。

瑣窗寒 八月十三夜瀓江坐雨

水漲螺鬟，花沉酒閣，斗城孤旅。秋空待老，瘴霧冪雲飛吐。伴殘燈、三更四更，攪情萬谷風環語。念紅蕉碎裂，故園難認，放懷何許。休訴。消魂路。有劫後冤禽，怨深金鼓。相思錯鑄，更好月圓誰住。辦歸艎、雙鬢尚青，夕陽坐怯眠夜雨。試明朝、起看湖山，與結瀟湘譜。

水調歌頭 瀓江中秋，不雨不月，祇寒風凄緊，萬籟蕭騷而已。客中對此，難乎其爲懷也，偶憶坡公「明月幾時有」詞，遂成一解

山月轉難吐，寒力厲嚴冬。世間多少兒女，悵望玉樓中。不爲嬌羞却步，似恐密雲作雨，歸去竟無踪。直向天閽叩，環佩響乘風。　飄然下，如乍見，又朦朧。何曾對影，相視一笑萬緣空。縱是多情圓照，舊日尊前人老，樂事與誰同。但睡無復問，海宇正洶洶。

踏莎行

側院梭飛，荒陂柳裊。月痕風片山前道。經時飄落斷魂香，花忙如蝶知多少。　濁酒瞞愁，昏燈伴老。殘宵記曲添秋豪。未須苦憶到鵑春，怨晴顰雨羞紅笑。

霜葉飛 澂江重九

异鄉長苦。清歡渺、霜風吹老邊樹。冷紅千片下寒塘，妝晚棠梨雨。已一覺、傷春未許。登高何意悲今古。剩舊約疏狂，斷夢入、孤樓借酒，換宫移羽。休道馬足能驕，年華無恙，久客難曠延佇。萬山深處鎖吟魂，那更山深去。早百曲抽搔亂緒。關天心事天無語。鎮畫角、聲聲緊，來歲重陽，看誰愁賦。

蝶戀花 四首

幾度相思慵借問。落拓青衫，舊爲尋詩困。夢覺柔腸剛一寸。奈他千萬離愁恨。眼底落紅紛陣陣。無據前歡，後約知誰分。又是一年芳意盡。人間何地埋孤憤。

其二

一覺嬌娥如中酒。好夢無多，肯惜朱顔瘦。清泪浥殘雙袖透。飄蕭衹看當門柳。不信情多長病醜。如此人生，早自天難咒。得意春波還起皺。休辭日日思量又。

其三

日日傷秋如夢裏。長夜如年，月色還如水。如水流年風浪起。飄零滋味誰曾試。去也不成歸計未。待展銀箋，中有淒深泪。獨掩疏櫺欹枕睡。分明眼底殷紅碎。

其四

如約新愁生碧樹。鶯燕園林，商略黄昏住。雙枕隔紗聽夜雨。嬌多意澀知何處。記得臨分和泪語。比似飄萍，吹散還吹聚。烟水重重芳夢阻。而今始覺多情誤。

減字木蘭花

低徊不語。樓外孤蟾心上雨。入夢淒清。如聽冰車鐵馬聲。山程水驛。轉從三年無氣力。萬一重逢。壯調何人唱大風。

更漏子 二首

客魂孤，秋葉亂。霜重風驕誰管。傷落魄，數清狂。膽瓶消舊香。歲華暮。心上路。添得幾聲寒雨。憑濕泪，問梨花。轉憐春夢奢。

其二

夜風清，山月朗。花影簾衣微蕩。欹獨枕，聽鄰娃。遠人心在家。笑相迓。妝輕卸。幾度幽懷如畫。尋好夢，忽顰眉。此情天豈知。

菩薩蠻三首

當筵銀蠟驚初見。半遮翠袖新嬌面。脆韵壓銅簧。衣雲四散香。月明花下路。誰共湘橋步。空外一聲鵑。更殘損夜眠。

其二

長眉秀口垂青鬢。交行促坐香肌顫。更静石闌斜。清風挑臂紗。玉璫緘翠札。情往還如答。半被待爐熏。蟲聲隔院聞。

其三

緑楊花外掀風起。馬嘶芳草人千里。春在小紅墻。荼蘼一架香。重簾遮不住。舊是消魂處。幾日不歸來。荒山黄葉飛。

清波引

游潋江鳳山，山在北門外，翠竹參天，花樹四出，結庵其間，爲潋江名勝。庵前憑眺，則撫仙湖、金蓮山及其他小小村落，一一在眼簾中，使人依依，殆不肯去。余自晨往，傍晚始歸。歸途遇雨，衣履盡濕。入夜，月色皎然，倚欄悵望，猶耿耿於懷。念斯游之不可數覯也，因篝燈賦此

野雲生抱。蕩空翠、竹風曼掃。冷漪回照。緑螺映天曉。客路夢春遠，漸恐秋深人老。斷

無歌扇招携，遣閒日、試舒嘯。　芳踪去杳。傍疏影、吟袖暗繞。粉梢娟好。者青鬟誰料。瀟瀟共愁聽，驀記昏黄淒調。但有清夜花魂，伴他啼鳥。

探春慢 山城坐守，雲物皆秋，觸緒成歌，渺兮予懷。依白石聲韵

棲老岩腰，望空雁翼，荒荒雲氣籠野。落葉明河，斜陽孤嶠，肥健來帆去馬。凉夢和烟遠，换千積、騷心難寫。鏡鸞淒舞冰絲，巧啼蛩陣如話。　欺貌風塵黯久，知奏斷綠琴，香艷誰把。醉墨狂題，紅綃輕護，惱亂十洲嬌冶。休恐鼉蛟覺，但記省、銀濤高下。凍結秋深，年涯銷慣長夜。

念奴嬌 送鄭國基之任南洋

電輪飆起，看長空、杯酒放愁何地。汝自魚龍工變化，我已鬢星星矣。幽恨難埋，才名多誤，大夢真兒戲。青山如笑，狂歌飛上天際。　那得無限風流，舞裙游屐，蹴踏繁華碎。百萬香鬟齊下拜，一别可堪重記。慘極人寰，劫餘身世，孰灑傷離泪。未須魂斷，十年霜刃初試。

鶯啼序

冰若客死渝中，余既爲詩哭之，忽忽近半年矣。頃者整比舊稟，觸撥前塵，嘆逝傷離，益難自已。因復倚覺翁此曲，以永余哀。庚辰天穿節後五日

遥情趁春亂颭，蕩烟鬟霧水。酒醒後、鶗鴂聲聲，似約悲往傷逝。戍笳動、高樓慘結，邊空滚滚騰秋氣。悵風流、一瞑隨塵，頓驚何世。

莫問當年，醉醆露頂，放珠橋艷埭。夜闌聽、鄰曲淒凉，斷雲飛繞潮尾。買嬌嗔、臨流散髮，更商略、天涯滋味。浣冰綃，千面啼妝，去程慵記。

昏燈嶺表，瘦鐸吴皋，舊狂尚共理。十載恨、石欄深訴，翠罨紅粲，短竹溪灣，暮禽催起。關河指點，蛟鼉掀攪，湛明肝膽長如濯，肯因循、老雪顛危涕。神京夢入，鞭梢快拂征塵，掩抑怨調誰倚。

湘雲四極，鼓角南平，葬旅魂甚地。可再向黄爐回首，斷已無腸，障眼叢祠，帶蘿山鬼。霜華未薦，籠紗愁認，余來瀫江後，冰若尚寄新篇。荆高驕響銷黯盡，化斑斑、鵑血臣精死。年年泉路蒼茫，花藥闌干，寸心萬里。

小重山

偕李品純全佳游五靈廟

柳欲迷津。壚香千萬炷、簇仙雲。吹蘭噴麝斷知聞。黄昏近、歸路得微呻。

揮劍腰嬌并作塵。水風滄海泪、夢痕新。瘦魂扶起對花顰。山棱住、天付晌間身。烟

山亭宴 澂江感春寄呈夏吷盦先生滬瀆

短長入鏡天多妒。净鉛華、嫩寒幽愫。瘦倚翠屏寬，亂紅指、雲簸玉宇。絮飄萍蕩戀回風，夢纔覺、青蕪非故。扶醉上吟韉，記□遍、江南路。　十年心事驚秋雨。换西笑、古城緩步。寒毪泫霜花，念舊賞、園林甚處。鮫綃封泪未能晴，肯惜似、宵蛩啼曙。戍鼓壓春聲，幾喚得、騷魂駐。時先生繼彊邨主漚社。

丹鳳吟 高吹萬先生屬題《風雨勘詩圖》

黤黯悲沉何世，廢壘烟蕪，嚴城寒掠。誰招仙侣，閒夢水雲簾閣。琴尊换了，舊人知否，蠹粉花蟫，解頤靈鐸。喚起湘纍萬古，暮倚猶妨，殘泪分付寥廓。　幾度家山念破，老來但覺凋劍蕚。痛共青鶬訴，剩殊鄉心賞，冰紈凄託。白頭吟望，莫説等閒哀樂。最是傷情前社客，儘飄零天各。妒風怨雨，痴傍燈焰落。

徵招 澂江春仲，用白石自度曲挽蔡子民先生

魂招碧凝去江關外，年芳頓驚凄楚。坐閲海桑心，枉蘭成哀賦。獨弦吟未苦。苦摧折、戟天危拄。厲角吹春，百城潸泪，下泉知否。　誰與挽狂瀾，青冥路、應猶愛深神宇。九辯總

無靈，認巢痕甚處。鐸鈴如解訴。萬千恨、京塵燕樹。料人世、變入秋聲，對亂紅飛雨。

點絳唇

一枕仙雲，香魂縷縷微涼墜。畫闌十二。長笛聲初起。宛轉相思，總是飄離泪。天如水。絮簾吹碎。花底貍奴睡。

菩薩蠻

無言獨上樓頭望。廉纖細雨交如網。燕子不歸來。閒花四散開。玉簾垂半面。心事曾誰見。見了亦尋常。夢多空夜長。

琵琶仙 昆明大觀樓

欺鬢東風，又吹醒、舊日天涯游樂。雙槳輕撥萍光，闌干影斜落。凝望處、空濛翠濕，戀波鏡、野雲飛弱。緑柳腰柔，珍禽語滑，芳步幽約。記曾共、聽曲樓頭，看争解香囊水中濯。空剩一絲殘泪，付當前眉萼。休問訊、雲今雨古，料客程、後夜如昨。已恁傷別傷春，好懷誰着。以上録自《詹安泰全集》

謝鳴雄

謝鳴雄（一九〇三—？），浙江人。上海法科大學經濟系畢業，曾任南京《朝報》編輯部主任，民國三十四年起任貴陽《民報》發行人。

清平樂 題福熙贈文錚畫直把翠湖作聖湖

柔情無那。空有春如畫。悵望六橋三竺。野桃靨、柳眉低亞。　却無寶馬香車。愁聽絶巷琵琶。難覓舊時王謝，從今飛向誰家。以上録自《吴宓詩集》

況又韓

況又韓（一九〇四—？），字維琦，廣西臨桂人。況周頤長子。

踏莎行 丙寅六月，敬繪《闕園圖》，并題此解，呈印泉老伯鈞誨

茂苑尋幽，平原小築。谿山占取倪黄軸。瑶林琪樹罨樓臺，石家未許誇金谷。　翠水漣漪，朱蘭彔曲。斑衣彩艷凝朝旭。南陔蘭膳正芳馨，北堂萱草長葱鬱。以上録自《娱親雅言》

浦江清

浦江清（一九〇四—一九五七），祖籍浙江，出生於江蘇松江縣。東南大學畢業，曾任教於西南聯大、清

華大學、北京大學。著有《朝鮮歷史彈詞》《八仙考》《浦江清文録》《花蕊夫人宫詞考證》等。

沁園春 昆明黑龍潭王瞻岩宅曲叙感賦。同會者楊蔭瀏、王瞻岩、陳盛可、陶光、張充和。一九三九年春

漫客天涯，如何不歸，歸又何爲。向華山昆水，暫留我住，碧鷄金馬，住亦堪悲。惟遺高歌，欣逢舊雨，心逐梁塵相伴飛。忘情處，命玉龍哀笛，著意狂吹。　古今多少情痴。想小玉麗娘信有之。嘆消魂橋畔，牡丹亭下，琅玕刻遍，誰會相思。一曲霓裳，凄凉九轉，劫後河山滿眼非。承平夢，望吴宫燕闕，早感黍離。以上録自《浦江清文録》

盧　前

盧前（一九〇五—一九五一），原名正紳，字冀野，號小疏，别號飲虹、中興鼓吹者等。江蘇南京人。吴梅弟子，畢業於東南大學，曾任教於金陵大學、暨南大學、中央大學等。著有《明清戲曲史》《讀曲小識》《八股文小史》《民族詩歌論集》《冀野選集》《中興鼓吹》《飲虹樂府》《飲虹五種》等。

水龍吟 喜聞達雲報龍陵之捷。與達雲桂林分别逾年，不圖七星岩下今亦成戰場矣

兩年銷盡詞魂，眼中真短狂生氣。湖南子弟，河南父老，相逢揮泪。幸復松山，騰衝重下，予心稍喜。又傳來捷訊，龍陵落入吾兄手，歡呼起。　岩上題名曾記。共相思、一江烟水。

而今却被，殘陽紅濕，埋愁何地。衹望旌旗，分師東向，指揮如意。趁杉湖月色，七星秋好，買三花醉。以上録自《盧前詩詞曲選》

吴邦彦

吴邦彦（一九〇六—一九七八），字春光，福建浦城人。

蝶戀花 己丑新春試筆

遥憶秦淮歌舞處。爆竹喧天，權貴紛歸去。春到江南迷萬户。殘冬恨别拋商女。

重游多舊雨。舊俗新年，乍寒愁無語。己丑史詩翻一頁。英雄用血填新句。

瑞鶴仙 步述完先生韵

十年多戰訊。嘆國事蜩螗，民窮財盡。墨客添霜鬢。看豪門不仁，美人不遜。官僚愚蠢。破落户、焉能安穩。唱和平、戰亂依然，空談改良誰信。

苦悶。雙肩六口，半擔詩書，生涯勞頓。愁腸寸寸。無慰藉，忍悲忿。待江南緑遍，山城紅透，草野英雄解困。測天心、否極泰來，太平日近。以上録自《業餘存稿》

黄綺

黄綺(一九一四—二〇〇五),號九一,出生於安徽安慶,祖籍江西修水。西南聯大畢業,著名書法家。先後在西南聯大、中法大學、安徽大學、河北大學等校任教。著有《歸國謡》《無弦曲》《黄綺書法論文選》《黄綺刻印集》等。

清平樂 大觀樓

昆明復學,喜天晴,游大觀樓。同學恩凱强余步韵。『唱和求才不是才』,王君復何求耶

長空望斷。秋盡丹楓岸。游客去兮沙鳥亂。殘照爲留堤畔。　微波託送遐思。雁行肯負心期。自是多情年少,他鄉不信歸遲。

浣溪紗 西山　六首

由篆塘乘船。同游者:王恩凱、朱兆祥、劉民、李家祀、王均曉、周蜀南、王德錫

城外春深又惹情。登舟一去覺身輕。如痴如夢聽啼鶯。　風卷波頭蓮葉白,日穿雲脚柳條青。高山對我作逢迎。波頭如蓮葉,嫩日穿雲,光綫似柳條,余愛此景,口示同游。

其二

千步岩高不學仙。盤飧且可具腥羶。碧巒影落酒杯圓。　齋舍輕涼圍竹樹,欄干微潤撲雲烟。笑伊暗室欲長眠。暗室中有『真人』默坐。

其三 由三清閣直上山巔，坐龍門，可俯覽全滇湖。龍門乃一大石洞，半面向湖，可容二三十人，中有一圓石片，大如桌面，厚約四寸，以踵敲之，鏜鏜若巨鼓

小樹成行眠曲岸，片帆不動貼清波。人間天上復云何。登了龍門且浩歌。風摇欲墜舞婆娑。足敲石鼓響聲多。

其四 下龍門乃半山亭，北折至太華寺

不信頭陀消世慮，翻疑羅漢羨吾曹。香浮深殿九天遥。追得鐘聲興自豪。路回樓角出山腰。寺門紅襯杏花梢。

其五 太華寺北有雲樓寺，頗華麗，大雄殿四壁羅漢五百餘。寺僧能詩者亦多，齋中門窗，常有題筆

修竹斜陽留倦客，落花啼鳥伴詩僧。重游能否記吾曾。絳闕雲臺總有名。水流石級踏層冰。垂簾返影緑中庭。

其六 如厠失伴，追至水邊，船尚未發。有咎來遲者，賦此以告

衣色有情分翠樹，履聲含力和清泉。歸來記取笑燈前。多謝風微草絆船。須知游興正悠然。山深深愛暮雲天。

南歌子 游西山舟中　德錫欲聯句，余即曰：『波碧山無影。』後因他故，未有續者。今忽憶此句，稍與改易，成長短句

柳卧波融碧，花飛日浴紅。小舟來去似游龍。我與此山居處、一西東。

詩句未工。滿衣清影月初弓。雙槳輕於雙翼、撥飄風。沽酒村難覓，裁

采桑子 城中夜歸，坐翠湖橋畔

草翻波面風來潤，不是秋凉。似聽啼螿。月上城樓見白楊。

淡抹濃妝。艇子荷香。唱罷良宵水一方。自經喪亂少睡眠，夜間常寫詞抒懷。

後湖各有真模樣，

鷓鴣天 病起　來滇始染瘧疾，時愈時發。連日苦雨，舊曆中秋又將届矣。忽憶去歲，不無節同地異之感，遂借杖出游遣悶

雨斷雲邊漸放晴。晚多秋氣薄寒生。鳴蟬移樹流餘響，鬥雀追風墮細翎。

佳節近，别情增。病餘慚倚一枝藤。濘泥牛迹荒村路，不見行人古樹横。

摸魚兒 即景　乘便車，直駛西山。深谷氣清，盡無驚懼。西風紅葉，思與秋深

看征鴻、背雲飛去，西風還又清吹。溪山瘦盡休回首，難夢故園千里。須醒醉。雨過也、黄

花剩得秋如此。尋思索記。認松徑僧歸，夕陽無限，古寺晚鐘墜。今何計。時節他鄉不似。孤懷因甚難弃。風帆一片偏容與，樓外碧流情寄。當此際。且莫問、青春作伴歸來未。人間可意。撫古木登臨，拂裳歌去，題筆遺誰會。

渡江雲 翠湖作

游魚驚落葉，躍鱗返照，玉宇起漣漪。晚風花氣濕，一暈青螺，欲動便能奇。寒雲裏雁，聽模糊、聲過天西。橋石畔、班荆閒眺，高木與城齊。依稀。歌留月夕，笛潤秋波，似江頭情意。漸不惜、香餘翠羽，粉褪朱衣。幽篁照影詩心迴，悵佳期、聊賦新詞。休指問、長堤幾度芳菲。

鷓鴣天 黑龍潭

聞人言，覓黑龍潭，山脊穹窿，水碧欲黑。待日上樹梢，則澄如皎鏡。出入明檻幽徑間，仰宋柏，撫唐梅。披翠納芬，遇石小憩。忽聽風篁，益令我追思子厚。裁秀句，滌煩襟。

半壁屏山掩翠陰。紅墻水殿梵鐘沉。鳥投花影摇魚沼，風應泉聲入竹林。莫因酒困怯登臨。老龍吹浪成雲去，回笑人間尚問尋。

一萼紅 爲翠湖荷花寫

記曾經。愛行吟恰趁，酒面未全醒。暑退亭陰，風添水態，錯教人道輕盈。正幾點、江皋雨過，怪舒卷、香遠惹蜻蜓。潑襪湘波，啼妝湘泪，寄夢湘靈。　弱質不禁秋冷，悵無舟深涉，盡采縈菱。自惜同心，相逢傾蓋，片魂先在寒冰。看悠然、閒雲低貼，換征裳、薰濯愧難能。底事負他游女，歌吹慵聽。唐蘭老師曾用昆腔吟誦之。

遐方怨 男女同學數百人游呈貢桃園

桃已熟，雨纔過。愛比桃兒，不如花兒紅更多。憶花人苦摘桃哪。撅枝呼姐伴，笑呵呵。

賀新郎 重游　二首

八月十七日重游西山，先至太華寺，直上三清閣。憶去歲自上而下，奇絶處，多不敢回顧。此次得一一仰瞻，與向之俯視正相合。山之面目，隔歲方識。夜宿普賢寺，梵鐘初罷，佛火青熒。時已三更許，與光然徘徊漢松下。一日所得，盡於低談。忽見皓月上升，騷騷喬木，樓角寂闍，余懷悚然！身在何處？疑問成歌。

爾我何由至。占人間、今宵一聚，月明千里。短草寒蛩秋聲早，爲報邊烽方起。誰敢說、無非無是。禍福而今彈指見，復奚爲、太息傷豪氣。君何待，可行矣。危崖風緊孤身倚。豈有列華燈、波摇閙市，令人決眥。出入重圍跨輕騎，炮火亂星如此。得與失、審乎大計。豈有沙場容醉卧，論縱横、猶小天和地。歌達旦，陋生死。

其二

鐘鼓憑誰設。怪名山、依然無事，容聽佛説。豈是山靈猶未識，又或人天有別。且休念、平生契闊。萬死亦甘酬故國，要當時、仇恨當時雪。風聲裏，有嗚咽。我疑此地添森殺。瀉林端、龍泉勁響，月輪微缺。長記舊游非舊夢，應否悠閒苟活。又共詆、行藏難奇。夜半山中歌苦意，覓銅琶、慷慨多彈撥。盡吾語，弦應裂。去歲未見青龍洞、白龍洞，龍口有噴泉。詞中『龍泉』指此。

蝶戀花 大觀樓划船

一任東風欺杜宇。楊柳如絲，人亦情千縷。香滿翠簾春晝午。杏花不禁飛紅雨。愛上小舟輕棹舉。波動蘋開，照影清如許。燕子應爲三月主。呢喃都作誇春語。

鷓鴣天 住龍泉鎮司家營

疑竇不應醉復論。臨風飲恨奠清樽。鐫餘斷石鈎殘帖，讀罷空亭卧後村。憐故土，砸圓盆。黄花移活竹籬根。西山暮繞殘紅水，秋雨馬嘶冷國魂。

卜算子 病中作　六首　手中無他書，然仍爲古人所囿，用稼軒韵。時居呈貢雲南大學農學院

其一 風雨夕

風舞若游龍，雨怒如騰馬。穩坐茅齋已泛舟，慣作飄摇者。書污落燈花，茶冷侵甌瓦。

千頃銀波月綴秋，又悵佳人也。

其二 焚書

語俗剩糟糠，身健差牛馬。來往吾徒盡白丁，歌頌焚書者。野水貯葫瓢，粗飯盛甌瓦。

紅日朝爲不滅燈，夜早安眠也。

其三 問稼

蔬果間桑麻，鷄犬親牛馬。不顧家人始樂天，生産如斯者。暖日透園籬，喜雨通溝瓦。

若有人兮倦利名，問稼於農也。

其四 多事

歸咎古名家，指鹿當爲馬。馬鹿何須有定名，多事由人者。愚智共荒丘，臺榭餘殘瓦。

如此江山萬古存，吊古何爲也。

其五 初民

先問狗和羊，再問牛知馬。我每痴頑不自知，一一供詞者。小會鳥窺窗，雅樂雷鳴瓦。山谷春秋又幾千，更羨初民也。

其六 知人

伯樂未傳人，牧子長談馬。朋不以心乃面朋，人最難知者。雲定罪封門，風掠財掀瓦。未必天教學跳梁，吾道全非也。

臨江仙 住黄土坡即事

壟上犁鋤齊欲舞，勸言順彼天時。門如破月石如龜。枯蔬因水活，濕麥藉風醫。識取炊烟林外直，四方禽鳥來歸。歸來且莫問家私。牛馴兒不肖，妻警犬無爲。

鷓鴣天 西壩中秋

一去故園即問津。無人指顧結芳鄰。秋風自古摇邊月，别恨如斯泣美人。將有待，恐虚論。三年回憶更情親。曾貽鳳餅團圓意，樓角回眸細認君。

念奴嬌 碧痕

君乎此去，我欲問、人世千秋誰匹。魂冷江山常在目，忍看焦頭爛額。吾輩偏能，生於憂患，寸草相扶植。人人醒勸，不言此勢孤一。　料定赤手空拳，竟遭凶險，此恨何時畢。千萬丹心齊激蕩，更問向誰橫逆。怒對刀叢，靈前灑泪，士子惟忠直。酹君薦土，血痕永共天碧。十二月一日晨，特務攻打國立西南聯合大學學生，向校園内投入手榴彈。潘琰死我身旁。我拾血土，沽白酒澆之，再裹以白紙，獻供靈前。此詞於潘琰、于再、李魯連、張華昌四烈士入殮後寫成。

楊柳枝 路南石林　四首

列立森嚴欲叩門。乍疑魑魅遠驚魂。斜陽有意添工巧，横照奇峰似夏雲。

其二

且作枯林萬樹看。朔風無力再摧殘。投身此際足千古，回笑沙丘洗激湍。

其三

怒出人間壯氣横。曾填巨海没深情。幸餘寒骨堪磨礪，過鳥高飛勿折翎。

其四

巧構千迴百折生。舉頭走過懼斜傾。大賢後繼應無數，僅此當年衆隕星。

浣溪沙 買花

正義門前梅萼香。枝枝帶露壓提筐。賣花女贈買花郎。　憶昔不勝閒日過，而今應爲好春忙。在家時節亦尋常。昆明四季如春，門前乃一大花市，不斷有花出售。間有少數民族於某種類不售而願贈者。

菩薩蠻 跑警報

忽聽汽笛聲如火。勇夫豈敢家中坐。命不值分錢。我無頭上天。　窺機來去向。一似穿心臟。彈響勝雷霆。有人欲跪迎。一月中每晨跑警報，敵機如入無人之境，任意投彈與掃射。

滿江紅 病居呈貢

不恨西風，恨病骨、測知寒力。且小住、蓬窗如瓮，荆扉如戟。缺月雲披衰鬢髮，離歌字出新顏色。待一聲、玉笛逼霜天，江山泣。　心欲碎，形之役。終自愧，將焉適。向仇方不鬥，能同博弈。此日依投遺大辱，由來成敗循常則。借君家、舊酒盡澆愁，三千石。

臨江仙竹

一夜雷雨，驟寒如冬。昆明諺云：『四季無寒暑，一雨便成冬。』信然！與友人共圍爐火，談笑間，偶及松竹。余默念故居樓前新篁數竿，皆親手扶植。宜風雨，伴書聲；宜雪月，滅燈火。朝夕相對，惜未留畫。忽紙窗微響，如身置其間，遂成六韵

仿佛倩影偏宜隨瘦月，層冰峭石精神。綠衣猶似漢宫人。天寒秋瑟瑟，斑泪欲沾巾。

吟流韵在，西風惹起紛紜。故園寥落返貞魂。虚心難自弃，瀟灑已無親。

許元竑

許元竑，曾參加抗日遠征軍。著有《三疊雲箋》。

浪淘沙昆明之夜

十里軟風未穩聽啼鴉。古幹權枒。滿街踏月顯清華。一片行雲游碧海，兩没妨遮。

燈紅酒綠恣流霞。添得翩翩裙履侣，良夜堪誇。油壁香車。加。

蝶戀花翠湖

移就亂草荷塘穿小徑。舞態欹欹，春樹闌杆凭。濠上觀魚泥水性。浮光唼喋青萍影。

清陰茶盌静。裊裊抽烟，愛共詩魂證。掃緑擒詞饒治興。如雲兒女紛飛乘。修潔

前調 大觀園

瓌瑋文章華浦證。肖得三潭，波月交相印。兼蕩裙腰芳草剩。拈花微笑人蘇醒。園林鶯掌政。金碧妙香，飄杳樓臺并。小小扁舟飛蝶競。緑楊牽繫迷烟暝。

臨江仙 雨後翠湖泛舟

湖上殘雲收宿雨，依稀緑沁凉澌。紅蕖裊裊出清池。浮光掠影，魚水信相依。疏影葉陰摇岸過，明妝划艇閒嬉。虹橋斜日浸離離。青天碧海，摇晃兩忘歸。

前調 中秋月澹伴游翠湖

纔是朦朧梢月吐，等閒倩却雲遮。人游夢澤姿紛華。天心和暢，容與透窗紗。秋思休關花密邇，前因合注天涯。團圓三五興何賒。夜闌痕澹，隱隱縝流霞。以上録自《三叠雲箋》

陸宛怡

陸宛怡，（一八九五—一九七六）女，浙江杭州人，抗戰後久客雲南。

清平樂鄉思

柳嬌花媚。又是春時候。客裏愁多誰勸酒。總覺春光辜負。　江南消息難知。無端兜上相思。不卜西湖烟景，可能仍是當時。

點絳唇不寐

夜半東風，枕邊添得寒多少。更長夢杳。静待紗窗曉。　錦綉春光，轉瞬春將老。悲潦倒。落花啼鳥。都是愁資料。

臨江仙中秋

此夕浮舟兼載酒，當空皓月猶明。勸君休動故鄉情。客中逢令節，雅叙集良朋。　莫謂河山多破碎，後方建設完成。疆場捷報一聲聲。恒娥私告我，來歲定升平。

南歌子夏夜

淺草迷三徑，濃蕉覆半天。戲將團扇撲花前。驚起尋芳蛺蝶、正雙眠。　菡萏香尤鬱，嫦娥色轉妍。青青浮滿小荷錢。真個池中天上、共争圓。

浪淘沙用南唐李後主原韵

秋雨正潺潺。睡思闌珊。羅衾轉側怯輕寒。夢裏還鄉歸未得，儘自追歡。　寂寞數更闌。愁損眉山。崎嶇世道嘆艱難。安得優游如野鶴，林下松間。以上録自《滇海求珠集》

馮沅君

馮沅君（一九〇〇—一九七四），原名淑蘭，字德馥，筆名淦女士，河南唐河縣人。與馮友蘭爲同胞兄妹。先後就讀於北京女子高等師範學校、北京大學，後隨丈夫陸侃如留學法國，獲巴黎大學文學博士學位。回國後在金陵女子大學、武漢大學、中山大學、山東大學等校任教。著有《四餘詩稿》《四餘詞稿》等，與丈夫陸侃如合著《中國詩史》。

點絳唇翠湖

露下沾衣，湖心午夜凉於水。朱樓天際。樹影参差是。　燈火微茫，隔岸笙歌沸。心如醉。無端悲喜。都化盈盈泪。

其二

汩汩柔波，拍船似與愁人語。華燈烟樹。總是銷魂處。　明月隨人，争識人情苦。移舟去。蓼汀蘋溆。迷却來時路。

前調 憶北海

萬籟沉沉，中宵起蹋瓊華月。玉田瑶闕。肝膽皆冰雪。漂泊西南，往事何堪説。金甌缺。幽燕於越。是處鵑啼血。

前調 曲靖待車却寄

寂寞山城，夕陽江上蕭疏柳。驛橋閒立。獵獵風盈袖。寄語征鴻，爲報人如舊。君知否。殘燈孤館。離思濃於酒。

前調 懷昆明

回首天南，灘江還似桑乾水。并州何處。歷亂山如此。孤館挑燈，充耳哀笳沸。天胡醉。頽垣荒甃。曾是弦歌地。

踏莎行 滇黔道中

醉裏笙歌，夢回風雨。三年行遍梁州路。僮墟日落問前程，鷓鴣飛向林箐去。搞佩江潭，遺璫洛浦。而今始覺想思誤。峰烟處處斷人腸，何心更説銷魂苦。

前調 篆塘泛登三清閣

橋偃虹垂，秧新緑繞。天南還似江南好。雙蛾篷底門山青，濛濛一派眉初掃。　依檻雲輕，浮空波渺。飛樓俯仰乾坤小。茫茫更觸古今愁，長安不見令人老。

點絳唇 横塘，塘在潋江南門外，縱横數畝，芰荷彌望

水佩風裳，晨稀月皎横塘路。流螢無數。烟柳迷前浦。　一袖天香，夜氣清塵慮。花深處。喁喁私語。鷗鷺驚飛去。以上録自《馮沅君創作譯文集》

謝婉瑩

謝婉瑩（一九〇〇—一九九九），筆名冰心，福建長樂人。燕京大學畢業，後赴美留學，歸國後在燕京大學、清華大學等校任教。著有《冰心文集》。

洞仙歌 題石屏李右侯尊堂《機燈課子圖》

孤燈頻剔。來往穿梭急。笑聽誦聲清且晰。縱牽蘿補屋、受盡千辛，贏得個，不愧敬姜

勞績。丹青傳懿德。曲徑幽篁，寫取堅貞松筠節。有子顯家聲，體慈懷，留餘愛、甘棠永植。展畫圖、神往筆端春，更憶起當年、斷機畫荻。以上録自《建國學術》第三期

王燦芝

王燦芝（一九〇一—一九六七），字桂芬，别號小俠，湖南湘鄉人。秋瑾之女。編有《秋瑾女俠遺集》。

阮郎歸 散步松泉師原韵

琅函飛下蟹肥時。秋光籠碧枝。白衣抱酒將何之。嬴來陶令詩。花正好，我來遲。相逢會有期。狂飆又到滬江湄。適值上海戒嚴。陰晴不可知。當局如何處理，不可得而知也。以上録自《松泉詞鈔》

鄧玄霜

鄧玄霜，趙鶴清女弟子。

洞仙歌 夏夜侍松泉師後湖泛月

風清雲净，莫負波心月。緑水長天兩澄澈。鬥紅妝、時有魚浪吹香，張翠蓋，步步凌波嬌

絶。　開篷延月色。玉界瓊田，萬頃寒光瀉冰雪。舉盞問姮娥、夜如何，其夜未艾、但聞蟬咽。過夜半、簫鼓幾船歸，見燈火、萬家光芒明滅。以上録自《松泉詞鈔》

孫多蘭

孫多蘭，山東人。孫傳芳之女，趙鶴清之女弟子。

阮郎歸 奉和松泉師

東山山色四時青。山禽亦有情。菩提佛號誦分明。嚶嚶隔樹聲。　更有石，證三生。前身記得清。坡仙遺事又重聽。松貞鶴夢醒。以上録自《宣威松鶴寺文辭初編》

陶秋英

陶秋英（一九〇九—一九八六），江蘇人。姜亮夫先生夫人。畢業於燕京大學，曾任雲南大學教授。著有《中國婦女與文學》《漢賦研究》等。

浪淘沙

柳媚鬥花妍。裝點山川。山崖水涘儘流連。絮語深情通款款，不羨神仙。　好景不常全。遽賦陽關。別時容易見時難。縱是雙鯉傳尺素，須得明天。

水龍吟 二十年四月十四日探景賢病過錫游東大池作

池塘挽得春來，栽成隔岸桃花路。斜陽掩映，嬌姿倒影，落紅應妒。自是消魂，幾行游客，兩三村女。更雙雙鸂鶒，碧波静躲，都聚在、花深處。　最好歸轡回顧。算多情、綠楊無數。纖腰慢擺，欲前還止，非緣俏舞。聞道痴心，欲留人住，柔情千縷。折幾枝携著、更行更遠，更相隨去。

浪淘沙 燕京四院早春即事

鵲喜鬧晨曦。疑是春歸。尋消問息到梅枝。綠萼未花春寂寂，春訊誰知。案：闕下闋。

桃源憶故人

思君整日千千度。獨自無情無緒。痴對雲山深處。細把行程數。　愁來無計南園去。惹了一身飛絮。衹怪垂楊千樹。不繫行人住。

摸魚兒 二十年十一月二日北平燕京大學

漫經過、小橋流水，徘徊更愛秋老。疏疏一帶垂楊柳，縷縷柔情撩繞。浩渺渺。望天際、青山遠靄晨曦掃。緑清紅悄。看村婦野農，三三兩兩，去去隨雲杳。沙鷗笑。應是乾坤不小。玉泉來往傾倒。痴心欲問東流水，盡處何時流到。流得到。人待處、相思莫讓伊知道。秋光正好。且帶去江楓，歸來却要，紅葉賦詩報。

惜分飛

滿院薔薇開遍了。芍藥含苞小小。花訊依然好。因風寄與相思道。碧海青天偏杳渺。咤蝶嗔鶯懊惱。悶則金樽倒。紅樓新月紗窗悄。

雨中花 原意　二十一年五月十九日

潤彩添香婉孌。低首更贈靦腆。蝶惡蜂狂都避了，自在新裝展。嫵媚可憐初浴洗。莫錯認、泪痕深淺。恁他便、蒼紅隨意墮，濕徑無人踐。

憶江南 原意　二十一年五月十九日

清早起，無意便聞鶯。料想江南天外路，花嬌柳恨正生情。芳草又連塍。　春來恨，燕子已還家。若問庭園何處好，輕輕嫩柳碧如紗。隱隱遠山遮。以上録自《學林留聲録·姜亮夫畫傳》

攤破南鄉子 定庵别墅即景

記得纔來時。正桃李、如錦芳菲。而今槐落池塘滿，海棠謝了，鶯歌燕語，曉夢依依。　春半獨栖遲。祇一個、静字相隨。蜂飛蝶舞無聲息，倚欄細嚼，别離滋味，簾幕低垂。以上録自《定庵詩續存》

佚　名

徵招 登潮音寺閣望嵩明湖

停驂來到潮音寺，高閣臨風縹緲。樹杪秀湖明，更遠峰環繞。登臨嗟倦矣，仿佛見、平山春曉。百里揚州，十年舊夢，恍然驚覺。　極目望天涯，江南遠、愁思暗盈芳草。鴻雁已無多，怕凄凉殘照。滇山空自好，問誰識、對山懷抱。空搔首、兩鬢蕭疏，更冷風吹帽。

古寺更清

浪淘沙 登嵩明州觀音寺閣

急雨暗蠻邱。破帽颼飀。蹇驢駝我板橋頭。縱使飄零如老杜，也是風流。幽。獨上高樓。海虹如帶月如鈎。挂得人間愁幾許，滿目清秋。

洞仙歌 曉行見月

披衣將發，數荒城戍鼓。曉月如鈞映南浦。想迎門兒女、索笑牽衣，魂夢裏，錯認舊時眉膴。紅樓當此際，寂寞流黄，幾處殘星在窗户。轉展不成眠、四壁荒鷄，添多少、凄凉情緒。也儘勝、鞭丝板橋西，聽風驛鈴聲、亂山横霧。

漢宮春 昆明道中

著破征衣，笑西風吹我，又落天涯。碧鷄金馬何處，即此間耶。愁城恁大，儘烟巒、萬叠難遮。寒林外、凄凉繫馬，鞭稍静數歸鴉。回首江南八月，正蓴鱸薦品，荷芰生花。從前舊游勝事，今與誰偕。行雲流水，十年事、屈指堪嗟。漫贏得、秋聲兩耳，武侯臺畔思家。

西地錦 雨宿楚雄

回望滇關萬里。正層巒叠翠。朝朝暮暮，風風雨雨，坐卧青山裏。　茅店夜長無寐。奈泉聲碎耳。酒邊成醉，醉邊成夢，夢断愁還起。以上録自《紀游詞·琴趣詞二種》

引用文献

祝宏修，趙節等纂：《(雍正)建水州志》，清雍正刻本。
屠述濂纂修：《(乾隆)鎮雄州志》，清乾隆刻本。
管學宣纂修：《(乾隆)石屏州志》，清乾隆刻本。
孫元相纂修：《(乾隆)琅鹽井志》，清乾隆刻本。
王槐榮等修，許實纂：《(民國)宜良縣志》，民國刻本。
袁嘉穀纂修：《(民國)石屏縣志》，民國鉛印本。
劉潤疇修，俞賡唐纂：《(民國)陸良縣志稿》，民國石印本。
由雲龍纂修：《高嶢志》，民國鉛印本。
刘自唐纂修：《(康熙)禄豐縣志》，民國抄本。
佚名輯：《劍川縣志采訪資料》，抄本。
佚名纂修：《箇舊縣志》，抄本。
佚名輯：《箇舊縣修志材料》，抄本。
王世貴修，何基盛、張倫纂：《(康熙)劍川州志》，《大理叢書》本。

沈懋阶修，杨璿纂：《（康熙）黑鹽井志》，《中國地方志集成·雲南府縣志輯》本。

莫舜鼐修，彭學曾纂，王弘任增修：《（康熙）元謀縣志》，《中國地方志集成·雲南府縣志輯》本。

張嘉穎修，劉聯聲等纂：《（康熙）楚雄府志》，《中國地方志集成·雲南府縣志輯》本。

沈懋阶修，杨璿纂：《（康熙）黑鹽井志》，《中國地方志集成·雲南府縣志輯》本。

蔣旭修，陳金珏纂：《（康熙）蒙化府志》，《中國地方志集成·雲南府縣志輯》本。

刘邦瑞纂修：《（雍正）白鹽井志》，《中國地方志集成·雲南府縣志輯》本。

周鉞纂修：《（雍正）賓川州志》，《中國地方志集成·雲南府縣志輯》本。

陳希芳修，胡禹謨纂：《（雍正）雲龍州志》，《中國地方志集成·雲南府縣志輯》本。

程近仁修，趙淳等纂：《（乾隆）趙州志》，《中國地方志集成·雲南府縣志輯》本。

陳奇典修，劉慥纂：《（乾隆）永北直隸廳志》，《中國地方志集成·雲南府縣志輯》本。

蘇鳴鶴修，陳璜纂：《（嘉慶）楚雄縣志》，《中國地方志集成·雲南府縣志輯》本。

黎恂修，劉榮黼纂：《（道光）大姚縣志》，《中國地方志集成·雲南府縣志輯》本。

葉如桐，秦定基修，劉必蘇等纂：《（光緒）續修永北直隸廳志》，《中國地方志集成·雲南府縣志輯》本。

劉毓珂等纂修：《（光緒）永昌府志》，《中國地方志集成·雲南府縣志輯》本。

張自明修，王富臣等纂：《（民國）馬關縣志》，《中國地方志集成·雲南府縣志輯》本。
郭燮熙纂修：《（民國）鹽豐縣志》，《中國地方志集成·雲南府縣志輯》本。
周汝釗修，侯應中纂：《（民國）景東縣志稿》，《中國地方志集成·雲南府縣志輯》本。
朱緯修，羅鳳章纂：《（民國）羅平縣志》，《中國地方志集成·雲南府縣志輯》本。
卞宝第、李瀚章、曾国荃等修纂：《（光绪）湖南通志》，影印本。
《喜洲趙氏族譜》，《大理叢書》本。
楊慎撰：《楊升庵先生長短句》，明刻本。
楊慎撰：《升庵長短句》，明嘉靖刻本。
楊慎撰：《辭品》，明嘉靖刻本。
楊慎撰：：《陳眉公正廿一史彈詞》，明刻本。
楊一清撰：《石淙詩稿》，明嘉靖刻本。
木增撰：《芝山雲薖集》，明天啓刻本。
卓人月撰：《古今詞統》，明崇禎刻本。
高奣映撰：《妙香國草》，清康熙刻本。
段昕撰：《皆山堂詩餘偶存稿》，清康熙刻本。
陈維崧撰：《迦陵詞全集》，清康熙刻本。

呂琨撰：《滇遊草》，清康熙刻本。
陳祥裔撰：《凝香集》，清康熙刻本。
徐長齡撰：《清懷詞草》，清康熙刻本。
李含和撰：《金沙集詩草》，清稿本。
趙河撰：《待焚草》，清乾隆刻本。
胡夔臣等輯：《攀轅吟》，清乾隆刻本。
宋維籓撰：《滇游詞》，《琴畫樓詞鈔》本，清乾隆刻本。
龔國用撰：《繭囊稿》，清稿本。
萬本齡撰：《香海詩鈔》，《小停雲館芝言》本，清嘉慶刻本。
嚴烺撰：《紅茗山房詩餘》，清嘉慶刻本。
檀萃撰：《滇南草堂詩話》，清嘉慶刻本。
丁應鑾輯：《仙館唱酬》，清嘉慶刻本。
丁應鑾輯：《琴餘清賞》，清嘉慶刻本
丁應鑾輯：《落花詩刻》，清嘉慶刻本。
丁應鑾輯：《花縣留甘》，清嘉慶刻本。
曹樹翘輯：《滇南襍志》，清嘉慶刻本。

段時恒撰：《鳴鳳堂詩稿》，清抄本。
何邦漸撰：《初知稿》，清抄本。
倪蛻撰：《著雍六編》，抄本。
陸應穀撰：《抱真書屋詩餘》，清道光刻本。
嚴廷中撰：《紅蕉吟館詩餘》，清道光刻本。
嚴廷中撰：《紅蕉吟館詩存》，清道光刻本。
嚴廷中撰：《岩泉山人詞稿》，清刻本。
嚴庭中撰：《秋聲譜三種》，抄本。
謝瓊撰：《彩虹山房詩餘》，清道光刻本。
佚名撰：《瀘西棠蔭》，清道光刻本。
楊桂森輯：《遺愛吟》，清道光刻本。
任煥撰：《稚松詩鈔》，清道光刻本。
趙瀚撰：《牧鷗亦舫詩餘》，清同治刻本。
陳德齡撰：《樂天居鼉吹見合選》，清同治刻本。
黎開南等撰：《紫泉唱和詩鈔》，清同治刻本。
佚名撰：《羅平孫孝子紀烈詩》，清同治刻本。

喻懷信撰：《漱芳詞稿》，清抄本。

喻懷信撰：《喻芳余詩稿》，清稿本。

張璬撰：《滇雲集詩詞》，清光緒刻本。

楊文斌輯：《海濱酬唱詞》，清光緒刻本。

桂霖撰：《青雰霊管落葉詞稿》，清光緒刻本。

范金鏞撰：《心香室詩餘》，清光緒刻本。

宋廷模撰：《秋宵侍藥圖題辭》，清光緒石印本。

佚名撰：《紀游詞・琴趣詞二種》，清稿本。

金椿撰：《麗矚亭詞》，清光緒刻本。

佚名輯：《峰泖去思集》，清光緒刻本。

佚名輯：《暨陽輿頌》，清光緒刻本。

張舜琴撰：《不冷堂遺集》，清光緒抄本。

熊賓撰：《滇南壯遊集詩稿》，清宣統鉛印本。

釋普荷撰：《擔公遺詩》，清宣統鉛印本。

郭燦等撰：《鎖院吟秋唱龢集》，清宣統排印本。

羅翰文撰：《西園詩草》，抄本。

張含撰：《張禺山先生詩文選》，民國排印本。

楊士雲撰：《楊弘山先生存稿》，民国刻本。

吴偉業撰：《吴梅村詞》，民國石印本。

劉坊撰：《天潮閣集》，民國排印本。

李根源輯：《娱親雅言》，民國刻本。

李根源輯：《永昌府文徵》，民國鉛印本。

李根源輯：《陳圓圓事輯續》，民國刻本。

李根源撰：《曲石詩録》，民國排印本。

李根源撰：《續刊曲石詩録》，鉛印本。

李根源輯：《松海集》，民國鉛印本。

嚴烺撰：《紅茗山房詩餘》，《雲南叢書》本。

趙藩輯：《滇詞叢録》，《雲南叢書》本。

趙藩撰：《小鷗波館詞鈔》，民國石印本。

趙藩撰：《桐華館夢緣集》，民國排印本。

佚名輯：《滇詞叢録二集》，稿本。

佚名輯：《峨山名人遺著》，抄本。

張保岐撰：《紅杏山房詩鈔》，抄本。
張申巽撰：《双桂花館詩鈔》，抄本。
寸開泰撰：《八十一株梅花館詩稿》，抄本。
萬允廉撰：《虚白室詩集》，稿本。
方樹梅輯：《晋寧詩文徵》，民國鉛印本。
周宗麟撰：《疢存齋集》，民國鉛印本。
陳度撰：《泡影集》，民國排印本。
張維翰輯：《丙戌螺峰登高詩集》，民國排印本。
張維翰輯：《丙子重九羸峰登高詩集》，民國排印本。
鄺鳴相編輯：《宣威松鶴寺文辭初編》，民國石印本。
劉鎮藩撰：《師竹齋遺集》，民國排印本。
袁嘉穀重輯：《明贈光禄寺卿路南楊公忠節録》，民國刻本。
王之臣輯：《鹽豐王貞婦貞節詩彙刊》，民國石印本。
繆爾康撰：《衢亨遺稿》，民國鉛印本。
張肇興撰：《景中遺稿》，稿本。
謝樹瓊輯：《楊振鴻・張文光合刊》，民國排印本。

馬太元撰：《立嵒叢稿》，民國鉛印本。
趙鶴清撰：《松泉游草》，民國排印本。
胡道文撰：《郁園未定艸》，民國石印本。
由雲龍撰：《定庵詩續存》，民國鉛印本。
由雲龍撰：《定庵詩存》，民國排印本。
由雲龍撰：《定庵詩話》，民國鉛印本。
由雲龍撰：《定庵詩話續編》，民國排印本。
呂志伊撰：《偶得詩集》，民國鉛印本。
張學智撰：《若園詩文續集》，民國鉛印本。
周鍾嶽輯：《滌園圖卷題詞彙録》，民國排印本。
尹乃灝撰：《修竹山房稿》，抄本。
張鴻舉撰：《藕香亭詩鈔》，稿本。
蘇毓琛撰：《卧雲室沙餘草》，稿本。
馬銘勳撰：《觸景詩集》，抄本。
李培蓮撰：《紅藕軒遺稿賸墨合刊》，民國石印本。
段居撰：《松月樓雜作》，民國排印本。

馬鈖輯：《紀慶録》，民國排印本。
馬潔撰：《脩槑閣詩稿》，稿本。
楊大純撰：《楊粹樓旅行日志》，民國排印本。
劉堯民撰：《廢墟詩詞》，民國鉛印本。
李良撰：《國難集》，民國鉛印本。
陳福昌輯：《陳氏竹園記》，民國石印本。
楊祚新輯：《贈别曹艷秋詩文彙》，民國排印本。
王燦、李鴻祥輯：《玉溪文徵》，民國鉛印本。
袁嘉穀輯：《雲南大學詩選》，民國石印本。
魯元撰：《大地永春閣詞草》，民國鉛印本。
李寶鍹撰：《白霞詩詞鈔》，民國石印本。
車碧鸞撰：《倚竹軒詩草》，抄本。
施韻琴、施惠卿撰：《花蕚聯吟集》，民國石印本。
佚名編：《會澤四秩榮慶録》，民國排印本。
方樹梅輯：《滇南茶花小志》，民國刻本。
方樹梅編：《滇賢生卒考》，民國刻本。

黄炳堃撰：《希古堂詞存》，民國刻本。
許元竑撰：《三疊雲箋》，民國鉛印本。
葉恭綽撰：《遐庵彙稿》，《民國叢書》第二編，上海書店。
周岸登撰：《蜀雅》，上海中華書局仿宋活字鑄版本。
張慎儀撰：《今悔盦詞》，民國排印本。
陳榮昌撰：《困叟浄土集》，民國石印本。
陳榮昌撰：《虚齋詞》，抄本。
陳榮昌撰：《桐村詞》，抄本。
方樹梅輯：《續滇詞叢録》，稿本。
朱衮撰：《白房詞》，《明詞彙刊》本。
周復俊撰：《涇林詞》，《明詞彙刊》本。
馬朴撰：《閬風館詩餘》，《明詞彙刊》本。
陸世儀撰：《桴亭詞》，《明詞彙刊》本。
吕師濂撰：《守齋詞》，《百名家詞鈔》本。
劉秉忠撰：《藏春集》，《欽定四庫全書》本。
姚燧撰：《牧庵集》，《欽定四庫全書》本。

周瑛撰：《翠渠摘稿》，《欽定四庫全書》本。
黄仲昭撰：《未軒文集》，《欽定四庫全書》本。
邵寶撰：《容春堂别集》，《欽定四庫全書》本。
張羽撰：《東田遺稿》，《欽定四庫全書》本。
屈大均撰：《翁山詩外》，《欽定四庫全書》本。
張九鉞撰：《拾翠詞》，《續修四庫全書》本。
張九鉞撰：《秋篷詞》，《續修四庫全書》本。
蔣士銓撰：《銅絃詞》，《續修四庫全書》本。
吴錫麒撰：《有正味齋詞集》，《續修四庫全書》。
朱孝臧撰：《彊邨語業》，《續修四庫全書》本。
戴文燈撰：《甜雪詞》，《四庫未收書輯刊》本。
夏言撰：《夏桂洲先生文集》，《四庫全書存目叢書》本。
董俞撰：《玉鳬詞》，《清名家詞》本。
王昶撰：《琴畫樓詞》，《清名家詞》本。
趙懷玉撰：《秋籟吟》，《清名家詞》本。
宋翔鳳撰：《浮溪精舍詞》，《清名家詞》。

李慈銘撰：《霞川花隱詞》，《清名家詞》本。
李良年撰：《秋錦山房集》，《清代詩文集彙編》本。
李符撰：《耒邊詞》，《叢書集成續編》本。
納蘭常安撰：《受宜堂集》，《清代詩文集彙編》本。
尤維熊撰：《二娱小廬詞鈔》，《清代詩文集彙編》本。
葉申薌撰：《小庚詞》，《清代詩文集彙編》本。
吴振棫撰：《無腔村笛》，《清代詩文集彙編》本。
吴存義撰：《榴實山莊詞鈔》，《清代詩文集彙編》本。
嚴錫康撰：《餐花室詩餘》，《清代詩文集彙編》本。
楊恩壽撰：《坦園詞録》，《清代詩文集彙編》本。
馮秀瑩撰：《蕙襟集》，《清代詩文集彙編》本。
史念祖撰：《俞俞齋詩餘》，《清代詩文集彙編》本。
曾廉撰：《𪏭庵續集》，《清代詩文集彙編》本。
吴昌綬撰：《松鄰遺集》，《清代詩文集彙編》本。
唐祖命撰：《殢花詞》，《叢書集成續編》本。
張琦撰：《立山詞》，《叢書集成續編》本。

姚華撰：《弗堂詞》，《黔南叢書》本。
鄧潛撰：《牟珠詞》，《黔南叢書》本。
黎兆勳撰：《葑烟亭詞》，《黔南叢書》本。
蔣玉棱撰：《冰紅集》，《中國稀見史料》本。
黄炳堃撰：《黄炳堃先生遺稿》，《續編清代稿鈔本》。
宋琬撰：《二鄉亭詞》，《清詞珍本叢刊》本。
錢瑗撰：《小玲瓏詞舫》，《清詞珍本叢刊》本。
魏定一撰：《魏定一詩詞鈔》，《昭通文獻叢書》本。
張伯駒撰：《叢碧詞》，排印本。
月溪法師撰：《月溪法師詩詞法書集》，鉛印本。
李根源撰：《曲石詩録》，油印本。
丘廷和撰：《悟莊詩存》，稿本復印本。
魯元撰：《九天一草廬詩稿》，稿本復印本。
浦光宗撰：《業餘存稿》，油印本。
趙式銘撰：《趙星海先生詩稿》，油印本。
金碧詩社編：《滇海求珠集》，金碧詩社。

楊葆光撰：《蘇盦詞録》，《近代中國史料叢刊續編》第二輯，文海出版社，一九七四。
趙鴻勳撰：《夢樓詩詞集》，油印本，一九七九。
葉恭綽編：《全清詞鈔》，中華書局，一九八二。
胡小石撰：《願夏廬詞鈔》，《胡小石論文集》，上海古籍出版社，一九八二。
壽森撰：《望江南詞》，《文史資料選編》第十六輯，北京出版社，一九八三。
馮沅君著：《馮沅君創作譯文集》，山東人民出版社，一九八三。
丁紹儀輯：《清詞綜補》，中華書局，一九八六。
浦江清著：《浦江清文録》，人民文學出版社，一九八九。
普梅夫著：《磨劍集》，紅河州文聯，一九八九。
趙熙著：《趙熙集》，巴蜀書社，一九九六。
嚴迪昌編著：《近代詞鈔》，江蘇古籍出版社，一九九六。
嚴中英著：《觀海慶詩稿》，雲南美術出版社，一九九六。
夏承燾著：《夏承燾集》，浙江古籍出版社，一九九七。
黄綺著：《歸國謡》，清華大學出版社，一九九七。
石聲漢著：《荔尾詞存》，中華書局，一九九八。
曲靖市老年書畫詩詞協會編：《曲靖歷代詩詞選》，雲南民族出版社，二〇〇〇。

南京大學中國語言文學系《全清詞》編纂研究室編：《全清詞·順康卷》，中華書局，二〇〇二。
吴宓著：《吴宓詩集》，商務印書館，二〇〇四。
盧前著：《盧前詩詞曲選》，中華書局，二〇〇五。
林葆恒輯，張璋整理：《詞綜補遺》，上海古籍出版社，二〇〇五。
沐德智主編，易門縣地方志編纂委員會編纂：《易門縣志》，中華書局，二〇〇六。
師宗歷代詩詞選編纂委員會編：《師宗歷代詩詞選》，二〇〇七。
金天羽著：《紅鶴詞》，《天放樓詩文集》，上海古籍出版社，二〇〇七。
趙鶴清著：《松泉詞鈔》，綫裝書局，二〇〇八。
徐嘉瑞著：《徐嘉瑞全集》，雲南大學出版社，二〇〇八。
唐兆坤編著：《永勝古體詩集》，雲南民族出版社，二〇〇九。
李思純著：《李思純文集》，巴蜀書社，二〇〇九。
劉永濟著：《誦帚詞集 雲巢詩存》，中華書局，二〇一〇。
詹安泰著：《詹安泰全集》，上海古籍出版社，二〇一一。
徐漢樹著：《學林留聲録·姜亮夫畫傳》，浙江大學出版社，二〇一二。
南京大學文學院《全清詞》編纂研究室編：《全清詞·雍乾卷》，南京大學出版社，二〇二二。

梅紹農著：《梅紹農詩詞選》，《禄勸文史資料》第四輯。

師宗歷代詩詞選編委員會編：《師宗歷代詩詞選》。

綏江縣政協文史資料編輯組編：《綏江文史資料選輯》。

《昭通文史資料選輯》第三輯。

《昭通文史資料選輯》第五輯。

劉堯民著：《霎魗詞》，《詞學》第十三輯。

《申報》，影印本。

《瀛寰瑣紀》第十四期。

《建國學術》第三期。

《學生報》，一九四六年第四期。

《地方自治》，一九四七年第一期。

《旅行雜志》，民國版。

後記

滇雲之地，僻處西南，古稱蠻荒。秦鑿五尺道，漢設郡縣，始通文教，元至明初，風氣漸開。雲南的詩歌最早出現於漢代，《滇南詩略》收録有幾首漢代的歌謡。《全唐詩》中也收録有一些雲南人的作品，但總體而言，數量偏少。漢文學在元代有所發展，至明清逐漸興盛。雲南最早的詩歌雖早在漢代就産生了，但是詞則晚至元代纔出現，無緣兩宋這一詞發展的黄金時期，且元代的滇詞僅存寥寥數闋。明代滇詞的創作略有起色，但數量也不多，如安寧楊一清存詞兩闋，昆明郭文存詞一闋，其餘如蘭茂、木增、趙炳龍等人存詞也不多。在爲數不多的明代詞人中，趙炳龍算是成就較突出的一位，其著有《寶巖居詞》，惜已散佚，《滇詞叢録》中收録其詞十餘闋。滇詞發展至清代則大有可觀，詞人詞作都遠超元明時期，詞家過百，存詞數量過百的也有數人。詞家中傑出者如嚴廷中，其詞入列《明湖四客詞鈔》之首，其餘如謝瓊、戴絅孫、喻懷信、楊文斌、趙藩、陳榮昌等人的詞作數量不少，質量也屬上乘。

滇詩文總集的編纂肇始於保山袁文典、袁文揆兄弟，《滇南詩略》《滇南文略》爲雲南詩文總集的開山之作，袁氏兄弟有首創之功，屬滇雲文獻功臣。自《滇南詩略》《滇南文略》出現之後，黄琮的《滇詩嗣音集》、許印芳的《滇詩重光集》、陳榮昌的《滇詩拾遺》、李坤的《滇詩拾遺補》等相繼出現。至民國時輯刻《雲南叢書》，秦光玉主持《滇文叢録》的編纂，袁嘉穀主持《滇詩叢録》的編纂，至於詞，劍川趙藩先生感言：『吾滇僻處天南，風尚樸質，作詞者鮮。即作亦不喜標榜市名，多未刊行，歲月寖久，稿率散佚，加以咸同兵燹，綿歷廿年，而殘編斷帙，尤澌滅幾盡矣。』有感於斯，趙藩先生把其歷四十餘年所搜集的詞編輯爲《滇詞叢録》三卷，吉光片羽，亦采入詞叢。之後有《滇詞叢録二集》問世，此書未署輯録者姓名，祇在封面上書『《雲南叢書》集部之九十』，或爲參與《雲南叢書》輯刻之人所纂，晉寧方樹梅先生踵接其後，編有《續滇詞叢録》一卷。不過三書皆是選録，收詞數量偏少，《滇詞叢録》收詞三百八十五闋，《滇詞叢録二集》收詞一百六十餘闋，《續滇詞叢録》收詞一百八十闋左右。爲展現滇詞全貌，本人在前人基礎上，廣泛搜集文獻，雖殘篇斷簡亦采集靡遺，編輯點校出滇詞的全集《全滇詞》，趙、方二位先生所作爲先導，是編繼後，冀爲鄉邦文獻整理盡綿薄之力。

此編所涉及資料繁雜，本人學識淺薄，力所不逮，謬誤之處難免，望方家批評指正。另在文獻資料的搜集上，年代越近的似越難搜尋，晚清民國人士所撰的詞集，多未刊行，如王燦和陳祖基皆有詞集存世，但難覓踪影，或藏於私人或藏於圖書館。即便刊行，或已散佚，如楊文斌的《香海閣詞》。諸如上述詞集，無迹可尋，不免遺憾。對於一時難以搜集到的詞，將來如有所獲，容俟再補。《全滇詞》的編纂前後歷時數年，途中遇到不少困難，若無師友相助，僅憑一己之力，恐難順利完成，此不一一具名，一并謝過。

索引

A

B

C

D

F

J

K

L

M

R

S

T

W

X

Y

Z